CASA de CÉU e SOPRO

Obras da autora publicadas pela Galera Record

Série Trono de Vidro

A lâmina da assassina
Trono de vidro
Coroa da meia-noite
Herdeira do fogo
Rainha das sombras
Império de tempestades
Torre do alvorecer
Reino de cinzas

Série Corte de Espinhos e Rosas

Corte de espinhos e rosas
Corte de névoa e fúria
Corte de asas e ruína
Corte de chamas prateadas

Corte de gelo e estrelas

Série Cidade da Lua Crescente

Casa de terra e sangue
Casa de céu e sopro
Casa de chama e sombra

SARAH J. MAAS

CASA de CÉU e SOPRO

Tradução de
Mariana Kohnert

13ª edição

Galera
RIO DE JANEIRO
2025

EDITORA-EXECUTIVA
Rafaella Machado

COORDENADORA EDITORIAL
Stella Carneiro

EQUIPE EDITORIAL
Juliana de Oliveira
Isabel Rodrigues
Lígia Almeida
Manoela Alves

PREPARAÇÃO
Angélica Andrade

CONSULTORIA
Acotar Brasil

LEITURA SENSÍVEL
Lorena Ribeiro

DIAGRAMAÇÃO
Abreu's System

REVISÃO
Mauro Borges

CAPA
Adaptada da original de John Candell
e David Mann

IMAGEM DE CAPA
Carlos Quevedo

TÍTULO ORIGINAL
House of Sky and Breath

CIP-BRASIL. CATALOGAÇÃO NA PUBLICAÇÃO
SINDICATO NACIONAL DOS EDITORES DE LIVROS, RJ

M11c

Maas, Sarah J., 1986-
Casa de céu e sopro / Sarah J. Maas ; tradução Mariana Kohnert. – 13ª ed. – Rio de Janeiro : Galera Record, 2025.
(Cidade da Lua Crescente ; 2)

Tradução de: House of sky and breath
ISBN 978-65-5981-091-8

1. Ficção americana. I. Kohnert, Mariana. II. Título. III. Série.

21-75079 CDD: 813
CDU: 82-3(73)

Meri Gleice Rodrigues de Souza – Bibliotecária – CRB-7/6439

Texto revisado segundo o novo Acordo Ortográfico da Língua Portuguesa.

Direitos exclusivos de publicação em língua portuguesa somente para o Brasil
adquiridos pela
EDITORA RECORD LTDA.
Rua Argentina, 171 – Rio de Janeiro, RJ – 20921-380 – Tel.: (21) 2585-2000,
que se reserva a propriedade literária desta tradução.

Impresso no Brasil

ISBN 978-65-5981-091-8

Seja um leitor preferencial Record.
Cadastre-se e receba informações sobre nossos
lançamentos e nossas promoções.

Atendimento e venda direta ao leitor:
sac@record.com.br

EDITORA AFILIADA

Para Robin Rue,
agente destemida e amiga verdadeira.

AS QUATRO CASAS DE MIDGARD

Como decretado em 33 da Era Vanir pelo
Senado Imperial na Cidade Eterna

CASA DE TERRA E SANGUE

Metamorfos, humanos, bruxas, animais comuns
e muitos outros a quem Cthona comanda,
assim como alguns escolhidos de Luna

CASA DE CÉU E SOPRO

Malakim (anjos), feéricos, elementais, duendes* e aqueles
abençoados por Solas, assim como alguns favorecidos por Luna

CASA DAS MUITAS ÁGUAS

Espíritos fluviais, sereias, bestas aquáticas, ninfas,
kelpies, nøkken e outros protegidos por Ogenas

CASA DE CHAMA E SOMBRA

Daemonaki, ceifadores, espectros, vampiros, draki,
dragões, necromantes e muitas criaturas perversas
e inomináveis que mesmo Urd não pode ver

---

* *Duendes foram expulsos de sua Casa como punição pela participação na Queda, e agora são considerados Inferiores, embora muitos se recusem a aceitar o fato.*

PRÓLOGO

Sofie tinha sobrevivido por duas semanas no campo de extermínio Kavalla.

Duas semanas, e os guardas, todos lobos ferais, ainda não tinham sentido o seu cheiro. Tudo tinha transcorrido de acordo com o plano. O fedor concentrado depois de dias enfurnada no vagão de gado cobrira o cheiro característico de seu sangue. Também a disfarçou quando marcharam com ela e os demais entre os prédios de tijolos do campo, um novo Inferno e um pequeno exemplo do que os asteri planejavam fazer se a guerra continuasse.

Duas semanas ali e aquele fedor tinha impregnado sua pele, enganando até mesmo o olfato aguçado dos lobos. Mais cedo, no café da manhã, ficara a poucos metros de um guarda e nem assim ele a farejou.

Uma pequena vitória. Uma que, até então, aceitaria com prazer.

Metade das bases rebeldes da Ophion tinha caído. Mais cairiam em breve. Agora existiam apenas dois lugares para ela: ali, e o porto de Servast, seu destino naquela noite. Sozinha, mesmo a pé, Sofie podia ter facilmente conseguido. Uma vantagem incomum de alternar entre as identidades humana e vanir, e de ser uma entre os poucos humanos que fizeram a Descida.

Tecnicamente isso a tornava vanir. Garantia a Sofie uma vida longa de muitas vantagens, que sua família humana não tinha e jamais teria. Talvez não tivesse se interessado em fazer a Descida caso seus pais não a tivessem encorajado; com as habilidades de cura que poderia ganhar, a família teria proteção extra em um mundo feito para matar sua espécie. Assim, Sofie o fez, às escondidas, em um centro de Descida altamente ilegal localizado em um beco, onde um sátiro pervertido foi sua Âncora, e entregou sua primalux, o preço do ritual. Desde então, havia passado anos aprendendo a usar sua humanidade como um manto, interno e externo. Podia ter todos os traços dos vanir, mas jamais *seria* vanir, nem gostaria de ser. Não no coração, não na alma.

Mas naquela noite... naquela noite, Sofie não se importou em deixar um pouco do monstro à solta.

Não seria uma viagem fácil e as formas agachadas atrás dela na lama diante da cerca de arame farpado não ajudariam.

Cinco meninos e seis meninas reunidos por Emile, o irmão de treze anos de Sofie, que agora os vigiava como um pastor a um rebanho. Emile tinha tirado todos das camas, com a ajuda de um gentil sacerdote do sol humano, que estava servindo de sentinela no galpão a dez metros.

As crianças tinham a pele acinzentada, macilenta. Olhos grandes demais, sem esperança.

Sofie não precisava conhecer suas histórias. Provavelmente eram as mesmas que a dela: pais humanos rebeldes que ou tinham sido pegos, ou delatados. Os dela tiveram o segundo destino.

Pura sorte tinha mantido Sofie longe das garras dos lobos ferais até então. Três anos antes, estava estudando até tarde na biblioteca da universidade com os amigos. Quando chegou em casa, depois da meia-noite, viu as janelas quebradas e a porta da frente estilhaçada, uma pichação na lateral da casa simples de subúrbio: *REBELDES DE MERDA*, e começou a correr. Só podia agradecer a Urd pelo fato de que o lobo feral na porta da frente não a vira.

Mais tarde, confirmou que os pais estavam mortos. Torturados até o fim brutal ou pela Corça ou por seu esquadrão de elite, formado de lobos ferais interrogadores. O relatório que Sofie levou meses para conseguir enquanto escalava a hierarquia da Ophion também revelou que seus avós tinham sido recolhidos ao chegar ao campo de Bracchus no norte, e alvejados em uma fila com outros idosos, reduzidos a corpos abandonados para definhar em uma cova coletiva.

Quanto a Emile... Sofie não tinha conseguido encontrar nada sobre ele até aquele momento. Durante anos, ela trabalhou com os rebeldes da Ophion em troca de qualquer informação mínima sobre ele, sobre a própria família. Não se permitia pensar no que tinha feito em troca. A espionagem, as pessoas que matara para conseguir qualquer inteligência que a rebelião quisesse, essas coisas pesavam em sua alma feito chumbo.

Depois de tanto, finalmente tinha feito o suficiente pela Ophion para que informassem o paradeiro de Emile, enviado para Kavalla e vivo, apesar de todas as adversidades. Sofie enfim havia conseguido a localização dele, mas convencer o Comando a deixá-la ir até lá... esse tinha sido outro labirinto percorrido.

No fim, foi preciso o apoio de Pippa. O Comando dava ouvidos a Pippa, a fiel e fervorosa soldado deles, líder da unidade de elite Ocaso. Principalmente com as baixas que a Ophion tinha sofrido recentemente. A quase humana Sofie, por outro lado... Sabia que era valiosa, mas, com o sangue vanir nas veias, jamais confiariam completamente nela. Sofie de vez em quando precisava de Pippa. Tanto quanto Pippa precisara de Sofie nas missões da Ocaso.

A ajuda de Pippa não foi fruto de uma amizade. Sofie tinha quase certeza de que amigos não existiam na rede dos rebeldes da Ophion, mas Pippa era uma oportunista, e sabia o que podia ganhar se aquela operação transcorresse com tranquilidade, as portas que se abririam para ela dentro do Comando se Sofie voltasse triunfante.

Uma semana depois de o Comando aprovar o plano, há mais de três anos de sua família ter sido levada de casa, Sofie entrou em Kavalla.

Esperou até uma patrulha local de lobos ferais passar marchando e esbarrou de propósito neles, a apenas um quilômetro e meio dali. Imediatamente encontraram os documentos que a incriminavam como rebelde, estrategicamente plantados em seu casaco. Não faziam ideia de que Sofie também carregava com ela, escondida na cabeça, a informação que podia muito bem ser a peça final daquela guerra contra os asteri.

O golpe que poderia dar fim à guerra.

A Ophion tinha descoberto tarde demais que, antes de entrar em Kavalla, Sofie havia finalmente realizado a missão para a qual tinha passado anos se preparando. Antes de ser levada, certificou-se de que Pippa e a Ophion soubessem que havia adquirido aquela informação. Agora não dariam para trás nas promessas de resgatá-los. Sofie sabia que pagaria caro por ter ido às escondidas recolher aquilo que agora estava usando como garantia.

Mas esse era um problema para depois.

A patrulha de lobos ferais a interrogou por dois dias. Dois dias, e então a atirou no vagão de gado com os outros prisioneiros, convencida de que era uma tola menina humana que tinha recebido os documentos de um amante que a usara.

Jamais imaginou que seu bacharelado em teatro seria útil. Que ouviria a voz de seu professor preferido criticando sua atuação enquanto alguém arrancava as suas unhas. Que fingiria uma confissão com toda a sinceridade que um dia tinha levado ao palco.

Sofie se perguntou se o Comando sabia que havia usado as mesmas habilidades de interpretação com eles.

Isso também não era problema dela. Pelo menos não até o dia seguinte. Naquela noite, tudo o que importava era o plano insensato e desesperado que lhe renderia frutos. Se Sofie não tivesse sido traída, se o Comando não tivesse se dado conta da verdade, um barco estaria esperando a trinta quilômetros de distância para tirar todos eles de Pangera.

Olhou para as crianças que a cercavam e rezou para que o barco tivesse espaço para mais do que os três passageiros que alegou que chegariam. Sofie havia passado uma semana e meia em Kavalla, esperando por apenas um lampejo do irmão, um indício de onde ele poderia estar no vasto campo. E então, poucos dias antes, o avistou esperando na fila da comida. Fingiu um tropeço para disfarçar o choque, a alegria e a tristeza.

Estava tão alto... Tanto quanto o pai deles. Era todo braços e pernas magricelas, muito diferente do menino saudável de treze anos que deveria ser. O rosto, no entanto... era o mesmo com o qual ela havia crescido, embora começasse a mostrar os primeiros sinais da maturidade.

No mesmo dia, havia aproveitado a oportunidade para se esgueirar até a cama dele. E, apesar dos três anos e das incontáveis desgraças que haviam sofrido, Emile a reconheceu em um instante. Sofie o teria carregado naquele momento, caso ele não tivesse implorado à irmã que também levasse os outros.

Então, doze crianças se agachavam atrás dela.

Os alarmes soariam em breve. O campo de extermínio tinha sirenes diferentes para tudo, aprendera. Para sinalizar o despertar, as refeições, inspeções aleatórias.

O canto triste de um pássaro flutuou pela névoa baixa. *Barra limpa.*

Com uma oração silenciosa de agradecimento ao sacerdote do sol e ao deus a quem ele servia, Sofie elevou a mão mutilada até a cerca elétrica. Não olhou para as unhas que faltavam, ou para as lacerações, nem mesmo sentiu como suas mãos estavam dormentes e rígidas, não quando o poder da cerca estalou através dela.

Através dela, dentro dela, *tornando-se* ela. Tornando-se dela para ser usada como quisesse.

Com um pensamento, Sofie redirecionou a energia da cerca para fora, as pontas dos dedos faiscando onde se fecharam contra o metal. O metal ficou laranja, depois vermelho, sob a sua mão.

Arrastando a palma da mão para baixo, sua pele tão causticamente quente partiu o metal e o arame. Emile sussurrou aos demais para evitar que gritassem; ainda assim, Sofie ouviu um dos meninos murmurar:

— *Bruxa.*

Um típico medo que os humanos tinham daqueles com os dons vanir, das fêmeas que tinham tamanho poder. Não se virou para dizer a ele que não era o poder de uma bruxa que fluía por dentro de si. Era algo muito mais raro.

O solo frio recebeu sua mão quando Sofie rasgou o que restava da cerca e afastou as duas abas, mal larga o suficiente para que passasse. As crianças avançaram, mas ela sinalizou para que o grupo ainda não prosseguisse, observando a vasta terra adiante. A estrada que separava o acampamento das samambaias e dos pinheiros altos estava vazia, mas a ameaça viria de trás.

Virou-se para as torres de vigilância nos cantos do campo, as quais abrigavam guardas com rifles de longo alcance, sempre apontados para a estrada.

Sofie respirou fundo, e o poder que havia absorvido da cerca mais uma vez vibrou em seu corpo. Do outro lado do acampamento, os holofotes se estilhaçaram com uma chuva de faíscas que fez os guardas se virarem em sua direção, gritando.

Sofie afastou mais a cerca, seus braços em um esforço evidente, o metal rasgando suas palmas, enquanto suplicava às crianças: *corram, corram, corram...*

Pequenas silhuetas, em uniformes cinza-claros surrados e manchados e visíveis demais sob a lua quase cheia, correram pela cerca, chegando ao outro lado da estrada lamacenta até as samambaias densas e o barranco íngreme além delas. Emile foi o último a atravessar antes de Sofie, o corpo mais alto e ossudo dele ainda um choque para ela, tão brutal quanto qualquer poder que conseguisse usar.

Sofie não se permitiu pensar nisso. Correu em seu encalço, fraca devido à falta de comida, ao trabalho árduo e à desgraça de drenar a alma que era aquele lugar. Lama e pedras cortaram seus pés descalços, mas a dor pareceu distante quando viu os doze rostos pálidos espiando das samambaias.

— *Rápido, rápido, rápido* — sussurrou.

A van não esperaria muito mais.

Uma das meninas cambaleou ao ficar de pé, dirigindo-se para a encosta adiante, mas Sofie a segurou pelo ombro protuberante, mantendo a menina reta conforme avançavam aos tropeços, com samambaias roçando suas pernas e raízes enroscando-se em seus pés. Mais rápidos. Precisavam ser *mais rápidos...*

Uma sirene tocou.

Essa Sofie não tinha ouvido antes. Reconhecia o significado do guincho agudo, no entanto: *Fuga.*

Feixes de lanternas dispararam entre as árvores quando Sofie e as crianças despontaram na borda de uma colina, praticamente caindo na vala coberta de samambaias. Os lobos ferais estavam em sua forma humanoide, então. Ótimo, os olhos deles não eram tão aguçados no escuro. Péssimo, porque significava que estavam carregando armas.

A respiração de Sofie falhou, mas ela se concentrou, lançando seu poder para trás. As lanternas esmaeceram. Nem mesmo primalux se sustentava contra seu poder. Gritos de vozes masculinas, cruéis, se elevaram.

Sofie correu para a frente do grupo e Emile ficou para trás para se certificar de que ninguém fosse esquecido. Seu peito transbordou com orgulho, mesmo com o terror que sentia.

Sabia que jamais voltariam para o campo com vida se fossem pegos.

Com os músculos das coxas queimando, Sofie correu para escalar a lateral íngreme da vala. Não queria pensar no que as crianças estavam sofrendo, não quando as pernas de joelhos protuberantes delas mal conseguiam mantê-las de pé. O grupo chegou ao alto da colina no mesmo instante em que os lobos ferais uivaram, um som animalesco escapando de gargantas humanoides. Um chamado para a caça.

Pressionou as crianças para irem mais rápido. Névoa e samambaias e árvores e pedras...

Um dos meninos caiu, Sofie o carregou, concentrando-se nas mãos delicadas demais agarradas à frente de sua camisa.

Rápido, rápido, rápido...

E então ali estava a estrada, a van. O Agente Silverbow tinha esperado.

Ela não sabia o seu nome verdadeiro. Tinha se recusado a saber, embora Sofie tivesse uma boa ideia do que, de quem, ele era. No entanto, sempre seria Silver para ela. E ele tinha esperado.

Disse que não esperaria. Disse que a Ophion o mataria por abandonar sua missão atual. *Pippa* o mataria. Ou ordenaria que um de seus soldados da Ocaso o matasse.

Ainda assim, tinha vindo com Sofie a Kavalla, tinha se escondido durante aquelas duas semanas, até Sofie mandar a onda de primalux na noite anterior para dizer a ele que estivesse ali em 24 horas, o único sinal que havia ousado fazer com os vanir espreitando o campo de extermínio.

Dissera que não usasse os poderes. Mesmo que tornasse aquilo muito mais seguro e mais fácil, ele ficaria drenado demais para a fuga. E Sofie precisava dele com força total naquele momento.

Sob o luar, o rosto de Silver estava pálido acima do uniforme imperial que tinha roubado, seu cabelo penteado para trás com gel como o de qualquer oficial engomadinho. Fez uma careta para Emile, então para as outras onze crianças, visivelmente calculando quantas poderiam caber na discreta van branca.

— Todos — disse Sofie, enquanto corria para o veículo, com a voz áspera. — Todos, Silver.

Silver entendeu. Sempre a entendia.

Saltou para fora do carro com uma graciosidade sobrenatural e abriu as portas de trás. Um minuto depois, espremida contra Silver na frente da van, sentindo seu calor a aquecendo através das roupas em frangalhos. Sofie mal conseguia tomar fôlego conforme acelerava. O polegar de Silver roçava o ombro dela repetidas vezes, como se para se assegurar de que estava ali, de que tinha conseguido.

Nenhuma das crianças falava. Nenhuma chorava.

A van disparava noite adentro e Sofie se perguntava se ainda eram capazes de chorar.

* * *

Levaram trinta minutos para chegar à cidade portuária de Servast.

Sofie estava encostada em Silver, que, mesmo enquanto corria pela estrada de campo sinuosa e esburacada, fez questão de que as crianças encontrassem a comida nas sacolas que tinha escondido na traseira. Havia o suficiente para três, mas elas sabiam fazer uma refeição miserável render. Certificou-se de que Sofie também se alimentasse. Duas semanas no acampamento tinham quase a destruído. Não entendia como as crianças haviam sobrevivido por tantos meses. Anos. O irmão tinha sobrevivido por *três anos*.

Enquanto viraram em uma curva acentuada, Silver falou baixinho:

— A Corça está perto. Eu recebi um relatório esta manhã de que estava em Alcene. — Uma pequena cidade a menos de duas horas dali, na qual se encontrava um dos armazéns vitais ao longo da Espinha, a rede ferroviária norte-sul que fornecia munição e suprimentos às tropas imperiais. — Nossos espiões indicaram que ela estava se dirigindo para cá.

O estômago de Sofie se revirou, mas ela se concentrou em vestir as roupas e os sapatos que Silver tinha trazido para ela trocar.

— Então vamos torcer para chegarmos à costa antes.

A garganta dele estremeceu. Ela ousou perguntar:

— Pippa?

Silver contraiu a mandíbula. Ele e Pippa estavam competindo por uma promoção na hierarquia interna do Comando havia anos. *Uma fanática transtornada*, como Silver chamara Pippa em mais de uma ocasão, normalmente depois que seu esquadrão da Ocaso tinha liderado um ataque brutal que não deixara sobreviventes. Mas Sofie entendia a devoção de Pippa; afinal, ela mesma tinha crescido se passando por inteiramente humana. Havia aprendido exatamente como eram tratados, como Pippa provavelmente tinha sido tratada pelos vanir a vida inteira. Algumas coisas, algumas experiências, Silver jamais poderia entender.

Ele continuou:

— Nenhuma notícia ainda. É melhor ela estar onde prometeu que estaria. — Suas palavras eram repletas de reprovação e desconfiança.

Sofie não disse mais nada enquanto ele dirigia. Não contaria os detalhes da inteligência que havia recolhido, apesar de tudo que tinha feito e significado para ela, apesar das horas silenciosas passadas juntos, corpos e almas se fundindo. Não contaria a ninguém, não até que o Comando cumprisse suas promessas.

Os asteri provavelmente tinham percebido o que ela havia descoberto. Com certeza tinham mandado a Corça à sua procura para impedi-la de contar a mais alguém.

Ainda assim, a ameaça mais imediata vinha dos lobos ferais que se aproximavam a cada quilômetro que percorriam em direção a Servast, como cães perseguindo um cheiro. Os olhares frequentes de Silver pelo espelho retrovisor mostravam que ele também sabia disso.

Talvez pudessem enfrentar alguns lobos metamorfos, tinham feito isso antes, mas haveria mais do que somente alguns para uma fuga de Kavalla. Muito mais do que poderiam enfrentar e sobreviver.

Havia se preparado para essa situação. Entregara seu cristal-com para o Comando antes de entrar em Kavalla. Aquela única linha preciosa de comunicação com a espiã mais valiosa deles. Sabia que manteriam seguro o pequeno pedaço de quartzo. Assim como Silver manteria Emile seguro. Ele lhe dera sua palavra.

Quando saíram da van, uma névoa cobria o estreito cais de Servast, contorcendo-se sobre as águas do mar Haldren, frias e escuras como a noite. Neblina entremeava pelas antigas casas de pedra da cidade portuária, a primalux piscando dos poucos postes sobre as ruas de paralelepípedos. Nenhuma luz brilhava por trás das janelas fechadas, nem sequer um carro ou pedestre se movia nas sombras e na névoa densas.

Era como se as ruas de Servast tivessem sido esvaziadas em antecipação à sua chegada. Como se os cidadãos, a maioria pescadores pobres, tanto humanos quanto vanir aliados à Casa das Muitas Águas, tivessem se entocado, algum instinto berrando que a névoa não deveria ser desbravada. Não naquela noite.

Não com lobos ferais à espreita.

Silver foi na frente, seu cabelo escapando sob a touca que vestira, sua atenção desviando de um lado para outro, a arma a fácil alcance ao lado do corpo. Ela o vira matar eficientemente com seu poder, mas às vezes com uma arma era mais rápido.

Emile se manteve próximo de Sofie conforme se espreitaram pelas ruas erodidas pelo tempo, entre mercados vazios. Conseguia sentir olhos fixos nela por trás das cortinas fechadas, mas ninguém abriu uma porta para oferecer ajuda.

Sofie não se importava. Contanto que aquele barco estivesse onde fora informada que ele esperaria, o mundo podia ir para o Inferno.

Misericordiosamente, o *Bodegraven* estava parado ao final de um longo píer de madeira três quarteirões adiante, letras prateadas contrastantes contra o casco preto. Alguns focos de primalux brilhavam nas janelas do pequeno barco a vapor, mas o convés permanecia quieto. Emile arquejou, como se aquela fosse uma visão de Luna.

Sofie rezou para que os outros barcos da Ophion estivessem esperando depois do porto para fornecer apoio, exatamente como o Comando tinha prometido em troca da valiosa vantagem que fora até o campo de extermínio obter. Não importava para eles que a valiosa vantagem fosse o próprio irmão. Só importava o que contara que o menino conseguia fazer.

Sofie observou as ruas, o cais, o céu.

O poder que carregava nas veias pulsou no ritmo do seu coração. Uma contrabatida. Um tambor de osso, uma badalada da morte. Um aviso.

Precisavam ir *agora*.

Avançou, mas a mão larga de Silver agarrou seu ombro.

— Eles chegaram — disse, com seu sotaque do norte. Com os sentidos aguçados, conseguia detectar os lobos melhor do que ela.

Sofie observou os telhados inclinados, os paralelepípedos, a neblina.

— A que distância?

O rosto de Silver foi tomado por pesar.

— Todo lugar. Estão na porra toda.

Apenas três quarteirões os separavam da salvação. Gritos ecoavam pelas pedras a um quarteirão de distância.

— *Ali! Ali!*

O tempo de uma batida do coração para decidir. Uma batida do coração, e Emile parou, com um medo luminoso nos olhos escuros.

Chega de medo. Chega de dor.

Sofie chiou para Silver:

— *Fuja.* — Silver pegou a arma, mas Sofie empurrou a mão dele para baixo, aproximando-se de seu rosto. — Leve as crianças para o barco e fuja. Vou segurar os lobos e encontro você lá.

Algumas das crianças já estavam correndo para o píer. Emile esperou.

— Fuja! — disse para Silver de novo. Ele acariciou a bochecha de Sofie, o mais suave afago, e saiu correndo atrás das crianças, rugindo para o capitão ligar os motores. Nenhum deles sobreviveria se não partissem naquele momento.

Virou-se para Emile.

— Entre naquele barco.

Os olhos dele, os olhos da mãe deles, se arregalaram.

— Mas como você vai...

— Eu prometo que vou encontrar você de novo, Emile. Lembre-se de tudo que contei a você. *Vá.*

Quando abraçou o corpo magricela e ossudo do garoto, Sofie se permitiu inspirar uma lufada de seu cheiro, aquele que estava por baixo das camadas acre de terra e lixo de Kavalla. Emile cambaleou para longe ao notar o poder que se acumulava na ponta de seus dedos.

Antes de correr de vez para o barco, seu irmão disse baixinho:

— *Faça com que eles paguem.*

Sofie fechou os olhos, se preparando. Reunindo poder. Luzes se apagaram no quarteirão ao redor. Quando os abriu para a escuridão recém-descoberta, Emile tinha chegado ao píer. Silver esperava na rampa, chamando sob a única luz ainda acesa da rua. Seus olhares se encontraram.

Assentiu uma vez, esperando que o gesto deixasse transparecer tudo o que havia dentro de seu coração, e mirou na direção dos uivos dos lobos ferais.

* * *

Sofie correu direto para os feixes dourados dos faróis de quatro carros estampados com o símbolo dos asteri: *SPQM* e a coroa de sete estrelas. Todos apinhados de lobos ferais usando uniformes imperiais, armas em punho.

Imediatamente, viu a fêmea de cabelos dourados parada casualmente na frente do conversível militar. Uma gargantilha prateada brilhava no pescoço.

A Corça.

A metamorfa cervídea estava num conversível e tinha dois franco-atiradores ao seu lado, com rifles apontados para Sofie. Mesmo no escuro, o cabelo de Lidia Cervos brilhava acima do lindo rosto, impassível e frio. Olhos âmbar se fixaram em Sofie, iluminados com uma diversão arrogante. Triunfo.

Sofie virou uma esquina antes de os disparos estalarem como trovão. Os grunhidos dos lobos ferais da Corça ressoaram na névoa às suas costas conforme corria para dentro de Servast, para longe do porto. Do barco e das crianças. De Emile.

Silver não podia usar o próprio poder para buscá-la. Não tinha ideia de onde ela estava.

A respiração de Sofie saía entrecortada conforme corria pelas ruas vazias e sujas. Um disparo da buzina do barco ecoou pela noite nebulosa, como uma súplica para que se apressasse.

Em resposta, meia dúzia de uivos sobrenaturais ressoaram atrás dela. Todos se aproximando.

Àquela altura, alguns tinham assumido a forma de lobo.

Garras trovejavam contra a calçada próxima, e Sofie trincou os dentes, entrando em outro beco, seguindo para o único lugar em que todos os mapas estudados sugeriam que ela poderia ter uma chance. A buzina do navio disparou de novo, um último aviso de que partiria.

Se ao menos se embrenhasse um pouco mais na cidade, mais adentro...

Presas rangeram atrás dela.

Siga em frente. Não apenas para longe dos vanir ao seu encalço, mas dos atiradores no chão, esperando pelo alvo desimpedido. Da Corça, que devia saber a informação que Sofie levava. Sofie supôs que deveria se sentir lisonjeada, porque a própria Corça tinha vindo supervisionar a batida.

A pequena praça do mercado surgiu adiante, e Sofie disparou para a fonte no centro, direcionando um fio de seu poder direto para ela, atravessando pedra e metal até jorrar água, um gêiser cobrindo a praça do mercado. Lobos batiam na água quando apareciam das ruas do entorno, se metamorfoseando quando a encurralaram.

No centro da praça alagada, Sofie parou.

Em sua forma humana, os lobos usavam uniformes imperiais. Pequenos dardos prateados brilhavam em seus colarinhos. Um dardo para cada espião rebelde capturado. Seu estômago se revirou. Apenas um tipo de lobo feral tinha aqueles dardos prateados. A guarda particular da Corça. A maior elite entre os metamorfos.

Um apito soou pelo porto. Um aviso, talvez um adeus.

Então Sofie saltou na beira da fonte e sorriu para os lobos que se aproximavam. Não a matariam. Não quando a Corça estava esperando para interrogar Sofie. Uma pena que eles não sabiam o que Sofie era de verdade. Nem humana, nem bruxa.

Então liberou o poder que tinha acumulado no cais.

Estalos de energia se enroscaram na ponta de seus dedos e entre as mechas de seu cabelo castanho curto. Um dos lobos ferais finalmente entendeu, fazendo a ligação entre o que estava vendo com os mitos que os vanir sussurravam para seus filhos.

— *Ela é um pássaro-trovão, porra!* — rugiu o lobo no exato momento em que Sofie liberou o poder reunido na água que já inundava a praça. A água batia na canela dos lobos ferais.

Não tinham a menor chance.

Sofie se virou na direção do cais quando a eletricidade parou de serpentear sobre as pedras, mal reparando nas carcaças fumegantes e parcialmente submersas. Os dardos de prata nos colarinhos deles brilhando de tão incandescentes.

Outro apito. Ainda conseguiria chegar ao píer.

Sofie saiu espirrando a água pela praça inundada, seu fôlego irregular na garganta.

O lobo feral estava apenas parcialmente certo. Ela era parte pássaro-trovão. Muito antes de ser executada, sua bisavó tinha acasalado com um humano... O dom, mais lenda do que verdade hoje em dia, tinha ressurgido em Sofie.

Era por esse motivo que os rebeldes a queriam tanto, por esse motivo que a enviavam em missões tão perigosas. Por esse motivo que Pippa havia passado a valorizá-la. Sofie tinha o cheiro característico de uma humana, podia se passar por uma, mas em suas veias espreitava uma habilidade que podia matar qualquer um em um instante. Há muito tempo os asteri tinham caçado a maior parte dos pássaros-trovão, levando-os à extinção. Jamais soube como sua bisavó havia sobrevivido, mas os descendentes tinham mantido a linhagem em segredo. *Ela* a mantivera em segredo.

Até aquele dia três anos antes, quando sua família foi levada e assassinada. Quando encontrou a base da Ophion mais próxima e mostrou a eles exatamente o que podia fazer. Quando, em troca, contou a eles o que queria que fizessem por ela.

Sofie os odiava. Quase tanto quanto odiava os asteri e o mundo que tinham construído. Durante três anos, a Ophion havia mantido o paradeiro de Emile fora de seu alcance, prometendo encontrá-lo, ajudá-la a libertá-lo, se ela pudesse fazer *mais uma missão.* Pippa e Silver podiam acreditar na causa, embora diferissem em seus métodos de como lutar por ela, mas Emile sempre fora a causa de Sofie. Um mundo livre seria maravilhoso, mas o que importava se não tivesse uma família com quem compartilhá-lo?

Tantas vezes, por aqueles rebeldes, ela tirara poder de cercas elétricas, de luzes e máquinas, e matara e matara, até que sua alma estivesse em frangalhos. Costumava pensar em se desvincular da rebelião e encontrar o irmão sozinha, mas não era espiã. Não tinha rede de contatos. Então Sofie permaneceu, e secretamente montou sua própria isca para balançar diante da Ophion. Certificou-se de que soubessem a importância do que descobrira antes de entrar em Kavalla.

Cada vez mais rápido, impulsionava-se em direção ao cais. Se não conseguisse, talvez houvesse uma embarcação menor que poderia pegar até o barco a vapor. Talvez simplesmente nadasse até que estivesse perto o suficiente para que Silver a visse, e facilmente a alcançasse com seu poder.

Passava por casas quase aos pedaços e ruas irregulares; névoa flutuando em véus.

O trecho do píer de madeira entre Sofie e o barco a vapor que se afastava estava livre. Correu até lá.

Conseguia distinguir Silver no convés do *Bodegraven*, monitorando sua chegada. Mas por que não usava o poder para chegar até ela? Alguns metros à frente, viu a mão pressionada ao ombro ensanguentado dele.

Que Cthona tivesse piedade. Silver não parecia gravemente ferido, mas Sofie teve a sensação de que sabia com que tipo de bala ele havia sido atingido. Uma bala com o núcleo de pedra gorsiana, que sufocava a magia.

Seu poder estava inutilizável. E se um franco-atirador tinha atingido Silver no barco... Sofie parou subitamente.

O conversível estava estacionado nas sombras da construção do outro lado do cais. A Corça ainda estava recostada como uma rainha, um atirador ao seu lado com o rifle apontado para Sofie. Para onde o segundo tinha ido, ela não sabia. Apenas aquele importava. Aquele, e o seu rifle.

Estava provavelmente abarrotado de balas de gorsiana. Eles a derrubariam em segundos.

Os olhos dourados da Corça brilhavam como carvão em brasa na escuridão. Sofie mediu a distância até o fim do píer, conseguia ver a corda que Silver tinha lançado, se afastando a cada centímetro que o *Bodegraven* roncava em direção ao mar aberto.

A Corça inclinou a cabeça, um gesto de desafio. Uma voz enganosamente calma deslizou entre os lábios vermelhos:

— Você é mais rápida do que uma bala, pássaro-trovão?

Sofie não parou para trocar provocações. Tão ágil quanto uma corrente de ar pelos fiordes de sua terra natal, disparou pelo cais. Sabia que o rifle do franco-atirador a acompanhava.

O fim do cais e o porto escuro adiante pairavam à frente.

O rifle estalou.

O rugido de Silver partiu a noite antes que Sofie atingisse as tábuas de madeira, farpas cortando seu rosto, o impacto ricocheteando por um olho. Dor irradiou pela coxa direita, o rastro de pele dilacerada e osso estilhaçado, tão violenta que roubou até mesmo o grito de seus pulmões.

O urro de Silver cessou abruptamente, e então ele gritou para o capitão:

— *Vá, vá, vá, vá!*

Deitada de bruços, com o rosto colado no cais, Sofie sabia que o estado era ruim. Levantou a cabeça, engolindo o grito de dor, sangue escorrendo do nariz. O zumbido abafado da energia de um barco ômega ondulou através dela mesmo antes de Sofie enxergar as luzes que se aproximavam sob a superfície do porto.

Quatro submersíveis imperiais de guerra convergiam como tubarões sobre o *Bodegraven.*

* * *

Pippa Spetsos estava a bordo da nave rebelde *Orrae*, o mar Haldren uma extensão escura em sua volta. À distância, os focos de primalux das cidades ao longo da costa norte de Pangera brilhavam como estrelas douradas.

Mas a atenção dela permanecia fixa no brilho de Servast. Na pequena luz velejando em direção a eles.

O *Bodegraven* partiu na hora combinada.

Pippa pressionou a mão com firmeza sobre a armadura fria e dura que cobria seu peito, bem acima da insígnia do sol poente da unidade da Ocaso. Não perderia aquele último fôlego de alívio, não até que visse Sofie. Até que tivesse deixado em segurança todas as vantagens que Sofie carregava consigo: o menino e a informação.

E então demonstraria a Sofie como o Comando se sentia a respeito de ser manipulado.

O Agente Silverbow, aquele desgraçado arrogante, tinha seguido a mulher que ele amava. Sabia que a vantagem que Sofie trazia pouco significava para o homem. Tolo. Entretanto, a possibilidade da informação que Sofie alegava ter passado anos reunindo secretamente para a Ophion… até mesmo Silverbow iria querer aquilo.

O Capitão Richmond colocou-se ao seu lado.

— Reporte — ela ordenou.

Ele aprendera do jeito mais difícil a não lhe desobedecer. Aprendera exatamente quem no Comando a apoiava, quem causaria o Inferno por ela. Monitorando a embarcação que se aproximava, Richmond disse:

— Fizemos contato por rádio. Sua agente não está naquele barco.

Pippa congelou.

— O irmão?

— O menino está lá. E mais 11 crianças de Kavalla. Sofie Renast ficou para trás para ganhar tempo para eles. Sinto muito.

Sinto muito. Pippa havia perdido a conta de quantas vezes tinha ouvido essa porra de expressão.

Naquele momento, no entanto… Emile tinha entrado no barco. Será que ganhar o menino valia a perda de Sofie?

Era a aposta que tinham feito ao sequer permitirem que Sofie entrasse em Kavalla: possivelmente perder um bem valioso na busca para obter outro. Mas isso foi antes de Sofie ter partido, e então ter informado a eles, logo antes de entrar no acampamento, que havia conseguido informação vital sobre o inimigo. Perder Sofie agora, com aquela informação crucial em jogo…

Sibilou para o capitão:

— Eu quero…

Um marinheiro humano saiu pela porta de vidro da ponte de comando, a pele estranhamente pálida sob o luar. Olhou para o capitão, então para Pippa, sem saber a quem se reportar.

— O *Bodegraven* tem quatro ômegas atrás dele, e estão se aproximando rápido. O Agente Silverbow foi atingido no ombro por uma bala de gorsiana.

O sangue de Pippa gelou. Silverbow seria inútil com uma gorsiana no corpo.

— Eles preferem afundar o barco a deixar aquelas crianças fugirem. Ainda não tinha se tornado tão insensível aos horrores daquele mundo a ponto de seu estômago não se revirar. O Capitão Richmond xingou baixinho.

Pippa ordenou:

— Prepare os atiradores. — Mesmo que as chances de eles sobreviverem a um ataque dos ômegas fossem mínimas, poderiam fornecer uma distração. O capitão resmungou em concordância, mas o marinheiro que tinha vindo correndo da ponte de comando arquejou e apontou.

No horizonte, cada uma das luzes de Servast estava se apagando. A onda de escuridão varria o continente.

— Que Inferno...

— Inferno, não — murmurou Pippa, quando o blecaute se espalhou.

Sofie. Ou... Os olhos dela se semicerraram no *Bodegraven*.

Pippa correu para a ponte de comando para visualizar melhor o cenário. Chegou, ofegante, com Richmond ao seu lado, a tempo de ver o *Bodegraven* disparando na direção deles, as luzes submersas dos quatro barcos ômega piscando atrás, se aproximando.

No entanto, conforme chegavam, uma poderosa luz branca disparou sobre a superfície, envolvendo seus longos braços em torno do ômega mais próximo.

A luz branca saltou para longe um momento depois, voando para o barco seguinte. Nenhuma luz de submergível brilhava em seu encalço. No radar diante da claridade, o barco ômega sumiu.

— Pelos deuses — falou Richmond.

Algo assim, era o que Pippa queria dizer. Era o estranho dom de Sofie: não apenas eletricidade, mas o poder da primalux também. Qualquer tipo de energia era dela para que comandasse, para sugar para dentro de si. O povo de Sofie tinha sido caçado até a extinção pelos asteri séculos antes por causa desse dom poderoso e inconquistável, ou era o que parecia.

Mas, agora, só havia dois deles.

Sofie tinha dito que os poderes de seu irmão faziam os dela parecerem risíveis. Poderes que naquele momento Pippa testemunhava conforme a luz saltava do segundo barco, outro blecaute, disparando para o terceiro quase imediatamente.

Não conseguia discernir sinais de Emile no convés do *Bodegraven*, mas ele só podia estar ali.

— O que pode derrubar um ômega sem torpedos? — murmurou um dos marinheiros. Mais perto agora, a luz varria a superfície até o terceiro barco, e, mesmo à distância, Pippa conseguia ver o núcleo de longos e luminosos tendões ondulando dele, como asas.

— Um anjo? — sussurrou alguém. Pippa debochou internamente. Não havia anjos entre os poucos vanir na Ophion. Se fosse como Pippa queria, não existiria nenhum vanir entre eles... exceto por aqueles como Sofie. Poderes de vanir, mas alma e corpo humanos.

Emile era uma grande aquisição para a rebelião, o Comando ficaria realmente satisfeito.

O terceiro submergível ômega escureceu, sumindo nas profundezas de cor nanquim. O sangue de Pippa vibrou diante da terrível glória daquilo. Restava apenas um ômega.

— Vamos lá — sussurrou Pippa. — Vamos lá... — Muita coisa dependia daquele barco. O equilíbrio da guerra podia depender daquilo.

— Dois torpedos de enxofre disparados do ômega restante — gritou um marinheiro.

Mas a luz branca engolfou o ômega, quilômetros de primalux lançando o último barco em uma espiral até um abismo de água.

E então um salto para fora, um chicote de luz iluminando as ondas acima da embarcação até se tornarem turquesa. O braço de alguém se esticando.

Um marinheiro relatou, rouco, com espanto e antecipação em cada palavra:

— Torpedos de enxofre desapareceram do radar. Sumiram.

Apenas as luzes do *Bodegraven* restavam, como estrelas opacas em um mar de escuridão.

— Comandante Spetsos? — perguntou Richmond.

Pippa ignorou Richmond e saiu pisando forte até o calor interno da ponte de comando, puxando um par de binóculos de longo alcance de um gancho logo na entrada. Em segundos, ela estava fora, no convés açoitado pelo vento novamente, os binóculos apontados para o *Bodegraven*.

Emile estava de pé ali, mais velho, mas sem dúvida a mesma criança das fotos de Sofie; não passava de uma figura esguia sozinha na proa. Encarava o cemitério de água conforme passavam por ali. Então, a terra adiante. Lentamente caiu de joelhos.

Sorrindo consigo mesma, Pippa voltou a visão nos binóculos e olhou na direção da escuridão de Pangera.

* * *

Deitada de lado, com o bater das ondas no cais e o pingar de seu sangue na superfície sob as tábuas de madeira como os únicos sons que conseguia ouvir, Sofie esperava para morrer.

O braço estava pendurado da ponta do cais conforme o *Bodegraven* velejava na direção daquelas luzes salvadoras no mar. Na direção de Pippa, que havia trazido navios de guerra para guiar o *Bodegraven* em segurança. Provavelmente para garantir que Sofie estivesse nele, junto com Emile, mas... Pippa tinha vindo mesmo assim. A Ophion tinha vindo.

Lágrimas escorriam por suas bochechas até as tábuas de madeira. Tudo doía.

Sabia que isso aconteceria se forçasse demais, exigisse poder demais, como havia feito naquela noite. A primalux sempre doía muito mais do que a eletricidade. Queimava suas entranhas mesmo que a deixasse desejando mais de seu poder magnífico. Era por isso que evitava usá-la tanto quanto possível. Por isso que a ideia de Emile tinha sido tão atraente para o Comando, para Pippa e seu esquadrão da Ocaso.

Não restava nada dentro de si. Nenhuma faísca de poder. E ninguém viria salvá-la.

Passos ecoaram no cais, chacoalhando seu corpo. Sofie mordeu o lábio inferior contra a dor lancinante.

Botas pretas lustrosas pararam a centímetros de seu nariz. Sofie voltou seu olho ileso para cima. O rosto pálido da Corça se virou para baixo.

— Menina levada — disse a Corça com aquela voz grave. — Eletrocutando meus lobos ferais. — Percorreu Sofie com os olhos âmbar. — Que poder notável você tem. E que poder notável seu irmão tem, naufragando meus barcos ômega. Parece que todas as lendas sobre seu tipo são verdadeiras.

Sofie não disse nada.

A torturadora de espiões sorriu sutilmente.

— Diga para quem você passou a informação e eu vou sair deste cais e deixar você viver. Vou deixar que veja seu querido irmãozinho.

Sofie respondeu, entre os lábios enrijecidos:

— Ninguém.

A Corça apenas disse:

— Vamos dar uma volta, Sofie Renast.

Os lobos ferais enfiaram Sofie em um barco discreto. Ninguém falou enquanto zarpavam. Uma hora depois, o céu clareou. Somente quando estavam longe da margem, não mais uma sombra escura no céu noturno, a Corça ergueu a mão. Os motores pararam e o barco ondulou na água.

De novo, aquelas botas lustrosas na altura dos joelhos se aproximaram de Sofie. Fora amarrada, algemas de gorsiana presas em seus pulsos para sufocar seu poder. A perna tinha ficado dormente com a agonia.

Com um aceno para um lobo, a Corça ordenou que Sofie fosse colocada de pé. Sofie reprimiu o grito de dor. Atrás dela, outro lobo abriu a porta para a popa, expondo a pequena plataforma que se projetava atrás do barco. A garganta de Sofie se fechou.

— Como seu irmão desferiu tal morte a uma profusão de soldados imperiais, esta será uma punição adequada para você — disse a Corça, passando para a plataforma, não parecendo se importar com a água batendo em suas botas. Tirou uma pequena pedra branca do bolso, erguendo-a para Sofie ver, então a atirou na água. E observou com seus olhos aguçados de vanir conforme caía mais e mais na escuridão de nanquim.

— A essa profundidade, você provavelmente vai se afogar antes de chegar ao leito do mar — observou, o cabelo dourado balançando sobre o rosto imperioso. Enfiou as mãos nos bolsos conforme os lobos se ajoelharam diante dos pés de Sofie e os amarraram com correntes presas a blocos de chumbo.

— Vou perguntar de novo — disse a Corça, inclinando a cabeça, a gargantilha prateada brilhando no pescoço. — Com quem você compartilhou a informação que coletou antes de entrar em Kavalla?

Sofie sentiu a dor de suas unhas ausentes. Viu os rostos naquele acampamento. O povo que tinha deixado para trás. Sua causa havia sido Emile, mas a Ophion estava certa de muitas formas. Uma pequena parte tinha ficado feliz por matar pela Ophion, por lutar por aquelas pessoas. Continuaria lutando por elas, por Emile. Disse entredentes:

— Já falei: ninguém.

— Muito bem, então. — A Corça apontou para a água. — Você sabe como isso termina.

Sofie manteve a expressão neutra para esconder o choque diante de sua sorte, um último presente de Solas. Aparentemente, nem mesmo a Corça era tão esperta quanto acreditava ser. Ofereceu uma morte rápida e horrível, mas que não era nada em comparação à tortura infinita que Sofie esperava.

— Coloquem ela na plataforma.

Um lobo feral, um macho corpulento e de cabelos pretos, protestou, dizendo com escárnio:

— Nós vamos arrancar dela. — Mordoc, o segundo no comando da Corça. Quase tão temido quanto sua comandante. Principalmente por seus dons particulares.

A Corça nem mesmo olhou para o macho.

— Não vamos perder tempo com isso. Ela diz que não contou a ninguém, e estou disposta a acreditar. — Um lento sorriso se abria em seus lábios. — Então a informação vai morrer com ela.

Foi tudo o que a Corça precisou dizer. Os lobos empurraram Sofie para a plataforma. Engoliu um grito diante da onda de dor que percorreu sua coxa. Água gélida subiu, encharcando suas roupas, queimando-a e anestesiando-a ao mesmo tempo.

Sofie não conseguia parar de tremer. Tentou se lembrar do beijo do ar, do cheiro do mar, do céu cinza antes do alvorecer, que estava a apenas minutos de acontecer. Jamais veria outro dia raiar.

Sofie havia subestimado a beleza e a simplicidade da vida. Como queria ter aproveitado mais. Cada momento.

A metamorfa cervídea se aproximou.

— Alguma última palavra?

Emile tinha fugido. Era tudo que importava. Ele seria mantido a salvo agora.

Sofie deu um sorriso torto para a Corça.

— *Vá para o Inferno.*

As mãos cheias de garras de Mordoc a empurraram da plataforma.

A água gélida atingiu Sofie como uma explosão de bomba, e então o chumbo em seus pés agarrou tudo o que ela era e o que poderia ter sido, e a puxou para baixo.

A Corça ficou de pé, um fantasma no meio do mar Haldren, assistindo a Sofie Renast ser envolvida pelo abraço de Ogenas.

Sofie havia sentido muito a leveza e a simplicidade da vida. Como queria ter aproveitado mais. Cada momento.

[illegible] a cerveja se aproximou.

— Alguma última palavra?

Emile tinha fugido. Era tudo que importava. Ele estaria mudado [illegible] salvo agora.

Sofie deu um sorriso torto para a Coceira.

— *Vá para o inferno.*

As mãos cheias de garras de Mordor a empurraram da plataforma. A água gélida atingiu Sofie como uma explosão de bomba, e então o chumbo em seus pés agarrou tudo o que ela era, o que poderia ter sido, e a puxou para baixo.

A Coerça ficou de pé, um fantasma no meio do [illegible] Baldren, assistindo a Sofie Rebeca ser envolvida pela [illegible] de lágrimas.

PARTE I

O DESFILADEIRO

1

Para uma terça à noite no Balé da Cidade da Lua Crescente, o teatro estava incomumente lotado. A visão das multidões apinhando o saguão, bebendo, conversando e socializando, encheu Bryce Quinlan de uma alegria e um orgulho silenciosos.

Só havia um motivo para o teatro estar tão lotado naquela noite. Com sua audição feérica, Bryce podia jurar ter ouvido as centenas de vozes ao seu redor sussurrando *Juniper Andromeda*. A estrela da noite.

Mesmo com a multidão, um ar de reverência silenciosa e serenidade enchia o lugar. Como um templo.

Bryce teve a sensação arrepiante de que as várias estátuas antigas dos deuses flanqueando o extenso saguão a vigiavam. Ou talvez fosse o casal de metamorfos mais velhos de pé ao lado de uma estátua reclinada de Cthona, a deusa da terra, nua e à espera do abraço de seu amante, Solas. Os metamorfos, de um tipo de felino grande, pelo cheiro deles, e ricos, pelos relógios e joias, descaradamente a devoravam com os olhos.

Bryce ofereceu a eles um sorriso insípido de lábios fechados.

Alguma variação disso tinha acontecido quase todo dia desde o ataque na última primavera. As primeiras investidas haviam sido arrasadoras, de dar nos nervos, as pessoas se aproximando dela, chorando em gratidão. Agora, simplesmente a encaravam.

Bryce não culpava as pessoas que queriam falar com ela, que *precisavam* falar com ela. A cidade tinha sido curada por ela, mas o povo...

Multidões já estavam mortas quando a sua primalux irrompeu por Lunathion. Hunt tivera sorte, estava dando seus últimos suspiros quando a primalux o salvou. Cinco mil outras pessoas não tiveram a mesma sorte.

As famílias delas não tiveram a mesma sorte.

Tantos barcos escuros flutuavam pelo Istros até as névoas do Quarteirão dos Ossos, que pareciam um bando de cisnes pretos. Hunt tinha carregado Bryce até o céu para ver o cenário horrível. Os cais ao longo do rio tinham ficado apinhados de gente, os choros de luto se elevando até as nuvens baixas para onde ela e Hunt haviam voado.

Hunt simplesmente a segurou mais forte e voou com os dois para casa.

— Tire uma foto — gritava Ember Quinlan de onde estava para os metamorfos, ao lado de um torso de mármore de Ogenas se elevando das ondas, os seios fartos da deusa do oceano empertigados e os braços erguidos. — Só dez marcos de ouro. Quinze se vocês quiserem aparecer.

— Porra, mãe — murmurou Bryce. Ember estava de pé com as mãos no quadril, deslumbrante com um vestido de seda cinza e uma pashmina. — Por favor, não.

Ember abriu a boca, como se fosse dizer outra coisa para os metamorfos repreendidos, que agora corriam na direção da escada leste, mas o marido a interrompeu.

— Eu concordo com Bryce — disse Randall, estonteante com o terno azul-marinho.

Ember voltou os olhos escuros transtornados para o padrasto de Bryce, o único pai, até onde Bryce se importava, mas Randall apontou para um longo friso atrás deles.

— Aquele ali me lembra de Athalar.

Bryce arqueou uma sobrancelha, grata pela mudança de assunto, e se virou para onde apontara. Ali, um poderoso macho feérico estava equilibrado sobre uma bigorna, o martelo apontado para o alto em um punho, relâmpago estalando do céu, preenchendo o martelo e fluindo na direção do objeto do destino do golpe: uma espada.

A placa simplesmente dizia: *Escultor desconhecido. Palmira, cerca de 125 V.E.*

Bryce pegou o celular e tirou uma foto, abrindo a troca de mensagens entre ela e *Hunt Athalar é Melhor No Solebol do Que Eu.*

Não podia negar. Tinham ido para o campo de solebol local em uma tarde ensolarada na semana anterior para jogar, e Hunt havia prontamente ganhado de lavada. Ele mesmo mudou o nome do contato dele no telefone de Bryce quando estavam voltando para casa.

Com alguns movimentos de dedos, a foto disparou para o éter, junto com a legenda: *Algum parente perdido seu?*

Deslizou o celular para a bolsa-carteira e encontrou sua mãe o observando.

— O que foi? — murmurou Bryce.

Mas Ember apenas indicou o friso.

— Quem ele retrata?

Bryce verificou a pequena inscrição no canto inferior direito.

— Só diz *A forja da espada.*

A mãe olhou para a gravura parcialmente desbotada.

— Em que língua?

Bryce tentou manter a postura relaxada.

— Na Velha Língua dos feéricos.

— Ah. — Ember contraiu os lábios, e Randall sabiamente deslizou entre a multidão para observar uma estátua imponente de Luna apontando o arco para o céu, dois cães de caça aos pés e um cervo tocando seu quadril com o focinho. — Você continuou fluente nele?

— É — disse Bryce. Então acrescentou: — Já teve sua utilidade.

— Imagino que sim. — Ember prendeu uma mecha do cabelo preto atrás da orelha.

Bryce se moveu para o friso seguinte que pendia do teto distante por fios quase invisíveis.

— Este é das Primeiras Guerras. — Observou o baixo-relevo entalhado na extensão de 3 metros de mármore. — É sobre… — Bryce se controlou para se manter inexpressiva.

— O quê? — Ember se aproximou da representação de um exército de demônios alados descendo do céu sobre um exército celestial reunido na planície abaixo.

— Este é sobre os exércitos do Inferno chegando para conquistar Midgard durante as primeiras guerras — concluiu Bryce, tentando manter a voz indistinta. Bloqueando o lampejo de garras e presas e asas encouraçadas, o estrondo do rifle ressoando por seus ossos, os rios de sangue nas ruas, os gritos e mais gritos e...

— Era de se imaginar que esta aqui seria uma peça popular ultimamente — observou Randall, reunindo-se a elas para analisar o friso.

Bryce não respondeu. Não gostava muito de discutir os eventos da última primavera com os próprios pais. Principalmente não no meio de um saguão de teatro lotado.

Randall indicou com o queixo as inscrições.

— O que diz esta aqui?

Bastante ciente de que sua mãe notava cada piscar de olhos que dava, Bryce manteve sua postura casual conforme lia o texto na Velha Língua dos feéricos.

Não que estivesse tentando esconder o que tinha passado. Ela *falara* com a mãe e o pai sobre isso algumas vezes. Mas sempre resultava em Ember chorando ou tagarelando sobre os vanir que tinham trancado tantos inocentes do lado de fora, e o peso de todas as emoções da mãe, além das *dela*...

Era mais fácil, Bryce já havia percebido, não mencionar o assunto. Permitir-se falar sobre aquilo com Hunt, ou extravasar nas aulas de dança de Madame Kyrah duas vezes por semana. Passos pequenos até estar pronta para terapia guiada de verdade, como Juniper ficava sugerindo, mas as duas coisas ajudaram imensamente.

Bryce silenciosamente traduziu o texto.

— Esta é uma peça de uma coleção maior, provavelmente uma que teria percorrido o exterior de um prédio inteiro, cada placa contando uma parte diferente da história. Esta parte aqui diz: *E assim os sete Príncipes do Inferno contemplaram Midgard com inveja e liberaram suas hordas profanas sobre nossos exércitos unidos.*

— Aparentemente, nada mudou em quinze mil anos — disse Ember, sombras ofuscando seus olhos.

Bryce manteve a boca fechada. Jamais havia contado à mãe sobre o príncipe Aidas, sobre como ele a ajudara duas vezes até então, e que não parecera ciente dos planos sombrios do próprio irmão. Se a mãe soubesse que havia se mancomunado com o quinto Príncipe do Inferno, precisariam redefinir o conceito de *ataque de nervos*.

Mas então Ember disse:

— Você não poderia arrumar um emprego *aqui*? — Indicou com a mão a grandiosa entrada do BCLC, as exibições de arte em constante mudança no saguão e em alguns dos outros andares. — Você é qualificada. Isso teria sido perfeito.

— Não tinham vagas. — Era verdade. E não queria usar o status de princesa para conseguir uma. Ela queria trabalhar em um lugar como o departamento de arte do BCLC por mérito próprio.

O emprego dela nos Arquivos Feéricos... Bem, definitivamente o tinha conseguido porque a viam como uma princesa feérica, mas de alguma forma não era igual. Não queria trabalhar lá tanto assim.

— Você pelo menos *tentou*?

— Mãe — disse Bryce, o tom mais incisivo.

— Bryce.

— Senhoras — disse Randall, brincalhão, tentando quebrar a tensão crescente entre as duas.

Bryce sorriu como agradecimento a ele, mas conseguiu ver sua mãe franzindo o cenho. Suspirou para os lustres com padrão de raios estelares acima da multidão reluzente.

— Tudo bem, mãe. Desembucha.

— Desembuchar o quê? — perguntou Ember, inocentemente.

— Sua opinião sobre meu trabalho. — Bryce trincou os dentes. — Durante anos, você me encheu por ser assistente, mas, agora que estou fazendo uma coisa melhor, não é bom o bastante?

Aquele não era mesmo lugar de discutir, não com um bando de gente perambulando com os ouvidos ao alcance delas, mas estava farta.

Ember não pareceu se importar ao dizer:

— Não é que não seja bom o bastante. O problema é onde fica o trabalho.

— Os Arquivos Feéricos operam independentemente *dele*.

— Ah é? Porque eu me lembro dele se gabando que era basicamente sua biblioteca pessoal.

Bryce falou, em tom embargado:

— Mãe. A galeria acabou. Eu preciso de um emprego. Me perdoe se o trabalho corporativo das 9 às 17 horas não está disponível para mim agora. Ou que o departamento de arte do BCLC não está contratando.

— Eu não entendo por que você não poderia arranjar alguma coisa com Jesiba. Ela ainda tem aquele armazém, com certeza precisa de ajuda com o que quer que faça lá.

Bryce se segurou para não revirar os olhos. Depois de um dia do ataque à cidade naquela primavera, Jesiba tinha limpado a galeria e os preciosos volumes que constituíam tudo que restava da antiga Grande Biblioteca de Parthos. A maioria das outras peças de Jesiba estava agora em um armazém, muitas em caixas, mas Bryce não tinha ideia de para onde a feiticeira tinha transportado os livros de Parthos, um dos poucos resquícios do mundo humano antes da chegada dos asteri. Bryce não ousara questioná-la sobre o atual paradeiro deles. Era um milagre que os asteri não tivessem recebido uma denúncia anônima sobre a existência dos livros contrabandeados.

— Tem um limite para a quantidade de vezes que eu posso pedir um emprego sem parecer que estou implorando.

— E não podemos permitir que uma princesa faça isso.

Ela perdera a conta de quantas vezes dissera à mãe que não era uma princesa. Não queria ser, e o Rei Outonal também não queria que fosse porra nenhuma. Não tinha falado com o babaca desde a última vez em que fora visitá-la na galeria, logo antes de Bryce confrontar Micah. Quando revelou qual poder percorria suas veias.

Era difícil não olhar para o peito dela, onde a frente de seu translúcido vestido azul-pálido mergulhava até logo abaixo dos seios, exibindo a marca em forma de estrela entre eles. Ainda bem que as costas eram altas o bastante para esconder o chifre tatuado ali. Como uma cicatriz antiga, a marca branca contrastava fortemente com a pele sardenta e reluzente. Não tinha sumido durante os três meses desde o ataque à cidade.

Bryce não sabia quantas vezes surpreendera a mãe encarando a estrela desde que chegara na noite anterior.

Um grupo de fêmeas lindas, ninfas da floresta pelo cheiro de cedro e musgo, passou entremeando taças de champanhe nas mãos. Bryce abaixou a voz.

— O que você quer que eu diga? Que vou me mudar de volta para sua casa em Nidaros e fingir ser normal?

— Por que é tão ruim ser normal? — O lindo rosto da mãe brilhava com um fogo interior que jamais recuava, jamais se extinguia. — Eu acho que Hunt gostaria de morar aqui.

— Hunt ainda trabalha para a 33ª, mãe — disse Bryce. — Ele é o segundo em comando, porra. E, ainda que diga que *adoraria* morar em Nidaros para agradar você, não pense por um minuto que ele fala a sério.

— Entregou o rapaz sem piscar — afirmou Randall enquanto mantinha a atenção em uma placa de informação próxima.

Antes que Bryce pudesse responder, Ember disse:

— Não pense que eu não reparei que as coisas entre vocês estão esquisitas.

É óbvio que podia contar com a mãe para mencionar dois dos assuntos mais desconfortáveis para ela no espaço de cinco minutos...

— Como assim?

— Vocês estão juntos, mas não *juntos* — disse Ember, diretamente. — Qual é a dessa situação?

— Não é da sua conta. — E realmente não era. Como se a tivesse ouvido, o celular de Bryce na bolsa-carteira vibrou. Puxando-o, olhou para a tela.

Hunt tinha respondido: *Eu só posso torcer para um dia ter o abdômen assim.*

Bryce não conseguiu segurar o meio sorriso quando olhou de volta para o macho feérico musculoso no friso antes de responder. *Eu acho que você tem alguns músculos a mais do que ele, na verdade...*

— Não me ignore, Bryce Adelaide Quinlan.

O telefone vibrou de novo, mas não leu a resposta de Hunt ao dizer à mãe:

— Você pode, por favor, parar? E não mencione essa história quando Hunt chegar.

A boca de Ember se abriu, mas Randall disse:

— De acordo. Nada de interrogatórios sobre emprego ou romance quando Hunt chegar.

A mãe franziu a testa, desconfiada, mas Bryce falou:

— Mãe, só... pare, está bem? Eu não me incomodo com meu emprego, e a coisa entre Hunt e eu é o que nós dois concordamos. Estou bem. Vamos deixar assim.

Era uma mentira. Quase.

Realmente *gostava* do emprego, muito. A ala particular dos Arquivos Feéricos abrigava um tesouro de artefatos antigos que tinham sido seriamente negligenciados durante séculos e necessitavam de pesquisa e catalogação para serem enviados em uma exibição de viagem na primavera seguinte.

Fazia o próprio horário, respondia apenas ao chefe de pesquisa, um metamorfo coruja, um dos raros funcionários não feéricos, que só trabalhava do pôr ao nascer do sol, então quase não se viam. No entanto, a pior parte de seu dia era entrar no amplo complexo pelos prédios principais, onde as sentinelas a admiravam. Algumas até mesmo se curvavam. E então precisava passar pelo átrio, onde os bibliotecários e visitantes também tendiam a encará-la.

Todo mundo ultimamente a encarava, e ela detestava essa porra. Mas Bryce não queria contar nada disso à mãe.

Ember falou:

— Tudo bem. Você sabe que eu só me preocupo.

Alguma coisa no peito de Bryce se suavizou.

— Eu sei, mãe. E eu sei... — Lutou para encontrar as palavras. — Realmente ajuda saber que eu posso me mudar de volta para casa se eu quiser. Mas não no momento.

— É justo — intrometeu-se Randall, dando a Ember um olhar significativo antes de passar o braço por sua cintura e guiá-la na direção de outro friso do outro lado do saguão do teatro.

Bryce usou a distração dos pais para pegar o telefone e percebeu que Hunt tinha mandado duas mensagens:

Quer contar meus músculos abdominais quando voltarmos do balé?

O estômago dela se revirou, Bryce nunca se sentiu tão grata por seus pais possuírem um olfato humano quando seus dedos se contraíram dentro do sapato.

Hunt tinha acrescentado, *Chego em cinco minutos, aliás. Isaiah me segurou com um caso novo.*

Mandou um polegar para cima, então respondeu: *Por favoooooor chegue aqui AGORA. Eu acabei de passar por um interrogatório por causa do meu emprego. E de você.*

Hunt respondeu imediatamente, e Bryce leu conforme acompanhava os pais devagar até onde observavam o friso: *O que tem eu?*

— Bryce — chamou a mãe, apontando para o friso diante dela. — Veja este. É GG.

Bryce tirou os olhos do celular e sorriu.

— Valente Guerreiro Geleia Geladinha.

Ali, pendurada na parede, estava uma representação de um pégaso, embora não um pégaso-unicórnio, como o brinquedo de infância de Bryce, avançando para a batalha. Uma figura de armadura, o capacete escondendo qualquer feição distinta, montava a besta, espada erguida. Bryce tirou uma foto e mandou para Hunt.

GG das Primeiras Guerras se apresentando para o serviço!

Estava prestes a responder ao *O que tem eu?* de Hunt quando sua mãe disse:

— Diga a Hunt que pare de flertar com você e ande logo.

Bryce fez uma careta para a mãe e guardou o telefone.

Tantas coisas mudaram desde a revelação de sua ascendência como filha do Rei Outonal e uma herdeira Estrelada: pessoas admirando Bryce, o chapéu e o óculos que agora usava na rua para conseguir algum nível de anonimato, o emprego nos Arquivos Feéricos. Mas não a sua mãe, ela tinha permanecido a mesma.

Bryce não conseguia decidir se isso era um conforto ou um incômodo.

* * *

Ao entrar no camarote particular da seção dos anjos do teatro, os camarotes à esquerda do palco um nível acima do chão, Bryce sorriu na direção da pesada cortina dourada que bloqueava a vista do palco. Apenas dez minutos restavam até que o espetáculo começasse. Até que o mundo pudesse ver como Juniper era absurdamente talentosa.

Ember se ajeitou graciosamente em uma das cadeiras de veludo vermelho na frente do camarote, Randall reivindicando o assento ao lado. A mãe de Bryce não sorriu. Considerando que os camarotes feéricos reais ocupavam a ala diante deles, Bryce não a culpava. E, considerando que muitos dos nobres reluzentes e cheios de joias estavam encarando Bryce, era um milagre que Ember ainda não tivesse mostrado o dedo do meio para eles.

Randall assoviou para os assentos privilegiados quando olhou por cima do parapeito dourado.

— Bela vista.

O ar atrás de Bryce ficou elétrico, zunindo e com vida. Os pelos de seus braços se arrepiaram. Uma voz masculina soou do vestíbulo:

— Um benefício de se ter asas: ninguém quer se sentar atrás de você.

Bryce tinha desenvolvido uma consciência aguçada da presença de Hunt, como sentir o relâmpago no vento. Só precisava entrar em uma sala e ela sabia se estava ali só por aquela descarga de poder em seu corpo. Como se sua magia, seu sangue reagissem ao dele.

Bryce viu Hunt de pé à porta, já ajustando a gravata preta em volta do pescoço.

Simplesmente… cacete.

Estava de terno preto e camisa branca, ambos ajustados ao corpo musculoso e poderoso. O efeito era devastador. Acrescentando as asas cinza que emolduravam tudo, Bryce se perdia.

Hunt deu um risinho sarcástico dissimulado, mas assentiu para Randall.

— Você se arruma direitinho, cara. Desculpem pelo atraso. — Bryce mal conseguiu ouvir a resposta do pai enquanto observava o verdadeiro banquete malakim diante dela.

Hunt tinha cortado o cabelo mais curto no mês anterior. Não curto demais, pois fizera uma intervenção com o cabeleireiro antes que o macho draki conseguisse cortar todas aquelas lindas mechas, mas se fora o cabelo na altura dos ombros. O estilo mais curto combinava com ele, mesmo sendo um choque encontrar seu cabelo perfeitamente cortado na altura da nuca semanas depois, com apenas algumas mechas da frente ainda rebeldes o suficiente para despontar pelo buraco no chapéu de solebol dele. Naquela noite, no entanto, penteara o cabelo até domá-lo, deixando sua testa exposta.

Isso ainda era um choque também: nenhuma tatuagem. Nenhum sinal dos anos de tormenta que o anjo tinha sofrido além do *C* estampado na tatuagem de escravizado, localizada no pulso direito dele e que o marcava como um macho livre. Não um cidadão pleno, mas mais próximo disso do que os peregrini.

A marca estava escondida pelo manguito do paletó de seu terno e a camisa por baixo dele, e Bryce levantou o olhar para o rosto de Hunt. Sua boca secou diante da voracidade descarada que enchia os olhos escuros.

— Você também não está nada mal — disse, piscando um olho.

Randall tossiu, mas folheou o programa. Ember fez o mesmo ao seu lado.

Bryce passou a mão pela frente do vestido azul.

— Essa coisa velha?

Hunt riu, ajeitando a gravata de novo.

Bryce suspirou.

— Por favor, me diga que você não é um desses machos grandes e valentões que faz estardalhaço porque odeia se arrumar.

Foi a vez de Ember tossir, mas os olhos de Hunt dançaram quando disse a Bryce:

— Que bom que eu não preciso fazer isso com tanta frequência, não é?

Uma batida à porta do camarote calou sua resposta, e um sátiro garçom apareceu, carregando uma bandeja de champanhe de cortesia.

— Da srta. Andromeda — anunciou o macho de cascos bifurcados.

Bryce sorriu.

— Uau. — Fez uma nota mental de aumentar o tamanho do buquê que tinha planejado mandar a June no dia seguinte. Pegou a taça que o sátiro estendeu a ela, mas, antes que conseguisse erguê-la aos lábios Hunt a segurou com a mão carinhosa em seu pulso. Bryce oficialmente acabou com a regra de Nada de Bebidas depois daquela primavera, mas ela suspeitava de que o toque não tinha nada a ver com o lembrete para que segurasse a onda.

Arqueando a sobrancelha, esperou até que o garçom tivesse ido embora antes de perguntar:

— Você quer fazer um brinde?

Hunt levou a mão a um bolso interno da roupa e tirou de dentro uma pequena caixa de pastilhas de menta. Ou o que pareciam ser pastilhas. Mal teve tempo de reagir antes de ele soltar uma pílula branca na bebida.

— Que *Inferno*...

— Só testando. — Hunt estudou a taça. — Se estiver drogada ou envenenada, vai ficar verde.

Ember se intrometeu com sua aprovação.

— O sátiro disse que as bebidas são de Juniper, mas como você sabe, Bryce? Pode ter qualquer coisa dentro delas. — Ember assentiu para Hunt. — Bem pensado.

Bryce queria protestar, mas... Hunt tinha razão.

— E o que eu faço com isso agora? Está estragado.

— A pastilha não tem gosto — disse Hunt, batendo a taça contra a dela quando o líquido permaneceu dourado-pálido. — Pode entornar.

— Quanta elegância — disse, mas bebeu. Ainda tinha gosto de champanhe, nenhum indício da pastilha dissolvida.

As arandelas douradas e os lustres estelares oscilando piscaram com um aviso de cinco minutos, e Bryce e Hunt ocuparam seus assentos atrás dos pais. Daquele ângulo, mal conseguia enxergar Fury na fileira da frente.

Hunt pareceu entender onde estava a atenção de Bryce.

— Ela não quis se sentar com a gente?

— Não. — Bryce observou o cabelo preto reluzente da amiga, o terno preto dela. — Ela quer ver cada gota de suor de Juniper.

— Era de se pensar que ela vê isso toda noite — disse Hunt sarcasticamente, e Bryce arqueou as sobrancelhas em aviso.

Mas Ember se virou em seu assento, um sorriso genuíno iluminando seu rosto.

— Como estão Fury e Juniper? Elas já estão morando juntas?

— Há duas semanas. — Bryce esticou o pescoço para observar Fury, que parecia ler o programa. — E estão muito bem. Acho que Fury está para ficar desta vez.

A mãe perguntou com cautela:

— E você e Fury? Eu sei que as coisas estiveram estranhas por um tempo.

Hunt fez um favor a ela e se ocupou com o telefone. Bryce virou as páginas do programa.

— Resolver as coisas com Fury levou um tempo, mas estamos bem.

Randall perguntou:

— Axtar ainda está fazendo o que ela faz de melhor?

— Isso. — Bryce estava satisfeita em não aprofundar o assunto sobre o negócio de mercenária da amiga. — Mas ela está feliz. E, mais importante, June e Fury estão felizes juntas.

— Que bom — disse Ember, sorrindo suavemente. — Elas formam um casal tão lindo. — E porque a mãe dela era... bem, a mãe dela, Ember olhou Bryce e Hunt de cima a baixo e disse sem pudor nenhum:

— Vocês dois também formariam, se resolvessem as suas merdas.

Bryce afundou na cadeira, levantando o programa para bloquear seu rosto incandescente de ódio. Por que as luzes não estavam se apagando ainda? Hunt, contudo, não perdeu a deixa e falou:

— Quem espera sempre alcança, Ember.

Bryce fez uma careta para a arrogância e a diversão no tom de voz, jogando o programa no colo ao declarar:

— Esta noite é importante para June. Tente não estragar com gracinhas sem sentido.

Ember deu um tapinha no joelho de Bryce antes de se virar para o palco.

Hunt terminou o champanhe, e a boca de Bryce secou de novo quando viu o forte e largo pescoço trabalhando conforme engolia, então ele falou:

— E aqui estava eu pensando que você adorava umas gracinhas.

Bryce tinha a opção de babar ou virar o rosto; então, em vez de estragar o vestido com a primeira, observou a multidão que entrava em fila até seus assentos. Mais de uma pessoa espiou na direção de seu camarote.

Os olhares vinham principalmente dos camarotes feéricos do outro lado. Nenhum sinal do pai ou de Ruhn, mas reconheceu alguns rostos frios. Os pais de Tristan Flynn, Lorde e Lady Hawthorne, estavam entre eles, a esnobe profissional da filha deles, Sathia, sentada entre os dois. Nenhum dos nobres reluzentes pareceu satisfeito com a presença de Bryce. Ótimo.

— Esta noite é importante para June, lembre-se disso — murmurou Hunt, os lábios se curvando para cima.

Bryce olhou com raiva.

— O quê?

Hunt inclinou a cabeça para a nobreza feérica fazendo cara de desprezo do outro lado.

— Estou vendo que você está pensando em alguma forma de irritá-los.

— Eu não estava.

Inclinou-se para sussurrar, seu hálito roçando o pescoço dela:

— Você estava, e eu sei disso porque eu estava pensando a mesma coisa. — Alguns flashes de câmeras brilharam de cima e de baixo, e ela soube que as pessoas não estavam tirando fotos da cortina do palco.

Bryce desencostou para observar Hunt, o rosto que conhecia tão bem quanto o próprio. Por um momento, por uma eternidade breve demais, se encararam. Bryce engoliu em seco, mas não conseguiu se mover. Nem quebrar o contato visual.

A garganta de Hunt se moveu, mas não disse mais nada.

Três malditos *meses* dessa tortura. Acordo imbecil. Amigos, porém, mais que isso. Mais, mas sem nenhum dos benefícios físicos.

Hunt falou, por fim, com a voz embargada:

— É muito legal da sua parte estar aqui para Juniper.

Ela jogou o cabelo por cima do ombro.

— Você faz parecer que é um grande sacrifício.

Apontou o queixo na direção da nobreza feérica ainda debochada.

— Você não pode usar chapéu e óculos escuros aqui, então... sim, é.

Ela admitiu:

— Eu só queria que ela tivesse arranjado lugares para a gente na galeria.

Em vez disso, Juniper, para acomodar as asas de Hunt, tinha conseguido aquele camarote para eles. Bem onde todos podiam ver a Princesa Estrelada e o Anjo Caído.

A orquestra começou a afinar e os sons de violinos e flautas despertando devagar chamaram a atenção de Bryce para o fosso. Seus músculos tensionaram involuntariamente, como se estivessem se preparando para se mover. Para dançar.

Hunt se aproximou de novo, a voz um ronronado baixo:

— Você está linda, sabe.

— Ah, eu sei — disse, mesmo que precisasse morder o lábio inferior para evitar sorrir. As luzes começaram a diminuir, então Bryce decidiu mandar tudo ao Inferno. — Quando eu vou poder contar esses músculos abdominais, Athalar?

O anjo pigarreou, uma, duas vezes, e se agitou no assento, as penas farfalhando. Bryce deu um sorriso arrogante.

Murmurou:

— Mais quatro meses, Quinlan.

— E três dias — complementou.

Os olhos brilharam na escuridão crescente.

— Do que vocês dois estão falando aí atrás? — perguntou Ember, e Bryce respondeu, sem tirar os olhos dos de Hunt:

— Nada.

Mas não era nada. Era o acordo idiota que fizera com Hunt: que, em vez de irem para a cama, esperariam até o Solstício de Inverno para concretizar seus desejos. Passar o verão e o outono se conhecendo sem o fardo de um arcanjo problemático e demônios espreitando.

Então assim fizeram. Torturar um ao outro com flertes era permitido, mas às vezes, especialmente naquela noite... ela realmente desejava nunca ter sugerido aquilo. Desejava poder arrastá-lo para o armário de casacos do vestíbulo atrás deles e mostrar a Hunt exatamente o quanto gostava daquele terno.

* * *

Quatro meses, três dias e... Olhou para o delicado relógio no pulso. Quatro horas. E, quando batesse a meia-noite no Solstício de Inverno, *ela* estaria batendo...

— Solas Flamejante do caralho, Quinlan — grunhiu Hunt, de novo se ajustando na cadeira.

— Desculpa — murmurou, grata pela segunda vez em uma hora por seus pais não terem o olfato que Hunt possuía.

Mas Hunt gargalhou, passando o braço pelo encosto da cadeira dela, os dedos se enroscando no cabelo solto de Bryce. Pareceu satisfeito. Seguro de seu lugar ali.

Olhou para os pais, sentados com proximidade semelhante, e não conseguiu conter um sorriso. A mãe também tinha levado um tempo para agir com relação a seu desejo por Randall. Bem, no início houve algumas... coisas. Esse era o máximo que Bryce se permitia pensar neles. Sabia que tinha levado quase um ano até que tornassem as coisas oficiais. Tudo tinha acabado muito bem, continuava muito bem.

Então aqueles meses com Hunt, ela os valorizava. Tanto quanto valorizava as aulas de dança com Madame Kyrah. Ninguém exceto Hunt realmente entendia pelo que passara, apenas Hunt estivera no portão.

Bryce observou as feições impressionantes dele, seus lábios voltando a se curvar em um sorriso. Quantas noites eles tinham ficado acordados, falando sobre tudo e sobre nada? Pedindo jantar, assistindo a filmes ou reality shows ou solebol, jogando videogame ou sentados no telhado do prédio, observando os malakim e as bruxas e os draki cruzando o céu como estrelas cadentes.

Hunt havia compartilhado tantas coisas sobre seu passado, coisas tristes e horríveis e alegres. Bryce queria saber de tudo. E, quanto mais aprendia, mais se via compartilhando, e mais...

Uma luz brilhou da estrela em seu peito.

Bryce tapou a marca com a mão.

— Eu não deveria ter usado esse maldito vestido.

Os dedos mal conseguiam cobrir a estrela que brilhava luz branca pelo teatro escuro, iluminando cada rosto agora voltado para ela conforme a orquestra se acalmava, antecipando a aproximação do condutor.

Não ousou olhar para os feéricos do outro lado do espaço. Ver a repulsa e o desdém.

Ember e Randall se viraram nas cadeiras, o rosto do pai franzido em preocupação, os olhos de Ember arregalados de medo. A mãe também sabia que aqueles feéricos estavam olhando com escárnio. Havia escondido Bryce deles durante a vida inteira da filha, justamente por saber como reagiriam ao poder que agora irradiava de si.

Algum babaca gritou da plateia abaixo:

— *Ei, apague a luz!* — O rosto de Bryce ardeu em vergonha quando algumas pessoas riram, subitamente se calando.

Só podia presumir que Fury os calou, estando por perto.

Bryce levou as duas mãos em concha sobre a estrela, a qual tinha passado a brilhar nos *piores* momentos — até então, aquele era o mais vergonhoso.

— Eu não sei como apagar isso — murmurou, fazendo menção de se levantar do assento e fugir para o vestíbulo atrás da cortina.

Hunt passou a mão morna e seca sobre a cicatriz, os dedos roçando os seios de Bryce. A palma da mão era larga o suficiente para cobrir a marca, capturando a luz dentro dela. Brilhava entre os dedos dele, tornando sua pele marrom-clara um tom de ouro rosado, mas conseguiu conter a luz.

— Admita: você só queria que eu passasse a mão em você — sussurrou Hunt, e Bryce não conseguiu conter uma risadinha boba e frívola. Enterrou o rosto no ombro de Hunt, o material macio do terno frio contra suas bochechas e sua testa. — Precisa de um minuto? — perguntou, embora soubesse que ele estava encarando com ódio os babacas que continuavam olhando. A nobreza feérica sibilando sobre a *desgraça*.

— Deveríamos ir? — perguntou Ember, a voz carregada de preocupação.

— Não — disse Bryce com a voz embargada, colocando a mão sobre a de Hunt. — Estou bem.

— Você não pode ficar sentada aí assim — replicou Ember.

— Estou bem, mãe.

Hunt não moveu a própria mão.

— Estamos acostumados com os olhares. Certo, Quinlan? — Sorriu para Ember. — Não vão foder com a gente. — Uma rispidez envolveu o sorriso dele, um lembrete a qualquer um observando que ele não era apenas Hunt Athalar, era também o Umbra Mortis. A Sombra da Morte.

Ele havia merecido esse nome.

Ember assentiu de novo em aprovação quando Randall ofereceu a Hunt um aceno de gratidão. Misericordiosamente, o maestro enfim apareceu, e uma salva de palmas encheu o teatro.

Bryce inspirou profundamente, então exalou devagar. Seu controle era zero sobre quando a estrela brilhava, ou quando parava. Deu um gole no champanhe, então disse casualmente para Hunt:

— A notícia principal nos sites de fofoca amanhã vai ser: *Umbra Mortis taradão apalpa princesa Estrelada no balé*.

— Ótimo — murmurou Hunt. — Vai melhorar minha posição na 33ª.

Sorriu, apesar de tudo. Era um dos muitos dons de Hunt, fazê-la rir, mesmo quando o mundo parecia disposto a humilhá-la e segregá-la.

Os dedos dele escureceram em seu peito, e Bryce deu um suspiro.

— Obrigada — disse quando o maestro levantou a batuta.

Hunt muito lentamente tirou a mão do peito dela.

— De nada, Quinlan.

Olhou de soslaio para ele de novo, se perguntando quanto à mudança no tom de sua voz, mas a orquestra começou sua abertura ritmada e a cortina se abriu, e Bryce inclinou o corpo para a frente, arquejante, para esperar pela grandiosa entrada da amiga.

2

Bryce tentou não tremer de prazer quando Hunt bateu nela com uma asa conforme os dois subiam as escadas decrépitas que levavam à casa de Ruhn.

Uma reuniãozinha, era o que Ruhn tinha dito quando ligou para convidá-los para passar lá depois do balé. Como a ideia de que sua mãe a interrogasse de novo sobre o emprego, a vida sexual e o status de princesa certamente a faria beber de qualquer forma, Bryce e Hunt deixaram os pais dela no hotel, trocaram de roupa no apartamento — Hunt havia insistido nessa parte com um mal-humorado *eu preciso tirar essa porra de terno* —, e voado até ali.

Pelo visto, a Praça da Cidade Velha inteira também havia vindo: feéricos e metamorfos e pessoas de todas as Casas bebiam, dançavam e conversavam. Na imitação patética de um jardim, um aglomerado de ninfas do rio de cabelo verde e faunos, tanto machos quanto fêmeas, brincava de acertar sacos de feijão no buraco. Um grupo de machos feéricos atrás deles, membros da Aux, dados os músculos e a postura arrogante, estava entretido no que parecia ser um jogo absolutamente *hipnotizante* de bocha.

O dia árido tinha dado lugar a uma noite amena, quente o bastante para que todo bar, café e boate na Praça da Cidade Velha, principalmente em volta da Rua do Arqueiro, estivesse lotado de clientes. Mesmo com a música estrondosa que saía da casa de Ruhn, ela conseguia distinguir as batidas de baixo das outras casas na rua, do bar na esquina, dos carros que passavam.

Todos estavam comemorando estarem vivos.

Como deveriam.

— Fury e June já estão aqui — gritou Bryce para Hunt por cima do barulho conforme caminhavam pelos degraus bambos e manchados de cerveja da casa de Ruhn. — June disse que elas estão na sala.

Hunt assentiu, embora sua concentração permanecesse fixa na multidão festejando. Mesmo ali, as pessoas de todas as direções reparavam na chegada da princesa Estrelada e o Umbra Mortis. A multidão se afastou para eles passarem, alguns até mesmo recuando. Bryce enrijeceu, mas Hunt seguiu com a sua caminhada tranquila. Já estava acostumado àquela merda há algum tempo. E, embora não fosse mais oficialmente a Sombra da Morte, as pessoas não tinham se esquecido do que tinha feito certa vez. A quem ele servira.

Hunt se dirigiu para a sala à esquerda do corredor da entrada, os músculos ridículos nos ombros dele se contraindo com o movimento. Estavam expostos quase obscenamente sob a camiseta preta que vestia. Bryce podia ter sobrevivido àquela visão, não fosse pelo chapéu de sole-bol branco na cabeça, virado para trás, como Hunt normalmente usava.

Preferia isso ao terno elegante, na verdade.

Para seu choque, Hunt não protestou quando um duende do ar festeiro passou flutuando, adornando o casal com cordões de bastões luminosos feitos de primalux. Bryce tirou o tubo plástico de luz e o enroscou como um bracelete subindo pelo braço. Hunt deixou o dele pendurado sobre o peito, a luz projetando os músculos profundos do peitoral e dos ombros em alto-relevo. Que os deuses a poupassem.

Hunt dera apenas um passo até a sala quando a voz de Tristan Flynn ecoou do corredor da entrada atrás deles:

— Que *porra* é essa, Ruhn?!

Bryce riu, e entre a multidão viu o lorde feérico em uma ponta da mesa de beer-pong, na qual havia pintado a imagem de uma enorme cabeça feérica devorando um anjo inteiro.

Ruhn estava do outro lado da mesa, os dois dedos médios erguidos para seus adversários, o piercing no lábio reluzindo às luzes fracas da entrada.

— Podem ir pagando, babacas — disse o irmão de Bryce, o cigarro enrolado entre os lábios balançando com as suas palavras.

Bryce esticou a mão para Hunt, os dedos roçando as penas macias das asas. Hunt enrijeceu, se virando para olhar para ela. Asas de anjo eram extremamente sensíveis. Era como se o tivesse agarrado pelas bolas.

Com o rosto corando, Bryce apontou o polegar por cima do ombro na direção do próprio irmão.

— Diga a June e Fury que vou até elas em um segundo — gritou por cima do barulho. — Só vou dizer oi ao Ruhn. — Não esperou pela resposta de Hunt antes de ziguezaguear até o irmão.

Flynn soltou uma comemoração quando ela apareceu, obviamente bem perto de estar alcoolizado. Uma típica noite de terça-feira para ele. Considerou mandar uma foto da cara chapada de Flynn para os pais e a irmã dele. Talvez assim não olhassem para ela com tanto desprezo.

Declan Emmett parecia levemente mais sóbrio quando disse, ao lado de Flynn:

— E aí, B?

Bryce acenou, sem querer gritar por cima da multidão reunida no que um dia fora uma sala de jantar. Tinha sido recentemente transformada em uma sala de bilhar e dardos. Absolutamente adequada para o Príncipe Herdeiro dos feéricos de Valbara, pensou Bryce, com um meio sorriso ao se aproximar discretamente do macho ao lado de Flynn.

— Oi, Marc.

O alto metamorfo leopardo, de músculos esguios sob a pele marrom-escura, abaixou o olhar para ela. Os impressionantes olhos da cor de topázio brilhavam. Declan estava saindo com Marc Rosarin há um mês. Conheceu o empresário da área da tecnologia em alguma festa chique em uma das grandes empresas de engenharia no Distrito Comercial Central.

— Oi, princesa.

Flynn indagou:

— Desde quando você deixa Marc se safar de chamar você de princesa?

— Desde que eu gosto dele mais do que de você — disparou Bryce de volta, ganhando um tapinha no ombro de Marc e um sorriso de Ruhn. Disse ao irmão: — *Uma reuniãozinha*, hein?

Ruhn deu de ombros, as tatuagens nos braços se contraindo.

— Eu culpo Flynn.

Flynn levantou a última cerveja em reconhecimento e virou o copo.

— Onde está Athalar? — perguntou Declan.

— Com June e Fury na sala — respondeu.

Ruhn acenou para cumprimentar um convidado que passava antes de perguntar:

— Como foi no balé?

— Incrível. June arrasou nos solos. Fez todo mundo aplaudir de pé. — Sentira arrepios pelo corpo todo enquanto a amiga dançava, e lágrimas nos olhos quando Juniper foi ovacionada de pé após terminar. Bryce nunca tinha ouvido o BCLC tão cheio de vivas, e, pelo rosto corado e alegre de Juniper conforme ela fazia reverência, Bryce soube que a amiga também não. Uma promoção para Prima Ballerina certamente viria a qualquer momento.

— O ingresso mais badalado da cidade — disse Marc, assoviando. — Metade do meu escritório teria vendido a alma para estar lá esta noite.

— Você deveria ter me falado — disse Bryce. — Nós tínhamos alguns assentos sobrando em nosso camarote. Poderíamos ter encaixado eles.

Marc deu um sorriso, agradecido.

— Da próxima vez.

Flynn começou a rearranjar os copos de beer-pong, e gritou:

— Como estão mamãe e papai?

— Bem. Eles me deram uma mamadeira com leite e leram uma história para eu dormir antes que eu saísse.

Isso tirou uma risada de Ruhn, que tinha se reaproximado de Ember. O irmão perguntou:

— Quantos interrogatórios desde que eles chegaram, ontem à noite?

— Seis. — Bryce apontou para o corredor da entrada e para a sala de estar adiante. — E é por isso que estou indo beber com meus amigos.

— Open bar — disse Declan, indicando magnanimamente para trás.

Bryce acenou de novo, então partiu. Sem a silhueta imponente de Hunt, muito menos pessoas se viravam para ela. Mas quando se viravam… bolsões de silêncio surgiam. Tentou ignorá-las e quase suspirou de alívio quando viu um par de chifres familiar sobre uma cabeça de cabelos graciosamente cacheados presos no habitual coque de Juniper. Estava sentada no sofá manchado da sala de estar, com a coxa colada na de Fury, as mãos entrelaçadas.

Hunt estava de pé diante delas, as asas mantidas em um ângulo casual conforme conversava com as suas amigas. Ergueu o rosto quando Bryce entrou na sala, e ela podia jurar que os olhos pretos dele se iluminaram.

Conteve a alegria diante daquela visão quando se jogou no sofá ao lado de Juniper, aconchegando-se com a amiga. Roçou o nariz no ombro de June.

— Oi, minha talentosa e genial e linda amiga.

Juniper gargalhou, apertando Bryce.

— Digo o mesmo.

Bryce falou:

— Eu estava falando com Fury.

Juniper bateu no joelho de Bryce, e Fury gargalhou, dizendo:

— Já está agindo como uma prima-dona.

Bryce suspirou dramaticamente.

— Mal posso esperar para ver June dar ataques temperamentais por causa do estado do camarim dela.

— Ah, vocês duas são horríveis — disse Juniper, mas gargalhou com elas. — Primeiro, eu nem mesmo *terei* um camarim só pra mim durante anos. *Dois*…

— Lá vamos nós — disse Fury, e, quando June fez um ruído de objeção, apenas riu e levou os lábios à têmpora da fauna.

O lampejo casual e carinhoso de intimidade fez Bryce ousar olhar para Hunt, que estava sorrindo levemente. Bryce conteve o ímpeto de se inquietar, de pensar em como aqueles poderiam ser facilmente eles dois, abraçados no sofá se beijando. Hunt apenas disse, com a voz grave:

— O que eu posso trazer para você, Quinlan? — Ele inclinou a cabeça na direção do bar nos fundos da sala, mal visível com os grupos cercando os dois atendentes.

— Uísque, cerveja de gengibre e limão.

— Pode deixar. — Com uma saudação debochada, Hunt saiu caminhando entre a multidão.

— Como está funcionando toda essa coisa de nada de sexo, Bryce? — perguntou Fury, sarcasticamente, inclinando o corpo para a frente e se virando para olhar o rosto dela.

Bryce afundou nas almofadas.

— Babaca.

A risada de June sibilou dentro dela, e a amiga deu tapinhas em sua coxa.

— Me lembre por que vocês não estão se pegando?

Bryce olhou para trás do sofá para se certificar de que Hunt ainda estava no bar antes de dizer:

— Porque eu sou uma porra de uma idiota, e vocês duas babacas sabem disso.

Juniper e Fury riram, a última tomando um gole da vodca com refrigerante.

— Diga a ele que mudou de ideia — disse a mercenária, apoiando o copo no joelho vestido com couro preto. Como Fury conseguia usar couro naquele calor era um mistério para Bryce. Short, camiseta e sandália era tudo o que aguentava com as temperaturas de fritar, mesmo à noite.

— E romper nosso acordo antes do Solstício de Inverno? — sibilou Bryce. — Ele jamais me deixaria esquecer.

— Athalar já sabe que você quer romper o acordo — disse Fury, em tom arrastado.

— Ah, ele com certeza sabe — concordou Juniper.

Bryce cruzou os braços.

— Podemos não falar sobre isso?

— E qual seria a graça? — perguntou Fury.

Bryce chutou a bota de couro de Fury, encolhendo-se quando o pé calçado na sandália dourada dela colidiu com o metal impiedoso.

— Bico de aço? Sério?

— Esta é uma verdadeira festa de fraternidade — disse Fury, rindo. — Posso precisar chutar algumas bundas se alguém avançar na minha namorada.

Juniper brilhou ao ouvir o termo. *Namorada.*

Bryce não sabia que Inferno ela era para Hunt. *Namorada* parecia ridículo quando se tratava da porra do Hunt Athalar. Como se Hunt algum dia fosse fazer algo tão normal e casual quanto namorar.

Juniper cutucou o braço de Bryce.

— Estou falando sério. Me lembre por que vocês ainda precisam esperar o Solstício para chegar aos finalmentes.

Bryce desabou, afundando alguns centímetros, os pés esparramando as latas de cerveja vazias sob a mesa de centro.

— Eu só…

Aquele familiar zumbido de poder e ar de macho que era Hunt preencheu o ar às suas costas, e Bryce fechou a boca um momento antes de surgir diante dela um copo plástico com líquido âmbar decorado com uma fatia de limão.

— Princesa — cantarolou Hunt, e os dedos de Bryce se contraíram novamente. Pareciam fazer isso por hábito em sua presença.

— Podemos usar esse termo agora? — June se animou com prazer. — Eu ando *morrendo*…

— De jeito nenhum. — Bryce tomou um gole da bebida. Arquejou. — Quanto uísque mandou o barman colocar *aqui*, Athalar? — tossiu, como se isso pudesse aliviar a queimação.

Hunt deu de ombros.

— Eu achei que você gostasse de uísque.

Fury riu com escárnio, mas Bryce ficou de pé. Ergueu o copo na direção de Hunt em um brinde silencioso, então o ergueu para June.

— Para a próxima Prima Ballerina do BCLC.

Com o brinde, Bryce mandou a coisa toda garganta abaixo e deixou que o líquido lhe queimasse até a alma.

* * *

Hunt se permitiu — por um caralho de um segundo — olhar para Bryce. Admirar as batidas firmes e determinadas de seu pé, calçado na sandália sobre o piso de madeira desgastado, acompanhando as batidas da música; as longas pernas musculosas que brilhavam sob a primalux néon, o short branco, que realçava sua pele bronzeada do verão. Não restava nenhuma cicatriz da merda que tinha acontecido a ela naquela primavera, exceto pela marca no peito, embora a cicatriz espessa de anos antes ainda se curvasse acompanhando a coxa.

Sua destemida, forte e linda Bryce. Fizera o possível para não fixar os olhos no formato da bunda dela naquele short enquanto se dirigiam à casa de Ruhn, no balanço do longo cabelo dela contra a lombar, os largos quadris que rebolavam a cada passo.

Ele era um animal estúpido, mas sempre tinha sido um animal estúpido perto dela.

Mal conseguira se concentrar no balé mais cedo, na dança de June, porque Bryce estava tão... deliciosa naquele vestido azul. Só os pais dela sentados a poucos metros diante dele impediram Hunt de pensar demais em deslizar a mão por cima da coxa dela sob aquele material translúcido.

Mas aquilo não fazia parte do plano. Mais cedo naquela primavera, ele estava bem com aquilo. Ansiando por ela, óbvio, mas em paz com a ideia de se conhecerem melhor antes de o sexo fazer parte da equação. No entanto, aquele anseio só tinha piorado nos últimos meses. Morar juntos era um tipo de tortura lenta para ambos.

Os olhos da cor de uísque de Bryce se voltaram para ele. Ela abriu a boca, então fechou diante do que quer que tivesse visto em sua expressão.

A memória daqueles dias seguintes às mortes de Micah e Sandriel tinha esfriado o seu tesão crescente.

Vamos devagar, pedira ela. *Eu sinto como se tivéssemos tropeçado nisso tudo, e, agora que as coisas estão voltando ao normal eu quero fazer isso direito com você. Conhecer você em tempo real, não enquanto estamos correndo pela cidade tentando resolver assassinatos.*

Ele concordou, o que mais poderia fazer? Não importava que tivesse voltado do Comitium naquela noite planejando seduzir Quinlan até ela não resistir mais. Nem mesmo tinha chegado à parte do beijo quando anunciou que queria frear as coisas.

Sabia que havia mais por trás daquilo. Sabia que provavelmente tinha algo a ver com a culpa que cultivava pelas milhares de pessoas que não haviam sido salvas naquele dia. Permitir-se estar com ele, ser feliz... Ela precisava de tempo para entender. E Hunt daria isso a ela.

Qualquer coisa que Bryce quisesse, tudo que precisasse, daria com satisfação. Tinha a liberdade de fazer isso agora, devido à tatuagem queimada em seu pulso.

Mas, em noites como aquela, com ela naquele short... era impossível.

Bryce saltou do sofá e caminhou até ele, deixando Juniper e Fury conversando, Fury ocupada recarregando a página de artes do *Jornal da Cidade da Lua Crescente* para ver a crítica da apresentação de Juniper.

— O que foi? — disse Hunt a Bryce quando ela ocupou um lugar ao seu lado.

— Você realmente gosta de vir a estas festas? — perguntou Bryce, indicando a multidão, o bastão de primalux em seu pulso brilhando forte. — Isso não deixa você enojado?

Hunt fechou as asas.

— Por que isso me enojaria?

— Porque você viu toda a merda que está acontecendo no mundo, e foi tratado como pó, e essa gente... — Bryce jogou os cabelos por cima do ombro. — Muitas delas não fazem ideia. Ou simplesmente não se importam.

Hunt estudou o rosto contraído dela.

— Por que frequentamos essas festas se incomodam você?

— Bem, hoje à noite estamos aqui para evitar a minha mãe. — Hunt riu, mas ela prosseguiu. — E porque eu quero comemorar que June é um gênio. — Sorriu para a amiga no sofá. — E nós estamos aqui porque Ruhn me pediu para vir. Mas... eu não sei. Eu quero me sentir normal, mas então me sinto culpada por isso, e então fico irritada com todas essas pessoas que não se importam o suficiente a ponto de se sentirem culpadas, e eu acho que a pastilha para testar veneno que você sem dúvida colocou no meu uísque teve algum tipo de poção de parva nela, porque eu não sei por qual motivo estou pensando nisso agora.

Hunt bufou uma risada.

— Poção de parva?

— Você sabe do que estou falando! — Olhou com raiva. — Isso não incomoda mesmo você?

— Não. — Escrutinou a festa rolando solta em torno deles. — Eu prefiro ver as pessoas aproveitando a vida. E você não pode presumir que elas não se importam só por estarem aqui. Até onde você sabe, muitas delas perderam familiares e amigos na primavera. Às vezes as pessoas precisam de coisas assim para se sentirem vivas de novo. Para encontrar um tipo de alívio.

Palavra errada. Ele não tinha encontrado prazer algum recentemente, a não ser com a própria mão. Tentou não pensar se Bryce havia aberto a gaveta na mesa de cabeceira do lado esquerdo dela, onde guardava os brinquedos, tão frequentemente quanto ele próprio se masturbava no chuveiro.

Quatro meses até o Solstício de Inverno. Apenas quatro.

Bryce assentiu, a mente obviamente ainda na conversa atual.

— Eu acho que... Às vezes me pego aproveitando um momento e me preocupo se estou aproveitando *demais*, sabe? Como se alguma coisa pudesse acontecer e estragar tudo isso se eu me permitir me divertir ou me acostumar demais com a sensação da felicidade.

— Conheço essa sensação. — Não conseguiu impedir que seus dedos se enrolassem nas pontas do cabelo dela. — Vai levar um tempo para se adaptar.

Ainda estava se adaptando, também. Não conseguia se acostumar com viver sem um embrulho no estômago ao se perguntar que horrores o dia traria. Ser responsável por si mesmo, pelo seu futuro... Os asteri podiam tomar tudo de novo, se quisessem. Só o tinham deixado viver porque ele e Bryce eram figuras públicas para se assassinar; os asteri queriam que eles ficassem na encolha para sempre. E se não fizessem isso... Bem, Rigelus havia sido muito direto na ligação para Bryce meses antes: a Radiante Mão dos Asteri mataria todos de quem Bryce e Hunt gostavam se saíssem da linha. Então, na encolha ficariam.

Hunt estava feliz em fazer exatamente isso. Ir ao balé e àquelas festas e fingir que jamais conhecera nada diferente. Que Bryce não tinha o chifre tatuado nas costas.

Ainda assim, a cada manhã, quando vestia sua armadura preta habitual para a 33ª, ele se lembrava. Isaiah tinha pedido apoio a ele logo depois da morte de Micah, e Hunt o dera com prazer. Permanecera como comandante não oficial de Isaiah, não oficial apenas porque Hunt não queria a papelada que vinha com o verdadeiro título.

A cidade estava calma, no entanto. Concentrada em se curar. Hunt não reclamaria.

O telefone dele vibrou no bolso de trás do jeans preto e, ao pegá-lo, viu um e-mail de Isaiah à espera. Hunt o leu e congelou. O coração pareceu pesar até os pés e então subiu de novo.

— O que foi? — Bryce olhou por cima do ombro.

Hunt passou o telefone para ela com a mão surpreendentemente firme.

— Novos arcanjos foram escolhidos para os territórios de Micah e Sandriel.

Os olhos dela se arregalaram.

— Quem? São muito ruins?

Indicou para que lesse o e-mail de Isaiah, e Bryce, com aquele bastão de primalux ainda enroscado no pulso, o fez.

Pode abrir o tapete de boas-vindas, tinha escrito Isaiah como seu único comentário no e-mail encaminhado da secretaria imperial dos asteri anunciando as novas posições.

— Eles não são ruins — disse Hunt, olhando inexpressivamente para os convidados que agora se reuniam em torno de um macho feérico bebendo cerveja enquanto plantava bananeira em cima do barril em um canto. — Esse é o problema.

As sobrancelhas de Bryce se uniram conforme esquadrinhava o e-mail.

— Ephraim… ele atualmente compartilha Rodinia com Jakob. É, ele parece bem decente. Mas vai para o norte de Pangera. Quem… Ah. Quem diabos é Celestina?

Hunt franziu a testa.

— Ela ficou fora dos holofotes. Ela supervisiona Nena, população de, tipo, cinquenta habitantes. Ela tem uma legião sob seu comando. *Uma.* Nem mesmo tem triários. A legião é literalmente controlada pelos asteri, são todos cães de vigia para a Fenda do Norte. Ela é uma testa de ferro.

— Grande promoção, então.

Hunt grunhiu.

— Tudo o que ouvi a respeito dela parece incomumente legal.

— Nenhuma chance de ser verdade?

— Quando se trata de arcanjos? Não. — Ele cruzou os braços.

Fury falou, do sofá:

— Se faz alguma diferença, Athalar, eu também não ouvi nada ruim.

Juniper perguntou:

— Então isso é promissor, certo?

Hunt balançou a cabeça. Aquela não era uma conversa para se ter em público, mas disse:

— Não consigo entender por que os asteri a designariam para *cá* quando ela só lidou com uma unidade de território pequeno até agora. Ela deve ser marionete deles.

Bryce inclinou a cabeça para o lado, olhando para ele daquele jeito severo e perspicaz... sempre fazia as bolas de Hunt latejarem. Pelos deuses, ela era linda.

— Talvez isso seja uma coisa boa, Hunt. Tantas merdas aconteceram com a gente que talvez a gente não confie quando alguma coisa realmente *é* boa. Mas talvez a gente tenha dado sorte com a indicação de Celestina.

— Estou inclinado a pensar que Urd está nos dando uma mão decente — concordou Juniper.

Fury Axtar não disse nada, seus olhos brilhando enquanto pensava. A mercenária provavelmente seria a única a entender completamente a lógica dos asteri. Não que fosse algum dia revelar os detalhes de seus negócios com eles.

— Celestina quer conhecer o que restou dos triários de Micah quando ela chegar. Aparentemente, vai haver algum tipo de reestruturação — disse Hunt, quando Bryce devolveu o telefone — O que quer que isso signifique. O release de imprensa não vai sair até amanhã de manhã. Então fiquem quietas. — As três fêmeas assentiram, embora tivesse a sensação de que Fury não cumpriria com sua palavra. A quem quer que ela respondesse, quaisquer que fossem os clientes valiosos a quem servia, provavelmente saberia antes do alvorecer.

Bryce prendeu o cabelo ruivo atrás das orelhas pontudas.

— Quando Celestina chega?

— Amanhã à noite. — Sua garganta se fechou.

Juniper e Fury começaram uma conversa baixa, como se para dar privacidade a eles. Bryce, aproveitando a deixa, abaixou a voz.

— Você é um macho livre, Hunt. Ela não pode ordenar que você faça nada que não queira. — Os dedos quentes dela se fecharam sobre o pulso dele, o polegar roçando o *SPQM* queimado. — Você *escolheu* se realistar na 33ª. Você tem os direitos de um cidadão livre. Se não gostar dela, se não quiser servir a ela, então não precisa dar motivo para sair. Não precisa da permissão dela.

Hunt resmungou em concordância, embora continuasse ainda com a merda de um peso no peito.

— Celestina poderia tornar a vida difícil para nós.

Bryce ergueu a mão. Luz estelar irradiou, tornando a sua pele iridescente. Um babaca bêbado perto deles soltou um *ooooooh*. Bryce ignorou o homem e falou:

— Eu gostaria de vê-la tentar. Sou a Superpoderosa e Especial Princesa Estrelada Mágica, lembra? — Sabia que ela estava brincando, mas a boca de Bryce se contraiu. — Vou proteger você.

— Como eu poderia esquecer, ah, Magicamente Poderosa e Superespecial... o que você falou aí.

Bryce sorriu, abaixando a mão. Estava se encontrando com Ruhn uma vez por semana para explorar sua magia, para aprender mais sobre o que havia sob suas veias, alimentado pelo poder de tantos. A magia dela apenas se manifestava como luz estelar, um dom puramente feérico. Nenhuma sombra, como Ruhn possuía, ou fogo, como o pai. A mera força de seu poder vinha de todos aqueles que tinham dado uma gota de sua magia para os Portões ao longo dos anos. Todos combinados para fazer um tipo de combustível para aumentar a potência da luz estelar dela. Algo assim. Bryce tinha tentado explicar o motivo pelo qual a magia se manifestava como um talento feérico, mas Hunt não se importava de onde vinha, contanto que a mantivesse a salvo.

A magia era uma proteção em um mundo feito para matá-la. Contra um pai que podia muito bem querer eliminar a ameaça de uma filha que o superava em poder, ainda que por uma fração.

Hunt ainda tinha dificuldade em compreender que a fêmea diante dele havia se tornado mais poderosa do que o Rei Outonal. O poder de Hunt tecnicamente ainda era maior do que o dela, e o do pai, mas com o chifre gravado nas costas, quem realmente conhecia a profundidade do poder de Bryce? Considerando a ordem de Rigelus de andarem na linha, não era como se Bryce pudesse explorar como o chifre afetava o seu poder, mas considerando o que tinha feito naquela primavera... Duvidava de que algum dia ela se sentisse tentada a fazer experimentos com a própria magia.

Pegou Axtar observando Bryce, mas a mercenária não disse nada.

Então Hunt prosseguiu, apenas alto o bastante para indicar que queria que Fury e Juniper também ouvissem:

— Não sei qual é a dessa coisa com a Celestina, mas os asteri não fazem nada pela bondade do coração deles.

— Eles precisariam ter coração para fazer isso — sussurrou Juniper com um veneno pouco característico em sua fala.

A voz de Fury ficou mais baixa.

— A guerra está piorando em Pangera. Valbara é um território chave, cheio de recursos vitais. Designar alguém que todos os relatórios alegam ser *legal* parece tolice.

Juniper ergueu as sobrancelhas. Não diante da alegação a respeito dos asteri, supôs Hunt, mas porque Fury tinha voluntariamente mencionado a guerra no outro continente. A mercenária raramente, se é que alguma vez, falava disso. Do que fizera lá. Do que vira. Hunt, tendo lutado em muitas daquelas batalhas, tinha uma boa noção de ambos.

— Talvez eles realmente queiram uma marionete — disse Juniper. — Alguém que seja uma testa de ferro, para poderem comandar todas as tropas de Valbara fora do continente sem resistência.

Fury prendeu uma mecha de cabelo atrás da orelha. A julgar pelas aparências, Axtar era humana. Mas era definitivamente vanir, de qual raça, qual Casa, Hunt não fazia ideia. Chama e Sombra parecia a mais provável, mais do que isso, não conseguia adivinhar. A mercenária falou:

— Nem mesmo Micah teria resistido a essa ordem.

O rosto de Bryce empalideceu ao ouvir o nome do desgraçado. Hunt reprimiu a vontade de fechar uma asa ao seu redor. Não tinha contado sobre os próprios pesadelos, sobre ser forçado a assistir, sem parar, enquanto Micah torturava. E os pesadelos sobre como ela corria pelas ruas, com demônios dos poços mais escuros do Inferno a cercando. Sobre mísseis de enxofre disparando na direção dela na Praça da Cidade Velha.

— Podemos tentar adivinhar a noite toda — disse Bryce, se controlando. — Mas até você fazer aquela reunião amanhã, Hunt, não saberemos. Apenas vá com a cabeça aberta.

— Você quer dizer, não comece uma briga. — A boca dele se repuxou em um sorriso de canto. Fury deu risinhos.

Bryce colocou a mão no quadril.

— Eu quis dizer não vá para lá bancando o Babaca Assustador. Talvez tente uma vibe Babaca Receptivo.

Juniper gargalhou ao ouvir isso, Hunt também. Incapaz de se impedir de derrubar Bryce com uma asa pela segunda vez naquela noite, ele prometeu:

— Então serei um Babaca Receptivo, Quinlan.

3

Ruhn Danaan tinha três certezas absolutas:

1. Ele havia fumado tanta raiz-alegre que não conseguia sentir o próprio rosto. O que era uma pena, porque tinha uma fêmea sentada no rosto dele naquele exato momento.
2. Ele havia entornado uma quantidade obscena de uísque, porque não fazia ideia do nome da fêmea, ou de como eles tinham chegado ao quarto dele, ou como ele acabara com a língua entre as pernas dela.
3. Ele amava muito essa porra de vida. Pelo menos... naquele instante.

Ruhn enterrou os dedos nos flancos macios e sarapintados da criatura deliciosa que gemia acima dele, roçando seu piercing labial sobre aquele ponto que sabia que...

Isso. Ali estava. Aquele gemido de puro prazer que disparou até o pau dele, que no momento latejava atrás da braguilha do jeans preto. Ele nem mesmo tinha tirado a roupa antes de se deleitar com a doce fauna que se aproximara timidamente dele na mesa de beer-pong. Olhou uma vez para os olhos verdes arregalados dela, para as longas pernas que terminavam naqueles lindos e pequenos cascos, e para a pele macia do pescoço, acima daqueles seios altos e empinados, e soube exatamente onde queria que sua noite terminasse.

Que bom que ela tivera a mesma ideia. Que dissera exatamente o que queria naquela voz sussurrada suave.

Ruhn roçou a língua sobre o botão tenso de seu clitóris, saboreando o sabor campestre suave em sua boca. Ela arqueou o corpo, suas coxas se contraindo, e gozou com uma série de gemidos sibilados que quase fizeram Ruhn ejacular dentro da calça.

Ruhn agarrou a bunda nua da fêmea, permitindo que cavalgasse o rosto dele a cada onda de prazer, ele mesmo gemendo ao deslizar a língua para dentro dela, fazendo com que os delicados músculos interiores da fêmea se contraíssem em torno dele.

Porra, aquilo era gostoso. *Ela* era gostosa. Mesmo sob a confusão das drogas e da bebida, estava pronto para gozar. Só precisava do consentimento saído daqueles lábios carnudos e estaria enterrado dentro dela em segundos.

Por um segundo, como uma flecha de fogo disparada pela escuridão extasiada de sua mente, se lembrou de que era, tecnicamente, prometido. E não a alguma menina feérica afetada cujos pais poderiam ficar putos com o seu comportamento, mas à Rainha das Bruxas Valbaranas. Tudo bem que não haviam feito votos de fidelidade, porra, eles mal tinham falado um com o outro durante a Cimeira e os meses seguintes, mas… será que sair trepando por aí ultrapassava algum limite?

Ruhn sabia a resposta. Suas escolhas recaíram pesadas sobre si durante meses. E talvez fosse esse o motivo de estar ali naquele momento: aquilo ultrapassava um limite, mas um limite que não teve direito de estabelecer. E, sim, ele respeitava e admirava Hypaxia Enador, era alarmantemente linda, corajosa e inteligente, mas, até que a Suma Sacerdotisa atasse as mãos deles no Templo de Luna, até que aquele anel de titânio fosse colocado no dedo dele… aproveitaria os últimos meses de liberdade.

Esperava que fossem meses, de toda forma. Hypaxia não dera ao pai nenhuma indicação de tempo.

A fauna parou, o peito ofegante, e Ruhn deixou seus pensamentos sobre sua prometida se dissiparem quando engoliu o gosto da fauna até o fundo da garganta.

— Bendita Cthona — sussurrou a fauna, colocando-se de joelhos para se retirar do rosto dele. Ruhn soltou as nádegas firmes da fêmea, encontrando o olhar dela quando olhou para ele, um rubor nas maçãs pronunciadas do rosto.

Ruhn piscou para ela, passando a língua pelo canto da boca para sentir a última gota do gozo da fauna. Pelos deuses, ela era deliciosa. A garganta dela oscilou, seu pulso estremecia como um tambor chamando-o.

Ruhn passou as mãos pelas coxas nuas, os dedos roçando o quadril e a cintura estreitos da fêmea.

— Você quer…

A porta do quarto se escancarou, e Ruhn, embaixo da fêmea, não conseguia fazer nada a não ser virar a cabeça na direção do macho em pé ali.

Aparentemente, ver o Príncipe Herdeiro dos Feéricos Valbaranos com uma fêmea montada no rosto era tão comum que Tristan Flynn nem mesmo piscou. Nem mesmo deu um risinho, embora a fauna tivesse saltado de cima de Ruhn com um grito esganiçado, escondendo-se atrás da cama.

— Desça — disse Flynn, e sua pele, normalmente marrom, estava pálida. Sumira qualquer sinal de comemoração bêbada. Mesmo os olhos castanhos estavam afiados.

— Por quê? — perguntou Ruhn, desejando ter tempo para conversar com a fêmea que rapidamente recolhia as próprias roupas do outro lado da cama antes de correr para a porta.

Mas Flynn apontou para o canto mais afastado, para a pilha de roupas sujas, e Áster apoiada contra a parede manchada ao lado.

— Traga aquilo.

* * *

Felizmente, a ereção voraz de Ruhn tinha sumido quando chegou ao topo da escada acima do corredor da entrada. A música ainda fazia o chão da casa tremer, as pessoas ainda bebiam e se agarravam e fumavam e faziam qualquer merda que normalmente gostavam de fazer nessas festas.

Nenhum sinal de perigo, nenhum sinal de nada, exceto…

Ali. Um arrepio na nuca. Como se um vento frio tivesse corrido até o alto de sua coluna.

— O novo sistema de segurança de Dec captou algum tipo de anomalia — disse Flynn, observando a festa abaixo. Entrara em puro modo Aux. — Está fazendo todos os sensores dispararem. Algum tipo de aura. Dec falou que parecia que uma tempestade estava circundando a casa.

— Ótimo — falou Ruhn, o cabo de Áster frio contra suas costas. — E não é um babaca bêbado brincando com magia?

Flynn avaliou a multidão.

— Dec achou que não. Ele disse que, pela forma como circundava a casa, parecia que estava vigiando a área.

O amigo e colega de quarto deles tinha passado meses projetando um sistema para ser colocado em torno da casa e das ruas ao redor, um que enfim pudesse captar coisas como o demônio kristallos, rápido demais para a tecnologia anterior detectar.

— Então vamos ver se ela também gosta de ser vigiada — disse Ruhn, desejando estar um pouco menos chapado e bêbado conforme suas sombras ondularam ao seu redor. Flynn riu com deboche.

A raiz-alegre tomou conta por um momento, e Ruhn também riu ao se mover em direção à escada, mas a sua diversão acabou quando verificou os quartos de cada lado do corredor. Onde Inferno estava Bryce? Ele a vira pela última vez com Fury, Juniper e Athalar na sala, mas daquele ângulo no alto das escadas, não conseguia vê-la...

Ruhn tinha descido três degraus da escada da entrada, desviando de latas de cerveja jogadas e copos de plástico, e o sutiã com estampa de zebra de alguém, quando as portas abertas da frente escureceram.

Ou melhor, o espaço entre elas escureceu. Exatamente como havia feito quando aqueles demônios invadiram os Portões.

Ruhn olhou por um momento para o portal para o Inferno que tinha acabado de substituir sua porta da frente.

Então levou a mão à espada parcialmente afivelada a suas costas, enfrentando a própria mente anestesiada para conjurar sombras na outra mão. Risadas e cantoria e conversa pararam, e a primalux tremeluziu. A música cessou como se alguém tivesse arrancado a tomada da parede.

Em um instante Bryce e Athalar estavam sob o arco da sala de estar, a irmã usava o chapéu de Athalar, e o anjo armado com um revólver discretamente preso na coxa. Athalar era a única pessoa que Ruhn permitiria levar um revólver a uma de suas festas. Além de Axtar, que no momento não estava à vista.

Ruhn sacou a espada ao saltar o resto dos degraus, conseguindo aterrissar graciosamente do outro lado de sua irmã, com Flynn e Dec o flanqueando. As sombras de Ruhn se enroscaram por cima do braço esquerdo dele como cobras se entremeando.

De Bryce, uma luz fraca brilhou... Não, aquele era o bastão de luz no braço dela.

Uma figura enfim saiu caminhando da escuridão à porta. Direto do Inferno. E, naquele momento, Ruhn teve três novas certezas:

1. Ele não estava olhando para um portal do Inferno, no fim das contas. Sombras rodopiavam ali em vez disso. Sombras familiares, sussurrando.
2. Não era apenas o bastão de luz enroscado no braço de Bryce que estava brilhando. A cicatriz em forma de estrela sob a camiseta dela fulgurava com luz iridescente.
3. Quando um macho feérico familiar de cabelos dourados saiu daquelas sombras para o corredor, Ruhn soube que sua noite estava prestes a piorar.

4

— Ah, *por favor* — sibilou Bryce para a cicatriz reluzente entre os seios. Ou o que conseguia ver da cicatriz com o colarinho da camiseta e o sutiã na frente, iluminando o tecido dos dois, e, se ela não estivesse diante do imponente macho feérico que surgira de uma nuvem de sombras, *poderia* ter usado o momento para se perguntar por que e como brilhava.

Convidados tinham parado subitamente sua comemoração. Esperavam por qualquer que fosse a merda prestes a acontecer.

E que babaca tinha desligado a música? Cachorrinhos dramáticos.

— Que porra você está fazendo aqui? — Ruhn se aproximou do estranho.

O rosto queimado de sol do macho poderia ser bonito de um jeito másculo, não fosse pela total inexpressividade ali. Os olhos castanho-claros estavam mortos. Sem humor. Seu suéter branco e fino sobre o jeans preto e o coturno diziam a Bryce que vinha de um lugar mais frio.

A multidão pareceu sentir o perigo, recuando até que apenas Hunt, Bryce, Ruhn e os amigos deste continuassem de frente para o estranho. Ela não fazia ideia de onde Fury e Juniper estavam. A primeira provavelmente estava em uma posição estratégica da sala para se certificar de que pudesse neutralizar qualquer ameaça à sua namorada. Ótimo, ótimo.

O estranho deu um passo à frente, e Bryce se preparou, enquanto Hunt colocou-se casualmente entre ela e o macho. Bryce mal conteve o sorriso diante do gesto. O sorriso imediatamente sumiu quando o loiro falou, com um sotaque carregado:

— Eu fui convidado.

O estranho se virou para Bryce e deu um risinho, tão sem vida quanto um peixe morto.

— Não creio que já nos conhecemos. — Um aceno na direção dela, de seu peito. — Embora eu saiba quem você é, lógico. — Os olhos brilharam sobre ela. — Você tem a aparência melhor do que eu esperava. Não que eu estivesse esperando muito.

— Que *porra* você está fazendo aqui, Cormac? — disparou Ruhn, aproximando-se, embainhando Áster nas costas de novo.

O loiro, Cormac, encarou o irmão de Bryce. Farejou uma vez, então riu.

— Você está com cheiro de boceta.

Bryce quase vomitou ao pensar naquilo. Cormac prosseguiu quando Ruhn fervilhou de ódio:

— E eu já disse: fui convidado.

— Não para a porra desta casa — disse Flynn, passando para o lado de Ruhn, Declan flanqueando do outro lado. Uma unidade letal.

Cormac avaliou seus arredores.

— Você chama isso de casa? Eu não tinha percebido que seus padrões tinham caído tanto, lorde Hawthorne.

Declan grunhiu.

— Vai se foder, Cormac. — Marc, por sua vez, aproximou-se por trás dele, os dentes expostos como uma ameaça silenciosa.

Se fosse qualquer outro adversário, Bryce sabia que o grupo provavelmente o destruiria, mas esse macho era um feérico avalleno: poderoso, treinado em combate desde jovem e impiedoso.

O macho disse, como se percebesse que ela tentava decifrá-lo:

— Sou seu primo, Bryce.

Hunt, o babaca, riu com escárnio.

— Eu não tenho nenhum primo feérico — disparou Bryce. Se ao menos a maldita cicatriz dela parasse de brilhar. Se ao menos as pessoas voltassem a festejar.

— Essa luz diz o contrário — falou Cormac, com confiança casual. — Posso ser diretamente o primo de Ruhn pelos parentes da mãe, mas seu pai, o rei Einar, é feérico, e a linhagem dele cruzou com a nossa há muito tempo. — Levantou a mão, e chamas envolveram seus dedos antes de se apagarem.

Bryce piscou. Ember jamais falara o nome do Rei Outonal, e Bryce só aprendera pelos jornais quando teve idade o bastante para usar um computador.

— Por que você está aqui? — cuspiu Ruhn.

Pelo canto do olho ela viu relâmpagos estalarem nas pontas dos dedos de Hunt. Um golpe e Hunt poderia fritar aquele desgraçado.

Ainda assim, Cormac sorriu. Os olhos mortos dele brilharam com algo que poderia ser desprezo quando se curvou debochadamente para Bryce.

— Estou aqui para conhecer minha noiva.

* * *

As palavras dispararam pela mente de Hunt tão rápido que sufocaram seu relâmpago, mas Bryce virou a cabeça para trás e gargalhou.

Ninguém mais se juntou a ela.

Quando Bryce se acalmou, deu um risinho para Cormac.

— Você é hilário.

— Não é brincadeira — disse Cormac, seu semblante se fechando. — Foi decretado.

— Por quem? — disparou Hunt.

O macho avalleno avaliou Hunt com desdém palpável. Não era alguém acostumado a ser questionado, então. Babaca mimado.

— Pelo genitor dela, o Rei Outonal, e o meu, Alto Rei dos Feéricos de Avallen. — O que fazia daquele bostinha um Príncipe Herdeiro.

Bryce disse, friamente:

— Até onde sei, eu estou fora do mercado.

Hunt cruzou os braços, tornando-se uma parede de músculos ao seu lado. Que Cormac visse exatamente com quem estaria se metendo caso desse mais um passo em direção à Bryce. Hunt direcionou seus tendões de relâmpagos para que estalassem pelos ombros, pelas asas.

— Você é uma fêmea feérica solteira — disse Cormac, sem se afetar. — Isso significa que pertence a seus parentes machos até que decidam passar você para outro. A decisão foi tomada.

Do arco da sala, uma figura delicada e sombria surgiu. Axtar. Segurava um revólver, mas o mantinha preso à coxa. Nenhum sinal de Juniper; presumivelmente, a fauna estava se escondendo onde quer que Fury a instruiu.

Cormac olhou na direção da mercenária, e até mesmo em seu rosto inexpressivo houve hesitação.

Todos que negociavam poder em Midgard conheciam Fury Axtar. Do que era capaz, se provocada.

Ruhn apontou para a porta e grunhiu para Cormac:

— Saia da porra da minha casa. Não me importo se com as suas sombras ou com seus pés.

No entanto, Cormac olhou com raiva para Áster despontando do ombro largo de Ruhn.

— Dizem os boatos que a espada canta para a minha noiva também.

Um músculo estremeceu na mandíbula de Ruhn. Hunt não sabia o que pensar daquilo.

Bryce, no entanto, deu um passo adiante, a estrela ainda incandescente.

— Não sou sua noiva, seu babaca. E não serei, então volte para qualquer que seja o buraco de onde você saiu e diga a seus reis que encontrem outra pessoa. E diga a eles…

— Que boca suja — murmurou Cormac.

Hunt não gostou muito do tom de apreciação do macho, mas manteve o poder controlado. Mesmo um estalo de relâmpago contra Cormac poderia ser visto como uma declaração de guerra.

Os feéricos eram uns grandes bebês sensíveis. Os chiliques deles podiam durar séculos.

Bryce sorriu com meiguice para Cormac.

— Eu entendo que você queira bancar o Príncipe Emburrado, mas nunca mais me interrompa, *porra*.

Cormac se sobressaltou. Hunt escondeu o sorriso, mesmo quando seu sangue ferveu diante da irreverência de Bryce.

Bryce prosseguiu:

— Meu irmão disse a você que saísse desta casa. — Sua pele começou a brilhar. — Você não vai querer que *eu* peça.

Os pelos na nuca de Hunt se arrepiaram. Havia cegado pessoas com aquele poder, isso antes da Descida. Com toda aquela magia por trás da luz estelar dela... Ele ainda não vira como se manifestaria. Em parte, esperava descobrir naquele momento, com aquele babaca como um rato de laboratório.

Hunt olhou para Flynn, Declan e Marc, todos tensos e prontos para partir para a briga. E Ruhn...

Hunt não sabia por que a aparente satisfação de Ruhn o surpreendia. Talvez por Bryce fazer com que ele parecesse fraco na própria casa, Hunt esperava orgulho ferido do macho, mas era orgulho genuíno que brilhava do rosto de Ruhn, por Bryce. Como se o príncipe estivesse esperando que a irmã assumisse seu poder há um tempo e estivesse se sentido honrado por tê-la ao seu lado.

A atenção de Hunt disparou de volta para Cormac quando o príncipe avalleno ergueu as mãos e lentamente sorriu para Bryce. A expressão era tão morta quanto os olhos.

— Eu já vi tudo que precisava.

— De que porra você está falando? — exigiu Ruhn. Sombras ondularam de seus ombros, um contraste escuro contra a luz que emanava de Bryce.

Entretanto, sombras também espiralavam por trás de Cormac, mais escuras, mais selvagens do que as de Ruhn, como o estouro de um bando de cavalos esperando para galopar por cima de todos eles.

— Eu queria confirmar que ela tem o dom. Obrigado por demonstrar. — Colocou um pé naquelas sombras indomadas. Fez uma reverência com a cabeça para Bryce. — Vejo você no altar.

A estrela de Bryce se apagou assim que Cormac sumiu, deixando apenas brasas pairando em seu encalço.

* * *

Bryce estava vagamente ciente de que a festa terminava: pessoas saindo em fila pela porta da frente, os inúmeros olhos sobre ela conforme permanecia parada no corredor da entrada, digitando no celular.

— Tem um trem amanhã às 7 horas da manhã — anunciou Bryce a Hunt, que continuava ao lado dela. Como se com medo de que o macho avalleno reaparecesse para levá-la embora.

Não apenas qualquer macho avalleno: Príncipe Cormac. O... noivo dela.

— De jeito nenhum sua mãe vai aceitar isso — disse Hunt. — Se por algum milagre ela não ficar desconfiada por você os enfiar num trem cinco horas mais cedo, certamente Randall vai ficar.

Juniper arrastava o dedo pelo celular do outro lado de Bryce.

— Os canais sociais estão vazios agora, mas...

— Só é preciso uma pessoa — concluiu Fury de onde monitorava a frente da casa com a mesma vigilância de Hunt. — Acho que fui explícita quanto às consequências disso, no entanto.

Que os deuses a abençoassem, pois Fury tinha mesmo explicado. *Se algum de vocês postar, falar ou sequer pensar no que aconteceu aqui hoje à noite,* afirmou com autoridade tranquila para os convidados espantados, *eu vou caçar a pessoa e fazer com que se arrependa.*

Ninguém tinha dito nada, mas Bryce notou algumas pessoas apagando fotos dos celulares conforme saíam correndo.

Hunt falou:

— Tirar seus pais da cidade sem que suspeitem *nem* descubram vai ser complicado, para dizer o mínimo. — Inclinou a cabeça. — Tem certeza de que não é mais fácil contar a eles?

— E arriscar que minha mãe tenha um ataque? Que faça alguma coisa inconsequente? — E isso sem falar do que Randall poderia fazer se ele achasse que o Rei Outonal estava ameaçando a felicidade de Bryce e o controle sobre a própria vida. No que quer que sobrasse do Rei Outonal depois da mãe, Randall se certificaria de atirar uma bala. — Não vou arriscar os dois assim.

— Eles são adultos — disse Fury. — Pode confiar neles para fazer escolhas racionais.

— Você já conheceu minha mãe? — disparou Bryce. — *Racional* alguma vez já veio à sua cabeça quando pensa nela? Ela faz esculturas de bebês em caminhas de alface, porra.

— Eu só acho — intrometeu-se Juniper — que eles vão descobrir de qualquer maneira, então talvez seja melhor se vier de você. Antes que eles ouçam de outra pessoa.

Bryce balançou a cabeça.

— Não. Eu quero estar muito, muito longe quando eles descobrirem. E colocar algumas centenas de quilômetros entre eles e o Rei Outonal também.

Hunt grunhiu em anuência, e Bryce deu a ele um aceno de agradecimento.

O som de Declan fechando a porta da frente tirou a sua atenção do anjo quando o macho feérico encostou na porta.

— Bem, minha brisa está oficialmente destruída.

Flynn se jogou nos degraus mais baixos da escada, uma garrafa de uísque na mão.

— Então é melhor começarmos a recuperá-la. — Tomou um grande gole antes de passar para Ruhn, que encostou no corrimão com os braços cruzados, os olhos azuis brilhando em um tom quase violeta. Estava calado nos últimos minutos.

Bryce não tinha ideia de por onde começar com ele. Sobre Cormac, sobre o poder que mostrara na casa do próprio Ruhn, sobre a estrela brilhando para o príncipe avalleno... tudo aquilo. Então disse:

— Suponho que aquele seja o primo do seu Ordálio.

Ruhn, Dec e Flynn assentiram seriamente. O irmão bebeu da garrafa de uísque.

— Quão perto esteve Cormac de matar você durante o Ordálio? — perguntou Hunt. Ruhn devia ter contado sobre aquilo em algum momento no verão.

— Bem perto — disse Flynn, o que lhe garantiu um olhar de raiva de Ruhn.

Mas Ruhn admitiu:

— Foi ruim. — Bryce podia jurar que ele não olhou para ela ao acrescentar: — Cormac passou a vida inteira achando que conseguiria Áster um dia. Que entraria na Caverna dos Príncipes e comprovaria que era digno. Estudara toda as lendas, aprendera toda a linhagem, esmiuçara todos os relatos, detalhando as variações no poder. E, ah... não terminou bem quando eu conquistei a espada em vez dele.

— E agora a noiva dele também tem direito à espada — disse Flynn, e foi a vez de Bryce olhar com raiva para o lorde. Podia ter vivido sem ninguém ter mencionado aquilo de novo.

Ruhn pareceu se obrigar a olhar para Bryce quando disse:

— É verdade. — Então vira o brilho dela. — A espada é tanto sua quanto minha.

Bryce acenou com a mão.

— Eu fico com ela nos finais de semana e nos feriados, não se preocupe.

Hunt se intrometeu:

— E ela vai ganhar *dois* Solstícios de Inverno, então… o dobro de presentes.

Ruhn e os outros olharam boquiabertos para eles como se os dois tivessem dez cabeças, mas Bryce sorriu para Hunt, que lhe devolveu outro sorriso.

Ele a entendia… o humor dela, os medos, as hesitações. O que quer que fosse, Athalar a *entendia*.

— É verdade? — Juniper passou o cotovelo pelo de Bryce e se aproximou. — Sobre a legalidade de um noivado contra a vontade de Bryce?

Isso arrancou o sorriso do rosto de Hunt. E de Bryce. A mente estava acelerada, cada pensamento era tão rápido e atordoador como uma estrela cadente.

— Me diz que tem um jeito de me livrar disso, Ruhn. — Foi até o irmão e tomou a garrafa de uísque dele. Uma luz fraca brilhou às costas de Ruhn, Áster. Zumbia, um lamento, como um dedo traçando a borda de um copo.

O olhar de Ruhn encontrou o dela, questionador e cauteloso, mas Bryce deu um passo para trás. A espada parou de cantar.

Ela não vai morder, sabe.

Bryce quase se encolheu quando a voz do irmão encheu sua mente. Ele usava a conversa mental tão raramente que costumava se esquecer completamente que ele tinha o dom.

A espada é sua. Não minha. Você é um Príncipe Estrelado tanto quanto eu sou uma princesa.

Replicou, os olhos brilhando com estrelas: *Não sou o tipo de macho cujo senso de orgulho é tão frágil que preciso me agarrar a uma arma reluzente. Se você quer usá-la, é sua.*

Balançou a cabeça. *Você recuperou a lâmina, e aparentemente precisou lidar com Cormac ao fazer isso. Só esse fato dá a você o direito de ficar com ela.*

A risada de Ruhn reverberou por sua mente, cheia de diversão e alívio, mas o rosto permaneceu sério quando disse ao grupo, agora olhando para todos:

— Eu não prestei atenção na aula quando falamos de lei feérica. Desculpe.

— Bem, eu prestei — disse Marc. — E já coloquei alguns dos funcionários da minha firma para pesquisar. Qualquer caso legal ou precedente que tenha sido carregado para um banco de dados, exceto o que quer que esteja escondido nos Arquivos Asteri, conseguiremos esquadrinhar.

Declan acrescentou:

— Também vou à caça. — Mas nem mesmo Dec, com suas habilidades de hacker, conseguiria invadir os arquivos antigos dos asteri.

— Obrigada — disse Bryce, mas não permitiu que essa gota de esperança aumentasse em seu peito. — Me avise quando encontrar alguma coisa.

Ruhn começou a falar, mas Bryce parou de prestar atenção, entregando a garrafa de uísque a Juniper antes de sair para a varanda destruída da frente, desviando de copos e latas jogados. A presença de Hunt foi como uma brisa de tempestade às costas dela conforme Bryce caminhava para o pequeno trecho de gramado do jardim da frente e inspirava a agitação da Praça da Cidade Velha adiante.

— Por que você está tão calma com relação a isso? — perguntou Hunt, cruzando os braços. O vento seco e morno da noite bagunçou os seus cabelos, as asas cinzas.

— Porque isso é alguma jogada do Rei Outonal — respondeu Bryce. — Ele está antecipando que eu vou correr até a casa dele para lutar. Estou tentando entender por que isso serviria a ele. Qual é o seu objetivo.

E qual poderia ser o dela.

— Conectar as duas linhagens reais feéricas mais poderosas é um objetivo bastante nítido — grunhiu Hunt. — E você é Estrelada; além disso, você me disse que tem os dons de um dos primeiros dos Estrelados. *E* você tem o chifre. Isso faz de você uma peça de barganha poderosa para obter mais poder.

— Isso é simples demais para o Rei Outonal. As jogadas dele se prolongam durante anos, séculos. Esse noivado é o primeiro passo. Ou talvez já estejamos muitos passos à frente. — Ela só precisava encontrar uma forma de se colocar alguns passos diante *disso* sem revelar suas cartas. O noivado precisaria ficar de pé. Por enquanto.

— É um monte de merda.

Bryce esticou as costas.

— Eu estava gostando muito desse verão, sabe. Parece que o dia de hoje está determinado a estragar tudo para nós dois.

Hunt abaixou a cabeça.

— É quase de se pensar que foi planejado pelos deuses. Eles provavelmente têm uma força-tarefa especial: Como Foder com Bryce e Hunt em Um Dia.

Bryce riu.

— Celestina pode acabar sendo uma bênção. Mas... — Perguntou a Hunt: — Você acha que o Rei Outonal pode ter cronometrado essa coincidência com você ter recebido a notícia sobre Celestina?

— Com que propósito?

— Para abalar a gente. Para fazer a gente agir, sei lá. — Ousou falar: — Talvez ele tenha achado que você iria atrás dele e isso faria com que você ficasse mal na frente da nova arcanjo.

Hunt ficou imóvel, e Bryce se tornou muito ciente da distância entre os seus corpos.

— De novo — disse, com a voz áspera —, com que finalidade?

— Se você fizesse alguma coisa ilegal — refletiu Bryce, o coração começando a galopar quando se aproximou —, como...

— Matar um Príncipe Herdeiro dos feéricos?

Bryce mordeu o lábio.

— Celestina precisa dar um exemplo de como planeja governar. E punir um anjo poderoso, um anjo *famoso* fora da linha... esse seria o modo perfeito de demonstrar o seu poder. E, assim, tiraria você de cena para o Rei Outonal. Ele sabe que somos uma equipe.

— Uma equipe — disse Hunt, devagar. Como se, de tudo que tivesse explicado, *aquilo* fosse o que ele tivesse escolhido remoer.

— Você sabe o que eu quero dizer — falou Bryce.

— Não tenho certeza de que sei. — A voz dele tinha ficado mais grave?

— Somos colegas de apartamento — disse, a própria voz ficando áspera.

— Colegas de apartamento.

— Campeões de Beer-Pong Ocasionais?

Hunt pegou o chapéu da cabeça dela e o colocou de volta na própria cabeça, para trás, como sempre.

— Sim, o Rei Outonal realmente teme nossa aliança profana de beer-pong.

Bryce sorriu, deixando que o sorriso afugentasse a tristeza que espreitava na alma dela. Hunt acrescentou:

— Não podemos nos esquecer que Avallen tem o próprio ângulo. Por que eles concordariam com a união?

— Quer saber? — disse Bryce. — Quem se importa com qualquer um deles? Meu pai, os feéricos avallenos... que se fodam. — Somente com Hunt ela podia ser casual a respeito daquilo. Ele a apoiaria, não importava o que acontecesse. — Pelo menos até colocarmos meus pais naquele trem.

— Você ainda não me deu um plano convincente de como *isso* vai acontecer. Até onde sabemos, eles estão descobrindo a respeito disso pelos jornais.

— Ah, meu telefone já estaria explodindo se minha mãe tivesse ouvido. — Passou a mão no cabelo. — Talvez eu devesse pedir a Fury que entre de fininho no hotel deles e desative os celulares deles.

— É ruim eu achar que ela deveria ir um passo mais longe e amarrá-los, jogá-los na mala de um carro e levá-los para casa para que possam chegar antes de a notícia se espalhar? Porque é isso que Fury provavelmente vai fazer se você a enviar para aquele hotel.

Bryce gargalhou, e o som ecoou por si como sinos de prata.

— Tudo bem, nada de Fury. — Passou o braço em volta de Hunt, aproveitando-se da massa musculosa que era ele enquanto guiava os dois para o portão baixo e a calçada adiante. — Vamos assistir a antigos episódios de *Pegação na Casa de Praia* e pensar em modos de enganar meus pais.

Uma das asas dele roçou pelas costas dela na mais suave carícia. Cada centímetro que a asa tocava se incendiava como primalux.

— Parece uma terça à noite normal.

Passearam até a casa, e, apesar das palavras frívolas de Bryce, se viu entrando em um estado de trevas turbulentas e pensamentos despontando como estrelas cadentes. Fora uma tola por achar que poderia ficar na encolha para sempre. Estava disposta a seguir a ordem dos asteri de levar uma vida chata e normal, mas o resto do mundo tinha planos diferentes para ela. E Hunt.

Estava levando o telefone ao ouvido para ligar para os pais com a notícia de que *Ah, que pena, mas Jesiba precisa que eu vá até o armazém dela amanhã e acho que isso pode levar a uma segunda chance de trabalhar com ela, então você se importa de pegar o trem mais cedo?* quando saíram do elevador e encontraram a porta do apartamento deles entreaberta.

Se a mãe e Randall tinham vindo inesperadamente...

Syrinx estava latindo lá dentro, e Bryce avançou para a porta, a lembrança de outra noite lançando uma cortina vermelha sobre seus sentidos. Agora, como então, o cheiro de sangue era pungente feito cobre no ar, no corredor, na ombreira da porta...

Não de novo. Não os pais dela...

Hunt a empurrou para trás quando se inclinou para a porta, a arma em punho e relâmpago enroscando-se na outra mão dele, violência estampada em cada linha estirada do corpo, as asas levantadas.

Seus olhos pretos brilharam surpresos, então abaixou a arma. Bryce viu o que havia no centro da grande sala e cambaleou em direção a Hunt sentindo alívio e choque.

Sim, os deuses tinham nitidamente formado uma força-tarefa Como Foder com Hunt e Bryce.

Do lado de dentro estava Ithan Holstrom, sangrando por todo o piso de madeira pálida.

5

Tharion Ketos tinha fodido tudo majestosamente.

Literalmente. A Rainha do Rio tinha ficado *possessa.*

E por isso ele estava naquele momento se esforçando para se manter em pé em um pequeno barco de pesca em um mar tão tempestuoso que fazia até mesmo seu estômago de ferro se agitar. Para cima e para baixo, para baixo e para cima, o barco oscilava na chuva e nas ondas, o vento ameaçava esfolar a pele dele até os ossos, apesar de seu suéter preto grosso e do colete tático sobreposto.

Ele deveria estar deitado sobre uma rocha no Istros no momento, preferivelmente à plena vista de qualquer fêmea que passasse pelo cais. Ele certamente gostava de encontrar fotos suas — não tão confidenciais assim — nas mídias sociais com legendas como: *Tão quente que é um milagre que ele não transforme o Istros em vapor.*

Essa tinha sido uma das preferidas. Uma pena que também tivesse feito com que parasse por ali. Punido pela Rainha do Rio porque a filha dela tinha chorado por causa da foto.

Estava acostumado com o frio, tinha explorado a fundo o quanto seus dons de sereia permitiram sem que seu crânio se rachasse como um ovo, mas aquela extensão norte do mar Haldren era diferente. Sugava a vida dos ossos, a cor cinza invadindo a alma.

Embora nadar talvez fosse muito menos enjoativo.

Tharion abaixou a cabeça para se proteger da chuva fustigante, o cabelo vermelho-escuro colado à cabeça, pingando água gelada pelo pescoço. Pelos deuses, como queria ir para casa. De volta para o calor seco e escaldante de um verão de Lunathion.

— Submergíveis ao alcance — gritou a capitã. A fêmea metamorfa golfinho estava aconchegada na segurança da sala de comando. Babaca sortuda. — Estamos começando a receber uma transmissão ao vivo.

Quase incapaz de se manter segurando o parapeito do barco escorregadio devido à chuva, Tharion se dirigiu para o vestíbulo. Só cabiam duas pessoas ali, então precisou esperar até o imediato, um metamorfo tubarão, se espremer para fora antes de entrar. O calor foi como um beijo do próprio Solas, e Tharion suspirou ao fechar a porta e observar a pequena tela ao lado do leme.

A imagem da fossa era suja: rajadas de partículas flutuantes em um mundo inteiro de escuridão. Se estivessem em um navio de batalha, Inferno, até mesmo em um iate, teriam telas imensas com nitidez cristalina. No entanto, aquele barco de pesca, capaz de escapar do radar da marinha pangerana, tinha sido a melhor aposta.

A capitã estava diante da tela, apontando com um dedo marrom para um número crescente no canto superior direito.

— Estamos nos aproximando da profundeza indicada.

Tharion afundou na cadeira giratória ancorada ao piso. Tecnicamente, era a cadeira da capitã, mas ele não se importava. Estava pagando por aquela expedição. Tudo bem, estava pagando com o seu cartão de crédito expedido pela Corte Azul, mas podia muito bem se sentar onde quisesse.

A capitã ergueu uma sobrancelha escura.

— Você sabe o que está procurando? — Ela fora altamente recomendada por alguns espiões empregados por ele, uma fêmea discreta e ousada que não fugiria ao primeiro indício de navios de batalha imperiais.

Tharion observou a tela.

— Um corpo.

A capitã assoviou.

— Você sabe que a probabilidade disso é...

— Ela foi amarrada a blocos de chumbo e largada na água por aqui. — Pela Corça.

— Se ela não estiver na Casa das Muitas Águas, está morta há muito tempo.

Sem brincadeira.

— Eu só preciso encontrá-la. — O que restava dela, depois de duas semanas no fundo do mar. Sinceramente, os ossos e o corpo tinham provavelmente explodido devido à pressão.

Sua rainha estava ciente do destino infeliz da jovem por meio do que quer que os rios e os mares tivessem sussurrado para ela. Tharion sabia que era assim que a Rainha do Rio se inteirava sobre as irmãs, que governavam outros corpos da água por Midgard, mas não tinha se dado conta do quanto a informação podia ser precisa. A rainha só dissera para procurar por blocos de chumbo, e onde procurar. E o tipo exato de vanir que Sofie era: um pássaro-trovão. Que Ogenas tivesse piedade de todos eles.

Era pela ínfima chance de o corpo vanir de Sofie ter sobrevivido ao mergulho, e de não ter sido despedaçado por necrófagos, que tinha vindo. A Rainha do Rio parecia estar sob a impressão de que Sofie era um bem valioso, mesmo morta.

A rainha tinha se recusado a dizer mais do que isso. Apenas dissera que ele deveria recuperar o corpo e trazê-lo para a Corte Azul. Presumivelmente para revistá-lo em busca de informação ou armas. Rezava para que não fosse ele a fazer isso.

— Estamos nas profundezas — anunciou a capitã, e a imagem da câmera parou. Mais partículas brancas passaram espiralando conforme a câmera girou e revelou o leito desconhecido sedimentado. — Alguma ideia de por onde começar, capitão?

Capitão. Tharion ainda achava o título ridículo, e mais do que um pouco doloroso. O caso que havia garantido a ele a promoção recente tinha sido o assassinato de sua irmã. Teria trocado o título sem hesitar se isso significasse ter Lesia de volta. Ouvir a risada escandalosa da irmã mais nova mais uma vez. Pegar e matar o assassino não tinha aliviado essa sensação.

— Com base na correnteza, ela deveria ter caído por aqui — disse Tharion, permitindo que sua magia da água fluísse até o fundo, encolhendo-se diante da crueldade do oceano. Não era nada como a tranquilidade transparente do Istros. Tudo bem que muitos monstros moravam no Rio Azul, mas a água turquesa cantava para ele, ria com ele, chorava com ele. Haldren só urrava e se revoltava.

Tharion monitorou a imagem da câmera.

— Gire a câmera para o oeste, e mova o submergível adiante por cerca de 10 metros.

Pelo brilho dos feixes de primalux sobre o submergível remoto, mais partículas brancas carnudas passaram flutuando. Era aquilo que Micah condenara o espectro Viktoria a sofrer. O antigo arcanjo tinha enfiado a essência dela em uma caixa selada por magia enquanto o espectro permanecia totalmente consciente, apesar de não ter forma corpórea, jogando-a por fim no leito da Fossa Melinoë.

O fato de o fundo da fossa ser 24 quilômetros mais profundo do que o leito do mar diante deles lançava calafrios pelos antebraços tigrados de Tharion. O Inferno do tamanho de uma caixa de sapatos do espectro tinha sido enfeitiçado para suportar a pressão. E Viktoria, sem precisar de comida ou água, viveria para sempre. Presa. Sozinha. Sem luz, nada além de silêncio, nem mesmo o conforto da própria voz.

Um destino pior do que a morte. Com Micah agora ocupando um saco em algum lixão da cidade, será que alguém ousaria resgatar a espectro? Athalar não tinha mostrado sinais de rebelião, e Bryce Quinlan, de acordo com a última notícia que Tharion ouvira, estava contente em voltar para uma vida normal.

Inferno, depois daquela primavera todo mundo não queria voltar ao normal?

A Rainha do Rio não parecia querer. Ela o mandara à caça dos restos mortais de uma espiã rebelde. Para recuperar o cadáver De Uma Puta Importância.

Mesmo que só de estar buscando o corpo de uma espiã rebelde, a Rainha do Rio pudesse ser condenada. Pudesse condenar a todos eles.

E seria o primeiro na linha de fogo. Ainda assim, Tharion jamais ousaria desafiá-la sobre as contradições daquilo: ela o punira por ter feito a filha chorar, mas o que aconteceria se fosse morto ou ferido durante uma das punições dela? Será que a filha não choraria então?

A filha, tão caprichosa quanto a mãe, e igualmente ciumenta. Se ela era um monstro possessivo, era porque a mãe a ensinara bem.

Tinha sido um tolo por não enxergar isso antes de tirar a sua virgindade e fazer seu juramento a ela uma década antes. Antes mesmo de sequer se tornar o prometido dela. O amado da filha da Rainha do Rio. Um príncipe em treinamento.

Uma porra de pesadelo.

A julgar pelo fato de que mantivera seu emprego durante aqueles dez anos, e que tinha até mesmo sido promovido, a mãe aparentemente ainda não tinha ideia do que fazer com ele. A não ser que a filha interviesse em nome de Tharion, para mantê-lo em segurança. Somente essa noção, de que precisava permanecer nas graças dela, fizera-o ficar no cinco a um e manter o pau entre as pernas. Nadadeiras. O que fosse.

E havia aceitado as punições, por mais injustas e não merecidas e perigosas, que eram atiradas a ele.

— Não estou vendo nada. — A capitã ajustou a alavanca de controle no painel.

— Continue em movimento. Faça uma varredura completa dentro de um perímetro de 1,5 quilômetro. — Ele não voltaria para sua rainha de mãos vazias se pudesse evitar.

— Ficaremos horas aqui — replicou a capitã, franzindo a testa.

Tharion apenas se acomodou na cadeira, olhando para o imediato que se protegia contra a lateral da sala.

Sabiam em que estavam se metendo ao irem até ali. Sabiam que tipos de tempestades espreitavam aqueles mares àquela altura do ano. Se a metamorfa se cansasse de vento e chuva, ele podia saltar sob as ondas.

Mesmo que um tubarão naquelas águas fosse o menor dos horrores.

* * *

Três horas e meia depois, Tharion levantou a mão.

— Volte para a direita. Não… isso. Aí. Consegue chegar mais perto?

O submergível remoto tinha flutuado por chaminés hidrotermais ferventes, passado por lama e rocha e todo tipo de criaturas estranhas. Mas ali, aninhada entre um aglomerado de vermes tubulares vermelhos e brancos… uma rocha quadrada.

Apenas mãos humanas ou vanir poderiam tê-la feito.

— Não brinca — murmurou a capitã, debruçando-se na direção da tela, a luz iluminando seu rosto anguloso. — Isso são blocos de chumbo.

Suprimiu um calafrio. A Rainha do Rio estava certa. Em todos os detalhes.

— Dê a volta em torno deles.

Mas... Correntes pendiam do bloco no leito do mar. Estavam vazias.

A capitã observou:

— Quem quer que essas correntes tenham segurado, se foi há muito tempo. Ou a pessoa foi devorada, ou explodiu com a pressão.

Tharion se concentrou nas correntes, assentindo, mas seu olhar foi atraído por alguma coisa.

Olhou para a capitã para ver se ela havia reparado na anomalia, mas o rosto não mostrava sinais de surpresa. Então Tharion se manteve calado, deixando que trouxesse o pequeno submergível de volta para a superfície, onde o imediato o puxou para o convés.

Duas horas depois, de volta à terra firme, molhado e enlameado devido à chuva, Tharion acalmou seus dentes trêmulos por tempo o suficiente para ligar para sua rainha.

A Rainha do Rio atendeu depois do primeiro toque.

— Fale.

Acostumado com a voz grosseira, porém etérea, Tharion falou:

— Encontrei os blocos de chumbo. As correntes ainda estavam presas.

— E?

— Não tinha corpo nenhum. — Um suspiro de desapontamento. Estremeceu de novo, não totalmente devido ao frio. — Mas as algemas tinham sido abertas.

O suspiro pausou. Aprendera a ler as pausas da rainha, tão diversas quanto a vida no rio dela.

— Tem certeza disso?

Absteve-se de perguntar por que as correntes não tinham contado a ela sobre aquele detalhe vital. Talvez fossem tão caprichosas quanto a rainha. Tharion disse, em tom casual:

— Nenhum sinal de danos. Pelo menos até onde eu pude ver na porcaria de tela.

— Você acha que Sofie Renast se libertou?

— Não sei. — Tharion entrou no utilitário preto que dirigiria até o heliporto particular no norte de Pangera, e ligou o aquecedor do carro no máximo. Provavelmente seria necessário o percurso inteiro até o continente para aquecer o seu corpo congelado. — Mas eu não acho de jeito nenhum que ela chegou ao leito do mar.

Tharion dirigiu pela estrada irregular, lama jorrando, os limpadores de para-brisa balançando fracos.

Sua Rainha falou:

— Então ou alguém chegou antes de nós... ou Sofie está viva. Interessante que a água não tenha sussurrado isso. Como se tivesse sido silenciada. — Tharion teve a sensação de que sabia para onde aquilo estava indo. — Encontre-a — ordenou a rainha. — Eu apostaria minha corte que ela está procurando o irmão. Fez um grande esforço para libertá-lo de Kavalla. O mar sussurrou que ele tem o mesmo dom. Encontre-o, e nós a encontraremos. E vice-versa. Mas mesmo que só encontremos o menino... ele será de fato valioso.

Tharion não ousou perguntar por que ela queria qualquer um deles. Podia inventar motivos para querer a rebelde, mas o menino... Emile Renast tinha o dom da própria irmã, e só isso. Poderoso, mas ainda assim um menino. Nem mesmo tinha feito a Descida. E, até onde Tharion sabia, sua Rainha não tinha o hábito de usar crianças-soldado. Tharion, contudo, não pôde dizer nada a não ser:

— Vou começar a busca imediatamente.

6

Bryce revirou o armário sob a pia. Frascos de produtos para cabelo, velhos estojos de maquiagem, secadores pifados voando para fora e espalhados atrás dela. Onde estava, *porra*...

Ali. Bryce puxou o kit de primeiros socorros branco, Syrinx fazendo uma dancinha ao seu lado. Como se a quimera de pelos dourados tivesse o encontrado sozinha. Bichinho abusado.

Colocando-se de pé ao abrir a tampa, vasculhou entre a pomada antisséptica, ataduras e o frasco de poção anestésica. Franziu o rosto para Syrinx.

— Essas coisas não estragam nunca, né?

Syrinx franziu o focinho, bufando como se para dizer *Sei lá!*

Bryce coçou sob a mandíbula dele e voltou para a sala para encontrar Hunt agachado ao lado de Ithan, o qual tinham deitado na mesa de centro. O rosto de Ithan... Solas Flamejante.

Bem, ele estava acordado. E falando. Esperava que não tivesse ouvido os dois discutindo sobre onde colocar sua forma semiconsciente um momento antes. Hunt quisera dispor Ithan no sofá, e Bryce mal evitara dar um chilique sobre estragar as almofadas brancas. Restou a mesa de centro.

Hunt e Ithan estavam murmurando baixo demais para Bryce entender, e pararam quando ela se aproximou. Embora não conseguisse detectar nenhum sinal externo, os relâmpagos de Hunt pareciam estalar no ar a sua volta. Ou talvez fosse a presença de Hunt, mais uma vez fazendo coisas engraçadas com os seus sentidos. Bryce levantou o kit de primeiros socorros.

— Encontrei.

Ithan grunhiu.

— ... Não é tão ruim quanto parece...

— Sua boca literalmente começou a sangrar de novo quando você falou isso — disse Bryce, largando o kit na mesa ao lado de Ithan antes de pescar os lenços estéreis dentro dele. Ela não o vira desde o ataque na primavera anterior. Sequer tinha falado com ele.

Bryce balançou a mão sobre o rosto roxo e inchado que não tinha qualquer semelhança com as belas e charmosas feições que um dia conhecera tão bem.

— Eu nem mesmo sei por onde começar com essa... bagunça. — Não estava falando apenas do rosto dele.

— Somos dois — resmungou Ithan, e sibilou quando Bryce limpou um corte em sua testa. Afastando a própria cabeça do alcance dela. — Eu vou me curar. Esse aí já está menor.

— Eu diria que garras fizeram isso — disse Hunt, de braços cruzados. Syrinx saltou no sofá seccional, girou em círculo três vezes, então se enroscou em uma bola.

Ithan não disse nada. Bryce esticou a mão para a ferida de novo, mas ele puxou a cabeça mais para trás, encolhendo-se de dor.

— Porra, por que você está aqui, Ithan? — A voz de Hunt soou como cascalho.

Os olhos castanhos de Ithan, um parcialmente inchado, encontraram os de Bryce. Ira brilhava neles.

— Eu não disse a eles para me trazerem aqui. Perry... a ômega da minha matilha... Ela armou isso.

Uma lembrança confusa de uma fêmea de cabelos castanhos surgiu. Perry... Ravenscroft. Irmã mais nova de Amelie.

— *Ela* fez isso com você?

Ithan bufou uma risada áspera, então estremeceu. Suas costelas deviam estar...

Bryce levantou a camiseta cinza ensanguentada de Ithan, revelando músculos abdominais repugnantemente definidos e...

— Puta merda, Ithan.

Puxou a camisa de volta sobre o grande hematoma.

— Está tudo bem.

— Isso parecem ser costelas quebradas — disse Hunt, sarcasticamente.

— Definitivamente costelas quebradas, Athalar — respondeu Bryce, sentando-se sobre os calcanhares. — E um braço quebrado, pela forma como ele o está segurando.

— A fratura no crânio está cicatrizada — observou Hunt, com igual distância, como se fossem um dos seus procedimentos criminais dos vanir preferidos. Os olhos de Ithan brilharam de novo.

— Estou sentindo hostilidade e uma boa dose de orgulho masculino — disse Bryce.

— Jogue também uma teimosia e eu diria que temos um clássico caso de estupidez — respondeu Hunt.

— Qual é a *porra* do problema de vocês dois? — indagou Ithan.

Bryce sorriu para Hunt, todos os pensamentos sobre o noivado, o pai e os asteri sumiram diante dos olhos do anjo, mas parou de sorrir quando encarou Ithan de novo.

— Eu prometo limpar você o mais rápido possível, e você pode ir embora — disse.

— Não tem pressa. Não é como se eu tivesse para onde ir.

Hunt parou.

— Amelie expulsou você?

— Sabine me expulsou — grunhiu Ithan. — Ela, Amelie e os outros fizeram... isso.

— Por quê? — conseguiu dizer Bryce.

Ithan encontrou o olhar dela.

— Por que você acha? — Bryce balançou a cabeça, asco tomando conta. Ithan falou: — Você sabe como Sabine opera. Algum repórter me encurralou em um bar algumas semanas antes querendo saber sobre o ataque na primavera passada, e eu falei sobre... o que aconteceu. Como eu ajudei você. O artigo saiu esta manhã. Sabine aparentemente não gostou.

— Ah... — Hunt ergueu uma sobrancelha.

A garganta roxa de Ithan oscilou.

— Talvez eu também tenha defendido você — disse a Bryce. — De uma citação nojenta de Sabine.

Bryce resistiu à vontade de pegar o celular para procurar o artigo. Nada ali a faria se sentir melhor a respeito daquilo. Então disse:

— Sabine é uma Mestre da Cidade. É nisso mesmo que ela quer desperdiçar o tempo?

— Lobos não falam merda sobre outros lobos.

— Mas você falou — replicou Hunt.

— E Sabine também. — disse, triste, cansado, para Bryce: — A Prima chamou você de lobo. Isso basta para mim. Eu, ah... Não caiu bem o que Sabine falou. Mas acho que o artigo não caiu bem para ela também. Então eu estou fora.

Bryce exalou um longo fôlego.

— Por que trazer você aqui? — perguntou Hunt.

Ithan fez uma careta de dor.

— Perry se lembrou que nós éramos amigos, há muito tempo. — Tentou, sem sucesso, se levantar. — Mas me deem alguns minutos e eu vou embora.

— Você vai ficar aqui — disse Bryce. Sinceramente, depois da noite que tivera, deixá-lo partir era a última coisa que queria. Principalmente quando ainda precisava ligar para a mãe e convencê-la a sair da cidade com Randall. Pelos deuses, se Ember descobrisse que Ithan estava ali, jamais iria embora. Ela o amava como um filho. Bryce afastou o pensamento. — Você tem sorte de Sabine não ter matado você.

— Confie em mim, ela queria — disse Ithan, amargamente. — Mas eu não valia a dor de cabeça jurídica que isso causaria.

Bryce engoliu em seco. O irmão mais novo de Connor tinha sido o melhor amigo dela, depois de Danika. Fury e June tinham vindo depois daquilo. Pelos deuses, quantas mensagens Ithan e ela haviam trocado ao longo dos anos? Quantas piadas infantis tinham compartilhado? Quantas vezes havia vibrado na arquibancada em um dos jogos de solebol dele, torcendo a plenos pulmões?

O macho diante dela era um estranho.

— Eu deveria ir embora — disse Ithan, com a voz embargada. Como se tivesse se lembrado da história deles também. Como se tivesse lido no rosto de Bryce.

— Sente aí, porra — disse Hunt. — Você não consegue nem andar.

— Tudo bem — obedeceu Ithan. — Uma noite.

Devia estar desesperado, então.

Contendo o aperto no peito, Bryce pegou o celular.

— Bom. — Reparou na hora. Quase meia-noite. Os pais deviam estar prestes a se deitar. — Preciso fazer uma ligação.

* * *

Hunt fez uma xícara de descafeinado só para se ocupar com alguma coisa enquanto Ithan se deitava ainda sangrando na mesa de centro às suas costas. A voz de Bryce entrava entrecortada pelo corredor conforme falava com os pais.

Vamos planejar um longo fim de semana da próxima vez. Talvez Hunt e eu possamos ir até vocês. Acho que ele adoraria finalmente ver Nidaros.

Os lábios de Hunt se repuxaram em um sorriso. Levá-lo para a casa dos pais, hein? Não importava que estivesse mentindo descaradamente.

A máquina terminou de preparar o café um segundo antes de Bryce dizer:

— Tudo bem. Vou me encontrar com vocês aí no hotel às 6 horas. Sim. Cedinho. Tudo bem. Amo vocês. Tchau.

Hunt soprou o café fumegante conforme Bryce caminhava de volta pelo corredor.

— Tudo bem? — perguntou a ela.

— Exceto pelo fato de que eu preciso estar acordada em algumas horas, óbvio. — Bryce deslizou o celular para a bancada da cozinha. — Passagens trocadas. — Olhou para Ithan, cujos olhos estavam fechados, mas Hunt não tinha dúvida de que o lobo estava ouvindo.

— Certo — disse Bryce. — Camas.

— Estou bem no sofá — gemeu Ithan.

Hunt estava inclinado a concordar, mas Bryce falou:

— Ah, não. Você vai pro meu quarto. Não quero você sangrando no meu sofá branco todinho.

Hunt falou, grosseiramente:

— Eu durmo no sofá. Holstrom, pode ficar com meu quarto.

— Não — replicou Bryce. — Está tudo bem. Minha cama é grande.

Hunt disparou de volta:

— Então *você* dorme no sofá e dá a cama a Holstrom.

— Com meus problemas de coluna? — Antes que Hunt pudesse perguntar de que Inferno ela estava falando, Bryce falou: — Estou cansada e não quero discutir. Fim de papo.

Ithan entreabriu um olho. Hunt conteve um grunhido de frustração.

Quinze minutos depois, Hunt estava deitado na própria cama, os dentes trincados enquanto encarava o teto, com apenas um Syrinx roncando como companhia.

Estava tudo bem. Tudo muito bem que a porra do Ithan Holstrom estivesse dividindo a cama com Bryce.

Tudo. Muito. Bem. Porra.

A cama dele, o sangue de Hunt ferveu. Mesmo que não tivesse chegado perto dela há meses. A cama dele, a Bryce *dele*, que saiu do banheiro com um short de dormir e uma camiseta desbotada e puída que não ajudava em nada a esconder a sombra dos mamilos por trás do tecido roxo. Ainda bem que os olhos de Holstrom estavam inchados demais para que Hunt se desse ao trabalho de checar se o macho estava olhando. Não que importasse muito. Confiava em Bryce. Sabia exatamente o que e quem ela queria.

Mas... não importava que Holstrom tivesse saído em defesa de Bryce durante o ataque, ou em algum artigo idiota. Tinha sido um babaca cruel com ela nos dois anos antes disso. E havia deixado Amelie sair do controle, atormentando Bryce devido à morte do irmão dele.

E tudo bem, deixando de lado a confiança, talvez estivesse um pouco no limite. Holstrom era bonito, quando não tinha sido espancado até quase chegar ao Inferno. Fora uma estrela do solebol na UCLC. Hunt se lembrava de assistir a alguns dos jogos no saguão da 33ª no Comitium, maravilhado com a velocidade e a destreza de Holstrom. O macho não jogava há dois anos, mas ainda tinha o porte.

Idiota burro e ciumento. Porra, ter Holstrom ali o incomodava mais do que aquele babaca do Cormac alegando que se casaria com Quinlan.

Odiou-se só um pouquinho ao tirar o celular da mesa de cabeceira e digitar *Ithan Holstrom Sabine Fendyr Bryce Quinlan.*

O artigo surgiu imediatamente.

Hunt o esquadrinhou. Leu o que Sabine tinha dito e se concentrou em sua respiração. Em não saltar para o céu e dilacerar a Prima Presumivel em pedaços.

— *Bryce Quinlan não passa de uma baladeira mimada que estava convenientemente no lugar certo durante o ataque. Meus lobos salvaram inocentes. Ela é uma caçadora de fama patética.*

Hunt trincou os dentes com tanta força que sua mandíbula doeu. No final, encontrou a citação incendiária de Holstrom.

— *Os lobos só foram até os Prados de Asphodel por causa de Bryce. Ela recebeu o chamado para ajudar, e segurou a linha até que pudéssemos dar apoio. Ela salvou aquela cidade. Ela é uma heroína, até onde eu sei. Não deixem ninguém convencer você do contrário. Principalmente pessoas que não estavam nem na cidade durante o ataque.*

Bem, Hunt não culpava Sabine por ter ficado puta. A verdade doía.

Hunt suspirou e estava prestes a colocar o telefone de volta na mesa de cabeceira quando vibrou com uma mensagem de Isaiah. *Alguma ideia?*

Sabia que Isaiah estava perguntando sobre a nomeação de Celestina. *Cedo demais para dizer,* escreveu de volta. *Cedo demais para ter esperanças também.*

Isaiah respondeu imediatamente. *Ela vai estar aqui amanhã no fim do dia, às 17 horas. Tente ser bonzinho, Hunt. Ela não é Micah.*

Hunt respondeu com o emoji de um polegar para cima. Mas o sono ainda demoraria para vir.

* * *

Bryce olhava para o teto do quarto, ouvindo a respiração úmida e difícil do macho ao lado dela.

A mãe e o pai tinham engolido as mentiras, sem nem questionar. É óbvio que isso queria dizer que acordaria em quatro horas, mas era um preço que valia a pena pagar. Nenhuma notícia sobre o noivado tinha vazado ainda. Só podia rezar para que não vazasse até que o trem saísse da cidade.

Ithan se moveu levemente, o som dos cobertores alto no silêncio. Era estranho tê-lo ali, o cheiro dele enchendo o seu nariz. Tão parecido com o cheiro de Connor...

— Eu podia ter dormido no sofá — disse Ithan, para a escuridão.

— Eu não confio em Athalar para não sufocar você com um travesseiro.

Ithan bufou uma gargalhada.

— Ele guarda rancor, é?

— Você não tem ideia.

Silêncio recaiu, carregado e pesado. Quisera Ithan exatamente onde pudesse vê-lo. Era simples assim. Com ou sem proteções naquele lugar, não estava disposta a deixá-lo sem vigia quando Sabine e Amelie poderiam mudar de ideia quanto à burocracia dar trabalho demais. Já havia perdido um Holstrom.

— Danika me deixou entrar — disse Ithan. — Logo antes... de tudo. Ela me mostrou este lugar, queria que eu participasse da surpresa. Foi assim que eu entrei.

A garganta de Bryce se fechou.

— Ah.

— É verdade que Danika ajudou você a fazer a Descida?

Como a voz dela tinha sido projetada pelos Portões em todas as partes da cidade, era de conhecimento geral que Danika Fendyr tivera algo a ver com a Descida de Bryce, mas boatos sobre o que ou como, exatamente, corriam soltos.

— É — disse Bryce. — Ela, ah... Ela foi minha Âncora.

— Eu não sabia que isso era possível.

— Nem eu.

O fôlego dele falhou. Bryce disse:

— Eu... Ithan, quando eu vi Danika durante a Busca, ela me disse que os outros, Connor e Nathalie e toda a Matilha dos Demônios, seguraram os ceifadores para ganhar tempo para ela estar lá comigo. Eles também me salvaram. Connor me salvou.

Ithan não disse nada por um longo momento. Quando tinha sido a última vez que tinham conversado assim? Calmos, tranquilos. Sem ódio jorrando como ácido, queimando tudo que tocava? Então Ithan falou:

— Ele amava você mais do que qualquer pessoa.

O coração se apertou.

— Ele amava *você* mais do que qualquer pessoa.

— Ele achava que você era a companheira dele.

Bryce fechou os olhos contra o soco que atingiu seu estômago.

— No sentido lobo da palavra?

— Que outro sentido existe? É, no sentido lobo.

Havia várias definições do termo *companheiro*, embora Bryce achasse que para Ithan, para um metamorfo, apenas uma importasse: o verdadeiro amante de uma pessoa, predestinado por Urd.

Os feéricos tinham um conceito parecido, um companheiro era um elo mais profundo do que o casamento, e além do controle de um indivíduo. Os anjos, ela sabia, usavam o termo muito mais casualmente: para os malakim, era semelhante a um casamento, e parcerias assim podiam ser arranjadas. Como animais procriando em um zoológico.

Mas para Connor, se ele achava que Bryce era a sua companheira... O estômago se revirou de novo.

— Você o amava? — sussurrou Ithan.

— Você sabe que sim — disse Bryce, a voz embargada.

— Nós desperdiçamos tanto tempo. Talvez seja nossa maldição como imortais. Ver o tempo como um luxo, um oceano infinito. — Expirou demoradamente. — Eu o desperdicei muito.

Bryce não conseguia entender a que ele se referia.

— Muito poético da sua parte. — Ithan soltou uma risada baixa. No escuro sob o ar-condicionado, Bryce perguntou: — Por que você abandonou o solebol?

Sentiu Ithan ficar tenso, o colchão se movendo.

— Porque é um jogo tolo — disse, a voz sem emoção, e se virou de lado com um grunhido.

Bryce não tinha ideia de como responder. Então fechou os olhos, acariciando distraidamente a cicatriz no peito, e rezou para que Luna a mandasse para um sono pesado, sem sonhos.

7

— Isso é uma piada. — Ruhn caminhava de um lado para outro dos tapetes ornamentais do escritório do pai enquanto o relógio de pêndulo soava as 2 horas da manhã. — Você *sabe* que é uma piada.

Deitado em uma poltrona de couro carmesim ao lado da lareira apagada, o Rei Outonal não dizia nada. Os experimentos e as besteiras nos quais trabalhava dia e noite ferviam e borbulhavam, um zumbido constante no fundo.

— Qual é o problema, primo? Sentindo-se possessivo em relação à sua irmã? — debochou Cormac de onde estava encostado contra a cornija de mármore preto, o suéter branco repuxado sobre o peito musculoso. Nem um fio de cabelo dourado da cabeça fora do lugar.

Babaca.

Ruhn ignorou a provocação de Cormac e disse ao pai:

— Nós vivemos em uma cidade moderna. Em tempos modernos. Há dezenas de advogados com recursos inesgotáveis para refutar isso, e tribunais que podem estar dispostos a estabelecer um novo precedente que protege os direitos das fêmeas feéricas.

— Bryce vai chegar voluntariamente ao altar do casamento — disse o pai. — Assim como você.

A boca de Cormac se repuxou em um sorriso.

— Eu soube que você está noivo de Hypaxia Enador. Parabéns. — Ruhn olhou com raiva para ele. Cormac prosseguiu, avaliando Ruhn: — É óbvio que o casamento não é ortodoxo, considerando a família e a linhagem de sua noiva.

Ruhn enrijeceu.

— Se você quer bostejar alguma coisa sobre Hypaxia, então vamos ouvir.

Mas Cormac disse ao Rei Outonal:

— Ele não sabe?

O pai, maldito fosse, pareceu entediado ao dizer:

— Não pareceu necessário. Minha ordem é a lei.

Ruhn olhou de um para outro.

— O que é?

O pai, as feições contraídas com nojo, como se desapontado por Ruhn não ter descoberto por conta própria, falou:

— A falecida rainha Hecuba teve duas filhas, de progenitores diferentes. O progenitor de Hypaxia, pelo que o coven dela descobriu depois, foi um poderoso necromante da Casa de Chama e Sombra. Hypaxia parece ter herdado os dons dele, além dos da mãe.

Ruhn piscou. Lentamente. Hypaxia podia ressuscitar e falar com os mortos. Tudo bem. Podia conviver com isso.

— Legal.

Chamas dançaram pelo cabelo do pai, os fios oscilando em seus ombros.

— A irmã mais velha dela, no entanto, foi gerada por um macho metamorfo. Um cervo.

— E?

Cormac riu com escárnio.

— A meia-irmã de Hypaxia é mais conhecida como a Corça. — Ruhn olhou boquiaberto. Como ele não sabia disso? — Ela não herdou nenhum dom de bruxa — prosseguiu Cormac —, e foi entregue à família do pai. A coroa naturalmente foi para Hypaxia. Mas parece que desde que sua noiva foi coroada rainha, a questão da necromancia dela se tornou… um problema para as bruxas.

— Não é relevante para esta conversa — disse o Rei Outonal. — Ruhn vai se casar com ela, com ou sem necromancia, com ou sem irmã detestável.

— Meu pai achou a ascendência de Hypaxia problemática — disse Cormac.

— Que bom que seu pai não vai se casar com ela — replicou o Rei Outonal.

Cormac fechou a boca, e Ruhn conteve seu sorriso de satisfação.

O pai prosseguiu:

— Ruhn vai se casar com Hypaxia e Bryce Quinlan vai se casar com você, Príncipe Cormac. Não haverá mais debate.

— Você se lembra que Bryce e Athalar estão juntos? — disse Ruhn. — Tente se colocar entre eles e vai receber um curso de atualização sobre por que era chamado de Umbra Mortis.

— De acordo com as últimas notícias de meus espiões, ela ainda não carrega o cheiro dele. Então eu só posso presumir que eles não consumaram seu relacionamento.

Só falar sobre aquilo com o próprio pai era nojento.

Cormac interrompeu:

— Um dia ela vai ser Rainha de Avallen. Ela seria uma tola de desperdiçar isso em um anjo bastardo.

Ruhn disparou:

— Vocês precisam de Bryce mais do que ela precisa de qualquer um de vocês. Ela é Estrelada.

O Rei Outonal exibiu os dentes.

— Se Bryce quisesse permanecer livre de nossa casa, então ela não deveria ter sido tão chamativa ao exibir seu poder.

— É esse o problema? — Fogo queimou nas veias de Ruhn. — Que ela *ofuscou você*? Que ela tem mais poder do que você? O que… você precisa colocá-la de volta no lugar?

— Você está delirante. — O sorriso de Cormac prometia violência. — Estou me rebaixando para me casar com sua irmã. Muitos entre meu povo considerarão a união uma desgraça.

— Cuidado — avisou o Rei Outonal, verdadeiro ódio brilhando nos olhos da cor de uísque. — Independentemente da linhagem humana dela, Bryce é herdeira da linhagem Estrelada. Mais ainda do que meu filho. — Lançou uma careta cheia de desdém para Ruhn. — Não vemos luz estelar com tanta força em milhares de anos. Eu não encaro como frivolidade a entrega dela a Avallen.

— Que porra você vai conseguir com isso? — O estômago de Ruhn foi tomado por uma náusea.

O pai respondeu:

— Sua irmã tem um valor para mim: o potencial de procriação dela. Ambas as nossas casas reais se beneficiarão da união.

Cormac acrescentou:

— E do compromisso prolongado à aliança entre nossos povos.

— Contra o quê? — Será que todo mundo tinha perdido a cabeça?

— Um enfraquecimento da magia na linhagem real — disse Cormac. — Como gerações recentes demonstraram. — Acenou com a mão envolta em chamas para Ruhn e suas sombras.

— Vai se foder — ralhou Ruhn. — Isso é por causa da guerra em Pangera? Da rebelião? — Ouvira boatos recentemente de que a Ophion tinha derrubado quatro submergíveis ômega no norte. *Quatro.* Alguma merda mirabolante devia estar acontecendo por lá. O pai até mesmo indicara no fim da primavera, ao anunciar o noivado de Ruhn, que aquela guerra estava chegando, e precisavam reunir aliados.

— Isso é para garantir que nós feéricos mantenhamos nosso poder e direito de nascença — disse o Rei Outonal. A voz gélida dele sempre traía a chama impiedosa em seu sangue. — Sua irmã pode passar isso para os filhos dela com Cormac.

Cormac grunhiu em concordância, suas chamas se apagando.

Ruhn tentou de novo.

— Porra, deixe Bryce fora disso. Não temos outros membros da realeza que podemos unir para cuspirem alguns bebês?

— Eu não me lembrava de você reclamar tanto, Ruhn — disse Cormac.

— Antes ou depois de você tentar me matar? Ou quando você enfiou uma espada na barriga de Dec?

Os olhos de Cormac brilharam como carvão em brasa.

— Só queria testar vocês. — Afastou-se da cornija e caminhou até as portas fechadas. — Você sabe — disse Cormac, arrastado, por cima do ombro —, os Estrelados costumavam se casar entre si. Irmão se casava com irmã, tia se casava com sobrinho, e assim por diante. Tudo para manter a linhagem pura. Como você parece tão intensamente investido em quem compartilha a cama de Bryce, talvez as antigas tradições possam voltar para vocês dois.

— Saia daqui, Inferno — grunhiu Ruhn. As sombras se contorceram nas pontas dos dedos, como chicotes prontos para estalar na direção do pescoço do príncipe de Avallen.

— Você pode se rebelar o quanto quiser, Ruhn Danaan, mas é um Príncipe Herdeiro, assim como eu. Nossos destinos são os mesmos. Mas eu sei qual de nós vai aceitar o seu.

Então se foi.

Nossos destinos são os mesmos. Cormac quis dizer que os dois seriam reis, mas Ruhn sabia que seu destino era mais complicado do que isso.

A linhagem real vai acabar com você, príncipe. A voz do Oráculo flutuou pela sua mente, revirando suas entranhas. Podia muito bem não viver o bastante para se ver coroado. Seu sangue gelou. Seria porque Cormac lideraria algum tipo de golpe?

Afastou esse pensamento, virando-se para o pai:

— Por que você está fazendo isso?

— O fato de que você precisa perguntar demonstra que você não é um verdadeiro filho meu.

As palavras o perfuraram. Nada podia doer mais do que o que já tinha sido feito a ele por aquele macho, as cicatrizes que levava nos braços por causa daquilo, a maioria coberta pelas tatuagens. Mas as palavras… é, elas doíam.

Ruhn se recusava a deixar o velho desgraçado ver aquilo, no entanto. Jamais deixaria que ele visse.

— E suponho que você ache que Cormac vai se tornar esse verdadeiro filho ao se casar com Bryce.

Os lábios do Rei Outonal despontaram uma sorriso, os olhos tão sem vida quanto o Fosso.

— Cormac sempre foi o filho que eu deveria ter tido. Em vez de aquele que recebi como fardo.

8

— Hoje é o grande dia, hein?

Hunt se virou de onde estava encarando a máquina de café, desejando que o moer dos grãos abafasse os pensamentos que rugiam em sua mente. Bryce estava encostada na bancada de mármore branco às suas costas, usando leggings e uma camiseta velha.

Hunt fechou as asas cinza e cumprimentou.

— Babaca Acessível se apresentando para o serviço. — Os lábios dela se curvaram para cima, mas perguntou: — Como foi com seus pais? — Havia ido encontrá-los muito antes de Hunt acordar.

— Perfeitamente. — Fingiu limpar sujeira dos ombros. — Nem um sussurro sobre o noivado. Acho que Randall suspeitava de *alguma coisa,* mas estava disposto a entrar na história.

— Cinco marcos de ouros que sua mãe liga antes do meio-dia para começar a gritar.

O sorriso estava mais luminoso do que o sol da manhã entrando pelas janelas.

— Aposta aceita. — Inclinou a cabeça, observando o uniforme diurno que ele usava: o habitual traje de batalha para a 33ª. — Você deveria ver as decorações que subiram da noite para o dia; aparentemente, a cidade está estendendo o tapete de boas-vindas, e não está poupando despesas. Faixas, flores, ruas brilhando de tão limpas, mesmo na Praça da Cidade Velha. Nem uma gota de vômito de idiota bêbado à vista ou ao alcance do olfato.

— A nomeação de uma nova governadora é algo importante — disse, perguntando-se aonde ela pretendia chegar com aquilo.

— É. — Então Bryce perguntou, casualmente: — Quer que eu vá com você hoje?

E ali estava. Alguma coisa em seu peito se acendeu com a oferta.

— Não precisa segurar minha mão, Quinlan. Mas obrigado.

Os olhos de Bryce brilharam, pura predadora feérica espreitando ali.

— Lembre-se do que a gente fez com os dois últimos arcanjos, Hunt — disse, baixinho. Isso era novo, o poder puro que ecoava sob as palavras dela. — Se Celestina fizer alguma merda, a gente reage de acordo.

— Com sede de sangue, Quinlan?

Ela não sorriu.

— Você pode ir até lá sem mim hoje, mas eu estou a um telefonema de distância.

Hunt sentiu o coração apertado. Ela faria aquilo, daria apoio a ele contra a porra de uma arcanjo, que Solas o queimasse.

— Registrado — respondeu, com a voz embargada. Assentiu na direção do corredor. — Como está o nosso convidado?

— Ele parece muito melhor esta manhã, embora as costelas quebradas ainda precisem de alguns reparos. Ele ainda estava dormindo quando eu parti.

— Qual é o plano? — Hunt manteve a voz neutra. Tinha dormido terrivelmente na noite anterior, todo som o sobressaltava do sono. Bryce, é óbvio, estava linda como sempre.

— Ithan pode ficar o tempo que quiser — disse Bryce, simplesmente. — Não vou entregá-lo a Sabine.

— Bom saber — disse Ithan, de trás dela, e até mesmo Hunt se espantou.

O macho tinha espreitado com silêncio sobrenatural. Ele *parecia* melhor mesmo. Sangue ainda encrustava o seu cabelo castanho curto, mas o inchaço em torno dos olhos tinha sumido, deixando apenas algumas manchas roxas. A maioria dos cortes estava curada, exceto pelo corte espesso sobre a sua testa. Aquele levaria mais um ou dois dias. Ithan apontou para além de Hunt.

— Isso é café?

Hunt se ocupou em servir xícaras, passando uma para Quinlan primeiro.

— Uma gota de café em uma xícara de leite, como você gosta.

— Babaca. — Pegou a xícara. — Não sei como você toma puro.

— Porque sou adulto. — Hunt passou a segunda xícara para Ithan, cujas grandes mãos engoliram a xícara de cerâmica branca que dizia *Eu sobrevivi à semana de veteranos da Turma de 15032 e só ganhei essa xícara idiota!*

Ithan olhou para ela, sua boca se contraindo.

— Eu me lembro dessa xícara.

Hunt se calou quando Bryce soltou uma risada rouca.

— Eu fico surpresa por você lembrar, considerando o quanto estava bêbado. Embora fosse um doce bebê calouro.

Ithan riu, um indício do belo e arrogante macho do qual Hunt ouvira falar.

— Você e Danika me obrigaram a beber cerveja de cabeça para baixo sobre o barril às 10 da manhã. Como eu deveria permanecer sóbrio? — O lobo bebeu o café. — Minha última lembrança daquele dia é você e Danika desmaiadas de bêbadas em um sofá que tinham arrastado para o meio do pátio quadrangular.

— E por que essa é sua última lembrança? — perguntou Bryce, com o tom suave.

— Porque eu apaguei do seu lado — disse Ithan, sorrindo enfim.

Bryce sorriu, e, porra, aquilo mexia com o coração de Hunt. Um sorriso de dor e alegria e perda e desejo… e esperança. Pigarreou, olhando para o relógio.

— Eu preciso entrar no banho. Vou me atrasar para o trabalho. — Com um balanço de quadris, saiu caminhando pelo corredor.

Syrinx roçou a panturrilha de Hunt, fazendo-o ralhar.

— De jeito nenhum. Você já tomou um café da manhã. — Provavelmente dois, se Bryce o alimentara antes de ir se encontrar com os pais. Syrinx se deitou ao lado da sua tigela de aço e soltou um lamento. Hunt tentou ignorá-lo.

Viu Ithan observando com atenção.

— O quê? — disse Hunt, sem se incomodar em parecer agradável.

Ithan apenas bebericou o café de novo.

— Nada.

Hunt tomou uma golada do café. Olhou pelo corredor para se certificar de que Bryce estava mesmo no próprio quarto. A voz baixou até um grunhido baixo.

— Deixa eu repetir o que eu disse ontem à noite. Se trouxer problemas para cá, para Bryce, vou abrir suas tripas.

A boca de Ithan se repuxou para cima.

— Estou tremendo, Athalar.

Hunt não sorriu de volta.

— Você está de repente de boas com ela porque ela é uma princesa? Por causa do chifre e da merda Estrelada?

O nariz de Ithan se franziu com o início de grunhido.

— Eu não me importo com nada disso.

— Então por que caralhos você se deu ao trabalho de defendê-la naquele artigo? Você devia imaginar que teria consequências com Sabine. Você praticamente revelou que Sabine mentiu.

— Danika deu apoio a ela. Meu irmão e o resto da Matilha dos Demônios deram apoio a ela na primavera. Se não estão guardando rancor, então como eu poderia?

— Então você precisa de permissão do seu irmão morto para ser legal com ela?

O rosnado de Ithan chacoalhou os armários.

— Bryce era minha melhor amiga, você sabe. Bryce tinha Danika, óbvio, mas eu só tinha *ela*. Você conhece Bryce há o quê... alguns meses? Nós fomos amigos durante cinco *anos*. Então não venha falar de mim, meu irmão ou dela como se soubesse alguma coisa sobre a gente, porra. Você não sabe merda nenhuma, *Umbra Mortis*.

— Eu sei que você foi um babaca com ela durante dois anos. Eu vi você não fazer nada enquanto Amelie Ravenscroft a atormentava. Vê se cresce.

Ithan mostrou os dentes. Hunt mostrou de volta.

Syrinx saltou de pé choramingando, exigindo mais comida.

Hunt não conseguiu segurar a gargalhada de exasperação.

— Está bem, está bem — disse para a quimera, pegando o pote de ração.

Os olhos de Ithan o queimaram como um ferrete. Hunt tinha visto aquela mesma expressão de não-levo-desaforo-para-casa durante os jogos televisionados de solebol.

— Connor foi apaixonado por ela durante aqueles cinco anos, sabe. — O lobo foi até o sofá e se acomodou nas almofadas. — Cinco anos, e, no fim, só conseguiu que ela *concordasse* em ir a um encontro com ele.

Hunt manteve o rosto indecifrável conforme Syrinx devorava o segundo, potencialmente o terceiro, café da manhã.

— E daí?

Ithan ligou a TV no noticiário da manhã antes de apoiar os pés na mesa de centro e entrelaçar os dedos atrás da cabeça.

— Você está no mês cinco, irmão. Boa sorte.

* * *

Os Arquivos Feéricos zumbiam com atividade, tão alto que Bryce tinha se acostumado a manter os plugues de ouvido o dia inteiro, mesmo com a porta do seu minúsculo escritório no Subnível Alfa fechada.

Não que fosse *barulhento,* exatamente; os arquivos tinham o habitual sussurro de qualquer biblioteca, mas tantas pessoas os visitavam ou estudavam no cavernoso átrio e nas estantes ao redor que havia um constante e subjacente rugido. O arrastar de passos, a fonte de água escorrendo do teto do átrio como uma cachoeira, o estalar dos teclados se misturando com o crepitar de páginas virando, os sussurros de visitantes e turistas se misturando com o ocasional riso ou o clique de uma câmera.

Aquilo a incomodava.

Ficaram para trás os dias solitários na galeria. Os dias de colocar a música aos berros no sistema de som.

Lehabah também se fora.

Nada do tagarelar incessante sobre o último episódio de *Fadas e Fodas.* Nada de reclamar sobre querer sair. Nenhum monólogo dramático sobre a crueldade de Bryce.

Bryce encarou a tela de computador escura sobre a mesa de vidro. Esticou um pé para acariciar o pelo de Syrinx, mas os dedos dela só encontraram ar. Ah, é, havia deixado a quimera em casa para vigiar Ithan.

Se perguntou se Syrinx sequer se lembrava de Lehabah.

Bryce tinha visitado o Cais Preto durante os dias depois do ataque, procurando um pequeno barco ônix entre o bando de Veleiros. Nenhum apareceu.

Lehabah não tinha restos mortais mesmo. A duende do fogo havia sido extinta como uma vela assim que cem mil galões de água caíram nela.

Bryce tinha repassado ali, de novo e de novo. Normalmente durante as aulas de dança com Madame Kyrah, em meio à respiração ofegante e ao suor. Sempre chegava à mesma conclusão: não havia nada que pudesse ter feito para impedir a morte de Lehabah.

Bryce entendia, podia racionalmente falar sobre aquilo, no entanto... Os pensamentos ainda circulavam, como se dançando com ela: *Você podia ter encontrado um jeito. Ter se revelado como Estrelada antes. Dito a Lehabah que fugisse enquanto você enfrentava Micah.*

Conversara sobre aquilo com Hunt também. E observou que todas aquelas opções teriam resultado na morte da própria Bryce, mas... Bryce não conseguia superar a pergunta: por que a vida de Lele era menos valiosa do que a própria? O seu status de Princesa Estrelada não significava nada. No fim das contas, Lele era a melhor opção, já que tinha sofrido décadas na prisão. A duende do fogo deveria estar livre. Viva, e livre e aproveitando.

Bryce pegou o telefone da mesa, discando. Jesiba atendeu no terceiro toque.

— Outra pergunta, Quinlan? É a terceira esta semana.

Bryce tamborilou os dedos na mesa de vidro.

— Tenho um busto rodiniano de Thurr de 9.000 anos aqui. — Basicamente um macho emburrado que deveria se passar pela divindade das tempestades quase esquecida. Tudo o que restava do deus em sua cultura era o gigantesco planeta batizado em homenagem a ele. E aparentemente a palavra para "quinta-feira" em alguns idiomas. Bryce já enviara uma foto do busto a Hunt, com o comentário *Bryce Quinlan Apresenta o Original Olhar Sexy do Alfa Babaca.* — Um museu está interessado, mas estão preocupados que o dono anterior tenha adulterado alguns documentos sobre a história. Querem se certificar de que é legítimo antes de exibirem para o público. Alguma ideia de como chamar Rodínia para verificar?

— Se eu estou fazendo seu trabalho para você, então por que não estou recebendo por isso?

Bryce trincou os dentes.

— Porque somos amigas?

— Somos mesmo?

— Diz você.

Jesiba bufou uma risada baixa. A feiticeira que havia desertado do próprio clã de bruxas, e jurado lealdade à Casa de Chama e Sombra, ainda espreitava por Lunathion, mas Bryce não a via há meses. Não desde o dia em que Jesiba tinha flagrado Bryce xeretando nas ruínas alagadas da biblioteca da galeria, quando ordenou que jamais voltasse. Não de um jeito grosseiro. Apenas de um jeito *Esta galeria está agora permanentemente fechada, e esses livros que você está procurando estão escondidos onde ninguém jamais os encontrará.*

Jesiba falou:

— Suponho que eu devo considerar uma honra ser chamada de amiga pela Princesa Estrelada, filha do Rei Outonal. — Uma leve pausa, e Bryce soube o que estava por vir. — E a futura Rainha de Avallen.

Bryce rapidamente buscou um site de notícias ao sibilar:

— Quem contou a você?

— Algumas das pessoas que eu transformei em animais continuam trabalhando para mim, sabe. Eles me contam o que ouvem pelas ruas. Principalmente os ratos de esgoto que esperam recuperar as verdadeiras formas um dia.

Bryce realmente não tinha certeza se Jesiba estava falando a sério. Suspirou de novo.

— Não acho que você tenha alguma teoria sobre *por que* o Rei Outonal tenha subitamente decidido arruinar a minha vida.

Jesiba fez um *tsc.*

— Machos sempre tentarão controlar as fêmeas que os assustam. Casamento e procriação são os métodos mais comuns.

— Por mais que seja satisfatório pensar que meu pai tem medo de mim, não pode ser isso.

— Por que não? Faz meses. Você não fez nada com seu novo poder, seus títulos. Ou o chifre nas suas costas. Cansou-se de esperar. Eu não ficaria surpresa se tivesse feito isso só para ver como você reagiria.

— Talvez. — Bryce rabiscou em um pedaço de papel ao lado do computador. Um pequeno coração que dizia *BQ + HA*.

— O que você *vai* fazer a respeito disso? — perguntou Jesiba, mal se contendo.

— Fingir que não está acontecendo até dizer chega?

Jesiba riu de novo.

— Eu fiquei preocupada, sabe, quando descobri que você era Estrelada. Já vi muitos sucumbirem ao fascínio de serem Escolhidos. Talvez você e seu irmão tenham mais em comum do que eu me dei conta.

— Isso é um elogio?

— É. Ruhn Danaan é um dos poucos que foi forte o suficiente para se manter longe do que ele é. — Bryce resmungou. — Você não está planejando fazer nada com isso, então — perguntou Jesiba, mais baixo do que Bryce jamais a ouvira. — Com o seu talento. Ou com o chifre.

— *Definitivamente* não com o chifre. E parece que a maior parte do valor dos poderes Estrelados está no que eu trago para a linhagem feérica pela procriação. — Bryce se endireitou, girando o lápis entre os dedos. — E que bem faz cegar as pessoas? Quero dizer, *tem* sua utilidade, mas certamente há armas mais mortais para se empunhar? — Como o relâmpago de Hunt.

— Você matou um arcanjo sem acesso a esse poder. Eu imagino que você agora pode fazer muitas coisas, Quinlan.

Bryce enrijeceu ao ouvir aquelas palavras, ditas tão casualmente em uma frase aberta. Não fazia ideia do que Jesiba tinha feito com o Rifle Matador de Deuses. Sendo bem sincera, jamais queria vê-lo de novo.

Bryce baixou a voz, embora soubesse que ninguém estava perto de seu pequeno escritório subterrâneo.

— Eu recebi uma ordem dos asteri para ficar na encolha. Para sempre.

— Que terrivelmente entediante da sua parte obedecer a eles.

Bryce abriu a boca, mas o interfone em sua mesa tocou.

— Srta. Quinlan, você é requisitada na ala norte. O doutor Patrus quer sua opinião naquela escultura de Delsus?

Bryce apertou o botão.

— Chego em cinco minutos. — Disse a Jesiba: — Vou mandar a você algumas fotos dessa peça. Eu agradeceria se você se dispusesse a me dar sua opinião. E me avise se tiver algum contato em Rodínia que possa ajudar a verificar a sua autenticidade.

— Estou ocupada.

— Eu também.

— Talvez eu te transforme em sapo.

— Pelo menos sapos não usam saltos ridículos para trabalhar — disse Bryce, deslizando os pés de volta nos sapatos brancos de salto agulha, jogados debaixo da mesa.

Jesiba tinha soltado outra gargalhada baixa e cruel.

— Um conselho, Quinlan: considere as vantagens de um casamento com Cormac Donnall antes de decidir ser um clichê e recusar.

Bryce levantou, acomodando o celular entre a orelha e o ombro.

— Quem disse que eu não estou considerando?

Houve uma longa pausa antes de a feiticeira dizer:

— Boa menina.

Então desligou.

9

— Alguma coisa?

— Nada, embora você estivesse certa quanto à decoração espalhafatosa. Eu quase voei contra seis faixas e coroas de flores diferentes no meu caminho esta manhã. Mas nenhum relato ou vislumbres da governadora. Um dia bastante normal até agora, para ser sincero. — A voz grave de Hunt percorreu como mãos invisíveis os braços de Bryce enquanto comia o restante do almoço, um espetinho comprado no refeitório dos funcionários dos arquivos. Acrescentou: — Quer dizer, exceto se você contar com a parte em que recebi uma foto de abdômen de mármore enquanto mostrava fotografias de cenas de crime para Naomi.

— Achei que você gostaria daquilo.

A risada dele ecoou pela linha. E disparou por Bryce como luz estelar. Se conseguia rir naquele dia, então ótimo. Faria o possível para manter um sorriso no rosto de Hunt. Hunt pigarreou.

— Thurr era bem rasgado, né?

— Estou requisitando que a exibição venda réplicas na loja de souvenires. Acho que as senhorinhas vão enlouquecer com elas. — Isso garantiu mais uma linda gargalhada. Mordeu o lábio contra seu largo sorriso. — Então Celestina só deve chegar às 18 horas agora? — Pelo visto ela se atrasara uma hora.

— Isso. — Qualquer indício de diversão se fora.

Bryce reanimou seu computador. Até agora, os sites de notícias não relatavam nada além da manchete de que Lunathion, de que toda Valbara, teria uma nova líder.

Bryce estava disposta a admitir que havia passado uma boa hora percorrendo várias imagens da linda arcanjo, imaginando que tipo de chefe ela seria para Hunt. Não encontrara nenhum indício de rolos românticos, embora Micah não costumasse divulgar com quem trepava. Não que Bryce estivesse *preocupada*, embora certamente tivesse sentido o indício de *alguma coisa* quando viu o quanto Celestina era deslumbrante, mas… ela precisava de uma imagem mental de quem Hunt veria em seu dia a dia.

Bryce jogou o almoço no lixo ao lado da mesa.

— Eu posso passar aí depois do trabalho. Estar com você para a grande chegada.

— Está tudo bem. Eu atualizo você depois. Talvez leve um tempo, então pode comer sem mim.

— Mas é noite de pizza.

Hunt gargalhou.

— Que bom que você tem as prioridades definidas. — As asas farfalharam no fundo. — Alguma notícia do Príncipe Canalha?

— Nada nos noticiários, nada de minha mãe.

— Uma pequena bênção.

— Você me deve cinco marcos de ouro.

— Coloque na minha conta, Quinlan.

— Não se esqueça de que provavelmente minha mãe vai ficar puta com *você* por não ter contado a ela.

— Eu já tenho uma mala feita e pronta para fugir para outro território.

Ela gargalhou.

— Acho que você precisaria ir para Nena para fugir dela. — Hunt gargalhou com Bryce. — Você não acha que ela…

Um brilho no peito dela. Da cicatriz.

— Bryce? — A voz de Hunt ficou mais afiada.

— Eu, hã… — Bryce franziu a testa para a estrela brilhando entre os seus seios, visível em seu vestido de decote acentuado. De novo não. O brilho tinha sido raro até agora, mas depois da noite anterior…

Ergueu o olhar.

— Meu chefe está aqui. Eu ligo de volta — mentiu, desligando antes que Hunt pudesse responder.

Bryce ergueu o queixo e disse a Cormac Donnall, que estava parado à porta:

— Se você está procurando o livro *Como não ser um babaca*, está na estante entre os títulos *Tchau, otário* e *Sai daqui, porra.*

* * *

O Príncipe Herdeiro de Avallen tinha vestido uma camisa cinza adequada ao clima que mal escondia os consideráveis músculos dos braços. Uma tatuagem com símbolos estranhos circundava seu bíceps esquerdo, a tinta preta brilhando às luzes fortes.

Examinou o escritório, do tamanho de um armário, com típica arrogância feérica e reprovação.

— Sua estrela brilha em minha presença porque nossa união é predestinada. Caso você esteja se perguntando.

Bryce soltou uma gargalhada.

— Quem disse?

— O Oráculo.

— Qual deles? — Havia doze esfinges pelo mundo, cada uma mais reclamona do que a outra. A mais cruel delas, aparentemente, vivia na corte da Rainha do Oceano, nas Profundezas.

— E isso importa? — Cormac se virou, reparando no vestido branco-concha que Bryce usava, as pulseiras de ouro e, sim, o acentuado decote. Ou será que estava olhando para a estrela? Supôs que não fazia diferença.

— Eu só quero saber quem eu espanco.

Cormac se repuxou para cima.

— Eu não sei por que esperava que uma fêmea de linhagem mista fosse tão dócil quanto uma de puro sangue.

— Você não está se ajudando.

— Eu não disse que preferia uma fêmea domada.

— Nojento. O que o Oráculo disse a você, exatamente?

— O que ela disse a *você* antes de começar a arrancar os próprios olhos?

Não queria saber como ele havia descoberto. Talvez o pai de Bryce tivesse contado a Cormac, avisado sobre sua noiva.

— Notícia velha. Eu perguntei primeiro.

Cormac fez cara de raiva.

— O Oráculo de Avallen disse que eu estava destinado a me unir a uma princesa que possuía uma estrela no coração. Que nossa mistura traria muita prosperidade para nosso povo.

Bryce tamborilou os dedos na mesa de vidro.

— Muito espaço para interpretação aí. — Só um Oráculo para se referir a sexo como *mistura*.

— Eu discordo.

Bryce suspirou.

— Diga por que você está aqui, e depois saia, por favor. Eu tenho trabalho para fazer.

Cormac estudou o pequeno torso de Thurr na mesa dela.

— Eu queria ver onde minha prometida trabalha. Ter alguma noção de como é sua... vida.

— Você diz isso como se fosse uma coisa estranha mulheres terem empregos.

— Em Avallen é. — Encostou na ombreira da porta. — Meu povo deixou as velhas tradições intactas. Você vai precisar se habituar.

— Obrigada, mas não. Eu gosto da minha TV e do meu celular. E gosto de ser considerada uma pessoa, não gado de procriação.

— Como eu disse ontem à noite, você não tem escolha. — A voz era inexpressiva, seus olhos, vazios.

Bryce cruzou os braços, percebendo que isso deixava seu decote e a estrela mais à mostra, então os abaixou para o lado do corpo de novo.

— Eu posso... pagar você para esquecer toda essa coisa de noivado?

Cormac gargalhou.

— Eu tenho mais ouro do que sei para que usar. Dinheiro tem pouco poder sobre mim. — Cruzou os braços também. — Você tem a chance de ajudar seu povo e esse mundo. Depois que me der alguns herdeiros, pode ter quantos amantes quiser. Eu farei o mesmo. Esse casamento não precisa ser um fardo para nenhum de nós dois.

— Exceto pela parte em que eu preciso dormir com você. E viver no seu fim de mundo.

Seus lábios abriram-se em um sorriso presunçoso.

— Acho que você vai achar a primeira parte bastante agradável.

— Dito com verdadeira arrogância masculina.

Deu de ombros, explicitamente confiante de que ela *sentiria* satisfação com ele.

— Eu não recebi nenhuma reclamação ainda. E se nossa união ajudar nosso povo, e fortalecer as linhagens reais, então eu o farei.

— Os feéricos não são meu povo. — Eles nunca foram, e certamente não são agora, depois de terem deixado cidadãos inocentes trancados do lado de fora desta cidade e se recusado a vir ajudar durante o ataque na primavera passada. Apontou para a porta aberta. — Tchau.

Fervilhou de ódio.

— Seu pai deixou você solta por tempo demais.

— O nome do meu pai é Randall Silago. O Rei Outonal é apenas um macho que me deu material genético. Ele nunca vai ter um lugar na minha vida. Você também não.

Cormac deu um passo para trás da porta, sombras espiralando. O cabelo dourado brilhou como metal derretido.

— Você é imortal agora, assim como Estrelada. Está na hora de agir de acordo.

Bryce se levantou e bateu a porta no rosto dele.

* * *

Hunt analisou a linda arcanjo sentada na antiga mesa de Micah. Pele reluzente como ônix escuro ressaltava o marrom-claro de seus olhos, e sua boca delicada parecia permanentemente disposta em um sorriso paciente. Não foi esse sorriso, aquele suave, gentil sorriso, que o desestabilizou.

— Sentem-se, por favor — disse Celestina para ele, Naomi e Isaiah.

Hunt quase engasgou diante da palavra. *Por favor.* Micah jamais teria dito algo assim. Isaiah pareceu igualmente perplexo quando se acomodaram nas três cadeiras diante da mesa simples de carvalho. Naomi manteve o rosto completamente inexpressivo, as asas pretas farfalhando.

Atrás das asas brancas reluzentes da governadora, a parede de janelas revelava um número incomum de anjos voando por ali. Todos esperando ver um lampejo da fêmea que tinha entrado no Comitium em uma grande procissão trinta minutos antes.

A cerimônia do saguão havia sido o início da total confusão de Hunt. Em vez de desfilar com magnanimidade pela multidão, a voluptuosa arcanjo de corpo exuberante tinha se demorado, parando para cumprimentar os malakim que avançavam, perguntando os nomes deles, dizendo coisas como *Estou tão feliz por conhecer você* e *Estou ansiosa para trabalhar com você*. Que Cthona o poupasse, mas Hunt sinceramente achava que ela podia estar falando a sério.

Não baixou a guarda, no entanto. Não quando chegou até ele, Naomi e Isaiah de pé diante das portas do elevador para escoltá-la até sua nova residência e escritório; não quando pegou a sua mão com acolhida genuína; e certamente não quando se sentaram ali para aquela reunião particular.

Celestina os observava com uma nitidez inquietante.

— Vocês três são tudo que resta dos triários de Micah.

Nenhum deles respondeu. Hunt não ousou mencionar Vik, ou implorar a arcanjo que a tirasse das profundezas cor de nanquim de Melinoë. Que a poupasse do Inferno em vida. Fazia meses. As chances eram de que Vik tivesse enlouquecido. Estava provavelmente implorando pela morte a cada momento naquela caixa.

A governadora inclinou a cabeça, seu cabelo preto de cachos estreitos se agitando com o movimento. Usava vestes rosa-pálido e lilás, translúcidas e etéreas, e as joias prateadas em seus pulsos e pescoço brilhavam como se acesas pela lua. Onde Micah irradiava domínio e poder, ela reluzia com força e beleza femininas. Mal chegava à altura do peito de Hunt, mas... tinha uma presença que fazia com que Hunt a olhasse com cautela.

— Não são de falar, não é? — A voz tinha um ar musical, como se tivesse sido forjada de sinos de prata. — Suponho que meu predecessor tivesse regras muito diferentes das minhas. — Tamborilou os dedos na mesa, as unhas pintadas de um rosa-claro. — Permitam que eu deixe óbvio: não desejo subserviência. Quero que meus triários sejam meus parceiros. Quero que trabalhem comigo para proteger esta cidade e território, e que a ajudem a alcançar seu grande potencial.

Um lindo discurso. Hunt não disse nada. Será que sabia o que ele tinha feito a Sandriel? O que Bryce tinha feito a Micah? O que Micah tinha feito para supostamente proteger este território?

Celestina enroscou um cacho em um dedo, suas asas imaculadas se movendo.

— Estou vendo que vou precisar trabalhar muito para conquistar a confiança de vocês.

Hunt manteve o rosto inexpressivo, mesmo enquanto desejava que fosse tão direta quanto Micah. Sempre odiara seus donos, que disfarçavam suas almas mortas em belos discursos. Aquilo poderia ser facilmente parte de um jogo: fazer com que confiassem nela, que fossem mancando para os seus braços macios, e então os soltasse numa armadilha, fazendo com que sofressem.

O queixo anguloso de Naomi se ergueu.

— Não queremos ofender você, Vossa Alteza...

— Me chame de Celestina — interrompeu a arcanjo. — Eu odeio formalidades. — Micah tinha dito o mesmo certa vez. Hunt fora um tolo em acreditar naquilo.

As asas de Isaiah se mexeram, como se seu amigo estivesse pensando o mesmo.

Seu amigo, que ainda usava a tatuagem de halo na testa. Isaiah era o macho melhor, o líder melhor, e ainda um escravizado. Boatos tinham circulado nos meses antes da queda de Micah de que o arcanjo o libertaria em breve. Essa possibilidade estava agora tão morta quanto o próprio Micah.

Naomi assentiu, e o coração de Hunt se apertou diante da esperança hesitante nos olhos pretos do próprio amigo.

— Não queremos ofender você... Celestina. Nós e a 33ª estamos aqui para servi-la.

Hunt suprimiu sua irritação. *Servir.*

— A única forma de me ofender, Naomi Boreas, seria se guardasse seus sentimentos e pensamentos. Se alguma coisa incomoda você, quero saber. Mesmo que a questão seja devido a meu comportamento. — Sorriu de novo. — Somos colegas. Eu descobri que essa relação funcionava maravilhosamente com minhas legiões em Nena. Em oposição aos... sistemas que meus colegas arcanjos preferem.

Tortura e punição e morte. Hunt bloqueou a queimação de ferretes incandescentes latejando em suas costas, assando sua pele, abrindo-a até o osso conforme Sandriel observava do divã dela, enfiando uvas na boca...

Isaiah falou:

— Estamos honrados em trabalhar com você, então.

Hunt afastou os sangrentos e ruidosos horrores do passado quando outro belo sorriso se abriu no rosto da governadora.

— Eu ouvi tantas coisas maravilhosas sobre você, Isaiah Tiberian. Gostaria que você permanecesse como líder da 33ª, se você assim desejar.

Isaiah fez uma reverência com a cabeça em agradecimento, um sorriso hesitante em resposta agraciando seu rosto. Hunt tentou não olhar boquiaberto. Será que ele era o único babaca que não acreditava em nada daquilo?

Celestina voltou o olhá-lo.

— Você ainda não falou, Hunt Athalar. Ou prefere Orion?

— Hunt está bom. — Só sua mãe tivera permissão de chamá-lo de Orion. Preferia manter assim.

Ela o observou de novo, elegante como um cisne.

— Eu entendo que você e Micah não estavam necessariamente de acordo. — Hunt conteve a vontade de grunhir em anuência. Celestina pareceu interpretar sua inclinação. — Outro dia, eu gostaria de saber de seu relacionamento com Micah e o que deu errado. Para podermos evitar as mesmas situações.

— O que deu errado foi que ele tentou matar minha... Bryce Quinlan. — Hunt não conseguiu segurar as palavras, ou seu deslize.

As sobrancelhas de Naomi quase tocaram o limite do cabelo diante da explosão dele, mas Celestina suspirou.

— Eu ouvi falar disso. Sinto muito por qualquer dor que você e a Srta. Quinlan tenham sofrido como resultado das ações de Micah.

As palavras o atingiram como pedras. *Sinto muito.* Ele nunca, nem em todos os séculos que tinha vivido, ouvira um arcanjo proferir aquelas palavras.

Celestina prosseguiu:

— Pelo que entendi, você escolheu viver com a Srta. Quinlan em vez de se alojar na torre do quartel.

Hunt manteve o corpo relaxado. Recusando-se a se entregar à tensão que aumentava dentro de si.

— Sim.

— Estou perfeitamente bem com esse arranjo — disse Celestina, e Hunt quase caiu da cadeira. Isaiah parecia inclinado a fazer o mesmo. Principalmente quando a arcanjo disse a Isaiah e Naomi: — Se vocês quiserem morar nas próprias residências, estão livres para fazer isso. O quartel é bom para formar laços, mas creio que entre vocês sejam muito inabaláveis. Vocês estão livres para aproveitar as próprias vidas. — Olhou para Isaiah, para o halo ainda tatuado na testa. — Eu não possuo escravizados — disse, com reprovação contraindo seu rosto. — E, embora os asteri possam marcar você assim, Isaiah, você é um macho livre aos meus olhos. Vou me esforçar para continuar o trabalho de Micah para convencê-los a libertar você.

A garganta de Isaiah se moveu, e Hunt desviou a sua atenção para a janela, para a cidade reluzente além dela, dando privacidade a Isaiah. Do outro lado do quarto, Naomi fez o mesmo.

Celestina não podia estar falando sério. Aquilo devia ser fingimento.

— Eu gostaria de ir direto ao trabalho — prosseguiu a governadora. — Toda manhã, vamos nos reunir aqui para vocês poderem me atualizar de qualquer novidade, assim como de seus planos para o dia. Se eu tiver tarefas para vocês ou para a 33ª, vou informá-las na reunião. — Uniu as mãos no colo. — Estou ciente de que vocês são habilidosos em caçar demônios, e foram empregados para fazer isso no passado. Se algum invadir esta cidade, que os deuses nos livrem, eu gostaria que vocês liderassem a unidade de contenção e extermínio contra eles.

Hunt acenou em confirmação. Bem fácil. Embora, naquela primavera, lidar com os kristallos tenha sido tudo menos fácil.

Celestina terminou:

— E, se algum problema surgir antes de nossa reunião de amanhã de manhã, meu telefone está sempre ligado.

Naomi assentiu de novo.

— A que horas amanhã?

— Digamos 9 horas — falou Celestina. — Não precisam se arrastar da cama apenas para parecerem ocupados. — Hunt piscou para ela. — E eu gostaria que os outros descansassem um pouco depois da viagem.

— Outros? — perguntou Isaiah.

A arcanjo franziu a testa levemente.

— O resto dos triários. Eles se atrasaram algumas horas por causa de um tempo ruim no norte.

Todos os três ficaram imóveis.

— Como assim? — perguntou Hunt, em voz baixa.

O franzir na testa de Celestina se acentuou.

— O Ministro das Comunicações dos asteri não costuma cometer erros. Eu peço desculpas em nome deles. Os asteri se encontraram em apuros depois de perderem dois arcanjos, entendem? Vocês são tudo que resta dos triários de Micah, mas Sandriel tinha um estábulo inteiro nesse quesito. Eu não tinha triários próprios em Nena, pois a legião de lá tecnicamente responde aos asteri, mas Ephraim quis trazer os próprios triários com ele. Então, em vez de permitir que seu grupo ficasse grande demais, foi dividido, pois o nosso está muito desfalcado.

Rugido irrompeu na mente de Hunt. Os triários de Sandriel. A verdadeira escória do universo.

Eles estavam indo para lá. Para fazer parte *desse* grupo. *Nesta* cidade.

Uma batida soou à porta, e Hunt se virou quando Celestina falou:

— Entre.

Relâmpago estalou nas pontas dos dedos de Hunt. A porta se abriu, e arrogantemente entraram Pollux Antonius e Baxian Argos.

O Martelo e o Cão do Inferno.

10

Silêncio absoluto recaiu sobre o escritório da governadora quando Hunt e seus amigos avaliaram os dois recém-chegados.

Um tinha cabelos pretos e pele marrom, era alto e com músculos elegantes, o Cão do Inferno. As asas pretas da cor de azeviche brilharam levemente, como as penas de um corvo. Mas era a cruel cicatriz que descia pelo pescoço, bifurcando-se pela coluna do pescoço, que chamava a atenção.

Hunt conhecia aquela cicatriz, fora ele quem a dera ao Cão do Inferno trinta anos antes. Alguns poderes, ao que parecia, nem mesmo a imortalidade conseguia defender.

Os olhos obsidiana de Baxian fervilharam quando encontrou os de Hunt.

Mas os olhos cobalto de Pollux se iluminaram com prazer feral quando escrutinou Naomi, então Isaiah e, por fim, Hunt. Hunt permitiu que seu relâmpago se acendesse quando ele encarou o líder, de cabelos e pele cor de ouro, dos triários de Sandriel. O babaca mais cruel e sádico a caminhar em Midgard. Desgraçado Número Um.

Pollux deu um risinho, lento e insatisfeito. Celestina estava dizendo alguma coisa, mas Hunt não ouvia.

Não conseguiu ouvir nada, exceto Pollux falando arrastado:

— Oi, amigos.

Antes que Hunt saltasse da cadeira e o derrubasse no chão.

***

Ithan Holstrom pressionou um pano úmido nos últimos cortes cicatrizando em seu rosto. O banheiro de Bryce era exatamente como ele esperava: cheio de pelo menos três tipos de shampoos e condicionadores, uma variedade de tratamentos capilares, escovas, babyliss de dois tamanhos diferentes, um secador esquecido ligado à parede, velas parcialmente gastas e maquiagem espalhada por todo lado no tampo de mármore, como se alguma bomba de purpurina tivesse explodido ali.

Era quase igual ao banheiro dela no antigo apartamento. Apenas estar ali fazia o peito dele se apertar. Apenas sentir o cheiro daquele lugar, sentir o cheiro *dela* fazia o peito dele se apertar.

Tivera pouco com que se distrair durante o dia, sentando-se sozinho no sofá com a quimera de Bryce, Syrinx, como Athalar tinha a chamado; quase morrendo de tédio enquanto assistia à programação diurna na televisão. Não estava a fim de esquadrinhar as notícias durante horas, esperando um lampejo da nova arcanjo. Nenhum dos canais de esporte tinha conteúdo interessante, e de toda forma não desejava ouvir aqueles babacas falando.

Ithan inclinou o rosto diante do espelho para enxergar melhor o corte que atravessava sua testa. Aquela belezura em particular era cortesia de Sabine, um golpe do seu punho armado com garra.

Tinha a sensação de que ela havia mirado o golpe nos olhos dele. Óbvio que teriam se curado depois de alguns dias ou semanas, mais cedo se tivesse visitado uma medbruxa, mas ficar cego não estava no topo de sua lista de afazeres.

Não que tivesse qualquer *outra* coisa na sua lista de afazeres naquele dia.

Seu telefone vibrou no balcão, e Ithan olhou para baixo e viu três alertas de notícias diferentes e ensaios fotográficos sobre a chegada de Celestina. Se não tivesse dado merda com Sabine, provavelmente estaria se preparando para conhecer a linda malakh como parte das boas-vindas formais dos lobos. E jurando lealdade.

No entanto, daquele momento em diante, ele era um agente livre. Um lobo sem matilha.

Não era comum, mas acontecia. Lobos solitários existiam, embora a maioria deles perambulassem pela natureza e fossem abandonados à própria sorte. Ele só não pensou que se tornaria um.

Ithan largou o celular no balcão de novo, pendurando o pano no suporte de toalha já abarrotado.

Desejando a transformação, inspirou profundamente e ordenou que seus ossos se derretessem, que sua pele ondulasse.

Um momento depois de assumir a forma de lobo, ocorreu a ele que o banheiro não era grande o bastante.

De fato, um agitar da cauda derrubou várias garrafas, lançando-as espalhadas pelo piso de mármore. As garras estalavam nos azulejos, mas Ithan levantou o focinho na direção do espelho e encontrou seu reflexo mais uma vez.

O lobo do tamanho de um cavalo que o encarava de volta tinha o olhar vazio, embora seu pelo cobrisse a maior parte dos hematomas e dos ferimentos, exceto pelo corte na testa.

Inalou, e o fôlego ficou preso em suas costelas. Em algum bolsão vazio, estranho.

Lobo sem matilha. Amelie e Sabine não tinham apenas deixado Ithan ensanguentado, elas o exorcizaram de suas vidas, do Covil. Recuou contra o suporte de toalhas, balançando a cabeça de um lado para outro.

Pior do que um ômega. Sem amigos, sem família, indesejado...

Ithan estremeceu ao voltar para a forma humana. Ofegante, apoiou as mãos na pia do banheiro e esperou a náusea passar. Seu telefone vibrou de novo. Cada músculo em seu corpo enrijeceu.

Perry Ravenscroft.

Podia ter ignorado, caso não tivesse lido a primeira parte da mensagem quando ela surgiu.

Por favor, diga que você está vivo.

Ithan suspirou. A irmã mais nova de Amelie, a ômega da Matilha da Rosa Sombria, era tecnicamente o motivo pelo qual tinha chegado até ali. Não mencionara nada sobre ter sido Sabine e a própria irmã a dilacerá-lo, mas tinha carregado Ithan até o apartamento. Ela era a única de sua antiga matilha que se incomodava em verificar o estado dele.

Acrescentou: *Apenas escreva de volta um sim ou não.*

Ithan encarou a mensagem por um longo momento.

Lobos eram criaturas sociais. Um lobo sem matilha... tinha uma ferida na alma. Uma que mutilaria a maioria da espécie. Apesar disso, havia recebido um ferimento na alma dois anos antes e tinha sobrevivido.

Embora soubesse que não podia suportar assumir a forma de lobo novamente tão cedo.

Ithan observou o banheiro, as muitas porcarias que Bryce havia deixado espalhadas. Também fora um lobo sem matilha durante aqueles dois anos. Sim, no momento ela podia contar com Fury e Juniper, mas não era o mesmo que Danika e Connor e a Matilha dos Demônios. Nada jamais seria igual àquilo.

Ithan digitou de volta *Sim*, então colocou o telefone no bolso. Bryce logo estaria em casa. E ela mencionara alguma coisa sobre pizza.

Ithan caminhou para o apartamento arejado, Syrinx levantando a cabeça do sofá para inspecioná-lo. A quimera se deitou de novo, bufando em aprovação, a cauda de leão balançando.

O silêncio do apartamento sufocava Ithan. Jamais vivera sozinho. Sempre tivera o constante caos e a proximidade do Covil, a insanidade de seu dormitório da faculdade, ou os hotéis em que ficara com o time de solebol da UCLC. Aquele lugar podia muito bem ser outro planeta.

Esfregou o peito, como se isso fosse aliviar a pressão.

Ithan soubera exatamente por que havia desobedecido à ordem de Sabine naquela primavera quando Bryce tinha gritado por ajuda. O som da súplica da amiga tinha sido insuportável. E, quando ela mencionou crianças em perigo, alguma coisa explodiu em seu cérebro. Não se arrependia do que havia feito.

Mas será que conseguiria suportar as consequências? Não o espancamento, podia superar essa merda qualquer dia. Mas estar ali, sozinho, à deriva... Não se sentia assim desde que Connor e os demais haviam morrido. Desde que tinha dado as costas ao time de solebol e parado de responder às suas ligações.

* * *

Ithan não tinha ideia do que faria agora. Talvez a resposta não fosse uma coisa grandiosa, ou transformadora. Talvez pudesse ser tão simples quanto colocar um pé diante do outro.

Foi assim que você acabou seguindo alguém como Amelie, grunhiu uma voz que soava muito como a de Connor. *Faça escolhas melhores desta vez, filhote. Avalie. Decida o que* você *quer.*

Por enquanto, no entanto… um pé diante do outro. Podia fazer isso. Mesmo apenas naquele dia.

Ithan caminhou até a porta e tirou a coleira do gancho na parede ao lado dela.

— Quer dar um passeio? — perguntou a Syrinx. A besta rolou de lado, como se dizendo: *Carinho na barriga, por favor.*

Ithan colocou a coleira de volta no gancho.

— Pode deixar, amigo.

* * *

— Grande recepção, hein?

Bryce estava encostada nas barras da cela impecável sob o Comitium, franzindo a testa na direção em que Hunt estava sentado sobre uma cama de estrutura de aço, a cabeça baixa. Esticou-se ao ouvir as suas palavras, as asas cinzas se fechando. O rosto dele… Bryce enrijeceu.

— Que porra é essa, Hunt?

Olho roxo, lábio inchado, cortes na têmpora, no limite do cabelo…

— Estou bem — grunhiu, embora parecesse tão mal quanto Ithan. — Quem chamou você?

— Sua nova chefe… ela me inteirou. Ela parece legal, aliás. — Bryce pressionou o rosto entre as barras. — Definitivamente legal, pois não te jogou na sarjeta ainda.

— Ela me colocou nesta cela.

— Isaiah colocou você nesta cela.

— Tanto faz.

— Não venha com *tanto faz* para mim. — Deuses, Bryce parecia Ember.

A voz de Hunt ficou afiada.

— Vejo você em casa. Você não deveria estar aqui.

— E você não deveria ter se metido em uma briga idiota, mas aqui está você.

Suas asas se bifurcaram em relâmpagos.

— Vá para casa.

Ele estava… realmente estava irritado por que ela estava ali? Bryce riu.

— Você estava intencionalmente tentando se sabotar hoje?

Hunt finalmente se ergueu em pé, então se encolheu com a dor que aquilo provocou em seu corpo surrado.

— Por que Inferno eu faria isso?

Uma voz masculina grave respondeu:

— Porque você é um babaca burro.

Bryce sorriu, esquecera-se de Pollux.

Hunt grunhiu:

— Não quero ouvir a porra da sua voz.

— Pode ir se acostumando — disse a outra voz masculina da baia do elevador, no fim do corredor branco.

Bryce se deparou com um anjo alto e esguio se aproximando com uma elegância natural. Não bonito, não como Hunt e Pollux e Isaiah eram, mas… impressionante. Intenso e concentrado.

Baxian Argos, o Cão do Inferno. Um anjo com a rara habilidade de se metamorfosear na forma que lhe rendera a alcunha.

Hunt tinha contado sobre ele. Baxian jamais havia torturado Hunt ou outros, até onde sabia, mas fizera muitas coisas ruins em nome de Sandriel. Havia sido o principal mestre-espião e rastreador dela.

Baxian exibiu os dentes em um sorriso destemido. Hunt fervilhou de ódio.

Ao Inferno que aqueles machos a fariam recuar.

Pollux cantarolou da cela em que estava, o rostinho bonito tão surrado quanto o de Hunt:

— Por que não chega mais perto, Bryce Quinlan?

Hunt grunhiu:

— Não fale com ela.

Bryce disparou:

— Me poupe da atuação de alfa babaca protetor. — Antes que Hunt conseguisse responder, Bryce caminhou até a cela de Pollux.

Pollux fez questão de fitá-la da cabeça até os saltos agulha.

— Achei que seu tipo geralmente trabalhava no turno da noite.

Bryce riu.

— Mais alguma alfinetada antiquada para mim? — Com o silêncio de Pollux, Bryce falou: — Trabalho sexual é uma profissão de respeito na Cidade da Lua Crescente. Não é culpa minha que Pangera não tenha alcançado os tempos modernos.

Pollux fervilhou com malícia.

— Micah deveria ter matado você e acabado com isso.

Deixou seus olhos brilharem, que visse que ela sabia de tudo que ele havia feito com Hunt, o quanto o detestava.

— Esse é o melhor em que você consegue pensar? Achei que o Martelo fosse algum tipo de valentão sádico.

— E eu achei que putas de linhagem mista deveriam manter as bocas fechadas. Felizmente, eu sei da coisa perfeita para enfiar nessa sua matraca e calar você.

Bryce piscou um olho provocantemente.

— Cuidado. Eu uso os dentes. — Hunt tossiu, e Bryce se inclinou para a frente, tão perto que, se Pollux estendesse um braço, a mão dele conseguiria se fechar em seu pescoço. Os olhos de Pollux brilharam, dando-se conta disso. Bryce disse, com doçura: — Não sei quem você irritou para ser mandado para esta cidade, mas vou tornar sua vida um inferno se você tocar nele de novo.

Pollux avançou, os dedos apontados para o pescoço dela.

Bryce deixou seu poder ascender, tão luminoso que fez Pollux recuar, um braço jogado sobre os olhos. Os lábios de Bryce se repuxaram para o lado.

— Foi o que pensei.

Bryce recuou alguns passos, voltando-se na direção de Hunt. Ergueu uma sobrancelha, os olhos brilhando sob os hematomas.

— Elegante, Quinlan.

— Servimos bem para servir sempre.

Uma risada baixa sussurrou atrás dela, e Bryce encontrou o Cão do Inferno agora encostado contra a parede oposta às celas, ao lado de uma grande TV.

— Suponho que verei mais você do que eu gostaria — disse Bryce.

Baxian esboçou uma reverência. Ele usava uma armadura preta leve, feita de placas sobrepostas. Aquilo lembrava a ela uma versão reptiliana do uniforme de Hunt.

— Talvez você me dê um tour.

— Pode ir sonhando — murmurou Hunt.

Os olhos escuros do Cão do Inferno incandesceram. Ele deu meia-volta e disse, antes de entrar no elevador:

— Ainda bem que alguém finalmente enfiou uma bala na cabeça de Micah.

Bryce o encarou em silêncio, chocada. Será que descera até ali por outro motivo a não ser dizer aquilo? Hunt exalou. Pollux continuou teimosamente calado na própria cela.

Bryce agarrou as barras da cela de Hunt.

— Chega de brigas.

— Se eu disser que sim, podemos ir para casa agora? — Fez um bico, triste, quase idêntico às súplicas de Syrinx.

Bryce conteve o sorriso.

— A decisão não é minha.

Uma linda voz de fêmea flutuou de um comunicador no teto.

— Já vi o bastante. Ele está livre para sair, Srta. Quinlan. — As barras estalaram, a porta se destrancou com um clangor.

Bryce disse para o teto:

— Obrigada.

Pollux grunhiu de sua cela:

— E eu? Eu não comecei essa briga. — O merdinha tinha coragem. Bryce não podia negar.

Celestina respondeu friamente:

— Você também não fez nada para fugir dela.

— Me perdoe por revidar enquanto um brutamontes me socava.

De canto do olho, Bryce podia jurar que Hunt estava sorrindo maliciosamente.

A governadora disse, sua voz assumindo um tom que não aceitava conversa fiada:

— Discutiremos isso mais tarde. — Pollux foi sábio o bastante para não retrucar. A arcanjo prosseguiu: — Mantenha Athalar na linha, Srta. Quinlan.

Bryce acenou para a câmera instalada ao lado da TV. Quando Celestina não respondeu, Bryce deu espaço para Hunt sair da cela. Mancou até ela, tão mal que Bryce passou o braço pela cintura dele conforme os dois se dirigiram para o elevador.

Pollux disse com desprezo da cela dele:

— Vocês, dois vira-latas, se merecem.

Bryce jogou um beijo.

11

Tharion precisava de um novo emprego.

Sinceramente, mesmo depois de anos na posição, não tinha ideia de como acabara no comando da inteligência da Rainha do Rio. Os colegas de escola dele provavelmente riam sempre que seu nome era mencionado: um aluno completamente medíocre, talvez preguiçoso, só conseguira notas para passar, na maioria dos casos, usando seu charme nos professores. Tharion tinha pouco interesse em história ou política ou línguas estrangeiras, e sua matéria preferida na escola era o almoço.

Talvez aquilo o tivesse moldado. As pessoas estavam muito mais dispostas a falar enquanto comiam. Sempre que torturara um inimigo, vomitara as tripas depois. Felizmente, ele aprendera que uma cerveja gelada, um pouco de raiz-alegre e algumas rodadas de pôquer normalmente eram o que lhe bastavam.

E aquilo: pesquisa.

Normalmente, encarregaria um de seus analistas de estudar seu projeto atual, mas a Rainha do Rio queria aquilo mantido em segredo. Enquanto estava sentado diante do computador em seu escritório, só foram precisos alguns toques para acessar o que queria: a conta de e-mail de Sofie Renast.

Declan Emmett havia montado o sistema para ele: capaz de invadir qualquer e-mail não imperial em instantes. Emmett cobrara o preço de um braço e uma nadadeira por isso, mas tinha se provado mais do que útil. Na primeira vez em que Tharion recorreu a ele, foi para encontrar o assassino de sua irmã.

O desgraçado doente tinha mandado fotos das vítimas para si mesmo por e-mail. Nem mesmo a forma como Tharion o fizera pagar pela atrocidade apagara a imagem do corpo brutalizado da própria irmã em seu cérebro.

Tharion engoliu em seco, olhando na direção da parede de vidro que se abria para cristalinas águas de cobalto. Uma lontra passou disparada, o colete amarelo brilhando forte na água do rio, um tubo selado preso entre seus pequenos dentes.

Uma criatura de dois mundos. Algumas das lontras mensageiras viviam ali, na Corte Azul, nas profundezas do Istros, uma pequena metrópole tanto exposta quanto protegida da água ao seu redor. Outras lontras viviam na Superfície, no tumulto e no caos da região de Cidade da Lua Crescente.

Tharion jamais poderia se mudar para a Superfície, lembrou-se ele. Seus deveres requeriam que permanecesse ali, à disposição da Rainha do Rio. Tharion olhou para seus pés descalços, enterrando-os no tapete felpudo de cor creme sob a mesa. Estava em sua forma humana havia quase um dia agora. Precisaria entrar na água logo, ou arriscaria perder as barbatanas.

Seus pais achavam estranho que tivesse escolhido viver em um dos prédios secos de metal e vidro, ancorado a uma plataforma extensa no fundo do rio, e não perto deles na rede de cavernas submarinas que funcionavam como apartamentos para o povo das sereias. Mas Tharion gostava de TV. Gostava de comer comida que não estava, na melhor das hipóteses, empapada, e, na pior, fria e molhada. Gostava de dormir em uma cama quente, jogado sobre as cobertas e os travesseiros, e não enfiado sob uma rede de algas marinhas balançando nas correntes. E, como morar em terra firme não era uma opção, aquele prédio submarinho tinha se tornado a melhor escolha.

O computador bipou, e Tharion se virou para a tela. O escritório ficava em uma das bolhas com domo de vidro que compunham o quartel-general da Unidade de Investigação da Corte Azul, a Rainha do Rio só permitira a construção delas porque, logicamente, computadores precisavam permanecer secos.

O próprio Tharion tinha sido forçado a explicar o porquê.

Sua Rainha era toda-poderosa, linda e sábia, e, como muitos dos vanir mais antigos, não fazia ideia de como a tecnologia moderna funcionava. A filha, pelo menos, tinha se adaptado melhor. Tharion fora instruído a mostrar a ela como usar um computador. E era como havia acabado ali.

Bem, não ali naquele escritório especificamente, mas naquela posição. Naquela vida atual.

Tharion leu rapidamente os e-mails arquivados de Sofie Renast. Evidências de uma existência normal: e-mails com amigos sobre esportes ou TV ou uma festa se aproximando; e-mails de pais pedindo que buscasse as compras no caminho de volta da escola; e-mails do irmão mais novo. Emile.

Foram esses que esquadrinhou com mais cuidado. Talvez ele desse sorte e encontrasse algum indício sobre para onde Sofie estava indo.

Interminavelmente, Tharion leu, mantendo-se atento ao relógio. Precisava entrar na água em breve, mas... Continuou lendo. Buscando qualquer pista ou dica de onde Sofie e o irmão poderiam estar. Não achou nada.

Tharion terminou a caixa de entrada de Sofie, verificou a pasta de spam, e por fim a lixeira. Estava praticamente vazia. Abriu com um clique a pasta de enviadas, e resmungou ao ver o número de mensagens, mas começou a ler de novo. Clique após clique após clique.

O telefone tocou com um alerta: trinta minutos até que tivesse que entrar na água. Poderia chegar à câmara de compressão em cinco minutos, se andasse rápido. Podia ler mais alguns e-mails antes disso. *Clique, clique, clique.* O telefone de Tharion apitou de novo. Dez minutos restantes.

Mas tinha parado em um e-mail com data de três anos antes. Era tão simples, tão direto, que se destacava.

Assunto: Re: Verdade do Crepúsculo

O assunto era esquisito. Mas o corpo de texto era ainda mais estranho.

Trabalhando em obter acesso. Vai levar tempo.

Só isso.

Tharion leu mais abaixo, na direção da mensagem original à qual Sofie havia respondido. Tinha sido enviada duas semanas antes de sua resposta.

De: BansheeFan56

Assunto: Verdade do Crepúsculo

Você já entrou? Quero saber a história toda.

Tharion coçou a cabeça, abriu mais uma janela e procurou por *Verdade do Crepúsculo.*

Nada. Nenhum registro de filme ou livro ou programa de TV referente ao nome. Fez uma busca no sistema de e-mails pelo nome do remente: *BansheeFan56.*

Outra troca parcialmente deletada. Essa originando-se de BansheeFan56.

Assunto: Projeto Thurr

Pode ser útil para você. Leia.

Sofie tinha respondido: *Acabei de ler. Acho complicado. E os Seis vão me matar por isso.*

Tinha uma boa ideia de a quem "os Seis" Sofie referia-se: os asteri. Mas, quando Tharion procurou on-line por *Projeto Thurr,* não encontrou nada. Apenas notícias de escavações arqueológicas ou exibições de galerias de arte com o antigo semideus. Interessante.

Havia mais um e-mail, na pasta de rascunhos.

BansheeFan56 tinha escrito: *Quando você encontrá-lo, fique escondida no lugar do qual falei, onde as almas cansadas encontram alívio de seu sofrimento em Lunathion. É seguro.*

Um local de encontro? Tharion leu o que Sofie tinha começado a escrever, um rascunho.

Obrigada. Vou tentar passar a informação para meu

Jamais terminou. Havia várias formas como aquela frase poderia ter terminado. Mas Sofie devia ter precisado de um lugar onde ninguém pensaria em procurar por ela e pelo irmão. Se Sofie Renast tinha de fato sobrevivido à Corça, podia muito bem ter ido até ali, àquela mesma cidade, com a promessa de um lugar seguro para se esconder.

Essa coisa sobre Projeto Thurr e Verdade do Crepúsculo, no entanto... Tharion guardou esses detalhes para depois.

Abrindo um campo de busca com o programa de Declan, digitou o endereço do remetente. Espantou-se quando o resultado apareceu.

Danika Fendyr.

* * *

Tharion disparou para fora do escritório, correndo pelos corredores de vidro que revelavam todo tipo de vida fluvial: sereias e lontras e peixes, pássaros mergulhadores e duendes da água e a ocasional ondulante serpente marinha. Só tinha três minutos.

Ainda bem que a escotilha da câmara de pressurização estava aberta quando chegou, e Tharion pulou para dentro, batendo a porta redonda atrás dele antes de socar o botão ao lado.

Mal havia selado a porta quando a água inundou seus pés, correndo para dentro da câmara com um suspiro. Tharion suspirou com ela, curvando-se na direção da água que subia, já tirando a calça, o corpo formigando conforme nadadeiras substituíam pele e osso, suas pernas se unindo, ondulando com escamas com listras de tigre.

Tirou a camisa, estremecendo sob as escamas que ondulavam por seus braços e até a metade do tronco. Garras se curvaram de seus dedos quando Tharion os passou pelo cabelo, jogando para trás as mechas vermelhas.

Porra de inconveniência.

Tharion olhou para o relógio digital acima da porta da câmara de pressurização. Estava livre para voltar para sua forma humana agora, mas gostava de esperar uns bons cinco minutos. Apenas para ter certeza de que a transformação tinha sido marcada pela estranha magia que guiava o povo das sereias. Não importava que podia conjurar água do ar, a metamorfose só acontecia se ele se submergisse completamente nas correntes de magia selvagem.

Danika Fendyr conhecia Sofie Renast. Tinha trocado e-mails durante uma janela de seis meses antes da morte de Danika, todos relacionados com alguma coisa sobre a Verdade do Crepúsculo e esse Projeto Thurr, exceto por aquele detalhando um local de segurança.

Será que Danika Fendyr conhecia Emile também? Será que tinha sido Emile a pessoa para quem Sofie pretendia passar a informação do local seguro? Era exagerado, mas, pelo que a Rainha do Rio tinha contado a ele, tudo que Sofie havia feito antes da morte dela tinha sido por Emile. Não seria ele a pessoa que ela estava ansiosa para esconder, caso o libertasse de Kavalla? O problema agora era encontrar algum lugar naquela cidade para eles. *Onde as almas cansadas encontram alívio do sofrimento delas*, aparentemente. Fosse lá o que isso quisesse dizer.

Tharion esperou até que cinco minutos tivessem se passado, então esticou o braço musculoso para cima para apertar o botão de alívio ao lado da porta da câmara de pressurização. Água foi drenada, deixando a câmara, e Tharion permaneceu sentado, encarando as nadadeiras, acenando distraidamente no ar.

Mentalizou a mudança e luz tremeluziu por suas pernas, dor lancinando por elas quando sua nadadeira se partiu em duas, revelando seu corpo nu.

A calça estava encharcada, mas Tharion não se importou muito ao enfiar as pernas de volta dentro dela. Pelo menos não estava de sapato. Perdera inúmeros pares para situações tangenciais como aquela ao longo dos anos.

Com um gemido, levantou-se devagar e abriu a porta de novo. Vestiu uma das jaquetas corta-vento penduradas na parede para se aquecer, com UICA escrita em amarelo nas costas. Unidade de Investigação da Corte Azul. Era tecnicamente parte do Auxilia, as tropas auxiliares de Lunathion, mas a Rainha do Rio gostava de pensar no próprio reino como uma entidade separada.

Verificou o telefone ao caminhar pelo corredor na direção de seu escritório, percorrendo os relatórios de campo que tinham chegado. Tharion ficou imóvel diante de um deles. Talvez Ogenas estivesse olhando por ele.

Um metamorfo de martim-pescador tinha mandado um relatório três horas antes, nos Pântanos Nelthianos. Um pequeno barco abandonado. Nada fora do comum, mas o registro havia chamado sua atenção. Tinha ancorado em Pangera. O resto do relatório fez Tharion correr para seu escritório.

Um colete salva-vidas de tamanho adolescente com *Bodegraven* escrito nas costas havia sido encontrado no barco. Ninguém permanecia a bordo, mas um cheiro permanecia. Humano, macho, jovem.

Quais eram as chances de que um colete salva-vidas do mesmo barco em que o irmão de Sofie Renast estivera tivesse aparecido em um barco completamente diferente, perto da mesma cidade em que os e-mails entre Danika e ela haviam indicado que era seguro se esconder?

Emile Renast devia estar naquele barco. A pergunta era: será que tinha motivo para suspeitar de que sua irmã havia sobrevivido à Corça? Será que estavam no momento a caminho de se reunir? Tharion tinha alguns palpites para onde as instruções enigmáticas de Danika poderiam indicar, nenhum deles bom. Podia não fazer ideia do que sua rainha queria com Sofie ou Emile, apenas que queria a primeira viva ou morta, mas tinha pouca escolha a não ser seguir a pista.

Supôs que havia abdicado do direito de escolha há muito tempo.

* * *

Tharion pegou uma moto aquática para cima do Istros, dirigindo-se para o pântano uma hora ao norte da cidade. O rio cortava a costa ali, entremeando entre o junco oscilante e sibilante. Ao longo de uma curva aparentemente aleatória, o pequeno esquife tinha sido conduzido para cima, até a vegetação, e agora se inclinava precariamente para um lado.

Pássaros mergulhavam e planavam acima, e olhos o monitoravam, sem piscar, da vegetação reduzindo a velocidade da moto aquática para examinar o barco.

Ele estremeceu. As bestas do rio aninhadas naquele pântano. Até mesmo Tharion tinha sido cauteloso a respeito de que caminhos aquosos pegava entre a grama. Os sobeks podiam saber que não deveriam foder com o povo das sereias, mas uma besta fêmea se sacrificaria às mordidas por seus filhotes.

Um menino de 13 anos, mesmo um com um dom, seria uma sobremesa satisfatória.

Tharion usou sua magia da água para guiá-lo direto ao barco, então subiu a bordo. Latas vazias de comida e garrafas de água bateram umas contra as outras com o impacto da sua entrada. Uma varredura da área de repouso abaixo revelou um cheiro humano, macho, além de cobertores e mais comida.

Pequenas pegadas enlameadas marcavam o convés perto do leme. Uma criança tinha de fato estado naquele barco. Será que essa criança havia velejado sozinha de Pangera até ali? Pena e pesar reviraram o estômago de Tharion diante de todo o lixo abandonado.

Ligou o motor e descobriu muito combustível, indicando que o barco não tinha ficado sem primalux e sido largado ali. Então aquela devia ter sido uma ancoragem intencional. O que sugeria que Sofie devia ter passado a informação sobre o local de encontro para Emile, no fim das contas; mas se o menino tinha descartado o barco ali, no coração do território sobek... Tharion esfregou a mandíbula.

Circundou devagar o junco em torno do barco. Ouvindo, farejando. E... porra. Sangue humano. Preparou-se para o pior ao se aproximar de uma seção de junco manchada de vermelho.

Seu alívio foi curto. O cheiro era adulto, mas... aquilo era um braço. Arrancado do corpo, o qual devia ter sido arrastado. Trauma no bíceps condizente com uma mordida de sobek.

Combatendo a náusea, Tharion se aproximou. Sentiu o cheiro de novo.

Estava mais fresco do que o cheiro do menino no barco por um dia, mais ou menos. E talvez fosse coincidência que houvesse um braço humano ali, mas Tharion conhecia o cinza-escuro da manga rasgada que permanecia no braço. O selo do sol dourado no meio de um revólver e uma lâmina ainda visível perto da mordida.

A insígnia da Ophion. E o sol poente adicional acima dela... O esquadrão de elite Ocaso, liderado por Pippa Spetsos.

Cuidadosamente, o mais silenciosamente possível, Tharion se moveu entre o junco, rezando para que não tropeçasse em nenhum ninho de sobek. Os cheiros humanos eram mais abundantes ali. Muitos machos e uma fêmea, todos adultos. Todos vindo do continente, não da água. Ogenas, será que Pippa Spetsos tinha pessoalmente liderado a unidade até ali para pegar o menino? Deviam ter tentado subir no barco a partir do junco. E aparentemente um deles pagara o preço final.

A Ophion tinha mandado sua melhor unidade até ali, apesar de suas inúmeras baixas. Precisavam da Ocaso em Pangera, e, no entanto, estavam gastando recursos naquela caça. Provavelmente não estavam procurando o menino pela bondade de seus corações, então. Será que Emile havia abandonado o barco ali não porque Sofie tinha dito a ele que fizesse isso, mas porque tinha sentido alguém em seu encalço? Será que havia fugido para aquela cidade não somente para encontrar a irmã em um local combinado, mas também para se ver livre dos rebeldes?

Tharion refez seus passos de volta ao barco, verificando-o mais uma vez. Jogou-se para baixo do convés, afastando cobertores e lixo, vasculhando, observando...

Ali. Um mapa marcado da costa valbarana. Com esses pântanos circulados. Esses pântanos... e uma outra marca. Tharion se encolheu. Se Emile Renast tinha fugido a pé dali até Cidade da Luz Crescente...

Pegou o telefone e ligou para um de seus oficiais. Ordenou que fosse até o pântano. Que começasse pelo barco e avançasse por terra até a cidade. E levasse armas, não apenas para as bestas nos juncos, mas para os rebeldes que poderiam estar seguindo a criança.

E se encontrassem Emile... Tharion ordenou que o oficial o rastreasse por um tempo. E visse com quem se encontrava. Até quem o menino poderia levá-los.

Isso se o menino sequer saíra daquele pântano com vida.

12

Hunt alongou as pernas, ajustando as asas para não as esmagar entre as costas e o encosto do banco de madeira. Bryce estava sentada ao seu lado, sorvete de pistache derretendo pelos lados da casquinha que ela tomava. Hunt tentou não encarar enquanto lambia cada gota escorrendo.

Aquilo era uma punição pela briga com Pollux? Ficar sentado ali vendo aquilo?

Em vez disso, Hunt se concentrou na scooter que ela aparentemente tinha dirigido a uma velocidade chocante até o Comitium. Andou com ele quando saíram; no entanto, carregando a moto ao seu lado até o parque. Pigarreou e perguntou:

— Aconteceu alguma coisa com a sua moto?

Bryce franziu a testa.

— Estava fazendo um barulho estranho mais cedo. Não pareceu muito inteligente subir nela de novo. — Bryce arqueou a sobrancelha. — Quer ser um cavalheiro e carregá-la até em casa para mim?

— Eu preferiria carregar *você*, mas sim. — A moto seria pesada, porém nada com que não pudesse lidar. Hunt se lembrou do próprio sorvete, sabor café, a tempo de lamber as partes derretidas. Tentou não reparar na forma como os olhos dela acompanhavam cada movimento de sua língua. — Que tipo de barulho estava fazendo?

— Um engasgar rouco sempre que eu parava. — Virou-se para onde sua amada moto estava encostada em um poste adornado por uma faixa. — Vai precisar ir para a oficina, coitadinha.

Hunt gargalhou.

— Eu posso levá-la ao telhado e dar uma checada.

— Que romântico. Quando os convites do casamento de vocês dois serão distribuídos?

Riu de novo.

— Estou chocado por Randall não ter feito você aprender a consertar a própria moto.

— Ah, ele tentou. Só que eu era legalmente adulta àquela altura e não precisava ouvir. — Olhou para ele de esguelha. — Mas sério, você sabe consertar uma moto?

A diversão de Hunt vacilou um pouco.

— É. Eu, hã... eu sei como consertar muitas máquinas.

— Seu relâmpago lhe dá alguma afinidade para saber como elas funcionam, ou algo assim?

— É. — Hunt voltou o olhar para o Istros. O sol implacável estava finalmente se pondo, projetando o rio em vermelhos e dourados e laranjas. Muito abaixo da superfície, pequenas luzes brilhavam, tudo que aparecia da poderosa e extensa corte sob a água. Falou, baixinho: — Sandriel se aproveitava disso, ela me fazia desmontar os mec-trajes da Ophion depois das batalhas, assim eu aprendia como funcionavam para então sabotá-los antes de discretamente reenviar as máquinas para a frente de batalha, sem que os rebeldes desconfiassem ao usá-los. — Não conseguiu olhar para ela, principalmente quando permaneceu calada enquanto acrescentava, quase como uma confissão: — Eu aprendi muito sobre como as máquinas funcionam. Como fazer com que *não* funcionem. Principalmente em momentos cruciais. Muita gente provavelmente morreu por causa disso. Por minha causa.

Hunt tinha tentado se convencer de que o que tinha feito era justificável, que os próprios trajes eram monstruosos: com 4,5 metros de altura e feitos de titânio, eram essencialmente armaduras semelhantes a exoesqueletos, o humano que a ocupava podia pilotá-la tão facilmente quanto se movesse o próprio corpo. Armados com espadas de 2 metros, algumas delas carregadas com primalux, e imensas armas de fogo, podiam se atracar com um metamorfo e sair intactos. Eram o bem mais valioso do exército humano, e a única forma de suportarem um ataque vanir.

Sandriel ordenar que ele desmontasse e sabotasse os trajes não tinha nada a ver com isso, no entanto. Havia sido por pura crueldade e diversão doentia: roubar os trajes, sabotá-los, e devolvê-los aos humanos alheios ao fato. Era para assistir com alegria enquanto os pilotos enfrentavam as forças vanir, apenas para descobrir que os mec-trajes os tinham deixado na mão.

Bryce apoiou a mão no joelho dele.

— Sinto muito por ela ter obrigado você a fazer isso, Hunt.

— Eu também — disse Hunt, exalando profundamente, como se isso pudesse de alguma forma purificar a própria alma.

Bryce pareceu entender a necessidade de mudar de assunto, subitamente perguntou:

— Que Inferno vamos fazer a respeito de Pollux e Baxian? — Lançou a ele um olhar sarcástico, puxando-o para longe do passado. — Além de espancá-los até virarem carne amaciada.

Hunt riu, silenciosamente agradecendo a Urd por ter trazido Bryce para sua vida.

— Só podemos torcer para que Celestina os mantenha na linha.

— Você não parece tão certo disso.

— Eu falei com ela por cinco minutos antes de Pollux entrar. Não foi o bastante para formar uma opinião.

— Isaiah e Naomi parecem gostar dela.

— Você falou com eles?

— Quando entrei. Eles estão… preocupados com você.

Hunt grunhiu.

— Eles deveriam estar preocupados com os dois desequilibrados morando lá.

— Hunt.

O sol iluminou os seus olhos com um dourado tão brilhante que ele perdeu o fôlego. Bryce falou:

— Eu conheço sua história com Pollux. Eu entendo por que você reagiu dessa forma. Mas não pode acontecer de novo.

— Eu sei. — Ele lambeu o sorvete de novo. — Os asteri o enviaram aqui por um motivo. Provavelmente para me deixar transtornado assim.

— Eles nos disseram para ficar na encolha. Por que atiçar você para fazer o contrário?

— Talvez eles tenham mudado de ideia e queiram um motivo público para nos prender.

— Nós matamos dois arcanjos. Eles não precisam de mais acusações para assinar nossas sentenças de morte.

— Talvez precisem. Talvez eles temam que nós *possamos* sair ilesos se formos a julgamento. E um julgamento público significaria admitir nossas participações nas mortes de Micah e Sandriel.

— Acho que o mundo poderia facilmente acreditar que você matou um arcanjo. Mas uma reles ninguém meia-humana como eu? *Essa* é a coisa que eles não querem que vaze.

— Acho que sim. Mas... eu acho difícil acreditar nisso. Que Pollux e Baxian estarem aqui não seja um sinal de que merdas estão para acontecer. Que Celestina pode realmente ser uma pessoa decente. Eu tenho mais de duzentos anos de história me dizendo para tomar cuidado. Estou condicionado a isso. — Hunt fechou os olhos.

Um momento depois, dedos macios se enroscaram em seu cabelo, penteando casualmente suas mechas. Ele quase ronronou, mas se manteve perfeitamente imóvel enquanto Bryce dizia:

— Vamos manter a guarda alta. Mas acho que... Acho que talvez a gente precise começar a acreditar na nossa sorte.

— A chegada de Ithan Holstrom é exatamente o oposto disso.

Bryce o cutucou com o ombro.

— Ele não é tão ruim assim.

Hunt entreabriu um olho.

— Você mudou rápido de opinião em relação a ele.

— Não tenho tempo para me agarrar a rancores.

— Você é imortal agora. Eu diria que tem.

Abriu a boca, mas uma voz masculina insípida ecoou pelo parque: *Os portões se fecharão em dez minutos. Qualquer um fora da fila não terá acesso.*

Bryce fez uma careta.

— Eu podia ter vivido sem que eles usassem os Portões para divulgar anúncios o dia todo.

— Você é a culpada disso, sabe — disse, com um sorriso lateral se abrindo.

Bryce suspirou, mas não discutiu.

Era verdade. Desde que havia usado os Portões de cristal para entrar em contato com Danika, isso tinha despertado interesse público neles, e reavivado o conhecimento de que podiam ser usados para falar pela cidade. Eram agora basicamente utilizados para fazer anúncios, desde os horários de abertura e fechamento dos locais turísticos até a ocasional gravação de um anúncio imperial do próprio Rigelus. Hunt odiava esses mais que todos. *Aqui é Rigelus, a Radiante Mão dos Asteri. Nós honramos os mortos caídos na linda Lunathion, e agradecemos àqueles que lutaram pelo serviço deles.*

E nós vigiamos todos estes como falcões, Hunt sempre pensava quando ouvia a ladainha da voz que disfarçava o ser ancião dentro do corpo do feérico adolescente.

O locutor do Portão se calou de novo, o suave bater das ondas do Istros e as palmeiras sussurrando acima preencheram o ar mais uma vez.

O olhar de Bryce percorreu o rio, até as névoas que espiralavam na margem oposta. Deu um sorriso triste.

— Você acha que Lehabah está ali?

— Espero que sim. — Ele jamais deixara de sentir gratidão pelo que a duende do fogo tinha feito.

— Eu sinto falta dela — disse Bryce, em voz baixa.

Hunt deslizou o braço sobre ela, aconchegando-a ao seu lado. Aproveitando o calor de Bryce e oferecendo o próprio de volta.

— Eu também.

Bryce encostou a cabeça em seu ombro.

— Eu sei que Pollux é um monstro; e você tem todo motivo no mundo para querer matá-lo. Mas, por favor, não faça nada que leve a governadora a punir você. Eu não aguentaria... — A voz dela falhou, e o peito de Hunt se apertou com aquilo. — Ver Micah cortar suas asas... Eu não posso ver isso de novo, Hunt. Ou nenhum outro horror que ela possa causar a você.

Passou a mão pelos cabelos sedosos dela.

— Eu não deveria ter perdido o controle daquele jeito. Desculpe.

— Não precisa pedir desculpas. Não por isso. Só... tome cuidado.

— Eu vou.

Tomou mais do sorvete, mas não se moveu. Então Hunt fez o mesmo, com o cuidado de não deixar pingar no cabelo dela.

Depois de tomarem tudo, quando o sol tinha quase sumido e as primeiras estrelas surgiram, Bryce se esticou.

— A gente devia ir para casa. Ithan e Syrinx precisam jantar.

— Eu sugiro não contar a Holstrom que você o agrupa com seu bicho de estimação.

Bryce riu, afastando-se, e Hunt se conteve para não a puxar para si de novo.

Decidiu mandar tudo ao Inferno quando Bryce enrijeceu, a atenção dela fixa em algo além das asas dele. Hunt se virou, a mão indo até a faca presa em sua coxa.

Amaldiçoou. Aquele não era um oponente que ele poderia combater. Ninguém poderia.

— Vamos — murmurou Hunt, fechando uma asa sobre ela quando o barco preto se aproximou do cais. Um ceifador estava sobre ele. Vestido e encoberto por preto ondulando que escondia qualquer indício de ser macho ou fêmea, velho ou jovem. Essas coisas não importavam para os ceifadores.

O sangue de Hunt congelou quando o barco sem remos e sem leme flutuou até o cais, completamente destoante das elegantes faixas e das flores que adornavam cada parte daquela cidade. O barco parou como se mãos invisíveis o amarrassem na passarela de concreto.

O ceifador saiu, movendo-se fluidamente, como se caminhasse sobre ar. Bryce tremeu ao lado de Hunt. A cidade em torno tinha se calado. Mesmo os insetos haviam parado de zumbir. Vento nenhum agitava as palmeiras que ladeavam o cais. As faixas penduradas de postes tinham parado de ondular. As guirlandas de flores ornamentais pareceram murchar e escurecer.

Uma brisa fantasma tremulou pelas vestes e pelo véu longo do ceifador conforme se dirigia ao pequeno parque além do cais e das ruas depois. O ceifador não olhou na direção deles, não parou.

Ceifadores não precisavam parar por nada, nem mesmo pela morte. Os vanir podiam se chamar de imortais, mas podiam morrer de um trauma ou de doença. Mesmo os asteri podiam ser mortos. Mas os ceifadores...

Não se podia matar o que já estava morto. O ceifador pairou por eles, silêncio ondulando ao seu encalço, e sumiu para a cidade.

Bryce apoiou as mãos nos joelhos.

— Ugh, ugh, *ughhh*.

— Exatamente como estou me sentindo — murmurou Hunt. Ceifadores viviam em todas as ilhas eternas do mundo: o Quarteirão dos Ossos ali, as Catacumbas na Cidade Eterna, as Terras Estivais de Avallen... Cada um dos sagrados reinos dormentes resguardado por um monarca impiedoso. Hunt jamais conhecera o Sub-Rei de Lunathion, e esperava jamais conhecer.

Relacionava-se o mínimo possível com os ceifadores do Sub-Rei também. Meias-vidas, como as pessoas diziam. Humanos e vanir que um dia foram vivos, que tinham enfrentado a morte e oferecido a alma para o Sub-Rei como sua guarda particular e seus servos. O custo: viver para sempre, sem envelhecer e impossíveis de matar, mas sem jamais poderem dormir, comer, foder. Os vanir não mexiam com eles.

— Vamos — disse Bryce, afastando os calafrios. — Preciso de mais sorvete.

Hunt riu.

— Justo. — Estava prestes a guiá-los para longe do rio quando o rugido do motor de uma moto aquática soou. Virou-se na direção do barulho por treino e instinto, e parou quando notou o macho de cabelo ruivo sobre ela. O braço musculoso que acenava na direção deles. Não um aceno amigável, e sim desesperado.

— Tharion? — perguntou Bryce, ao ver a direção do foco de Hunt conforme o macho seguia na direção deles, deixando ondas revoltas em seu encalço.

Levou um momento para alcançá-los, e Tharion desligou o motor e planou até o cais, mantendo-se bem distante do barco preto amarrado ali perto.

— Porra, por onde *você* andou nesse verão? — perguntou Hunt, cruzando os braços.

Ignorando-o, Tharion disse, ofegante, para Bryce:

— Precisamos conversar.

* * *

— Como você sequer achou a gente? — perguntou Bryce, conforme subiam de elevador no prédio, minutos depois.

— Mestre-espião, lembra? — sorriu Tharion. — Eu tenho olhos em toda parte. — Acompanhou Bryce e Hunt indo ao apartamento deles.

A atenção de Bryce imediatamente se voltou para Ithan, que estava exatamente onde ela o havia deixado naquela manhã: no sofá, com Syrinx esparramado em seu colo. O rosto dele tinha cicatrizado mais, a cicatriz recente quase sumira.

Ithan se aprumou quando Tharion entrou.

— Relaxe — disse, e não olhou duas vezes para o lobo quando Hunt e Tharion se dirigiram para o sofá.

Bryce soltou um sibilo de aviso para as roupas ainda molhadas do tritão.

Hunt revirou os olhos e se sentou à mesa de jantar em vez de no sofá.

— É por isso que as pessoas não deveriam comprar sofás brancos — resmungou o anjo, e Bryce fez cara feia.

— Então *você* pode limpar a água e a sujeira do rio — retrucou.

— É para isso que servem feitiços de insta-limpeza — respondeu Hunt, provocando. Bryce fez careta.

— Briga doméstica, pelo que vejo — disse Tharion.

Bryce riu, mas Ithan perguntou, do sofá:

— Quem é você?

Tharion lançou um sorriso na direção dele.

— Não te interessa.

Mas Ithan enrijeceu.

— Tritão. Ah, é, eu conheço você. Capitão Qualquer Coisa.

— Ketos — murmurou Tharion.

Hunt virou a cabeça para Ithan.

— Você feriu gravemente o ego do Capitão Qualquer Coisa, Holstrom.

— A mais grave ferida vem de meus amigos mais queridos não exaltarem minhas muitas qualidades quando sou desafiado — respondeu Tharion, fazendo bico.

— Amigos mais queridos? — perguntou Hunt, levantando a sobrancelha.

— Amigos mais lindos — disse Tharion, mandando um beijo para Bryce.

Bryce gargalhou e se virou, colocando o telefone no modo silencioso antes de mandar uma mensagem para Ruhn. *Venha para cá JÁ.*

Respondeu imediatamente. *Qual é o problema?*

Já.

O que quer que Tharion quisesse com tanta urgência, Ruhn deveria ficar ciente também. Ela queria que ele ficasse. O que era... estranho. Legal, no entanto.

Bryce colocou o telefone no bolso de trás quando Tharion indicou o sutiã de renda rosa-néon pendurado na porta sanfonada que levava à lavanderia.

— Sexy — disse o tritão.

Bryce olhou com raiva para ele, mas disse a Tharion:

— Faz um tempo.

— Nem começa. — murmurou Hunt.

O tritão era atraente como se lembrava. Talvez até mais, ligeiramente descabelado e enlameado.

— Que a gente não fala sobre sua vida sexual, ou que eu não vejo você? — perguntou Tharion, olhando dela para Hunt, no momento com uma carranca no rosto, mas Bryce deu um sorriso perverso em resposta. Tharion prosseguiu, ignorando a ira de Hunt: — Foi um verão atribulado. — Ele saltou para um banquinho do balcão da cozinha e bateu no assento ao seu lado. — Sente-se, Pernas. Vamos conversar.

Bryce se acomodou ao lado dele, prendendo os pés na barra de apoio sob o banco.

Tharion perguntou, subitamente sério:

— Danika alguma vez falou com você sobre uma pessoa chamada Sofie? — Ithan grunhiu, surpreso.

A boca de Bryce se contraiu para o lado.

— Sofie quem?

Antes que pudesse perguntar mais, Hunt indagou:

— Que porra é essa?

Tharion disse, tranquilamente:

— Só estou atualizando uns arquivos.

Bryce tamborilou os dedos no tampo de mármore.

— Sobre Danika?

Tharion deu de ombros.

— Por mais que minha vida pareça glamorosa, Pernas, tem muito trabalho braçal nos bastidores. — Ele piscou um olho. — Embora não o tipo de trabalho braçal que eu gostaria de fazer com você, naturalmente.

— Não tente me distrair com seu flerte. — disse Bryce. — Por que está perguntando sobre Danika? E quem diabos é Sofie?

Tharion suspirou para o teto.

— Tem um caso não resolvido no qual estou trabalhando, e Danika…

— Não minta para ela, Tharion — grunhiu Hunt. Relâmpagos dançaram pelas asas dele.

Uma agitação percorreu por Bryce diante daquilo, não apenas do poder, mas por saber que a protegeria. Disse a Tharion:

— Não vou contar merda nenhuma a você até que me dê mais informações. — Apontou o dedo na direção de Ithan. — E ele também não, então nem pergunte.

Ithan apenas sorriu devagar para o tritão, em provocação.

Tharion observou todos eles. Para seu crédito, não recuou. Um músculo estremeceu em sua bochecha, no entanto. Como se travasse algum debate interno. Então o capitão tritão disse:

— Eu, hã… Eu fui designado para investigar uma mulher humana, Sofie Renast. Ela era uma rebelde que foi capturada pela Corça há duas semanas. Mas Sofie não era uma humana comum, e nem Emile, o irmão mais novo. Tanto ele quanto Sofie se passam por humanos, mas possuem poderes plenos de pássaro-trovão.

Bryce exalou. Bem, ela não esperava por *isso*.

Hunt falou:

— Achei que pássaros-trovão tivessem sido caçados até a extinção pelos asteri. — *Perigosos demais e voláteis demais para terem permissão de viver*, era a história que tinham enfiado neles na escola. *Uma grande ameaça ao império.* — Eles mal passam de mitos agora.

Tudo verdade. Bryce se lembrou de um cavalo da Extravagância de Estrelas chamado Pássaro-Trovão: um Pégaso-unicórnio azul e branco que podia usar todo tipo de energia. Jamais colocou as mãos em um, embora desejasse.

Tharion prosseguiu:

— Bem, de alguma forma, em algum lugar, um deles sobreviveu. E procriou. Emile foi capturado três anos atrás e enviado para o campo de extermínio de Kavalla. Os captores não sabiam o que estava em suas mãos, e ele sabiamente manteve seus dons escondidos. Sofie foi até Kavalla para libertá-lo. Mas, pelo que me contaram, Sofie foi pega pela Corça antes de escapar com eles. Emile fugiu, da Ophion também. Parece que ele veio nesta direção, mas várias partes ainda estão *muito* interessadas nos poderes que ele possui. E nos de Sofie também, se tiver sobrevivido.

— Ninguém sobrevive à Corça — disse Hunt, sombriamente.

— É, eu sei. Mas as correntes presas aos blocos de chumbo no fundo do oceano estavam vazias. Destrancadas. Parece que Sofie conseguiu. Ou alguém levou o cadáver dela.

Bryce franziu a testa.

— E a Rainha do Rio quer tanto o menino quanto Sofie? Por quê? E o que isso tem a ver com Danika?

— Eu não sei qual é o objetivo final de minha rainha. Tudo o que sei é que ela está muito determinada a encontrar Sofie, viva ou morta, e igualmente determinada a conseguir Emile. Mas, apesar do que isso sugere, ela não está afiliada com a Ophion de modo nenhum. — Tharion esfregou o maxilar. — Ao tentar desvendar essa porra toda, eu encontrei umas trocas de e-mails entre Sofie e Danika falando sobre um lugar seguro nesta cidade para Sofie se esconder caso ela precisasse.

— Não é possível — disse Ithan.

Hunt se levantou da mesa e foi até o lado de Bryce. Seu poder ondulou por seu corpo, eletrificando seu sangue com a proximidade entre eles.

— A Rainha do Rio perdeu a cabeça? *Você* perdeu a cabeça? Procurar por rebeldes e não os entregar é um bilhete só de ida para a crucificação.

Tharion o encarou de volta.

— Não tenho escolha. Ordens são ordens. — Assentiu para o grupo. — Vocês evidentemente não sabem nada sobre isso. Façam um favor e não mencionem para ninguém, está bem? — O tritão se levantou e se virou para a porta.

Bryce saltou do banquinho e se colocou no caminho dele.

— Ah, não. — Deixou uma fração de sua luz estelar brilhar em torno do corpo. — Você não pode me dizer que Danika estava em contato com uma rebelde conhecida e então sair vazado daqui.

Tharion riu, frio cobrindo seus olhos.

— Posso sim, Pernas. — Deu um passo evidentemente desafiador na direção dela.

Bryce se manteve no lugar. Ficou surpresa e satisfeita que Hunt a deixou lidar com a situação sem interferir.

— Você sequer se importa que esse pássaro-trovão todo-poderoso é uma criança? Que sobreviveu a uma porra de *campo de extermínio*? E que agora está com medo e sozinho?

Tharion piscou, e ela podia ter estrangulado o tritão.

— Eu sei que isso é uma coisa canalha de se dizer — acrescentou Ithan —, mas, se o menino tem esse poder, por que ele não usou para sair de Kavalla sozinho?

— Talvez ele não saiba usar ainda — refletiu Tharion. — Talvez estivesse fraco ou cansado demais. Eu não sei. Mas vejo vocês depois. — Tentou passar por Bryce.

Bryce o bloqueou de novo.

— Deixando Emile de lado, Danika não era uma rebelde, e ela não conhecia ninguém chamado Sofie Renast.

Ithan falou:

— Concordo.

Tharion disse, com firmeza:

— O e-mail estava ligado a ela. E o endereço de e-mail era BansheeFan56, Danika era obviamente fã dos Banshees. É só procurar pelos antigos perfis dela nas mídias sociais e há dez mil referências ao amor dela pela banda.

Por Solas, quantas camisas e pôsteres dos Banshees Danika tinha colecionado ao longo dos anos? Bryce tinha perdido a conta.

Bryce bateu o pé, o sangue fervilhando. Philip Briggs não tinha dito alguma coisa parecida quando ela e Hunt interrogaram o antigo líder rebelde dos Keres? Que Danika era simpatizante dos rebeldes?

— O que os e-mails diziam?

Tharion manteve a boca fechada.

Bryce fervilhou.

— *O que os e-mails diziam?*

Tharion perdeu a calma, uma rara demonstração de seu temperamento aparentemente levando a melhor sobre ele:

— O termo Verdade do Crepúsculo significa alguma coisa para você? E quanto a Projeto Thurr? — Diante do olhar vazio dela, e de Ithan, o tritão falou: — Foi o que pensei.

Bryce trincou a mandíbula com tanta força que doeu. Depois daquela primavera, havia percebido que não sabia tanto sobre Danika quanto acreditava, mas com mais essa na lista… Tentou não deixar aquilo a ferir.

Tharion deu mais um passo desafiador em direção à porta. Mas Bryce falou:

— Você não pode jogar toda essa informação e esperar que eu não faça nada. Que não saia procurando por esse menino.

Tharion arqueou a sobrancelha.

— Que coração mole. Mas fique fora disso, Pernas.

— De jeito nenhum — replicou Bryce.

Hunt interrompeu:

— Bryce. Recebemos uma ordem dos asteri, do próprio Rigelus, para ficarmos na encolha.

— Então obedeçam — disse Tharion.

Bryce olhou com raiva para o tritão, então para Hunt. Mas Hunt falou, com tempestade nos olhos:

— Os asteri vão nos massacrar, junto com sua família inteira, se chegar até eles a notícia de que você está envolvida com atividade rebelde de alguma forma. Mesmo que seja só para ajudar a encontrar um menino perdido.

Bryce abriu a boca, mas Hunt insistiu:

— Não teremos um julgamento, Bryce. Apenas uma execução.

Tharion cruzou os braços.

— Exatamente. Então, de novo: fiquem fora disso, e eu vou embora.

Antes que Bryce pudesse disparar sua resposta, a porta da frente se escancarou e Ruhn preencheu a entrada.

— Que porr... Ah. Oi, Tharion.

— Você o convidou? — acusou Tharion a Bryce.

Bryce permaneceu calada, mantendo-se no lugar.

— Qual é o problema? — perguntou Ruhn, olhando para Hunt e Ithan. Ruhn se espantou ao ver o lobo. — E o que *ele* está fazendo aqui?

— Ithan é um agente livre no momento, então ele está ficando com a gente — disse Bryce, e, diante do olhar confuso de Ruhn, acrescentou: — Depois eu conto.

Ruhn perguntou:

— Por que seu coração está acelerado?

Bryce olhou para o peito, em parte esperando que a cicatriz estivesse brilhando. Ainda bem que estava dormente.

— Bem, parece que Tharion acha que Danika estava envolvida com os rebeldes.

Ruhn escancarou a boca.

— Obrigado, Bryce — murmurou Tharion.

Bryce lançou a ele um sorriso meigo e explicou a investigação de Tharion para Ruhn.

— E? — perguntou Ruhn, quando terminou, seu rosto pálido. — Danika *era* rebelde?

— Não! — Bryce abriu os braços. — Por Solas, ela estava mais interessada em que porcaria a gente tinha para comer no apartamento.

— Não era só nisso que ela estava interessada — corrigiu Ruhn. — Ela roubou o chifre e escondeu de você. Escondeu *em* você. E toda aquela merda com Briggs e a sintez...

— Tá, tudo bem. Mas a coisa rebelde... Ela nunca nem mesmo *falou* sobre a guerra.

— Ela devia saber que isso colocaria você em perigo — sugeriu Tharion.

Hunt disse a Tharion:

— E você não vê problema em ser forçado a trabalhar nessa merda? — O rosto estava mais pálido do que o comum. Tharion apenas cruzou os longos braços musculosos. Hunt prosseguiu, a voz ficando mais baixa: — Não vai acabar bem, Tharion. Confie em mim nisso. Você está se metendo em coisas perigosas.

Bryce evitou olhar para a tatuagem queimada no pulso de Hunt. A garganta de Tharion oscilou.

— Sinto muito por sequer ter vindo até aqui. Eu sei como você se sente com relação a essas coisas, Athalar.

— Você realmente acha que tem uma chance de Sofie estar viva? — perguntou Ruhn.

— Sim — disse Tharion.

— Se ela sobreviveu à Corça — falou Hunt —, e a Corça souber disso, ela vai vir correndo.

— A Corça pode muito bem já estar vindo nesta direção — disse Tharion, com a voz embargada. — Independentemente de Sofie, Emile e os poderes dele ainda são um prêmio. Ou alguma coisa a ser erradicada de uma vez por todas. — Arrastou os longos dedos pelo cabelo vermelho-escuro. — Eu sei que estou jogando uma bomba no colo de vocês. — Ele se encolheu diante da escolha infeliz de palavras, sem dúvida se lembrando do que tinha acontecido na última primavera. — Mas quero encontrar esse menino antes de qualquer outra pessoa.

— E fazer o que com ele? — perguntou Bryce. — Entregar para sua rainha?

— Ele estaria seguro nas Profundezas, Pernas. Levaria muito tempo para até mesmo o encontrarem... e o matarem.

— Para ele ser usado por sua rainha como algum tipo de ferramenta bélica em vez disso? Ao Inferno que eu vou deixar você fazer isso.

— De novo, não sei o que ela quer com Emile. Mas ela não faria mal a ele. E seria sábio da sua parte ficar fora do caminho dela.

Ithan o interrompeu antes que Bryce começasse a cuspir:

— Você acha mesmo que o menino vem para cá? Que a Corça vai segui-lo se souber disso?

Hunt esfregou a mandíbula.

— A 33ª não ouviu nada a respeito da Corça vir para cá. Ou da Ophion estar na área.

— Nem a Aux — confirmou Ruhn.

— Bem, a não ser que um dos sobeks do pântano tenha nadado até Haldren para tirar uma mordida de um soldado da Ophion, não consigo pensar em nenhum outro motivo para eu ter encontrado partes desmembradas do corpo de um ali — disse Tharion.

— Eu nem sei por onde começar com isso — disse Hunt.

— Apenas confie em mim — disse Tharion —, a Ophion está a caminho, se é que já não está aqui. Então eu preciso saber o máximo possível, e o mais rápido possível. Encontrar Emile e potencialmente encontrar Sofie.

— E conseguir um bom menino-soldado, né? — disse Bryce, tensa.

Tharion voltou os olhos suplicantes para ela.

— Ou a Rainha do Rio me coloca no comando da caça a eles, ou ela designa outra pessoa, possivelmente de mente menos... independente. Eu preferiria que fosse eu a encontrar Emile.

Ithan explodiu:

— Podemos discutir que vocês estão falando de *rebeldes* nesta cidade? De *Danika* ser potencialmente uma rebelde? — Ele grunhiu. — Essa é uma alegação muito séria, porra.

— Sofie e Danika trocaram vários e-mails intencionalmente vagos — disse Tharion. — Alguns aludiram a um esconderijo seguro aqui em Lunathion. Um lugar *onde as almas cansadas encontram alívio do sofrimento.* Estou pensando no Quarteirão dos Ossos, mas não tenho certeza se até mesmo Danika seria tão inconsequente a ponto de mandá-los para lá. Mas, enfim, não é uma alegação. É um fato.

Ithan balançou a cabeça, mas foi Hunt quem disse:

— Esse é um jogo letal, Tharion. Um que eu preferiria não jogar de novo. — Bryce podia jurar que as mãos dele tremeram sutilmente. Isso devia estar trazendo à tona as piores memórias e os seus piores medos, ele *tinha sido* um rebelde um dia. Isso lhe garantira duzentos anos de servidão.

E aquele havia sido um longo e estranho dia, e ela nem mesmo tinha contado a Hunt sobre a visita de Cormac no almoço.

No entanto, deixar aquele menino ser caçado por tanta gente...

Não podia ficar sentada olhando. Nem por um segundo. Então Bryce falou:

— Eu posso perguntar a Fury amanhã se ela sabe alguma coisa sobre Danika e Sofie. Talvez ela nos dê alguma ideia sobre onde Danika possa ter sugerido Sofie a se esconder.

— Pergunte a ela agora mesmo — disse Tharion, com seriedade habitual.

— É quarta-feira à noite. Ela e Juniper sempre fazem algo especial.

Era uma meia mentira, e Hunt devia saber que era pelo bem dele, porque sua asa gentilmente roçou o ombro dela.

Mas Tharion ordenou:

— Então interrompa.

— Você não sabe *nada* sobre Fury Axtar? — Bryce gesticulou com a mão. — Vou ligar para ela amanhã de manhã. Ela sempre está com humor melhor depois que ela e June se pegam.

Tharion olhou entre ela e Hunt, então para Ruhn e Ithan, ambos observando silenciosamente. O tritão enfiou a mão no casaco e tirou de dentro uma pilha de papéis dobrados com um suspiro resignado.

— Aqui está uma amostra dos e-mails — disse, entregando-os a Bryce, e se dirigiu até a porta de novo. Parou perto de Syrinx, então se ajoelhou e acariciou sua cabeça, o pescoço grande da quimera. Ajustou a coleira de Syrinx e ganhou uma lambida de agradecimento. A boca de Tharion se repuxou nos cantos quando ficou de pé. — Bichinho de estimação legal. — Abriu a porta da frente. — Não coloque nada por escrito. Volto amanhã por volta da hora do almoço.

Assim que o tritão fechou a porta, Hunt disse a Bryce:

— Se envolver com isso é uma má ideia.

Ruhn disse:

— Concordo.

Bryce apenas segurou os papéis com mais força e se virou para Ithan.

— Essa é a parte em que você diz que concorda também.

Ithan franziu a testa mais profundamente.

— Eu posso ignorar as merdas sobre Danika e a Ophion, mas há um menino lá fora em fuga. Que provavelmente não tem nada a ver com a Ophion e precisa de ajuda.

— *Obrigada* — falou Bryce, virando-se para Hunt. — Está vendo?

— É problema de Tharion. Deixe isso de lado, Bryce — avisou Hunt. — Eu nem sei por que você precisou perguntar sobre isso.

— Eu não sei por que você *não* perguntaria — desafiou Bryce.

Hunt insistiu:

— Isso é mesmo sobre encontrar o menino, ou é sobre aprender alguma coisa nova a respeito de Danika?

— Não pode ser os dois?

Hunt balançou a cabeça devagar.

Ruhn falou:

— Vamos pensar nisso direito, Bryce, antes de decidir agir. E talvez queimar esses e-mails.

— Eu já decidi — anunciou. — Vou encontrar Emile.

— E fazer o que com ele? — perguntou Hunt. — Se os asteri querem o menino, você estaria abrigando um rebelde.

Bryce não conseguiu conter a luz que brilhou ao seu redor.

— Ele tem 13 anos. Não é um rebelde. Os rebeldes só *querem* que ele seja.

Hunt disse, em voz baixa:

— Eu vi crianças da idade dele caminhando em campos de batalha, Bryce.

Ruhn assentiu, sério.

— A Ophion não rejeita combatentes com base na idade deles.

Ithan falou:

— Isso é desprezível.

— Não estou dizendo que não é — replicou Hunt. — Mas os asteri não vão se importar se ele tem 13 ou 30 anos, se ele é um verdadeiro rebelde ou não. Se você ficar no caminho deles, vão punir você.

Bryce abriu a boca, mas… um músculo se contraiu na bochecha dele, tornando o hematoma ali mais evidente. Culpa a atingiu, brigando com sua ira.

— Vou pensar no caso — cedeu, e saiu batendo os pés até o quarto.

Precisava respirar antes de dizer ou fazer mais do que pretendia. Um momento para processar a informação que tinha tirado de Tharion. Não tinha dado nenhum crédito à alegação de Briggs a respeito de Danika e os rebeldes quando a provocou com aquilo, estava tentando atingi-la de qualquer modo possível. Mas parecia que ela estava errada.

Bryce vasculhou a memória por qualquer detalhe conforme limpou a maquiagem, então escovou os cabelos. Vozes masculinas murmuravam do outro lado da porta, mas Bryce as ignorou, colocando o pijama. O estômago roncou.

Será que Emile estava com fome? Ele era uma criança, sozinho no mundo, tendo sofrido em um daqueles campos malditos, sem família. Devia estar apavorado. Traumatizado.

Esperava que Sofie estivesse viva. Não por nenhuma informação ou poderes incríveis, mas para que Emile tivesse alguém. Família que o amava por *ele*, e não por ser algum escolhido todo-poderoso cujo povo havia sido caçado à extinção há muito tempo.

Bryce franziu a testa no espelho. E então para a pilha de papéis que Tharion tinha dado a ela. Os e-mails entre Sofie e Danika, e alguns entre Sofie e Emile.

Os primeiros eram exatamente como Tharion dissera. Vagas menções de coisas.

Mas os e-mails de Sofie e Emile...

Precisei sair do seu jogo de solebol antes do final, escrevera Sofie em uma troca, mais de três anos antes, *mas mamãe me contou que vocês venceram! Parabéns, você foi maravilhoso!*

Emile tinha respondido: *Eu fui ok. Perdi dois lances.*

Sofie escrevera de volta, às 3 horas da manhã, como se tivesse ficado até tarde estudando ou festejando: *Eu um dia tive um jogo em que perdi dez lances! Então você está indo muito melhor do que eu. :)*

Na manhã seguinte, Emile tinha dito: *Obrigado, irmã. Saudade.*

Bryce engoliu em seco. Uma troca tão comum, prova de uma vida normal, decente.

O que tinha acontecido com eles? Como ele acabara em Kavalla? Parte dela não queria saber, mas... Ela leu os e-mails de novo. A amorosa e casual troca entre irmãos.

Será que alguma das muitas pessoas procurando por Emile queria realmente ajudar o menino? Não o usar, mas apenas... protegê-lo? Talvez os dois se encontrassem naquele ponto de encontro que Danika tinha mencionado. Talvez dessem sorte e ninguém jamais os encontraria.

Danika sempre ajudou aqueles que precisavam. Bryce inclusive.

E durante o ataque na primavera anterior, quando Bryce tinha corrido para os Prados de Asphodel... era a mesma sensação que tomava conta dela agora. O menino precisava de ajuda. Não daria as costas àquilo. *Não podia* dar as costas àquilo.

Como Danika se encaixava naquilo tudo, aliás? Ela precisava saber.

O estômago protestou de novo. Certo, jantar. Com uma oração silenciosa para Cthona para manter Emile em segurança, Bryce saiu do quarto e disse:

— Vou pedir pizza.

Ruhn falou:

— Estou dentro. — Como se tivesse sido convidado, mas Bryce olhou para a porta fechada do quarto de Hunt.

Se *ela* precisava de um momento, ele com certeza precisava de muito mais.

* * *

Hunt ligou o chuveiro com a mão trêmula. O jato e os respingos da água trouxeram o tão necessário ruído de fundo, uma barreira tranquilizante contra o mundo além daquele quarto. Tinha murmurado alguma coisa sobre precisar tomar banho e entrado ali, sem se importar com o que Danaan e Holstrom pensariam.

Hunt tirou o traje de batalha, vagamente ciente dos hematomas em suas costelas e em seu rosto, a briga com Pollux quase esquecida.

Não conseguia parar de tremer, não conseguia conter a descarga de ácido pelas veias que tornavam cada fôlego uma tortura.

Porra de Tharion. Aquele babaca estúpido e arrogante. Arrastando-os, arrastando *Bryce*, para aquilo. A Rainha do Rio podia não ter associação com a Ophion, mas Emile era o irmão de uma rebelde. Danika tinha possivelmente sido uma rebelde também. Aquilo os levava perto demais da órbita da Ophion.

É óbvio que Bryce não teria conseguido deixar para lá depois de ouvir aquilo. Sabia que era irracional ficar irritado com ela por causa disso, porque parte do motivo pelo qual ele a adorava era por Bryce ser o tipo de pessoa que *iria* querer ajudar, mas... porra, que Inferno.

Hunt inspirou, entrando no jato de água naquele momento já morna, trincando a mandíbula para conter o relâmpago que subia por seu sangue e as lembranças que vinham com ele.

Aquelas reuniões estratégicas na tenda de guerra de Shahar; o caos sangrento e histérico da batalha; seu rugido quando Shahar morreu, um pedaço de seu coração morrendo com ela; a descarga de dor insuportável conforme suas asas eram serradas tendão após tendão...

Hunt inspirou de novo, as asas estremecendo como se com um eco daquela dor.

Não podia deixar aquilo acontecer de novo. Se tudo aquilo tinha sido por Bryce, para chegar até ali, então havia acontecido para que soubesse quando dar as costas e mantê-la em segurança.

Não tinha conseguido encontrar aquelas palavras, contudo. Hunt se concentrou na própria respiração, na sensação de seus pés contra os azulejos escorregadios, no pingar da água por suas asas.

Não conseguiu deixar de pensar que água morna parecia muito com sangue.

* * *

Trinta minutos depois, estavam sentados em torno da mesa de jantar, quatro caixas de pizza empilhadas diante deles.

— Prazer Carnívoro — disse Bryce, com uma comemoração forçada para Hunt, passando a pizza de carne com carne e mais carne para ele. O anjo ofereceu um sorriso que não chegou aos seus olhos. Não perguntou sobre aquele brilho assombrado, no entanto. Não com Ruhn e Ithan ali. Não quando Hunt já tinha deixado perfeitamente evidente o que estava se passando pela cabeça dele.

Sem dúvida discutiriam assim que estivessem sozinhos.

— Prazer Carnívoro com linguiça extra — disse a Ithan, piscando um olho ao entregar a caixa a ele. Podia jurar que Ithan corou. — E pepperoni com cebola grelhada — disse a Ruhn.

— O que você pediu? — perguntou o irmão. Uma tentativa de normalidade depois da visita de Tharion.

Hunt e Ithan disseram ao mesmo tempo:

— Linguiça acebolada com queijo extra.

Bryce gargalhou.

— Não sei se fico impressionada ou perturbada.

Ithan e Hunt não sorriram, no entanto. Ela capturou o olhar de Ruhn do outro lado da mesa, e o irmão disse em sua mente: *Ignorando toda a merda com Tharion e Emile, é esquisito demais que a porra do Holstrom esteja aqui.*

Começou a comer a pizza e suspirou com a combinação de carne com queijo e molho levemente adocicado. *Acho que é esquisito demais para ele também.*

Ruhn mordeu sua fatia. *Sinceramente, não dê um ataque, mas você é tecnicamente uma Princesa Estrelada. E está agora acolhendo um lobo exilado. Eu odeio essa merda política, mas... Eu não diria que está aquém de Sabine enxergar isso como uma afronta. Os lobos são tecnicamente nossos aliados.*

Bryce bebeu sua cerveja. *Não é como se ele tivesse alguma família.* O coração se apertou. *Acredite em mim, ele está numa* tristeza *fodida por não ter outro lugar para onde ir.*

Eu posso abrigá-lo. O irmão falou com absoluta sinceridade.

Isso não é a mesma merda política?

Eu posso dizer que o estou contratando para trabalhar para o lado feérico do Aux. Alegar que é para uma investigação ultrassecreta, o que eu suponho que essa coisa com Danika e Sofie e Emile seja. Sabine não pode contornar isso.

Tudo bem. Mas... dê uns dias a ele. Não quero que pense que o estou chutando daqui.

Por que não? Ele foi um babaca com você.

Houve cinco anos antes disso em que fomos próximos.

E daí? Ele foi um babaca com você quando você mais precisou dele.

E eu o ignorei quando ele *mais precisou de mim.*

Bryce piscou, encontrando Hunt e Ithan observando Ruhn e ela. O anjo disse, arrastado, sem qualquer indício do desconforto assombrado de antes:

— Alguns podem achar grosseria ter uma conversa mental na frente de outras pessoas.

Ithan levantou a mão em concordância. Como ele entendera o que estava acontecendo, só podia atribuir às suas habilidades aguçadas de lobo. Ou à habilidade de atleta de interpretar os adversários.

Bryce mostrou a língua.

— Desculpe por vocês não serem feéricos mágicos e especiais como a gente.

— Lá vamos nós — disse Hunt, atacando sua fatia. — Eu estava esperando por esse dia.

— Que dia? — Ithan tomou sua cerveja.

Hunt deu um risinho.

— Quando Bryce se dá conta do quanto ser uma princesa permite que ela se comporte de forma realmente insuportável.

Bryce mostrou o dedo médio a ele.

— Se eu preciso sofrer com o título, então vocês precisam sofrer com as consequências dele.

Hunt abriu a boca, mas Ithan falou primeiro:

— Eu ouvi falar que você teve seu Ordálio naquele dia da primavera. Parabéns?

Bryce ficou imóvel.

— É. Hã… obrigada. — Não queria pensar naquilo, os nøkken, Syrinx quase se afogando, o tanque… Syrinx se esfregou nos tornozelos dela, como se sentindo sua inquietação. E Hunt, também interpretando aquilo, disse a Ruhn:

— Você teve seu Ordálio em Avallen, não foi? E nosso novo amigo Cormac estava lá?

Antes que Ruhn pudesse responder, Flynn e Dec entraram no apartamento com uma chave que Bryce definitivamente não tinha autorizado. Virou a cabeça para Ruhn.

— Você deu a eles acesso digital e cópias das minhas chaves?

Flynn deslizou para a cadeira ao seu lado e puxou a pizza para si mesmo.

— Nós tiramos as impressões digitais de Ruhn quando ele estava desmaiado durante o Solstício de Verão, como uma forma de entrar no sistema. Então Dec acrescentou as nossas com as dele.

Declan se sentou na cadeira ao lado de Ruhn, pegando uma das fatias do irmão e uma cerveja do balde no centro da mesa.

— Nós fizemos cópias das chaves físicas antes de ele reparar que tinham sumido.

— Vocês estão realmente me enaltecendo, vocês dois — grunhiu Ruhn.

Bryce esticou a mão.

— Vou mudar meu sistema de impressões digitais para alguma coisa mais segura. Me dê essa chave.

Flynn apenas a enfiou no bolso.

— Venha buscar, doçura.

Hunt olhou de cara feia para o lorde feérico, e Declan riu.

— Cuidado, Flynn — avisou Dec.

Ithan riu, e os dois machos o olharam de cima a baixo. É óbvio que já tinham notado a presença dele, eram guerreiros treinados, mas não tinham ainda se dado o trabalho de reconhecê-lo.

Flynn lançou um sorriso charmoso, dentes à mostra.

— Oi, cachorrinho.

Os dedos de Ithan se fecharam em punhos ao ouvir o termo.

— Oi.

Declan deu um sorriso idêntico ao de Flynn.

— Bryce precisava de um novo bichinho de estimação?

— Tudo bem, tudo bem — interrompeu Bryce. — Digamos que fizemos mil piadas de cachorro sobre Ithan, ele fez mil piadas de babacas feéricos sobre vocês dois idiotas, e agora todos nós nos odiamos intensamente, mas podemos ser adultos e comer nossa comida.

— Eu apoio isso. — Hunt avançou na sua terceira fatia, usando a outra mão para brindar sua cerveja com a de Bryce.

Flynn sorriu de novo.

— Eu achei que tivesse ouvido você perguntar a Ruhn sobre o Ordálio dele. Foi nosso Ordálio também, sabe.

— Eu sei — disse Bryce, jogando o cabelo por cima do ombro. — Mas ele ganhou a espada, não foi?

— Ai. — Flynn agarrou o peito.

— Nossa, B — disse Declan.

Ruhn gargalhou e se recostou na cadeira, terminando a cerveja antes de dizer:

— Eu tinha 27 anos. Meu... nosso pai me mandou para Avallen para... verificar as moças.

— Tinha uma fêmea feérica de uma poderosa família com quem o Rei Outonal queria que Ruhn se casasse — explicou Flynn. — Infelizmente, Cormac também queria se casar com ela. Nenhum dos dois se casou com ela no final, é óbvio.

Bryce resmungou.

— Por favor, me diga que toda essa tensão entre vocês dois não é por causa de uma garota.

— Só parcialmente — disse Declan. — Também é porque Cormac e os primos gêmeos dele tentaram matar a gente. Cormac literalmente enfiou uma espada na minha barriga. — Bateu nos músculos abdominais rígidos como pedra.

— Vocês feéricos não são todos... aliados? — perguntou Ithan, de sobrancelhas erguidas.

Flynn quase cuspiu a própria bebida com a pergunta.

— Os feéricos de Valbara e os de Avallen se *odeiam*. Os feéricos de Avallen são um bando de babacas errados. O Príncipe Cormac pode ser o primo de Ruhn, mas ele pode cair morto que a gente nem se importa.

— Fortes laços familiares, hein? — disse Hunt.

Flynn deu de ombros.

— Eles mereceram o que aconteceu durante o Ordálio.

— E foi o que, exatamente? — perguntou Bryce.

— Humilhação — disse Declan, com prazer. — Algumas semanas depois do início da nossa visita, o Rei Morven, pai de Cormac, ordenou que Ruhn fosse ver se conseguia recuperar Áster das cavernas.

— Conte a história toda, Dec. *Por que* ele ordenou que eu fizesse isso? — grunhiu Ruhn.

Dec sorriu timidamente.

— Porque eu me vangloriei de que você conseguiria.

Ruhn abriu outra cerveja.

— E?

— E eu debochei de Cormac por ainda não ter ido atrás dela.

— *E*?

— E eu disse que um guerreiro feérico valbarano era melhor do que dez de Avallen.

Bryce gargalhou.

— Então tio Morven mandou você para lhe ensinar uma lição?

— Isso — disse Flynn. — Nós três. Não percebemos até estarmos na névoa, as cavernas estão literalmente cheias dela, que ele também tinha enviado Cormac e os gêmeos babacas para nos caçar lá dentro.

— Começando rixas de sangue — disse Bryce a Declan, levantando a mão para um "toca aqui". — Boa.

Declan bateu em sua mão, mas Ithan perguntou:

— Então seus Ordálios aconteceram lá?

— Isso — disse Ruhn, a expressão ficando sombria. — Todos nos perdemos nas cavernas. Tinha umas... merdas assustadoras lá. Espíritos malignos e espectros, eram velhos e cruéis. Nós seis passamos de tentar nos matar para tentar sobreviver. Para encurtar a história, Flynn e Dec e eu acabamos numas catacumbas bem abaixo da caverna...

— Cercados por espíritos sugadores de sangue que queriam comer nossos corpos, e então nossas almas — acrescentou Flynn. — Ou era nossas almas primeiro, depois os corpos?

Ruhn balançou a cabeça, sem responder.

— Eu fui desarmado. Então procurei por algo no sarcófago no centro da câmara onde estávamos presos, e... ali estava. Áster. Era morrer nas mãos daquelas criaturas, ou morrer tentando arrancar a espada da bainha. — Ele deu de ombros. — Por sorte, funcionou.

Declan disse:

— Os desgraçados saíram correndo da caverna quando Ruhn sacou a espada. Exatamente até onde Cormac e os gêmeos estavam nos caçando. — Sorriu de novo. — Os três não tiveram escolha a não ser fugir de volta para o castelo deles. O Rei Morven *não* ficou feliz. Principalmente quando Ruhn voltou com Áster e mandou ele ir se foder.

Bryce ergueu a sobrancelha para o irmão. Ruhn sorriu, o piercing labial brilhando.

— Não sou tão otário assim, hein?

Bryce gesticulou como se o ignorasse.

— Tanto faz.

Flynn subitamente perguntou a Ithan, os olhos no pescoço tatuado:

— Você vai manter essa tatuagem?

Ithan terminou a cerveja.

— O que você tem com isso?

Outro sorriso charmoso.

— Só quero saber quando eu posso contar a você que Sabine e Amelie são duas das piores pessoas de merda dessa cidade.

Ithan grunhiu, mas o resquício de um sorriso surgiu em seus os lábios.

Bryce olhou para Ruhn, que disse dentro da mente dela: *Talvez não seja uma ideia tão ruim ele vir ficar com a gente.*

Você quer mesmo ser colega de apartamento de um lobo?

Melhor que um anjo.

Depende do que você faz com o anjo.

Que nojo, Bryce.

Bryce se voltou para a conversa quando Declan perguntou com um sorriso malicioso que denunciava que estava prestes a começar a causar problema:

— Então, quem vai dormir no apartamento esta noite?

Bryce não conseguiu deixar de olhar de novo para Hunt, que manteve o rosto completamente neutro ao dizer:

— Eu vou deitar com Bryce.

A boca de Bryce se abriu, mas Ithan falou:

— Ótimo. Ela ronca.

— Babacas — fervilhou Bryce. — Vocês dois podem ir dormir no telhado.

— Não é longe o bastante dos seus roncos — disse Ithan, rindo.

Bryce fez uma careta, abaixando-se para acariciar as orelhas aveludadas de Syrinx.

Hunt apenas piscou um olho.

— Vou pegar tampões de ouvido.

13

Bryce mal conseguiu dormir. Passou a noite tentando com afinco fingir que a porra do Hunt Athalar não estava dormindo ao lado dela. A ilusão era destruída sempre que ela rolava, encarava asas cinzas e se lembrava de que a porra do Hunt Athalar estava dormindo ao seu lado.

Não tinham falado sobre a visita de Tharion. Ou sobre a decisão dela de encontrar Emile. Então provavelmente qualquer briga sobre esse tópico ainda estava por vir.

Naturalmente, Bryce acordou com os olhos inchados, coberta de suor, e com uma dor de cabeça latejante. Hunt já estava acordado e fazendo café, a julgar pelos barulhos do cômodo ao lado.

Bryce deslizou para fora da cama, o que lhe garantiu um grunhido revoltado de Syrinx por ser incomodado. O telefone tocando agravou a dor de cabeça, e não melhorou quando olhou para o identificador da chamada.

Bryce forçou sua voz mais animada.

— Oi, mãe.

— Olá, Bryce. — A voz de Ember estava calma. Calma demais.

Ithan riu do sofá quando ela passou por ele, caminhando indistintamente em direção ao aroma de café que a atraía. Pelos deuses, ela precisava de uma xícara. Bryce perguntou à mãe:

— O que foi? Vocês chegaram bem em casa?

A parede de janelas revelou um dia ensolarado, bruxas e anjos passavam voando. E Bryce percebeu, à luz da manhã, o fato de que ainda estava com a camiseta surrada que dizia *Acampamento do Centro Comunitário de Nidaros Verão de 1523* e... pouco mais. Opa. Não era à toa que Ithan estava rindo. A calcinha meio fio dental de renda lilás deixava pouco para a imaginação. Bryce conteve a vontade de puxar a barra da camiseta sobre sua bunda seminua.

Os olhos de Hunt ficaram sombrios, mas apenas encostou no balcão e ofereceu silenciosamente uma xícara de café.

— Ah, sim — disse Ember. — Nós chegamos em casa, tivemos muito tempo para fazer compras de mercado e resolver algumas tarefas. — Bryce colocou o telefone no viva-voz e deslizou para o balcão, recuando alguns centímetros. Como se fosse uma granada de primalux comprida prestes a explodir com a conversa.

— Ótimo — disse Bryce, e podia jurar que Hunt estava tentando não rir.

— Nós também tivemos muito tempo — prosseguiu a mãe — para responder a todas as ligações que começamos a receber de gente perguntando quando é o casamento.

Hunt tomou um longo gole do café. Ithan apenas observou com uma expressão perplexa. Certo. Ela não tinha contado a ele.

Bryce trincou os dentes em uma tentativa de sorriso.

— Você e Randall vão renovar seus votos?

A mãe se calou. Uma onda crescendo, se erguendo, prestes a quebrar.

— Esse noivado é alguma tramoia para fazer Hunt finalmente confessar o amor dele por você?

Hunt se engasgou com o café.

Ai, deuses. Bryce ficou parcialmente tentada a despejar o café fervendo na própria cabeça e derreter até sumir.

— Porra — sibilou, pegando o telefone e tirando do viva-voz. Mesmo que Hunt e Ithan, com a audição aguçada deles, sem dúvida conseguissem discernir tudo que Ember dizia. — Olhe, não é um noivado *de verdade*...

— Certamente parece que é, Bryce Adelaide Quinlan. — A voz da mãe se elevou com cada palavra. — E parece que você está noiva do Príncipe Herdeiro de Avallen! Você *sabe* quem é o pai dele?

— Mãe, não vou me casar com ele.

— Então por que tantos de meus antigos amigos de escola sabem sobre isso? Por que há fotos de vocês dois em uma reunião particular no seu escritório ontem?

As asas de Hunt se abriram com alarme, e Bryce balançou a cabeça. Ela fez um gesto para ele, *Depois*, tentou sinalizar.

— Cormac me encurralou…

— Ele fez *o quê?*

— De um jeito não físico. Nada de que eu não pudesse dar conta. *E* — disse, quando sua mãe começou a protestar — eu tenho zero intenção de me casar com o Príncipe Cafajeste, mas você precisa confiar em mim para lidar com isso. — Olhou na direção de Hunt como se para dizer *E você também.*

Hunt assentiu, entendendo. Bebeu um pouco mais de café. Como se precisasse daquilo.

A mãe, no entanto, sibilou:

— Randall está em estado de *pânico.*

— Randall ou você? Porque da última vez que verifiquei, papai sabe que eu posso me cuidar. — Bryce não pôde conter o tom desafiador.

— Você está entrando em jogos com membros da realeza feérica que vão superar você em esperteza a cada esquina, que provavelmente até anteciparam sua reticência…

O telefone de Bryce vibrou. Leu rápido a mensagem que chegou. Graças a Urd.

— Eu agradeço pela sua confiança, mãe. Preciso ir. Tenho uma reunião importante.

— Não tente…

— *Mãe.* — Não conseguiu evitar, não conseguiu conter o poder turbulento que subia e fazia seu corpo começar a tremeluzir, como se fosse uma panela fervendo com luz estelar líquida. — Você não tem direito de opinar sobre o que eu faço ou deixo de fazer, e, se for inteligente o bastante, vai ficar bem longe disso.

O silêncio chocado de Ember se instaurou. O de Hunt e Ithan também.

Mas as palavras continuavam fluindo.

— Você não tem porra de noção *nenhuma* do que eu passei, e enfrentei, e de com que estou lidando agora. — A mãe e Randall jamais saberiam o que ela fizera com Micah. Não podia arriscar. — Mas vou lhe dizer que lidar com esse noivado falso não é *nada* em comparação com aquilo. Então *pare.*

Outra pausa. Então a mãe falou:

— Eu sabia que você tinha despachado a gente assim que o sol nasceu por um motivo. Eu quero *ajudar* você, Bryce...

— Obrigada pela fatia de culpa — falou Bryce. Conseguia ver a mãe enrijecendo o corpo.

— Tudo bem. Ainda estamos à sua disposição caso você precise de nós, Vossa Alteza.

Bryce começou a responder, mas a mãe tinha desligado. Lentamente Bryce fechou os olhos. Hunt disse para o silêncio súbito e carregado:

— Cormac foi até os arquivos?

Bryce abriu os olhos.

— Só para mostrar o pau. — Hunt ficou tenso, e Bryce acrescentou: — Não literalmente.

A expressão cautelosa.

— Por que você não me contou?

— Porque eu recebi um telefonema de Celestina dizendo que você estava em uma cela. — Exibiu os dentes. — Me poupe do espetáculo do macho territorial, está bem?

— Pode esconder todas as merdas dos seus pais o quanto quiser, mas não esconda coisas de mim. Somos uma equipe.

— Eu só me *esqueci*. Nada demais.

Hunt hesitou.

— Tudo bem. — Ergueu as mãos. — Tudo bem. Desculpe.

Silêncio recaiu, e ela se tornou bastante ciente da atenção de Ithan.

— Hunt pode inteirar você da minha novidade feliz — disse, olhando para o relógio. — Eu tenho uma reunião, e preciso me vestir. — Hunt arqueou uma sobrancelha, mas Bryce não ofereceu explicação ao se dirigir para o quarto.

Voltou para a sala comum uma hora depois, de banho tomado e roupa social. Hunt já estava com seu equipamento da 33ª.

Bryce disse a Ithan, que estava fazendo flexões de braço na frente da TV com uma facilidade extraordinária:

— Vou voltar na hora do almoço quando Tharion passar aqui. Pode se servir do que achar na geladeira e ligue se precisar de alguma coisa.

— Obrigado, mãe — disse Ithan, entre repetições, e Bryce mostrou a língua.

Bryce destrancou a porta, então fechou a coleira de Syrinx antes de deslizar para o corredor. Ficou solitária nos arquivos no dia anterior sem a sua companhia. E talvez com um pouco de ciúmes do fato de que Syrinx tinha passado o dia com Ithan.

E teria sido bom vê-lo arrancar um naco da bunda do Príncipe Cormac.

O elevador havia acabado de chegar quando Hunt apareceu atrás dela, e cada músculo no corpo de Bryce se eletrificou. O elevador sempre foi tão pequeno assim? Será que as asas dele tinham aumentado à noite?

— Por que as coisas estão tão estranhas entre a gente? — perguntou Hunt.

Direto na jugular, então.

— As coisas estão estranhas?

— Não banque a sonsa. Vamos lá, ontem à noite foi estranho. Agora mesmo está estranho, porra.

Bryce encostou na parede.

— Desculpa. Desculpa. — Foi tudo que conseguiu pensar em dizer.

Hunt perguntou cautelosamente:

— Quando você ia me contar sobre Cormac ter passado nos arquivos? Que merda ele falou?

— Que você e eu somos perdedores e que ele acha que eu sou uma mimada imatura.

— Ele tocou em você? — Relâmpagos dançaram pelas asas de Hunt. As luzes da cabine se apagaram.

O elevador chegou ao térreo antes que ela conseguisse responder, e eles se calaram quando passaram por Marrin, o porteiro. O metamorfo ursino acenou.

Apenas quando pararam na calçada tumultuada Bryce falou:

— Não. Cormac é só um babaca. Parece que esta cidade está cheia deles ultimamente. — Indicou o céu acima, os anjos voando em direção ao extenso complexo do Comitium no DCC. As decorações em honra de Celestina pareciam ter se multiplicado da noite para o dia. — Nada de brigas hoje, está bem?

— Vou tentar.

Chegaram à esquina onde Bryce tomaria a direita, e Hunt a esquerda.

— É sério, Hunt. Chega de brigas. Precisamos ficar na encolha. — Principalmente agora. Estavam perto demais da Ophion para o gosto dela.

— Está bem. Só se você me ligar assim que o Príncipe Babaca contatar você de novo.

— Eu vou. E me avise se Tharion entrar em contato. Ou se você ouvir alguma coisa sobre... — Olhou para as câmeras instaladas nos postes e nos prédios ornamentados. Não podia dizer o nome de Emile ali.

Hunt enrijeceu, as asas se fechando.

— Precisamos falar sobre isso. Eu, hã... — Sombras escureceram seus olhos, e o coração se apertou, sabendo quais memórias causaram aquilo. Mas ali estava. A discussão que ela estava esperando. — Eu sei que você quer ajudar, e eu admiro você por isso, Bryce. Mas acho mesmo que só precisamos pesar tudo antes de mergulharmos de cabeça.

Não conseguiu resistir ao impulso de apertar a mão dele.

— Tudo bem. — Os calos dele roçaram a sua pele. — Boa observação.

— Tharion me pegou de surpresa ontem à noite — prosseguiu. — Aquilo trouxe à tona um monte de merda para mim, e preocupações por você. Mas se quiser prosseguir com isso... vamos conversar primeiro.

— Tudo bem — disse de novo. — Mas mesmo assim vou me encontrar com Fury agora. — Bryce tinha perguntas demais para *não* se encontrar com ela.

— Óbvio — disse, embora seu olhar demonstrasse preocupação. — Me mantenha atualizado. — Tirou a mão da dela. — E não pense que acabamos de falar sobre essa estranheza entre nós.

Quando Bryce abriu a boca para responder, Hunt já havia se lançado para o céu.

* * *

Bryce deslizou para um banquinho no balcão de oito assentos que ficava no Tempestade em Bule de Chá, a casa de chá preferida dela na cidade.

Localizada na rua da Tinta, coração da Praça, a maior parte do beco estreito e coberto de grafite estava silenciosa, a maioria das lojas estavam fechadas. Apenas a casa de chá e a minúscula padaria que funcionava de uma janela entre dois estúdios de tatuagem estavam abertas. Na hora do almoço, os muitos restaurantes abririam suas portas e montariam pequenas mesas, e bancos que encheriam cada lado da rua. Depois que a multidão do almoço voltasse para os escritórios, a rua se acalmaria de novo, até o alto fluxo de pessoas vindas depois do trabalho, ansiosas por uma cerveja, um coquetel especial ou mais comida. Já o pôr do sol trazia um grupo totalmente diferente: babacas bêbados.

— Bom dia, B — disse Juniper, o cabelo cacheado preso em um elegante coque, a pele negra brilhando à luz da manhã. Ela estava ao lado de Fury, que tinha se acomodado em um banquinho do bar e estava olhando o telefone. — Eu só queria dizer oi antes do ensaio.

Bryce beijou a bochecha sedosa da amiga.

— Oi. Você está linda. Odeio você.

Juniper gargalhou.

— Você deveria me ver quando estiver pingando de suor em uma hora.

— Ainda vai estar linda — disse Bryce, e Fury assentiu sem tirar os olhos do celular. — Vocês já pediram?

— Já. — Fury guardou o telefone. — Pode pedir.

Juniper falou:

— Mas o meu é para viagem. — Bateu na bolsa de dança azul-marinho, que estava parcialmente aberta, o rosa suave do collant despontando para fora. Por um momento, Bryce se permitiu olhar para a amiga, olhar de verdade para a beleza que era Juniper. Graciosa, alta e magra, era bem dentro do padrão.

Como seria estar a caminho do ensaio matinal? Ter uma bolsa de dança cheia de acessórios e não uma bolsa de ombro cheia de porcarias aleatórias? Com os saltos apoiados na barra sob o bar, Bryce não conseguiu impedir seus pés de estremecerem, arqueando-se, como se testando a força e a maleabilidade de sapatilhas de ponta.

Bryce conhecera bem a sensação intoxicante de se apresentar. Tinha ansiado por isso naqueles anos em Nidaros, dançando com seu pequeno grupo do salão de recreações. Ela era a melhor dançarina da cidade, em toda a região montanhosa. Então foi para Lunathion e descobriu a bolha frágil dentro da qual estava vivendo. E, sim, no fim, não achou que poderia ter durado tanto quanto Juniper, mas... ao ver a fauna de pé ali, uma pequena parte dela se perguntava. Ansiava.

Bryce engoliu em seco, então suspirou, limpando as teias de aranha de seus antigos sonhos. Dançar na aula de Madame Kyrah duas vezes por semana era prazer o suficiente. E, embora a própria Kyrah tivesse um dia agraciado o palco do BCLC até decidir abrir um estúdio, a dançarina que virara professora entendia.

Então Bryce perguntou:

— O que vocês estão ensaiando hoje?

— *Marceline* — respondeu Juniper, os olhos brilhando. — Mas eu não tenho o papel principal.

As sobrancelhas de Bryce se ergueram.

— Achei que você estivesse ensaiando para ele nas últimas semanas.

Fury disse, tensa:

— Pelo visto a fantasia de Marceline não cabe em Juniper.

A boca de Bryce se escancarou.

— Os papéis costumam ser determinados assim — disse Juniper, rapidamente. — Mas estou satisfeita em ser solista.

Bryce e Fury trocaram um olhar. Não, ela não estava, mas, depois do desastre daquela primavera, o BCLC tinha colocado qualquer "mudança" em espera. Incluindo a promoção de June de solista para dançarina principal.

Juniper costumava se perguntar em voz alta durante bebidas ou doces se essa espera era porque fora a única no abrigo antibomba a exigir que eles deixassem as portas abertas para os humanos entrarem. Porque tinha enfrentado alguns dos espectadores mais ricos sem pensar nas consequências para a carreira dela.

Do que poderia significar que a primeira fauna a agraciar o palco daquele teatro maldissesse aqueles espectadores, que os repreendesse na frente deles pela covardia e o egoísmo.

Bem, era *isso* que significava para ela.

June afundou no banquinho ao lado de Bryce, esticando as longas pernas. Mais um ano esperando na coxia pela sua chance de brilhar.

— Então, quem conseguiu o papel de Marceline? — O grupo de solistas principais e veteranas alternava os papéis principais a cada noite.

— Korinne — disse Juniper, em tom neutro demais.

Bryce riu com escárnio.

— Você é vinte vezes melhor dançarina do que ela.

June riu baixinho.

— Nada a ver.

— Tudo a ver — acrescentou Fury.

— Por favor — disse Bryce, cutucando Juniper com o cotovelo. — Não precisa ser humilde.

June deu de ombros, então sorriu para a barista quando trouxe um chá-verde em um copo para a viagem.

— Tudo bem. Talvez *duas vezes* a dançarina que ela é.

Fury disse:

— Essa é minha garota. — Assentiu em agradecimento para a barista quando sua bebida foi entregue em uma xícara de cerâmica.

Juniper tirou a tampa da xícara para a viagem e soprou a infusão fumegante dentro dela.

Bryce perguntou:

— Você pensou naquela oferta da Companhia Heprin?

— Sim — murmurou Juniper. Subitamente Fury ficou bastante interessada na própria bebida.

— E? — insistiu Bryce. — Eles estão praticamente implorando para ter você como Prima Ballerina. — Assim como umas três outras companhias de dança menores na cidade.

— Eles são incríveis — respondeu Juniper, em voz baixa. — Mas são um passo atrás.

Bryce assentiu. Ela entendia. De verdade. Para uma dançarina de Valbara, o BCLC era o ápice. O prêmio distante a que aspirar. E June tinha chegado *tão perto*. Perto o suficiente para tocar aquele sonho de Prima Ballerina.

Agora estava em queda livre.

— Eu quero aguentar mais um ano — disse June, colocando a tampa no chá e ficando de pé. — Só para ver se as coisas mudam. — Os lindos olhos da amiga de Bryce lampejaram de dor.

— Elas vão — assegurou Bryce, porque esperança era a única coisa que podia oferecer no momento.

— Obrigada — disse Juniper. — Estou indo. Vejo você em casa mais tarde — disse a Fury, inclinando o corpo para beijá-la suavemente. Quando ela fez menção de se afastar, no entanto, Fury colocou a mão em sua bochecha, segurando-a ali. Intensificando o beijo por alguns segundos.

Fury então recuou, olhando nos olhos da namorada, e disse:

— Vejo você em casa. — Promessa sensual envolveu cada palavra.

Juniper ficou mais do que um pouco sem fôlego, as bochechas corando, quando se virou para Bryce e beijou a bochecha da amiga.

— Tchau, B — disse, então sumiu no sol e na poeira.

Bryce olhou de esguelha para Fury.

— Você está caidinha, hein?

Fury riu.

— Você não faz ideia.

— Como foi a noite romântica? — perguntou Bryce, erguendo as sobrancelhas sugestivamente.

Fury Axtar tomou delicadamente seu chá.

— Magnífica.

Prazer e felicidade irradiavam silenciosamente da amiga, e Bryce sorriu.

— O que você está tomando?

— Chai com leite de amêndoa. É bom. Apimentado.

— Você nunca veio aqui?

— Eu pareço o tipo de pessoa que vai a casas de chá?

— Sim...?

Fury gargalhou, o cabelo preto dela balançando. Usava seu habitual all black, apesar do calor.

— Justo. Então, o que é essa coisa urgente que você precisa falar comigo?

Bryce esperou até ter pedido seu matcha latte com leite de aveia antes de murmurar:

— É sobre Danika. — Ela e Hunt talvez precisassem conversar sobre as coisas relacionadas a Emile, mas falar sobre aquilo com Fury não era necessariamente um passo em direção a nada. Podia descobrir a verdade sem ser arrastada para a órbita da Ophion, certo?

Àquela hora, apenas a barista e outro cliente ocupavam o bar. A rua estava vazia, exceto por alguns gatos revirando pilhas de lixo. Seguro o bastante para conversar sem serem entreouvidas.

Fury manteve sua postura casual, desinteressada.

— Isso tem a ver com Ithan estar hospedado com você?

— Como você soube disso? — Fury sorriu arrogantemente, mas Bryce fez que não com a cabeça. — Deixa pra lá. Mas, não, isso é outra coisa.

— Ele sempre teve uma quedinha por você, sabia.

— Hã, Ithan tinha uma queda por Nathalia.

— Super.

— Tanto faz. — Como formular tudo aquilo? — Você sabia sobre Danika e a coisa com a sintez. Eu estava imaginando se tem alguma outra coisa que você talvez estivesse... escondendo para ela.

Fury bebeu o chai.

— Gostaria de elaborar melhor? — Bryce fez uma careta. — Isso não foi exatamente um pedido — disse Fury, sua voz mortalmente suave.

Bryce engoliu em seco. E tão baixinho que só Fury conseguiria ouvir, então contou à amiga sobre Sofie Renast e Tharion e a Rainha do Rio e a caçada para encontrar Emile e todo o poder que ele possuía. Sobre o barco abandonado nos pântanos e a Ophion caçando o menino também. Sobre o potencial local de encontro que Danika indicara três anos antes e as vagas menções ao Projeto Thurr e à Verdade do Crepúsculo naqueles e-mails entre Danika e Sofie.

Quando terminou, Fury terminou sua bebida e falou:

— Vou precisar de algo muito mais forte do que chai.

— Eu estou desnorteada desde que Tharion me contou — admitiu Bryce, ainda com a voz baixa. — Mas Danika e Sofie definitivamente se conheciam. Bem o bastante para que Sofie confiasse em Danika para encontrar para ela um potencial esconderijo, caso um dia precisasse.

Fury tamborilou os dedos no balcão.

— Eu acredito em você. Mas Danika jamais indicou qualquer envolvimento com os rebeldes, e eu nunca ouvi nada por meus canais habituais.

Bryce quase suspirou aliviada. Talvez não tivesse ido longe demais, então. Talvez a familiaridade entre elas não tivesse nada a ver com Ophion.

— Você acha que o local do encontro é o Quarteirão dos Ossos?

— Rezava para que não fosse.

— Danika não teria mandado uma criança para lá, mesmo com poder de pássaro-trovão nas veias. E não seria burra o bastante para tornar isso *tão* óbvio assim.

Bryce franziu a testa.

— É. Verdade.

— Quanto a Verdade do Crepúsculo e Projeto Thurr... — Fury deu de ombros. — Não faço ideia. Mas Danika sempre se interessou por merdas estranhas e aleatórias. Podia passar horas sendo sugada para dentro de um buraco obsessivo na internet.

Bryce deu um leve sorriso. Também verdade.

— Mas você acha que Danika podia estar guardando mais algum segredo?

Fury pareceu considerar. Então falou:

— O único outro segredo que eu sabia sobre Danika é que ela era uma farejadora.

Bryce se esticou.

— Uma o quê?

Fury gesticulou para a barista pedindo mais um chai.

— Uma farejadora, ela conseguia farejar ascendências, os segredos nelas.

— Eu sabia que Danika tinha um faro aguçado — reconheceu Bryce. — Mas não me dei conta de que era *isso*... — Ela parou de falar, a memória lhe voltando. — Quando voltou para casa comigo nas férias de inverno do primeiro ano, ela conseguia discernir os laços familiares de todo mundo em Nidaros. Eu achei que era uma coisa de lobos. É especial?

— Eu só sei disso porque ela me confrontou quando nos conhecemos. Ela sentiu meu cheiro e queria entender. — Os olhos de Fury ficaram sombrios. — Nós resolvemos nossas merdas, mas Danika sabia uma coisa perigosa a meu respeito, e eu sabia uma coisa perigosa sobre ela.

Era o máximo que Fury jamais tinha dito sobre ser... o que quer que fosse.

— Por que é perigoso ser uma farejadora?

— Porque as pessoas pagam muito para usar o dom e matar qualquer um que o tenha. Imagine ser capaz de dizer a verdadeira linhagem de alguém, principalmente de um político ou algum membro da realeza cuja ascendência é questionada. Aparentemente, o dom veio da linhagem do progenitor dela.

Talvez fosse outro motivo pelo qual Danika não quisera falar sobre aquilo. Ela jamais mencionava o macho que tinha sido corajoso o bastante para foder Sabine.

Bryce perguntou:

— Você nunca pensou em me contar isso durante a investigação?

— Não pareceu relevante. Era só um dos muitos poderes de Danika.

Bryce levantou a mão para esfregar os olhos, então parou, lembrando-se da maquiagem.

— Quais são as chances de Sofie saber disso?

— Não faço ideia — respondeu Fury. — Poucas, provavelmente.
— Então perguntou, com cautela: — Você tem certeza de que quer começar a desenterrar isso? Ir atrás daquele menino?

— Não é só pelo bem de Emile — confessou Bryce. — Eu quero saber o que Danika estava tramando. Ainda sinto como se ela sempre estivesse dois passos, ou *dez* passos, à frente. Eu quero conseguir circunscrever o que aconteceu.

— Ela está morta, Bryce. Saber ou não saber não vai mudar isso.

Bryce se encolheu diante das palavras difíceis da amiga.

— Eu sei. Mas se Danika estava envolvida com a Ophion, com Sofie... Eu quero encontrar Sofie, se ela estiver viva. Descobrir o que quer que Sofie soubesse sobre Danika, e como elas sequer estavam em contato. Se Danika estava mesmo aliada à Ophion.

— Você está mexendo com uma merda perigosa.

— Hunt disse a mesma coisa. E… vocês dois estão certos. Talvez isso me torne idiota, por não dar as costas. Mas deixando de lado o fato de que Emile é uma criança sendo perseguida por uma galera intensa, se eu puder encontrá-lo para Tharion, ele vai me levar a Sofie, ou à informação sobre ela. E as respostas dela sobre Danika.

Fury acenou em agradecimento à barista e tomou seu segundo chai.

— E o que você vai fazer depois que descobrir a verdade?

Bryce mordeu o lábio.

— Rezar para Cthona para que eu consiga aceitá-la, acho.

14

Hunt cruzou os braços, tentando se concentrar na unidade que lutava em uma das áreas de treino no telhado do Comitium e não no calor escaldante que ameaçava queimar as asas dele. Ao seu lado, Isaiah também estava suando, os olhos pretos fixos em uma dupla de soldados lutando. A fêmea era mais rápida e mais esperta do que o macho que ela enfrentava, mas o macho tinha uns 50 quilos a mais em vantagem. Cada um de seus golpes devia dar a sensação de ser espancada por um caminhão semirreboque.

— Eu aposto no macho — murmurou Isaiah.

— Eu também. Ela é inexperiente demais para aguentar mais tempo. — Hunt limpou o suor da testa, grato por ter cortado o cabelo mais curto antes de o calor se assentar. Solas estava assando-os devagar sobre um poço de carvão. Ainda bem que tinha trocado de roupas no quartel e vestido short e camiseta.

— Não vai importar muito a longo prazo — disse Isaiah, quando o macho atingiu a mandíbula dela com o punho da espada. Sangue jorrou da boca da fêmea. — Não se marcharmos para a guerra.

O grande nivelador.

Hunt não disse nada. Mal tinha dormido na noite anterior. Não havia conseguido acalmar os pensamentos que circulavam sem parar. Queria ter falado com Bryce, mas aquele ácido em suas veias tinha subido sempre que se aproximara, dissolvendo todas as suas palavras. Até mesmo naquela manhã, tudo o que conseguira dizer era que precisavam conversar.

Bryce sendo Bryce, contudo, vira tudo aquilo. Soubera o que o assombrava. E segurara a sua mão enquanto dizia que sim.

Verificou o celular. Apenas uma hora até Tharion aparecer no apartamento para discutir as coisas. Ótimo.

— Você acha que vamos acabar lá de novo? — prosseguiu Isaiah, a expressão distante. — Naqueles campos de batalha?

Hunt sabia de quais estava falando, embora tivessem lutado em muitos. Sandriel tinha mandado tanto ele quanto Isaiah para assassinar rebeldes humanos décadas atrás, quando a Ophion começara a se formar.

— Espero que não — disse Hunt, bloqueando as imagens daqueles massacres lamacentos: os mec-trajes queimando com os pilotos sangrando dentro deles; pilhas de asas quebradas até o alto em direção ao céu; alguns metamorfos se tornando ferais e se banqueteando nas carniças junto com os corvos.

Olhou para Isaiah. O que seu amigo diria se soubesse sobre Tharion? As palavras de Isaiah na última discussão deles na tenda de guerra de Shahar ainda ecoavam em seus ouvidos. *Isso é estupidez, Athalar! Nós voamos para o massacre. Não temos aliados, nenhuma rota de retirada, vocês dois vão* matar *todos nós!*

Hunt havia ordenado que seu amigo se retirasse. Antes enroscado ao lado de Shahar, que tinha ouvido a discussão deles da cama, atrás da cortina da tenda. Ela havia prometido a ele que Isaiah estava errado, que estava apenas com medo, lembrou-se depois. Hunt havia acreditado nela, e tinham trepado como animais, algumas horas depois do alvorecer, estava morta.

Hunt afastou as memórias do passado e se concentrou na luta diante deles. A fêmea se abaixou e acertou o punho no estômago do macho. Caiu como um saco de farinha, e Hunt gargalhou, memórias e luto se abrandando.

— Uma surpresa agradável — disse, voltando a atenção para os outros soldados pareados pelo espaço. Suor brilhava sobre as peles expostas, asas brancas e pretas e marrons e cinza farfalhavam, e sangue aparecia em mais de alguns rostos.

Naomi estava no céu treinando uma unidade em manobras de salto com bombardeamento. Era difícil não olhar para o ringue mais distante, onde Pollux e Baxian supervisionavam uma unidade praticando disparos. O último estava no momento em sua grande forma canina, seu casaco de um preto lustroso.

Parecia errado ter aqueles dois merdas ali, em vez de Vik e Justinian.

Tão errado que olhou para os dois afinal. Sopesou a forma animal do Cão do Inferno. Vira Baxian arrancar membros de oponentes com aquela mandíbula, e se mover tão rápido em terra quanto em sua forma malakh. Como se sentisse sua atenção, Baxian virou a cabeça. Os olhos escuros dele brilharam.

Hunt fervilhou diante da provocação descarada no olhar de Baxian. O sentimento não diminuiu quando Baxian se moveu como um clarão, alguns anjos próximos se espantando com o retorno da forma humanoide.

Isaiah murmurou:

— Relaxe. — Quando Baxian disse alguma coisa a Pollux antes de sair atrás deles.

Baxian era quase tão alto quanto Hunt, e, apesar do calor sufocante, ainda usava preto da cabeça aos pés, combinando com suas asas e seu pelo de Cão do Inferno.

— Achei que você estava fazendo uma coisa muito mais interessante aqui em Valbara, Athalar. Estou surpreso por você não ter caído morto de tédio.

Isaiah usou isso como uma deixa para verificar o macho que tinha caído, piscando um olho para Hunt ao partir.

Traidor.

— Alguns de nós desejam uma vida normal, sabe — disse Hunt a Baxian.

Baxian riu.

— Todas aquelas batalhas, toda aquela glória que você ganhou para si, todo esse relâmpago em suas veias… e você simplesmente quer um emprego de tempo integral? — Bateu na cicatriz no pescoço. — O macho que me deu isto ficaria horrorizado.

— O macho que lhe deu isso — disse Hunt, entre dentes trincados — sempre quis paz.

— Não pareceu quando seu relâmpago me açoitou.

— Você entregou aquela família rebelde a Sandriel sem pensar duas vezes. Eu diria que você mereceu.

Baxian gargalhou, grave e sem vida. A brisa quente e seca farfalhou por suas asas pretas.

— Você sempre foi um tipo de canalha literal. Não conseguia ler as entrelinhas.

— Que porra isso quer dizer? — O poder de Hunt se incendiou nas pontas dos dedos.

Baxian deu de ombros.

— Eu posso não ser um escravizado como você é… foi. — Um aceno na direção da testa limpa. — Mas eu tive tão pouca escolha na servidão à Sandriel quanto você. Só que não tornei meu desprazer público.

— Mentira. Você a serviu com prazer. Não tem o direito de reescrever sua história agora que está aqui.

As asas de Baxian farfalharam.

— Você nunca me perguntou por que eu estava entre os triários dela, sabe. Nem uma vez, em todas aquelas décadas. Você é assim com todo mundo, Athalar. Superficial.

— Vai se foder. Volte a trabalhar.

— Este é o meu trabalho. A governadora acabou de me mandar uma mensagem e me disse para trabalhar com você.

O estômago de Hunt se revirou. Será que Celestina de algum jeito sabia sobre Tharion ter pedido ajuda para encontrar aquele menino pássaro-trovão? Que melhor forma de o monitorar do que amarrar o Cão do Inferno a ele?

— De jeito nenhum — disse.

A boca de Baxian ensaiou um sorriso quando acenou na direção de Pollux.

— Eu estou preso com aquele canalha há cem anos. Está na vez de outra pessoa lidar com ele. — Baxian apontou para Naomi.

Era egoísta se sentir feliz por não ter de lidar com o Martelo?

— Por que não nos contou nada disso durante a reunião mais cedo?

— Acho que ela andou observando a gente esta manhã. — Baxian inclinou a cabeça para as câmeras. — Provavelmente não quis alterar nosso comportamento antes de decidir quem juntar.

— Com que propósito?

Como se em resposta, seu telefone vibrou. Ele o tirou do short e encontrou uma mensagem de Celestina.

Como Isaiah vai me acompanhar pela cidade para conhecer os muitos líderes, estou contando com você e Naomi para ajudar nossos dois recém-chegados a se ajustarem. Eu gostaria que você se juntasse a Baxian. Mostre tudo a ele. Não apenas na 33ª, mas também como esta cidade funciona. Apresente-o à vida em Valbara.

Hunt considerou, mesmo enquanto resmungava internamente. Estava extremamente ciente daquelas câmeras, a arcanjo poderia estar observando cada expressão dele.

— Ela encarregou Naomi de ajudar Pollux a se ajustar?

Do outro lado do ringue, Isaiah estava agora verificando o celular, franzindo profundamente o cenho. Olhou para Hunt, o rosto se iluminando com a surpresa. Não pela honra de acompanhar a governadora, Hunt sabia.

Hunt se voltou para Baxian, que sem dúvida soube que Hunt tinha todas as ordens de que precisava.

— De jeito nenhum Pollux vai permitir que alguém *mostre tudo a ele.*

Baxian deu de ombros.

— Deixe Pollux cavar a própria cova aqui. Ele está irritado demais por ser separado da Corça para entender sua nova realidade.

— Eu não me dei conta de que o Martelo era capaz de se importar com alguém assim.

— Ele não é. Só gosta de ter controle sobre seus… pertences.

— A Corça não pertence a ninguém. — Hunt não conhecera Lidia Cervos muito bem, o tempo deles tinha apenas se sobreposto brevemente quando ele serviu a Sandriel, e a Corça passara a maior parte em missões para os asteri. Emprestada como um tipo de funcionário de campo para fazer a caça aos espiões e a destruição dos rebeldes para eles. Sempre que Lidia estava no castelo de Sandriel, ou estava em reuniões secretas com a arcanjo, ou trepando com Pollux em qualquer que fosse o quarto que eles queriam usar. Graças aos deuses que a Corça não tinha ido até ali. Nem a Harpia.

Mas se Emile Renast estava se dirigindo àquela cidade… Hunt perguntou:

— A Corça realmente não vem para Lunathion?

— Não. Pollux recebeu uma ligação dela esta manhã. Ele está mal-humorado desde então.

— Mordoc está finalmente em ação? — O chefe dos lobos ferais da Corça era tão formidável quanto a sua amante.

Baxian riu com escárnio.

— Ele não é o tipo de Lidia. E não tem colhões para enfrentar Pollux em combate.

— Mordoc foi com ela até Ephraim? — Ele precisava avançar com cautela.

— Foi — disse Baxian, com atenção em Pollux. — Eles estão todos em Forvos agora. Ephraim tem mantido eles por perto nas últimas semanas… isso tem irritado a Corça. A Harpia está ainda mais transtornada.

Então a Corça não estava atrás de Emile. Pelo menos não no momento. O que tornava os agentes da Ophion o maior perigo ao menino, supunha. Fez uma nota mental para contar a Tharion quando o visse mais tarde, então falou:

— Achei que você e a Harpia fossem um par, você não parece muito chateado por não a ver.

Baxian soltou outra daquelas gargalhadas graves que dançavam pelos ossos de Hunt.

— Ela e Pollux seriam um par melhor do que ele e Lidia. — *Lidia.* Hunt jamais ouvira Baxian usar o nome de batismo da Corça, mas o usara por duas vezes agora. — Ela vai atazanar Ephraim — prosseguiu Baxian, sorrindo consigo mesmo. — Uma pena que eu não possa ver.

Hunt quase tinha pena de Ephraim por herdar a Harpia.

— E o Falcão?

— Fazendo o que ele faz melhor: tentando superar Pollux em crueldade e brutalidade. — Por muito tempo o metamorfo de falcão tinha sido o maior rival de Pollux em termos de poder. Hunt havia ficado longe dele durante décadas. Assim como Baxian, percebia ele. Ele jamais os vira interagir.

— Você é um macho livre — disse Hunt, com cautela. — Sandriel se foi. Por que sequer continuar servindo?

Baxian passou a mão pelo cabelo raspado.

— Posso perguntar o mesmo a você.

— Eu preciso do dinheiro. — Hunt respondeu.

— É mesmo? — Baxian emitiu um estalo com a língua. — Bryce Quinlan é uma namorada cara, imagino. Princesas gostam de coisas bonitas.

Hunt sabia que não deveria negar que Bryce era sua namorada. Não se aquilo daria uma abertura para Baxian provocá-lo.

— Exatamente.

Baxian prosseguiu:

— Eu gosto dela. Ela tem colhões.

Isaiah gritou o nome de Hunt do outro lado do espaço, e Hunt quase se curvou de alívio por ter uma desculpa para sair daquela conversa.

— Eis a primeira regra de se ajustar: não fale comigo a não ser que eu fale com você, porra. — Como segundo de Isaiah, ele estava acima de Baxian.

Os olhos de Baxian se iluminaram, como se percebendo isso.

— Estou levando esse trabalho a sério, sabe.

Hunt deu a ele um sorriso selvagem.

— Ah, eu sei. — Se precisaria ajudar Baxian a se ajustar, ele o arrastaria com satisfação para o século atual. Com sorte chutando e gritando. — Eu também.

Baxian teve o bom senso de demonstrar um leve nervosismo.

* * *

Tharion queria ter o apartamento de Bryce Quinlan. Muito.

Ainda assim, certamente não ganhava o bastante para poder pagar por aquilo, e o sol brilharia no Inferno antes de a Rainha do Rio permitir que vivesse na Superfície. Esse pensamento o fez fechar a cara quando bateu à porta do apartamento.

A fechadura clicou e Ithan Holstrom olhou pela abertura, as sobrancelhas erguidas.

— Bryce ainda não voltou.

— Ela já me contou. — Tharion ergueu o celular, mostrando a breve conversa com a princesa feérica de alguns minutos antes.

Estou no seu apartamento e pronto para revistar sua gaveta de calcinhas.

Respondera imediatamente: *Você chegou cedo. Estarei aí em dez minutos. Não deixe manchas de saliva nas de renda. Ou pior.*

Não prometo nada, respondeu ele, e ela mandou: *Mas poupe o sutiã rosa, por favor.*

Para a surpresa de Tharion, Ithan verificou que o número na informação de contato dela era, de fato, o de Bryce. Menino inteligente. A mandíbula de Ithan se moveu antes que ele dissesse:

— Achei que ela estivesse envolvida com Athalar.

— Ah, ela está — disse Tharion, guardando o celular. — Mas Pernas e eu temos um entendimento quando se trata da roupa íntima dela. — Deu um passo à frente, uma exigência direta para que sua entrada fosse permitida.

Ithan enrijeceu o corpo, exibindo os dentes. Um completo lobo. Mas o macho abriu mais a porta, dando passagem. Tharion manteve uma distância saudável ao entrar. Quantos jogos de solebol Tharion tinha assistido em que aquele macho fizera o lance vencedor? Quantas vezes ele havia gritado para a TV, ordenando a Ithan *jogue a porra da bola*? Era estranho vê-lo pessoalmente. Cara a cara.

Tharion se sentou no sofá branco ridiculamente confortável, mergulhando mais nas almofadas.

— Me ocorreu, depois que eu saí ontem à noite, que você não disse muito sobre Danika.

Ithan encostou no balcão.

— O que quer dizer?

Tharion deu um risinho.

— Você pode ser um atleta, mas não é tapado. Eu quis dizer sobre o que eu contei a Bryce ontem à noite.

— Por que Danika me contaria alguma coisa sobre conhecer uma rebelde?

— Você era bem próximo dela.

— Ela era minha Alfa.

— Você não era parte da Matilha dos Demônios.

— Não, mas eu teria sido.

Tharion tirou os sapatos e apoiou os pés descalços na mesa de centro. O noticiário esportivo aos berros na TV.

— Você não estava prestes a se tornar profissional?

O rosto de Ithan se contraiu.

— Isso não é da sua conta.

— Certo. Eu sou apenas o Capitão Qualquer Coisa. — Tharion bateu continência para ele. — Mas, se você sabia de algum envolvimento de Danika, se houvesse um lugar que Danika pudesse ter contado a Sofie que era seguro para se esconder aqui na cidade e que parece com *onde as almas cansadas encontram alívio*, ou mesmo se seu irmão...

— Não fale sobre meu irmão. — O rosnado de Ithan chacoalhou o vidro dos armários da cozinha.

Tharion ergueu as mãos.

— Tudo bem. Então você não sabe de nada.

— Não conversávamos sobre a rebelião, ou a guerra, ou nada assim. — Um músculo se contraiu na mandíbula de Ithan. — Eu não gosto de ser arrastado para isso. Ou que Bryce seja arrastada também. Você a está colocando em perigo por simplesmente mencionar isso. Procurar uma criança perdida é uma coisa, mas a merda com a Ophion é fatal.

Tharion deu um sorriso vitorioso para o macho.

— Eu tenho minhas ordens, e sou forçado a obedecer a elas.

— Você é um idiota se não enxerga o risco em espalhar essa informação sobre sua rainha buscar Emile.

— Talvez, mas o que ela vai fazer comigo se eu desobedecer vai ser muito pior do que o que Sabine e Amelie fizeram com você. — Outro sorriso. — E não terei a linda Bryce para lamber minhas feridas depois.

Ithan rosnou de novo. Será que o lobo tinha alguma ideia do que revelara somente com aquele grunhido? Ele tinha sido um jogador de solebol tão inteligente, sem jamais anunciar seus movimentos. Parecia que havia perdido a habilidade.

Mas Tharion prosseguiu:

— Danika fez muita merda suspeita antes de morrer. Bryce sabe disso. Você não a protege ao se recusar a falar. — Tharion se levantou devagar, então se dirigiu até a geladeira, bastante ciente de cada fôlego que o lobo tomava.

Abriu a porta para procurar lanches quando Ithan falou:

— Ela estava estudando história.

Tharion arqueou as sobrancelhas.

— Ah, é?

Ithan deu de ombros.

— Ela certa vez me contou que estava fazendo pesquisa sobre alguma coisa que provavelmente a afogaria em problemas. Mas, quando eu perguntei depois o que ela conseguira escrever, ela disse que tinha mudado de tópico. Eu sempre achei aquilo esquisito.

Tharion fechou a porta da geladeira, encostando-se nela.

— Por quê?

— Porque Danika era incansável. Se ela estava interessada em alguma coisa, não parava. Eu não acreditei muito que ela teria mudado o tópico do trabalho sem um bom motivo.

— Você acha que uma universitária encontrou uma coisa ultrassecreta que a levou até a Ophion?

— Danika nunca foi apenas uma universitária.

— Assim como você nunca foi apenas um jogador de solebol universitário, né?

Ithan ignorou a alfinetada.

— Você me perguntou sobre Danika. À exceção de tudo que aconteceu com a sintez, essa é a única coisa em que eu consigo pensar. Desculpe se não é o que você esperava.

Tharion fitou o macho encostado no balcão. Sozinho.

Talvez fosse um canalha meloso, mas Tharion apontou para a TV.

— Eu perdi o jogo de solebol contra Korinth ontem à noite e quero ver os melhores momentos. Você se importa se eu assistir com você enquanto esperamos os outros?

Ithan franziu a testa, mas Tharion levou a mão ao coração.

— Sem coisas de espionagem secreta, eu juro. — Suspirou. — Eu preciso de uns minutos de paz.

Ithan sopesou as palavras, a expressão de Tharion com uma atenção afiada que o lobo tinha usado em seus oponentes. Talvez o jogador de solebol não estivesse morto, afinal.

Mas Ithan apenas disse:

— Tem sobra de pizza, se você estiver com fome.

15

Ruhn se encontrou com a irmã do lado de fora dos Arquivos Feéricos assim que a multidão saiu no horário do almoço para o labirinto de ruas de Cinco Rosas.

Em meio à confusão, poucos dos transeuntes feéricos reparavam neles, concentrados demais em comer ou ocupados com os celulares. Ainda assim, Bryce colocou um boné de solebol e óculos escuros ao sair para a rua escaldante que nem mesmo as árvores e o verde de CiRo conseguiam refrescar o ar completamente.

— Não vou usar esse disfarce — disse Ruhn. Certamente não em território feérico. — As pessoas vão descobrir quem você é muito rápido.

— Não aguento mais os olhares.

— Ossos do ofício.

Bryce resmungou alguma coisa que Ruhn escolheu não ouvir.

— Então Tharion está na sua casa? — perguntou, conforme os dois seguiam para o apartamento dela.

— Sim. Já interrogando Ithan. — E por isso pedira a ele que fosse como reforço. Um fato que não lhe deu pouca satisfação.

Atravessaram um cruzamento tumultuado cheio de feéricos e metamorfos, o ocasional draki passando. Ruhn falou:

— Imagino que você não tenha me convidado para caminhar com você até em casa como proteção nas perigosas ruas de Cidade da Lua Crescente. — Assentiu cinicamente para os anjos e as bruxas voando acima, a pequena lontra de colete amarelo passando correndo, a família de algum tipo de metamorfos equinos trotando entre os carros.

Olhou com raiva por cima dos óculos escuros.

— Eu queria conversar sobre uma coisa com você, e não confio no telefone. Ou em mensagens.

Ruhn respirou fundo.

— Eu sei que a merda com Cormac é absurda...

— Não é sobre Cormac. É sobre Danika.

— Danika?

— Eu vi Fury de manhã. Ela me contou que Danika era uma farejadora. Você sabe o que é isso?

— Sim — disse Ruhn, parecendo surpreso. — Como assim você me conta isso agora?

A irmã acenou com a mão casualmente.

— Danika escondeu muitas coisas de mim. E não vejo mais o objetivo em guardar segredos.

— Não tem problema sentir raiva dela, sabe.

— Pode me poupar da palestra de autoajuda, está bem?

— É justo. — Esfregou a mandíbula. — Acho que isso explica como Danika sabia que éramos irmãos antes de qualquer outra pessoa. — Jamais se esqueceria de quando esbarrou em Bryce e Danika naquela festa de fraternidade, a primeira vez que via a irmã em anos. E como Danika tinha olhado para ele. E então para Bryce, as sobrancelhas erguidas. Ruhn soube naquele momento que Danika tinha adivinhado o que mais ninguém tinha, mesmo quando Bryce o apresentou como seu primo. Ele havia atribuído aquilo às habilidades de observação incomparáveis da loba.

— Achei que ela fosse apenas *boa* de olfato — disse Bryce, abanando o rosto contra o calor. — Não um gênio ou o que quer que seja. Você acha que isso pode ter alguma coisa a ver com a conexão dela com Sofie?

— Parece um exagero. Danika era uma vanir poderosa e influente, independentemente daquele dom. Sofie ou a Ophion podiam tê-la procurado por um monte de outros motivos.

— Eu sei. — Calaram-se até que Bryce parou do lado de fora das portas de vidro do prédio dela. — Talvez Sofie tenha achado que

Danika podia ajudar a libertar o irmão dela de Kavalla ou algo assim. Parece que ela trabalhou nisso durante anos antes de conseguir chegar até ele. Talvez ela tenha achado que, sei lá, Danika tinha alguma influência.

Ruhn assentiu. Mal conseguia imaginar como tinha sido, tanto para Emile suportar quanto para Sofie passar cada momento de cada dia rezando e trabalhando pela sobrevivência dele. O fato de não ter desistido, de ter conseguido... Ruhn não tinha palavras.

— Mas será que Danika *tinha* esse tipo de influência? — perguntou. Bryce fez que não com a cabeça.

— Quer dizer, talvez ela tivesse conseguido, mas nunca tentou fazer nada assim, até onde eu sei. E não vejo por que Sofie entraria em contato com Danika, de todas as pessoas, quando Danika estava aqui e Sofie estava em Pangera. Não faz sentido. — Bryce jogou o rabo de cavalo por cima de um ombro e grunhiu, frustrada. — Eu quero saber o que Sofie sabia sobre Danika.

— Eu entendo — disse Ruhn, com cautela. — E entendo por que você quer encontrar Emile também. Mas vou dizer mais uma vez, Bryce: se eu fosse você, ficaria longe de qualquer que seja o jogo que Tharion e a Rainha do Rio estão jogando ao procurar pelo menino. Principalmente se a Ophion está à caça de Emile também.

Bryce abriu a porta do prédio, o ar-condicionado os sufocando como um cobertor de gelo, e cumprimentou Marrin. O metamorfo ursino acenou de volta da recepção, e Ruhn ofereceu um meio sorriso para o macho antes de entrar no elevador depois da irmã.

Ruhn esperou até as portas se fecharem para falar, baixinho:

— Eu sei que Athalar já disse isso a você ontem à noite, mas os asteri poderiam matar você por sequer se envolver. Mesmo que seja uma coisa tão aparentemente inofensiva quanto encontrar esse menino.

Bryce distraidamente enroscou a ponta do rabo de cavalo em torno dos dedos.

— Eles podiam ter me matado na primavera, mas não mataram. Estou imaginando que não matarão agora.

Ruhn brincou com o piercing labial, puxando o aro prateado quando as portas do elevador se abriram e ele saiu no andar dela.

— Se eles querem você viva, eu começaria a me perguntar o motivo. Você tem o chifre nas costas. Isso não é pouca coisa. — Não pôde evitar olhar para as costas da irmã ao dizer, fixando-se nos tendões superiores da tatuagem visível acima do vestido dela. — Você é uma pessoa poderosa agora, Bryce, goste você ou não. E confie em mim, eu entendo, é uma *merda* querer ser normal e ter essa porra toda que não te permite. — Sua voz ficou rouca, Bryce olhou para ele por cima do ombro, o rosto neutro. — Mas você é Estrelada e tem o chifre. E tem muito poder graças à Descida. A Bryce de antes desta primavera poderia ter procurado por Emile com poucas repercussões, mas a Bryce que existe agora? Qualquer movimento que você fizer será politizado, analisado, visto como um ato de agressão ou rebelião ou declaração de guerra. Não importa o que você diga.

Bryce suspirou em voz alta, mas os seus olhos tinham se suavizado. Ou com o que ele tinha dito, ou com o que havia admitido para ela a respeito da própria vida.

— Eu sei — disse, antes de abrir a porta do apartamento.

Encontraram Tharion no sofá com Ithan, a TV aos berros com as últimas estatísticas esportivas. Tharion comia um pedaço de pizza, as longas pernas jogadas diante do corpo, os pés descalços na mesa de centro.

Ruhn podia ter entrado para pegar um pedaço daquela pizza, caso Bryce não tivesse ficado imóvel.

Um tipo de imobilidade feérica, calculando uma ameaça. Cada instinto dele entrou em alerta máximo, gritando para que defendesse, atacasse, massacrasse qualquer ameaça a sua família. Ruhn suprimiu aquilo, conteve as sombras que imploravam para serem liberadas, para esconder Bryce de vista.

Ithan gritou para eles:

— Tem pizza no balcão da cozinha, se quiserem.

Bryce permaneceu calada quando o medo tomou conta do cheiro dela. Os dedos de Ruhn roçaram o metal frio da arma presa a sua coxa.

— Seu gato é um amor, aliás — prosseguiu Ithan, sem tirar o foco da TV ao acariciar o gato branco enroscado em seu colo. Bryce fechou a porta devagar atrás dela. — Ele me matou de susto quando saltou no balcão há uns minutos, o cafajeste. — O lobo passava os dedos pela pelagem exuberante, o que lhe garantiu um ronronado profundo em resposta.

O gato tinha olhos azuis impressionantes. Pareciam intensamente atentos ao se fixarem em Bryce.

As sombras de Ruhn se reuniram em seus ombros, cobras prontas para atacar. Sutilmente sacou a arma.

Atrás dela, uma ondulação familiar de poder envolto em éter beijou a sua pele. Um pequeno conforto quando Bryce disse, rouca:

— Isso não é um gato.

* * *

Hunt chegou ao apartamento bem a tempo de ouvir as palavras de Bryce pela porta fechada. Ele estava do lado de dentro em um momento, seu relâmpago reunido nos dedos.

— Ah, acalme-se — disse o Príncipe do Desfiladeiro, saltando na mesa de centro.

Xingando, Ithan se atirou do sofá e saltou por cima da mesa com graciosidade sobrenatural. Tharion sacou uma faca presa à coxa, uma lâmina cruel com a ponta curva. Feita para causar o pior dano ao cortar.

Mas Aidas disse a Hunt, com as pequenas presas reluzentes:

— Achei que fôssemos amigos, Orion.

— É Hunt — disse, entre dentes trincados, relâmpago saltando sobre seus dentes, estalando em sua língua.

Com um único movimento fritaria o príncipe. Não ousou tirar a concentração de Aidas para verificar a posição de Bryce. Ruhn se certificaria de que ficasse para trás.

— Independentemente disso — disse Aidas, caminhando na direção da mesa de centro e saltando para o tapete. Uma luz brilhante preencheu o canto da visão de Hunt, encontrou Ruhn de pé do outro lado de Bryce, com Áster na mão.

Mas Bryce, a maldita, avançou. Hunt tentou bloqueá-la, mas ela o ultrapassou sem dificuldade, o queixo erguido quando disse:

— Que bom ver você de novo, Aidas.

Ruhn, Tharion e Ithan pareceram todos inspirar ao mesmo tempo. Hunt mal respirou quando o gato saiu saltitando até ela e entremeou por suas pernas, roçando as canelas de Bryce.

— Oi, princesa.

O sangue de Hunt gelou. O príncipe demônio ronronou a palavra com tanta determinação. Tanto prazer. Como se tivesse algum tipo de reivindicação sobre ela. O relâmpago de Hunt se acendeu.

Aidas saltitou para o balcão e pulou para cima dele com um impulso gracioso, então observou todos ali. Seus olhos azuis retornaram para Bryce, por fim.

— Por que você ainda não sabe usar seus poderes?

Bryce girou os ombros, estalando o pescoço, e estendeu a mão. Uma semente de luz estelar se acendeu na palma.

— Eu consigo usá-los.

Uma risada baixa, ciciante.

— Truques para entretenimento. Eu falei de seus poderes de verdade. Sua herança.

Hunt segurou sua arma. Bryce desafiou:

— Que poderes?

Os olhos de Aidas brilharam como estrelas azuis.

— Eu lembro da última Rainha Estrelada, Theia, e os poderes dela. — Ele pareceu estremecer. — Sua luz é a luz dela. Eu reconheceria esse brilho em qualquer lugar. Estou presumindo que você também tem os dons dela.

— Você *conheceu* a última Rainha Estrelada? — perguntou Ruhn. Luz estelar dançou entre as sombras de Ruhn, reluzindo pela extensão da espada dele.

Os olhos de Aidas agora brilharam com um tipo estranho de raiva quando olhou para o príncipe feérico.

— Eu conheci. E conheci o príncipe chorão cuja luz *você* carrega. — Uma onda de silêncio e choque percorreu a sala.

Ruhn, para seu crédito, não recuou. Pelo canto do olho, no entanto, Hunt notou Ithan e Tharion se colocando lentamente em posições idênticas atrás do Príncipe do Desfiladeiro.

Bryce disse, mais para si mesma do que para o príncipe demônio:

— Eu não sabia que eles teriam luz estelar individual. Eu sempre achei que a minha era só… mais forte do que a sua. — Franziu a testa para Ruhn. — Eu acho que faz sentido que pudesse haver nuances na luz entre os feéricos que procriaram. A filha mais velha de Theia, Helena, tinha o dom, e se casou com o Príncipe Pelias. Seu ancestral.

— Ele é seu ancestral também — murmurou Ruhn.

— Pelias não era um príncipe de verdade — disparou Aidas, as presas expostas. — Ele era o alto-general de Theia e se nomeou príncipe depois que se casou à força com Helena.

— Desculpem — disse Ithan, esfregando o rosto —, mas que porra é essa? — Olhou para a pizza na mesa, como se imaginando se a comida tinha sido drogada com alguma coisa.

Bem-vindo às nossas vidas, era o que Hunt queria dizer.

O rosto de Bryce tinha ficado pálido.

— A Rainha Theia permitiu isso?

— Theia estava morta àquela altura — disse Aidas, inexpressivo. — Pelias a matou. — Assentiu para Áster na mão de Ruhn. — E roubou a sua arma quando terminou. — Grunhiu. — Essa espada pertence à herdeira *fêmea* de Theia. Não ao filho macho que corrompeu a sua linhagem.

Bryce engoliu em seco audivelmente, e Ruhn olhou boquiaberto para a espada dele.

— Eu nunca ouvi nada disso — protestou o príncipe feérico.

Aidas riu friamente.

— Seu aclamado Príncipe Pelias, o chamado primeiro Príncipe Estrelado, era um impostor. A outra filha de Theia fugiu, sumiu noite afora. Eu nunca soube do destino dela. Pelias usou Áster e o chifre para se posicionar como príncipe, e os passou para seus filhos, as crianças que Helena carregou para ele, estuprada em todas as concepções.

Aquele mesmo chifre estava agora tatuado nas costas de Bryce. Um calafrio percorreu a coluna de Hunt, as asas estremeceram.

— O sangue covarde de Pelias corre agora pelas veias de vocês dois — disse Aidas para Ruhn.

— Assim como o de Helena — disparou Ruhn de volta, então recitou: — *Helena, cabelo como a noite, e cuja pele vertia luz estelar e sombras.*

Bryce emitiu um clique com a língua, impressionada.

— Você decorou essa passagem?

Ruhn fez cara feia, como se irritado que ela se concentrasse nisso quando um príncipe demônio estava diante deles.

Mas Bryce perguntou a Aidas:

— Por que está contando isso para a gente agora?

Aidas tremeluziu de ódio.

— Porque eu fui impotente naquela época. Cheguei tarde demais, e estava em muito menor número. Depois que acabou, foi quando eu pedi um favor a meu irmão mais velho. Enfrentar Pelias no campo de batalha e arrancá-lo deste mundo. — Aidas caminhou alguns passos, a cauda se agitando. — Estou lhe contando isso agora, Bryce Quinlan, para que o passado não se repita. Você está fazendo alguma coisa para ajudar nessa guerra eterna?

— Está falando da causa rebelde? Perguntou Tharion, o rosto tenso com incredulidade e pesar.

Aidas não tirou os olhos de Bryce ao dizer:

— É a mesma guerra que lutamos há 15 mil anos, apenas renovada. A mesma guerra que você lutou, Hunt Athalar, em uma forma diferente. Mas chegou de novo a hora de dar um empurrão.

Ithan disse, devagar:

— O Inferno é nosso inimigo.

— É mesmo? — Aidas gargalhou, as orelhas estremecendo. — Quem escreveu a história?

— Os asteri — disse Tharion, sombriamente.

Aidas voltou seu olhar de aprovação para ele.

— Você ouviu a verdade de alguma forma, eu imagino.

— Eu sei que a história oficial desse mundo não deve ser necessariamente levada a sério.

Aidas desceu do balcão, saltitando até a mesa de centro de novo.

— Os asteri alimentaram os próprios ancestrais com mentiras. Fizeram os acadêmicos e os filósofos escreverem a versão deles dos eventos sob pena de morte. Apagaram Theia dos registros. Aquela biblioteca que sua antiga empregadora possui — disse, virando-se para Bryce — é o que resta da verdade. Do mundo antes dos asteri, e das poucas almas corajosas que tentaram proferir aquela verdade depois. Você sabia disso, Bryce Quinlan, e protegeu os livros durante anos, mas não fez nada com aquele conhecimento.

— Que porra é essa? — perguntou Ithan a Bryce.

Aidas apenas perguntou:

— O que era este mundo *antes* dos asteri?

Tharion respondeu:

— Antigos humanos e os deuses deles moravam aqui. Eu ouvi falar que as ruínas da civilização deles está nas profundezas do mar.

Aidas inclinou a cabeça.

— E de onde vieram os asteri? De onde vieram os feéricos ou os metamorfos ou os anjos?

Bryce interrompeu:

— Chega de perguntas. Por que simplesmente não nos diz? O que isso tem a ver com meus... dons? — Pareceu engasgar na palavra.

— A guerra se aproxima do ápice. E seu poder não está pronto.

Bryce jogou a extensão do rabo de cavalo sobre um ombro.

— Que porra de clichê. Quaisquer que sejam meus outros poderes, eu não quero nada com eles. Não se eles de alguma forma me conectam a você... os asteri vão considerar isso uma ameaça séria. E com razão.

— Pessoas morreram para que você pudesse ter esse poder. Pessoas estão morrendo nessa batalha há 15 mil anos para que pudéssemos chegar a este ponto. Não banque a heroína relutante agora. *Esse* é o clichê.

Bryce pareceu não ter palavras, então Hunt se intrometeu.

— E o seu irmão mais velho, com os exércitos dele? Eles parecem perfeitamente satisfeitos em massacrar midgardianos inocentes.

— Aqueles exércitos sempre foram para ajudar vocês. Não para conquistar.

— O ataque a esta cidade na primavera passada sugere o contrário — argumentou Hunt.

— Um erro — disse Aidas. — As bestas que passaram eram... bichos de estimação. Animais. Micah abriu as portas das baias deles. Eles correram desgovernados como quiseram. Felizmente vocês tomaram controle da situação antes que nossa intervenção fosse necessária — disse sorrindo para Bryce.

— Muita gente morreu — grunhiu Ithan. — Crianças morreram.

— E mais morrerão em breve nesta guerra — replicou Aidas, friamente. — Os exércitos do Inferno atacarão sob seu comando, Bryce Quinlan.

As palavras caíram como uma bomba.

— Mentira — disse Ruhn, seu rosto se enrugando quando rosnou. — Vocês estão esperando pelo momento certo quando todos estivermos em guerra uns com os outros, para poderem finalmente encontrar uma porta para este mundo.

— De jeito nenhum — disse Aidas. — Eu já conheço a porta para este mundo. — Apontou com uma pata para Bryce e inclinou a cabeça. — Por meio da minha encantadora Bryce e o chifre nas costas dela. — Hunt segurou um grunhido diante da palavra *minha* quando todos olharam para ela. Os olhos permaneceram fixos em Aidas, os lábios de Bryce uma linha fina. O Príncipe do Desfiladeiro disse: — A escolha é sua no final. Sempre foi escolha sua.

Bryce fez que não com a cabeça.

— Permita-me entender isso: você está aqui para me convencer a me rebelar contra os asteri diante de todas essas pessoas? E o que... me alistar na Ophion? Não, obrigada.

Aidas apenas riu.

— Você deveria ter olhado com mais atenção para os gatos revirando o lixo no beco da Rua da Tinta esta manhã. Deveria ter encontrado um lugar mais discreto para discutir a rebelião com Fury Axtar. — Bryce sibilou, mas não disse nada quando Aidas prosseguiu: — Mas sim, vá em frente, torne-se rebelde. Ajude a Ophion, se precisar de alguma autoridade a quem responder. Eu posso lhe dizer antes que você, sem dúvida, pergunte que não tenho nenhuma informação sobre a conexão entre Danika Fendyr e Sofie Renast.

Bryce grunhiu:

— Eu nem *conheço* um rebelde da Ophion.

Aidas esticou as patas dianteiras, as costas se arqueando.

— Isso não é verdade. — Hunt ficou imóvel quando o demônio bocejou. — Tem um logo atrás de você.

Bryce se virou, Hunt com ela, o relâmpago pronto para atacar.

Cormac Donnall estava à porta, sombras se dissipando de seus ombros.

— Oi, Agente Silverbow — cantarolou Aidas, então sumiu.

16

— Desculpa — disparou Ruhn, olhando boquiaberto para o príncipe avalleno à porta —, você é *o quê*? — O olhar de Bryce desviava de seu irmão para seu primo; Ithan estava delicadamente farejando na direção de Cormac, obviamente juntando as peças para entender quem estava diante deles.

— Agente Silverbow? — indagou Tharion.

Ruhn prosseguiu:

— Seu pai sabe sobre isso? O *meu* pai sabe? — Bryce trocou um olhar com irmão. Podiam usar aquilo. Talvez ela se livrasse do noivado...

O rosto de Cormac se fechou, ameaçador.

— Não. E jamais saberão. — Cada palavra ressoava com ameaça.

Bryce podia ter se juntado ao interrogatório, caso a estrela em seu peito não tivesse brilhado através do tecido do vestido. Tapou a marca com a mão.

Só Aidas para revelar o segredo de Cormac e ir embora em seguida. Bryce tinha uma forte sensação de que o Príncipe do Desfiladeiro também tinha deixado Cormac passar pelas proteções usando seu poder profano.

Demônio maldito.

Cormac fervilhou de ódio ao olhar ao redor da sala.

— Que porra vocês sabem sobre Sofie Renast?

Bryce apertou o peito com mais força, esfregando o esterno ao responder:

— Que porra *você* sabe sobre Sofie Renast, *Agente Silverbow*?

Cormac se virou para ela, se aproximando.

— Responda.

Hunt casualmente se colocou em seu caminho. Relâmpago dançando pelas suas asas. Alfa babaca até o fim, mas aquilo aqueceu alguma coisa dentro dela.

Tharion afundou no sofá, um braço jogado preguiçosamente sobre as almofadas do encosto, e olhou para as unhas. Ele disse, a voz arrastada, para Cormac:

— E você é…?

Naquele momento, sombras percorreram os braços de Cormac, descendo dos ombros dele como fumaça. Como as sombras de Ruhn, porém mais escuras, mais ferais, de alguma forma. Uma pequena parte sua ficou impressionada. O príncipe avalleno grunhiu:

— Cormac Donnall. Vou perguntar mais uma vez, tritão. O que você sabe sobre Sofie?

Tharion apoiou um tornozelo sobre o joelho.

— Como você sabe que eu sou tritão? — Por Solas, será que Tharion estava provocando Cormac só por diversão?

— Porque você fede a peixe — disparou Cormac, e Tharion, pelos deuses, levantou o braço e cheirou o sovaco. Ithan riu. A maioria dos vanir conseguia detectar quando um tritão estava em sua forma humanoide por aquele cheiro de água e sal, não um cheiro desagradável, mas definitivamente distinto.

Hunt e Ruhn não estavam sorrindo. E precisou admitir para si mesma que seu irmão era uma figura bastante imponente. Não que fosse dizer isso a ele.

Tharion deu um risinho para Cormac.

— Estou imaginando que Sofie seja sua… namorada?

Bryce piscou. Cormac soltou um rosnado que ecoou nos ossos dela.

— Impressionante — murmurou Hunt para Bryce, mas não sentiu vontade de sorrir.

Cormac tinha se virado mais uma vez para ela.

— Você conhece Sofie.

— Não conheci… não conhecia — disse Bryce, colocando-se ao lado de Hunt. — Eu jamais tinha ouvido falar dela até ontem, quando *ele* veio me fazer perguntas. — Olhou para Tharion, que estendeu as mãos de longos dedos. — Mas agora *eu* tenho um monte de perguntas para fazer, então será que podemos todos apenas... sentar e conversar? Em vez desse impasse esquisito? — Fechou a porta do apartamento, então ocupou um assento em um dos banquinhos diante do balcão da cozinha, jogando os sapatos debaixo dele. Ruhn deslizou para o banquinho à sua esquerda; Hunt se empoleirou no da direita. Deixando Cormac de pé no meio da sala comum, olhando para todos eles.

— Por que suas sombras parecem diferentes das de Ruhn? — perguntou Bryce a Cormac.

— *Essa* é a primeira coisa que você quer saber? — murmurou Hunt. Ela o ignorou.

— Como você conhece Sofie? — Foi a única resposta de Cormac. Bryce revirou os olhos.

— Eu já falei, não conheço ela. Tharion, você pode dar fim ao sofrimento dele?

Tharion cruzou os braços e se acomodou nas almofadas do sofá.

— Eu fui ordenado a confirmar a morte dela. — Bryce notou que a resposta de Tharion podia ser interpretada como uma garantia de que uma rebelde perigosa estava morta. Macho inteligente.

— E você confirmou? — A voz de Cormac soou baixa. O corpo tremia, como se ele estivesse se controlando para não saltar em Tharion. Brasas brilharam em seu cabelo.

Hunt se intrometeu encostando no balcão com os cotovelos apoiados na pedra. Relâmpago serpenteou por suas asas; seu rosto estava calmo como a morte. A personificação do Umbra Mortis. Uma excitação disparou pelas veias de Bryce quando Hunt falou:

— Você precisa entender que não vai conseguir mais nenhuma resposta nem sair daqui com vida sem nos convencer de algumas coisas essenciais.

Merda. Ele estava falando sério. O coração de Bryce galopou.

— Então respire fundo — disse Hunt ao príncipe. Acalme-se. — O anjo sorriu, mostrando todos os dentes. — E ouça o conselho da moça e sente-se, porra.

Bryce contraiu os lábios para segurar um sorriso. Mas Cormac... realmente respirou fundo. E de novo. Bryce olhou para Ithan, mas sua atenção permanecia em Cormac enquanto o príncipe respirava, estudando todos os seus movimentos como se fosse um adversário no campo de solebol.

Ruhn, no entanto, a encarou, suas feições iluminando-se em surpresa. Ele disse, dentro da mente dela: *Não previa isso.*

Bryce podia ter respondido, mas as sombras nos braços de Cormac sumiram. Seus ombros largos enfim relaxaram. Então saiu andando para a mesa de jantar e se sentou. Os olhos dele estavam nítidos, mais calmos.

A estrela no peito também se extinguiu. Como se convencida de que estava tudo bem.

— Bom — disse Hunt, com aquele tom de quem não aceita merda nenhuma, que sempre causava coisas engraçadas no interior de Bryce. — Antes de tudo: como você entrou? Este lugar é protegido até o Inferno.

— Aquele gato, ou não gato. Que de algum jeito sabia quem... o que eu sou. — Um brilho de desprazer no rosto indicou que o príncipe estava deixando aquela questão de lado só por um momento. — Ele deixou um buraco enorme nas proteções.

Hunt assentiu, como se aquilo não significasse porra nenhuma.

— E por que você veio até aqui nesse exato momento? — Tinha entrado em modo interrogatório total. Quantas vezes tinha feito aquilo na 33ª?

Cormac apontou para Tharion.

— Porque acredito que estamos caçando a mesma pessoa: Emile Renast. Quero saber o que você sabe.

Bryce não conseguiu segurar um baixo ruído de surpresa, mas o rosto de Tharion permaneceu petrificado. A expressão do Capitão da Inteligência da Rainha do Rio. Perguntou:

— Pippa Spetsos mandou você?

Cormac soltou uma gargalhada.

— Não. Pippa é o motivo pelo qual Emile fugiu do *Bodegraven.*

— Então quem mandou você atrás de Emile? — perguntou Hunt.

— Ninguém — disse Cormac, respirando fundo mais uma vez. — Eu fui mandado para esta cidade por outro motivo, por muitos motivos, mas encontrar Emile... — A mandíbula dele se contraiu. — Sofie e eu éramos próximos. Eu a ajudei a libertar Emile de Kavalla.

E antes de ... — Engoliu em seco. — Eu fiz uma promessa a ela, não só de um agente para outro, mas como... amigo. De cuidar de Emile. Eu fracassei com ela. De todas as formas, eu fracassei.

Ou ele é um ator maravilhoso, disse Ruhn na mente de Bryce, *ou estava apaixonado por Sofie.*

Concordo, respondeu.

— Por que Emile fugiu de Pippa? — perguntou Tharion.

Cormac passou as mãos pelos cabelos loiros.

— Ele tinha medo dela. E deveria ter mesmo. Pippa é uma fanática em uma rota acelerada de promoção até o Comando da Ophion. Com tantas de nossas bases destruídas recentemente, a Ophion está agitada o bastante para começar a considerar as ideias dela, e eu temo que em breve eles também comecem a segui-la. Não há limites que ela e sua unidade de soldados da Ocaso não ultrapassariam. Seus noticiários aqui souberam da história sobre o massacre de leopardos há um ano?

Bryce não conseguiu conter o tremor. Ithan respondeu, em voz baixa:

— Sim.

Cormac falou:

— Aquilo foi ideia de Pippa, executada pela Ocaso. Usar bebês e crianças vanir para atrair os pais deles para fora das tocas, e então matar todos. Apenas por esporte. Pela diversão. Porque eles eram vanir e *mereciam* morrer. Até mesmo as crianças. Ela disse que era parte da limpeza deste mundo. Trabalhando até o topo: os asteri. Por isso o nome Ocaso.

Hunt olhou para Tharion, que assentiu seriamente. Aparentemente, o Capitão da Inteligência também tinha ouvido aquilo.

Cormac prosseguiu:

— Pippa vê Emile como uma arma. Na noite da fuga, ele derrubou aqueles ômegas imperiais e ela ficou praticamente exultante. Ela o assustou com a ansiedade de colocar o menino em um campo de batalha, e ele fugiu em uma baleeira antes que eu conseguisse convencê-lo de que eu estava ali para ajudar. O menino velejou até o porto mais próximo, então roubou outro barco.

— Menino esperto — murmurou Ithan.

— Eu o segui até este litoral. — Cormac indicou Tharion com o queixo. — Eu vi você nos pântanos, no barco abandonado. Imaginei que também estivesse no rastro dele. E vi você encontrar os restos mortais do soldado da Ocaso, então você deve ter ao menos imaginado que Pippa quer Emile para a própria unidade. Se ela o pegar, vai arrastá-lo de volta para a base principal da Ophion e o transformar em uma arma. Exatamente o que os asteri temiam quando eles caçaram os pássaros-trovão séculos atrás.

Seu olhar se voltou para Hunt.

— Você perguntou por que eu vim até aqui neste exato momento? Porque, como o tritão ficava voltando para cá, eu imaginei que vocês deviam estar envolvidos de alguma forma, algumas das mesmas pessoas que fui enviado para conhecer. Eu esperava até que Emile estivesse aqui. — De novo, a mandíbula dele se contraiu. — Se vocês sabem onde Emile está, me contem. Ele não está seguro.

— Não entendi — disse Ruhn. — Você e Pippa estão na Ophion, mas você está tentando encontrar Emile para… mantê-lo longe das garras da Ophion?

— Isso.

— A Ophion não vai ficar puta?

— O Comando jamais saberá do meu envolvimento — disse Cormac. — Tenho outras tarefas para completar aqui.

Bryce não gostava nada de como aquilo soava. Desceu do banquinho, dando um passo na direção da mesa de jantar. Sua boca começou a se mover antes que pudesse pensar nas palavras.

— Você espera que a gente confie em você com relação a tudo isso quando você está tão obcecado com uma porra de pedaço de metal idiota a ponto de querer matar meu irmão? — Esticou a mão na direção de Ruhn e de Áster em sua mão.

Ruhn grunhiu surpreso quando Cormac respondeu:

— Isso foi há cinquenta anos. As pessoas mudam. As prioridades mudam.

Bryce deu um passo, mais próxima da mesa de jantar, sem se importar se Cormac consideraria aquilo um desafio.

— Os feéricos não mudam. Não vocês, otários das antigas.

Cormac olhou entre ela e Ruhn com desdém palpável.

— Vocês feéricos valbaranos são uns bebezões. Não aprendeu algo sobre si mesmo, sobre seu destino, *príncipe* Ruhn, por causa dos meus cutucões?

— Você enfiou uma espada no estômago de Dec — disse Ruhn, casualmente. — Eu dificilmente chamaria isso de um *cutucão*.

Tharion interrompeu:

— Presumindo que a gente acredite na sua história, por que um príncipe feérico se juntaria à Ophion?

Cormac respondeu:

— Eu me juntei porque senti que era o certo. Os detalhes são desnecessários.

— Não se você pode estar trabalhando para os asteri — disse Bryce.

— Você acha que eu entregaria você aos asteri? — Cormac gargalhou, um som sem vida e frio. — Eu não desejaria esse destino a ninguém. O calabouço sob o palácio de cristal deles é mais escuro e mortal do que o Fosso.

Hunt disse, em tom gélido:

— Eu sei. Eu estive lá.

Bryce odiava as sombras nos olhos dele. Sombras que ela faria qualquer coisa para ajudar a dissipar. Qualquer coisa para evitar que se renovassem. Time Sobreviver a Qualquer Custo, esse era o time dela. Não se importava se isso fazia dela uma covarde.

Cormac prosseguiu, ignorando Hunt:

— Sofie era uma agente da Ophion porque os asteri massacraram a família dela. A família humana e os ancestrais pássaro-trovão. Tudo o que ela queria era encontrar o irmão. Tudo o que ela fez foi por ele.

Tharion abriu a boca, mas Bryce levantou a mão, interrompendo-o ao dizer a Cormac:

— Tharion passou aqui ontem para perguntar sobre uma conexão entre alguém que eu… conheci e Sofie. Ele estava sendo superenigmático — um olhar irritado de Tharion diante disso — então consegui tirar algumas respostas dele, principalmente que está procurando por Emile para a Rainha do Rio.

Cormac semicerrou os olhos sobre Tharion.

— O que sua rainha quer com o menino?

Tharion deu de ombros.

Ruhn murmurou:

— Nada de bom, eu aposto.

Tharion murmurou um grunhido de aviso para Ruhn, mas Bryce continuou:

— Não me importo com a política. Emile é uma criança, e está perdido, eu quero encontrá-lo. — E conseguir respostas sobre Danika conhecer Sofie, mas… isso podia esperar um momento. Ela queria avaliar Cormac primeiro.

De fato, os olhos do príncipe avalleno se suavizaram um pouco… com gratidão.

Ele pode estar fingindo isso, observou Ruhn para ela.

Pode, mas meu instinto me diz que não está, respondeu Bryce antes de inclinar a cabeça e perguntar a Cormac:

— A Corça é uma grande questão. Ela se deu todo aquele trabalho para matar Sofie só porque libertou o irmão? Ou foi porque Sofie é pássaro-trovão?

As mãos de Cormac se fecharam em punhos ao lado do corpo.

— A Corça se deu todo aquele trabalho porque Sofie, como garantia para que o barco da Ophion aparecesse para Emile, tinha coletado informações vitais sobre os asteri, e se certificado de que o Comando soubesse.

— O quê? — disparou Hunt, as asas estremecendo.

— Que tipo de informação? — perguntou Tharion, o rosto ficando sombrio.

Cormac balançou a cabeça.

— Sofie era a única que sabia. Ela apenas mencionou que era uma coisa grande, de mudar o curso da guerra. Que a Ophion mataria para ter. E nossos inimigos matariam para conter.

Do outro lado da sala, Ithan estava de olhos arregalados. Será que o treinamento dele o havia preparado para aquilo? E o dela?

Tharion falou:

— Os asteri provavelmente mandaram a Corça para matá-la antes que ela pudesse contar a mais alguém.

Cormac fez uma careta.

— Sim. Mas suspeito que a Corça sabia que Sofie podia suportar tortura, e decidiu que era melhor que a informação morresse com ela. — Estremeceu e disse: — Eles arrancaram as unhas dela quando ela foi para Kavalla, sabe. Ela me contou que eles arrancaram as unhas de uma das mãos, e, quando pediram informação a ela, Sofie estendeu a outra mão para eles. — Riu sozinho. — Um dos guardas desmaiou.

— Fêmea corajosa — disse Ithan, baixinho, o que lhe garantiu um aceno de agradecimento de Cormac e fez Bryce desejar ter dito aquilo também. Bryce estudou as próprias unhas feitas. E se perguntou se conseguiria aguentar caso chegasse àquele ponto.

Cormac, de novo, se virou para Tharion, o rosto inexpressivo.

— Me diga que a Corça ao menos colocou uma bala na cabeça dela antes de mandar Sofie para as profundezas.

— Eu não sei — respondeu Tharion. — O corpo dela não estava lá.

— O quê? — Sombras ondularam de Cormac de novo.

Tharion prosseguiu:

— Os blocos de chumbo, as correntes estavam lá. Mas o corpo de Sofie sumiu. As algemas tinham sido todas abertas.

Cormac se colocou de pé.

— Sofie está viva?

Uma esperança brutal envolveu sua voz. Seria de amor verdadeiro? Ou esperança de que a inteligência que ela carregava sobrevivesse?

— Eu não sei — respondeu Tharion. Então admitiu: — Mas foi por isso que eu vim até Bryce. Ela teve uma amiga que conheceu Sofie anos atrás. Estou investigando qualquer conexão entre elas... estou me perguntando se pode nos dar indícios sobre o paradeiro de Emile. — Tharion deu de ombros. — Eu tenho bons motivos para crer que um local seguro de encontro foi estabelecido há um tempo para um cenário como este, e que Emile pode estar se dirigindo até lá, e Sofie também, se ela estiver viva.

Será que Sofie teria passado aquela informação vital para o irmão dela? Bryce viu que Hunt lhe dava um olhar que dizia *Nem pense nisso.*

Cormac falou, caminhando de um lado para outro:

— Sofie fez a Descida... em um centro ilegal onde não seria registrada. Eu achei que houvesse uma chance de ela ter sobrevivido, mas quando ela não entrou em contato comigo... — Os olhos se semicerraram para o tritão. — O que mais você sabe?

— Eu já contei tudo a você — mentiu Tharion, cruzando as pernas.

Cormac deu um sorriso incisivo e debochado.

— E quanto a Danika Fendyr?

Bryce ficou imóvel.

— O que tem ela? — Hunt lhe deu outro olhar de aviso para que ficasse quieta.

Cormac falou:

— Ela e Sofie se conheciam. Foi ela quem estabeleceu esse lugar seguro, não foi?

— Você não tem certeza disso. — falou Hunt.

— Eu tenho — disse Cormac, seu olhar ainda sobre Bryce, na estrela no peito dela, que tinha começado a brilhar levemente de novo. — Foi por isso que eu concordei em me casar com Bryce.

* * *

Ruhn precisou de um momento para processar tudo. Observou seu primo com cautela.

Mas Bryce riu.

— Eu achei que você tivesse concordado em se casar comigo por causa da minha personalidade encantadora.

Cormac não sorriu.

— Eu concordei em me casar com você porque precisava de acesso a você. E a você, primo — disse a Ruhn.

Athalar exigiu saber:

— Você não podia simplesmente fazer uma visita amigável?

— Os feéricos avallenos e os valbaranos não são *amigáveis*. Somos aliados, mas também rivais. Eu precisava de um motivo para vir até aqui. Eu precisava vir até aqui para encontrar Emile… foi uma bênção de Urd que a Ophion me quisesse aqui para outra missão também.

Bryce se irritou.

— Me forçar a me casar parece extremo.

— É a única moeda de troca que eu tenho. Meu potencial de procriação.

Ruhn riu com escárnio. Ele e o primo tinham mais em comum do que se dera conta.

— Por que precisa de acesso a mim?

— Porque você consegue conversar entre mentes, não é? Foi assim que você e seus amigos sobreviveram na Caverna dos Príncipes durante seu Ordálio. Vocês lutaram como se fossem uma só mente. Você nunca contou a meu pai, mas ele suspeitava. *Eu* suspeitava. É um raro dom Estrelado. Uma habilidade de que a Ophion precisa muito.

Ruhn disse:

— E quanto a seus primos, os gêmeos? Eles conseguem conversar mentalmente.

— Eles não são confiáveis. Você sabe disso.

Athalar o interrompeu:

— Não deixe que ele puxe você para o que quer que seja isso, Danaan. Procurar por Emile independentemente é uma coisa. Se você deixar ele expor o caso dele, estará a um passo de trabalhar com a Ophion. Os asteri não vão se importar se você vai ou não com a cara dele. — Ele voltou o olhar para Cormac. — E devo lembrar a você que a Ophion está enfrentando legiões que a superam em poder e tamanho. Se um dos asteri entrar em um campo de batalha, vocês estarão acabados.

O poder de um asteri, a estrela sagrada brilhando dentro deles, poderia devastar um exército inteiro.

Hunt prosseguiu:

— E, se os asteri souberem que o *Agente Silverbow* está tentando recrutar Ruhn, seremos todos levados para interrogatório. Se tivermos sorte. Se não, seremos executados.

— Você não pareceu ter tais preocupações quando se rebelou, Anjo Caído — disse Cormac.

— Eu aprendi do jeito mais difícil — respondeu Hunt entre dentes. Bryce se aproximou, os dedos tocando os dele. — Eu preferiria proteger meus amigos de aprenderem essa lição.

Não deveria ter significado nada para Ruhn que Athalar o considerasse um amigo. Mas significou.

Hunt continuou:

— Você não é apenas bizarro por nos contar isso, é inconsequente. Nós poderíamos entregar você em um segundo.

Tharion acrescentou:

— Ou você é um infiltrado asteri querendo nos enganar.

Cormac falou, impaciente:

— Confiem em mim, não saio discutindo essa informação com qualquer um. — Olhou Athalar de cima a baixo. — Você pode ter cometido erros tolos no passado, Umbra Mortis, mas eu não farei isso.

— Vai se foder. — Isso veio de Bryce, a voz baixa e mortal.

Ruhn disse a Cormac, esperando abaixar um pouco a temperatura:

— Não vou me envolver com você ou com a Ophion. Não vou arriscar. Então nem me peça para fazer o que quer que você queira que eu use minhas habilidades mentais para fazer. — Ele odiava que o primo soubesse. Que Tharion agora o estivesse olhando com uma mistura de surpresa, assombro e cautela.

Cormac riu amargamente.

— Não pode arriscar seus amigos e familiares? E quanto aos incontáveis amigos e familiares em Pangera que são torturados, escravizados e assassinados? Eu vi você entrando neste apartamento mais cedo e presumi que estivesse ajudando o Capitão Ketos a procurar por Emile. Achei que convencer você a me ajudar seria mais fácil. Mas pelo visto todos vocês desejam colocar as próprias vidas diante das de outras pessoas.

— Vai se foder — grunhiu Hunt. — Você viu o que aconteceu aqui nessa primavera?

— Sim. Isso me convenceu da sua... compaixão. — disse a Bryce: — Eu vi que você correu para os Prados de Asphodel. Para os humanos. — Olhou para Ithan. — Você também. Eu achei que isso queria dizer que você teria empatia pelo maior sofrimento deles. — De novo se virou para Bryce. — Por isso eu queria me aproximar de você. Você e Danika salvaram esta cidade. Eu percebi que vocês duas eram próximas. Eu queria ver se você teria alguma explicação, eu suspeito há muito tempo que Danika pode ter arrumado um ponto de encontro para Sofie. — e então para Tharion. — Onde você acha que o local de encontro seria?

— Nenhum lugar bom — murmurou Tharion. Então acrescentou: — Você vai receber os detalhes quando estivermos prontos para dizer a você, principezinho.

Cormac fervilhou de ódio, chamas brilhando em seu cabelo de novo, mas Bryce interrompeu:

— Como Danika e Sofie se conheceram? — Aparentemente, Ruhn percebeu, isso era a maior prioridade para a sua irmã.

Cormac balançou a cabeça.

— Não tenho certeza. Mas, pelo que Sofie me contou, Danika suspeitava de alguma coisa sobre os asteri, e precisava que alguém entrasse e confirmasse essas suspeitas. Sofie foi essa pessoa.

Os olhos de Bryce estavam luminosos, revoltos. Não era um bom sinal.

As sobrancelhas de Bryce se franziram, no entanto.

— Danika morreu há dois anos. Sofie tinha essa informação há tanto tempo assim?

— Não. Pelo que entendi, há três anos, Danika precisou que Sofie entrasse para obtê-la, mas Sofie levou esse tempo todo para conseguir acesso. Danika morreu antes que Sofie sequer conseguisse passar a informação para ela. Quando finalmente a obteve, decidiu usar para manipular a Ophion para que cumprissem o acordo de ajudar a resgatar Emile.

— Então a Danika trabalhava para a *Ophion*? — perguntou Ithan. O rosto do lobo era o retrato do choque.

— Não — disse Cormac. — Ela estava conectada a eles, mas não se reportava a eles. Até onde entendi de Sofie, Danika tinha os próprios interesses.

Bryce observou Cormac, a cabeça inclinada para o lado. Ruhn conhecia aquele olhar.

Bryce estava planejando alguma coisa. Definitivamente já tinha planejado alguma coisa.

Bryce se aproximou de Cormac. O contato dos pés descalços com o chão foi o único som. Ruhn se preparou para o que quer que estivesse prestes a sair da boca da irmã.

— Se faz alguma diferença, não acho que Aidas costuma deixar aliados dos asteri entrarem no meu apartamento.

— Aidas. — Cormac se espantou, o rosto empalidecendo. — Aquele gato era Aidas, o Príncipe do Desfiladeiro?

— Isso — disse Bryce. — E acho que Aidas trouxe você aqui como um presente para mim. — Athalar piscou para ela, mas Bryce prosseguiu: — Pode falar o quanto quiser sobre seguir Tharion até aqui, e querer recrutar Ruhn, mas nem por um minuto pense que Aidas não esteve envolvido com a sua presença no exato momento em que ele me disse para aprender sobre meus poderes. — Ela cruzou os braços. — O que você sabe sobre os dons dos Estrelados?

Cormac não disse nada. E Ruhn se viu dizendo, em parte se lamentando, porque Bryce estava certa:

— Eu contei a você na outra noite que nosso primo aqui era bem obcecado com a ideia de obter Áster e que ele aprendeu tudo o que podia sobre os poderes Estrelados. Ele é uma verdadeira biblioteca de informação.

Cormac olhou para ele. Mas o príncipe admitiu:

— Eu passei... grande parte da minha juventude lendo sobre os muitos dons.

Nos lábios, o esboço de um sorriso.

— Príncipe rebelde e rato de biblioteca. — Athalar olhou para ela como se Bryce tivesse perdido a cabeça. — Vou fazer um acordo com você.

Hunt grunhiu em protesto, mas a mente de Ruhn se revirava. Aquela era a Bryce que ele conhecia, sempre procurando a vantagem.

— Nenhum interesse em ajudar pela bondade do seu coração, princesa? — provocou Cormac.

— Eu quero sair desse casamento — disse Bryce, tranquilamente, passando o dedo pela borda do balcão. Ruhn fingiu não ver o tremor de Athalar. — Mas eu sei que, se acabar com nosso noivado cedo demais, meu... progenitor vai mandar alguém que não está tão motivado a trabalhar comigo. — Verdade. — Então vamos nos unir a Tharion aqui para achar Emile. E eu até vou ajudar você a encontrar qualquer que seja a informação que Danika queria que Sofie descobrisse. Mas eu quero que esse noivado termine quando eu disser. E quero que você me ensine sobre minha magia. Se não, boa sorte para você. Vou me certificar de apontar Pippa e a unidade da Ocaso na sua direção.

Hunt deu um risinho. Ruhn evitou fazer o mesmo. Tharion apenas colocou os braços atrás da cabeça. Ithan, por outro lado, pareceu surpreso. Como se jamais tivesse visto esse lado de Bryce.

— Tudo bem — disse Cormac. — Mas o noivado só será rompido depois que meu trabalho aqui para a Ophion terminar. Eu preciso que o motivo esteja em Valbara.

Ruhn esperava que Bryce protestasse, mas pareceu refletir sobre aquilo.

— Nós precisamos de uma desculpa para sermos vistos juntos — ponderou. — Caso contrário, qualquer um que saiba que você é um merda se perguntaria por que Inferno eu me rebaixaria a andar com você. Pareceria suspeito.

Hunt tossiu contra o ombro.

Ruhn disparou:

— Eu sou o único aqui que acha que isso é insensato?

Ithan falou:

— Eu acho que estamos todos mortos por sequer termos falado sobre isso.

Mas Hunt esfregou a mandíbula, sério e cansado.

— Nós precisamos discutir isso antes de decidirmos. — A mão de Bryce roçou a dele mais uma vez.

Ruhn grunhiu em concordância e disse ao primo:

— Você soltou um monte de informação na gente. Precisamos processar. — Indicou a porta em um gesto de dispensa. — Nós entraremos em contato.

Cormac não se moveu um centímetro.

— Eu exijo seu juramento de sangue de que não vai dizer uma palavra sobre isso.

Ruhn soltou uma gargalhada.

— Não vou fazer um juramento de sangue. Você pode confiar na gente. Nós podemos confiar em você?

— Se eu posso confiar em covardes que gostam de pintar as unhas enquanto o resto do mundo sofre, então vocês podem confiar em mim.

Bryce disse, sarcástica:

— Gastando todo seu charme, hein, Cormac?

— Faça um juramento de sangue. Então eu saio.

— Não — disse Bryce, com calma surpreendente. — Eu tenho manicure em dez minutos.

Cormac se irritou.

— Vou exigir sua resposta amanhã. Enquanto isso, estou confiando minha vida a você. — Seus olhos deslizaram para os de Ruhn. — Se você quiser que eu exponha o meu *caso*, estarei no bar na Archer e Ward hoje. Seus serviços seriam… de grande valor.

Ruhn não disse nada. O babaca podia ir se foder.

Os olhos de Cormac se semicerraram com um diversão fria.

— Seu pai ainda não está ciente dos seus dons de conversar na mente, está?

— Você está me ameaçando? — disparou Ruhn.

Cormac deu de ombros, caminhando em direção à porta.

— Venha me encontrar no bar e descubra.

— Babaca — murmurou Ithan.

Cormac parou com a mão na maçaneta. Respirou fundo, os músculos fortes das suas costas ondulando. Quando olhou por cima do ombro, a diversão e as ameaças tinham desaparecido.

— Além de Sofie, além de Emile… Esse mundo podia ser muito mais. Esse mundo podia ser *livre*. Não entendo por que você não iria querer isso.

— Difícil aproveitar a liberdade — replicou Hunt, sombriamente —, quando se está morto.

Cormac abriu a porta, entrando nas sombras espiraladas.

— Eu não consigo pensar em motivo melhor para sacrificar a minha vida.

17

— Mais alguém sente como se estivesse prestes a acordar de um pesadelo? — A pergunta de Ithan ecoou no tenso silêncio do apartamento.

Bryce olhou o relógio no telefone. Fazia mesmo menos de uma hora desde que caminhara com Ruhn pelas ruas tumultuadas da hora do almoço? Ela esfregou distraidamente a estrela, que ainda brilhava suavemente, e disse, para ninguém em particular:

— Eu preciso voltar para os arquivos.

Ruhn exclamou:

— Depois de tudo isso, você vai voltar para o *trabalho*?

Ainda assim atravessou a sala, lançando um olhar para Hunt que o fez segui-la. Ele sempre a entendia, não precisavam da conversa entre mentes chiques de Ruhn para se comunicar.

Parou à porta. Nada do poder de Cormac restava, nem mesmo um filete de sombra. Nem uma brasa. Por um segundo, ela desejou ter a serenidade de Lehabah para a qual retornar, a serenidade da galeria e sua biblioteca silenciosa.

Mas essas coisas tinham acabado para sempre.

Bryce disse, o mais tranquilamente possível, para os machos que a olhavam, controlando sua expressão neutra:

— Uma bomba acaba de ser jogada em nossas vidas. Uma bomba-relógio ativada. Eu preciso pensar. E tenho um trabalho no qual sou contratualmente obrigada a aparecer.

Onde podia fechar a porta do escritório e descobrir se queria desesperadamente fugir daquela bomba ou enfrentar sua ira.

Hunt colocou a mão no ombro dela, mas não disse nada. Tinha saltado na frente de uma bomba por ela meses antes. Tinha protegido o corpo de Bryce com o próprio contra o míssil de enxofre. Não havia nada que pudesse fazer para protegê-la daquilo, no entanto.

Bryce não suportava ver a preocupação e o temor que sabia que estariam estampados no rosto dele. Hunt sabia no que estavam se metendo. O inimigo e as probabilidades que enfrentavam.

Ela se virou para Tharion em vez disso.

— O que você quer fazer, Tharion? Não porque a Rainha do Rio está manipulando você como uma marionete, o que *você* quer?

— Este apartamento, para começar — disse Tharion, encostando a cabeça nas almofadas, o peito musculoso se expandindo conforme ele inspirava. — Quero encontrar respostas. Independentemente de minhas ordens, eu quero a verdade sobre o que estou enfrentando, o inimigo à minha frente e aquele às minhas costas. Mas estou inclinado a acreditar em Cormac, ele não mostrou nenhum sinal de que está mentindo.

— Confie em mim — grunhiu Ruhn —, ele é mais habilidoso do que você pensa.

— Eu também não acho que ele esteja mentindo — admitiu Hunt.

Bryce esfregou o pescoço, então se endireitou.

— Há alguma chance de a Verdade do Crepúsculo estar de alguma forma relacionada ao esquadrão da Ocaso?

Tharion ergueu uma sobrancelha.

— Por quê?

Hunt entendeu imediatamente no que ela estava pensando.

— Ocaso. Também conhecido como crepúsculo.

— E Projeto Thurr... deus do trovão... será que estaria relacionado aos pássaros-trovão? — prosseguiu Bryce.

— Você acha que envolvia algum tipo de inteligência sobre o esquadrão da Ocaso de Pippa? — perguntou Ruhn.

— Parece ser algum tipo de informação reveladora — disse Tharion. — E Thurr... poderia ter tido algo a ver com a coisa do pássaro-trovão. Sofie parecia ter medo da ira dos asteri na resposta dela a Danika... talvez porque estava com medo de que eles soubessem que ela possuía o dom.

— Isso tudo é hipotético — falou Hunt. — E grandes palpites. Mas podem levar a algum lugar. Sofie e Danika certamente sabiam muito bem das ameaças que tanto a Ocaso quanto os asteri representavam.

Ithan disse:

— Podemos voltar para como o Príncipe do Desfiladeiro estava *sentado no meu colo*?

— Você tem muito do que se inteirar — disse Hunt, rindo sombriamente. — Fique feliz por não estar aqui no primeiro chamado.

Bryce o cutucou com o cotovelo.

— Eu realmente preciso voltar para o trabalho.

Ruhn perguntou:

— Você não acha que a gente deveria ir para o Quarteirão de Ossos procurar por Emile e Sofie?

Bryce estremeceu.

— Não vou para o Quarteirão de Ossos procurar por *ninguém* a não ser que tenhamos certeza absoluta de que estão lá.

— De acordo — falou Tharion. — É perigoso demais ir por impulso. Vamos continuar investigando. Talvez Danika quisesse dizer outra coisa com *almas cansadas*.

Bryce assentiu.

— Nenhum de nós fala com mais ninguém. Acho que todos sabemos que seremos assados em um espeto se essa coisa vazar.

— Uma palavra de Cormac e estaremos mortos — disse Ruhn, seriamente.

— Uma palavra de nós — replicou Hunt —, e *ele* está morto. — Acenou para Bryce com o queixo. Ela finalmente capturou o olhar dele, encontrando apenas cálculo aguçado ali. — Pegue uma arma.

Bryce fez uma careta.

— De jeito nenhum. — Indicou o vestido justo. — Onde eu a esconderia?

— Então leve a espada. — Apontou para o corredor que levava ao quarto dela. — Use como algum tipo de acessório. Se alguém consegue fazer isso, é você.

Bryce não conseguiu evitar olhar para Ithan. Aquilo entregou tudo.

— Você não devolveu a espada de Danika depois dos ataques na primavera? — perguntou o lobo, um tom mais baixo.

— Sabine pode vir lutar comigo por ela — respondeu Bryce, e ignorou a ordem de Hunt para pegar a lâmina guardada no armário. Bryce girou a maçaneta. — Vamos tirar o dia de folga. Concordar em ferrar uns aos outros com isso, rezar para Cormac não ser uma bosta de um mentiroso, e então nos reunir amanhã à noite.

— Feito — disse Tharion.

Bryce se dirigiu ao corredor com Hunt em seu encalço, e ouviu Ithan suspirar atrás dela.

— Não era assim que eu esperava passar o dia — murmurou o lobo para Tharion antes de aumentar o volume da TV.

Idem, pensou Bryce, e fechou a porta.

* * *

A cabeça de Hunt estava a mil quando entraram no elevador pelo saguão do apartamento. Estivera livre por alguns gloriosos meses, apenas para acabar de volta ao centro de mais uma rebelião.

A mesma guerra, alegara Aidas. Apenas com um nome diferente, com um exército diferente. As mãos de Hunt estavam escorregadias de suor. Ele vira como aquela guerra acabara. Sentira o seu preço por séculos.

Disse a Bryce, incapaz de conter o tremor que agora tomava conta dele, com a sensação de que as paredes do elevador estavam se fechando:

— Não sei o que fazer.

Encostou no corrimão.

— Eu também não.

Esperaram até estar na rua, mantendo as vozes baixas, antes de Hunt prosseguir, as palavras praticamente cuspidas de sua boca:

— Isso não é uma coisa na qual podemos nos jogar só pela diversão. — Não conseguia respirar. — Eu já vi mec-trajes destruídos com os pilotos humanos pendurados da cabine de controle, com os órgãos pendentes. Eu já vi lobos tão fortes quanto Ithan rasgados ao meio. Já vi anjos dizimarem campos de batalha sem colocar os pés no chão. — Estremeceu, imaginando Bryce no meio daquilo tudo. — Porra, eu...

Ela passou o braço em volta dele, e Hunt aceitou seu calor, estava congelado, apesar do dia quente.

— Isso parece mais... espionagem do que travar uma batalha, ou o que seja.

— Eu preferiria morrer no campo de batalha do que em uma das salas de interrogação da Corça. — *Eu preferiria morrer no campo de batalha a ser assassinado por ela.* Hunt engoliu em seco. — Sofie teve sorte de a Corça se livrar dela e pronto. — Parou em um beco, puxando Bryce para as sombras com ele.

O anjo se permitiu olhar o rosto dela: tão pálida que as sardas se destacavam, os olhos arregalados. Com medo. O cheiro o atingiu um momento depois.

— Jamais poderíamos viver como pessoas normais — sussurrou Bryce, e Hunt passou a mão pelo cabelo, deliciando-se com as mechas sedosas. — Problemas sempre nos encontrariam.

Sabia que ela estava certa. Não eram do tipo de pessoa que leva uma vida normal, pacata. Hunt combateu o tremor em seus ossos, o rugido em sua mente.

Ela levantou a mão, encostando a palma na bochecha dele. Ele se reclinou no toque de Bryce, contendo um ronronado quando o polegar dela acariciou sua maçã do rosto.

— Você realmente não acha que Cormac está nos atraindo para uma armadilha ao alegar que Sofie tinha alguma informação vital, usando o possível envolvimento de Danika como isca?

— É possível — admitiu Hunt. — Sem dúvida havia uma nítida conexão entre Danika e Sofie, os e-mails comprovam. E Cormac pareceu bastante chocado ao descobrir que Sofie talvez esteja viva. Acho que ele acreditou que a informação sobre os asteri tinha morrido com Sofie. Não me surpreenderia se ele achasse que isso ainda estava em jogo.

— Você acha que tem alguma chance de Sofie ter contado a Emile antes de terem se separado?

Hunt deu de ombros.

— Eles estiveram juntos em Kavalla, ela pode muito bem ter contado a ele. Se o menino não tiver a informação, e Sofie estiver viva, ele pode saber para onde a irmã está indo agora. O que torna Emile muito valioso. Para todo mundo.

Bryce começou a contar nos dedos.

— Então temos a Ophion, Tharion e Cormac querendo encontrá-lo.

— Se você também quiser encontrá-lo, Bryce, precisamos ser cautelosos. Pense bem se quer mesmo nos envolver.

A boca de Bryce se contraiu de lado, pensativa.

— Se há alguma chance de descobrirmos o que Sofie sabia e o que Danika suspeitava, além do próprio Cormac, dessa merda com essa tal de Pippa e o que quer que a Rainha do Rio queira, eu acho que a informação vale o risco.

— Mas por quê? Para evitarmos que os asteri fodam com a gente por causa de Micah e Sandriel?

— É. Quando me encontrei com Fury esta manhã, ela mencionou que Danika sabia de algo suspeito sobre ela, provavelmente Fury descobriu algo importante sobre Danika como garantia. — Hunt não teve a chance de perguntar o que exatamente quando Bryce disse: — Por que não aplicar a mesma lógica nisso? Os asteri suspeitam de algo sobre mim. Sobre você. — Que eles tinham matado dois arcanjos. — Quero nos deixar páreos a eles. — Hunt podia ter jurado que a expressão dela era a mesma que vira no rosto do Rei Outonal enquanto ela prosseguia: — Então vamos descobrir alguma coisa vital sobre *eles*. Vamos tomar medidas para garantir que, se eles foderem com a gente, a informação vaze para o mundo todo.

— Esse é um jogo mortal que não sei se os asteri querem jogar.

— Eu sei. Mas, além disso, Danika achava que essa informação podia ser importante o suficiente para mandar Sofie obtê-la, arriscando a própria vida por isso. Se Sofie morreu, então outra pessoa precisa obter essa informação.

— Não é sua responsabilidade, Bryce.

— É sim.

Ele não entraria naquele assunto. Ainda não.

— E quanto ao menino?

— Também o encontraremos. Eu não dou a mínima se ele é poderoso, ele é uma criança e está no meio dessa confusão toda. — Os olhos dela se suavizaram, e o coração dele também. Será que Shahar teria se preocupado com o menino? Da mesma forma que a Ophion e a Rainha do Rio pareciam se importar: como uma arma. Bryce perguntou, a cabeça se inclinando para o lado: — E quanto à conversa de Cormac sobre libertar o mundo dos asteri? Isso não mexe com você?

— Óbvio que sim. — Passou a mão pela cintura dela, puxando-a para perto. — Um mundo sem eles, sem os arcanjos e as hierarquias... Eu gostaria de ver esse mundo um dia. Mas... — Sua garganta secou. — Mas não quero viver nesse mundo se o risco de criá-lo significa...

— *Desembucha.* — Se isso significa que talvez *nós* não sobreviveremos para vê-lo.

Os olhos se suavizaram de novo, o polegar de Bryce acariciou a bochecha dele mais uma vez.

— Somos dois, Athalar.

Hunt abafou uma risada, baixando a cabeça, mas Bryce levantou o queixo dele com a outra mão. Os dedos dele apertaram a cintura de Bryce.

Os olhos âmbar dela brilharam à meia luz do beco.

— Ora, já que estamos nos metendo com uma merda perigosa dessa, agora deve ser uma boa hora para admitir que eu não quero esperar até o Solstício de Inverno.

— Pelo quê? — Porra, a voz dele desceu uma oitava.

— Por isso — murmurou, e ficou nas pontas dos pés para beijá-lo.

Hunt a encontrou no meio do caminho, incapaz de conter um gemido quando a puxou contra o próprio corpo, os lábios encontrando os dela no mesmo momento que os corpos deles se tocaram. Podia jurar que a porra do mundo desapareceu sob os seus pés ao sentir o gosto de Bryce...

Sua cabeça se encheu de fogo e relâmpago e tempestade, e tudo em que Hunt conseguia pensar era a boca de Bryce, o corpo quente e exuberante, seu pau latejante fazendo pressão dentro da calça, pressão contra *ela* conforme os braços de Bryce se entrelaçavam em volta de seu pescoço.

Ele com certeza ia expulsar aquele lobo do apartamento. Imediatamente.

Hunt se virou, encurralando Bryce contra a parede, e a boca de Bryce se abriu com mais um arquejo. Athalar a invadiu com a própria língua, sentindo seu gosto adocicado como mel. Bryce enganchou a perna na cintura dele, Hunt aceitou o convite, puxando sua coxa mais para cima, pressionando o corpo contra o dela até que os dois estivessem se contorcendo.

Qualquer um que passasse pelo beco poderia vê-los. Os trabalhadores em horário de almoço passavam em fila. Uma espiadela para o beco, nas sombras empoeiradas, *uma* fotografia, e aquela coisa toda…

Hunt parou.

Uma foto, e o noivado dela com Cormac seria rompido. Junto com o acordo que Bryce fizera com ele.

Bryce perguntou, ofegante:

— O que foi?

— Nós, ah… — Palavras perderam o significado. Todos os pensamentos fugiram para o meio das pernas dele. O meio das pernas *dela.* Engoliu em seco, então recuou suavemente, tentando controlar a respiração irregular.

— Você está noiva. Tecnicamente. Precisa manter essa farsa com Cormac, pelo menos em público.

Ajeitou o vestido e… merda. Aquele era um sutiã de renda lilás? Por que diabos ele não tinha visto aquilo? Bryce olhou para o fim do beco, os lábios inchados, e uma parte feral de Hunt uivou com satisfação ao ver que *ele* tinha feito aquilo, *ele* tinha levado aquele rubor às bochechas dela, suscitado o aroma intenso de vinho da excitação dela. Ela era *dele.*

E ele era dela. Porra, completamente dela.

— Está sugerindo que a gente encontre um motel meia-boca em vez disso? — Os lábios abrindo em um sorriso, o pau de Hunt latejou ainda mais, como se implorasse para a boca de Bryce deslizar sobre ele.

Soltou um ruído abafado.

— Estou sugerindo… — Merda, o que ele *estava* sugerindo? — Não sei. — Ele respirou profundamente. — Você tem certeza de que quer fazer isso agora? — Gesticulou entre os dois. — Eu sei que as emoções estão à flor da pele depois do que descobrimos. Eu… — Ele não conseguia olhar para ela. — O que você quiser, Quinlan. É o que quero dizer.

Ficou calada por um momento. Então sua mão deslizou pelo peito dele, parando sobre seu coração.

— O que você quer? Por que só o que eu quero?

— Porque foi você quem sugeriu esperar até o Solstício.

— E?

— E eu quero me certificar de que você está completamente certa de acabar com o nosso... acordo.

— Tudo bem. Mas eu também quero saber o que *você* quer, Hunt.

Ele encontrou o olhar dourado dela.

— Você sabe o que eu quero. — Sua voz desceu um tom de novo. — Eu jamais deixei de te... querer. Eu achei que fosse óbvio.

O coração dela galopava. Conseguia ouvir. Hunt abaixou os olhos para os seus seios fartos, deparando-se com um brilho fraco.

— Sua estrela...

— Nem me fale dessa coisa — disse, gesticulando para a estrela. — Vamos continuar falando sobre o quanto você me quer. — Dando uma piscadela.

Hunt passou o braço por seus ombros, guiando-a de volta para a avenida tumultuada. Sussurrou em seu ouvido:

— Por que eu não mostro a você mais tarde?

Ela gargalhou, o brilho da estrela empalidecendo sob a luz do sol enquanto emergiam nas ruas escaldantes, colocou os óculos escuros e o boné.

— É isso que eu quero, Hunt. Isso é *definitivamente* o que eu quero.

18

Ithan esfregou o rosto. Aquele dia ficou… complicado.

— Parece que você precisa de uma bebida — disse Tharion ao caminhar até a porta do apartamento. Ruhn saíra um momento antes. Ithan supôs que ficaria sentado por umas boas horas para contemplar a confusão fenomenal em que tinha se metido. Na qual Bryce parecia determinada a se envolver.

— Há quanto tempo vocês estão fazendo essa merda toda?

— Você sabe o que aconteceu durante a Cimeira, não sabe?

— Demônios arrasaram a cidade, mataram um monte de gente. Dois arcanjos morreram. Todo mundo sabe disso.

As sobrancelhas de Tharion se ergueram.

— Você descobriu como Micah e Sandriel morreram?

Ithan piscou, se preparando.

A expressão do tritão estava totalmente séria.

— Vou lhe contar isso depois de ter recebido uma ligação pessoal de Rigelus há três meses, me mandando ficar de boca fechada ou eu seria morto, assim como meus pais. Mas, como tudo que estou fazendo ultimamente parece apontar para essa estrada, você pode muito bem saber a verdade. Pois você provavelmente vai acabar morto com a gente.

— Fantástico. — Ithan desejou que Perry o tivesse largado em qualquer lugar, menos naquele apartamento.

Tharion falou:

— Hunt arrancou a cabeça de Sandriel depois que a arcanjo ameaçou Bryce.

Ithan se espantou. Sabia que Athalar era intenso para cacete, mas matar um arcanjo…

— E Bryce matou Micah depois que ele se vangloriou de matar Danika e a Matilha dos Demônios.

O corpo de Ithan ficou dormente.

— Eu… — Não conseguia tomar fôlego. — Micah… o quê?

Quando Tharion terminou de explicar, Ithan estava trêmulo.

— Por que ela não me contou? — O lobo solitário dentro dele uivava em dor e ódio.

Porra, Sabine não fazia ideia de que Micah tinha matado a filha dela. Ou… espere. Sabine *sabia*. Ela e Amelie estavam na Cimeira, assim como o Primo. Todos testemunharam pelas transmissões o que Tharion acabara de descrever.

E… e não tinham contado a ele. O resto do Covil, tudo bem, mas Connor era seu irmão. A ânsia de se metamorfosear, de urrar e rugir, tomou conta de seu sangue, vibrou em seus ossos. Ele a suprimiu.

Tharion prosseguiu, alheio ao animal que tentava usar as garras para se libertar de dentro de Ithan.

— Os asteri foram diretos com Bryce e Athalar: uma palavra para alguém e eles morrem. O único motivo pelo qual ainda não estão mortos é porque têm se comportado neste verão.

Garras apareceram nas pontas dos dedos de Ithan. Tharion não deixou de notar.

Entre a boca cheia de presas que se estendiam, Ithan grunhiu:

— Micah matou meu irmão. E Bryce matou Micah por causa disso. — Não conseguia processar aquilo, que Bryce, *antes* da Descida, tinha destruído um arcanjo.

Não fazia sentido.

Tivera a audácia, a ignorância, de questionar o amor dela por Danika e Connor. As garras e as presas dele se retraíram. Seu lobo interior parou de uivar.

Ithan esfregou o rosto de novo, a vergonha passava por ele como um rio rançoso, afogando a fera dentro de sua pele.

— Preciso de um tempo para processar isso. — O lobo que ele costumava ser teria corrido para o campo de solebol para treinar até que não fosse nada além de fôlego e suor, até que os pensamentos tivessem se organizado. Contudo, não colocava os pés em um daqueles campos há anos. Não voltaria agora.

Tharion se dirigiu para a porta de novo.

— Tenho certeza de que sim, mas um conselho: não demore muito. Urd trabalha de formas misteriosas, e não acho que tenha sido uma coincidência você estar aqui bem no momento que essa merda começou.

— Então eu deveria seguir o fluxo por causa de um palpite de que o destino está me dando um empurrãozinho?

— Talvez — respondeu o tritão. Gesticulou com os poderosos ombros, cultivados durante uma vida inteira nadando. — Mas, quando estiver cansado de ficar sentado no sofá sentindo pena de si mesmo, venha me procurar. O olfato de um lobo me seria útil.

— Para quê?

O rosto de Tharion ficou sério.

— Eu preciso encontrar Emile antes de Pippa Spetsos. Ou Cormac.

O tritão o deixou. Por um longo momento, Ithan ficou sentado em silêncio.

Será que Connor sabia de alguma coisa sobre o envolvimento de Danika com Sofie Renast? Será que Sabine sabia? Duvidava, mas... Pelo menos Bryce estava tão alheia àquilo quanto ele.

Bryce, que tinha usado a espada de Danika durante o ataque àquela cidade e ficado com a arma desde então. Ithan olhou para a porta.

Moveu-se antes que pudesse questionar a sensatez e a moralidade daquilo, seguindo direto para o armário de casacos. Guarda-chuvas, caixas de porcaria... nada. O armário de lençóis e o da lavanderia não revelaram nada também.

Então restava... Encolheu os ombros ao entrar no quarto.

Não sabia como não tinha visto na outra noite. Bem, ele tinha sido violentamente espancado, então era uma boa desculpa, mas... a espada estava encostada na cadeira ao lado da penteadeira alta dela, como se Bryce a tivesse deixado ali como decoração.

A boca de Ithan secou, mas saiu andando até a lâmina antiga. Presenteada a Danika pelo Primo, um ato que deixara Sabine furiosa, pois há muito ela esperava herdá-la da família.

Ainda conseguia ouvir Sabine transtornada nas semanas após a morte de Danika, tentando descobrir onde Danika havia deixado a espada. Ela praticamente destruíra aquele apartamento velho para achá-la. Ithan pensou que tinha sido perdida, até que Bryce empunhara a espada na primavera.

Com o fôlego preso, Ithan pegou a lâmina. Era leve, mas perfeitamente equilibrada. Ele a tirou da bainha, o metal brilhando à luz fraca.

Porra, era linda. Simples, mas impecável.

Deu um longo suspiro, afastando as teias de aranha das lembranças, Danika levando aquela espada para todo lado, empunhando-a no treino; de alguma forma, a lâmina era uma validação de que mesmo que Sabine fosse uma merda, com Danika, os lobos tinham um futuro brilhante, com Danika, seriam *mais*...

Não conseguiu evitar. Ithan assumiu uma posição de defesa e golpeou com a espada.

Isso, era perfeita. Um feito notável de habilidade.

Ithan girou, fez uma finta, então atingiu um oponente invisível. Sabine perderia as estribeiras se soubesse que estava brincando com a lâmina. Mas e daí?

Ithan golpeou as sombras mais uma vez, estremecendo com a linda canção da espada que cortava o ar. ... Que Inferno... tivera uma manhã estranha à beça. Precisava dissipar parte da tensão.

Avançando e bloqueando, saltando e rolando, Ithan treinou com um inimigo invisível.

Talvez tivesse ficado louco. Talvez fosse isso o que acontecia com os lobos sem matilha.

A espada era uma extensão de seu braço, pensou. Ithan deslizou em torno da mesa de jantar de vidro, atacando dois, três, dez oponentes...

Holstrom bloqueia; Holstrom avança...

Movendo-se pelo apartamento, Ithan saltou para a mesa de centro diante do sofá, madeira estremecendo sob ele, a narração alta e precisa em sua mente. *Holstrom desfere o golpe fatal!*

Desceu a espada formando um arco triunfante.

A porta da frente se abriu.

Bryce o encarou. De pé na mesa de centro com a espada de Danika.

— Esqueci meu crachá... — começou Bryce, as sobrancelhas tão arqueadas que pareciam capazes de tocar a linha do cabelo. Ithan rezou para que Solas o derretesse no chão e fervesse seu sangue até se vaporizar.

Aparentemente o deus do sol estava ouvindo. A mesa de centro rangeu, então rachou.

E desabou completamente sob ele.

Ithan podia ter ficado deitado ali, esperando que um ceifador viesse sugar a alma de seu corpo, caso Bryce não tivesse se aproximado exasperada. Não com ele, não para ajudá-lo. Mas para investigar alguma coisa além do campo visual de Ithan.

— Que porra é essa? — perguntou, ajoelhando-se.

Ithan conseguiu mover o traseiro dos destroços, levantando a cabeça para vê-la agachada sobre uma pilha de papéis.

— Tinha uma gaveta na mesa?

— Não. Talvez fosse um compartimento secreto. — Bryce tirou lascas de madeira da pilha parcialmente espalhada. — Esta mesa estava aqui quando eu me mudei, toda a mobília era de Danika. — Ergueu o olhar para Ithan. — Por que ela esconderia seus antigos trabalhos de faculdade aqui?

* * *

Ruhn amolava Áster em uma pedra, fazendo fagulhas pretas iridescentes voarem da ponta da lâmina. Atrás dele, no Aux vazio, Flynn e Declan limpavam seu arsenal em uma mesa de trabalho.

Planejaram se encontrar ali naquela tarde. Ruhn tinha pretendido amolar a espada, limpar e inspecionar suas armas, então terminar o dia com uma reunião dos Mestres da Cidade para discutir a nova arcanjo.

Um dia normal, em outras palavras. Exceto pela merda colossal e ameaçadora que tinha acabado de acontecer. Por incrível que pareça, o Príncipe do Desfiladeiro era o menor de seus problemas.

— Fala logo — disse Flynn, sem parar de trabalhar na arma.

— O quê? — perguntou Ruhn, arrancando a lâmina.

Declan respondeu:

— O que quer que tenha feito você ficar aí parado em pé calado por dez minutos, sem nem reclamar da playlist merda do Flynn.

— Babaca — disse Flynn a Dec, assentindo para onde seu celular tocava heavy metal no volume máximo. — Isso é poesia.

— Existem estudos sobre plantas que murcham e morrem quando expostas a esse tipo de música — replicou Declan. — É exatamente como eu me sinto agora.

Flynn riu.

— Imagino que você esteja emburrado por uma dessas três coisas: papai horrível, irmãzinha ou noiva bonita.

— Nenhuma delas, seu bosta — disse Ruhn, afundando na cadeira do outro lado da mesa. Ele olhou para as portas, ouvindo. Quando se certificou de que ninguém ocupava o corredor adiante, disse: — Minha hora de almoço começou com a visita do Príncipe do Desfiladeiro em forma felina no apartamento de Bryce, onde revelou que Cormac é um rebelde da Ophion, e terminou com a descoberta de que Cormac está atrás de uma criança desaparecida e a irmã espiã da criança. Que por acaso é a namorada de Cormac. E basicamente ameaçou contar a meu pai sobre eu conseguir conversar telepaticamente se eu não me encontrar com ele em um bar para me contar como eu posso ser útil para a Ophion.

Os amigos escancararam a boca. Declan disse, com cautela:

— Está todo mundo… vivo?

— Sim — disse Ruhn, suspirando. — Eu jurei manter segredo, mas…

— Contanto que você não tenha feito um juramento de sangue, isso importa? — disse Flynn, a arma esquecida na mesa ao lado dele.

— Confie em mim, Cormac tentou. Eu me recusei.

— Que bom — disse Dec. — Conte tudo.

Eram as duas únicas pessoas no mundo a quem Ruhn confiaria aquilo. Bryce e Hunt o espancariam por contar alguma coisa, mas paciência. Eles ao menos tinham um ao outro para desabafar. Então Ruhn abriu a boca e explicou.

— E… é nessa que eu me encontro — concluiu Ruhn, brincando com o piercing labial.

Flynn esfregou as mãos.

— Isso vai ser impressionante. — Estava completamente sério. Ruhn o olhou boquiaberto.

Mas Declan olhava para ele pensativo.

— Certa vez eu invadi uma base de dados militar imperial e vi a filmagem não censurada dos campos de batalha e de extermínio. — Até mesmo o sorriso de Flynn sumiu. Declan prosseguiu, o cabelo ruivo brilhando à primalux. — Me deixou enjoado. Sonhei com o que vi por semanas depois daquilo.

— Por que não disse nada? — perguntou Ruhn.

— Porque nada podia ser feito a respeito. Parecia que não podia, pelo menos. — Declan assentiu, como se para si mesmo. — Do que quer que você precise, estou dentro.

— Fácil assim, é? — disse Ruhn, erguendo as sobrancelhas.

— Fácil assim — respondeu Dec.

Ruhn precisou de um momento. Não fazia ideia de que deus tinha agradado tanto para ser abençoado com tais amigos. Eles eram mais do que isso. Eram seus irmãos. Ruhn finalmente disse, rouco:

— Se formos pegos, seremos mortos. Nossas famílias também. — Acrescentou para Dec: — E Marc.

— Confie em mim, Marc seria o primeiro a dizer sim para isso. Ele odeia os asteri. — Continuou com um sorriso tímido. — Mas… sim, acho que é mais seguro que ele não saiba. — Franziu a testa para Flynn. — Você consegue ficar calado?

Flynn fez um som de exasperação.

— Você fala demais quando está bêbado — interrompeu Ruhn. Mas ele sabia que Flynn era um cofre de aço quando queria.

Um tom de deboche preencheu a voz de Declan, ridicularizando Flynn quando falou:

— Ah, escritora-ninfa sexy, olhe só seus peitos, eles são tão redondos, eles me lembram dessas bombas que o Aux está escondendo no arsenal caso…

— *Não* foi isso o que aconteceu, porra! — murmurou Flynn. — Ela era repórter, para início de conversa…

— E foi há vinte anos — interrompeu Ruhn, antes que aquilo pudesse escalar para o absurdo. — Acho que você aprendeu sua lição.

Flynn fez cara de irritação.

— E agora? Você vai encontrar Cormac e ouvir o que ele tem a dizer?

Ruhn exalou e enfim começou a limpar a espada. Bryce ficaria transtornada.

— Não tenho escolha.

19

— Que *merda* é essa? — sussurrou Bryce, ao se ajoelhar nos destroços de sua mesa de centro e folhear a pilha de papéis aparentemente escondida dentro dela.

— Não são apenas trabalhos de faculdade — disse Ithan, abrindo os papéis ao lado. — São documentos e imagens de recortes de jornais. — Olhou para as folhas. — Todos parecem se referir aos usos da primalux, a maioria sobre como foi transformada em instrumento de guerra.

As mãos de Bryce tremiam, enquanto lia brevemente alguns artigos acadêmicos, todos cheios de correções, teorizando sobre a origem dos mundos e o que os asteri sequer *eram*.

— Ela nunca mencionou nada disso — falou Bryce.

— Acha que é o que Sofie Renast descobriu? — perguntou. — Tipo, talvez Danika tenha farejado alguma coisa sobre os asteri com os... — Ithan parou antes de acrescentar — Dons dela?

Bryce elevou o olhar para o rosto cuidadosamente neutro dele enquanto Ithan tentava se recuperar de um deslize.

— Você sabia sobre o dom dela de farejadora?

Ithan se moveu sobre os joelhos.

— Não mencionávamos, mas... sim. Connor e eu sabíamos.

Bryce virou outra página, deixando a informação para depois.

— Bem, por que importa se Danika farejou alguma coisa a respeito dos asteri? Eles são estrelas divinas. — Seres que possuíam a força de uma estrela inteira dentro de si, sem jamais envelhecer ou morrer.

Conforme passava os olhos por um artigo atrás do outro, Ithan fazendo o mesmo ao lado dela, Bryce notava que contradiziam a história contada. Ela se obrigou a continuar respirando tranquilamente. Danika tinha estudado história na UCLC. Nada parecia fora do comum, exceto por estar escondido. Ali.

Tudo o que temos como prova do suposto poder sagrado deles é sua palavra, leu Bryce. *Quem algum dia viu tal estrela se manifestar? Se eles são estrelas dos céus, então são estrelas caídas.*

Um calafrio percorreu a coluna de Bryce, uma das mãos subindo para o peito. Ela possuía uma estrela dentro do corpo. Bem, luz estelar que se manifestava como uma coisa em forma de estrela, mas... qual era o poder dos asteri, então? O sol era uma estrela, será que eles possuíam o poder de um sol de verdade?

Se sim, essa rebelião estava fodida. Talvez Danika tivesse se perguntado aquilo, e quisera que Sofie verificasse, de alguma forma. Talvez fosse esse o objetivo da informação, o que Danika tinha suspeitado e temido e que precisava oficialmente confirmar: não tinha como vencer. Nunca.

Bryce queria que Hunt estivesse ali, mas não ousava chamá-lo. Depois do que tinha acontecido entre os dois no beco talvez fosse melhor que não estivessem próximos. Não confiava em si mesma para manter as mãos longe dele.

Aquele beijo. Não tinha hesitado. Tinha visto Hunt, aquele exterior normalmente inabalável se derretendo, e... precisava beijá-lo.

O problema era que agora precisava de mais. Era uma pena que Ithan estivesse se hospedando com ela, e o tipo de sexo que Bryce planejava fazer com Hunt sacudiria as paredes.

Mas... Urd devia ter mandado Bryce para o apartamento naquele momento. Para ver aquilo. Ela exalou. Passou a mão pelas páginas. Os últimos papéis da pilha a fizeram perder o fôlego.

— O que foi? — perguntou Ithan.

Bryce balançou a cabeça, afastando-se para reler o texto.

A Verdade do Crepúsculo.

O mesmo projeto que tinha sido mencionado nos e-mails entre Sofie e Danika. Que Danika disse que seria do interesse de Sofie. Danika estava pesquisando aquilo desde a *faculdade*? Bryce inspirou e virou para a página seguinte.

Estava completamente vazia. Como se Danika não tivesse chegado a escrever nada sobre aquilo.

— A Verdade do Crepúsculo foi uma das coisas que Danika mencionou a Sofie — disse em voz baixa. — A Verdade do Crepúsculo e o Projeto Thurr.

— O que é?

Balançou a cabeça de novo.

— Não sei. Mas deve haver uma conexão entre tudo isso. — Ela jogou o documento da Verdade do Crepúsculo de volta na pilha.

Ithan perguntou:

— E agora?

Suspirou.

— Eu preciso voltar para o trabalho.

Ele arqueou a sobrancelha a questionando.

— Sou contratada, lembra? — Ficou de pé. — Pode, hã… encontrar um lugar para esconder isso? E não brinque mais de Herói Guerreiro. Eu gostava daquela mesa de centro.

Ithan corou.

— Eu não estava brincando de Herói Guerreiro — murmurou.

Bryce riu e pegou o crachá, pendurado ao lado da porta, mas disse em tom solene:

— Você ficou bem a empunhando, Ithan.

— Eu só estava de palhaçada. — Seu tom de voz saiu tão tenso que Bryce não disse mais nada antes de partir.

* * *

Ruhn encontrou Cormac no salão de bilhar da CiRo, perdendo para um sátiro, uma antiga canção de rock soava do jukebox do outro lado do espaço revestido de concreto.

Cormac falou, concentrando-se na jogada:

— Eu jamais contaria a seu pai, aliás.

— E ainda assim aqui estou — disse Ruhn. O sátiro notou a expressão no rosto de Ruhn e sumiu. — Parece que sua ameaça funcionou.

— Tempos extremos — murmurou Cormac.

Ruhn pegou o taco largado pelo sátiro, olhando para a mesa de bilhar, reconheceu a jogada seguinte do sátiro imediatamente e riu.

— Ele estava prestes a acabar com você.

Cormac, de novo, avaliou sua jogada.

— Eu estava deixando ele vencer. Coisa digna de um príncipe.

Bolas estalaram, e Ruhn riu quando elas se espalharam. Nenhuma se encaçapou.

— Óbvio — disse Ruhn, alinhando a bola branca. — Duas bolas enfim encontraram as caçapas com um satisfatório *plink*.

Cormac xingou baixinho.

— Eu tenho a sensação de que isso é mais a sua praia do que a minha.

— Culpado.

— Você parece um macho que passa o próprio tempo em lugares como este.

— Em vez de...

— Fazer coisas.

— Eu lidero o Aux. Não é como se eu frequentasse espeluncas o dia todo. — Ruhn olhou para o bar significativamente.

— Aquela festa sugeria o contrário.

— Nós gostamos de nos divertir na ensolarada Lunathion.

Cormac riu com escárnio.

— Aparentemente. — Observou Ruhn colocar outra bola no bolso, então errar seu segundo lance por dois centímetros. — Você tem mais piercings desde a última vez que o vi. E mais tatuagens. As coisas devem estar chatas por aqui se é assim que você passa seu tempo.

— Tudo bem — disse Ruhn, apoiando o corpo no taco. — Você é um herói emburrado e eu sou um babaca preguiçoso. É assim mesmo que você quer começar essa conversa?

Cormac fez a jogada, uma das bolas finalmente entrou em um buraco. Errou a segunda tacada, deixando o ângulo de que Ruhn precisava completamente exposto.

— Só me ouça, primo. É tudo o que peço.

— Tudo bem. — Ruhn deu sua tacada. — Vamos ouvir — sussurrou.

Cormac encostou no taco e estudou o bar vazio antes de falar:

— Sofie estava em contato com nosso espião mais vital na rebelião, Agente Daybright.

Ruhn ficou inquieto. Ele realmente não queria saber.

Cormac prosseguiu:

— Daybright tem acesso direto aos asteri, há muito a Ophion duvida se Daybright é um asteri. Daybright e Sofie se comunicavam em códigos, utilizando rádios alimentados por cristais. Mas, com o... desaparecimento de Sofie, ficou perigoso demais continuar usando os antigos métodos de comunicação. A Corça ter chegado tão rápido ao local naquela noite indica que alguém deve ter interceptado as mensagens e decifrado nossos códigos. Precisamos de alguém que consiga falar entre mentes para estar em contato direto com Agente Daybright.

— E por que diabos eu concordaria em trabalhar com você? — Além da ameaça de Cormac contar ao Rei Outonal sobre seus talentos.

Falar entre mentes era um dom raro entre os feéricos avallenos, herdado da linhagem de sua mãe, e sempre fora algo que lhe vinha naturalmente. Ruhn tinha 4 anos na primeira vez em que utilizou o seu poder. Tinha pedido um sanduíche à mãe entre mentes, fazendo-a gritar quando o ouviu. Naquele momento, ele soube que deveria esconder o dom, mantê-lo em segredo. Quando a mãe esfregou a cabeça, obviamente se perguntando se tinha imaginado aquilo, ele se manteve calado. E se certificou de que ela não tivesse motivo para levá-lo até o pai, Ruhn já sabia que seria interrogado e examinado, e jamais o deixaria em paz. Não tinha cometido o mesmo erro até então.

Não deixaria seu pai controlar essa parte também. E mesmo que Cormac tivesse jurado que não revelaria... seria burro de acreditar no primo.

— Porque é a coisa certa a fazer — disse Cormac. — Eu vi aqueles campos de extermínio. Vi o que resta das pessoas que sobrevivem. As crianças que sobrevivem. Não pode continuar acontecendo.

Ruhn falou:

— Os campos de aprisionamento não são nada de novo. Por que agir agora?

— Porque Daybright apareceu e começou a nos passar informações vitais que levaram a ataques bem-sucedidos contra os corredores de abastecimento, as missões, os acampamentos. Agora que temos alguém infiltrado no alto escalão do governo, as chances mudam. A informação que Daybright passaria para você pode salvar milhares de vidas.

— E tirá-las — disse Ruhn, sombriamente. — Você falou com Comando a meu respeito.

— Não — respondeu Cormac, sinceramente. — Eu só mencionei que tinha um contato em Lunathion que poderia ser útil em restabelecer nossa conexão com Daybright, então fui mandado para cá.

Ruhn não podia culpá-lo por tentar. Embora não pudesse ler pensamentos ou invadir as mentes distraídas das pessoas como alguns de seus primos faziam, ele aprendera que podia conversar com as pessoas em um tipo de ponte psíquica, como se sua mente a tivesse formado tijolo após tijolo entre almas. Era perfeito para uma rede de espionagem.

Ruhn perguntou:

— E foi uma coincidência Emile ter vindo para cá também?

Um leve sorriso.

— Dois coelhos, uma cajadada. Eu precisava de um motivo para estar aqui, para encobrir minha busca por ele. Procurar seus dons ofereceu isso à Ophion. Assim como meu noivado com Bryce.

Ruhn franziu a testa.

— Então você está me pedindo para o quê? Ajudá-los só essa vez? Ou pelo resto da porra da minha vida?

— Estou pedindo a você, Ruhn, que retome de onde Sofie parou. Cabe a você decidir por quanto tempo trabalhará para nós, mas, no momento, a Ophion está desesperada pelas informações que Daybright tem. A vida das pessoas depende disso. Daybright já nos alertou três vezes antes de um ataque imperial a uma de nossas bases. Esses avisos salvaram milhares de vidas. Nós precisamos de você pelos próximos meses, ou pelo menos até conseguirmos a informação que Sofie tinha.

— Eu não vejo que escolha tenho a não ser aceitar.

— Já disse, não vou contar ao seu pai. Só precisava trazer você até aqui. Consegui que ouvisse. Não pediria isso a você a não ser que fosse necessário.

— Como você acabou se envolvendo nessa rebelião? — Até onde Ruhn sabia, a vida de Cormac era bastante confortável, mas supôs que, para alguém olhando de fora, a sua vida também parecia.

Cormac sopesou o taco em suas mãos.

— É uma longa história. Eu me juntei a eles há uns quatro anos.

— E qual é a sua posição na Ophion, exatamente?

— Agente de campo. Tecnicamente, sou um comandante de campo da rede de espionagem do noroeste de Pangera. — Ele exalou devagar. — Sofie era uma de minhas agentes.

— Mas agora você está tentando manter Emile longe da Ophion? Tendo dúvidas sobre a causa?

— Nunca sobre a causa — disse Cormac, baixinho. — Apenas sobre as pessoas nela. Depois dos pesados golpes contra as bases este ano, a Ophion tem cerca de dez mil membros ainda, controlados por uma equipe de vinte no Comando. A maioria deles são humanos, mas alguns são vanir. Qualquer vanir afiliado à Ophion, Comando ou não, faz juramento de segredo, talvez com padrões mais severos do que os humanos.

Ruhn inclinou a cabeça e perguntou diretamente:

— Como você sabe que pode confiar em mim?

— Porque sua irmã colocou uma bala na cabeça de um arcanjo e vocês todos se mantiveram calados.

Ruhn assentiu para uma caçapa, mas errou a tacada final. Mesmo assim, disse calmamente:

— Eu não sei do que você está falando.

Cormac riu baixinho.

— Sério? Os espiões de meu pai descobriram antes de os asteri abafarem a informação.

— Então por que a trata como uma festeira?

— Porque ela voltou para as festas depois do que aconteceu na última primavera.

— Eu também. — Mas estavam fugindo do tópico. — O que você sabe sobre o Agente Daybright?

— O mesmo que você. — A bola de Cormac fez um arco vergonhosamente aberto.

— Como eu posso contatá-lo? E o que eu faço depois que receber a informação?

— Você passa para mim. Eu sei para onde mandá-la no Comando.

— E, de novo, eu deveria simplesmente… confiar em você.

— Eu confiei em você com informações que poderiam me jogar nas celas dos asteri.

Não qualquer prisão. Para aquele tipo de coisa, para alguém da estirpe de Cormac, a de Ruhn, seria o notório calabouço sob o palácio de cristal dos asteri. Um lugar tão horrível, tão brutal, que, segundo rumores, não havia câmeras. Nenhum registro, nenhuma prova de atrocidades. Exceto por raras testemunhas e sobreviventes como Athalar.

Ruhn novamente alinhou sua última tacada e indicou a caçapa, mas parou antes de jogar.

— Então, como eu faço? Projeto minha mente no espaço e torço para alguém responder?

Cormac riu, xingando quando Ruhn encaçapou a última bola. Ruhn, calado, pegou o triângulo de madeira e começou organizar todas as bolas de novo.

Ruhn deu a primeira tacada com um estalo, iniciando a rodada seguinte. As bolas três e sete caíram em caçapas opostas, ficaria com as sólidas, então.

Cormac tirou um pequeno cristal de quartzo do bolso e jogou para Ruhn.

— É tudo hipotético no momento, considerando que jamais trabalhamos com alguém como você. Mas primeiro tente contato com Daybright segurando isto. Daybright tem o outro par desse cristal-com. Tem as mesmas propriedades de comunicação que os Portões desta cidade.

O cristal-com parecia morno na palma de Ruhn quando o enfiou no bolso.

— Como funciona?

— Era assim que nossos rádios chegavam a Daybright. Sete cristais, todos escavados de uma rocha, seis incrustados em rádios em nossa posse, o sétimo no rádio de Daybright. São como faróis, na mesma frequência. Sempre tentando ser parte de um todo de novo. Este cristal é o último que resta dos nossos seis. Os outros cinco foram destruídos por segurança. Espero que com os seus poderes, ao segurá-lo na mão, seja possível estabelecer uma conexão mental com Daybright. Da mesma forma que os Portões daqui podem enviar áudio entre eles.

O olhar de Cormac se anuviou, em sofrimento. Ruhn se viu perguntando:

— Este cristal é do rádio de Sofie?

— É. — A voz de Cormac ficou embargada. — Ela deu ao Comando antes de ir para Kavalla. Eles deram para mim quando eu mencionei que talvez conhecesse alguém que poderia usá-lo.

Ruhn mensurou o luto, a dor no rosto do primo antes de suavizar seu tom.

— Sofie parece uma pessoa incrível.

— Ela era. É. — Cormac pigarreou. — Eu preciso encontrá-la. E a Emile.

— Você a ama?

Os olhos de Cormac queimaram com chamas.

— Não tento me iludir com a ideia de que meu pai aprovaria uma união com uma meio humana, principalmente uma sem fortuna ou nome. Mas sim. Eu esperava encontrar uma forma de passar minha vida com ela.

— Você acha mesmo que ela está aqui, tentando encontrar Emile?

— O tritão não eliminou essa possibilidade. Por que eu deveria? — De novo, muralhas se ergueram nos olhos de Cormac. — Se sua irmã sabe alguma coisa sobre Danika ter encontrado um esconderijo para eles, eu preciso saber.

Ruhn notou o leve indício de desespero, de pesar e pânico, e decidiu acabar com o sofrimento do primo.

— Nós suspeitamos que Danika possa ter dito a Sofie para se esconder no Quarteirão de Ossos — disse ele.

Cormac se alarmou, mas assentiu em gratidão a Ruhn.

— Então precisaremos encontrar uma forma de garantir passagem segura até lá, e achar uma forma de buscar sem sermos vistos ou incomodados.

Bem, Ruhn precisava de uma bebida. Graças a Urd que já estavam em um bar.

— Tudo bem. — Observou o primo, o cabelo loiro perfeito e o rosto bonito. — Se faz alguma diferença, caso a gente consiga encontrar Sofie, eu acho que você deveria se casar com ela, se o desejo for recíproco. Não deixe seu pai amarrá-lo a um noivado que você não quer.

Cormac não sorriu. Escrutinou Ruhn com os olhos, então falou:

— A rainha-bruxa Hypaxia é linda e sábia. Você poderia se sair muito pior, sabe.

— Eu sei. — Era o máximo que Ruhn diria àquele respeito.

Ela *era* linda. Impressionantemente, de tirar a concentração. Mas sua prometida tinha zero interesse nele. Deixara isso bem óbvio nos meses depois da Cimeira. Ele não a culpava completamente. Mesmo que tivesse tido um lampejo de como poderia ter sido a vida com ela, uma espiada por um buraco de fechadura.

Cormac pigarreou.

— Quando você se conectar com Daybright, diga isto para confirmar sua identidade.

Conforme seu primo tagarelava as frases-código, Ruhn fazia uma jogada após a outra, até que apenas duas bolas restassem e ele errasse a mais fácil, repassando a bola branca para dar uma chance ao primo. Não soube por que se incomodou em fazer aquilo.

Cormac entregou a bola branca de volta a ele.

— Não quero vencer por pena.

Ruhn revirou os olhos, mas pegou a bola de volta, fazendo uma tacada.

— Alguma informação que eu deveria pedir a Daybright?

— Há meses estamos tentando coordenar um ataque à Coluna. Daybright é nossa principal fonte de informação para saber quando e onde atacar.

A Coluna, a ferrovia norte-sul que cortava Pangera ao meio. A artéria principal para os suprimentos daquela guerra.

— Por que tentar o ataque? — perguntou Ruhn. — Para interromper o fluxo de suprimentos?

— Isso, e porque há meses Daybright tem ouvido rumores sobre os asteri estarem trabalhando em um novo tipo de protótipo de mec-traje.

— Diferente dos mec-trajes que os humanos usam?

— Sim. Esse é um mec-traje feito para os vanir. Para os exércitos imperiais.

— Merda. — Podia imaginar como seriam letais.

— Exatamente — falou Cormac, verificando o relógio. — Eu preciso ir para o Cais Preto, quero saber se há algum indício de que Emile ou Sofie estiveram lá. Mas entre em contato com Daybright assim que puder. Precisamos interceptar o protótipo do traje vanir para estudar a tecnologia antes que possa ser usada para nos massacrar.

Ruhn assentiu, resignado.

— Tudo bem. Vou ajudar você.

— Seus amigos não ficarão satisfeitos. Principalmente Athalar.

— Pode deixar Athalar comigo. — Ele não respondia ao anjo. Mas à irmã…

Cormac o observou mais uma vez.

— Quando quiser sair, eu tiro você. Prometo.

Ruhn enterrou a última bola na caçapa escolhida e apoiou o taco contra a parede de concreto.

— Vou cobrar isso de você.

20

O ruído de água pingando no piso de plástico do píer seco na Corte Azul era o único som que soava enquanto Tharion consertava sua moto aquática. O suor do tritão pingava, apesar da temperatura fresca da câmara. Tinha tirado a camisa minutos depois de chegar ali, até mesmo o algodão macio era sufocante demais grudando na pele conforme trabalhava. Junco tinha ficado preso no motor durante a viagem até o pântano no outro dia, e, embora a equipe de engenharia pudesse ter facilmente consertado o problema, queria fazer por conta própria.

Queria dar à mente um tempo para processar tudo.

A última coisa que imaginou ao acordar naquela manhã era conversar com o Príncipe do Desfiladeiro disfarçado de gato. Quanto mais descobrir que um príncipe avalleno era um rebelde da Ophion procurando pelo irmão mais novo de Sofie Renast. Ou que Danika Fendyr tinha mandado Sofie em busca de informação crucial sobre os asteri. Não, ele tinha acordado com apenas um objetivo: descobrir o que Ithan Holstrom sabia.

Um monte de nada, pelo visto.

Belo Capitão de Inteligência. *Capitão Qualquer Coisa*, como Holstrom tinha chamado. Tharion estava considerando gravar aquilo em uma placa para sua mesa.

No entanto, ao menos Holstrom tinha concordado em ajudar caso Tharion precisasse do focinho dele para encontrar Emile. Se Pippa Spetsos estava caçando o menino como Cormac tinha alegado, deixando de lado a política e Sofie e a sua Rainha... eles precisavam encontrar o menino primeiro. Ao menos para poupá-lo de ser forçado a usar seus poderes de pássaro-trovão de formas terríveis. Holstrom seria valioso naquela empreitada.

Além do mais, o lobo parecia precisar de algo para fazer.

A porta do cais seco se abriu com uma lufada, soprando para dentro o cheiro de correntes borbulhantes e nenúfares. Tharion manteve a atenção no motor, enquanto apertava a chave-inglesa.

— Soube que você estava aqui — disse uma voz feminina animada, e Tharion estampou um sorriso no rosto ao olhar por cima de um ombro para a filha da Rainha do Rio.

Usava seu habitual vestido azul diáfano, realçando a tonalidade marrom da pele. Pérolas do rio e cacos de conchas de abalone brilhavam em seus cachos pretos grossos, cascateando bem abaixo dos ombros esguios até a lombar. Deslizou em sua direção sobre pés descalços, a água fria que cobria o chão aparentemente não a incomodava. Sempre se movia daquele jeito: como se estivesse flutuando debaixo da água. Não possuía forma sereia, era apenas em parte sereia, na verdade. Era algum tipo de humanoide elemental, tão à vontade ao ar livre quanto sob a superfície. Parte mulher, parte rio.

Tharion ergueu a chave-inglesa, um pedaço de alga do rio enroscada na ponta.

— Consertos.

— Por que você ainda insiste em fazê-los por conta própria?

— Isso me dá uma tarefa tátil — respondeu encostando na moto aquática em cima do elevador atrás dele, a água que gotejava nas laterais dela fria contra a pele quente dele.

— Trabalhar para a minha mãe é tão insatisfatório que você precisa dessas coisas?

Tharion ofereceu um sorriso charmoso.

— Eu gosto de fingir que sei o que estou fazendo perto das máquinas — desviou da pergunta.

Deu uma leve risada em resposta, se aproximando. Tharion se manteve perfeitamente imóvel, recusando-se a se afastar da mão que ela havia apoiado no peito exposto dele.

— Eu não tenho visto muito de você ultimamente.

— Sua mãe tem me mantido ocupado. — *Pode cobrar dela.*

Um pequeno e tímido sorriso.

— Eu esperava que a gente pudesse... — Ela corou, e Tharion entendeu o que ela dizia.

Não faziam *aquilo* havia anos. Por que agora? Os espíritos da água eram caprichosos, ele imaginava que ela o tivesse conquistado, consumido, perdido o interesse e seguido em frente. Mesmo que os votos feitos entre eles ainda os atassem irreparavelmente.

Tharion cobriu a pequena mão com a própria, acariciando o polegar sobre a pele aveludada.

— Está tarde, e eu vou acordar cedo.

— E, no entanto, está aqui, trabalhando nessa... máquina. — Puxou à mãe no que dizia respeito a tecnologia. Mal conseguira dominar o conceito de um computador, apesar das aulas com Tharion. Se perguntou se ela sequer sabia o que era uma moto aquática.

— Eu preciso dela para o trabalho de amanhã. — Uma mentira.

— Mais do que precisa de mim?

Sim. Definitivamente, sim.

Tharion deu outro daqueles sorrisos a ela.

— Outra hora, eu prometo.

— Eu soube que você foi até a cidade hoje.

— Estou sempre na cidade.

Olhou para ele, e Tharion notou o olhar ciumento e preocupado.

— Quem você encontrou?

— Alguns amigos.

— Quais?

Quantos interrogatórios tinham começado assim e terminado com ela chorando para a mãe? O último tinha sido há apenas alguns dias. Depois, ele acabara naquele barco no mar Haldren, buscando os restos mortais de Sofie Renast.

Disse, com cautela:

— Bryce Quinlan, Ruhn Danaan, Ithan Holstrom e Hunt Athalar. — Não precisava mencionar Aidas ou o Príncipe Cormac. Não eram amigos dele.

— Bryce Quinlan... a menina dessa primavera? Com a estrela?

Não ficou surpreso por ela só ter perguntado sobre a fêmea.

— Isso. — Outro olhar cauteloso que Tharion fingiu não notar ao dizer, casualmente: — Ela e Athalar estão juntos agora, sabe. Um final feliz depois de tudo que aconteceu.

A filha da Rainha do Rio ficou aliviada, os ombros relaxaram.

— Que lindo.

— Eu gostaria de apresentar vocês algum dia. — Uma mentira descarada.

— Vou pedir a mamãe.

Ele falou:

— Vou vê-los de novo amanhã. Você poderia ir junto. — Era inconsequente, mas… tinha passado dez anos evitando-a, desviando da verdade. Talvez pudessem mudar as coisas um pouco.

— Ah, mamãe vai precisar de mais tempo do que isso para se preparar.

Fez uma reverência com a cabeça, o retrato da compreensão.

— Só me avise quando. Será um encontro de casaizinhos.

— O que é isso?

Não existia televisão ali embaixo. Ou pelo menos nos aposentos reais da Rainha do Rio. Logo, coisas modernas como cultura popular… não estavam nem no radar dela.

Não que o noivado deles pudesse ser considerado verdadeiro. Era mais como uma servidão por contrato.

— Dois casais saindo para fazer uma refeição juntos. Você sabe, um encontro… vezes dois.

— Ah. — Um lindo sorriso. — Eu iria gostar.

Athalar também. Tharion jamais ouviria o fim daquilo. Olhou para o relógio.

— Eu vou acordar cedo, e este motor está uma confusão…

Era o mais próximo de uma dispensa que ele ousaria fazer. Tinha alguns direitos: ela podia procurá-lo para sexo, como tinha acabado de fazer, mas ele podia dizer que não sem repercussões; e seus deveres como Capitão da Inteligência eram mais importantes do que atender às necessidades dela. Rezava para que ela considerasse consertar uma moto aquática um desses deveres.

Graças a Ogenas, ela considerou.

— Vou deixar você em paz, então.

E então se foi, levando o cheiro de nenúfares com ela. Quando as portas se abriram para deixá-la passar, Tharion viu os quatro tritões que compunham a sua guarda esperando do outro lado, a filha da Rainha do Rio jamais ia a lugar algum sozinha. Os machos de peitoral largo teriam lutado até a morte pela chance de compartilhar a cama com ela. Sabia que eles o detestavam por ter e rejeitar esse acesso.

Tharion abriria mão de sua posição com alegria, se ao menos a Rainha do Rio permitisse.

Sozinho de novo, suspirou, encostando a testa contra a moto aquática.

Não sabia quanto mais daquilo podia aguentar. Podia levar semanas ou anos até que ela e a mãe começassem a insistir pelo casamento. E então por filhos. E então estaria trancado em uma jaula, ali sob a superfície, até que mesmo sua vida vanir expirasse. Velho e sem sonhos e esquecido.

Um destino pior do que a morte.

Se, no entanto, essa coisa com Sofie e Emile Renast realmente se tornasse grande... seria a fuga temporária ideal. Não dava a mínima para a rebelião, não de verdade, mas sua rainha lhe dera uma tarefa, e ele prolongaria aquela investigação tanto quanto conseguisse. Talvez visse o que a informação que Sofie tinha coletado poderia garantir a *si*.

Até que suas escolhas tolas finalmente cobrassem o seu preço.

* * *

— E ali é a sala comunal — disse Hunt, entre os dentes trincados para Baxian, ao abrir com um ombro a porta da área de estar do quartel. — Como você já sabe.

— Sempre bom ouvir de um local — disse Baxian, as asas fechadas quando ele notou o espaço escuro: a pequena quitinete à esquerda da porta, as cadeiras aos pedaços e os sofás diante da grande TV, a porta dos banheiros logo adiante. — Isso é apenas para os triários?

— Toda sua esta noite — disse Hunt, verificando o telefone. Depois das 22 horas. Estava de saída às 19 horas quando Celestina ligou pedindo que desse a Baxian um tour do Comitium. Considerando apenas o tamanho do lugar... tinha levado aquele tempo todo. Principalmente porque Baxian fizera um monte de *perguntas*.

O babaca sabia que estava segurando Hunt ali. Longe de Bryce e daquela boca doce e volumosa. Foi precisamente por isso que Hunt tinha escolhido sorrir e aguentar: ele não daria àquele bosta a satisfação de saber o quanto o estava irritando. Ou acabando com o tesão dele.

Mas já bastava. Hunt perguntou:

— Precisa que eu coloque você para dormir também?

Baxian riu, seguindo para a geladeira e abrindo a porta. A luz refletiu das asas dele, tornando seus contornos prateados.

— Que merda de cerveja vocês têm.

— Funcionário público — disse Hunt, encostado à porta. — Cardápios para delivery estão na primeira gaveta à sua direita; ou pode ligar para a cantina e ver se ainda estão servindo. Tudo certo? Ótimo. Tchau.

— O que é aquilo? — perguntou Baxian, e havia tanta curiosidade no tom de voz dele que Hunt não o repreendeu. Acompanhou a direção do olhar do Cão do Inferno.

— Hã. Aquilo é uma TV. A gente assiste coisas nela.

Baxian lançou um olhar desapontador para ele.

— Eu sei o que é uma TV, Athalar. Estava falando daqueles fios e caixas debaixo dela.

Hunt arqueou uma sobrancelha.

— Aquilo é um OptiCube. — Baxian o encarou inexpressivo. Hunt tentou de novo. — Console de videogame? — O Cão do Inferno balançou a cabeça.

Por um momento, Hunt estava no lugar de Baxian, avaliando a mesma sala, a mesma e estranha nova tecnologia, Isaiah e Justinian explicando que porra era um telefone celular. Hunt disse, grosseiramente:

— Você joga nele. Jogos de corrida, jogos em primeira pessoa... são viciantes mas divertidos.

Pelo olhar de Baxian, a palavra *divertidos* era nova para ele também. Solas.

Sandriel odiava tecnologia. Tinha se recusado a permitir sequer televisões no palácio dela. Baxian podia muito bem ter sido transportado de três séculos antes até ali. O próprio Hunt tinha encontrado tecnologia em outras partes do mundo, mas, quando a maioria de seus deveres o mantinha concentrado em Sandriel ou nas missões dela, não tinha muito tempo para aprender sobre as merdas do dia a dia.

Do corredor atrás dele, vozes baixas murmuravam. Naomi e Pollux. Os tons da voz tranquilizadora de Isaiah entre eles. Graças aos deuses.

Hunt viu que Baxian o observava com cautela. Lançou um olhar inexpressivo de volta, um que ele aperfeiçoara como Umbra Mortis. Baxian apenas seguiu para o corredor. Hunt lhe deu bastante espaço.

O Martelo parou na entrada do quarto de Vik, conversando com Isaiah e Naomi no corredor. Era o quarto de Pollux agora. A magia de Hunt retumbava, relâmpago no horizonte. Pollux olhou com desprezo para Hunt quando ele passou. Malas e caixas estavam em pilhas altas atrás dele, uma cidade em miniatura dedicada à vaidade do Martelo.

Hunt, bastante ciente de todas as câmeras, da súplica de Bryce para que se comportasse, prosseguiu, assentindo para Naomi e Isaiah ao passar.

— Bem, aqui está — disse Hunt a Baxian, parando diante do antigo quarto de Justinian. Baxian abriu a porta. O quarto estava tão vazio quanto o de Hunt estivera.

Uma sacola estava ao lado da cama estreita. Todos os pertences de Baxian em uma maldita sacola.

Não fazia diferença. Hunt não tinha sangue frio diante das merdas que o babaca tinha feito. O fato de o Cão do Inferno estar no quarto de Justinian, ocupando o lugar dele…

O crucifixo no saguão lampejou na mente de Hunt, Justinian sofrendo enquanto ele pendia dali. Sem sucesso, tentou banir o pensamento. Tinha fodido tudo. Por duas vezes, ele tinha fodido tudo. Primeiro com a rebelião dos Caídos, então naquela primavera com a Rainha Víbora e agora… Iria mesmo permitir que Bryce e ele fossem arrastados para algo semelhante? Quantas pessoas seriam arruinadas no final?

Entrando no próprio quarto, Baxian falou:

— Obrigado pelo tour, Athalar.

Hunt, de novo, olhou para aquele quartinho triste atrás do Cão do Inferno e algo parecido com pena despertou dentro dele, quando disse:

— Te ensino a jogar videogame amanhã. Preciso ir para casa.

Podia ter jurado que uma sombra cobriu os olhos de Baxian, talvez anseio.

— Obrigado.

Hunt resmungou.

— A gente se encontra depois do check-in da manhã. Você pode me seguir durante o dia.

— Muito generoso da sua parte — disse Baxian, fechando a porta.

Felizmente, Pollux bateu a própria porta na cara de Naomi no mesmo momento, deixando Hunt e seus dois amigos.

Seguiram para a sala comunal sem precisar dizer nada, esperando até terem fechado a porta e se certificado de que ninguém estava no banheiro antes de afundarem no sofá. Hunt queria muito ir para casa, mas…

— Então, que merda — disse ele, em voz baixa.

— Pollux devia ser morto e esquartejado — disparou Naomi.

— Fico surpreso por vocês dois ainda estarem vivos — disse Isaiah para ela, apoiando os pés na mesa de centro e afrouxando a gravata cinza que usava. A julgar pelo terno, devia ter acabado de chegar depois de acompanhar Celestina. — Mas, como seu comandante, fico feliz por não terem discutido. — Deu a Hunt um olhar significativo.

Hunt riu com escárnio. Naomi disse:

— Aqueles dois profanam os quartos ao se hospedarem neles.

— São apenas quartos — disse Isaiah, com o rosto contraindo de dor. — Tudo o que Vik e Justinian foram… não está ali dentro.

— É, está numa coisa no fundo de uma fossa — Naomi respondeu cruzando os braços. — E as cinzas de Justinian estão ao vento.

— Assim como as de Micah — disse Hunt, baixinho, e eles olharam para ele.

Hunt deu de ombros.

— Você ia mesmo se rebelar nessa primavera? — perguntou Naomi. Não tinham uma só vez falado sobre os últimos meses. Sobre a merda que tinha acontecido.

— Não no fim — respondeu Hunt. — Eu fui sincero em tudo o que disse no barco. Mudei de ideia; percebi que não era o verdadeiro caminho para mim. — Viu a reprovação no rosto de Isaiah — Ainda sou sincero.

Ele era. Se Sofie e Emile e a Ophion e Cormac e toda aquela merda sumisse naquele momento, não pensaria duas vezes naquilo. Ficaria *feliz* por isso.

Mas não era assim que as coisas estavam se desenvolvendo. Não era como Bryce queria que acontecesse. Ele mal suportava ver a testa tatuada de Isaiah.

— Eu sei — disse Isaiah, por fim. — Você tem muito mais em jogo agora — acrescentou e Hunt se perguntou se fora intencional o leve tom de aviso nas palavras.

Imaginou se Isaiah se lembrava de como ele e os outros anjos na sala de conferência da Cimeira tinham se curvado depois que Hunt arrancou a cabeça de Sandriel. O que seus amigos fariam se contasse sobre seu contato recente com um rebelde da Ophion? A mente dele estava a mil por hora.

Hunt mudou de assunto, acenando para o corredor atrás da porta fechada.

— Vocês dois vão ficar aqui ou vão achar um lugar para morar?

— Ah, eu já saí — disse Isaiah, praticamente sorrindo. — Assinei um contrato de aluguel esta manhã, a alguns quarteirões daqui. Fica no DCC, mas mais perto da Praça da Cidade Velha.

— Bom — disse Hunt, ergueu a sobrancelha para Naomi, que balançou a cabeça.

— Não pago aluguel aqui, apesar dos novos colegas de dormitório. — Pollux e Baxian ficariam ali até Celestina considerar que estavam adaptados o suficiente para morar na cidade. Hunt estremecia ao pensar neles soltos.

— Você confia que eles vão se comportar? — perguntou ele a Isaiah. — Porra, eu não.

— Não temos escolha a não ser confiar que vão — disse Isaiah, suspirando. — E torcer para que a governadora os veja pelo que são.

— Vai fazer alguma diferença se ela souber? — perguntou Naomi, colocando as mãos atrás da cabeça.

— Acho que vamos descobrir — disse Hunt, e olhou para o celular de novo. — Tudo bem. Vou embora. — Parou à porta, no entanto.

Olhou para os dois amigos, completamente alheios à merda que estava vindo na direção deles. Seria algo gigante para qualquer um deles, potencialmente libertador para Isaiah, acabar com a Ophion. Capturar Sofie Renast e o irmão dela, prender Cormac.

Se ele falasse agora, desembuchasse tudo, será que poderia poupar Bryce do pior? Será que poderia evitar a crucificação, evitar que um quarto vazio fosse tudo que restasse dele um dia também? Se fizesse tudo direito, podia salvar os dois, e talvez Ruhn e Ithan, e viver para contar a história? Tharion provavelmente seria morto só por não ter contado às autoridades sobre sua missão, com ou sem rainha, assim como o Príncipe Herdeiro de Avallen. Mas…

Isaiah perguntou:

— Tem alguma coisa incomodando você?

Hunt pigarreou.

As palavras fervilharam em sua língua. A oportunidade se apresentando feito um paraquedas, e aquele seria o momento perfeito para abri-lo. *Temos um problema enorme com rebeldes nesta cidade e preciso da ajuda de vocês para me certificar de que dancem conforme a nossa música.*

Hunt pigarreou de novo. Balançou a cabeça.

E saiu.

21

— A Verdade do crepúsculo, hein? — a voz grave de Hunt ecoou enquanto estavam deitados na escuridão, Syrinx já roncando entre os dois.

— Danika achava que tinha descoberto alguma coisa, isso é certo — respondeu. Hunt havia perdido o jantar, deixando-a em uma refeição desconfortável com Ithan. Estava calado e contemplativo, tinha a mesma expressão que ela via em seu rosto antes de jogos importantes. Bryce comentou isso com ele, mas Ithan não quis conversar.

Bryce esquadrinhou os trabalhos e os recortes de Danika novamente. Não encontrou nada novo. Só inteirou Hunt quando ele finalmente chegou em casa e se arrumaram para deitar. Qualquer pensamento sobre continuar o que tinha acontecido no beco sumiu quando ela terminou.

Hunt murmurou, movendo-se ao lado dela.

— Então você vai mesmo ajudar Cormac.

— Não é que eu queira ajudá-lo, é mais porque quero ajudar Emile. Mas fui sincera no que falei para você no beco: também quero conseguir o que puder dessa situação para nos beneficiar. — Um fim ao noivado e algum treino. — E — admitiu ela — aprender mais sobre Danika.

— Isso importa? Sobre Danika, quero dizer?

— Não deveria. Mas importa. Por algum motivo, importa. — Disse, com cautela: — Eu sei que discutimos isso mais cedo, mas… Não posso fazer isso sem você, Hunt.

Ele falou, baixinho:

— Eu sei. Só estou... Porra, Quinlan. Só a ideia de algo acontecer com você me apavora. Mas eu entendo. Foi isso que me impulsionou nessa primavera... o que eu estava fazendo com Vik e Justinian. Foi por Shahar.

O coração dela se apertou.

— Eu sei. — Ele estivera disposto a abrir mão daquilo por ela, por *eles*. — Então você topa?

— Sim. Qualquer ajuda que eu puder dar, eu ofereço. Mas precisamos de uma estratégia de saída.

— Precisamos — concordou. — Vamos falar sobre isso amanhã. Estou exausta.

— Tudo bem. — A asa dele roçou o ombro exposto dela, e Bryce olhou para Hunt, deitado de lado com a cabeça apoiada no punho.

— Não *faça* isso.

— O quê? — Os olhos dele brilharam na escuridão.

Ela se virou para o próprio lado e gesticulou com a mão na direção dele.

— Não seja tão... assim.

Hunt abriu um sorriso prepotente.

— Sexy? Atraente? Sedutor?

— Todas as anteriores.

Ele se deitou de costas.

— Não consigo fazer qualquer coisa com Holstrom a uma parede de distância.

Ela apontou para a parede mencionada.

— Ele está do outro lado do apartamento.

— Ele é um lobo.

Bryce inspirou seu cheiro almiscarado, de madrugada. Tesão.

— Então não vamos fazer barulho.

Hunt engoliu em seco audivelmente.

— Eu... Tudo bem, vou ser direto com você, Quinlan.

Ela arqueou a sobrancelha.

Ele exalou olhando para o teto.

— Faz... um tempo. Para mim, quero dizer.

— Para mim também. — O máximo que já tinha ficado sem transar desde a primeira vez dela, aos 17 anos. Bem, ignorando o que ela e Hunt haviam feito no sofá meses antes, embora não fosse aquele o tipo de sexo que ela queria agora.

Ele disse:

— Eu garanto que, quanto quer que tenha sido o seu tempo, o meu foi maior.

— Quanto tempo?

Uma parte sua rosnou ao pensar em alguém, qualquer pessoa, colocando as mãos e a boca e outras partes nele. Em *Hunt* tocando outra pessoa. Querendo outra pessoa. Nele existindo em um mundo onde ainda não a conhecera, e em alguma outra fêmea ter sido mais importante...

Alguma outra fêmea *tinha* sido mais importante. Shahar. Ele a amou. Estava disposto a morrer por ela.

Ele quase morreu por você também, sussurrou uma voz baixinha. Mas... aquilo era diferente, de alguma forma.

Hunt fez uma careta.

— Seis meses?

Bryce gargalhou.

— Só isso?

Ele grunhiu.

— É muito tempo.

— Eu achei que você ia dizer *anos*.

Olhou para ela indignado.

— Eu não fui celibatário, sabe.

— Então, quem era a sortuda? — Ou o sortudo, supôs ela. Bryce presumia que ele preferia fêmeas, mas era inteiramente possível que ele também...

— Uma ninfa em um bar. Não era da cidade e não me reconheceu.

Os dedos de Bryce se contraíram, como se garras invisíveis tivessem aparecido nas pontas de seus dedos.

— Ninfa, é?

Era esse o tipo dele? Exatamente como aquelas dançarinas no ballet? Delicadas e esguias? Será que Shahar era assim? Bryce jamais procurara retratos da arcanjo morta, jamais quis se torturar dessa forma, mas Sandriel era linda de morrer, magra e alta, e Hunt certa vez mencionou que elas eram gêmeas.

Bryce acrescentou, mentindo apenas porque queria que ele sentisse um pingo da mágoa que agora percorria o corpo dela:

— Metamorfo leão. Em um banheiro no Corvo Branco.

— Na noite do bombardeio? — As palavras soaram afiadas. Como se trepar com alguém quando já se conheciam fosse inaceitável.

— Menos de uma semana antes — disse ela, casualmente, silenciosamente satisfeita com o tom desafiador dele.

— Eu achei que você não gostasse de alfas babacas.

— Gosto deles para algumas coisas.

— Ah, é? — perguntou acariciando o braço exposto dela. — O que, exatamente? — A voz de Hunt se reduziu em um ronronado. — Você não parece gostar de machos mandando em você.

Ela não conseguiu conter o rubor no rosto.

— De vez em quando. — Foi tudo em que conseguiu pensar quando os dedos dele chegaram ao seu pulso, levantando sua mão para beijar a palma. — Ele era excelente em comandar.

— Tudo bem, Quinlan — disse, contra a pele dela. — Estou cheio de ciúme.

Ela riu.

— Eu também.

Hunt beijou a parte de dentro do pulso dela, os lábios roçando a pele sensível.

— Antes de desviarmos por essa tangente idiota, eu estava tentando avisar a você que faz um tempo, então eu posso…

— Ser rápido?

Mordeu o pulso dela.

— Ser barulhento, babaca.

Ela gargalhou, passando os dedos pela testa lisa, sem linhas dele

— Eu poderia amordaçar você.

Foi a vez de Hunt gargalhar.

— Por favor, me diga que você não curte isso.

Ela soltou um *humm.*

— Sério? — perguntou se sentando lentamente.

Bryce encostou nos travesseiros, com os braços atrás da cabeça.

— Eu tento de tudo um pouco.

Um músculo latejou no pescoço dele.

— Tudo bem. Mas vamos começar com o básico. Se isso ficar chato, eu prometo encontrar formas de manter você interessada.

— Isso não nos livra do problema da audição aguçada de Ithan.

Hunt se moveu contra a cama, e Bryce notou o interesse descarado, proeminente sob a cueca justa. Por Solas, ele era enorme.

Ela riu baixinho, sentando-se também.

— Realmente faz um tempo.

Hunt tremeu, ainda se segurando.

— Diga que sim, Bryce.

Derreteu com o desejo puro nas palavras dele.

— Eu quero tocar você primeiro.

— Isso não é um sim.

— Eu quero seu *sim*.

— Sim. Porra, sim. Agora é sua vez.

Riu pressionando a mão surpreendentemente firme contra o peito nu musculoso dele. Hunt a deixou empurrá-lo contra os travesseiros.

— Eu vou dizer sim quando estiver satisfeita.

Hunt soltou um som grave, áspero.

— Não é tarde demais para uma mordaça — murmurou, dando um beijo no peito dele.

* * *

Hunt estava prestes a explodir. Mal se aguentava: a visão de Bryce montada sobre as suas coxas, usando nada além de uma camiseta velha macia, o deslizar sedoso dos cabelos sobre o seu peito nu conforme ela dava um beijo em seu torso. Outro perto do mamilo.

Havia outra pessoa naquele apartamento. Uma com audição excepcional, e…

Os lábios de Bryce se fecharam em torno de seu mamilo esquerdo, o calor úmido fez Hunt pressionar o quadril contra o dela. Ela passou a língua e Hunt sibilou.

— Porra.

Ela riu ainda com os lábios no mamilo, passando para o outro.

— Seu peito é tão grande quanto o meu — murmurou.

— Essa é a coisa menos sexy que alguém já me disse — Hunt conseguiu dizer.

Enterrou as longas unhas no peito dele, a dor como um leve beijo ardente. O pau dele latejou em resposta. Que os deuses o poupassem, ele não duraria um minuto.

Bryce então beijou as costelas do lado direito de Hunt, deslizando a língua pelos músculos ali.

— Como você consegue esses músculos idiotas?

— Malhando. — Por que ela estava falando? Por que *ele* estava falando?

As mãos de Hunt tremeram, fechando-se em punhos nos lençóis. Syrinx tinha saltado para fora da cama, trotando para o banheiro e chutando a porta com a perna traseira. Quimera esperta.

Bryce brincou com a língua ao longo das costelas do lado esquerdo dele, descendo conforme os dedos traçavam linhas pelo peito, pelo estômago. Beijou o umbigo de Hunt, e sua cabeça estava a poucos centímetros do cós da cueca, tão perto que ele estava prestes a explodir com a visão...

— A gente não deveria se beijar um pouco primeiro? — A voz dele era gutural.

— De jeito nenhum — falou Bryce, completamente concentrada no que estava fazendo. Hunt não conseguia tomar um fôlego conforme os dedos dela se fechavam no elástico de sua cueca, puxando-a para baixo. Apenas aceitou, levantando o quadril para ajudá-la, expondo-se completamente...

— Ora, ora, ora — cantarolou Bryce, sentando-se. Hunt quase começou a choramingar pela distância entre a boca dela e o seu pau. — Esta é uma... grande surpresa.

— Pare de brincar, Quinlan. — Bryce tinha cinco segundos antes de ele avançar nela e fazer tudo que tinha sonhado fazer durante meses. Tudo que tinha planejado fazer durante a noite mais longa do ano.

Bryce colocou um dedo nos lábios dele.

— Shh. — Roçou os lábios sobre os dele, deslizando a língua entre os dele. Hunt deu abertura, e, quando a língua de Bryce deslizou para dentro de sua boca, o anjo a segurou entre os lábios, chupando-a. Mostrando exatamente como ele gostaria que fosse.

O gemido de Bryce foi um triunfo. Hunt, no entanto, se manteve parado conforme ela se afastou, esticando-se de novo, e tirou a blusa.

Porra, aqueles seios. Fartos e pesados e despontando em mamilos rosados que o faziam ver dobrado...

Ele não os tinha aproveitado o suficiente no dia em que se pegaram. Nem de longe. Precisava se banquetear, precisava sentir o peso dos seios em suas palmas, daqueles lindos mamilos na sua língua...

Bryce agarrou os próprios seios, apertando-os enquanto olhava para ele. Hunt ergueu o quadril, direcionando o pau para cima diante dela em um pedido silencioso. Ela apenas se contorceu, sua barriga ondulando quando apertou os seios de novo.

Hunt avançou para agarrá-la, querendo colocar a boca onde as mãos dela estavam, Bryce estendeu o dedo.

— Ainda não. — Os olhos chamuscavam como carvão na escuridão. A estrela começou a brilhar levemente, como se estivesse sob luz negra. Passou o dedo pela iridescência fraca. — Por favor.

Hunt ofegou entre os dentes, o peito se elevando, mas se deitou nos travesseiros mais uma vez.

— Bem, já que pediu com tanta educação...

Soltando uma gargalhada sensual, inclinou-se sobre ele. Passou as unhas pela extensão do seu pau, então de volta à base. Hunt se arrepiou, prazer cantando por seu corpo quando Bryce falou:

— De jeito nenhum você cabe inteiro em mim.

Ele respondeu:

— Não vamos saber até tentarmos.

Bryce sorriu, abaixando a cabeça quando seus dedos se fecharam em torno do pau dele, mal conseguindo segurar totalmente. Ela apertou a base bem no momento em que sua língua envolveu a ponta.

Hunt levantou o quadril, ofegando forte. Bryce riu contra o pau dele.

— Silêncio, lembra?

Ele ia decepar as orelhas de Holstrom. Isso evitaria que o lobo ouvisse...

Bryce o lambeu de novo, girando a língua, então deslizou a cabeça larga para dentro da boca. Um calor morno e úmido o cobriu quando ela chupou com força e…

Hunt arqueou o corpo de novo, tapando a boca quando seus olhos se viraram para trás. Isso. *Porra,* isso. Bryce recuou, então deslizou a boca mais para perto dele. Mais algumas carícias e ele…

Hunt se moveu, querendo agarrá-la, mas Bryce prendeu o quadril dele na cama com uma das mãos. E o consumiu até que ele cutucasse o fundo da garganta dela, quase saindo do próprio corpo.

Bryce o chupava com força, a pressão tão perfeita que beirava a dor, recuando quase até a ponta antes de engoli-lo inteiro de novo. O que não conseguia abocanhar estimulava com a mão em um ritmo impecável.

Hunt observou seu pau desaparecendo dentro da boca de Bryce, os cabelos farfalhando sobre as coxas dele, os seios balançando…

— Quinlan — gemeu, uma súplica e um aviso.

Bryce o deslizou até a garganta de novo, enterrando a mão livre nos músculos da coxa dele com uma permissão silenciosa. Em sua boca, era ali que ela o queria.

Só esse pensamento o libertou. Hunt não conseguiu se segurar quando passou as mãos pelos fios de cabelo, enterrando os dedos na cabeça dela, e cavalgou a boca de Bryce. Ela o encontrava a cada estocada, gemendo no fundo da garganta, ecoando através dele…

E então deslizou a mão para as bolas de Hunt, apertando-as firme enquanto seus dentes roçavam a extensão…

Hunt se desfez, mordendo o lábio com tanta força que o gosto metálico de sangue cobriu sua língua, impulsionando o quadril contra ela, derramando-se dentro de sua garganta.

Bryce engoliu o gozo, as paredes de sua boca ondulando contra ele, e ele ia *morrer* daquilo, dela, do prazer que estava proporcionando a ele…

Hunt gemeu, suas últimas gotas disparando para dentro da boca de Bryce. Tremia e ofegava quando ela finalizou com um deslize úmido, encarando-o e engoliu mais uma vez. Umedeceu os lábios.

Hunt tentou, sem sucesso, levantar. Como se seu corpo estivesse estuporado.

Bryce riu, uma rainha triunfante. Toda fantasia que tivera com ela nos últimos meses... nenhuma se aproximava daquilo. Da sensação daquela boca, de como ela era nua...

Hunt tinha conseguido se apoiar nos cotovelos quando Ithan gritou do outro lado do apartamento:

— *Por favor, transem um pouco mais alto! Eu não ouvi tudo daquela vez!*

Bryce caiu na gargalhada, mas Hunt só conseguiu olhar para a pequena gota que escorreu pelo queixo dela, brilhando à luz fraca da estrela. Ela notou para o que ele olhava e limpou o queixo, esfregando os dedos, então os lambeu.

Hunt grunhiu, baixo e grave.

— Vou te foder até você perder os sentidos. — Com os mamilos duros como pedras, estremeceu contra ele. Nada além da calcinha de renda separava aquela delícia dela das coxas nuas dele.

Mas então Holstrom gritou:

— *Isso parece medicamente perigoso!*

Bryce gargalhou de novo, rolando de cima de Hunt e pegando a camisa dele.

— Vamos para um motel asqueroso amanhã — disse antes de cair no sono.

Hunt, com a mente a mil, só conseguiu ficar deitado ali, pelado e se perguntando se tinha imaginado tudo aquilo.

* * *

Hunt estava sentado em uma cadeira dobrável simples no fundo de um abismo, nada além de escuridão ao seu redor, a única luz vinha do brilho fraco projetado por seu corpo. Não havia começo ou fim, uma noite perpétua.

Ele havia adormecido ao lado de Quinlan, na dúvida se deveria simplesmente deslizar a mão pelo quadril dela e se familiarizar novamente com aquele local maravilhoso entre as pernas dela, mas Bryce não estava ali.

Hunt não queria Bryce em um lugar como aquele, tão escuro e vazio, mas... desperto. Asas farfalharam perto dele, não as penas macias das asas dele, mas alguma coisa mais encouraçada. Seca.

Hunt ficou petrificado, tentando se levantar, mas não conseguiu. A bunda permaneceu plantada na cadeira, embora nenhuma corda o amarrasse. Os pés calçados em botas estavam colados no piso preto.

— Quem está aí? — A escuridão absorveu a voz dele, abafando-a. As asas encouraçadas sussurraram de novo, Hunt virou a cabeça na direção do som. Mover a cabeça era a única coisa que conseguia fazer.

— Um grande guerreiro teria se libertado dessas amarras a esta altura. — A voz baixa e grave serpenteou pela pele dele.

— Quem é você, porra?

— Por que não usa os dons em seu sangue para se libertar, Orion? Hunt trincou os dentes.

— É Hunt.

— Entendo. Orion era um caçador.

A voz vinha de toda parte.

— Qual é o *seu* nome?

— Midgardianos não se sentem confortáveis proferindo meu nome do seu lado da Fenda.

Hunt ficou imóvel. Só havia um ser cujo nome não era proferido em Midgard.

O Príncipe do Fosso. Apollion.

Seu sangue gelou. Aquele era um sonho fodido e esquisito pra cacete, sem dúvida causado por Quinlan e pelo fato de ela tê-lo chupado até sua mente ficar em branco…

— Não é um sonho.

O sétimo e mais letal dos príncipes demônios do Inferno estava *dentro da mente dele…*

— Não estou dentro da sua mente, embora seus pensamentos ondulem na minha direção como as ondas de rádio do seu mundo. Você e eu estamos em um lugar entre nossos mundos. Um mundo-bolsão, assim por dizer.

— O que você quer? — A voz de Hunt se manteve firme, mas, porra. Ele precisava sair dali, encontrar um caminho de volta até Bryce. Se o Príncipe do Fosso conseguia entrar na mente de Hunt, então…

— Se eu entrasse na mente dela, meu irmão ficaria muito irritado comigo. De novo. — Hunt podia jurar ter ouvido um sorriso na voz do príncipe. — Você certamente se preocupa demais com uma fêmea que está muito mais segura do que você no momento.

— Por que estou aqui? — forçou-se a dizer, desejando que a mente se limpasse de tudo além desse pensamento. Mas era difícil. Esse ser diante dele, em torno dele… Esse príncipe demônio tinha matado o sétimo asteri. Tinha *devorado* o sétimo asteri.

O Devorador de Estrelas.

— Eu gosto desse nome — disse Apollion, rindo baixinho. — Mas, quanto a sua pergunta, você está aqui porque eu queria conhecer você. Avaliar seu progresso.

— Nós já tivemos uma conversa motivadora com Aidas esta tarde, não se preocupe.

— Meu irmão não me informa dos movimentos dele. Eu não sei nem me importo com o que ele tem ou não tem feito.

Hunt ergueu o queixo com uma coragem que não sentia.

— Então vamos ouvir. Sua proposta sobre como deveríamos nos aliar a você para destronar os asteri e colocar vocês como nossos novos mestres.

— É isso que você acha que vai acontecer?

— Aidas já nos deu uma aula de história. Pode me poupar.

Um trovão distante ecoou na escuridão.

— Você é tolo e arrogante.

— Só um para reconhecer outro, imagino.

A escuridão pausou.

— Você também é impertinente. Não sabe de onde eu venho? Meu pai era o Vazio, o Ser Que Existia Antes. Caos foi a noiva dele e minha mãe. É para eles que um dia retornarei, e são os poderes magníficos deles que correm em meu sangue.

— Incrível.

Mas Apollion disse:

— Você está desperdiçando os dons que lhe foram dados.

Hunt disse, arrastado:

— Ah, eu acho que os empreguei bem.

— Você não sabe uma fração do que pode fazer. Você e a menina Estrelada.

— De novo, Quinlan recebeu o sermão "domine seus poderes" de Aidas hoje, e foi bem chato, então não vamos repetir.

— Vocês dois se beneficiariam se treinassem. Seus poderes são mais parecidos do que você se dá conta. Conduítes, os dois. Não faz ideia do quanto você e seus iguais são valiosos.

Hunt arqueou a sobrancelha.

— Ah, é?

A escuridão ondulou com desprazer.

— Se você despreza tanto minha ajuda, talvez eu devesse mandar algumas… amostras grátis para testá-los.

Hunt abriu levemente as asas.

— Por que me invocou? Só para me dar esse empurrão?

A essência profana de Apollion sussurrou em sua volta de novo.

— A Fenda do Norte está rangendo mais uma vez. Eu consigo sentir cheiro de guerra no vento. Não planejo perder desta vez.

— Bem, eu não pretendo ter um príncipe demônio como meu governante, então encontre uma nova meta quinquenal.

Uma risada baixa.

— Você é divertido, Orion.

Hunt grunhiu, e seu relâmpago crepitou em resposta.

— Acho que a gente já encerrou aqui…

A escuridão fervilhante e aquelas asas encouraçadas sumiram.

* * *

Hunt acordou sobressaltado. Já alcançando a faca na mesa de cabeceira quando parou.

Quinlan dormia ao seu lado, Syrinx do outro lado dela, ambos roncavam baixinho. No escuro, o cabelo ruivo parecia sangue fresco sobre o travesseiro.

O Príncipe do Fosso tinha falado com ele. Sabia quem ele era, quem Bryce era…

O Príncipe do Fosso era um mentiroso e um monstro, e era totalmente possível que ele estivesse tentando atrair Hunt e Bryce para alguma aventura tola com os poderes deles. No entanto… merda.

Hunt passou a mão trêmula sobre o rosto suado, então se acomodou de novo nos travesseiros, acariciando com um dedo flexionado a bochecha macia de Bryce. Ela murmurou, se aproximando, e Hunt cedeu, passando o braço sobre a sua cintura, dobrando a asa em torno dela. Como se pudesse protegê-la de tudo que os assombrava.

Dos dois lados da Fenda do Norte.

22

Ruhn terminou a cerveja, apoiando-a na mesa de centro diante da imensa TV da sala. Declan, sentado à esquerda dele, fez o mesmo.

— Tudo bem — disse Dec —, hora da espionagem.

Flynn, fumando uma raiz-alegre da qual Ruhn desesperadamente precisava tragar, riu.

— Nosso doce filho Ruhn está crescido e espionando para os rebeldes.

— Cale a boca — grunhiu Ruhn. — Eu sabia que devia ter feito isso sozinho.

— E qual seria a graça disso? — perguntou Dec. — Além do mais, alguém não deveria estar aqui caso seja, sei lá, uma armadilha, ou algo assim?

— Então por que Inferno ele está fumando? — Ruhn assentiu para onde Flynn soprava anéis de fumaça.

— Porque sou um idiota autodestrutivo, porém insanamente charmoso? — Flynn sorriu.

— Com ênfase no *insano* — murmurou Dec.

Ainda assim Ruhn queria os dois com ele naquela noite, quando a maioria da cidade estava dormindo, enquanto tentava contato com Agente Daybright. Tinha o cristal-com, embora não soubesse bem o que fazer com ele, como sequer começar a conectar suas habilidades com a afinidade para comunicação do objeto. Tudo hipotético, sem garantia de sucesso. Não conseguia decidir se seria um alívio fracassar, conseguir dar as costas àquilo.

— Então, a gente deveria meditar com você ou alguma coisa assim? — Flynn apoiou a raiz-alegre.

— Como Inferno isso ajudaria? — perguntou Ruhn.

— Com solidariedade? — sugeriu Flynn.

Ruhn riu com escárnio.

— Estou bem. Só... coloquem uma colher de pau entre meus dentes se eu tiver alguma convulsão.

Declan levantou uma.

— Já pensei nisso.

Ruhn colocou a mão no coração.

— Obrigado. Estou comovido.

Flynn deu um tapinha nas costas de Ruhn.

— Nós cuidamos de você. Faça seu negócio.

Não existia mais nada a dizer, nada mais que Ruhn precisasse ouvir, então fechou os olhos, encostando nas almofadas do sofá. Apertou o cristal no punho, a pedra estranhamente morna.

Uma ponte mental, era assim que sempre imaginava o elo que fazia entre sua mente e a de outra pessoa. Então foi essa a imagem que ele conjurou, canalizando-a para o cristal em sua mão, tão determinadamente quanto Bryce tinha canalizado seus poderes pelo cristal do Portão naquela primavera. Cormac havia dito que o cristal possuía propriedades semelhantes, então... por que não?

Ruhn estendeu a ponte de si mesmo, pelo cristal, e então para o amplo desconhecido, espalhando-a para uma escuridão sem fim. Apertou o cristal com mais força, desejando que o levasse para onde precisava ir, como se fosse um prisma filtrando seus poderes para o mundo.

Oi? A voz dele ecoou pela ponte. Para o nada.

Ele visualizou o núcleo leitoso do cristal. Imaginou um fio percorrendo a partir dele, até sua ponte mental, até a outra ponta.

Oi? Aqui é o Agente...

Porra. Ele devia ter pensado em um codinome. Certamente não poderia arriscar o próprio nome ou identidade, mas queria alguma coisa legal, droga.

Aqui é o seu novo contato.

Nenhuma resposta de Daybright. Ruhn continuou estendendo a ponte, deixando que se expandisse no nada. Imaginou o cristal e seu fio, permitindo-se acompanhar o rastro dele noite adentro.

Estou aqui para...

Sim?

Ruhn ficou imóvel ao ouvir a voz feminina fraca. Luz brilhava pela ponte, e então ali estava ela.

Uma fêmea de chama pura. Ou era como ela escolhera aparecer. Não como Lehabah era feita de chamas, com o corpo visível, mas uma fêmea escondida pelas chamas, apenas um lampejo de pulso exposto, ou tornozelo, ou um ombro através do véu. Ela era humanoide, mas era tudo que conseguia visualizar. Parecia uma das sacerdotisas do sol radicais que tinham se desgarrado e se imolado para estarem mais próximas do deus delas.

Quem é você?, perguntou ele.

Quem é você?, desafiou ela. Nenhum indício do rosto.

Eu perguntei primeiro.

As chamas dela aumentaram, como se irritadas, mas disse: *O cachorrinho preto dorme profundamente em um cobertor de lã.*

Ruhn exalou. Ali estava, a frase-código que Cormac dera a ele para confirmar sua identidade. Falou enfim: *E o gato cinza malhado limpa as patas sob a luz da lua.*

Um absurdo.

Então ela disse: *Sou a Agente Daybright, caso isso não tenha ficado bastante óbvio. ... E você é...?*

Ruhn olhou para si mesmo, xingando. Não tinha pensado em esconder seu corpo...

No entanto notou uma forma de noite e estrelas, galáxias e planetas. Como se sua silhueta tivesse sido preenchida por eles. Ergueu a mão, sem pele, o cobertor estrelado do céu cobrindo seus dedos. Será que sua mente tinha instintivamente o protegido? Ou será que era aquilo que ele era, bem abaixo da pele? Será que aquele ser de fogo de pé a 10 metros da ponte mental era o que *ela* era, bem abaixo da própria pele? Ou do pelo, supôs.

Ela podia ser uma fauna ou sátiro. Ou uma bruxa ou metamorfa. Ou um asteri, como Cormac tinha sugerido. Talvez o fogo viesse da estrela sagrada dentro dela.

Ela apenas ficou para ali, queimando. *Então?*

A voz dela era linda. Como uma canção dourada. Despertou a alma feérica dele, fazendo-a se animar. *Eu, ah... Eu não tinha chegado tão longe ainda.*

O ser inclinou a cabeça com o que parecia uma intenção predatória. *Eles mandaram um novato?*

Um calafrio percorreu sua coluna. Certamente ela falava como um dos asteri, majestosa e casual. Olhou por cima do ombro. Como se voltasse ao corpo conectado a sua mente.

Ruhn falou: *Olhe, o Agente Silverbow me deu este cristal, mas não tinha ideia se sequer funcionaria no nível da conversa entre mentes. Então eu quis tentar fazer contato e avisar a você que estou aqui e que esse é o novo meio de comunicação. Assim, em uma emergência, não preciso perder tempo descobrindo como entrar em contato.*

Tudo bem.

Ele a observou de novo. *Então nós confiamos um no outro com essa facilidade?* Não conseguiu segurar a pergunta provocadora. *Você não está nem um pouco preocupada que o cristal tenha caído em mãos erradas e as frases-código tenham sido comprometidas?*

Agentes dos asteri não tagarelam tanto.

Droga. *Vou tentar com mais afinco impressionar você da próxima vez.*

Outra risada baixa. *Você já impressionou, Agente Night.*

Você acabou de me dar um codinome. Night e Daybright. Noite e Dia... ele gostava disso.

Eu imaginei que pouparia você do trabalho de tentar inventar alguma coisa interessante. Ela se virou para o fim da ponte do próprio lado, chamas fluindo em seu rastro.

Nenhuma mensagem para eu passar adiante? Não ousava dizer o nome de Cormac. *Alguma coisa sobre a Coluna?*

Ela continuou andando. *Não, mas diga a seu comandante que passagem segura é garantida sob o véu da lua minguante.*

Ruhn fervilhou de ódio. Um Inferno que Cormac era seu comandante. *Eu não sei o que isso quer dizer.*

Você não deveria saber. Mas Agente Silverbow vai saber. E diga a ele que eu prefiro muito mais *esse método de comunicação.*

Então Daybright e sua chama se extinguiram, Ruhn ficou sozinho.

* * *

— Por que não me contou que Agente Daybright era uma fêmea? — perguntou Ruhn na manhã seguinte, de pé em sua sala de estar e bebendo sua segunda xícara de café, Flynn relaxando ao seu lado. Havia mandado uma mensagem para que fosse até lá sob o pretexto de querer discutir os termos do noivado de Bryce. Ainda bem que o primo não precisou de muito mais do que isso para se convencer.

Cormac deu de ombros, a camisa cinza dele levemente coberta de suor, provavelmente pela caminhada sob o sol escaldante até ali.

— Eu achei que talvez você compartilhasse da visão antiquada de seu pai sobre fêmeas não poderem estar na linha de perigo e que você recuaria diante de colocá-la em risco.

— Alguma coisa que já fiz indicou que é assim que eu me sinto?

— Você é superprotetor com sua irmã. — Cormac franziu a testa. — Você *viu* Daybright?

— Ela parecia humanoide, encoberta por chamas. Eu não consegui ver nada, na verdade.

— Que bom. Estou presumindo que você também se cobriu.

Apenas por pura sorte.

— Sim.

Cormac caminhou de um lado para outro diante da TV.

— Mas ela não disse nada sobre Sofie?

Ruhn nem mesmo tinha pensado em perguntar. Seu estômago se revirou de culpa.

— Não. Ela só me disse que passagem segura é garantida sob a luz da lua minguante.

Cormac suspirou. O que quer aquilo quisesse dizer. Mas Declan perguntou, ao sair da cozinha com uma xícara de café na mão:

— E agora? Ruhn espera que ela ligue com informações sobre esse ataque à Coluna?

Cormac olhou com desprezo para Declan. Esnobe avalleno até o fim. Disse a Ruhn:

— Lembre-se de novo, primo, por que você sentiu necessidade de envolver esses dois idiotas em nosso assunto?

— Lembre-me — replicou Ruhn —, por que estou trabalhando com alguém que insulta meus irmãos?

Dec e Flynn riram para Cormac, que fumegou de raiva, mas finalmente exalou. O príncipe avalleno disse:

— Para responder à sua pergunta, Declan Emmett, sim: Ruhn vai esperar até que Daybright entre em contato com ele com detalhes sobre o ataque à Coluna. Ou até eu ter algo para passar para ela; nesse caso, ele vai entrar em contato de novo.

Flynn encostou no sofá, apoiando os braços atrás da cabeça.

— Parece chato.

— Vidas estão em risco — disse Cormac, de dentes cerrados. — Essa investida contra a Coluna, obter o novo protótipo de mec-traje antes que os asteri possam usar contra nós nos campos de batalha, tudo isso vai nos dar uma chance de combater.

— Sem falar de todas as armas que vocês vão saquear dos trens de suprimentos — disse Declan, sombriamente.

Cormac ignorou o tom de voz dele.

— Nós não faremos nada a não ser que tenha sido aprovado pelo Comando. Então espere até ouvir notícias minhas antes de entrar em contato com ela de novo.

Tudo bem. Ele podia fazer aquilo. Seguir com a vida, fingindo que não era meio que um rebelde. Somente até querer sair, como prometera Cormac. E depois disso… voltaria a fazer o que estava fazendo. Liderar o Aux e odiar o pai, mas temendo o dia em que o macho morreria. Até que a próxima pessoa que precisasse dele para alguma coisa aparecesse.

Flynn sorriu.

— Burocracia em seu auge.

Cormac fechou a cara para o lorde feérico, mas saiu batendo os pés até a porta.

— Eu preciso sair.

— Caçando Emile? — perguntou Ruhn. Era o meio da manhã, o menino provavelmente estaria escondido.

Cormac assentiu.

— Ser um príncipe visitante me garante o disfarce de… turistar, como vocês dizem por aqui. E como um turista, eu adquiri um interesse aguado pelo Cais Preto e sua alfândega.

— Mórbido — disse Declan.

Ruhn disparou:

— Você não pode achar que Emile vai pular para dentro de um dos barcos pretos em plena luz do dia.

— Eu vou procurar por ele tanto à luz do sol quanto à da lua, até que o encontre. Mas prefiro fazer perguntas casuais aos ceifadores durante o dia.

— Você perdeu a cabeça? — disse Flynn, rindo com incredulidade.

Ruhn estava inclinado a concordar.

— Não foda com os ceifadores, Cormac — avisou. — Até mesmo pelo bem de Emile.

Cormac tapeou uma faca ao lado do corpo. Como se isso fosse ajudar a matar uma criatura que já estava morta.

— Eu sei como me cuidar.

* * *

— Eu disse a você que isso ia acontecer — Hunt resmungou para Isaiah enquanto os seus passos ecoaram pelo corredor da residência particular de Celestina, no alto da terceira torre do Comitium. Celestina tinha convocado aquela reunião na própria casa, diferente de Micah, que sempre usara o escritório público.

— Não sabemos a história toda ainda — retrucou Isaiah, arrumando a gravata e as lapelas do terno cinza.

Celestina tinha tentado suavizar o modernismo severo que Micah favorecia: tapetes felpudos agora amaciavam o piso de mármore branco, estátuas angulosas tinham sido substituídas por efígies de Cthona de corpos volumosos, e vasos com flores fofas e vibrantes agraciavam quase todas as mesas e móveis pelos quais eles passavam.

Caso eles não tivessem sido chamados ali por um motivo, Hunt teria pensado que era um bom contraste.

Continuava se lembrando disso, era uma reunião dos triários e não uma sessão individual. De que não estava no castelo de horrores de Sandriel, onde uma viagem ao aposento particular dela terminava em sangue e gritos.

Inspirou uma vez, pensando em Bryce, no cheiro dela, no calor do corpo dela contra o dele. Aquilo acalmou a tensão, mesmo que uma coisa muito mais letal estivesse deixando-o em alerta. O que eles estavam fazendo com Cormac, toda essa merda rebelde que tinham concordado em continuar na noite anterior...

Hunt olhou de esguelha para Isaiah enquanto o macho batia às portas duplas abertas do escritório de Celestina. Ele poderia contar ao colega. Precisava de alguém como Isaiah, controlado e inabalável. Principalmente se o Inferno tinha um interesse direto no conflito. E no próprio Hunt.

Havia decidido ignorar as ordens de Apollion. Não tinha interesse em fazer exatamente o que o Inferno queria.

Celestina murmurou boas-vindas, e Hunt se preparou ao seguir Isaiah para dentro.

A luz do sol preenchia o espaço de vidro e mármore, e toda a mobília de quinas acentuadas tinha sido substituída por lindas peças de madeira artesanal, mas Hunt só reparou nos dois machos sentados diante da mesa. Naomi estava encostada na parede ao lado da estante de livros embutida à direita, o rosto fechado e fixo nos machos com um foco letal.

Bem, no macho. O motivo pelo qual eles estavam ali.

Pollux não se virou quando entraram, e Hunt seguiu para a cadeira ao lado de Baxian, que o colega se sentasse ao lado de Pollux. Isaiah lançou a ele um olhar que dizia *Obrigado, babaca*, mas Hunt avaliou a expressão de Celestina em busca de pistas.

Os cantos da boca da governadora se contraíam em desprazer, mas os olhos estavam tranquilos. A expressão cheia de contemplação. Ela usava vestes de um roxo pálido, os cachos descendo pelos braços nus como uma cachoeira de noite. Poderia ser uma deusa, de tão imóvel e encantadora, poderia ser a própria Cthona, voluptuosa e de corpo farto, não fossem pelas asas radiantes que se enchiam com a luz do sol brilhando pelas janelas atrás dela.

— Peço desculpas por manter minha mensagem curta — disse Celestina a Hunt, Isaiah e Naomi. — Mas eu não queria o relato completo registrado.

Pollux e Baxian olhavam para a frente, para o nada. Ou Hunt presumia que era esse o caso, considerando que um dos olhos de Baxian estava tão inchado que se fechava, e o rosto de Pollux era um imenso e magnífico hematoma. O fato de ter permanecido assim 12 horas depois sugeria que o dano inicial tinha sido impressionante. Queria ter visto.

— Nós entendemos — disse Isaiah, com aquele tom de comandante que não aceita merda. — Nós compartilhamos de seu desapontamento.

Celestina suspirou.

— Talvez eu tenha sido ingênua ao crer que poderia introduzir dois pangeranos nesta cidade sem uma educação mais completa sobre os hábitos dela. Passar adiante a responsabilidade — ela olhou para Naomi, então para Hunt — foi erro meu.

Hunt podia tê-la avisado a respeito daquilo. Manteve a boca fechada.

— Eu gostaria de ouvir de vocês dois, nas próprias palavras, sobre o que aconteceu — ordenou a arcanjo a Pollux e Baxian. O tom era agradável, os olhos dela brilhavam com severidade oculta. — Pollux? Por que não começa?

Foi uma beleza, a forma como Pollux fervilhou no assento, o cabelo dourado esvoaçante ainda manchado de sangue. O Martelo odiava aquilo. Absolutamente odiava aquela porra, percebeu Hunt, com prazer. A bondade de Celestina, a justiça dela, a suavidade… Pollux estava ainda mais irritado do que Hunt. Ele servira Sandriel com entusiasmo, se deliciara com a crueldade e os jogos dela. Talvez mandá-lo para Celestina fosse uma punição que nem mesmo os asteri haviam antecipado.

Pollux grunhiu:

— Eu estava me divertindo em uma taverna.

— Um bar — disse Hunt, arrastado. — Nós chamamos de bar aqui.

Pollux fez cara de ódio, mas falou:

— A fêmea estava toda se jogando em mim. Ela *disse* que queria.

— Queria o quê? — A voz de Celestina tinha assumido um tom definitivamente gélido.

— Foder comigo. — Pollux encostou na cadeira, as asas se movendo.

— Ela não disse isso — grunhiu Baxian, as asas de mexendo.

— E você estava lá em todos os momentos da noite? — exigiu Pollux. — Mas talvez você estivesse. Você sempre baba nas minhas sobras.

Hunt encontrou o olhar cauteloso de Isaiah. Uma grande tensão tinha se desenvolvido entre aqueles dois ao longo dos anos desde que Hunt e Isaiah tinham deixado o território de Sandriel.

Baxian exibiu os dentes em um sorriso feral.

— E aqui estava eu, achando que suas *sobras* estavam babando em mim. Elas sempre parecem tão... insatisfeitas quando deixam seu quarto.

O poder de Pollux, magia malakim padrão, porém forte, chacoalhou os lindos enfeites na estante de livros embutida.

Celestina interrompeu:

— Já chega. — Um poder morno, beijado pelo sol, encheu a sala, sufocando os demais dons. Um tipo de magia feminina, inquebrável, que não aceitava merda e imporia a lei se ameaçado. Que não tinha absolutamente medo de Pollux e do tipo de macho que ele era. Ela disse ao Martelo: — Explique o que aconteceu.

— A gente foi para o beco atrás da *taverna* — jogou essa palavra na direção de Hunt — e ela estava toda em cima de mim, como eu falei. Então o desgraçado — se referindo a Baxian — me atacou.

— E a que altura você não a ouviu falar "não"? — desafiou Baxian. — Na primeira ou na décima vez?

Pollux riu com escárnio.

— Algumas fêmeas dizem não quando querem. É um jogo para elas.

— Porra, você está delirando — disparou Naomi do outro lado da sala.

— Eu estava falando com você, bruxa? — disparou Pollux.

— *Chega* — O poder de Celestina mais uma vez encheu a sala, sufocando qualquer magia que eles pudessem ter conjurado. Ela perguntou a Baxian: — Por que você foi até o beco atrás dele?

— Porque eu passei décadas com esse babaca — disse Baxian, fervilhando. — Eu sabia o que estava para acontecer. Eu não iria permitir que ele fosse adiante com aquilo.

— Você permitiu muitas vezes sob o comando de Sandriel — disse Isaiah, com a voz baixa. — Você e todos os seus triários ficaram só observando.

— Você não sabe merda nenhuma sobre o que eu fiz ou não fiz — disparou Baxian para Isaiah, então falou para Celestina: — Pollux mereceu a surra que eu dei nele.

O Martelo exibiu os dentes. Hunt só conseguia observar em choque.

— Isso pode ser verdade — disse Celestina —, mas ainda é verdade que vocês dois são meus triários e sua briga foi filmada. E agora está on-line e sendo transmitida em todas as estações de notícias. — O olhar dela se afiou para Pollux. — Eu ofereci à fêmea a chance de prestar queixa, mas ela recusou. Só posso presumir que ela saiba que espetáculo seria, e tem medo das consequências para si e para seus entes queridos. Planejo consertar isso nesta cidade. Neste território. Mesmo que signifique fazer dos meus triários de exemplo.

O sangue de Hunt ferveu, uivando. Talvez fosse agora. Talvez Pollux finalmente recebesse o que merecia.

Mas Celestina continuou.

— Eu recebi uma ligação esta manhã, no entanto, e vi a sabedoria em… lhe dar uma segunda chance.

— *O quê*? — disparou Hunt.

Pollux curvou a cabeça em gratidão debochada.

— Os asteri são mestres benevolentes.

Um músculo se contorceu na bochecha lisa de Celestina.

— Eles são, de fato.

Naomi perguntou:

— E quanto àquele ali? — Ela indicou Baxian, que a olhou com raiva.

Celestina disse:

— Eu gostaria de lhe dar uma segunda chance também, Cão do Inferno.

— Eu *defendi* aquela fêmea — explodiu Baxian.

— É verdade, e eu o elogio por isso. Mas fez isso de uma forma pública que chamou atenção. — Não apenas atenção da cidade. Dos asteri.

De novo, Celestina engoliu em seco.

Isaiah perguntou, em um tom mais tranquilo:

— O que podemos fazer para ajudar a limpar a bagunça?

Ela manteve o olhar na mesa de madeira, cílios espessos quase roçando em suas maçãs do rosto altas.

— Já está feito. Para dar à mídia algo em que se concentrar, os asteri me abençoaram com uma oportunidade. Um presente.

Até mesmo Pollux abandonou a atitude afetada para inclinar a cabeça. Hunt se preparou. Aquilo não podia ser bom.

Celestina sorriu, Hunt notou a expressão forçada.

— Eu vou me tornar parceira de Ephraim. Com dois arcanjos agora mortos, há uma necessidade de... repopular as fileiras. No Equinócio Outonal, nós faremos nossa cerimônia de parceria aqui em Lunathion.

Em um mês. O feriado conhecido como Dia da Morte era animado, apesar do nome: era um dia de equilíbrio entre a luz e a escuridão, quando o véu entre os vivos e os mortos era mais fino. Cthona começava as preparações para seu sono iminente então, mas, em Lunathion, intensas festas à fantasia eram celebradas ao longo do rio Istros nos vários pontos de Veleiros. A maior festa de todas cercava o Cais Preto, onde lanternas eram lançadas sobre a água até o Quarteirão dos Ossos, junto com oferendas de comida e bebida. Tinha sido um caos completo todas as vezes que Hunt sobrevoara as festividades. Só podia imaginar o que Bryce vestiria. Alguma coisa o mais irreverente possível, supunha.

A arcanjo prosseguiu:

— Nós ficaremos aqui por algumas semanas, então voltaremos para o território dele. Depois disso, ele e eu vamos alternar, visitando os territórios um do outro. — Até que um bebê nasça, sem dúvida.

Naomi perguntou:

— Isso é uma coisa boa, certo?

Celestina mais uma vez deu a eles um sorriso forçado.

— Ephraim tem sido meu amigo durante muitos anos e é um macho justo e sábio. Não consigo pensar em um parceiro melhor.

Hunt percebeu a mentira, mas era assim o grupo dos arcanjos: se os asteri decidissem que eles deveriam procriar, eles obedeciam.

— Parabéns? — disse Isaiah, e Celestina riu.

— Sim, suponho que seja cabível — respondeu. Mas sua diversão se dissipou diante de Pollux, a causa daquilo. Ele tinha envergonhado aquela cidade, envergonhado a ela, e os asteri tinham notado. Agora ela pagaria. Não pelo que Pollux tinha tentado fazer com aquela fêmea, mas por ser pego pelo público. Os asteri aproveitariam aquela oportunidade para lembrar exatamente de quanto controle eles tinham sobre ela. Sobre a sua vida. O seu corpo.

Hunt não sabia por que eles se importavam, por que tinham ido tão longe para provar seu ponto, mas… nada o surpreendia no que dizia respeito a eles. O sangue de Hunt começou a esquentar, o temperamento dele junto. Porra de monstros.

— Com o anúncio da minha parceria, teremos um frenesi midiático. A cerimônia e a festa serão um evento badalado. Realeza e dignitários comparecerão, junto com o séquito de Ephraim.

Pollux ajeitou o corpo diante da informação, seus olhos roxos brilhando com prazer. Celestina voltou o olhar frio para ele.

— Espero que com a visita da Corça você evite se comportar como fez ontem à noite.

Baxian riu com escárnio.

— Isso nunca o impediu antes.

Pollux exibiu os dentes de novo, mas Celestina retomou a conversa:

— Hunt, eu gostaria de falar com você. O resto de vocês está dispensado. — Hunt congelou, mas não disse nada quando os outros saíram. Isaiah e Naomi o olharam em aviso antes de fecharem as portas às costas.

Sozinho com sua arcanjo, Hunt se obrigou a respirar. A se manter firme.

Ela ia acabar com ele por não ter controlado Baxian na noite anterior. Por não estar ali para impedi-lo de brigar, mesmo não tendo recebido ordens para vigiá-lo todas as horas do dia. A punição estava por vir, conseguia sentir…

— O Rei Outonal me informou do noivado da Srta. Quinlan com o Príncipe Herdeiro Cormac de Avallen — falou Celestina.

Hunt piscou.

Prosseguiu:

— Eu esperava que você pudesse elucidar a situação, considerando que será esperado que eles compareçam a minha comemoração de parceria juntos.

Ele não tinha pensado naquilo. Que aquilo sequer seria algo a ser discutido. E depois do que tinham feito na noite anterior… Será que aguentaria vê-la nos braços de outro macho, mesmo que fosse apenas fingimento?

— É um casamento arranjado — disse Hunt. — Os pais deles insistem.

— Eu tinha presumido que sim. — A boca de Celestina se contraiu. — Estou curiosa para saber como *você* está se sentindo. Você e a Srta. Quinlan são próximos.

— É. Nós somos. — Hunt esfregou o pescoço. — Estamos lidando com isso um dia de cada vez — admitiu.

Celestina o estudou, e Hunt se obrigou fixar os olhos nos dela. Não encontrou nada além de… consideração e preocupação ali.

— Você é exatamente como eu achei que seria.

Hunt arqueou uma sobrancelha.

Os olhos de Celestina se abaixaram para as mãos, os dedos se retorcendo.

— Shahar era minha amiga, você sabe. Minha amiga mais querida. Nós mantínhamos segredo. Os asteri não teriam aprovado. Shahar já os estava desafiando de pequenas formas quando nos aproximamos, ela achou que eles veriam nossa amizade como uma aliança e tentariam… impedi-la.

O coração de Hunt deu um tropeço.

— Ela nunca disse nada.

— Nossa correspondência ao longo dos anos foi secreta. E quando vocês se rebelaram… Eu não tinha nada a oferecer a ela. Minha legião em Nena é… era… uma extensão das forças dos asteri.

— Você poderia ter oferecido seu poder. — Porra, mais um arcanjo lutando com eles naquele dia…

— Eu tenho vivido com as consequências de minha escolha desde então — falou Celestina.

— Por que está me contando isso?

— Porque eu ouvi sussurros de que você fez o que eu queria fazer desde que soube da morte de Shahar pelas mãos de Sandriel. O que eu queria fazer sempre que me sentava na sala do conselho dos asteri e ouvia Sandriel cuspir na memória da irmã dela.

Puta merda.

— E eu gostaria de pedir desculpas pelo meu fracasso em extrair você dos mestres que o prenderam nos anos depois da queda de Shahar.

— Isso não foi culpa sua.

— Eu tentei… mas não foi o suficiente.

As sobrancelhas de Hunt se contraíram.

— O quê?

Ela apoiou as mãos na mesa. Entrelaçou os dedos.

— Eu angariei fundos para… comprar você, mas os asteri me negaram. Eu tentei três vezes. Precisei parar há um século, teria levantado suspeitas se eu continuasse.

Ela havia simpatizado com os Caídos. Com a causa dele.

— Tudo por Shahar?

— Eu não podia deixar alguém de quem ela gostava apodrecer daquela forma. Eu queria… — Respirou fundo. — Eu queria que tivessem me deixado comprar você. Tantas coisas podiam ser diferentes agora.

Podia ser tudo mentira. Uma linda e inteligente mentira para fazer com que ele confiasse nela. Se ela havia simpatizado com os Caídos, será que compartilhava dos mesmos sentimentos sobre os rebeldes da Ophion? Se ele contasse a ela tudo que estava se desenvolvendo naquela cidade, será que ela os condenaria ou ajudaria?

— A dúvida nos seus olhos me envergonha. — Apesar de tudo, soava sincera.

— É que eu acho difícil acreditar que durante toda a merda pela qual eu passei havia alguém lá fora tentando me ajudar.

— Eu entendo, mas talvez eu possa me redimir de meus fracassos agora. Eu gostaria que fôssemos... amigos.

Hunt abriu a boca, então fechou.

— Obrigado. — disse sinceramente, percebeu.

Celestina sorriu, como se também entendesse.

— Estou a sua disposição caso você precise. Qualquer coisa.

Sopesou a expressão gentil no rosto dela. Será que ela sabia sobre a Ophion e Cormac e Sofie? Havia de alguma forma descoberto sobre ele ter matado Sandriel, então obviamente era capaz de obter informações secretas.

Hunt respirou profundamente, se acalmando, então falou de novo:

— Obrigado. — Levantou-se da cadeira. — Como estamos sendo honestos aqui... Os antigos triários de Sandriel são veneno. Eu não sei por que Baxian está subitamente bancando o bonzinho, mas sinto muito por não estar lá para contê-lo ontem à noite.

— Eu não considero você responsável por isso.

Alguma coisa se afrouxou no peito de Hunt. Continuou:

— Tudo bem, mas o resto... Eles são pessoas perigosas. Pior do que os Príncipes do Inferno.

Ela riu.

— Você os compara como se soubesse por experiência própria.

Ele sabia. Mas se esquivou:

— Eu cacei demônios durante anos. Reconheço um monstro quando vejo um. Então, quando a Harpia e o Falcão e a Corça vierem para a festa de parceria... Imploro a você que tome cuidado. Que proteja as pessoas desta cidade. A gente pode importunar Baxian por só ficar olhando enquanto Pollux aterrorizava as pessoas, mas... Eu também fiquei. Já vi o que Pollux faz, com o que ele sente prazer. A Harpia é a contrapartida fêmea dele. O Falcão é dissimulado e perigoso. E a Corça...

— Eu sei muito bem o tipo de ameaça que Lidia Cervos representa.

Até mesmo os arcanjos temiam a Corça. O que ela podia descobrir. E Celestina, amiga secreta de Shahar, que ainda se importava com a amiga séculos mais tarde, que carregava a culpa de não ter ajudado...

— Do que você precisar — disse Hunt, baixinho —, qualquer coisa de que precisar para enfrentar essa cerimônia de parceria, para lidar com a cabala de Sandriel, me avise.

Talvez os asteri tivessem redistribuído os triários de Sandriel ali não apenas para equilibrar os números, mas para plantar aliados e espiões. Para darem relatos de Hunt e Celestina.

Ela assentiu solenemente.

— Obrigada, Hunt.

Ele foi até a porta, fechando as asas. Parou à saída.

— Você não precisa se sentir culpada, sabe. Sobre as merdas que aconteceram comigo.

Ela inclinou a cabeça.

— Por quê?

Deu um meio sorriso a ela.

— Se eu tivesse ido até você em Nena, jamais teria vindo para cá. Para Lunathion. — O sorriso dele aumentou quando saiu. — Eu jamais teria conhecido Bryce.

E cada horror, cada pesadelo... tudo tinha valido a pena por ela.

* * *

Hunt encontrou Baxian esperando no fim do corredor, os braços do macho cruzados, o rosto coberto de hematomas e com uma expressão séria.

— Como foi seu momento especial? — perguntou Baxian, como cumprimento.

— Que porra você quer? — Hunt caminhou na direção da varanda na outra ponta do corredor. Ele faria uma visita de almoço a Bryce. Talvez tirasse as roupas. Porra, isso parecia ótimo.

— A antiga gangue está se reunindo em algumas semanas. Presumo que você estivesse avisando Celestina quanto a isso.

— Vocês são um bando de desequilibrados sádicos. — Hunt saiu para a varanda vazia. O vento açoitou seu cabelo, trazendo o cheiro fresco do Istros do outro lado da cidade. Nuvens de tempestade se reuniam no horizonte, e relâmpago dançava nas veias dele. — Eu dificilmente chamaria você de *a velha gangue*.

A boca de Baxian se repuxou em um sorriso, os hematomas se esticando.

Hunt falou:

— Não vou engolir qualquer que seja a merda que você esteja vendendo ao espancar Pollux.

— Cidade nova, regras novas — disse Baxian, as penas pretas farfalhando. — Chefe nova, que não parece gostar tanto de Pollux.

— E daí? — Hunt abriu as asas.

— E daí que não preciso mais fingir — disse Baxian. Ergueu o rosto para o céu que escurecia. — A tempestade está vindo. Cuidado lá em cima.

— Obrigado pela preocupação. — Hunt bateu as asas uma vez, levitando.

— Não estou tentando foder você.

— Você está tentando ser um pé no meu saco, então?

Baxian riu com deboche.

— É, acho que sim.

Hunt voltou para o chão.

— O que foi essa merda com você e Pollux, sobre as sobras dele?

Baxian enfiou as mãos nos bolsos.

— Ele é um babaca ciumento. Você sabe disso.

Hunt só conseguia pensar em uma pessoa na qual Pollux tinha mostrado algum interesse além de Sandriel.

— Você tem uma queda pela Corça?

Baxian soltou uma gargalhada.

— Porra, não. Pollux é a única pessoa inconsequente o bastante para chegar perto dela. Eu não tocaria em Lidia nem com um mastro de 3 metros.

Hunt observou o macho que tinha sido seu inimigo por tanto tempo que havia perdido a noção dos anos. Alguma coisa tinha mudado. Alguma coisa grande e primordial e...

— Que merda aconteceu com Sandriel depois que eu fui embora?

Baxian riu.

— Quem disse que teve alguma coisa a ver com Sandriel?

— Por que ninguém me dá uma resposta direta ultimamente?

Baxian ergueu uma sobrancelha. Um trovão reverberou em aviso à distância.

— Conte os seus segredos, Athalar, e eu conto os meus.

Hunt mostrou o dedo do meio para ele. E não se incomodou em se despedir antes de se lançar para o céu que escurecia.

Mesmo assim, não conseguiu afastar a sensação de que Baxian continuava observando. Como se tivesse deixado alguma coisa pendente. Parecia só uma questão de tempo até aquilo se voltar contra ele.

23

Ithan se manteve alguns passos atrás do pequeno grupo de tritões socorristas em torno do Capitão Ketos, e do corpo. Tinha sentido cheiro de morte antes de sequer se aproximarem da extensão pristina do Istros uma hora ao norte de Lunathion, um lindo ponto verde entre os carvalhos da pequena floresta. Haviam levado motos aquáticas até o Azul, já que aquela parte do rio era quase inacessível a pé. Supôs que poderia ter feito a corrida facilmente em sua forma de lobo, mas, depois de cheirar uma vez o cadáver de 1,5 quilômetro rio abaixo, ficou feliz por não estar naquele corpo.

— Fêmea selkie — dizia Tharion para o pequeno grupo reunido, limpando o suor da testa. Mesmo à sombra dos imponentes carvalhos, o sol tostava a floresta até virar gravetos para fogueira.

Ithan bebeu do cantil. Deveria ter vestido short e sandália em vez do jeans preto e das botas do Aux. Não tinha nada que usar aquelas roupas.

Tharion prosseguiu, observando a pequena pilha na margem do rio. Havia sido encontrada naquela manhã por uma lontra que passava.

— Uma morte por execução.

A morte não era algo novo. Ithan apenas desejava que não tivesse se tornado tão familiarizado a ponto de, aos 22 anos, ser algo para o qual ele mal piscava. Era a vida de um lobo no entanto. De um Holstrom.

Tharion apontou.

— Bala gorsiana na coxa direita para evitar que o metamorfoseasse para a forma de foca, então um sangramento lento de um corte na artéria femoral esquerda. Repetidas lacerações indicam que o assassino reabriu a incisão na coxa várias vezes para mantê-la sangrando até que morresse.

Que Cthona o poupasse.

— Ou até quem quer que fosse obtivesse suas respostas — disse Ithan.

O grupo, três da equipe de Tharion, se virou na direção dele. Tinha sido levado por um motivo, para usar o nariz. Aparentemente, isso não incluíra falar.

— Ou isso — falou Tharion, cruzando os braços com um propósito que dizia:

Cale a boca, eu tenho o mesmo instinto que você a respeito disso.

Pelo menos era o que Ithan achava que comunicava. Tinha ficado muito bom em avaliar as expressões e tiques delatórios dos outros graças a seus anos no campo de solebol.

Tharion disse ao grupo:

— Certo. Continuem documentando a cena, então vejamos se podemos encontrar um nome para ela. — As pessoas se afastaram para seguir a ordem, e Tharion se afastou para cheirar o ar.

Uma voz masculina falou à esquerda de Ithan.

— Ei, você costumava jogar solebol, certo? — Ithan encontrou um tritão de rosto corado usando um casaco corta-vento azul da UICA a poucos metros, com um walkie-talkie na mão.

Ithan grunhiu.

— Isso.

— Para a UCLC, você era aquele menino Holstrom.

Era. Tudo na vida dele se resumia a *era* ultimamente. *Você era o irmão do Connor. Você era parte de uma matilha. Você era do Aux. Você era jogador de solebol. Você era amigo de Bryce. Você era normal. Você era feliz.*

— Eu mesmo.

— Por que parou? Você podia ser, tipo, o jogador de maior valor nos profissionais agora.

Ithan não sorriu, tentou ao máximo parecer desinteressado.

— Tinha outros planos.

— Em vez de jogar solebol profissionalmente? — O macho ficou boquiaberto. Como se o corpo agredido de uma selkie não estivesse a meros metros.

Todos estavam observando agora. Ithan tinha crescido com olhos sobre ele daquela forma, havia triunfado e fracassado espetacularmente diante de milhares de pessoas, dia após dia, durante anos. Não tornava as coisas mais fáceis.

— Holstrom. — A voz de Tharion cortou o ar, piedosamente o tirando da conversa. Ithan acenou com a cabeça para o macho e se dirigiu até onde o capitão estava, ao lado do rio. Tharion murmurou: — Sente algum cheiro?

Ithan inalou. Sangue e podridão e água e ferro e...

Outra farejada, levando-o a fundo, arrancando camadas. Sal e água e foca. Isso era a selkie. Então...

— Tem um cheiro humano aqui. Nela. — Apontou para a selkie largada entre as folhas e a vegetação seca. — Dois deles.

Tharion não disse nada, girando distraidamente um filete de água entre os dedos. Os tritões eram semelhantes aos duendes da água nesse aspecto, capazes de conjurar água do ar.

Ithan começou a caminhar de um lado para outro da clareira, tomando cuidado com as pegadas, notando e farejando as leves perturbações na terra, nas folhas, nos gravetos.

Ele farejou de novo, o cérebro internalizando e processando todos aqueles cheiros.

— Em sua forma de lobo não seria mais fácil? — perguntou Tharion, encostando em uma árvore.

— Não — mentiu Ithan, e continuou em movimento. Não suportava assumir aquela forma, sentir aquele lobo de alma vazia.

Farejou mais algumas vezes, então marchou até Tharion e disse, em voz baixa:

— Tem um cheiro de fêmea humana nessa cena toda. Mas o segundo cheiro... é um macho humano. Um pouco estranho, mas humano. — Exatamente como Ithan teria descrito um humano parte pássaro-trovão. — Está só na selkie. Um leve odor.

— Então o que isso diz a você? — perguntou Tharion, com igual quietude, monitorando os demais que documentavam a cena do crime.

— Meu palpite?

— É, pode me dizer suas impressões intuitivas.

Ithan notou os tritões em torno dele. A audição deles podia não ser tão aguçada quanto a dele, mas…

— Acho que deveríamos estar em um lugar mais privado.

Tharion fez um *humm* de contemplação. Então gritou para o grupo de investigadores:

— Mais alguma descoberta, crianças?

Ninguém respondeu.

Tharion suspirou.

— Tudo bem. Vamos ensacá-la e levar para o laboratório. Eu quero testes feitos o mais rápido possível, e uma identidade.

Os outros se afastaram, seguindo para os veículos aquáticos enfileirados ao longo da margem do rio Azul, amarrados no lugar com a magia da água deles. Deixando Ithan e Tharion com o corpo.

O macho tritão arqueou a sobrancelha.

— Eu preciso ir para a Corte Azul, mas gostaria de ouvir suas descobertas enquanto estão recentes. Você tem tempo?

— Não tenho nada além de tempo — respondeu Ithan.

Se perguntou quando ter todo aquele tempo livre deixaria de parecer um fardo tão pesado.

* * *

— Então, vamos ouvir — disse Tharion, ao afundar na cadeira de seu escritório e ligar o computador.

Ithan Holstrom estava de pé à parede de vidro, olhando para o azul profundo do Istros, observando os peixes e as lontras passarem. O lobo tinha dito pouco enquanto Tharion o levava para a Profundeza, embora pelos olhos arregalados estivesse evidente que jamais esteve ali antes.

Ithan disse, sem se virar:

— Vamos presumir que as partes envolvidas sejam quem pensamos. Eu acho que a selkie encontrou o menino, ajudou ele a caminho de Lunathion. Pouco depois, considerando que o cheiro dele ainda está nas roupas dela, a selkie foi encontrada e torturada por uma mulher humana em busca de informações sobre a localização de Emile. Pelo que sabemos sobre ela, meu palpite é Pippa Spetsos.

A boca de Tharion se repuxou de lado.

— Meus técnicos disseram que a morte foi há cerca de um dia. Isso se alinha com a sua informação?

— Sim, embora provavelmente menos de um dia, mas o cheiro do menino nas roupas dela era mais antigo do que isso. Por apenas umas seis horas.

— Por quê? — Tharion apoiou o queixo nas mãos.

— Porque ela não poderia ter entrado na água, nem trocado de roupa, se ainda estava com o cheiro. Até onde sei, selkies raramente passam um dia sem se metamorfosear e nadar. A água teria lavado o cheiro do menino.

Tharion refletiu, revirando a informação na mente.

— Mas nós não encontramos nenhum rastro do menino na clareira.

— Não — concordou Ithan, se virando. — Emile jamais esteve naquela clareira. A selkie deve ter ido até lá depois.

Tharion olhou para o mapa de Cidade da Lua Crescente e as terras que a cercavam atrás da mesa.

— Aquele ponto fica entre o barco que eu investiguei e a cidade. Se ele se encontrou com a selkie em algum lugar por ali, ele está de fato seguindo em direção a Lunathion. E, se aquele assassinato tem menos de um dia, ele pode ter acabado de chegar aqui.

— E Pippa Spetsos, se é esse o cheiro na fêmea, poderia estar aqui também.

— Ou um dos soldados dela, imagino — admitiu Tharion. — De toda forma, a Ocaso está próxima. Precisamos tomar cuidado.

— Pippa é uma mulher humana.

— Ela é uma rebelde perigosa, capaz de matar os vanir graças àquelas balas gorsianas. E uma psicopata que se deleita com a morte até dos mais inocentes. Não vamos chegar perto dela sem preparação e planejamento. — Torcia para que encontrassem Emile primeiro e não precisassem sequer lidar com Pippa.

Ithan riu com escárnio.

— Nós podemos dar conta dela. Meu irmão derrubou Philip Briggs.

— Alguma coisa me diz que Pippa deve ser pior do que Briggs.

— Por favor — disse Ithan, debochando.

Tharion não se incomodou em manter a severidade longe da expressão.

— Eu gosto de estar vivo. Não vou arriscar a morte porque você tem uma visão exagerada de suas habilidades de lobo.

— Vai se foder.

Tharion deu de ombros.

— Meu rio, minhas regras, bebê.

Um trovão ecoou nos corredores silenciosos, chacoalhando até mesmo o vidro espesso.

— Eu posso ir atrás dela sozinho.

Tharion riu.

— Não enquanto você estiver preso aqui.

Ithan o avaliou.

— Sério? Você me prenderia?

— Para sua segurança, sim. Você sabe o que Bryce faria comigo se você acabasse morto? Eu jamais conseguiria revirar as calcinhas dela de novo.

Ithan o olhou boquiaberto. Então caiu na gargalhada. Era um som intenso, um pouco rouco, como se não fizesse isso há um tempo.

— Fico surpreso por Athalar deixar você vivo.

— Você sabe o que Bryce faria com Hunt se *eu* aparecesse morto? — Tharion sorriu. — Minha doce Pernas cuida de mim.

— Por que você a chama assim? — perguntou Ithan, cautelosamente.

Tharion deu de ombros de novo.

— Quer mesmo que eu responda?

— Não.

Tharion riu.

— Enfim, a verdadeira pergunta é se Emile está se dirigindo para o lugar que Danika indicou no e-mail.

Holstrom já tinha inteirado o capitão sobre os trabalhos e recortes de notícias que ele e Bryce haviam encontrado no dia anterior, mas nenhum tinha qualquer ligação com um potencial local de encontro.

A porta do escritório de Tharion se abriu e um dos oficiais dele, Kendra, entrou. A sentinela loira parou subitamente ao ver Ithan, o cabelo balançando em torno dela. Ela olhou para Tharion, que assentiu. Estava livre para falar perto do lobo.

— Chefe quer você na ala dela. Está, hã... de mau humor.

Porra.

— Eu bem achei que tivesse ouvido trovão. — Tharion indicou com o queixo a porta quando Kendra saiu. — Tem uma sala de estar no fim deste corredor à esquerda. Sinta-se à vontade para ver TV, se servir de lanches, o que for. Eu volto... logo. Então podemos começar a farejar atrás do menino. — E com sorte evitar Pippa Spetsos.

Ele usou a caminhada até a ala da rainha para acalmar os nervos contra qualquer que fosse a tempestade que se formava. Devia ser ruim, se estava chovendo na Superfície durante os meses secos de verão.

* * *

Bryce se abanou sob o calor do verão, agradecendo a Ogenas, Arauto das Tempestades, pela chuva que estava a momentos de cair. Ou qualquer que fosse o vanir dando um ataque de pelancas. A julgar pela rapidez com que a tempestade tinha surgido para estragar o céu azul impecável, era mais provável que fosse a segunda opção.

— Não está *tão* quente assim — observou Ruhn conforme caminhavam pela calçada até as instalações de treinamento do Aux nos limites da Praça da Cidade Velha em Bosque da Lua. A câmara vazia e cavernosa era normalmente usada para grandes reuniões, mas ele a reservava uma vez por semana àquela hora para o treino recorrente deles.

Teriam um recém-chegado naquele dia. Pelo menos se o Príncipe Cormac ousasse aparecer para começar o treinamento dela, como tinha prometido.

— Não sei como você consegue usar jaqueta de couro — disse Bryce, as coxas suadas colando a cada passo.

— Preciso esconder as armas — disse Ruhn, dando tapinhas nos coldres sob a jaqueta. — Não posso deixar os turistas com medo.

— Você literalmente carrega uma espada.

— Isso tem um impacto diferente nas pessoas do que uma arma.

Verdade. Randall tinha ensinado isso a ela há muito tempo. Espadas podiam significar esperança, resistência, força. Armas significavam morte. Deveriam ser respeitadas, mas apenas como armas de morte, mesmo em defesa.

O telefone de Bryce tocou, verificou a identificação da chamada antes de calar o toque e guardar o aparelho no bolso.

— Quem era? — perguntou Ruhn, olhando de esguelha para ela quando trovão roncou. As pessoas começaram a sair das ruas, disparando para dentro de lojas e prédios para evitar o temporal. Com o clima árido, tempestades de verão costumavam ser violentas e rápidas, propensas a inundar as ruas.

— Minha mãe — disse Bryce. — Vou ligar para ela depois. — Tirou um cartão-postal da bolsa e o agitou para Ruhn. — Ela deve estar ligando a respeito disto.

— Um cartão-postal? — Na frente dizia *Saudações de Nidaros!* em uma fonte alegre.

Bryce o guardou de volta na bolsa.

— É. É uma coisa de quando eu era pequena. A gente tinha uma briga feia e minha mãe me mandava cartões-postais como um jeito esquisito de pedir desculpas. Tipo, a gente podia não estar se falando pessoalmente, mas começávamos a nos comunicar por cartões-postais.

— Mas vocês estavam morando na mesma casa?

Bryce riu de novo.

— Sim. Ela os passava por baixo da minha porta e eu, por baixo da dela. Escrevíamos sobre tudo *menos* a briga. Continuamos fazendo isso quando eu fui para UCLC, e depois. — Bryce revirou a bolsa e tirou de dentro um cartão-postal em branco com uma lontra acenando que dizia *Não perca essa fofura, Lunathion!* — Vou mandar um para ela depois. Parece mais fácil do que um telefonema.

Ele perguntou:

— Você vai contar… tudo a ela?

— Perdeu a cabeça?

— E quanto ao noivado ser uma farsa? Isso certamente a tiraria do seu encalço.

— Por que acha que estou evitando as ligações dela? — perguntou Bryce — Ela vai dizer que estou brincando com fogo. Literalmente, considerando o poder de Cormac. Não tem como ganhar com ela.

Ruhn gargalhou.

— Sabe, eu gostaria muito de ter tido ela como minha madrasta.

Bryce deu um risinho.

— Estranho. Você é tipo, vinte anos mais velho do que ela.

— Não quer dizer que eu não preciso de uma mãe para me dar uma surra de vez em quando. — Disse isso sorrindo, mas… o relacionamento de Ruhn com a própria mãe era tenso. Ela não era cruel, apenas ausente. Ruhn andava cuidando dela. Sabia que seu pai certamente não faria isso.

Bryce falou antes de ter a chance de refletir.

— Estou pensando em ir para casa em Nidaros para o Solstício de Inverno. Hunt vai também. Quer ir junto? — Agora que ela e Hunt tinham arrumado a programação deles, Bryce supôs que podia ser um ser humano decente e ir para a casa no feriadão.

Quer dizer, se a mãe lhe perdoasse pelo noivado. E por não ter contado sobre aquilo.

A chuva respingava na calçada, mas Ruhn parou. Os olhos tão cheios de esperança e felicidade que o peito de Bryce doeu. Mas ele disse:

— Vai levar Hunt para casa, é?

Ela não conseguiu conter o rubor.

— Sim.

— Grande passo, levar o namorado para a casa dos pais.

Ela gesticulou como se o ignorasse, mas se encolheu agora que a chuva havia se tornado um dilúvio. Ainda tinham cinco quarteirões até o local do treino.

— Vamos esperar passar — disse ela, se abaixando sob a marquise de um restaurante vazio. Istros ficava a um quarteirão dali, tão perto que Bryce conseguia ver os véus de chuva açoitando a superfície dele. Nem mesmo os tritões estavam na rua.

A chuva escorria da marquise, larga como uma cachoeira, unindo-se ao verdadeiro rio que já corria até o bueiro de esgoto na esquina do quarteirão. Ruhn falou, por cima do barulho:

— Você quer mesmo que eu vá para casa com você?

— Eu não teria perguntado se não quisesse. — Presumindo que ainda estivessem vivos em dezembro. Se aquela merda de rebelião não tivesse matado todos eles.

O pescoço tatuado de Ruhn oscilou.

— Obrigado. Eu normalmente passo com Dec e a família dele, mas... Não acho que vão se importar se eu faltar este ano.

Ela assentiu, um silêncio desconfortável se assentando. Normalmente tinham o treino para se ocupar durante silêncios tensos, mas agora, presos pela chuva... se manteve calada esperando para ver o que Ruhn poderia dizer.

— Por que você não toca Áster?

Ela se virou, indicando o cabo preto da lâmina despontado acima do ombro dele.

— É sua.

— É sua também.

— Eu tenho a espada de Danika. E você a encontrou primeiro. Não parece justo que eu a reivindique.

— Você é mais Estrelada do que eu. Deveria ficar com ela.

— Isso é besteira. — Recuou um passo. — Não a quero. — Podia jurar que a chuva, o vento, pararam. Que pareciam prestar atenção. Até mesmo a temperatura pareceu cair.

— Aidas disse que você tem a luz de uma verdadeira Rainha Estrelada. Eu sou apenas o herdeiro de um estuprador babaca.

— Isso importa? Eu gosto que você seja o Escolhido.

— Por quê?

— Porque... — Ela prendeu o cabelo atrás da orelha, então mexeu na barra da camisa. — Eu já tenho essa estrela no peito. — Tocou a cicatriz levemente. Os pelos de seus braços se arrepiaram em resposta. — Não preciso de uma espada chique para se somar a ela.

— Mas eu preciso?

— Sinceramente? Acho que você não sabe o quanto você é especial, Ruhn.

Os olhos azuis dele brilharam.

— Obrigado.

— É sério. — Segurou a mão dele, e luz brilhou de seu peito. — A espada foi até você primeiro por um motivo. Quando foi a última vez que dois membros da realeza Estrelada viveram pacificamente, lado a lado? Tem aquela profecia idiota dos feéricos: *Quando faca e espada estiverem reunidas, nosso povo também estará.* Você tem Áster. E se... Não sei. E se houver uma faca lá fora para mim? Mas, além disso, o que Urd está planejando? Ou seria Luna? Qual é o objetivo deles?

— Você acha que os deuses têm alguma coisa a ver com tudo isso?

De novo, os pelos nos braços dela se arrepiaram; a estrela no peito enfraqueceu e se apagou. Virou-se para a rua coberta de chuva.

— Depois dessa primavera, não consigo deixar de me perguntar se *existe* alguma coisa lá fora. Guiando tudo isso. Se tem algum jogo em curso que... Não sei. Que é maior do que qualquer coisa que a gente possa compreender.

— O que quer dizer?

— O Inferno é outro mundo. Outro *planeta.* Assim disse Aidas, há meses, quero dizer. Os demônios adoram deuses diferentes dos nossos, mas o que acontece quando os mundos se sobrepõem? Quando demônios vêm para cá, os deuses deles vêm também? E todos nós, os vanir... todos viemos de outro lugar. Nós éramos imigrantes em Midgard. Mas o que aconteceu com nossos mundos natais? Nossos deuses natais? Eles ainda prestam atenção em nós? Ainda se lembram de nós?

Ruhn esfregou a mandíbula.

— Essa merda é profana demais para uma conversa de almoço. Dos cartões postais com sua mãe eu dou conta. Disso? Preciso de café.

Bryce balançou a cabeça e fechou os olhos, incapaz de segurar o calafrio pela espinha.

— Eu tenho uma sensação. — Ruhn não disse nada, e ela abriu os olhos de novo.

Ruhn tinha sumido.

Um ceifador pútrido e sem véu, a capa preta e a túnica agarradas a seu corpo ossudo, chuva escorrendo pelo rosto acinzentado murcho, agarrava o irmão inconsciente pela rua encharcada. Os olhos verde-ácido da criatura brilhavam como se aceso por Fogo do Inferno.

A chuva devia ter coberto a aproximação da criatura. Os pelos dos braços de Bryce tinham se arrepiado, mas ela atribuiu à conversa perigosa deles. Ninguém estava na rua, seria porque todos tinham de alguma forma sentido o ceifador?

Com um rugido, Bryce disparou para a chuva forte, mas já era tarde demais. O ceifador empurrou Ruhn para dentro do bueiro aberto com dedos longos demais que terminavam em unhas rachadas e afiadas, e deslizou para dentro atrás do príncipe.

24

Ruhn flutuava.

Com um só fôlego, estava conversando com Bryce sobre deuses e destino e toda essa merda. No seguinte, alguma coisa fria e pútrida tinha respirado ao seu ouvido e se encontrava ali, naquele vazio preto, sem começo nem fim.

Que porra tinha acontecido? Alguma coisa o havia atacado e *merda*, Bryce...

Night.

A voz feminina surgiu esvoaçando de todo canto e lugar nenhum.

Night, abra os olhos.

Ele se virou na direção da voz. *Daybright?*

Abra os olhos. Acorde.

O que aconteceu? Como encontrou minha mente? Eu não tenho o cristal.

Não faço ideia do que aconteceu com você. Ou de como encontrei sua mente. Eu apenas senti... Não sei o que senti, mas a ponte subitamente apareceu ali. Acho que você está em grande perigo, onde quer que esteja.

A voz dela ecoava de cima, de baixo, de dentro dos ossos dele.

Não sei como acordar.

Abra os olhos.

Sério mesmo?

Ela disparou: *Acorde! Agora!*

Alguma coisa familiar ecoou na voz dela, ele não conseguia identificar.

E então ela estava ali, chama incandescente, como se o elo entre as mentes deles tivesse se solidificado. Luminosa como uma fogueira, o cabelo fluindo em torno da cabeça. Como se os dois estivessem debaixo da água.

Acorde!, rugiu ela, chamas crepitando.

Por que eu conheço a sua voz?

Eu posso lhe garantir que não conhece. E você está prestes a morrer *se não acordar.*

Seu cheiro…

Você não consegue sentir meu cheiro.

Eu consigo. Eu o reconheço.

Eu jamais conheci você, e você jamais me conheceu…

Como pode saber disso se você não sabe quem eu sou?

ABRA OS OLHOS!

* * *

Havia escuridão, e o urro de água caindo. Essa foi a primeira e patética avaliação de Bryce do esgoto conforme mergulhou no rio subterrâneo que corria sob a cidade.

Não se permitiu pensar no que flutuava pela água conforme nadou até a passagem de pedra que percorria a lateral do fluxo, impulsionando o corpo para cima ao procurar pelo ceifador. Por Ruhn.

Nada além de escuridão, e o leve feixe de luz dos buracos de bueiro acima. Olhou para dentro, para a estrela em seu peito. Inspirou profundamente. E, quando exalou, luz brotou.

Luz que projetou o esgoto em um contrastante relevo, pintando de prata as pedras, a água marrom, o teto em arco…

Bem, ela havia encontrado o irmão.

E cinco ceifadores.

Os ceifadores flutuavam acima do rio do esgoto, vestes pretas ondulando. Ruhn, inconsciente, pendia entre dois deles. Áster ainda estava presa a ele. Ou eram burros demais para desarmá-lo, ou não queriam tocar na arma.

— Que merda vocês querem? — Bryce se aproximou. Água escorreu dos bueiros acima, o rio subindo rapidamente.

— Trazemos uma mensagem — entoaram os ceifadores juntos. Como se tivessem uma só mente.

— Há modos mais fáceis de enviar do que esse — cuspiu, avançando mais um passo.

— Não avance mais — avisaram, e Ruhn caiu, como em aviso. Como se eles fossem jogar o corpo inconsciente dele na água e deixar que se afogasse.

Um dos ceifadores pairou para mais perto de Ruhn quando o seguraram. O cabo de Áster roçou contra a túnica dele. A criatura sussurrou, encolhendo-se.

Tudo bem, eles definitivamente não queriam tocar a espada.

Essa era a menor das preocupações de Bryce quando mais cinco ceifadores pairaram para fora da escuridão atrás dela. Pegou o celular no bolso de trás, mas os ceifadores segurando Ruhn o soltaram mais um pouco.

— Nada disso — disseram, o som ecoou de todos os lados.

Acorde, desejou ela de Ruhn. *Acorde, porra, e destrua esses cabeças de merda.*

— O que vocês querem? — perguntou de novo.

— O Príncipe do Fosso nos enviou.

O sangue dela gelou.

— Vocês não servem a ele. Duvido que seu rei ficaria feliz com isso.

— Trazemos a mensagem dele mesmo assim.

— Coloquem Príncipe Ruhn no chão e podemos conversar.

— E deixar você usar a estrela em nós? Melhor não.

Ela se virou, tentando manter todos em seu campo visual. Ruhn podia sobreviver a ser jogado no rio, mas havia limites. Por quanto tempo um vanir que tinha feito a Descida podia aguentar sem oxigênio? Ou seria um processo torturante de afogamento, cura e afogamento de novo, até que a força imortal dela estivesse esgotada e eles finalmente morressem?

Não queria descobrir.

— Qual é sua mensagem? — indagou Bryce.

— Apollion, Príncipe do Fosso, está pronto para atacar.

O sangue de Bryce gelou ao ouvir o nome dito em voz alta.

— Ele vai começar uma guerra? — Aidas tinha dito algo assim no dia anterior, mas indicara que os exércitos seriam para *ela*. Achou que ele pretendia ajudar em qualquer que fosse a insanidade que o Inferno tivesse planejado.

— O Príncipe do Fosso quer um oponente digno desta vez. Um que não vai se curvar tão facilmente, como o Príncipe Pelias fez há tanto tempo. Ele insiste em enfrentar *você*, Estrelada, a plenos poderes.

Bryce soltou uma gargalhada.

— Diga a ele que eu estava literalmente a caminho de treinar antes que vocês, seus semivivos, me interrompessem. — Seus ossos tremeram quando ela disse isso, ao pensar em quem eles representavam. — Digam a ele que vocês acabaram de apagar meu tutor.

— Treine com mais afinco. Treine melhor. Ele está esperando.

— Obrigada pela conversa motivacional.

— Seu desrespeito não é valorizado.

— É, bem, vocês terem sequestrado meu irmão definitivamente não é valorizado.

Fervilharam com ira e Bryce se encolheu.

— O Príncipe do Fosso já caça pelas névoas do Quarteirão dos Ossos para encontrar o outro que pode ser seu oponente digno... ou sua maior arma.

Bryce abriu a boca, mas a fechou antes de conseguir dizer *Emile?* Mas, *porra*, Apollion estava procurando o menino também? Será que era o Quarteirão dos Ossos o que Danika tinha indicado, afinal de contas? A mente dela acelerava, plano após plano se desenvolvendo, então disse:

— Fico surpresa que o Sub-Rei permita que Apollion perambule pelo território dele sem controle.

— Até mesmo os cuidadores dos mortos se curvam ao Príncipe do Fosso.

O coração de Bryce pesou. Emile *estava* no Quarteirão dos Ossos. Ou pelo menos era o que Apollion achava. Que porra Danika estava pensando, dizendo a Sofie que ela estaria segura ali?

Antes que Bryce pudesse perguntar mais, os ceifadores disseram, ao mesmo tempo:

— Você vendeu sua alma, Bryce Quinlan. Quando chegar sua hora, viremos dilacerá-la.

— Está marcado. — Ela precisava encontrar uma forma de pegar Ruhn, de ser mais rápida, mais esperta do que eles…

— Talvez a gente prove você agora. — Avançaram.

Bryce projetou sua luz, caindo contra a parede curva do túnel. Água bateu na beira da passagem, respingando nos tênis rosa-néon dela.

Os ceifadores explodiram para trás, mas, apesar das ameaças, mantiveram Ruhn entre eles. Então Bryce reuniu o poder dentro de si, deixando que ascendesse em um brilho, então…

Outra explosão. Não dela, mas de outro lugar. Uma explosão de pura noite.

Em um momento, um ceifador estava próximo. Então se fora. Sumido até virar nada. Os outros guincharam, mas…

Bryce gritou quando Cormac surgiu do nada, pairando acima do rio, braços em volta de outro ceifador… desaparecendo.

Mais uma vez, ele apareceu. Mais uma vez, ele levou outro ceifador e sumiu.

O que já estava morto não podia morrer. Mas eles podiam ser… removidos. Ou qualquer que fosse a merda que ele estava fazendo.

Cormac apareceu de novo, cabelo loiro brilhando, e gritou:

— *USE A PORRA DA LUZ!*

Acompanhou o olhar dele: Ruhn. Os ceifadores ainda o seguravam elevado.

Bryce irrompeu seu poder para fora, se acendendo forte como uma supernova. Os ceifadores gritaram e cumpriram sua promessa, atirando Ruhn na água revolta…

Cormac pegou Ruhn antes que ele atingisse a superfície espumosa. Sumiu de novo.

Os ceifadores se viraram, guinchando e sibilando. Bryce relançou sua luz, e eles se espalharam pelas sombras mais escuras.

Então Cormac voltou, atirando alguma coisa para ela: Áster. Ele devia ter tirado de Ruhn. Bryce não parou para pensar ao desembainhar a espada. Luz estelar irrompeu da lâmina preta. Como se o metal tivesse sido aceso com fogo iridescente.

Um ceifador avançou, e Bryce ergueu a espada, um bloqueio indistinto e desengonçado que ela sabia que teria horrorizado Randall.

A lâmina encontrou tecido e carne podre e osso antigo. E pela primeira vez, talvez a única vez naquele mundo, um ceifador sangrou.

Ele gritou, o som tão lancinante quanto o grito de um falcão. Os demais lamentaram com horror e ódio.

Áster cantou com luz, o poder dela fluindo para a espada. Ativando-a. E nada jamais parecera tão certo, tão fácil, quanto mergulhar a lâmina no peito ossudo do ceifador ferido. A criatura arqueou o corpo, urrando, sangue preto jorrando dos lábios murchos.

Os demais gritaram então. Tão alto que ela achou que o esgoto poderia desabar, tão alto que quase soltou a espada para tapar os ouvidos.

Os ceifadores avançaram, mas Cormac apareceu diante dela em uma fumaça de sombras. Ele a segurou pela cintura, quase a derrubando, e se foram.

Vento rugiu e o mundo girou sob ela, mas…

Aterrissaram dentro do centro de treinamento do Aux. Ruhn estava tossindo no chão ao lado dela, o piso de pinheiro polido limpo, exceto pelo lugar em que os três pingavam água do esgoto.

— Você consegue se *teletransportar*, porra? — arquejou Bryce, virando-se para onde Cormac estava de pé.

Mas o olhar de Cormac estava sobre Áster, o rosto dele lívido. Bryce olhou para a lâmina ao segurá-la com os dedos esbranquiçados. Como se sua mão se recusasse a soltar.

Com dedos trêmulos, ela embainhou a espada de novo. Diminuiu a luz. Mas Áster ainda cantava, e Bryce não fazia ideia do que pensar daquilo.

Da lâmina que tinha matado aquilo que não morria.

PARTE II

O ABISMO

25

Tharion observou com desconfiança os dois sobeks descansando aos pés de sua rainha, os corpos escamosos e poderosos jogados sobre os degraus do altar. Com os olhos fechados, apenas as bolhas que flutuavam dos longos focinhos revelavam que estavam vivos, e que eram capazes de arrancar o seu braço com uma mordida ágil.

O trono da Rainha do Rio tinha sido entalhado de uma montanha alta de corais fluviais do leito rochoso. Lunathion ficava perto o bastante da costa para que a água naquela parte do Istros tivesse sal o suficiente para sustentar os vibrantes corais, assim como os buquês de anêmonas, tecendo leques de renda marinha, e as ocasionais fitas de arco-íris formadas por enguias iridescentes que adornavam a montanha em torno e acima dela. Tinha a sensação de que a magia da Rainha também havia criado uma boa parte daquilo.

Com a cauda dando impulso contra a forte corrente que fluía, Tharion curvou a cabeça.

— Vossa Majestade. — Àquela altura, o esforço contra a corrente era familiar, mas sabia que ela havia selecionado aquele local para que qualquer pessoa que aparecesse diante dela estivesse um pouco abalada, e talvez com a guarda baixa por conta disso. — Você me convocou?

— Chegou à minha atenção — disse a Rainha, o cabelo preto fluindo acima dela — que você chamou minha filha para um encontro.

Tharion se concentrou em manter a cauda em movimento, permanecendo no lugar.

— Chamei. Achei que ela pudesse gostar.

— Você a chamou para um encontro na *Superfície*. Superfície!

Tharion ergueu o queixo, as mãos unidas às costas. Uma posição subserviente, vulnerável, que sabia que a Rainha preferia, expondo todo seu peitoral para ela. Seu coração estava ao alcance da faca pontiaguda de vidro marinho que repousava no braço do trono, ou das bestas cochilando aos seus pés. Podia destruí-lo em um instante, mas Tharion sabia que sua Rainha gostava da sensação de matar alguém.

Ele jamais entendera, até que encontrou o assassino da irmã e optou por dilacerar o metamorfo pantera com as próprias mãos.

— Eu só quis agradar-lhe — disse Tharion.

No entanto, os dedos da Rainha do Rio se enterraram nos braços entalhados de seu trono.

— Você sabe como ela fica aflita. Ela é frágil demais para essas coisas.

Tharion inspirou profundamente pelas guelras. Exalando antes de falar:

— Ela se saiu bem na Cimeira. — Uma meia verdade. Não tinha feito absolutamente nada relevante na Cimeira, mas pelo menos não se acanhou o tempo todo.

Anêmonas se encolheram, como indício da ira da Rainha antes que dissesse:

— Aquele era um lugar organizado, vigiado. Lunathion é uma floresta selvagem de distrações e prazeres. Vai consumi-la por inteiro. — As enguias iridescentes sentiram o seu tom de voz e fugiram para dentro das fendas em torno do trono.

— Peço desculpas por qualquer sofrimento que a sugestão tenha causado a você ou a ela. — Não ousou fechar os dedos em um punho.

A rainha o estudou com a concentração de um dos sobeks ao seus pés, quando as bestas estavam prontas para o ataque.

— E quanto ao menino Renast?

— Tenho bons motivos para crer que ele acaba de chegar à cidade. Meu pessoal está procurando por ele. — Não tinham encontrado nenhum cadáver naquele dia, felizmente, ou não. Só podia rezar para que isso não significasse que Pippa Spetsos tivesse colocado as mãos no menino antes.

— Eu quero o menino na Corte Azul assim que for encontrado.

Pippa ou a Rainha do Rio. A Superfície ou a Profundeza. As opções de Emile Renast eram poucas.

Depois que Emile estivesse nas profundezas, não voltaria para a Superfície a não ser que a Rainha desejasse, ou que os asteri mandassem uma de suas unidades aquáticas de elite para arrastá-lo para fora. O que significaria que haviam descoberto a traição da Rainha do Rio.

Tharion apenas assentiu. Como sempre fazia. Como sempre faria.

— Apreenderemos Emile em breve.

— Antes da Ophion.

— Sim. — Não ousou perguntar por que ela se importava com aquilo. Desde que ouvira os boatos sobre o menino conseguir derrubar aqueles ômegas com sua magia capaz de drenar poderes alheios, a Rainha do Rio o quis. Não compartilhou os seus motivos. Nunca fazia isso.

— E antes de qualquer das outras Cortes Fluviais.

Tharion ergueu a cabeça ao ouvir aquilo.

— Vossa Majestade acha que também sabem sobre Emile?

— As correntes sussurraram para mim a respeito disso. Não vejo por que minhas irmãs não ouviriam murmúrios semelhantes da água.

As rainhas dos quatro grandes rios de Valbara, o Istros, o Melathos, o Niveus e o Rubellus — o Azul, o Preto, o Branco e o Vermelho, respectivamente — eram há muito rivais: todas poderosas e dotadas de magia. Todas vaidosas, antigas e entediadas.

Embora Tharion pudesse não conhecer os seus planos mais íntimos, presumia que queria o menino pelo mesmo motivo que Pippa Spetsos: usá-lo como uma arma. Uma com a qual as Rainhas das cortes Preta, Branca e Vermelha enfim se encurvariam. Com Emile sob o seu controle, poderia usá-lo para canalizar os poderes das irmãs, voltar toda a energia elemental contra elas mesmas e expandir sua influência.

Se elas também sabiam sobre Emile, então será que já tinham tramado para tomar a Corte Azul? E se a Rainha da Corte Vermelha desejasse derrubar a sua Rainha, usar os dons de Emile para drenar o poder dela... será que ele combateria isso pela monarca?

Anos antes, teria dito que sim, sem dúvida.

Mas agora...

Tharion ergueu o rosto na direção da superfície. Daquela faixa de luz distante que o chamava.

Notou que ela o observava de novo. Como se pudesse ouvir cada pensamento na mente dele. O sobek à sua esquerda entreabriu um olho, revelando sua pupila estreita centralizada na íris de tom citrino marmorizado com verde.

A rainha perguntou:

— As coisas estão tão maravilhosas na Superfície que você se ressente do tempo na Profundeza?

Tharion manteve a expressão neutra, continuou batendo as barbatanas com uma graciosidade casual.

— Os dois reinos não podem ser igualmente maravilhosos?

O segundo sobek também abriu um olho. Será que abririam as mandíbulas a seguir?

Comiam tudo e qualquer coisa. Carne fresca, lixo e, talvez o mais importante, os corpos dos mortos desfortunados. Ter o barco preto virado a caminho do Quarteirão dos Ossos era o mais profundo tipo de julgamento e humilhação: uma alma considerada indigna de entrar no local de descanso sagrado, o cadáver entregue às bestas do rio para devorá-lo.

Tharion, no entanto, manteve as mãos unidas atrás do corpo, o peito exposto, pronto para ser dilacerado. Que ela visse a sua total subserviência ao seu poder.

— Continue procurando pelo menino. Relate assim que souber algo novo. — disse a Rainha.

Fez uma reverência com a cabeça.

— É evidente. — Tharion gesticulou com a barbatana, preparando-se para nadar para longe assim que o dispensasse.

Não antes que a Rainha do Rio falasse:

— E Tharion.

Ele não conseguiu conter o nó na garganta diante do tom suave e casual dela.

— Sim, minha Rainha?

Os lábios fartos dela se curvaram em um sorriso. Tão parecida com as bestas aos pés dela.

— Antes de você convidar minha filha para um encontro na Superfície de novo, acho que deveria testemunhar em primeira mão o desrespeito que aqueles na Superfície têm com os cidadãos das Profundezas.

* * *

A Rainha do Rio escolhia bem suas punições. Tharion admitia isso.

Nadando pela parte do cais da Praça da Cidade Velha uma hora depois, mantinha a cabeça baixa enquanto retirava o lixo acumulado.

Era o Capitão da Inteligência dela. Quantos de seu povo já haviam reparado nele ali ou ouvido a respeito? Espetou uma caixa de pizza em decomposição. Três pedaços caíram antes que conseguisse enfiá-la na sacola gigante que flutuava na corrente às suas costas.

A Rainha do Rio queria muito Emile, Pippa Spetsos deixava um rastro de corpos em sua caçada, e, no entanto, era *isso* que a Rainha considerava a prioridade de Tharion?

Uma água respingou seis metros acima e Tharion ergueu a cabeça, encontrou uma garrafa de cerveja vazia se enchendo, então afundando. Pela Superfície conseguia distinguir uma fêmea loira rindo dele.

Porra, ela quis *bater* nele com aquela garrafa. Tharion reuniu sua magia, sorrindo consigo mesmo quando uma nuvem de água a encharcou, rendendo chiliques dela e urros daqueles à sua volta.

Mais dez garrafas voaram na direção dele.

Tharion suspirou, bolhas flutuando de seus lábios. Capitão Qualquer Coisa mesmo.

A Rainha do Rio se achava uma governante benevolente que queria o melhor para seu povo, mas tratava seus súditos com a mesma severidade que qualquer asteri. Tharion ziguezagueou entre as pilastras cobertas de mexilhões de um cais; vários siris e carniceiros aquáticos o observavam das sombras.

Alguma coisa precisava mudar. Nesse mundo, nas hierarquias. Não apenas da forma como a Ophion queria, mas... aquele desequilíbrio de poder entre todas as Casas.

Tharion soltou um pneu de moto, cacete, de entre duas rochas, seus músculos reclamando. Um caranguejo-azul gigante correu até o objeto, agitando as garras como repreensão. *Meu!*, era o que o animal parecia gritar. Tharion recuou, indicando o lixo. *Pode ficar*, comunicou com um gesto de mão; com um impulso poderoso, nadou se afastando mais do cais.

A primalux reluzente projetava ondulações na superfície. Era como nadar em um rio de ouro.

Alguma coisa precisava mudar. Para ele, pelo menos.

* * *

Ruhn apoiou Áster na mesa do pai quando o Rei Outonal entrou batendo os pés pelas portas do escritório.

Os botões do alto da camisa preta do pai estavam abertos, o cabelo vermelho estava um pouco bagunçado, normalmente o penteava, mas parecia que alguém passara as mãos pelos fios. Ruhn estremeceu.

O Rei Outonal olhou para a espada.

— O que é tão importante para você interromper minha reunião da tarde?

— É assim que você chama hoje em dia?

O pai lançou um olhar de repreensão ao deslizar para a cadeira da escrivaninha, observando Áster desembainhada.

— Você está com cheiro de lixo.

— Obrigado. É um perfume novo que estou experimentando. — Considerando a insanidade da última hora, era um milagre que conseguisse fazer piada naquele momento.

A Agente Daybright estivera na mente dele, gritando para que acordasse. Era tudo de que se lembrava antes de começar a vomitar água e só os deuses sabiam o que mais — *ele* certamente não queria saber — ao voltar a si ali no piso do centro de treinamento do Aux.

Cormac tinha ido embora quando Ruhn conseguiu se controlar, aparentemente querendo fazer uma busca rápida na área por qualquer indício de Emile ou Sofie. Bryce ainda estava em choque quando Ruhn conseguiu perguntar que diabos tinha acontecido.

Assim que contara o suficiente, chutou Áster em sua direção e partiu. Imediatamente Ruhn correu até o castelo.

Chamas se acenderam nos dedos do Rei, o primeiro sinal de sua impaciência.

— Qual é a história dessa espada? — Ruhn perguntou.

O pai arqueou a sobrancelha.

— Você é o portador dela há décadas. Agora quer conhecer sua história?

Ruhn deu de ombros. A cabeça ainda latejava do golpe que os ceifadores haviam desferido; o estômago se revirava como se tivesse bebido a noite toda.

— Tem algum poder especial? Dons esquisitos?

O Rei Outonal analisou Ruhn friamente, desde as botas encharcadas até a cabeça parcialmente raspada, a parte mais longa do cabelo estava embaraçada graças à viagem ao esgoto.

— Aconteceu alguma coisa.

— Uns ceifadores tentaram me atacar e a espada... reagiu.

Um modo simples de explicar... Será que Bryce ficara longe da espada por todos aqueles anos porque de alguma forma sentia que em sua mão a arma causaria horrores?

Não queria saber o que seu pai faria com a verdade.

Uma espada que podia matar o imortal. Quantos governantes em Midgard tramariam e assassinariam para obtê-la? A começar pelo próprio pai, terminando com os asteri.

Talvez dessem sorte e a informação fosse contida pelos ceifadores. O Sub-Rei, no entanto...

— Como a espada reagiu? — perguntou o Rei, imóvel.

— Um pai não deveria perguntar se o próprio filho está bem? E por que os ceifadores atacaram?

— Você parece ileso. E eu presumo que você os ofendeu.

— Obrigado pelo voto de confiança.

— Você os ofendeu?

— Não.

— Como a espada reagiu na presença dos ceifadores?

— Ela brilhou e eles fugiram dela. — Uma meia verdade. — Alguma ideia do motivo?

— Eles já estão mortos. Lâminas não são uma ameaça a eles.

— E, bem... eles se apavoraram.

O pai dele levou a mão à espada preta, mas parou, lembrando-se de que a espada não era dele, não deveria tocá-la.

Ruhn conteve um risinho de satisfação. Seu pai, entretanto, observou em silêncio os vários modelos do sistema solar espalhados por seu escritório durante um longo momento.

Ruhn viu o próprio sistema solar no centro de tudo. Sete planetas em torno de uma estrela imensa. Sete asteri, tecnicamente seis por ora, para governar Midgard. Sete Príncipes do Inferno para desafiá-los.

Sete Portões na cidade pelos quais o Inferno tinha tentado invadir na última primavera.

Sete e sete e sete e sete, sempre esse número sagrado. Sempre…

— É uma espada antiga — disse o Rei Outonal, por fim, arrancando Ruhn de seus devaneios — de outro mundo. Feita do metal de uma estrela caída, um meteorito. Essa espada existe além das leis de nosso planeta. Talvez os ceifadores tenham sentido e se acovardado.

Os ceifadores tinham descoberto exatamente o quanto a espada estava além das leis do planeta. Porra, ela conseguia *matá-los*.

Ruhn abriu a boca, mas seu pai o farejou de novo. Franziu a testa.

— E quando você ia me contar que sua irmã estava envolvida nesse incidente? Ela é ainda mais inconsequente do que você.

Ruhn conteve a raiva crescente em seu peito.

— Apenas útil para procriação, não é?

— Ela deveria se considerar sortuda por ser valiosa o bastante para isso.

— Você deveria se considerar sortudo por ela não ter vindo até aqui lhe dar uma surra pelo noivado com Cormac.

O Rei foi até o elegante armário de bebidas atrás da mesa e retirou um decantador de cristal com o que parecia e cheirava a uísque.

— Ah, eu já estou esperando há dias. — Se serviu de um copo, sem se incomodar em oferecer a Ruhn, virando-o. — Imagino que você a convenceu a não fazer isso.

— Ela decidiu sozinha que você não valia o esforço.

Os olhos do pai dele fervilharam quando apoiou o copo e o decantador na beira da mesa.

— Se essa espada está reagindo — disse o Rei Outonal, ignorando a alfinetada de Ruhn —, sugiro mantê-la longe de sua irmã.

Tarde demais.

— Eu já a ofereci a ela. Bryce não quis. Não acho que ela está interessada em sua política.

Ainda assim, correra para dentro de um esgoto cheio de ceifadores para resgatá-lo. O coração de Ruhn se apertou.

O pai se serviu de mais um copo. Um sinal de que alguma coisa a respeito daquela conversa o abalava; contudo, a voz do Rei Outonal soou inexpressiva quando disse:

— Nos tempos antigos, rivais Estrelados cortavam a garganta um do outro. Até das crianças. Ela agora é mais poderosa do que nós dois, como você gosta de me lembrar.

Ruhn resistiu à vontade de perguntar se isso havia influenciado o fato de o pai ter assassinado o último guerreiro Estrelado.

— Está me mandando matar Bryce?

O Rei bebeu do uísque antes de responder:

— Se você tivesse alguma coragem, teria feito isso assim que descobriu que ela era Estrelada. Agora o que você é? — Mais um gole antes de ele dizer, casualmente: — Um príncipe de segunda classe que só tem a espada porque ela permite que você a tenha.

— Colocar a gente um contra o outro não vai funcionar. — Mas aquelas palavras... *príncipe de segunda classe*... atingiram seu âmago. — Bryce e eu estamos bem.

O Rei Outonal esvaziou o copo.

— Poder atrai poder. É o destino dela estar unida a um macho poderoso que se equipare em força. Eu preferiria não descobrir o que virá de sua união com o Umbra Mortis.

— Então você a prometeu a Cormac para evitar isso?

— Para garantir aquele poder aos feéricos.

Ruhn lentamente pegou Áster. Recusou-se a encarar o pai enquanto embainhava a espada de volta. — Então ser rei é isso? Aquela merda antiga sobre manter os amigos perto e os inimigos mais perto ainda?

— Ainda não se sabe se sua irmã é uma inimiga dos feéricos.

— Eu acho que esse fardo recai sobre você. Abusar de sua autoridade não ajuda.

O pai devolveu o decantador de cristal para o armário.

— Sou um rei dos feéricos. Minha palavra é a lei. Não tenho como abusar de minha autoridade se ela não tem limites.

— Talvez devesse ter. — As palavras saíram sem pensar.

O Rei Outonal ficou imóvel de uma maneira que sempre antecipava sofrimento.

— E quem vai impô-los?

— A governadora.

— Aquela anjo de olhos gentis? — Uma risada sem humor. — Os asteri sabiam o que estavam fazendo quando nomearam um cordeiro para governar uma cidade de predadores.

— Talvez, mas aposto que os asteri concordariam que há limites para seu poder.

— Por que não pergunta a eles, então, príncipe? — O rei sorriu lentamente, cruelmente. — Talvez eles façam de você o rei em vez de mim.

Ruhn sabia que, dependendo de sua resposta, estaria em uma situação de vida ou morte. Então deu de ombros de novo, casual como sempre, e se dirigiu à porta.

— Talvez eles encontrem um jeito de fazer você viver para sempre. Eu certamente não tenho interesse nessa merda de cargo.

Não ousou olhar para trás antes de sair.

26

Bryce encostou na lateral do beco entre um prédio de tijolos e o Cais Preto, os braços cruzados e o rosto petrificado. Hunt, que os deuses o abençoassem, estava ao lado dela na mesma posição. Viera assim que ela ligou, suspeitando que a voz estranhamente calma significava que algo tinha acontecido.

Só conseguira contar vagamente sobre os ceifadores antes de encontrarem Cormac, rondando pela área em busca de Emile.

Cormac estava encostado na parede de frente para eles, concentrado no cais adiante. Nem mesmo os camelôs vendendo bugigangas para turistas iam até ali.

— Então? — perguntou o príncipe avalleno, sem tirar os olhos do Cais Preto.

— Você consegue se teletransportar — disse Bryce com a voz baixa. *Isso* fez os olhos de Hunt se arregalarem. Controlou-se, no entanto, sólido e imóvel como uma estátua, asas fechadas, já transbordando com poder. Um piscar de olhos e Hunt liberaria relâmpago no príncipe.

— E daí? — perguntou Cormac, arrogante.

— O que você fez com os ceifadores que teletransportou?

— Coloquei-os quase um quilômetro no céu. — Sorriu de forma sombria. — Não ficaram felizes.

Hunt ergueu as sobrancelhas.

— Você consegue ir tão longe assim? Com tanta precisão assim? — Bryce perguntou.

— Eu preciso saber o local. Se for um lugar mais complicado, no interior, ou em um quarto específico, preciso de coordenadas exatas — falou Cormac. — Minha precisão está dentro de centímetros.

Bem, isso explicava como ele tinha aparecido na festa de Ruhn. A tecnologia de Dec havia captado Cormac se teletransportando em volta do perímetro da casa provavelmente para calcular onde queria aparecer para fazer uma entrada triunfal. Depois que calculou, simplesmente saiu de uma sombra à porta.

Hunt apontou para uma caçamba de lixo a meio caminho do beco.

— Teletransporte-se para lá.

Cormac fez uma reverência debochada.

— Esquerda ou direita?

Hunt fixou um olhar gélido a ele.

— Esquerda — desafiou o anjo. Bryce conteve um sorriso.

Cormac se curvou mais uma vez e sumiu.

Em um piscar de olhos, reapareceu onde Hunt tinha indicado.

— Merda. — murmurou Hunt, esfregando a nuca. Então, Cormac ressurgiu diante deles, bem onde estava antes.

Bryce desencostou da parede.

— Como você faz isso?

Cormac alisou o cabelo loiro.

— Você precisa imaginar para onde quer ir. Então simplesmente se permitir fazer isso. Como se estivesse dobrando dois pontos em uma folha de papel de forma que os pontos se encontrem.

— Como um buraco de minhoca — ponderou Hunt, as asas farfalhando.

Cormac acenou com a mão casualmente.

— Buraco de minhoca, teletransporte, isso. Tanto faz.

Bryce exalou, impressionada. Isso, no entanto, não explicava...

— Como você encontrou Ruhn e eu?

— Eu estava indo me encontrar com vocês, lembra? — Cormac revirou os olhos, como se Bryce deveria ter entendido àquela altura. Babaca. — Eu vi você pular para dentro do esgoto, e fiz uns cálculos mentais para o salto. Ainda bem que estavam certos.

Hunt soltou um grunhido de aprovação, sem dizer nada.

Então Bryce falou:

— Você vai me ensinar a fazer isso. Teletransporte.

Hunt se virou para ela. Cormac simplesmente assentiu.

— Se estiver dentro das suas capacidades, eu ensino.

— Sinto muito, mas feéricos conseguem simplesmente *fazer* essa merda? — Hunt falou subitamente.

— *Eu* consigo fazer essa merda — replicou Cormac. — Se Bryce tiver tanto da habilidade Estrelada que parece ter, talvez também consiga fazer.

— Por quê?

— Porque eu sou a Superpoderosa e Especial Princesa Estrelada Mágica — respondeu Bryce, erguendo as sobrancelhas.

— Você deveria tratar seu título e seus dons com a devida reverência. — Cormac falou.

— Você fala como um ceifador — disse, encostando em Hunt, que a aconchegou ao lado do corpo. As roupas ainda estavam encharcadas. E tinham um cheiro insuportável.

Hunt não se desvencilhou ao perguntar.

— Como você herdou a habilidade?

Cormac aprumou os ombros, cada centímetro do príncipe orgulhoso conforme dizia:

— Costumava ser um dom dos Estrelados. Foi o motivo pelo qual eu me tornei tão… determinado em conseguir Áster. Achei que a habilidade de me teletransportar significava que a linhagem tinha ressurgido em mim, pois jamais conheci ninguém que podia fazer o mesmo. — Os olhos se apagaram quando acrescentou: — Como vocês sabem, eu estava errado. Tenho sangue Estrelado, aparentemente, mas não foi o suficiente para ser digno da espada.

Bryce não entraria nesse assunto. Prendeu o cabelo molhado em um coque apertado no alto da cabeça.

— Quais são as chances de eu também ter o dom?

Cormac deu a ela um sorriso incisivo.

— Só tem um jeito de descobrir.

Os olhos de Bryce brilharam com o desafio.

— Viria a calhar.

Hunt murmurou, a voz maravilhada:

— Tornaria você indomável.

Bryce piscou um olho para Hunt.

— Ô se viria. Principalmente se os ceifadores não estivessem brincando sobre o Príncipe do Fosso tê-los enviado para me desafiar para algum duelo épico no campo de batalha. Oponente digno uma ova.

— Você não acredita que o Príncipe do Fosso os enviou? — perguntou Cormac.

— Não sei em que acreditar — admitiu Bryce. — Mas antes de agirmos precisamos confirmar de onde vieram aqueles ceifadores, quem os enviou.

— Justo! — disse Hunt.

Bryce prosseguiu:

— Além disso, esse é o segundo aviso que recebo sobre os exércitos do Inferno estarem prontos. O de Apollion é exagerado demais para o meu gosto, mas acho que *realmente* quer passar a mensagem. E quer que eu seja páreo para ele quando o Inferno escapar. Literalmente, acho.

Bryce sabia que não tinha porra nenhuma de chance de enfrentar o Devorador de Estrelas e viver, não se não aprendesse a usar o próprio poder. Apollion tinha matado uma porra de asteri, pelo amor dos deuses. Ele a destruiria.

Disse a Cormac:

— Amanhã à noite. Você. Eu. Centro de treinamento. Vamos tentar essa coisa de teletransporte.

— Tudo bem — disse o príncipe.

Bryce limpou a sujeira que ficara sob as unhas e suspirou.

— Eu podia ter vivido sem que o Inferno se metesse nisso. Sem Apollion aparentemente querer um pedaço dos poderes de Sofie e Emile.

— Os poderes deles — disse Cormac, o rosto tempestuoso — são uma bênção e uma maldição. Não me surpreende tantas pessoas os quererem.

Hunt franziu a testa.

— E você acha mesmo que vai encontrar Emile simplesmente passeando por aqui?

O príncipe demonstrou irritação.

— Não estou vendo você varrendo o cais em busca dele.

— Não preciso — disse Hunt, arrastado. — Vamos procurar por ele sem levantar um dedo.

Cormac fez cara de desprezo:

— Usando seu relâmpago para vasculhar a cidade?

Hunt não caiu na provocação.

— Não. Usando Declan Emmett.

Deixando os machos na disputa deles, Bryce pegou o celular e discou. Jesiba respondeu no segundo toque.

— O quê?

Bryce sorriu. Hunt se virou parcialmente em sua direção ao ouvir a voz da feiticeira.

— Tem algum Marco da Morte por aí?

Hunt cochichou:

— Não pode estar falando sério.

Bryce o ignorou quando Jesiba respondeu:

— Talvez. Está planejando fazer uma viagem, Quinlan?

— Ouvi falar que o Quarteirão dos Ossos é lindo nessa época do ano.

Jesiba riu, um som ondulante, abafado.

— De vez em quando, você me diverte. — Pausa. — Você precisa pagar por essa, sabe disso.

— Mande a conta para meu irmão. — Ruhn teria uma síncope, mas podia lidar.

Outra risada baixa.

— Só tenho dois. E só chegam aí amanhã.

— Tudo bem. Obrigada.

A feiticeira disse, um pouco mais delicadamente:

— Você não vai encontrar vestígios de Danika no Quarteirão dos Ossos, sabe.

Bryce ficou tensa.

— O que isso tem a ver?

— Achei que você finalmente fosse começar a fazer perguntas sobre ela.

Bryce apertou o telefone com tanta força que o plástico rangeu.

— Que tipo de perguntas? — Que merda Jesiba sabia?

Uma risada baixa.

— Por que você não começa se perguntando por que ela estava sempre xeretando pela galeria?

— Para me ver. — disse Bryce, entre os dentes.

— Se você diz. — disse Jesiba, e desligou.

Bryce engoliu em seco e guardou o celular.

Hunt estava balançando a cabeça lentamente.

— Nós não vamos ao Quarteirão dos Ossos.

— Concordo — resmungou Cormac.

— Você não vai mesmo — disse com doçura para Cormac. — Nós só teremos duas passagens, e Athalar vai comigo. — O príncipe fervilhou de ódio, mas Bryce se virou para Hunt. — Quando as moedas chegarem, quero estar preparada, ter o máximo de informação possível sobre de onde vieram os ceifadores.

Hunt fechou as asas atrás dele, penas farfalhando.

— Por quê?

— Para que o Sub-Rei e eu possamos ter uma conversa franca bem embasada.

— O que foi aquela merda que Jesiba disse sobre Danika? — perguntou Hunt, cauteloso.

A boca de Bryce se contraiu em uma linha fina. Jesiba não fazia, nem dizia nada sem um motivo. E, embora soubesse que jamais obteria respostas com sua antiga chefe, esse empurrãozinho já era um começo.

— Pelo visto vamos ter que pedir mais um favor a Declan.

* * *

Naquela noite, ainda se recuperando dos eventos do dia, Ruhn zapeou pelos canais da TV até encontrar o jogo de solebol, então largou o controle remoto e bebeu da cerveja.

Na outra ponta do sofá, no apartamento de Bryce, Ithan Holstrom estava debruçado sobre um laptop, Declan ao seu lado utilizava o próprio. Bryce e Hunt estavam de pé atrás dos dois, olhando por cima dos ombros; a expressão do anjo demonstrava inquietude.

Ruhn não tinha contado a nenhum deles, principalmente Bryce, sobre a conversa com seu pai.

Ithan digitava sem parar, então falou:

— Estou superenferrujado nisso.

— Se você fez a aula de Introdução aos Sistemas e Matrizes de Kirfner, vai se sair bem. — Dec respondeu, ainda olhando para o computador.

Ruhn costumava se esquecer de que Dec era amigo de outras pessoas que não ele e Flynn. Embora nenhum dos três tivesse feito faculdade, Dec tinha cultivado uma amizade de anos com o temperamental professor de ciência da computação de UCLC, frequentemente se consultando com o sátiro em algumas de suas empreitadas de hacking.

— Ele me deu 7 naquela aula — murmurou Ithan.

— Até onde sei, isso é praticamente um 10 — falou Declan.

— Certo — disse Bryce —, alguma ideia de quanto tempo isso vai levar?

Declan lançou a ela um olhar de exasperação.

— Você está pedindo que a gente faça duas coisas ao mesmo tempo, e nenhuma delas é fácil, então... espera um pouco?

Ela fez careta.

— Quantas câmeras existem no Cais Preto?

— Muitas — disse Declan, retornando ao computador. Olhou para o laptop de Holstrom. — Clique ali. — Ele apontou para um ponto na tela que Ruhn não conseguia ver. — Agora digite este código para identificar a filmagem que contém ceifadores.

Estava além de sua compreensão como Dec conseguia direcionar Ithan a esquadrinhar as filmagens no entorno do Cais Preto enquanto *também* criava um programa para procurar anos de filmagens de vídeo de Danika na galeria.

— É incrível que você tenha feito isso — disse Ithan, sem pouca admiração.

— Ossos do ofício — respondeu Dec, digitando. Encontrar qualquer filmagem da galeria em que Danika aparecesse podia levar dias, dissera, mas pelo menos analisar as filmagens do Cais Preto só levaria minutos.

Cautelosamente, Ruhn perguntou a Bryce:

— Tem certeza de que confia em Jesiba o suficiente para seguir essa pista? Ou para qualquer coisa?

— Jesiba literalmente tem uma coleção de livros que poderiam fazer com que fosse morta — disse Bryce, sarcasticamente. — Eu acredito que ela saiba ficar longe de… relações perigosas. E que não me empurraria para uma também.

— Por que não lhe disse para olhar as filmagens durante a investigação na primavera? — perguntou Hunt.

— Não sei. Mas Jesiba deve ter um bom motivo.

— Ela me dá medo — disse Ithan, o olhar fixo no computador.

— Ela vai ficar feliz em saber disso — falou Bryce, mas seu rosto estava tenso.

O que tá pegando?, perguntou Ruhn entre mentes.

Bryce franziu a testa. *Quer a resposta sincera?*

Sim.

Prendeu uma mecha de cabelo atrás da orelha. *Não sei quanto mais dessa coisa de "Surpresa! Danika tinha um grande segredo!" posso suportar. Parece que… Eu sei lá… Parece que jamais a conheci de verdade.*

Ela amava você, Bryce. Não há dúvida disso.

É, eu sei. Mas será que Danika sabia sobre os livros da Parthos, ou dos outros tomos contrabandeados, na galeria? Jesiba fez parecer que sim. Como se ela tivesse um interesse especial neles.

Vocês nunca falaram sobre isso?

Nunca. Mas Jesiba estava sempre monitorando as câmeras, então… talvez ela tenha visto alguma coisa. Danika foi lá embaixo sem mim muitas vezes. Embora Lehabah também costumasse estar lá.

Ruhn reparou na dor que tomou o rosto da irmã dele diante do nome da duende do fogo.

A gente vai descobrir, ofereceu Ruhn, e Bryce novamente deu a ele um sorriso em agradecimento.

— Não se esqueça de ficar de olho em Emile no cais — disse Bryce a Ithan. Cormac tinha recusado o convite para se juntar a eles ali, disse que queria continuar procurando o menino no local.

— Já acrescentei ao programa — disse Declan. — Vai sinalizar qualquer ceifador ou qualquer pessoa cujas feições e compleição sejam compatíveis com as do menino. — Dec tinha conseguido pegar uma imagem da filmagem de segurança de Servast na noite em que Emile e Sofie se separaram.

Ruhn mais uma vez observou a irmã, que estava olhando por cima do ombro de Declan com uma intensidade que reconhecia. Bryce não deixaria nada daquilo passar.

Será que conseguiria se teletransportar? Dissera que Cormac tinha concordado em tentar ensiná-la. E isso não seria algo de tirar o Rei Outonal do sério? Bryce mais teletransporte mais poder Estrelado mais Áster com habilidades de assassinato bizarras mais Bryce magicamente superando o pai era igual a...

Ruhn manteve o rosto neutro, afastando os pensamentos do que uma Bryce evoluída poderia significar para os feéricos.

Ithan terminou de digitar o código, e disse, sem erguer os olhos:

— Hilene vai ganhar esse.

Ruhn verificou o jogo de solebol, cujo primeiro tempo acabava de começar.

— Achei que Ionia fosse o favorito.

Ithan esticou as longas pernas, apoiando os pés descalços em um banquinho acolchoado que Bryce tinha arrastado das janelas até ali para substituir a mesa de centro no momento.

— Jason Regez esteve fora nos dois últimos jogos. Eu joguei com ele em UCLC, consigo ver quando ele começa a entrar em pânico. Vai foder com tudo para Ionia.

Ruhn olhou para Ithan. Mesmo com alguns anos fora do campo de solebol, o macho não havia perdido os músculos. De alguma forma, tinha ficado ainda maior desde então.

— Eu odeio Ionia mesmo — falou Dec. — Eles são todos babacas arrogantes.

— Basicamente. — Ithan digitou a linha de código seguinte que Declan passou para ele.

Bryce bocejou audivelmente.

— Não podemos assistir a *Amor Secreto*?

— Não — responderam todos.

Bryce cutucou Hunt com o cotovelo.

— Achei que a gente fosse uma equipe.

Hunt riu com deboche.

— Solebol sempre vence reality shows.

— Traidor.

Ithan deu uma risadinha.

— Eu me lembro de uma época em que você conhecia todos os jogadores do time da UCLC e os resultados deles, Bryce.

— Se você acha que era porque eu estava remotamente interessada no jogo de solebol de verdade você está fora da casinha.

Hunt gargalhou, parte da tensão no rosto do anjo se aliviando, e Ruhn sorriu, apesar do antigo aperto no coração. Havia perdido aqueles anos com Bryce. Não estavam se falando naquela época. Aqueles tinham sido anos de formação, cruciais. Deveria ter estado lá.

Ithan mostrou o dedo do meio, mas disse a Declan:

— Tudo bem, entrei.

Bryce observou a tela.

— Está vendo algum ceifador atravessando de barco?

— Pelo visto, nada atracou no Cais Preto hoje. Ou ontem à noite.

Athalar perguntou:

— Quando foi a última vez que um ceifador aportou?

Ithan continuou digitando, os outros esperando, os ágeis toques de Declan nas teclas de seu computador ecoavam pelo espaço. O lobo disse:

— Ontem de manhã. — Fez uma careta. — Esses dois parecem familiares?

Bryce e Ruhn avaliaram a imagem que Ithan tinha puxado. Ruhn não fazia ideia do porquê diabos se importava, já que estava inconsciente quando foi atacado, mas um calafrio percorreu sua espinha diante dos rostos murchos e acinzentados, a pele semelhante a um crepe, tão destoante dos dentes pontiagudos e afiados que reluziam conforme saíam do barco. Ambos estavam sem os véus durante a viagem pelo Istros, mas os colocaram sobre o rosto assim que o pisaram no Cais Preto e flutuaram até a cidade.

Bryce disse, com a voz rouca:

— Não. Deuses, eles são terríveis. Mas não, não foram esses que atacaram.

— Talvez se escondam durante alguns dias — falou Athalar. — O Príncipe do Fosso só nos ameaçou, mas pode muito bem tê-los posicionado.

Ruhn não fazia ideia de como o anjo falava com tanta calma. Se o Devorador de Estrelas tivesse aparecido para *ele* querendo levar um papo cara a cara, ainda estaria cagando nas próprias calças.

— Também não estou vendo nenhuma criança espreitando o Cais Preto. — murmurou Ithan, avaliando os resultados. Ele se virou para Bryce. — Nenhum sinal de Emile.

— É possível que o menino tenha tomado outro caminho até aqui? Talvez Danika tenha encontrado algum tipo de porta dos fundos no Quarteirão dos Ossos. — Ruhn perguntou.

— Não é possível — disse Athalar. — Há apenas uma entrada e uma saída.

Ruhn se irritou.

— Foi o que nos disseram, mas alguém já tentou entrar de outra forma?

Athalar riu com escárnio.

— Por que iriam querer?

Ruhn olhou para o anjo com raiva, mas falou:

— Justo.

Ithan parou em uma imagem.

— E este aqui? Ele não pegou um barco, apareceu vindo da cidade...

— É esse — sibilou Bryce, o rosto empalidecendo.

Estudaram a imagem estática; o ceifador estava parcialmente virado para a câmera, vindo de uma rua perto do Cais Preto. Era mais alto do que os demais, mas tinha o mesmo rosto acinzentando e macilento, os mesmos dentes assustadores.

Athalar assoviou.

— Você sabe mesmo escolher, Quinlan.

Ela fez cara feia para o anjo, mas perguntou a Dec:

— De onde ele está vindo? Consegue acrescentar o rosto dele ao programa e fazer uma busca pelas filmagens da cidade?

Declan ergueu as sobrancelhas.

— Você sabe quanto tempo *isso* vai levar? Todas as câmeras de Lunathion? Não faremos isso nem para procurar Emile. Levaria... Eu não consigo nem calcular de quanto tempo precisaríamos.

— Certo, certo — disse Bryce. — Mas podemos... segui-lo por um tempo? — Direcionou a pergunta para Ithan, mas o lobo balançou a cabeça.

— Deve haver um motivo lógico para isso, uma falha na cobertura das câmeras ou algo assim, mas aquele ceifador simplesmente... surgiu.

— Micah fez com que o kristallos permanecesse nos pontos cegos das câmeras. — disse Hunt, taciturno. — Talvez esses ceifadores também soubessem deles.

— Bem aqui é onde eles aparecem pela primeira vez. Antes disso, nada. — Ithan apontou para a tela.

Ruhn abriu o aplicativo da Aux e puxou um mapa da cidade.

— Deveria haver uma entrada para o esgoto bem atrás deles. É possível que tenham saído dali?

Ithan mudou o ângulo das filmagens.

— As câmeras não cobrem a entrada.

Bryce falou:

— Então provavelmente sabiam que seria um bom ponto de entrada. E faria sentido, considerando que nos arrastaram para os esgotos. — Onde não havia câmera alguma.

— Vou procurar mais um pouco — sugeriu Ithan, clicando.

Athalar perguntou a ninguém em particular:

— Acha que eles estavam esperando por vocês, ou por Emile?

— Talvez os dois? — perguntou Ruhn. — Eles obviamente queriam permanecer escondidos.

— Mas será que o Príncipe do Fosso os enviou, ou será que foi o Sub-Rei?

— Que bom que temos um encontro com o ser que pode responder a isso — falou Bryce.

Ruhn se encolheu. Pagara pelos Marcos da Morte que Jesiba havia prometido, mas não ficou feliz com isso. A ideia de Bryce confrontando o Sub-Rei o apavorava.

— Precisamos de um plano sobre como o interrogaremos — avisou Athalar. — Duvido que ele goste de sequer ser interrogado.

— Por isso a pesquisa — rebateu Bryce, indicando o computador. — Acha que sou burra o bastante para entrar jogando acusações por lá? Se pudermos confirmar se esses ceifadores vieram ou não do Quarteirão dos Ossos, teremos evidências quando o interrogarmos. E, se conseguirmos qualquer indício de que Emile foi realmente até o

Quarteirão dos Ossos, então teremos um bom motivo para perguntar sobre isso também.

Ithan acrescentou:

— Considerando o que Tharion acha que Pippa Spetsos fez enquanto caçava Emile, em parte estou esperando que o menino já esteja no Quarteirão dos Ossos. — Passou a mão pelo cabelo castanho curto. — O que ela fez com a selkie que encontramos esta manhã não foi brincadeira.

O lobo tinha inteirado todos sobre o trabalho que fizera com Tharion mais cedo, o corpo torturado que suspeitavam ter sido abandonado pela fanática rebelde.

Bryce começou a andar de um lado para outro. Syrinx trotava em seu encalço, choramingando por um segundo jantar. Ruhn não comentou sobre como o pai deles fazia o mesmo, como o vira fazer tantas vezes em seu escritório. Não suportando a semelhança, voltou a atenção para o jogo de solebol.

Então Ithan disse a Ruhn, retomando a conversa que tiveram antes:

— Está vendo? Regez deveria ter finalizado aquele lance, mas hesitou. Está duvidando de si mesmo. Está pensando demais.

Ruhn olhou de esguelha para o macho.

— Você nunca pensou em jogar de novo?

Um músculo se contraiu na mandíbula de Ithan.

— Não.

— Sente falta?

— Não.

Era uma mentira deslavada. Ruhn não deixou de notar o olhar terno de Bryce.

Ithan nem mesmo olhou em sua direção. Então Ruhn assentiu para o lobo.

— Se algum dia quiser jogar por diversão, eu, Dec e Flynn costumamos jogar com alguns membros do Aux aos domingos, lá no Bosque da Lua em Oleander Park.

— E o meu convite? — perguntou Bryce, fazendo uma careta.

— Obrigado. Vou pensar nisso — respondeu Ithan, seco.

Hunt perguntou:

— Também não ganho um convite, Danaan?

Ruhn riu para o Anjo.

— Se você quer uma desculpa para eu acabar com você, Athalar, conte comigo.

Athalar deu uma risadinha, mas seu olhar mirou Bryce, olhando por cima do ombro de Declan para a filmagem que avançava como um relâmpago pelo laptop. Uma filmagem de Danika de anos antes.

Alinhou a postura subitamente.

Pigarreou.

— Vou para a academia. Me chamem se precisarem se alguma coisa. — Dirigiu-se ao quarto, provavelmente para trocar de roupa.

Ruhn observou Hunt olhar Bryce se afastando e depois para o jogo de solebol. Ponderando sobre qual dos dois acompanhar.

Athalar levou trinta segundos para decidir. Enfiou-se dentro do quarto, dizendo que também ia para a academia.

Assim que Ruhn ficou sozinho com Dec e Ithan, a cerveja pela metade, Ithan falou:

— Connor teria escolhido o jogo.

Ruhn ergueu uma sobrancelha.

— Não sabia que era uma competição entre eles. — Entre um macho morto e um vivo.

Ithan apenas continuou digitando, os olhos desviando da tela.

E por algum motivo, Ruhn ousou perguntar:

— Qual você teria escolhido?

Ithan não hesitou.

— Bryce.

27

Bryce não foi para a academia. Pelo menos, ainda não. Esperava diante do elevador e, quando Hunt apareceu, bateu no pulso e disse:

— Você está atrasado. Vamos.

Parou.

— Não vamos malhar?

Bryce revirou os olhos, entrando no elevador e apertando o botão do saguão.

— Sinceramente, Athalar. Temos uma criança para encontrar.

* * *

— Você acha mesmo que Emile está *aqui*? E o Quarteirão dos Ossos? — perguntou Hunt, Bryce passeava entre o labirinto de barracas que compunham um dos muitos armazéns do Mercado da Carne. Não tinha como não reparar nela, não com os tênis rosa-néon e a roupa atlética, o rabo de cavalo alto que balançava de um lado para outro, roçando provocadoramente perto da gloriosa curva de sua bunda. — Os ceifadores praticamente disseram a você que ele e Sofie estão escondidos lá. Emmett e Holstrom estão esquadrinhando as filmagens porque *você* acredita que Emile está lá.

Parou em uma área aberta para se sentar, observando a variedade apinhada de mesas e os fregueses inclinados sobre elas.

— Perdoe-me se não confio na palavra daqueles semivivos. Nem quero esperar enquanto Declan e Ithan olham para a tela deles. Jesiba disse que as moedas chegarão amanhã, então por que não procurar alternativas enquanto isso? O que Danika disse... *Onde as almas cansadas encontram alívio...* Não poderia ser aqui também?

— Por que Danika diria para se esconderem no Mercado da Carne?

— Por que dizer para se esconderem no *Quarteirão dos Ossos*? — Farejou, suspirando com desejo para uma tigela de sopa de macarrão.

Hunt falou:

— Mesmo que Danika ou Sofie tivessem dito a Emile que era seguro se esconder, se eu fosse um menino não teria vindo para cá.

— Você foi uma criança há, tipo, mil anos. Desculpe se minha infância é um pouco mais relevante.

— Duzentos anos — murmurou.

— Ainda é velho pra caralho.

Hunt beliscou a bunda dela e Bryce chiou, abanando Hunt para longe, atraindo mais do que alguns olhares nada discretos. Quanto tempo levaria para que a Rainha Víbora soubesse que estavam ali? Hunt tentou não fervilhar ao pensar naquilo. Tinha zero interesse em lidar com a metamorfa naquela noite.

Hunt marcou os rostos que se viraram em sua direção, aqueles que se moveram para dentro das barracas e das sombras.

— E, se foi aqui que Sofie disse a ele que se escondesse, Sofie foi uma tola por dar ouvidos a Danika. Embora eu duvide muito que Danika tivesse sugerido este como um ponto de encontro.

Bryce o olhou com irritação por cima de um ombro.

— Esse menino roubou *dois* barcos e chegou até aqui. Acho que ele dá conta do Mercado da Carne.

— Tudo bem; considerando isso, você acha que ele simplesmente vai estar sentado em uma mesa, brincando de guerrinha de polegar? Você não difere em nada de Cormac, marchando pelo cais em busca de algum sinal. — Hunt balançou a cabeça. — Se você encontrar Emile, não se esqueça de que terá Tharion e Cormac lutando contra você.

Bryce deu um tapinha na bochecha dele.

— Então que bom que eu tenho o Umbra Mortis ao meu lado, hein?

— Bryce — resmungou. — Seja racional. Vamos revirar cada armazém nós mesmos?

— Não. — Apoiou as mãos no quadril. — Por isso eu trouxe reforços.

Hunt arqueou as sobrancelhas. Bryce levantou a mão, acenando para alguém do outro lado do mercado. Acompanhando o seu olhar, soltou baixinho. — Não acredito.

— Você não é o único fodão que eu conheço, Athalar — disse animada, aproximando-se de Fury e Juniper, a primeira em seu preto habitual, a segunda com jeans justo e uma blusa branca esvoaçante. — Oi, amigas — disse Bryce, sorrindo. Beijou a bochecha de June como se estivessem se encontrando para um brunch, então olhou Fury de cima a baixo. — Eu falei roupas casuais.

— Estas são as roupas casuais dela — falou Juniper, com um sorriso no olhar.

Fury cruzou os braços, ignorando as duas ao dizer a Hunt:

— Roupas de ginástica? Sério?

— Achei que eu *ia* para a academia — resmungou.

Bryce acenou como se o dispensasse.

— Certo. Dividir para conquistar. Tentem não atrair muita atenção. — Falou isso especialmente para Hunt e Fury, e a mercenária exibiu irritação com uma ameaça impressionante. — Não façam perguntas. Apenas observem... ouçam. June, você fica com as barracas ao leste, Fury, oeste, Hunt, sul e eu... — Seu olhar pairou até a parede norte, onde *Memento Mori* tinha sido pintado. As barracas sob as palavras, sob a passarela elevada, estavam ao alcance da entrada da ala da Rainha Víbora.

Fury a olhou, Bryce piscou um olho.

— Sou grandinha, Fury. Vou ficar bem.

Hunt grunhiu, mas conteve qualquer objeção.

— Não é com isso que estou preocupada — disse Fury; então perguntou, em voz baixa: — Quem é o menino mesmo?

— O nome dele é Emile — sussurrou Bryce. — Ele é de Pangera. Treze anos.

— E possivelmente muito, muito perigoso — avisou Hunt, olhando para Juniper. — Se o vir, venha nos encontrar.

— Eu posso cuidar de mim mesma — disse Juniper, com uma frieza impressionante.

— Ela também é grandinha. — Bryce fez um high-five com a amiga. — Certo. A gente se encontra aqui em trinta minutos?

Dividiram-se, e Hunt viu Bryce entremear pelas mesas da área de alimentação, observou os muitos fregueses repararem nela, mas se manteve bem longe, antes de deslizar entre as barracas. Olhares inquisidores se voltaram para ele. Hunt exibiu os dentes com um rosnado silencioso.

Dirigindo-se à sua área para vasculhar. Hunt aguçou os sentidos, acalmou a respiração.

Trinta minutos após, retornou para a praça de alimentação, Juniper apareceu um momento depois.

— Encontrou algo? — perguntou à fauna, que balançou a cabeça.

— Nem um sussurro. — A dançarina franziu a testa. — Eu espero mesmo que esse menino não esteja aqui. — disse olhando com uma carranca para o armazém. — Odeio este lugar.

— Somos dois — disse Hunt.

Juniper esfregou o peito.

— Você deveria falar com Celestina sobre isso... sobre as coisas que acontecem aqui. Não só aquele ringue de luta e os guerreiros que a Rainha Víbora praticamente escraviza... — A fauna balançou a cabeça. — As outras coisas também.

— Até mesmo Micah deixava a Rainha Víbora fazer o que ela queria — disse Hunt. — Não acho que a nova governadora vai desafiá-la tão cedo.

— Alguém deveria — disse em voz baixa, os olhos se voltando para o *Memento Mori* na parede. — Algum dia, alguém deveria.

Suas palavras eram assombrosas e tensas o bastante para que Hunt abrisse a boca a fim de perguntar mais, mas Fury se aproximou, sutil como uma sombra, e disse:

— Nenhum sinal do menino.

Hunt procurou por Bryce e a encontrou em uma barraca muito próxima à porta vigiada pelos feéricos da área de residência privada da Rainha Víbora. No entanto, as altas sentinelas a meros quinze metros dela nem mesmo piscaram diante de sua presença. Girava uma sacola presa ao pulso, batendo papo.

Bryce encerrou a conversa e foi até eles. Mais uma vez, olhos demais a observaram.

— Ela está toda animadinha — observou Juniper, rindo. — Deve ter conseguido uma pechincha.

O odor de sangue e osso e carne se enfiou pelo nariz de Hunt conforme Bryce se aproximou.

— Consegui uns ossos de cordeiro no açougueiro para Syrinx. Ele fica louco pela medula. — Ela acrescentou para Juniper: — Desculpe.

Certo. A fauna era vegetariana. Juniper deu de ombros.

— Qualquer coisa pelo carinha.

Bryce sorriu, então olhou para todos eles.

— Nada?

— Nada — disse Hunt.

— Nem eu — disse Bryce, suspirando.

— E agora? — perguntou Fury, monitorando a multidão.

— Mesmo que Declan e Ithan não consigam encontrar nenhuma filmagem de Emile pelo Cais Preto — disse Bryce —, o fato de que não há indícios aqui no Mercado da Carne nos leva direto ao Quarteirão dos Ossos. O que nos dá mais motivos para ao menos perguntar ao Sub-Rei se Emile está lá.

O sangue de Hunt ebuliu. Quando ela falava assim, tão determinada e sem hesitar... As bolas enrijeciam. Mal podia esperar para mostrar a Bryce o quão loucamente aquilo o excitava.

Juniper sussurrou:

— Um menininho no Quarteirão dos Ossos...

— Nós o encontraremos — assegurou Bryce, passando um braço em torno dos ombros de Juniper, virando-as para a saída. Hunt trocou um olhar com Fury e as acompanharam. Athalar esperou Bryce e Juniper se afastarem, quando teve certeza de que não podiam ser ouvidos, perguntou a Axtar:

— Por que sua namorada odeia tanto este lugar?

Fury manteve a atenção nas sombras entre as barracas, os vendedores e clientes.

— O irmão dela era lutador aqui.

Hunt se espantou.

— Bryce sabe?

Fury assentiu brevemente.

— Ele era talentoso… Julius. A Rainha Víbora o recrutou da academia em que ele treinava, prometeu riquezas, fêmeas, tudo que ele quisesse se trabalhasse para ela. O que conseguiu foi um vício por seu veneno, o que o colocou sob o transe da Rainha, e um contrato vitalício. — Um músculo estremeceu na mandíbula de Fury. — Os pais de June tentaram de tudo para libertá-lo. *Tudo.* Advogados, dinheiro, súplicas a Micah por intervenção, nada funcionou. Julius morreu em uma luta há dez anos. June e os pais só descobriram porque os brutamontes da Rainha Víbora largaram o corpo à porta da família com um bilhete escrito *Memento Mori.*

A dançarina elegante caminhava de braços dados com Bryce.

— Eu não fazia ideia.

— June não fala sobre isso. Nem com a gente, mas ela odeia este lugar mais do que você pode imaginar.

— Então por que ela veio? — Por que Bryce sequer a convidara?

— Por Bryce — disse Fury, simplesmente. — Bryce disse a ela que não precisava, mas ela quis vir com a gente. Se há um menino correndo perdido neste lugar, June faria qualquer coisa para ajudar a encontrá-lo. Até mesmo vir até aqui sozinha.

— Ah — disse Hunt, assentindo.

Os olhos de Fury brilharam com uma promessa sombria.

— Eu vou queimar este lugar todo para ela um dia.

Hunt não duvidava.

***

Uma hora depois, os braços e a barriga de Bryce tremiam, ela fazia prancha no piso da academia do prédio, suor pingando da testa para o tapete preto macio. Bryce se concentrou nas gotas que caíam, na música que berrava em seus fones de ouvido, em respirar pelo nariz, em *qualquer coisa* que não fosse o relógio.

O próprio tempo tinha ficado mais lento. Dez segundos duravam um minuto. Empurrou os calcanhares para trás, estabilizando o corpo. Menos dois minutos. Só mais três.

Antes da Descida, conseguia passar um bom minuto naquela posição. Com o corpo imortal, cinco minutos não deveriam ser nada.

Se realmente dominasse os poderes Primeiro, precisava dominar o corpo. Embora supunha que magia fosse a resposta ideal para pessoas preguiçosas: não precisava ser capaz de manter uma prancha por dez minutos se podia simplesmente liberar seu poder. Porra, podia cegar alguém apenas sentada se quisesse.

Riu diante da ideia, por mais que fosse horrível: deitada em uma poltrona imensa, derrubando inimigos com a facilidade com que trocava de canais com um controle remoto. Bryce *tinha* inimigos agora, não tinha? Havia matado a porra de um ceifador naquele dia.

Assim que os Marcos da Morte chegassem na manhã seguinte, exigiria respostas do Sub-Rei.

Por isso fora até lá, não apenas a fim de validar sua desculpa para sair do apartamento. Bem, por isso e por ter visto Danika no laptop de Declan varrendo as filmagens. Sua cabeça começara a girar e ácido queimava em suas veias, suar para liberar tudo aquilo parecia uma boa ideia. Sempre funcionava nas aulas da Madame Kyrah.

Devia a June uma imensa caixa de bombons por ter ido naquela noite.

Bryce verificou o relógio no celular. Dois minutos e quinze segundos. Foda-se aquilo. Caiu de barriga no chão, os cotovelos se abrindo, e deitou o rosto direto no colchonete.

Um momento depois, um pé cutucou suas costelas. Como só havia mais uma pessoa na academia, não se alarmou ao virar o pescoço para olhar Hunt. Movia os lábios, suor brotava em sua testa e encharcava sua camisa cinza. Maldito. Como podia ficar tão lindo?

Ela tirou um dos fones do ouvido.

— O quê? — perguntou Bryce.

— Eu perguntei se você está viva.

— Em partes.

Hunt sorriu e levantou a bainha da camisa para limpar o rosto pingando. Ela foi recompensada com um lampejo de abdômen escorregadio com suor. Então ele disse:

— Você caiu feito morta.

Bryce uniu os braços, esfregando os músculos doloridos.

— Eu prefiro correr. Isso é uma tortura.

— Suas aulas de dança são igualmente cruéis.

— Isso não é tão divertido.

Ofereceu sua mão, e Bryce aceitou, sua pele suada escorregando contra a dele conforme ele a levantava.

Limpou o rosto com a parte interna do braço, mas viu que estava igualmente suada. Hunt voltou para a variedade de máquinas que pareciam mais equipamentos de tortura, ajustando o assento em uma delas para acomodar as asas cinza. Bryce ficou parada no centro da sala como uma pervertida durante um momento, observando os músculos das costas de Hunt ondularem com a série de exercícios de puxada de braços.

Maldito Solas Flamejante.

Havia chupado ele. Tinha deslizado por aquele lindo corpo forte e enfiado seu pau ridiculamente grande na boca, quase gozara quando ele se derramou em sua língua.

Sabia que aquilo era totalmente fodido, considerando toda a merda que estavam enfrentando e tudo que os esperava, mas... *olhe* para ele.

Limpou o suor que escorria por seu peito, deixando uma mancha espetacularmente antissexy sob o top de ginástica.

Hunt terminou sua série, mas continuou segurando a barra acima da cabeça, os braços estendidos bem acima do corpo, alongando as costas e as asas. Mesmo de camiseta e short de ginástica, era formidável. E... ela ainda estava olhando. Bryce se virou para o próprio colchonete, fazendo uma careta ao colocar o fone de ouvido e aumentar a música ao berros. Seu corpo, no entanto, se recusava a se mexer.

Água. Precisava de um pouco de água. Qualquer coisa para postergar voltar à prancha.

Saiu arrastando os pés até o bar embutido na parede mais afastada da academia. A geladeira de bebidas sob o balcão de mármore branco estava estocada com garrafas de vidro cheias de água e com toalhas resfriadas; Bryce se serviu de ambas. Uma tigela de maçãs verdes estava no balcão, junto com uma cesta cheia de barras de granola, pegou uma maçã, os dentes afundando na fruta crocante.

Foda-se a prancha.

Saboreando o sabor cítrico adocicado da fruta, olhou na direção de Hunt, mas… Onde ele estava? Até a ondulação característica de seu poder tinha se dissipado.

Observou a extensa academia, as fileiras de máquinas, as esteiras e os aparelhos elípticos diante da parede de janelas que dava para a confusão da Praça da Cidade Velha. Como ele…

Mãos envolveram a cintura dela, e Bryce deu um gritinho, quase morrendo de susto. Luz se projetou de seu peito, mas, com a música aos berros nos ouvidos, não conseguia ouvir nada…

— *Porra*, Quinlan! — disse Hunt, tirando os fones de ouvido dela.
— Não quer ouvir sua música um pouquinho mais alto?

Bryce fez uma careta, virando-se para encontrá-lo logo atrás dela.

— Não faria diferença se você não *tivesse chegado de fininho.*

Hunt abriu um sorriso malicioso no rosto suado.

— Só estou me certificando de que minhas habilidades de Sombra da Morte não enferrujem antes do chá da tarde com o Sub-Rei amanhã. Achei bom testar se eu conseguia me dissipar um pouco. — Por isso não conseguiu senti-lo se aproximar sorrateiramente. Esfregou os olhos. — Não sabia que você estaria tão… sobressaltada. Ou *brilhante.*

— Achei que você me elogiaria pelos reflexos rápidos.

— Excelente susto. Você quase me cegou. Parabéns.

Bryce bateu em seu peito de brincadeira, encontrando músculos firmes sob a camisa encharcada de suor.

— Por Solas, Hunt. — Bateu de novo, com os nós dos dedos no peitoral. — Dá para quicar um marco de ouro dessas coisas.

Suas asas farfalharam.

— Vou tomar isso como um elogio.

Bryce apoiou os cotovelos no balcão e mordeu a maçã de novo. Hunt estendeu a mão, e ela lhe entregou um fone de ouvido. Colocando-o na orelha, inclinou a cabeça ao ouvir a música.

— Não é à toa que você não consegue fazer uma prancha por mais de dois minutos, se está ouvindo essa música deprimente.

— E sua música é lá muito melhor?

— Estou ouvindo um livro.

Bryce piscou. Costumavam trocar sugestões de músicas enquanto malhavam, mas aquilo era novo.

— Que livro?

— As memórias de Voran Tritus sobre crescer na Cidade Eterna e como ele se tornou, bem... ele. — Entre os apresentadores de talk-show noturno, Tritus era um dos mais jovens. Absurdamente gostoso. Bryce sabia que não era o motivo pelo qual Hunt assistia ao programa religiosamente, nem de perto, mas, para ela, certamente tornava assistir a ele mais agradável.

— Eu diria que ouvir um livro enquanto malho é ainda menos motivacional do que essa música *deprimente* — afirmou.

— É tudo memória muscular a esta altura. Só preciso de um passatempo.

— Babaca. — Comeu mais da maçã, então trocou a música. Uma que ouvira pela primeira vez no espaço sagrado da boate Corvo Branco, um remix de uma música mais lenta que combinava o apelo sensual da música original com uma batida envolvente, que convidava para dançar.

Hunt esboçou um sorriso, abrindo do canto da boca.

— Está tentando me seduzir com essa música?

Bryce o encarou enquanto mastigava outro bocado de maçã. A academia estava vazia. As câmeras. contudo...

— Foi você quem chegou de fininho me apalpando.

Hunt riu, seu pescoço pulsando. Uma gota de suor escorreu, brilhando em meio a toda aquela pele marrom e a respiração de Bryce falhou. As narinas do anjo se dilataram, sem dúvida sentindo o cheiro de tudo quente e úmido naquele instante.

Fechando as asas, deixou o fone de ouvido no lugar ao dar um passo para a frente. Bryce se encostou sutilmente no balcão, o mármore pressionando sua coluna superaquecida. Hunt apenas tirou a maçã dos dedos dela. Fixou os olhos nela mordendo a fruta e lentamente apoiando o miolo no balcão.

Seus dedos dos pés se curvaram dentro dos tênis.

— Aqui é ainda menos privado do que meu quarto.

As mãos de Hunt deslizaram para sua cintura, levantando-a para o balcão com um movimento leve. Seus lábios encontraram o pescoço dela, fazendo-a arquear quando o lambeu, como se limpasse uma gota de suor.

— Melhor não fazer barulho, então, Quinlan — disse Hunt, contra a sua pele.

A sala se iluminou com o relâmpago que a percorreu. Bryce não precisou olhar para saber que Hunt havia cortado os fios das câmeras, e provavelmente tinha erguido uma barreira de poder para bloquear a porta. Não precisou fazer nada a não ser aproveitar a sensação da língua dele em seu pescoço, provando e provocando.

Não se conteve ao deslizar as mãos pelos cabelos, passando pelas mechas suadas, descendo pela cabeça, até que pararam na curva de seu pescoço. Bryce o puxava para mais perto assim, Hunt levantou a cabeça de Bryce para reivindicar sua boca.

As pernas se abriram mais, acomodando-o entre elas, pressionando firme quando suas línguas se encontraram.

Bryce gemeu, sentindo o gosto de maçã e o cheiro de cedro mesclado com uma tempestade que era tão característico de Hunt, esfregando o corpo contra a rigidez exigente dele. O short de ginástica que ele vestia e sua legging justa não disfarçavam a ereção de Hunt, nem quão molhada ela estava.

Hunt envolvia a língua de Bryce com a sua, as mãos desceram da cintura dela para agarrar sua bunda. Arquejou quando os dedos dele se enterraram, puxando-a mais forte contra ele, enganchando as pernas em seu tronco. Ansiava por senti-lo profundamente, o quanto antes.

Hunt tirou sua camisa, Bryce passou os dedos pelos absurdos músculos abdominais laterais e peitorais, descendo pelos músculos contraídos das costas dele, frenética e desesperada para tocá-lo inteiro.

Sua camiseta se foi, Hunt mordiscava a pele exposta de seus seios acima do verde-água do top, o tecido quase néon contra a sua pele.

Agarrando a cintura de Bryce com ambas as mãos, os calos arranhando sua pele, Hunt a inclinou para trás, deitando-a no balcão. Apoiou-se nos cotovelos quando o anjo se afastou, gracioso como uma maré recuando, as mãos descendo dos seios até sua barriga suada.

Prendendo os dedos no elástico da calça legging preta de Bryce, parou por um instante. Hunt a olhou fazendo uma pergunta silenciosa.

Diante do fogo que viu ali, a pura beleza, o tamanho e a perfeição dele...

— Porra, sim — disse Bryce.

Hunt sorriu maliciosamente, abaixando sua legging. Expondo o tronco de Bryce, o abdômen. Então a bainha de renda da calcinha, uma fio dental da cor de ametista. A calça e a calcinha estavam encharcadas de suor, não queria imaginar o cheiro que tinham, Bryce abriu a boca para protestar, mas Hunt já tinha se ajoelhado.

Tirou os tênis de seus pés, as meias, enfim a legging. Delicadamente, muito delicadamente, pegou seu tornozelo direito, beijando a sua parte interna. Lambendo o osso. A panturrilha. A dobra do joelho.

Ah, deuses. Aquilo estava acontecendo. No meio da academia do prédio, onde qualquer um poderia passar voando e vê-los através das janelas a seis metros do chão. Hunt iria chupá-la bem ali, Bryce precisava daquilo mais do que jamais precisara de qualquer coisa…

Hunt fez círculos com a língua pelo interior da coxa direita. Mais e mais alto, deixando-a trêmula. As mãos deslizaram para cima, fechando-se no elástico de sua calcinha. Deu um beijo nela por cima do tecido da calcinha, podia jurar que ele estremeceu ao inalar.

Bryce se liquefez, incapaz de ficar imóvel, exigente, Hunt abafou uma risada, a respiração morna contra o seu lugar mais sensível, beijando-a de novo pelo tecido.

Então beijou sua coxa esquerda, começando uma trajetória descendente, tirando a calcinha, avançando. Sem a peça no corpo, exposta ao mundo, as asas de Hunt se abriram acima dele, bloqueando-a de qualquer vista.

Apenas sua, para ser apreciada, para ser devorada.

Sua respiração ficou irregular quando a boca de Hunt chegou ao tornozelo esquerdo, beijando-o de novo, deslizando-a de volta. O anjo se posicionou entre as coxas dela; no entanto, pegou os pés de Bryce e os apoiou no balcão.

Abrindo mais suas pernas.

Bryce gemeu enquanto Hunt a escrutinava, a luz que brilhava através de suas asas o fazia parecer um anjo vingador aceso com fogo interior.

— Olhe só você — murmurou, com a voz gutural em desejo.

Jamais se sentira tão exposta, porém tão vista e adorada. Não quando Hunt deslizou um dedo por sua umidade.

— Porra. — grunhiu, mais para si, Bryce realmente, de verdade, não conseguia respirar quando se ajoelhou de novo, a cabeça posicionada onde mais o queria.

Com dedos suaves, respeitosos, o anjo a tocou, abrindo-a para prová-la. A língua deslizando, como se apresentando: *Oi, prazer em te foder.* Mordeu o lábio, ofegando pelo nariz.

Hunt curvou a cabeça, a testa apoiada logo acima de seu Monte de Vênus, suas mãos deslizaram pelas coxas de Bryce mais uma vez. Inalou e exalou, estremecendo, e ela não fazia ideia se estava deleitado com o seu cheiro ou se precisava de um momento para se acalmar.

Mais uma ou duas lambidinhas e ela sabia que perderia a cabeça de vez.

Então Hunt deu um beijo em seu clitóris. E outro, como se não conseguisse se conter. Suas mãos acariciaram as coxas de Bryce. Beijando uma terceira vez, as asas erguidas estremecendo, sua boca flutuou para o sul, junto com uma mão.

De novo, ele a abriu, pressionando a língua inteira em seu sexo, arrastando-a para cima.

Estrelas brilharam atrás dos olhos de Bryce, seus seios tão tensos que arqueou o corpo no ar, como se buscasse mãos para tocá-los.

— Assim… — disse, agitando a língua contra o clitóris de Bryce com uma precisão cirúrgica.

Não conseguia aguentar. Não conseguia aguentar mais um segundo daquela tortura…

A língua de Hunt adentrou sua vulva, enroscando-se profundamente, fazendo-a arquear o corpo mais uma vez.

— Você tem o gosto do paraíso — gemeu, recuando o suficiente para que ela notasse a própria umidade na boca e no queixo dele. — Eu sabia que esse seria o seu gosto.

Bryce tapou a boca com a mão para evitar gritar quando Hunt enfiou sua língua dentro dela, deslizando-a até o clitóris. O anjo o mordiscou suavemente, os olhos de Bryce se reviraram. Solas Flamejante e misericordiosa Cthona…

— Hunt — conseguiu dizer com a voz sufocada.

Pausou, pronto para parar caso ela mandasse. No entanto, era a última coisa que Bryce queria.

Bryce encontrou o seu olhar incandescente, arfava, sentia-se confusa, zonza e estrelada. Disse a única coisa que ressoava em sua cabeça, sua mente, sua alma.

— Eu amo você.

Arrependeu-se das palavras assim que saíram de sua boca. Jamais as dissera para um macho, nem mesmo *pensara* nas palavras com relação a Hunt, embora já soubesse havia um tempo. Porque saíram agora, não fazia ideia, mas… os olhos do anjo ficaram sombrios de novo. Os dedos pressionavam suas pernas.

Ah, deuses. Fodeu a porra toda. Era uma idiota burra excitada, em que *merda* estava pensando, dizendo aquilo a ele quando não estavam nem *namorando*, porra…

Hunt se libertou. Mergulhou a cabeça de volta entre suas coxas, e banqueteou-se. Bryce podia jurar que tempestades de relâmpago ressoavam pela sala. Era a resposta e a aceitação do que dissera. Como se estivesse além de palavras agora.

Língua e dentes e ronronado, tudo combinado em um redemoinho de prazer que fazia Bryce se esfregar em Hunt. Segurava suas coxas com força, marcando sua pele, Bryce amou aquilo, precisava daquilo; pressionando o quadril para o rosto dele, forçou mais a língua de Hunt para dentro de si, e então algo atingiu o seu clitóris, como se Hunt tivesse conjurado uma pequena faísca de relâmpago, seu cérebro e corpo se acenderam como fogo branco, e ah, deuses, ah, deuses, ah, deuses…

Bryce estava gritando as palavras, as asas de Hunt ainda os protegendo quando gozou forte, afastando-se do balcão ao arquear o corpo, os dedos se enfiando nos cabelos dele, puxando forte. Queimava com luz dentro e fora, como um farol vivo.

Podia jurar que ambos caíam pelo tempo e o espaço, podia jurar que caíam na direção de alguma coisa, mas queria ficar ali, com ele, naquele corpo e naquele lugar…

Hunt a lambeu em cada onda de prazer, depois que o clímax baixou, depois que a luz que a acendera se apagou, e a sensação de queda tinha plainado, Hunt levantou a cabeça.

Encontrou o olhar de Bryce ainda entre suas coxas, ofegando contra a pele nua dela, com relâmpago nos olhos.

— Eu também amo você, Quinlan.

* * *

Ninguém tinha dito aquelas palavras a Hunt em dois séculos.

Shahar jamais as dissera. Nem uma vez, embora ele tivesse oferecido as palavras a ela como um estúpido. A última pessoa tinha sido a mãe, algumas semanas antes de sua morte. Ouvi-las de Quinlan, no entanto…

Hunt estava deitado ao seu lado na cama trinta minutos depois, o cheiro de hortelã da pasta de dentes e a lavanda do xampu se misturavam no ar. Fora estranho: tomarem banho um depois do outro, então escovarem os dentes lado a lado, as palavras ditas ecoando. Caminharam pelo apartamento, passando por Ruhn, Declan e Ithan que assistiam a uma mesa-redonda de solebol, perguntando-se como tanto, e no entanto, tão pouco, tinha mudado no espaço de alguns minutos.

A ida até o Quarteirão dos Ossos no dia seguinte parecia uma tempestade anunciada. Um estrondo distante de trovão. Qualquer pensamento sobre a busca no Mercado da Carne naquela noite tinha se dissolvido como neve derretendo.

Na escuridão, com o murmurinho da TV na sala, Hunt encarava Bryce, que silenciosamente o olhava de volta.

— Um de nós precisa dizer alguma coisa — falou Hunt, com a voz séria.

— O que mais há para dizer? — perguntou, apoiando a cabeça em um punho, os cabelos caindo sobre um ombro como uma cortina vermelha.

— Você disse que me ama.

— E? — Ergueu uma sobrancelha.

Hunt abriu um sorriso matreiro.

— Disse sob coerção.

Bryce mordeu o lábio. Hunt quis enterrar os dentes ali.

— Está perguntando se fui sincera, ou você acha que é tão bom com a boca que eu perdi a cabeça?

Deu um peteleco no nariz dela.

— Espertinha.

Bryce se deitou de novo no colchão.

— As duas coisas são verdade.

O sangue de Hunt ferveu.

— É?

— Ah, qual é. — Colocou os braços atrás da cabeça. — Você deve saber que é bom nisso. Aquela coisa com o *relâmpago*...

Hunt levantou um dedo, uma faísca de relâmpago dançando na ponta.

— Achei que você fosse gostar.

— Se eu soubesse com antecedência, talvez tivesse ficado preocupada com você fritar minha parte preferida.

Riu carinhosamente.

— Eu não ousaria. Também é a minha parte preferida.

Levantou-se sobre os cotovelos, incapaz de conter a inquietação.

— Você ficou assustado? Com o que eu disse?

— Por que deveria? E eu correspondi, não foi?

— Talvez você tenha se sentido mal por mim e quisesse tornar as coisas menos estranhas.

— Não sou o tipo de pessoa que diz isso frivolamente.

— Eu também não. — Estendeu a mão e Hunt inclinou o corpo na direção de sua mão, deixando que Bryce roçasse os dedos por seus fios; — Eu nunca disse a ninguém. Quero dizer... romanticamente.

— Mesmo? — Seu peito se tornou insuportavelmente preenchido.

Bryce piscou, os olhos parecendo brasas incandescentes na escuridão.

— Por que a surpresa?

— Achei que você e Connor... — Não tinha certeza de por que precisava saber.

Aquele fogo recuou levemente.

— Não. Talvez um dia a gente tivesse, mas não chegou tão longe assim. Eu o amava como amigo, mas... Ainda precisava de tempo. —

Abriu um sorriso torto. — Vai saber. Talvez eu só estivesse esperando por você.

Hunt pegou sua mão, dando um beijo nos nós de seus dedos.

— Eu já amo você faz um tempo. Você sabe disso, não é? — Seu coração galopava, mesmo assim falou: — Eu fiquei… muito afeiçoado a você durante nossa investigação, mas, quando Sandriel me colocou naquela cela sob o Comitium, exibiu uma apresentação de slides deturpada com todas as fotos no meu celular. De você e eu. Quando assisti, eu soube. Eu vi as fotos de nós dois no fim, como eu olhava para você e você olhava para mim, e estava fadado.

— Selado por você ter se atirado na frente de uma bomba por mim.

— É perturbador quando faz piadas sobre isso, Quinlan.

Bryce riu, beijando sua mandíbula. O corpo de Hunt ficou tenso, preparando-se para mais um toque. Implorando por mais um toque.

— Eu fiz a Descida por você. *E* ofereci me vender para a escravidão no seu lugar. Eu acho que tenho permissão para brincar com essa merda. — Hunt mordiscou o nariz dela, mas Bryce recuou, seus olhos encontrando os dele. O anjo permitiu que ela visse tudo que havia ali. — Eu soube que você me amava assim que xeretou meus vibradores.

Hunt caiu na gargalhada.

— Não posso afirmar isso.

— Você manuseou o Geleia Geladinha com tanto cuidado. Como eu poderia não amá-lo por isso?

Hunt riu de novo, inclinando-se para dar um beijo na pele morna de seu pescoço.

— Isso é verdade — disse, traçando os dedos até o quadril dela, a maciez puída da velha camiseta se agarrando em sua pele calejada. Beijou a clavícula de Bryce, inspirando o seu cheiro, o pau já ficando duro. — E agora?

— Sexo?

Ele sorriu.

— Não. Quero dizer, porra, sim, mas não com uma plateia. — Acenou em direção à parede — Será que deveríamos reservar um quarto de hotel em algum lugar na cidade?

— Em algum lugar em outro continente.

— Ah, Quinlan. — Beijou a mandíbula dela, a têmpora. Sussurrou ao ouvido dela: — Eu quero muito te foder agora.

Bryce estremeceu, arqueando o corpo contra o dele.

— Somos dois.

Hunt deslizou a mão de sua cintura para agarrar a bunda.

— Isso é tortura. — Passou a mão por baixo da camiseta grande demais nela, encontrando sua pele nua, morna e macia. Tracejou os dedos pela costura da calcinha fio dental de renda que usava, até as coxas. Seu calor o chamava, ela inspirou quando o anjo parou a milímetros de onde queria tocar.

Bryce encostou a mão no peito dele.

— Como eu chamo você agora?

Hunt levou um tempo para compreender as palavras.

— O quê?

— Quero dizer, o que nós *somos*? Tipo, estamos saindo? Você é meu namorado?

— Você quer mesmo dizer que está saindo com o Umbra Mortis? — o anjo riu.

— Não vou manter isso em segredo. — Falou sem um pingo de dúvida. Bryce roçou os dedos pela testa de Hunt. Como se ela soubesse o que aquilo significava para ele.

— E quanto a Cormac e a farsa de vocês? — Conseguiu perguntar.

— Bem, depois disso tudo, imagino. — Se sobrevivessem. Exalou alto. — *Namorado* parece estranho para você. É tão… jovial. Mas o que mais existe?

Se tivesse uma estrela no peito, Hunt sabia que estaria brilhando quando perguntou:

— Companheiro?

— Não é sexy o bastante.

— Amante?

— Isso vem com floreios e um alaúde?

Passou a asa por sua coxa nua.

— Alguém já disse que você é um pé no saco?

— Apenas tu, meu velho amante.

Passou o dedo sob a lateral da calcinha e a puxou. Bryce gritou, estapeando sua mão.

Hunt agarrou os seus dedos, colocando-os sobre seu coração de novo.

— Que tal *parceiros*? — Bryce ficou imóvel, Hunt segurou o fôlego, perguntando-se se tinha dito a coisa errada. Quando ela não respondeu, continuou: — Feéricos têm parceiros, não é? Esse é o termo que usam.

— Parceiros são... uma coisa intensa para os feéricos. — Engoliu em seco audivelmente. — É um compromisso vitalício. Uma coisa jurada entre corpos, corações e almas. É um vínculo entre seres. Se você disser que sou sua parceira na frente de qualquer feérico, será significativo para eles.

— E nós não significamos uma coisa importante assim? — perguntou cautelosamente, não arriscando um respiro sequer. Bryce tinha o coração de Hunt em suas mãos. Desde o primeiro dia.

— Você significa *tudo* para mim — sussurrou, Hunt exalou respirando profundamente. — Mas, se contarmos a Ruhn que somos parceiros, estamos basicamente casados. Para os feéricos, estaremos unidos em um nível biológico, molecular, é um caminho de uma só via.

— *É* uma coisa biológica?

— Pode ser. Alguns feéricos alegam que identificam seu parceiro assim que o conhecem. Um tipo de elo invisível entre eles. Um cheiro, ou um laço entre almas.

— Acontece entre espécies?

— Não sei — admitiu, passando os dedos pelo peito do anjo em círculos intricados, provocadores. — Mas se você não é meu parceiro, Athalar, então ninguém é.

— Uma declaração final de amor.

Bryce observou o seu rosto, sincero e aberto, tão raramente mostrado aos outros.

— Quero que você entenda o que está dizendo às pessoas, dizendo aos feéricos, quando diz que sou sua parceira.

— Anjos têm parceiras. Não tão... mágicas no nível da alma como os feéricos, mas chamamos companheiros vitalícios de parceiros, em vez de maridos ou esposas. — Shahar jamais o chamara de tal coisa. Eles raramente sequer usavam o termo *amante.*

— Os feéricos não diferenciam. Eles vão entender de acordo com a própria definição de todo jeito.

Hunt estudou sua expressão contemplativa.

— É como se tudo se encaixasse. Como se já estivéssemos unidos nesse nível biológico.

— Eu também. Vai saber. Talvez a gente já seja parceiro.

Isso explicaria muito. Como as coisas tinham sido intensas entre eles desde o início. Depois que cruzassem aquela última barreira física, tinha a sensação de que o laço seria ainda mais solidificado.

Então... talvez já *fossem* parceiros, mas no entendimento feérico. Talvez Urd tivesse há muito tempo unido suas almas, e precisaram de todo aquele tempo para perceber isso. Será que sequer importava, no entanto? Se era destino ou escolha estarem juntos?

— Assusta você? Me chamar de parceiro?

Bryce baixou o olhar para o espaço entre eles; disse, baixinho:

— É você quem tem sido definido pelos termos de outras pessoas há séculos. — *Caído. Escravizado. Umbra Mortis.* — Eu só quero ter certeza de que é um título que você não tem problema em ter. Para sempre.

Beijou sua têmpora, inspirando seu cheiro.

— De tudo que eu já fui chamado, Quinlan, seu parceiro é o único que eu realmente aprecio.

Bryce abriu um sorriso.

— Qual parte do *para sempre* você não ouviu?

— Achei que fosse sobre isso, essa coisa entre nós.

— Nós nos conhecemos há, o quê, cinco meses.

— E daí?

— Minha mãe vai ter uma síncope. Vai dizer que a gente deveria namorar por pelo menos dois anos antes de nos chamarmos de parceiros.

— Quem se importa com o que os outros pensam? Nenhuma das regras deles jamais se aplicou a nós mesmo. E, se somos algum tipo de parceiros predestinados, então não faz diferença nenhuma.

Bryce sorriu de novo, iluminando o peito de Hunt. Não, era a estrela entre os seios dela. Hunt colocou a mão sobre a cicatriz luminosa, luz brilhando entre os dedos dele.

— Por que ela faz isso?

— Talvez goste de você.

— Brilhou para Cormac e Ruhn.

— Eu não disse que ela era esperta.

Hunt gargalhou e se inclinou para beijar a cicatriz.

— Tudo bem, minha linda parceira. Nada de sexo hoje à noite.

Sua parceira. *Sua.*

E ele era dela. Não teria surpreendido Hunt se o nome de Bryce estivesse entalhado no coração dele. Perguntou-se se o próprio estava gravado na estrela que brilhava em seu peito.

— Amanhã à noite. Vamos reservar um quarto de hotel.

Deu outro leve beijo em sua cicatriz.

— Combinado.

28

Fico feliz por ver que você está vivo.

Ruhn estava de pé em uma ponte mental familiar, as linhas do seu corpo mais uma vez preenchidas por noite, estrelas e planetas. No outro lado da ponte, aquela silhueta feminina incandescente aguardava. Cabelos longos de pura chama flutuavam em torno dela como se debaixo da água, e o que conseguia distinguir da boca da fêmea estava curvado para cima, em um meio sorriso.

— Somos dois — disse. Devia ter desmaiado no sofá no apartamento de Bryce. Ainda estava lá às 2 horas da manhã, vendo os melhores momentos de jogos antigos com Ithan. Dec tinha saído para passar a noite na casa de Marc há um bom tempo. Nenhum deles havia conseguido qualquer filmagem sólida de Emile no cais, ou uma prova concreta de que os ceifadores foram enviados pelo Sub-Rei ou por Apollion. A busca por Danika na galeria levaria dias, dissera Dec antes de sair, e tinha outro trabalho para fazer de todo jeito. Ithan imediatamente se prontificou a continuar esquadrinhando.

O lobinho não era ruim. Ruhn podia vê-los sendo amigos, se os povos dos dois não estivessem constantemente se atracando. Literalmente.

Ruhn disse à Agente Daybright:

— Obrigado por tentar me acordar.

— O que aconteceu?

— Ceifadores.

Sua chama diminuiu para um azul-violeta.

— Eles atacaram você?

— É uma longa história. — Inclinou a cabeça. — Então não preciso do cristal para me comunicar com você? Posso simplesmente estar inconsciente? Dormindo?

— Talvez o cristal tenha servido apenas para iniciar o contato entre nossas mentes, um farol para seus talentos — disse. — Agora que sua mente, e a minha, sabem para onde ir, você não precisa mais do cristal e pode me contatar mesmo em... momentos inoportunos.

Ruhn sentiu uma pontada de culpa. Daybright fazia parte do alto escalão do império, será que a colocara em perigo quando estava inconsciente mais cedo, sua mente buscando a dela indistintamente?

Daybright falou:

— Eu tenho informação para você passar adiante.

— Ah, é?

— É assim que agentes da Ophion falam hoje em dia? *Ah, é?* — perguntou, se endireitando.

Devia ser velha, então. Uma dos vanir que tinham vivido tanto tempo que o linguajar moderno era uma língua estrangeira para eles. Ou, pelos deuses, se ela fosse um asteri...

Ruhn desejou ter uma parede ou uma porta ou um balcão para encostar quando cruzou os braços.

— Então você é uma pangerana das antigas.

— Seu trabalho aqui não é aprender sobre mim. É passar informação adiante. Quem eu sou, quem você é, isso não importa. — Indicou as chamas. — Isso é indício suficiente.

— Do quê?

Suas chamas envolveram o próprio corpo, tornando-se um laranja vibrante, como brasas escaldantes. O tipo que queimaria até os ossos.

— Do que vai acontecer se fizer muitas perguntas enxeridas.

Deu um leve sorriso.

— Então, qual é a informação?

— O ataque à Coluna tem sinal verde.

O sorriso de Ruhn sumiu.

— Quando é o carregamento?

— Daqui a três dias. Sairá da Cidade Eterna às seis horas da manhã do horário deles. Nenhuma parada planejada, nenhum abastecimento de combustível. Viajarão rapidamente para o norte, até Forvos.

— O protótipo do mec-traje vai estar no trem?

— Sim. E junto com ele o Transporte Imperial está movendo cinquenta caixas de mísseis de enxofre para a frente norte, junto com cento e doze caixas de armas e cerca de quinhentas caixas de munições.

Solas Flamejante.

— Você vai simular um roubo?

— *Eu* não vou fazer nada — disse a Agente Daybright. — A Ophion será responsável. Eu recomendaria destruir tudo, no entanto. Principalmente aquele novo mec-traje. Não percam tempo tentando descarregar nada dos trens ou vocês serão pegos.

Ruhn não mencionou que Cormac sugerira algo diferente. Tinha dito que a Ophion queria obter o traje... para estudá-lo. E usar aquelas armas na guerra deles.

— Qual é o melhor lugar para interceptar a coluna?

Ruhn realmente faria aquilo, pelo visto. Se passasse aquela informação, estaria oficialmente envolvido com os rebeldes.

— Isso é para o Comando da Ophion decidir.

Perguntou com cautela:

— Pippa Spetsos vai ser designada para o ataque? — Ou será que ela estava em Lunathion procurando por Emile, como Tharion suspeitava?

— Isso importa?

Ruhn deu de ombros o mais casualmente possível.

— Eu só quero saber se preciso notificá-la.

— Não estou por dentro de a quem o Comando delega suas missões.

— Mas você sabe onde Pippa Spetsos está agora?

Sua chama oscilou por um momento.

— Por que tanto interesse nela?

— Interesse nenhum. — respondeu levantando as mãos. Podia sentir sua suspeita; no entanto, perguntou: — Haverá guardas armados com o carregamento?

— Sim. Cerca de cem lobos dentro e sobre os vagões, assim como uma dúzia de batedores anjos aéreos acima. Todos armados com rifles, pistolas e facas.

Áreas florestadas seriam melhores para um ataque, então, para evitar serem vistos pelos malakim.

— Mais alguma coisa?

— Nada o incomoda? — inclinou a cabeça ao perguntar.

— Estou no Aux há um tempo. Estou acostumado a coordenar essas merdas. — Nada como isso, no entanto. Nada que o colocava diretamente na linha de fogo dos asteri.

— Isso é uma coisa idiota de se revelar. A Ophion devia estar desesperada se mandou alguém tão destreinado como você para lidar comigo.

— Confiança é uma via de mão dupla. — Indicou o espaço entre os dois.

Mais uma daquelas risadas suaves roçou sua pele.

— Você tem alguma coisa para mim? O que tem Pippa Spetsos?

— Nada mesmo. Mas... obrigado por tentar salvar minha pele mais cedo.

— Eu seria uma tola se deixasse um contato valioso se perder.

Fervilhou de irritação.

— Estou comovido.

Riu com escárnio.

— Você parece um macho acostumado a ser obedecido. Interessante.

— O que diabos é interessante em relação a isso?

— Os rebeldes devem ter alguma coisa para chantagear você, para fazer com que arrisque sua posição fazendo isso.

— Achei que você não desse a mínima para minha vida pessoal.

— Não dou. Mas conhecimento é poder. Estou curiosa a respeito de quem você deve ser, se os ceifadores tentaram levá-lo. E por que permite que os rebeldes mandem em você.

— Talvez eu queira me juntar a eles.

Gargalhou, o som afiado como uma lâmina.

— Descobri que a classe dominante raramente faz tais coisas pela bondade do coração.

— Cínica.

— Talvez, mas é verdade.

— Eu poderia nomear um vanir em alta hierarquia que está ajudando os rebeldes sem ser obrigado a isso.

— Então deveriam colocar uma bala na sua cabeça.

Ruhn enrijeceu.

— Como é?

Gesticulou com a mão.

— Se você sabe a identidade desse vanir, se é capaz de tão frivolamente se gabar disso, se está fazendo perguntas demais sobre Agente Spetsos, você não é um bem de valor algum. É uma bomba-relógio. Se os lobos ferais o pegarem, quanto tempo levará até que entregue a pessoa?

— Vai se foder.

— Você já foi torturado? É fácil alegar que não cederia, mas quando seu corpo está sendo desmembrado pedacinho por pedacinho, osso após osso… você ficaria surpreso com o que as pessoas oferecem para fazer a dor parar, mesmo que por um segundo.

O temperamento de Ruhn se incendiou.

— Você não sabe merda nenhuma sobre mim ou o que eu passei. — Estava grato, a noite e as estrelas de sua pele cobriam as marcas que seu pai deixara, aquelas que as tatuagens não conseguiam esconder.

As chamas de Day incandesceram.

— Você deveria ter cuidado com o que conta às pessoas, mesmo entre aliados da Ophion. Eles têm formas de fazer as pessoas sumirem.

— Como Sofie Renast?

Foi a vez de seu sangue ferver.

— Não repita o nome verdadeiro dela para ninguém. Refira-se a ela como Agente Cypress.

Ruhn trincou os dentes.

— Você sabe alguma coisa sobre Sofie?

— Eu presumi que ela estava morta, já que agora você é o meu contato.

— E se ela não estiver?

— Não estou entendendo.

— Se ela não estivesse morta, para onde iria? Onde se esconderia?

Daybright se virou de volta para o seu lado da ponte.

— Encerramos aqui. — E, antes que Ruhn pudesse dizer uma palavra a mais, a agente sumiu, deixando apenas brasas flutuando para trás.

* * *

— Por que diabos os asteri criariam o próprio mec-traje para essa guerra? — perguntou Hunt, esfregando a mandíbula enquanto encostava no balcão da cozinha na manhã seguinte.

Tentava não olhar para a caixa preta do outro lado do balcão. Sua presença, contudo, parecia… zumbir. Parecia esvaziar o ar ao seu redor.

Considerando que continha os dois Marcos da Morte, era de se esperar.

Cormac tomou do chá, o rosto encoberto. Havia chegado logo após o alvorecer, aparentemente depois que Ruhn ligara exigindo que se apressasse, arrancando Hunt do sono e dos braços de Bryce.

— Os trajes são a única vantagem que temos. Bem, que os humanos têm.

— Eu sei disso — replicou Hunt, tenso. — Já lutei contra eles. Eu os conheço por dentro e por fora.

E os havia desmontado. E sabotado de modo que seus pilotos não tivessem nenhuma chance.

Ultimamente, ficava contente em direcionar esse conhecimento para coisas como consertar a moto de Bryce — inclusive a lavara antes de devolvê-la —, mas se os asteri estavam fazendo um mec-traje próprio para que um soldado vanir usasse…

— Sempre me esqueço — murmurou Ruhn, de onde estava sentado, no sofá ao lado de Bryce — que você lutou em duas guerras. — A que havia travado e perdido junto aos Caídos e então os anos passados lutando sob o comando de Sandriel contra os rebeldes da Ophion.

— Eu não — disse Hunt, o que lhe garantiu um tremor de desculpas de Ruhn. — Nós precisamos tomar cuidado. Você tem certeza de que essa informação foi real?

— Sim — disse Ruhn.

Holstrom se acomodou contra a parede ao lado do balcão, silenciosamente observando a conversa. O rosto não revelava nada. No entanto, um laptop estava aberto em cima do sofá, ainda varrendo os anos de filmagens da galeria em busca de algum indício de Danika.

Contudo, aquela conversa com Cormac, aquele ataque à Coluna…

— Você provavelmente tem agentes duplos na Ophion — disse Hunt ao príncipe avalleno.

— Não, Daybright — negou Cormac, convicto.

— Qualquer um pode ser comprado — disse.

Bryce não falou nada, ocupada fingindo que estava mais interessada nas unhas cor-de-rosa dos pés do que naquela conversa. Hunt sabia que estava revirando a cada palavra.

Tinha saído do banheiro determinado a contar a cada pessoa que cruzasse seu caminho que ela era sua parceira; em vez disso, Ruhn os esperava com a notícia, aparentemente tendo passado a noite no sofá.

— Independentemente disso — falou Cormac, rispidamente —, preciso passar essa informação.

— Vou com você — disse Ruhn. Bryce ficou boquiaberta, alarmada.

— Vocês podem estar caminhando direto para uma armadilha — avisou Hunt.

— Não temos escolha — replicou Cormac. — Não podemos arriscar perder essa oportunidade.

— E o que você arrisca perder se for falsa? — Relâmpago estalou nos dedos de Hunt. Os olhos de Bryce se voltaram para ele por fim, desconfiados e cheios de cautela.

— Isso não é da nossa conta, Hunt. — disse, antes que Cormac pudesse responder.

— Ao Inferno que não é. Estamos envolvidos nisso, querendo ou não.

Chamas douradas encheram o olhar de Bryce.

— Sim, mas não temos nada a ver com esse ataque; nem essa informação. É problema para a Ophion lidar. — Esticou-se, dando a Ruhn um olhar cáustico que dizia *você também deveria ficar de fora*, mas se virou para Cormac. — Então vá relatar para o Comando e nos mantenha longe disso.

Cormac a encarou, sua mandíbula se contraindo.

Deu a ele um meio sorriso que fez o sangue de Hunt latejar.

— Não está acostumado a ter fêmeas lhe dando ordens?

— Há muitas fêmeas no Comando. — Suas narinas se dilataram. — E eu aconselharia você a se comportar como uma fêmea feérica deveria quando formos vistos juntos em público. Já vai ser bem difícil convencer outros de nosso noivado graças a esse cheiro em você.

— Que cheiro? — perguntou, e Hunt plantou os pés no chão. Bryce podia se cuidar em uma briga, mas ainda assim gostaria de socar o desgraçado.

Cormac indicou o espaço entre ela e Hunt.

— Você acha que eu não consigo sentir o cheiro do que rolou entre vocês dois?

Bryce encostou nas almofadas.

— Está falando de *ele* ter rolado a língua por mim?

Hunt se engasgou, Ruhn soltou uma sequência de palavrões. Ithan foi até a cafeteira murmurando algo sobre ser cedo demais.

Cormac, no entanto, nem mesmo corou. Disse, com seriedade:

— Seus cheiros misturados vão arriscar essa farsa.

— Eu vou levar isso em consideração — disse Bryce, piscando um olho para Hunt.

Pelos deuses, seu gosto era como um sonho. E os sons doces e sussurrados que ela fez quando gozou... Hunt girou os ombros para afastar a tensão. Tinham um longo dia adiante. Um dia perigoso.

Porra, ainda iriam para o Quarteirão dos Ossos. As filmagens da câmera de rua tinham apontado que o ceifador que atacara Bryce e Ruhn estava a um quarteirão do Cais Preto, mas, mesmo com as habilidades de Declan, não tinham encontrado nenhuma prova concreta do ceifador velejando até lá. No entanto, era conexão o suficiente para que interrogassem o Sub-Rei. Se sobrevivessem àquilo, Hunt planejava ter uma noite muito, muito longa. Fizera uma reserva em um restaurante chique de hotel, e uma suíte grande. Com pétalas de rosas e champanhe.

Cormac tamborilou os dedos na mesa e disse a Bryce:

— Se você encontrar Emile no Quarteirão dos Ossos, me avise imediatamente. — Bryce, para a surpresa de Hunt, não protestou. Cormac se virou para Ruhn, indicando a porta com o queixo. — Precisamos ir. Se aquele trem de suprimentos vai partir em três dias, não temos tempo a perder. — Olhou significativamente para Hunt. — Mesmo que a informação seja falsa.

— Estou pronto. — Ruhn ficou de pé. Franziu a testa para a irmã. — Boa caça. Fique longe de problemas hoje, por favor.

— Digo o mesmo a você. — Bryce sorriu, embora Hunt tivesse notado que sua atenção estava em Áster, como se estivesse falando com a espada, suplicando para que protegesse seu irmão. Então seu olhar deslizou para Cormac, que já estava à porta. — Cuidado — disse, especificamente para Ruhn.

O aviso foi bastante objetivo: *Não confie totalmente em Cormac.*

Ruhn assentiu lentamente. O macho podia alegar que mudara desde que tentara matar o príncipe décadas antes, mas Hunt também não confiava nele.

Ruhn se virou para Ithan quando o lobo voltou a olhar para o laptop jogado no sofá.

— Olhe, odeio arrastar mais gente para nossa merda, mas... quer vir?

Holstrom apontou para o laptop com o queixo.

— E as filmagens?

— Pode esperar algumas horas, você pode olhar qualquer trecho sinalizado quando nós voltarmos. Suas habilidades seriam úteis hoje.

— Que habilidades? — indagou Bryce, totalmente em alerta, protetora. — Ser bom em solebol não conta.

— Obrigado, Bryce. — Resmungou Ithan, e, antes que Ruhn pudesse fornecer um motivo para convidar o lobo, falou: — Sabine vai ter um ataque se eu for pego ajudando você.

Isso era o mínimo que aconteceria se fosse pego ajudando rebeldes. Hunt conteve a agitação nas asas, o eco de agonia que as percorreu.

— Você não responde mais a Sabine — replicou Ruhn.

Ithan considerou.

— Acho que já estou envolvido nessa confusão. — Hunt podia jurar que culpa e preocupação tomaram o rosto de Bryce. Mordeu o lábio inferior, mas não desafiou mais Ithan.

— Tudo bem — prosseguiu Ithan, conectando o laptop a uma tomada. — Deixe eu me vestir.

Bryce se virou com cautela para a caixa preta no balcão. Para os Marcos da Morte agourentos e pulsantes ali dentro.

— Certo, Athalar. Hora de sairmos. Vá se vestir. — disse.

O anjo a seguiu de volta para o quarto, o quarto deles enfim, supunha; Hunt a viu pegar um coldre, apoiando a perna na cama. A sua minissaia cor-de-rosa deslizou para cima, revelando a esguia e longa extensão de perna iluminada. Sua mente ficou vazia quando ela prendeu o coldre na parte de cima da coxa.

Os dedos fecharam a fivela, e Hunt imediatamente se aproximou para ajudar, aproveitando o calor sedoso de sua pele nua.

— Você realmente vai usar isso para ir até o Quarteirão dos Ossos? — Deslizou a mão para brincar com os vincos macios da saia. Não importava que a arma fosse inútil contra qualquer ceifador que atravessasse o caminho deles.

— O tempo está úmido e fazendo mil graus hoje. Não vou usar calça.

— E se nos metermos em encrenca? — Talvez tivesse levado muito mais tempo para afivelar do que era necessário. Sabia que Bryce estava deixando.

Deu um sorriso malicioso.

— Então acho que o Sub-Rei vai ter uma bela vista da minha bunda.

Hunt deu a ela um olhar inexpressivo.

Bryce revirou os olhos, mas disse:

— Me dê cinco minutos para trocar de roupa.

29

— Acho que ele sabe que estamos vindo — sussurrou Bryce para Hunt, os dois de pé na beira do Cais Preto, olhando pela névoa que cercava o Istros. Felizmente, Veleiros não passaram naquele dia, mas uma trilha através das névoas se abria adiante, uma abertura pela qual velejariam até o Quarteirão dos Ossos.

Sabia porque ela mesma tinha velejado por ali certa vez.

— Ótimo — disse, Bryce o viu olhar para áster, embainhada às suas costas. Ruhn a deixara com um bilhete: *Leve-a com você. Não seja burra.*

Pela primeira vez na vida, ela o ouviu.

Ruhn também a ouvira, quanto a não confiar em Cormac, quando o encorajou, na breve conversa mental deles. Seu convite a Ithan foi uma consequência do aviso.

Só podia rezar para que ficassem seguros. E que Cormac cumprisse com sua palavra.

Bryce se agitou, guardando seus pensamentos para si, a madeira preta parcialmente podre sob os seus sapatos rangia. Acabou optando por uma legging preta e uma camiseta cinza antes de sair de casa. No entanto, mesmo com a névoa, continuava abafado, transformando suas roupas em uma segunda pele grudenta. Deveria ter ficado de saia. Ao menos conseguiria esconder a arma, a qual deixara no apartamento depois que Hunt veementemente a lembrou de sua inutilidade contra qualquer coisa que pudessem encontrar no Quarteirão dos Ossos.

— Bem, aqui vai — disse, pegando a moeda ônix do bolso na parte de trás do elástico da calça. O cheiro sufocante e terroso de mofo se enfurnou em suas narinas, como se a própria moeda estivesse apodrecendo.

Hunt pegou sua moeda de um compartimento em seu traje de batalha e fungou, franzindo a testa.

— O cheiro piora conforme a gente chega mais perto do Quarteirão dos Ossos.

— Então, já vão tarde. — Bryce deu um peteleco com o polegar no Marco da Morte, lançando-o na água encoberta pela névoa. Hunt fez o mesmo. Ambos apenas ondularam antes de dispararem na direção do Quarteirão dos Ossos, escondidos da vista.

— Tenho certeza de que algumas pessoas já disseram isso a vocês — falou uma voz masculina atrás deles —, mas essa é uma péssima ideia.

Bryce se virou, mas Hunt fervilhou em ódio.

— Que porra você quer, Baxian?

O Cão do Inferno surgiu como um espectro da névoa, usando o próprio traje de batalha. Sombras tinham se assentado sob seus olhos escuros, como se não dormisse há um tempo.

— Por que você está aqui?

— Eu gostaria de saber o mesmo — disparou Hunt.

Baxian deu de ombros.

— Aproveitando a paisagem — disse, Bryce sabia que era uma mentira deslavada. Será que tinha seguido os dois? — Achei que deveríamos andar em dupla, Athalar. Você não apareceu. Celestina sabe disso?

— É meu dia de folga — respondeu. O que era verdade. — Então, não. Não é da conta dela. Nem da sua. Vá se apresentar a Isaiah. Ele vai lhe dar o que fazer.

A atenção de Baxian se voltou para Bryce, que o encarava. Seu olhar desceu para a cicatriz no peito dela, apenas as pontas superiores da estrela visíveis acima do decote da camiseta.

— Quem vocês vão visitar lá do outro lado? — A voz grave, perigosa.

— O Sub-Rei — disse Bryce, alegremente. Conseguiu sentir a desconfiança de Hunt crescendo com cada fôlego.

Baxian piscou lentamente, como se lesse a ameaça que emanava de Athalar.

— Não sei dizer se é uma piada, mas se não é, vocês são as pessoas mais burras que eu já conheci.

Alguma coisa se agitou às suas costas, e então um longo barco preto surgiu da fina trilha na névoa, flutuando até o cais. Bryce esticou a mão para a proa. Os dedos se fecharam sobre o esqueleto gritando entalhado no arco.

— Acho que você vai precisar esperar para descobrir — disse, saltando para dentro.

Não olhou para trás quando Hunt entrou em seguida, o barco balançando com o peso do anjo. Afastou-se do Cais Preto pelo caminho estreito, deixando Baxian para trás assistindo até que a névoa o engolfasse.

— Você acha que ele vai dizer alguma coisa? — sussurrou Bryce na escuridão quando o caminho adiante também sumiu.

A voz de Hunt estava tensa, severa ao flutuar até ela.

— Não vejo por que diria. Você foi atacada por ceifadores ontem. Vamos falar com o Sub-Rei sobre isso hoje. Não há nada de errado ou suspeito com relação a isso.

— Certo. — Essa merda com a Ophion a fazia pensar demais a cada passo que davam.

Nenhum deles falou depois disso. Nenhum deles ousou.

O barco seguiu velejando, cruzando o rio silencioso demais, até a margem escura e distante.

* * *

Hunt jamais tinha visto um lugar assim. E sabia bem que jamais queria ver novamente.

O barco avançou sem vela, sem leme, sem remo ou barqueiro. Como se fosse puxado por bestas invisíveis em direção à ilha do outro lado do Istros. A temperatura caía a cada trinta centímetros, até que Hunt conseguisse ouvir os dentes de Bryce batendo através da névoa tão espessa que seu rosto estava quase oculto.

Pensar em Baxian o incomodava. Babaca enxerido.

Contudo, tinha a sensação de que o Cão do Inferno não sairia falando. Ainda não, pelo menos. Baxian provavelmente reuniria informações, acompanharia cada movimento deles, e então atacaria quando tivesse o suficiente para condená-los.

No entanto, Hunt o transformaria em cinzas fumegantes antes que o anjo conseguisse. Que confusão da porra.

Com uma guinada, o barco colidiu com algo, emitindo um barulho.

Hunt congelou, relâmpago nas pontas dos dedos. Bryce se levantou, graciosa como um leopardo, o cabo escuro de Áster escondido e fosco na escuridão.

A embarcação tinha parado à base dos degraus desgastados e aos pedaços. A névoa acima se abriu e revelou um arco de osso antigo entalhado, amarronzado pelo tempo em alguns pontos. *Memento Mori*, dizia no alto.

Hunt interpretou o significado de forma diferente ali do que no Mercado da Carne: *Lembre-se de que você vai morrer e acabar aqui. Lembre-se de quem são seus verdadeiros mestres.*

Os pelos nos braços de Hunt se arrepiaram sob o traje de batalha. Bryce saltou do barco com elegância feérica, virando-se para oferecer sua mão. Hunt a aceitou, só porque queria tocá-la, sentir o seu calor naquele lugar sem vida.

Infelizmente, as mãos de Bryce estavam geladas, a pele estava sombria e cerosa. Até mesmo o cabelo brilhante tinha ficado opaco. A pele parecia mais pálida, doentia. Como se o Quarteirão dos Ossos já tivesse sugado as suas vidas.

Entrelaçaram os dedos, subiram os sete degraus até o arco e Hunt guardou todas as preocupações e medos com relação a Baxian, com relação àquela rebelião no fundo da mente. Só serviriam como distração.

As botas de Hunt se arrastaram nos degraus. Ali, Bryce ajoelhara-se um dia. Bem ali, trocara seu local de descanso pelo de Danika. Apertou sua mão com mais força. Bryce apertou de volta, encostando em Hunt quando avançaram para baixo do arco.

Terra seca jazia adiante. Névoa e cinza e silêncio. Obeliscos de mármore e granito se elevavam como lanças grossas, muitos entalhados… mas não com nomes. Apenas com símbolos estranhos. Marcadores de túmulos, ou outra coisa? Hunt esquadrinhou a escuridão, as orelhas buscando qualquer indício dos ceifadores, do governante que procuravam.

Algum indício de Emile ou Sofie, mas nenhuma pegada marcava o chão. Nenhum cheiro permanecia na névoa.

A ideia de o menino estar escondido ali… de qualquer coisa viva morando ali… Porra.

Bryce sussurrou, a voz embargada:

— Deveria ser verde. Eu vi uma terra verde e com luz do sol. — Hunt levantou uma sobrancelha, mas seus olhos, agora de um amarelo esmaecido, escrutinavam a névoa.

— O Sub-Rei me mostrou a Matilha dos Demônios depois do ataque à cidade. — Suas palavras saíram trêmulas. — Me mostrou que eles descansavam aqui em prados reluzentes. Não… nisto.

— Talvez os vivos não tenham permissão de ver a verdade a não ser que o Sub-Rei permita. — Bryce assentiu, mas Hunt sacou a dúvida que contraiu seu rosto. — Nenhum sinal de Emile, infelizmente.

Bryce balançou a cabeça.

— Nada. Embora eu não saiba por que achei que seria fácil. Ele não estaria acampado aqui em uma barraca ou algo assim.

Hunt, apesar de não querer, ofereceu um meio sorriso.

— Então nós vamos direto ao chefe. — Continuou esquadrinhando a névoa e a terra em busca de algum indício de Emile ou da irmã conforme prosseguiam.

Bryce parou subitamente entre dois obeliscos pretos, cada um gravado com uma variedade diferente daqueles símbolos estranhos. Os obeliscos, e dúzias mais além deles, flanqueavam o que parecia ser uma passagem central que se estendia névoa adentro.

Sacou Áster, e Hunt não teve tempo de impedi-la antes que golpeasse a lateral do obelisco mais próximo. Um clangor reverberou da lâmina, o tilintar ecoando na escuridão. Bryce repetiu o movimento. E uma terceira vez.

— Está tocando o sino da janta? — perguntou Hunt.

— Vale a pena tentar — murmurou de volta. Era mais inteligente do que correr por ali gritando os nomes de Emile e Sofie. Embora, se fossem tão experientes em sobrevivência quanto pareciam, Hunt duvidava que qualquer um dos dois viesse correndo investigar.

Quando o barulho se dissipou, o que restava da luz escureceu. O que restava do calor virou gelo.

Alguém, alguma coisa, tinha atendido.

O outro ser que buscavam ali.

O fôlego deles pairava no ar, e Hunt se inclinou sobre Bryce, monitorando a estrada adiante.

Quando o Sub-Rei falou, no entanto, com uma voz ao mesmo tempo antiga e jovial, mas fria e seca, o som ecoou às suas costas.

— Esta terra está restrita a você, Bryce Quinlan.

Bryce estremeceu, Hunt acumulou seu poder, relâmpago estalando em seus ouvidos. No entanto, a parceira falou:

— Eu não ganho um passe VIP?

A voz da névoa ecoou em volta deles.

— Por que você veio? E trouxe Orion Athalar com você?

— Pode chamá-lo de Hunt — disse Bryce, a voz arrastada. — Ele fica ranzinza se você for todo formal com ele.

Hunt deu a ela um olhar incrédulo, mas o Sub-Rei se materializou na névoa, centímetro após centímetro.

Tinha no mínimo três metros de altura, uma túnica do veludo preto cara e elegante descendo até o cascalho. Escuridão espiralava no chão diante dele, e sua cabeça… Alguma coisa primordial gritava para que fugissem, se curvassem, para que caíssem de joelhos e implorassem.

Um cadáver dessecado, parcialmente pútrido e coroado com ouro e joias, observava os dois. Inacreditavelmente horroroso, porém majestoso. Como um rei antigo há muito morto e abandonado para apodrecer em um sepulcro, emergido para se nomear mestre daquela terra.

Bryce ergueu o queixo e disse, tão corajosa quanto a própria Luna:

— Precisamos conversar.

— Conversar? — A boca sem lábios se retraiu, revelando dentes marrons desgastados com o tempo.

Hunt se lembrou severamente de que o Sub-Rei era temido, sim, mas não maligno.

Bryce respondeu:

— Sobre seus brutamontes terem agarrado meu doce irmão e o arrastado para o esgoto. Eles alegaram que foram enviados por Apollion. — Hunt ficou tenso quando disse o nome do Príncipe do Fosso. Bryce prosseguiu, completamente casual: — Mas não vejo como eles poderiam ter sido enviados por ninguém além de *você*.

O Sub-Rei chiou.

— Não diga esse nome deste lado da Fenda.

Hunt acompanhou a irreverência de Bryce.

— Essa é a parte em que você insiste que não sabia de nada?

— Vocês têm a audácia de atravessar o rio, pegar um barco preto até minha margem e me acusar dessa traição? — A escuridão atrás do Sub-Rei vibrou. De medo ou de prazer, Hunt não sabia dizer.

— Alguns de seus ceifadores sobreviveram a mim — disse. — Eles certamente já te inteiraram a esta altura.

Silêncio recaiu, como o mundo depois de um estrondo de trovão.

Os olhos leitosos e sem pálpebras do Sub-Rei se voltaram para Áster na mão de Bryce.

— Alguns *não* sobreviveram a você?

Bryce engoliu seco audivelmente. Hunt xingou em silêncio.

Bryce falou:

— Por que sentiu necessidade de atacar? De fingir que os ceifadores eram mensageiros de... do Príncipe do Fosso. — Estalou a língua. — Achei que fôssemos amigos.

— A morte não tem amigos — disse o Sub-Rei, estranhamente calmo. — Eu não mandei nenhum ceifador atacar você. E não tolero aqueles que falsamente me acusam em meu reino.

— E nós devemos aceitar sua palavra de que você é inocente? — insistiu Bryce.

— Está me chamando de mentiroso, Bryce Quinlan?

Bryce disse, fria e calma como uma rainha:

— Está querendo me dizer que há ceifadores que conseguem simplesmente desertar e servir ao Inferno?

— De onde acha que os primeiros ceifadores vieram? Quem primeiro os governava, governava os vampyr? Os ceifadores escolheram Midgard. Mas não fico surpreso que alguns tenham mudado de ideia.

— E você não se importa que o Inferno invada seu território? — Bryce indagou.

— Para início de conversa, quem disse que eram meus ceifadores? Não há nenhum faltando aqui. Há muitas outras necrópoles das quais eles podem vir. — E outros governantes semivivos a quem eles obedecem.

— Ceifadores não viajam além dos reinos deles — conseguiu dizer Hunt.

— Uma mentira reconfortante para os mortais. — O Sub-Rei deu um leve sorriso.

— Tudo bem — concordou Hunt, dedos se fechando em torno dos de Bryce. O Sub-Rei parecia estar dizendo a verdade. O que significava... Porra. Talvez *tivesse* sido Apollion quem mandara os ceifadores. E, se fosse verdade, então o que dissera sobre Emile...

Bryce parecia seguir a mesma linha de raciocínio, quando falou:

— Estou procurando duas pessoas que podem estar escondidas aqui. Alguma ideia?

— Eu conheço todos os mortos que residem aqui.

— Eles estão vivos — disse. — Humanos... ou semi-humanos.

O Sub-Rei os observou mais uma vez. Até a alma.

— Ninguém entra nesta terra sem meu conhecimento.

— As pessoas podem se esgueirar — replicou Hunt.

— Não — disse a criatura, sorrindo de novo. — Não podem. Quem quer que vocês procurem, não está aqui.

— Por que deveríamos acreditar em você? — Hunt insistiu.

— Juro pela coroa sombria de Cthona que nenhum ser vivo, a não ser vocês dois, está nesta ilha.

Bem, juramentos não poderiam ser mais sérios do que isso. Mesmo o Sub-Rei não podia foder com a invocação do nome da deusa da terra em um juramento.

Isso, no entanto, os levava de volta ao início. Se Emile e Sofie não estavam ali, e não podiam nem mesmo entrar... Danika devia saber disso. Teria sido esperta o bastante para saber das regras antes de mandar os dois até ali para se esconderem.

Era um beco sem saída, mas ainda restava Apollion procurando o menino... além de precisar encontrar Emile antes de todos.

— Você foi elucidativo. Obrigado pelo tempo. — Hunt falou, então.

Bryce não se moveu. Sua expressão ficou petrificada.

— Onde estão o verde e a luz do sol que você me mostrou? Aquela foi outra mentira reconfortante?

— Você viu o que quis ver.

Os lábios de Bryce empalideceram de raiva.

— Onde está a Matilha dos Demônios?

— Você não tem direito de falar com eles.

— Lehabah está aqui?

— Eu não conheço ninguém com esse nome.

— Uma duende do fogo. Morreu há três meses. Ela está aqui?

— Duendes do fogo não vêm para o Quarteirão dos Ossos. Os Inferiores são inúteis.

Hunt arqueou a sobrancelha.

— Inúteis para quê?

O Sub-Rei sorriu de novo, talvez um pouco triste.

— Mentiras reconfortantes, lembram-se?

— Danika Fendyr disse alguma coisa a você antes de... sumir nessa primavera? — Bryce insistiu.

— Quer dizer antes de ela barganhar a própria alma para salvar a sua, exatamente como você fez com a dela?

Náusea tomou conta de Hunt. Não tinha se permitido pensar muito a respeito daquilo, que Bryce não teria permissão de entrar ali. Que não descansariam juntos um dia.

Um dia que poderia chegar muito em breve, se fossem pegos se associando com rebeldes.

— Sim — disse Bryce, tensa. — Antes que Danika ajudasse a salvar esta cidade. Onde está a Matilha dos Demônios? — perguntou de novo, a voz embargada.

Alguma coisa grande grunhiu e se moveu nas sombras atrás do Sub-Rei, mas permaneceu escondida na névoa. O relâmpago de Hunt zuniu em seus dedos em aviso.

— A vida é um lindo ciclo de crescimento e putrefação — disse o Sub-Rei, as palavras ecoando pela Cidade Adormecida ao seu redor. — Nenhuma parte é desperdiçada. O que recebemos ao nascer, devolvemos na morte. O que é concedido a vocês, mortais, nas Terras Eternas é apenas mais um passo no ciclo. Um ponto de parada ao longo da sua jornada em direção ao Vazio.

— Deixe-me adivinhar: você também vem do Inferno? — Hunt grunhiu.

— Eu venho de um lugar entre estrelas, um lugar que não tem nome e jamais terá. Mas sei sobre o Vazio que os Príncipes do Inferno idolatram. Ele também me deu à luz.

A estrela no centro do peito de Bryce se acendeu.

O Sub-Rei sorriu, e seu rosto horrível se tornou voraz.

— Eu contemplei sua luz do outro lado do rio, naquele dia. Se soubesse quando você veio até mim da primeira vez... as coisas talvez tivessem sido bem diferentes.

O Relâmpago de Hunt emergiu, mas o conteve.

— O que você quer com ela?

— O que eu quero de todas as almas que passam por aqui. O que eu devolvo ao Portão dos Mortos, a toda Midgard: energia, vida, poder. Você não entregou seu poder ao sistema eleusiano; você fez a Descida fora dele. Portanto, ainda possui alguma primalux. Primalux pura, nutritiva.

— Nutritiva? — perguntou Bryce.

O Sub-Rei acenou com a mão ossuda.

— Pode me culpar por provar a mercadoria quando ela passa pelo Portão dos Mortos?

A boca de Hunt secou.

— Você... você se alimenta das almas dos mortos?

— Apenas daqueles dignos. Que têm energia o bastante. Não há julgamento além desse: se uma alma possui poder residual o bastante para virar uma refeição substancial, tanto para mim quanto para o Portão dos Mortos, quando as almas deles passam pelo Portão dos Mortos, eu dou uma ou duas... mordidas.

Hunt se encolheu internamente. Talvez tivesse achado cedo demais que o ser a sua frente não era maligno.

O Sub-Rei prosseguiu:

— Os rituais foram todos inventados por vocês. Seus ancestrais. Para suportar o horror da oferenda.

— Mas Danika estava aqui. Ela *respondeu* a mim. — A voz de Bryce falhou.

— Ela estava aqui. Ela e todos os recém-mortos dos últimos vários séculos. Apenas por tempo o bastante para que seus descendentes vivos e entes queridos ou se esquecessem ou não viessem perguntar.

Eles moram aqui até então com relativo conforto, a não ser que se tornem uma importunação, e eu decida enviá-los para o Portão mais cedo. Mas, quando os mortos são esquecidos, seus nomes não mais sussurrados ao vento... então eles são arrebanhados Portão afora para se tornarem primalux. Ou secundalux, nome que se usa quando o poder vem dos mortos. Do pó ao pó e essa coisa toda.

— A Cidade Adormecida é uma mentira? — perguntou Hunt. O rosto de sua mãe lampejou em sua mente.

— Uma reconfortante, como eu já disse. — A voz do Sub-Rei mais uma vez se tornou triste. — Uma para seu benefício.

— E os asteri sabem sobre isso? — indagou Hunt.

— Eu jamais presumiria saber o que os divinos sabem ou não sabem.

— Por que está nos contando isso? — Bryce empalideceu, horrorizada.

— Porque ele não vai nos deixar sair daqui com vida — sussurrou Hunt. E as almas deles também não viveriam.

A luz sumiu de vez, e a voz do Sub-Rei ecoou ao redor.

— Essa foi a primeira coisa inteligente que você disse.

Um grunhido estrondoso tremeu o chão e reverberou pelas pernas de Hunt, que agarrou Bryce junto a seu corpo, abrindo as asas para um voo para o alto.

O Sub-Rei cantarolou:

— Eu vou gostar de provar sua luz, Bryce Quinlan.

30

Ruhn crescera na Cidade da Lua Crescente. Sabia que existiam lugares a serem evitados, mas a cidade era seu lar. Parecera sua.

Até aquele dia.

— Ephraim deve ter chegado — murmurou Ithan enquanto esperavam na escuridão de um beco empoeirado até que Cormac terminasse de fazer a transferência de informação. — E trouxe a Corça com ele.

— E ela trouxe toda a matilha de lobos ferais? Com que finalidade? — Ruhn brincou com o piercing em seu lábio inferior. Tinham visto dois dos interrogadores imperiais de elite a caminho do encontro perto da Praça da Cidade Velha.

Ruhn havia escondido Holstrom e ele nas sombras enquanto Cormac falava com a figura coberta com capa e capuz disfarçada de pedinte errante na outra ponta do beco. Conseguia discernir o contorno de uma arma presa à coxa da figura sob a capa em frangalhos.

Ithan olhou para ele.

— Você acha que a Corça desconfia de nós?

Nós. Porra, só de pensar que se envolvera com rebeldes já o deixava apavorado. Ruhn monitorou a rua iluminada além do beco, desejando que suas sombras os mantivessem escondidos do que espreitava pelas calçadas.

Turistas e moradores da cidade mantinham uma distância saudável dos lobos ferais. Os metamorfos de lobos eram exatamente como Ruhn esperava: olhos frios e expressões severas acima dos uniformes cinza impecáveis. A insígnia em preto e branco do crânio de um lobo e ossos cruzados adornava o braço esquerdo daquele uniforme. As sete estrelas douradas dos asteri brilhavam em uma insígnia vermelha acima do coração deles. E nos colarinhos altos engomados... dardos prateados.

O número variava em cada membro. Um dardo para cada espião rebelde caçado e assassinado. Os dois pelos quais Ruhn tinha passado estampavam oito e quinze dardos, respectivamente.

— Parece que a cidade se calou. — observou Ithan, a cabeça inclinada. — Este é o lugar *menos* seguro para esse encontro?

— Não fique cismado — disse, embora pensasse o mesmo.

No fim do beco, Cormac terminou e caminhou de volta até eles. Em um piscar de olhos, a figura curvada tinha sumido, engolida pela multidão que tumultuava a avenida principal, todos concentrados demais nos lobos ferais perambulando ali para notar um errante manco.

Cormac tinha encoberto o rosto com sombras, as quais se afastaram assim que encontrou o olhar de Ruhn.

— O agente me contou que eles acham que os asteri suspeitam que Emile tenha vindo até aqui depois que fugiu da Ophion. É possível que a Corça tenha trazido os lobos ferais para caçá-lo.

— Esses lobos aqui são uma desgraça — grunhiu Ithan. — Ninguém vai suportar essa merda.

— Você ficaria surpreso com o que as pessoas suportam quando suas famílias são ameaçadas — disse Cormac. — Eu já vi cidades e aldeias se calarem depois da chegada de uma matilha de lobos ferais. Lugares tão vibrantes quanto este, agora covil do medo e da desconfiança. Eles também acharam que ninguém toleraria. Que alguém faria alguma coisa. Somente quando era tarde demais eles se deram conta de que *eles* deveriam ter feito alguma coisa.

Um calafrio percorreu os braços de Ruhn.

— Eu preciso fazer umas ligações. O Aux e a 33ª comandam esta cidade. Não a Corça. — Merda, precisaria ver seu pai. Podia ser um canalha, mas o Rei Outonal não gostaria de ter a Corça infringindo seu território.

Ithan contraiu sua mandíbula.

— Eu me pergunto o que Sabine e o Primo farão a respeito deles.

— Não há lealdade entre lobos? — perguntou Cormac.

— *Nós* somos lobos — desafiou Ithan. — Os lobos ferais… eles são demônios em pele de lobo. Lobos apenas no nome.

— E se os lobos ferais pedirem para ficar no Covil? — perguntou Cormac. — Será que a moral do Primo ou de Sabine se manterá firme?

Ithan não respondeu.

Cormac prosseguiu:

— É isso que os asteri fazem. Essa é a verdadeira realidade de Midgard. Nós acreditamos que estamos livres, somos poderosos, somos quase imortais. Mas, quando chega o momento, somos todos escravizados dos asteri. E a ilusão pode ser estilhaçada rapidamente.

— Então por que você está tentando trazer essa merda para cá, porra? — indagou Ithan.

— Porque precisa acabar em algum momento — murmurou Ruhn, estremecendo.

Cormac abriu a boca, surpresa iluminando seu rosto, mas se virou quando um macho alto e musculoso, vestindo o impecável uniforme dos lobos ferais, apareceu na outra ponta do beco. Tantos dardos prateados cobriam o seu colarinho que, de longe, parecia uma boca cheia de dentes afiados em torno do pescoço dele.

— Mordoc — sussurrou Ithan. Seu cheiro foi tomado por medo genuíno. Cormac gesticulou para que o lobo se calasse.

Mordoc… Ruhn buscou na memória. O segundo em comando da Corça. Seu principal assassino disciplinador, o lobo feral monitorava o beco com olhos dourados brilhantes. Garras escuras reluziram nas pontas de seus dedos, como se vivesse em um estado entre humano e besta.

Cormac franziu o nariz. O príncipe tremeu, emanando ódio e violência. Ruhn apertou o ombro do primo, os dedos se enterrando no músculo duro.

Lentamente, Mordoc espreitou para dentro do beco. Reparando nas paredes de tijolos, no chão empoeirado…

Porra. Tinham deixado marcas naquele beco todo. Nenhum deles ousou respirar alto ao pressionarem o corpo contra a parede.

Mordoc inclinou a cabeça, o couro cabeludo brilhando entre seu cabelo raspado, então se agachou, os músculos se flexionando sob o uniforme cinza, e passou o dedo grosso por uma pegada. Levou a terra até o nariz e farejou. Seus dentes, um pouco longos demais, brilharam na escuridão do beco.

Entre mentes, Ruhn perguntou a Cormac: *Mordoc conhece seu cheiro?*

Acho que não. Ele conhece o seu?

Não. Eu jamais o conheci.

Você conhece Mordoc? Já o conheceu antes? Ruhn disse a Ithan, que levemente se sobressaltou ao som da voz de Ruhn na mente.

Ithan fixou o olhar no poderoso macho que agora se levantava para farejar o ar. *Sim. Há muito tempo. Ele foi visitar o Covil.*

Por quê?

Ithan respondeu por fim, os olhos arregalados e magoados. *Porque ele é o pai de Danika.*

* * *

Bryce teve presença de espírito o suficiente para sacar Áster. Para reunir seu poder, embora a coisa diante deles... Ah, deuses.

— Permita-me apresentar meu pastor — disse o Sub-Rei da névoa adiante, de pé ao lado de um cachorro preto de três metros de altura. Cada uma das presas era tão longa quanto um de seus dedos. Todas curvas, como as de um tubarão. Feitas para se enterrarem na carne e prendê-la enquanto rasgavam o animal e o dilaceravam. Os olhos eram de um branco leitoso, não enxergavam. Idênticos aos do Sub-Rei. Sua luz não teria efeito em algo que já era cego.

O pelo do cão, lustroso e iridescente o bastante, quase se parecia com escamas, fluía sobre músculos volumosos e retesados. Garras parecidas com lâminas cortavam o chão seco.

O Relâmpago de Hunt estalou, correndo aos pés de Bryce.

— Isso é um demônio — grunhiu. Hunt os combatera o suficiente para saber.

— Um experimento do Príncipe da Ravina, das Primeiras Guerras — disse o Sub-Rei, rouco. — Esquecido e abandonado aqui em Midgard depois do fim. Agora meu fiel companheiro e ajudante. Você ficaria surpreso ao saber quantas almas não desejam fazer sua oferta final ao Portão. O Pastor... Bem, ele as arrebanha para mim. Assim como arrebanhará você.

— Frite esse merda — murmurou Bryce para Hunt quando o cachorro rosnou.

— Estou avaliando a situação.

— Avalie mais rápido. *Torre ele como se fosse um...*

— *Não* faça uma piada sobre...

— Cachorro-quente.

Assim que Bryce terminou de dizer aquelas palavras, o cachorro avançou. Hunt atacou, ágil e determinado, um raio disparando na direção de seu pescoço.

O animal gritou, desviando para a esquerda, um obelisco ruindo sob ele. Bryce se virou para onde o Sub-Rei estivera, mas apenas névoa restava.

Covarde.

Hunt atacou de novo, raio bifurcado partindo o céu antes de se chocar contra as costas da criatura, que rolou mais uma vez, fugindo do raio.

— Mas que *porra* — disse Hunt, ofegante, sacando a espada e a arma ao se colocar diante de Bryce. O Pastor parou, olhando para eles. Então o cachorro se descolou.

Primeiro a cabeça se partiu, duas outras se juntando à primeira. E então o cachorro de três cabeças continuou a se separar até que três cães estivessem grunhindo para eles. Três bestas que compartilhavam uma mente, um só objetivo: *matar.*

— Corra — ordenou Hunt, sem tirar o foco dos três cães. — Volte para o rio e saia *nadando*, porra.

— Não sem você.

— Eu vou logo atrás.

— É só voar com a gente...

O cachorro à esquerda grunhiu, fervilhando de raiva. Bryce o encarou e, naquele segundo, a criatura à direita deu um salto. O relâmpago de Hunt se soltou e Bryce não hesitou antes de se virar e fugir.

Névoa a engoliu, engoliu Hunt até que não fosse nada além de luz ondulando atrás de si. Correu, passando por obeliscos e mausoléus de pedra. Locais de descanso dos mortos, ou simples jaulas para prendê-los até que pudessem se tornar comida, valiosos por sua primalux? *Secundalux.*

Passos estrondosos esmagaram o chão atrás dela. Ousou olhar por cima do ombro.

Um dos cães disparou em seu encalço, aproximando-se. O relâmpago de Hunt faiscou atrás da besta, junto com o seu urro de ódio. Era o seu *parceiro* que Bryce deixava para trás...

Bryce voltou para a terra firme. A besta, aparentemente convencida de que estava correndo para o rio, virou-se muito devagar. O cão se chocou contra um mausoléu, e tanto estrutura quanto demônio se estatelaram. Bryce continuou correndo. Disparou de volta para Hunt o mais rápido possível.

A névoa, contudo, era um labirinto, e o relâmpago do anjo parecia ser lançado de toda parte. Obeliscos pairavam como gigantes.

Bryce se chocou contra algo duro e macio, seus dentes perfurando o lábio inferior, Áster caindo de sua mão com um ruído. O gosto acobreado de sangue encheu sua boca quando atingiu o chão. Virando-se, olhou para cima e viu que estava caída diante de um arco de cristal.

O Portão dos Mortos.

Um grunhido chacoalhou a terra. Bryce se virou, rastejando para trás até o Portão. O Pastor surgiu da névoa.

E na terra acinzentada entre eles estava Áster, brilhando levemente.

* * *

O sangue de Ruhn gelou diante da declaração de Ithan. Será que Bryce sabia que Mordoc era o pai de Danika? Ela teria mencionado se soubesse, não é?

Não era falado, explicara Ithan. *Sabine e os demais tentavam esquecer. Danika se recusava a reconhecer Mordoc. Jamais dizia o nome dele, ou que sequer tinha um pai. Mas alguns de nós estavam no Covil na única vez em que ele foi visitar a filha. Ela estava com 17 anos e se recusava a sequer vê-lo. Depois, não falava sobre aquilo, exceto para dizer que não se parecia em nada com ele. Ela jamais mencionou Mordoc de novo.*

O macho se aproximou, e Ruhn procurou qualquer indício de Danika Fendyr nele. Não encontrou nenhum. *Eles não se parecem nada um com o outro.*

Ithan falou, com cautela, triste: *As semelhanças estão sob a superfície.* Ruhn esperou o golpe. Sabia que estava vindo mesmo antes de Ithan explicar: *Ele é um farejador.*

Ruhn disse a Cormac: *Teletransporte a gente para fora dessa porra.* Deveria ter feito aquilo assim que viram Mordoc se aproximando.

Só posso levar um de cada vez.

Mordoc se aproximou. *Leve Ithan e vá.*

Não vou conseguir localizar você nas sombras quando eu voltar, respondeu Cormac. *Fique pronto para correr para a avenida ao meu sinal.* Então agarrou Ithan e sumiu.

Ruhn se manteve perfeitamente imóvel conforme o lobo espreitava mais perto. Fungando, a cabeça oscilando de um lado para outro.

— Eu consigo sentir seu cheiro, pequeno feérico — grunhiu Mordoc, a voz soando como pedras batendo umas nas outras. — Eu consigo sentir cheiro de café no seu hálito.

Ruhn mantinha suas sombras bem próximas do contorno do corpo, misturando-se à escuridão na parede mais afastada do beco. Deu cada passo silenciosamente, embora o chão empoeirado ameaçasse traí-lo.

— O que estava fazendo aqui, eu me pergunto — disse Mordoc, parando para se virar no lugar. Rastreando Ruhn. — Eu vi seu agente entrar... o vagabundo. Fugiu de meu radar, mas por que você ficou?

Onde Inferno estava Cormac? Considerando que Bryce e Hunt estavam no momento no Quarteirão dos Ossos, Ruhn tinha esperado que *eles* fossem o que estivessem em maior perigo naquele dia.

Continuou se movendo lenta e silenciosamente. A rua iluminada e aberta estava adiante. A multidão podia escondê-lo, mas não seu cheiro. E suas sombras não teriam utilidade na abertura ensolarada.

— Caçar todos vocês como vermes será divertido — falou Mordoc, virando-se no lugar como se conseguisse ver Ruhn através das sombras. — Por muito tempo esta cidade foi paparicada.

O temperamento de Ruhn mostrou as garras, mas se conteve.

— Ah, isso irrita você. Consigo sentir o cheiro. — Um sorriso selvagem. — Vou me lembrar desse cheiro.

Na outra ponta do beco, a magia de Ruhn captou a faísca da chegada de Cormac apenas tempo o bastante para arrastar os sapatos na terra, e então sumiu.

Mordoc se virou na direção da ação, e Ruhn correu, baixando as sombras ao seu redor.

Cormac surgiu em um ninho de escuridão, agarrou seu braço e então os teletransportou para fora. Ruhn só pôde rezar para Luna para que, quando Mordoc se virasse para a rua de novo, não restasse o cheiro dele para o farejador detectar.

31

Ruhn agarrava o copo de uísque, tentando acalmar os nervos ansiosos. Ithan, sentado diante dele em um bar silencioso em CiRo, assistia aos melhores momentos dos esportes na TV acima da vitrine de bebidas. Cormac tinha deixado os dois ali antes de se teletransportar para longe, provavelmente a fim de avisar suas contrapartidas rebeldes sobre o que tinha acontecido com Mordoc.

O pai de Danika. Bryce teria um ataque.

Será que o envolvimento de seu genitor com os lobos ferais tinha sido parte do que impulsionara Danika a trabalhar com os rebeldes? Era revoltada e insubordinada o bastante para fazer tal coisa.

E Mordoc conhecia o cheiro de Ruhn agora. Sabia que o cheiro de Ithan tinha estado lá. E era por isso que Cormac os levara até ali, para que houvesse prova em vídeo deles bem longe da Praça da Cidade Velha, assim que Mordoc alegasse que Ithan estivera no beco.

Ithan não disse nada conforme os minutos se passavam, o uísque sumindo com a hora. Não importava que fossem apenas onze horas da manhã e que somente uma outra pessoa estivesse no bar, uma fêmea curvada que parecia ter visto anos melhores. Décadas.

Nenhum deles ousou falar uma palavra sobre o que havia acontecido. Então Ruhn disse a Ithan:

— Eu pedi a você que se juntasse a mim aqui para podermos conversar sobre uma coisa.

— Hã? — Ithan piscou.

Ruhn disse, entre mentes: *Me acompanhe, não faço ideia se as câmeras têm áudio, mas, caso tenham, quero que nosso encontro aqui pareça planejado.*

O rosto de Ithan permanecia casual, intrigado. *Entendi.*

Ruhn se certificou de que sua voz estivesse alta o bastante para ser capturada quando disse:

— O que acha de ir morar comigo e os outros caras?

Ithan inclinou a cabeça.

— O quê? Tipo, morar com vocês? — A surpresa pareceu genuína.

Ruhn deu de ombros.

— Por que não?

— Vocês são feéricos.

— Sim, mas odiamos os anjos mais do que odiamos lobos, então... você é apenas nosso segundo pior inimigo.

Ithan riu, parte da cor retornando ao seu rosto.

— Excelente ponto.

— Estou falando sério — disse. — Você realmente quer ficar no apartamento de Bryce e aturar ela e Hunt se agarrando sem parar?

Ithan riu com escárnio.

— Que Inferno, não. Mas... por quê? — *Além de uma desculpa para as câmeras,* disse Ithan, silenciosamente.

Ruhn encostou na cadeira.

— Você parece um macho decente. Está ajudando Dec com as coisas das filmagens. E precisa de um lugar para ficar. Por que não?

Ithan pareceu ponderar sua resposta.

— Vou pensar a respeito.

— Leve todo o tempo que precisar. A oferta está de pé.

Ithan se esticou, sua atenção desviando para trás de Ruhn. Ficou completamente imóvel. Ruhn não ousou olhar. Não quando passos leves soaram, seguidos por um segundo par pesado. Antes que pudesse perguntar a Ithan entre mentes o que ele vira, Ruhn se viu diante da fêmea mais linda que já contemplara.

— Posso me juntar a vocês? — A voz dela era linda, justa e fria, mas nenhuma luz brilhava em seus olhos âmbar.

Um passo atrás dela, uma fêmea malakh de cabelos pretos e rosto pálido sorria com diversão maliciosa. Tinha feições finas, asas pretas, selvagem como o vento oeste.

— Oi, principezinho. Filhote.

O sangue de Ruhn gelou quando a Harpia deslizou para o banco à esquerda dele. Uma variedade de facas reluzia do cinto na cintura fina dela. Mais uma vez, Ruhn levantou o rosto para a linda fêmea cujo rosto conhecia graças aos jornais e à TV, embora jamais o tivesse visto pessoalmente. O cabelo dourado reluziu sob as luzes fracas quando se sentou à sua direita, gesticulando para o atendente do bar com a mão elegante.

— Achei que poderíamos jogar uma rodada de cartas.

* * *

Dois contra um. Chances assim normalmente eram risíveis para Hunt.

Não quando seus oponentes eram demônios do Inferno, no entanto. Um dos experimentos descartados dos príncipes, agora agindo como disciplinador do Sub-Rei, alimentando o Portão com almas há muito mortas para obter energia de secundalux. Como se tudo que fossem, que jamais seriam, representasse apenas comida para alimentar o império.

O demônio à sua esquerda avançou, os dentes batendo.

Hunt disparou seu relâmpago, bifurcações envolvendo o pescoço espesso da besta. A criatura deu uma guinada, urrando; aquele à sua direita enfim avançou. Hunt o açoitou, mais um colar de relâmpago enroscando seu pescoço, uma coleira de luz branca agarrada em seu punho.

Será que Bryce tinha chegado ao rio? O terceiro demônio havia corrido atrás dela antes que conseguisse impedir, mas ela era rápida, e esperta...

Os demônios à sua frente pararam. Estremeceram e se dissolveram de volta para dentro um do outro, se tornando uma única besta de novo.

Seu relâmpago permanecia em torno do pescoço da criatura. Hunt, contudo, não pôde fazer nada quando a besta se curvou, arrebentando o relâmpago que queimava sua pele. Uma coisa daquele tamanho e velocidade usaria os dois segundos de lentidão que ele levou para levantar voo e o engoliria por inteiro.

Não era assim que Hunt esperava que sua manhã tivesse se transcorrido.

Concentrando-se, acumulou seu poder. Havia matado Sandriel com aquele relâmpago. Um demônio não deveria ser nada. Antes que conseguisse agir, um grito partiu as névoas a sudoeste. A besta se virou na direção do som, farejando.

E, antes que Hunt conseguisse impedir, mais rápido do que o chicote do relâmpago dele, o animal disparou para a névoa. Atrás de Bryce.

* * *

Bryce estava agachada ao lado do Portão dos Mortos, mensurando as ameaças que a cercavam. Não apenas os cachorros, mas as duas dúzias de ceifadores que tinham flutuado da névoa, cercando-a.

Semivivos de pele pútrida; seus olhos verde-néon brilhavam através da névoa. Seus sussurros roucos ondulavam como cobras sobre a pele dela. O Pastor avançou, empurrando-a ainda mais.

O cristal do Portão dos Mortos começou a brilhar uma luz branca. Não do toque dela, mas como se…

Os ceifadores estavam entoando. Despertando o Portão dos Mortos, de alguma forma.

Durante o ataque à cidade, tinha canalizado sua magia contra os demônios, mas agora… agora puxaria como um sifão o poder dela. A alma dela. Os Portões sugavam magia de quem quer que os tocasse, e a armazenava. Ela havia herdado o poder dessa mesma força.

Mas aquele ali direcionava o poder de volta para a rede de energia. Como a porra de uma bateria recarregável. De alguma forma, ela havia se tornado comida. Será que tinha sido isso que Bryce havia trocado? Alguns séculos ali, achando que tinha encontrado o descanso eterno, e então encontrar esse fim? Em vez disso, ela enfrentaria uma viagem direto para o moedor de almas assim que morresse.

O que parecia provável de acontecer logo.

Existia uma boa chance de canalizar do Portão também, supunha. No entanto, e se o Portão dos Mortos fosse de alguma forma diferente? E se fosse conjurar poder, comprometendo todo o seu? Não podia arriscar.

Bryce ficou de pé, as mãos trêmulas. Áster estava entre ela e o Pastor.

O Relâmpago de Hunt tinha parado. Onde ele estava? Será que um parceiro saberia, será que um parceiro sentiria...

Outro cachorro saiu da névoa. Dividindo-se em dois, aqueles que Hunt estava combatendo. Sangue nenhum manchava os focinhos deles, mas Hunt não estava junto. Nem um filete de seu relâmpago agraciava a névoa.

Os três cães avançaram, farejando sua localização. Os ceifadores continuavam entoando conforme o Portão dos Mortos brilhava mais forte. Aquele teletransporte de Cormac teria sido útil, poderia ter agarrado Hunt cinco minutos antes e sumido.

Olhou para a espada. Era agora ou nunca. Viver ou morrer. Tipo, morrer *mesmo.*

Bryce respirou fundo, e não se deu a chance de pensar duas vezes na própria burrice. Disparou em direção a eles. As bestas avançaram, saltando para ela com três mandíbulas mordendo...

Bryce se abaixou, o solo rochoso rasgando seu rosto enquanto deslizava sob eles, até que Áster estivesse aninhada em seu corpo. Alguma coisa incandescente disparou pelas suas costas.

O mundo explodiu com o impacto dos três cães caindo e se virando. Bryce tentou se levantar, apontar a espada, mas sangue aquecia suas costas. Uma garra devia ter lacerado sua coluna quando um dos cachorros saltou por cima dela, e a dor lancinante, efervescente...

Hunt estava lá fora, em algum lugar. Possivelmente morrendo.

Bryce enterrou a ponta de Áster na terra, usando-a para se colocar de joelhos. Suas costas gritavam em agonia. Podia ter gritado com a espada. Os três cães, os ceifadores além deles, pareceram sorrir.

— É — disse Bryce ofegante, se levantando. — Vão se foder também.

Suas pernas fraquejaram, mas conseguiu levantar a espada preta à frente do corpo. As três bestas rugiram, ameaçando estourar seus tímpanos. Bryce abriu a boca para rugir de volta.

Mas outra pessoa fez isso por ela.

* * *

Hunt só via Bryce, ferida e sangrando.

Bryce, que tinha feito aquela corrida impulsiva até a espada, provavelmente achando que era sua única chance. Bryce, que havia ficado de pé mesmo assim, e que planejava morrer lutando.

Bryce, sua parceira.

Os três cães se uniram em um novamente. Preparando-se para o golpe mortal.

Hunt aterrissou na terra ao lado dela e soltou um urro que sacudiu o próprio Portão.

* * *

Envolto em relâmpago das pontas das asas até o dedo do pé, Hunt aterrissou ao lado dela com tanta força que a terra tremeu. O poder que ondulava de si fez o cabelo de Bryce flutuar para o alto. Ódio primitivo emanava de Hunt quando encarou o Pastor. Os ceifadores.

Jamais tinha visto algo assim, Hunt era o coração de uma tempestade personificado. O relâmpago ao seu redor se tornou azul, como a parte mais quente de uma chama.

Uma imagem invadiu a sua mente. Bryce *tinha* visto aquilo antes, entalhado em pedra no saguão do BCLC. Um macho feérico posando como um deus vingador, martelo erguido para o céu, um canalizador de seu poder…

Hunt liberou seu relâmpago no Pastor, e os ceifadores observavam com os olhos arregalados.

Bryce foi rápida demais, até mesmo para ele, quando saltou na frente do golpe, Áster estendida. Uma teoria remota, apenas parcialmente formada, mas…

O relâmpago de Hunt atingiu Áster e o mundo explodiu.

32

Hunt gritou quando Bryce saltou diante de seu poder. Quando o relâmpago atingiu a lâmina preta, explodindo do metal, fluindo para o braço dela, o corpo, o coração. Relâmpago se acendeu, ofuscante…

Não, aquela era Bryce.

Poder estalava de cada centímetro dela e de Áster, agarrando-a com uma das mãos conforme disparava para o Pastor. A criatura se dividiu em três cães de novo, e, quando a primeira besta caiu, Bryce atacou. Áster reluzente perfurou o couro espesso. Relâmpago explodiu pelo corpo da besta. Os outros dois gritaram, e ceifadores começaram a se dispersar pela névoa além dos obeliscos.

Bryce se virou quando Hunt a alcançou e disse, os olhos brancos com relâmpago:

— Cuidado!

Tarde demais. A besta que tinha caído bateu com a cauda em Hunt, acertando-o na barriga e o lançando contra o Portão dos Mortos. Atingiu a pedra e desabou, seu poder se extinguindo.

Bryce gritou seu nome conforme mantinha sua posição contra as duas bestas restantes. Aquela que havia ferido morria, estremecendo no chão. Hunt arquejou, tentando se levantar.

Levantou a espada, estalando com os resquícios de poder. Não era muito. Como se o primeiro golpe tivesse exaurido a maior parte. Hunt apoiou a mão na placa de bronze do Portão dos Mortos quando tentou se levantar mais uma vez.

Poder foi sugado de seus dedos, sendo puxado para a pedra. Retesou a mão. Uma das bestas avançou contra Bryce, mas saiu quicando com um golpe de Áster; precisava de mais poder...

Hunt olhou para o arco do Portão dos Mortos acima. Primalux fluía nos dois sentidos, para dentro do Portão dos Mortos e para fora.

E ali, onde o último poder dos mortos o alimentava... ali era um poço, como aquele que Bryce tinha usado durante o ataque na última primavera.

Sofie e Emile Renast podiam canalizar energia também, e relâmpago. Hunt não era pássaro-trovão, mas será que conseguia fazer o mesmo?

Relâmpago corria por suas veias. Seu corpo era feito para lidar com energia pura, incandescente. Será que era aquilo que Apollion indicara, por que o príncipe queria não somente ele e Bryce, mas Emile e Sofie? Será que o Príncipe do Fosso havia arquitetado aquela situação, manipulando-os para que fossem até o Quarteirão dos Ossos, de modo que Hunt seria forçado a se dar conta do que podia fazer com o próprio poder? Talvez Emile nem mesmo tivesse ido até ali. Talvez os ceifadores tivessem mentido a pedido de Apollion, apenas para levar os dois até ali, até aquele lugar, aquele momento...

Bryce inclinou a espada mais para o alto, pronta para lutar até o fim. Hunt olhou para ela por um momento, parecendo um anjo vingativo... e então passou a mão na placa de bronze do Portão dos Mortos.

* * *

Bryce ousou dar apenas uma olhada para trás quando Hunt urrou de novo. Estava de pé, mas sua mão...

Primalux branca e ofuscante — ou seria secundalux? — fluía do Portão dos Mortos para cima de seu braço até o ombro. E, do outro lado do arco, a pedra começou a escurecer, como se o anjo estivesse drenando-o.

Os dois cães do Pastor se fundiram de novo, antecipando o próximo golpe. A voz de Hunt soou como um estalo de trovão quando disse atrás dela:

— Acenda, Bryce.

As palavras floresceram no coração de Bryce no mesmo momento em que Hunt disparou um rio do poder dele, do poder do Portão dos Mortos, para dentro dela. Aquilo queimou e rugiu e ofuscou, uma bola de energia se contorcendo, a qual Bryce dobrou à sua vontade e canalizou para dentro de Áster.

Bifurcações de relâmpago estalaram de Hunt, dela, da espada.

O Pastor deu meia-volta e fugiu.

Bryce correu em seu encalço.

Asas bateram às suas costas, e então estava nos braços de Hunt. Carregava-a bem acima das costas da besta, então mergulhou, relâmpago correndo em volta deles, uma descida meteórica...

Chocaram-se contra a criatura, Bryce enfiou a espada na nuca do Pastor. Atravessando crânio. Relâmpago e primalux explodiram através da lâmina, e o cachorro explodiu em partículas de fumaça.

Bryce e Hunt atingiram o chão ofegantes e fumegantes, encharcados com o sangue do Pastor. Hunt ficou de pé novamente em um momento, correndo, a mão nas costas de Bryce conforme a puxava consigo.

— O rio — disse ofegante, relâmpago disparando por seus dentes, pelas bochechas. As asas dele baixaram como se Hunt estivesse completamente exausto. Como se voar fosse demais.

Bryce não desperdiçou fôlego para responder quando avançavam pela névoa em direção ao Istros.

* * *

— Mais dois corpos vanir esta manhã, Vossa Excelência — disse Tharion, com um cumprimento, fazendo uma reverência na altura da cintura quando estava de pé no escritório particular de sua rainha.

Era mais biodomo do que escritório, na verdade, cheio de plantas e um córrego profundo e sinuoso, encrustado com grandes lagos. A Rainha do Rio nadava entre os nenúfares, seu cabelo preto marcando a água às suas costas como nanquim. O dia de reuniões da Rainha podia requerer que estivesse dentro do prédio, mas fazia todas ali, sentada em seu elemento.

Virou-se na direção de Tharion, o cabelo grudado sobre os fartos e pesados seios, a pele marrom brilhando com água.

— Diga-me onde. — A voz era linda, mas contida. Fria.

— Um deixado de ponta-cabeça em um olival no norte da cidade, drenado e com um tiro da mesma forma que a selkie, o outro crucificado na árvore ao lado dele. Também com um tiro e a garganta cortada. Evidentemente foram torturados. Dois cheiros humanos estavam presentes. Parece que isso aconteceu ontem.

Havia recebido o relatório naquela manhã, durante o café. Não se incomodara em ir até os locais ou em pedir a Holstrom que o acompanhasse, não quando tinha sido o Aux quem recebeu a ligação, e que lidaria com os corpos.

— E você ainda acredita que a rebelde Pippa Spetsos está por trás dessas mortes.

— O método se alinha com o que seu esquadrão Ocaso faz com as vítimas. Acho que ela está no rastro de Emile Renast, e está torturando qualquer um que o tenha ajudado no caminho.

— O menino está aqui, então?

— Considerando a proximidade do último local, eu tenho bons motivos para crer que ele chegou. — Uma lontra deu cambalhotas e giros ao passar pelas janelas, uma mensagem presa nos dentes, o colete amarelo-néon berrante no azul-cobalto.

— E Sofie Renast? — A Rainha do Rio brincava com um lírio cor-de-rosa e dourado que roçava sua barriga macia, percorrendo os elegantes dedos sobre as pétalas da flor. — Alguém a viu?

— Nem uma ondulação. — Não precisava mencionar Bryce e Athalar indo até o Quarteirão dos Ossos em busca de respostas. Não havia nada para contar ainda. Só esperava que os dois voltassem com vida.

— A Corça está aqui, em Lunathion. Acredita que ela também está rastreando Emile?

— Ela só chegou hoje. — Já tinha recebido relatórios de que os seus lobos caminhavam pela cidade, junto com a Harpia. Pelo menos o Falcão, de acordo com os espiões de Tharion, tinha ficado para trás em Pangera, vigiando o poleiro de Ephraim, aparentemente. — O paradeiro dela tem estado público durante os últimos dias, ela não tem um cheiro humano, e também não estava na cidade para cometer esses assassinatos. Todos os sinais apontam para Pippa Spetsos.

O espírito da água colheu o lírio e o colocou atrás da orelha. A flor brilhou como se acesa por uma semente de primalux.

— Encontre aquele menino, Tharion.

Fez uma reverência com a cabeça.

— E quanto ao Comando da Ophion? Se descobrirem que temos Emile...

— Certifique-se de que não descubram. — Seus olhos ficaram sombrios, e tempestades começaram a ameaçar cair. Relâmpago açoitou a superfície bem no alto. — Somos leais à Casa das Muitas Águas antes de tudo.

— Por que o menino? — ousou finalmente perguntar. — Por que o quer tanto?

— Está me questionando? — Apenas a Rainha do Oceano, Senhora das Águas, Filha de Ogenas, tinha aquele direito. Ou os asteri. Tharion fez uma reverência.

Relâmpago iluminou a superfície de novo, e Tharion franziu as sobrancelhas. Aquele não era o poder de sua Rainha. E como a previsão não tinha anunciado tempestades...

Tharion se curvou novamente.

— Peço desculpas pela impertinência. Vossa vontade é a minha — disse, as palavras familiares escapando de seus lábios. — Vou atualizá-la quando tiver apreendido o menino.

Fez menção de partir, arriscando fazer isso sem receber dispensa, e quase havia chegado ao arco antes de a Rainha do Rio dizer:

— Gostou de sua punição de ontem à noite?

Fechou os olhos por um momento antes de se virar para encará-la.

A Rainha do Rio havia mergulhado o corpo no córrego de novo, não mais do que uma bela cabeça de cabelos pretos entre os nenúfares, como um de seus sobeks, esperando fazer uma refeição com os mortos indignos.

Tharion falou:

— Foi uma punição sábia e adequada para minha ignorância e transgressão.

Os lábios dela se curvaram em um sorriso, revelando dentes brancos levemente pontiagudos.

— É divertido ver você sendo puxado pela coleira, Tharion.

Engoliu sua réplica, seu ódio, seu luto e inclinou a cabeça.

Mais relâmpagos. Precisava ir. Sabia que não deveria revelar sua impaciência, no entanto.

— Só tenho os interesses de sua filha no coração.

De novo, aquele sorriso antigo e cruel que informava que vira machos demais irem e virem, alguns muito mais inteligentes do que ele.

— Suponho que veremos. — Com isso, mergulhou sob a água, sumindo abaixo dos nenúfares e entre o junco.

* * *

Hunt mal conseguia ficar de pé.

A primalux o flagelara, deixando uma ruína fumegante dentro de seu corpo, sua mente. Mas havia funcionado. Tinha tomado o poder e o convertido no próprio. O que quer que aquela porra significasse. Apollion sabia... ou tinha suposto o bastante para estar certo. E Bryce... a espada...

Fora um conduíte para o seu poder. Porra infernal.

Cambalearam entre a névoa, os obeliscos. Guinchos e chiados se elevavam em torno deles. Ceifadores. Será que algum lugar em Midgard seria seguro agora, mesmo depois da morte? Certamente não queria sua alma no Quarteirão dos Ossos.

Os portões de ossos surgiram acima, escavados das costelas de algum leviatã antigo, e, além deles, os degraus para o rio. Os joelhos de Hunt quase fraquejaram quando viu uma familiar moto aquática e o tritão montado nela, chamando freneticamente ao guinar a moto aquática na direção do território de Lunathion.

— Eu achei que era você, com todo esse relâmpago — disse Tharion, ofegante, conforme correram em sua direção, saltando degraus abaixo. Saiu da moto aquática para dar espaço a eles, se transformando ao fazer isso. O tritão tinha uma aparência infernal: assombrado e cansado e sombrio.

Bryce subiu primeiro e Hunt se juntou a ela, segurando-a por trás. Ligou o motor e disparou para a névoa, Tharion acelerando sob a superfície ao lado deles. Hunt quase desabou sobre suas costas, mas

Bryce virou para a esquerda tão bruscamente que precisou agarrar seu quadril para evitar cair na água.

— Merda! — gritou quando dorsos escamosos e musculosos romperam a superfície.

Sobeks.

Apenas as almas nutritivas iam para o Sub-Rei. Aqueles entregues às bestas eram lanchinhos. Porcaria. Um focinho largo cheio de presas espessas semelhantes a adagas disparou da água.

Sangue jorrou antes que a criatura conseguisse rasgar a perna de Hunt. Bryce ziguezagueou para a direita, e Hunt se virou e viu Tharion em seu encalço, uma nuvem mortal de água mirando acima. Pressurizada, como um canhão de água. Tão intensa e brutal que tinha entalhado um buraco através da cabeça do sobek.

Outra besta avançou contra eles, e, de novo, Tharion atacou, água rompendo pele tão certamente quanto conseguiria erodir uma pedra.

Um terceiro, e Tharion atacou com brutal eficiência. As outras bestas pararam, caudas açoitando a água.

— Aguenta aí! — gritou Bryce na direção de Tharion, que agarrou a lateral da moto aquática conforme acelerava com ambos para o Cais Preto. A névoa ficou para trás, e uma parede de luz do sol ofuscou a vista de Hunt.

Não pararam. Não quando alcançaram o cais. Não quando Tharion saltou da água e se transformou, segurando um uniforme aquático da Corte Azul sobressalente do bagageiro do assento na moto aquática. Os três correram pelas ruas até o apartamento de Bryce.

Na segurança de casa, Bryce se ajoelhou no chão, molhada, ensanguentada e ofegante. O corte em sua coluna era longo, mas felizmente superficial, já coagulando. Havia errado a tatuagem do Chifre por milímetros. Hunt ainda tinha sabedoria o suficiente para evitar o sofá branco quando Tharion disse:

— O que aconteceu? Algum sinal de Emile ou Sofie?

— Não... nós fomos burros de sequer procurar por eles no Quarteirão dos Ossos — respondeu Hunt, sentando-se à mesa do jantar, tentando se recuperar. Bryce inteirou o tritão do resto.

Quando terminou, Tharion se sentou em um dos banquinhos do balcão, o rosto lívido.

— Eu sei que deveria estar desapontado porque Emile e Sofie não estavam escondidos no Quarteirão dos Ossos, mas… é isso que nos espera no fim?

Hunt abriu a boca, mas Bryce perguntou:

— Onde está Ruhn? Ele e Ithan deveriam ter voltado.

Hunt semicerrou os olhos.

— Ligue para eles.

Bryce ligou, mas nenhum dos dois atendeu. Hunt pegou o celular, feliz por ter usado o feitiço repelente de água que Quinlan o importunara para que comprasse. Alertas de notícias e mensagens encheram a tela.

Hunt disse, um pouco mais rouco:

— Ephraim acabou de chegar aqui. Com a Corça.

Tharion assentiu sombriamente.

— Ela trouxe a matilha de lobos ferais com ela.

Bryce verificou o relógio do celular de novo.

— Preciso encontrar Ruhn.

33

Ruhn não disse nada quando a Corça tirou um deque de cartas do bolso do uniforme imperial.

Ithan interpretou o papel de atleta confuso, alternando ignorância com distração entediada conforme assistia ao jogo na TV acima do bar. A Corça embaralhou o deque, cartas estalando como ossos partindo.

No quarto lado da mesa, a Harpia recostava em seu assento e notava cada movimento seu. As asas, de um preto fosco, como se tivessem sido feitas para se esconder, desciam até o chão. Usava o familiar traje de batalha da 45ª, a antiga legião privilegiada de Sandriel. A Harpia, assim como o Martelo, tinha sido uma das líderes notoriamente cruéis.

— Acho que ainda não nos conhecemos — disse a Corça, flexionando e cortando as cartas novamente. As mãos eram ágeis, não hesitavam. Sem cicatrizes. Usava um anel de ouro coroado com um rubi quadrado lapidado. Um sutil indício de riqueza.

Ruhn se obrigou a dar um risinho.

— Fico lisonjeado por estar tão alto na sua lista de prioridades hoje.

— Você é o noivo da minha meia-irmã, não é? — Deu um sorriso sem vida. O oposto do acolhimento e da sabedoria de Hypaxia. A Corça era somente uns vinte anos mais velha do que a irmã, tinha 47 anos, na verdade, muito mais próximas em idade do que a maioria dos irmãos vanir. No entanto, não tinham nada em comum, aparentemente. — Seria grosseiro não me apresentar ao chegar. Eu já visitei a propriedade de seu pai. Ele me informou de que você estava aqui.

Cormac devia ter passado a mentira para o Rei Outonal logo antes de a Corça chegar. Graças aos deuses.

Ruhn riu com escárnio.

— Um prazer conhecer você. Estou ocupado.

A pele da Harpia era tão pálida quanto a barriga de um peixe, ressaltada por cabelos e olhos pretos como azeviche.

— Você é tão impertinente quanto parece, principezinho — disse.

Ruhn girou o piercing labial com a língua.

— Eu detestaria desapontar.

As feições da Harpia se contraíram com ódio, mas a Corça casualmente disse:

— Vamos jogar pôquer? Não é isso que vocês jogam às terças à noite?

Ruhn reprimiu o calafrio. O jogo recorrente não era um segredo, mas... o quanto ela sabia?

Ithan permanecia o retrato do tédio, que os deuses o abençoassem.

Então Ruhn disse à Corça:

— Tudo bem, você está me vigiando pelo bem de sua irmã. — Foi mera coincidência que o procurara naquele momento? O que Mordoc teria contado sobre o paradeiro de Ithan naquela manhã? Ruhn perguntou à Harpia: — Mas por que Inferno *você* está aqui?

Os lábios finos da Harpia tinham se esticado em um sorriso grotesco. Esticou a mão pálida na direção do ombro musculoso de Ithan quando falou:

— Eu queria avaliar a mercadoria.

Sem olhar para ela, o lobo pegou os dedos da fêmea, apertando com bastante força para mostrar que podia quebrá-la se desejasse. Virou-se lentamente, seus olhos fervilhavam em ódio.

— Você pode olhar, sem tocar.

— Se quebrar, tem que comprar — cantarolou a Harpia, agitando os dedos. Gostava daquilo, do limite da dor.

Ithan exibiu os dentes com um sorriso selvagem e soltou sua mão. O filhote tinha coragem, não podia negar. Ithan olhou de novo para a TV ao dizer:

— Passo.

A Harpia fervilhou de ódio, e Ruhn disse:

— Ele é um pouco jovem para você.

— E quanto a você? — rebateu ela, o sorriso afiado de uma assassina.

Ruhn encostou na cadeira, tomando seu uísque.

— Estou noivo. Não saio trepando por aí.

A Corça deu as cartas com uma graciosidade ágil e firme.

— Exceto com faunas, é óbvio.

Ruhn manteve o rosto impassível. Como sabia sobre a fêmea na festa? Encontrou seus olhos dourados, um par perfeito para o Martelo em beleza e temperamento. Não estava na Cimeira na primavera, graças aos deuses. A Harpia estava, no entanto, e Ruhn havia feito o possível para ficar longe dela.

A Corça pegou suas cartas sem deixar de encará-lo.

— Eu me pergunto se minha irmã deveria saber.

— Isso é algum tipo de chantagem? — Ruhn abriu suas cartas em leque. A mão era decente, não ótima, mas tinha ganhado jogos com piores.

A atenção da Corça se voltou para as próprias cartas, então de novo para o seu rosto. Muito provavelmente, aquela fêmea tinha matado Sofie Renast. Uma gargantilha prateada brilhava na base de seu pescoço, como se tivesse destruído tantos rebeldes que o colarinho de seu uniforme não conseguiria conter todos os dardos. Será que o cordão crescia a cada morte que desferia? Será que a sua seria marcada naquele colar?

A Corça falou:

— Seu pai sugeriu que eu me encontrasse com você. Eu concordei. — Ruhn suspeitava que seu pai não tivesse dado sua localização apenas para fornecer um álibi, mas também para avisar ao filho que ficasse longe de problemas.

Ithan pegou as cartas, xingando ao passar os olhos por elas. A Harpia não disse nada ao examinar a própria mão.

A Corça o mirava quando o jogo começou. Era idêntica à Luna, com o coque alto, o ângulo majestoso do pescoço e da mandíbula. Tão friamente serena quanto a lua. Tudo de que precisava era uma matilha de cães caçadores ao seu lado...

E ela os tinha, seus lobos ferais.

Como alguém tão jovem tinha subido na hierarquia tão rapidamente, ganhado tanta notoriedade e poder? Não era à toa que havia deixado um rastro de sangue para trás.

— Cuidado. — disse a Harpia com seu sorriso seboso. — O Martelo não sabe dividir.

Os lábios da Corça se curvaram para cima.

— Não, ele não sabe.

— Como Ithan disse — falou Ruhn, a voz arrastada —, eu passo.

A Harpia visivelmente se irritara, mas a Corça ainda sorria.

— Onde está sua famosa espada, príncipe?

Com Bryce. No Quarteirão dos Ossos.

— Deixei em casa esta manhã — respondeu Ruhn.

— Soube que você passou a noite no apartamento de sua irmã.

Ruhn deu de ombros. Aquele interrogatório era só para foder com ele? Ou será que a Corça sabia de alguma coisa?

— Eu não sabia que você tinha autoridade para interrogar líderes do Aux nesta cidade.

— A autoridade dos asteri se estende por toda parte. Inclusive sobre Príncipes Estrelados.

Ruhn encarou o atendente do bar, gesticulando por outro uísque.

— Então isso é só para provar que você tem colhões maiores? — Passou um braço sobre o encosto da cadeira, as cartas em uma das mãos. — Você quer liderar o Aux enquanto estiver na cidade, tudo bem. Eu preciso das férias.

Os dentes da Harpia brilharam.

— Alguém deveria arrancar essa língua da sua boca. Os asteri açoitariam você por tal desrespeito.

Ithan pegou outra carta e disse, casualmente:

— Que audácia a sua, vir até nossa cidade e tentar arrumar confusão.

A Corça respondeu com igual calma:

— Audácia a sua, babando na fêmea que seu irmão amava.

Ruhn piscou.

Os olhos de Ithan se tornaram perigosamente sombrios.

— Você está falando merda.

— Estou? — disse a Corça, pegando uma carta também. — É óbvio que, como minha visita aqui provavelmente vai incluir conhecer a princesa, eu pesquisei sua história. Encontrei uma sequência de mensagens interessante entre vocês dois.

Ruhn agradeceu ao atendente do bar quando o macho trouxe um uísque e então rapidamente se retirou. Ruhn disse, entre mentes: *Ela está tentando provocar você. Ignore.*

Ithan não respondeu. Apenas disse à Corça, sua voz ficando afiada:

— Bryce é minha amiga.

A Corça pegou outra carta.

— Anos adorando em segredo, anos de culpa e vergonha por sentir como ele se sente, por odiar o irmão sempre que ele falava da Srta. Quinlan, por desejar que *ele* tivesse sido aquele que a conheceu primeiro...

— Cale a boca — rosnou Ithan, sacudindo os copos na mesa, a fisionomia pura de um lobo selvagem.

A Corça continuou, inabalada:

— Amando-a, desejando-a à distância. Esperando pelo dia que ela perceberia que *ele* era aquele com quem deveria estar. Jogando até expor seu coração no campo de solebol, torcendo para que ela enfim reparasse nele. Mas então o irmão mais velho morre.

Ithan empalideceu.

A expressão da Corça é tomada de um desprezo frio.

— E ele se odeia ainda mais. Não apenas por ter perdido o irmão, por não ter estado lá, mas por causa do único pensamento traidor que ele tivera depois de receber a notícia. Que o caminho até Bryce Quinlan agora estava livre. Eu acertei essa parte?

— *Cale a merda da boca* — rosnou Ithan, e a Harpia gargalhou.

Calma, avisou Ruhn ao macho.

* * *

— Mostrem as cartas. — disse a Corça.

Com a mente confusa, Ruhn expôs a mão decente que havia recebido. A Harpia expôs a dela. Ótimo. Ganhara dela. A Corça graciosamente abriu as suas cartas na mesa.

A mão vencedora. Derrotando Ruhn por pouco.

Ithan não se incomodou em mostrar as próprias cartas; já as havia mostrado, aliás, percebeu Ruhn.

A Corça sorriu de novo para Ithan.

— Vocês valbaranos são fáceis demais de quebrar.

— Vai se foder.

A Corça se levantou, recolhendo as cartas.

— Bem, isso foi prazerosamente entediante.

A Harpia também se levantou. Garras pretas brilharam nas pontas dos dedos angelicais.

— Vamos torcer para que fodam melhor do que jogam pôquer.

Ruhn cantarolou:

— Tenho certeza de que algum ceifador vai se rebaixar ao seu nível.

A Corça riu, o que lhe garantiu um olhar irritadiço da Harpia que a metamorfa ignorou. A Harpia ciciou para Ruhn:

— Não admito ser insultada, principezinho.

— Saia da porra do meu bar — sibilou Ruhn, o tom de voz baixo.

Abriu a boca para retrucar, mas a Corça falou:

— Tenho certeza de que nos veremos. — A Harpia entendeu o comando para ir embora e saiu em direção à rua ensolarada, onde a vida, de alguma forma, prosseguia.

No entanto, a Corça parou à soleira da porta antes de sair. Olhou por cima do ombro para Ruhn, o colar prateado brilhando à luz do sol que entrava. Os olhos acesos com fogo profano.

— Dê minhas lembranças ao Príncipe Cormac — disse, por fim.

* * *

Bryce estava a um fôlego de ligar para o Rei Outonal quando a porta do apartamento se abriu. E, aparentemente, parecia muito pior do que seu irmão ou Ithan, porque de imediato exigiram saber o que tinha acontecido.

Hunt, tomando uma cerveja no balcão da cozinha, disse:

— Emile e Sofie não estão no Quarteirão dos Ossos. Mas descobrimos umas merdas importantes. É melhor vocês se sentarem.

Mas Bryce foi até o irmão, observando-o desde o piercing na orelha até os braços tatuados e as botas arrasadoras. Nem um fio lustroso de cabelo preto estava fora do lugar, embora a pele estivesse pálida. Ithan, de pé ao seu lado, não deu a ela a chance de olhá-lo antes de se aproximar da geladeira e pegar uma cerveja para si.

— Você está bem? — Perguntou Bryce a Ruhn, que franzia a testa para a terra e o sangue nela. A ferida nas costas de Bryce tinha, ainda bem, fechado, mas ainda estava dolorida.

Tharion disse, de onde estava sentado no sofá, os pés apoiados na mesa de centro:

— Todo mundo está bem, Pernas. Agora vamos nos sentar como uma boa família rebelde e compartilhar uns com os outros que Inferno aconteceu.

Bryce engoliu em seco.

— Tudo bem. É... Sim. — Observou Ruhn de novo, com os olhos mais suaves dessa vez. — Você quase me matou de preocupação.

— Não podíamos atender o celular.

Não se permitiu reconsiderar antes de fechar os braços em volta do irmão e apertar forte. Um segundo depois, delicadamente a abraçou de volta, e ela podia jurar que ele estremecera em alívio.

O telefone de Hunt vibrou e Bryce se afastou de Ruhn.

— Celestina me quer no Comitium para a chegada de Ephraim — disse Hunt. — Ela quer os triários dela reunidos.

— Ah, Ephraim já está aqui. — Ithan desabou no sofá. — Descobrimos do jeito mais difícil.

— Você o viu? — perguntou Bryce.

— As comparsas dele — respondeu Ithan, sem olhar para ela. — Jogamos pôquer com elas e tudo.

Bryce se virou para Ruhn. Seu irmão assentiu seriamente.

— A Corça e a Harpia apareceram no bar onde estávamos escondidos. Não sei se foi porque Mordoc farejou o beco onde Cormac fez a transmissão da informação ou outro motivo. Mas... não foi bom.

— Elas sabem? — perguntou Hunt, baixinho, com os olhos tempestuosos. — Sobre você? Sobre nós?

— Não faço ideia — disse Ruhn, brincando com seu piercing labial. — Mas acho que já estaríamos mortos se soubessem.

Hunt respirou fundo.

— É, vocês estariam. Já teriam levado vocês para interrogatório.

— A Corça é a porra de um monstro — disse Ithan, ligando a TV. — Ela e Harpia.

— Eu que o diga — falou Hunt, terminando a cerveja e caminhando até onde Bryce estava, diante da mesa de jantar de vidro. Não o impediu quando acariciou sua mandíbula, segurando sua bochecha em concha, e a beijou. Um breve roçar de bocas, reivindicador e uma promessa.

— Fica para outro dia? — murmurou contra os seus lábios. Certo. O jantar e o hotel…

Franziu a testa em melancolia.

— Outro dia.

Ele riu, mas ficou fatalmente sério.

— Tome cuidado. Volto assim que puder. Não saia procurando por aquele menino sem mim. — Beijou a sua testa antes de deixar o apartamento.

Bryce ofereceu orações silenciosas a Cthona e Urd para protegê-lo.

— Que bom que vocês dois finalmente se entenderam — disse Tharion, do sofá.

Bryce mostrou o dedo médio para ele. Ruhn, no entanto, a cheirou com cautela.

— Você… está com um cheiro diferente.

— Ela está com cheiro do Istros — disse Ithan, do sofá.

— Não, é… — As sobrancelhas de Ruhn se franziram, e ele coçou o lado raspado da cabeça. — Não sei explicar.

— Pare de me cheirar, Ruhn. — Bryce se jogou no sofá do outro lado de Tharion. — É nojento. Agora senta que lá vem história.

34

— Como estou? — sussurrou Celestina para Hunt quando estavam diante da mesa em seu escritório privado. Isaiah estava do outro lado dela, Naomi à esquerda dele, Baxian à direita de Hunt. Baxian mal acenara para o anjo quando entrou.

Hunt tinha aproveitado o voo até ali para acalmar seus nervos, seu ódio residual e espanto diante do que haviam feito. O que tinham descoberto. Quando aterrissou na varanda de pouso, estava com o rosto impassível mais uma vez. Com a máscara do Umbra Mortis.

Rachou um pouco, no entanto, quando viu Pollux se afastar de Naomi. Sorrindo com um prazer selvagem de antecipação.

Aquela era uma reunião do Inferno. A Corça e o Martelo, juntos novamente. Não importavam a Harpia e o Cão do Inferno, as coisas sempre haviam girado em torno de Pollux e Lidia, de suas almas gêmeas murchas, e ninguém mais. Graças aos deuses o Falcão tinha ficado para trás em Pangera.

Hunt murmurou para Celestina:

— Você parece uma fêmea prestes a entrar em uma parceria arranjada. — Ficou espantado por suas palavras terem saído tão casualmente, considerando como tinha sido sua manhã.

A arcanjo, vestida em um tom cor-de-rosa suave como o alvorecer, ouro nos pulsos e nas orelhas, lançou a ele um sorriso triste que dizia: *o que se pode fazer?*

Hunt, apesar de não querer, acrescentou:

— Mas você está linda.

Seu sorriso se suavizou, os olhos castanho-claros também.

— Obrigada. E obrigada por vir em sua folga. — Apertou a mão dele, seus dedos surpreendentemente pegajosos. Estava mesmo nervosa.

No fim do corredor, as portas do elevador apitaram. Os dedos de Celestina apertaram os de Hunt antes de se soltarem. Podia jurar que os dela estavam trêmulos.

— Sem problemas. Estarei bem aqui a noite toda. Se você precisar sair, é só me dar um sinal, puxe o brinco, talvez, e vou inventar uma desculpa. — Hunt falou.

Celestina sorriu, empertigando-se.

— Você é um bom macho, Hunt.

Não tinha tanta certeza disso. Não tinha tanta certeza se não fora gentil apenas para fazer com que gostasse dele caso a merda batesse no ventilador. Se Baxian ou a Corça ou alguém sugerisse que estavam fazendo alguma coisa suspeita, talvez desse a ele o benefício da dúvida. No entanto, agradeceu mesmo assim.

* * *

A reunião entre Ephraim e Celestina foi tão tensa e desconfortável quanto Hunt esperava.

Ephraim era bonito, como muitos dos arcanjos: cabelo preto curto rente à cabeça como um guerreiro, pele marrom-clara que irradiava saúde e vitalidade e olhos pretos que reparavam em cada pessoa na sala, tal qual um soldado avaliando um campo de batalha.

Seu sorriso, contudo, era genuíno quando olhou para Celestina, que caminhava em sua direção com as mãos estendidas.

— Meu amigo — disse, erguendo os olhos para seu rosto como se o visse pela primeira vez.

Ephraim sorriu, os dentes brancos retos e perfeitos.

— Minha companheira.

Abaixou a cabeça quando o arcanjo foi beijá-la na bochecha, e Hunt conteve o sentimento de vergonha alheia quando Ephraim encostou os lábios na lateral de sua cabeça em vez disso. Celestina recuou, percebendo o erro na comunicação, que as pessoas estavam testemunhando aquilo, e...

Isaiah, que os deuses o abençoassem, deu um passo adiante, um punho no coração.

— Vossa Graça. Dou as boas-vindas a você e seus triários. — Ephraim tinha levado apenas os triários de Sandriel com ele, percebeu Hunt. Havia deixado seus membros originais em Pangera com o Falcão.

Ephraim se recuperou da má investida e fechou as asas ofuscantemente brancas rentes ao corpo musculoso e poderoso.

— Agradeço a você pelas boas-vindas, Comandante Tiberian. E espero que seus triários recebam os meus com a mesma acolhida.

Hunt enfim olhou para a Corça, a poucos metros atrás de Ephraim, então para Pollux, que a encarava com uma intensidade lupina do outro lado da sala. Os olhos dourados da Corça fervilharam, concentrados inteiramente em seu amante. Como se tivesse a intenção de agarrá-lo ali mesmo.

— Eca — murmurou Naomi, e Hunt conteve um sorriso.

Celestina parecia procurar alguma coisa para dizer, então Hunt a poupou e disse:

— Vamos tratar seus triários como nossos irmãos e irmãs. — A Harpia riu com deboche da última palavra. O relâmpago de Hunt faiscou em resposta. — Por quanto tempo permanecerem aqui. — *Por quanto tempo eu deixar você viver, sua porra de psicopata.*

Celestina se recuperou o bastante para dizer:

— Essa aliança será apenas um dos muitos frutos da nossa parceria.

Ephraim expressou sua anuência, mesmo ao percorrer os olhos pela parceira mais uma vez. Aprovação brilhava ali, mas Celestina... engoliu em seco.

Já havia... estado com um macho, não? Pensando bem, Hunt nem sabia se ela preferia machos. Será que os asteri tinham considerado isso? Será que se importariam com suas preferências, com sua experiência, antes de jogá-la na cama com Ephraim?

Baxian olhava fixamente para a Harpia e a Corça, frio e atento. Não parecia particularmente satisfeito ao vê-las.

— Tenho algumas bebidas preparadas — disse Celestina, indicando as mesas às janelas. — Venha, vamos brindar a esta ocasião feliz.

* * *

Bryce tinha acabado de contar a Ruhn e Ithan o que havia acontecido no Quarteirão dos Ossos. Ambos pareciam tão enjoados quanto Tharion ao ouvir o real destino dos mortos, quando alguém bateu à porta.

— Então Connor — dizia Ithan, esfregando o rosto —, ele... Eles deram sua alma como alimento para o Portão, para se tornar primalux? Secundalux? O que seja.

Bryce retorceu as mãos.

— Parece que esperariam até que todos nós tornássemos pó e até mesmo nossos descentes tivessem se esquecido dele, mas, considerando quanto nós irritamos o Sub-Rei, acho que há uma chance de ele ter... passado Connor para a frente da fila.

— Eu preciso saber — disse Ithan. — Porra, eu preciso *saber*.

Bryce sentia um nó se formando em sua garganta.

— Eu também. Vamos tentar descobrir.

Tharion perguntou:

— Mas o que pode ser feito para ajudá-lo, qualquer um deles?

Silêncio recaiu. Mais uma batida na porta, e Bryce suspirou.

— Vamos descobrir isso também.

Ruhn brincou com uma das argolas em sua orelha esquerda.

— Tem alguém para quem a gente deveria... contar?

Bryce destrancou a porta.

— Os asteri sem dúvida sabem sobre isso e não se importam. Eles dirão que é nosso dever cívico devolver o poder que conseguirmos.

Ithan balançou a cabeça, olhando para a janela.

Ruhn disse:

— Precisamos pensar nisso com cuidado. O Príncipe do Fosso estava pressionando vocês a irem até lá quando mandou aqueles ceifadores? Ou quando mandou os ceifadores insinuarem que Emile e Sofie poderiam estar escondidos lá? Por quê? Para... ativar seus poderes combinados com aquele truque do Portão? Ele não podia saber o que teria acontecido. Precisamos pensar em como os asteri retaliariam se isso *for* uma coisa que eles queiram manter escondida. E o que fariam se nós realmente encontrássemos e abrigássemos Emile e Sofie.

— A gente vai descobrir — falou Bryce, e finalmente abriu a porta.

A mão de alguém se fechou no pescoço dela, sufocando o ar de Bryce.

— Sua putinha. — ciciou Sabine Fendyr.

* * *

Ruhn devia ter considerado quem precisaria bater à porta. Em vez disso, estava tão concentrado no que Bryce tinha revelado sobre suas vidas, e as vidas após a morte, que se permitiu abrir sem verificar.

Sabine atirou Bryce do outro lado da sala, com tanta força que se chocou na lateral do sofá, empurrando o imenso móvel quase três centímetros para trás.

Ruhn se levantou imediatamente, a arma apontada para a alfa. Atrás dele, Tharion ajudou Bryce a se levantar. A atenção de Sabine permanecia fixa em Bryce.

— Que joguinho você está fazendo, *princesa*? — O título era obviamente o que impedia Sabine de rasgar o pescoço de Bryce.

Bryce franziu as sobrancelhas, mas Ithan se colocou ao lado de Ruhn, violência brilhando nos olhos dele.

— De que diabos você está falando?

Sabine fervilhou, mas não desviou a atenção de Bryce ao prosseguir:

— Você não consegue ficar longe dos assuntos dos lobos, não é?

Bryce disse, friamente:

— Assunto dos lobos?

Sabine apontou seu dedo com garra para Ithan.

— Ele foi exilado. Mas *você* decidiu abrigá-lo. Sem dúvida como parte de algum plano para me destituir do meu direito de nascença.

— Então a lobona malvada veio até aqui gritar comigo por causa disso?

— A lobona malvada — disse Sabine, irritada — veio até aqui para lembrar você de que não importa o que meu pai possa ter dito, *você* não é um lobo. — Olhou com desprezo para Ithan. — E ele também não. Então fique longe da porra dos assuntos dos lobos.

Ithan rosnou baixo, uma faísca de sofrimento ao fundo.

Ruhn grunhiu:

— Você quer conversar, Sabine, então sente-se como a porra de uma adulta. — Ao lado dele, Ruhn estava vagamente ciente de que Bryce digitava uma mensagem no celular.

Ithan esticou os ombros.

— Bryce não está me abrigando. Perry me largou aqui.

— Perry é uma tola apaixonada — cuspiu Sabine.

Bryce inclinou a cabeça.

— O que a respeito deste arranjo, exatamente, incomoda você, Sabine? — A forma como seu tom ficara gélido... Porra, soava exatamente como o seu pai.

— Bryce não tem nada a ver com nós dois, Sabine. Deixe-a de fora disso — Ithan falou.

Sabine se virou em sua direção, fervilhando de ódio.

— Você é uma desgraça e um traidor, Holstrom. Um desperdício covarde, se é essa a companhia que escolhe manter. Seu irmão teria vergonha.

Ithan se descontrolou:

— Meu irmão diria que você já vai tarde, porra.

Sabine rosnou, e o som era puro comando.

— Você pode ser exilado, mas ainda obedece a *mim*.

Ithan estremeceu, mas se recusou a recuar.

Tharion deu um passo à frente.

— Se você quer brigar com Holstrom, Sabine, vá em frente. Eu serei testemunha.

Ithan perderia. E Sabine o dilaceraria tão completamente que não haveria esperança de recuperação. Acabaria com o irmão, sua alma entregue ao Sub-Rei e ao Portão dos Mortos em uma bandeja de prata.

Ruhn se preparou e percebeu que não tinha ideia do que fazer.

* * *

Celestina deveria ter servido algo mais forte em vez de vinho rosé. Hunt não estava nem perto de ficar bêbado o suficiente para continuar sorrindo na sala cheia de seus inimigos. Para lidar ao ver duas pessoas que não tinham escolha a não ser fazer uma parceria arranjada funcionar de algum jeito. Não seriam oficialmente parceiros até a festa, no mês seguinte, mas a vida juntos já estava começando.

Ao seu lado, às portas da varanda particular do escritório de Celestina, Isaiah terminou seu vinho rosa-pálido e murmurou:

— Que porra doentia.

— Eu me sinto mal por ela — disse Naomi, do outro lado de Isaiah.

Hunt grunhiu em concordância, observando Celestina e Ephraim tentando levar uma conversa casual do outro lado da sala. Além deles, a Harpia parecia contente em olhar com desprezo para Hunt a noite toda. Baxian espreitava à porta do corredor. Pollux e Lidia conversavam perto da Harpia com as cabeças baixas.

Naomi acompanhou a direção de seu olhar.

— Par assustador.

Hunt riu.

— É. — Seu celular vibrou, então tirou o aparelho do bolso para ver que uma mensagem de *Bryce Chupa Meu Pau Como Uma Campeã* tinha chegado.

Hunt se engasgou, atrapalhando-se para mudar a tela quando Isaiah olhou por cima do seu ombro e riu.

— Presumo que não tenha sido você quem colocou esse nome aí.

— Não — ciciou Hunt. Faria Bryce pagar por aquilo, depois que finalmente conseguissem foder. Hunt não tinha se esquecido de que deveria estar fazendo exatamente isso naquele momento. Que havia feito reservas para jantar e para passarem a noite em um hotel que tinham sido canceladas por aquela merda desconfortável. Hunt explicou a Isaiah: — É uma brincadeira idiota que nós temos.

— Uma brincadeira, é? — Os olhos de Isaiah dançaram com satisfação, dando um tapinha no ombro de Hunt. — Fico feliz por você.

Hunt sorriu consigo mesmo, abrindo a mensagem, tentando não olhar para o nome que ela havia colocado e pensar em como era preciso.

— Obrigado. — Seu sorriso logo desvaneceu quando leu a mensagem.

Sabine aqui.

Seu coração acelerou. Isaiah leu a mensagem e murmurou:

— Vai.

— E isso aqui? — Hunt indicou com o queixo para Celestina e Ephraim do outro lado da sala.

— Vai — insistiu Isaiah. — Precisa de apoio?

Não deveria, mas a mensagem de Bryce tinha sido tão vaga e... merda.

— Você não pode vir comigo. Vai ser óbvio demais. — Virou-se para Naomi, mas havia perambulado até o carrinho de bebidas de novo. Se a agarrasse, chamaria a atenção de todo mundo. Observou o espaço. Baxian olhou diretamente para ele, interpretando a tensão em seu rosto, seu corpo. Babaca. Agora alguém *saberia* que tinha partido...

Isaiah sentiu isso, notou.

— Eu lido com aquilo — murmurou o amigo, saiu determinado até o anjo de asas pretas. Disse alguma coisa a Baxian que fez os dois darem as costas a Hunt.

Aproveitando a chance, Hunt recuou um passo, então outro, sumindo nas sombras da varanda além do escritório. Continuou se movendo, sorrateiro, até que seus calcanhares estivessem na beira da plataforma, mas quando saiu, em queda livre noite adentro, viu Celestina o olhando.

Desapontamento e insatisfação encobriam os olhos dela.

35

Bryce xingou a si mesma por ter aberto a porta. Por deixar a loba entrar. Por deixar que chegasse àquele estado tão rapidamente: Ithan e Sabine, prestes a sujar aquele apartamento de sangue. O sangue de Ithan.

Sua boca ficou seca. Pense. *Pense.*

Ruhn rapidamente olhou em sua direção, mas não sugeriu nenhuma grande ideia entre mentes.

Sabine rosnou para Ithan:

— Seu irmão sabia o próprio lugar. Estava contente em ser o segundo em comando de Danika. Você não chega nem perto de ser tão inteligente quanto ele foi.

Ithan não recuou quando Sabine avançou.

— Eu posso não ser tão inteligente quanto Connor — disse —, mas pelo menos não fui burro o bastante para dormir com Mordoc.

Sabine parou.

— Cale a sua boca, menino.

Ithan gargalhou, frio e sem vida. Bryce jamais o ouvira emitir tal som.

— Nós jamais descobrimos durante aquela última visita: foi uma união arranjada entre vocês dois, ou uma decisão bêbada? Mordoc… o capitão da Corça?

— Vou rasgar seu pescoço — grunhiu Sabine, aproximando-se. Mas Bryce viu o brilho de surpresa. Dúvida. Tinha desestabilizado Sabine com a investida.

De novo, Ithan não desviou o olhar.

— Ele está aqui na cidade. Você vai visitar? Levá-lo para o Cais Preto, para se despedir da filha dele?

O estômago de Bryce se revirou, mas manteve a expressão neutra. Danika jamais dissera. Sempre alegara que era um…

Um macho que não é digno se conhecer ou se lembrar.

Bryce presumira que era algum lobo inferior, algum macho submisso demais para manter o interesse de Sabine, e Sabine tinha se recusado a deixar que Danika o visse por conta disso. Mesmo quando Danika descobriu sua verdadeira ascendência. jamais contou a Bryce sobre a própria linhagem. O pensamento queimou como ácido.

Sabine cuspiu:

— Eu sei o que você está tentando fazer, Holstrom, e não vai funcionar.

Ithan contraiu o peito largo. Bryce tinha visto aquela mesma expressão intensa quando enfrentara oponentes no campo de solebol. Ithan costumava ser aquele que sobrevivia ao encontro. E *sempre* saía se um colega do time se juntava à briga.

Então Bryce se intrometeu. Disse a Sabine:

— Danika era uma rebelde?

Sabine virou a cabeça para ela.

— *O quê?*

Bryce manteve os ombros retos, a cabeça erguida. Era superior a Sabine em posição e poder agora, lembrou-se.

— Danika teve contato com rebeldes da Ophion?

Sabine recuou. Apenas um passo.

— Por que você sequer perguntaria isso?

Ithan ignorou a questão e replicou:

— Era por causa de Mordoc? Ela se sentia tão enojada com ele que ajudou os rebeldes como vingança?

Bryce insistiu do outro lado:

— Talvez ela tenha feito por nojo de você também.

Sabine recuou mais um passo. Predadora se tornando presa.

— Vocês dois perderam a cabeça — grunhiu.

— É mesmo? — perguntou Bryce, então arriscou: — Não fui eu quem veio correndo para me certificar de que não estávamos tramando algum tipo de golpe contra você.

Sabine fervilhou de raiva. Bryce insistiu, não sentindo pouca satisfação com aquilo:

— É esse o medo, não é? Que vou usar meu glorioso título de princesa para fazer com que Holstrom substitua você de algum jeito? Quero dizer, você não tem herdeiros além de Amelie no momento. E Ithan é tão dominante quanto ela. Mas não acho que o Covil goste de Amelie, sabe, nesse sentido, nem de longe tanto quanto gostam dele.

Ithan piscou para ela, surpreso. Bryce, no entanto, sorriu para Sabine, tinha expressão lívida quando grunhiu.

— *Fique longe dos assuntos dos lobos.*

Bryce provocou:

— Eu me pergunto quão difícil seria convencer o Primo e o Covil de que Ithan é o futuro brilhante dos lobos valbaranos...

— Bryce — avisou Ithan. Será que ele realmente jamais cogitara tal coisa?

A mão de Sabine foi até alguma coisa às costas dela, e Ruhn mirou a arma.

— Nah — disse o irmão de Bryce, sorrindo maliciosamente. — Acho que não.

Uma onda familiar de ar eletrificado encheu a sala um momento antes de Hunt falar:

— Eu também não. — E surgir à porta tão silenciosamente que Bryce soube que estava à espreita. Alívio quase fez seus joelhos fraquejarem quando o anjo entrou no apartamento, arma apontada para as costas da cabeça de Sabine. — Você vai sair e nunca mais incomodar a gente.

Sabine fervilhou:

— Me permitam dar um conselho. Se vocês mexerem com Mordoc, vão receber o que merecem. Perguntem sobre Danika e verão só o que ele faz para arrancar suas respostas.

Ithan exibiu os dentes.

— Saia, Sabine.

— Você não me dá ordens.

Os lobos estavam em um entrave: um, jovem e de coração partido; a outra, no auge e desalmada. Será que alguém como Ithan conseguiria, se quisesse, vencer uma batalha por domínio?

Então outra figura entrou no apartamento, atrás de Hunt.

Baxian. O anjo metamorfo tinha uma arma em punho, mirando nas pernas de Sabine para neutralizá-la caso tentasse fugir.

Com apenas um lampejo de surpresa no rosto de Hunt, Bryce soube que aquela não era uma aparição planejada.

Sabine se virou lentamente. Seus olhos brilharam de reconhecimento. E, depois, algo como medo.

Os dentes de Baxian brilharam com um sorriso selvagem.

— Olá, Sabine.

Sabine fervilhou de ódio, mas ralhou:

— Vocês são todos carniça. — Então saiu, tempestuosa.

— Você está bem? — perguntou Hunt a Bryce conforme a checava de cima a baixo. A vermelhidão em torno do pescoço estava diminuindo diante de seus olhos.

Bryce fez uma careta.

— Eu preferiria não ter sido atirada na lateral do sofá.

Baxian, ainda à porta, bufou uma gargalhada.

Hunt se virou para ele, relâmpago a postos.

— Você não tem nada melhor para fazer com seu tempo em vez de me seguir por aí?

— Me pareceu que você tinha uma emergência — disparou Baxian de volta. — Imaginei que você precisaria de reforços. Principalmente considerando onde estava esta manhã. — Deu um meio sorriso. — Eu me preocupei que alguma coisa pudesse ter seguido você de volta pelo Istros.

Hunt trincou a mandíbula com tanta força que doeu.

— E quanto a Isaiah?

— Está falando da tentativa patética dele de criar uma distração? — disse Baxian, com escárnio.

Antes que Hunt pudesse responder, Ithan perguntou ao Cão do Inferno:

— Você conhece Sabine?

A expressão de Baxian ficou sombria.

— De vista. — Pela reação de Sabine, definitivamente havia mais coisas ali.

Bryce subitamente perguntou a Ithan:

— Mordoc é... era... ele é o *pai* de Danika?

Ithan encarou os pés.

— É.

— Tipo, o macho que a gerou. Tipo, ele deu a ela o seu material genético.

Os olhos de Ithan se incendiaram.

— Sim.

— Porra, e ninguém pensou em me contar?

— Eu só sabia porque ele visitou o Covil uma vez, um ano antes de conhecermos você. Ela puxou o dom de farejadora dele. Era um segredo dela, mas agora que morreu...

— Por que ela não me contaria? — Bryce esfregou o peito. Hunt pegou sua mão. Acariciou o polegar sobre as articulações dos dedos.

— Você iria querer aquele canalha como pai? — perguntou Hunt.

— Eu já tenho um canalha como pai — disse Bryce, e Ruhn grunhiu em concordância. — Eu teria entendido. — Hunt apertou a mão dela em um conforto carinhoso.

— Não sei por que ela não disse nada a você. — Ithan se jogou no sofá, passando as mãos pelos cabelos. — Danika teria se tornado minha alfa um dia, e Sabine, a governante de todos nós, então, se queriam manter isso em segredo, eu não tinha escolha. — Até que Sabine o exilou, libertando-o daquelas restrições.

— Você teria enfrentado Sabine agora há pouco? — perguntou Tharion.

— Eu poderia ter tentado — admitiu Ithan.

Hunt assoviou, mas foi Baxian que disse:

— Você não teria vencido esta noite.

Ithan rosnou.

— Eu pedi sua opinião, cachorro?

Hunt olhou entre os dois. Interessante que Ithan o visse como cachorro, não como anjo. Sua forma animal tinha precedência para outro metamorfo, aparentemente.

Baxian rosnou de volta.

— Eu disse que você não teria vencido *esta noite.* Mas em outro dia, se dê mais alguns anos, filhote, e talvez.

— E você é um especialista nesses assuntos?

Ithan ainda estava ansioso por uma luta. Talvez Baxian estivesse prestes a dar uma a ele, sentindo sua necessidade disso. As asas de Baxian se fecharam, estava definitivamente pronto para uma briga.

Bryce massageou as têmporas.

— Vão para a academia ou para o telhado se quiserem brigar. Por favor. Não tenho dinheiro para perder mais móveis — disse ela, fazendo uma careta para Ithan.

Hunt riu.

— A gente vai lidar com o luto juntos, Quinlan. Faça uma despedida adequada para a mesa de centro. Holstrom deveria fazer a elegia, já que foi ele quem a quebrou.

Seu celular vibrou, verificando, Hunt encontrou a mensagem de Isaiah. *Tudo bem?*

Escreveu de volta: *Sim. Você?*

Ela ficou chateada porque você saiu. Não disse nada, mas posso ver. Baxian também saiu.

Porra. Ele respondeu: *Diga a ela que foi uma emergência e que Baxian precisava me ajudar.*

Ele foi atrás de você?

Só para me passar um sermão, mentiu Hunt.

Tudo bem. Cuidado.

Ithan disse a Ruhn:

— Aceito sua oferta.

Hunt contraiu as sobrancelhas uma em direção à outra. Bryce perguntou:

— Que oferta?

Ruhn a avaliou antes de dizer:

— De ir morar comigo e os rapazes. Por causa das suas merdas de paredes finas.

Tharion disse, com ultraje fingido:

— Eu tinha reivindicado o filhote como *meu* amigo primeiro.

— Desculpe por levar você ao exílio com sexo, Ithan — murmurou Bryce. Hunt gargalhou, Ithan não. Nem mesmo olhou para Bryce. Estranho.

Ruhn disse a Ithan:

— Tudo bem. Você vai lutar com esse babaca primeiro, ou podemos ir? — Assentiu para Baxian.

Hunt continuou perfeitamente imóvel. Pronto para intervir ou servir de juiz.

Ithan avaliou o anjo com aquela precisão e foco atléticos. Baxian apenas sorriu com o convite. Quantas vezes Hunt tinha visto aquela expressão no rosto do Cão do Inferno antes de dilacerar alguém?

O lobo fez que não, sabiamente.

— Outro dia.

Três minutos depois, Ithan estava indo para o corredor com Ruhn e Tharion, que precisava se reportar à sua rainha mais uma vez.

— Ithan — disse Bryce, antes de conseguir sair. Da cozinha, Hunt a viu dar um passo para o corredor, então parar, como se estivesse se contendo. — Nós formamos um bom time.

Do seu ângulo, Hunt não podia ver o rosto de Ithan, mas ouviu o quase silencioso:

— É. — Logo antes de as portas do elevador apitarem. Então: — Nós formamos. — Apesar de tudo, Hunt podia jurar que o lobo parecia triste.

Um momento depois, Bryce voltou para o apartamento e foi direto para Hunt, parecia que se jogaria em seus braços com exaustão. Parou subitamente ao ver Baxian.

— Está gostando da vista?

Baxian parou de observar.

— Lugar legal. Por que Sabine veio até aqui?

Bryce examinou as unhas.

— Ela estava puta porque eu estava abrigando Ithan depois que o jogou na sarjeta.

— Mas você sabe sobre ela e Mordoc. — Não foi exatamente uma pergunta.

— *Você* sabe? — perguntou Hunt.

Baxian gesticulou com um dos ombros.

— Eu passei anos com a Corça e aqueles que a servem. Captei alguns detalhes interessantes.

— O que aconteceu quando Mordoc visitou Danika? — perguntou Bryce.

— Não foi nada bom. Ele voltou para o castelo de Sandriel… — Baxian disse para Hunt: — Lembra de quando ele comeu aquele casal humano?

Bryce se engasgou.

— Ele *o quê?*

— Isso. — Hunt disse, a voz grave.

— Foi quando ele voltou da visita ao Covil — explicou Baxian. — Ele estava com tanta raiva que saiu e matou um casal humano que encontrou na rua. Começou a devorar a fêmea enquanto o macho ainda estava vivo e implorando por piedade.

— Maldito Solas Flamejante — sussurrou Bryce, sua mão encontrando a de Hunt.

— Sabine estava certa em alertar vocês a ficarem longe dele — falou Baxian, se dirigindo para a porta.

Hunt grunhiu:

— Eu jamais achei que ele estaria nesta cidade.

— Vamos torcer para que ele vá embora logo, então — disse Baxian, sem olhar para trás.

Bryce falou, a mão deslizando da de Hunt:

— Por que *você* veio até aqui, Baxian?

O anjo metamorfo parou.

— Athalar pareceu precisar de ajuda. Somos parceiros, afinal de contas. — Seu sorriso era selvagem, debochado. — E ver Celestina e Ephraim fingirem gostar um do outro era torturante demais, até para mim.

Bryce não aceitaria aquilo, no entanto.

— Você também estava no Cais Preto esta manhã.

— Está perguntando se estou espionando você?

— Ou isso ou você desesperadamente quer andar com os populares.

— Um bom espião responderia que não e diria que você está sendo paranoica.

— Mas você… não é um bom espião?

— Eu nem sou espião, e você está sendo paranoica.

Bryce revirou os olhos, e Hunt sorriu consigo mesmo quando ela foi até a porta, fazendo menção de fechá-la atrás de Baxian. Quando fechou a porta, Hunt a ouviu dizer ao Cão do Inferno:

— Você vai se enturmar direitinho aqui.

* * *

— Por que você disse aquilo para ele? — perguntou Hunt, ao se jogar na cama ao seu lado mais tarde naquela noite.

Bryce apoiou a cabeça em seu ombro.

— Disse o quê?

— Aquela coisa para Baxian sobre se enturmar.

— Ciúmes?

— Eu só… — Seu peito inflou quando Hunt suspirou. — Ele é um macho ruim.

— Eu sei. Não pense muito nas minhas bobagens, Hunt.

— Não, não é isso. É que… Ele é um macho ruim. Sei que ele é. Mas eu não era melhor do que ele.

Bryce tocou sua bochecha.

— Você é uma boa pessoa, Hunt. — Já o havia assegurado daquilo tantas vezes.

— Eu disse a Celestina que apoiaria ela com Ephraim, e então saí. Pessoas boas não fazem isso.

— Você saiu para vir resgatar sua companheira da loba má.

Hunt deu um peteleco em seu nariz, virando-se de lado, as asas como uma parede cinza atrás dele.

— Não acredito que Mordoc seja o pai de Danika.

— Não acredito que nossas almas se transformam em comida de primalux — replicou ela. — Nem que a Corça trouxe os lobos ferais dela até aqui. Ou que o Sub-Rei é a merda de um psicopata.

A gargalhada de Hunt a envolveu.

— Dia brabo.

— O que você acha que aconteceu no Quarteirão dos Ossos, com seu relâmpago e a primalux e tudo?

— Em que você estava pensando quando pulou na frente do meu relâmpago?

— Funcionou, não foi?

Mostrou-se irritado.

— Você sabe aquela cicatriz no pescoço de Baxian? Eu fiz aquilo com ele. Com meu relâmpago. Com um golpe que foi uma fração do que eu liberei em Áster.

— Tá, tá, você é o macho forte e inteligente que sabe tudo. Eu sou uma fêmea impulsiva cujos sentimentos a colocam em apuros...

— Porra, Quinlan.

Bryce apoiou a cabeça na mão.

— Então você não fazia ideia de que podia fazer aquilo? Pegar energia do Portão dos Mortos e transformar em relâmpago e tudo isso?

— Não. Nunca me ocorreu canalizar nada para meu relâmpago até que o Príncipe do Fosso sugeriu na outra noite. Mas... fazia sentido: você tomou o poder do Portão do Coração nessa primavera, e Sofie Renast, como um pássaro-trovão, podia fazer algo semelhante, então... mesmo que o empurrão tenha vindo do Príncipe do Fosso, tentar pareceu uma boa alternativa a ser devorado.

— Você ficou... — Agitou os dedos no ar. — Todo frenético de relâmpago.

Hunt beijou sua testa, passando a mão por seu quadril.

— Eu fico um pouco em pânico quando sua segurança está envolvida.

Bryce beijou a ponta de seu nariz.

— Que alfa babaca. — Bryce afundou de volta na cama, colocando os braços sob a cabeça. — Você acha que realmente *existe* um lugar de descanso para nossas almas? — Suspirou para o teto. — Tipo, se a gente morresse e não fosse para aqueles lugares... o que aconteceria?

— Fantasmas?

Fez careta.

— Você não está ajudando.

Hunt riu, colocando as mãos atrás da própria cabeça. Bryce passou o tornozelo por cima da canela do anjo, e ficaram deitados ali em silêncio, olhando para o teto.

Hunt disse, depois de um tempo:

— Você trocou seu lugar de descanso no Quarteirão dos Ossos pelo de Danika.

— Considerando o que acontece com todo mundo lá, eu me sinto um pouco aliviada com isso agora.

— É. — Pegou uma de suas mãos na própria e apoiou os dedos entrelaçados deles sobre o coração.

— Mas para onde quer que você vá quando esta vida acabar, Quinlan, é lá onde eu quero estar também.

36

A ponte estava maravilhosamente silenciosa em comparação com a agitação absoluta que havia sido o dia de Ruhn.

Tinha levado Holstrom de volta para sua casa, onde Flynn e Dec estavam engolindo cinco pizzas juntos. O primeiro arqueara a sobrancelha diante do anúncio de Ruhn de que o quarto cômodo, uma pilha de porcaria nojenta graças aos anos atirando as bagunças ali antes das festas, era agora o quarto de Ithan. Ficaria com o sofá naquela noite, e no dia seguinte limpariam toda a merda. Declan apenas dera de ombros e passara uma cerveja a Ithan, então pegara seu laptop, provavelmente para continuar esquadrinhando as filmagens da galeria.

Flynn olhara para o lobo, mas também dera de ombros. A mensagem era bastante objetiva: sim, Holstrom era um lobo, mas, contanto que não falasse mal de feéricos, se dariam muito bem. E um lobo era sempre melhor do que um anjo.

Os rapazes eram simples assim. Fáceis.

Não como a fêmea que queimava do outro lado da ponte.

— Oi, Day. — Desejou ter um lugar para se sentar. Por uma porra de momento. Estava tecnicamente dormindo, supôs Ruhn, mas...

Porra. Uma poltrona de acolchoamento fofo apareceu a trinta centímetros dele. Ruhn se jogou nela e suspirou. Perfeito.

O ronco de escárnio da agente ondulou em sua direção e outro assento apareceu. Um divã de veludo vermelho.

— Chique — disse, quando Day se jogou no divã. Ela se parecia tanto com Lehabah que seu peito doeu.

— Me ver assim deixa você angustiado.

— Não — disse, confuso sobre como lera as suas emoções quando noite e estrelas cobriam suas feições. — Não, é que... eu, hã, perdi uma amiga há uns meses. Ela amava se sentar em um sofá como esse aí. Era uma duende de fogo, então toda essa sua coisa de fogo... mexeu um pouco comigo.

Inclinou a cabeça, as chamas se agitando.

— Como ela morreu?

Conteve-se antes que pudesse revelar muito.

— É uma longa história. Mas ela morreu salvando minha... alguém que eu amo.

— Então foi uma morte nobre.

— Eu deveria ter estado lá. — Ruhn se recostou nas almofadas e olhou para o preto infinito acima deles. — Ela não precisava ter feito aquele sacrifício.

— Você teria trocado sua vida pela de uma duende do fogo? — Não havia condescendência na pergunta, apenas curiosidade explícita.

— É. Eu teria. — Abaixou o olhar para ela. — Enfim, passamos a informação. Quase fomos pegos, mas passamos.

A agente endireitou-se sutilmente.

— Por quem?

— Mordoc. A Corça. A Harpia.

Congelou. Seu fogo tremeluziu até o tom de azul-violeta.

— Eles são *letais*. Se você for pego, vai ter sorte se for apenas morto.

Ruhn cruzou um tornozelo sobre o joelho.

— Acredite em mim, eu sei.

— Mordoc é um monstro.

— A Corça também. E a Harpia.

— Eles estão todos... Onde você está agora?

Hesitou, então falou:

— Em Lunathion. Tudo bem te contar, você poderia muito bem ter ligado o noticiário e descoberto onde eles estão.

Balançou a cabeça, as chamas fluíam.

— Você fala demais.

— E você de menos. Alguma outra informação sobre o carregamento na Coluna?

— Não. Achei que você tivesse me chamado aqui para me contar alguma coisa.

— Não. Eu... eu acho que minha mente procurou pela sua.

Daybright o observou. E embora Ruhn não pudesse ver seu rosto e ela não pudesse ver o dele, jamais se sentira tão nu.

— Alguma coisa deixou você ansioso. — A agente disse, em voz baixa.

Como ela sabia?

— Meu dia foi... difícil.

Ela suspirou. Tendões de fogo ondularam em torno de seu corpo.

— O meu também.

— Ah, é?

— É.

A resposta foi uma provocação, um lembrete da conversa anterior. Ela possuía um senso de humor, então.

Day falou:

— Eu trabalho com pessoas que são... bem, elas fazem Mordoc parecer uma daquelas lontras fofinhas da sua cidade. Há dias em que me cansa mais do que outros. Hoje foi um desses dias.

— Você ao menos tem amigos com quem contar? — perguntou.

— Não. Eu nunca tive um amigo de verdade na vida.

Ruhn estremeceu em aflição.

— Isso é... muito triste.

A agente riu.

— É mesmo, não é?

— Não acho que eu teria chegado até onde cheguei sem meus amigos. Ou minha irmã.

— Nós sem amigos nem família encontramos formas de nos virar.

— Sem família, é? Uma verdadeira loba solitária. — Acrescentou: — Meu pai é um merda, então... na maior parte do tempo eu queria ser como você.

— Eu tenho uma família. Muito influente. — Apoiou a cabeça em um punho em chamas. — Eles também são merdas.

— É? Seu pai algum dia queimou você por falar sem permissão?

— Não. Mas ele me açoitou por espirrar durante as orações.

Day não era asteri, então. Os asteri não tinham família. Nem filhos. Nem pais. Eles apenas *existiam*.

Runh piscou.

— Tudo bem. Estamos quites.

Ela riu baixinho, um som grave e suave que foi como se dedos delicados percorressem sua pele.

— Uma coisa verdadeiramente trágica de se ter em comum.

— É mesmo. — Sorriu, mesmo que ela não conseguisse ver.

— Como você está em uma posição de poder, estou presumindo que seu pai também esteja. — disse a agente.

— Por que eu não posso ter atingido o sucesso sozinho?

— Digamos que seja intuição.

Ruhn deu de ombros.

— Está bem. O que tem isso?

— Ele sabe de suas tendências rebeldes?

— Acho que meu trabalho vai além de tendências a esta altura, mas... não. Ele me mataria se soubesse.

— E, no entanto, você arrisca sua vida.

— O que você quer saber, Day?

A boca da fêmea se repuxou para o lado. Ou o que ele achava ser a boca.

— Você poderia usar seu poder e posição para minar pessoas como seu pai, sabe. Ser um agente secreto para a rebelião nesse sentido, em vez de ser o office boy.

Ela não sabia quem ele era, certo? Ruhn se agitou na poltrona.

— Sinceramente? Sou uma merda nesses jogos de enganação. Meu pai é o mestre deles. Isso é muito mais a minha praia.

— Só por causa disso seu pai pode permanecer no poder?

— É. Não é isso que permite que todos esses babacas fiquem no poder? Quem vai impedi-los?

— Nós. Pessoas como nós. Um dia.

Ruhn riu com escárnio.

— Eis uma merda idealista. Você sabe que, se esta rebelião triunfar, nós provavelmente teremos uma guerra por domínio entre todas as Casas, não sabe?

— Não se nós jogarmos o jogo direito. — Seu tom era completamente sério.

— Por que está me contando isso? Eu achei que você era toda... nada-de-coisas-pessoais.

— Vamos culpar o dia difícil.

— Tudo bem — repetiu. Ruhn recostou na poltrona de novo, permitindo-se ficar em silêncio. Para sua surpresa, a agente fez o mesmo. Ficaram sentados em silêncio por longos minutos antes de Day dizer: — Você é a primeira pessoa com quem eu converso normalmente em... muito tempo.

— Quanto tempo?

— O suficiente, acho que esqueci como é ser eu mesma. Acho que perdi completamente meu verdadeiro eu. Para destruir monstros, nós nos tornamos monstros. Não é o que dizem?

— Da próxima vez, vou trazer umas cervejas psíquicas e uma TV. Vamos fazer você ser normal de novo.

Ela gargalhou, o som como sinos nítidos. Alguma coisa masculina e primordial em si ficou alerta com o som.

— Até hoje eu só bebi vinho.

Ruhn se espantou.

— Impossível.

— Cerveja não era considerada apropriada para uma fêmea de minha posição. Tomei um gole uma vez quando eu era velha o bastante para não... responder à minha família, mas descobri que não gostava mesmo.

Ruhn balançou a cabeça em horror debochado.

— Venha me visitar em Lunathion qualquer dia desses, Day. Vou mostrar a você como se divertir.

— Considerando quem está em sua cidade, acho que vou recusar.

Ruhn franziu a testa. Certo.

A agente pareceu se lembrar também. E por que estavam ali.

— Está confirmado onde os rebeldes vão realizar o ataque ao carregamento na Coluna?

— Não sei dizer. Eu sou o office boy, lembra?

— Você contou a eles o que eu disse sobre o protótipo do novo mec-traje dos asteri?

— Sim.

— Não se esqueça de que ele é a coisa mais valiosa naquele trem. Deixe o resto.

— Por que não explodir a Coluna inteira e destruir as linhas de abastecimento deles?

O fogo dela crispou.

— Tentamos múltiplas vezes. A cada tentativa, fomos esmagados. Ou por traição ou porque as coisas simplesmente deram errado. Um ataque como esse exige muita gente, e muito segredo e precisão. *Você* sabe fazer explosivos?

— Não. Mas há sempre magia para fazer isso.

— Lembre-se de que é uma rebelião, em maioria, de humanos, e seus aliados vanir gostam de permanecer escondidos. Somos dependentes da engenhosidade e das habilidades humanas. Apenas reunir explosivos o bastante para realizar um golpe sério contra a Coluna já requer muito esforço. Ainda mais considerando as baixas que a Ophion sofreu em seus números recentemente. Estão por um fio. — Acrescentou, emanando repulsa: — Isto não é um videogame.

— Estou ciente disso. — Ruhn ralhou

Sua chama recuou uma fração.

— Você está certo. Eu falei equivocadamente.

— Você pode dizer apenas "desculpe". Não precisa das palavras pomposas.

Outra risada baixa.

— Mau hábito.

Ruhn bateu uma continência.

— Bem, até a próxima, Day.

Em parte esperava que ela respondesse com alguma coisa que os manteria conversando, que o manteria ali.

Day e seu sofá, no entanto, dissiparam-se em brasas flutuando em um vento fantasma.

— Adeus, Night.

* * *

Ithan Holstrom jamais tinha estado dentro de uma casa feérica de verdade. Só havia dois machos feéricos no time de solebol dele na

UCLC, e ambos eram de cidades fora do território, então jamais tivera a chance de ir até a casa deles e conhecer as famílias.

A casa do Príncipe Ruhn, contudo, era legal. Lembrava a ele do apartamento que Connor e Bronson e Thorne tiveram um dia, a alguns quarteirões dali, na verdade: uma porcaria de mobília velha, paredes manchadas com pôsteres de times esportivos presos com fita, uma TV grande demais e um bar abastecido.

Não se importara de dormir no sofá na noite anterior. Teria dormido na varanda, se significasse ficar longe de onde Bryce e Hunt dormiam juntos.

O relógio acima da TV apontava sete horas da manhã quando Ithan se levantou e tomou banho. Aproveitou a variedade de xampus e produtos corporais chiques de Tristan Flynn, todos marcados com *FLYNN. NÃO TOQUE, RUHN. DESSA VEZ É SÉRIO.*

Ruhn tinha escrito sob a mensagem de um dos frascos: *NINGUÉM GOSTA DO SEU XAMPU ESQUISITO MESMO.*

Flynn rabiscara, bem ao longo da base inferior do frasco: *ENTÃO POR QUE ESTÁ QUASE VAZIO E POR QUE SEU CABELO ESTÁ TÃO BRILHOSO? BABACA!!!*

Ithan dera risinhos, mesmo quando seu coração pesou. Tivera esse tipo de dinâmica com seu irmão certa vez.

Seu irmão, que ou já fora transformado em secundalux, ou estava a caminho de ser.

A ideia fez com que qualquer interesse crescente no café da manhã se dissolvesse em náusea. Quando Ithan se vestiu e desceu, os três machos feéricos que moravam na casa ainda estavam dormindo, havia levado o celular ao ouvido.

Oi, aqui é Tharion, se eu não atender, mande uma lontra.

Tudo bem, então.

Uma hora mais tarde, depois de uma rápida verificação no programa que varria a filmagem da galeria em busca de Danika, Ithan seguira para o Istros, pegando um café gelado no caminho. Suprimiu um sorriso ao entregar um marco de prata para uma lontra de cor uísque cuja placa de nome no colete amarelo dizia *Fitzroy*. Ithan se acomodou em um banco à margem do Istros e encarou o rio.

Quisera brigar com Sabine na noite anterior. Tinha de fato contemplado qual seria o gosto de seu sangue quando rasgasse seu pescoço com os dentes, mas... as palavras do Cão do Inferno ecoavam.

Connor tinha sido um alfa que aceitara o papel de segundo porque acreditava no potencial de Danika. Ithan havia se juntado à matilha de Amelie porque não tinha para onde ir.

Na noite anterior, no entanto, apenas por um momento, quando Bryce se intrometeu e o dois fizeram Sabine recuar... ele se lembrou de como era. Não apenas ser um lobo em uma matilha, mas um jogador em um time, trabalhando em uníssono, como se fossem uma só mente, uma alma.

Não importava que um dia tivesse pensado em si e Bryce dessa forma.

A porra da Corça podia ir para o Inferno. Não tinha ideia de como ela havia juntado aquelas peças, mas a mataria se algum dia mencionasse aquilo para alguém de novo. Principalmente Bryce.

Não era da conta de ninguém além da sua, e era história antiga agora, de toda forma. Tivera dois anos sem Bryce para resolver aquelas merdas, e estar perto dela de novo tinha sido... difícil, mas jamais contara a ninguém sobre seus sentimentos antes de Connor morrer, e certo como o Inferno não começaria agora.

A Corça estava certa, no entanto: tinha entrado no dormitório de Connor naquele dia, bem no início do ano de calouro do irmão na UCLC, pretendendo conhecer a incrível, linda e hilária vizinha de corredor de quem Con falava incessantemente. E, ao percorrer o corredor escuro e carpetado, esbarrou em... bem, em uma incrível, linda e hilária vizinha de corredor.

Ficara embasbacado. Era a pessoa mais atraente que ele já vira, sem brincadeira. Seu sorriso tinha aquecido algum lugar esquecido no peito de Ithan que estava gelado e escuro desde que seus pais haviam morrido, e aqueles olhos da cor de uísque pareciam... *enxergá-lo.*

Ithan, não o jogador de solebol, não o atleta famoso ou nada assim. Apenas ele. Ithan.

Conversaram durante dez minutos no corredor, sem trocar nomes. Era apenas o irmãozinho de Connor, e ela não dissera o próprio nome, havia esquecido de perguntar, mas, quando Connor enfiou a cabeça para fora no corredor, Ithan havia decidido que se casaria com ela. Estudaria em UCLC, jogaria solebol pela universidade, em vez de pela Universidade Korinth, que já o estava cortejando. Ithan encontraria aquela menina e se casaria com ela. Suspeitava de que até mesmo podiam ser parceiros, se estivesse certo a respeito do puxão em sua direção. E seria assim.

Então Connor falou:

— Parece que você já conheceu Ithan, Bryce. — E Ithan quis se dissolver naquele carpete nojento do dormitório.

Sabia que era uma estupidez. Tinha conversado com Bryce por dez minutos antes de descobrir que era ela a menina por quem seu irmão estava obcecado, mas... tinha ficado mexido. Então havia se recolhido ao papel de amigo irreverente, fingindo gostar de Nathalie para ter algo sobre o que reclamar com Bryce. Sofreu de longe observando Connor hesitar perto de Bryce durante anos.

Jamais contou a Bryce que o motivo pelo qual Connor finalmente a chamara para sair naquela noite tinha sido porque Ithan dissera a ele para cagar ou sair da moita.

Não nesses termos, e ele havia dito sem levantar as suspeitas do irmão, como sempre fizera quando falara sobre Bryce, mas estava farto. Estava simplesmente *farto* com seu irmão hesitando enquanto Bryce saía com uma cambada de perdedores.

Se Connor não se prontificasse, então Ithan tinha decidido que finalmente se declararia. Arriscaria e veria se uma faísca entre eles poderia levar a algum lugar.

Bryce, no entanto, disse que sim a Connor. E então Connor morreu.

E, enquanto Connor era assassinado, ela estava trepando com outra pessoa no banheiro da Corvo Branco.

Ithan não fazia ideia de como não tinha surgido um abismo no lugar em que ele estava quando descobriu sobre aquela noite. De tão grande a intensidade com que implodira, como se o astro que ele fora mandasse tudo se foder e sumisse.

Ithan encostou no banco, suspirando. Naqueles últimos dias se sentira como se estivesse tirando a cabeça de dentro daquele abismo. Agora aquela merda sobre as almas de Connor e da Matilha serem dadas como comida para o Portão dos Mortos ameaçava puxá-lo de volta.

Sabia que Bryce estava colérica com aquilo. Chateada. Contudo, naquele momento, tinha Athalar.

E nenhuma parte de Ithan se ressentia por isso. Não, aquela história havia ficado para trás, mas... não sabia o que fazer consigo mesmo quando falava com ela. A menina com a qual ele tinha ficado tão convencido de que seria sua esposa, parceira e mãe de seus filhos.

Quantas vezes havia se permitido imaginar aquele futuro: ele e Bryce abrindo presentes com os filhos na véspera do Solstício de Inverno, viajando pelo mundo juntos enquanto jogava solebol, rindo e envelhecendo naquela cidade, os amigos à sua volta.

Estava feliz por não estar vivendo mais no apartamento dela. Não tinha para onde ir depois que Sabine e Amelie o expulsaram, e certamente não estava planejando dar nenhum golpe, como Sabine parecia temer, mas... estava grato por Ruhn ter oferecido um lugar para ficar.

— Um pouco cedo, não é? — gritou Tharion do rio, e Ithan se levantou do banco, encontrando o tritão avançando pela água, a poderosa nadadeira girando sob si.

Ithan não se deu a formalidades.

— Pode me levar até o Quarteirão dos Ossos?

Tharion piscou.

— Não. A não ser que você queira ser comido.

— Só me leve até a margem.

— Não posso. Não se eu também não quiser ser comido. As bestas do rio vão atacar.

Ithan cruzou os braços.

— Preciso encontrar meu irmão. Ver se ele está bem.

Odiou a pena que suavizou o rosto de Tharion.

— Não vejo o que você pode fazer de qualquer forma. Se ele estiver bem ou se... não estiver.

A garganta de Ithan secou.

— Eu preciso saber. Nade comigo além da Cidade Adormecida e eu vejo se consigo enxergar um lampejo dele.

— De novo, as bestas do rio, então, não. — Tharion jogou o cabelo para trás. — Mas... eu preciso encontrar aquele menino, se ele não estiver na Cidade Adormecida. Talvez a gente consiga matar dois coelhos com uma cajadada.

Ithan inclinou a cabeça.

— Alguma ideia de onde procurar em vez disso?

— Não. Então eu desesperadamente preciso de uma pista na direção certa.

Ithan franziu a testa.

— O que tem em mente?

— Você não vai gostar. Bryce também não.

— Por que ela precisa estar envolvida? — Ithan não conteve o tom rude em sua voz.

— Porque eu conheço a Pernas, e sei que ela vai querer vir.

— Não se nós não contarmos a ela.

— Ah, eu vou contar a ela. Gosto das minhas bolas no lugar delas. — Tharion sorriu e indicou com o queixo a cidade atrás de Ithan. — Vá pegar um dinheiro. Marcos de ouro, nada de crédito.

— Diga para onde vamos. — Algum lugar suspeito, sem dúvida.

Os olhos de Tharion ficaram sombrios.

— Para os místicos.

37

— Mantenha! Mantenha! Mantenha! — entoava madame Kyrah, e a perna esquerda de Bryce tremeu com o esforço de manter a perna direita erguida e no lugar.

Ao seu lado, Juniper suava tanto quanto, o rosto contraído em determinação concentrada. A fauna mantinha a forma perfeita, sem ombros caídos, sem coluna curvada. Cada linha do corpo da amiga irradiava força e graciosidade.

— E desçam para a primeira posição — ordenou a instrutora por cima da música estrondosa. Totalmente fora do estilo ao qual o balé costumava ser dançado, mas era por isso que Bryce adorava a aula: combinava os movimentos formais e precisos do balé com os hits das boates. E de alguma forma, ao fazer isso, ajudavam-na a entender tanto os movimentos quanto o som melhor. Uni-los melhor. E permitiam que ela *aproveitasse* aquilo, em vez de dançar músicas que um dia amara e sonhar acordada que interpretava em um palco.

Tipo de corpo errado não tinha lugar ali, naquele estúdio iluminado em um quarteirão artístico da Praça da Cidade Velha.

— Façam um intervalo de cinco minutos — disse madame Kyrah, uma metamorfa de cisne de cabelos pretos, caminhando até a cadeira diante da parede de espelhos para beber da garrafa de água.

Bryce cambaleou até sua pilha de porcarias na parede oposta, abaixando-se sob a barra para pegar o celular. Nenhuma mensagem. Uma manhã maravilhosamente tranquila. Exatamente do que precisava.

E era por isso que fora até ali. Além de *querer* ir até lá duas vezes por semana, ela precisava estar ali naquele dia, para processar cada pensamento que rodopiava. Não contara a Juniper o que descobrira.

O que ela poderia dizer? *Ei, só pra você saber, o Quarteirão dos Ossos é uma mentira, e eu tenho quase certeza de que não existe essa coisa de vida após a morte verdadeira, porque todos somos transformados em energia e arrebanhados pelo Portão dos Mortos, embora uma pequena parcela de nós seja empurrada pela goela do Sub-Rei, então... boa sorte, porra!*

Contudo, Juniper estava franzindo a testa para o próprio telefone ao beber alguns goles da garrafa.

— O que foi? — perguntou Bryce, entre fôlegos. Suas pernas tremiam por simplesmente ficarem paradas.

Juniper jogou o celular na mala de pano.

— Korinne Lescau foi escalada para ser a principal.

A boca de Bryce se escancarou.

— *Eu sei* — disse Juniper, interpretando o ultraje não dito no rosto de Bryce. Korinne tinha entrado na companhia havia dois anos. Só tinha sido solista naquela temporada, e o BCLC havia alegado que não promoveria ninguém esse ano.

— Isso é definitivamente um *você que se foda* — fervilhou Bryce.

June estava com a garganta embargada e Bryce fechou o punho, como se pudesse arrancar o rosto de cada diretor e membro do conselho do BCLC pela mágoa que causaram.

— Eles não têm coragem de me demitir porque os espetáculos em que eu sou solista sempre trazem uma plateia grande, mas farão o possível para me dar uma punição — disse June.

— Tudo porque você disse a um bando de canalhas ricos que eles estavam sendo monstros elitistas.

— Eu posso trazer dinheiro para os espetáculos, mas aqueles babacas ricos doam milhões. — A fauna terminou a água. — Vou aguentar até eles *precisarem* me promover.

Bryce bateu o pé no piso de madeira pálida.

— Sinto muito, June.

Sua amiga endireitou os ombros com uma dignidade silenciosa que partiu o coração de Bryce.

— Eu faço isso porque eu amo — disse, quando Kyrah chamou a turma de volta para suas fileiras. — Eles não valem minha raiva. Eu preciso me lembrar disso. — Prendeu um cacho solto de volta no coque. — Alguma notícia daquele menino?

Bryce fez que não com a cabeça.

— Não. — Deixaria por isso mesmo.

Kyrah começou a música, e voltaram para suas posições.

Bryce suou e grunhiu durante o resto da aula, mas a concentração de Juniper tinha ficado afiada como uma lâmina. Cada movimento era preciso e impecável, seu olhar fixo no espelho, como se competisse consigo mesma. Aquela expressão não mudou, mesmo depois que Kyrah pediu a June que demonstrasse uma série perfeita de 32 fouettés, piruetas sobre um pé só, para a turma. Juniper girou como se o próprio vento a impulsionasse, o casco que ficou no chão não saiu um centímetro da posição inicial.

A forma perfeita. Uma dançarina perfeita. Mas não era o suficiente.

Juniper saiu da aula quase assim que terminou, sem ficar para conversar como costumava fazer. Bryce deixou que ela fosse e esperou até que a maioria da turma tivesse saído para se aproximar de Kyrah diante do espelho, onde a instrutora estava ofegando levemente.

— Você viu a notícia sobre Korinne?

Kyrah vestiu um moletom rosa largo para se proteger do frio do estúdio de dança. Embora não dançasse no palco do BCLC havia anos, a instrutora continuava no auge da forma física.

— Você parece surpresa. Eu não estou.

— Você não pode dizer nada? Você foi uma das melhores dançarinas do BCLC. — E agora era uma das melhores instrutoras, quando não estava dando as aulas externas.

Kyrah franziu a testa.

— Estou tanto à mercê da liderança da companhia quanto Juniper. Ela pode ser a dançarina mais talentosa que eu já vi, e a mais dedicada, mas está enfrentando uma estrutura de poder bastante blindada. As pessoas no comando não gostam de serem chamadas do que realmente são.

— Mas...

— Eu entendo por que você quer ajudá-la. — Kyrah colocou sua mala no ombro e seguiu para as portas duplas do estúdio. — Eu também quero, mas Juniper fez sua escolha nessa primavera. Precisa enfrentar as consequências.

Bryce a encarou por um minuto, as portas do estúdio batendo ao se fechar. Enquanto estava sozinha no espaço ensolarado, o silêncio a sufocava. Olhou para o ponto em que Juniper estava demonstrando aqueles fouettés.

Bryce pegou o celular e fez uma busca rápida. Um momento depois, estava fazendo uma ligação.

— Eu gostaria de falar com o diretor Gorgyn, por favor.

Bryce bateu o pé de novo quando a recepcionista do BCLC falou. Fechou os dedos em punho antes de responder:

— Diga a ele que Sua Alteza Real a Princesa Bryce Danaan está ligando.

* * *

Flexões de braço entediavam Hunt até dizer chega. Se não fosse pelos fones de ouvido tocando os últimos capítulos do livro ao qual ouvia, podia ter caído no sono durante o exercício no telhado de treino do Comitium.

O sol da manhã assava suas costas, os braços, a testa, suor pingando no chão de concreto. Tinha uma leve ciência de que pessoas o observavam, mas continuou mesmo assim. Trezentas e sessenta e uma, trezentas e sessenta e duas…

Uma sombra recaiu sobre ele, bloqueando o sol. Hunt encontrou a Harpia sorrindo, seu cabelo preto voando ao vento. E aquelas asas pretas… bem, era por isso que não havia mais sol.

— O que foi? — perguntou, com uma exalação, mantendo o movimento.

— A bonitinha quer ver você. — Sua voz afiada estava envolta em diversão cruel.

— O nome dela é Celestina — grunhiu Hunt, chegando a 370 flexões antes de ficar de pé. O olhar da Harpia deslizou por seu tronco exposto, Hunt cruzou os braços. — Você é a mensageira dela agora?

— Sou a mensageira de Ephraim, e, como eles estavam fodendo agora há pouco, eu era a mais próxima para buscar você.

Hunt conteve o calafrio.

— Tudo bem. — Chamou a atenção de Isaiah do outro lado do ringue e indicou que estava saindo. Seu amigo, no meio dos próprios exercícios, acenou em despedida.

Não se prestou a acenar para Baxian, apesar da ajuda do anjo na noite anterior. E Pollux não tinha subido até o ringue para a hora particular deles de treino, presumivelmente ainda estava na cama com a Corça. Naomi tinha esperado por ele durante trinta minutos antes de desistir e ir inspecionar as próprias tropas.

Hunt passou pelas portas de vidro para entrar no prédio, limpando o suor da testa, mas a Harpia o seguiu. O anjo disse, com desprezo, por cima do ombro:

— Tchau.

A Harpia deu a ele um meio sorriso.

— Eu devo escoltar você de volta.

Hunt enrijeceu. Aquilo não podia ser bom. Seu corpo se distanciou, continuou andando, seguindo para os elevadores. Se mandasse uma mensagem de aviso para Bryce naquele momento, será que teria tempo o suficiente para fugir da cidade? A não ser que já tivessem ido atrás dela…

A Harpia o seguia como um espectro.

— Seu sumiço ontem à noite vai voltar para pegar você — cantarolou, entrando junto com ele no elevador.

Certo. Isso.

Tentou não parecer aliviado demais quando o ácido em suas veias se abrandou. Devia ser por isso que Celestina o estava chamando. Um sermão pelo mau comportamento, com isso podia lidar.

Se apenas a Harpia soubesse o que ele realmente andava fazendo ultimamente.

Então Hunt encostou na parede mais afastada do elevador, contemplando como gostaria de matá-la. Um golpe de relâmpago na cabeça seria rápido, mas não tão satisfatório quanto mergulhar a espada em sua barriga e girar enquanto empurrava a arma para cima.

A Harpia fechou as asas pretas. Era esguia e longa, seu rosto era estreito e os olhos eram um pouco grandes demais para as feições. Ela prosseguiu:

— Você sempre pensou mais com o pau do que com a cabeça.

— Um dos meus melhores atributos. — Não a deixaria provocá-lo. Fizera aquilo antes, quando os dois serviam a Sandriel, e ele sempre pagava por isso. Sandriel jamais, sequer uma vez, puniu a fêmea pelas brigas que tinham deixado sua pele lacerada. Era sempre ele quem recebia o açoite depois por "perturbar a paz".

A Harpia entrou no andar da governadora como um vento escuro.

— Você vai receber o que merece, Athalar.

— Igualmente. — Hunt a acompanhou até as portas duplas do escritório público de Celestina. Parou do lado de fora, batendo uma vez. Celestina murmurou as boas-vindas e Hunt entrou na sala, fechando a porta na cara contraída da Harpia.

A arcanjo, trajando azul-celeste naquele dia, estava impecável, brilhando. Se fora mantida acordada a noite toda por Ephraim, não revelou. Nem qualquer outra emoção, na verdade, quando Hunt parou diante de sua mesa e disse:

— Você me chamou? — Assumiu uma pose casual, pernas afastadas, mãos às costas, asas altas, mas frouxas.

Celestina endireitou uma caneta dourada na mesa.

— Houve uma emergência ontem à noite?

Sim. Não.

— Um assunto particular.

— E você decidiu priorizar isso a me ajudar?

Porra.

— Você parecia ter a situação sob controle.

Seus lábios se contraíram.

— Eu esperava que, quando prometeu me apoiar, seria pela noite toda. Não por uma hora.

— Desculpe — disse, sincero. — Se tivesse sido por qualquer outro motivo…

— Estou presumindo que tivesse a ver com a Srta. Quinlan.

— É.

— E você está ciente de que você, como um de meus triários, escolheu ajudar uma princesa feérica em vez de sua governadora?

— Não foi por nada político.

— Não foi assim que meu… parceiro entendeu. Perguntou por que dois de meus triários tinham ido embora de nossa comemoração particular. Se tinham uma opinião tão negativa de mim, dele, a ponto de saírem sem permissão para ajudar um membro da realeza feérica.

Hunt passou as mãos pelos cabelos.

— Desculpe, Celestina. De verdade.

— Tenho certeza de que é sincero. — Sua voz pareceu distante. — Isso não vai acontecer de novo.

Ou o quê?, quase perguntou. Em vez disso, disse:

— Não vai.

— Quero que você fique no quartel pelas próximas duas semanas.

— *O quê?* — Hunt supôs que podia pedir demissão, mas que porra ele faria da vida, então?

O olhar de Celestina era determinado.

— Depois desse tempo, pode voltar para a Srta. Quinlan. Acho que você precisa de um lembrete de suas… prioridades. E eu gostaria que você se comprometesse totalmente com ajudar Baxian a se ajustar. — A arcanjo ajustou alguns papéis na mesa. — Está dispensado.

Duas semanas ali. Sem Quinlan. Sem conseguir tocá-la, transar com ela, se deitar ao lado dela…

— Celestina…

— Adeus.

Apesar do ultraje, da frustação, Hunt a olhou. Olhou de verdade. Ela estava sozinha. Sozinha, e como um raio de luz em um mar de escuridão. Devia tê-la apoiado na noite anterior. Mas, se fosse entre ela e Bryce, ele sempre, *sempre* escolheria sua parceira. Não importava o que aquilo lhe custasse.

O que aparentemente eram duas semanas sem Bryce.

Perguntou:

— Como foi com Ephraim? — *Você não parece muito feliz para uma fêmea que recentemente dormiu com o parceiro.*

Sua cabeça se ergueu. De novo, aquela distância nos olhos que diziam a ele que Hunt tinha sido dispensado mesmo antes que respondesse:

— Isso é um assunto particular, como você disse.

Tudo bem.

— Vou estar por aqui hoje, se precisar de mim. — Dirigiu-se até a porta, mas acrescentou: — Por que mandou a Harpia me buscar?

Seus olhos caramelo estremeceram.

— Ephraim achou que ela podia ser a mais eficiente.

— Ephraim, é?

— Ele é meu parceiro.

— Mas não o seu mestre.

Poder brilhou pelas asas dela, pelo cabelo de cachos estreitos.

— Cuidado, Hunt.

— Anotado. — Hunt saiu para o corredor, perguntando-se se tinha feito alguma coisa para irritar Urd.

Duas semanas ali. Com toda a merda que estava acontecendo com Bryce e os rebeldes e Cormac… Porra.

Como se o mero pensamento nas palavras *rebeldes* a tivesse conjurado, encontrou a Corça encostada na parede mais afastada. Não havia sinal da Harpia. Seu lindo rosto era sereno, embora os olhos dourados parecessem acesos com Fogo do Inferno.

— Olá, Hunt.

— Veio me interrogar? — Hunt seguiu para o elevador que o levaria de volta para o ringue de treino. Manteve o passo casual, arrogante. Completamente inabalado.

Mesmo que Danaan tivesse ficado apavorado com ela, Hunt tinha visto e lidado com Lidia Cervos o suficiente para saber como provocá--la. E como evitar isso. E, longe de Mordoc, de Pollux, de todo o seu séquito de lobos ferais, o anjo a deixaria em ruínas fumegantes. Por um acaso, estava sozinha naquele momento.

A Corça também sabia disso. Era o que a tornava perigosa. Podia parecer desarmada, vulnerável, mas se portava como alguém que podia sussurrar uma palavra e chamar a morte para defendê-la. Que podia estalar os dedos e soltar o Inferno sobre ele.

Era posse de Sandriel quando a Corça se alistou, recrutada pela própria arcanjo para servir como mestre espiã. Lidia era tão jovem: mal chegara aos vinte anos. Acabara de fazer a Descida, e não tinha um aparente poço profundo de magia, a não ser a agilidade como metamorfa de cervo e o amor pela crueldade. Sua nomeação para uma posição tão alta tinha sido um alarme estrondoso para ficar bem longe dela, era uma vanir que ultrapassaria qualquer limite, se isso agradasse tanto a Sandriel. Pollux a cortejara quase imediatamente.

— Que porra você quer? — perguntou Hunt, batendo no botão do elevador. Bloqueou qualquer pensamento da Ophion, de Emile, das atividades deles da mente. Não era nada a não ser o Umbra Mortis, leal ao império.

— Você é amigo de Ruhn Danaan, não é?

Porra de Solas Flamejante. Hunt manteve o rosto neutro.

— Eu não diria que ele é um amigo, mas, sim, a gente anda junto.

— E Ithan Holstrom?

Hunt deu de ombros. Calmo, permaneça calmo.

— Ele é um cara decente.

— E Tharion Ketos?

Hunt se obrigou a exalar um suspiro alto. Ajudou a soltar a pressão em seu peito.

— Não é um pouco cedo para interrogatórios?

Porra, será que fora atrás de Bryce? Será que um de seus brutamontes, até Mordoc, já estava no apartamento enquanto encurralava Hunt ali, no elevador?

A Corça sorriu sem mostrar os dentes.

— Eu acordei renovada esta manhã.

— Não sabia que foder com Pollux era tão entediante que você consegue dormir enquanto faz isso.

A metamorfa de cervo riu, para sua surpresa.

— Sandriel podia ter feito tanto mais com você, se ao menos ela tivesse tido visão.

— Uma pena que ela gostava mais de jogos de apostas do que de me torturar. — Agradecia aos deuses que Sandriel tivesse se afogado tanto em dívidas que precisou vendê-lo para Micah para pagá-las.

— Uma pena que ela esteja morta. — Aqueles olhos dourados brilharam. É, a Corça sabia quem era responsável por aquela morte.

O elevador se abriu e Hunt entrou, a Corça o seguiu.

— Então, por que as perguntas sobre meus amigos? — Quanto tempo teria para avisá-los? Ou será que se todos fugirem da cidade isso seria um atestado de culpa?

— Eu achei que eles eram apenas pessoas com quem você andava.

— Dá na mesma.

Seu leve e insípido sorriso arranhou o temperamento de Hunt.

— Um grupo incomum, até mesmo em uma cidade tão progressista quanto Lunathion. Um anjo, um lobo, um príncipe feérico, um tritão e uma vadia semi-humana. — Hunt grunhiu com as últimas palavras, ódio o puxando do temor. — Parece o início de uma piada ruim.

— Quer me perguntar alguma coisa, Lidia, então diga, porra. Não desperdice meu tempo. — O elevador se abriu no corredor do andar de treino, trazendo o cheiro de suor.

— Só estou observando uma anomalia. Imaginando o que pode ser tão... atraente para que tantas pessoas de poder, de espécies e Casas diferentes, estejam *andando* juntas no apartamento de Bryce Quinlan.

— Ela tem um console de videogame sinistro.

A Corça riu, o som envolto em ameaça.

— Eu vou descobrir, sabe. Sempre descubro.

— Estou ansioso por isso — disse Hunt, batendo os pés na direção das portas. Uma figura escura pairava adiante deles... Baxian. Seus olhos estavam sobre a Corça. Petrificados, mas procurando.

Parou subitamente. A *Corça* parou subitamente.

Baxian falou:

— Lidia.

A Corça respondeu, inexpressiva:

— Baxian.

— Eu estava procurando você. — Inclinou a cabeça para Hunt como uma dispensa. Assumiria dali em diante.

— É para explicar por que você sumiu noite afora com Hunt Athalar? — perguntou ela, unindo as mãos às costas em uma perfeita pose imperial. Como uma boa soldadinha.

Hunt passou por Baxian.

— Nem uma palavra — disse Hunt, tão baixinho que mal passou de um sussurro. Baxian assentiu sutilmente.

Hunt mal abrira as portas da área de treino quando ouviu Baxian dizer, cautelosamente, para a Corça, como se lembrasse de quem ela era:

— Eu não respondo a você.

Sua voz era suave como seda.

— Não a mim, nem a Ephraim, mas você ainda responde aos asteri.

— Seus verdadeiros mestres. — Cuja vontade é a minha.

Hunt sentiu seu estômago se revirar. Estava certa.

E seria bom se lembrar disso antes que fosse tarde demais.

38

— Que porra de ideia imbecil.

— Você gosta mesmo de dizer isso, Pernas.

Bryce olhou para as portas de ferro de dois andares no beco da Praça da Cidade Velha, a superfície gravada com estrelas e planetas e todo tipo de objetos celestiais.

— Há um motivo pelo qual ninguém mais vem aos místicos. — Inferno, sugerira o mesmo enquanto trabalhava no caso de Danika na última primavera, mas Hunt a convencera a não ir.

Os místicos são uma merda sombria e fodida, dissera ele.

Bryce olhou com irritação para Tharion e Ithan, de pé atrás de si no beco.

— Estou falando sério. O que há atrás daquelas portas não é para os fracos. Jesiba conhece esse cara e nem mesmo ela se mete com ele.

Ithan replicou:

— Não consigo pensar em outra alternativa. O Oráculo só vê o futuro, não o presente. Eu preciso saber o que está acontecendo com Connor.

Tharion disse, arrastado:

— Se você não aguenta, Pernas, então fique aqui sentada na calçada.

Bryce suspirou pelo nariz, tentando de novo.

— Apenas cafajestes usam os místicos hoje em dia. — Já tinham tido aquela conversa duas vezes na caminhada até ali. Provavelmente perderia aquela rodada também, mas valia a pena tentar. Se Hunt estivesse ali, teria transmitido sua opinião do seu jeito alfa babaca. Contudo, o anjo não tinha atendido ao telefone.

Provavelmente acabaria com ela por ter ido até ali sem ele.

Bryce suspirou para o céu escaldante.

— Tudo bem. Vamos acabar com isso.

— Esse é o espírito, Pernas. — Tharion deu tapinhas em suas costas. Ithan franziu a testa diante das portas.

Bryce esticou o braço para a sineta da porta, uma lua crescente pendurada de uma delicada corrente de ferro. Puxou uma vez, duas. Um tinido desafinado ecoou.

— Essa é uma ideia realmente ruim — murmurou de novo.

— É, é — disse Ithan, inclinando a cabeça para estudar o prédio. A tatuagem da matilha de Amelie estava ofuscantemente escura sob o sol. Imaginava se ele queria rasgar a pele e começar de novo.

Bryce deixou a pergunta de lado quando um dos planetas entalhados na porta, o gigante de cinco anéis que era Thurr, balançou para o lado, revelando um olho cinza pálido:

— Hora marcada?

Tharion mostrou o distintivo da UICA.

— A Corte Azul requer sua assistência.

— É mesmo? — Uma risada rouca soou quando um olho, estranhamente aguçado, apesar das rugas em torno dele, se fixaram no tritão. O olho se fechou em diversão ou prazer. — Um dos do povo do rio. Que maravilha, que maravilha.

O planeta se fechou, e Tharion pisou no degrau de ardósia quando as portas se entreabriram. Ar frio ondulou para fora, junto com o odor de sal e a umidade sufocante de mofo.

Ithan acompanhou Bryce, xingando baixinho ao sentir o cheiro. Virou-se, lançando a ele um olhar de reprovação. O lobo se acuou, caminhando ao seu lado com a graciosidade de jogador de solebol quando entraram no espaço cavernoso adiante.

Um macho idoso com túnica cinza estava diante deles. Não humano, mas seu cheiro não declarava nada além de algum tipo de humanoide vanir. A barba branca pesada caía até a fina faixa de corda que lhe servia de cinto, o cabelo ralo era longo e estava solto. Quatro anéis de prata e ouro brilhavam em uma de suas mãos murchas e manchadas, com pequenas estrelas brilhando no centro de cada um, presas em domos de vidro invisíveis.

Não... estrelas não.

O estômago de Bryce se revirou quando viu a mão minúscula que tocou o outro lado do vidro. Não tinha como deixar de ver o desespero naquele toque.

Cinco duendes. Escravizados, todos eles. Comprados e vendidos.

Bryce se segurou para não arrancar aquela mão do braço que a carregava. Conseguia sentir Ithan a olhando, senti-lo tentando compreender por que ficara tão imóvel e rígida, mas ela não conseguia tirar os olhos dos duendes...

— Não é todo dia que um dos tritões atravessa minha entrada — disse o velho macho, seu sorriso mostrava dentes brancos demais, ainda intactos apesar da idade. A não ser que tivessem vindo de outra pessoa. — Muito menos na companhia de um lobo e de um feérico.

Bryce segurou sua bolsa, controlando seu temperamento, e ergueu o queixo.

— Precisamos consultar seus... — Olhou além de seu ombro ossudo para o espaço escuro adiante. — Serviços. — *E então eu vou arrancar todos esses quatro anéis e quebrá-los.*

— Ficarei honrado. — O macho se curvou na altura da cintura para Tharion, mas não se incomodou em estender a cortesia para Bryce e Ithan. — Por aqui.

Bryce manteve a mão a uma distância casual da faca em sua bolsa quando adentraram a escuridão. Queria ter o peso e a força reconfortantes da espada de Danika, mas a lâmina teria se destacado demais.

O espaço consistia em dois andares, estantes de livros entulhadas com tomos e pergaminhos que se elevavam até o teto coberto com um véu preto, uma rampa de ferro subindo sinuosa pelas paredes em uma espiral preguiçosa. Uma grande órbita dourada pendia do centro da sala, acesa por dentro.

E abaixo, em tubos embutidos no piso de ardósia...

À sua esquerda, Ithan inspirou.

Três místicos dormiam, submersos em água esverdeada e turva, máscaras respiradoras presas ao rosto. As camisolas brancas flutuavam ao seu redor, fazendo pouco para esconder os corpos esqueléticos por baixo. Um macho, uma fêmea, um bigênero. Era sempre assim, como sempre tinha sido. Equilíbrio perfeito.

O estômago de Bryce se revirou de novo. Sabia que a sensação não pararia até que fossem embora.

— Posso lhes servir um chá quente antes de começarmos as formalidades? — perguntou o macho idoso a Tharion, indicando uma mesa de carvalho espessa à direita da base da rampa.

— Estamos com pouco tempo — mentiu Ithan, colocando-se ao lado de Tharion. Tudo bem. Que lidassem com o velho esquisito.

Ithan colocou uma pilha de marcos de ouro na mesa com um tilintar.

— Se isso não cobrir os custos, me mande a conta da diferença. — Isso chamou a atenção de Bryce. Ithan falava com tanta... autoridade. Ouvira o lobo falar com seus colegas de equipe como seu capitão, tinha visto Ithan no comando muitas vezes, mas o Ithan que conhecera nos últimos dias andava reprimido.

— Sim, sim. — Os olhos leitosos do macho percorreram a sala. — Posso colocar minhas belezinhas para funcionar em alguns minutos. — Mancou até a passagem e apoiou a mão no corrimão de ferro quando começou a subida.

Bryce olhou para os três místicos em suas banheiras, os corpos finos, a pele pálida e encharcada. Embutido no chão ao lado deles havia um painel coberto com um idioma que nunca tinha visto.

— Não dê atenção a eles, senhorita — disse o velho, ainda entremeando até uma plataforma mais ou menos no meio da sala, cheia de botões e rodas. — Quando não estão em uso, eles vagueiam. Para onde vão e o que veem é um mistério, até mesmo para mim.

Não é que os místicos conseguissem ver todos os mundos, não, o dom não era o que causava angústia. Era do que abriam mão por ele. Vida. Verdadeira vida.

Bryce ouviu Tharion engolir em seco. Segurou-se para não ralhar que havia avisado. Dez vezes, porra.

— As famílias são suntuosamente compensadas — disse o velho, como se recitando de um roteiro feito para acalmar clientes desconfortáveis. Tocou os controles e começou a ligar interruptores. Motores resmungaram e mais luzes se acenderam nos tanques, iluminando melhor os corpos dos místicos. — Se isso preocupa você.

Outro interruptor foi ligado e Bryce cambaleou alguns passos para trás quando uma réplica holográfica completa do sistema solar explodiu em seu campo visual, orbitando o sol pendurado no centro do espaço. Tharion exalou o que pareceu um suspiro impressionado. Ithan observou acima, como se conseguisse encontrar o irmão naquele mapa.

Bryce não esperou por eles antes de acompanhar o velho macho para cima da passarela conforme os sete planetas se alinhavam perfeitamente, estrelas brilhando nas pontas mais distantes da sala. Não conseguiu evitar o tom ríspido de sua voz quando perguntou:

— As famílias os visitam?

Realmente não tinha direito de exigir aquelas respostas. Fora cúmplice ao ir até ali, ao usar os seus serviços.

— Seria perturbador para os dois lados — disse o macho, distante, ainda trabalhando nos botões.

— Qual é o seu nome? — Bryce avançou rampa acima.

Tharion murmurou:

— Pernas. — Ignorou o aviso. Ithan se manteve calado.

No entanto, o velho macho respondeu, completamente inabalado:

— Algumas pessoas me chamam de o Astrônomo.

Não conteve o tom sarcástico na própria voz.

— E como outras pessoas chamam você? — O Astrônomo não respondeu. Mais e mais para cima, Bryce subiu até o céu, Tharion e Ithan em seu encalço. Como se os babacas estivessem reconsiderando aquilo.

Um dos místicos estremeceu, água respingou.

— Uma reação normal — disse o Astrônomo, sem sequer tirar os olhos dos botões quando se aproximaram. — Todos estão sempre tão preocupados com seu bem-estar. Eles fizeram a escolha, sabem. Eu não os obriguei a isso. — Suspirou. — Desistir da vida no mundo desperto para vislumbrar maravilhas do universo que nenhum vanir ou mortal jamais verá… — Acariciando a barba, acrescentou: — Este trio é bom. Eu os tenho já faz um tempo, sem problemas. O último grupo… Um vagueou longe demais. Longe demais e por tempo demais. Elu* levou os outros. Foi um desperdício.

Bryce tentou bloquear as desculpas. Todos conheciam a verdade: os místicos vinham de todas as raças e eram normalmente pobres. Tão pobres que, quando nasciam com o dom, as famílias os vendiam a pessoas como o Astrônomo, que exploravam seu talento até que morressem, sozinhos naquelas banheiras. Ou perambulassem tão profundamente no cosmo que não conseguiam encontrar o caminho de volta para as próprias mentes.

Bryce fechou as mãos em punhos. Micah tinha permitido que aquilo acontecesse. O merda do seu pai fazia vista grossa também. Como Rei Outonal, podia dar um fim àquela prática ou, no mínimo, defender seu fim, mas não fazia isso.

Bryce deixou de lado sua revolta e acenou para os planetas flutuantes.

— Esse mapa do espaço…

— É chamado de planetário.

— Esse *planetário.* — Bryce se aproximou do lado do macho. — É tecnologia… não magia.

— Não pode ser os dois?

Os dedos de Bryce se fecharam em punhos. Contudo, disse, uma memória turva ondulando de sua infância:

— O Rei Outonal tem um em seu escritório particular.

O Astrônomo emitiu um estalo com a língua.

— Sim, e é um excelente. Feito por artesãos avallenos há muito tempo. Não tive o privilégio de vê-lo, mas ouvi falar que é tão preciso quanto o meu, se não mais.

— Qual é o objetivo dele? — perguntou.

— Somente uma pessoa que não sente a necessidade de espiar o cosmos faria uma pergunta dessas. O planetário nos ajuda a responder às perguntas mais fundamentais: quem somos? De onde viemos?

Quando Bryce não disse mais nada, Tharion pigarreou.

---

* No original, "they". (N. E.)

— Nós seremos rápidos com nossas perguntas, então.

— Cada uma será cobrada, é óbvio.

— É óbvio — disse Ithan, entre dentes trincados, parando ao lado de Bryce. Olhou através dos planetas para os místicos flutuando abaixo. — Meu irmão, Connor Holstrom, permanece no Quarteirão dos Ossos, ou a alma dele passou pelo Portão dos Mortos?

O Astrônomo sussurrou:

— Por Luna. — Brincou com um dos anéis que brilhava fraco sobre sua mão. — Essa pergunta exige um método... mais arriscado de contato do que o habitual. Um que beira o ilegal. Vai lhe custar.

Bryce falou:

— Quanto? — Baboseira de golpista.

— Mais cem marcos de ouro.

Bryce se espantou, mas Ithan disse:

— Fechado.

Virou-se para avisá-lo que não gastasse mais uma moeda da considerável herança que os pais tinham deixado para ele, mas o Astrônomo mancou até um armário de metal sob os botões e abriu as pequenas portas. Pegou um embrulho de lona.

Bryce enrijeceu diante do cheiro bolorento e pútrido de terra que flutuou do embrulho quando o velho abriu o tecido e revelou um punhado de sal cor de ferrugem.

— Que porra é essa? — perguntou Ithan.

— Sal de sangue — sussurrou Bryce. Tharion olhou para ela inquisidoramente, mas não se deu ao trabalho de explicar mais.

Sangue para a vida, sangue para a morte, era sal de conjuração infundido com o sangue do sexo de uma mãe em trabalho de parto e sangue da garganta de um macho à beira da morte. As duas grandes transições de uma alma para entrar e sair deste mundo. Usar ali, contudo...

— Você não vai acrescentar isso à água deles — disse Bryce ao Astrônomo.

O velho macho mancou de volta rampa abaixo.

— Os tanques já contêm sal branco. O sal de sangue vai apenas delimitar a busca.

Tharion murmurou para Bryce:

— Talvez você esteja certa sobre este lugar.

— *Agora* você concorda comigo? — sussurrou, alto, quando o Astrônomo salpicou o sal vermelho nos três tanques.

A água ficou turva, então assumiu a cor de ferrugem. Como se os místicos estivessem agora imersos em sangue.

Ithan murmurou:

— Isso não está certo.

— Então vamos pegar nosso dinheiro e ir embora — suplicou.

Antes que decidissem, o Astrônomo voltou e Tharion perguntou:

— É seguro para os místicos contatarem os mortos em descanso?

O Astrônomo digitou no tablet disposto em um atril folheado a ouro entalhado como uma estrela explodindo, então pressionou um botão preto em um painel próximo.

— Ah, sim. Eles adoram conversar. Não têm mais nada para fazer com o próprio tempo. — Lançou a Bryce um olhar afiado, os olhos cinzentos brilhando como facas frias. — Quanto a seu dinheiro... há uma política de não reembolso. Está escrito bem ali na parede. Você pode muito bem ficar e ouvir sua resposta.

Antes que Bryce conseguisse rebater, o chão abaixo deslizou, deixando os místicos nas respectivas banheiras e criando um espaço considerável entre a base da rampa e a entrada.

As banheiras estavam sobre colunas estreitas, erguendo-se de um subnível coberto com mais livros e outra passagem que descia sem parar, até um poço preto no centro do piso. E, preenchendo o subnível, camada após camada de escuridão se revelou, cada uma mais preta do que a anterior.

Sete delas. Uma para cada nível do Inferno.

— Desde as mais altas estrelas até o próprio Fosso. — O Astrônomo suspirou, então digitou no tablet novamente. — A busca pode levar um tempo, mesmo com o sal de sangue.

Bryce mediu a abertura entre a base da rampa e a entrada. Será que conseguia pular? Ithan definitivamente conseguia... Tharion também.

Viu que Tharion a observava com os braços cruzados.

— Apenas aproveite o espetáculo, Pernas.

Ela fez uma careta.

— Eu acho que você perdeu o direito de me chamar assim depois disso.

Ithan falou, baixinho, a expressao cheia de mágoa:

— Bryce. Eu sei que isso é uma bosta. Isso é... Isso não é legal. — Sua voz ficou rouca. — Mas é a única forma de descobrir o que está acontecendo com Connor...

Abriu a boca para retrucar que Connor teria condenado aquele lugar e dito a Ithan que encontrasse alguma outra forma, mas... podia vê-lo. Connor. Brilhando bem ali no rosto de Ithan, em seus olhos, o mesmo tom, e naqueles ombros largos.

Sua garganta doeu.

Que limite não cruzaria para ajudar Connor e a Matilha dos Demônios? Teriam feito o mesmo por ela. Connor podia ter condenado aquele lugar, mas se ele estivesse em seu lugar...

Tharion indicou com o queixo a saída bem abaixo.

— Vá em frente, princesa. A gente se encontra depois.

— Vai se foder — disparou Bryce e afastou seus pés. — Vamos acabar com isso. — Pelo canto do olho, viu os ombros de Ithan se curvarem. Se em alívio ou vergonha, não sabia dizer.

O velho macho interrompeu, como se não tivesse ouvido uma palavra da discussão sussurrada.

— A maioria dos Astrônomos e místicos foi à falência ultimamente, sabem. Graças a tecnologia chique. E a enxeridos sabe-tudo como você — disse para Bryce, que grunhiu em resposta, o som mais feérico e primitivo do que gostaria, mas o velho acenou com aquela mão odiosa encrustada de anéis para os místicos e suas piscinas. — *Eles* eram a interweb original. Qualquer resposta que você deseje, eles podem encontrar, sem precisar avançar pelo caminho de baboseiras por aí.

A mística fêmea estremeceu, o cabelo preto flutuando em torno dela na piscina de suspensão, tendões pretos em meio ao sal vermelho. Água salgada seca se encrustava na borda de ardósia da banheira, como se tivesse se debatido mais cedo e encharcado as pedras. Sal para flutuação, e para protegê-los dos demônios e seres que espionavam ou com quem conversavam. Mas será que aquelas proteções sumiriam com o sal de sangue na água?

Místice, que era tanto fêmea quanto macho, se agitou, seus longos braços e pernas se debatendo.

— Ah — observou o Astrônomo, lendo o tablet. — Estão indo longe desta vez. Muito longe. — Assentiu para Bryce. — Aquele era sal de sangue de alta qualidade, sabe.

— Por cem marcos, é melhor que seja — disse Ithan, mas sua atenção permaneceu nos místicos abaixo, sua respiração ofegante.

Outro botão pressionado e os planetas holográficos começaram a mudar, tornando-se menores conforme flutuavam para longe. O sol ergueu-se até o teto, desaparecendo, e estrelas distantes surgiram. Planetas diferentes.

— Os místicos fizeram os mapas de cinco estrelas — falou o Astrônomo. — Eles mapearam mais extensivamente do que qualquer um antes. Na Cidade Eterna, eu ouvi dizer que há mil místicos nas catacumbas do palácio, mapeando mais e mais longe no cosmos. Falando com criaturas que jamais conheceremos.

Hunt tinha estado naquelas catacumbas, nas masmorras, especificamente. Será que havia ouvido algum boato sobre aquilo?

Alguma coisa apitou na tela e Bryce indicou.

— O que é aquilo?

— O macho está chegando à órbita do Inferno. — O Astrônomo emitiu um estalo com a língua. — Ele está muito mais rápido hoje. Impressionante.

— A alma de Connor acabou no *Inferno*? — Horror envolveu cada palavra de Ithan.

A garganta de Bryce se fechou. Aquilo... aquilo não era possível. Como sequer poderia ter acontecido? Será que ela fizera alguma coisa com o Portão naquela primavera que havia transportado a alma dele para lá?

Silêncio caiu, a temperatura também.

— Por que está ficando mais frio? — indagou.

— Às vezes os poderes deles manifestam o ambiente que estão encontrando. — Antes que alguém respondesse, o Astrônomo girou um botão. — O que está vendo, o que está ouvindo?

O macho estremeceu de novo, água vermelha respingando pela borda da banheira e escorrendo para o poço abaixo. Tharion olhou por cima do corrimão de ferro.

— Os lábios dele estão ficando azuis.

— A água está quente. — O Astrônomo fez um ruído de preocupação — Vejam. — Apontou para a tela. Um gráfico de linhas subindo e descendo, como ondas de som, surgiu. — Admito que a nova tecnologia tem algumas vantagens. O antigo modo de transcrever era muito mais complicado, eu precisava consultar cada onda cerebral para encontrar a correlação com a letra ou a palavra certas. Agora a máquina faz por mim.

Não me importo com ondas cerebrais, pensou Bryce. *Me conte o que está acontecendo com Connor.*

O Astrônomo tagarelava, quase distraído:

— Quando você fala, seu cérebro manda uma mensagem à sua língua para formar as palavras. Esta máquina lê essa mensagem, esse sinal, e interpreta. Sem que você precise dizer uma palavra.

— Então é uma leitora de mentes — disse Tharion, o rosto pálido sob as luzes. Bryce caminhou para mais perto de Ithan, o lobo irradiava temor.

— De certa forma — respondeu o Astrônomo. — Agora, é mais uma bisbilhoteira, ouvindo a conversa que o místico está tendo com quem quer que esteja na outra ponta da linha.

Tharion perguntou, as mãos atrás das costas quando olhou para as máquinas:

— Como sabe o que a outra pessoa está dizendo?

— O místico é treinado para repetir as palavras para que nós possamos transcrever. — A tela começou a piscar uma série de letras, palavras.

— *Escuro demais* — leu o Astrônomo em voz alta. — *Está escuro demais para ver. Só ouvir.*

— Você consegue especificar onde no Inferno seu místico está? — Ithan indicou os níveis holográficos bem abaixo.

— Não com precisão, mas, a julgar pelo frio, eu diria profundamente. Talvez no próprio Desfiladeiro.

Bryce e Ithan trocaram olhares. Seu olhos estavam tão arregalados quanto os dela.

O Astrônomo continuou lendo.

— *Oi?* — Silêncio. Nada além de um silêncio interminável. — Isso é muito comum — garantiu o Astrônomo, gesticulando para que se aproximassem. Apesar de não querer, apesar de suas objeções, Bryce se debruçou para ler a mensagem.

O místico falou: *Estou procurando pela alma de um lobo chamado Connor Holstrom.*

Alguém, alguma coisa, respondeu:

Lobo nenhum perambula nestas terras há eras. Nenhum lobo com esse nome mora aqui, vivo ou morto. Mas o que é você*?*

Ithan estremeceu, cambaleando um passo. Com alívio, Bryce percebeu... porque essa era a sensação zonza e animadora em seu corpo também.

— Estranho — disse o Astrônomo. — Por que fomos atraídos para o Inferno se seu amigo não está lá?

Bryce não queria saber. Tentou sem sucesso abrir a boca para dizer que deveriam ir embora.

Sou um místico, disse o macho.

De onde?

Um lugar distante.

Por que está aqui?

Para fazer perguntas. Vai me ajudar?

Se eu puder, místico, então ajudarei.

Qual é seu nome?

Uma pausa. Então, *Thanatos.*

— O Príncipe da Ravina. — Tharion recuou um passo.

Você sabe se Connor Holstrom ainda está no Quarteirão dos Ossos de Midgard?

Uma longa, longa pausa, as ondas de som se aplainando. Então...

Quem mandou você aqui?

Um lobo, um tritão e uma fêmea metade feérica, metade humana.

Bryce não fazia ideia como os místicos souberam da presença deles.

Não queria saber que tipo de percepção tinham enquanto estavam naqueles tanques de isolamento.

Thanatos perguntou: *Quais são os nomes deles.*

Eu não sei. Você vai responder minhas perguntas?

Outra longa pausa.

— Precisamos parar com isso. — Ithan assentiu na direção da banheira do macho. Gelo começava a cobrir a água.

Eles estão ouvindo, é?

Sim.

De novo, silêncio.

E o príncipe demônio falou: *Me deixe vê-los. Deixe que eles me vejam.*

Os olhos do místico se arregalaram no tanque abaixo.

39

Uma inspiração trêmula foi o único sinal de desconforto que Bryce se permitiu enquanto encarava o holograma projetado no centro do planetário. O macho agora contido no limite escuro dele.

O cabelo preto de cachos pequenos de Thanatos era curto rente à cabeça, expondo o belo rosto que não sorria acima do poderoso corpo vestindo armadura escura e ornamentada. Olhou diretamente para Bryce, como se pudesse de fato ver através dos olhos do místico.

O Astrônomo deu um passo para trás, murmurando uma oração para Luna.

A transmissão continuava, sincronizada com os movimentos da boca de Thanatos. Fome tomava a expressão do demônio.

Eu consigo sentir o cheiro da luz estelar em você.

O Príncipe da Ravina a conhecia. De alguma forma.

O Astrônomo deu outro passo para trás, então mais um, até se encostar na parede, trêmulo de terror.

Os olhos escuros de Thanatos perfuraram a alma de Bryce. *Você é aquela de quem meus irmãos falam.*

Ithan e Tharion olharam dela para o demônio, as mãos ao alcance fácil das armas, ainda que pudessem fazer pouco.

— Vim perguntar sobre a alma de um amigo. Eu não sei por que estou falando com você — disse Bryce, e acrescentou, em tom mais baixo: — Vossa Alteza.

Sou um Príncipe da Morte. As almas se curvam a mim.

Aquele macho não tinha nada da destreza de Aidas ou do que Hunt havia contado a ela sobre a arrogância presunçosa de Apollion. Nada que indicasse misericórdia ou humor.

Ithan disparou, os dentes batendo de frio:

— Você sabe se a alma de Connor Holstrom de alguma forma se perdeu no Inferno?

Thanatos franziu a testa para as botas na altura de seus joelhos, como se conseguisse enxergar até o fundo do Fosso abaixo.

O lobo é seu irmão, suponho, disse a Ithan.

— Sim. — A garganta de Ithan estremeceu.

A alma dele não está no Inferno. Ele está... Sua atenção se voltou de novo para Bryce. Rasgou pele e osso, até o ser por baixo. *Você matou uma de minhas criações. Meu amado bicho de estimação, mantido por tanto tempo do seu lado da Travessia.*

Bryce conseguiu perguntar, o fôlego se condensando diante dela:

— Você está falando dos ceifadores? Ou do Pastor? — Um pastor de almas, para um príncipe que as traficava. — O Sub-Rei disse que você o abandonou depois das Primeiras Guerras.

Abandonei, ou intencionalmente plantei?

Ótimo. Fantástico.

— Eu não tinha interesse em virar o almoço dele — disse Bryce.

Os olhos de Thanatos se incendiaram. *Você me custou um elo crucial com Midgard. O Pastor relatava fielmente a mim tudo que ouvia no Quarteirão dos Ossos. As almas dos mortos falam livremente do mundo delas.*

— Que peninha.

Está debochando de um Príncipe do Inferno?

— Eu só quero respostas. — E dar o fora daqui.

Thanatos a estudou de novo, como se tivesse todo o tempo do universo. Então ele falou: *Vou lhes dar respostas apenas por respeito a uma guerreira capaz de matar uma de minhas criações. Se eu a encontrar no campo de batalha, no entanto, vou me vingar da morte do Pastor.*

A boca de Bryce secou.

— Está marcado.

Connor Holstrom permanece no Quarteirão dos Ossos. Meu Pastor o observou durante suas rondas na noite antes de você o matar. A não ser... Ah, estou vendo agora. Os olhos dele ficaram distantes. *Uma ordem foi despachada da escuridão. Ele deverá ser deixado a sós com os demais até que a quantidade normal de tempo tenha se passado.*

— Quem deu a ordem? — indagou Ithan.

Não está evidente.

Bryce perguntou:

— Existe alguma forma de ajudar almas como Connor? — Se ele fosse empurrado pelo Portão dos Mortos no dia seguinte ou em quinhentos anos, ainda era um destino horrível.

Apenas os asteri saberiam.

Tharion, o idiota, interrompeu:

— Você consegue determinar a localização de um menino humano chamado Emile Renast em Lunathion?

Bryce enrijeceu. Se Apollion estivesse mesmo procurando Emile... será que tinham acabado de arrastar mais um Príncipe do Inferno para a caçada?

— Não é assim que funciona — ciciou o Astrônomo de onde ainda estava encolhido, à parede.

Eu não conheço esse nome ou essa pessoa.

Graças aos deuses. E graças aos deuses que as palavras do príncipe não davam indícios de ciência do paradeiro de Emile, ou do que Apollion iria querer dele.

Tharion disse, arrastado:

— Conhece alguém que saiba?

Não. Esses são assuntos do seu mundo.

Bryce tentou sem sucesso acalmar seu coração acelerado. Pelo menos Connor continuava no Quarteirão dos Ossos, e tinham conseguido um cessar-fogo.

— O menino é um pássaro-trovão — disse Tharion. — Isso diz alguma coisa?

— Tharion — avisou Ithan, aparentemente compartilhando da mesma opinião de Bryce.

Achei que os asteri tivessem destruído essa ameaça há muito tempo.

Bryce pigarreou.

— Talvez — sugeriu. — Por que eram uma ameaça?

Estou me cansando dessas perguntas. Vou me banquetear.

A sala mergulhou em escuridão.

O Astrônomo sussurrou:

— Que Luna me guarde, seu arco luminoso contra a escuridão, suas flechas como fogo prateado disparando no Inferno…

Bryce levantou a mao envolta em luz estelar, projetando a sala em prata. No espaço em que estava o holograma de Thanatos, apenas um poço preto permanecia.

O místico macho deu um solavanco violento, submergindo e arqueando-se. Líquido vermelho respingou. Os outros dois continuavam deitados, imóveis como a morte. A máquina começou a disparar e apitar, o Astrônomo parou sua oração para correr até os controles.

— Ele o apreendeu — arquejou o macho, suas mãos tremendo.

Bryce aumentou sua luz quando a transmissão recomeçou.

Há muito uma mosquinha mortal não desce zumbindo até o Inferno. Vou provar a alma deste aqui, como um dia bebi deles como um bom vinho.

Geada avançou pelo chão. O místico macho arqueou o corpo de novo, braços finos se debatendo, o peito se elevando e descendo a um ritmo acelerado.

— Solte-o! — disparou Bryce.

Por favor, suplicou o místico.

Que triste e solitário e desesperado você é. Você tem gosto de água da chuva.

Por favor, por favor.

Só mais um pouco. Só um gostinho.

O Astrônomo começou a digitar. Alarmes berraram.

— O que está acontecendo? — gritou Tharion. Abaixo, o gelo encobria os outros dois místicos nas banheiras.

O príncipe continuou: *Você veio fundo demais. Acho que vou ficar com você.*

O macho se debateu, lançando ondas de água vermelha cascateando para o vazio abaixo.

— Desligue as máquinas — ordenou Ithan.

— Não posso, não sem a extração correta. A mente pode se estilhaçar.

Bryce protestou:

— Se você não desligar, fodeu para ele.

O Príncipe da Ravina falou: *Não me importo com a agente de meus irmãos. Não preciso de suas regras e restrições e das ilusões de civilização. Vou provar todos vocês dessa forma, vocês e seus mestres, depois que a porta entre nossos mundos estiver novamente aberta. Começando com você, Estrelada.*

Gelo se alastrou pelas paredes, encrustando os místicos submersos. As máquinas rangeram, planetas se apagaram, então...

Cada peça tecnológica movida a primalux se desligou. Até mesmo a luz estelar de Bryce se extinguiu. Bryce xingou.

— O quê...

O Astrônomo ofegava na escuridão. Botões estalavam, ocos.

— Os respiradores...

Bryce puxou o celular, atrapalhando-se para ligar a lanterna. Não acendia. Tharion soltou outro palavrão, a dele também não funcionava. Cada músculo e tendão de seu corpo enrijeceu.

Luz dourada tremeluzente brilhou da mão erguida do Astrônomo. Os duendes de fogo presos nos anéis dele brilharam constantemente.

Pelo visto, era tudo que Ithan precisava para enxergar, pois se lançou por cima do corrimão e seguiu para a banheira congelada do macho. Aterrissou graciosamente, equilibrando os pés de cada lado. Um golpe de seu punho fez o gelo rachar.

O macho convulsionava, evidentemente se afogando sem um respirador funcional. Ithan o puxou, arrancando a máscara de seu rosto. Um longo tubo de alimentação a acompanhou. O macho teve ânsias e espasmos, mas Ithan o levantou por cima da borda, para que não escorregasse de novo.

Saltando com graciosidade atlética, o lobo alcançou a banheira do meio, libertando e místice ali dentro. Então seguiu para a fêmea na terceira banheira.

O Astrônomo estava gritando, mas parecia que Ithan mal ouvia suas palavras. Os três místicos estremeciam, choros baixinhos saíam trêmulos das bocas azuis. Bryce estremecia junto, Tharion colocou a mão em suas costas.

Alguma coisa abaixo rangeu, e as luzes se acenderam de novo. O chão começou a se elevar, avançando na direção das banheiras de novo. O penduricalho de sol desceu do teto quando o Astrônomo desceu pela passagem, xingando.

— Você não tinha o direito de tirá-los, *nenhum direito*...

— Eles teriam se afogado! — Bryce se colocou em movimento, correndo atrás do macho. Tharion marchou um passo atrás.

A fêmea se agitou quando o piso de ardósia se fixou em torno das banheiras. Sobre os braços finos como junco, ergueu o peito, piscando exausta para Ithan, então para a sala.

— De volta — chiou a mística, a voz falha e rouca, em desuso há anos. Seus olhos pretos suplicantes. — *Me mande de volta.*

— O Príncipe da Ravina estava prestes a dilacerar a alma do seu amigo — disse Ithan, ajoelhando-se diante dela.

— *Me mande de volta!* — gritou, as palavras mal passando de um guincho rouco. — *De volta!*

Não para o Inferno, Bryce sabia, não para o Príncipe da Ravina, mas para a existência aquosa e leve. Ithan se levantou, afastando-se lentamente.

— Saiam — fervilhou o Astrônomo, correndo na direção de seus místicos. — Todos vocês.

Bryce chegou à base da rampa, os anéis ainda brilhantes do Astrônomo se acendendo mais fortes. Fúria ferveu em seu peito.

— Você teria sacrificado eles...

— *DE VOLTA!* — gritou a fêmea de novo. Os outros dois místicos se agitaram ao retornar à consciência, gemendo. Bryce passou para o lado de Ithan, atrelando seu braço no dele, puxando-o na direção das portas. O lobo olhava boquiaberto para os místicos, para a confusão que tinha feito.

O Astrônomo estava ajoelhado ao lado da fêmea, levando a mão aos tubos que Ithan tinha arrancado.

— Eles não podem mais existir neste mundo. *Não querem* existir neste mundo. — Olhava com raiva para ela, fogo frio em seus olhos cinza pálidos.

Bryce abriu a boca, mas Tharion balançou a cabeça, já encaminhando-se para a saída.

— Desculpe pelo incômodo — disse, por cima do ombro largo.

— *Me mande de volta* — choramingou a fêmea para o Astrônomo.

Bryce tentou puxar Ithan, mas o lobo olhou para a fêmea, para o macho idoso. Seus músculos tensos, como se pudesse muito bem arrancar o Astrônomo da menina e levá-la embora.

— Logo — prometeu o velho macho, acariciando o cabelo molhado da jovem. — Logo você vai flutuar de novo, meu cordeirinho. — Cada um de seus anéis brilhou, projetando raios em torno da cabeça da mística como uma coroa.

Bryce parou de puxar o braço de Ithan. Parou de se mover quando viu as mãozinhas suplicantes empurrando as órbitas de vidro nos dedos do Astrônomo.

Faça alguma coisa. Seja alguma coisa.

O que poderia fazer, no entanto? Que autoridade tinha para libertar os duendes? Que poder poderia empunhar além de ofuscá-lo e arrancar os anéis dos dedos dele? Avançaria um quarteirão antes que o Aux ou a 33ª fossem chamados, e então teria uma confusão da porra nas mãos. E se Hunt fosse chamado para apreendê-la… Sabia que ele a apoiaria em um segundo, mas também respondia à lei. Não poderia fazê-lo escolher. Sem falar que não podiam lidar com o escrutínio agora. Em vários sentidos.

Então Bryce deu as costas, odiando-se, puxando Ithan. Não protestou dessa vez. O Astrônomo ainda estava murmurando com seus protegidos quando Ithan fechou as portas pesadas.

A rua parecia inalterada sob a leve chuva de verão que tinha começado. O rosto de Tharion estava assombrado.

— Você estava certa — admitiu. — Foi uma má ideia.

Bryce abriu e fechou os dedos em punhos.

— Você é um canalha de merda, sabia?

Tharion lançou a ela um sorriso debochado.

— Você tem a mente aberta como a gente, Pernas. Não seja chata só porque agora tem uma coroa toda pomposa.

Um grunhido baixo escapou de sua garganta.

— Eu sempre me perguntei por que a Rainha do Rio fez você o Capitão da Inteligência. Agora eu sei.

— O que isso quer dizer? — Tharion avançou um passo, sua altura imponente diante de Bryce.

Ao Inferno que recuaria.

— Quer dizer que você finge ser o Sr. Charmoso, mas é só um traidor cruel que faz qualquer coisa para atingir seus objetivos.

A expressão de Tharion ficou severa, tornando-se alguém que ela não reconhecia. O tipo de tritão de quem as pessoas sabiamente ficavum longe.

— Experimente ter sua família à mercê da Rainha do Rio, então venha chorar comigo sobre mortais. — Sua voz baixou a um tom perigosamente grave.

— Minha família está à mercê de *todos* os vanir — retrucou ela. Luz estelar brilhou ao seu redor, e as pessoas no fim do beco pararam. Viraram em sua direção. Bryce não se importava. Ainda assim, manteve sua voz suave como um sussurro ao dizer:

— Já chega de trabalharmos com você. Vá encontrar outra pessoa para arrastar para suas merdas.

Virou-se para Ithan para buscar apoio, mas o lobo estava pálido olhando na direção de uma parede de tijolos do outro lado do beco. Bryce acompanhou o seu olhar e ficou imóvel. Vira aquele macho no noticiário e em fotografias, mas nunca pessoalmente. Imediatamente desejou ainda ter a distância de uma tela digital entre eles. Sua luz estelar tremeluziu e se apagou.

Mordoc sorriu, um lampejo nas sombras.

— Causando confusão tão cedo?

40

Não havia nada de Danika no rosto envelhecido de Mordoc. Nem um tom de cor ou curva ou ângulo.

Apenas… aquilo. A forma como o capitão lobo desencostou da parede e se aproximou. Vira Danika fazer aquele movimento com o mesmo poder e graciosidade.

Ithan e Tharion se colocaram ao seu lado. Aliados de novo, pelo menos naquele momento.

— O que você quer, Mordy? — perguntou Tharion, a voz arrastada, de novo aquele tritão irreverente e charmoso.

O lobo apenas olhou com desprezo para Bryce.

— Curioso, uma princesinha visitando um lugar como este.

Bryce admirava as unhas, grata por suas mãos não estarem tremendo.

— Eu precisava de respostas para algumas perguntas. Vou me casar, afinal de contas. Quero saber se há alguma mancha na reputação impecável do meu futuro marido.

Deu uma risada áspera com dentes demais.

— Me disseram mesmo que você tinha a língua afiada.

Bryce mandou um beijo para ele.

— Fico feliz por não desapontar meus fãs.

Ithan interrompeu, grunhindo baixinho:

— Estamos indo.

— O filhote que caiu em desgraça — disse Mordoc, a risada revoava como cascalho. — Sabine disse que tinha expulsado você. Parece que você caiu direto na lixeira, hein? Ou isso é por espreitar em tantos becos ultimamente? Gostaria de explicar isso?

Bryce suspirou quando Ithan fervilhou e falou:

— Não sei do que você está falando.

Antes que Mordoc pudesse responder, Tharion disse, com aquele sorriso vencedor:

— A não ser que você tenha algum tipo de diretriz imperial para nos interrogar, acabamos aqui.

O lobo sorriu de volta.

— Eu arrastei um tritão como você para o litoral certa vez, para uma enseada com uma rede de pesca, e descobri o que acontece quando são mantidos alguns metros acima da água por um dia. O que farão para alcançar uma gota para não perderem as barbatanas. Do que abrem mão.

Tharion contraiu a mandíbula.

* * *

— Ótima história, cara. — Bryce falou.

Entrelaçou o braço no de Tharion, então no de Ithan, e os puxou pelo beco. Podia estar puta da vida com o primeiro, mas preferiria o tritão a Mordoc em qualquer dia. Sempre seriam aliados contra pessoas como ele.

O pai de Danika... Bryce começou a tremer quando dobraram a esquina do quarteirão, deixando Mordoc nas sombras do beco. Rezava para que o Astrônomo fosse tão discreto quanto os boatos diziam, mesmo diante de um dos piores interrogadores do império.

Caminharam em silêncio de volta ao coração tumultuado da Praça da Cidade Velha, a maioria dos turistas ocupada demais tirando fotos das muitas decorações em honra de Celestina e Ephraim para reparar neles. A um quarteirão do Portão do Coração, Bryce parou, virando-se para Tharion. Olhou para ela como se a avaliasse sincera e friamente. Ali estava o macho que corajosamente dilacerara o assassino da irmã dele. O macho que...

Que tinha pulado direto para dentro do helicóptero de Fury para ajudar durante o ataque na última primavera.

— Oh, Pernas — disse Tharion, decifrando suas feições suaves. Esticou a mão para brincar com as pontas de seu cabelo. — Você é boa demais para mim.

Bryce repuxou a boca para o lado. Ithan continuou alguns passos afastado e ocupou-se passando a tela do celular.

— Ainda estou com raiva de você. — disse a Tharion.

O tritão deu um sorriso torto.

— Mas você também ainda me ama?

Bufou uma gargalhada.

— Não conseguimos respostas sobre Emile. — Apenas mais perguntas. — Você vai voltar para lá?

— Não. — Tharion estremeceu. Bryce acreditou.

— Me avise se você tiver alguma ideia sobre onde o menino possa estar escondido.

Puxou os seus cabelos.

— Achei que não trabalharíamos mais juntos.

— Você está em condicional. Pode agradecer a seu abdômen por isso.

Tharion segurou seu rosto, apertando as bochechas ao dar um beijo comportado em sua testa.

— Vou mandar umas fotos depois. Não mostre para Athalar.

Bryce o empurrou.

— Me mande uma lontra e estaremos quites. — Podia não aprovar ou concordar com os métodos de Tharion, podia não confiar nele completamente, mas tinham inimigos muito mais perigosos às costas. Aliarem-se era a única escolha.

— Feito. — Tharion deu um peteleco em seu nariz com o dedo comprido. O tritão assentiu para Ithan. — Holstrom. — Então saiu caminhando pela rua, provavelmente de volta para o Istros para contatar sua Rainha.

Sozinha com Ithan na calçada tostada pelo sol, Bryce perguntou ao lobo:

— Aonde você vai agora? De volta para a casa de Ruhn?

Ithan estava com o rosto sombrio. Triste.

— Acho que sim. Você vai procurar Emile?

Bryce tirou um cartão-postal da bolsa. Os olhos de Ithan brilharam com reconhecimento diante de sua antiga tradição.

Na verdade, vou mandar isso para minha mãe. — Observou seu antigo amigo quando mais uma vez ficou seria. — Você está bem?

O lobo deu de ombros.

— Obtive minhas respostas, não foi?

— Sim, mas... — Esfregou a testa, a pele pegajosa com os resquícios de suor da aula de dança horas antes. Anos antes, ao que parecia.

— Quero dizer, tudo parece bem, não é? Connor está no Quarteirão dos Ossos, e com uma ordem de não ser tocado, então...

No entanto, podia ver, pela forma como Ithan deu um passo, que aquilo não caía bem. Apertou o ombro do lobo.

— Nós vamos descobrir alguma coisa. Alguma forma de ajudá-lo. — E todos presos no matadouro eterno.

Podia ser a pior mentira que já contara, porque, quando Ithan partiu, parecia realmente acreditar em suas palavras.

* * *

— Duas semanas não é tanto assim — Isaiah consolava Hunt do outro lado da mesa de vidro no refeitório particular da 33ª no Comitium. Estavam sentados à mesa reservada exclusivamente para os triários, ao lado das janelas da parede ao teto que davam para a cidade.

Normalmente, Hunt não se incomodava com o refeitório, mas Isaiah o convidara para um almoço cedo, e precisara conversar. Mal tinha se sentado quando explodiu com um resumo de sua conversa com Celestina.

Hunt mordeu o sanduíche de peru com queijo brie.

— Eu sei que não é muito — disse enquanto comia —, mas... — Engoliu em seco, voltando os olhos suplicantes para seu amigo. — Bryce e eu decidimos não esperar até o Solstício de Inverno.

Isaiah caiu na gargalhada, o som intenso e aveludado. Alguns soldados se viraram em sua direção, então rapidamente voltaram às suas refeições. Isso podia ter incomodado Hunt em qualquer outro dia, mas hoje...

— Estou feliz que você ache minha seca engraçada — chiou para o amigo.

Isaiah gargalhou de novo, infernalmente belo em seu terno. Considerando de quantas reuniões participava com Celestina, e agora com Ephraim, era um milagre de Urd que tivesse encontrado tempo naquele dia para almoçar com ele.

— Eu jamais achei que veria o dia em que o Umbra Mortis viria chorando para mim por causa de uma punição relativamente leve porque interfere com a sua vida sexual.

Hunt terminou a água. Isaiah tinha um ponto. De todas as punições que podia ter recebido, aquela era a mais branda.

Isaiah ficou sóbrio, a voz se aquietando.

— Então, o que aconteceu ontem à noite? Tudo bem?

— Está tudo bem agora. Sabine foi até o apartamento procurando por Ithan Holstrom. Bryce ficou com medo. Eu cheguei a tempo de convencer Sabine a não começar nenhuma merda.

— Ah — disse Isaiah. Então perguntou: — E Baxian?

— Ele assumiu a responsabilidade como meu suposto parceiro de fornecer apoio. Ainda que indesejado.

Isaiah deu uma risada de escárnio.

— Ele ganha pontos por tentar?

Hunt riu.

— Óbvio.

Isaiah abocanhou a própria comida, e, por um momento, o peito de Hunt se apertou com o esforço de manter todas as verdades guardadas. Isaiah esteve ao seu lado durante a rebelião dos Caídos. Teria ideias valiosas sobre aquela merda com a Ophion. Mesmo que seu conselho fosse ficar longe da porra toda.

— O que foi? — perguntou Isaiah.

Hunt balançou a cabeça. O amigo era bom demais em entendê-lo.

— Nada. — Atrapalhou-se procurando outra verdade. — É estranho pensar que duas semanas sem Bryce é uma punição. Se eu sequer piscasse errado para Sandriel, ela arrancava minhas penas uma por uma.

Isaiah estremeceu.

— Eu me lembro. — Isaiah tinha sido aquele a enfaixar as asas destruídas de Hunt repetidas vezes, afinal de contas.

— Você gosta de trabalhar para ela? Celestina, quero dizer?

— Sim. Muito. — Isaiah não hesitou.

Hunt exalou demoradamente. Não podia contar a Isaiah. Ou a Naomi. Porque se soubessem, mesmo que concordassem em manter a merda com os rebeldes em segredo e ficar fora daquilo… também seriam mortos. Do jeito que a coisa estava, perigavam ser torturados, mas ficaria evidente que não sabiam de nada. E podiam ter uma chance.

— Você sabe que pode conversar comigo sobre qualquer coisa, certo? — Isaiah perguntou. Bondade brilhou em seus olhos sombrios. — Até mesmo coisas com Celestina. Eu sei que é estranho com a hierarquia entre nós, mas… Sou o intermediário entre a 33ª e ela. O que quer que você precise, estou aqui.

Hunt nunca merecera um amigo como Isaiah.

— Não é estranho com a hierarquia entre nós — disse. — Você é o líder da 33ª. Fico feliz em trabalhar para você.

Isaiah o estudou.

— Não sou eu quem empunha relâmpago. Ou quem tem um apelido todo pomposo.

Hunt gesticulou para aliviar o peso do que o amigo dissera.

— Confie em mim, eu preferiria que você estivesse no comando.

Isaiah assentiu, mas, antes que pudesse responder, silêncio ondulou pelo refeitório. Hunt ergueu o rosto por instinto, além de todas as asas e armaduras.

— Que ótimo — murmurou. Baxian, com a bandeja em uma das mãos, caminhando em sua direção. Ignorando os soldados que passavam longe ou se calavam de vez ao passar.

— Se comporte. — murmurou Isaiah de volta, chamando o macho efusivamente. Não por Baxian, mas por todos que testemunhavam aquilo. Os soldados que precisavam ser apresentados com uma liderança unificada.

Hunt terminou o sanduíche assim que o anjo metamorfo deslizou para uma cadeira ao lado de Isaiah. Hunt encontrou seu olhar.

— Como foi com a Corça? — Sabia que o macho conseguia ler nas entrelinhas. *Você falou, seu merda?*

— Foi bem. Eu sei como lidar com Lidia. — *Não, não falei, seu babaca.*

Hunt viu que Isaiah os observava com as sobrancelhas erguidas.

— O que aconteceu com Lidia?

O Cão do Inferno respondeu casualmente:

— Ela queria me interrogar sobre por que eu parti ontem à noite. Não tive vontade de explicar a ela que sou o suplente de Athalar, e, aonde ele vai, eu vou.

Os olhos de Isaiah ficaram sombrios.

— Você não era tão antagônico em relação a ela sob o reinado de Sandriel.

Baxian atacou seu prato de kafta de cordeiro e arroz de ervas.

— Você está em Lunathion há um tempo, Tiberian. As coisas mudaram depois que você partiu.

* * *

— Como o quê? — Isaiah perguntou.

Baxian olhou para a cidade reluzente assolada pelo calor do meio--dia.

— Coisas.

— Acho que isso quer dizer que deveríamos cuidar da porra da nossa vida — disse Hunt.

Isaiah riu com deboche.

— Ele está usando um dos seus conselhos, Hunt.

Hunt sorriu.

— Você está me confundindo com Naomi. Eu pelo menos digo diretamente para você cuidar da sua vida. Ela só insinua.

— Com um olhar mortal.

— E talvez uma arma apoiada na mesa para dar ênfase.

Riram, mas Hunt ficou sério ao notar Baxian observando a troca entre os dois, algo como inveja em seu rosto. Isaiah também reparou, porque disse ao Cão do Inferno:

— Você pode rir, sabe. A gente faz esse tipo de coisa por aqui.

A boca de Baxian se contraiu em uma linha fina.

— Você teve mais de dez anos aqui. Me perdoe se leva um tempo para esquecer as regras do território de Sandriel.

— Contanto que não se esqueça de que está em Lunathion agora. — A ameaça de violência ecoou em cada palavra de Isaiah, contrariando o traje impecável que vestia. — Essa cicatriz que Athalar colocou no seu pescoço não vai passar de um arranhão em comparação ao que eu vou fazer se você ferir alguém desta cidade.

Os olhos de Baxian brilharam.

— Só porque você não era interessante o suficiente para merecer fazer parte dos triários de Sandriel, não desconte em mim com falsas ameaças.

Os dentes de Isaiah brilharam.

— Eu não tinha interesse algum em estar perto de um monstro.

Hunt tentou não escancarar a boca. Vira Isaiah aplicar a lei inúmeras vezes. Seu amigo não teria chegado aonde estava sem a habilidade de traçar um limite e mantê-lo. Era raro, ultimamente, ver o guerreiro destemido aparecer. Soldados se viravam em sua direção.

— Sandriel ficaria felicíssima ao saber que ainda está nos colocando uns contra os outros tantos anos depois. — Hunt interrompeu.

Isaiah piscou, em surpresa por ter precisado intervir. Baxian o olhou com cautela.

Hunt respirou fundo de novo.

— Porra, isso pareceu um sermão. — Baxian soltou um riso baixo e a tensão se dissolveu.

Isaiah lançou a Hunt um sorriso de gratidão, então se levantou.

— Eu preciso sair. Tenho uma reunião com os Mestres do Aux.

Hunt piscou.

— Mande minhas lembranças a Ruhn.

Isaiah riu.

— Pode deixar.

Com isso, seu amigo saiu na direção das lixeiras. Anjos levantaram a cabeça quando Isaiah passou; alguns acenaram. O anjo de asas brancas acenou de volta, parando diante de várias mesas para trocar amabilidades. O sorriso de Isaiah era largo... sincero.

Baxian disse, baixinho:

— Seu amigo nasceu para isso.

Hunt grunhiu em anuência.

— Não tem interesse em liderar de novo? — perguntou Baxian.

— Burocracia demais.

Baxian deu um risinho.

— Óbvio.

— O que isso quer dizer?

— Você liderou uma vez, e não foi bem. Não o culpo por não se prontificar de novo.

Hunt trincou a mandíbula, mas não falou mais nada ao terminar sua refeição. Baxian estava logo em seu encalço quando seguiram para esvaziar os pratos e deixar as bandejas. Hunt não ousou se virar para dizer ao Cão do Inferno que saísse de perto. Não com tantos olhos sobre eles. Conseguia ouvir soldados sussurrando conforme passavam.

Hunt não se deu ao trabalho de cumprimentá-los como Isaiah fizera. Não aguentava olhar para os outros soldados. As pessoas que seriam chamadas para lutar contra a Ophion.

Pessoas que mataria se ameaçassem Bryce. Porra, se reproduzisse o que fizera no Quarteirão dos Ossos, podia fritar todos em um segundo. Não era à toa que os asteri tinham considerado os pássaros-trovão uma ameaça, aquele tipo de poder era letal.

Se a Ophion colocasse as mãos em Emile… É, aquela era arma pela qual valia a pena matar.

Hunt chegou ao vão dos elevadores depois das portas. Os cinco anjos aglomerados ali seguiram rapidamente para as escadas.

— Público difícil de agradar, hein? — disse Baxian, às suas costas, quando Hunt entrou no elevador. Para seu desprazer, o Cão do Inferno fez o mesmo. O espaço era grande o bastante para acomodar muitos seres com asas, mas Hunt manteve as suas bem fechadas.

— Você se acostuma — falou Hunt, apertando o botão do quartel dos triários. Podia muito bem avaliar seu quarto para ver que armas lhe restavam. Que roupas precisaria mandar buscar. Conhecendo Bryce, ela mandaria uma de suas calcinhas também.

— Achei que você fosse o Sr. Popular — falou o Cão, observando os números que aumentavam acima deles.

— Por que diabos você acharia isso? — Hunt não esperou por uma resposta quando as portas do elevador se abriram e ele saiu para o corredor silencioso

— Você parece amigável com todos fora deste lugar.

Hunt arqueou a sobrancelha, parando do lado de fora de seu antigo quarto.

— O que isso quer dizer?

Baxian encostou na própria porta, em frente à de Hunt.

— Quero dizer, ouvi dizer que você vai a festas com o Príncipe Ruhn e os amigos dele, você tem uma namorada, parece estar em bons termos com os lobos… Mas não com os anjos?

— Isaiah e eu estamos em bons termos. — E Naomi.

— Estou falando dos outros. Os brutamontes. Nenhum amigo ali?

— Por que diabos você se importa?

Baxian casualmente fechou as asas.

— Quero saber o que eu ganho. Que tipo de vida posso esperar.

— É o que você fizer dela — disse Hunt, abrindo a porta. Ar rançoso e empoeirado o recebeu, uma diferença enorme do cheiro de café que tomava o apartamento de Bryce.

Olhou por cima de um ombro e encontrou Baxian observando seu quarto. O vazio ali. Uma olhada para o quarto de Baxian do outro lado do corredor revelou um espaço igualmente vazio.

Hunt falou:

— Assim era minha vida, sabe.

— Assim como?

— Vazia.

— E o que aconteceu?

— Bryce aconteceu.

Baxian deu um leve sorriso. Triste. Seria… seria possível que o Cão do Inferno se sentisse *solitário*?

— Sinto muito por você precisar ficar longe dela por tanto tempo. — Baxian pareceu sincero.

Hunt semicerrou os olhos.

— Celestina puniu você?

— Não. Ela disse que foi a sua má influência, então a punição caberia a você.

Hunt riu.

— Justo. — Entrou no quarto e rapidamente avaliou suas armas e roupas. Quando voltou para o corredor, Baxian estava sentado à mesa de pinheiro de seu quarto, revisando o que pareciam ser relatórios.

Cada instinto gritou para que Hunt saísse sem dizer nada, que mandasse ao Inferno aquele macho que tinha sido mais inimigo do que amigo ao longo dos anos, mas…

Hunt passou a mão na maçaneta da porta.

— Em que mandaram você trabalhar?

— Relatórios do progresso dos novos recrutas. Para ver se tem algum anjo promissor para promover.

— Tem?

— Não.

— Anjos como nós não aparecem tão frequentemente, suponho.

— Pelo visto, não. — Baxian voltou para a papelada.

O silêncio do corredor, do quarto, assentou-se em Hunt. Pressionando-o. Conseguia ouvir Bryce dizendo: *Vamos lá. Tente. Não vai matar você.* Era mandona até em sua imaginação. Então falou:

— Ainda temos vinte minutos de almoço. Quer jogar *LUS Solebol*?

Baxian se virou.

— O que é isso?

— Você realmente não sabe nada sobre a vida moderna, né? — Baxian olhava inexpressivamente para ele. — LUS — explicou Hunt. — Liga Unida de Solebol. É o jogo de videogame deles. Você pode jogar da perspectiva de qualquer jogador, em qualquer equipe. É divertido.

— Nunca joguei um videogame.

— Ah, eu sei. — Hunt sorriu.

Baxian o avaliou, Hunt esperou a rejeição, mas Baxian respondeu:

— Óbvio. Por que não?

Hunt seguiu para a sala comunal.

— Você pode se arrepender disso em alguns minutos.

De fato, dez minutos depois, Baxian estava xingando, os dedos tropeçando pelo controle preso em suas mãos. Hunt desviava agilmente do avatar de Baxian.

— Patético — falou Hunt. — Ainda pior do que eu imaginei.

— Isso é tão idiota. — Baxian grunhiu.

— E mesmo assim você continua jogando — replicou Hunt.

Baxian gargalhou.

— É. Acho que sim.

Hunt fez um gol.

— Não é nem mesmo satisfatório jogar contra um iniciante.

— Me dê um dia e vou esfregar o chão com você, Athalar. — Baxian pressionava os controles com os polegares. Seu avatar correu direto contra uma trave e recuou, estatelando-se no chão.

Hunt deu uma risadinha.

— Talvez dois dias.

Baxian olhou de esguelha.

— Talvez. — Continuaram jogando, e, quando o relógio acima da porta informou meio-dia, Baxian perguntou: — Hora de trabalhar?

Hunt ouviu o dormitório silencioso ao redor.

— Não conto se você não contar.

— Não provei esta manhã que sou a definição de discrição?

— Ainda estou esperando por seu motivo, sabe.

— Não estou aqui para fazer de você um inimigo.

— Não entendo o porquê.

Baxian bateu na trave de novo, seu avatar recuando para dentro do campo.

— A vida é curta demais para guardar rancor.

— Isso não é um bom motivo.

— É o único que vai conseguir. — Baxian conseguiu tomar o controle da bola por dez segundos antes que Hunt a tirasse dele. Xingou. — Solas. Você não pode pegar leve comigo?

Hunt deixou o assunto morrer. Os deuses sabiam que tinha muito sobre o que não queria falar assim que o Cão chegou. Os deuses sabiam que tinha feito muita merda terrível sob ordens de Sandriel também. Talvez devesse aceitar o próprio conselho. Talvez estivesse na hora de parar de deixar o espectro de Sandriel assombrá-los.

Então Hunt deu um sorriso súbito.

— E qual seria a graça disso?

* * *

— Que droga — murmurou Bryce ao telefone naquela noite, jogada na cama. — Você não pode mesmo sair?

— Só para trabalho oficial da 33ª — respondeu Hunt. — Esqueci como o quartel é uma bosta.

— Seu quartinho triste e sem pôsteres.

A risada do anjo ressoou no ouvido de Bryce.

— Vou me comportar, assim ela me libera mais cedo.

— Eu não vou ter ninguém com quem assistir a *Pegação na Casa de Praia*. Tem certeza de que eu não posso ir aí?

— Com Pollux e a Corça aqui? Porra, de jeito nenhum.

Bryce brincou com a bainha da camisa.

— Mesmo se a gente ficasse no seu quarto?

— Hã? — Sua voz ficou grave, entendendo o que Bryce estava sugerindo. — Fazendo o quê?

Sorriu consigo mesma. Precisava daquilo, depois da confusão do dia. Não ousara nem contar a Hunt o que havia acontecido com os místicos, não ao telefone, arriscando que qualquer um ouvisse. Da próxima vez que o visse, contaria tudo.

Inclusive sobre a lontra que Tharion tinha mandado duas horas antes, como prometido, com um bilhete que dizia: *Me perdoa, Pernas? Vamos nos beijar e fazer as pazes?* Gargalhara, mas enviara um bilhete de volta com a lontra histericamente linda: *Comece beijando meus pés e a gente vê no que dá.* Outra lontra chegou antes das 22 horas com um bilhete que dizia: *Com prazer.*

Agora Bryce dizia a Hunt, o humor significativamente melhor apesar da notícia:

— Coisas.

Suas asas farfalharam ao fundo.

— Que tipo de coisas?

Ela flexionou os dedos dos pés.

— Beijar. E... mais.

— Humm. *Mais* o quê?

Bryce mordeu o lábio.

— Lamber.

A risada do anjo ressoou como veludo escuro.

— Onde gostaria que eu lambesse você, Quinlan?

Estavam realmente fazendo aquilo. Seu sangue esquentou. Syrinx devia ter sentido o cheiro do que estava acontecendo, e tomou a liberdade de saltar fora da cama e seguir para a sala.

Bryce engoliu em seco.

— Meus peitos.

— Hummm. Eles são deliciosos.

A região entre as coxas de Bryce ficou úmida e ela esfregou as pernas uma na outra, aninhando-se mais para dentro dos travesseiros.

— Você gosta de sentir o gosto deles?

— Eu gosto de provar você inteira. — Bryce mal conseguia tomar fôlego. — Eu gosto de provar você, e de tocar você, e, quando eu puder sair deste quartel de novo, vou voar diretamente para onde quer que você esteja para foder você inteira.

Ela sussurrou:

— Você está se tocando?

Um chiado.

— Sim.

Gemeu, esfregando as coxas de novo.

— E você?

A mão dela desceu além do elástico do short.

— Agora estou.

Hunt gemeu.

— Você está molhada?

— Encharcada.

— Pelos deuses — implorou. — Me diga o que está fazendo.

Bryce corou. Jamais tinha feito nada assim, mas não podiam estar juntos... Aceitaria o que pudesse.

Bryce deslizou o dedo para dentro de sua vulva, gemendo baixinho.

— Eu estou... me dedando.

— Porra.

— Queria que fosse você.

— *Porra.*

Será que ele estava perto?

— Vou colocar outro dedo — disse, fazendo isso, e seu quadril se arqueou na cama. — Ainda não está tão bom quanto com você.

Hunt respirava incisivamente.

— Abra a mesa de cabeceira, amor.

Desesperada, pegou um brinquedo da gaveta. Então se sacudiu para fora do short e da calcinha encharcada, posicionando o vibrador em sua entrada.

— Você é maior — disse, o telefone jogado ao lado.

Outro som primitivo de pura necessidade.

— Ah, é?

Empurrou o vibrador para dentro, as costas se arqueando.

— Deuses — ofegou Bryce.

— Quando a gente foder pela primeira vez, Quinlan, quer que eu meta forte, ou quer devagar e suave?

— Forte — conseguiu dizer Bryce.

— Quer ficar por cima?

O prazer se acumulava por seu corpo como uma onda prestes a quebrar.

— Eu quero começar por cima, e então quero você atrás de mim, me fodendo como um animal.

— *Porra* — bradou, e Bryce podia ouvir pele batendo em pele ao fundo.

— Quero que você me cavalgue tão forte que eu vou gritar — continuou, colocando o vibrador para dentro e para fora. Deuses, iria explodir...

— Tudo o que você quiser. Tudo o que você quiser, Bryce, eu vou dar para você...

Foi o que bastou. Não as palavras, mas seu nome.

Bryce soltou um gemido do fundo da garganta, a respiração rápida e irregular, seu centro se fechando em torno do vibrador enquanto o bombeava para dentro e para fora, movimentando-se durante seu clímax.

Hunt gemeu de novo, xingando, e então se calou. Apenas suas respirações preenchiam a ligação. Bryce ficou deitada, inerte, contra a cama.

— Eu quero tanto você — grunhiu ele.

Ela sorriu.

— Ótimo.

— Ótimo?

— É. Porque eu vou foder com você até dizer chega quando você voltar.

O anjo riu baixinho, cheio de promessa sensual.

— Igualmente, Quinlan.

* * *

Tharion estava sentado sobre a rocha lisa parcialmente submersa por uma depressão no meio do Istros, esperando que sua rainha respondesse a seu relatório. Contudo, a Rainha do Rio, recostada em uma cama de algas fluviais como uma boia, mantinha os olhos fechados evitando o sol da manhã, como se não estivesse ouvindo uma única palavra do que o tritão estava explicando sobre o Quarteirão dos Ossos e o Sub-Rei.

Um minuto se passou, então outro. Tharion perguntou, por fim:

— É verdade?

Seu cabelo escuro flutuava além do bote de algas, ondulando na superfície como cobras marinhas.

— Isso perturba você, ter sua alma enviada de volta à luz de onde veio?

Não precisava ser o Capitão da Inteligência para saber que a Rainha estava evitando sua pergunta. Tharion falou:

— Me perturba que nos dizem que descansamos em paz e satisfeitos, mas somos basicamente gado, esperando o abate.

— E, no entanto, você não tem problema com seu corpo se decompor para alimentar a terra e suas criaturas. Por que a alma é diferente?

Tharion cruzou os braços.

— Você sabia?

Entreabriu um olho em aviso. Apoiou a cabeça em um punho, no entanto.

— Talvez haja algo além da secundalux. Algum lugar para onde nossas almas vão, mesmo depois disso.

Por um instante, pôde ver o mundo que ela parecia querer: um mundo sem os asteri, onde a Rainha do Rio governava as águas, e o atual sistema de reciclagem de almas continuava, porque, ora, aquilo mantinha as luzes acesas. Literalmente.

Apenas aqueles no poder mudariam. Talvez fosse só para isso que queria Emile: uma arma para garantir a sobrevivência e seu triunfo em qualquer conflito iminente entre a Ophion e os asteri.

Tharion, contudo, falou:

— A busca por Emile Renast continua. Eu achei que tivesse uma forma mais fácil de encontrá-lo, mas foi um beco sem saída. — Seguir o rastro de corpos de Pippa teria de continuar sendo seu único caminho até o menino.

— Relate quando tiver alguma coisa. — A Rainha do Rio não virou quando as algas fluviais se abriram sob ela, que suavemente afundou na água azul.

Então sumiu, dissolvendo-se no próprio Istros, flutuando para longe como plâncton azul brilhante, como se um rastro de estrelas disparasse pelo rio.

Será que valia a pena fazer uma rebelião se aquilo só colocava outros líderes famintos por poder no comando? Para os inocentes, sim, mas... Tharion não podia deixar de se perguntar se havia uma forma melhor de travar aquela guerra. Pessoas melhores para liderá-la.

41

Uma semana depois, Ruhn estava ao lado de Cormac e sorria conforme Bryce suava no ringue particular das instalações do Aux.

— Você não está se concentrando — afirmou Cormac.

— Minha cabeça literalmente *dói*.

— Concentre-se naquele pedaço de papel e apenas pise ali.

— Você fala como se fosse fácil.

— E é.

Ruhn desejou que aquela fosse a primeira vez que ouvia aquela conversa. Que testemunhava aquela encenação de batalha entre Bryce e Cormac enquanto o príncipe tentava ensiná-la a se teletransportar. Desde que toda aquela merda gigante tinha acontecido, aquele era o ponto alto da semana. Seus inimigos estavam angustiantemente quietos.

Quando Cormac não estava participando de vários eventos feéricos, Ruhn sabia que o primo estava procurando por Emile. Ruhn até mesmo o acompanhara duas vezes, Bryce junto a eles, para perambular pelos muitos parques do Bosque da Lua, esperando que o garoto estivesse acampando. Tudo sem resultados. Nem um sussurro do menino em lugar nenhum.

Tharion tinha relatado no dia anterior que não conseguia encontrar o menino também. Pelo rosto incomumente exausto de Tharion, Ruhn imaginava se a rainha feérica estava em sua cola por causa daquilo. No entanto, nenhum outro corpo havia sido encontrado. Ou o menino estava ali, escondido, ou outra pessoa o levara.

Bryce inspirou profundamente, então fechou os olhos ao exalar.

— Tudo bem. Vamos tentar de novo.

Franziu a sobrancelha e resmungou. Nada.

Cormac riu com deboche.

— Pare de fazer força. Vamos voltar a conjurar sombras.

Bryce estendeu a mão.

— Posso ir para o intervalo, por favor?

Ruhn gargalhou. Tivera pouca sorte com as sombras também. Luz estelar, sim. Muita, mas muita luz estelar. Agora, conjurar escuridão... não conseguia sequer um sombreado.

Se Apollion quisesse um oponente respeitável, Ruhn estava inclinado a dizer ao Príncipe do Fosso que podia levar um tempo.

— Acho que minha magia está com defeito, — falou Bryce, flexionando os joelhos e suspirando.

Cormac franziu a testa.

— Tente de novo. — Não tinham ouvido de ninguém, nem mesmo da Agente Daybright, sobre o que havia acontecido com o carregamento de munições e o novo protótipo de mec-traje. O noticiário não tinha coberto, e nenhum de seus agentes tinham ouvido nada.

Esse silêncio deixava Cormac preocupado. Deixava Ruhn ansioso.

Ithan tinha se acomodado tranquilamente na casa de Ruhn, o que era estranho. Ficava acordado até tarde jogando videogame com Dec e Flynn, como se tivessem sido amigos a vida toda. Ruhn não tinha ideia do que o lobo fazia enquanto estavam todos no Aux.

Não perguntara a ele sobre o que a Corça havia dito no bar sobre Bryce, e Ithan certamente não mencionara. Se o lobo tinha uma queda por sua irmã, isso não era da sua conta. Ithan era um bom colega de casa: limpava a própria bagunça, limpava a de Flynn e era excelente no beer-pong.

Bryce inspirou profundamente.

— Eu consigo *sentir*, tipo uma nuvem gigante de poder bem *ali*. — Passou o dedo pela estrela de oito pontas cicatrizada entre seus seios. Luz estelar pulsou na ponta de seu dedo. Como um coração respondendo. — Mas não consigo acessar.

Cormac sorriu para ela, Ruhn presumiu que isso deveria ser encorajador.

— Tente mais uma vez e então a gente faz uma pausa.

Bryce começou a resmungar, mas foi interrompida pelo telefone de Ruhn tocando.

— Oi, Dec.

— Oi. Bryce está com você?

— Está. Bem aqui. — Bryce saltou de pé à menção de seu nome. — O que foi?

Bryce se aproximou para ouvir quando Declan falou:

— Meu programa finalmente terminou de analisar toda a filmagem de Danika na galeria. Jesiba estava certa. Encontramos uma coisa.

* * *

Bryce não sabia se era bom ou ruim que Declan tivesse finalmente terminado a busca. Sentados em torno de sua nova mesa de centro, uma imitação triste da original, mas uma que Ithan tinha comprado, uma hora depois, assistia a Declan passar a filmagem.

Não ousara ligar para Hunt. Não quando um movimento errado com Celestina poderia mantê-lo longe por mais tempo.

Declan disse a ela, Ruhn e Cormac:

— Levou tanto tempo porque, depois que eu compilei todas as filmagens, precisei verificar todas as tomadas com Danika. — Riu para Bryce. — Em *algum dia* você trabalhava?

Bryce fez uma careta.

— Só às terças-feiras.

Declan riu com escárnio e Bryce se preparou para ver Danika, Lehabah, a antiga biblioteca da galeria quando ele pressionou *play*. Seu coração se apertou ao ver o familiar cabelo loiro sedoso com as mechas tingidas de cores vibrantes trançado às costas de Danika. Ao ver a jaqueta de couro preta com as palavras *Por amor, tudo é possível* estampadas. Será que o pendrive já tinha sido costurado nela?

— Isso é de dois meses antes de ela morrer — falou Declan, em voz baixa.

Ali estava Bryce, com um vestido verde justo e saltos de dez centímetros conversando com Lehabah sobre *Fadas e Fodas*.

Danika estava relaxando à mesa, as botas para cima, as mãos atrás da cabeça, sorrindo para a discussão habitual de Bryce de que pornô com roteiro não era o mesmo que programa de TV premiado. Lehabah respondia que sexo não reduzia a qualidade de um programa, e a voz dela...

A mão de Ruhn deslizou pelas costas de Bryce, apertando seu ombro.

Na tela, Bryce indicou para que Lehabah a seguisse para cima, e as duas saíram. Não se lembrava daquele dia, daquele momento. Provavelmente fora buscar alguma coisa e não queria deixar Lehabah sozinha com Danika, que costumava irritar a duende até que emanasse chamas azuis incandescentes.

Um segundo se passou, então dois, então três...

Danika se moveu, rápida e concentrada, como se estivesse usando o tempo que ficara descansando à mesa para determinar aonde precisava ir. Foi direto para uma prateleira mais baixa e pegou um livro. Olhando para as escadas, a loba o abriu e começou a tirar fotos com o telefone do conteúdo. Página após página.

Então o livro estava de volta na prateleira. Danika voltou para a cadeira e recostou, fingindo estar quase dormindo quando Bryce e Lehabah voltaram, ainda discutindo sobre o maldito programa.

Bryce se aproximou da tela.

— Que livro era aquele?

— Eu limpei a imagem. — Declan puxou um quadro com o livro bem antes de as unhas pintadas de preto brilhante de Danika o pegarem: *Lobos através do tempo: linhagem dos metamorfos.*

— Dá para ver o dedo dela indo até um texto aqui — continuou Declan, clicando para outro quadro. Danika tinha aberto o livro, percorrendo o texto com um dedo. Dando batidinhas em alguma coisa bem perto do alto da página.

Como se fosse exatamente o que estava procurando.

* * *

Bryce, Declan e Ruhn estudaram o quadro congelado do livro nas mãos de Danika. Cormac havia saído ao receber uma ligação que não queria, ou não podia, explicar. O livro, com encadernação de couro, era velho, mas o título indicava que tinha sido escrito depois da chegada dos vanir.

— Não é um livro publicado — falou Declan. — Ou pelo menos é de antes de nosso atual sistema de publicações. Mas, até onde sei, nenhuma outra biblioteca em Midgard o tem. Acho que deve ser algum tipo de manuscrito, talvez um projeto exclusivo que foi encadernado.

— Alguma chance de haver uma cópia nos Arquivos Feéricos? — perguntou Ruhn a ela.

— Talvez — disse Bryce —, mas Jesiba ainda pode ter esse exemplar no armazém. Pegou o celular e discou rápido.

Jesiba atendeu no segundo toque.

— Sim, Quinlan?

— Você tinha um livro na antiga galeria. *Lobos através do tempo.* Do que se trata?

Uma pausa. Ruhn e Dec captavam cada palavra com sua audição feérica.

— Então você olhou as filmagens. Curioso, não é?

— Só... por favor, me conte. O que era?

— Uma história da genealogia dos lobos.

— Por que você o tinha?

— Eu gosto de conhecer a história dos meus inimigos.

— Danika não era sua inimiga.

— Quem disse que eu estava falando de Danika?

— Sabine, então.

Uma risada baixa.

— Você é tão jovem.

— Eu preciso desse livro.

— Não aceito exigências, nem mesmo de Princesas Estreladas. Já dei bastante a você. — Jesiba desligou.

— Muito útil — reclamou Declan.

Vinte minutos depois, Marrin tocou a campainha para dizer que um mensageiro tinha deixado um pacote da Srta. Roga.

— Estou abalado e impressionado — murmurou Ruhn, quando Bryce abriu o pacote sem características marcantes e tirou de dentro o livro de couro. — Devemos uma bebida a Jesiba.

— Danika tirou fotos das primeiras páginas — falou Declan, agora revisando as filmagens no celular. — Talvez apenas das três primeiras, na verdade. Mas acho que a página em que ela bateu era a terceira.

Bryce abriu o livro, e os pelos nos seus braços se arrepiaram.

— É uma árvore genealógica. Que data de... Isso vai até quando a Fenda Norte se abriu? — Quinze mil anos antes.

Ruhn olhou por cima de seu ombro conforme Bryce folheava.

— Gunthar Fendyr é o mais recente, e último, nome aqui.

Bryce engoliu em seco.

— Ele era o pai do Primo. — Foi até a terceira página, aquela em que Danika estava mais interessada.

— Niklaus Fendyr e Faris Hvellen. Os primeiros da linhagem Fendyr. — Mordeu o lábio. — Nunca ouvi falar deles.

Declan digitava sem parar no computador.

— Nada aparece.

— Tente os filhos deles — sugeriu Bryce, dando os nomes.

— Nada.

Repassaram geração após geração, até que Dec falou:

— Ali. Katra Fendyr. Daqui... É, tem um registro histórico de verdade e menções de Katra daqui em diante. Começando cinco mil anos atrás. — Passou o dedo pela árvore genealógica, ao longo das gerações, contando silenciosamente. — Mas nada sobre nenhum desses Fendyr antes dela.

— Mas por que Danika sentiria necessidade de guardar segredo sobre isso? — Ruhn perguntou.

Bryce examinou os dois primeiros nomes na lista, aqueles em que Danika havia batido como se tivesse descoberto alguma coisa, e respondeu:

— Por que os nomes deles foram perdidos na história?

— Será que Ithan saberia dizer? — perguntou Declan.

— Não faço ideia. — Bryce mordiscou uma cutícula solta. — Preciso falar com o Primo.

Ruhn protestou.

— Preciso lembrar a você que Sabine tentou matá-la semana passada?

Bryce fez uma careta.

— Então vou precisar que vocês dois se certifiquem de que ela não esteja em casa.

* * *

Mais uma vez. Bryce não ousou informar a Hunt ao telefone o que faria, por que o faria. Havia arriscado bastante ao ligar para Jesiba. Ainda assim, não ter Hunt ao seu lado ao passar de fininho pelos guardas no portão do Covil era como não ter uma parte sua. Como se pudesse encontrá-lo nas sombras ao seu lado a qualquer momento, avaliando uma ameaça.

Declan estava no momento discutindo com os vigias do Covil sobre algum deslize imaginário. E no quartel-general do Aux... Bem, se tivessem sorte, Sabine já havia chegado para se encontrar com Ruhn sobre um "assunto urgente".

Bryce encontrou o Primo sem muitos problemas, sentado à sombra de um carvalho imponente no parque que ocupava o espaço central do Covil. Um bando de filhotes brincava aos seus pés. Nenhum outro lobo estava na área.

Disparou para fora das sombras das colunas do prédio até a cadeira de madeira, alguns filhotes curiosos se esticando ao vê-la. Seu peito se apertou quando viu as orelhinhas peludas e as caudas balançando, mas Bryce manteve os olhos no macho idoso.

— Primo — disse, ajoelhando-se do outro lado, escondida da vista dos guardas que ainda discutiam com Dec nos portões. — Um momento de seu tempo, por favor.

O macho entreabriu os olhos anuviados pela idade.

— Bryce Quinlan. — Bateu no peito ossudo. — Uma loba.

Ruhn tinha contado o que o Primo dissera durante o ataque. Tentara não pensar no quanto aquilo significara para ela.

— Sua linhagem... a linhagem Fendyr. Consegue pensar em por que Danika poderia estar interessada nela?

O Primo hesitou, então gesticulou para os filhotes, que espalharam-se. Imaginou que tinha cerca de cinco minutos até que um deles tagarelasse para um adulto que uma fêmea feérica de cabelos ruivos estava ali.

A cadeira do Primo rangeu quando se virou para Bryce.

— Danika gostava de história.

— É proibido saber os nomes dos seus primeiros ancestrais?

— Não. Mas estão praticamente esquecidos.

— Faris Hvellen e Niklaus Fendyr têm algum significado? Danika alguma vez perguntou sobre eles?

O lobo se calou, parecendo vasculhar a memória.

— Uma vez. Ela alegou que tinha um trabalho para a escola. Eu nunca soube o que aconteceu com ele.

Bryce engoliu em seco. Não havia nenhum trabalho sobre a genealogia dos lobos na pilha secreta na mesa de centro.

— Tudo bem. Obrigada. — Aquilo tinha sido uma perda de tempo. Ficou de pé, observando o parque, os portões adiante. Podia sair correndo agora.

No entanto, o Primo a impediu com a mão seca e enrugada sobre a dela. Apertando-a.

— Você não perguntou por que nos esquecemos dos nomes deles.

Bryce se espantou.

— Você sabe?

Um aceno curto.

— É um pedaço de história que a maior parte de meu povo teve o cuidado de garantir que jamais entrasse nos livros. Mas a história oral manteve vivo.

A vegetação ao redor emitiu um estalo, como se alguém se aproximasse. Merda. Bryce precisava ir.

O Primo disse:

— Nós fizemos coisas inomináveis durante as Primeiras Guerras. Abrimos mão da nossa verdadeira natureza. Perdemos controle sobre ela, então a perdemos de vez. E nos tornamos o que somos agora. Dizemos que somos lobos livres, mas temos a coleira dos asteri no pescoço. Suas correntes são longas, e nós deixamos que nos domassem. Agora não sabemos como voltar para o que éramos, o que poderia ter sido. Foi isso que meu avô me contou. O que eu contei a Sabine, embora ela não tenha dado ouvidos. O que eu contei a Danika, que... — Sua mão tremeu. — Acho que ela poderia ter nos levado de volta, sabe.

Para o que éramos antes de chegarmos aqui e nos tornarmos criaturas dos asteri, por dentro e por fora.

O estômago de Bryce se revirou.

— Era isso que Danika queria? — Não a teria surpreendido.

— Eu não sei. Danika não confiava em ninguém — Apertou a mão de Bryce de novo. — Exceto em você.

Um grunhido chacoalhou a terra, e Bryce viu uma imensa loba se aproximando, as presas expostas. Bryce conseguiu dizer ao Primo:

— Você deveria falar com Sabine sobre Ithan.

O lobo piscou.

— O que tem Ithan?

Ele não sabia? Bryce recuou um passo, sem deixar que a fêmea que se aproximava saísse de sua vista.

— Ela o expulsou, e quase o matou. Ele está vivendo com meu irmão agora.

Aqueles olhos anuviados ficaram límpidos por um momento. Aguçados… e coléricos.

A fêmea avançou e Bryce correu, disparando pelo parque até os portões, além dos guardas que ainda discutiam com Declan, que piscou um olho para eles e então começou a correr ao lado dela, para o tumulto de Bosque da Lua. Mais perguntas se arrastavam atrás de si com cada quarteirão pelo qual disparavam.

Bryce tinha toda intenção de desabar no sofá e processar as coisas durante um bom tempo, mas, quando voltaram, Cormac estava esperando do lado de fora do apartamento.

Ensanguentado e sujo e…

— O que aconteceu com você? — disse Declan, e Bryce os deixou entrarem no apartamento, escancarando a porta.

Cormac pegou um saco de gelo no freezer, pressionando-o contra a bochecha quando se sentou à mesa da cozinha.

— Mordoc quase me prendeu em uma transferência de informação. Outros seis lobos ferais estavam com ele.

— Mordoc sentiu seu cheiro? — perguntou Bryce, observando o príncipe surrado. Se ele tivesse, se Cormac fosse rastreado de volta até ali…

— Não, eu me mantive a favor do vento, até mesmo para o seu nariz. E, se algum dos soldados sentiu, não é mais um problema. — Será que o sangue nas mãos do príncipe não era dele, então? Bryce tentou não fungar.

— Qual era a informação? — perguntou Declan, indo até a janela para olhar a rua abaixo, provavelmente em busca de alguém que pudesse ter seguido Cormac.

— O ataque à Coluna foi bem-sucedido — afirmou Cormac, a expressão severa sob o sangue e os hematomas. — O novo protótipo de mec-traje dos asteri foi obtido, junto com uma quantia inestimável de munição.

— Ótimo — disse Declan.

Cormac suspirou.

— Estão mandando o protótipo para cá.

Bryce se espantou.

— Para Lunathion?

— Para as ilhas Coronal. — Perto o bastante, duas horas de distância de barca. — Para uma base em Ydra.

— Merda — falou Dec. — Vão começar alguma coisa aqui, não vão?

— Sim, provavelmente com Pippa e seu esquadrão da Ocaso chefiando.

— Não sabem que ela é doida? — perguntou Bryce.

— Ela é bem-sucedida com as operações. É tudo o que importa.

— E quanto a Emile? — insistiu Bryce. — Ela foi bem-sucedida com ele?

— Não. Ele ainda está lá fora. O agente disse que a busca pelo menino continua.

— Então o que a gente faz? — perguntou Dec a Cormac. — Vamos para Ydra convencê-los a *não* deixar Pippa ter acesso a todas aquelas armas?

— Sim. — Cormac assentiu para Bryce. — Mande uma lontra para o Capitão Ketos. E creio que também precisaremos das competências de Hunt Athalar.

42

Bryce estava andando pelo corredor reluzente até o escritório de Celestina quando o seu telefone tocou.

Juniper. Bryce deixou a chamada cair na caixa postal. Em vez disso, chegou uma mensagem: *Ligue de volta agora.*

Pesar queimou como ácido dentro dela. Bryce ligou, rezando para que nada tivesse acontecido com Fury...

Juniper atendeu no primeiro toque.

— Como você *ousa*?

Bryce parou.

— O quê?

— Como você *ousa* ligar para Gorgyn?

— Eu... — Bryce engoliu em seco. — O que aconteceu?

— Sou a primeira bailarina, foi isso que aconteceu!

— E isso é ruim? — Deveria se encontrar com Celestina em um minuto. Não podia se atrasar.

— É uma coisa ruim porque *todo mundo* sabe que a *Princesa Bryce Danaan* fez uma ligação e ameaçou tirar as doações do Rei Outonal se o BCLC não *reconhecesse o meu talento!*

— E daí? — rebateu Bryce. — Não é essa a única coisa boa que vem com ser princesa?

— Não! É o *oposto!* — Juniper estava absolutamente gritando de ódio. Bryce começou a tremer. — Eu trabalhei a vida inteira por isso, Bryce! Minha *vida inteira!* E você entra e tira essa realização de mim! Faz de você, não eu, não o meu talento, o motivo pelo qual eu recebi essa promoção, o motivo pelo qual eu fiz história! *Você*, não eu. Não eu peitando tudo, batalhando, mas minha amiga princesa feérica, que não podia me deixar em paz!

O relógio soou no corredor. Bryce precisava ir. Precisava falar com a arcanjo.

— Olha, eu vou entrar em uma reunião — disse, o mais seriamente que conseguiu, embora achasse que fosse vomitar. — Mas vou ligar de volta logo depois, eu prometo. Peço desculpas se…

— Nem se dê ao trabalho — respondeu Juniper.

— Juniper…

A fauna desligou.

Bryce se concentrou em sua respiração. Precisava de uma das aulas de dança de Kyrah. Imediatamente. Precisava suar e respirar e urgentemente descarregar e analisar o tornado que a devastava por dentro. Aquela reunião, no entanto… Esticou os ombros, deixando a briga de lado, o fato de que tinha fodido tudo, de que tinha sido tão arrogante e burra e…

Bateu à porta do escritório de Celestina.

— Entre — disse a doce voz feminina.

Bryce sorriu para a governadora como se não tivesse acabado de destruir uma amizade momentos antes.

— Vossa Graça — disse Bryce, inclinando a cabeça.

— Vossa Alteza — respondeu Celestina, e Bryce conteve um encolher de ombros. Foi como conseguira aquela reunião também. Tinha pedido a arcanjo para se encontrar não como Bryce Quinlan, mas como uma princesa dos feéricos. Era um convite que até mesmo um arcanjo precisava aceitar.

Perguntou-se como aquilo voltaria para assombrá-la.

— Só para essa reunião — disse Bryce, se sentando. — Eu vim fazer um pedido formal.

— Pela dispensa de Hunt Athalar, suponho. — Um tipo de luz cansada e triste brilhou nos olhos da governadora.

— Um retorno temporário — acrescentou Bryce, e encostou na cadeira. — Sei que ele deixou você na mão na festa. Se eu soubesse que estava fazendo aquilo, jamais teria pedido a ele que me ajudasse naquela noite. Então… fique totalmente à vontade para puni-lo. Você tem minha bênção.

Era uma mentira, mas os lábios de Celestina se repuxaram para cima.

— Por quanto tempo o quer?

— Uma noite. — Para ir para as Ilhas Coronal e voltar antes que Pippa Spetsos e seu séquito pudessem chegar lá. Para convencer quem quer que o Comando enviasse a *não* dar a Spetsos liberdade para liberar aquelas armas em Valbara. — Nós pensamos em pegar o trem direto em vez de dirigir as oito horas ida e volta. Eu prometi a minha mãe que o levaria para casa comigo. Se ele não for, vai ser meu Inferno. — Outra mentira.

A governadora deu um largo sorriso diante daquilo.

— Sua mãe é… uma criatura assustadora?

— Ah, é. E, se Hunt não estiver lá, todas as coisas ruins que ela pensa dele serão confirmadas.

— Ela não gosta dele?

— Ela não gosta de *nenhum* macho. Ninguém é bom o bastante para mim, de acordo com ela. Você não tem ideia de como era difícil namorar quando eu era mais nova.

— Tente ser um arcanjo em uma comunidade pequena — falou Celestina, e sorriu sinceramente.

Bryce deu um sorriso amarelo.

— Todos ficavam intimidados?

— Alguns saíam correndo e gritando.

Bryce gargalhou, e se maravilhou por fazer aquilo. Odiou que precisava mentir para aquela fêmea receptiva e gentil.

Celestina prendeu um cacho atrás da orelha.

— Então muita coisa depende da visita de Athalar.

— É. Não é como se eu precisasse de permissão para estar com ele, mas é que… É que seria legal ter a aprovação dela.

— Tenho certeza de que seria. — Celestina deu um sorriso triste.

Bryce sabia que não cabia a ela, mas perguntou:

— Como você e Ephraim estão se entendendo?

Uma sombra percorreu o rosto da governadora, uma confirmação de que não estava feliz.

— Ele é um amante minucioso.

— Mas?

Disse deliberadamente, aviso aguçando sua voz:

— Mas ele tem sido meu amigo há muitos anos. Vejo que agora estou começando a conhecê-lo de uma forma totalmente nova.

Celestina merecia muito mais do que aquilo. Bryce suspirou.

— Eu sei que você é, tipo... um arcanjo, mas se algum dia precisar de uma conversa feminina... Estou aqui.

O último governador com quem ela falara tinha tentado matá-la. E havia colocado uma bala em sua cabeça. Era uma mudança bem-vinda.

Celestina sorriu de novo, aquele calor, e alívio, voltando para suas feições.

— Eu gostaria muito disso, Vossa Alteza.

— Bryce, nesse caso.

— Bryce. — Seus olhos brilharam. — Leve Athalar para casa. E o mantenha lá.

As sobrancelhas de Bryce se elevaram.

— Permanentemente?

— Não na casa dos seus pais. Quero dizer para levá-lo com você até sua família, então ele pode viver com você de novo. Anda tão deprimido que está fazendo cair o moral. Vou mandá-lo para você amanhã de manhã. Deixe que fique de molho mais uma noite antes de eu contar a ele ao alvorecer.

Bryce sorriu.

— Obrigada. É sério, *muito* obrigada.

A governadora acenou com a mão.

— Você está me fazendo um favor, confie em mim.

* * *

Bryce fez uma ligação a caminho de sua próxima parada.

Fury atendeu logo antes de cair na caixa postal.

— Você fez merda, Bryce.

Bryce se encolheu.

— Eu sei. Estou muito arrependida.

— Eu entendo por que você fez. De verdade. Mas ela está *arrasada*.

Bryce saiu do elevador e engoliu o nó em sua garganta.

— Por favor, diga a ela que sinto muito. Sinto muito mesmo. Eu estava tentando ajudar, e não pensei.

— Eu sei — disse Fury. — Mas não vou me meter nisso.

— Você é a namorada dela.

— Exatamente. E você é a amiga dela. E minha. Não vou bancar a mensageira. Dê um tempo a ela, depois tente conversar.

Bryce desabou contra uma parede desgastada.

— Tudo bem. Quanto tempo?

— Algumas semanas.

— Isso são eras!

— Arrasada. Lembra?

Bryce esfregou o peito, a cicatriz apagada ali.

— Porra.

— Comece a pensar em grandes formas de pedir desculpas — disse Fury. Então acrescentou: — Resolveu aquela coisa com Danika e o menino?

— Ainda não. Quer ajudar? — Era o máximo que arriscaria dizer ao telefone.

— Não. Também não vou me meter nessa merda.

— Por quê?

— Tenho muitas coisas boas acontecendo agora — disse Fury. — June é uma delas. Não vou arriscar nada disso. Nem a segurança dela.

— Mas…

— Grande pedido de desculpas. Não se esqueça. — Fury desligou.

Bryce engoliu a náusea, o nojo e o ódio de si mesma. Caminhou pelo corredor silencioso até uma porta familiar, e então bateu. Foi recompensada com a visão de Hunt abrindo a porta, sem camisa e usando o boné de solebol ao contrário. Brilhando de suor. Devia ter acabado de voltar à academia.

O anjo se sobressaltou.

— O que você…

Bryce o interrompeu com um beijo, fechando os braços em volta de seu pescoço.

Hunt gargalhou, mas suas mãos se fecharam ao redor de sua cintura, levantando-a o suficiente para que cruzasse as pernas em seu tronco. Diminuiu o ritmo do beijo, sua língua mergulhando fundo, explorando a boca de Bryce.

— Oi — disse contra os seus lábios, beijando-a de novo.

— Eu queria dar a notícia a você — disse, beijando sua mandíbula, o pescoço. Hunt já estava duro contra ela. Bryce derreteu.

— É? — Suas mãos percorreram a bunda dela, apalpando e acariciando.

— Amanhã de manhã — disse, beijando a boca do anjo de novo e de novo. — Você sai daqui.

Athalar a soltou. Não totalmente, mas rápido o bastante para que seus pés atingissem o chão com um estampido.

— O quê?

Passou as mãos pelo seu peito musculoso e escorregadio de suor, então brincou com a bainha da calça de Hunt. Passou o dedo pela extensão que se projetava com uma exigência impressionante.

— Vamos sair em umas férias curtas. Então faça um trabalho ao fingir que ainda está deprimido esta noite.

— O quê? — repetiu.

Beijou o peitoral, passando a boca pelo rígido mamilo marrom. Hunt gemeu baixinho, sua mão deslizando pelo cabelo de Bryce.

— Leve roupa de banho — murmurou Bryce.

Uma voz masculina riu atrás deles, e Bryce ficou tensa, virou-se encontrando Pollux passando, seu braço jogado sobre os ombros de uma linda fêmea.

— Ele está pagando pela hora? — perguntou o Martelo.

A fêmea, a *Corça*, deu uma risadinha, mas não disse nada quando se aproximaram. Por Solas, ela era… linda e terrível. Havia torturado inúmeras pessoas. Matado, provavelmente Sofie Renast, inclusive. Se Cormac a visse, se chegasse tão perto assim será que assumiria o risco e tentaria matá-la?

Os olhos âmbar da Corça brilharam quando encontraram os de Bryce, como se conhecesse todos os pensamentos na mente da princesa. A metamorfa de cervo sorriu convidativa.

No entanto, a Corça e o Martelo prosseguiram, para todos os efeitos parecendo um casal normal pelas costas. Bryce não conseguiu se segurar ao dizer às costas de Pollux:

— Você realmente precisa pensar em um material novo, Pollux.

O anjo a olhou com raiva por cima do ombro, asas brancas se fechando. Mas sorriu gentilmente e, ainda bem, continuou andando, a amante odiosa junto.

Bryce viu Hunt sorrindo ao seu lado, aliviou qualquer culpa sobre Juniper, qualquer frustração com Fury, qualquer medo e pesar por estar tão perto da Corça, mesmo quando desejava contar tudo a ele. Hunt puxou sua mão, fazendo menção de puxá-la para dentro do quarto, mas Bryce firmou os pés.

— Amanhã de manhã — disse, rouca, seus ossos ardendo em desejo. — Me encontre em casa.

Contaria tudo a ele então. Toda a merda que havia acontecido desde que tinham se visto pela última vez.

Hunt assentiu, ouvindo o que não dissera. Tentou puxá-la de novo e Bryce foi até ele, inclinando a cabeça para trás a fim de receber seu beijo. Sua mão deslizou pela frente da calça legging. Grunhiu contra a boca de Bryce quando seus dedos encontraram a viscosidade que o esperava.

Gemeu quando esfregou seu clitóris em um círculo luxuriante, provocador.

— Vejo você ao amanhecer, Quinlan.

Com uma mordiscada em seu lábio inferior, Hunt voltou para dentro do quarto. Fechando a porta, lambeu os dedos.

* * *

Ithan piscou para o telefone tocando em sua mão.

Primo.

Todo lobo valbarano tinha o número do Primo em seus contatos. No entanto, Ithan jamais ligara para ele, e o Primo dos Lobos jamais ligara para Ithan. Não podia ser boa coisa.

Parou no meio do beco, placas de néon projetando poças de cor nos paralelepípedos sob suas botas. Inspirando, atendeu:

— Alô?

— Ithan Holstrom.

Inclinou a cabeça, embora o macho não pudesse vê-lo

— Sim, Primo.

A voz velha e murcha soava carregada com a idade.

— Fui informado hoje de que você não reside mais no Covil.

— Por ordem de Sabine, sim.

— Por quê?

Ithan engoliu em seco. Não ousaria dizer o motivo. Sabine negaria, de toda forma. Sabine era sua filha.

— Diga-me por quê. — Um indício do alfa que o Primo tinha sido durante a juventude surgiu em sua voz. Aquele macho havia feito da família Fendyr uma força respeitável em Valbara.

— Talvez você devesse perguntar a sua filha.

— Quero ouvir de você, filhote.

Sua garganta estremeceu.

— Foi punição por desobedecer às ordens dela durante o ataque na primavera e ajudar os humanos nos prados de Asphodel. E punição por elogiar as ações de Bryce Quinlan durante o ataque para um artigo de revista.

— Entendo. — Pelo visto, era tudo de que o Primo precisava. — O que você planeja fazer agora?

Ithan se endireitou. — Estou, hã, morando com Príncipe Ruhn Danaan e seus amigos. Ajudando-os com a divisão feérica do Aux. — Ajudando com uma rebelião.

— É aí que você deseja estar?

— Tenho alternativa?

Uma pausa prolongada, tensa demais.

— Eu tornaria você alfa de sua matilha. Você tem potencial, já senti. Por muito tempo, você suprimiu isso para que outros pudessem liderar.

O chão abaixo de Ithan pareceu balançar.

— Eu… e quanto a Sabine? — A cabeça de Ithan girava.

— Eu vou lidar com minha filha, se for o que você escolher.

Ithan não tinha ideia de quem sequer estaria em sua matilha. Havia se afastado tão completamente de antigos amigos e familiares depois da morte de Connor que só se prestou a se associar com a matilha de Amelie. Perry era o mais próximo que tinha de uma amiga no Covil, e jamais deixaria a irmã. Ithan engoliu em seco.

— Fico honrado, mas… preciso pensar nisso.

— Você passou por muita coisa, menino. Leve o tempo que precisar para decidir, mas saiba que a oferta está de pé. Eu não gostaria de perder mais um lobo de valor, principalmente para os feéricos. — Antes que Ithan pudesse se despedir, o velho lobo desligou. Chocado e zonzo, Ithan encostou em um dos prédios de tijolos no beco. Alfa.

Mas… um alfa à sombra de Sabine, depois que o Primo morresse. Sabine seria a Prima *dele*. Amelie reinaria como Prima Aparente dela. E então como Prima, quando a própria Sabine morresse.

Tinha pouco interesse em servir a qualquer uma das duas. No entanto… seria uma traição aos lobos, ao legado do irmão dele, deixar as matilhas valbaranas à mercê da crueldade de Sabine?

Afastou o cabelo do rosto. Estava mais longo do que quando jogava solebol. Ithan não sabia dizer se gostava ou não.

Porra, não sabia dizer se gostava *de si mesmo* ou não.

Endireitando-se mais uma vez, Ithan se afastou da parede e terminou sua caminhada, chegando a seu destino. As portas altas do prédio de horrores do Astrônomo estavam fechadas. Ithan puxou a sineta da porta em forma de lua crescente uma vez.

Nenhuma resposta.

Puxou uma segunda vez, então pressionou o ouvido a uma das portas de metal, procurando ouvir algum sinal de vida. Nem mesmo um passo, embora conseguisse discernir o zumbido das máquinas adiante. Bateu duas vezes, então empurrou o ombro contra a porta, que se abriu com um rangido, nada além de escuridão à frente. Ithan entrou sorrateiro, fechando silenciosamente a pesada porta.

— Oi?

Nada. Seguiu para o brilho fraco e pálido dos três tanques no centro do espaço cavernoso. O lobo nunca vira nada tão estranho e inquietante, os três seres que tinham sido vendidos para aquela vida. Existência. Aquilo sem dúvida não era uma vida.

Não que fosse saber. Ithan não tinha uma em dois anos.

Sua visita na semana anterior era como uma ferida aberta.

Podia ter saído dali condenando tudo que havia visto, mas ainda dera ao Astrônomo seu dinheiro. Mantivera aquele lugar funcionando.

Ithan sabia que incomodara Bryce, mas fora arrastada de volta para a merda com Danika e, como uma princesa, estava de mãos atadas no que dizia respeito a um escândalo público. Principalmente quando caminhava em um limite tão perigoso ultimamente, qualquer escrutínio adicional poderia ser sua ruína.

Contudo, ninguém dava a mínima para ele. Não importava o que o Primo dissera.

— Oi? — chamou de novo, a palavra ecoando na escuridão.

— Ele não está aqui — disse uma voz áspera e rouca feminina.

Ithan se virou, levando a mão à arma ao varrer a escuridão. Sua visão de lobo a penetrava, permitindo que discernisse a localização da falante. A mão de Ithan saiu do quadril quando a viu.

Cabelo castanho longo caído sobre os membros pálidos magros demais, o corpo vestido naquela camisola branca que todos os três místicos usavam. Seus olhos escuros estavam imóveis, como se só estivesse parcialmente ali. Um rosto que poderia ter sido bonito, se não estivesse tão macilento. Tão assombrado.

Ithan engoliu em seco, lentamente se aproximando de onde estava aninhada contra a parede, os joelhos ossudos agarrados junto ao peito.

— Eu queria ver seu… chefe.

Não conseguia dizer *dono*, embora o velho canalha fosse isso. Na escuridão, conseguia discernir uma bancada de trabalho além da mística que estava sentada no chão, com uma pequena caixa sobre ela. Luz saía da caixa, tinha uma boa ideia do que era guardado ali dentro. De quem era guardado ali, presos naqueles quatro anéis, que eram aparentemente tão valiosos que o velho havia deixado para trás, em vez de arriscá-los à solta na cidade.

A voz rouca da mística soava como se não falasse há eras.

— Ele colocou os outros dois de volta, mas não tinha a peça de que precisava para consertar a minha máquina. Está no Mercado da Carne, encontrando-se com a Rainha Víbora.

Ithan farejou, tentando decifrá-la. Tudo o que conseguia sentir daquela distância era sal. Como se ficara em uma salmoura.

— Sabe quando ele vai voltar?

Apenas o encarou, como se ainda estivesse presa na máquina além deles.

— Foi você que me libertou. — Por Solas, estava sentada com uma quietude tão... vanir. Nunca percebera o quanto *ele* se movia até estar diante dela. E se considerava capaz da quietude absoluta de um lobo.

— É, desculpa. — No entanto, a palavra permaneceu... *libertou.* Estava suplicando para voltar. Presumiu que estivesse falando do lugar intermediário onde os místicos perambulavam, mas... E se estivesse desse mundo, de volta para a vida anterior dela? Para a família que a vendera para aquilo?

Não era problema seu, não era assunto seu para resolver. Mesmo assim, perguntou:

— Você está bem? — Não parecia bem. Estava sentada da forma como ele se sentara no banheiro do dormitório na noite que descobriu que Connor estava morto.

A mística apenas disse:

— Ele vai voltar logo.

— Então vou esperar por ele.

— Ele não vai ficar feliz.

Ithan ofereceu um sorriso reconfortante.

— Eu posso pagar, não se preocupe.

— Você causou muita inconveniência a ele. Ele vai expulsar você.

Ithan deu um passo mais para perto.

— Pode me ajudar, então?

— Não posso fazer nada a não ser que esteja no tanque. E não sei como usar as máquinas para perguntar aos outros.

— Tudo bem.

Inclinou a cabeça.

— O que você quer saber?

O lobo engoliu em seco.

— Foi verdade o que o príncipe demônio disse, sobre meu irmão estar seguro por enquanto?

A mística franziu a testa, sua boca farta sobrenaturalmente pálida.

— Eu só consegui sentir o terror do outro — respondeu, assentindo para os tanques. — Não o que foi dito.

Ithan esfregou a nuca.

— Tudo bem. Obrigado. Era tudo de que eu precisava. — Precisava saber com certeza se Connor estava seguro. Devia haver algum jeito de ajudá-lo.

— Você poderia encontrar um necromante. Ele saberia a verdade. — falou.

— Necromantes são poucos e dispersados, altamente regulamentados — falou Ithan. — Mas obrigado de novo. E, hã... boa sorte.

Virou-se para as portas. A mística se agitou levemente, e o movimento mandou um filete de seu cheiro até ele. Neve e brasas e...

Ithan ficou rígido. Voltando-se para a mística.

— Você é um lobo. O que está fazendo aqui?

Não respondeu.

— Sua matilha permitiu que isso acontecesse? — Ódio ferveu seu sangue. Garras surgiram nas pontas de seus dedos.

— Meus pais não tinham matilha — disse rouca. — Eles perambulavam pela tundra de Nena comigo e meus dez irmãos. Meus dons se tornaram aparentes quando eu tinha três anos. Aos quatro anos, eu estava ali. — Apontou para o tanque, Ithan se encolheu horrorizado. Uma família de lobos havia *vendido* um filhote, e a fêmea fora parar naquele tanque...

— Há quanto tempo? — perguntou, incapaz de conter seu ódio trêmulo. — Há quanto tempo você está aqui?

Balançou a cabeça.

— Eu... eu não sei.

— Quando você nasceu? Em que ano?

— Não sei. Nem me lembro de quanto tempo faz desde que fiz a Descida. Ele chamou algum oficial aqui para registrar, mas... Eu não me lembro.

Ithan esfregou o peito.

— Por Solas. — A fêmea parecia tão jovem quanto ele, mas, entre os vanir, isso não queria dizer nada. Podia ter centenas de anos. Deuses, como sequer tinha feito a Descida ali? — Qual é o seu nome? O nome de sua família?

— Meus pais jamais me deram um nome, e eu jamais aprendi seus nomes, eram Mãe e Pai. — Sua voz ficou afiada, um indício de temperamento brilhando ali. — Você deveria sair.

— Você não pode ficar aqui.

— Há um contrato que sugere o contrário.

— Você é um *lobo* — grunhiu. — Você está mantida em uma porra de *jaula* aqui. — Iria direto ao Primo. Faria com que ordenasse que o Astrônomo libertasse aquela fêmea sem nome.

— Meus irmãos e pais podem comer e viver confortavelmente porque eu estou aqui. Isso vai acabar quando eu for embora. Vão passar fome de novo.

— Problema deles, porra — disse Ithan, mas conseguia ver a determinação na expressão da mística e soube que não conseguiria arrancá-la dali. E podia entender, aquela necessidade de se entregar inteira para que sua família pudesse sobreviver. Então acrescentou: — Meu nome é Ithan Holstrom. Se quiser sair daqui, mande notícia. — Não tinha ideia de como, mas… talvez fosse ver como ela estava a cada poucos meses. Pensaria em desculpas para fazer perguntas a ela.

Seus olhos se encheram de cautela, mas a jovem assentiu.

Então ocorreu a Ithan que ela provavelmente estava sentada no chão frio porque suas pernas finas tinham se atrofiado por estar no tanque por tanto tempo. Aquele velho de merda a deixara ali daquele jeito.

Ithan observou o espaço em busca de alguma coisa que se assemelhasse a um cobertor e não encontrou nada. Só tinha sua camiseta, quando levou a mão à bainha, a fêmea disse:

— Não. Ele vai saber que você esteve aqui.

— Ótimo.

Fez que não com a cabeça.

— Ele é possessivo. Se sequer achar que tive contato com outra pessoa que não ele, vai me mandar para o Inferno com uma pergunta frívola. — Tremeu sutilmente. O velho tinha feito aquilo antes.

— Por quê?

— Demônios gostam de brincar — sussurrou.

Sua garganta se fechou.

— Tem certeza de que não quer ir embora? Eu posso carregar você agora mesmo, e nós pensaremos nas outras merdas depois. O Primo vai proteger você.

— Você conhece o Primo? — Sua voz se encheu de espanto sussurrado. — Eu só ouvi meus pais falarem dele, quando eu era nova.

Então não estavam completamente afastados do mundo.

— Ele vai ajudar você. Eu vou ajudar você.

Seu rosto ficou lívido. se tornou distante.

— Você precisa ir embora.

— Tudo bem.

— Tudo bem — ecoou a menina, com outro indício de temperamento. Um pouco de dominância que fez seu lobo se animar.

Ithan a encarou. Não apenas um pouco de dominância... um lampejo de dominância, de uma *alfa*. Seus joelhos fraquejaram levemente, seu instinto de lobo sopesando se desafiava ou se curvava.

Uma alfa. Ali, em um tanque. Provavelmente teria sido herdeira de sua família, então. Será que sabiam o que ela era, mesmo aos quatro anos? Suprimiu um grunhido. Será que os pais a enviaram até lá *porque* ela era uma ameaça à sua autoridade sobre a família?

No entanto, Ithan deixou as perguntas de lado, recuando em direção às portas de novo.

— Você deveria ter um nome.

— Bem, eu não tenho — retruco.

Definitivamente alfa, pelo tom, pelo brilho de coragem irredutível. Alguém com quem seu lobo interior teria gostado de brincar.

E deixá-la ali... Não parecia certo. A ele, ao lobo em seu coração, por mais partido e solitário que estivesse. Precisava fazer alguma coisa. Qualquer coisa. Contudo, como obviamente não deixaria aquele lugar... Talvez houvesse outra pessoa que poderia ajudar.

Ithan olhou para a caixinha na bancada de trabalho e não se questionou ao pegá-la. A loba tentou se levantar, suas pernas fracas a traíram.

— Ele vai *matar* você por levá-los...

Ithan foi até as portas, a caixa de duendes de fogo presos dentro dos anéis na mão.

— Se ele tem um problema com isso, pode ir falar com o Primo. — E explicar por que estava mantendo uma loba presa ali.

A garganta oscilou, mas a mística não falou mais.

Então Ithan marchou para fora, para a rua estranhamente normal adiante, e fechou a pesada porta às suas costas. Apesar da distância rapidamente estabelecida entre si e os místicos, seus pensamentos retornaram à menina, de novo e de novo.

A loba sem nome, presa no escuro.

* * *

— Vou solicitar uma equipe aquática de 25 para amanhã — disse Tharion para a sua Rainha, as mãos fechadas às costas, a cauda abanando casualmente a corrente do rio. A Rainha do Rio permaneceu sentada em sua forma humanoide em um leito de coral rochoso ao lado de seu trono, tecendo fios de urtiga, o vestido azul-escuro flutuando ao seu redor.

— Não — disse simplesmente.

Tharion piscou.

— Temos informações sólidas de que esse carregamento está vindo de Pangera *e* de que Pippa Spetsos provavelmente já está lá. Você quer que eu a capture, interrogue sobre o paradeiro de Emile, então vou precisar de reforços.

— E ter tantas testemunhas assim notando o envolvimento da Corte Azul?

Qual é *nosso envolvimento?* Tharion não ousou perguntar. *Qual é nossa participação nisso além de querer o poder do menino?*

A rainha prosseguiu:

— Você vai, e vai sozinho. Suponho que seu atual grupo de… pessoas estará com você.

— Sim.

— Isso deve bastar para interrogá-la, considerando os poderes de seus companheiros.

— Ao menos cinco agentes tritões…

— Só você, Tharion.

Não se conteve quando disse:

— Algumas pessoas podem achar que você está tentando me matar, sabe.

Lentamente, muito lentamente, a Rainha do Rio se virou da tecelagem. Podia jurar que um tremor percorreu o leito do rio. Sua voz, no entanto, estava perigosamente suave quando disse:

— Então defenda minha honra contra essa difamação e volte com vida.

O tritão trincou a mandíbula, mas fez uma reverência com a cabeça.

— Devo me despedir de sua filha, então? Caso seja minha última chance de fazer isso?

Sorriu.

— Acho que você já causou bastante incômodo.

As palavras eram verdadeiras. Podia ser um monstro de muitas formas, mas estava certa com relação a ele nesse ponto. Então Tharion nadou para o azul límpido, deixando a corrente martelar o ódio para fora de sua cabeça.

Se houvesse uma chance de obter o poder de Emile, a Rainha do Rio a usaria.

Tharion esperava que tivesse coragem de impedi-la.

* * *

As poltronas tinham se transformado em sofás de veludo na ponte onírica.

Ruhn se sentou no próprio, observando a escuridão infinita que o cercava. Olhou para além do divã, para o "lado" de Day. Se a seguisse naquela direção, será que acabaria em sua mente? Veria as coisas que ela via? Veria pelos seus olhos e saberia quem era, onde estava? Será que seria capaz de ler todos os pensamentos em sua cabeça?

Podia falar dentro da mente de alguém, mas de fato *entrar*, ler pensamentos como seus primos em Avallen podiam fazer… Era assim que faziam? Parecia uma violação tão crassa. Se ela o convidasse, se o quisesse ali, será que conseguiria?

Chamas ondularam diante de Ruhn, e ali estava ela, deitada no sofá.

— E aí — disse, sentando-se de novo no sofá.

— Alguma informação para relatar? — disse, como cumprimento.

— Então vamos fazer a coisa formal esta noite.

Sentou-se mais reta.

— Esta ponte é um caminho para se passar informação. É nosso primeiro e maior dever. Se você está vindo aqui para ter com quem flertar, sugiro que procure em outro lugar.

Riu com escárnio.

— Você acha que estou flertando com você?

— Você diria *e aí* daquela forma para um agente macho?

— Provavelmente, sim. — Contudo, admitiu: — Não com o mesmo tom, no entanto.

— Exatamente.

— Bem, você me pegou. Estou pronto para minha punição.

Day gargalhou, um som farto e gutural que não tinha ouvido antes.

— Não acho que você conseguiria aguentar o tipo de punição que eu inflijo.

Suas bolas se contraíram; Ruhn não conseguiu evitar.

— Estamos falando de... amarras? Chicote?

Podia jurar que viu um lampejo de dentes mordendo um lábio inferior.

— Nenhum dos dois. Não gosto de nada disso na cama. Mas o que *você* prefere?

— É sempre escolha da dama comigo. Estou apto a tudo.

A agente inclinou a cabeça, uma cascata de chamas caindo pela lateral do sofá, como se tivesse soltado longos e lindos cabelos sobre ele.

— Então você não é um macho... dominante.

— Ah, sou dominante — disse, sorrindo. — Só não gosto de pressionar minhas parceiras a fazerem nada de que não gostem.

Daybright o estudou.

— Você diz *dominante* com tanto orgulho. Você é um lobo, então? Algum tipo de metamorfo?

— Olhe quem está tentando me decifrar agora.

— Você é?

— Não. *Você* é uma loba?

— Eu pareço uma para você?

— Não. Você parece... — Alguém feita de ar e sonhos e vingança fria. — Imagino que você esteja na Céu e Sopro.

A agente ficou imóvel. Será que tinha acertado?

— Por que diz isso?

— Você me lembra do vento. — Tentou explicar. — Poderosa e capaz de resfriar ou congelar com meio pensamento, moldando o próprio mundo embora ninguém consiga vê-la. Apenas seu impacto sobre as coisas. — Acrescentou: — Parece solitário, agora que estou dizendo.

— É — disse, e Ruhn ficou chocado com a confissão. — Mas obrigada pelas palavras gentis.

— Foram gentis?

— Foram precisas. Você me vê. É mais do que eu posso dizer sobre qualquer outra pessoa.

Por um momento, encararam-se. Ruhn foi recompensado com um movimento de suas chamas, revelando grandes olhos que se repuxavam para cima nos cantos, feitos de fogo, mas ainda conseguia distinguir seu formato. A transparência antes de a chama encobri-la mais uma vez. O príncipe pigarreou.

— Acho que eu deveria lhe contar que os rebeldes foram bem-sucedidos no ataque à Coluna. Vão trazer o protótipo do mec dos asteri para as ilhas Coronal amanhã à noite.

Day se endireitou.

— Por quê?

— Não sei. Fui informado por... meu contato. Um contingente rebelde vai estar lá para receber o carregamento. Para onde vai dali, não sei. — Cormac queria que Athalar examinasse o protótipo dos asteri, que visse como diferia dos trajes humanos que o anjo tinha enfrentado tantas vezes em batalha.

Athalar era o único entre eles que havia enfrentado um mec-traje. Que aparentemente tinha passado tempo em Pangera abrindo-os e remontando-os. Cormac, como estava lutando ao lado dos rebeldes humanos, jamais havia enfrentado um, e queria uma opinião externa sobre se replicar o modelo dos asteri seria benéfico.

E, porque Athalar iria, Bryce iria. E, porque Bryce iria, Ruhn iria. E Tharion se juntaria a eles, como a Rainha do Rio tinha ordenado que fizesse.

Flynn, Dec e Ithan permaneceriam, pessoas demais levantariam suspeitas. No entanto, tinham ficado possessos ao saber. *Você colocando o coitado do Holstrom no banco*, reclamara Flynn. Dec havia acrescentado: *Sabe o que isso faz com o ego de um macho?* Ithan apenas resmungara em concordância, mas não tinha discutido, uma expressão distante no rosto. Como se sua mente estivesse em outro lugar.

— Quem vai estar lá?

Ruhn inclinou a cabeça.

— Soubemos que Pippa Spetsos e seu esquadrão da Ocaso também estarão presentes. Temos algumas perguntas para ela sobre… uma pessoa desaparecida.

A agente se endireitou.

— Spetsos recebeu comando da frente valbarana?

— Eu não sei. Mas esperamos conseguir convencer quem quer do Comando que esteja lá a não fazer isso. Suspeitamos que ela e a Ocaso tenham deixado um rastro de corpos pelo campo.

Day ficou calada por um momento, então perguntou:

— Você sabe o nome do navio que está carregando o protótipo?

— Não.

— Que ilha?

— Por que está me interrogando sobre isso?

— Quero me certificar de que não seja uma armadilha.

O príncipe sorriu.

— Porque você sentiria a minha falta se eu morresse?

— Por causa da informação que arrancariam de você antes de morrer.

— Que frieza, Day. Que frieza.

Riu baixinho.

— É a única forma de sobreviver.

E era.

— Vamos para Ydra. É tudo o que sei.

A agente assentiu, como se o nome significasse alguma coisa para ela.

— Se pegarem você, fugir é sua melhor opção. Não lute.

— Não funciono dessa forma.

— Então funcione.

Ruhn cruzou os braços.

— Eu não acho que…

Day sibilou, curvando-se. Estremecia, quase convulsionando.

— Day?

A agente inspirou fundo, então se foi.

— Day! — Sua voz ecoou pelo vazio.

Não pensou. Lançando-se por cima do divã, Ruhn correu para o outro lado da ponte, para a escuridão e a noite, atirando-se atrás dela...

Ruhn se chocou contra uma parede de adamantino preto. O tempo ficou lento, trazendo consigo lampejos de sensação. Nenhuma imagem, só... *tato.*

Ossos roçando no pulso esquerdo dela, onde era apertado a ponto de doer; era a dor que a acordara, que a arrancara da ponte...

Day desejou ceder, entregar-se, tornar-se dele, encontrar alguma forma de gostar daquilo. Dentes raspando seu mamilo, fechando-se...

Ruhn colidiu com o chão, as sensações sumindo. Ficou de pé, pressionando a palma contra a parede preta.

Nada. Nenhum eco para indicar o que estava acontecendo.

Bem, Ruhn *sabia* o que estava acontecendo. Tivera a sensação de sexo muito pesado, e, embora tivesse a noção de que era consensual, não era... significativo. Quem quer que dormisse ao seu lado a havia acordado com aquilo.

O preto impenetrável pairava diante de si. A parede de sua mente.

Não fazia ideia de por que esperava. Por que ficara. Não fazia ideia de quanto tempo tinha se passado até que uma chama ressurgiu da parede.

Seu fogo tinha recuado o bastante para que Ruhn conseguisse ver longas pernas caminhando em sua direção. Parando ao encontrá-lo ajoelhado. Então Daybright também caiu de joelhos, chamas engolindo-a completamente.

— Você está bem? — perguntou.

— Sim. — A palavra soou como um chiado de brasas sendo apagadas.

— O que foi aquilo?

— Você nunca transou?

Empertigou-se diante da pergunta afiada.

— Você está bem? — perguntou de novo.

— Eu disse que estava.

— Você não foi...

— Não. Ele perguntou, embora um pouco repentinamente, e eu disse que sim.

As entranhas de Ruhn se reviraram diante da completa frieza.

— Não parece que você gostou.

— É da sua conta se eu tenho prazer ou não?

— Você tem?

— Como é?

— Você teve um orgasmo?

— Isso absolutamente não é da sua conta.

— Certo.

De novo, silêncio recaiu, mas permaneceram ajoelhados ali, cara a cara. A agente disse, depois de um momento tenso:

— Eu odeio ele. Ninguém sabe disso, mas odeio. Ele me enoja.

— Então por que dorme com ele?

— Porque eu… — Deu um longo suspiro. — É complicado.

— Me explique.

— Você só dorme com gente de quem gosta?

— Sim.

— Nunca fodeu com alguém que odeia?

Ruhn pensou, mesmo que o som de ela dizendo a palavra *fodeu* tivesse algum efeito com o pau dele.

— Tudo bem. Talvez uma vez. Mas foi uma ex. — Uma fêmea feérica que havia namorado décadas antes, de quem não se incomodara em lembrar até agora.

— Então pode pensar nisso como a mesma situação.

— Então ele é…

— Não quero falar dele.

Ruhn exalou.

— Eu queria ter certeza de que você estava bem. Você me apavorou.

— Por quê?

— Em um momento você estava aqui, no seguinte você tinha sumido. Parecia que estava sentindo dor.

— Não seja tolo de se apegar o bastante para se preocupar.

— Eu seria um monstro se não me importasse se outra pessoa está se machucando.

— Não tem espaço para isso nesta guerra. Quanto antes perceber isso, menos dor vai sentir.

— Então voltamos para a rotina da rainha de gelo.

Ela se levantou.

— Rotina?

— Onde está a fêmea selvagem e obscena com quem eu estava conversando sobre bondage mais cedo?

Day gargalhou. Ruhn gostava do som, era grave e áspero e predatório. Porra, gostava muito daquele som.

— Você é um típico macho valbarano.

— Eu disse a você: venha me visitar em Lunathion. Vou lhe mostrar como se divertir, Day.

— Tão ansioso para me conhecer.

— Eu gosto do som da sua voz. Quero conhecê-la por trás dela.

— Isso não vai acontecer. Mas obrigada. — Acrescentou, depois de um momento: — Eu gosto do som da sua voz também.

— É?

— *É.* — Riu. — Você é problema.

— Seria um clichê se eu dissesse que *Problema* é meu nome do meio?

— Ah, sim. Muito.

— Qual seria o *seu* nome do meio? — provocou.

Suas chamas recuaram, revelando os olhos de puro fogo.

— Vingança.

Ruhn sorriu maliciosamente.

— Durona.

Daybright riu de novo, o pau dele ficando duro com o som.

— Tchau, Night.

— Aonde você vai?

— Dormir. De verdade.

— Seu corpo não está descansando?

— Sim, mas minha mente não.

Sabia por que, mas gesticulou para o divã dela.

— Então sente. Relaxe.

— Quer que eu fique?

— Sinceramente? Sim. Quero.

— Por quê?

— Porque me sinto calmo perto de você. Tem tanta merda acontecendo, e eu... eu gosto de estar aqui. Com você.

— Não acho que a maioria das fêmeas se sentiria lisonjeada por ser chamada de “calmante” por um belo macho.

— Quem disse que eu sou belo?

— Você fala como alguém que está bastante ciente da própria beleza.

— Como um babaca arrogante, então.

— Suas palavras, não minhas.

Day se levantou, caminhando até o divã. Suas chamas ondularam quando se deitou. Ruhn se jogou no próprio sofá.

— Eu só preciso de uma TV e uma cerveja e estou confortável — disse.

A agente deu um risinho, encolhendo-se de lado.

— Como eu disse: típico macho valbarano.

Ruhn fechou os olhos, deleitando-se com o timbre de sua voz.

— Você precisa trabalhar nesses elogios, Day.

Outra risada, dessa vez mais sonolenta.

— Vou acrescentar à minha lista de afazeres, Night.

43

Hunt respirava o ar frio do mar turquesa, admirando a água prístina, tão transparente que conseguia ver os corais e as rochas e os peixes que disparavam entre eles.

No cais, escondido em uma imensa caverna, o navio de carga ainda era descarregado. A caverna marinha, enfiada em uma parte isolada e árida de Ydra, uma das ilhas Coronal mais remotas, avançava pelo menos um quilômetro terra adentro. Tinha sido escolhida porque a água que fluía dentro dela era muito profunda, o bastante para que imensos navios de carga deslizassem para dentro de seu cais escavado da rocha e descarregassem seu contrabando.

Hunt estava de pé nas sombras logo do lado de dentro da entrada da caverna, concentrando-se no mar aberto iluminado adiante, e não no fedor de óleo nos antigos mec-trajes que no momento ajudavam a descarregar o navio na frota de veículos à espera: caminhões de lavanderia, de comida, de mudança… qualquer coisa que pudesse racionalmente avançar por uma das estradas sinuosas e íngremes da ilha, ou entrar em uma das barcas de transporte que levava veículos entre as cem ou mais ilhas daquele arquipélago sem levantar muitas suspeitas.

Cormac havia teletransportado todos para Ydra uma hora antes. Hunt quase vomitou durante a viagem de cinco minutos com várias paradas, e, quando finalmente chegaram, sentou-se no concreto molhado, a cabeça entre os joelhos. Cormac tinha voltado, de novo e de novo, até que todos estivessem ali.

E então o pobre coitado tinha que peitar quem quer que estivesse à frente do Comando para convencer a pessoa de que Pippa Spetsos não deveria chegar nem perto daquela merda.

Cormac estava cambaleando, pálido devido ao teletransporte, mas os deixara com a promessa de voltar logo. Bryce, Tharion e Ruhn se sentaram no chão, aparentemente não confiando nas pernas também. Hunt não deixou de notar que Ruhn ficava olhando por trás de seu ombro, como se buscasse a presença reconfortante da espada. Mas o príncipe havia deixado a arma em Lunathion, para não arriscar perdê-la se todo o caos corresse solto. Ele parecia sentir falta dela agora, enquanto seus estômagos e mentes se acalmavam.

— Eu não deveria ter tomado café da manhã — dizia Tharion, a mão sobre o abdômen. Vestia apenas uma legging aquática preta apertada, equipada nas coxas com coldres para facas. Nenhum sapato ou camisa. Caso precisasse mudar para a forma de tritão, foi o que disse ao chegar na casa de Bryce naquela manhã, não queria perder muito.

O timing de Tharion tinha sido infeliz, havia chegado ao apartamento logo depois de Hunt. Bryce já estava sentada no balcão, agarrando os ombros do anjo enquanto preguiçosamente lambia o pescoço dela. A batida de Tharion à porta foi… indesejada.

Aquilo tudo precisaria esperar. Mas a parceira o tirara do quartel, ele retribuiria generosamente naquela noite.

Bryce agora dava tapinhas no ombro nu de Tharion.

— Estou estranhamente satisfeita que um tritão sinta enjoo de ar, considerando quantos de nós sofrem de enjoo no mar.

— *Ele* também ainda está verde — disse Tharion, apontando para Hunt, que deu um sorriso fraco.

No entanto, Tharion voltou a observar casualmente a caverna ao seu redor. Talvez casualmente *demais*. Hunt conhecia o objetivo principal de Tharion: fazer com que Pippa falasse sobre Emile. Se esse interrogatório seria amigável dependia do capitão tritão.

— Alguém chegando. — Ruhn murmurou.

Todos se viraram na direção do navio de carga e viram Cormac caminhando até eles. Ainda pálido e exausto; Hunt não fazia ideia de como o agente tiraria todos dali quando aquilo acabasse.

Hunt, contudo, ficou tenso diante da fúria que fervilhava de Cormac.

— O que foi? — perguntou o anjo, olhando para o interior da caverna além de Cormac. Tharion olhou para o mesmo lado, lentamente agachou seu corpo comprido, pronto para saltar em ação.

Cormac balançou a cabeça e disse:

— Pippa já colocou as garras neles. Estão todos comendo em sua mão. As armas são suas, está no comando da frente valbarana.

Tharion franziu a testa, mas observou o espaço atrás do príncipe avalleno.

— Alguma coisa sobre Emile ou Sofie?

— Não. Ela não disse nada sobre eles, e eu não podia arriscar perguntar. Não quero que saiba que também estamos o procurando. — Cormac caminhou de um lado para outro. — Um confronto a respeito de Emile diante dos outros provavelmente levaria a um derramamento de sangue. Só podemos manter a farsa.

— Alguma chance de isolá-la? — insistiu Tharion.

Cormac fez que não com a cabeça.

— Não. Acredite em mim, ela vai estar com a guarda levantada tanto quanto nós. Se quiserem arrastá-la para interrogatório, terão uma batalha nas mãos.

Tharion xingou e Bryce deu tapinhas em seu joelho, uma tentativa de consolo, imaginava Hunt.

Cormac olhou para o anjo.

— Athalar, sua vez. — Indicou com a cabeça o imenso navio. — Estão descarregando o novo protótipo agora mesmo.

Em silêncio, seguiram o príncipe, Hunt se mantendo perto de Bryce. Os rebeldes, todos de preto, muitos com chapéus ou máscaras, os encaravam conforme passavam. Nenhum deles sorria. Um homem resmungou:

— Porcos vanir.

Tharion mandou um beijo para ele.

Ruhn grunhiu.

— Se comportem — recomendou Bryce para o irmão, beliscando a lateral de seu corpo pela camiseta preta. Ruhn a afastou com a mão tatuada.

— Muito maduro — murmurou Hunt, quando pararam ao pé da plataforma de embarque. Ruhn sutilmente mostrou o dedo médio para ele. Bryce beliscou a lateral do corpo de Hunt também.

Tharion, no entanto, soltou um assovio baixo quando quatro mec-trajes enferrujados surgiram do compartimento de carga do navio, cada um levando uma ponta de uma caixa imensa.

Parecia um sarcófago de metal, entalhado com a insígnia dos asteri: sete estrelas em volta da sigla *SPQM*. Os humanos pilotando os mec-trajes de modelo antigo nem mesmo olharam para o lado ao carregarem caixa rampa abaixo, o chão batendo sob os gigantescos pés das máquinas.

— Esses trajes são para batalha, não para trabalho manual — murmurou Tharion.

— Doze-armas. São os mais fortes entre os modelos humanos. — Hunt inclinou a cabeça para as armas duplas idênticas no ombro do traje, e as em cada um dos antebraços. — Seis armas visíveis, seis escondidas, e uma dessas é um canhão.

Bryce fez uma careta.

— Quantos desses trajes os humanos têm?

— Algumas centenas — respondeu Cormac. — Mas os asteri bombardearam tantas de nossas fábricas que esses trajes estão todos velhos. O protótipo imperial que estão carregando poderia nos dar tecnologia nova, se pudermos estudá-lo.

— E ninguém está preocupado com entregar essa coisa para a Pippa puxa-gatilho? — Bryce murmurou.

— Não — respondeu Cormac, seriamente. — Nenhum deles.

— Mas estão tranquilos com a gente examinando o traje? — perguntou Bryce.

— Eu disse a eles que Athalar teria algumas ideias sobre como são construídos.

Hunt emitiu um estalo com a língua.

— Sem pressão, hein? — Suprimiu a memória do rosto de Sandriel, sua diversão cruel enquanto observava o que ele tinha feito com os trajes sob suas ordens.

Os trajes e seu pilotos chegaram ao cais de concreto e alguém disparou uma ordem que dispersou os vários rebeldes trabalhando nas docas até que apenas uma unidade de doze rebeldes, todos humanos, permanecesse atrás de Hunt e os demais.

O anjo gostava disso tanto quanto do fato de que estavam ali, em uma porra de base rebelde. Oficialmente ajudando a Ophion. Manteve sua respiração lenta e constante.

A unidade de rebeldes marchou além deles, subindo na embarcação, e os mec-pilotos saíram batendo os pés, deixando o sarcófago para trás. Um momento depois, uma fêmea humana, de cabelos castanhos e rosto sardento, saiu das sombras ao lado do barco.

Pela forma como Cormac ficou tenso, Hunt soube quem era. Notou que usava o uniforme do esquadrão da Ocaso. Todos os rebeldes que tinham passado usavam braceletes com o emblema do sol poente.

Hunt posicionou a mão a fácil alcance da arma em sua coxa, relâmpago se contorcendo em suas veias. Bryce inclinou o corpo, já mirando o melhor disparo. Tharion passou alguns centímetros à esquerda, posicionando Pippa entre si e a água, como se fosse jogá--la dentro.

Pippa, no entanto, moveu-se casualmente para o outro lado do sarcófago quando disse a Cormac:

— O código dessa caixa é sete-três-quatro-dois-cinco.

Sua voz era suave e extravagante, como se fosse uma criança rica pangerana brincando de rebelde. Disse a Hunt:

— Estamos segurando o fôlego à espera de sua análise, Umbra Mortis. — Foi praticamente uma ordem.

Hunt a encarou com a cabeça baixa. Sabia que era reconhecível, mas a forma como disse seu nome definitivamente carregava uma ameaça. Pippa voltou sua atenção para Cormac.

— Eu me perguntei quando você tentaria voltá-los contra mim.

Hunt e Bryce se aproximaram, armas nas pontas dos dedos agora. Ruhn se manteve um passo atrás, vigiando a retaguarda. E Tharion…

O tritão tinha silenciosamente mudado de posição de novo, colocando-se a alguns simples saltos de derrubar Pippa.

— Eu ainda não disse nada a eles sobre você. — falou Cormac, com impressionante frieza.

— Ah, é? Então por que você estava com tanta pressa de chegar aqui? Presumo que foi das duas uma: convencê-los a colocar *você* no comando da frente valbarana, provavelmente falando mal de mim, ou para tentar me capturar para que eu possa contar tudo que sei sobre Emile Renast.

— Quem disse que as duas coisas não são verdade? — replicou Cormac.

Pippa grunhiu.

— Você não precisava ter se incomodado em me capturar. Eu teria trabalhado com você para encontrá-lo. Mas queria a glória para você.

— Estamos falando sobre a vida de uma criança — grunhiu o príncipe avalleno. — Você só o quer como uma arma.

— E você não? — Pippa olhou com escárnio para todos eles. — É mais fácil se você fingir que é melhor do que eu.

Tharion disse, mortalmente baixo:

— Não somos nós que torturamos pessoas até a morte por informações sobre o menino.

Pippa franziu a testa.

— É isso que você acha que eu ando fazendo? Aqueles assassinatos brutais?

— Encontramos cheiros humanos *e* um pedaço de um de seus soldados no rastro do menino — rosnou Tharion, a mão passando para as facas.

Seus lábios se curvaram em um sorriso frio.

— Seu vanir arrogante de mente fechada. Sempre pensando o pior de nós humanos. — Balançou a cabeça com simpatia debochada. — Você está encolhido demais em seu ninho de cobras para ver a verdade. Ou ver quem entre vocês tem a língua bifurcada.

Aproveitando a deixa, Bryce mostrou a língua para a soldado. Pippa apenas fez cara de desprezo.

— Basta, Pippa. — Cormac digitou o código na pequena caixa ao pé do sarcófago. No entanto, os olhos de Bryce tinham se semicerrado. Fixou-se no olhar de Pippa, um calafrio percorreu a coluna de Hunt diante do domínio puro no rosto de Bryce.

— De toda forma, não importa agora. O menino foi considerado um desperdício de recursos. Principalmente agora que temos... armas melhores para empunhar. — Pippa disse, o tom de voz arrastado.

Como se em resposta, a tampa se abriu com um chiado, e Hunt esticou o braço na frente de Bryce quando a tampa deslizou para o lado. Fumaça de gelo-seco ondulou para fora, e Cormac a dissipou com um abano da mão.

Pippa falou:

— Então, Umbra Mortis? Estou aguardando suas ideias.

— Eu tomaria cuidado com o modo como fala com ele, Pippa — avisou Cormac, a voz afiada com autoridade.

Pippa encarou Bryce, no entanto.

— E você é a noiva de Cormac, certo? — Não havia nenhuma gentileza ou amistosidade em seu tom.

Bryce lançou um sorriso para a fêmea.

— Pode ficar com a função se quiser muito.

Pippa fervilhou, mas Cormac gesticulou para Hunt avançar quando o restante da fumaça se dissipou.

Hunt observou o traje na caixa e xingou.

— Os asteri projetaram isso? — perguntou. Pippa assentiu, lábios contraídos. — Para os vanir pilotarem? — insistiu.

Outro aceno. Pippa falou:

— Não vejo como ele pode ter mais poder do que o nosso, no entanto. É menor do que os nossos modelos. — O traje cor de mercúrio chegaria a uns dois metros de pé.

— Sabe o que está vendo? — perguntou Ruhn a Hunt, coçando a cabeça.

— É como um robô — disse Bryce, olhando para a caixa.

— Não é — falou Hunt. Balançou-se para trás sobre os calcanhares, a mente acelerada. — Ouvi boatos sobre esse tipo de coisa sendo feita, mas sempre achei que fosse absurdo.

— O que é? — indagou Pippa.

— Impacientes, não? — debochou Hunt, dando batidinhas com o dedo no traje. — Este metal tem a mesma composição de pedras gorsianas. — Assentiu para Bryce. — Como o que fizeram com a sintez, estavam procurando formas de transformar pedras gorsianas em armas.

— Nós já as temos em nossas balas — disse Pippa, arrogante.

O anjo falou com os dentes trincados:

— Eu sei que têm. — Possuía uma cicatriz na barriga graças a uma. Talvez só aquela ameaça fosse o que impedia Tharion de agir. O tritão tinha a mira livre na direção de Pippa. No entanto, será que conseguia correr mais rápido do que a humana conseguia sacar a arma? Hunt e Bryce podiam ajudá-lo, mas... Athalar realmente não queria atacar diretamente uma líder da Ophion. Tharion e a Rainha do Rio podiam lidar com essa merda.

Pippa se moveu alguns centímetros para fora do alcance de Tharion mais uma vez.

Hunt prosseguiu:

— Esse metal... Os asteri têm pesquisado uma forma de fazer o minério de gorsiana absorver magia, não suprimir.

— Parece titânio comum para mim. — Ruhn falou.

— Olhe com mais atenção — disse Hunt. — Há sutis veios roxos nele. Essa é a pedra gorsiana. Eu reconheceria em qualquer lugar.

— Então o que ele pode fazer? — perguntou Bryce.

— Se eu estiver certo — respondeu Hunt, rouco —, pode puxar primalux do chão. De todos os cabos que atravessam a terra. Esses trajes puxariam a primalux e a transformariam em armas. Mísseis de enxofre, feitos bem ali, na hora. O traje jamais ficaria sem munição, jamais esgotaria sua bateria. Simplesmente encontraria os cabos de energia subterrâneos e estaria carregado e pronto para matar. É por isso que são menores, porque não precisam de toda a tecnologia sobressalente e espaço para o arsenal que os trajes humanos requerem. Um guerreiro vanir poderia entrar e essencialmente usá-lo como um exoesqueleto, como armadura.

Silêncio.

Pippa disse, a voz cheia de assombro:

— Sabem o que isso significaria para a causa?

Bryce falou, sarcasticamente:

— Significa que um Inferno de gente morreria.

— Não se estiver em nossas mãos — disse Pippa. Aquela luz em seus olhos... Hunt a vira antes, no rosto de Philip Briggs.

Pippa prosseguiu, mais para si mesma do que para qualquer um deles:

— Finalmente teríamos uma fonte de magia para atacá-los. Fazer com que entendam como nós sofremos. — Soltou uma risada de prazer.

Cormac enrijeceu. Tharion também.

Hunt, contudo, falou:

— Isso é um protótipo. Pode haver alguns ajustes para fazer.

— Temos engenheiros excelentes — disse a comandante, com firmeza.

— Isso é uma máquina de morte. — O anjo insistiu.

— E o que é uma arma? — disparou Pippa. — Ou uma espada? — Olhou com escárnio para o relâmpago que faiscava em seus dedos. — O que é sua mágica, anjo, além de um instrumento de morte? — Seus olhos brilharam mais uma vez. — Este traje é apenas uma variação.

— Então, qual é a sua opinião? A Ophion consegue usá-lo? — Ruhn perguntou a Hunt.

— Porra, ninguém deveria usá-lo. — grunhiu Hunt. — De nenhum dos lados. — Disse a Cormac: — E, se você for esperto, vai dizer ao Comando que rastreie os cientistas por trás disso e destrua-os e seus planos. O derramamento de sangue dos dois lados vai se tornar monstruoso se vocês estiverem todos usando essas coisas.

— Já é monstruoso — disse Cormac, em voz baixa. — Eu só quero que acabe.

Pippa, no entanto, falou:

— Os vanir merecem tudo que os espera.

Bryce sorriu:

— Você também, aterrorizando aquele pobre menino e então decidindo que ele não vale a pena.

— Emile? — Pippa gargalhou. — Ele não é o bebê indefeso que você acha que é. Ele encontrou aliados para protegê-lo. Por favor, vá buscá-lo. Duvido que ele ajude os vanir a vencer essa guerra, não agora que temos esta tecnologia em nossas mãos. Pássaros-trovão não são nada em comparação com isto. — A humana passou a mão pela borda da caixa.

— Onde está o menino? — Tharion interrompeu.

Pippa deu um risinho.

— Em um lugar em que até você, tritão, teria medo de caminhar. Fico satisfeita em deixá-lo lá, e o Comando também. O menino não é mais nossa prioridade.

Bryce fervilhou de ódio:

— Você perdeu a cabeça se acha que este traje é outra coisa a não ser um desastre para todos.

Pippa cruzou os braços.

— Não vejo como você tem algum direito de julgar. Enquanto você está ocupada pintando suas unhas, Princesa, pessoas boas estão lutando e morrendo nessa guerra.

Bryce agitou as unhas para a rebelde.

— Se vou me associar com perdedoras como você, posso muito bem estar bonita.

Hunt balançou a cabeça, interrompendo Pippa antes que pudesse replicar.

— Estamos falando de máquinas que podem fazer *mísseis de enxofre* em segundos e soltá-los em curto alcance. — Seu relâmpago agora chiava nas mãos.

— Sim — respondeu Pippa, os olhos ainda iluminados com uma sede de sangue predatória. — Nenhum vanir vai ter qualquer chance. — Levou sua atenção para o navio acima deles, e Hunt acompanhou seu foco a tempo de ver a tripulação surgindo contra os parapeitos. De costas para eles.

Cinco tritões, dois tipos de metamorfos. Nenhum com uniforme da Ophion. Simpatizantes dos rebeldes, então, provavelmente tinham voluntariado seus barcos e serviços para a causa. Ergueram as mãos.

— Que porra é essa que você está fazendo? — grunhiu Hunt, quando Pippa levantou o braço em um sinal para o esquadrão humano da Ocaso de pé no alto do navio. Reunindo a tripulação vanir contra o parapeito.

Armas estalaram.

Sangue jorrou, e Hunt estendeu a asa, protegendo Bryce da borrifada de vermelho.

Os vanir desabaram, Ruhn e Cormac começaram a gritar, mas Hunt observou, congelado, conforme o esquadrão da Ocaso no convés se aproximava da tripulação caída, enchendo as cabeças deles de balas.

— O primeiro disparo é sempre uma bala de gorsiana — disse Pippa, casualmente, no terrível silêncio que se seguiu quando os soldados da Ocaso sacaram facas longas e começaram a separar cabeças dos pescoços. — Para derrubar os vanir. O resto é chumbo. A decapitação torna tudo permanente.

— Você *perdeu a cabeça*, porra? — explodiu Hunt, assim Tharion ralhou:

— Você é uma psicopata assassina.

Cormac grunhiu para Pippa, colocando-se diante dela, bloqueando o caminho direto de Tharion.

— Fui informado de que a tripulação sairia ilesa. Eles nos ajudaram por acreditarem na causa.

Respondeu, inexpressiva:

— Eles são vanir.

— E isso é desculpa para fazer isto? — gritou Ruhn. Sangue brilhava no pescoço dele, na bochecha, de onde tinha respingado. — Eles são vanir que estão *ajudando você.*

Pippa apenas deu de ombros de novo.

— Isso é guerra. Não podemos arriscar que contem aos asteri onde estamos. A ordem para matar a tripulação veio do Comando. Sou o instrumento deles.

— Você e o Comando vão levar essa gente à ruína. — Sombras se reuniram nos ombros de Ruhn. — E de jeito nenhum eu vou ajudar você a fazer isso.

Pippa apenas riu.

— Quanta moral. — Um telefone vibrou em seu bolso, verificou a tela antes de dizer: — Preciso me reportar ao Comando. Gostaria de se juntar a mim, Cormac? — Deu um leve sorriso. — Tenho certeza de que eles *adorariam* ouvir suas preocupações.

Cormac apenas a olhou com ódio, Pippa soltou um assovio agudo, uma ordem. Com isso, saiu passeando pelo cais na direção da caverna lateral, para onde o resto dos rebeldes tinha ido. Um momento depois, o esquadrão humano da Ocaso saiu do navio, armas ao lado do corpo. Ruhn rosnou baixinho, mas acompanharam Pippa sem sequer olhar para o grupo.

Os humanos eram bastante corajosos por marchar por eles, colocando as costas para os vanir depois do que tinham feito.

Quando Pippa e a Ocaso sumiram, Tharion falou:

— Ela sabe onde Emile está.

— Se é que se pode confiar nela — replicou Bryce.

— Ela sabe — disse Cormac. Indicou Tharion. — Você quer interrogá-la, vá em frente, mas, com ela e a Ocaso agora no comando da frente valbarana, sua rainha terá uma confusão nas mãos se você agir contra eles. Eu pensaria duas vezes se fosse você, tritão.

Bryce murmurou em anuência, a boca se repuxando para o lado.

— Eu ficaria a um Inferno de distância dela.

Hunt fechou as asas. Avaliou sua parceira.

Bryce voltou seu olhar para o anjo. Inocentemente. Muito inocentemente.

Sabia de alguma coisa.

Tinha a expressão como se perguntasse *Quem, eu?*, então o olhou com irritação. Como se dizendo: *Nem pense em me delatar, Athalar.*

Hunt ficou tão chocado que inclinou a cabeça. Tiraria a verdade dela depois.

Tharion estava perguntando:

— Toda essa munição que eles descarregaram... A Ophion vai trazer para esta região. Para fazer o quê... armar alguma grande batalha?

— Ninguém me contou — falou Cormac. — Se eles deixarem Pippa reinar livremente, ela vai cometer atrocidades que farão aquele massacre dos leopardos parecer misericórdia.

— Você acha que ela começaria merda em Lunathion? — perguntou Ruhn.

— Não vejo por que trazer armas e mísseis para um chá — disse Tharion, esfregando a mandíbula. Então acrescentou: — Já tinham esta base montada. Há quanto tempo está em Ydra?

— Não tenho certeza — Cormac respondeu.

— Bem, com Pippa à frente, parece que estão prontos para atacar — disse Ruhn.

Hunt falou:

— Não posso deixar que façam isso. Mesmo que eu não estivesse na 33ª, não posso deixar que ataquem pessoas inocentes. Eles querem bater de frente em um campo de batalha enlameado, tudo bem, mas não vou deixar que machuquem ninguém em minha cidade.

— Nem eu — falou Ruhn. — Vou liderar o Aux contra vocês... contra a Ophion. Diga ao Comando que, se fizerem um movimento, podem dar adeus ao contato com Daybright.

Tharion não disse nada. Hunt não o culpava. O tritão precisaria seguir as ordens da Rainha do Rio. Seu rosto, contudo, estava sombrio.

— Se avisar alguém em Lunathion, vão perguntar como você sabe. — Comarc falou.

Hunt observou os corpos caídos contra o parapeito do barco.

— Isso é um risco que estou disposto a correr. E um de nós é um mestre em inventar mentira. — Apontou para Bryce.

Bryce fez uma careta. É, sabia que não estava falando só de tecer mentiras para as autoridades sobre o envolvimento com os rebeldes. *Assim que sairmos daqui*, comunicou silenciosamente, *quero saber tudo o que você sabe.*

Fez outra careta, mesmo que não pudesse ler seus pensamentos. Sua careta se transformou em determinação gélida quando os demais notaram sua expressão. Ergueu o queixo.

— Não podemos deixar os asteri obterem esse traje. Ou a Ophion, principalmente o esquadrão da Ocaso.

Hunt assentiu. Pelo menos naquilo estavam de acordo.

— Vão ficar putos da vida.

— Acho que isso significa um dia normal — disse Bryce, piscando um olho, apesar do rosto pálido. Disse a ele: — Acenda, Hunt.

Cormac se virou:

— Do que vocês...

Hunt não deu ao príncipe tempo de terminar antes de colocar a mão no traje e explodi-lo com seu relâmpago.

* * *

Hunt não se limitou à destruição do traje. Seu relâmpago atingiu os caminhões estacionados. Cada um deles. Bryce não pôde deixar de se maravilhar com a visão, como um deus do relâmpago. Como o próprio Thurr.

Parecia-se *exatamente* com a estatueta que estava em sua mesa algumas semanas antes...

Ruhn berrou para que Bryce se abaixasse, ela obedeceu atingindo o chão, cobrindo a cabeça com os braços conforme caminhão após caminhão explodia na caverna. As paredes tremeram, pedras caíram, e então havia asas bloqueando-a, protegendo-a.

— Há mísseis de enxofre naqueles caminhões! — rugiu Cormac.

Bryce levantou a cabeça quando Hunt apontou para o caminhão intocado marcado como *Vida de Torta.*

— Somente naquele ali. — Devia ter descoberto de alguma forma durante os poucos minutos em que estavam ali. Hunt sorriu maliciosamente para Tharion. — Vamos ver o que você tem, Ketos.

Tharion sorriu de volta, predador puro. O macho por trás da máscara charmosa.

Uma parede de água se chocou contra o caminhão de tortas, fazendo-o cair sobre o cais. O poder de Tharion o puxou ágil e profundamente para baixo, e então criou uma pequena corrente, formando um túnel aberto até o caminhão...

Hunt lançou seu relâmpago em direção ao túnel. A água se fechou depois de passar, cobrindo o caminho do relâmpago conforme o caminhão explodia sob a superfície.

Água respingou pela caverna, Bryce se abaixou de novo.

As pessoas gritavam, correndo do fundo da caverna, armas apontadas para onde os caminhões queimavam, uma parede de chamas lambendo na direção do teto distante da caverna.

— Hora de ir — disse Hunt a Cormac, que os olhava boquiaberto. Não pegara a espada, o que era um bom sinal, mas...

O príncipe se virou para os rebeldes, gritando em meio ao caos:

— Foi um acidente!

Era inútil acobertar o que tinham feito, pensou Bryce, quando Hunt a puxou contra si, as asas abertas em antecipação a uma fuga frenética pela caverna até o ar livre. Como se não fosse esperar que Cormac os teletransportasse.

— Vamos embora — ordenou Hunt a Ruhn, que assumia uma posição defensiva às suas costas. Hunt disse a Tharion: — Se quiser Pippa, é agora ou nunca.

Tharion observou o caos além dos caminhões, os rebeldes avançando com as armas deles. Nenhum sinal de Pippa.

— Não vou correr nem trinta centímetros mais perto daquela merda — murmurou Tharion.

Cormac tinha levantado as mãos ao se aproximar de seus aliados da Ophion. O príncipe gritou para eles:

— O traje ganhou vida, e lançou seu poder…

Um disparo de arma estalou. Cormac caiu.

* * *

Ruhn xingou, e Hunt segurou Bryce com força ao lado do corpo enquanto Cormac se contorcia no chão, a mão no ombro. Nenhum ferimento de saída.

— Merda — xingou Cormac quando Pippa surgiu das sombras. Provavelmente queria o príncipe avalleno para interrogatório.

E se Hunt voasse… seria um alvo fácil. Principalmente quando ainda estava encurralado dentro da caverna, não importava o quanto fosse imensa. Tharion levou a mão a uma faca ao lado do corpo. Água se enroscou em seus longos dedos.

— Não seja burro — avisou Hunt a Tharion. Virou-se para Cormac. — Teletransporte a gente para fora.

— Não posso — disse Cormac, ofegante. — Bala gorsiana.

— Porra — sussurrou Bryce, Hunt se preparou para se arriscar no céu, ao inferno com as balas. Era rápido no voo. Ele a tiraria dali. Então voltaria para ajudar os outros. Só precisava levá-la para um lugar seguro…

Pippa grunhiu do outro lado da caverna:

— Vocês estão todos *mortos*, escória vanir. — Os músculos das costas de Hunt ficaram tensos, as asas se preparando para um salto poderoso para o alto, então uma guinada repentina para a esquerda.

No entanto, Bryce começou a brilhar. Uma luz que irradiava de sua estrela, então para fora do corpo.

— Corram ao meu sinal — disse em voz baixa, deslizando a mão para a de Hunt.

— Bryce — começou Hunt.

Estrelas brilharam no cabelo de Bryce.

— Fechem os olhos, meninos.

Hunt fechou, sem esperar para ver se os demais também faziam isso. Mesmo com os olhos fechados, podia ver luz brilhando, ofuscando. Humanos gritaram. Bryce berrou:

— Vão!

Hunt abriu os olhos para a claridade que se dissipava, agarrando sua mão ainda brilhando, correu na direção da ampla entrada da caverna e do mar aberto.

— Pegue aquele barco! — disse Tharion, apontando para um esquive amarrado alguns metros caverna adentro, provavelmente como tantos rebeldes tinham chegado secretamente.

Hunt pegou Bryce nos braços e saltou para o ar, batendo as asas, chegando ao barco e o desamarrando antes que os outros conseguissem chegar, então ligando o motor. Estava pronto para partir quando entraram, Hunt se certificou de que Bryce estava sentada em segurança antes de avançar.

— Este barco não vai chegar à costa — disse Tharion, pegando a direção. — Vamos precisar parar em um posto de abastecimento.

Cormac olhou para a fumaça que se dissipava ondulando da ampla entrada da caverna. Como se algum gigante estivesse exalando uma tragada de raiz-alegre.

— Eles vão nos caçar e matar.

— Eu gostaria de vê-los tentar — falou Bryce, o vento açoitando seu cabelo. — *Babacas* psicóticos. — Fervilhou para o príncipe: — Você quer lutar ao lado daquela gente? Eles não são melhores do que a porra do Philip Briggs!

Cormac disparou de volta:

— Por que você acha que eu estava fazendo o possível para encontrar Emile? Não quero ele nas mãos dessa gente! Mas isto é uma guerra. Se você não dá conta do jogo, então fique de fora, porra.

— Seus meios não justificam seus fins — retrucou Bryce —, não vai restar nada delas que seja sequer humano!

— Este foi um dia ruim — disse Cormac. — Esse encontro todo…

— *Um dia ruim*? — gritou Bryce, apontando para a caverna em chamas. — Toda aquela gente acaba de ser assassinada! É assim que tratam seus aliados? É isso que vai fazer com a gente quando não tivermos mais valor para vocês? Nós seremos peões para vocês assassinarem e então vão manipular outras pessoas decentes para que os ajudem? Você é vanir, porra, não está entendendo que vão fazer isso com você também?

Cormac apenas a encarou.

Bryce sibilou para Cormac:

— Você pode ir se foder. Você e Pippa e os rebeldes. Deixe que a Corça despedace vocês. Não quero ter nada a ver com isso. Acabamos. — Disse a Tharion: — E para mim chega de ajudar você e sua Rainha também. Já chega de tudo isso.

Hunt tentou não se curvar de alívio. Talvez agora pudessem lavar as mãos de qualquer associação condenatória.

Tharion não disse nada, a nenhum deles, seu rosto sério.

Bryce se virou para Ruhn:

— Não vou dizer a você o que fazer com sua vida, mas eu pensaria duas vezes antes de me associar com Agente Daybright. Ela vai esfaquear você pelas costas, se a forma como essa gente trata os aliados é algum indicativo.

— É — disse Ruhn, mas não pareceu convencido.

Por um momento, parecia que brigaria com o irmão, mas Bryce se manteve calada. Pensando naquilo, sem dúvida. Junto com qualquer outro segredo que estivesse guardando.

Hunt se virou para monitorar o litoral da ilha. Nenhum barco em seu encalço, não havia nada adiante a não ser mar aberto. Mas...

Ficou imóvel ao ver o elegante cão preto correndo por um dos penhascos secos e brancos da ilha. A pelagem era de um preto fosco estranho.

Conhecia aquele cachorro. Aquele tom específico de preto. Como as asas que ele carregava em sua outra forma. O Cão corria pelos penhascos, latindo.

— Merda — disse Hunt baixinho.

Levantou o braço para sinalizar para o cachorro que o vira. Que vira o macho. O cão apontou com uma pata imensa para o oeste, na direção para onde iam. Latiu uma vez. Como se em aviso.

— Aquele é... — perguntou Ruhn, também vendo o cão.

— Baxian. — Hunt varreu o horizonte oeste. — Vá para o norte, Tharion.

— Se Baxian está naqueles penhascos… — Bryce passou um braço no de Hunt, apertando com força.

Hunt só pensava em um inimigo ao lado do qual Baxian seria convocado para trabalhar.

— A Corça não deve estar longe.

44

— Você precisa teletransportar a gente daqui — ordenou Bryce a Cormac, que pressionava a mão contra o ombro ensanguentado. — Deixe eu tirar essa bala de gorsiana de você e…

— Não pode. Elas são projetadas para se quebrarem em estilhaços com o impacto para se certificar de que a magia seja suprimida por tanto tempo quanto for possível. Eu vou precisar de cirurgia para tirar até o último estilhaço de mim.

— Como a Corça nos encontrou? — indagou Bryce, respirando rápido.

Cormac apontou para a fumaça.

— Alguém deve ter denunciado que alguma coisa estava acontecendo aqui hoje. E Athalar acaba de informar a ela nossa exata localização.

Hunt fervilhou, relâmpago se acendendo em torno de sua mente como um irmão gêmeo do halo. Bryce segurou seu ombro em aviso, dizendo para Cormac:

— Eu vou tentar, então. Teletransporte.

— Você vai acabar no mar — sibilou Cormac.

— Vou tentar — repetiu, e segurou a mão de Hunt com mais força. Apenas um pouco de culpa a perfurou por ser a mão do anjo e não a de Ruhn, que Bryce agarrou, mas se fosse preciso… tiraria Hunt dali primeiro.

Tharion interrompeu:

— Eu poderia nos proteger na água, mas precisaríamos entrar primeiro.

Bryce ignorou sua voz quando os outros começaram a discutir, então…

— *Porra* — grunhiu Hunt, antes mesmo de abrir os olhos, Bryce soube que a Corça tinha aparecido no horizonte. Armas estalaram de longe, a um ritmo constante, mas Bryce manteve os olhos fechados, desejando se concentrar. Hunt falou: — Eles querem me impedir de voar.

Ruhn perguntou:

— Eles sabem quem somos?

— Não — disse Cormac —, mas a Corça sempre tem franco-atiradores para fazer isso. Se você for para o ar — disse a Hunt quando Bryce trincou os dentes, *ordenando* seu poder a movê-los dali — vai ficar vulnerável.

— Podemos chegar à próxima ilha antes de nos alcançarem? — perguntou Ruhn a Tharion.

Tharion vasculhou o compartimento ao lado do leme.

— Não. Eles estão em um barco mais rápido. Vão chegar até nós quando alcançarmos o mar aberto. — Pegou os binóculos. — Uns bons três quilômetros do litoral.

— Merda — falou Ruhn. — Continue. Fugiremos até que não haja outra opção.

Bryce tentou acalmar sua respiração frenética. Hunt apertou sua mão em encorajamento, o relâmpago faiscando em seus dedos, mas Cormac disse, em voz baixa:

— Você não consegue fazer isso.

— Eu consigo. — Abriu os olhos, piscando para a luminosidade. Aquele era um lugar tão lindo para se morrer, com o mar turquesa e as ilhas brancas atrás deles.

— Pollux e a Harpia estão com a Corça — anunciou Tharion, abaixando os binóculos.

— Abaixem-se — avisou Hunt, já abaixando-se. Todos obedeceram, a água no piso do barco ensopando os joelhos da legging de Bryce. — Se nós podemos vê-los, eles podem nos ver.

— Você diz isso como se houvesse alguma chance de a gente, de alguma forma, sair disso sem sermos vistos — murmurou Bryce. Disse para Tharion: — Você pode nadar. Inferno, dê o fora daqui.

— De jeito nenhum. — O vento soprava o cabelo ruivo do tritão conforme saltavam sobre as ondas, o barco guiado por uma corrente de seu poder. — Estamos nisso até o amargo fim, Pernas. — Então o tritão enrijeceu e rugiu: — *Para dentro da água*!

Bryce não questionou. Atirou-se pelo lado do barco, Hunt mergulhando junto, asas respigando água longe. Os outros seguiram. Tharion usou sua magia da água para impulsioná-los para uma distância segura, uma onda de poder que fez Bryce se engasgar quando emergiu, os olhos ardendo com sal.

Bem quando uma coisa imensa e brilhante disparou abaixo de suas pernas.

O torpedo atingiu o barco.

O tremor na água ondulou por ela, Tharion os impulsionou mais adiante quando o barco explodiu em cacos, uma nuvem de respingos disparando alto no céu.

Então afundou, um campo de destroços e ondas fustigantes deixadas em seu rastro.

Expostos e à deriva na água, Bryce procurou qualquer lugar para ir. Hunt fazia o mesmo.

— Ah, deuses. — Ruhn disse.

Bryce olhou para onde seu irmão batia os pés debaixo da água. Contemplou as gigantescas silhuetas pretas que se dirigiam até eles.

Barcos ômega.

* * *

Ruhn jamais na vida se sentira tão inútil quanto se sentia ao bater os pés debaixo da água, espuma passando, Ydra distante às suas costas, a ilha seguinte nem um borrão no horizonte.

Mesmo que Athalar conseguisse ir para o ar com asas molhadas, franco-atiradores esperavam para derrubá-lo… e derrubar Bryce. Cormac não podia se teletransportar, Tharion podia movê-los um pouco com sua água, mas contra três barcos ômega…

Encontrou o olhar de Hunt por cima das ondas oscilantes, o rosto encharcado do anjo estava sombrio com determinação. Perguntou:

— Sombras?

— O sol está forte demais. — E as ondas os moviam demais.

Dois dos barcos ômega se desviaram para Ydra, presumivelmente para impedir que qualquer barco da Ophion escapasse. Isso, no entanto, ainda deixava um imenso submergível contra eles. E a Corça, a Harpia e o Martelo naquela lancha que se aproximava.

Assim que seus rostos ficassem nítidos, seria o fim. Os antigos triários de Sandriel saberiam quem eles eram, e todos estariam mortos. O Cão do Inferno, aparentemente, havia tentado ajudá-los, mas o resto daqueles canalhas…

— Saia daqui — ralhou Bryce com Tharion de novo.

Tharion balançou a cabeça, água respingando.

— Se Athalar pode derrubar os barcos deles…

— Eu não posso — interrompeu Hunt, Ruhn ergueu as sobrancelhas. Hunt explicou: — Mesmo que isso não entregasse minha identidade, vocês estão na água comigo. Se eu liberar meu relâmpago…

— A gente frita. — Ruhn concluiu.

Hunt disse a Bryce:

— Você também não pode cegá-los. Vão saber que é você.

— Esse é um risco que estou disposta a correr — replicou, batendo os pés na água. — Relâmpago eles vão saber que é você. Mas uma descarga de luz forte… há mais formas de explicar. Eu posso cegá-los, e, quando estiverem no chão, nós tomamos o barco deles.

Hunt assentiu sombriamente, mas Ruhn replicou:

— Isso não resolve o barco ômega. Ele não tem janelas.

— Vamos arriscar — disse Hunt.

— Certo. — Bryce se concentrou no esquadrão da morte que se aproximava. — Quanto deixamos eles se aproximarem?

Hunt olhou para os inimigos deles.

— Perto o bastante para conseguirmos saltar a bordo quando sua visão for ofuscada.

— Então perto para cacete. — Ruhn murmurou.

Bryce exalou.

— Tudo bem, tudo bem. — Luz começou a piscar do peito dela, concentrando-se, projetando a água ao seu redor no mais pálido azul. — Só me diga quando — disse a Hunt.

— Alguém está vindo — falou Tharion, apontando com a mão em garra para a frota. Uma moto aquática se afastou da lancha. Uma cabeça loira familiar apareceu no alto dela, quicando sobre as ondas.

— A Corça — disse Cormac, empalidecendo.

— Pelo menos ela está sozinha.

— Lá vai nosso plano — sibilou Bryce.

— Não — disse Hunt, embora relâmpago começasse a brilhar nos olhos dele. Solas Flamejante. — Nós mantemos o plano. Ela está vindo conversar.

— Como você sabe disso?

Hunt grunhiu:

— Os outros ficaram para trás.

Ruhn perguntou, odiando o fato de não saber:

— Por que a Corça faria isso?

— Para nos atormentar — supôs Cormac. — Ela brinca com inimigos antes de massacrá-los.

Athalar disse a Bryce, o general encarnado:

— Cegue-a quando eu der o sinal. — Ordenou a Tharion: — Use uma de suas facas assim que ela cair. — O tritão sacou uma lâmina. A luz de Bryce tremeluziu na água, alcançando as profundezas.

O ômega reduziu a velocidade atrás da Corça, mas continuou espreitando mais perto.

— Não digam nada — avisou Cormac a eles quando a moto aquática ficou mais lenta, o motor se aquietando.

Então a Corça estava ali, em seu impecável uniforme imperial, as botas pretas brilhando na água. Nem um fio de cabelo na cabeça dourada estava fora do lugar, seu rosto era o retrato da calma cruel quando falou:

— Que surpresa.

Nenhum deles disse uma palavra.

A Corça passou uma das pernas esguias por cima da moto aquática, sentando-se de lado e apoiando os cotovelos nos joelhos. O delicado queixo sobre as mãos.

— Essa é a parte divertida do meu trabalho, sabem. Encontrar os ratos que mordiscam a segurança de nosso império.

Um rosto tão morto, odioso. Como se fosse uma estátua, perfeita e entalhada, trazida à vida.

A Corça assentiu para Bryce, no entanto. Os lábios vermelhos se curvaram para cima.

— Essa luzinha é para mim?

— Chegue mais perto e descubra — disse Bryce, o que lhe garantiu um olhar de aviso de Hunt. O que ele estava esperando?

A Corça, no entanto, observou Tharion.

— Sua presença é… inquietante.

A água ao seu redor se agitou, incitada por sua magia, mas o tritão se manteve calado. Por algum motivo, ainda não tinha se transformado. Seria alguma tentativa de permanecer irreconhecível pelo que era? Ou talvez um instinto predatório de esconder uma das maiores vantagens até que pudesse atacar?

Lidia Cervos observou Tharion de novo.

— Fico feliz ao ver que o Capitão da Inteligência da Rainha do Rio é, de fato, inteligente o bastante para saber que, se usasse seu poder para fazer algo idiota como virar esta moto aquática, meus companheiros liberariam o Inferno sobre todos vocês.

Tharion exibiu os dentes, ainda sem atacar.

Então a Corça encontrou o olhar de Ruhn, e tudo o que era se diluiu em puro ódio letal.

Ele a mataria, e faria isso com prazer. Se conseguisse subir naquela moto aquática antes de Tharion, rasgaria seu pescoço com os dentes.

— Dois príncipes feéricos — ronronou a Corça. — Príncipes Herdeiros, nada menos. O futuro das linhagens reais. — Emitiu um clique com a língua. — Sem falar que um deles é herdeiro Estrelado. Que escândalo isso vai ser para os feéricos. Que vergonha isso vai trazer.

— O que você quer? — desafiou Hunt, o relâmpago percorrendo seus ombros. Bryce se virou em sua direção alarmada, Ruhn ficou tenso.

O poder de Athalar brilhava no alto de suas asas, entrelaçando-se em seu cabelo. Cada fôlego parecia conjurar mais dele, mantendo-o bem acima do alcance das ondas. Preparando-se para o ataque.

— Eu já tenho o que quero — disse a Corça, friamente. — Prova de sua traição.

A luz de Bryce cintilou e se acumulou, ondulando nas profundezas abaixo. E Hunt… se soltasse seu poder, eletrocutaria todos eles.

Ruhn disse para sua irmã, entre mentes: *Entre naquela moto aquática e fuja.*

Foda-se isso. Bryce fechou a mente para ele.

A Corça levou a mão ao bolso e o relâmpago acima de Athalar se acendeu, um chicote se preparando para atingir qualquer que fosse a arma que a metamorfa de cervo possuísse. Mesmo assim, não deu o sinal.

A Corça tirou de dentro uma pequena pedra branca. E a ergueu. Sutilmente sorriu para Cormac.

— Eu mostrei uma dessas a Sofie Renast antes de ela morrer, sabe. Fiz esta mesma demonstração.

Morrer. A palavra pareceu ecoar pela água. A metamorfa tinha realmente a matado, então.

Cormac disparou:

— Vou despedaçar você.

A Corça riu baixinho.

— De onde eu estou sentada, não vejo muita chance disso. — Estendeu o braço sobre a água. Seus dedos finos e de unhas feitas se abriram, e a pedra mergulhou. Deixou apenas uma ondulação na água conforme desceu, desceu e desceu, reluzindo branca na luz de Bryce, sumindo nas profundezas.

— Um longo caminho até o fundo — observou sarcasticamente. — Eu me pergunto se vocês vão se afogar antes de o alcançarem. — O barco ômega se aproximou.

— Escolham com sabedoria — cantarolou a Corça. — Venham comigo — disse a Hunt, a Bryce —, ou vejam o que o leito do mar tem a oferecer.

— Vai se foder — fervilhou Hunt.

— Ah, eu planejo, depois que isto acabar — disse sorrindo maliciosamente.

O relâmpago de Hunt piscou de novo. Brilhou em seus olhos. Merda… Athalar estava caminhando em uma corda bamba de autocontrole.

Bryce murmurou o nome de Hunt em aviso. Hunt a ignorou, mas Tharion xingou baixinho.

O que é?, perguntou Ruhn ao macho, que não olhou em sua direção quando Tharion respondeu: *Alguma coisa grande. Vindo na nossa direção.*

Não o barco ômega?

Não. É… Que porra é essa?

— Rápido, então — disse a Corça, arrastado. — Não há muito tempo.

Relâmpago envolveu a cabeça de Hunt. O coração de Ruhn perdeu uma batida quando ficou ali, como uma coroa, fazendo de Hunt um deus primitivo ungido. Disposto a matar qualquer um em seu caminho para salvar a fêmea que amava. O anjo fritaria cada um se isso significasse tirar Bryce dali com vida.

Alguma parte intrínseca de Ruhn tremeu diante daquilo. Sussurrando que deveria ir para bem longe e rezar por misericórdia.

Ainda assim, Bryce não recuou do poder de fraquejar os joelhos que crescia em torno de Athalar. Como se o visse por inteiro e o acolhesse em seu coração.

Hunt, os olhos nada além de puro relâmpago, assentiu para Bryce. Como se para dizer: *Cegue a escrota.*

Bryce respirou fundo e começou a irradiar luz.

* * *

Alguma coisa sólida e metálica atingiu as pernas de Bryce, seus pés, e, antes que pudesse liberar sua luz completamente, foi erguida com aquilo. Quando a água escorreu, estava deitada no casco de um barco ômega.

Não, não era imperial. A insígnia nele era de dois peixes entrelaçados.

Hunt estava deitado ao seu lado, as asas pingando encharcadas, relâmpago ainda estalando a sua volta. Seus olhos…

Porra, seus olhos. Puro relâmpago os preenchia. Nenhuma parte branca, nenhum íris. Nada além de relâmpago.

Aquilo se partiu ao seu redor, gavinhas se enroscando em seus braços, sua testa. Bryce teve a vaga sensação dos demais às suas costas, mas mantinha o foco em Hunt.

— Hunt — arquejou. — Calma.

Hunt grunhiu na direção da Corça. Relâmpago fluía como línguas de chamas de sua boca. A Corça recuara, dando marcha a ré em sua moto aquática, voltando na direção da fileira de seus barcos. Como se soubesse que tipo de morte Hunt estava prestes a liberar sobre ela.

— *Hunt* — disse Bryce, mas alguma coisa metálica ressoou contra a ampla frente da embarcação, e então uma voz feminina estava gritando:

— *Desçam pela escotilha! Agora!*

Bryce não questionou a boa sorte deles. Não se importou que a Corça os tivesse visto, e que tivessem deixado a destruidora de espiões viver. Ficou de pé, escorregando no metal, mas Hunt estava ali, a mão sob seu cotovelo. Seu relâmpago dançou pelo braço, fazendo cócegas, mas sem machucar. Seus olhos ainda estavam incandescentes com poder quando avaliaram a fêmea desconhecida adiante, que, para o crédito dela, não saiu correndo gritando.

Bryce olhou para trás e encontrou Ruhn ajudando Cormac. Tharion atrás deles, uma onda de água agora se erguendo entre ele e a Corça. Escondendo-os da vista da lancha que se aproximava, com Pollux e Harpia ali.

Não importava mais. A Corça sabia.

Uma fêmea de cabelos pretos acenava para eles de uma escotilha no meio da imensa extensão da embarcação, tão grande quanto um barco ômega. A pele marrom brilhava com respingos do oceano, o rosto estreito contraído por uma calma sombria quando indicou para que se apressassem.

No entanto, o relâmpago de Hunt não se acalmou. Bryce sabia que não acalmaria, até que tivessem certeza de que porra estava acontecendo.

— Rápido — disse a fêmea, quando Bryce chegou à escotilha. — Nós temos menos de um minuto para sair daqui. — Bryce agarrou os degraus de uma escada e se impulsionou para baixo, Hunt logo atrás dela. A fêmea xingou, provavelmente diante da visão do atual estado de Hunt.

Bryce continuou descendo. Relâmpago serpenteava pela escada, mas não dava choque. Como se Hunt estivesse se controlando.

Um após o outro, entraram, e a fêmea mal fechara a escotilha quando o navio estremeceu e balançou. Bryce agarrou a escada quando a embarcação submergiu.

— Estamos mergulhando! — gritou a fêmea. — Segurem-se!

O estômago de Bryce se revirou com a embarcação, mas continuou descendo. Pessoas perambulavam abaixo, gritando. Pararam quando o relâmpago de Hunt avançou pelo chão. Uma vanguarda do que estava por vir.

— Se eles forem da Ophion, estamos fodidos — murmurou Ruhn de cima de Hunt.

— Só se souberem o que fizemos — sussurrou Tharion da ponta do grupo.

Bryce controlou sua luz com cada passo para baixo. Entre enfrentar dois inimigos agora em seu pescoço, preferiria a Ophion, mas... Será que conseguiriam tomar aquela embarcação se precisassem? Será que poderiam fazer isso sem afogar a eles e aos amigos?

Desceu em uma câmara branca limpa e luminosa, uma câmara de pressurização. Fileiras de trajes submarinos a cobriam, junto com várias pessoas de uniformes azuis diante da porta. Tritões. A fêmea que os escoltara se juntou aos demais que os esperavam.

Uma fêmea de cabelo marrom e largos quadris deu um passo adiante, avaliando Bryce.

Seus olhos se arregalaram quando Hunt desceu para o chão molhado, o relâmpago fluindo ao seu redor. A fêmea teve o bom senso de erguer as mãos. As pessoas atrás dela também.

— Não queremos fazer mal a vocês — disse, com calma firme.

Hunt não recuou de qualquer que fosse a ira primordial que tomava conta de si. A respiração de Bryce falhou.

Ruhn e Cormac desceram do outro lado de Bryce, a fêmea também os avaliou, o rosto contraído quando notou o príncipe avalleno ferido, que se apoiava em Ruhn. Sorriu quando Tharion entrou à direita de

Hunt. Como se tivesse encontrado alguém de juízo naquela merda gigantesca que tinha acabado de descer pela escotilha.

— Você nos chamou? — perguntou a Tharion, olhando nervosa para Hunt.

Bryce murmurou para Hunt:

— Calma, porra.

Hunt encarou cada um dos estranhos, como se avaliando uma vítima. Relâmpago chiava por seus cabelos.

— Hunt — murmurou Bryce, mas não ousou tocar em sua mão.

— Eu… — Tharion afastou os olhos arregalados de Hunt e piscou para a fêmea. — O quê?

— Nosso Oráculo sentiu que seríamos necessários em algum lugar nestas redondezas, então viemos. Então recebemos sua mensagem — disse, tensa, um olho ainda fixo em Hunt. — A luz.

Ruhn e Tharion se viraram para Bryce, Cormac quase um peso morto de exaustão nos braços de seu irmão. Tharion sorriu toscamente.

— Você é um pingente da sorte, Pernas.

Foi o golpe de sorte mais idiota que já tivera. Bryce falou:

— Eu, hã… Eu mandei a luz.

O relâmpago de Hunt estalou, uma segunda pele sobre o seu corpo, suas roupas encharcadas. Não mostrava nenhum sinal de que se acalmaria. Bryce não fazia ideia de *como* acalmá-lo.

Era assim que ele estava naquele dia com Sandriel, disse Ruhn em sua mente. *Quando arrancou a cabeça dela.* Acrescentou, tenso: *Você estava em perigo também.*

E o que isso quer dizer?

Por que você não me diz?

Você parece saber que porra está acontecendo com ele.

Ruhn olhou para ela conforme Hunt continuou a brilhar e ameaçar. *Significa que ele está ficando transtornado da forma que apenas parceiros ficam quando o outro é ameaçado. Foi o que aconteceu então, e é o que está acontecendo agora. Vocês são parceiros verdadeiros, da forma como os feéricos são parceiros, de corpo e alma. Era isso que estava diferente no seu cheiro no outro dia. Seus cheiros se misturaram. Como fazem entre parceiros feéricos.*

Bryce olhou com irritação de volta para o irmão. *E daí?*

Então encontre um modo de acalmá-lo. Athalar é a porra de seu problema agora.

Bryce mandou uma imagem mental de seu dedo médio em resposta.

A sereia esticou os ombros, alheia à conversa de Ruhn e Bryce, e disse a Tharion:

— Não saímos desta ainda. Há um ômega em nosso encalço. — Falou como se Hunt não fosse uma tempestade de raios viva a sessenta centímetros dela.

O coração de Bryce se apertou. Parceiros verdadeiros. Não só no nome, mas… na forma como feéricos podiam ser um do outro.

Ruhn falou: *Athalar era perigoso antes. Mas, como um macho que achou sua parceira, ele é absolutamente letal.*

Bryce replicou: *Ele sempre foi letal.*

Não assim. Não há misericórdia nele. Ele ficou letal de um jeito feérico. Daquele jeito predatório de mate-todos-os-inimigos. *Ele é um anjo. Não parece importar.*

Um olhar para o rosto tenso de Hunt e soube que Ruhn estava certo. Alguma pequena parte em si animou-se com aquilo, que tivesse descido tão longe até um instinto primitivo para tentar salvá-la.

Alfa babacas podem ser úteis, disse a seu irmão com uma coragem que não sentia, e voltou para a conversa adiante.

Tharion dizia à fêmea:

— Capitão Tharion Ketos da Corte Azul, a seu serviço.

A fêmea bateu continência quando as pessoas com ela abriram uma porta selada a vácuo que revelava um corredor de vidro. Azul se estendia em torno dele, uma passagem pelo oceano. Alguns peixes dispararam, ou a embarcação disparou pelos peixes. Mais rápido do que Bryce tinha se dado conta.

— Comandante Sendes — disse a fêmea.

— De que corte de tritões você vem? — perguntou Bryce. Hunt caminhou ao lado dela, silencioso e incandescente de poder.

A Comandante Sendes olhou por cima do ombro, o rosto ainda um pouco pálido ao ver Hunt.

— Desta aqui. — Sendes indicou a passarela de vidro em torno deles, a gigantesca embarcação que Bryce agora podia ver através dela.

Não tinham entrado pela traseira plana de uma embarcação, como Bryce pensara, mas pela ponta. Como se a embarcação tivesse perfurado a superfície como uma lança. E agora, com uma visão do resto da embarcação se expandindo além, abaixo, da passagem de vidro, o que podia ver parecia ter formato de algum tipo de lula disparando escuridão abaixo. Uma lula tão grande quanto o Comitium, e feita de vidro e metal fosco para se camuflar.

Sendes ergueu o queixo.

— Bem-vindos ao *Cargueiro das Profundezas*. Um dos seis navios-cidade da Corte das Profundezas da Rainha do Oceano.

45

— Tudo bem, então você vai ser acusado de invasão e provavelmente roubo. Diga mais uma vez por que acha que ainda tem razão para ir atrás desse velho esquisito? — O namorado de Declan, Marc, estava encostado nas almofadas do sofá, os braços musculosos cruzados conforme interrogava Ithan.

Ithan exalou.

— Quando você fala dessa forma, eu consigo ver o que quer dizer com ser um caso difícil de ganhar.

Flynn e Declan, ao lado deles, tentavam se matar em um videogame, ambos xingando baixinho.

— É admirável — admitiu Marc. O metamorfo de leopardo franziu para a pequena caixa preta que Ithan tinha levado da toca do Astrônomo. — Mas você acabou de mergulhar em merda até os joelhos.

— Não é certo que ela esteja presa lá. Que escolha ela teve quando criança?

— Nenhuma objeção minha em relação a isso — falou Marc. — Mas há um contrato legal envolvido, então ela é tecnicamente propriedade do Astrônomo. Ela não é uma escravizada, mas pode muito bem ser, legalmente. E roubo de escravizados é um crime grave para caralho.

— Eu sei — disse Ithan. — Mas parece errado deixá-la lá.

— Então você levou os duendes de fogo no lugar dela? — Marc arqueou a sobrancelha. — Quer adivinhar quanto eles valem? —

Assentiu para a caixa no centro da mesa. — Em que sequer estava pensando?

— Eu não estava pensando — murmurou Ithan, tomando um gole da cerveja. — Eu estava puto.

Declan o interrompeu, sem tirar a atenção da tela e do tiroteio:

— Mas não havia câmeras, certo?

— Nenhuma que eu tenha visto.

— Então tudo se resume a se a menina no tanque vai delatar você — falou Declan, os polegares disparando contra o controle. Flynn xingou para o que quer que Dec tivesse feito com o seu avatar.

— Você poderia devolvê-los — sugeriu Marc. — Diga que estava bêbado, peça desculpas, e mande-os de volta.

Ithan abriu a boca, mas a caixa na mesa chacoalhou.

Chacoalhou. Como se os seres ali dentro tivessem ouvido. Até mesmo Declan e Flynn pararam o jogo.

— Hã — disse Declan, se encolhendo.

— Ol? — disse Flynn, olhando para a caixa.

O objeto chacoalhou de novo. Todos se encolheram.

— Bem, alguém tem uma opinião — falou Marc, rindo baixinho, e se inclinou para a frente.

— Cuidado — avisou Dec. Marc lançou a ele um olhar sarcástico e abriu a caixa preta.

Luz, dourada e vermelha, irrompeu, banhando as paredes e o teto. Ithan protegeu os olhos, mas a luz foi imediatamente sugada de volta para dentro, revelando quatro anéis aninhados em veludo preto, as minúsculas bolhas de vidro sobre eles brilhando.

O brilho do lado de dentro se apagou mais e mais, até que...

Declan e Marc se olharam horrorizados.

— Por Solas — xingou Flynn, deixando o controle de lado. — Aquele velho de merda devia ser crucificado por isso.

— Tudo bem — murmurou Marc para Ithan. — Entendo por que você os pegou.

Ithan grunhiu em resposta, e olhou para as quatro figuras fêmeas dentro dos anéis. Jamais conhecera Lehabah pessoalmente, pois Bryce jamais o deixara entrar na biblioteca sob a galeria, mas vira as fotos da amiga.

Três das duendes eram exatamente como ela: chamas em formato de corpo feminino. Duas eram magras, uma tão luxuriantemente curvilínea quanto Lehabah fora. O quarto globo era puro fogo.

Aquele quarto anel chacoalhou. Ithan se encolheu. Aquela tinha sido obviamente a que tinha sacudido a caixa.

— Então nós as deixamos sair? — perguntou Flynn, estudando a caixa e as duendes presas nela.

— Porra, sim, deixamos — disse Declan, ficando de pé.

Ithan encarou as duendes, principalmente a quarta e radiante que parecia tão… revoltada. Não a culpava. Murmurou para os colegas de apartamento:

— Vocês têm certeza de que estão tranquilos com libertarem um bando de duendes de fogo em nossa casa?

Flynn o dispensou com um gesto.

— Temos alarmes de fumaça e aspersores de água.

— Não estou certo disso — disse Marc.

— Peguei — gritou Declan, voltando da cozinha com um martelo.

Marc esfregou as têmporas e encostou nas almofadas.

— Isso não pode acabar bem.

— Tu, de tão pouca fé — disse Flynn, pegando o martelo quando Declan o jogou.

Ithan se encolheu.

— Apenas… tome cuidado.

— Não acho que essa palavra está no vocabulário de nenhum deles dois — brincou Marc, o que lhe garantiu uma cotovelada nas costelas de Declan, quando o macho se acomodou no sofá ao lado dele.

Flynn puxou a caixa em sua direção e disse para as duendes:

— Protejam a cabeça. — As três que estavam visíveis se agacharam. A quarta permaneceu uma bola de chamas, mas se encolheu levemente.

— Cuidado — avisou Ithan de novo. Flynn, com um gesto do pulso, quebrou o alto do primeiro anel. Rachou, Flynn bateu de novo. Quebrou-se em três pedaços na terceira batida do martelo, mas a duende permaneceu agachada.

Flynn se moveu para a seguinte, então a outra.

Quando abriu o terceiro anel, as duendes estavam colocando as cabeças de fogo para fora como pintinhos saindo dos ovos. Flynn moveu o martelo acima da quarta. E, quando a ferramenta desceu, Ithan podia jurar que uma delas gritou, com a voz quase rouca demais para ser ouvida:

— *Não!*

Tarde demais.

Só foi preciso uma rachadura, e a chama de dentro disparou para fora, rompendo o vidro.

Todos saltaram por cima do sofá com um grito, e, *porra*, o ambiente ficou quente e luminoso, o vento rugia e alguma coisa guinchava...

Então algo pesado bateu na mesa de centro. Ithan e os demais olharam por cima do sofá.

— Que porra? — sussurrou Flynn, fumaça se enroscando de onde os ombros de sua camisa tinham sido chamuscados.

As três duendes se encolheram em suas órbitas estilhaçadas. Todas se encolhendo perante a fêmea nua do tamanho de um humano, que queimava na mesa de centro ao lado delas.

A fêmea esticou os braços, o cabelo como o ferro mais escuro caindo em ondas cacheadas em torno do rosto de suas feições delicadas. O corpo fervilhava, a mesa de madeira sob ela se queimava em toda parte que sua forma nua e exuberante tocava. Levantou a cabeça, e seus olhos... Inferno.

Brilhavam como carmesim. Mais como sangue fervendo do que chamas.

Suas costas moviam-se com dificuldade com cada fôlego longo e cortante, ondas do que pareciam ser escamas vermelhas e douradas fluindo sob a pele dela.

— Ele vai matar você — disse com a voz rouca pelo desuso. Seus olhos, no entanto, não estavam em Ithan. Estavam em Flynn, o martelo erguido de novo, como se fosse adiantar contra o tipo de fogo que ela empunhava. — Ele vai encontrar e matar você.

Mesmo assim, Flynn, o babaca burro e arrogante que era, ficou de pé e sorriu alegremente para a fêmea cheia de curvas na mesa de centro.

— Que bom que uma dragoa agora tem uma dívida comigo.

* * *

Athalar era uma bomba relógio, uma que Ruhn não tinha ideia de como desarmar. Supunha que essa honra era de sua irmã, que se mantinha a um passo de distância do anjo, um dos olhos nele, o outro na corrida que se desenvolvia até o leito do mar.

A irmã dele encontrara seu *parceiro*. Era bastante raro entre os feéricos, mas encontrar um parceiro que fosse um anjo… A mente dele estava zonza.

Ruhn afastou o pensamento, aproximando-se da Comandante Sendes e dizendo:

— Não estou ouvindo nenhum ruído de motor.

— E não vai — disse Sendes, abrindo a porta de uma câmara de pressurização no fim de um longo túnel de vidro. — Estes são navios camuflados, abastecidos pelo poder da Rainha do Oceano.

Tharion assoviou, então perguntou:

— Então acha que pode correr mais do que um ômega em algo deste tamanho?

— Não. Mas não vamos correr mais do que ele. — Apontou para uma parede de vidro espesso para a escuridão abaixo. — Vamos para o cânion Ravel.

— Se vocês couberem — desafiou Ruhn, levantando Cormac um pouco mais alto quando o macho gemeu —, então os barcos ômega também vão caber.

Sendes deu a ele um sorriso enigmático, que escondia alguma coisa.

— Observe.

Ruhn assentiu para o príncipe pendurado em seu ombro.

— Meu primo precisa de uma medbruxa.

— Uma já está a caminho de nos encontrar — disse Sendes, abrindo outra câmara de pressurização. O túnel adiante era imenso, com corredores que se ramificavam em três direções como as artérias de uma besta poderosa. O corredor diretamente adiante… — Bem, essa é uma vista e tanta — murmurou Ruhn.

Um biodomo cavernoso se abria no fim do corredor, cheio de árvores tropicais exuberantes, córregos serpenteando pelo solo coberto de samambaias e orquídeas florescendo na neblina espiralada. Borboletas esvoaçavam ao redor, e beija-flores bebiam de orquídeas e flores de cor néon. Jurava que vira uma pequena besta peluda correndo sob uma samambaia caída.

— Temos dessalinizadores neste navio — explicou Sendes, apontando para o biodomo —, mas, se falharem, este é um ecossistema totalmente separado que gera a própria água potável.

— Como? — perguntou Tharion, mas Sendes tinha parado na interseção dos três corredores. — A Rainha do Rio tem um semelhante, mas nada que consiga fazer isso.

— Duvido que seu amigo sangrando queira explicação longa agora — falou Sendes, virando no corredor à direita deles. Pessoas, tritões, pelo cheiro, passaram por eles, alguns olhando boquiabertos, alguns lançando olhares confusos, alguns acenando para Sendes, que acenava de volta.

Os arredores tinham o ar de um prédio corporativo, ou de um quarteirão da cidade. Pessoas cuidando de suas vidas vestindo roupas casuais ou de trabalho, algumas se exercitando, outras bebendo de xícaras de café ou shakes.

Bryce virava a cabeça de um lado para outro, absorvendo tudo. Athalar apenas continuava estalando com relâmpago.

— Ninguém está preocupado com quem está no nosso encalço? — perguntou Ruhn a Sendes.

Parou diante de outra imensa janela, novamente apontando.

— Por que deveriam?

Ruhn firmou os pés quando a embarcação mergulhou direto para uma parede escura e rochosa que se elevava do leito do mar. Com a facilidade de um pássaro mudando de direção, no entanto, a comandante se posicionou lado a lado com a parede e flutuou para baixo, então parou e ficou pairando.

Ruhn balançou a cabeça.

— Eles vão nos encontrar assim.

— Olhe para o corpo da embarcação.

Pressionado contra o vidro, com Cormac como um lastro do seu outro lado, Ruhn obedeceu. Onde havia uma embarcação gigantesca, agora... só havia rocha preta. Nada mais.

— O navio pode ficar invisível?

— Não invisível. Camuflado. — Sendes sorriu com orgulho. — A Rainha do Oceano imbuiu suas embarcações com muitos dons dos mares. Esta aqui tem a habilidade de uma lula de se misturar aos arredores.

— Mas a luzes do lado de dentro… — começou Tharion.

— O vidro só permite enxergar de um lado. Bloqueia a luz e qualquer lampejo do lado de dentro depois que a camuflagem é ativada.

— E quanto a radar? — perguntou Ruhn. — Vocês podem ser invisíveis a olho nu, mas certamente as embarcações imperiais captariam vocês.

Outro daqueles sorrisos orgulhosos.

— De novo, o poder da Rainha do Oceano abastece nossa embarcação, não a primalux que o radar ômega está programado para captar. Nós não registramos sinal de vida também, nem mesmo como uma baleia ou um tubarão poderiam aparecer em um radar. Somos completamente indetectáveis. Para um barco ômega passando, somos apenas um monte de rochas.

— E se baterem em vocês? — perguntou Tharion.

— Podemos simplesmente flutuar para cima ou para baixo, para evitar. — Apontou de novo. — Aí vem eles.

O coração de Ruhn saltou para sua garganta. O relâmpago de Athalar serpenteou por seu corpo mais uma vez. Bryce murmurou alguma coisa que aparentemente não fez nada para acalmar o anjo.

Ruhn, contudo, estava ocupado demais monitorando a aproximação do inimigo. Como um lobo saindo das sombras de uma floresta de algas marinhas, o barco ômega avançou para o cânion. A primalux nele se acendia na escuridão, anunciando sua localização.

As pessoas continuavam passando, algumas olhando para o inimigo que se aproximava, mas sem dar muita atenção.

Que porra era aquela?

A embarcação imperial mergulhou logo atrás deles. Um lobo à caça, de fato.

— Observe — falou Sendes.

Ruhn segurou o fôlego, como se de alguma forma evitasse que fossem detectados, enquanto o barco ômega espreitava para mais perto. Uma varredura lenta e estratégica.

Conseguia discernir a pintura nas suas laterais, a insígnia imperial descascando, os cortes e amarrados de batalhas anteriores. No casco estava escrito *SPQM Faustus.*

— O *Faustus* — sussurrou Tharion, com pesar na voz.

— Você conhece a embarcação? — perguntou Sendes.

— Já ouvi falar — disse Tharion, monitorando o navio de guerra que passavam lentamente. Completamente alheio a eles. — Essa embarcação sozinha derrubou dezesseis navios rebeldes.

— Pelo menos mandaram alguém impressionante atrás da gente desta vez — falou Sendes.

Tharion passou a mão pelo cabelo úmido, as garras se retraindo.

— Estão passando direto pela gente. Isso é incrível.

Cormac resmungou, agitando-se nos braços de Ruhn:

— A Ophion sabe sobre isso?

Sendes enrijeceu.

— Não estamos alinhados com a Ophion. — Ainda bem, porra.

Bryce relaxou, e o relâmpago de Hunt diminuiu levemente.

— E quanto aos asteri? Eles sabem dessa tecnologia? — perguntou Ruhn, indicando a embarcação próxima a eles, agora sumindo nas profundezas, o barco ômega passando imperceptivelmente acima.

Sendes continuou caminhando, e eles a seguiram.

— Não. E, considerando as circunstâncias sob as quais nós encontramos vocês, confio que não vão passar informações. Assim como nós manteremos a presença de vocês confidencial.

Se foder com a gente, nós fodemos com você.

— Entendi — falou Ruhn, oferecendo um sorriso que Sendes não retornou. A embarcação começou a flutuar mais longe para as profundezas do cânion.

— Aqui está ela — anunciou Sendes, quando uma medbruxa veio correndo, uma equipe de três com uma maca em seu encalço.

— Cthona me poupe — murmurou Cormac, conseguindo levantar a cabeça. — Não preciso de tudo isso.

— Sim, precisa — disseram Tharion e Ruhn juntos.

Se a medbruxa e a equipe os reconheceram, não demonstraram. Os próximos minutos foram um borrão entre colocar Cormac na maca e ser levado às pressas para o centro médico, com uma promessa de que sairia da cirurgia em uma hora, e poderiam vê-lo logo na sequência.

Em meio a tudo aquilo, Bryce se manteve atrás com Athalar. Relâmpago ainda deslizava por suas asas, faiscando nas pontas dos dedos.

Calma disse Ruhn na mente de Athalar.

Tempestades de relâmpago ecoaram em resposta.

Tudo bem, então.

O navio-cidade começou a navegar pelo leito do cânion, o fundo do mar incomumente plano e amplo entre os penhascos altos. Passaram por uma pilastra parcialmente em ruínas, e...

— Isso são entalhes? — perguntou Ruhn quando Sendes os levou de volta pelo corredor.

— São — respondeu com um tom mais suave. — De muito, muito tempo atrás.

Tharion falou:

— O que havia aqui embaixo? — Observou as paredes do leito do cânion que passavam, todas entalhadas com estranhos símbolos.

— Isto era uma autoestrada. Não como se encontra acima da superfície, mas uma grande avenida que os tritões um dia usaram para nadar entre grandes cidades.

— Eu jamais ouvi falar de algo por aqui.

— É de muito tempo atrás — disse de novo, um pouco casualmente. Como se fosse um segredo.

Bryce disse dos fundos:

— Eu costumava trabalhar em uma galeria de antiguidades e minha chefe uma vez trouxe uma estátua de uma cidade afundada. Eu sempre achei que ela estivesse confundindo as datas, mas disse que tinha quase quinze mil anos. Que veio das Profundezas originais. Tão antiga quanto os asteri, ou pelo menos quanto a chegada deles a Midgard.

A expressão de Sendes permaneceu neutra.

— Apenas a Rainha do Oceano pode confirmar isso.

Ruhn olhou pelo vidro de novo.

— Então os tritões um dia tiveram uma cidade aqui embaixo?

— Nós um dia tivemos muitas coisas — disse Sendes.

Tharion balançou a cabeça para Ruhn, um aviso silencioso para mudar de assunto. Ruhn assentiu de volta.

— Aonde vamos, exatamente? — perguntou Ruhn, em vez disso.

— Eu presumo que vocês queiram descansar por um momento. Vou levá-los para aposentos privados em nosso quartel.

— E dali? — ousou perguntar Ruhn.

— Precisamos esperar até que os ômegas tenham limpado a área, mas, depois disso, nós devolveremos vocês para onde quiserem.

— A entrada do Istros — falou Tharion. — Meu povo pode nos encontrar lá.

— Muito bem. Nós provavelmente chegaremos ao alvorecer, considerando a necessidade de vocês por segredo.

— Me consiga um rádio e vou enviar um sinal codificado.

Assentiu, Ruhn admirou a confiança nata dos tritões um no outro. Será que ela teria deixado que *ele* usasse um rádio para contatar qualquer um fora daquele navio com igual facilidade? Duvidava.

Bryce então parou na interseção do corredor. Olhou para Hunt antes de dizer a Sendes:

— Você se importa se eu e meu amigo reluzente aqui formos até o biodomo por um tempo?

Sendes avaliou Hunt cautelosamente.

— Vou fechá-lo ao público temporariamente. Contanto que ele não cause mal lá dentro.

Hunt exibiu os dentes, mas Bryce sorriu tensa.

— Vou me certificar de que ele não cause.

O olhar de Sendes desceu até a cicatriz em seu peito.

— Quando você terminar, pergunte pelo Quartel Seis, e alguém os apontará para o caminho.

— Obrigada — disse Bryce, então se virou para Ruhn e Tharion.

— Fiquem longe de problemas.

— Vocês também — falou Ruhn, arqueando a sobrancelha.

Então Bryce estava andando na direção do exuberante biodomo, Hunt a seguindo, relâmpago em seu rastro.

Sendes tirou um rádio do bolso.

— Libere o biodomo e sele as portas.

Ruhn se espantou.

— O quê?

Sendes continuou avançando, as botas estalando no piso de azulejo.

— Eu acho que eles deveriam ter um pouco de privacidade, você não?

46

Havia apenas seu poder e Bryce. O resto do mundo tinha se tornado um conjunto de ameaças a ela.

Hunt tinha a vaga noção de ser levado para um enorme navio tritão. De conversar com sua comandante, de notar as pessoas, o barco ômega e Cormac sendo levado.

Sua mente tinha pairado, carregada por uma tempestade sem fim, sua magia gritando para ser liberada. Havia ascendido a esse plano de existência de selvageria primordial assim que a Corça apareceu. Hunt sabia que precisava matá-la, se isso mantivesse Bryce em segurança. Tinha decidido que não importava se Danaan ou Cormac ou Tharion fossem cozidos no processo.

Não conseguia voltar daquele precipício.

Mesmo enquanto Bryce caminhava por um corredor silencioso e morno em direção a uma floresta, pinheiros e samambaias e flores; pássaros e borboletas de todas as cores; pequenos córregos e cachoeiras, não conseguia se acalmar.

O anjo precisava soltar sua magia, gritar seu ódio e então a abraçar e saber que estava bem, que estavam bem…

Seguiu Bryce para o verde, atravessando um córrego estreito. Estava escuro ali dentro, névoa espiralando pelo chão. Como se tivesse entrado em um jardim antigo do início do mundo.

Bryce parou em uma pequena clareira, o chão coberto de musgo e pequenas flores brancas em formato de estrelas. Virou-se para ele, os olhos brilhando. O pau de Hunt se agitou ao ver a determinação cintilando neles.

Seus lábios se curvaram em um sorriso, sábios e provocadores. Sem dizer uma palavra, puxou a camisa encharcada por cima da cabeça. Mais um segundo e seu sutiã roxo de renda também tinha sumido.

O mundo, o jardim sumiram quando Athalar viu seus seios fartos, os mamilos rosa-escuros já empertigados. A boca de Hunt aguou.

Então abriu a calça. Os sapatos. Por fim, estava saindo da calcinha roxa.

Bryce ficou completamente nua à sua frente. O coração de Hunt bateu tão selvagemente que achou que fosse explodir do peito.

Era tão linda. Cada linha exuberante, cada centímetro reluzente de sua pele, seu sexo provocador...

— Sua vez — disse rouca.

Com a magia uivando, implorando, Hunt teve a vaga sensação de que seus dedos removeram suas roupas e seus sapatos. Não se importava que já estivesse totalmente ereto. Só se importava que os olhos dela tinham descido até seu pau e um tipo de sorriso satisfeito agraciou a boca de Bryce.

Nus, ficaram frente a frente naquele jardim sob o mar.

Queria satisfazer sua parceira. Sua linda, forte parceira. Hunt devia ter dito aquilo em voz alta, porque Bryce falou, suavemente;

— Sim, Hunt. Eu sou sua parceira. — A estrela em seu peito piscou como uma brasa ganhando vida. — E você é o meu.

Suas palavras ecoaram pelo anjo. A magia de Hunt queimou em suas veias como ácido, grunhiu contra ela.

Os olhos de Bryce se suavizaram, como se conseguisse sentir sua aflição. Bryce disse, rouca:

— Quero que você me foda. Pode fazer isso?

Relâmpago faiscou em suas asas.

— Posso.

Bryce passou a mão pelo próprio torso, circulando a estrela reluzente entre seus fartos seios. O pau do anjo latejou. Deu um passo em sua direção, os pés descalços acolchoados pelo musgo.

Hunt recuou um passo.

Bryce ergueu a sobrancelha.

— Não?

— Sim — conseguiu dizer Hunt mais uma vez. Sua mente se desanuviou um pouco. — Este jardim...

— Fechado ao público — ronronou, a luz da estrela brilhando entre seus dedos. Deu mais um passo, Hunt não recuou dessa vez.

Athalar não conseguia tomar fôlego.

— Eu... — Engoliu em seco. — Meu poder...

Bryce parou a trinta centímetros dele. O cheiro de sua excitação envolveu dedos invisíveis em seu pau, acariciando com força. Hunt estremeceu.

— O que quer que você precise atirar em mim, Hunt, eu aguento.

O anjo soltou um gemido baixo.

— Não quero machucar você.

— Você não vai. — Sorriu suavemente, linda. — Confio em você.

Seus dedos roçaram o peito nu, fazendo-o estremecer de novo. Cobriu a distância entre os dois, sua boca roçando no peitoral, no coração. O relâmpago de Hunt se acendeu, projetando o jardim em prata. Bryce levantou a cabeça.

— Me beije — sussurrou.

* * *

Os olhos do anjo eram relâmpago puro. Seu *corpo* era relâmpago puro quando Bryce abriu a boca para receber a língua do anjo, com gosto de chuva e éter.

Seu poder fluiu sobre a fêmea, ao seu redor, um milhão de carícias sensuais, enquanto arqueava o corpo para ele, entregando-se. Hunt apalpou um seio, poder faiscando no mamilo, Bryce arquejou. Empurrou a língua mais para dentro, como se fosse sorver o som.

Sabia que Hunt precisava de uma forma de liberar sua magia, uma forma de se assegurar que Bryce estava segura e que era sua. *Minha linda, forte parceira,* grunhira quando viu o corpo nu.

Sua outra mão apalpava a bunda de Bryce, puxando-a para si, prendendo seu pau entre seus corpos. Hunt gemeu ao toque de sua barriga contra ele, Bryce estremeceu, apenas o suficiente para levá-lo ao êxtase.

Relâmpago dançou na pele da fêmea, pelo cabelo, deliciou-se com aquilo. Absorvendo-o e se permitindo se tornar aquilo, se tornar *ele*, permitindo que ele se tornasse ela, até que fossem duas almas entrelaçadas no fundo do mar.

Bryce teve a vaga sensação de cair pelo ar, pelo tempo e espaço, e então se viu sendo delicadamente, reverentemente deitada no solo musguento. Como se até mesmo em sua necessidade, em sua fúria, quisesse Bryce segura e bem. Sentindo apenas prazer.

Abraçando o pescoço de Hunt, arqueou o corpo até o anjo ao mordiscar seu lábio, ao sugar sua língua. Mais. Precisava de mais. Athalar fechou os dentes na lateral de seu pescoço, chupando forte, Bryce vergou o corpo de novo, assim que o anjo se encaixou entre suas pernas.

O roçar do pau aveludado de Hunt contra o seu sexo nu fez Bryce tremer. Não de medo, mas pela proximidade, por não haver nada agora entre eles e porque jamais haveria novamente.

O macho se lubrificou com a umidade dela, suas asas se contraíram. Relâmpago se projetou como teia de aranha no musgo em seu entorno, então avançou pelas árvores acima.

— Hunt — disse Bryce ofegante. Podiam explorar e brincar depois. Naquele momento, quando a morte estava pairando tão perto, naquele momento, precisava dele junto a ela, dentro dela. Precisava da sua força, seu poder e seu carinho, precisava daquele sorriso, do humor e do amor...

Bryce fechou a mão em torno da base do pau de Hunt, tocando uma vez, inclinando-o para a direção em que estava completamente encharcada pelo anjo.

Hunt ficou imóvel, no entanto. Trincou os dentes quando bombeou sua magnífica extensão de novo. Seus olhos encontraram os dela.

Apenas relâmpago os preenchia. Um deus vingativo.

A estrela em seu peito se acendeu, fundindo-se com o seu relâmpago. Hunt apoiou sua mão sobre ela. Reivindicando a estrela, a luz. Reivindicando Bryce.

Bryce o posicionou em sua entrada, ofegando com o toque da cabeça arredondada do seu pau. Contudo, a fêmea o soltou. Deixou que o anjo decidisse se era aquilo que queria. A última ponte entre as almas deles.

O relâmpago sumiu dos olhos dele, como se Hunt tivesse ordenado. Como se ele quisesse que ela visse o macho por trás deles.

Puro Hunt. Ninguém e nada mais.

Era uma pergunta, de certa forma. Como se estivesse mostrando a ela cada cicatriz e ferida, cada canto escuro. Perguntando se aquilo, se ele, era o que queria de verdade. Bryce apenas sorriu suavemente.

— Eu amo você — sussurrou. Estremecendo, Hunt a beijou de novo e deslizou o pau para dentro.

Nada nunca pareceu tão certo.

Hunt se moveu para dentro dela, preenchendo-a deliciosa e perfeitamente. Com cada avanço suave, cada centímetro que adentrava a luz de Bryce ficava mais forte. Seu relâmpago estalava, acima e em seu entorno.

Suas costas se flexionavam sob os dedos de Bryce, as asas se fecharam com firmeza. Seu peito inflava como imensos foles, pressionando os seios, a estrela entre eles.

Outro centímetro, mais um tremor de prazer. E então deslizou para fora. E para fora. E para fora.

A língua de Hunt estalou na da fêmea quando avançou de volta, até a base. Luz se derramou dela como uma xícara transbordando, ondulando pelo solo da floresta.

Bryce enterrou as unhas nas costas do anjo, no pescoço, os dentes de Hunt encontraram o seio dela, fechando-se. Perdeu o controle, subindo o quadril para encontrá-lo, poder batendo contra poder.

Hunt determinou um ritmo constante, punitivo, Bryce colocou as mãos em sua bunda apenas para sentir os músculos se contraindo com cada estocada, para *sentir* o anjo fazendo força para dentro dela...

Reivindicou a boca de Bryce de novo, fazendo-a entrelaçar as pernas em sua cintura. Gemeu quando Hunt mergulhou, e suas estocadas ficaram mais fortes, mais rápidas. Relâmpago e luz estelar ricocheteavam entre os dois.

Precisava de Athalar mais selvagem. Precisava que libertasse aquela pontada de medo e raiva e se tornasse o seu Hunt de novo. Bryce apertou as pernas nele e o virou. O mundo girou, e então o olhava de cima, o pau enterrado tão fundo…

Relâmpago flutuou por seus dentes quando Hunt ofegou, todos aqueles músculos abdominais se flexionando. Deuses, ele era lindo. E dela. Completamente dela.

Bryce levantou o quadril, subindo para fora do pau, então mergulhou para baixo de novo. Arqueou o corpo quando o anjo beijou a estrela em seu peito. Ergue-se de novo, um deslize constante, provocador, e então…

Grunhiu contra a pele dela.

— Impiedosa, Quinlan.

Quase. Quase lá. Subiu de novo, luxuriando-se com cada centímetro de seu pau, quase saindo da ponta. Quando desceu, pressionou as paredes internas de seu sexo ao redor dele.

Hunt rugiu, Bryce estava novamente de costas conforme o anjo se chocava contra ela. Seu poder fluiu sobre a fêmea, preenchendo-a, e ela era ele, e ele era ela, e então Hunt atingiu o ponto de prazer perfeito bem no fundo, e o mundo era apenas luz…

O clímax explodiu por dentro dela, Bryce podia estar gargalhando ou chorando, ou gritando seu nome. Athalar a cavalgou, acalentando até a última gota de prazer, e então estava se movendo de novo, estocadas punitivas que faziam os dois deslizarem pelo solo musguento. Suas asas eram uma parede de cinza acima deles, estavam… brilhando.

Encheram-se de luz iridescente. *Ele* se enchera de luz.

Bryce levou a mão para as asas incandescentes. Seus dedos, a mão, o braço irradiavam a mesma luz. Como se estivessem cheios de poder, como se sua luz tivesse escorrido para ele, e a dele para ela…

— Olhe para você — sussurrou. — Bryce.

— Olhe para *nós* — sussurrou ela, levantando-se para beijá-lo. O anjo a encontrou na metade do caminho, as línguas se enroscaram. Seus avanços se tornaram mais selvagens. Hunt estava perto.

— Quero gozar com você — disse contra a boca de Bryce. Parecendo… quase normal de novo.

— Então faça acontecer — respondeu, deslizando a mão até as bolas de Athalar. Seus dedos acariciaram o clitóris da fêmea. Começaram a se massagear.

Bryce apalpava suas bolas, um tremor percorreu Hunt. Outro. No terceiro toque, ela o apertou firme, bem no momento em que relâmpago escorreu dos seus dedos e...

Ela estava caindo. Teve a distante sensação de gritar seu prazer para a superfície quilômetros acima, de um orgasmo que a balançou, reduzindo sua mente a destroços. Estava vagamente ciente de Hunt estocando dentro de si, derramando-se dentro dela, de novo e de novo...

Caindo pelo tempo e espaço e luz e sombra...

Cima era baixo e baixo era cima, e eram os únicos seres que existiam, ali naquele jardim, trancados fora do tempo...

Alguma coisa fria e dura pressionou suas costas, mas não se incomodou, não quando prendeu Hunt contra ela, puxando ar, sanidade. Estava trêmulo, as asas estremecendo, sussurrando:

— Bryce, Bryce, Bryce — ao seu ouvido.

Suor cobria seus corpos, Bryce passou os dedos pela coluna do anjo. Ele era dela, e ela era dele e...

— *Bryce* — disse Hunt, fazendo-a abrir os olhos.

Luz forte e ofuscante os recebeu. Paredes brancas, equipamento de mergulho e... uma escada. Nenhum indício de jardim.

Hunt ficou imediatamente de pé, se virando para avaliar seus arredores, o pau ainda ereto e reluzente. Bryce precisou de um momento para fazer os joelhos funcionarem, apoiada no piso frio.

Conhecia aquela sala.

Os olhos de Hunt permaneciam selvagens, mas... nenhum relâmpago dançava em torno deles. Nenhum vestígio daquela fúria primitiva. Apenas a marca de mão brilhando iridescente em seu peito, um resquício de luz estelar. Sumia a cada fôlego.

Hunt perguntou, entre respirações:

— Como *Inferno* a gente veio parar na câmara de pressurização?

***

— Certo. — disse Flynn, unindo as mãos. — Então, para ter certeza de que entendi direito... — Apontou para a duende de fogo esguia que flutuava no ar à sua esquerda. — Você é Ridi.

— Rithi! — gritou ela.

— Rithi — corrigiu Flynn, com um sorriso. Apontou para a duende de corpo volumoso diante dele. — Você é Malana. — Ela sorriu. Apontou para a duende à direita dela. — E você é Sasa. E vocês são trigêmeas.

— Isso — disse Malana, o cabelo longo fluindo no ar em torno dela. — Descendentes de Persina Falath, Senhora das Cinzas.

— Certo — falou Ithan, como se isso significasse alguma coisa. Não sabia nada sobre duendes e suas hierarquias. Apenas que tinham sido banidos da Céu e Sopro há eras por causa de uma rebelião fracassada. Eram considerados Inferiores desde então.

— E *você* — disse Flynn, arrastado, virando-se para a fêmea nua na outra ponta do sofá seccional, um cobertor jogado em torno dos ombros dela — é...

— Não dei meu nome a você — foi a resposta, os olhos vermelhos esmaecidos até um preto chamuscado. Havia parado de queimar, pelo menos o bastante para evitar queimar o sofá.

— Exatamente — disse Flynn, como se o lorde feérico não estivesse provocando uma dragoa. Uma porra de *dragoa*. Uma Inferior, sim, mas... porra. Elas não eram verdadeiras metamorfas, alternando entre os corpos humanoides e animais quando quisessem. Eram mais como os tritões, de fato. Havia uma diferença biológica ou mágica que explicava, Ithan se lembrava vagamente de aprender isso na escola, embora tivesse prontamente se esquecido dos detalhes.

Não importava agora, supunha. A dragoa podia navegar entre duas formas. Seria um tolo se a subestimasse naquela forma.

A dragoa encarava Flynn com superioridade. Deu a ela um sorriso charmoso em resposta. O queixo da fêmea se ergueu.

— Ariadne.

Flynn arqueou uma sobrancelha.

— Uma dragoa chamada Ariadne?

— Suponho que você tenha um nome melhor para mim? — retrucou.

— Esmagadora de Crânios, Perdição Alada, Devoradora de Luz. — Flynn os contou nos dedos.

Riu com deboche, o indício de diversão fez Ithan perceber que a dragoa era… linda. Completamente letal e desafiadora, mas… porra. Pelo brilho nos olhos de Flynn, Ithan podia ver que o lorde feérico estava pensando o mesmo.

Ariadne falou:

— Esses nomes são para os antigos que vivem nas cavernas na montanha deles e dormem o longo sono dos verdadeiros imortais.

— Mas você não é um deles? — perguntou Ithan.

— Meu tipo é mais… moderno. — Seu olhar se estreitou para Flynn. — Por isso, Ariadne.

Flynn piscou um olho. A dragoa fez uma careta.

— Como vocês todas — interrompeu Declan, indicando Ariadne, seu corpo semelhante ao de uma fêmea feérica — couberam naquele anel minúsculo?

— Fomos enfeitiçadas pelo Astrônomo — sussurrou Sasa. — Ele é um feiticeiro antigo, não o deixe enganar vocês com aquela atuação de frágil. Ele comprou a todas nós, e nos enfiou naqueles anéis para iluminar o caminho quando ele descer para o Inferno. Embora Ariadne tenha sido colocada no anel por… — Parou de falar quando a dragoa lançou um olhar de aviso lancinante.

Um calafrio percorreu a coluna de Ithan. Perguntou a elas:

— Tem alguma coisa que possa ser feita para libertar os outros que ele ainda controla? Os místicos?

— Não — respondeu Ariadne. Olhou para o pulso marrom-pálido. Para a marca ali. *SPQM*. A marca de uma escravizada. As duendes também a carregavam. — Ele é dono deles, como é nosso dono. A mística com quem você falou, a loba… — Seus olhos se tornaram vermelhos de novo. — Ele é afeiçoado a ela. Jamais vai deixá-la ir. Não até que ela envelheça naquele tanque e morra.

Séculos dali, possivelmente. Será que conseguira fazer a Descida? O estômago de Ithan se revirou.

— Por favor, não nos faça voltar — sussurrou Rithi, agarrando-se a Malana.

— Shhh — avisou Malana.

Marc as estudou.

— Olhem, senhoritas. Vocês estão em uma posição difícil. Não são apenas escravizadas, mas escravizadas roubadas. — Um olhar de aviso para Ithan, que deu de ombros. Não se arrependia. — Mas há leis sobre seu tratamento. É arcaico e absurdo que qualquer um seja posse de alguém, mas, se vocês puderem provar severos maus-tratos, isso pode permitir que vocês sejam... compradas por outra pessoa.

— Não libertadas? — sussurrou Sasa.

— Apenas seu novo dono poderia fazer isso — disse Marc, triste.

— Então compre-as e acabe com isso. — Ariadne cruzou os braços.

— E quanto a você, querida? — ronronou Flynn para a dragoa, como se o macho feérico literalmente não conseguisse evitar.

Seus olhos queimaram carmesim.

— Estou fora da sua alçada, lordezinho.

— Tente.

A dragoa, no entanto, voltou a olhar para a TV, ainda pausada no videogame. Ithan engoliu em seco e perguntou a ela:

— É ruim, então... o que ele faz com os místicos?

— Ele os tortura — disse Ariadne, inexpressiva, e Rithi chorou em concordância. — A loba é... desobediente. Não mentiu sobre as punições. Eu estive nas mãos dele durante anos e o testemunhei enviá-la para os cantos mais sombrios do Inferno. Ele permite que os demônios e os príncipes deles a provoquem. Que a aterrorizem. Ele acha que vai quebrá-la um dia, mas eu não tenho certeza.

O estômago de Ithan se revirou.

Ariadne prosseguiu:

— Ela disse a verdade hoje sobre o necromante também. — Flynn, Marc e Declan se viraram para Ithan, as sobrancelhas erguidas. — Se você quer respostas sobre seu irmão morto, deveria encontrar um.

Ithan assentiu. A dragoa pertencia à Casa de Chama e Sombra, mesmo que a tatuagem da escravidão a destituísse de suas proteções. Conheceria a habilidade de um necromante.

Declan anunciou:

— Bem, como estamos agora abrigando escravizadas roubadas, podemos muito bem deixar vocês confortáveis. Sintam-se livres para ocupar o quarto de Ruhn, o segundo quarto subindo a escada.

As três duendes dispararam para a escada, como se não passassem de crianças animadas. Ithan não conseguiu segurar seu sorriso. Tinha feito bem naquele dia, pelo menos. Mesmo que aquilo fosse lhe trazer uma pilha de problemas.

Ariadne lentamente se levantou. Levantaram-se com ela.

Flynn, o mais próximo, disse à dragoa:

— Você poderia fugir, sabe. Se metamorfosear e sair voando. Não contaríamos a ninguém para onde você foi.

Seus olhos vermelhos mais uma vez se apagaram até ficarem pretos.

— Não sabe o que isto faz? — Levantou o braço e revelou a tatuagem ali. Riu amargamente. — Não posso me transformar a não ser que ele permita. E mesmo que eu consiga, para onde quer que eu vá, em qualquer lugar em Midgard, ele pode me encontrar naquela forma.

* * *

— Você se teletransportou — disse Cormac a Bryce, uma hora depois, quando ela e Hunt estavam de pé ao lado de sua cama no hospital da cidade-navio. O príncipe estava pálido, mas vivo. Cada caco da bala de gorsiana tinha sido removido. Mais uma hora e estaria de volta ao normal.

Hunt não se importava muito. Só tinham ido até Cormac em busca de respostas.

O anjo ainda se recuperava do sexo que o estourara, mente e corpo e alma, o sexo que Bryce sabia que o traria de volta do limite, que tinha feito sua magia cantar.

Tinha feito suas magias se unirem.

Não sabia como descrever, a sensação da sua magia entremeando por ele. Como se se ele existisse e não existisse ao mesmo tempo, como se pudesse fazer o que quisesse do ar e nada lhe seria negado. Será que Bryce convivia com aquilo, dia após dia? Aquela pura sensação de… possibilidade? Havia sumido desde que tinham se teletransportado, mas ainda conseguia sentir ali dentro, no peito, onde a impressão da mão da fêmea brilhara. Uma pequena semente dormente de criação.

— *Como?* — perguntou Bryce. Não sentira vergonha, nem mesmo corara, ao entrar ali, os dois usando armadura aquática azul-marinho que tinham tirado da câmara de pressurização para se cobrir. Ruhn parecera completamente desconfortável, mas Tharion gargalhou do cabelo embaraçado de Hunt e qualquer que fosse a felicidade tola no rosto do anjo, e dissera:

— Bom trabalho trazendo nosso menino de volta, Pernas.

Bryce tinha ido direto a Cormac e explicara o que acontecera da forma mais Quinlan que Hunt poderia imaginar:

— Bem no final da foda de revirar o cérebro de Hunt, *bem* quando a gente gozou junto, nós acabamos na câmara de pressurização.

Cormac a estudou, então a Hunt.

— Seus poderes se uniram, imagino.

— É — falou Bryce. — Nós dois ficamos todos brilhosinhos. Não do jeito que ele estava brilhando durante a… — Franziu a testa. — Hipnose da raiva. — Acenou com a mão. — Isso foi como… a gente brilhou com minha luz estelar. Depois a gente se teletransportou.

— Humm — disse Cormac. — Me pergunto se você precisa do poder de Athalar para se teletransportar.

— Não sei dizer se isso é um insulto ou não — falou Bryce.

Hunt ergueu as sobrancelhas.

— De que forma?

— Se meus poderes só funcionam se meu grande macho fortão me ajuda…

— Não pode ser romântico? — indagou Hunt.

Bryce bufou.

— Sou uma fêmea independente.

— Certo — disse Hunt, gargalhando baixinho. — Digamos que sou uma moeda mágica em um videogame e quando você… me usa, sobe de nível.

— Essa é a coisa mais nerd que você já disse — acusou Bryce, e Hunt esboçou uma reverência.

— Então a magia de Hunt é a chave para a de Bryce? — perguntou Ruhn a Cormac.

— Não sei se é Hunt especificamente, ou apenas energia — disse Cormac. — Seu poder veio dos Portões... é uma coisa que não entendemos. Está jogando com regras desconhecidas.

— Ótimo — murmurou Bryce, afundando na cadeira ao lado da de Ruhn, perto da janela. A água preta eterna se estendia adiante.

Hunt esfregou a mandíbula, franzindo a testa.

— O Príncipe do Fosso me contou sobre isso.

As sobrancelhas de Bryce se uniram.

— Teletransporte sexual?

Hunt riu.

— Não. Ele me contou que você e eu não tínhamos... explorado o que nossos poderes podiam fazer. Juntos.

— Você acha que era isso que ele tinha em mente? — Ruhn falou.

— Não sei — admitiu Hunt, notando o brilho de preocupação no rosto de Bryce. Ainda tinham muito sobre o que falar.

— É sábio — disse Tharion, lentamente — fazer o que ele diz?

— Acho que deveríamos esperar para ver se nossa teoria está certa — falou Bryce. — Ver se realmente foram nossos poderes... se unindo. — Perguntou a Hunt: — Como você se sente?

— Bem — disse ele. — Acho que fiquei com uma semente do seu poder em mim por um tempo, mas se aquietou.

Sorriu sutilmente.

— Nós definitivamente precisamos fazer mais pesquisa.

— Você só quer foder com Athalar de novo — replicou Tharion.

Bryce inclinou a cabeça.

— Achei que isso fosse óbvio.

Hunt marchou até ela, pretendendo absolutamente arrastá-la para algum quarto vazio para testar a teoria. Contudo, a porta do quarto se abriu e a Comandante Sendes apareceu. Seu rosto estava sombrio.

Hunt se preparou. Os asteri os haviam encontrado. Os ômegas estavam prestes a atacar...

Seu olhar recaiu sobre Cormac. Disse, baixinho:

— A medbruxa me contou que em seu delírio você estava falando de alguém chamada Sofie Renast. Esse nome é conhecido por nós aqui... ouvimos falar do trabalho dela há anos. Mas achei que você devesse saber que fomos convocados para resgatar um agente no mar do Norte há semanas. Somente quando chegamos percebemos que era Sofie.

O quarto ficou completamente silencioso. O som de Cormac engolindo em seco foi audível quando Sendes prosseguiu:

— Chegamos tarde demais. Sofie tinha se afogado quando nossos mergulhadores a resgataram.

47

O necrotério estava frio. Silencioso e vazio, exceto pelo cadáver da fêmea deitado na mesa de cromo, coberto com um tecido preto.

Bryce ficou de pé à porta enquanto Cormac se ajoelhava ao lado do corpo, preservado por uma medbruxa até que a embarcação pudesse entregar Sofie aos rebeldes da Ophion para que o reivindicassem. O príncipe ficou calado.

Estava assim desde que Sendes fora a seu quarto.

E, embora o corpo de Bryce ainda zumbisse com tudo que ela e Hunt tinham feito, ver aquele corpo esguio da fêmea sobre a mesa, o príncipe ajoelhado, a cabeça baixa… Seus olhos arderam. Os dedos de Hunt encontraram os seus, apertando-os.

— Eu sabia — disse Cormac, a voz áspera. As primeiras palavras dele em minutos. — Eu acho que sempre soube, mas…

Ruhn se colocou ao lado do primo. Colocou a mão em seu ombro.

— Sinto muito.

Cormac encostou a testa na borda da mesa de exame. Sua voz tremeu.

— Ela era boa e corajosa e gentil. Eu jamais a mereci, nem por um minuto.

A garganta de Bryce doeu. Soltou a mão de Hunt e se aproximou de Cormac, tocando seu outro ombro. Para onde iria a alma de Sofie? Será que pairava perto de seu corpo até que pudessem lhe dar um Veleiro adequado? Se fosse para um dos locais de descanso, a condenariam a um destino terrível.

Mas Bryce não disse nada daquilo. Não quando Cormac deslizou os dedos por baixo do tecido preto e tirou de dentro a mão rígida azulada. Ele a agarrou com a própria mão, beijando os dedos mortos. Seus ombros começaram a tremer quando as lágrimas caíram.

— Nós nos conhecemos durante um relatório de reconhecimento para o Comando — disse Cormac, a voz falhando. — E eu sabia que era tolice, e inconsequente, mas precisava falar com ela depois que a reunião acabou. Descobrir tudo que podia sobre ela. — Beijou a mão de Sofie de novo, fechando os olhos. — Eu deveria ter ido atrás dela naquela noite.

Tharion, que estava debruçado sobre os arquivos a respeito de Sofie na mesa da parede mais afastada, disse, delicadamente:

— Sinto muito se lhe dei falsas esperanças.

— Aquilo a manteve viva em meu coração por um pouco mais de tempo — disse Cormac, engolindo as lágrimas. Pressionou a mão rígida contra a própria testa. — Minha Sofie.

Ruhn também apertou seu ombro.

Tharion perguntou, cautelosamente:

— Você sabe o que isso quer dizer, Cormac? — Proferiu uma série de números e letras.

Cormac levantou a cabeça.

— Não.

Tharion estendeu uma foto.

— Estavam gravados no bíceps dela. O legista acha que ela fez isso enquanto se afogava, com algum tipo de agulha ou faca que podia ter escondido nela.

Cormac ficou de pé em um disparo, e Bryce foi para os braços de Hunt à espera quando o príncipe feérico puxou o lençol. Nada no braço direito que segurava, mas no esquerdo…

A variedade de números e letras tinha sido gravada mais ou menos dois centímetros abaixo do ombro, sem cicatrizas. Cortes profundos.

— Ela sabia que alguém estava correndo para salvá-la? — perguntou Hunt.

Cormac balançou a cabeça.

— Não faço ideia.

— Como os tritões sabiam que deveriam resgatá-la?

— Ela poderia ter sinalizado com a luz dela — refletiu Cormac. — Ou talvez eles tenham visto a de Emile, como fizeram com a de Bryce. Ela acendeu o mar inteiro quando derrubou aqueles ômegas. Deve ter sinalizado a eles de alguma forma.

Bryce fez uma nota mental para perguntar à Comandante Sendes. Disse a Hunt:

— Esses números e letras significam alguma coisa para você?

— Não. — Acariciou com o polegar a mão de Bryce, como assegurando-se de que ela estava ali, de que não era ela naquela mesa.

Cormac cobriu Sofie com o lençol de novo.

— Tudo que Sofie fazia, era por um motivo. Você me lembra dela de certas formas.

Ruhn disse:

— Vou colocar Declan nessa busca assim que chegarmos em casa.

— E quanto aos rebeldes da Ophion e Pippa? — perguntou Bryce. — E a Corça?

— Somos inimigos de todos agora. — Hunt falou.

Cormac assentiu.

— Só podemos enfrentar o desafio. Mas tendo certeza de que Sofie morreu… Eu preciso redobrar meus esforços para encontrar Emile.

— Pippa pareceu saber onde ele estava escondido — falou Tharion. — Mas não faço ideia se é o esconderijo que Danika mencionou.

Os olhos de Cormac brilharam.

— Não vou deixá-lo cair nas mãos da sua rainha. Ou no controle da Ophion.

— Está pronto para ser um pai solo? — disse Bryce, arrastado. — Você vai simplesmente acolher o menino e o quê… levá-lo para Avallen? Aquele vai ser um lugar *muito* legal para ele.

Cormac enrijeceu.

— Eu não tinha planejado tão longe assim. Está sugerindo que eu deixe aquele menino sozinho no mundo?

Bryce deu de ombros, estudando as próprias unhas. Sentiu Hunt a olhando com atenção.

— Então, avisamos nossas famílias? — Deuses, se a Corça já tivesse ido para a casa da mãe dela…

— A Corça não vai atrás deles — consolou Cormac. Então corrigiu: — Ainda não. Ela vai querer você nas garras dela primeiro, para poder inspirar seu sofrimento enquanto você sabe que ela os está caçando.

— Então nós vamos para casa e fingimos que nada aconteceu? — perguntou Ruhn. — O que impede a Corça de nos prender quando voltarmos?

— Acha que a gente poderia se safar convencendo os asteri de que estávamos na base rebelde para *impedir* Pippa e Ophion? — perguntou Bryce.

Hunt deu de ombros.

— Eu explodi aquela base até o Inferno, então a evidência está em nosso favor. Principalmente se Pippa estiver agora atrás de nós.

— A Corça não vai engolir essa — desafiou Cormac.

Bryce, no entanto, disse, sorrindo levemente:

— Mestre de inventar merdas, lembra?

Não sorriu em resposta. Apenas olhou para Sofie, morta e inerte diante dele.

Então Bryce tocou a mão do príncipe.

— Vamos fazer com que todos eles paguem.

A estrela em seu peito brilhou com a promessa.

* * *

O *Cargueiro das Profundezas* deslizou por entre os cânions mais escuros do leito do mar. No centro de comando sob um domo de vidro, Tharion se detinha à entrada em arco para o salão tumultuado adiante e se maravilhava com a variedade de tecnologia e magia, os tritões uniformizados operando tudo aquilo.

Sendes permaneceu ao seu lado, aprovação em seu rosto enquanto monitorava a equipe que mantinha a embarcação operacional.

— Há quanto tempo vocês têm esses navios? — perguntou Tharion, suas primeiras palavras nos minutos desde que Sendes o convidara para lá, onde apenas oficiais tritões de alto escalão tinham permissão de ir. Supôs que ser o Capitão da Inteligência da Rainha do Rio lhe garantia acesso, mas… não fazia ideia de que nada daquilo existia. Seu título era uma piada.

— Cerca de duas décadas — falou Sendes, arrumando a lapela do uniforme. — Mas a conceptualização e a construção deles levou o dobro disso.

— Devem ter custado uma fortuna.

— As profundezas do oceano estão cheias de recursos inestimáveis. Nossa rainha os explorou com sabedoria para custear este projeto.

— Por quê?

A comandante o encarou de frente. Sendes tinha um corpo maravilhosamente curvo, reparou Tharion. Com o tipo de bunda em que gostaria de enterrar os dentes. No entanto... o rosto frio da Rainha do Rio ondulou em sua mente, e Tharion se virou para as janelas atrás da comandante.

Além da parede de vidro, uma nuvem bioluminescente, algum tipo de água-viva, passou ondulando. Adequadamente antissexy.

Sendes perguntou:

— Por que sua rainha se envolve com os rebeldes?

— Ela não está se envolvendo com eles. Acho que ela apenas quer algo que *eles* querem. — Ou costumava querer, se é que se podia acreditar em Pippa, embora depois de eles terem explodido o traje talvez a Ophion pudesse voltar à caça do menino. — No entanto, não acho que as motivações dela para querer isso são necessariamente para ajudar as pessoas. — Encolheu-se ao dizer aquilo. Ousado demais, descuidado demais...

Sendes bufou uma risada.

— Sua opinião está segura aqui, não se preocupe. A Rainha do Oceano sabe que a irmã dela no Rio Azul é... temperamental.

Tharion exalou.

— É. — Observou a sala de controle de novo. — Então tudo isso... os navios, o resgate de rebeldes... É porque a Rainha do Oceano quer derrubar os asteri?

— Não sou próxima dela o bastante para saber se esse é seu verdadeiro motivo, mas estes navios de fato ajudaram os rebeldes. Então eu diria que sim.

— E ela pretende se tornar a governante? — perguntou Tharion, cautelosamente.

Sendes piscou.

— Por que ela faria isso?

— Por que não? É isso que a Rainha do Rio faria.

Sendes ficou imóvel, completamente sincera ao dizer:

— A Rainha do Oceano não se posicionaria como substituta dos asteri. Ela se lembra de uma época anterior aos asteri. Quando líderes eram eleitos justamente. É o que ela deseja alcançar mais uma vez.

O oceano escuro passava além do vidro. Tharion não conseguiu suprimir a risada amarga.

— E você acredita nela?

Sendes deu a ele um olhar de pena.

— Sinto muito que a Rainha do Rio tenha abusado tanto de sua confiança que você não acredita.

— Sinto muito que você seja ingênua o bastante para acreditar em tudo que sua rainha diz — replicou.

Sendes deu a Tharion aquele olhar de pena de novo, e Tharion ficou tenso, mas mudou de assunto.

— Quais são as chances de vocês ou Cormac liberarem o corpo de Sofie para mim?

As sobrancelhas dela se ergueram.

— Por que você o quer?

— Minha rainha quer. Eu não tenho direito de fazer perguntas.

Sendes franziu a testa.

— Que utilidade ela poderia ter para o cadáver de um pássaro-trovão?

Duvidava que Cormac gostasse que Sofie fosse chamada de *cadáver*, mas respondeu:

— De novo, não faço ideia.

Sendes se calou.

— Sua... sua rainha emprega necromantes?

Tharion se espantou.

— O quê? Não. — A única que conhecia estava a centenas de quilômetros dali, e certamente não ajudaria a Rainha do Rio. — Por quê?

— É o único motivo em que consigo pensar para ir tão longe para recuperar o corpo de um pássaro-trovão. Para reanimá-lo.

Horror frio percorreu Tharion.

— Uma arma sem consciência ou alma.

Sendes assentiu seriamente.

— Mas para que ela precisa disso?

Abriu a boca, mas fechou. Especular sobre os motivos de sua rainha diante de uma estranha, ainda que uma amigável, seria tolice. Então deu de ombros.

— Acho que vamos descobrir.

No entanto, Sendes viu diretamente através dele.

— Não temos direito a reivindicar o corpo, mas o Príncipe Cormac, como amante dela e membro da Ophion, tem. Você vai ter que se entender com ele.

Tharion sabia exatamente como aquilo acabaria. Com um gigante e incandescente *NÃO*. Então, a não ser que se tornasse um ladrão de cadáveres, que não estava no alto da lista de seus objetivos de vida, não entregaria o carregamento.

— Hora de começar a trabalhar numa história — murmurou Tharion, mais para si do que para Sendes. Teria que ou mentir sobre ter encontrado o corpo de Sofie, ou mentir sobre por que não poderia roubá-lo. Porra.

— Você poderia ser mais, sabe — disse Sendes, parecendo ler o sonho em seu rosto. — Em um lugar como este. Não precisamos mentir e tramar aqui.

— Estou satisfeito onde estou — disse Tharion, rapidamente. Sua rainha jamais o deixaria embora, de toda forma.

No entanto, Sendes inclinou a cabeça com compreensão... tristeza.

— Se algum dia precisar de alguma coisa, Capitão Ketos, estamos aqui para você.

A bondade o chocou tanto que não teve resposta.

Sendes foi chamada por um dos oficiais do convés, e Tharion observou o tritão nos controles. Sério, mas... sorrindo. Nenhuma tensão, sem pisar em ovos.

Olhou para o relógio. Deveria voltar para os dormitórios que Sendes arrumara para eles. Verificar os outros.

Depois que voltasse, dormiria. E, quando acordasse, voltaria para Lunathion.

Para a Corte Azul.

Estava ficando mais difícil ignorar sua parte que não queria mesmo voltar para casa.

* * *

Ruhn dormia quilômetros sob a superfície, um tipo de sono agitado do qual despertava frequentemente para garantir que todos estivessem empilhados no pequeno quarto com ele nas camas e beliches. Cormac tinha escolhido permanecer no necrotério com Sofie, querendo o luto em particular, para dizer todas as orações para Cthona e Luna que sua amante merecia.

Tharion cochilava no beliche de baixo diante do de Ruhn, jogado sobre os lençóis. Saíra andando após o jantar para explorar a embarcação, e retornara horas depois, calado. Não tinha dito nada sobre o que vira, a não ser que *É só para tritões.*

Então Ruhn havia se sentado com os pombinhos, Bryce aninhada entre as pernas de Hunt, enquanto jantavam no chão do quarto, o mar passando pela janela. Chegaram à entrada do Istros ao alvorecer, e o povo de Tharion estaria esperando lá para transportá-los rio acima até Lunathion.

O que aconteceria então… Ruhn rezava para que funcionasse a seu favor. Que Bryce pudesse jogar suas cartas bem o suficiente para evitar sua condenação.

Night?

A voz de Day flutuou para dentro de sua mente, distante e… preocupada.

Deixou a mente relaxar, permitindo-se encontrar a ponte, os dois sofás. A agente já estava sentada no dela, queimando.

— Oi.

— Você está bem?

— Preocupada comigo, é?

Day não riu.

— Eu ouvi falar de um ataque à base rebelde em Ydra. Que pessoas foram mortas, e o carregamento de munição e o traje foram destruídos. Eu… achei que você podia estar entre os perdidos.

Ruhn a observou.

— Onde está agora? — perguntou.

Permitiu que a agente mudasse de assunto.

— Em um lugar seguro. — Não podia dizer mais. — Eu vi Pippa Spetsos e os rebeldes da Ophion matarem vanir inocentes a sangue frio hoje. Quer me contar que porra foi aquela?

Daybright enrijeceu.

— Por que ela os matou?

— Importa?

Considerou.

— Não. Não se as vítimas são inocentes. Foi Pippa mesmo que o fez?

— Um grupo de soldados sob o comando dela.

Sua chama tremeluziu até se tornar do azul mais quente.

— Ela é uma fanática. Dedicada à causa rebelde, sim, mas à própria causa mais do que tudo.

— Ela era amiga da Agente Cypress, aparentemente.

— Ela não era amiga de Sofie. Ou de ninguém. — A voz da agente tinha ficado fria. Como se estivesse com tanta raiva que se esquecera de usar o codinome de Sofie.

— Sofie está morta, aliás.

Day se espantou.

— Tem certeza disso?

— Tenho. Ela se afogou.

— Ela... — As pernas de Day se flexionaram sob o corpo. — Ela era uma agente corajosa. Muito melhor e mais corajosa do que a Ophion merecia. — Tristeza genuína envolveu as palavras de Day.

— Você gostava dela.

— Ela entrou no campo de extermínio de Kavalla para salvar o irmão. Fez tudo que os comandantes da Ophion pediram dela só para poder obter migalhas de informações sobre ele. Se Pippa serve apenas a si mesma, então Sofie era o oposto dela: todo o trabalho que ela fez foi para outros. Mas sim. Eu gostava dela. Admirava a coragem dela. A lealdade. Ela era um espírito semelhante ao meu de muitas formas.

Ruhn recostou no sofá dele.

— E então... você odeia Pippa e a Ophion também? Se todo mundo odeia Pippa e o grupo, por que Inferno vocês se incomodam de trabalhar com eles?

— Vê mais alguém liderando a causa? Mais alguém se prontificou? Não. Ninguém mais ousaria.

Day falou:

— Eles são os únicos na memória recente a terem reunido tal força. Apenas Shahar e o general Hunt Athalar fizeram alguma coisa próxima, e foram dizimados em uma batalha.

E Athalar sofreu por séculos depois daquilo.

A agente prosseguiu:

— Para estarmos livres dos asteri, há coisas que todos devemos fazer que vão deixar uma marca em nossas almas. É o custo, para que nossos filhos e os filhos deles jamais precisem pagar. Para que eles conheçam um mundo de liberdade e abundância.

As palavras de uma sonhadora. Um lampejo sob aquela fachada severa.

Então Ruhn falou, a primeira vez que dizia em voz alta:

— Não vou ter filhos.

— Por quê?

— Não posso.

Day inclinou a cabeça.

— Você é infértil?

Ele deu de ombros.

— Talvez. Eu não sei. O Oráculo me disse quando eu era criança que eu seria o último de minha linhagem. Então ou eu morro antes de poder gerar um filho, ou... estou atirando sem munição.

— Isso incomoda você?

— Eu preferiria não morrer antes do meu tempo, então se as palavras dela apenas querem dizer que não serei pai... Não sei. Não muda nada de quem sou, mas eu mesmo assim tento não pensar a respeito. Ninguém em minha vida sabe também. E considerando o pai que eu tenho... talvez seja bom que eu não serei um. Não saberia nada sobre como ser um pai decente.

— Isso não parece verdade.

Riu com deboche.

— Bem, enfim, essa foi minha forma idiota de dizer que, embora eu não deva ter filhos, eu... eu entendo o que está dizendo. Tenho pessoas em minha vida que terão, e pelos filhos delas, pelas famílias delas… Eu farei o que for preciso.

No entanto, não aceitou a evasão de Ruhn.

— Você é bom, e se importa. E parece amar aqueles que o cercam. Não consigo pensar em mais nada que seja necessário para ser pai.

— Que tal crescer de vez e parar de frequentar tantas baladas?

Ela gargalhou.

— Está bem. Talvez isso.

Ruhn sorriu sutilmente. Estrelas apagadas, distantes, brilharam na escuridão em volta deles.

— Você parece inquieto. — Day falou.

— Eu vi um monte de merda fodida hoje. Estava com dificuldade para dormir antes de você bater à porta.

— Bater à porta?

— Como quiser chamar. Me convocar.

— Posso lhe contar uma história para ajudá-lo a dormir? — Sua voz era sarcástica.

— Pode. — Aceitou o blefe dela.

No entanto, apenas disse:

— Tudo bem.

Ruhn piscou.

— Sério?

— Por que não? — Indicou para que ele se deitasse. Então Ruhn acatou, fechando os olhos.

Então, para seu choque, Day se aproximou, sentando-se ao seu lado. Passou a mão incandescente pelos cabelos de Ruhn. Quente e carinhosa… hesitante.

Começou:

— Era uma vez, antes de Luna caçar nos céus e de Solas aquecer o corpo de Cthona, antes de Ogenas cobrir Midgard com água e Urd tecer nossos destinos juntos, uma jovem bruxa que morava em um chalé no interior do bosque. Ela era linda, e bondosa, e amada por sua mãe. A mãe tinha feito o melhor para criá-la, seus únicos companheiros eram os habitantes da própria floresta: pássaros e bestas e os rios gorgolejantes…

Sua voz, adorável e linda e tranquila, fluía por dentro dele como se fosse música. Sua mão roçou o cabelo de Ruhn de novo, conteve seu ronronado.

— Ela ficou mais velha, forte e orgulhosa. Mas um príncipe errante passou pela clareira dela certo dia quando sua mãe estava fora, contemplou a beleza da bruxa e quis desesperadamente que ela fosse sua noiva.

— Achei que essa deveria ser uma história reconfortante — murmurou Ruhn.

Riu baixinho, puxando uma mecha de seu cabelo.

— Ouça.

Ruhn pensou, ao Inferno, então se moveu, deitando a cabeça em seu colo. O fogo não o queimou, e a coxa sob as chamas era firme com músculos, porém macia. E aquele cheiro...

Day prosseguiu:

— Ela não tinha interesse em príncipes, ou em governar um reino, ou em nenhuma das joias que ele ofereceu. O que ela queria era um verdadeiro coração que a amasse, que corresse selvagemente com ela pela floresta. Mas o príncipe não aceitou recusa. Ele a perseguiu pelo bosque, seus cães o seguindo.

O corpo de Ruhn relaxou, membro após membro. Inspirou seu cheiro, sua voz e seu calor.

— Conforme ela fugia, suplicava à floresta que ela tanto amava que a ajudasse. Então a floresta ajudou. Primeiro, a transformou em cervo, para que ela pudesse ser ágil como o vento. Mas os cães dele eram mais rápidos do que ela, aproximando-se agilmente. Então a floresta a transformou em peixe, e ela fugiu por um dos córregos da montanha. Mas ele construiu uma barragem na base para prendê-la. Então ela se tornou um pássaro, um falcão, e disparou pelo céu. Mas o príncipe era um arqueiro habilidoso, e ele disparou uma de suas flechas com ponta de ferro.

Ruhn cochilou, tranquilo e calmo. Quando tinha sido a última vez que alguém lhe contara uma história para colocá-lo para dormir?

— A flecha atingiu o seio dela, e, onde o sangue escorreu, oliveiras brotaram. Quando o corpo dela atingiu o solo, a floresta a transformou uma última vez...

* * *

Ruhn acordou, ainda na ponte mental. Day estava deitada no sofá diante dele, também dormindo, seu corpo ainda coberto com chamas.

Levantou-se, cobrindo a distância até ela.

Uma princesa de fogo, dormindo, esperando que um cavaleiro a acordasse. Conhecia aquela história. Repuxava no fundo da mente dele. Uma princesa guerreira adormecida cercada por um anel de fogo, condenada a ficar deitada ali até que um guerreiro corajoso o bastante para enfrentar as chamas pudesse atravessá-las.

Day se virou, e entre as chamas viu o lampejo de cabelo longo caído sobre o braço do sofá...

Recuou um passo, mas de alguma forma Day ouviu, e se sentou de súbito. Flamas irromperam em seu entorno quando Ruhn recuou para o próprio sofá.

— O que estava fazendo?

Ruhn balançou a cabeça.

— Eu... eu queria saber como a história acaba. Eu caí no sono quando a bruxa foi perfurada por uma flecha.

Day saltou de seu sofá, dando a volta por ele, colocando o sofá entre os dois. Como se ele tivesse ultrapassado um limite importante.

Contudo, disse:

— A floresta transformou a bruxa em um monstro antes que ela atingisse a terra. Uma besta com garras e presas e sede de sangue. Ela dilacerou o príncipe e os cães que a perseguiam.

— E só isso? — indagou Ruhn.

— Só isso — respondeu Day, e caminhou para a escuridão, deixando apenas brasas pairando atrás.

PARTE III

O FOSSO

48

Ruhn caminhava de um lado para outro diante da TV de Bryce, o telefone ao ouvido. As tatuagens em seus antebraços se moviam ao segurar mais firme o aparelho. Sua voz, no entanto, estava calma, pesarosa, quando disse:

— Tudo bem, obrigado por pesquisar, Dec.

Bryce observou o rosto de Ruhn quando o irmão desligou, soube exatamente o que ele ia dizer.

— Nenhuma sorte?

Ruhn afundou nas almofadas do sofá.

— Não. O que vimos no braço de Sofie não aparece em lugar nenhum.

Bryce se aconchegou em Hunt na outra ponta do sofá, enquanto o anjo falava com Isaiah ao telefone. Ao chegar em Lunathion, cortesia de algumas motos aquáticas da Corte Azul, Tharion tinha ido para as Profundezas para ver sua Rainha. Era improvável que a Rainha do Rio soubesse o que os números e as letras gravados no bíceps de Sofie significavam, mas valia a pena tentar.

Cormac tinha encontrado trinta mensagens do pai à sua espera, perguntando de seu paradeiro, então fora para a propriedade do Rei Outonal para convencer seu pai de que estava acompanhando Bryce a Nidaros.

Bryce supunha que deveria inteirar seus pais da mentira oficial, mas não conseguia achar motivação para isso. Precisava se tranquilizar primeiro e acalmar um pouco a mente acelerada.

Sinceramente, era um milagre que a Corça e seus lobos ferais não estivessem esperando no apartamento. Que os jornais não estivessem transmitindo os rostos de todos eles com a legenda *TRAIDORES REBELDES* estampada abaixo. Contudo, uma olhada nas notícias enquanto Ruhn falava com Dec não revelou nada.

Então Bryce passou os próximos minutos se empenhando a se teletransportar do sofá para a cozinha.

Nada. Como conseguira durante o sexo? Sua lição com Ruhn e Cormac seria apenas no dia seguinte, mas ao menos queria aparecer com *alguma* noção.

Bryce se concentrou nos bancos da cozinha. *Estou aqui. Quero ir até ali.* Sua magia nem mesmo estremeceu. *Dois pontos no espaço. Estou dobrando um pedaço de papel, unindo-os. Meu poder é o lápis que perfura o papel, ligando-os…*

Hunt falou:

— É. Ember me interrogou, mas estamos seguros. Nós nos divertimos. — Piscou um olho para Bryce, embora o gesto casual não iluminasse seus olhos. — Tudo bem. Vejo você na reunião mais tarde. — Hunt desligou o telefone e suspirou. — A não ser que eles tenham uma adaga apontada para as costas dele, parece que Isaiah não faz ideia do que aconteceu em Ydra. Ou de que a Corça viu algum de nós.

— Qual o jogo dela? — disse Ruhn, brincando com o piercing labial. — Acha mesmo que Isaiah não estava se fazendo de calmo para atrair você para o Comitium mais tarde?

— Se eles quisessem nos prender, estariam à nossa espera — falou Hunt. — A Corça está guardando essa informação.

— Mas por quê? — perguntou Bryce, franzindo a testa profundamente. — Para mexer com as nossas mentes?

— Sinceramente? — falou Hunt. — É uma possibilidade real. Mas, se me perguntar, acho que ela sabe que nós estamos… tramando alguma coisa. Acho que ela quer ver o que a gente vai fazer a seguir.

Bryce considerou.

— Estamos tão concentrados em Emile e na Ophion e nos demônios que esquecemos de uma coisa crucial: Sofie morreu sabendo de informações vitais. A Corça sabia disso, tinha tanto medo disso que a matou para se certificar de que a informação morresse com Sofie. E, se não foi preciso muito para Tharion descobrir que Sofie e Danika se conheciam e vir até nós, aposto que a Corça descobriu o mesmo. Ela tem hackers que poderiam ter encontrado os mesmos e-mails entre as duas.

A asa de Hunt roçou o ombro dela, curvando-se em seu entorno.

— Mas como isso sequer está conectado a Danika? Sofie não conseguiu a informação até dois anos depois da morte de Danika.

— Não faço ideia — disse Bryce, encostando a cabeça no ombro de Hunt, em uma intimidade casual, tranquilizadora.

O sexo no navio foi um divisor de águas. Transformar a alma. Simplesmente… transformador. Mal podia esperar para transar com Hunt de novo.

Bryce afastou o pensamento quando Ruhn perguntou:

— Alguma chance de isso estar de alguma forma ligado a Danika pesquisar aquela linhagem Fendyr? — O irmão da loba esfregou as têmporas. — Embora eu não veja como nada daquilo seria informação de alterar o curso de uma guerra e que valeria a pena matar para escondê-la.

— Nem eu — disse Bryce, suspirando. Na noite anterior, dormira aninhada ao lado de Hunt no beliche, pernas, asas e respirações entrelaçadas, ainda assim estava exausta. Pelas olheiras de Hunt, sabia que o mesmo cansaço pesava sobre o anjo.

Uma batida soou à porta, e Ruhn se levantou para atender. A mão de Hunt se enroscou nos cabelos de Bryce, e ele puxou as mechas, fazendo com que Bryce olhasse para ele. Ele beijou o nariz, o queixo e a sua boca.

— Eu posso estar cansado — disse, como se lesse seus pensamentos —, mas estou pronto para a segunda rodada quando você estiver.

Seu sangue esquentou.

— Que bom — murmurou de volta. — Eu odiaria se você não conseguisse me acompanhar por causa da sua idade avançada.

Foram interrompidos por Ruhn de pé diante deles.

— Me desculpem por acabar com o romance, mas o Cão do Inferno está lá fora.

* * *

Baxian não deu oportunidade para se prepararem quando invadiu a casa atrás de Ruhn, as asas pretas se abrindo levemente.

— Como diabos vocês invocaram aquele navio?

— O que você está fazendo aqui? — perguntou Hunt, em voz baixa.

Baxian piscou.

— Me certificando de que vocês estão todos inteiros.

— Por quê? — perguntou Ruhn.

— Porque eu quero participar. — Baxian se sentou em um banquinho diante do balcão.

Bryce tossiu, mas disse inocentemente.

— Participar de quê?

O Cão do Inferno lançou a ela um olhar sarcástico.

— Do que quer que tenha feito todos vocês se encontrarem com a Ophion, então explodirem as merdas deles para o Inferno.

Bryce disse, tranquilamente:

— Pensamos em destruir a Ophion antes que eles pudessem acabar com a paz em Valbara.

Baxian riu.

— Sim, óbvio. Sem suporte, sem alertar ninguém.

— Há simpatizantes dos rebeldes na 33ª — disse Hunt, com firmeza. — Não poderíamos arriscar avisá-los.

— Eu sei — respondeu Baxian, com igual tranquilidade. — Sou um deles.

Bryce encarou o metamorfo e disse, o mais calmamente possível:

— Você sabe que poderíamos ir direto até Celestina com isso. Você seria crucificado antes do cair da noite.

— Quero que você me diga o que está acontecendo — replicou Baxian.

— Eu já lhe disse. E você acabou de se foder majestosamente — falou Bryce.

— Se eles começarem a fazer perguntas sobre como vocês sabem que sou um simpatizante, acha que alguém vai engolir sua merda sobre ir até lá para salvar Valbara dos rebeldes humanos malvados? Principalmente quando você mentiu para Celestina a respeito de ir até a casa de seus pais? — Baxian gargalhou. Hunt tinha ficado tão imóvel que Bryce sabia que estava a um fôlego de matar o macho, embora nenhum relâmpago tivesse estalado ao seu redor. — Os asteri vão deixar a Corça começar logo com você, e veremos quanto tempo essas mentiras se sustentam sob suas ministrações.

— Por que a Corça ainda não está aqui? — perguntou Bryce. Não confirmaria nada.

— Não é o estilo dela — falou Baxian. — Ela quer dar corda o suficiente para vocês se enforcarem.

— E Ydra não bastou? — retrucou Ruhn.

Bryce o olhou com raiva. O irmão a ignorou, sua atenção letalmente fixa em Baxian.

— Se eu tivesse que adivinhar, diria que a Corça acha que você vai levá-la até o que ela quer.

Ruhn grunhiu.

— O que *você* deseja?

Baxian encostou no balcão.

— Já disse: quero participar.

— Não — disse Hunt.

— Eu não avisei vocês ontem? — disse Baxian. — Não apoiei vocês quando Sabine entrou aqui transtornada? Eu falei alguma coisa para alguém sobre aquilo desde então?

— A Corça joga por anos — replicou Hunt em ameaça sutil. — Quem sabe o que você está planejando com ela? Mas não somos rebeldes, de toda forma, então não há nada do que participar.

Baxian gargalhou, sem alegria, sem nenhum tipo de diversão, descendo do banquinho. Foi direto para a porta da entrada.

— Quando vocês idiotas quiserem respostas de verdade, venham me procurar. — A porta bateu às suas costas.

No silêncio que caiu depois que o Cão se foi, Bryce fechou os olhos.

— Então... agimos casualmente — disse Ruhn. — Descobrimos como estar um passo à frente da Corça.

Hunt grunhiu, sem parecer convencido. Eram dois, então.

Um zumbido soou, Bryce abriu os olhos e viu Ruhn olhando para o celular.

— Flynn precisa de mim em casa. Me ligue se souber de alguma coisa.

— Tome cuidado — avisou Hunt, mas o irmão apenas deu tapinhas em Áster antes de sair. Como se a lâmina fosse fazer alguma coisa contra a Corça.

Sozinhos no apartamento, finalmente Bryce levantou as sobrancelhas para Hunt.

— Quer apagar tudo da mente com um rala e rola nos lençóis?

Hunt gargalhou, inclinando-se para dar um selinho na boca de Bryce. Parou a milímetros de seus lábios, tão perto que conseguiu sentir o sorriso no rosto quando o anjo disse:

— Que tal você me contar que porra você sabe sobre Emile?

Bryce se afastou.

— Nada.

Os olhos de Hunt se incendiaram.

— Ah, é? Spetsos praticamente tagarelou tudo, não foi? Com o papo sobre cobras. — Relâmpago cintilou pelas suas asas. — Porra, você perdeu o juízo? Mandando aquele menino para a Rainha Víbora?

49

— Como foi?

Ruhn estava de pé diante de Flynn e Dec, os amigos sentados no sofá seccional com sorrisos inocentes demais nos lábios. Ithan estava sentado do outro lado de Dec, seu rosto receoso foi a indicação para Ruhn.

— Estou me perguntando se eu deveria perguntar o mesmo a vocês três — falou Ruhn, arqueando uma sobrancelha.

— Bem, você está vivo, e não capturado — disse Dec, colocando as mãos atrás da cabeça e recostando no sofá. — Estou presumindo que ocorreu… tudo bem?

— Deixe quieto — disse Ruhn. Inteiraria os amigos depois. Quando estivesse um pouco menos exausto e um pouco menos preocupado com as expressões inocentes.

— Bom, ótimo, fantástico — disse Flynn, ficando de pé com um salto. — Então, sabe como você sempre diz que é muito machista que a gente não tenha nenhuma colega de casa fêmea…

— Eu nunca disse iss…

Flynn indicou o corredor da entrada atrás dele.

— Bem, resolvido.

Ruhn piscou quando três duendes de fogo entraram zunindo, aterrissando nos ombros largos de Flynn. Uma de corpo farto se aninhou em seu pescoço, sorrindo.

— Conheça as trigêmeas — disse Flynn. — Rithi, Sasa e Malana.

A mais alta entre as de corpos magros, Sasa, piscou os cílios para Ruhn.

— Príncipe.

— O valor do nosso seguro vai ficar exorbitante — disse Ruhn a Declan, apelando para o menos desajuizado de seus colegas de casa.

— Quando você se tornou um adulto, porra? — replicou Flynn.

Ithan indicou a entrada com o queixo mais uma vez.

— Espere para ter uma síncope depois que conhecer a quarta nova colega de casa.

Uma fêmea baixinha e de corpo volumoso entrou, o cabelo preto ondulado quase na altura da cintura. A maior parte da pele marrom-clara estava escondida pelo cobertor xadrez que envolvia seu corpo nu. Seus olhos, no entanto... Solas Flamejante. Eram vermelho-sangue. Incandescentes como brasas.

— Ariadne, conheça Ruhn — cantarolou Flynn. — Ruhn, conheça Ariadne.

Ariadne encarou Ruhn, o príncipe congelou quando viu o lampejo de alguma coisa derretida correndo sob a pele do antebraço dela, fazendo com que sua pele parecesse... escamas.

Ruhn se virou para Dec e Flynn.

— Eu fiquei fora por um dia! De um alvorecer a outro! E volto para casa e encontro *uma dragoa*? De onde ela veio?

Dec e Flynn, e as três duendes, apontaram para Ithan.

O lobo se encolheu.

Ruhn olhou de novo para a dragoa, e a mão que agarrava o cobertor. O sutil indício da marca no pulso dela. Estudou as duendes.

— Por favor, digam que elas pelo menos estão aqui legalmente — falou Ruhn, em voz baixa.

— Não — respondeu Flynn animado.

* * *

Hunt tinha duas opções: começar a gritar ou começar a rir. Não havia decidido qual das duas queria fazer ao caminharem por um estreito corredor no armazém mais letal do Mercado da Carne, dirigindo-se para a porta no final. Os guardas feéricos de expressões vazias à entrada nem mesmo piscaram. Se sabiam quem Bryce era, não deram indícios.

— Como você descobriu? — Bryce franziu as sobrancelhas. Não tinha negado nada no voo até ali. Que de alguma forma havia levado Emile até a Rainha Víbora. E Hunt ficara puto demais da vida para fazer qualquer pergunta.

Tão puto que aquilo tinha afastado qualquer libido remanescente da noite anterior.

Hunt disse, aos sussurros:

— Eu falei. Você não é tão malandra quanto pensa. A forma como ficou tão tensa com Pippa falando sobre cobras entregou você. — Balançou a cabeça. — Não era Pippa que estava matando aquela gente para chegar até Emile, era?

Bryce se encolheu.

— Não. Eram os brutamontes da Rainha Víbora. Bem, a brutamonte. Mandou uma de suas lacaias humanas, alguma mercenária, para caçá-lo. Por isso o cheiro humano feminino.

— E você não teve problemas com isso? Com a morte daquelas pessoas, incriminando Pippa? — De fato, Pippa era terrível, mas… Alguma coisa se contraiu em seu peito.

Aquilo era diferente de seu tempo com Shahar? Apaixonar-se por uma linda e poderosa fêmea, apenas para esconder seus pensamentos mais íntimos dele…

— Não — disse Bryce, empalidecendo. Parou a três metros dos guardas. Tocou o braço de Hunt. — Eu não fiquei tranquila com isso, de jeito nenhum. — Sua garganta oscilou. — Eu disse a ela para encontrá-lo a todo custo. Não percebi que acarretaria… nisso tudo.

— Foi uma burrice da porra o que você fez — grunhiu Hunt, e imediatamente se odiou pela expressão ferida que surgiu no olhar de Bryce. Contudo, continuou indo em direção da porta, saindo de seu alcance.

Os guardas silenciosamente os deixaram entrar no apartamento luxuosamente decorado. Definitivamente longe de seu escritório aos pedaços alguns pisos abaixo. Uma entrada de madeira entalhada fluía adiante, um tapete carmesim levava até uma grande sala de estar com uma imensa janela interior do chão ao teto, que dava para o famoso poço de luta da Rainha Víbora.

Bryce murmurou secamente quando seguiram para a sala de estar:

— Não vou deixar esse pobre menino cair nas mãos de ninguém. Nem de Cormac.

— Então naquela noite que viemos ate aqui com Juniper e Fury… Emile já estava aqui?

— A Rainha Víbora deveria tê-lo apreendido àquela altura, mas então Tharion nos contou sobre a selkie morta, e ficou nítido que ela ainda não o tinha encontrado. Vim até aqui para ver que Inferno havia acontecido, e para elucidar que deixar um rastro de corpos… *não* era isso que eu quis dizer. Quando eu passei pelos guardas depois que nos separamos para procurar, talvez eu tenha murmurado algumas perguntas para eles passarem à sua rainha. E talvez eles tenham mandado um dos guardas disfarçados se aproximar de mim no açougueiro onde eu comprei a carne para Syrinx para me dizer que o menino ainda estava a solta e que o tinham visto pela última vez perto do Cais Preto. O que me fez questionar tudo que eu tinha presumido sobre ele ter vindo até aqui, e eu soube que simplesmente… Eu precisava ir até o Quarteirão dos Ossos para me certificar de que ele *não estava* lá. Enquanto a Rainha Víbora continuava procurando. Mas pelo visto, ela ou a brutamonte ignoraram minha exigência de parar a matança e acrescentaram mais alguns à lista antes de colocarem as mãos em Emile.

— Então vir até aqui foi uma grande perda de tempo?

Bryce fez que não com a cabeça.

— Não. Eu também precisava que todo mundo pensasse que eu estava procurando por Emile, que nós tínhamos verificado este espaço, para que, caso a Rainha Víbora conseguisse pegá-lo, ninguém voltasse aqui. E eu precisava de você e Fury comigo para que a Rainha Víbora se lembrasse de quem viria foder com ela caso ferisse o menino no processo.

A mencionada rainha estava agora diante deles, uma fêmea esguia em um macacão verde-néon ao lado de um grande sofá felpudo. O cabelo preto lustroso e na altura da nuca refletia as chamas douradas da lareira à sua direita. E sentado no sofá diante da fêmea, pequeno e magro e de olhos arregalados, estava um menino.

— Veio recolher sua encomenda ou fazer mais ameaças sobre Athalar me cozinhar viva? — perguntou a Rainha Víbora, tragando um cigarro entre seus lábios pintados de roxo.

— Tênis bonitos — foi tudo o que Bryce disse, indicando os tênis de cano alto branco e dourados da metamorfa de cobra. Mas Bryce ofereceu a Emile um sorriso gentil. — Oi, Emile. Sou Bryce.

O menino não disse nada. Na verdade, olhou para a Rainha Víbora, que falou em tom arrastado:

— A ruiva foi quem trouxe você até aqui. Ignore o anjo. Ele late, mas não morde.

— Ah, ele gosta de morder — murmurou Bryce, mas Hunt não estava com humor para rir. Nem mesmo sorrir. Disse para a Rainha Víbora, poder faiscando nas veias:

— Não pense nem por um momento que algum dia vou me esquecer de como você me fodeu naquela noite com Micah. O sofrimento de Vik e a morte de Justinian estão na sua conta.

A rainha teve a audácia de abaixar os olhos, como se procurasse a culpa.

Antes que Hunt pudesse considerar fritá-la, Emile disse, esganiçado:

— Oi.

Era só um menino, sozinho e com medo. O pensamento apagou qualquer relâmpago nas veias de Hunt.

Bryce assentiu para a Rainha Víbora.

— Eu gostaria de um momento com Emile, por favor. — Foi um comando. De uma princesa para outra governante.

As pupilas em fenda da Rainha Víbora se dilataram, com diversão ou intenção predatória, Hunt não sabia dizer, mesmo assim, falou:

— Emile, grite se precisar de alguma coisa. — E saiu andando por um corredor ornamentado, forrado por painéis de madeira, sumindo atrás de uma porta.

Bryce sentou no sofá ao lado de Emile e falou:

— Então, como estão as coisas? — O menino, e Hunt, piscou para ela.

Emile falou, baixinho:

— Minha irmã está morta, não está?

O rosto de Bryce se suavizou, e Hunt confirmou:

— É. Está sim. Sentimos muito.

Emile olhou para suas mãos pálidas e ossudas.

— A Víbora disse que vocês estavam procurando, mas... eu sabia.

— Hunt observou o menino em busca de algum indício daquele dom de pássaro-trovão. Algum indício de magia capaz de colher e transformar magia sob a sua vontade.

Bryce colocou a mão no ombro de Emile.

— Sua irmã era durona. Uma corajosa e brilhante durona.

Emile ofereceu um sorriso hesitante. Pelos deuses, o menino era magricela. Magro demais para a própria estrutura. Se continuava magro daquele jeito depois de algumas semanas fora das cercas de arame farpado do campo de extermínio... O menino tinha visto e sofrido coisas que nenhuma criança, nenhuma pessoa, deveria enfrentar.

Uma onda de vergonha inundou Hunt, sentou-se ao lado de Bryce. Não era à toa que havia trabalhado sozinha para arranjar aquilo, nenhum dos outros tinha parado de fato para pensar no próprio menino. Apenas no poder dele, e no que significaria se a pessoa errada colocasse as mãos nele.

Hunt tentou encontrar seus olhos, mostrar a Bryce que entendia, e que não a julgava por nada daquilo, mas a princesa manteve a concentração no menino.

Bryce disse, em voz baixa:

— Eu também perdi uma irmã. Há dois anos. Foi difícil, e você nunca para de sentir a perda, mas... aprende a viver com ela. Não vou dizer a você que o tempo cura todas as feridas, porque para algumas pessoas ele não cura. — O coração de Hunt se apertou com a mágoa em sua voz, até mesmo agora. — Mas eu entendo. O que você está sentindo.

Emile não disse nada. Hunt suprimiu a vontade de pegar os dois em um abraço apertado.

— E olhe — prosseguiu Bryce —, não importa o que a Rainha Víbora diga a você, não leve as ameaças dela a sério. Ela é uma psicopata, mas não é uma assassina de crianças.

— Muito reconfortante — murmurou Hunt.

Bryce fez cara feia para ele.

— É verdade.

Hunt sabia por que a Rainha Víbora não teria ferido o menino. Virou-se para o poço de luta além da janela. Estava escuro e silencioso agora, cedo demais para as lutas que atraíam centenas, e arrecadavam milhões, até a metamorfa de cobra.

Preocupação tomou conta dele. Hunt disparou:

— Você não assinou nenhum contrato com ela, certo?

— Por que ela iria querer que eu assinasse alguma coisa? — disse Emile, arrastando os dedos dos pés no tapete.

Hunt disse, em voz baixa:

— Pássaros-trovão são extremamente raros. Muita gente gostaria de colocar as mãos nesse poder. — Estendeu a mão para Emile, relâmpago envolveu seus dedos, entremeando-os. — Não sou um pássaro-trovão — disse Hunt —, mas tenho um poder semelhante. Ele me tornou, hã… valioso. — Bateu na marca de escravidão queimada em seu pulso. — Não de nenhuma forma que conta, bem no fundo, mas fez com que algumas pessoas estivessem dispostas a fazer muitas coisas ruins para me obter. — A Rainha Víbora mataria, tinha matado, para possuir aquele poder.

Os olhos de Emile se arregalaram para o relâmpago. Como se visse Hunt pela primeira vez.

— Sofie disse uma coisa assim sobre o poder dela uma vez. Que não mudava quem ela era por dentro.

Hunt se derreteu um pouco ao ver a confiança no rosto do menino.

— Não mudava. E seu poder também não.

Emile olhou de um para outro. Então pelo corredor.

— Que poder?

Hunt devagar, muito devagar, virou-se para Bryce. Seu rosto não revelou nada.

— Seu… poder de pássaro-trovão? O poder que derrubou aqueles barcos-ômega?

O rosto do menino estremeceu.

— Aquilo foi Sofie.

Bryce levantou o queixo em provocação.

— Emile não tem poderes, Hunt.

* * *

Hunt parecia ter recebido um balde de água fria na cabeça.

— O que quer dizer? — perguntou, a voz baixa. Não esperou pela resposta antes de insistir: — Como *você* sabe, Bryce?

— Eu não sabia com certeza — disse Bryce. O pequeno menino assustado agora se encolhia para longe do anjo. Prosseguiu: — Mas imaginei que fosse uma boa possibilidade. A única coisa com que os vanir se importam é poder. A única forma de fazer com que eles se importassem com um menino humano era inventar uma história sobre ele ter poderes como os de Sofie. A única forma de garantir que ele ficasse seguro era criar uma mentira sobre ele ser valioso. Eu tinha a sensação de que Sofie sabia muito bem disso. — Acrescentou, com um sorriso suave para o menino: — Emile era, *é*, valioso. Para Sofie. Para sua família. Como todos os entes queridos são.

Hunt piscou. Piscou de novo. Ódio e medo guerreavam em seus olhos. O anjo sussurrou:

— A Rainha Víbora sabe disso?

Bryce não disfarçou seu desdém.

— Ela nunca perguntou. — Bryce se certificara de frasear muito cuidadosamente a barganha entre elas, de modo que Emile pudesse sair dali quando quisesse.

O relâmpago de Hunt se contorceu por sua testa.

— Qualquer proteção que ela ofereça a esse menino vai desaparecer assim que a Víbora souber. — Seu olhar se voltou para Emile, que observava o relâmpago não com medo, mas com pesar. O relâmpago imediatamente sumiu. Hunt esfregou o rosto. Então disse a Bryce: — Você fez tudo isso só com um palpite?

— Sofie era metade humana. Como eu. — O próprio Cormac tinha dito que eram parecidas. Explicou do jeito mais delicado possível: — Você nunca passou um momento da sua vida como humano, Hunt. Sempre teve valor para os vanir. Você mesmo acabou de dizer.

Suas asas farfalharam.

— E qual foi o preço que a Rainha Víbora pediu?

— Ela resgataria Emile, o deteria aqui, com conforto e segurança, até que eu viesse buscá-lo. E, em troca, eu devo um favor a ela.

— Isso foi inconsequente — afirmou, entre dentes.

— Não é como se eu tivesse pilhas de ouro por aí. — Não era o momento nem o lugar para uma discussão. — Você pode dar seu ataque de alfa babaca depois — fervilhou.

— Tudo bem — retrucou Hunt de volta. Inclinou-se para se dirigir ao menino, a expressão tempestuosa se acalmando. — Desculpe, Emile. Fico feliz por você estar seguro, por mais irresponsavelmente que Bryce tenha agido para fazer isso acontecer. Está disposto a responder algumas perguntas?

Emile assentiu brevemente. Bryce se preparou.

Hunt deu a Bryce outro olhar irritado antes de falar:

— Como impediu que a Rainha Víbora soubesse que você não tem poder algum?

Emile deu de ombros.

— Quando ela falava de lutas e essas coisas, eu não respondia. Acho que ela pensou que eu estava com medo.

— Muito bem. — disse Bryce. Hunt interrompeu:

— Você estava vindo para esta cidade originalmente para chegar a um ponto de encontro no qual você e sua irmã tinham combinado?

Emile assentiu de novo:

— Nós deveríamos nos encontrar aqui, na verdade.

— Um lugar *onde as almas cansadas encontram alívio*... — Hunt murmurou.

Bryce explicou:

— O Mercado da Carne é a central das drogas. Eu imaginei que, se Danika o tivesse sugerido como um esconderijo, então podia ter achado que a Rainha Víbora estaria... disposta a ajudá-los. No fim das contas, Danika estava certa.

Emile acrescentou:

— A agente da Víbora me pegou antes que eu conseguisse chegar ao limite da cidade. Ela disse que não era seguro em lugar nenhum, exceto com elas.

— Não era — disse Bryce, sorrindo carinhosamente —, mas agora você está seguro com a gente.

Bem, pelo menos podiam concordar naquilo. Hunt perguntou:

— Sua irmã chegou a mencionar alguma coisa secreta sobre os asteri? Alguma coisa supervaliosa para os rebeldes?

Emile considerou, a testa se enrugando.

— Não.

Bryce exalou pesadamente. Tinha sido um tiro no escuro mesmo.

Emile entrelaçou os dedos.

— Mas… Eu reconheço esse nome. Danika. Ela era a loba, né?

Bryce ficou imóvel.

— Você conheceu Danika?

Emile fez que não com a cabeça.

— Não, mas Sofie me contou sobre ela na noite em que nos separamos. A loba loira que morreu há dois anos. Com as mechas roxa e rosa no cabelo.

50

Bryce respirava com dificuldade.

— Como Danika e Sofie se conheciam?

— Danika encontrou Sofie usando os poderes de vanir dela — falou Emile. — Ela conseguiu sentir o cheiro do dom de Sofie, ou algo assim. Precisava que Sofie fizesse alguma coisa para ela, Danika não podia fazer porque era reconhecível demais. Mas Sofie… — Emile passou os dedos pelo tapete. — Ela não era…

Bryce interrompeu:

— Sofie era humana. Ou se passava por uma. Ela seria ignorada pela maioria das pessoas. O que Danika precisava que ela fizesse?

Emile balançou a cabeça.

— Não sei. Eu não consegui falar muito com Sofie quando estávamos em Kavalla.

Os olhos arregalados de Hunt brilharam com surpresa, sua irritação aparentemente esquecida por um momento. Bryce tirou um pedaço de papel do bolso.

— Estas letras e números foram encontrados no corpo da sua irmã. Alguma ideia do que significam?

Emile balançou o joelho.

— Não.

Droga. Bryce repuxou a boca para o lado.

Com a cabeça baixa, Emile sussurrou:

— Sinto muito por não saber mais nada.

Hunt pigarreou. Esticou o braço à frente de Bryce para segurar o ombro do menino.

— Você foi bem, garoto. Muito bem. Devemos uma a você.

Emile ofereceu a Hunt um sorriso vacilante.

A mente de Bryce girava. Danika precisara de Sofie para encontrar algo *grande*. E, embora tivesse levado anos desde a morte de Danika, Sofie tinha finalmente encontrado. E de fato era algo bem grande, a ponto de a Corça matá-la, em vez de arriscar que Sofie espalhasse a informação...

Hunt falou, arrancando-a de seus pensamentos:

— Bryce.

O parceiro dela acenou significativamente para a janela a poucos metros de distância.

— Dê um minuto para a gente — disse a Emile com um sorriso, indo até a janela, Hunt a seguindo.

Hunt sibilou sussurrado:

— O que nós fazemos com ele agora? Não podemos deixá-lo aqui. É apenas uma questão de tempo até que a Rainha Víbora descubra que ele não tem poderes. E não podemos levá-lo com a gente. Pippa pode muito bem vir xeretar agora que destruímos aquele traje e eles realmente precisam do poder de um pássaro-trovão...

— Pippa Spetsos é uma mulher ruim — disse Emile do sofá, empalidecendo. Hunt teve o bom senso de parecer envergonhado por seu pequeno ataque descontrolado ter sido entreouvido. — Sofie me avisou sobre ela. Depois que eu entrei no barco, ela quis me interrogar... Eu fugi quando ninguém estava olhando, mas ela e a unidade da Ocaso me seguiram, até os pântanos. Eu me escondi no junco e consegui despistá-los ali.

— Esperto. — Bryce pegou o telefone. — E nós sabemos tudo sobre Pippa, não se preocupe. Ela não vai chegar nem perto de você. — Olhou com raiva para Hunt. — Você acha mesmo que não planejei isto?

Hunt cruzou os braços, as sobrancelhas erguidas, mas Bryce já estava ligando para alguém.

— Oi, Fury. É, estamos aqui. Pode trazer o carro.

— Você arrastou Axtar para isso?

— Ela é uma das poucas pessoas em quem confio para acompanhá-lo até sua nova casa.

Os olhos de Emile se encheram de medo. Bryce voltou para o sofá e bagunçou seu cabelo.

— Você vai ficar seguro, eu prometo. — Deu a Hunt um olhar de aviso por cima do ombro. Ela não revelaria mais até que eles fossem embora. Mas ela disse para Emile: — Vá usar o banheiro. Vai ser uma longa viagem.

* * *

Hunt ainda estava processando seus sentimentos acelerados quando saíram do Mercado da Carne, Emile escondido sob as sombras de um moletom com capuz. Como prometido, a Rainha Víbora os deixara ir embora, sem fazer perguntas.

Apenas sorrira para Bryce. Hunt suspeitava, com uma sensação pesarosa, que já sabia que Emile não tinha poderes. Acolhera o menino porque, apesar de seu potencial, tinha uma coisa que poderia ser mais valiosa um dia: Bryce lhe dever um favor.

Inferno, ele daria sim um chilique de alfa babaca.

Hunt afastou os pensamentos quando encontrou Fury Axtar encostada em um sedã preto lustroso, os braços cruzados. Emile tropeçou um passo. Hunt não culpou o menino.

Bryce abraçou a amiga, dizendo:

— *Muito* obrigada.

Fury recuou e se virou para observar Emile como se estivesse olhando para um inseto particularmente nojento.

— Está só pele e osso.

Bryce a cutucou com um cotovelo.

— Então dê uns lanchinhos para ele no caminho.

— Lanchinhos? — disse Fury, abrindo uma das portas de trás.

— Você sabe — falou Bryce, em tom arrastado —, comida porcaria que fornece zero nutrição para nossos corpos, mas *muita* nutrição para nossas almas.

Como podia estar tão... despreocupada com o que tinha feito? Um monte de gente provavelmente a mataria por aquilo. Se não Cormac, então a Rainha do Rio ou a Ophion ou a Corça...

Fury balançou a cabeça, rindo, mas chamou o menino.

— Pode entrar.

Emile hesitou.

Fury lançou um sorriso selvagem:

— Você é baixinho demais para ir na frente. Regulamentação de segurança do air-bag.

— Você só não quer que ele mexa no rádio — murmurou Bryce.

Fury não negou, e Emile não disse nada ao sentar no banco de trás. Não tinha mochila, nenhum pertence.

Hunt se lembrava dessa sensação. Depois que sua mãe morreu, não tinha vestígios ou lembretes ou confortos da criança que fora, a mãe que cantara para ele dormir.

Náusea se revirou em seu estômago. Hunt disse ao menino:

— Não deixe Fury dar ordens a você.

Emile ergueu olhos arregalados e suplicantes para Hunt. Deuses, como todos tinham se esquecido de que era apenas uma criança? Todo mundo menos Bryce.

Shahar jamais teria feito algo assim, arriscado tanto por alguém que não poderia fazer bem algum a ela. Bryce, no entanto… Hunt não conseguiu evitar se aproximar. De roçar sua asa contra ela em um pedido silencioso de desculpas.

Bryce saiu do alcance dele. Justo. Tinha agido como um babaca. Perguntou a Fury:

— Você tem o endereço?

— Sim. Estaremos lá em oito horas. Sete, se não pararmos para lanchinhos.

— Ele é um menino. Ele precisa de lanches — interrompeu Hunt.

Fury o ignorou e saiu do carro, deslizando para o banco do motorista. Duas pistolas estavam presas às suas coxas. Hunt teve a sensação de que havia mais no porta-luvas e no porta-malas. E havia qualquer que fosse o poder vanir que ela possuía e que tornava Fury Axtar, bem… Fury Axtar.

— Você tem sorte que eu amo você, Quinlan. E que Juniper não queria esse menino aqui por mais nem um segundo.

Hunt percebeu a garganta de Bryce oscilar, mas levantou a mão em despedida. Então ela se aproximou da porta de trás ainda aberta e disse a Emile:

— Seu nome não é mais Emile Renast, tudo bem?

Pânico brotou no rosto do menino. Bryce tocou sua bochecha, como se não conseguisse evitar. O restante da raiva de Hunt se dissolveu por inteiro.

— Todos os documentos estarão à sua espera. Certidão de nascimento, papéis de adoção… — Bryce dizia.

— Adoção? — disse Emile, rouco.

Bryce sorriu com triunfo para o menino.

— Você é parte do clã Quinlan-Silago agora. Somos um bando de doidos, mas nos amamos. Diga a Randall para fazer croissants de chocolate para você aos domingos.

Hunt não tinha palavras. Bryce não havia apenas encontrado um lugar para o menino perdido. Encontrara uma nova família para ele. A *própria* família. Sua garganta se contraiu até doer, seus olhos ardendo. No entanto, Bryce beijou a bochecha de Emile, fechou a porta e bateu no teto do carro. Fury acelerou pela rua de paralelepípedos, fez uma curva acentuada à esquerda, e sumiu.

Devagar, Bryce se virou para ele.

— Você vai mandá-lo para seus pais — disse em voz baixa.

Seu olhar ficou gélido.

— Eu perdi o memorando em que precisava da sua aprovação para fazer isso?

— Pelo amor de Urd, não foi por isso que eu fiquei com raiva.

— Não me importa se você ficou com raiva — disse, lampejando sua luz. — Só porque estamos transando não significa que eu respondo a você.

— Tenho bastante certeza de que é um pouco mais do que transando.

Bryce fervilhou de raiva, mas Hunt se lembrou de onde estavam, bem diante do quartel-general da Rainha Víbora. Onde qualquer um poderia ver. Ou tentar começar alguma merda.

— Preciso ir trabalhar — disse Bryce, praticamente mordendo cada palavra.

— Tudo bem. Eu também.

— Tudo bem. — Ela não esperou por ele antes de sair a passos largos.

Hunt esfregou os olhos e levantou voo. Ele sabia que Bryce sabia muito bem que ele a acompanhava do alto conforme ela entremeava pelo emaranhado de ruas que compunham o Mercado da Carne, virando em direção ao norte para o DCC apenas depois de atravessar a rua da Velha até a segurança da Praça da Cidade Velha.

No entanto, não olhou para cima. Nem uma vez.

* * *

— Só tenho dez minutos antes de precisar ir para os arquivos — disse Bryce ao irmão quando a apressou para dentro de sua casa uma hora depois. — Já estou mega atrasada com o trabalho.

Espumando de raiva por causa de Hunt, usou a longa caminhada para processar tudo que tinha acontecido com Emile e a Rainha Víbora. Para rezar para que Fury não matasse o menino de medo antes que chegassem à casa de seus pais em Nidaros. E contemplar se talvez tivesse exagerado um pouco na reação à raiva de Hunt por não ter contado ao anjo.

Bryce estava virando a esquina para os arquivos quando Ruhn ligou pedindo vagamente que o encontrasse o quanto antes. Digitou uma mensagem rápida para o chefe sobre uma consulta médica atrasada, então correu para lá.

Jogou a bolsa ao lado da porta da frente.

— Por favor, comece a explicar por que isso era tão urgente que precisava que eu… Ah.

Bryce presumiu que tivesse alguma coisa a ver com Ithan, ou que talvez Declan tivesse encontrado alguma coisa. Correra do CiRo só por isso, usando os saltos idiotas, no calor idiota, e estava agora um caos, suada.

Não esperava uma linda fêmea vestindo nada além de um cobertor, de pé contra a parede do corredor da entrada como um animal enjaulado. Os olhos carmesim semicerraram-se com desconfiança.

Bryce sorriu para a fêmea contra a parede.

— Hã, oi. Tudo… bem? — chiou para Ruhn por cima do ombro: — *Cadê as roupas dela?*

— *Ela não quis usar* — retrucou Ruhn. — Acredite em mim, Dec tentou. — Apontou para uma pilha intocada de roupas masculinas ao lado da escada.

A fêmea observava Bryce dos saltos até a cabeça.

— Você foi ver os místicos. Você brilhava com luz estelar.

Bryce olhou de volta. Não era a mística fêmea, mas... virou-se para olhar para Ithan, parecendo culpado, no sofá. Com três duendes de fogo flutuando em torno da cabeça dele.

O sangue de Bryce ardeu como ácido. Uma duende voluptuosa se deitou em seu joelho, sorrindo para ela. A lembrança de Lehabah queimou forte e lancinante.

— Então, Ithan *talvez* tenha ficado puto quando voltou para o Astrônomo e descobriu que a mística fêmea é uma loba — dizia Ruhn —, e *talvez* tenha feito uma coisa precipitada e levado algo que não deveria, e então estes babacas as libertaram dos anéis...

Bryce se virou para a fêmea contra a parede.

— Você estava em um dos anéis?

Os olhos vermelhos se acenderam de novo.

— Sim.

Bryce perguntou a Ithan:

— Por que você voltou lá?

— Eu queria ter certeza sobre Connor — disse. Não deixou de notar o tom acusatório, por não estar tão preocupada quanto ele. Ruhn também não, ficou tenso ao seu lado.

Bryce engoliu em seco.

— Ele... está bem?

Ithan passou a mão pelo cabelo.

— Não sei. Preciso descobrir.

Bryce assentiu seriamente, então conseguiu olhar para as três duendes na sala. Conseguiu erguer o queixo e perguntar, com a voz apenas levemente trêmula:

— Vocês conhecem uma duende chamada Lehabah?

— Não — disse Malana, a duende de corpo farto tão parecida com Lele que Bryce mal conseguia suportar olhar para ela. — De que clã ela é?

Bryce inspirou um fôlego trêmulo. Os machos tinham se calado.

— Lehabah dizia que era descendente da Rainha Ranthia Drahl, Rainha das Brasas.

Uma das duendes magras, Rithi, talvez, bufou com chama vermelha.

— Uma herdeira de Ranthia?

Um calafrio percorreu os braços de Bryce.

— Ela quem disse.

— Duendes do fogo não mentem sobre a linhagem deles — disse a terceira duende, Sasa. — Como você a conhece?

— Eu a conheci — disse Bryce. — Ela morreu há três meses. Deu a vida para salvar a minha.

As três duendes voaram até Bryce.

— A linhagem Drahl está há muito tempo dispersa aos ventos — disse Sasa, triste. — Não sabemos quantos restam. Perder sequer um… — Fez uma reverência com a cabeça, chamas se apagando até adquirir um amarelo suave.

A dragoa no corredor disse a Bryce:

— Você era amiga dessa duende?

Bryce se virou para a fêmea.

— Sim. — Maldita garganta fechada. Disse para as três duendes: — Eu libertei Lehabah antes de ela morrer. Foi o… — Mal conseguia dizer as palavras. — Foi o primeiro e último ato de liberdade dela escolher me salvar. Ela era a pessoa mais corajosa que eu já conheci.

Malana pairou até Bryce, pressionando a mão morna e incandescente à bochecha dela.

— Em honra dela, devemos considerar você uma aliada de nosso povo.

Bryce não deixou de notar a tatuagem de escravidão no pulso de Malana. As outras duas duendes tinham a mesma marca. Virou-se devagar para Ithan.

— Fico feliz que você as roubou daquele canalha.

— Não pareceu certo abandoná-las.

Alguma coisa em seu peito se dissolveu, segurou a vontade de abraçar seu velho amigo, de chorar diante do lampejo do macho que um dia conhecera. Em vez disso, Bryce perguntou a Ruhn:

— Não podemos encontrar uma forma de sair disso, Sr. Príncipe Chique?

— Marc está cuidando disso — falou Declan, estendendo o celular. — Ele acha que vocês dois podem conseguir usar seu poder para ou confiscá-las em nome da casa real, ou conseguir que o Astrônomo aceite um pagamento por elas, em vez de prestar queixa.

— Pagamento? — retalhou Bryce.

— Relaxe — disse Flynn, sorrindo. — Nós temos o dinheiro, princesa.

— É, já vi a casa elegante do seu papai — brincou Bryce, o que lhe garantiu uma careta de Flynn e um *oooooh* das duendes.

Bryce segurou um sorriso e ergueu a sobrancelha para Ruhn. Tinha fodido uma amizade graças a usar a posição de princesa, mas aquilo… Por Lehabah ela faria.

— Você está dentro, Escolhido?

A boca de Ruhn se repuxou para o lado.

— Óbvio que sim, Estrelada.

Bryce gesticulou para dispensá-lo e se virou completamente para a dragoa no corredor.

— Estou supondo que você tenha custado… muito.

— Mais do que até mesmo um príncipe ou princesa podem pagar — disse, com um tom de amargura. — Eu fui um presente para o Astrônomo de um arcanjo.

— Deve ter sido uma leitura e tanta que o Astrônomo fez para o arcanjo — murmurou Flynn.

A dragoa se esquivou:

— Foi.

Seus olhos se resfriaram até virarem brasas pretas como azeviche. Deixá-la à mercê do Astrônomo, para voltar para aquele anel minúsculo e se sentar em seus velhos dedos imundos…

— Olhe — falou Bryce —, se Marc estiver certo sobre a coisa de confiscar escravizados para serviços reais, então Ruhn e eu podemos inventar alguma merda para explicar por que precisamos de você.

— Por que me ajudar? — perguntou a dragoa.

Bryce bateu no pulso.

— Meu parceiro foi escravizado. Não posso mais fazer vista grossa para isso. Ninguém deveria. — E, como já havia ajudado uma alma perdida naquele dia, por que não acrescentar mais algumas?

— Quem é seu parceiro? — disse a dragoa.

— Espere — protestou Flynn. — Vocês são parceiros? Tipo, parceiros-parceiros?

— Parceiros-parceiros — disse Ruhn.

— O Rei Outonal sabe disso? — perguntou Declan.

Bryce jurou que Ruhn olhou para Ithan, ocupado com alguma coisa no celular, antes de responder:

— Digamos que foi oficialmente confirmado ontem à noite.

Flynn assoviou.

Bryce revirou os olhos, mas se virou para a dragoa de novo.

— O nome dele é Hunt Athalar.

Reconhecimento iluminou os olhos da dragoa.

— Orion Athalar?

— Esse mesmo — disse Bryce. — Você o conhece?

Sua boca se contraiu em uma linha fina.

— Apenas pela reputação.

— Ah. — Bryce perguntou, um pouco desconfortável: — Qual é o seu nome?

— Ariadne.

— Ari como apelido — intrometeu-se Flynn.

— Jamais Ari — disparou a dragoa.

A boca de Bryce se repuxou.

— Bem, Ariadne, pode antecipar que estes babacas vão irritar você a cada hora. Mas tente não queimar o lugar. — Piscou um olho para a dragoa. — Mas sinta-se livre para tostar o Flynn quando ele se fizer de engraçadinho.

Flynn mostrou o dedo médio para ela, mas Bryce se virou para a porta, apenas para encontrar as três duendes em seu rosto.

— Você deveria falar com nossa rainha sobre a bravura de Lehabah — disse Sasa. — Irithys não é descendente de Ranthia, mas ela gostaria de ouvir sua história.

— Estou bem ocupada — disse Bryce, rapidamente. — Preciso ir trabalhar.

Malana disse para a irmã dela:

— Ela precisaria *encontrar* Irithys primeiro. — explicou a Bryce: — Pela última notícia que tivemos, antes de termos ido para dentro dos anéis há tantos anos, ela tinha sido vendida para um dos asteri. Mas talvez eles deixem você falar com ela.

— Por que eu precisaria falar com ela? — perguntou Bryce, ao continuar se dirigindo até a porta, ciente do olhar aguçado de Ariadne.

— Porque princesas precisam de aliados — falou Rithi, e Bryce parou.

Bryce suspirou.

— Vou precisar de uma bebida bem grande depois do trabalho — disse, e saiu pela porta, o telefone já ao ouvido.

— O quê? — disse Jesiba, como cumprimento.

— O Astrônomo. Você o conhece? — Bryce tinha zero ideia do que o velho macho era, mas... provavelmente seria da Casa de Chama e Sombra.

Houve silêncio da feiticeira antes de ela responder:

— Por quê?

— Procurando alguns pauzinhos para mexer.

Jesiba riu baixo.

— Foi você quem roubou os anéis dele?

Talvez eles tivessem um quadro de avisos do grupo de apoio de feiticeiros.

— Digamos que um amigo fez isso.

— E agora você quer... o quê? Meu dinheiro para pagar por eles?

— Quero que você o convença a aceitar o dinheiro que meus amigos pagarão por eles.

— Um daqueles anéis é de valor inestimável.

— É, a dragoa. Ariadne.

— É assim que ela se chama? — Uma risada grave. — Fascinante.

— Você a conhece?

— Eu ouvi falar dela.

Bryce atravessou um cruzamento tumultuado, mantendo a cabeça baixa quando um turista de passagem olhou boquiaberto por tempo demais na direção dela. Pelo menos nenhum lobo feral espreitava as ruas.

— Então? Pode ajudar ou não?

Jesiba grunhiu.

— Vou fazer uma ligação. Não prometo nada.

— O que vai dizer?

— Que ele me deve um favor. — Promessa sombria cintilou nas palavras. — E agora você também deve.

— Entre na fila — disse Bryce, e desligou.

Quando Bryce chegou ao seu pequeno escritório nos arquivos, aliviada por não ter precisado usar o título de princesa de novo, estava pronta para se deliciar com o ar-condicionado e relaxar na cadeira. Pronta para talvez mandar uma mensagem a Hunt para sondar se ele ainda estava puto. Entretanto, todos os planos sumiram quando viu o envelope em sua mesa.

Ele continha uma análise de fogo de dragão, datando de cinco mil anos atrás. Era uma língua que Bryce não conhecia, mas uma tradução havia sido incluída. Jesiba tinha rabiscado *Boa sorte* no alto.

Bem, agora ela sabia por que o Astrônomo mantinha Ariadne em um anel. Não pela luz, mas por proteção.

Entre seus muitos usos, escrevera o antigo estudioso, *fogo de dragão é uma das poucas substâncias que comprovadamente fere os Príncipes do Inferno. Ele pode queimar até mesmo o couro escuro do Príncipe do Fosso.*

Sim, Ariadne era valiosa. E se Apollion estava preparando os exércitos dele... Bryce não tinha intenção alguma de deixar a dragoa voltar para as garras do Astrônomo.

51

Hunt sabia que havia sido um tolo por pensar que aquilo acabaria após terem encontrado Emile. Depois que o menino estivesse a salvo. Bryce nitidamente não intencionava deixar aquilo de lado. Não com Danika envolvida de alguma forma.

No entanto, afastou tudo da mente. Tinha outras merdas com que lidar no momento.

Precisava se encontrar com Celestina primeiro. Aparecer, manter a fachada de que estava tudo bem. Garantir que a Corça não tivesse contado nada à arcanjo. Sua reunião com Isaiah aconteceria dali a uma hora, bastante tempo.

Bastante tempo para também remoer o problema com Bryce, o quanto enganara todos direitinho. Como tinha ajudado Emile, mas escondera seus planos. Planos que haviam custado vidas. E, sim, Bryce podia se cuidar, mas... Hunt achava que os dois eram um time.

De novo: sabia que tinha sido um tolo.

Hunt acalmou seu sangue quente e, somente quando teve certeza de que seu relâmpago não estava prestes a explodir, bateu à porta da governadora.

Celestina sorriu em cumprimento, um bom sinal. Nenhum indício de Ephraim ou os outros. Bom também. Seu sorriso se abriu quando Hunt se aproximou.

— Parabéns — disse, calorosamente.

Hunt inclinou a cabeça.

— Por quê?

Gesticulou para ele.

— Suponho pelo seu cheiro que você e Bryce se tornaram parceiros.

Não havia se dado conta de que o sexo seria transmitido daquela forma. Pelo visto, seu laço *tinha* passado para aquele nível biológico.

— Eu, ah. É. Desde que passei a noite na casa dos pais dela.

Mesmo que eles tivessem acabado de se atracar. E não do jeito bom.

— Então a visita aos pais dela foi boa.

— Achei que a mãe dela fosse cortar minhas bolas fora em certo momento, mas é só fazer Ember falar de solebol e ela se torna sua melhor amiga. — Era verdade, embora tivesse aprendido isso meses antes. Mesmo que alguma parte sua se encolhesse ao precisar responder à pergunta de Celestina com uma mentira descarada.

Celestina riu alegremente. Não havia desconfiança ou desprazer naquilo, nenhuma indicação de que poderia saber a verdade.

— Que bom. Fico feliz por você. Por vocês dois.

— Obrigado — falou Hunt, acrescentando, para se acobertar: — Ruhn e o Príncipe Cormac se juntaram a nós, no entanto. Isso tornou as coisas... um pouco estranhas.

— Porque Cormac é tecnicamente o noivo de Bryce? — perguntou Celestina, sarcasticamente.

Hunt riu com escárnio.

— Isso também, mas em grande parte porque Ember não é... fã dos feéricos. Ela pediu a Ruhn que fosse, pois não o via há anos, mas mesmo assim foi tenso algumas vezes.

— Ouvi falar da história dela com o Rei Outonal. Sinto muito que isso ainda a assombre.

— Eu também — falou Hunt. — Aconteceu alguma coisa aqui enquanto eu estava fora?

— Só se você contar supervisionar as preparações festivas para o equinócio.

Hunt riu.

— Divertido assim, é?

— Entusiasmante — falou Celestina, então pareceu se lembrar da própria realidade: — Certamente é para uma ocasião alegre, então não é um fardo absoluto.

— Certamente.

O sol que atravessava as janelas às suas costas irradiava suas asas brancas.

— Baxian deve ter algo mais interessante a relatar. Ele mal ficou aqui ontem.

Foi preciso todo o treinamento de Hunt para que mantivesse seu rosto impassível quando disse:

— Eu tenho uma reunião com Isaiah, mas depois disso minha próxima prioridade é me inteirar com ele.

Tudo era uma mentira. E uma palavra da Corça... Hunt reprimiu a corrente de seu poder estalando em seu corpo.

Baxian podia ter alegado ser um simpatizante rebelde, podia tê-los ajudado o suficiente para conquistar alguma confiança, mas... seria um tolo se confiasse completamente no macho.

— O que foi? — perguntou Celestina, franzindo a testa em preocupação.

Hunt balançou a cabeça.

— Nada. — Unindo as mãos às costas, perguntou casualmente: — Alguma coisa para eu fazer hoje?

* * *

Hunt saiu do escritório da arcanjo cinco minutos depois com uma pilha de relatórios preliminares sobre atividade demoníaca na Fenda Norte. Celestina queria sua experiência para examinar os tipos de demônios apreendidos, e uma análise quanto às raças e a frequência de suas aparições poderia significar que o Inferno estava planejando alguma coisa.

A resposta era um sim absoluto, mas encontraria uma forma de prolongar a tarefa para ganhar mais tempo. Para decidir quanto contar sobre o Inferno.

Apollion tinha falado a verdade, sobre ele e Bryce e seus poderes. E, se o Príncipe do Fosso fora honesto sobre aquilo, sobre o que mais também havia sido? Alguma merda estava se agitando no Inferno. O estômago de Hunt se revirou.

Ainda assim, ainda tinha mais uma coisa a fazer antes de mergulhar em tudo aquilo. Rastreou a Corça em dez minutos, encontrando-a no banheiro do quartel, colocando delineador labial vermelho, entre todas as coisas. Nunca imaginou que a metamorfa de cervo precisava de fato colocar maquiagem. De alguma forma, ele a imaginava permanentemente penteada e pintada.

— Hunter — cantarolou, sem tirar os olhos do espelho. Estavam sozinhos.

— Não me chame assim.

— Você nunca gostou do apelido de Sandriel para você.

— Eu não tinha interesse em fazer parte do clube dela.

A Corça continuou aplicando o delineador com a mão firme.

— A que devo este prazer?

Hunt encostou na porta do banheiro, bloqueando qualquer saída. A Corça deslizou o olho delineado com kajal em sua direção.

— O que você vai fazer quanto ao que aconteceu ontem? — perguntou.

Abriu um tubo de batom e começou a preencher o contorno preciso que tinha desenhado.

— Se você está se referindo a quando eu trepei com Pollux no chuveiro, não creio que vou pedir desculpas a Naomi Boreas por ter deixado a porta da cabine aberta. Eu a convidei para se juntar, sabe.

— Não é disso que estou falando.

Começou no lábio superior.

— Então elucide.

Hunt a encarou. Ela o vira. Falara com ele, com todos, enquanto estavam na água. Havia se descontrolado, pronto para massacrá-la. Tinha precisado do toque e do corpo de sua parceira para se acalmar.

— Isso é algum tipo de jogo de gato e rato? — Hunt grunhiu.

Lidia Cervus apoiou o tubo dourado de batom no balcão e se virou. Linda e fria como uma estátua de Luna.

— Você é o caçador. Me diga você.

Aquela fêmea tinha matado Sofie Renast. Por afogamento. Havia torturado tantos outros que a gargantilha prateada em volta de seu pescoço praticamente gritava os nomes dos mortos.

Quando Hunt não disse nada, a Corça se inspecionou no espelho, prendendo um cacho solto de cabelo no elegante coque. Então marchou até ele, até a porta. Hunt saiu da frente calado. A Corça disse, ao sair:

— Talvez você pare de tagarelar sobre baboseiras quando vir o que a Harpia fez diante do Portão dos Anjos. É muito extraordinário.

Dez minutos depois, Hunt descobriu do que ela estava falando.

O Portão de cristal no coração do DCC estava silencioso à luz do meio da manhã, mas ninguém olhava para ele, de toda forma. A multidão reunida tirava fotos e murmurava sobre as duas silhuetas deitadas de rosto para baixo no chão.

Fazia muito tempo desde que Hunt vira alguém ser morto pela Águia de Sangue.

Os cadáveres usavam roupas pretas de camuflagem, ou retalhos delas. Rebeldes. Aquele era o brasão da Ophion nas faixas vermelhas de seus braços e o sol poente do esquadrão Ocaso acima.

Do outro lado da praça do Portão, alguém vomitou, então saiu correndo, chorando baixinho.

A Harpia tinha começado pelas costas. Usado suas facas para serrar as costelas, separando cada osso da coluna vertebral. Então enfiou a mão dentro das incisões e puxou os pulmões através dos cortes.

Deixando um par de asas ensanguentadas penduradas sobre as costas.

Hunt sabia que as vítimas ainda estavam vivas. Gritando.

Ephraim tinha levado aquilo para a cidade. *Aquilo* era o que a Corça, os asteri soltariam sobre ele e Bryce. Não seria crucificação. Seria algo muito mais criativo.

Será que a Harpia havia deixado as Águias de Sangue como uma mensagem para a Ophion, ou para toda Valbara?

Celestina tinha permitido que aquilo acontecesse ali. Permitido que a Harpia fizesse aquilo e então exibisse os corpos. Nem mesmo mencionara na reunião. Por que ela concordava com aqueles métodos, ou por que não teve escolha?

Hunt engoliu em seco. Outros notaram sua presença. *O Umbra Mortis*, murmuravam. Como se tivesse ajudado a Harpia a criar aquela atrocidade.

Hunt conteve sua resposta. *Nós podemos ser triários, mas eu* nunca *serei como aquele monstro.*

Não teriam acreditado nele.

* * *

Tinha sido uma porra de dia esquisito, mas Ruhn deu um suspiro de alívio quando Athalar ligou. *Barra limpa*, dissera o anjo, e aquilo havia diminuído a exaustão e o receio de Ruhn, pelo menos um pouquinho. Não contara a Athalar sobre as duendes e a dragoa. Deixaria para Bryce contar ao parceiro os detalhes. Imaginava se ela já teria contado sobre os místicos.

Ruhn brincou com o piercing labial conforme voltava para a sala, onde Flynn estava flertando com as duendes enquanto Dec fazia perguntas a elas sobre a vida nos anéis. A dragoa estava sentada na escada, e Ruhn a ignorou, mesmo que fosse contra qualquer instinto primitivo fazer aquilo. Ithan ergueu as sobrancelhas quando Ruhn entrou.

— Estamos a salvo — contou Ruhn aos machos, e todos murmuraram orações de agradecimento aos deuses. Encarou a dragoa, preparando-se, mas foi interrompido pelo som da campainha.

Com as sobrancelhas baixas, a mão pairando até a arma presa na parte de trás do cós da calça, Ruhn deu passos largos até a porta de entrada. Um delicioso cheiro familiar de fêmea o atingiu um momento antes de registrar quem estava ali, com a vassoura na mão.

A Rainha Hypaxia Enador deu um sorriso suave.

— Oi, príncipe. Eu esperava encontrar você aqui.

52

Tharion terminou o relatório para a Rainha do Rio, firme na correnteza das profundezas do rio com sua nadadeira. Estava deitada em uma cama de ostras de água doce, longos dedos traçando os sulcos e os calombos.

— Então minha irmã tem uma frota de navios que escapa dos barcos ômega dos asteri. As águas ao seu redor giravam, e Tharion lutava para se manter no lugar, a cauda batendo forte.

— Apenas seis.

— Seis, cada um do tamanho de um Comitium. — Seus olhos brilharam nas profundezas escuras.

— Isso faz diferença? — Não tinha escolha a não ser contar tudo a ela, era a única forma de explicar por que havia voltado sem Pippa Spetsos ao encalço. Ou pelo menos respostas a respeito do paradeiro de Emile Renast.

— Irmãs não compartilham tudo? — Arrastou o dedo pela borda irregular de uma ostra fazendo-a se abrir, revelando a pérola ali dentro. — Elas debocham de mim com esses navios. Sugerem que não sou de confiança.

— Ninguém disse nada assim. — Trincou a mandíbula. — Não acho que elas contaram a mais ninguém.

— Mas essa Comandante Sendes achou adequado informar a *você*.

— Apenas os detalhes vagos, e apenas porque nós esbarramos no navio dela.

— Eles resgataram você. Poderiam ter deixado você se afogar e guardado o segredo deles, mas salvaram você. — Seu sangue gelou. A Rainha do Rio deixaria que se afogassem. — Quero que você descubra tudo que puder sobre esses navios.

— Não acho que vai ser fácil — avisou Tharion.

— Quem pode garantir que minha irmã não vai usá-los contra mim?

Ela governa os oceanos. Duvido que queira um rio idiota. Tharion, no entanto, falou:

— Isso não pareceu passar pela cabeça de ninguém.

— Talvez não agora, mas eu não diria que está aquém dela.

Segurou-se para não dizer que ela estava sendo paranoica. Em vez disso, tentou sua melhor arma: desviar a atenção.

— Devo continuar caçando Emile Renast?

A Rainha do Rio olhou para ele.

— Por que não continuaria?

Tentou esconder o alívio por ela ter mudado de assunto, embora soubesse que a Rainha voltaria para o assunto dos navios da irmã muito em breve.

— Mesmo com a munição e o protótipo do mec-traje destruídos, Pippa Spetsos acaba de se tornar muito mais poderosa, a posição dela na Ophion mudou. Capturá-la, interrogá-la… Se fizermos isso, arriscamos que a Ophion nos considere inimigos.

— Eu não me importo com o que a Ophion nos considera. Mas muito bem. — Ela indicou a superfície. — Vá para a Superfície. Encontre outra forma de coletar o menino.

— Como quiser — disse, fazendo uma reverência sob a correnteza.

Gesticulou com a mão dispensando ele.

— Darei suas desculpas à minha filha.

— Mande meu amor a ela.

Não respondeu, Tharion seguiu em ziguezague até a superfície e o mundo aberto acima.

Terminara de colocar as roupas deixadas em um nicho do cais perto do Portão do Rio de Bosque da Lua quando asas farfalharam na passarela acima. O tritão olhou por cima da borda da pedra e encontrou Athalar de pé com os braços cruzados.

— Precisamos conversar — disse o Umbra Mortis.

* * *

Ruhn encarou a rainha-bruxa. Sua noiva.

Hypaxia Enador era tão linda quanto se lembrava: cabelo preto exuberante caindo em cachos suaves até a cintura fina; pele negra que brilhava como se o luar passasse por baixo dela; olhos pretos grandes que notavam demais. Sua boca, carnuda e convidativa, entreabriu-se em um lindo sorriso quando entrou pelo corredor.

A bruxa tocou um dos nós na madeira da vassoura. Era uma peça de arte impressionante: cada centímetro do cabo entalhado com desenhos complexos de nuvens e flores e estrelas, cada galho na base entalhado também e unido por fio dourado.

Com o toque naquele nó, a vassoura sumiu.

Não, encolheu-se. Até um broche dourado de Cthona, a deusa da terra redonda de grávida. Hypaxia prendeu o broche no ombro da túnica azul translúcida e disse:

— Uma pitada de magia de bruxa conveniente. Eu acho que carregar uma vassoura pela cidade é… trabalhoso. E atrai a atenção de muitos. Principalmente uma vassoura como a minha.

— Porra, isso é… maneiro — admitiu Ruhn.

Começou a responder, mas seus olhos se desviaram para a dragoa sentada ao pé da escada, parou. Hypaxia piscou uma vez antes de se virar para Ruhn.

— Uma amiga?

— É — mentiu Ruhn, e então Flynn, Declan e Ithan estavam ali, as duendes ao encalço, olhando boquiabertos para a rainha.

Ithan pigarreou, provavelmente diante da beleza espantosa da bruxa.

Ruhn não tinha feito muito melhor ao vê-la pela primeira vez, mas a rainha mal lhe dera atenção durante a Cimeira. Mesmo que tivesse ajudado bastante durante as merdas que aconteceram naquela cidade. Estivera disposta a voar até ali para ajudar a salvar seus cidadãos, e Bryce.

Ruhn se esticou, lembrando-se de sua posição. De que era um príncipe e de que devia a ela o respeito devido à sua posição. Fez uma reverência profunda.

— Bem-vinda, Vossa Majestade.

Flynn deu um risinho, e Ruhn o olhou em aviso quando o feérico se levantou.

— Permita-me apresentar meus... companheiros. Tristan Flynn, lorde Hawthorne. — Flynn esboçou uma cortesia irreverente, um deboche do que Ruhn tinha feito. — Declan Emmett, supergênio. — Dec sorriu, curvando-se com mais compostura. Os dois estavam na Cimeira quando Ruhn formalmente conheceu Hypaxia, como uma rainha, não como a medbruxa que acreditava que ela era, mas jamais fora oficialmente apresentado. — Ithan Holstrom... lobo — prosseguiu Ruhn. Ithan deu a ele um olhar como se dissesse: *Sério, babaca?* Mas Ruhn passou para as duendes, a dragoa. — E, hã, nossas hóspedes.

Hypaxia olhou a dragoa com desconfiança novamente. Flynn deu um passo à frente, passando um braço em torno dos ombros de Hypaxia.

— Bem-vinda. Vamos conversar sobre todas aquelas vezes que Ruhn tentou falar com você na Cimeira e você o ignorou.

Declan riu, assumindo uma posição do outro lado de Hypaxia. A rainha franziu a testa, como se os dois machos falassem uma língua totalmente diferente.

A rainha pareceu notar os detalhes daquela casa conforme era escoltada para o sofá seccional. Sua casa nojenta e encharcada de cerveja. Por Solas, um baseado de raiz-alegre pela metade estava sobre o cinzeiro na mesa de centro, a meros trinta centímetros de Hypaxia.

Ruhn disse a Ithan: *Tire aquela porra de raiz-alegre daqui.*

Ithan avançou para o cinzeiro.

Agora não! Quando ela não estiver olhando.

Ithan se segurou com aquela graciosidade de jogador de solebol e relaxou contra as almofadas quando Hypaxia se sentou, aninhada entre Flynn e Declan. Se Ithan precisasse escolher uma palavra para descrever a expressão da rainha, teria sido embasbacada. Completamente embasbacada.

Ruhn esfregou o pescoço, aproximando-se do sofá.

— Então, hã. Bom ver você.

Hypaxia sorriu daquele jeito sábio, compreensiva. Porra Infernal, ela era linda, mas seu tom era soturno quando disse:

— Eu gostaria de dar uma palavra com você. Sozinho.

Ithan se levantou, tirando subitamente a raiz-alegre da mesa.

— A sala é de vocês. Nós vamos lá para cima.

Flynn abriu a boca, presumivelmente para dizer alguma coisa vergonhosa, mas Ithan o agarrou pelo ombro e o puxou para cima, empurrando a raiz-alegre nas mãos do lorde. As duendes fizeram uma fila quando Declan se juntou à confusão, e então sumiram, Ariadne marchando escada acima em seu encalço. Ruhn não tinha dúvida de que tentariam entreouvir.

Sentou-se no sofá manchado e fedido, contendo seu tremor quando Hypaxia arrumou as dobras da túnica azul.

— Então… como você está?

Hypaxia inclinou a cabeça. Não usava a coroa de amoras brancas, mas cada linha de seu corpo irradiava graciosidade, calma e cuidado. Tinha cerca de cinquenta anos a menos do que ele, mas Ruhn se sentiu um filhote diante da rainha. Será que sabia que seu noivo vivia em um lugar como aquele, tinha um estilo de vida como aquele?

— Eu queria pedir um favor a você. — Ruhn congelou. Prosseguiu: — Vim até Lunathion para a celebração da parceria, em algumas semanas. Vou ficar na embaixada das bruxas, mas… — Torceu as mãos, o primeiro sinal de dúvida que reconhecia nela. — Eu estava me perguntando se você poderia me ceder uma escolta.

— Por quê? Quero dizer, óbvio, sim, mas… está tudo bem?

Não respondeu.

Ruhn perguntou:

— E quanto ao seu coven? — Deveria proteger a rainha a qualquer custo.

Os longos cílios estremeceram.

— Era o coven de minha mãe. Foi um dos seus últimos desejos que eu o herdasse, em vez de escolher o meu.

— Então você não gosta dele?

— Eu não confio nele.

Ruhn refletiu.

— Quer que eu lhe ceda uma escolta para proteger você do seu próprio coven?

Contraiu a boca.

— Você acha que perdi o juízo.

— Achei que bruxas viviam e morriam por sua lealdade.

— A lealdade daquelas bruxas começou e terminou com minha mãe. Ela me criou em isolamento, do mundo, mas também delas. Meus tutores eram… nada convencionais.

Era o máximo que já tinham conversado um com o outro. Ruhn perguntou:

— De que forma?

— Estavam mortos.

Um calafrio percorreu sua coluna.

— Certo. Coisas de necromantes, né?

— Os Enador podem levantar os mortos, sim. Minha mãe convocou três antigos e sábios espíritos para me ensinarem. Um para a batalha e o treinamento físico, um para a matemática e as ciências, e outro para história, leitura e línguas. Ela supervisionou pessoalmente meu treinamento mágico, principalmente a cura.

— E isso assustou o coven dela?

— Isso nos afastou. Meus únicos companheiros quando eu era nova eram os mortos. Quando minha mãe faleceu, eu me vi cercada de estranhos. E eles se viram com uma rainha cuja educação nada ortodoxa os inquietava. Cujos dons para necromancia os inquietavam ainda mais.

— Mas você é a última Enador. Por quem substituiriam você?

— Minha irmã.

Ruhn piscou.

— A *Corça*?

— Lidia não tem dons de bruxa, seria uma testa de ferro. Ela usaria a coroa, mas a general de minha mãe, Morganthia, governaria.

— Isso é insensatez.

— Lidia nasceu primeiro. Ela é idêntica à minha mãe em aparência. — O pai de Hypaxia devia ter passado os genes das cores mais escuras dela, então. — Mesmo quando eu estava crescendo, às vezes ouvia sussurros do coven de minha mãe se perguntando se… talvez Lidia não deveria ter sido entregue.

— Por quê?

— Porque elas estão mais confortáveis com uma semimetamorfa do que com uma seminecromante. Elas temem a influência da Casa de Chama e Sombra, embora eu não tenha jurado votos a nenhuma exceto Terra e Sangue. Mas Lidia é Terra e Sangue, até o fim. Exatamente como elas são. Elas amavam minha mãe, eu não tenho dúvidas, mas têm planos diferentes para o futuro dos que ela possuía. Isso se tornou aparente no final.

— Que tipo de planos?

— Uma ligação mais próxima com os asteri. Mesmo à custa de nossa relativa autonomia.

— Ah. — Aquilo era um potencial campo minado. Principalmente considerando a merda que estava fazendo para a Ophion. Ou que estivera fazendo... não fazia ideia de onde estavam agora, depois de Ydra.

Hypaxia prosseguiu:

— Sua bondade é o motivo pelo qual eu vim até aqui. Eu sei que você é um macho corajoso e dedicado. Enquanto eu estiver nesta cidade para a celebração da governadora, principalmente com Lidia aqui, eu temo que o coven de minha mãe faça um movimento. Elas apresentaram uma frente unificada comigo na Cimeira, mas os últimos meses têm sido tensos.

— E, como estamos tecnicamente noivos, não será visto como uma declaração de sua desconfiança se eu mandar alguém de meu povo cuidar de você. Será considerado alguma merda de macho protetor.

Os lábios dela se repuxaram.

— Sim. Algo assim.

— Tudo bem. Sem problemas.

Engoliu em seco, curvando a cabeça.

— Obrigada.

Ruhn ousou tocar sua mão, sua pele era suave como veludo.

— Nós vamos cuidar disso, não se preocupe.

Hypaxia deu batidinhas na mão dele de um jeito que dizia *Obrigada, amigo.*

Ruhn pigarreou, olhando para o teto, as discerníveis batidas preocupantes que vinham dele.

— Como você foi criada por fantasmas, espero que não se incomode de ter um guarda um pouco longe de ser ortodoxo.

A rainha ergueu as sobrancelhas.

Ruhn sorriu.

— Qual é a sua opinião sobre jogadores de solebol?

* * *

Ninguém os incomodou, mas muita gente encarou quando Tharion e Hunt embrenharam no jardim de água ornamentado ao longo do rio em Bosque da Lua, cem arco-íris cintilando nos respingos de água ao seu redor. Tharion adorava aquela parte da cidade, embora os sedimentos da Praça da Cidade Velha ainda o atraíssem.

— Então, o que houve? — perguntou Tharion quando Athalar parou sob um olmo alto, as folhas da árvore brilhando com as gotas de uma imensa fonte de Ogenas deitado em uma concha de ostra.

O anjo tirou o celular de um bolso escondido em seu traje de batalha.

— Tive uma reunião com a governadora. — Tocou o telefone agilmente, provavelmente abrindo qualquer que fosse a informação. Entregou a Tharion. — Ela me pediu para revisar alguns dos últimos relatos de demônios em Nena. Eu queria passar para a Corte Azul.

Tharion pegou o telefone, percorrendo as fotos.

— Alguma coisa interessante?

— Aquele ali. A cauda... quase fora de quadro aqui. — Hunt apontou para a foto, o rosto petrificado. — É um caça-morte.

Até mesmo a fonte gorgolejante adiante pareceu se calar ao nome.

— O que é isso?

— Assassinos letais criados pelo Príncipe do Fosso. Ele os mantém como bichos de estimação. — As asas de Athalar farfalharam. Será que uma sombra tinha passado pelo sol? — Eu só lidei com eles uma vez. Tenho uma cicatriz nas costas feita por um.

Se o encontro tinha deixado Athalar com uma cicatriz... Que Cthona poupasse a todos.

— Um estava em Nena?

— Há três dias.

— Merda. Para onde ele foi?

— Não faço ideia. O relatório diz que não houve invasão às fronteiras de Nena. Diga a seu povo que permaneça alerta. Avise sua Rainha também.

— Pode deixar. — Tharion olhou de esguelha para o anjo. Notou que eles não estavam perto de câmeras ou de outras pessoas. — Mais alguma novidade? — perguntou Tharion, cuidadosamente.

— Talvez — disse Hunt.

— Imaginei — falou Tharion. O aviso sobre os demônios pareceu verdade, mas também um disfarce conveniente.

— Eu sei onde está Emile — disse Athalar, em voz baixa.

Tharion quase tropeçou um passo.

— Onde?

— Não posso dizer. Mas ele está seguro. — Athalar continuou sério apesar da beleza de Bosque da Lua no entorno. — Cancele sua busca. Invente alguma merda para sua rainha. Chega de caçar aquele menino.

Tharion observou o anjo, os respingos de água formando gotas nas asas cinza.

— E você acha inteligente me contar que *você* sabe onde ele está?

Hunt exibiu os dentes em um sorriso feral.

— Você vai me torturar para obter a informação, Ketos?

— Essa ideia passou pela minha cabeça.

Relâmpagos faiscaram na testa de Hunt quando indicou as fontes, a água ao redor.

— Não é o melhor lugar para uma luta de relâmpagos.

Tharion começou a caminhar de um lado para outro.

— A Rainha do Rio não vai desistir. Ela quer aquele menino.

— É um beco sem saída. E uma perda de tempo imensa. — Tharion arqueou a sobrancelha. Hunt falou, a voz baixa: — Emile Renast não tem poderes. Sua irmã armou tudo para fazer parecer que sim, esperando que um vanir arrogante como nós achasse o menino importante o suficiente para sair atrás.

Alguma coisa que Tharion não conseguiu identificar brilhou no rosto de Athalar. Dor. Tristeza. Vergonha?

— E eu deveria acreditar na sua palavra — disse Tharion.

— É, deveria.

Tharion conhecia aquele tom. A voz impiedosa do Umbra Mortos.

— Só consigo pensar em uma pessoa que deixaria você intenso assim — disse Tharion, o tom arrastado, incapaz de resistir. — Pernas também sabe onde o menino está, né? — Gargalhou sozinho. — Ela que armou isso? Eu deveria ter visto. — Riu de novo, balançando a cabeça. — O que me impediria de fazer algumas perguntas a *ela*?

— Difícil fazer perguntas a Bryce sem a sua cabeça presa ao corpo — disse Hunt, violência brilhando em seus olhos.

Tharion ergueu as mãos.

— Ameaça recebida. — Sua mente, no entanto, girava com tudo que tinha aprendido. — Digamos que eu confio em você. Emile realmente não tem poderes?

— Nem uma gota. Ele pode ser descendente de um pássaro-trovão, mas Sofie era a única com dons.

— Porra. — A Rainha do Rio ficaria lívida, mesmo que tivesse ordenado que passasse semanas em uma caçada desenfreada. Inferno, ficaria puta que ele não tivesse descoberto a verdade antes. — E a informação?

— O menino não sabe nada. — Hunt pareceu considerar, então acrescentou: — Ele confirmou que Danika e Sofie tiveram contato. Mas nada mais.

Tharion passou as mãos pelo cabelo ainda úmido.

— Porra — disse de novo, dando um passo.

Athalar fechou as asas.

— Quão ruim será a sua punição?

Tharion engoliu em seco.

— Vou precisar florear com muito cuidado.

— Mesmo que nada disso seja culpa sua?

— Ela vai considerar um fracasso. Pensamento racional vem em segundo lugar em comparação à sua necessidade de sentir que venceu.

— Eu realmente sinto muito. — O anjo inclinou a cabeça para o lado. — Alguma chance de ela demitir você e deixar por isso mesmo?

Tharion soltou uma gargalhada sem graça.

— Eu queria. Mas… — Parou, uma ideia se formando. Olhou de uma lado para outro do cais assado pelo sol. — Quem disse que ela precisa saber hoje?

Um canto da boca de Athalar se repuxou para cima.

— Até onde sei, você e eu nos encontramos para trocar relatórios.

Tharion começou a caminhar na direção do limite da cidade, o tumulto e o barulho faziam seu sangue pulsar. Athalar caminhou ao seu lado.

— Podia levar dias para descobrir que Emile não vale nosso tempo. Semanas.

O anjo piscou um olho.

— Meses, se você fizer direito.

Tharion sorriu, uma animação disparando por seus ossos conforme entraram nas ruas ladeadas por árvores de Bosque da Lua. Era um jogo perigoso, mas... jogaria. Espremeria cada segundo de liberdade que pudesse daquilo. Ficaria na Superfície tanto quanto quisesse, contanto que atualizasse a Profundeza de vez em quando.

— Tem alguma ideia de onde eu possa me hospedar?

53

Ithan não se considerava enxerido, mas às vezes não podia evitar se sua audição aguçada de lobo captava as coisas que eram ditas, mesmo um andar abaixo.

Dessa vez, tinha sido alguma coisa muito, *muito* grande.

Ithan usou todo seu treinamento, todos aqueles anos de treino e jogos, para evitar caminhar de um lado para outro conforme Ruhn falava sem parar sobre a rainha-bruxa precisar de uma escolta na cidade. Sim, tudo bem, faria aquilo, seria seu guarda-costas, mas…

— Você pode falar, Ithan Holstrom — disse a bruxa impressionantemente bela, interrompendo Ruhn, que piscou para eles. Ithan não percebeu que tinha transmitido sua impaciência tão explicitamente.

Flynn e Declan haviam permanecido lá em cima com as duendes e Ariadne, vaiando quando Ruhn pediu que apenas Ithan descesse.

Ithan pigarreou.

— Você pode falar com os mortos, certo? Você é… uma necromante? Sinto muito, eu não pude deixar de ouvir. — Ofereceu a Ruhn um olhar de desculpas também. Mas, diante do aceno cauteloso de Hypaxia, insistiu: — Se eu concordar em vigiar você, você poderia… — Ithan balançou a cabeça. — Você poderia tentar fazer contato com meu irmão, Connor?

Por um longo momento, Hypaxia apenas o encarou. Seus olhos escuros contemplavam tudo. Até demais.

— Eu sinto a inquietação no seu coração, Ithan. Você não quer falar com ele apenas por saudade e perda.

— Não. Quero dizer, sim, eu sinto uma saudade louca dele, mas... — Ithan parou. Será que poderia contar tudo que Bryce tinha descoberto?

Ruhn poupou o lobo do trabalho de decidir e falou:

— Você sabe o que acontece com os mortos depois que passam um tempo no Quarteirão dos Ossos?

Seu rosto empalideceu.

— Vocês descobriram sobre a secundalux.

— É — falou Ruhn, o piercing labial cintilando. — Ithan está bastante preocupado com o que aconteceu com seu irmão e a Matilha dos Demônios, principalmente depois que eles ajudaram minha irmã. Se você tem alguma habilidade de saber o que aconteceu com Connor Holstrom, ou de avisá-lo, mesmo que não dê em nada... nós agradeceríamos. Ithan vai ficar feliz em acompanhar você, não importa o que escolha.

Ithan tentou não parecer agradecido demais. Tinha passado anos achando que Ruhn era um babaca, graças, em grande parte, a Bryce e Danika constantemente falarem mal dele, mas... o cara o deixara entrar na própria casa, confiava nele com seus segredos, e agora parecia determinado a ajudá-lo. Imaginava se os feéricos sabiam o quanto eram sortudos.

Hypaxia acenou sabiamente.

— Tem um ritual que eu poderia fazer... Eu precisaria que fosse no Equinócio de Outono, no entanto.

— Quando o véu entre os mundos está mais fino — disse Ruhn.

— Sim. — Hypaxia sorriu com tristeza para Ithan. — Sinto muito por sua perda. E que você tenha descoberto a verdade.

— Como *você* sabe a verdade? — perguntou Ithan.

— Os mortos não têm motivo para mentir.

Gelo tilintou pela coluna de Ithan.

— Entendo. — O lustre chacoalhou acima.

Ruhn esfregou o rosto, as tatuagens em seu braço se mexendo com o movimento. Abaixou a mão e olhou para a rainha-bruxa. Sua noiva. Macho de sorte.

— Você se importa se uma dragoa se juntar a você? — perguntou o príncipe à Hypaxia.

— *Aquela* dragoa? — Hypaxia olhou para o teto.

— Um advogado amigo meu diz que eu preciso de um motivo oficial da realeza para confiscar um escravizado de outra pessoa. Um escravizado muito importante e poderoso. Proteger minha noiva é mais do que justificável.

Os lábios de Hypaxia se contraíram, embora dúvida tivesse se acendido nos olhos escuros dela. Eram dois, então. Perguntou a Ithan:

— Como você se sente em relação a isso?

Ithan deu um meio sorriso, lisonjeado pela Rainha ter perguntado.

— Se você puder contatar meu irmão no equinócio, então não importa o que eu sinto.

— É óbvio que importa — disse, parecendo sincera.

Algumas semanas até o equinócio. E então ele poderia ver Connor de novo. Mesmo que fosse uma última vez.

Mesmo que fosse apenas para entregar um aviso que poderia não ajudar em nada.

* * *

Pode ser que Bryce tivesse evitado ir para casa o máximo possível. Talvez tivesse permanecido nos arquivos até a hora de fechar e tivesse sido uma das últimas pessoas a sair do prédio ao cair da noite. Descera os largos degraus de mármore, inspirando o ar seco e morno da noite, quando o viu.

Hunt estava encostado em um casso do outro lado da rua estreita, as asas fechadas elegantemente. Pessoas correndo para casa vindo do trabalho passavam longe. Algumas descaradamente atravessavam a rua para evitá-lo.

Estava de boné. Aquela porra de boné de solebol ao qual não podia resistir.

— Quinlan. — Afastou-se do carro, aproximando-se de onde Bryce havia parado ao pé das escadas.

Ela ergueu o queixo.

— Athalar.

— Então vai ser assim, é? — Bufou uma risada baixa.

— O que você quer? — Tinham tido pequenas brigas ao longo dos meses, mas nada tão sério assim.

O anjo gesticulou para o prédio que se elevava às costas dela.

— Preciso usar os arquivos para procurar uma coisa. Não queria incomodar você durante seu horário de trabalho.

Bryce apontou o polegar para o prédio, agora belamente iluminado contra a noite estrelada.

— Você esperou tempo demais. O prédio está fechado.

— Eu não me dei conta de que você se esconderia até a hora de fechar. Evitando alguma coisa, Quinlan? — Sorriu selvagemente quando a fêmea fervilhou de ódio. — Mas você é boa em usar a lábia para convencer as pessoas a fazerem o que você quer. Colocar a gente lá dentro vai ser tranquilo, não é?

Não se incomodou em parecer agradável, embora tivesse se virado e começado a marchar de volta para cima dos degraus, os saltos estalando na pedra.

— Do que você precisa?

Hunt indicou as câmeras instaladas nas imensas pilastras da entrada.

— Vou explicar lá dentro.

* * *

— Então você acha que o Inferno está planejando alguma coisa? — perguntou Bryce, duas horas depois, quando encontrou Hunt onde o havia deixado, a imensa extensão dos arquivos silenciosa em torno deles. Não houve necessidade de usar a lábia, no fim das contas. Descobrira outra vantagem de trabalhar ali: poder usar o lugar depois do fechamento. Sozinha. Nem mesmo um bibliotecário para monitorá-los. Haviam passado pelos seguranças sem ao menos dizer uma palavra. E seu chefe não viria até que a noite estivesse bem avançada, pelo menos mais uma hora.

Hunt tinha dito que precisava folhear alguns textos feéricos recém-traduzidos sobre demônios antigos, então o acomodou em uma mesa no átrio e voltou para seu escritório do outro lado do nível.

— Os demônios nos relatórios que Celestina me deu são más notícias — falou Hunt. Estava trabalhando à mesa, o boné de solebol chamativo sob o luar que entrava pelo telhado de vidro. — Alguns dos piores do Fosso. Todos raros. Todos letais. Da última vez que vi tantos aglomerados juntos, foi durante o ataque da primavera.

— Humm. — Bryce deslizou para a cadeira diante do anjo. Athalar ia ignorar o que tinha acontecido mais cedo? Aquilo não funcionaria. De jeito nenhum.

A fêmea casualmente estendeu o pé sob a mesa. Arrastou-o para cima da perna musculosa de Hunt.

— E agora eles precisam do anjo grandão e corajoso para despachá-los de volta para o Inferno.

Fechou as pernas, prendendo o pé dela. Os olhos dele se ergueram até os dela. Relâmpago faiscou ali.

— Se Aidas ou o Príncipe do Fosso estão planejando alguma coisa, essa é a provavelmente a primeira pista.

— Tirando o fato de que eles literalmente disseram que os exércitos do Inferno estão esperando por mim?

Hunt apertou seu pé com mais força, os poderosos músculos da coxa se mexendo.

— Tirando isso. Mas não posso contar a Celestina sobre essas merdas sem levantar perguntas sobre o interesse do Inferno em *você*, então preciso encontrar uma forma de avisá-la com a informação que ela me deu.

Bryce estudou o parceiro e considerou a forma como falava da arcanjo.

— Você gosta de Celestina, é?

— Com ressalvas. — Seus ombros, no entanto, estavam tensos. Explicou: — Eu posso gostar dela, mas... a Harpia executou a Águia de Sangue em dois rebeldes da Ophion hoje. Celestina permitiu que essa merda acontecesse aqui.

Bryce tinha visto a cobertura dos jornais daquilo. Havia bastado para revirar seu estômago.

— Então você vai bancar o triário fiel, entregar a ela a informação sobre os demônios, e então... — Bryce falou.

— Eu não sei. — Hunt soltou o pé dela. Bryce passou os dedos pelo joelho dele. — Pare. Não consigo pensar quando você faz isso.

— Que bom.

— Quinlan. — Seu tom se agravou. A fêmea mordeu o lábio.

Hunt falou, delicadamente:

— Alguma notícia de Fury?

— Sim. Encomenda foi entregue, sã e salva. — Torcia para que sua mãe não estivesse mostrando a Emile suas esculturas esquisitas de bebês em plantas.

— Tharion parou de procurar — disse Hunt.

Bryce enrijeceu.

— Você contou a ele?

— Não os detalhes. Apenas que a busca não vale o tempo, e que não vai encontrar o que está procurando.

— E você confia nele?

A voz de Hunt ficou mais baixa.

— Confio. — Voltou para os documentos sobre os quais estava debruçado.

Bryce roçou os dedos dos pés no outro joelho do anjo, mas Hunt colocou a mão sobre seu pé, impedindo-a de continuar.

— Se o Inferno está reunindo exércitos, então esses demônios devem ser a vanguarda, vindo testar as defesas em torno de Nena.

— Mas eles precisariam encontrar uma forma de abrir a Fenda Norte completamente.

— É. — Olhou para Bryce. — Talvez Aidas esteja preparando você para isso.

O sangue de Bryce gelou.

— Que Cthona me poupe.

Hunt franziu a testa.

— Não pense por um momento que Aidas e o Príncipe do Fosso se esqueceram do Chifre nas suas costas. Que Thanatos não estava com isso em mente quando você falou com ele.

Bryce esfregou a têmpora.

— Talvez eu devesse cortá-lo da minha pele e queimar.

Fez uma careta.

— Que tesão, Quinlan.

— Você estava ficando com tesão? — Agitou os dedos sob sua mão.

— Eu não percebi.

Deu a ela um meio sorriso, finalmente uma rachadura naquele exterior irritado.

— Eu estava esperando para ver até que altura seu pé chegaria.

O interior dela esquentou.

— Então por que me impediu?

— Achei que você gostaria de um desafio.

Mordeu o lábio de novo.

— Havia um livro interessante naquelas estantes ali. — Inclinou a cabeça para a escuridão às suas costas. — Talvez a gente devesse verificar.

Seus olhos fervilharam.

— Pode ser útil.

— Definitivamente útil. — Levantou-se da mesa e caminhou até a escuridão, tão adentro entre as estantes que nenhuma das câmeras no átrio onde estavam sentados poderia capturá-los.

Mãos envolveram sua cintura por trás, Hunt pressionou o corpo contra o de Bryce.

— Você me deixa louco pra caralho, sabia disso?

— E você é um alfa babaca dominador, sabia disso?

— Eu não sou dominador. — Mordiscou a orelha de Bryce.

— Mas admite que é um alfa babaca?

Seus dedos se enterraram no quadril da fêmea, puxando Bryce de volta contra seu corpo. Contra a rigidez ali.

— Quer foder para aliviar a tensão?

— Ainda está puto comigo?

O anjo suspirou, seu hálito quente contra o pescoço dela.

— Bryce, eu precisava processar tudo.

Bryce não se virou.

— E?

Beijou sob sua orelha.

— E peço desculpas. Por como agi mais cedo.

Não sabia por que seus olhos ardiam.

— Eu queria contar a você, de verdade.

Suas mãos começaram a percorrer o torso de Bryce, carinhosas e suaves. Arqueou o corpo contra Athalar, expondo o pescoço.

— Entendo por que não contou. — Passou a língua pelo pescoço de Bryce. — Eu estava... Eu estava chateado porque você não confiou em mim. Achei que fôssemos uma equipe. Aquilo me abalou.

Fez menção de se virar naquele momento, mas suas mãos se fecharam, segurando-a no lugar. Então a fêmea disse:

— Nós somos uma equipe. Mas eu não tinha certeza se você concordaria comigo. Sobre um menino humano comum valer o risco.

O anjo permitiu que ela se virasse em seus braços dessa vez. E... merda. Seus olhos estavam magoados.

Sua voz ficou mais rouca.

— É óbvio que eu teria achado que um humano valia o risco. Eu fiquei envolvido demais com outras merdas para ver o todo.

— Sinto muito por não ter dado o benefício da dúvida a você. — Bryce segurou o seu rosto em concha. — Hunt, sinto muito mesmo.

Talvez tivesse feito merda ao não contar, não confiar. Arrependia-se porque a Rainha Víbora havia matado aquelas pessoas, mas, maldição, não se sentiria mal por como as coisas tinham terminado...

Hunt virou a cabeça, beijando a palma da mão de Bryce.

— Eu ainda não entendo como você juntou as peças. Não apenas de Sofie ter mentido sobre os poderes de Emile, mas como você sabia que a Rainha Víbora conseguiria encontrá-lo.

— Ela tem um arsenal de espiões e rastreadores, eu imaginei que era uma das poucas pessoas nesta cidade que conseguiria. Principalmente se estivesse motivada o suficiente pela ideia de que Emile tinha poderes que talvez fossem úteis para ela. E *principalmente* quando o rastro dele foi encontrado nos pântanos.

Balançou a cabeça.

— Por quê?

— Ela é uma rainha de cobras, e répteis. Eu sei que ela pode se comunicar com eles em algum nível psíquico assustador. E adivinhe de que os pântanos estão cheios?

Hunt engoliu em seco.

— Sobeks?

Bryce assentiu.

Prendeu uma mecha do cabelo da fêmea atrás de sua orelha. Beijou a parte pontiaguda. Um pedido de perdão que Bryce não sabia que precisava envolveu o gesto.

Hunt perguntou, baixinho:

— E quanto aos outros? Você vai contar a eles?

Ela balançou a cabeça devagar.

— Não. Você e Fury e Juniper são os únicos que saberão. — Nem mesmo Ruhn.

— E seus pais.

— Eu quis dizer entre as outras pessoas nesta cidade atualmente fazendo merdas questionáveis.

Athalar riu, beijando sua têmpora.

— Não acredito que sua mãe não deu um ataque e arrastou você para casa.

— Ah, ela queria. Acho que Randall precisou arquitetar uma intervenção.

— Não leve a mal, mas... por que Nidaros?

— É o melhor e mais seguro lugar em que consigo pensar. Ele vai estar protegido ali. Escondido. O sacerdote do sol local deve um favor a Randall e está forjando todos os documentos relevantes. Meus pais... Eles não puderam ter um filho. Quero dizer, além de mim. Então, mesmo que minha mãe tenha ficado apavorada por causa da merda toda dos rebeldes, ela já se entusiasmou com a decoração do quarto de Emile.

— Emile-que-não-é-mais-Emile. — Seu sorriso acendeu alguma coisa iridescente no peito de Bryce.

— É — disse, incapaz de conter seu sorriso em resposta. — Cooper Silago. Meu meio-irmão.

No entanto, o anjo a estudou.

— Como vocês conseguiram se comunicar sobre isso? — De maneira nenhuma ela ou os pais dela teriam arriscado discutir aquilo por e-mail ou telefone.

Deu um leve sorriso.

— Cartões-postais.

Hunt engasgou uma gargalhada.

— Aquilo foi tudo mentira?

— Não. Quero dizer, minha mãe me mandou o cartão-postal depois de nossa briga, mas, quando eu escrevi de volta, usei um código que Randall me ensinou para casos de... emergência.

— Os refrescos de se ter um guerreiro como pai.

Bryce riu.

— É. Então a gente andou trocando cartões-postais sobre isso, durante as últimas duas semanas. Para qualquer outra pessoa, teria parecido que estávamos falando de esportes e do tempo e das esculturas esquisitas de bebês da minha mãe, mas foi por isso que Emile ficou com a Rainha Víbora por tanto tempo. Mandar cartões-postais de um lado para outro não é a mais rápida forma de comunicação.

— Mas é uma das mais geniais. — Hunt beijou sua testa, fechando as asas ao seu redor. — Eu amo você. Você é desajuizada e suspeita pra cacete, mas amo você. Amo que você tenha feito isso pelo menino.

Seu sorriso aumentou.

— Fico feliz em impressionar, Athalar.

Suas mãos começaram a descer pelo lado do corpo de Bryce, os polegares acariciando suas costelas.

— Eu passei o dia todo desejando você. Desejando mostrar a você o quanto estou arrependido e o quanto amo você pra caralho.

— Está tudo perdoado. — Pegou uma das mãos dele, arrastando, pela frente do corpo dela, ao longo da coxa, e, para cima, sob o vestido. — Estou úmida há horas — sussurrou quando os dedos do anjo tocaram sua calcinha encharcada.

Hunt grunhiu, os dentes roçando pelo ombro de Bryce.

— Tudo isso só para mim?

— Sempre para você. — Bryce se virou de novo e esfregou a bunda nele, sentindo a extensão rígida e orgulhosa do pau de Hunt se projetando contra si.

Hunt estremeceu, seus dedos deslizaram para dentro da calcinha de Bryce, circulando o clitóris.

— Quer que eu foda você bem aqui, Quinlan?

Seus dedos dos pés contraíram-se dentro do sapato de salto. Curvou as costas contra Hunt, a outra mão subiu até seu seio, deslizando sob o decote para apalpar a pele desejosa por baixo.

— Quero. Agora.

Mordiscou sua orelha, arrancando arquejos de Bryce quando seus dedos deslizaram até sua entrada, mergulhando para dentro.

— Peça por favor — sussurrou.

Bryce arqueou as costas, gemendo baixinho, o anjo a calou.

— Por favor — arquejou.

Bryce tremeu com antecipação ao ouvir o clique da fivela do cinto de Hunt, o zíper da calça. Estremeceu quando apoiou as mãos da fêmea na prateleira mais próxima e suavemente a curvou. Então puxou o vestido para cima das coxas. Expondo a bunda de Bryce ao ar frio.

— Maldição — sussurrou Hunt, passando a mão na parte de trás de seu corpo. Bryce se contorceu.

Hunt enganchou os dedos em sua calcinha, deslizando a renda pelas coxas, deixando que caísse entre seus tornozelos. Bryce as tirou, abrindo bem suas pernas como um convite. Hunt, no entanto, ajoelhou-se às suas costas, e, antes que Bryce conseguisse inspirar, a língua do anjo estava em seu sexo, dando voltas e mergulhando para dentro.

Gemeu de novo, o macho agarrou suas coxas, segurando-a no lugar enquanto se banqueteava com Bryce. As asas roçaram em sua bunda, no quadril, quando se debruçou para a frente, provando e chupando e…

— Eu vou gozar se você continuar fazendo isso — disse com a voz rouca.

— Ótimo — Hunt grunhiu para Bryce e, quando deslizou dois dedos para dentro dela, a fêmea fez exatamente o que anunciara.

Bryce mordeu o lábio para evitar gritar, e ele a lambeu, prolongando cada onda do clímax. Bryce ofegava, zonza de prazer, agarrando-se à prateleira quando se levantou atrás dela mais uma vez.

— Agora fique *bem* quietinha — sussurrou em seu ouvido, e se impulsionou para adentrá-la mais uma vez.

De trás, naquele ângulo, o encaixe era luxuriantemente apertado e profundo. Como tinha feito na noite anterior, Hunt a penetrou devagar e com cuidado, Bryce trincou os dentes para evitar gemer a cada centímetro que o anjo reivindicava para si. Parou quando se inseriu por completo, a bunda de Bryce totalmente pressionada contra a frente de seu corpo, e passou a mão possessiva por sua coluna.

Sua plenitude, o tamanho, seu cheiro e a constatação de que era Hunt dentro de si... o orgasmo ameaçava novamente. Maior e mais poderoso do que antes. A estrela de Bryce começou a brilhar, banhando em prata as prateleiras, os livros, a escuridão das estantes.

— Você gosta disso? — Tirou até quase a cabeça antes de empurrar de volta para dentro. Enterrou o rosto contra a prateleira dura para permanecer quieta. — Você gosta da sensação do meu pau em você?

Bryce só conseguiu soltar um confuso *simgostomaisporfavor.* Hunt gargalhou, sombrio e intenso, e empurrou para dentro, um pouco mais forte dessa vez.

— Eu amo você descontrolada assim — disse, mexendo-se de novo. Ditando o ritmo. — Completamente à minha mercê.

Simsimsim, sibilou, o anjo riu de novo. As bolas de Hunt batiam em sua bunda.

— Você sabe o quanto eu pensei em fazer isso todos aqueles meses atrás? — disse se curvando para beijar seu pescoço.

— Igualmente — conseguiu dizer, — Queria que você me fodesse na minha mesa na galeria.

Suas estocadas ficaram mais irregulares.

— Ah, é?

Moveu o quadril contra o anjo, inclinando-se para entrar mais fundo. Hunt gemia. Bryce sussurrou:

— Eu sabia que essa seria a sensação de ter você em mim. Tão perfeito, porra.

O anjo enterrou os dedos em seu quadril.

— Todo seu, amor. Cada pedaço de mim. — Estocou mais forte. Mais rápido.

— Pelos deuses, eu amo você — sussurrou Bryce, e Hunt se desfez.

Hunt a puxou da prateleira, levando-a para o chão, posicionando-a de quatro. Os joelhos de Athalar abriram os da fêmea ainda mais, e Bryce mordeu a mão para conter o grito de prazer enquanto a penetrava, de novo e de novo e de novo.

— Eu amo você, porra — disse, e Bryce se foi.

Luz explodiu quando Bryce gozou, empurrando o corpo contra o pau de Hunt, tão fundo que tocou sua parede interna mais profunda.

Hunt gritou, o pau pulsando, acompanhando-a para aquele prazer ofuscante como se não pudesse evitar, como se fosse continuar se derramando dentro dela para sempre.

Então parou, os dois permaneceram ali, ofegantes, Hunt enterrado dentro da fêmea.

— Nada de teletransporte desta vez, né? — perguntou, abaixando-se para beijar seu pescoço.

Bryce encostou a testa nas mãos.

— Deve precisar que o seu poder se junte ao meu, ou algo assim — murmurou. — Mas que bom que você não fez isso, provavelmente teria queimado o prédio. Não que eu me importe agora. — Acomodou a bunda contra ele, fazendo-o chiar. — Vamos para casa fazer mais sexo de reconciliação.

* * *

Night.

Ruhn abriu os olhos, encontrando-se no sofá na ponte, com Daybright sentada à sua frente.

— Oi — disse. Tinha apagado no sofá seccional enquanto Declan e Ithan discutiam sobre besteiras de solebol. Flynn estava ocupando transando com uma ninfa no andar de cima.

Ariadne e os duendes tinham reivindicado o quarto de Declan, pois o macho havia planejado passar a noite na casa de Marc, e foram dormir logo depois de um jantar dolorosamente desconfortável. A dragoa tinha beliscado o jantar como se jamais tivesse visto comida. As duendes beberam uma garrafa inteira de vinho juntas e passaram a refeição arrotando brasas.

Como qualquer um deles estava dormindo apesar das escapadas de Flynn no fim do corredor estava além da compreensão de Ruhn.

Day tamborilou a mão em chamas no braço cilíndrico do divã.

— Tenho uma informação para você passar adiante.

Ruhn se endireitou.

— Boa ou ruim?

— Isso cabe a você decidir.

Day o observou atentamente. Não tinha certeza se a veria depois daquela colossal estranheza da noite anterior. No entanto, não mencionou nada a respeito ao declarar:

— Sei por fonte confiável que Pippa Spetsos está planejando alguma coisa grande em retaliação por ter perdido tantas munições e o protótipo do mec-traje imperial. A Ophion a está apoiando totalmente. Eles acreditam que a unidade que sabotou o carregamento se corrompeu e nomearam Spetsos para mandar uma mensagem precisa tanto para os rebeldes quanto para o império.

Ruhn manteve a expressão cuidadosamente impassível.

— O que ela está tramando? Onde?

— Não tenho certeza, mas, considerando que a última localização conhecida dela foi Ydra, achei que você deveria passar adiante para seus grupos em Cidade da Lua Crescente, caso ela ataque aí.

— Os asteri sabem sobre os planos dela?

— Não. Apenas eu.

— Como descobriu sobre eles?

— Isso não é da sua conta.

Ruhn a estudou.

— Então voltamos a distância. Chega de histórias para dormir?

De novo, tamborilou os dedos.

— Vamos atribuir aquilo a um momento de insanidade.

— Eu não vi nada.

— Mas você queria.

— Eu não preciso. Não dou a mínima para a sua aparência. Gosto de falar com você.

— Por quê?

— Porque eu sinto que posso ser real, posso ser quem sou com você, aqui.

— Real.

— É. Sincero. Eu contei merdas a você que ninguém mais sabe.

— Não entendo.

Levantou-se do sofá indo até o dela. Ruhn encostou no braço do sofá, olhando para o rosto incandescente.

— Sabe, acho que você também gosta de mim.

Daybright ficou de pé subitamente, o príncipe recuou um passo. Aproximou-se, no entanto. Tão perto que seu peito tocou o dele. Chama e escuridão se entrelaçaram, estrelas se transformando em brasas entre eles.

— Isso não é um jogo em que você pode flertar e seduzir para avançar — sibilou. — Isso é guerra, e uma que pode reivindicar muito mais vidas antes de terminar.

Um grunhido subiu por sua garganta.

— Não seja condescendente comigo. Eu sei o preço.

— Você não sabe *nada* sobre preço, ou sobre sacrifício.

— Não sei? Eu posso não estar brincando de rebelde minha vida toda, mas, acredite em mim, merda nenhuma foi fácil. — Suas palavras atingiram bem na mosca.

— Então seu pai não gosta de você. Você não é o único. Então seu pai batia em você, e queimava você. O meu também.

Ruhn rosnou, se aproximando do rosto de Day.

— Que porra você quer dizer?

Rosnou em retaliação.

— O que quero dizer é que, se você não tomar cuidado, se não for esperto, vai se ver entregando pedaços da sua alma antes que seja tarde demais. Vai acabar *morto.*

— E?

A agente ficou imóvel.

— Como perguntar isso com tanta frieza?

Ruhn deu de ombros.

— Eu não sou ninguém — disse. Era a verdade. Tudo que ele era, o valor pelo qual o mundo o definia... tudo havia sido *dado* a ele. Por pura sorte de ter nascido na família "certa". Se tinha feito alguma coisa de valor, tinha sido através do Aux, mas como um príncipe... estava fugindo daquele título a vida inteira. Sabia que era completamente vazio.

Bryce mantivera seu poder em segredo para que ele pudesse se agarrar àquele vestígio de importância.

Ruhn se virou, enojado consigo mesmo.

Bryce o amava muito mais do que odiava o pai. Abrira mão do privilégio e do poder por ele. O que tinha feito por alguém nesse nível?

Ele morreria por seus amigos, por aquela cidade… sim. Mas… porra, quem era ele, bem no fundo?

Não um rei. Seu pai também não era uma porra de rei. Não da forma que importava.

— Recado dado — disse a Day.

— Night…

Ruhn abriu os olhos.

A sala de estar estava escura, a TV desligada, Ithan provavelmente tinha ido dormir há muito tempo.

Ruhn se virou no sofá, colocando os braços atrás da cabeça encarando o teto, observando correrem os feixes de luz dos faróis dos carros que passavam.

Quem ele era, porra?

Príncipe do Nada.

54

Sentada no escritório dela nos arquivos, com o telefone ao ouvido, Bryce dava os últimos goles em seu terceiro café do dia e debatia se uma quarta xícara a faria subir pelas paredes até a hora do almoço.

— Então, hã... Cooper está bem? — perguntou à mãe, apoiando a xícara de café sobre o papel que continha a sequência de números e letras do braço de Sofie. Randall havia agora considerado seguro o bastante conversar sobre o menino ao telefone. Bryce supôs que seria estranho não conversar, pois os pais tinham acabado de publicamente adotar o garoto.

— Ele é uma criança excepcionalmente inteligente — disse Ember, Bryce conseguia ouvir o sorriso em sua voz. — *Ele* aprecia minha arte.

Bryce suspirou para o teto.

— O teste de inteligência mais apurado que existe.

— Você sabia que ele não vai à escola há mais de três anos? — A voz de Ember ficou aguda. — *Três anos.*

— Isso é horrível. Ele... hã... falou sobre a... casa anterior dele?

Sua mãe entendeu o que queria dizer.

— Não. Ele não fala sobre isso, e eu não vou insistir. Milly Garkunos disse para deixar ele mencionar no tempo dele.

— Milly Garkunos de repente virou psicóloga infantil?

— Milly Garkunos é uma boa vizinha, Bryce Adelaide Quinlan.

— É, e uma fofoqueira. Não conte nada a ela. — Principalmente sobre aquilo.

— Eu jamais contaria — sibilou Ember.

Bryce assentiu, embora a mãe não pudesse ver.

— Deixe o menino se ajustar tranquilamente.

— Sou eu a responsável legal, ou é você, Bryce?

— Coloque Randall no telefone. Ele é a voz da razão.

— Randall está exultante por ter outra criança na casa, e está no momento passeando no bosque com Cooper, mostrando a ele os arredores.

Bryce sorriu ao ouvir aquilo.

— Eu adorava fazer isso com ele.

A voz de Ember se suavizou.

— Ele adorava fazer isso com você também.

Bryce suspirou de novo.

— Obrigada, novamente, mãe. Sei que isso foi um choque…

— Eu fico feliz por você ter incluído a gente, Bryce. E por ter dado esse presente a nós. — A garganta de Bryce se fechou. — Por favor, tome cuidado — sussurrou Ember. — Sei que você acha que sou mandona e irritante, mas é só porque quero o melhor para você. Quero que você fique segura e feliz.

— Eu sei, mãe.

— Vamos planejar um fim de semana de mulheres nesse inverno. Um lugar legal e frio. Esquiar?

— Nenhuma de nós esquia.

— Podemos aprender. Ou nos sentar diante da fogueira e beber chocolate quente batizado.

Ali estava a mãe que ela adorava, a que idolatrara quando era criança.

— Está marcado.

Uma onda de fogo, de puro poder, estremeceu pelo prédio. Silêncio fluiu ao encalço dela, o habitual ruído de fundo parando.

— Eu preciso voltar para o trabalho — disse Bryce, rapidamente.

— Tudo bem, amo você.

— Amo você — falou Bryce, e mal tinha desligado quando o Rei Outonal entrou.

— O lixo sai pelos fundos — disse, sem levantar o rosto.

— Estou vendo que sua irreverência não foi alterada por sua nova imortalidade.

Bryce levantou a cabeça. Não era assim que queria começar o dia. Já havia passado a caminhada até o trabalho com Ruhn, precisando que explicasse duas vezes a ela o plano de fazer com que Hypaxia fosse escoltada por Ithan e a dragoa em troca de que a ruinha-bruxa contatasse o espírito de Connor no equinócio. Ficara um pouco enjoada ao ouvir aquilo, mas havia resmungado em aprovação antes de deixá-lo na rua, pedindo que desse seu número à Hypaxia caso precisasse de alguma coisa. Alguns minutos depois, Ruhn tinha passado o contato da rainha.

O pai de Bryce a cheirou.

— Gostaria de me explicar *por que* você selou sua relação com Athalar quando está noiva de um príncipe feérico?

— Porque ele é meu parceiro?

— Eu não sabia que vocês de linhagem mista tinham essas coisas.

Exibiu os dentes.

— Muito elegante.

Seus olhos incandesceram.

— Não considerou que eu arranjei sua união com Cormac com o interesse de vocês em mente? O interesse de seus filhos?

— Quer dizer com os *seus* interesses. Como se algum dia eu deixaria você a 160 quilômetros de qualquer filho meu.

— Cormac é poderoso, a casa dele é forte. Eu quero você em Avallen porque é uma *fortaleza*. Nem mesmo os asteri podem atravessar a bruma de Avallen sem permissão, de tão antiga é a magia que a protege.

Bryce ficou imóvel.

— Você está falando um monte de merda.

— Estou mesmo? Você não matou um arcanjo na última primavera? Não está agora à mercê dos asteri? Os demônios não estão mais uma vez espreitando a Fenda Norte, em maiores números do que nunca?

— Como se você desse a mínima para minha segurança.

Chamas ondularam ao seu redor, então esvaneceram.

— Sou seu pai, goste você ou não disso.

— Você não parecia se importar até que eu ultrapassei você em poder.

— As coisas mudam. Percebi que assistir Micah machucar você foi… desagradável.

— Deve ter incomodado muito você, pois você mesmo não parece ter problemas com ferir os outros.

— Explique-se.

— Ah, por favor. Não me venha com esse olhar inexpressivo. O último Príncipe Estrelado. Você o matou porque ele era especial e você não, e todo mundo sabe disso.

Seu pai virou a cabeça para cima e gargalhou.

— É isso que você acha? Que eu matei meu rival por inveja?

Bryce não respondeu.

— Foi isso que fez você esconder seu dom durante todos esses anos? Preocupação que eu fizesse o mesmo com você?

— Não. — Isso era verdade em parte. Era sua mãe quem achava isso.

O Rei Outonal balançou a cabeça devagar e se sentou na cadeira diante da mesa de Bryce.

— Ember alimentou você com mentiras demais que vieram dos medos irracionais dela.

— E quanto à cicatriz no rosto dela? Aquilo também foi uma mentira? Ou um medo irracional?

— Eu já disse a você que me arrependo mais daquilo do que você possa imaginar. E que eu amei Ember profundamente.

— Não acho que você sabe o que essa palavra quer dizer.

Fumaça espiralou dos ombros do Rei Outonal.

— Pelo menos eu entendo o que significa usar o nome da minha casa.

— O quê?

— Princesa Bryce Danaan. Foi esse o nome que deu à governadora, assim como ao diretor do Balé da Cidade da Lua Crescente, não foi? E como seu advogado, Marc, não é mesmo, chamou você na carta dele para o Astrônomo, justificando o fato de que você e seu irmão tinham confiscado quatro dos escravizados dele.

— E daí?

Seu pai deu um leve sorriso.

— Você comprou influência com meu nome. O nome real. Você comprou, e não tem volta, sinto dizer.

Seu sangue gelou.

— A papelada legal para sua troca de nome oficial já foi protocolada.

— Se você mudar a porra do meu nome eu vou *matar* você. — Luz estelar brilhou em seu peito.

— Ameaçar seu rei é punível com a morte.

— Você nunca vai ser meu rei.

— Ah, eu sou. Você declarou lealdade quando usou meu nome, seu título. Está feito. — Ódio tomou conta de Bryce, deixando-a calada. Seu pai prosseguiu, aproveitando cada minuto daquilo: — Eu me pergunto como sua mãe vai reagir.

Bryce disparou da cadeira, batendo com as mãos na mesa. Luz brilhou das pontas dos dedos dela.

O Rei nem mesmo se encolheu. Olhou para as mãos da filha, para o rosto de Bryce, e disse, com neutralidade:

— Você agora é oficialmente uma princesa dos feéricos. Espero que aja como uma.

Seu dedos se fecharam na mesa, as longas unhas sulcando a madeira.

— Você não tem *direito nenhum*.

— Eu tenho todo direito. E você tinha o direito de não usar seus privilégios reais, mas escolheu o contrário.

— Eu *não sabia*. — Não podia se safar com aquilo. Ligaria para Marc imediatamente. Veria se sua equipe podia encontrar alguma saída.

— Ignorância não é desculpa — disse o pai, com diversão fria estampada em seu rosto. — Você agora é Bryce Adelaide Danaan.

Bile queimou em sua garganta. Jamais ouvira nada mais odioso. Ela era Bryce Adelaide Quinlan. Jamais deixaria de ser Quinlan. A filha de sua mãe.

O Rei Outonal continuou:

— Você vai manter as aparências com Cormac por tanto tempo quanto eu comandar. — Levantou-se, olhando de novo para as mãos da filha, para as linhas que havia sulcado na mesa graças àquela nova força vanir. Seus olhos se semicerraram. — O que é esse número aí?

Virou o pedaço de papel em que tinha escrito a sequência de números e letras no corpo de Sofie. Apesar do ódio e do desprezo, conseguiu perguntar:

— Você conhece?

Seu pai observou seu rosto.

— Vou admitir que fiz vista grossa para a imprudência do seu irmão, mas achei que você, princesa, tomaria mais cuidado. Os asteri não virão me matar primeiro. Nem mesmo Athalar. Eles irão direto para Nidaros.

Seu estômago se revirou.

— Não sei do que você está falando. — O que a sequência no braço de Sofie tinha a ver com aquilo? Será que ele conhecia Sofie? Não ousou perguntar. Seu pai marchou até a porta do escritório, gracioso como um leopardo.

Parou à ombreira da porta, a atenção se voltando para a cicatriz em seu peito.

— Eu sei o que você está procurando. Eu tenho procurado por isso há muito, muito tempo.

— Ah, é? — debochou ela. — E o que é?

O Rei Outonal saiu para a escuridão das estantes.

— A verdade.

* * *

Juniper não foi à aula de dança naquela noite, e Madame Kyrah nem mesmo olhou para Bryce.

Embora todas as pessoas sim. Havia olhares de raiva e sussurros.

Tão inapropriado.

Que pirralha mimada.

Você consegue imaginar *fazer isso com uma amiga?*

Bryce deixou a aula no intervalo de cinco minutos e não voltou.

Encontrou um banco em uma parte silenciosa do Parque do Oráculo e desabou no assento de madeira, puxando o boné sobre o rosto.

Era a porra de uma princesa. Sim, era uma antes daquele dia, mas...

Uma pasta cheia de documentos tinha sido entregue logo antes de ir para a aula. Nela havia o registro de uma moto nova, prova de troca de nome e um cartão de crédito. Um cartão de crédito preto brilhoso com o título *SAR Bryce Danaan* estampado na frente. Uma longa coleira dourada que estendia do cartão até o pai. E à sua conta bancária. Enfiara tudo em uma gaveta na mesa e trancara.

Como poderia contar à mãe? Como poderia contar a Randall?

Porra, tinha sido tão *burra*. Queria que Danika estivesse com ela. Queria que June não a odiasse, que Fury não estivesse a centenas de quilômetros no norte. Com seus pais, que já tinham muito com que lidar, sem que contasse a eles sobre aquela cagada espetacular.

E, sim, sabia que, se ligasse para Hunt, ele a encontraria em dois segundos, mas... Queria falar com outra fêmea. Alguém que pudesse entender.

Ligou sem pensar duas vezes.

Trinta minutos depois, Bryce esperava em um balcão de pizza, com uma cerveja, observando as pessoas começarem a fazer fila nas barraquinhas de comida do beco conforme a noite caía, a temperatura escaldante com ela.

A rainha-bruxa entrou tão casualmente que Bryce talvez não tivesse notado, não fosse pela presença de Ithan. O lobo se sentou em uma das pequenas mesas no beco, vestindo uma camisa de solebol velha e calça de moletom, parecendo aos olhos de todos como um sujeito que saíra para encontrar um amigo. Exceto pelo contorno da pistola presa na parte de trás do cós da calça. A faca que Bryce sabia que estava em sua bota.

No entanto, nenhum sinal da dragoa. A não ser que Ariadne estivesse em algum lugar fora de vista.

Bryce disse a Hypaxia:

— Jeans legal.

A bruxa olhou para o próprio corpo, a blusa verde-clara, a jaqueta de motoqueiro cor de carvão, e o jeans preto apertado, o sapato sóbrio sem salto e a linda pulseira dourada. Um broche combinando de Cthona enfeitava a lapela da jaqueta dela.

— Obrigada. Ithan sugeriu que eu me misturasse.

— Ele não está errado — disse Bryce, olhando para o lobo que mensurava cada pessoa na rua. Disse a Hypaxia: — Peça o que quiser e pagaremos a conta quando formos embora.

A bruxa andou três metros até a placa na minúscula loja, então fez seu pedido em silêncio. Se o macho atrás do balcão a reconheceu, não deu indício.

Hypaxia assumiu uma posição no balcão que dava para o beco. Ithan levantou bem as sobrancelhas. Assentiu. Estava tudo bem.

Bryce disse a ela:

— Ele é bem intenso com seus deveres de vigia.

— Muito profissional — disse Hypaxia, em aprovação.

Bryce ofereceu um sorriso amigável.

— Obrigada por vir. Eu sei que minha ligação foi superaleatória. Eu só… eu tive um dia estranho. E achei que você poderia ter algum conselho.

Hypaxia sorriu por fim.

— Fico feliz que tenha ligado. Eu queria ver você desde nosso encontro na primavera. — Quando a rainha estava bancando a medbruxa. E…

Tudo retornou às pressas.

Hypaxia libertado Hunt do halo. Tinha removido a peça. Dera a ele a habilidade de matar Sandriel e ir ajudar Bryce…

— Obrigada pelo que você fez — disse Bryce, com a garganta apertada. — Por ajudar Hunt.

O sorriso de Hypaxia apenas aumentou.

— Pelo seu cheiro, parece que você e ele tornaram as coisas… permanentes. Parabéns.

Bryce casualmente se balançou nos calcanhares.

— Obrigada.

— E como está sua coxa?

— Nenhuma dor. Também graças a você.

— Fico feliz em saber.

Bryce bebeu de sua cerveja quando o atendente trouxe a pizza da rainha. Murmurou para ele e o macho levou o segundo pedaço para Ithan, que sorriu para Hypaxia e ergueu o pedaço em um cumprimento distante. Ainda nenhum sinal da dragoa. Talvez isso fosse bom.

Depois que Hypaxia comeu uma mordida, Bryce disse:

— Então, eu, hã…

— Ah. O motivo pelo qual me convidou até aqui?

Bryce suspirou.

— É. Meu pai… o Rei Outonal… me visitou hoje. Falou que, porque eu usei o nome dele para algumas coisas, significava que eu tinha aceitado meu título real. Eu tentei recusar, mas ele já tinha feito a papelada. Agora sou oficialmente uma princesa. — Quase engasgou a última palavra.

— A julgar por sua expressão, isso não é uma boa notícia.

— Não. Eu sei que você é praticamente uma estranha, e que você nasceu com o título e nunca teve a escolha de ser normal, mas... sinto como se estivesse me afogando aqui.

A mão delicada e morna de Hypaxia repousou sobre a sua.

— Sinto muito que ele tenha feito isso com você.

Bryce estudou uma mancha no balcão, sem saber se conseguiria olhar para a bruxa sem chorar.

— Por que você acha que eu vim até aqui na primavera? Eu queria ser normal. Ainda que por alguns meses. Sei o que você está sentindo. — Hypaxia disse.

Bryce balançou a cabeça.

— A maioria das pessoas não entenderia. Elas pensariam: *Ah, tadinha de você, precisa ser uma princesa.* Mas eu passei a vida inteira evitando esse macho e a corte dele. Eu *odeio* ele. E acabo de cair nas garras dele como uma porra de uma idiota. — Tomou um fôlego trêmulo. — Acho que a resposta de Hunt a tudo isso seria fritar meu pai até que ele revertesse essa merda, mas... Eu queria ver se você tem alguma ideia alternativa.

A rainha deu mais uma mordida na pizza, refletindo.

— Embora eu fosse gostar da visão de Hunt Athalar fritando o Rei Outonal... — Bryce esboçou um sorriso ao ouvir isso. — Eu acho que você está certa sobre um método mais diplomático ser necessário.

— Então você acha que tem uma saída disso? — Marc havia concordado em ajudar, mas não tinha parecido esperançoso.

— Acho que há formas de manejar isso. De manejar seu pai.

Bryce assentiu.

— Ruhn mencionou que você tinha um... drama com seu coven.

Uma gargalhada baixa.

— Acho que essa é uma boa forma de dizer.

— Ele também mencionou que você teve uns tutores incomuns quando pequena. — Fantasmas, dissera ele ao telefone naquela manhã.

— Sim. Meus mais queridos amigos.

— Não é de espantar que você quisesse se soltar e fugir, se só tinha os mortos como companhia.

Hypaxia riu.

— Eles eram companhias maravilhosas, mas sim. Eles me encorajaram a vir até aqui, na verdade.

— Eles estão com você nesta viagem?

— Não. Eles não podem sair do confinamento da fortaleza em que eu fui criada. O feitiço de conjuração de minha mãe os prendeu lá. É… Talvez seja o motivo pelo qual eu tenha voltado para minha terra natal de novo.

— Não para ser rainha?

— Isso também — disse Hypaxia, rapidamente. — Mas… eles são minha família.

— Assim como a Corça — disse Bryce, com cautela.

— Eu não a conto como parente.

Bryce ficou grata pela mudança na conversa, mesmo que por alguns minutos. Precisava de tempo para entender seus sentimentos revoltos.

— Vocês não parecem nada.

— Não é por isso que eu não a considero uma irmã.

— Não, eu sei disso.

— Nossa mãe tinha os cabelos dourados e a pele marrom-clara como a dela. Meu pai, no entanto… eu puxei as cores dele.

— E quem era o pai da Corça?

— Um metamorfo cervídeo rico e poderoso de Pangera. Minha mãe jamais me contou os detalhes de como eles acabaram procriando. Por que ela concordou com aquilo. Mas a Corça herdou os poderes do pai dela, não os dons de bruxa, e, por isso, foi mandada aos três anos para morar com ele.

— Isso é horrível. — Quando Bryce tinha três anos… a mãe dela havia lutado quase até a morte para mantê-la longe das garras do Rei Outonal. Sua mãe fizera tudo aquilo, apenas para que Bryce acabasse bem ali. Vergonha e pesar tomaram conta dela. Sabia que era apenas uma questão de tempo até que sua mãe descobrisse, mas não podia contar… ainda não.

— Era parte do acordo deles. — explicou Hypaxia. — O dom que Lidia herdasse, qualquer que fosse, determinaria onde ela moraria.

Ela passou os três primeiros anos com minha mãe, mas, quando os dons de metamorfa se manifestaram, a família dele foi reivindicá-la. Minha mãe jamais a viu de novo.

— Sua mãe se incomodava com quem ela se tornou?

— Ela não compartilhou esses pensamentos comigo — disse Hypaxia, tão tensa que Bryce soube que deveria deixar aquilo de lado. — Mas jamais me caiu bem.

— Você vai visitá-la enquanto ela estiver aqui?

— Vou. Eu jamais a vi pessoalmente. Nasci muitos anos depois de ela ter sido mandada para longe.

Bryce bebeu de novo.

— Eu sugeriria não criar muitas expectativas.

— Não tenho. Mas estamos fugindo dos seus problemas. — A Rainha suspirou. — Não conheço as leis reais dos feéricos, então creio que não possa lhe dizer com certeza, mas... a esta altura, acho que os únicos que podem impedir seu pai são os asteri.

— Eu tinha medo disso. — Bryce esfregou as têmporas. — Espere só até Hunt saber.

— Ele não vai ficar satisfeito?

— Por que Inferno ele ficaria satisfeito?

— Porque vocês são parceiros. E agora seu pai fez de você uma princesa. O que faz dele...

— Ah, deuses — disse Bryce, engasgando. — Hunt é um *príncipe*, porra. — Ela riu amargamente. — Ele vai ficar irado. Vai odiar ainda mais do que eu. — Gargalhou de novo, um pouco histericamente. — Desculpe. Estou, tipo, literalmente imaginando a cara dele quando eu contar hoje à noite. Preciso gravar ou algo assim.

— Não consigo dizer se isso é algo bom ou ruim

— Os dois. O Rei Outonal espera que eu mantenha meu noivado com Príncipe Cormac.

— Mesmo que seu cheiro deixe nítido que você está com outro?

— Aparentemente. — Não queria pensar nisso. Bryce terminou a cerveja, então pegou os pratos das duas para jogar no lixo. Rapidamente pagou a conta, e, ao colocar a nota no bolso, perguntou à rainha: — Quer andar um pouco? Não está tão quente quanto antes.

— Adoraria.

Ficaram caladas, sem serem notadas por aqueles ao seu redor quando entraram no beco. Ithan caminhou a uma distância educada. Se a dragoa estava lá, não se via.

— Então seu irmão contou a você sobre a situação com o coven de minha mãe.

— É. Isso é uma droga. Sinto muito.

Chegaram ao rio a um quarteirão de distância e viraram para o cais. Vento seco e morno farfalhava as palmeiras que o ladeavam. Hypaxia estudou as estrelas.

— Eu tinha tantas visões de como seria o futuro. De bruxas voltando ao poder. De estar com a pessoa que eu… — Pigarreou.

— Você está saindo com alguém? — perguntou Bryce, as sobrancelhas se erguendo.

A Rainha fechou o rosto.

— Não. — Hypaxia respirou fundo. — O relacionamento não era mais possível. Eu poderia ter continuado, mas não era… A pessoa não queria.

Bryce piscou. Se Hypaxia estava apaixonada por outra pessoa… Merda.

— Coitado do Ruhn — disse.

Hypaxia sorriu com tristeza.

— Acho que seu irmão quer se casar comigo tão pouco quanto eu quero me casar com ele.

— Mas Ruhn é um gato. Você também. Talvez a atração aconteça. — Bryce devia ao irmão pelo menos uma tentativa de enaltecer seus atributos.

Uma gargalhada.

— É preciso bem mais do que isso.

— É, mas ele é um cara muito bom. Tipo, *muito* bom. E não acredito que estou dizendo isso, mas… embora eu tenha certeza de que a pessoa que você ama é ótima, você não poderia se sair melhor do que Ruhn.

— Vou me lembrar dessas palavras. — Hypaxia brincou com um de seus longos cachos. — O noivado com seu irmão foi uma tentativa de evitar que o coven de minha mãe ganhasse poder demais.

Bryce falou:

— Mas você disse que *quer* que as bruxas retornem ao poder. Ou você quer que seu povo recupere o poder, mas quer que o coven de sua mãe… seja excluído disso? — Hypaxia assentiu seriamente. As sobrancelhas de Bryce de uniram. — As bruxas já não são poderosas?

— Não como um dia fomos. Há gerações, linhagens poderosas têm se esgotado, a magia definhando. Como se fossem… escoadas até o nada. O coven de minha mãe não tem interesse em descobrir o motivo. Elas só querem que nos tornemos ainda mais subservientes aos asteri.

Essa fêmea tinha libertado Hunt por pura rebeldia aos asteri. Será que Hypaxia era uma rebelde? Será que ousava perguntar à rainha-bruxa? O quanto Ithan e Ruhn tinham contado a ela no dia anterior?

Bruma escura espiralava do outro lado do rio. Perguntou em voz baixa:

— Sua mãe conjurou seus tutores do Quarteirão dos Ossos? Ou outro local de descanso eterno?

— Tais coisas não existiam quando meus tutores caminhavam na terra.

Bryce escancarou a boca.

— Seus tutores são de antes da chegada dos asteri?

Hypaxia semicerrou os olhos em aviso para que Bryce mantivesse a voz baixa.

— Sim. Eles já estavam mortos há muito tempo quando a Fenda Norte se abriu.

— Eles se lembram de uma época anterior aos asteri… quando Parthos ainda estava de pé? — arriscou Bryce.

— Sim. Um de meus tutores, Palania, ensinava matemática e ciência na academia da cidade. Ela nasceu na cidade que a cercava e morreu lá também. Assim como gerações de sua família.

— Os asteri não gostam que pessoas falem sobre essas coisas. Que os humanos tenham realizado tanto antes da chegada deles.

— São clássicos conquistadores. — Hypaxia olhou para o Quarteirão dos Ossos. — Eles colonizaram até a morte neste mundo. Espíritos que um dia descansavam pacificamente são agora arrebanhados para essas… zonas.

Bryce se sobressaltou.

— Você sabe sobre isso?

— Os mortos falam comigo sobre os horrores deles. Quando minha mãe morreu, eu tive que fazer algumas coisas que... Digamos que o coven dela não ficou feliz por eu ter encontrado uma forma de minha mãe evitar ir a um local de descanso eterno. Mesmo que fazer isso sacrificasse minha habilidade de falar com ela para sempre. — Seus olhos se assombraram. — Mas eu não podia mandá-la para uma zona como o Quarteirão dos Ossos. Não quando eu sabia o que aconteceria com ela.

— Por que não contar a todos? Por que não contar ao mundo inteiro?

— Quem acreditaria em mim? Sabe o que os asteri fariam comigo? Com meu povo? Eles matariam até a última bruxa para me punir. Minha mãe também sabia, escolheu não dizer nada. Se você for inteligente, também não vai. Eu vou ajudar Ithan Holstrom e a família dele o melhor possível no equinócio, mas há limites.

Bryce parou diante do parapeito que dava para o rio escuro como a noite.

— Para onde iam os mortos antes de os asteri chegarem? Seus tutores já lhe contaram isso?

A boca de Hypaxia se suavizou em um sorriso.

— Não. Mas eles me contaram que era... bom. Pacífico.

— Acha que as almas que são colhidas aqui acabam lá?

— Não sei.

Bryce exalou.

— Bem, essa é a conversa entre garotas mais deprimente que eu já tive.

— É a primeira conversa entre garotas que eu já tive.

— Garotas normais reclamam de merdas normais.

— Você e eu não somos garotas normais.

Não, não eram. Elas eram... uma rainha e uma princesa. Encontram-se como iguais. Falando sobre coisas que poderiam fazer com que fossem mortas.

— Pode ser muito solitário usar uma coroa — disse Hypaxia, em voz baixa, como se lendo seus pensamentos. — Mas fico feliz por ter você com quem falar, Bryce.

— Eu também. — E podia não estar nem perto de terminar de lutar contra as merdas do pai, mas… era reconfortante saber que tinha a rainha-bruxa ao seu lado, pelo menos. E outros aliados.

Ithan montava guarda seis metros atrás delas. Seu olhar encontrou o dela, cintilando na escuridão. Abriu a boca para chamá-lo, para perguntar o quanto tinha ouvido.

No entanto, naquele momento, uma imensa e escamosa besta cinza saltou por cima do parapeito do cais.

E, antes que Bryce pudesse gritar, a besta se chocou contra Ithan e fechou a mandíbula no pescoço dele.

55

Bryce não teve tempo de gritar. Não teve tempo de fazer nada além de cair de bunda no chão se arrastando para longe de Ithan, seu sangue jorrando, gorgolejando conforme o pescoço…

A besta… o *demônio*… rasgou o pescoço de Ithan.

Virou para trás a imensa cabeça chata e engoliu o pedaço de carne entre presas pretas curvas.

— Levante-se — ordenou Hypaxia de onde estava, acima de Bryce, uma faca na mão. De onde veio, Bryce não fazia ideia.

Ithan…

Não podia passar por aquilo de novo. Não podia suportar.

O demônio se afastou do corpo trêmulo e moribundo de Ithan. Será que sobreviveria àquele tipo de ataque? Se o demônio tivesse veneno nas presas como o kristallos…

A coisa devia ser algum parente. As escamas cinza foscas fluíam sobre um corpo musculoso e um corpo curvado bem baixo; uma cauda tão longa quanto Bryce açoitava para trás e para a frente, a ponta espinhenta sulcando fendas na pedra. As pessoas no cais, nas ruas adiante, começaram a fugir.

Não conseguia mover-se. Choque, sabia que estava em choque, mas mesmo assim…

Chegaria ajuda logo. Alguém, ou no Aux ou na 33ª, chegaria. Hunt…

— *Levante-se* — disse Hypaxia, agarrando Bryce sob um ombro para puxá-la de pé. Devagar, a rainha-bruxa arrastou Bryce para trás…

Um grunhido reverberou pelas pedras às suas costas.

Bryce se virou e encontrou um segundo demônio, idêntico ao que tinha rasgado o pescoço de Ithan, aproximando-se em sua retaguarda. Os dois cercavam as presas encurraladas entre eles.

Um medo frio e intenso a cortou por dentro. Estilhaçou o choque que a fixava na inutilidade. Limpou sua visão nebulosa e ensanguentada.

— De costas uma para a outra — ordenou Hypaxia, a voz baixa e calma. Uma faca, era tudo que tinham. Por que Inferno não carregava uma arma?

Ithan tinha uma arma. Em seu corpo sem vida, Bryce conseguia discernir a arma que o lobo não teve chance de sacar. Quantas balas teria? No entanto, se o demônio fosse rápido o bastante para se aproximar de fininho, Bryce não teria chance. A não ser que…

— Que tipo de magia você tem? — murmurou, pressionando as costas contra Hypaxia ao olhar para o segundo demônio. Mataria aqueles desgraçados. Despedaçaria os dois devagar.

— Isso importa? — perguntou Hypaxia, apontando a faca para o primeiro demônio.

— É energia? Como relâmpago?

— Cura e vento… e a necromancia, que eu nem consigo começar a explicar.

— Você consegue concentrá-la? Dispará-la para mim?

— O quê?

— Eu preciso de carga. Como uma bateria — disse Bryce, a cicatriz no peito brilhando levemente.

O demônio à sua frente uivou para o céu noturno. Seus ouvidos tiniram.

— Para fazer o quê?

— Só… faça agora, ou estaremos majestosamente fodidas.

O primeiro demônio urrou. Como tantos seres do Fosso, seus olhos eram leitosos, cegos. Como se estivessem no escuro há tanto tempo que não precisava mais enxergar. Ofuscá-los não era uma opção. Uma bala, no entanto…

— Acha que uma faca vai funcionar contra eles? — indagou Bryce.

— Eu… — Hypaxia as guiou para o parapeito do cais. Faltava quase um metro até que não houvesse mais para onde ir exceto para a água. Bryce estremeceu, lembrando-se dos sobeks que os atacaram no dia em que fugiram do Quarteirão dos Ossos.

— Use seu poder de cura e ataque a porra do meu peito — grunhiu Bryce. — Confie em mim. — Não tinham escolha. Se o poder de Hunt havia carregado o seu, talvez…

A criatura mais próxima da rainha-bruxa avançou, mordendo. As duas fêmeas se chocaram contra o parapeito.

— Agora! — gritou Bryce, e Hypaxia se virou, empurrando a palma da mão reluzente para o peito de Bryce. Calor fluiu para dentro de si, suave, agradável e…

Estrelas explodiram na mente de Bryce. Supernovas.

Ithan.

Foi tão fácil quanto dar um passo.

Em um segundo, Bryce estava encostada no cais. No seguinte, ao lado do corpo de Ithan, atrás das criaturas, que se viraram em sua direção, sentindo que seu cheiro tinha mudado de lugar.

Hypaxia bateu no broche dourado na lapela da jaqueta. Com um estalido no ar, sua vassoura surgiu diante da bruxa, a rainha saltou nela, disparando para o céu…

Bryce pegou a arma da cintura de Ithan, soltou o pino de segurança e disparou contra o demônio mais próximo. Pedaços de cérebro respingaram quando a bala mergulhou entre os olhos cegos da besta.

O segundo demônio avançou, Hypaxia esquecida ao pairar sobre a vassoura acima. Bryce disparou, o demônio desviou do golpe, como se pudesse sentir o próprio ar se abrindo para a bala. Ele a antecipara, estava ciente da arma em sua mão…

O demônio saltou em sua direção, Bryce acumulou seu poder.

A fêmea se moveu de onde estava ao lado do corpo de Ithan para o calçadão aberto atrás da criatura que atacava.

A besta atingiu o chão e se virou, as garras se enterrando fundo. Bryce disparou de novo, e o demônio usou seus sentidos sobrenaturais para desviar para a esquerda no último milissegundo, sendo atingido no ombro pela bala. O disparo não fez nada para reduzir a sua velocidade.

O demônio saltou para Bryce de novo, movendo-se. Mais devagar dessa vez, o poder de Hypaxia já estava escorrendo para fora da fêmea.

— Atrás de você! — ordenou Hypaxia do alto, apontando. Bryce trincou os dentes, mapeando como chegar lá. A dança para a qual precisava atrair a criatura.

O demônio saltou, garras expostas, e Bryce se teletransportou para trás. Ele saltou de novo, e ela se moveu, corpo tremendo devido ao esforço. Mais uns metros para trás. Podia fazer o último salto. Precisava fazê-lo quando o demônio pulou...

Rugindo, Bryce entregou tudo de si, tudo que restava da faísca do poder de Hypaxia em seu peito, ao desejo de avançar, de se mover...

Bryce apareceu três metros atrás, e a criatura, percebendo o padrão, saltou.

Não olhou para cima. Não viu a rainha-bruxa mergulhando para a terra, a adaga em riste.

Bryce atingiu o chão quando Hypaxia saltou da vassoura e aterrissou sobre a besta, golpeando seu crânio com a lâmina. Bruxa e demônio caíram, a primeira montada nele como um cavalo do Inferno. O demônio nem mesmo estremeceu.

Com as palmas das mãos arranhadas e os joelhos já cicatrizando, Bryce ofegou, tremendo. Conseguira. Ela...

Ithan. Ah, deuses, Ithan.

Levantou-se com as pernas trêmulas, atrapalhada, correndo até ele. O pescoço do lobo estava cicatrizando... Devagar. Encarava sem enxergar o céu noturno.

— Se afaste — disse Hypaxia, respirando com dificuldade, a vassoura jogada ao lado dela. — Deixe eu examiná-lo.

— Ele precisa de uma medbruxa!

— Eu sou uma medbruxa — disse Hypaxia, e se ajoelhou.

Asas surgiram no céu, sirenes berrando das ruas. Então Isaiah estava lá, as mãos nos ombros de Bryce.

— Você está bem? Aquele é Holstrom? Onde está Athalar? — As perguntas ágeis a penetravam.

— Estou aqui — disse Hunt, da escuridão, aterrissando com tanta força que o chão tremeu. Relâmpago saltitou pelo concreto. O anjo avaliou Bryce, então Ithan, o corpo do lobo brilhando sob as mãos de

Hypaxia. Então registrou dois demônios, empalidecendo. — Aqueles... — Checou Bryce de novo.

— Sabe o que eles são? — perguntou Isaiah.

Hunt correu até Bryce e a abraçou. A fêmea se acomodou no calor dele, na força de Hunt. Disse, em voz baixa:

— Caça-mortes. Bichos de estimação do Príncipe do Fosso. Foram vistos em Nena há quatro dias. De alguma forma atravessaram a fronteira.

O estômago de Bryce se revirou.

Isaiah ergueu a mão para manter os outros anjos e membros do Aux distantes.

— Acha que esses dois vieram de Nena até aqui? E por que atacar Bryce?

Bryce agarrou a cintura de Hunt, sem se importar em parecer grudenta. Se soltasse, seus joelhos poderiam facilmente ceder. Hunt mentiu sutilmente:

— Não é óbvio? O Inferno tem um ajuste de contas com ela depois da primavera. Eles mandaram os melhores assassinos para matá-la.

Isaiah pareceu engolir essa teoria, porque disse a Bryce:

— Como você os derrubou?

— Ithan tinha uma arma. Eu dei um tiro certeiro no primeiro. A Rainha Hypaxia cuidou do segundo.

Era quase totalmente verdade.

— Pronto — anunciou Hypaxia, afastando-se do corpo curado de Ithan. — Ele vai acordar quando estiver pronto. — Recolheu a vassoura e, com um toque — ou parte de seu poder de bruxa —, o objeto se encolheu de volta ao broche dourado de Cthona. Ela o prendeu na jaqueta cinza ao se virar para Isaiah. — Seus soldados podem transportá-lo para a embaixada das bruxas? Eu gostaria de cuidar pessoalmente dele até que esteja consciente.

Bryce não podia se opor, mas... Não havia ninguém para quem ligar a respeito de Ithan. Nenhuma família, nenhum amigo, nenhuma matilha. Ninguém exceto...

Ligou para Ruhn.

* * *

Caça-mortes. Deveria ter mandado um aviso assim que identificou a cauda na foto tirada em Nena. Deveria ter colocado cada soldado daquela cidade em alerta.

Contudo, Bryce... por algum milagre, não tinha um arranhão no corpo.

Não era possível. Hunt sabia o quanto os caça-mortes eram rápidos. Nem mesmo feéricos podiam ser mais rápidos do que eles. Foram criados assim pelo próprio Apollion.

Hunt esperou para conversar até que ele e Bryce estivessem no corredor dourado da embaixada das bruxas. Ithan já tinha sido entregue a Ruhn e Declan pelos dois anjos que voaram com ele até ali, os dois feéricos carregaram o lobo cuidadosamente para um pequeno quarto para se recuperar.

— Então, vamos ouvir a história verdadeira.

Bryce se virou para o anjo, o olhar brilhando com medo e euforia.

— Eu consegui. Me teletransportei. — Explicou o que Hypaxia tinha feito, o que ela própria fizera.

— Esse foi um puta risco. — Não tinha certeza se a beijava ou a sacudia pelo feito.

— Minhas opções eram limitadas — disse Bryce, cruzando os braços. Pela porta aberta, Ruhn e Dec apoiaram Ithan na cama, Hypaxia os instruía a posicionarem seu corpo de um determinado modo. — Onde Inferno estava a dragoa?

— A covarde de merda disse a Holstrom que subiria até os telhados para fornecer um segundo par de olhos e então fugiu — disse Flynn, o rosto soturno quando entrou no corredor.

— Dá para culpá-la? — falou Bryce.

— Sim. — Flynn respondeu colérico. — Nós fizemos um favor a ela, e ela fodeu a gente. Podia ter incinerado aqueles demônios. — antes que Bryce pudesse replicar, o lorde saiu marchando com um balançar enojado da cabeça.

Bryce esperou até que o corredor estivesse vazio de novo, antes de perguntar a Hunt:

— Acha que esses eram os aperitivos que o Príncipe do Fosso ameaçou mandar para nos testar?

— Sim. Eles só obedecem a ele.

— Mas estavam prestes a me matar. Ele não parecia querer a gente morto. E parece imprudente fazer isso só para me testar. — Indicou entre os dois. — Os adversários épicos dele, lembra?

Ruhn entrou no corredor e murmurou:

— A não ser que não fosse você quem eles deveriam matar. — disse indicando com o queixo na direção de Hypaxia, baixando a voz. O príncipe avaliou os corredores silenciosos da embaixada, nenhuma bruxa à vista, antes de dizer: — Talvez o coven dela os tenha conjurado, de alguma forma.

Bryce franziu a testa.

— Por quê?

Ruhn deu um passo.

— Você seria o acobertamento perfeito. Ela estava passeando ao lado de alguém com quem o Inferno tem um ajuste de contas a fazer, alguém que deixou o Inferno puto nessa primavera. Caça-mortes indicam o envolvimento do Príncipe do Fosso. Se ela tivesse morrido, todos os olhos estariam no Inferno. Todos pensariam que você era o alvo deles, e ela seria a perda colateral infeliz.

— Mas e quanto a Ithan?

Hunt retomou de onde Ruhn parou.

— Também colateral. Depois desta primavera, duvido que Sabine seria burra o bastante para conjurar um demônio. Então só restam os nossos inimigos, e os de Hypaxia, mas considerando o que Apollion ameaçou... Eu diria que a chance é de que seja ele. Talvez estivesse disposto a arriscar que você morresse durante o pequeno teste, talvez tenha suposto que, se você morresse, não seria digna de lutar com ele mesmo.

Bryce esfregou o rosto.

— Então, o que isso significa?

Hunt entrelaçou seus dedos.

— Significa que esta cidade precisa estar em alerta geral e você precisa estar armada a todo momento.

Bryce o olhou com raiva.

— Isso não ajuda em nada.

Ruhn, sabiamente, manteve a boca fechada.

— Você não tinha nenhuma arma hoje à noite — grunhiu Hunt. — Vocês duas tinham *uma faca.* Tiveram sorte que Ithan carregava aquela arma. E teve ainda mais sorte ao apostar que Hypaxia poderia carregar sua habilidade de se teletransportar.

Ruhn grunhiu em anuência.

— Então foi assim que você conseguiu — disse Declan, voltando para o corredor. O guerreiro fechou a porta às suas costas, dando a Hypaxia e Ithan privacidade.

Bryce ensaiou uma reverência.

— Vai ser minha apresentação solo especial durante o show de talentos da escola.

Declan riu, mas Ruhn a escrutinava.

— Você se teletransportou mesmo?

Bryce explicou tudo de novo, Hunt não evitou puxá-la para mais perto. Quando terminou, Ruhn repetiu as palavras de Hunt.

— Nós demos sorte esta noite. *Você* deu sorte esta noite.

Bryce piscou um olho para Hunt.

— E planejo dar mais um pouquinho de novo.

— Que nojo — disse Ruhn, quando Declan riu.

Hunt deu um peteleco no nariz de Bryce e disse a Ruhn:

— Vamos montar guarda em torno do apartamento e desta embaixada, designe seus soldados de maior confiança. Vou colocar Isaiah e Naomi nisso também.

— A 33ª e o Aux trabalhando juntos para vigiar euzinha aqui? — cantarolou Bryce. — Fico lisonjeada.

— Não é o momento de debater política de alfa babaca — disse Hunt, de dentes trincados. — Aqueles eram caça-mortes, porra.

— E eu lidei com eles.

— Eu não seria tão despreocupada — grunhiu. — O Príncipe do Fosso vai mandar hordas pela Fenda Norte se conseguir abri-la completamente, em vez de enfiar um ou dois de cada vez só por diversão. Eles caçam quem quer que tenham ordens de caçar. São assassinos. Se você for marcada por eles para execução, está *morta.*

Bryce soprou os dedos, como se tirando poeira.

— Um dia normal de trabalho para mim, então.

— *Quinlan...*

Ruhn começou a rir.

— O quê? — indagou Hunt.

O príncipe falou:

— Sabe com quem eu estava conversando antes de receber sua ligação? Meu pai. — Bryce ficou imóvel, Hunt soube que era ruim. Ruhn sorriu para o anjo. — *Seu* sogro.

— Como é?

Ruhn não parou de sorrir.

— Ele me contou a notícia maravilhosa. — Piscou para Bryce. — Você deve estar exultante.

Bryce resmungou e se virou para Hunt.

— Não é oficial…

— Ah, é oficial — disse Ruhn, encostado na parede ao lado da porta.

— De que porra vocês dois estão falando? — rosnou Hunt.

Ruhn deu um risinho para Hunt.

— Ela anda usando por aí o nome real, pelo visto. O que significa que aceitou sua posição de princesa. E, como você é o parceiro dela, isso faz de você o genro do Rei Outonal. E meu irmão.

Hunt olhou boquiaberto para ele. Ruhn ficou totalmente sério.

Bryce disparou:

— Você perguntou a ele sobre Cormac? O Rei Outonal insiste que o noivado ainda está de pé.

A diversão de Ruhn sumiu.

— Não entendo como pode estar.

— Com licença — interrompeu Hunt —, mas que porra é essa? — Suas asas se abriram. — Você agora é oficialmente uma *princesa?*

Bryce se encolheu.

— Surpresa?

56

Ithan gemeu, seu corpo latejando em dor.

Sua garganta, mandíbula, presas e garras, a rainha e *Bryce*...

Impulsionou-se para cima, mão no pescoço...

— Você está seguro. Já acabou. — A voz calma e feminina veio da direita, Ithan se virou, encontrando-se em uma cama estreita em um quarto dourado que nunca vira.

A Rainha Hypaxia estava sentada em uma cadeira ao seu lado, um livro no colo, usando a túnica azul novamente. Nenhum sinal da fêmea casual e moderna que o lobo estava seguindo mais cedo. Sua voz soou áspera quando Ithan perguntou:

— Você está bem?

— Muito bem. Assim como a senhorita Quinlan. Você está em minha embaixada, caso esteja se perguntando.

Ithan desabou de volta na cama. Tinha sido encurralado, como uma porra de novato. Sempre se orgulhara de seus reflexos e instintos, mas havia levado uma surra. A rainha abriu a boca, mas indagou:

— E a dragoa?

A boca de Hypaxia se contraiu.

— Ariadne não estava à vista. Parece que ela se arriscou com a lei e fugiu.

Ithan grunhiu.

— Ela deu o fora? — A dragoa tinha alegado que não podia fazer isso. Que não havia lugar em Midgard para onde pudesse ir sem que o Astrônomo a encontrasse.

Deuses. Uma tarefa de guarda-costas e ele estragara tudo. Terrivelmente.

Merecera ter seu pescoço dilacerado. Merecia estar deitado ali, como uma criança fraca, por sua inaptidão.

Hypaxia assentiu seriamente.

— As câmeras da cidade capturaram tudo: Ariadne saiu assim que eu entrei na loja de pizza. Mas, nada mais, nem mesmo as câmeras conseguem localizá-la.

— Ela provavelmente está no meio do planeta a esta altura — resmungou Ithan. Os machos feéricos ficariam tão putos.

— Você a libertou do anel. De servir a um mestre terrível. Fica surpreso por ela não estar disposta a esperar que alguém a compre de novo?

— Eu achei que ela seria grata, pelo menos.

Hypaxia franziu a testa em reprovação, mas falou:

— Ela é uma dragoa. Uma criatura de terra e céu, fogo e vento. Ela jamais deveria ter sido contida ou escravizada. Espero que ela permaneça livre pelo resto da vida imortal.

Seu tom não deixou espaço para argumentos, e, bem, Ithan concordava com a rainha, de toda forma. Suspirou, suavemente esfregando o pescoço dolorido.

— Então, que merda atacou a gente? Um demônio?

— Sim, um extremamente mortal. — Explicou o que tinha acontecido.

Ithan se sentou com cuidado de novo.

— Sinto muito por ter estragado isso tão absolutamente. Eu… eu não gosto de cometer erros assim. — Perder feria a alma dele. A rainha e Bryce estavam seguras, mas ele não passava de um *fracassado.*

— Você não tem pelo que pedir desculpa — disse a rainha, com firmeza. — Considerando a gravidade da situação, estou presumindo que seus amigos saibam mais sobre os motivos por trás desse ataque do que me contaram.

Bem, ela estava definitivamente certa nisso. Ithan respirou tão fundo que deixou sua garganta dolorida. Levaria mais algumas horas até que estivesse totalmente curada.

Não tinha ideia de quanto tempo levaria até que se perdoasse por ter fodido tudo naquela noite.

— Então você realmente pode contatar Connor no Equinócio Outonal? — perguntou, baixinho, odiando que precisasse mudar de assunto. Não que a pauta fosse muito melhor.

— Sim. — Inclinou a cabeça, os cachos caindo sobre o ombro. — Você está preocupado com ele.

— Você não estaria? Não me importo se nos foi dito que ele está, tipo, fora de perigo. Eu quero me certificar de que ele esteja bem. Ouvi o que você disse a Bryce, sobre garantir que sua mãe não fosse para um dos mundos de descanso. Quero que você faça isso para ele. — Ithan engoliu em seco, então corrigiu: — Se não tiver problema para você, Vossa Majestade.

Os olhos de Hypaxia cintilaram com diversão.

— Farei o melhor que puder.

Ithan suspirou de novo, olhando para as altas janelas do outro lado do quarto, para as cortinas fechadas para a noite.

— Eu sei que você já está fazendo muito por mim, mas... o Astrônomo tem uma loba escravizada a ele entre seus místicos. Tem alguma coisa que você possa fazer por ela?

— Como assim? — O lobo considerou a pergunta como sinal de que a rainha não estava dizendo que não.

— Não posso simplesmente deixá-la lá. — falou.

— Por que é obrigação sua libertá-la?

— Lobos não pertencem a jaulas. É isso que são os tanques dos místicos. Jaulas aquosas.

— E se ela quiser estar lá?

— Como poderia? — Antes que a rainha pudesse responder, insistiu: — Eu sei que é aleatório. Há tantas outras pessoas sofrendo por aí. Mas não me parece certo.

Tinha errado bastante nos últimos dois anos, não perderia a bola naquele assunto. Uma loba alfa em cativeiro, a ideia era repulsiva. Faria o possível para ajudá-la.

Hypaxia pareceu ler o que quer que havia em seu rosto.

— Você é um bom macho, Ithan Holstrom.

— Você me conheceu ontem. — E, depois daquela noite, com certeza não merecia aquele rótulo.

— Mas eu consigo ver. — Tocou a mão do lobo com cautela. — Não acho que tem muito que eu possa fazer para ajudar a mística, infelizmente, além daquilo que seus outros amigos nobres consigam realizar.

Ithan sabia que ela estava certa. Encontraria outra forma, então. De algum jeito.

— Bem, que merda.

— Com certeza — disse uma voz masculina à porta, Ithan piscou, surpreso ao encontrar Flynn e Declan de pé ali, Tharion um passo atrás deles.

— Oi — falou Ithan, se preparando para os deboches, as brincadeiras, o interrogatório sobre como Inferno ele tinha estragado o dever de protetor.

Contudo, Declan fez uma reverência com a cabeça para a rainha antes de perambular até Ithan.

— Como está se sentindo, filhote?

— Bem — disse Ithan, então admitiu: — Um pouco dolorido.

— Ter a garganta dilacerada faz isso com um macho — falou Flynn. Ele piscou um olho para Hypaxia. — Mas ela consertou você direitinho, não foi?

Hypaxia sorriu para ele. Tharion, parado à porta, riu.

Ithan falou, em voz baixa:

— É, ela consertou.

Declan uniu as mãos.

— Certo, então, a gente só queria ter certeza de que você estava bem.

Hypaxia acrescentou:

— Eles entraram e saíram a noite toda.

— Vai entregá-los como corações moles, Pax — disse Tharion à rainha, que balançou a cabeça ao ouvir o apelido. Como se Tharion costumasse usá-lo para irritá-la.

Declan perguntou à rainha:

— Quando ele pode voltar para casa?

Casa. A palavra ecoou por Ithan. Era o colega de quarto deles há uma semana e meia. Quando fora a última vez que teve um lar de verdade? O Covil não parecia um desde que seus pais tinham morrido.

No entanto... era preocupação sincera no rosto de Declan. No de Flynn. Ithan engoliu em seco.

— Amanhã de manhã — disse Hypaxia, levantando-se da cadeira. — Vou te examinar mais uma vez e, se você estiver liberado, poderá sair, Ithan.

— Eu deveria vigiar você — replicou Ithan, a voz embargada.

A rainha deu tapinhas em seu ombro antes de ir até a porta. Tharion a acompanhou, como se tivesse planejado conversar em particular. A rainha-bruxa disse a Ithan quando ela e o tritão saíram:

— Tire uma folga amanhã.

Ithan abriu a boca para protestar, mas já havia saído, o tritão junto. Flynn se jogou no assento que a rainha tinha desocupado.

— Não conte a Ruhn, mas eu adoraria se aquela fêmea fizesse um exame em *mim*.

Ithan fez uma careta, mas se absteve de explicar o que entreouvira. A rainha amava outro e parecia bastante resoluta a esse respeito, mas de que servia o amor diante da obrigação?

Manteve o romance de Hypaxia em segredo. Concordara com a união com Ruhn, e não podia fazer nada a não ser admirar que ela tivesse aceitado embora seu coração estivesse em outro lugar.

Porra, ele conhecia aquela sensação. Ithan bloqueou o rosto de Bryce da mente.

Declan dizia a Flynn:

— Faça um favor a si mesmo e não dê em cima dela. Nem a provoque.

— Ela é a noiva de Ruhn — disse Flynn, apoiando as botas na beira da cama de Ithan, colocando as mãos atrás da cabeça. — Isso me dá direito a algumas provocações.

Ithan gargalhou, os olhos ardendo. Ninguém jamais brincava na matilha de Amelie. Podia arrancar um sorriso de Perry de vez em quando, mas em grande parte estavam todos sérios. Sem humor. Jamais riam de si mesmos.

Ainda assim aqueles caras tinham ido checá-lo. Não para lhe passar um sermão por ter fracassado. Eles nem mesmo pareciam ver aquilo como um fracasso.

Flynn perguntou, um pouco mais sério:

— Mas você está se sentindo bem mesmo?

Ithan se controlou.

— Sim.

— Ótimo — disse Declan.

A garganta de Ithan se fechou. Não tinha percebido o quanto sentia falta daquilo, de pessoas que cuidassem dele. Que se importassem se vivia ou morria. A Matilha dos Demônios tinha feito isso, sim, mas seu time de solebol também. Não falara com nenhum deles desde a morte de Connor.

Os olhos de Flynn se suavizaram um pouco, como se vissem alguma coisa no rosto de Ithan, o lobo se ajeitou, pigarreando. Flynn, no entanto, disse:

— Estamos com você, lobo.

— Por quê? — A pergunta escapuliu antes que Ithan pudesse pensar duas vezes. Contudo, devia haver dúzias de feéricos que tinham passado anos tentando se espremer para dentro do trio que eram Ruhn, Flynn e Declan. Por que tinham levado Ithan para dentro de seu círculo estava além de sua compreensão.

Flynn e Dec trocaram olhares. O primeiro deu de ombros.

— Por que não?

— Sou um lobo. Você é feérico.

— Que antiquado. — Flynn piscou um olho. — Eu achei que você fosse mais progressista do que isso.

— Não quero sua pena — falou Ithan.

Declan recuou.

— Quem diabo disse alguma coisa sobre pena?

Flynn ergueu as mãos.

— Só somos seus amigos porque queremos ingressos bons para jogos de solebol.

Ithan olhou de um macho para outro. Então caiu na gargalhada.

— Tudo bem. — Esfregou o pescoço dolorido de novo. — Esse é um motivo bom o bastante para mim.

* * *

Ruhn monitorava sua irmã enquanto esperavam que Athalar terminasse de informar alguns membros seniores da 33ª sobre o que havia acontecido com o caça-morte.

Parecia a última primavera de novo. Tudo bem que Micah tinha sido aquele a conjurar os demônios kristallos, mas... aquilo não podia ser bom. O chifre estava tatuado nas costas de Bryce agora, o que o Inferno não faria para obtê-lo?

— A resposta — disse Bryce a Ruhn — é que não vou permitir nenhum tipo de escolta de segurança.

Ruhn piscou. E falou, silenciosamente: *Eu não estava pensando nisso.*

Olhou para ele de esguelha. *Eu consegui sentir você emburrado por causa do ataque. É a conclusão lógica de um macho feérico excessivamente agressivo.*

Excessivamente agressivo?

Protetor?

Bryce. Isso é uma merda séria.

Eu sei.

E você é uma princesa agora. Oficial.

A fêmea cruzou os braços, observando Hunt falar com os amigos. *Eu sei.*

Como se sente em relação a isso?

Como você *se sente em relação a isso?*

Por que Inferno faria alguma diferença como eu me sinto? Fez uma careta para ela.

Porque agora você precisa compartilhar a coroa.

Fico feliz por poder compartilhar com você. Egoísta e pateticamente feliz, Bryce. Mas... não era isso que você queria evitar?

É. Sua voz mental se afiou como aço.

Vai fazer alguma coisa a respeito?

Talvez.

Cuidado. Há tantas leis e regras e merdas que você não sabe. Eu posso inteirá-la, mas... é um nível totalmente novo do jogo. Precisa ficar alerta.

Bryce o encarou, oferecendo um sorriso largo que não chegou aos seus olhos antes de dar alguns passos na direção de Athalar.

— Se o velho papai quiser uma princesa — disse, parecendo-se mais com o pai do que Ruhn jamais vira —, então vai conseguir uma.

* * *

— Lobos ferais espreitando a Praça da Cidade Velha — cochichou Hypaxia para Tharion quando olhou pela janela de sua suíte particular no segundo andar da elegante embaixada.

Apesar da mobília felpuda, o quarto definitivamente pertencia a uma bruxa: um pequeno altar de cristal para Cthona adornava a parede leste, coberto com vários objetos de adoração; um grande espelho de adivinhação de obsidiana pendia acima dele; e a lareira embutida na parede sul tinha vários braços de ferro, provavelmente para segurar caldeirões durante feitiços. Uma suíte real, sim, mas também uma oficina.

— Odeio vê-los — prosseguiu a rainha, as luzes das ruas projetando o lindo rosto dela em tons dourados. — Aqueles uniformes. Os dardos de prata no colarinho. — Tharion se perguntou quantas pessoas a viam com a guarda tão baixa. — Caçadores de rebeldes. É isso que são.

De fato, por onde passavam, os festejadores se calavam. Turistas paravam de tirar fotos.

— Diga-me como se sente de verdade, Pax — falou Tharion, cruzando os braços.

A rainha se virou para o tritão.

— Eu queria que você parasse de usar esse apelido. Desde a Cimeira...

— Desde então você sente falta de me ouvir usando-o? — Deu a ela seu sorriso mais charmoso.

A rainha-bruxa revirou os olhos, mas Tharion viu o leve repuxar de seus lábios.

— Você está contando? Quantas vezes o Príncipe Ruhn babou ao olhar para vocês desde que chegou? — perguntou.

Hypaxia corou.

— Ele não baba.

— Acho que nossa contagem final da Cimeira foi... trinta? Quarenta?

Bateu em seu peito.

— Senti sua falta — disse Tharion, sorrindo.

Sorriu de volta.

— O que sua noiva tem a dizer sobre isso? — Era uma das poucas pessoas que sabia. Durante a reunião inicial deles na Cimeira, um encontro acidental tarde da noite quando ela buscava alguma solidão em um dos lagos subterrâneos das sereias e se deparou com Tharion buscando o mesmo... falaram sobre suas várias... obrigações. Uma amizade nascida imediatamente.

Tharion replicou:

— O que o *seu* noivo tem a dizer sobre isso?

A bruxa riu baixinho, o som como sinos de prata.

— É você que tem se associado com ele. Diga você.

O macho riu, mas sua diversão se dissipou, a voz séria.

— Ele está tão preocupado com você que contou a alguns de nós sobre seu coven. Por que não me contou? — Pegaria qualquer um que fizesse mal a ela e o afogaria. Devagar.

Hypaxia observou o rosto do amigo. Tharion permitiu.

— O que você poderia ter feito?

Ora, aquilo doeu. Principalmente porque ela estava certa. Soltou um longo suspiro. Tharion queria poder contar sobre o fato de que tinha garantido a si mesmo uma pequena extensão de liberdade. Que só voltaria para a Corte Azul para manter as aparências, que fingiria que Emile Renast ainda estava à solta por tanto tempo quanto pudesse, mas... Voltaria depois daquilo? Será que *conseguiria* voltar?

Talvez entrasse em contato com o pessoal da Rainha do Oceano e implorasse por asilo. Talvez protegessem sua família também.

Tharion abriu a boca para falar quando uma onda varreu a rua abaixo. As pessoas pararam. Algumas encostaram nos prédios.

— Que porra eles estão fazendo aqui? — rosnou Tharion.

Mordoc e o Martelo marchavam pela rua, lobo e anjo olhando com desprezo para todos em seu caminho. Pareciam gostar do silêncio e temor que se davam com sua passagem.

Hypaxia ergueu as sobrancelhas.

— Não são amigos seus?

Tharion levou a mão ao coração.

— Você me ofende, Pax.

A rainha contraiu a boca em uma linha fina quando Pollux e Mordoc atravessaram o cruzamento.

— É um mau presságio vê-los aqui.

— Talvez queiram se certificar de que está tudo bem, considerando o que atacou esta noite.

Poderoso Ogenas, criaturas vindas direto do Fosso. Estava aproveitando um drink com um bando de metamorfas de leoas em um bar de vinhos quando recebeu a ligação. Tinha ido até lá alegando uma visita investigativa da Corte Azul, mas…

— Tem certeza de que está bem? — perguntou, feliz por mudar de assunto dos monstros da rua.

— Estou bem. — disse Hypaxia, voltando olhos cansados e tristes para ele. — A senhorita Quinlan se mostrou uma valiosa aliada em uma luta. — O macho gostava da ideia de as duas se tornarem amigas. Seriam uma dupla formidável contra qualquer adversário.

— O que seu coven disse sobre o ataque? — perguntou Tharion, olhando para as portas duplas fechadas do outro lado do quarto. Pollux e Mordoc sumiram pela rua. Como se todas tivessem sido congeladas, as pessoas subitamente começaram a se mover novamente. Ninguém foi na direção que o Martelo e o lobo feral tomaram.

— Meu coven fingiu ultraje, é óbvio. Não vale a pena contar de novo.

Justo.

— Você deveria dormir um pouco. Deve estar exausta após curar Holstrom.

— De modo algum. — Ergueu seu olhar até o rosto do tritão.

— Mas você… você deveria ir. Mais alguns minutos e suspeitas serão levantadas.

— Ah, é? — Não pôde resistir a provocá-la. — Como o quê?

Corou de novo.

— Como se estivéssemos fazendo coisas que não deveríamos.

— Parece travesso.

Hypaxia o empurrou para a porta de modo brincalhão. Tharion acatou, andando para trás ao dizer:

— Vejo você em breve, está bem? Você tem meu número.

Os olhos da bruxa brilharam como estrelas.

— Obrigada por vir checar em mim.

— Qualquer coisa por você, Pax. — Tharion fechou a porta e se viu frente a frente com três bruxas. Todas membros do coven, se a memória da Cimeira não lhe falhava. Todas com expressões frias e nada divertidas. — Senhoras — disse, inclinando a cabeça.

Nenhuma delas respondeu e, conforme convergiram para a suíte da rainha com uma batida à porta, suprimiu o instinto de voltar para o lado de Hypaxia.

Não cabia a ele, no entanto, e Tharion ainda tinha mais uma tarefa naquela noite. Primeiro, precisava dar um mergulho no Istros para garantir que suas nadadeiras permanecessem intactas.

Trinta minutos depois, ainda molhado, Tharion foi até a porta descascada da casa quase desabando da rua do Arqueiro, música a todo volume saindo pelas janelas, apesar de ser tarde da noite. Tharion bateu, alto o bastante para ser ouvido por cima do baixo.

Um momento depois, a porta se abriu. Tharion deu um sorriso torto para Ruhn e acenou para Tristan Flynn e Declan Emmett de pé no corredor da entrada atrás dele.

— Tem lugar para mais um colega de casa?

57

Hunt esperou até que tivessem entrado no apartamento, a porta fechada a sete chaves às suas costas, antes de dizer:

— Eu sou um *príncipe* agora?

Bryce desabou no sofá.

— Bem-vindo ao clube.

— Seu pai realmente fez isso?

Assentiu, triste.

— Minha mãe vai enlouquecer.

Hunt marchou até o sofá.

— E quanto a você, Bryce? Sua mãe pode lidar com isso. Eu posso lidar com isso, acredite ou não. Mas… você está bem?

A fêmea apenas acariciou a pelagem de Syrinx.

Hunt sentiu o cheiro de sal e água, então se sentou na nova mesa de centro, levantando seu queixo entre o polegar e o indicador e encontrando lágrimas escorrendo pelas bochechas de Bryce. Lágrimas que não tinha dúvidas de que a fêmea vinha segurando há horas.

Transformaria o Rei Outonal em carniça fumegante por ter colocado aquelas lágrimas, o medo, o pânico e a tristeza em seus olhos.

— Eu passei a vida toda evitando isso. E apenas me sinto… — Limpou o rosto com raiva. — Porra, eu me sinto tão *burra* por ter caído em sua armadilha.

— Não deveria. Ele dobrou as regras à sua vontade. Ele é uma cobra.

— Ele é uma cobra e agora tecnicamente, legalmente, é meu rei. — Engasgou com um soluço. — Eu nunca terei uma vida normal de novo. Jamais estarei livre dele e…

Hunt a recolheu em seus braços, passando para o sofá, colocando Bryce em seu colo.

— Vamos enfrentá-lo. Você quer uma vida normal, uma vida comigo, vamos fazer isso acontecer. Você não está sozinha. Nós vamos enfrentá-lo juntos.

Bryce enterrou o rosto no peito dele, lágrimas pingando na armadura preta de seu traje de batalha. Hunt acariciou seu cabelo sedoso, deixando que as mechas macias escorregassem por seus dedos.

— Eu podia lidar com toda a merda de Estrelada. Podia suportar a magia — disse, com a voz abafada contra o peito do anjo. — Mas isso... Eu não consigo suportar isso. — A fêmea levantou a cabeça, temor e pânico inundando sua expressão. — Ele é meu *dono.* Sou uma posse para ele. Se ele quisesse que eu me casasse com Cormac esta noite, poderia assinar os documentos de casamento sem nem a minha presença. Se eu quisesse um divórcio, ele teria que conceder, não que ele concederia. Sou uma commodity, ou pertenço a ele, ou pertenço a Cormac. Ele pode fazer o que quiser, e nenhuma rebeldia minha pode impedir isso.

Relâmpago correu por suas asas.

— Vou matar aquele filho da puta.

— E como isso vai ajudar, além de você acabar executado?

Hunt encostou a testa na dela.

— Vamos pensar em uma saída.

— Hypaxia disse que somente os asteri podem suplantá-lo. Considerando nosso status com eles, eu duvido que ajudarão.

Hunt suspirou demoradamente. A fêmea o envolveu em um abraço apertado. O anjo mataria qualquer um que tentasse tomá-la de si. Rei, príncipe, feérico ou asteri. Ele *mataria*...

— Hunt.

Athalar piscou.

— Seus olhos entraram na... hipnose da raiva. — Fungou.

— Desculpe. — A última coisa de que Bryce precisava agora era ter que lidar com sua fúria também. Hunt beijou sua bochecha, a têmpora, o pescoço.

Apoiou a testa no ombro de Hunt, estremecendo. Syrinx chorou de onde havia se aninhado, do outro lado dela.

Por longos minutos, Hunt e Bryce ficaram sentados ali. Ele aproveitou cada lugar que seu corpo tocava o dela, o calor e o cheiro da fêmea. Vasculhando a mente em busca de qualquer coisa que pudesse fazer, qualquer solução.

Os dedos de Bryce se fecharam na nuca do anjo. Hunt afrouxou a mão, afastando-se para observar o rosto de Bryce.

Luz estelar e fogo brilharam ali.

— Diga que esse olhar significa que você pensou em uma solução genial, porém indolor, para esse problema — disse.

Ela o beijou suavemente.

— Você não vai gostar.

* * *

Ruhn não se surpreendeu ao se encontrar diante do sofá mental.

Nada poderia chocá-lo depois da noite que tivera.

Na ponte, Day observava Ruhn sem dizer uma palavra. De alguma forma, jurava que a agente podia sentir sua inquietação.

Ainda assim, Ruhn falou:

— Alguma coisa para mim? — Não tinha se esquecido de sua última conversa. Dissera a Ruhn que ele era um fracassado inútil e imprestável que jamais conhecera sacrifício ou dor.

— Você está com raiva de mim.

— Não me importo o suficiente com você para sentir raiva — disse friamente.

— Mentiroso.

A palavra foi como uma flecha disparada entre os dois. A noite ao seu redor ondulou. Seu temperamento não melhorara depois de descobrir que Ariadne havia abandonado o navio. Fugido assim que ninguém estava olhando e partido para onde só os deuses sabiam. Não culpava a dragoa. Só estava... puto por não ter previsto a situação.

— Que porra você quer que eu diga? — perguntou a Day.

— Devo a você um pedido de desculpas pelo nosso último encontro. Eu tive um dia difícil. Meu temperamento levou a melhor.

— Você falou a verdade. Por que se incomoda em pedir desculpas por isso?

— Não é a verdade. Eu… — Pareceu se atrapalhar com as palavras. — Você sabe quando foi a última vez que eu conversei honestamente com alguém? Quando eu falei pela última vez com alguém como eu falo com você, de forma tão autêntica e fiel a mim mesma?

— Imagino que há um bom tempo.

Daybright cruzou os braços, abraçando o próprio corpo.

— Sim.

— Posso fazer uma pergunta?

Inclinou a cabeça.

— O quê?

Ruhn esfregou o pescoço, o ombro.

— O que acha que faz de alguém um bom líder? — A pergunta era ridícula, uma redação do segundo ano, mas depois de tudo que tinham passado…

A agente não se esquivou.

— Alguém que ouve. Que pensa antes de agir. Que tenta entender pontos de vista diferentes. Que faz o que é certo, mesmo o caminho sendo longo e árduo. Que dá voz a quem não a tem.

Seu pai não era nada dessas coisas. Exceto por pensar antes de agir. O macho tinha maquinações em curso há décadas. Séculos.

— Por que a pergunta?

Ruhn deu de ombros.

— Toda essa coisa com os rebeldes me fez pensar nisso. Em por quem vamos substituir os asteri. Quem nós *queremos* que os substitua.

Estudou o macho, seu olhar como um ferrete na pele dele.

— O que *você* acha que faz de alguém um bom líder?

Ruhn não sabia. Apenas que não tinha total certeza se ele se encaixaria no que havia descrito também. E o que isso significava para seu povo?

— Estou tentando descobrir. — Caso se tornasse rei um dia, que tipo de governante seria? Tentaria fazer o certo, mas…

Silêncio recaiu, companheiro e confortável.

Então Day suspirou, chama azul ondulando da boca da agente.

— Não estou acostumada com esse tipo de coisa.

Sentou-se no próprio sofá.

— Que tipo de coisa?

— Amizade.

— Você me considera um amigo?

— Em um mundo cheio de inimigos, você é meu único amigo.

— Bem, talvez eu devesse dar a você aulas de amizade, porque você é uma merda nisso.

Ela gargalhou, um som que transparecia algo além de só alegria.

— Tudo bem, eu mereci isso.

Deu a ela um meio-sorriso, embora Day não pudesse ver.

— Lição número um: não cague na cabeça dos seus amigos quando você teve um dia ruim.

— Certo.

— Lição dois: seus verdadeiros amigos não se importam quando você faz isso, contanto que assuma e peça desculpas. Normalmente pagando uma cerveja para eles.

Outra gargalhada, mais suave dessa vez.

— Vou pagar uma cerveja para você, então.

— Ah, é? Quando vier me visitar?

— É — disse, a palavra ecoando. — Quando eu for visitar você.

Levantou-se e foi até o seu sofá, olhando-a.

— Que será quando, Day?

Day inclinou a cabeça para trás, como se o encarasse.

— No Equinócio de Outono.

Ruhn ficou imóvel.

— Você... o quê?

Levou a mão em chamas até a cabeça, à orelha. Como se estivesse colocando uma mecha de cabelo para trás. Day se levantou, dando a volta pelo sofá. Colocando o móvel entre os dois ao dizer:

— Preciso comparecer ao baile para os arcanjos. Eu poderia... encontrar você em algum lugar.

— Eu vou a esse baile — disse sem saber se sua voz tinha ficado rouca. Para ser convidada, devia ser importante, exatamente como suspeitava. — A festividade de equinócio é sempre um baile mascarado. Nós podemos nos encontrar lá.

Day recuou um passo quando Ruhn deu a volta no sofá.

— Na frente de tanta gente?

— Por que não? Nós dois estaremos de máscara. E nós dois fomos convidados para a festa, então por que seria suspeito que duas pessoas conversassem lá?

Jurava que ouviu o coração da fêmea batendo acelerado. Day perguntou:

— Como vou saber quem você é?

— A festa é no jardim de inverno do telhado do Comitium. Tem uma fonte do lado oeste, assim que se sai da escada para o jardim de inverno. Me encontre lá à meia-noite.

— Mas como posso ter certeza de que não vou confundir você com alguém?

— Se eu achar que é você, direi "Day"? E, se você responder com "Night", nós saberemos.

— Não deveríamos.

Ruhn deu um passo em sua direção, sua respiração irregular.

— É tão ruim assim se eu souber quem você é?

— Coloca tudo em risco. Até onde eu sei, você poderia estar me usando como isca para os asteri…

— Olhe para mim e me diga se acha que isso é verdade.

Olhou para ele. Ruhn se aproximou o bastante para que o calor de sua chama o aquecesse.

Decidindo mandar tudo ao Inferno, esticou sua mão para a dela. A chama aqueceu sua pele de noite, mas não queimou. A mão sob o fogo era esguia. Delicada.

Os dedos dela se contraíram contra os dele, mas Ruhn segurou firme.

— Estarei à sua espera.

— E se eu não for exatamente o que você espera?

— O que acha que eu espero?

Mais uma vez, os dedos se contraíram, como se fosse retraí-los.

— Não sei.

Puxou o braço da fêmea, aproximando-a um pouco mais. Quando tinha sido a última vez que precisara se esforçar para conseguir a atenção de alguém? Porra, ele *estava* se esforçando por isso, não estava? Queria ver o seu rosto. Saber quem era ousada e corajosa o bastante para arriscar a vida repetidas vezes para desafiar os asteri.

Ruhn encarou o véu de chamas entre ele e Day.

— Quero sentir seu cheiro. Ver você. Mesmo que por um momento.

— Aquele baile vai estar apinhado com nossos inimigos.

— Então não ficaremos muito tempo. Mas… apenas me encontre, está bem?

Ficou calada, como se estivesse tentando perfurar o cobertor de estrelas que Ruhn usava.

— Por quê?

Sua voz baixou.

— Você sabe por quê.

Day hesitou. Então falou, baixinho:

— Sei.

Suas chamas pareceram buscar as estrelas e as sombras do príncipe.

— Meia-noite.

Dissipou em brasas ao vento.

— Meia-noite — prometeu Day.

58

Duas semanas depois, Hunt fazia uma careta para seu reflexo no espelho. Puxou a gravata-borboleta branca do smoking, já se sentindo estrangulado por aquela coisa estúpida.

Queria usar seu traje de batalha para a festa, mas Bryce tinha armado uma intervenção na semana anterior e exigido que o anjo usasse alguma coisa "minimamente normal". *Depois você pode voltar a ser o predador noturno que todos amamos tanto,* dissera.

Hunt grunhiu, dando uma última olhada em si mesmo antes de gritar para o outro lado do apartamento:

— Essa é a melhor aparência que posso ter, então vamos embora. A van está lá embaixo.

Certamente não conseguiria enfiar as asas no habitual sedan preto que o Rei Outonal teria mandado para Bryce, mas pelo menos o babaca tinha mandado uma van. Cormac era o acompanhante oficial dela para a festa, e sem dúvida estava esperando no veículo. Provavelmente havia sido Cormac quem convencera o Rei Outonal a trocar para uma van para que o "convidado" de Bryce se juntasse a eles.

Bryce tinha fervilhado de ódio a cada nova ordem que viera do Rei Outonal: as joias que deveria usar, as roupas, a altura dos saltos, o comprimento das unhas, o tipo de carro que tomariam, quem sairia do carro primeiro, como *ela* sairia do carro, aparentemente, seus tornozelos e os joelhos deveriam ficar eternamente grudados em público, e, por fim, o mais revoltante, o que e como deveria comer.

Nada. Essa era a resposta curta. Uma princesa feérica não comia em público, era a resposta longa. Talvez uma bebericada de sopa ou uma solitária pequena mordida para ser educada. E uma taça de vinho. Nada de destilados.

Bryce lera a lista de mandamentos uma noite depois de foderem no chuveiro, e tinha ficado tão transtornada que Hunt precisou chupá-la até que a fêmea se acalmasse. Demorou-se provando-a, saboreando cada lambida no delicioso e provocador sexo de Bryce.

Mesmo fodendo com ela à noite e depois do trabalho, não conseguia se saciar. Encontrava-se no meio do dia desejando Bryce. Já tinham transado duas vezes no escritório dela, bem na mesa, o vestido de Bryce puxado até a cintura, a calça do anjo mal aberta enquanto a estocava.

Não haviam sido pegos, graças aos deuses. Não apenas pelos colegas de trabalho da fêmea, mas por qualquer um que relatasse a Cormac, ao Rei Outonal. Já tinha uma batalha com o pai por causa de Hunt ainda morar ali com ela. No entanto, depois daquela noite...

Hunt pegou a máscara dourada de onde a deixara na cômoda, porra, tão ridículo e dramático, passou para a sala comum, os dedos se agitando nos sapatos de couro lustroso. Quando tinha sido a última vez que usara qualquer coisa que não fossem as botas ou os tênis? Nunca. Literalmente jamais havia usado sapatos como aqueles. Quando era jovem, eram sandálias de amarrar ou botas, e então botas durante séculos.

O que sua mãe pensaria daquele macho no espelho? Esforçou para se lembrar de seu sorriso, de como os olhos dela poderiam ter brilhado. Queria que ela estivesse ali. Não apenas para vê-lo, mas saber que tudo que se esforçara para prover tinha dado resultados. Para saber que poderia cuidar dela agora.

Bryce soltou um assovio do outro lado da sala comum, fazendo Hunt levantar o rosto, afastando a antiga pontada no coração.

Todo o fôlego deixou seu peito.

— Puta merda.

Ela estava...

— Puta merda — disse de novo. Bryce gargalhou. Hunt engoliu em seco. — Você está linda pra caralho.

A fêmea corou e a cabeça do anjo começou a rugir, o pau se retesou. Queria lamber aquele rubor, queria beijar cada centímetro do sorriso dela.

— Eu não tive coragem de colocar a tiara — disse Bryce, levantando o pulso e girando a coroa com típica irreverência.

— Não precisa dela.

Não precisava mesmo. O vestido preto cintilante abraçava cada curva exuberante antes de se afrouxar na altura do joelho, derramando-se em uma cauda de noite sólida. O decote profundo parava abaixo de seus seios, emoldurando a estrela entre eles, atraindo o olho para a cicatriz evidente.

Luvas pretas subiam até seus cotovelos, e os dedos vestidos com cetim brincavam com um dos brincos pendurados de diamantes que brilhavam contra a coluna do pescoço de Bryce. Deixara o cabelo solto, um pente de diamante prendendo um dos lados, a seda espessa que era o cabelo caindo sobre o ombro oposto. Segurava o cabo de uma máscara de prata com a outra mão.

Lábios fartos, vermelho-sangue, sorriram para ele sob olhos emoldurados por uma pincelada de kajal. Maquiagem simples, e completamente devastadora.

— Por Solas, Quinlan.

— Você também está um arraso.

Hunt esticou as lapelas do smoking.

— É?

— Quer ficar em casa e foder em vez de ir?

Hunt gargalhou.

— Muito majestoso da sua parte. Em qualquer outra noite, minha resposta seria sim. — Ofereceu o braço a ela. — Vossa Alteza.

Bryce riu e o aceitou, aproximando seu corpo ao do anjo. Hunt inspirou seu cheiro, o jasmim de seu perfume. Colocou a tiara na cabeça em um ângulo torto, a pequena ponta de diamante sólido cintilando como se acesa por luz estelar. Hunt a endireitou para Bryce, e a levou pela porta.

Em direção ao mundo que os aguardava.

* * *

Ruhn se curvou diante dos arcanjos sentados. Hypaxia, ao seu lado, também se curvou.

Era um merdinha mentiroso, pensou Ruhn, cruelmente, enquanto vestia um smoking preto com camisa preta uma hora antes. Concordara em ser o par de Hypaxia, como seu noivo, como Príncipe Herdeiro, não tinha muita escolha além de estar ali, mas não conseguira parar de pensar em Day. Em se ela apareceria em poucas horas.

Já havia vigiado a fonte pelas portas oeste. Estava à sombra, além do imenso jardim de inverno de vidro, a cerca de 4,5 metros da escada que dava para fora do prédio e para a noite estrelada.

Não falara com Day desde que tinham combinado de se encontrar. Ruhn havia tentado falar com ela, sem sucesso. Será que ela estaria ali naquela noite, como prometera? Será que já estava no jardim de inverno lotado?

Retirou a máscara preta entalhada para fazer seu cumprimento formal aos arcanjos, quando desviou a atenção de Celestina e Ephraim, Ruhn observou a multidão mais uma vez.

Lindos vestidos, lindas damas, estavam mascaradas, mas conhecia a maioria delas. É óbvio que Day poderia ser alguém que conhecia. Ruhn não fazia ideia do que procurar. De *onde* sequer procurar por ela no amplo espaço iluminado por velas, enfeitado com guirlandas e festões de folhas outonais trazidas dos climas mais frios no norte. Crânios alados e foices estavam intercalados com um arco-íris de abóboras outonais em todas as mesas. Day poderia estar em qualquer lugar.

A segurança foi uma loucura quando o par chegou. Era o espetáculo da 33ª, e o comandavam como os psicóticos paranoicos que eram. Soldados estavam posicionados do lado de fora das portas e pairando no céu. Baxian e Naomi tinham conferido identidades e convites às portas. Continuariam ali a noite toda, mesmo enquanto outros membros dos triários festejavam. Ninguém do pessoal de Ephraim havia sido convocado para montar guarda. Se por falta de confiança, por privilégio, Ruhn não sabia.

Sem sinal de Pippa Spetsos ou do esquadrão da Ocaso dela, ou qualquer outra unidade da Ophion recentemente, mas lobos ferais ainda espreitavam as ruas. E o salão de baile.

Ruhn colocou a máscara dizendo à Hypaxia:

— Posso pegar alguma coisa para você?

Estava esplendorosa em um vestido de baile azul-real, a coroa de amoras brancas cintilando entre o cabelo preto preso para o alto. Cabeças se viravam para notar sua beleza, visível até com a máscara de asas brancas que havia colocado.

— Estou bem, obrigada. — Deu um sorriso agradável.

Ithan, usando um smoking tradicional às suas costas, deu um passo adiante, a máscara de lobo prateada brilhando à primalux que pendia ao longo do jardim de inverno exuberante.

— A filha da Rainha do Rio gostaria de conhecer você — murmurou, indicando para onde Tharion estava de pé, o rosto impassível, ao lado de uma jovem fêmea deslumbrante de cabelos cacheados. O primeiro parecia um pouco severo, o que era incomum, mas a fêmea, usando turquesa translúcido, fervilhava com energia. Animação.

Uma pequena bomba na outra noite. Tharion tinha se acomodado muito confortavelmente na vida com Ruhn e seus amigos... até que recebeu o bilhete da lontra da Rainha do Rio instruindo-o a ir àquele baile com sua filha.

Aparentemente, a coleira tem fim, dissera Tharion, quando Ruhn perguntou, e foi isso.

Hypaxia sorriu para Ithan.

— Sem dúvida. Eu adoraria conhecê-la. — Ithan ofereceu seu braço, Hypaxia disse a Ruhn: — Dançamos mais tarde?

— É — respondeu Ruhn, então fez uma rápida reverência. — Quero dizer, sim. Eu ficaria honrado. — Hypaxia deu a ele um olhar estranho, de avaliação, mas saiu com Ithan.

Precisava de uma bebida. Uma bebida forte da porra.

Ruhn estava a meio caminho de um dos seis bares liberados do espaço, cada um deles lotado, quando sua irmã e Cormac entraram.

Bryce parecia uma princesa, e não tinha nada a ver com a coroa, uma herança da casa Danaan que o pai havia ordenado que usasse naquela noite. As pessoas a encaravam, muitas sem gentileza.

Ou talvez sua atenção estivesse em Athalar. O anjo entrou alguns passos atrás do casal real. Aparentemente, recebera a noite de folga de Celestina, mas como o macho podia suportar caminhar atrás do par, vendo a mão de Bryce no braço de outro homem...

No entanto, o rosto de Athalar não revelou nada. Era o Umbra Mortis mais uma vez.

Um lampejo vermelho pelo espaço atraiu a atenção de Ruhn. Seu pai se dirigiu até Bryce e Cormac. O Príncipe de Avallen parecia inclinado a recebê-lo no meio do caminho, mas Bryce puxou o braço de Cormac e o guiou até os arcanjos.

Alguns feéricos arquejaram diante da afronta, os pais de Flynn entre eles. Flynn, o traidor, tinha alegado que estava com uma dor de cabeça para evitar comparecer ao baile. Pelas expressões amarradas de seus pais ao verem Ruhn chegar sem Flynn ao encalço, soube que seu amigo não havia contado a eles. Uma pena para todas as moças elegíveis que, sem dúvida, tinham enfileirado para cortejar seu filho naquela noite.

Ignorando os feéricos desapontados, Bryce caminhou direto para a plataforma em que os arcanjos estavam sentados, furando a fila de convidados desejando felicidades. Ninguém ousou reclamar. Athalar seguia Bryce e Cormac, Ruhn notou a expressão tempestuosa do pai, também aproximando-se.

Bryce e Cormac se curvaram diante dos arcanjos, Celestina estava com as sobrancelhas erguidas quando virou de Hunt para Cormac.

— Meus parabéns a vocês dois. — Bryce falou.

— Obrigado — respondeu Ephraim, entediado e olhando para o bar.

— Avallen estende os desejos e expectativas para sua felicidade. — Comarc acrescentou.

Foi um alívio descobrir que Mordoc não iria à festa, que não seria capaz de dar rosto aos cheiros que provavelmente havia detectado no beco tantos dias antes. A Corça, no entanto, estava ali. Ruhn já avisara a seu primo que ficasse longe da fêmea, não importava o quanto seu sangue pudesse uivar por vingança.

— E nós estendemos nossos desejos a vocês também — disse Celestina.

— Obrigada — falou Bryce, dando um largo sorriso. — Príncipe Hunt e eu planejamos ser muito felizes.

Um arquejo ocupou a sala.

Bryce se virou parcialmente para Hunt, que estendia a mão. O anjo foi até a parceira, olhos dançando com diversão maliciosa. Cormac parecia pego entre a surpresa e a fúria.

O salão parecia girar. Bryce não ousaria. Porra, ela não ousaria fazer uma manobra como aquela. Ruhn engoliu uma gargalhada de puro choque.

— Príncipe? — perguntou Celestina.

Bryce passou o braço pelo de Hunt, aproximando-se.

— Hunt e eu somos parceiros. — Um sorriso charmoso, brilhante. — Isso faz dele meu príncipe. Príncipe Cormac teve a bondade de me acompanhar esta noite, pois nos tornamos amigos próximos nesse mês. — Virou-se para a multidão. Imediatamente apontou o Rei Outonal, olhando com ódio e pálido para ela. — Achei que tivesse contado a ela, pai.

Puta merda.

Obedecera às regras até então para chegar àquele momento. Uma declaração pública de que estava com Hunt. De que Hunt era um príncipe, um príncipe dos feéricos.

O pai, que odiava escândalos públicos... podia ou arriscar chamar a própria filha de mentirosa, e com isso se humilhar, ou seguir a deixa.

O Rei Outonal disse, para a multidão chocada:

— Peço desculpas, Vossas Graças. A união de minha filha deve ter me fugido à memória. — Seus olhos ameaçavam Fogo do Inferno enquanto olhava para Bryce. — Espero que sua animação em anunciar sua união com Hunt Athalar não seja interpretada como uma tentativa de ofuscar sua alegria esta noite.

— Ah, não — falou Celestina, cobrindo a boca com a mão para esconder um sorriso. — Eu parabenizo e dou minha bênção a você e Hunt Athalar, Bryce Quinlan. — Não ficaria mais oficial do que aquilo.

Ephraim resmungou e gesticulou para o garçom mais próximo pedindo uma bebida. Aproveitando a oportunidade, Bryce se curvou para os dois de novo, então virou Hunt para a multidão. Cormac teve a perspicácia de acompanhar, mas os deixou perto de uma pilastra depois de dizer uma palavra a Bryce. Marchou até o Rei Outonal.

Então Ruhn foi até eles, e Bryce riu com deboche.

— Coroa maneira.

Indicou o queixo para ela.

— É só isso que tem a dizer?

Bryce deu de ombros.

— O quê?

Franziu a testa indicando além de seu ombro. Certo. Havia muita gente com audição vanir prestando atenção. Gritaria com ela depois.

Contudo... não precisaria fazê-lo. Tinha encontrado uma saída daquela merda toda. Sua própria, genial e ousada saída.

— Fico muito feliz que você seja minha irmã — falou Ruhn.

Bryce deu um sorriso tão largo que exibiu todos os seus dentes.

Ruhn afastou seu choque e disse a Athalar:

— Smoking elegante. — Acrescentou, apenas para ser um babaca: — Vossa Alteza.

Athalar puxou o colarinho.

— Não é à toa que você tem todos esses piercings, se é assim que se espera que se vista nessas coisas.

— Primeira regra de ser príncipe — falou Ruhn, sorrindo. — Rebele-se como puder. — Considerando o que estavam todos fazendo ultimamente, era o eufemismo do ano.

Hunt grunhiu, mas Ephraim e Celestina se levantaram do entorno nos fundos do jardim de inverno, uma tela imensa descendo de um painel no teto de vidro. Um projetor começou a zumbir.

— Amigos — ecoou a voz nítida de Celestina pela multidão. Qualquer um que estivesse falando calou a boca na mesma hora. — Agradecemos a vocês por terem vindo comemorar nossa união nesta linda noite.

A voz grave de Ephraim ecoou:

— É com muita alegria que Celestina e eu anunciamos nossa parceria. — Ele deu um leve sorriso para sua parceira deslumbrante. — É com muita alegria que nós damos as boas-vindas remotamente aos nossos convidados de honra.

As luzes diminuíram, deixando apenas luz de velas suave que tornava os crânios decorativos ainda mais ameaçadores. Então a tela piscou, revelando sete tronos. Uma visão mais agourenta do que qualquer caveira ou foice.

Seis dos tronos estavam preenchidos. O sétimo tinha sido deixado vazio, como sempre, graças ao Príncipe do Fosso.

Um calafrio percorreu os braços de Ruhn quando os asteri friamente observaram a festa.

59

Bryce não conseguia tomar fôlego.

Os asteri os encaravam como se pudessem ver através da tela. Vê-los reunidos ali.

Deviam ser capazes disso, percebeu Bryce. Sua mão deslizou para a de Hunt, o anjo a apertou forte, uma asa cinza se fechando ao seu redor. Pelos deuses, ele estava lindo naquela noite.

Bryce havia percebido que aquela festa era o único local em que seu pai não ousaria desafiá-la. Onde qualquer união com Hunt poderia ser verificada e reconhecida por arcanjos. Vestira e fizera tudo que ele mandara... tudo para poder estar ali naquela noite. Tinha corrido até a plataforma ao chegar para que pudesse anunciar Hunt como seu parceiro antes que seu pai pudesse apresentá-la como noiva de Cormac.

Alívio e animação, e um pouco de arrogância, haviam passado por ela. Seu pai executaria sua vingança depois. Naquela noite, contudo... comemoraria a vitória. Sabia que Hunt se interessava tão pouco em ser príncipe quanto ela em ser princesa. Ainda assim, tinha feito aquilo. Por ela. Por eles.

Bryce estava prestes a arrastar Hunt para um armário ou guarda-roupas para foder até a inconsciência quando a tela desceu. E agora, encarando as seis figuras imortais, o rosto jovial de Rigelus...

Felizmente, outras pessoas no salão também estavam trêmulas. Seu coração batia forte como um tambor.

Celestina e Ephraim se curvaram, e todos acompanharam o gesto. As pernas de Bryce tremeram nos calcanhares quando fez isso. Hunt apertou sua mão de novo, mas manteve a concentração no chão, odiando o medo primordial, o terror de saber que aqueles seres os julgavam, e que com uma palavra poderiam matar a todos, poderiam matar sua família...

— Nossos parabéns a vocês, Celestina e Ephraim — cantarolou Rigelus com a voz que não pertencia ao corpo adolescente que sua alma deturpada habitava. — Nós estendemos nossos desejos de uma parceria feliz e fértil.

Celestina e Ephraim abaixaram a cabeça em agradecimento.

— Somos gratos por sua sabedoria e bondade em nos unir — falou Celestina. Bryce tentou sem sucesso detectar o tom subjacente ali. Será que fora sincero? Será que a leve tensão vinha de uma mentira ou de estar diante dos asteri?

Octartis, a Estrela do Sul, a asteri à direita de Rigelus, falou, sua voz parecendo gelo estalando:

— Entendo que outra felicitação também se faz necessária.

Um calafrio disparou pela coluna de Bryce quando Rigelus falou:

— Princesa Bryce Danaan e Príncipe Hunt Athalar. — Foi uma ordem. Um comando.

A multidão recuou. Dando aos asteri a visão livre deles.

Ai, deuses. O sangue de Bryce sumiu do rosto. Como já sabiam? Será que as câmeras ao seu lado estavam ligadas o tempo todo, permitindo que os asteri assistissem e ouvissem sem serem vistos?

Então o Rei Outonal estava ali, curvando-se ao lado dela.

— Apresento minha filha a vocês, Divinos — entoou.

Se perguntou se o rei odiava se curvar às entidades. Bryce sentiu-se satisfeita pra caralho ao vê-lo fazer aquilo, mas não havia tempo para aproveitar o momento. Bryce se curvou também, ao murmurar:

— Salvem os asteri.

Cormac apareceu do outro lado de seu pai, curvando-se profundamente. Como Príncipe Herdeiro de Avallen, não tinha outra escolha.

Ficara furioso com a manobra dela. Não por ter rompido o noivado, mas por não tê-lo avisado com antecedência. *Mais alguma surpresa esta noite, princesa?*, disparara ele a ela antes de marchar para falar com o Rei Outonal. *Você rompeu nosso acordo. Não vou me esquecer disso.*

Não respondeu, mas… Será que os asteri sabiam que um de seus mais destemidos rebeldes estava diante deles, bancando o príncipe? Será que sabiam como ela o havia ajudado, trabalhado juntos? Se soubessem, estariam todos mortos.

— E apresento o seu parceiro e consorte, Príncipe Hunt Athalar — dizia o Rei Outonal em tom áspero, sua reprovação latente. Poderia muito bem matá-la por aquilo. Se Cormac não a matasse primeiro.

Contudo, de acordo com a lei feérica, Bryce era agora propriedade de Hunt. Reconhecida nos últimos minutos tanto pelos arcanjos quanto pelos asteri. Se aquilo deixava Hunt desconfortável, ressentia-se do novo título ou dos seres diante dele, não mostrou sinal ao se curvar, a asa roçando as costas da fêmea.

— Salvem os asteri.

— Levantem-se — disseram os asteri, e então Bryce, Hunt e seu pai ergueram-se. Existiam tantos olhos neles. Naquela sala, naquele aposento na Cidade Eterna. Os de Rigelus, especialmente, a perfuravam. Sorriu de leve. Como se soubesse de tudo que havia feito nas últimas semanas. Cada atividade rebelde, cada pensamento insurgente.

Bryce se odiou por abaixar o olhar. Mesmo sabendo que Hunt continuava encarando Rigelus.

A Radiante Mão dos Asteri falou:

— Tantas uniões felizes esta noite. É nosso desejo que todos vocês participem das festividades. Vão e comemorem o Dia da Morte em paz.

Todos se curvaram de novo, e a tela escureceu. Mais do que algumas pessoas soluçaram, como se estivessem sufocando o som.

Ninguém falou por vários segundos enquanto as luzes se intensificavam. Então a banda recomeçou um pouco fora de cadência, como se os músicos precisassem de um minuto para se recompor. Até mesmo os arcanjos estavam um pouco pálidos ao ocuparem seus lugares.

Bryce encarou seu pai. O Rei Outonal disse em uma voz tão baixa que ninguém poderia ouvir:

— Sua vadiazinha.

Bryce deu um largo sorriso.

— É "Sua vadiazinha, *Vossa Alteza*". — Saiu marchando para a multidão. Não deixou de notar Hunt rindo do rei, lançando a ele um piscar de olho que nitidamente dizia: *Qualquer movimento e eu frito você, seu merda.*

Mas ela precisou tomar alguns longos fôlegos ao parar no limite da pista de dança, tentando recuperar a compostura.

— Você está bem? — perguntou Hunt, agarrando o ombro de Bryce.

— Sim, Vossa Alteza — murmurou.

Athalar riu inclinando-se para sussurrar em seu ouvido:

— Achei que você só me chamasse assim na cama, Quinlan. — De fato. *Porra, você é meu príncipe,* dissera Bryce gemendo na noite anterior enquanto o anjo estocava o pau em seu corpo.

Bryce encostou em Hunt, afastando os resquícios do gelo dos asteri.

— Não acredito que conseguimos.

Hunt soltou uma risada baixa.

— Vamos sofrer o Inferno. — Vindo do pai dela. Naquela noite, no entanto, ele não podia fazer nada. Ali, na frente de toda aquela gente, ele não podia fazer absolutamente nada.

Então Bryce disse:

— Dança comigo?

Hunt ergueu uma sobrancelha.

— Sério?

— Você sabe dançar, não é?

— Óbvio que sei. Mas… Faz muito tempo desde que dancei com alguém.

Desde Shahar, provavelmente. A fêmea entrelaçou seus dedos.

— Dança comigo.

Os primeiros passos foram duros, hesitantes. Seu braço deslizou pela cintura dela, a outra mão segurava a de Bryce, conduzindo-a na doce balada que vinha da banda. Com tantos assistindo, foi preciso um verso ou dois para encontrarem seu ritmo.

Hunt murmurou:

— Olhe só para mim e foda-se o resto deles.

Seus olhos brilharam com desejo e alegria, a fagulha que era tão característica de Hunt. A estrela em seu peito brilhou, totalmente exposta. Alguém arquejou, mas Bryce manteve a atenção em Hunt. Sorriu de novo.

Era tudo que importava, aquele sorriso. Entraram em um movimento tranquilo, e, quando Hunt a girou, sorriu de volta.

Bryce girou para os braços do anjo, que não perdeu um passo, levando-a pela pista de dança. A fêmea teve a vaga sensação de Ruhn e Hypaxia dançando ao redor, Celestina e Ephraim também, de Baxian e Naomi, Isaiah agora com eles, montando guarda às portas, mas não conseguia tirar os olhos de Hunt.

Athalar deu um beijo na boca de Bryce. O universo inteiro se derreteu junto. Eram apenas eles, seriam apenas eles, dançando juntos, as almas se entrelaçando.

— Tudo que aconteceu comigo foi para que eu pudesse conhecer você, Quinlan. Estar aqui com você. Sou seu. Para sempre.

Sua garganta se contraiu, e a estrela em seu peito se iluminou, acendendo o jardim de inverno todo como uma pequena lua. Bryce o beijou de volta, sem se importar com quem via, apenas que ele estava ali.

— Tudo que sou é seu — disse, contra os lábios dele.

***

Hypaxia parecia distraída enquanto Ruhn dançava com ela, fazendo o melhor para evitar observar Hunt e Bryce lançando olhares apaixonados um para o outro. Evitar ouvir os comentários que acompanhavam sua passagem.

O Umbra Mortis... agora um príncipe feérico. Que desgraça. Os insultos e as injúrias fluíam além de Ruhn, ousados o bastante para proferi-las independentemente da segurança das máscaras. Não que as máscaras escondessem seus cheiros. Ruhn notava cada um.

Athalar tornara-se, por lei, seu irmão. E Ruhn não suportava pessoas falando merda de sua família. A família de que gostava, de toda forma.

Cormac já saíra, entrando em uma sombra e se teletransportando para fora. Uma pequena vitória, Cormac ficou tão distraído com a pequena surpresa de Bryce que não se dera ao trabalho de confrontar a Corça. Mesmo assim, Ruhn não culpava seu primo por esgueirar-se. Depois da manobra de Bryce, Cormac teria sido cercado por famílias feéricas ansiando apresentar suas filhas. Os pais de Flynn, com uma

Sathia de olhos atentos ao encalço, estavam nitidamente varrendo o salão de baile em busca de algum indício do príncipe avalleno.

Ruhn suprimiu seu sorriso ao pensar na caçada inútil e se concentrou em sua parceira de dança. Hypaxia parecia estar procurando alguém entre a multidão.

Seu coração deu um salto. Perguntou baixinho:

— Procurando alguém?

A bruxa pigarreou.

— Minha irmã. A Corça.

Seu peito encheu de alívio.

— Ao pé da plataforma. Ao lado de Pollux.

Hypaxia olhou na direção indicada no próximo giro. A Corça e o Martelo estavam de pé juntos, ambos usando máscaras pretas foscas, o anjo em um uniforme imperial branco com borda dourada. O vestido dourado e reluzente da metamorfa de cervo se ajustava ao seu quadril antes de descer até o chão. O cabelo loiro tinha sido preso no alto e, pela primeira vez, nenhuma gargantilha de prata adornava seu pescoço. Apenas brincos de ouro finos roçavam seus ombros.

— Eles formam um lindo par — murmurou Hypaxia. — No entanto, tão monstruosos por dentro quanto são belos por fora.

Ruhn grunhiu.

— É.

Hypaxia mordeu o lábio.

— Eu estava esperando até esta noite para abordá-la.

O macho estudou seu rosto.

— Você quer que eu vá junto? — Não podia oferecer menos.

— Acha que ela vai… reagir mal?

— Ela é inteligente demais para fazer uma cena. E não acho que a Corça é do tipo que faz isso. Ela é como meu pai. O pior que pode acontecer é ela ignorar você.

Hypaxia enrijeceu nos braços de Ruhn.

— Acho que você está certo. Eu preferiria acabar logo com esse encontro. Vai estragar o resto da minha noite remoer isso.

— Por que se encontrar com ela?

— Porque ela é minha irmã. E nunca falei com ela. Nem a vi pessoalmente.

— Eu me senti assim quando descobri que Bryce existia.

A rainha-bruxa assentiu distraidamente, seus olhos percorrendo a sala mais uma vez.

— Tem certeza de que não se importa de ir comigo?

Ruhn verificou o imenso relógio nos fundos do conservatório. Onze e cinquenta. Tinha tempo. Alguns minutos. Precisava de alguma coisa com que se distrair, de toda forma.

— Eu não teria oferecido se não estivesse certo.

Saíram da pista de dança, a multidão se abrindo para a linda rainha dirigindo-se à irmã. A Corça notou a aproximação de Hypaxia sem sorrir. Pollux, no entanto, sorriu sarcasticamente para Hypaxia, então Ruhn.

Hypaxia, para seu crédito, esticou os ombros ao parar.

— Lidia.

A boca da Corça se repuxou para cima.

— Hypaxia. — A voz era baixa, suave. Era uma demonstração descarada de desrespeito não usar o título da rainha. Nem mesmo se curvar.

Hypaxia disse:

— Eu gostaria de formalmente cumprimentar você. — Acrescentou: — Irmã.

— Eis um nome pelo qual *ninguém* jamais me chamou — falou Lidia.

Pollux riu com escárnio. Ruhn exibiu os dentes em aviso, recebendo um sorriso debochado como resposta.

Hypaxia tentou de novo.

— É um nome que eu espero que nós duas possamos ouvir com mais frequência.

Nem um pingo de bondade ou acolhida agraciou o lindo rosto da Corça, mesmo com a máscara.

— Talvez — disse Lidia, e voltou a encarar a multidão. Entediada e desinteressada. Uma dispensa e um insulto.

Ruhn olhou para o relógio. Precisava ir. Avançar devagar para as portas do jardim, então sair de fininho. Contudo, não podia deixar Hypaxia enfrentar a irmã sozinha.

— Está gostando de Lunathion? — tentou a bruxa.

— Não — respondeu a Corça em tom arrastado. — Acho esta cidade tediosamente plebeia.

O Martelo riu com deboche, e Hypaxia disse a ele, com assombrosa autoridade:

— Vá espreitar em outro lugar.

Os olhos de Pollux brilharam.

— Você não pode me dar ordens.

A Corça, no entanto, virou o olhar frio e interessado para o Martelo.

— Um minuto, Pollux.

O Martelo olhou Hypaxia com raiva, mas a rainha-bruxa permaneceu pouco impressionada e impassível diante do macho que havia matado para avançar no mundo durante séculos.

Ruhn viu sua chance e disse a Hypaxia:

— Darei a vocês duas um momento também.

Antes que a rainha pudesse protestar, recuou para a multidão. Era um merda por abandoná-la, mas…

Caminhou, sem ser notado e incomodado, até as portas oeste. Esgueirou-se por elas e desceu os cinco degraus até o chão de cascalho. Ruhn caminhou até a fonte que gorgolejava nas sombras além do alcance das luzes do conservatório e encostou nela, seu coração acelerado.

Dois minutos agora. Será que Day estaria lá?

Monitorou as portas, obrigando-se a inspirar e soltar o ar devagar.

Talvez aquela fosse uma má ideia. Porra, falara com a Corça e o Martelo. Aquele lugar *estava* lotado de inimigos, todos matariam ele e Day se fossem descobertos. Por que a havia arriscado daquela forma?

— Procurando alguém? — cantarolou uma voz feminina.

Ruhn se virou, seu estômago afundando quando viu a figura mascarada à sua frente.

A Harpia estava nas sombras atrás da fonte. Como se estivesse esperando.

60

Ruhn observou o rosto na escuridão. Não podia ser ela.

A porra da *Harpia?* Atentou ao cabelo escuro da fêmea, o corpo esguio, a boca provocadora...

— O que está fazendo aqui fora? — perguntou a Harpia, espreitando para mais perto, as asas escuras mais pretas do que a noite.

Ruhn se forçou a tomar fôlego.

— Day? — perguntou, em voz baixa.

A Harpia piscou.

— O que isso quer dizer?

O fôlego quase saiu com um sopro de dentro de Ruhn. Graças às merdas dos deuses que não era ela, mas, se a Harpia estava ali e a Agente Daybright estava prestes a aparecer... A Harpia e a Corça tinham aparecido no bar naquele dia, mas não vira mais a primeira desde então. E, sim, encontrar-se na fonte com outra pessoa não gritaria *contato rebelde*, mas, se a Harpia tinha alguma suspeita em relação a ele, ou quem quer que fosse Daybright, se ela os visse se encontrando...

Precisava sair dali. Voltar para o jardim de inverno e não colocar Day em perigo.

Como era idiota.

— Aproveite a festa — disse Ruhn à Harpia.

— Nenhum beijo roubado para mim no jardim? — debochou quando Ruhn marchou degraus acima.

Explicaria a Day mais tarde. O relógio indicava dois minutos depois da meia-noite, ela não fora. Ou talvez tivesse visto quem estava no jardim e decidiu não ir.

Visto quem também observava das sombras no alto das escadas.

Os olhos dourados da Corça brilharam na escuridão pela máscara. Ela o seguira. *Porra.* Será que suspeitava que ele estava saindo de fininho para se encontrar com alguém? Não dissera uma palavra, até onde Ruhn sabia, sobre a merda que tinha acontecido em Ydra, será que era para que pudesse por fim segui-los até uma recompensa maior?

A maior recompensa que uma caçadora de espiões poderia encontrar. Agente Daybright.

Ruhn encarou a Corça com irritação conforme passou por ela, que o observava com indiferença serena.

Puxou o colarinho da camisa ao entrar no barulho e calor da festa. Tinha chegado muito perto de ser pego pela Corça e pela Harpia, de fazer com que Day fosse pega.

Ruhn não se despediu de ninguém antes de dar o fora.

* * *

A língua de Hunt subia pelo pescoço de Bryce, a mão deslizando sobre sua boca para abafar seu gemido enquanto a conduzia pelo corredor escuro.

— Quer que alguém encontre a gente? — Sua voz soava gutural.

— Estamos oficiais agora. Não me importo. — Ainda assim, atrapalhou-se com a maçaneta da porta do guarda-roupas. De pé às suas costas, com a boca no pescoço de Bryce, Hunt conteve um gemido próprio quando a bunda da princesa pressionou seu pau excitado. Mais alguns segundos e estariam no guarda-roupa. E, alguns segundos depois disso, planejava estar dentro dela até as bolas.

Hunt sabia que Baxian e Naomi estavam bem cientes de que os dois não estavam seguindo por aquele corredor para usar o banheiro, mas os anjos vigiando a porta apenas riram para os dois.

— Está trancada — Bryce murmurou. Hunt bufou uma risada contra a pele morna dela.

— Que bom que você tem um alfa babaca grande e machão com você, Quinlan — disse Hunt, afastando-se. Pelos deuses, se alguém passasse por aquele corredor, veria sua calça e saberia o que estava prestes a acontecer. Hunt durara apenas três danças antes de precisar escapulir com ela. Voltariam logo para a festa. Depois que dessem uma boa e substancial fodida.

Maldito fosse se algum dia se chamasse de Príncipe Hunt, mas... valera a pena. O plano desajuizado que Bryce havia apresentado a ele mais de duas semanas antes, quando o honrara ao perguntar se ele faria aquilo.

Hunt passou os dentes pescoço dela, então a puxou um passo para trás. Bryce, ofegando baixinho, o rosto tão corado de desejo que fazia seu pau latejar sorria maliciosamente para o anjo.

— Observe e aprenda, amor — disse Hunt batendo com o ombro na porta.

A fechadura se estilhaçou, Hunt não hesitou ao puxá-la para dentro. Seus braços deslizaram em torno do pescoço do macho, alinhando-se inteira a ele, Hunt puxou a perna de Bryce para enroscá-la em sua cintura, preparando-se para erguê-la...

Um gritinho de surpresa o fez parar.

Hunt se virou, a mente tentando alcançar o que seus sentidos estavam berrando.

Mas ali estavam. Ali estavam elas.

O vestido de Celestina tinha sido puxado para baixo, expondo um seio farto e redondo. Reluzente, como se alguém o estivesse lambendo.

Mas não era Ephraim que estava diante da arcanjo, posicionado entre a fêmea e Hunt. Não era Ephraim cujas próprias roupas estavam tortas, o cabelo embaraçado, os lábios inchados.

Era Hypaxia.

* * *

Hunt não tinha ideia do que dizer.

Bryce pigarreou e se colocou diante de Hunt, bloqueando sua ereção gritante da vista.

— Acho que a porta trancada significa *já está ocupado*, né?

Hypaxia e Celestina apenas os encaravam, seus cabelos parcialmente caindo dos elegantes penteados.

Hunt lenta e silenciosamente fechou a porta às suas costas. Levantou as mãos. Porque havia um suave brilho de poder começando a cintilar em torno de Celestina. A ira de um arcanjo, preparando-se para atacar um inimigo.

O macho não conseguiu impedir o próprio relâmpago de responder, o seu poder queimando seu corpo. Se Celestina atacasse, ele a enfrentaria.

Bryce disse, sem fôlego, para Hypaxia, ao sentir a tempestade se formando no guarda-roupa:

— Eu, hã, nunca estive nesse tipo de situação antes.

Hypaxia olhou para a governadora, cujos olhos tinham ficado brancos, incendiando-se com poder, e disse a Bryce, em uma tentativa de ser casual:

— Nem eu.

A única forma de entrar ou sair era a porta às costas de Hunt. A não ser que Celestina explodisse o topo do prédio inteiro. Hunt colocou a mão no ombro de Bryce.

Mas a parceira disse animada:

— Caso a gente precise deixar claro, não vamos contar nada.

Hypaxia assentiu sabiamente.

— Nós agradecemos a vocês. — Olhou para a arcanjo, sua amante. — Celestina.

A governadora não tirou os olhos de Hunt. Se o macho sequer respirasse errado, ela o mataria. Porra, em dois segundos. Hunt sorriu, no entanto. Ela poderia *tentar* matá-lo.

— Meus lábios estão selados.

As asas brilharam tanto que o guarda-roupa inteiro se iluminou.

— Você ameaça a pessoa que eu amo — disse Celestina, a voz ecoando com poder. — Por infringir no que Ephraim considera seu, ele vai acabar com a vida dela. Ou os asteri a matarão para servir de exemplo.

Bryce manteve as mãos para o alto.

— Os asteri provavelmente vão me matar também, em algum momento. — Hunt virou a cabeça para a sua parceira. Ela não faria...

— Eu gosto de você — disse Bryce, em vez disso, e Hunt tentou não suspirar aliviado por Bryce não ter explicado suas atividades rebeldes. — Acho que você é boa para esta cidade. Ephraim e o séquito de perdedores dele, não muito, mas, depois que ele for para casa, acho que você vai tornar Lunathion ainda mais... incrível. — Hunt lançou um olhar incrédulo para ela, o qual respondeu dando de ombros. Os olhos de Bryce encontraram os de Celestina. Sua estrela brilhou.

De um poder para outro. De uma fêmea para outra. De governadora para... *princesa* não era a palavra certa para a expressão que percorreu o rosto de Bryce, sua mudança de postura.

Outra palavra se formou na língua do anjo, mas Hunt não permitiu que se arraigasse, não se permitiu pensar em todas as implicações letais que a outra palavra envolveria.

Bryce disse, com aquela atitude de mais-do-que-princesa:

— Não tenho planos de ferrar com você. Com nenhuma de vocês. — Encarou Hypaxia, que estava dando a Bryce o olhar de mais-do-que-princesa também. — Somos aliadas. Não apenas politicamente, mas... como fêmeas que precisaram fazer umas escolhas difíceis de merda. Como fêmeas que vivem em um mundo onde machos mais poderosos nos veem apenas como objetos de procriação. — Hypaxia assentiu de novo, mas Celestina continuou olhando fixamente para Bryce. Uma predadora avaliando o melhor lugar para atacar.

Hunt acumulou seu poder novamente. Bryce prosseguiu:

— Não sou a égua premiada de ninguém. Eu me arrisquei com este babaca — indicou Hunt com o polegar, e o anjo a olhou boquiaberto — e, por sorte, deu certo. E eu só quero dizer que — engoliu em seco — se vocês duas quiserem se arriscar uma com a outra, tocar o foda-se para os arranjos com Ephraim e Ruhn, então estou com vocês. Nós precisaríamos enfrentar os asteri, mas... olhem o que eu fiz esta noite. O que quer que eu puder fazer, qualquer influência que eu tiver, é de vocês. Mas vamos começar saindo deste armário inteiras.

Silêncio recaiu.

E devagar, como um sol se pondo, o poder da arcanjo diminuiu até que apenas sua silhueta brilhasse. Hypaxia colocou a mão no ombro da amante, em prova de que estavam seguras.

Celestina disse, alisando suas roupas elegantes:

— Não é que não tivemos escolha nisso. Quando o Rei Outonal veio pedir a mão de Hypaxia pelo filho dele, fui eu quem a encorajou a aceitar. Mas quem eu amo, de quem sou parceira… essas são decisões que não tenho direito de fazer, como arcanjo.

Hunt grunhiu.

— Eu conheço essa sensação. — Diante da sobrancelha arqueada de Celestina, apontou para o pulso marcado. — Escravizado, lembra?

— Talvez haja um tênue limite entre governadora e escravizado — refletiu Hypaxia.

Celestina admitiu:

— Achei que Hypaxia poderia se casar com o príncipe, talvez em um sentido político, e, quando tempo o bastante tivesse passado, nós poderíamos… retomar nosso relacionamento. Mas então os asteri deram a ordem sobre Ephraim e eu me vi com pouca escolha além de acatar.

Bryce perguntou em voz baixa:

— Por acaso Ephraim…

— Eu concordei — disse a governadora, com firmeza. — Embora eu não possa dizer que achei agradável. — Hypaxia beijou a bochecha da amante.

Era por isso que Celestina parecera tão inquieta antes da primeira noite com Ephraim, tão assombrada depois daquilo, porque seu coração estava em outro lugar.

Bryce disse às fêmeas:

— Enquanto você quiser e precisar manter isso em segredo, não sussurraremos nada a ninguém. Você tem minha palavra.

E ocorreu a Hunt, quando as duas fêmeas assentiram, que Bryce havia de alguma forma conquistado sua confiança, tinha se tornado alguém em quem as pessoas confiavam irredutivelmente.

Uma mais-do-que-princesa, de fato.

Hunt sorriu para sua parceira e disse:

— Bem, provavelmente devemos voltar. Antes que alguém entre e encontre todos nós aqui e pense que estou tendo a melhor noite da minha vida. — Hypaxia e Bryce gargalharam, mas o sorriso de resposta de Celestina foi tímido.

Bryce pareceu reparar nisso e passou o braço pelo da rainha-bruxa, guiando-a em direção à porta e murmurando:

— Vamos discutir o quanto esta noite vai irritar o Rei Outonal e como isso vai ser maravilhoso — ao partirem, deixando Hunt e Celestina sozinhos.

A arcanjo o observou. Hunt não ousou se mover.

— Então você é realmente um príncipe agora — falou Celestina.

Hunt piscou.

— Hã, é. Acho que sim.

A governadora passou em direção até onde sua amante tinha ido para o corredor.

— Há uma linha tênue entre príncipe e escravizado também, você sabe.

O peito de Hunt se apertou.

— Eu sei.

— Então por que aceitar o fardo? — perguntou ela, fazendo uma pausa.

Bryce parecia unha e carne com a rainha-bruxa caminhando de braços dados.

— Ela vale a pena.

Contudo, Celestina disse, com o rosto solene:

— O amor é uma armadilha, Hunt. — Balançou a cabeça, mais para si mesma do que para ele. — Uma da qual eu não sei me libertar.

— Você *quer* ser livre dele?

A arcanjo passou para o corredor, as asas ainda brilhando com um resquício de poder.

— Todo dia.

* * *

Tharion tentou não olhar para seu relógio, tecnicamente, o relógio à prova de água de seu avô, dado de presente depois de se formar no ensino médio, ao decorrer da noite. O golpe de noivado de Bryce tinha fornecido cinco minutos de gloriosa diversão antes que fosse sugado de volta para o tédio e a impaciência.

Sabia que era uma honra estar ali, acompanhar a filha da Rainha do Rio, que estava radiante com encanto e alegria. Mesmo assim, era difícil se sentir privilegiado quando havia recebido ordens de participar do baile ao seu lado.

Tharion tinha esperado no cais do Portão do Rio ao pôr do sol, vestido impecavelmente. A filha da Rainha do Rio havia emergido da bruma em um barco de carvalho pálido puxado por um bando de cisnes brancos como a neve. Tharion não deixou de notar os sobeks espreitando a 15 metros. Sentinelas para a jornada da filha mais preciosa da rainha.

— Não é mágico? — dizia a companheira pela quinquagésima vez naquela noite, suspirando para as luzes e os casais dançando.

Tharion entornou o restante do champanhe. *Ela tem permissão de tomar uma taça de vinho*, dissera a mãe na carta enviada via lontra. *E deve estar em casa a uma da manhã.*

Tharion finalmente olhou para o relógio. Meia-noite e vinte. Mais quinze minutos e poderia começar a apressá-la porta afora. O tritão entregou sua taça a um garçom que passava, mas viu que a expressão de sua acompanhante tinha se tornado perigosamente emburrada.

Tharion ofereceu a ela um sorriso charmoso e inexpressivo, mas a princesa disse:

— Você não parece estar se divertindo.

— Estou — assegurou, pegando sua mão e dando um beijo nos nós dos dedos.

— Seus amigos não vêm falar com a gente.

Bem, considerando que vira Bryce e Hunt fugirem para algum lugar, não era surpresa. Ithan estava conversando com Naomi Boreas e o Cão do Inferno às portas, e os outros... Ruhn e Cormac tinham ido embora. Nenhum sinal de Hypaxia.

Embora a rainha-bruxa já tivesse ido falar com eles. Teve dificuldade em encontrar seu olhar no meio da conversa desconfortável, enquanto podia ver o quanto fora tolo ao se amarrar àquela fêmea. Ainda assim, Hypaxia tinha sido gentil com a filha da Rainha do Rio, a qual fora toda sorrisos. Tharion não ousou chamar a amiga de Pax.

— Meus amigos têm muita gente para cumprimentar — esquivou-se.

— Ah. — Calou-se, espreitando no limite da pista de dança conforme casais passavam. Talvez fosse todo o champanhe, mas olhou para a fêmea de verdade: os olhos escuros cheios de desejos e felicidade silenciosa, a energia ansiosa zunindo de seu corpo, a sensação de que era alguma criatura moldada em forma mortal apenas para aquela noite, e que se dissolveria em sedimentos do rio assim que o relógio batesse uma hora da manhã.

Será que o tritão era melhor do que a mãe? Estava enrolando a menina havia dez anos. Segurara a princesa naquela noite porque *ele* não estava com vontade de se divertir.

A fêmea devia ter sentido o peso do olhar de Tharion, porque se virou para ele. Tharion ofereceu a ela outro sorriso inexpressivo, então se virou para um dos guarda-costas que espreitava nas sombras atrás deles.

— Ei, Tritus, pode assumir meu posto nesta dança?

O guarda-costas olhou de um para outro, mas Tharion sorriu para a filha da Rainha do Rio, cujas sobrancelhas estavam erguidas.

— Vá dançar — disse. — Eu já volto. — Não a deixou protestar antes de entregá-la ao guarda, que estava corando ao estender o braço.

Tharion não olhou para trás quando saiu para a multidão, perguntando-se em quanta merda se meteria por causa daquilo. Ainda assim... mesmo que fosse açoitado por conta disso, não a enganaria mais.

Parou no limite da multidão, finalmente se virando para ver o guarda-costas e a filha da Rainha do Rio dançando, ambos sorrindo. Felizes.

Ótimo. A fêmea merecia aquilo. Com ou sem a mãe, com ou sem o temperamento, merecia alguém que a fizesse feliz.

Tharion foi até o bar mais próximo, e estava prestes a pedir um uísque quando notou uma fêmea cheia de curvas, uma metamorfa de leopardo, pelo cheiro, deitada contra o balcão ao seu lado.

Sempre notava uma boa bunda, e aquela fêmea... Inferno, era isso.

— Você vem muito aqui? — perguntou, com um piscar de olhos. A leopardo virou a cabeça para ele, a pele marrom-clara radiante sob as luzes suaves. Seus olhos tinham cílios grossos, absolutamente lindos acima de maçãs do rosto proeminentes e lábios carnudos, tudo isso emoldurado por cabelo castanho-dourado que caía sobre o rosto em formato de coração em ondas suaves. Possuía a fluidez e graciosidade de uma estrela de cinema. Provavelmente era uma, se era importante o bastante para estar ali. Aquela boca farta se repuxou em um sorriso.

— Essa é sua tentativa de uma cantada?

Conhecia aquele tom de voz tentador. Então Tharion pediu seu uísque e disse à estranha:

— Você quer que seja?

61

— Você está bem? — perguntou Ithan a Hypaxia quando o relógio se aproximou das 3:30 da manhã. Havia reclamado de dores no estômago e saíra da festa por cerca de vinte minutos, voltando com o rosto pálido.

A rainha-bruxa prendia um cacho escuro atrás da orelha, arrumando o caimento da túnica preta como azevinho, e havia colocado a peça sobre o vestido momentos antes. Mesmo de pé na pequena clareira de um pomar de oliveiras abrigada pelas colinas além da cidade, os sons de comemorações chegavam até eles: contrabaixo estrondoso, vivas, luzes estroboscópicas. O oposto absoluto das folhas sussurrantes e do solo seco nos arredores, das estrelas que cintilavam além do dossel prateado.

Um outro mundo em comparação com aquela festa reluzente onde tantos poderes tinham se reunido. Onde Bryce fora, de certa forma, mais esperta do que o Rei Outonal, declarando Hunt seu príncipe. O lobo não soubera o que pensar naquele momento.

Ithan tinha feito o possível para ficar bem longe de Sabine e Amelie naquela noite. Ainda bem que as duas só estiveram presentes por tempo o bastante para ver os asteri falarem, antes de partir. Odiava-se por ficar tão aliviado com aquilo. O Primo não tinha participado, costumava evitar tais eventos.

— Então é isso? — perguntou Ithan a Hypaxia, indicando com a mão as sete velas organizadas no chão. — Acender as velas e esperar?

Hypaxia pegou uma longa adaga.

— Não exatamente — disse. Ithan se manteve um passo atrás quando a bruxa usou a faca para traçar linhas entre as velas.

Ithan inclinou a cabeça.

— Uma estrela de seis pontas — falou. Como a que Bryce tinha feito entre os Portões naquela primavera, com a sétima vela no centro.

— É um símbolo de equilíbrio — explicou a rainha Hypaxia, afastando-se trinta centímetros mas mantendo a adaga ao lado do corpo. Sua coroa de amoras brancas pareceu brilhar com uma luz interior. — Dois triângulos cruzados. Macho e fêmea, escuridão e luz, acima e abaixo… e o poder que jaz no lugar em que se encontram. — Seu rosto demonstrava seriedade. — É nesse lugar de equilíbrio em que vou concentrar meu poder — disse indicando o círculo. — Não importa o que você veja ou ouça, fique deste lado das velas.

Um calafrio percorreu a coluna de Ithan, mesmo quando seu coração se iluminou. Se pudesse apenas falar com Connor… Havia pensado repetidas vezes no que diria, mas não conseguia se lembrar de nada.

Hypaxia decifrava o que quer que estivesse em seu olhar, o rosto da bruxa novamente solene.

No entanto, um acordo era um acordo. Hypaxia ergueu os dois braços, segurando a adaga no alto, e começou a entoar.

* * *

Day apareceu do outro lado da ponte e permaneceu ali, como se não quisesse se aproximar.

Ruhn ficou sentado no sofá, os antebraços sobre os joelhos. Estava tonto devido ao que tinha acontecido no jardim havia horas. Tinha ficado surpreso por ter caído no sono em seu corpo físico.

Ruhn correu até a fêmea.

— Desculpe por ter colocado você em perigo.

Day não disse nada. Apenas ficou de pé ali, queimando.

Tentou de novo.

— Eu… Foi uma ideia muito idiota. Desculpe se você apareceu e eu não estava ali. Eu cheguei ao jardim e a Harpia e a Corça tinham me seguido, e acho que talvez tenham suspeitado de mim, ou sei lá, mas… eu sinto muito, Day.

— Eu estava lá — disse em voz baixa.

— O quê?

— Eu vi você — disse avançando. — Vi a ameaça também. E fiquei longe.

— Onde? No jardim?

Day se aproximou.

— Eu vi você — disse de novo. Como se ainda estivesse processando.

— Você veio. — O macho balançou a cabeça. — Achei que você talvez não fosse, e não conversamos desde que fizemos aquele plano, e eu fiquei preocupado…

— Ruhn. — Seu nome nos lábios dela agitou o corpo de Ruhn. Estremeceu.

— Você sabe quem eu sou.

— Sim.

— Diga meu nome de novo.

Daybright se aproximou.

— Ruhn. — Suas chamas cessaram o suficiente para que o macho visse o lampejo de um sorriso.

— Você ainda está na cidade? Posso encontrá-la em algum lugar? — Era meio da noite, mas era equinócio. As pessoas estariam festejando até o alvorecer. Ainda estariam mascaradas… ele e Day passariam despercebidos.

— Não. — respondeu com a voz inexpressiva. — Já fui.

— Mentirosa. Me diga onde você está.

— Não aprendeu nada esta noite? Não viu o quanto chegamos perto de um desastre? Os servos dos asteri estão por toda parte. Um erro, mesmo que por um momento, e estamos *mortos.*

A garganta de Ruhn tremeu.

— Quando a Harpia saiu das sombras, achei que ela fosse você. Eu… eu entrei em pânico por um momento.

Uma risada baixa.

— Isso teria sido terrível para você? Que eu fosse alguém que você odeia tanto?

— Precisaria me acostumar.

— Então você tem uma noção de como espera que eu seja.

— Eu não. Só… não quero que você seja *ela.*

Outra risada.

— E você é um príncipe feérico.

— Isso enoja você?

— Deveria?

— Isso me enoja.

— Por quê?

— Porque eu não fiz nada para merecer esse título.

Day o estudou.

— O Rei Outonal é seu pai. O que machucou você.

— Ele mesmo.

— Ele é uma desgraça como rei.

— Você deveria falar com minha irmã. Acho que ela gostaria de você.

— Bryce Quinlan.

O macho ficou tenso por Day saber o nome de Bryce tão prontamente, mas, se estava na festa naquela noite, sem sombra de dúvida saberia.

— É. Ela odeia meu pai ainda mais do que eu.

No entanto, a chama de Day abrandou-se.

— Você está noivo da Rainha Hypaxia.

Ruhn quase gargalhou, mas a voz dela era tão séria.

— É complicado.

— Você dançou com ela como se não fosse.

— Você me viu?

— Todos viram vocês.

A aspereza em sua voz… era ciúme? Falou, com cautela:

— Não sou do tipo que trai. Hypaxia e eu estamos noivos apenas no título. Nem mesmo sei se vamos nos casar. Ela é tão pouco apegada a mim quanto sou a ela. Nós gostamos e admiramos um ao outro, mas… é só isso.

— Por que eu me importaria?

Ruhn a observou, então deu um passo mais para perto, até que apenas um palmo separasse os dois.

— Eu queria ver você hoje à noite. Passei o tempo todo olhando para o relógio.

A respiração da fêmea falhou.

— Por quê?

— Para poder fazer isso. — Ruhn levantou seu queixo e a beijou. A boca sob o fogo era macia, e morna, e o aceitava.

Dedos flamejantes entrelaçaram seus cabelos, puxando-o para perto, Ruhn deslizou os braços por um corpo esguio e curvo, mãos sentindo seu generoso traseiro. Porra, era isso.

Sua língua acariciou a de Day, que estremecia nos braços do macho. Encontrou-o a cada carícia, como se não conseguisse se conter, como se quisesse conhecer cada centímetro, cada gosto e nuance.

Sua mão deslizou pela mandíbula de Ruhn, dedos explorando o formato de seu rosto. O macho desejou que sua noite se afastasse para mostrar seus olhos, seu nariz, sua boca. Felizmente isso se concretizou. Por trás do véu de chamas que cobria as feições de Day, conseguia sentir a agente o observando. Vendo seu rosto exposto.

Seus dedos perpassavam a linha de seu nariz. A curva dos lábios. Então o beijou de novo, arrebatada, Ruhn se entregou completamente àquilo.

— Você me lembra que estou viva — disse com a voz embargada. — Você me lembra que bondade pode existir no mundo.

A garganta dele doeu.

— Day...

No entanto, Daybright sibilou, enrijecendo o corpo contra o abraço dele. Ela olhou para trás na direção do fim da ponte.

Não. O macho que um dia a arrastara do sono para transar com ela...

Day virou a cabeça para Ruhn, suas chamas ondularam, revelando olhos suplicantes de fogo sólido.

— Desculpe — sussurrou, e sumiu.

* * *

Hunt ainda estava bêbado quando voltaram para o apartamento às três horas da manhã. A fêmea carregava o sapato em uma das mãos, a cauda do vestido na outra. Saíram da festa logo depois que Ruhn se foi, seguindo para um boteco no coração da Praça da Cidade Velha, onde jogaram sinuca e beberam uísque usando as ridículas roupas elegantes.

Eles não conversaram sobre o que tinham descoberto no guarda--volumes. O que mais havia para se dizer?

— Estou bebinha — anunciou Bryce no apartamento escuro, jogando-se no sofá.

Hunt riu.

— Comportamento muito majestoso.

O anjo tirou os brincos de suas orelhas pontudas, jogando os diamantes na mesa de centro como se fossem bijuterias baratas. O pente no cabelo de Bryce caiu, as gemas cintilando sob a suave primalux.

A princesa esticou as pernas, os pés descalços se agitando na mesa de centro.

— Nunca mais vamos fazer isso.

— O uísque, ou a manobra de esperteza contra seu pai, ou a festa? — Hunt puxou o nó da gravata-borboleta ao se aproximar do sofá e olhar para ela.

Bryce bufou uma gargalhada.

— A festa. A manobra contra meu pai e o uísque *sempre* serão uma atividade recorrente.

Hunt se sentou na mesa de centro, ajustando as asas em torno da fêmea.

— Podia ter sido muito pior.

— É... Embora eu não consiga pensar em nada muito pior do que ganhar vários inimigos pelo preço de um. — O fato de a participação dos asteri ter sido apenas uma nota de rodapé dizia muito sobre a noite. — Embora Celestina não seja nossa inimiga, eu acho.

Hunt pegou um de seu pés e começou a massagear a sola. Bryce suspirou, afundando nas almofadas de novo. O pau de Hunt se agitou com o prazer que ela emanava.

— Posso lhe dizer uma coisa? — falou Hunt, massageando o arco de seu pé. — Uma coisa que pode ser considerada meio alfa babaca?

— Contanto que continue massageando meu pé assim, pode dizer a porra que quiser.

Hunt riu.

— Combinado. — Pegou o outro pé, começando com ele. — Eu gostei de estar na festa hoje à noite. Apesar de todas as roupas chiques e os asteri e a coisa com Hypaxia e Celestina. Apesar da merda de príncipe. Eu gostei de ser visto. Com você.

A boca de Bryce se repuxou para o lado.

— Você gostou de reivindicar seu território?

— É. — Não escondeu o predador que havia nele. — Eu nunca tive isso com ninguém.

Bryce franziu a testa.

— Shahar nunca exibiu você?

— Não. Eu era o general dela. Em eventos públicos, não aparecíamos juntos. Ela jamais quis isso. Teria feito parecer que eu era um igual, ou pelo menos como alguém que ela julgava ser... importante.

— Achei que seu movimento se baseasse em igualdade — disse Bryce, franzindo mais a testa.

— Sim. Mas mesmo assim nós jogamos pelas antigas regras. — Regras que continuavam a governar e ditar as vidas das pessoas. As vidas de Celestina e Hypaxia.

— Então ela nunca assumiu e disse *Ei, mundo! Esse aqui é o meu namorado!*

Hunt gargalhou e se maravilhou por fazê-lo. Nunca imaginaria que riria sobre qualquer coisa relacionada a Shahar.

— Não. É por isso que eu fiquei tão... honrado quando você me pediu para fazer isso.

Bryce o estudou.

— Quer ir lá fora para podermos ser pegos nos agarrando em público pela imprensa? Isso vai tornar a gente *real oficial.*

— Talvez outra hora. — Hunt levou o pé da fêmea à boca, dando um beijo na parte de cima. — Então nós estamos, tipo... casados.

— Estamos? — Bryce estendeu a mão à frente do corpo, estudando os dedos abertos. — Não estou vendo um anel, Athalar.

O anjo mordiscou os dedos de seu pé, causando um gritinho dela.

— Se quer um anel, vou lhe dar um. — Outro beijo. — Quer de ferro, aço ou titânio? — Alianças de casamento em Lunathion eram simples, seu valor vinha da força do metal usado para forjá-las.

— Toda de titânio, amor — gabou-se. Hunt mordeu seus dedos dos pés de novo.

Bryce se encolheu, mas o macho a segurou firme.

— Estes dedinhos me fazem pensar umas besteiras, Quinlan — disse contra o pé dela.

— Por favor, não me diga que você tem um fetiche por pés.

— Não. Mas tudo que diz respeito a você é um fetiche para mim.

— Hã? — Encostou mais nas almofadas, o vestido subindo pelas pernas. — Então eu te deixo pervertido?

— Ã-hã. — Hunt beijou o tornozelo dela. — Só um pouquinho.

A fêmea arqueou o corpo ao toque.

— Quer fazer sexo bêbado e afobado, Príncipe Hunt?

Ronronou uma gargalhada contra a panturrilha dela. Apenas saído dos lábios de Bryce toleraria aquele título.

— Porra, quero.

Bryce puxou a perna ao seu toque, ficando de pé com a graciosidade de uma dançarina.

— Abra meu vestido.

— Romântica.

Virou as costas para Hunt, ainda sentado, esticou a mão para puxar o zíper escondido na extensão da coluna de Bryce. A tatuagem do chifre ficou exposta, junto com centímetros de pele iluminada, até que a renda da calcinha aparecesse. O zíper acabou antes que Hunt conseguisse ver o que queria.

Bryce tirou o vestido da frente do corpo, deixando que caísse. Não estava de sutiã, a calcinha fio-dental preta, no entanto...

Hunt passou as mãos pelo contorno firme da bunda de Bryce, curvando-se para morder uma delicada tira da calcinha. A fêmea soltou um som baixo e rouco que o fez beijar a base de sua coluna. Os longos cabelos de Bryce roçavam sua testa, lindos e sedosos como uma carícia.

Bryce se virou com seu toque, e... que sorte... Hunt se encontrava exatamente onde queria. A partir de onde se prendia no alto do quadril, a calcinha de Bryce mergulhava formando um profundo V, uma verdadeira flecha apontando para o paraíso.

O anjo beijou seu umbigo. Roçando os mamilos com os polegares conforme subia com a língua até eles. Os dedos de Bryce deslizaram para o cabelo de Hunt, curvando a cabeça para trás quando o anjo fechou a boca em torno de um mamilo rígido. Hunt girou a língua pelo mamilo, saboreando o peso e o gosto, suas mãos descendo em torno da cintura da fêmea, emaranhando-se com as tiras da calcinha fio-dental. Puxando-a pelo quadril. Pelas coxas. Foi até o outro seio de Bryce, sugando para dentro da boca. Bryce gemeu, e o pau dele pressionava-se contra a calça social.

Hunt gostava de tê-la à sua mercê. Gostava da imagem de Bryce completamente nua e resplandecente diante de si, de Hunt para tocar e dar prazer e adorar. O anjo sorriu contra o seio. Gostava demais daquilo.

Hunt ficou de pé, pegando-a nos braços e carregando Bryce até o quarto, a gravata-borboleta pendurada no pescoço.

O macho a deitou no colchão, o pau pulsando ao ver as pálpebras de sua companheira estremecendo de desejo, jogada ali, nua e sua para tomá-la. Hunt soltou a gravata.

— Quer deixar as coisas mais quentes, Quinlan?

Olhou para os mastros de ferro da cabeceira da cama e seus lábios vermelhos se entreabriram em um sorriso felino.

— Quero demais.

Hunt rapidamente amarrou as mãos de Bryce nos mastros da cama. Fraco o suficiente para não doer, mas apertado o bastante para que estivesse fora de questão ter qualquer ideia a respeito de tocá-lo enquanto ele se banqueteava.

Bryce estava deitada esticada diante do macho, que mal conseguia respirar ao desabotoar a camisa. Então a calça. Jogou os sapatos, as meias, todas os artifícios da civilidade, até que estava nu. Bryce mordeu o lábio e então Hunt flexionou os joelhos dela para cima e abriu bem suas pernas.

— Caralho — disse, observando seu sexo reluzente, já encharcado. O cheiro inebriante o atingiu. Hunt estremeceu, o pau latejando.

— Já que eu não posso me tocar — disse rouca —, talvez você possa fazer as honras.

— Caralho — disse de novo, incapaz de pensar em mais nada. Era tão linda, cada parte dela.

— Está considerando o que fazer comigo, ou seu cérebro deu curto?

Athalar virou o olhar para o dela.

— Eu queria prolongar isso. Realmente agoniar você.

A fêmea abriu um pouco mais as pernas, um convite provocador.

— Ah, é?

— Vou deixar isso para outro dia — grunhiu Hunt, indo para cima de Bryce. A ponta de seu pau relou a entrada úmida e quente de Bryce, e um tremor de prazer antecipado percorreu sua espinha. Ainda assim, Hunt passou a mão pela extensão do tronco de Bryce, os dedos traçando o inchaço sedoso dos seios, a parte plana da barriga. A princesa se contorceu, puxando as amarras.

— Tão provocadora — disse mergulhando para beijar seu pescoço. Entrou um pouco, sua mente se apagando ao sentir o aperto perfeito. Hunt recuou, então cuidadosamente entrou de novo. Mesmo com cada instinto gritando para mergulhar dentro dela, esperaria até que Bryce pedisse. Queria que ela só sentisse êxtase.

— Pare de provocar — disse Bryce. Hunt mordiscou seu seio esquerdo, sugando o mamilo de Bryce ao mergulhar um pouco mais para dentro da perfeição que ela era. — *Mais* — grunhiu Bryce, o quadril se elevando como se fosse estocar-se.

Hunt gargalhou.

— Quem sou eu para negar a uma princesa?

Os olhos da fêmea brilharam com desejo tão quente que queimou sua alma.

— Estou publicando um decreto real para você me foder, Hunt. Forte.

Suas bolas latejaram de vontade, e deu a Bryce o que ela queria. Os dois gemeram quando Hunt mergulhou até o fundo com uma estocada que o fez ver estrelas. Parecia felicidade, eternidade...

Hunt recuou e estocou de novo, e havia realmente estrelas em volta deles, não, era ela, estava brilhando como uma estrela...

O quadril de Bryce ondulava, encontrando o do anjo, levando-o para mais fundo.

Porra, era isso. Bryce era dele, e ele era dela, e finalmente a porra do mundo inteiro sabia...

Hunt soltou um zunido de seu relâmpago, partindo as amarras nos pulsos de Bryce. Suas mãos imediatamente passaram para as costas do anjo, os dedos se enterrando com tanta força que renderam doces pontadas de dor. As asas estremeceram, Bryce entrelaçou as pernas ao redor do tronco do macho. Hunt afundou ainda mais, e que *caralho* divino, a pressão dentro dela...

Bryce comprimiu suas paredes internas, fazendo o prazer ser quase que intenso demais.

— Por Solas, Quinlan...

— *Forte* — sussurrou ao ouvido dele. — Me foda como o príncipe que você é.

Hunt perdeu o controle. Recuou o suficiente para segurar a bunda de Bryce com as duas mãos, inclinando a pélvis dela para cima... então mergulhou. A fêmea gemeu, e tudo que era se transformou em alguma coisa primordial e animalesca. *Dele.* A parceira para tocar, foder e preencher...

Hunt se liberou, estocando de novo e de novo e de novo.

Os gemidos de Bryce eram doce música, uma tentação e um desafio. Ela brilhava, Hunt olhou para o pau, deslizando para dentro e para fora, reluzindo com a umidade dela...

Também estava brilhando. Não com a luz estelar dela, mas... puta merda, seu relâmpago estalava pelos braços, pelas mãos, correndo sobre o quadril de Bryce até os seios.

— Continue — arquejou Bryce, conforme o relâmpago dele aumentou. — Continue.

Hunt continuou. Entregou-se à tempestade, à Bryce, e só havia Bryce, sua alma e seu corpo e o encaixe perfeito dos dois...

— Hunt — ela implorou, e ele soube pelo tom rouco que Bryce estava perto.

Não parou. Não deu a ela uma gota de piedade. O bater e o deslizar de seus corpos encontrando-se preenchiam o quarto, mas os sons estavam distantes, o mundo estava distante quando o poder e a essência do macho fluíram para dentro da fêmea. Bryce gritou, e Hunt entrou em frenesi, golpeando uma vez, duas...

No terceiro e mais forte deslize, o anjo irrompeu, seu poder junto.

Relâmpago preencheu o quarto, preencheu Bryce tão certamente quanto sua semente, Hunt a beijando no mesmo momento, as línguas se encontrando, éter preenchendo os sentidos dos dois. Nunca se cansaria, da conexão, do sexo, do poder fluindo entre eles. Hunt precisava daquilo mais do que precisava de comida, de água… precisava do compartilhamento de magia, da união de almas; jamais deixaria de desejar aquilo.

E então estava caindo, em meio a vento preto e relâmpago e estrelas. Gozou em meio a tudo aquilo, rugindo seu prazer para o céu.

Porque aquilo *era* céu acima. E as luzes da cidade. Contrabaixo de uma festa próxima.

Hunt ficou imóvel, olhando boquiaberto para Bryce. Para a superfície abaixo dela… o telhado do prédio.

Bryce sorriu timidamente.

— Ops.

62

O entoar de Hypaxia aumentava em volume e complexidade, a luz cheia com eles. Pintava o pomar de prata.

Ithan estremeceu contra o frio. Sabia que não se devia à noite ao seu redor, ou ao outono se estabelecendo. Não, o ar estava agradavelmente morno um momento atrás. O que quer que a magia de Hypaxia estivesse fazendo, trazia frígidas temperaturas.

— Eu consigo sentir… uma presença — sussurrou a rainha-bruxa, os braços erguidos para a lua, o lindo rosto solene. — Alguém está vindo.

A boca de Ithan secou. O que sequer diria a Connor? *Eu amo você* provavelmente seria a primeira coisa. *Sinto sua falta em cada minuto de cada maldito dia* seria a segunda. Então o aviso. Ou deveria ser o aviso primeiro? Sacudiu os dedos trêmulos ao lado do corpo.

— Prepare-se para dizer o que pretende. O espírito de seu irmão é… forte. Não tenho certeza de por quanto tempo consigo manter a estrela.

Algo que relembrava orgulho reverberou por dentro do lobo ao ouvir aquilo. Mesmo assim, Ithan se aproximou, respirando controladamente. Exatamente como fazia antes de jogos importantes, durante lances vencedores. Foco. Conseguiria fazer aquilo. Lidaria com as repercussões depois.

A estrela que Hypaxia havia desenhado brilhava com um azul fraco, iluminando as árvores em torno deles.

— Mais um momento... — Hypaxia ciciou, ofegando, um leve brilho em suas têmporas. Como se aquilo estivesse drenando seu poder.

Luz irrompeu da estrela, ofuscante e branca, um forte vento sacudindo as árvores no entorno, espalhando azeitonas como gotas. Ithan fechou os olhos com força para se proteger, deixando suas garras irromperem.

Quando o vento parou, piscou ajustando a visão. O nome de seu irmão morreu em sua garganta.

Uma criatura, alta e magra, usando uma túnica, espreitava no centro da estrela de seis pontas. Hypaxia soltou um arquejo baixo. O estômago de Ithan se revirou. Nunca tinha visto o macho, mas tinha visto gravuras.

O Sub-Rei.

— Você não foi conjurado — disse Hypaxia, dominando sua surpresa. Ergueu o queixo, uma rainha em todos os aspectos. — Volte para a ilha de brumas que governa.

O Sub-Rei gargalhou para a bruxa. Seu corpo tremeluziu com luz azul pálida. Como se estivesse reunindo seu poder. No entanto, o Sub-Rei virou devagar a cabeça para Ithan. Soltou outra gargalhada seca e rouca.

— Jovens tolos. Vocês brincam com poderes além de sua alçada. — Sua voz era horrível. Feita de ossos empoeirados e os gritos suplicantes dos mortos.

Hypaxia não recuou um centímetro.

— Vá embora e nos deixe ver aquele que conjurei.

A mão de Ithan foi até a arma. Não adiantaria de nada. Sua forma de lobo o protegeria melhor com sua velocidade, mas até mesmo perder aquela fração de segundo na metamorfose poderia torná-lo vulnerável, e custaria a Hypaxia sua vida.

O Sub-Rei estendeu a mão ossuda. Luz ondulou onde a bruxa tocava o limite da estrela.

— Não tema, filhote. Não posso ferir você. Pelo menos não aqui. — Sorriu, expondo grandes dentes marrons.

Ithan fervilhou, enfim encontrando sua voz ao grunhir:

— Quero falar com meu irmão.

Ao seu lado, Hypaxia murmurava baixinho, enquanto a luz ao seu redor aumentava.

— Seu irmão está sendo bem cuidado. — Fogo escuro dançou nos olhos leitosos do Sub-Rei. — Mas isso permanecer assim depende inteiramente de você.

— O que Inferno isso quer dizer? — indagou Ithan. No entanto, a rainha-bruxa ficara tensa. Ventania agitou os seus cabelos cacheados, como se estivesse preparando suas defesas.

O Sub-Rei ergueu a mão ossuda, e uma luz esquisita esverdeada envolveu seus dedos. Ithan podia jurar que símbolos antigos estranhos rodopiaram naquela luz.

— Vamos jogar um joguinho primeiro. — O ente inclinou a cabeça para Hypaxia, cujo rosto estava petrificado… em antecipação. — A Casa de Chama e Sombra há muito está curiosa para saber sobre suas… habilidades, Vossa Majestade.

* * *

Bryce sabia que estava sonhando. Sabia que estava fisicamente em sua cama. Sabia que estava no momento aninhada ao lado do corpo de Hunt, mas também sabia que o ser diante de si era real, mesmo que o cenário não fosse.

Estava em uma planície ampla e coberta de terra diante de um céu azul, sem nuvens. Montanhas secas distantes pontuavam o horizonte, cercadas apenas de rochas e areia e vazio.

— Princesa. — A voz soara como o Inferno corporificado: sombria e gélida e suave.

— Príncipe. — Sua voz estremeceu.

Apollion, Príncipe do Fosso, tinha escolhido aparecer em um corpo de cabelos e pele cor de ouro. Belo do jeito que estátuas antigas eram belas, da forma como Pollux era belo.

Seus olhos escuros, no entanto, entregavam-no. Não havia parte branca em lugar nenhum. Apenas escuridão infinita.

O próprio Devorador de Estrelas.

— Onde estamos? — perguntou, tentando controlar sua tremedeira.

— Parthos. Ou no que resta dela.

A terra estéril parecia se estender para sempre.

— No mundo real, ou, tipo, no mundo de sonhos?

O Príncipe do Fosso inclinou a cabeça, mais animalesco do que humanoide.

— Mundo de sonhos. Ou no que você considera serem sonhos.

Bryce não entraria naquela conversa.

— Tudo bem, então. Hã… um prazer conhecer você.

Apollion curvou os lábios em um sorriso.

— Você não se acovarda diante de mim.

— Aidas meio que estragou sua vibe de monstro assustador.

Uma gargalhada desalmada.

— Meu irmão tende a ser uma pedra no meu sapato.

— Talvez ele devesse se juntar a esta conversa.

— Aidas ficaria irritado comigo por falar com você. Por isso escolhi este momento, quando ele está convenientemente ocupado.

— Com o quê?

— Erguendo os exércitos do Inferno. Preparando-os.

O fôlego de Bryce falhou.

— Para invadir Midgard?

— Está previsto há muito tempo.

— Vou lhe fazer um pedido em nome de meu planeta e dizer, por favor, fique no seu próprio mundo.

Outro repuxar da boca.

— Você não confia em nós. Ótimo. Theia confiou. Foi a ruína dela.

— A Rainha Estrelada?

— Sim. O grande amor de Aidas.

Bryce se espantou.

— A *o quê* dele?

Apollion gesticulou com a mão larga para o mundo em ruínas ao seu redor.

— Por que acha que eu matei Pelias? Por que acha que eu devorei Sirius? Tudo por ele. Meu tolo irmão apaixonado. Com tanto ódio devido à morte de Theia pelas mãos de Pelias. Sua loucura nos custou uma fase da guerra.

Bryce precisou piscar.

— Desculpe, mas por favor volte o filme. Você me convocou para este sonho para me contar que Aidas, Príncipe do Desfiladeiro, foi amante de Theia, a primeira Rainha Estrelada, embora eles fossem inimigos?

— Eles não eram inimigos. Nós éramos aliados dela. Ela e algumas das suas forças feéricas se aliaram a nós... contra os asteri.

A boca de Bryce secou.

— Por que ele não me contou isso? Por que *você* está me contando isso?

— Por que você ainda não dominou seus poderes? Eu fui muito objetivo: disse a seu parceiro que vocês dois devem explorar seu potencial.

— Você mandou aqueles ceifadores atacarem Ruhn e eu?

— Que ceifadores? — Bryce podia jurar que sua confusão era sincera.

— Os que me disseram exatamente a mesma coisa, para dominar meus poderes.

— Eu não fiz nada disso.

— Foi o que o Sub-Rei falou. Estou achando que um de vocês está mentindo.

— Este é um debate inútil. E não gosto de ser chamado de mentiroso. — Ameaça pura envolveu as palavras.

Bryce, no entanto, se preveniu.

— Você está certo... esse não é um debate útil. Então responda à minha pergunta: por que Inferno você está me contando essas coisas sobre Aidas e Theia? — Se estivesse falando a verdade, e o Inferno não tivesse sido inimigo deles naquela época... De qualquer que fosse o lado que Theia tivesse governado, estivera... contra os asteri. E Pelias a matara, lutando *pelos* asteri.

A mente de Bryce girava. Não era à toa que ninguém sabia sobre Theia. Os asteri provavelmente haviam apagado a rainha da história. Mas uma rainha feérica tinha amado um príncipe demônio. E ele a amara o bastante para...

— Estou contando isso porque você está correndo sem pensar em direção à sua ruína. Estou contando isso porque esta noite o véu entre nossos mundos é mais fino, e finalmente posso falar com você.

— Você falou com Hunt antes.

— Orion foi criado para ser receptivo a nosso tipo. Por que acha que ele é tão bom em nos caçar? Mas isso não importa. Esta noite, eu posso aparecer para *você*, como mais do que uma visão. — Estendeu a mão, e Bryce se encolheu quando ele a tocou. *Tocou* de verdade, como gelo tão frio que doeu. — O Inferno está quase pronto para acabar essa guerra.

A fêmea recuou um passo.

— Eu sei o que vai me pedir, e minha resposta é *não*.

— Use o chifre. O poder que Athalar dá a você pode ativá-lo. — Seus olhos dançaram com tempestades. — Abra as portas do Inferno.

— De porra de jeito nenhum.

Apollion riu, baixo e letal.

— Que decepção. — A planície que tinha sido Parthos começou a se dissipar em nada.

— Venha me encontrar no Inferno quando descobrir a verdade.

* * *

Ithan se virou devagar, olhando para as sombras onde o Sub-Rei tinha estado… e sumido.

— Não saia desse lugar — avisou Hypaxia, a voz baixa. — Consigo sentir o poder dele a nossa volta. Ele transformou esta clareira em um labirinto de feitiços de proteção.

Ithan farejou, como se aquilo fosse lhe dar alguma noção de que Inferno estava falando. Mas nada parecia ter mudado. Nenhuma criatura saltou contra eles. Mesmo assim, disse:

— Farei o que você mandar.

Hypaxia observou o céu.

— Ele também conjurou feitiços acima de nós. Para nos manter no chão. — A bruxa franziu o nariz. — Certo. A pé, então.

Ithan engoliu em seco.

— Eu, hã… vigio sua retaguarda?

Hypaxia riu.

— Apenas me acompanhe, por favor.

O lobo deu a ela um sorriso determinado.

— Pode deixar.

Ithan se preparou quando Hypaxia deu um passo adiante, a mão estendida. Seus dedos recuaram diante de qualquer que fosse o feitiço de proteção que tivesse encontrado, bem no momento em que um grunhido baixo soou das árvores adiante.

Os pelos de sua nuca se arrepiaram. Os sentidos de lobo de Ithan diziam que não era o grunhido de um animal. Mas parecia... faminto.

Outro ondulou de perto. Então outro. De todos os lugares.

— O que é isso? — sussurrou Ithan. Até mesmo seus olhos vanir fracassavam em penetrar a escuridão.

As mãos de Hypaxia brilharam com magia incandescente. Não tirou os olhos das árvores adiante deles.

— Os cães de caça da Casa de Chama e Sombra — disse soturnamente, antes de bater com a mão no feitiço de proteção diante deles.

63

— Ele era um pesadelo de tão controlador — reclamava Bryce no dia seguinte enquanto estava com Hunt, Ruhn e Declan no centro de treino do Aux durante seu horário de almoço. Tharion estava deitado jogado em um banco contra a parede, tirando uma soneca. Cormac, de pé do outro lado do espaço, franzia a testa.

Seu irmão estava pálido.

— Você acha mesmo que Theia e um bando de feéricos se aliaram ao Inferno durante a guerra? — Bryce suprimiu um tremor de frio ao se lembrar.

— Quem sabe o que é verdade?

Do outro lado do salão amplo e vazio, Hunt esfregava a mandíbula. A fêmea nem mesmo mencionara o que Apollion tinha dito: a anedota sobre Hunt ter sido *criado*. Bryce lidaria com aquilo mais tarde. Hunt refletiu:

— Qual é o benefício em nos convencer de uma mentira? Ou da verdade também, suponho. Tudo o que importa é que o Inferno está definitivamente em movimento.

— Podemos parar por um momento e frisar que você *falou* com o Príncipe do Fosso? Ninguém mais está enjoado ao pensar nisso? — Declan falou.

Ruhn levantou a mão, e Tharion preguiçosamente ergueu a própria do banco, mas Bryce fez um high-five em Hunt.

— Clube das crianças especiais — disse ao anjo, que piscou um olho para ela. Bryce saltou um passo para trás, acumulando seu poder. — De novo. — Já estavam ali há vinte minutos, treinando.

O relâmpago de Hunt se acendeu na ponta de seus dedos, Bryce afastou os pés.

— Pronta? — perguntou.

Tharion se virou para assistir, apoiando a cabeça em um punho. Bryce o olhou com raiva, mas o tritão apenas ergueu as sobrancelhas em encorajamento.

Bryce encarou Hunt de novo, no mesmo instante em que o anjo atirou seu relâmpago como uma lança. O relâmpago zuniu contra o peito da fêmea, um golpe direto, e então ela brilhou, poder cantando, disparando…

Sessenta centímetros diante das janelas.

Assim que pensou no comando, Bryce apareceu no espaço. Exatamente a sessenta centímetros das janelas. *Recue trinta centímetros diante de Hunt.*

Apareceu na frente do anjo tão subitamente que o fez cambalear para trás.

Ruhn. Bryce se moveu de novo, mais devagar dessa vez. No entanto, seu irmão gritou.

Declan se preparou, como se achasse que fosse ser o próximo, então Bryce pensou: *trinta centímetros atrás de Hunt.*

Beliscou a bunda do parceiro tão rápido que Hunt não teve tempo de se virar antes de Bryce se mover de novo. Dessa vez para a frente de Declan, que soltou um palavrão quando a fêmea o cutucou nas costelas, então se teletransportou mais uma vez.

Cormac chamou de onde estava de pé no canto mais afastado:

— Você está ficando mais lenta. — Estava mesmo. Droga, ela *estava.* Bryce concentrou seu poder, a energia de Hunt. Apareceu diante do banco de Tharion, mas o tritão estava esperando.

Rápido como um tubarão em ataque, Tharion agarrou o rosto de Bryce e tascou um beijo ruidoso em seus lábios.

A gargalhada de Hunt ecoou pelo espaço. Bryce se juntou a ele, batendo no tritão para afastá-lo.

— Lenta demais, Pernas — disse Tharion morosamente, Tharion, recostando no banco e cruzando um tornozelo sobre um joelho. Passou um braço pelo encosto do banco de plástico. — Previsível demais.

— De novo — ordenou Cormac. — Foco.

Bryce tentou, mas seus ossos pesavam. Tentou de novo, sem sucesso.

— Chega.

— Concentre-se, e você aguentará mais tempo. Você usa demais de uma só vez, e não guarda energia para depois.

Bryce colocou as mãos no quadril enquanto ofegava.

— Seu teletransporte funciona diferente do meu. Como pode saber disso?

— O meu vem de uma fonte de magia também. Energia, apenas de uma forma diferente. Cada salto exige mais de mim. É um músculo que você precisa fortalecer.

Fez uma careta, limpando a testa ao caminhar de volta até Hunt.

— Parece que ele está certo — disse Declan a Bryce. — Seu teletransporte funciona quando seu poder é carregado por energia… considerando o que eu ouvi sobre o quão rapidamente você ficou sem combustível com Hypaxia, Hunt é a melhor forma de canalizá-lo.

— É isso mesmo — grunhiu Hunt e Bryce lhe deu um tapa no braço.

— Acha que o poder vai… permanecer em mim se eu não o usar? — perguntou a Dec.

— Acho que não — respondeu Dec. — Seu poder veio do Portão… com uma porrada de primalux misturada a ele. Então sua magia… além da luz, quero dizer… precisa ser recarregada. Ela depende de primalux, ou de qualquer outra forma de energia que obtenha. Você é literalmente um Portão: pode receber poder e oferecê-lo. Mas parece que a semelhança acaba aí. Os Portões podem armazenar poder indefinidamente, enquanto o seu nitidamente se esgota depois de um tempo. — Virou-se para Hunt. — E seu poder, Athalar, como é pura energia, é capaz de tirar de Bryce, como ela fez com o Portão. Bryce, quando você tira de uma fonte, é o mesmo modo como os Portões puxam com um choque o poder das pessoas que o utilizam para se comunicar.

Bryce piscou.

— Então eu sou, tipo, uma sanguessuga mágica?

Declan gargalhou.

— Acho que somente de alguns tipos de magia. Formas de energia pura. Acrescente o chifre a isso, que depende de uma descarga de poder para ser ativado…

— E você é um risco — disse Ruhn, taciturno. Tharion grunhiu em concordância.

Declan esfregou o queixo.

— Você disse a Ruhn depois do ataque que Hypaxia mirou em sua cicatriz para supercarregar seus poderes, certo? Eu me pergunto o que aconteceria se você fosse atingida no chifre.

— Que tal não descobrirmos? — disse Bryce rapidamente.

— De acordo — falou Cormac do outro lado da sala. Apontou para a pista de obstáculos que tinha disposto no centro do espaço. — De volta ao trabalho. Siga o percurso.

Bryce se virou para o príncipe avalleno e disse o mais casualmente possível:

— Estou chocada por você sequer estar aqui.

Cormac disse, em um tom gélido:

— Porque você decidiu terminar com nosso noivado sem me consultar?

Hunt murmurou para ela:

— Tudo para evitar o treinamento, não é?

Ela olhou com raiva para o parceiro, principalmente quando Ruhn riu, mas disse a Cormac:

— Eu não tive outra escolha.

Sombras ondularam em torno de Cormac.

— Você poderia ter me avisado enquanto estava tramando.

— Não teve trama. Athalar e eu decidimos, então apenas esperamos.

O príncipe avalleno grunhiu baixinho. Hunt rebateu com um grunhido de aviso próprio. Tharion não disse nada, mas Bryce sabia que o tritão estava monitorando cada fôlego e palavra. Cormac, no entanto, não tirou os olhos dela.

— Você tem ideia de como foi o telefonema do meu pai?

— Presumo que tenha sido semelhante ao Rei Outonal me dizendo que sou uma vadiazinha?

Cormac balançou a cabeça.

— Vamos deixar bem evidente: só estou aqui hoje porque estou muito ciente de que, se não viesse, seu irmão cessaria o contato com a Agente Daybright.

— Fico lisonjeado por você me conhecer tão bem — disse Ruhn, arrastado, os braços cruzados. Havia se movido para uma posição do outro lado de Cormac, sem que Bryce sequer notasse. Posicionando-se entre o príncipe avalleno e a fêmea. Ah, pelo amor.

Cormac o olhou com raiva, mas então se concentrou em Bryce de novo.

— Estou disposto a esquecer desde que você não me surpreenda de novo. Já temos inimigos demais.

— Primeiro — disse —, não me dê condições. Segundo... — Fez um gesto de examinação de seus braços expostos. — Nada nas mangas. Mais nenhum segredo escondido, eu juro.

Exceto pelo detalhe sobre Emile. Hunt deu a Bryce um olhar sarcástico, como se dissesse *Mentirosa*, mas ela o ignorou.

Cormac, no entanto, não o fez. Ao ver aquele olhar, o príncipe avalleno disse:

— Tem mais alguma coisa.

— Não.

Até mesmo Ruhn agora erguia as sobrancelhas para ela. Hunt falou, casualmente:

— Não seja paranoico.

— Vocês têm alguma coisa planejada — insistiu Cormac. — Porra, me conte.

— Não tenho nada planejado — disse Bryce —, além de entender essa merda de teletransporte.

Em um momento, Cormac estava olhando dela para Hunt. No seguinte, havia sumido.

Apenas para aparecer de novo às costas de Bryce com uma faca contra seu pescoço.

Bryce enrijeceu.

— Qual é, Cormac. Não tem necessidade disso. — Relâmpago brilhou nos olhos de Hunt. Ruhn tinha sacado a própria arma. Tharion continuava jogado no banco, mas... havia uma faca agora brilhando em sua mão. Sua atenção estava fixa no príncipe avalleno.

— *Me conte* — grunhiu Cormac, e metal frio espetou seu pescoço.

Tentando não respirar fundo demais, Bryce colocou um dedo na lâmina.

— Eu fiz a Descida. Vou sobreviver.

Cormac sibilou.

— Me conte que porra você planejou ou vai perder a cabeça. Boa sorte fazendo uma nova crescer.

— Se tirar sangue, você perde a sua cabeça também — grunhiu Hunt, em uma ameaça mortal.

Podia cegar Cormac, supôs Bryce. Mesmo assim, será que suas sombras amorteceriam o impacto? Duvidava que ele fosse matá-la de verdade, mas se ao menos tentasse... Hunt definitivamente atacaria. Ruhn também.

E ela teria uma confusão ainda maior nas mãos.

Então Bryce falou:

— Tudo bem. É sobre Emile.

Hunt se sobressaltou. Tharion também, quando o tritão disse:

— Bryce.

Cormac não tirou a faca de seu pescoço.

— *O que* tem Emile?

— Eu o encontrei. No armazém da Rainha Víbora. — Suspirou alto. — Descobri que ele estava lá, que todos os répteis e coisas nojentas nos pântanos tinham contado a ela onde ele estava e que ela foi atrás dele. Foi ela quem matou as pessoas que o ajudaram, e pretendia controlar o menino. Mas, quando fui ao armazém há dois dias, ele já tinha ido embora.

Cormac a virou para si com mãos brutas.

— Ido para onde?

— Algum lugar seguro. Pelo visto a Víbora se comoveu a colocá-lo sob os cuidados de gente que cuidaria dele.

— *Quem?* — O rosto dele estava branco de ódio. Os olhos de Tharion tinham se arregalado.

— Não sei. Ela não me diria.

— Então vou fazer com que ela diga para *mim.*

Ruhn gargalhou.

— Ninguém obriga a Rainha Víbora a fazer nada.

Em sua mente, o irmão disse: *Cormac pode não conhecer você bem o bastante para saber quando está mentindo, mas eu conheço.*

Não é mentira. Emile está seguro.

Ele só não está onde você alega.

Ah, ele estava com a Rainha Víbora. E agora está em outro lugar.

Cormac balançou a cabeça.

— Por que a Rainha Víbora teria algum interesse naquele menino?

— Porque ela gosta de colecionar seres poderosos para lutar nos ringues dela — disse Hunt. — Agora abaixe a porra da faca.

Para o alívio de Bryce, o príncipe abaixou a faca de seu pescoço com um simples girar da lâmina.

— Mas por que ela abriria mão de alguém tão poderoso, se ela gosta de usá-los nas lutas?

— Porque Emile não tem poderes. — Bryce falou.

Está de sacanagem comigo? perguntou Ruhn.

Não. O menino é completamente humano.

Os olhos de Cormac se semicerraram.

— Sofie disse…

— Ela mentiu — disse a fêmea.

Cormac curvou os ombros.

— Eu preciso encontrá-lo. Não deveria ter adiado interrogar Spetsos…

— Emile está seguro e sendo bem cuidado — interrompeu Bryce —, e isso é tudo que você precisa saber.

— Eu devo a Sofie…

— Você deve a Sofie manter Emile fora dessa rebelião. Sua vida dificilmente é o que eu chamaria de um ambiente estável. Deixe que ele permaneça escondido.

Cormac disse a Tharion:

— O que *você* vai dizer a sua rainha?

Tharion deu a ele um sorriso ríspido.

— Absolutamente nada. — Uma ameaça de violência fervilhava sob as palavras. Se Cormac sussurrasse qualquer coisa às sereias, à Rainha do Rio, o príncipe avalleno se encontraria em um túmulo de água.

Cormac suspirou. E, para o choque de Bryce, disse:

— Peço desculpas pela faca. — Para Hunt, falou: — E peço desculpas por ameaçar sua parceira.

Ruhn perguntou:

— Eu não ganho um pedido de desculpas? — Cormac fervilhou, mas Ruhn sorriu.

Bryce pegou Hunt a observando, a expressão de orgulho. Como se tivesse feito uma coisa honrada. Foi sua a delicada trama de mentiras e verdades?

— Desculpas aceitas — disse Bryce, obrigando-se a soar mais animada. Fugindo do tópico de Emile. — Agora, de volta ao treino.

Cormac deu de ombros, apontando para os pontos em que tinha marcado X com fita no chão, sobre cadeiras, sobre colchões empilhados, sob uma mesa.

Bryce resmungou, mas os observou, registrando o circuito que tomaria.

— Bem, isso foi emocionante — anunciou Tharion, gemendo ao ficar de pé. — Certo. Estou de saída.

Hunt arqueou uma sobrancelha.

— Para onde?

— Tecnicamente, ainda estou empregado pela Rainha do Rio. Independentemente do que tenha acontecido com Emile, há outras questões com que lidar.

Bryce deu tchau para ele. Ruhn, no entanto, falou:

— Jantar hoje à noite?

Tharion piscou um olho.

— Com certeza. — Então saiu andando pelas portas de metal e sumiu.

— Tudo bem, Athalar — murmurou Bryce depois que o tritão fechou as portas. — Hora de subir de nível.

Hunt gargalhou, mas seu relâmpago se acendeu de novo.

— Vamos nessa, Vossa Alteza.

Havia alguma coisa no modo como o anjo dizia *Vossa Alteza* que fez com que Bryce percebesse que a expressão em seu rosto um momento antes não tinha sido de orgulho de sua manipulação, mas sim orgulho da forma como ela havia amenizado as coisas sem violência. Como se Athalar achasse que ela realmente pudesse merecer o título que agora carregava.

Bryce guardou esse pensamento. Quando o raio se chocou contra seu peito, já estava correndo.

***

Apesar da exaustão que pesava seus ossos, apesar da urgência que tinha enviado Hypaxia e ele até ali, Ithan não podia evitar de olhar boquiaberto da porta para a baladeira que havia amado se movendo pelo espaço de treino do Aux como o vento, sumindo e aparecendo como queria. Ao seu lado, Hypaxia monitorava os feitos notáveis, estudando Bryce com atenção.

Bryce terminou a pista de obstáculos e parou ao lado de Hunt, agachando-se para tomar fôlego.

Hypaxia pigarreou, entrando no ginásio. Até mesmo a rainha parecia… desarrumada depois da noite apavorante e sem fim que tiveram.

Tinham passado por Tharion na saída. O tritão falava em voz baixa com alguém ao telefone, havia erguido as sobrancelhas com preocupação ao ver a sujeira e o suor dos dois. Mesmo assim, quem quer que estivesse ao telefone devia ser importante o suficiente para que o macho não pudesse desligar, e Tharion apenas continuou depois que Hypaxia deu a ele um gesto que pareceu assegurá-lo de que ela estava bem. O tritão parou e olhou por cima de um ombro para Ithan, como se precisasse que ele confirmasse a afirmação da rainha, mas Ithan não tinha nada a oferecer. O que Inferno ele poderia dizer? Não estavam bem. De modo nenhum. Então tinham deixado Tharion no corredor, o tritão olhando-os por um longo momento.

— O que foi? — perguntou Ruhn a Ithan, acenando em cumprimento a Hypaxia. Então o príncipe olhou uma segunda vez. — O que Inferno aconteceu com vocês dois? Achei que estavam conjurando Connor.

Os outros no espaço do treino pararam.

— Sim, tentamos conjurar Connor Holstrom ontem à noite — disse Hypaxia, em tom sério.

Bryce empalideceu ao correr até eles.

— O que aconteceu? Connor está bem? Vocês estão bem?

A garganta de Ithan oscilou.

— Ah…

Hypaxia respondeu por ele:

— Nós não encontramos Connor. O Sub-Rei atendeu.

— O que aconteceu? — perguntou Bryce de novo, a voz se elevando.

Ithan a encarou. Somente o lobo predador lampejou ali.

— Ele nos prendeu por diversão. Mandou os cães-pesadelo da Chama e Sombra atrás de nós e nos prendeu em um pomar de oliveiras com eles usando feitiços de contenção. Hypaxia ficou até agora procurando uma saída dos feitiços que não nos deixaria em frangalhos, mas estamos bem. — Ruhn se virou alarmado para sua noiva e a rainha-bruxa assentiu solenemente, com sombras nos olhos. Ithan esfregou o rosto antes de acrescentar: — Ele quer ver você no Templo de Urd.

O relâmpago de Hunt faiscou na ponta de seus dedos.

— Porra, não.

Ithan engoliu em seco.

— Você não tem escolha. — Virou-se, suplicante e exausto, para Bryce. — Connor está seguro por enquanto, mas, se não aparecer dentro da próxima hora, o Sub-Rei vai jogá-lo com o resto da Matilha dos Demônios pelo Portão imediatamente. Ele vai transformar todos em secundalux.

64

Tharion passeava pelo Mercado da Carne, casualmente olhando as barracas. Ou pelo menos tentava parecer casual. Enquanto observava uma variedade de pedras da sorte, mantinha o ouvido atento. Na confusão do meio do dia, a variedade habitual de delinquentes tinha ido até lá para almoçar, fazer compras ou transar e, àquela altura, eles provavelmente teriam entornado pelo menos alguns drinques. O que significava línguas soltas.

Ouvi dizer que a vadia já está grávida, resmungou um sátiro para outro enquanto estavam sentados em torno de um barril convertido em mesa, kebabs defumados parcialmente comidos à sua frente. *Ephraim anda comendo ela direitinho.*

Tharion afastou seu nojo ao ouvir as palavras grosseiras. Odiava aquela palavra, *vadia*. Quantas vezes tinha sido atirada à sua irmã sempre que se aventurava na *Superfície*? Sempre rira como se ignorasse, e Tharion ria com ela, mas agora... Ignorou a pontada de culpa e foi para a próxima barraca, cheia de vários tipos de cogumelos das florestas úmidas do nordeste.

Verificou o celular, a breve troca de mensagens entre Pax e ele.

O que aconteceu? Você está bem? Escrevera quase uma hora antes, depois de esbarrar com ela e Holstrom no corredor do centro de treino do Aux. Estava suja e de aparência cansada, e Tharion não conseguira sequer perguntar se ela estava bem, porque falava ao telefone com a Rainha do Rio, querendo atualizações sobre Emile.

Motivo pelo qual ele fora até ali. Para manter a mentira de que estava atrás do menino. Decidiu que ouviria um pouco as conversas fiadas enquanto fingia, no entanto, ouvir as fofocas dos pervertidos da cidade.

O celular vibrou, Tharion leu a mensagem na tela antes de suspirar. Hypaxia tinha escrito: *Estou bem. Só um teste da Chama e Sombra.*

Não gostava nada daquilo, mas o que Inferno poderia fazer com relação a tudo?

— O juba-de-leão está na estação — disse o gnomo empoleirado em um banquinho atrás dos cestos de fungos, tirando Tharion dos próprios pensamentos. — O morchella acabou de sair, mas ainda tenho um cesto.

— Só estou dando uma olhadinha — disse Tharion, lançando um sorriso para o macho de bochechas rosadas e cabeça vermelha.

— Me avise se tiver alguma dúvida — disse o gnomo. Tharion mais uma vez voltou sua atenção para as mesas às suas costas.

A luta de ontem à noite foi brutal. Não restou nada daquele leão depois...

Eu bebi tanto que nem me lembro de quem Inferno eu estava comendo...

... aquela dragoa acabou com eles. Só brasas...

Eu preciso de mais café. Eles deveriam nos dar o dia de folga depois de um feriado, sabe?

Tharion ficou imóvel. Virou-se devagar, encontrando o falante que chamou a atenção dele.

Dragoa.

Bem, *aquilo* era interessante. E... uma sorte.

Ficara deitado no banco enquanto Pernas treinava, precisando da companhia de outros como uma distração do tremor de nervos após a noite anterior. Havia transado com a metamorfa de leopardo nas sombras do jardim. Tinha gostado de cada segundo, ela também, levando em consideração seus dois orgasmos.

Talvez ele tenha dado as costas à filha da Rainha do Rio na noite anterior, mas não tinha contado isso à soberana. Até onde ambas sabiam, e a julgar pelo tom de voz da primeira ao telefone mais cedo quando ligou para perguntar sobre a caçada por Emile, os dois ainda estavam noivos. Contudo, se alguma delas descobrisse...

Se descobrissem, não seria conveniente ter uma dragoa para oferecer como presente de desculpas? Uma dragoa não seria perfeita no lugar de Emile?

* * *

— Este lugar não é tão divertido quando se está sóbrio — observou Flynn atrás do tritão trinta minutos depois, quando se aproximou em roupas civis, precisamente como Tharion tinha pedido. O traje mal escondia a arma presa na parte de trás de seu short.

Tharion não ousara dizer muito ao telefone quando pediu ao lorde feérico que o encontrasse ali. E, embora Flynn pudesse agir como um universitário despreocupado, Tharion sabia que era esperto demais para arriscar fazer perguntas em uma linha de telefone aberta.

Tharion se levantou da mesa entre as barracas de comida, onde estivera tomando café e arquivando antigos e-mails, e começou a caminhar despreocupadamente pelo mercado. Tão baixo que ninguém, nem mesmo o metamorfo de feneco trabalhando uma fileira adiante, conseguiria ouvir, disse:

— Eu encontrei uma coisa na qual você pode estar interessado.

Flynn fingiu digitar ao celular.

— Ah, é?

Tharion murmurou pelo canto da boca.

— Lembra quando sua nova melhor amiga de… temperamento quente sumiu?

— Você encontrou Ari? — A voz de Flynn tinha se tornado perigosamente solene. Uma voz que poucos jamais ouviam, Tharion sabia. A não ser que eles estivessem prestes a morrer.

Tharion apontou para a passarela de madeira construída acima do mercado. Que dava para uma porta comum que ele sabia que se abria para um longo corredor. Dois guardas feéricos de rosto impassível, armados com rifles semiautomáticos, estavam diante dela.

— Tenho um vago palpite de onde ela possa estar.

Agora ele precisava descobrir como levar a dragoa para a Profundeza.

* * *

Tharion olhou para o corredor de madeira vazio conforme caminhavam pelas tábuas desgastadas, dirigindo-se para uma porta arredondada no final. Parecia a entrada de um cofre, ferro sólido que não refletia a primalux tênue.

Foram parados à primeira porta pelos guardas da Rainha Víbora. Flynn tinha grunhido para eles, mas os machos o haviam ignorado, os olhos zonzos devido à droga não piscaram quando se comunicaram por rádio com a líder. O fato de que Tharion sequer conhecia aquela porta indicava aos guardas que ele era importante o suficiente para merecer uma ligação.

E ali estavam eles. Prestes a entrar no ninho da Rainha Víbora.

A imensa porta de cofre se abriu quando estavam a cerca de três metros de distância, revelando tapetes vermelhos ornamentados — definitivamente traskianos — sobre pisos de mármore, três janelas altas com cortinas pesadas de veludo preto presas por correntes de ouro e sofás baixos ao estilo de espreguiçadeiras.

A Rainha Víbora estava sentada em um deles usando um macacão branco, os pés descalços, as unhas dos pés pintadas de um roxo tão escuro que era quase preto. Da mesma cor do batom dela. As unhas das mãos com ponta dourada, no entanto, reluziram à luz tênue quando ela levou um cigarro à boca e soprou fumaça.

Ao lado dela, esparramada no sofá…

Tharion estava certo. A Rainha Víbora gostava mesmo de colecionar lutadores valiosos.

— Ari — disse Flynn, tenso, parando logo depois da porta. O cheiro de raiz-alegre pairava forte no ar, junto com um cheiro secundário enjoativo que Tharion só podia presumir ser outra droga.

A dragoa, usando legging preta e uma regata preta justa, não tirou os olhos da imensa TV instalada acima da lareira escura do outro lado da sala. Contudo, respondeu:

— Tristan.

— Bom ver você — disse Flynn, com a voz perigosamente grave que tão poucos viviam para contar. — Que bom que você está inteira.

A Rainha Víbora gargalhou, e Tharion se preparou.

— O leão que ela enfrentou ontem à noite não pode dizer o mesmo. Mesmo confinada à forma humanoide, ela é... formidável.

Tharion deu um sorriso afiado para a governante do Mercado da Carne.

— Você a capturou? — Precisava saber como a fêmea havia conseguido. Ao menos para poder fazer o mesmo sozinho.

Os olhos de cobra da Rainha Víbora brilharam com um verde quase néon.

— Não estou envolvida com tráfico de escravizados. Diferente de algumas pessoas que conheço. — Riu para Ariadne. A dragoa continuava encarando a TV com determinação. — Ela me procurou e pediu asilo depois de perceber que não havia lugar em Midgard em que poderia fugir de seu captor. Chegamos a um acordo que atendia a nós duas.

Então a dragoa tinha ido por vontade própria. Talvez conseguisse convencê-la a ir para a Profundeza. Seria um Inferno mais fácil.

Mesmo que, depois de levá-la até lá, a fêmea jamais saísse.

— Você prefere estar aqui — perguntou Flynn à dragoa —, lutando no poço dela do que com a gente?

— Vocês me jogaram para função de guarda-costas — disparou Ari, tirando a atenção da TV para Flynn. Tharion não invejou o macho quando a dragoa fixou seu olhar incandescente. — Isso é melhor do que lutar no poço?

— Hã, é? Melhor pra caralho.

— Você soa como alguém que se acostumou com uma vida parada cheia de poeira — disse Ari, virando-se de novo para a TV.

— Você ficou presa dentro de um *anel* por somente os deuses sabem quanto tempo — explodiu Flynn. — Que Inferno você sabe sobre qualquer coisa?

Escamas derretidas fluíram sob a pele dela, então sumiram. Seu rosto permaneceu plácido. Tharion desejou ter um balde de pipoca. No entanto, viu os olhos semicerrados da Rainha Víbora sobre si.

— Eu me lembro de você: irmã morta. Metamorfo descontrolado — disse friamente.

Tharion suprimiu o lampejo de ira diante da referência casual a Lesia, e deu à metamorfa viperina seu sorriso mais charmoso.

— Esse sou eu.

— E o Capitão da inteligência da Rainha do Rio.

— O próprio. — Deu uma piscadinha. — Podemos trocar uma palavra?

— Quem sou eu para negar os desejos do amado da filha da Rainha do Rio? — Tharion ficou tenso, e os lábios roxos da Rainha Víbora se curvaram, o corte Chanel preciso balançando quando se levantou. — Não frite o fadinha — disse para Ariadne, então curvou o dedo para Tharion. — Por aqui.

A rainha o levou por um corredor estreito cheio de portas. Conseguia ver adiante que o corredor se abria para outro cômodo. Tudo o que ele conseguia discernir dali eram mais tapetes e sofás conforme eles se aproximaram.

— E então, tritão?

Tharion bufou e soltou uma gargalhada.

— Algumas perguntas.

— Vamos lá. — Bateu a cinza do cigarro em um cinzeiro de vidro sobre a mesa de centro.

Abriu a boca, mas os dois haviam chegado ao cômodo do outro lado do corredor. Era quase idêntico ao outro, as janelas davam para o poço de luta.

Sentada em um dos sofás, com uma pilha de pó branco que parecia muito com caça-luz em uma pequena balança de bronze sobre a mesa diante dela...

— Deixe-me adivinhar — disse Tharion em tom arrastado para a Harpia, que tirou a cabeça de onde um macho feérico pesava as drogas —, não é seu, é para um amigo.

Os olhos escuros da Harpia se semicerraram em aviso quando se levantou devagar.

— Veio me delatar, peixe?

Tharion abriu um sorriso aos poucos.

— Só estou fazendo uma visita amigável.

Olhou a Rainha Víbora ameaçadoramente. A fêmea enfiou as mãos nos bolsos e encostou-se na parede mais afastada.

— Você me entregou?

— Esse pedaço de mau caminho entrou por acaso. Queria trocar uma palavra. Ele conhece as regras.

Tharion conhecia. Aquele era o espaço da Rainha Víbora. Sua palavra era a lei. O macho tinha tão pouca autoridade sobre ela quanto sobre os asteri. E, se tentasse alguma coisa, ela possuía tanta autoridade quanto os asteri para acabar com o tritão. Provavelmente atirando-o no poço para ver quantos lutadores eram precisos para matá-lo.

Tharion indicou a porta em uma reverência debochada.

— Não vou incomodar você.

A Harpia olhou para o macho que agora colocava sua caça-luz a colheradas dentro de uma sacola de veludo preto forrada de plástico.

— Serviço VIP, hein? — disse Tharion à Rainha Víbora, cujos lábios se curvaram novamente.

— Apenas o melhor para meus clientes mais valiosos — falou ainda encostada à parede.

A Harpia tirou a sacola do macho feérico, suas asas pretas farfalhando.

— Fique de boca fechada, tritão. Ou vai acabar em pedacinhos como sua irmã.

Tharion soltou um grunhido baixo.

— Continue falando, bruxa, e vou mostrar a você o que eu fiz com o macho que a matou.

A Harpia riu, guardando as drogas no bolso do casaco, e saiu, asas como uma nuvem preta atrás.

— Comprando ou vendendo? — perguntou a Rainha Víbora em voz baixa quando o macho feérico empacotou suas drogas e balança e sumiu.

Tharion se virou para ela, desejando que o ódio que dominava seu temperamento se amainasse.

— Você sabe que aquela psicopata fez Águias de Sangue em dois rebeldes, não sabe?

— Por que acha que a convidei para ser cliente? Alguém que faz esse tipo de merda precisa aliviar a tensão. Ou mantê-la, suponho.

Tharion estremeceu para afastar o nojo.

— Ela falou com você sobre o que aqueles rebeldes estavam fazendo nesta cidade?

— Está me pedindo para bancar a espiã, capitão?

— Estou perguntando se você ouviu alguma coisa sobre a Ophion, ou uma comandante chamada Pippa Spetsos. — O tritão precisava saber se e quando Pippa e a sua unidade Ocaso agiriam, mesmo sem o protótipo do mec-traje. Se pudesse salvar vidas inocentes naquela cidade, ele salvaria.

— É óbvio que sim. Todos ouviram falar da Ophion.

Tharion trincou os dentes.

— Sabe o que eles estão tramando?

A rainha deu um longo trago no cigarro.

— Informação não é de graça.

— Quanto?

— A dragoa é boa para os negócios. — Seus olhos de cobra não desviaram dos de Tharion. — A luta de ontem à noite trouxe muito dinheiro. Eu fiz um acordo com ela: ela vai ficar com uma porção dos lucros de suas vitórias, com isso ela pode comprar a própria liberdade.

— Você não é dona dela. — Não importava que *ele* quisesse entregar a dragoa para sua rainha como...

Porra, como uma escravizada.

— Não, não sou. Por isso vou precisar que você resolva qualquer que tenha sido a merda que seus amigos e o advogado deles inventaram para o Astrônomo. Alguma coisa sobre apreensão real? — A Rainha Víbora admirou suas unhas imaculadas. — Diga a todos que ela lutar aqui é uma questão de segurança imperial.

— Ninguém vai acreditar nisso. — E, porra, ele precisava daquela dragoa. Precisava dela como uma estratégia de saída da situação com Emile. E qualquer efeito colateral por abandonar a filha da rainha.

— As pessoas acreditam em qualquer coisa quando apresentada corretamente.

Tharion suspirou para o teto espelhado. A dragoa tinha pelo menos concordado com estar ali, com lutar por sua liberdade, mas...

A Rainha Víbora disse, como se de alguma forma lesse ou adivinhasse os pensamentos dele:

— Mesmo nessa forma humanoide, ela pode transformar você em cinzas se você tentar levá-la para a Corte Azul. — Tharion fez cara de ódio, mas não disse nada. A fêmea prosseguiu: — Você e seu grupinho de amigos andam terrivelmente agitados ultimamente. Eu posso ter permitido Quinlan me convencer a fazer uma barganha pelo menino, mas não tenho planos de deixar essa dragoa escapulir das minhas mãos. — Um sorriso ardiloso. — Seus tolos, deveriam ter mantido a coleira dela mais curta.

Tharion sorriu da mesma forma.

— Não é decisão minha se ela pode ficar aqui ou não.

— Consiga que seus amigos reais e a equipe legal deles inventem alguma merda e estaremos de acordo, tritão.

Porra. Tharion ia mesmo sair dali de mãos vazias, não ia? Sua mente acelerou tentando pensar em algum outro prêmio para levar de volta à sua rainha, alguma coisa para salvar sua pele…

Pensaria nisso depois. Quando não estivesse na frente de uma vanir notoriamente letal.

Tharion suspirou e disse:

— Se a dragoa concordar, então tanto faz. Vamos inventar alguma merda.

— Ela já concordou. — Outro sorriso malicioso.

— Então me diga o que Spetsos anda tramando. — Se pudesse demonstrar competência em seu trabalho como Capitão da Inteligência, talvez a informação sobre uma ameaça rebelde abrandasse a raiva da Rainha do Rio.

A Rainha Víbora pegou o telefone, verificando o relógio digital.

— Ligue para seus amigos e descubra.

— O quê?

No entanto, a Rainha Víbora voltava para o corredor, para a dragoa e Flynn na outra ponta.

Tharion ligou para Hypaxia. Hunt. Então Bryce. Ithan. Ruhn. Ninguém atendeu.

Não ousou mandar uma mensagem, mas… Ligou para Hunt de novo.

— Atende, porra — murmurava. — Atende, porra.

Por um momento, lembrou-se do dia em que tentou repetidas vezes ligar para a irmã, apenas para cair na caixa postal dela, então para os pais, perguntando se tinham falado com ela, se sabiam onde ela se encontrava…

Tharion chegou a Flynn, que estava sentado no sofá, absorto em uma competição silenciosa de encarar Ariadne. Não conseguiu manter a tensão afastada da voz ao dizer:

— Ligue para Ruhn. Veja se ele atende você.

— O que foi? — Flynn ficou imediatamente de pé.

— Não tenho certeza — respondeu Tharion, seguindo para a porta. Suprimiu as lembranças horríveis e seu temor crescente. — Alguma ideia de onde eles estavam hoje?

A Rainha Víbora disse às suas costas, afundando no sofá de novo:

— Boa sorte.

Tharion e Flynn pararam à porta. O lorde feérico apontou para a dragoa.

— Isso não acabou.

Ariadne só assistia à TV de novo, ignorando-o.

Flynn grunhiu.

— Vou voltar atrás de você.

Tharion manteve o que fizera em segredo, do que tinha negociado pela medíocre dica sobre a Ophion e Spetsos. Contaria a Flynn depois.

O olhar de Ariadne se voltou para Flynn quando a porta do cofre se abriu de novo. Preto se transformou em vermelho.

— Guarde sua arrogância para alguém que queira, lordezinho.

Tharion passou para o corredor, o telefone de novo ao ouvido. Bryce não atendeu.

Flynn olhou para a dragoa deitada no ninho da Rainha Víbora.

— Isso nós veremos, querida — grunhiu o lorde feérico, acompanhando Tharion para fora.

* * *

Bryce fora ao Templo de Urd em Bosque da Lua apenas uma vez desde que se mudara para a Cidade da Lua Crescente anos antes. Juniper e ela tinham tomado um táxi bêbadas até ali certa noite, durante a época da faculdade, para fazer uma oferenda à deusa do destino a fim de garantir que seus destinos fossem épicos.

Literalmente usara essa palavra.

Benevolente e Profética Urd, por favor torne nossos destinos o mais épicos possível.

Bem, conseguira, pensou Bryce ao subir os degraus do templo de mármore cinza. Assim como June, embora... Tristeza, culpa e saudade tomaram conta de si quando pensou na amiga.

A rua silenciosa estava sem carros. Como se o Sub-Rei houvesse liberado tudo.

Ou talvez fosse devido à outra presença ameaçadora da qual tinham desviado perto do cruzamento da Central com a Laurel a caminho dali vindo do centro do treinamento: Pollux e Mordoc. Dois monstros soltos pela cidade, uma unidade dos lobos ferais da Corça os acompanhando.

Procurando por alguma coisa. Ou alguém.

Hunt se certificou de que ninguém estivesse na rua atrás do templo quando Bryce, Ruhn e Hypaxia entraram. O Sub-Rei havia sido muito específico: apenas as quatro pessoas tinham permissão de ir até lá. Ithan e Cormac não haviam ficado felizes deixados para trás.

Além do pátio do templo, não existia um sacerdote à vista, as portas abertas do santuário interior invocavam sombras e fumaça ali dentro.

Bryce verificou se o rifle às suas costas estava no lugar, a pistola pronta em seu quadril. Ruhn, à sua esquerda, carregava Áster. Bryce havia argumentado que era deselegante chegar a uma reunião carregando uma arma feita para matar ceifadores, mas foi voto vencido. Ruhn teria a lâmina ao seu alcance se precisasse usá-la. Relâmpago estalou em torno de Hunt quando ele entrou na escuridão.

Sem confiar em quanto tempo poderia durar, ou se sequer conseguiria conter o poder dentro de si, Bryce não havia pedido ao anjo que transferisse uma carga. Se fosse necessário, Athalar podia carregá-la em segundos.

Uma pira fumegava sobre um altar de pedra preta no centro do templo. Um trono de pedra em uma plataforma se elevava no fundo do espaço. Nenhuma estátua jamais adornava o Templo de Urd, nenhuma representação da deusa fora feita. O destino assumia formas demais para ser capturado em uma figura.

No entanto, alguém *estava* sentado no trono.

— Pontuais — entoou o Sub-Rei, os dedos ossudos tamborilando no braço de pedra do trono. — Valorizo isso.

— Você profana esse trono — avisou Ruhn. — Tire sua carcaça pútrida daí.

O Sub-Rei se levantou, as vestes pretas flutuando com um vento fantasma.

— Achei que os feéricos se curvassem a Luna, mas talvez você se lembre das antigas crenças? De uma época em que Urd não era uma deusa, mas uma força, soprando entre mundos? Quando ela era um recipiente de vida, a mãe de todos, uma linguagem secreta do universo? Os feéricos a adoravam naquela época.

Bryce fingiu bocejar, deixando Ruhn alarmado, empalidecido ao ver o Sub-Rei descendo da plataforma. Hunt, pelo menos, não pareceu surpreso. Havia se acostumado com as esquisitices dela, supôs Bryce.

Hypaxia monitorava cada movimento do Sub-Rei, o vento agitando seu cabelo. Ao que parecia, a rainha tinha um ajuste de contas a fazer depois da noite anterior.

— Então — disse Hunt, morosamente —, veio concluir nosso assunto?

O Sub-Rei pairou até o altar preto, o rosto horrível se contorcia com prazer ao inspirar os ossos incandescentes acima.

— Eu queria informar a você que os ceifadores que você tão odiosamente me acusou de mandar atrás de você de fato não eram de Apollion. Descobri que eles vieram da Cidade Eterna.

Bryce enrijeceu.

— Ceifadores conseguem atravessar oceanos?

— Ceifadores certa vez atravessaram mundos. Não vejo como água poderia detê-los.

— Por que vir até aqui nos atacar? — indagou Hunt.

— Não sei.

— E por que nos contar isso? — prosseguiu Bryce.

— Porque eu não gosto que infrinjam meu território.

— Até parece — disse Ruhn. Hypaxia o acompanhou a alguns passos atrás. — Você contou a eles a verdade horrível sobre o que acontece depois da morte, mas está disposto a deixar que vivam agora porque está puto que alguém invadiu seu espaço?

Os olhos do Sub-Rei, mortos e leitosos, fixaram-se em Bryce.

— Você é oficialmente uma princesa agora, ouvi dizer. Suspeito que vai aprender muitas verdades igualmente desagradáveis.

— Você está desviando do assunto — grunhiu Ruhn.

— Jesiba falou com você? — Bryce perguntou.

— Quem?

— Jesiba Roga. Vendedora de antiguidades. Tem... tinha alguns Marcos da Morte. Ela deve conhecer você. Ela conhece todo mundo.

Os olhos do Sub-Rei reluziram.

— Não a conheço por esse nome, mas sim. Eu ouvi falar dela. — Seu olhar pairou para trás da fêmea, recaindo sobre Hypaxia por fim. — Você se saiu bem ontem à noite. Poucos teriam saído daquele labirinto de feitiços. A Casa de Chama e Sombra vai acolher você.

A brisa em torno de Hypaxia aumentou até virar um vento frio, mas não se atreveu a falar. Bryce fez uma nota mental para jamais sair das graças da rainha.

Hunt interrompeu:

— Você nos chamou até aqui para nos dar essa atualização conveniente sobre aqueles ceifadores, e agora quer ser nosso amiguinho? Não acredito.

O Sub-Rei apenas sorriu, revelando os dentes marrons grandes demais.

Bryce disse:

— O que essa sequência significa? — Recitou o que estava no braço de Sofie.

O Sub-Rei piscou.

— Não sei. — Sorriu de novo, mais largo. — Mas talvez vocês devessem perguntar a eles. — Apontou para trás dela até a porta. O mundo do outro lado.

Onde Pippa Spetsos marchava para o pátio do Templo, flanqueada por soldados da Ocaso.

* * *

O relâmpago de Hunt brilhou.

— Você avisou a Ophion — grunhiu, mesmo ao começar a calcular a rota mais rápida para fora do templo.

Ruhn, já nas portas internas do santuário, bateu-as e travou-as com a barra. Trancando o grupo ali dentro com o Sub-Rei.

A voz de Pippa ecoou pelas portas.

— *Venham brincar, escória vanir. Vamos mostrar a vocês o que acontece quando se voltam contra nós.*

O rosto de Hypaxia empalideceu.

— Vocês estavam... trabalhando com os rebeldes?

— Ênfase no *estavam* — murmurou Bryce. Não que fizesse muita diferença no momento.

A silhueta do Sub-Rei começou a se dissolver. Uma ilusão. Uma projeção. Hunt não se deu ao trabalho de imaginar como tinha feito os detalhes parecerem tão reais.

— Guerra significa morte. Morte significa almas... e mais secundalux. Quem sou eu para dar as costas a um banquete? O primeiro ato da Comandante Spetsos ao chegar à Cidade da Lua Crescente foi se ajoelhar diante de mim. Quando ela mencionou os inimigos nas fileiras deles, eu fiz questão de informá-la sobre nosso... desentendimento. Nós fizemos um acordo que é de interesse mútuo.

Os rebeldes reivindicariam a morte, poupando o Sub-Rei de qualquer repreensão política, mas o verme ficaria satisfeito por ter tido um papel em massacrá-los e receberia qualquer alma que acabasse em seu mundo. Muitas delas, se Pippa estava atacando.

Bryce fervilhou de ódio, luz estelar brilhando.

— E você estava apenas mentindo quando alegou que não tinha mandado os ceifadores atrás de Ruhn e de mim semanas atrás?

— Eu disse a verdade e digo a verdade agora. Não tive envolvimento naquilo. Por que mentiria para você, quando já revelei tanto?

— Continue jogando esses jogos e vai fazer de todos nós inimigos — avisou Ruhn ao rei.

O Sub-Rei sumiu nas sombras.

— A morte é a única vitoriosa na guerra. — Então se foi.

Uma bala ecoou contra a porta de metal. Então outra. Pippa ainda estava gritando sua ladainha.

— Alguma ideia? — perguntou Hunt. Se os rebeldes tinham balas de gorsiana, aquilo viraria uma confusão muito rápido. E traria uma imensa multidão para testemunhar o desastre.

Bryce pegou a mão de Hunt. Empurrou-a contra o peito.

— Me carregue, Athalar.

Ruhn indicou Hypaxia com o queixo.

— Leve ela junto.

A rainha-bruxa olhou com raiva para o príncipe feérico, em reprovação, mas Bryce balançou a cabeça, mantendo a mão sobre a de Hunt. Seus dedos se contraíram, o único sinal de seu nervosismo, quando disse:

— Eu nunca trouxe ninguém junto e preciso de toda a minha concentração agora.

Ótimo. Pelo menos estava sendo inteligente com relação àquilo. Hunt encarou sua parceira, deixando que visse a aprovação dele, o encorajamento. Não desperdiçaria tempo perguntando o que a fêmea planejava. Bryce era genial o bastante para ter pensado em alguma coisa. Então Hunt deixou seu relâmpago fluir, mandando-o com um zunido por sua mão para dentro do peito de Bryce.

A estrela começou a brilhar sob os dedos do anjo, em antecipação voraz. Outra saraivada de balas tiniu contra a porta.

Seu relâmpago fluiu para dentro dela como um rio. Ele podia ter jurado que ouviu um tipo de música linda entre suas almas quando Bryce falou:

— Precisamos de reforços.

* * *

Ruhn conteve seu pânico quando sua irmã, carregada com uma descarga do relâmpago de Athalar, desapareceu no vazio.

Um impacto agitou as portas de metal para dentro do santuário. Por que o Aux não tinha sido chamado ainda? Pegou o celular. Se ligasse para pedir ajuda, haveria perguntas sobre por que sequer estavam ali, para início de conversa. Já havia tentado Cormac, mas o macho o mandara para a caixa postal, e então enviara uma mensagem informando que estava falando com o Rei de Avallen. De modo algum o príncipe interromperia aquela chamada.

Estavam encurralados.

Ruhn se virou para Hypaxia, que observava o santuário, procurando alguma porta escondida.

— Deve haver outra saída — disse passando as mãos pelas paredes. — Nenhum templo tem apenas uma entrada e uma saída.

— Talvez este tenha — grunhiu Hunt.

Bryce apareceu de novo e Ruhn notou cada detalhe de sua irmã sem fôlego.

— Mamão com açúcar — declarou Bryce, mas seu rosto estava suado, os olhos sombrios com exaustão. O que Inferno ela fora fazer?

Outra batida às portas, e o metal amassou.

— Que porra foi essa? — Ruhn sacou Áster.

— Precisamos sair daqui agora — disse Bryce, passando para o lado de Hunt. — Temos tempo, mas não muito.

— Então teletransporte a gente para fora.

A fêmea balançou a cabeça.

— Não sei se consigo…

— Você consegue — disse Athalar, com certeza absoluta. — Você acabou de se teletransportar para fora e para dentro. Você consegue. Controle a respiração, bloqueie o barulho e se concentre.

Sua garganta oscilou, mas Bryce estendeu a mão para a de Athalar. Hunt deu um passo para longe.

— Hypaxia primeiro. Então Ruhn.

— Talvez eu não tenha força o suficiente…

— Tem sim. Vá.

Cansaço e apreensão tomaram o rosto de sua irmã. Bryce beijou a bochecha de Athalar, então agarrou a bruxa pelo braço.

— Segure firme. Eu nunca levei ninguém comigo assim e pode ser… — Suas palavras foram interrompidas quando as duas sumiram.

* * *

Graças aos deuses. Graças aos deuses que Bryce tinha saído de novo, com Hypaxia no braço.

Hunt prendeu o fôlego.

Ruhn disse:

— Você deveria ir a seguir. É o parceiro dela.

— Você é o irmão dela. E herdeiro do trono feérico.

— Ela também é.

Hunt piscou para o príncipe, mas então Bryce voltou, ofegante.

— Ah, deuses, foi uma merda. — Vomitou, então esticou a mão para Ruhn. — Vamos.

— Descanse — ordenou seu irmão, mas as portas se amassaram mais para dentro. Mais alguns golpes e seriam abertas. E se o plano de Bryce não ganhasse mais um pouco de tempo para eles…

Bryce segurou o braço de Ruhn e, antes que o irmão pudesse protestar, sumiram. Sozinho, Hunt monitorou a porta, reunindo seu relâmpago. Podia carregá-la de novo, mas estava nitidamente exausta. Será que adiantaria?

As portas tremeram, e luz entrou por uma fresta quando foram afastadas alguns centímetros.

Hunt se abaixou atrás do altar, longe da saraivada de balas que se seguiu, mirando indistintamente quem quer que estivesse dentro.

— *Ali!* — gritou Pippa, e armas apontaram para o anjo.

Onde estava Bryce, porra…

As portas se escancararam, jogando três soldados da Ocaso no chão.

Pollux estava entre as portas, asas brancas luminescentes com poder, gargalhando consigo mesmo ao descer um punho fechado na cabeça de uma rebelde fêmea estatelada diante de si. Osso e sangue jorraram. Além dele, no pátio, rebeldes atiravam contra Mordoc e os lobos ferais. Na rua, de pé sob uma palmeira, longe da confusão, Hunt conseguia ver a Corça observando a luta.

Bryce apareceu e deslizou para trás do altar. Sua pele empalidecera, a respiração estava irregular. Ofegante. Levantou a mão trêmula para o macho.

— Eu… — Desabou de joelhos. Não precisava dizer o resto. Estava esgotada. Mesmo assim, tinha voltado para ele. Para lutar para resgatá-lo.

— Mais uma carga? — perguntou Hunt, relâmpago se entrelaçando por seus braços conforme a colocou de pé.

— Não acho que meu corpo aguenta. — Encostou em seu parceiro. — Eu me sinto como carne tostada.

Hunt olhou para o outro lado do altar.

— Como conseguiu ganhar tempo para a gente?

— Os Portões — ofegou Bryce. — Eu precisei me teletransportar para alguns deles até achar um que estivesse bem vazio e sem ser vigiado. Eu usei o painel de controle para transmitir um relatório de que a Ophion estava saqueando o Templo de Urd, bem no meio de um daqueles anúncios diários idiotas. Imaginei que uma unidade seria enviada até aqui. Provavelmente a maior e mais cruel deles, que também foi por acaso a mais próxima.

Lembrava-se então, tinham evitado Pollux e Mordoc, assim como os lobos ferais da Corça, na caminhada até ali.

— Sua voz vai ser reconhecida…

— Eu gravei a mensagem, então toquei pelo Portão usando um aplicativo de distorção de voz — disse, com um sorriso sombrio. — Eu me certifiquei de ser rápida o bastante para que as câmeras não pudessem capturar como mais do que um borrão, não se preocupe.

Athalar a olhava boquiaberto, sua inteligente e brilhante Bryce. Pelos deuses, ele a amava.

Agachado atrás do altar de novo conforme a luta avançava pelo templo, Hunt respirou.

— Precisamos encontrar alguma forma de passar por aquelas portas sem sermos vistos.

— Se você puder me dar um minuto… — Passou a mão trêmula pelo peito. Pela cicatriz ali.

Hunt, no entanto, sabia. Apenas o tempo permitiria que Bryce recuperasse a força, e certamente levaria muito mais do que tinham para dar.

Hunt conteve o relâmpago, temendo que Pollux o visse. O Martelo se aproximou, Mordoc uma sombra ameaçadora atrás. Por onde passavam, rebeldes morriam. Hunt não conseguia ver Pippa.

Bryce respirava com dificuldade e Hunt sentiu o cheiro de seu sangue antes de ver. O nariz da fêmea estava sangrando.

— Que porra é essa? — explodiu, cobrindo-a com o corpo quando uma saraivada descontrolada de balas disparou por cima do altar.

— Meu cérebro pode ter virado sopa — brincou, embora medo brilhasse em seus olhos.

Se conseguisse liberar seu relâmpago, talvez conseguisse abrir caminho para eles fritando. Não importava que todos saberiam quem tinha estado ali, principalmente se Mordoc captasse os cheiros depois, mas… arriscaria. Por Bryce, arriscaria.

Podiam, é óbvio, dizer que estavam combatendo a Ophion, mas havia uma chance de que a Corça decidisse que aquele era o momento de revelar o que sabia.

— Se apoie em mim — avisou Hunt, levando a mão para Bryce quando alguma coisa espreitou para fora das sombras atrás do trono de Urd.

Um cão preto. Imenso, com presas tão longas quanto a mão de Hunt.

O Cão do Inferno indicou o trono com a pata cheia de garras. Então sumiu atrás do objeto.

Não havia tempo para pensar. Hunt pegou Bryce nos braços e correu, abaixando-se pelas sombras entre o altar e a plataforma, rezando para que ninguém os visse em meio ao caos e à fumaça…

Deu a volta para trás do trono e encontrou o espaço vazio. Nenhum sinal de Baxian.

Um grunhido veio de trás e Hunt se virou para o encosto do trono. Não era pedra sólida, mas um arco aberto, que dava para uma escada estreita.

Hunt não questionou a sorte ao disparar pela porta de pedra. Baxian, agora em forma angelical, a fechou atrás dele. Selando os três na total escuridão.

Baxian iluminou os degraus para baixo com o celular. Hunt segurou Bryce firme. Pela forma como se agarrava a ele, o anjo não tinha tanta certeza de que ela conseguiria andar.

— Ouvi Pollux dar a ordem para vir até aqui pelo rádio — disse Baxian, apressando-se à frente, as asas farfalhando. Hunt deixou o macho liderar, olhando por cima do ombro para garantir que a porta não se abriria. Contudo, a vedação era perfeita. Nem mesmo um filete de luz passava. — Considerando o quanto Pippa ficou puta depois de Ydra, imaginei que eram vocês envolvidos. Eu pesquisei a história deste templo. Encontrei boatos sobre a porta escondida no trono. Foi o que me levou um tempo, encontrar a entrada do túnel. Alguma sacerdotisa deve ter usado recentemente, no entanto. O cheiro dela estava por todo o beco e pela parede falsa que dá até aqui.

Hunt e Bryce não disseram nada. Era a segunda vez que Baxian interferia para salvá-los da Corça e de Pollux. E agora de Pippa.

— Spetsos morreu? — perguntou Baxian, quando chegaram à base das escadas e entraram em um longo túnel.

— Não sei — grunhiu Hunt. — Ela provavelmente escapou e deixou sua gente para morrer.

— Lidia vai ficar puta por não a ter capturado, mas Pollux parecia se divertir — disse Baxian, balançando a cabeça. Caminharam até que chegaram a um cruzamento ladeado por caveiras e ossos dispostos em pequenas alcovas. Catacumbas. — Não acho que eles tinham nenhuma ideia de que vocês estavam lá — prosseguiu Baxian —, mas como eles receberam a denúncia...

Bryce se moveu, tão rápido que Hunt não teve tempo de impedi-la de sair de seus braços.

De impedi-la de soltar o rifle e apontá-lo para Baxian.

— Parado.

* * *

Bryce limpou o sangue que pingava de seu nariz no ombro ao apontar o rifle para o Cão do Inferno, parado no cruzamento das catacumbas.

Sua cabeça latejava sem parar, a boca parecia tão seca quanto o deserto Psamathe, e seu estômago era um mar revolto de bile. Jamais se teletransportaria de novo. Nunca, *nunca* mais.

— Por que caralho você fica aparecendo? — perguntou Bryce fervilhando, sem tirar a atenção do Cão do Inferno. Hunt sequer se moveu ao seu lado. — Hunt disse que você não está espionando para a Corça ou para os asteri, mas eu não acredito nessa porra. Nem por um segundo. — Soltou o pino de segurança. — Então me conte a maldita verdade antes que eu enfie essa bala na sua cabeça.

Baxian foi até uma das paredes curvas de caveiras. Não pareceu se importar que estava a trinta centímetros do cano da arma. Passou um dedo pelo crânio marrom do que parecia ser algum vanir com presas e afirmou:

— Por amor, tudo é possível.

O rifle quase caiu de seus dedos.

— O quê?

Baxian puxou o colarinho do traje de batalha, revelando a pele marrom musculosa. E uma tatuagem rabiscada sobre o coração do anjo com uma letra de mão familiar.

Por amor, tudo é possível.

Conhecia aquela caligrafia.

— Por que — perguntou Bryce, com cautela, a voz trêmula — você tem a caligrafia de Danika tatuada em você?

Os olhos escuros de Baxian se tornaram tristes. Vazios.

— Porque Danika era minha parceira.

65

Bryce apontou o rifle para Baxian de novo.

— Você é um *mentiroso* de merda.

Baxian deixou o colarinho aberto, a letra de Danika tatuada exposta.

— Eu a amava. Mais do que tudo.

Hunt disse, ríspido, as palavras ecoando pelas catacumbas secas ao redor:

— Isso não é engraçado, seu babaca.

Baxian voltou olhos suplicantes para ele. Bryce queria arrancar o rosto do macho.

— Ela era minha parceira. Pergunte a Sabine. Pergunte a ela por que ela fugiu na noite em que entrou no seu apartamento. Ela sempre me odiou e temeu… porque eu via como ela tratava a filha e não suportaria aquilo. Porque eu prometi que um dia a transformaria em carniça pelo que Danika suportou. Por isso Sabine foi embora da festa tão rápido ontem à noite. Para me evitar.

Bryce não baixou a arma.

— Você só diz mentiras.

Baxian abriu os braços, as asas farfalhando.

— Por que Inferno eu mentiria sobre isso?

— Para conquistar nossa confiança — disse Hunt.

Bryce não conseguia tomar fôlego. E não tinha nada a ver com o teletransporte.

— Eu saberia. Se Danika tivesse um parceiro, eu *saberia*…

— Ah, é? Acha que ela teria contado a você que o parceiro dela era alguém entre os triários de Sandriel? O Cão do Inferno? Acha que ela teria corrido para casa para contar tudo?

— Vai se foder — disparou Bryce, concentrando a mira bem entre os olhos do macho. — E fodam-se as suas mentiras.

Baxian se aproximou da arma. Do cano. Empurrou contra seu coração, bem contra a tatuagem com a letra de Danika.

— Eu a conheci dois anos antes de ela morrer — disse em voz baixa.

— Ela e Thorne…

Baxian soltou uma gargalhada baixa, tão amarga que partiu sua alma.

— Thorne estava delirando se achava que ela algum dia ficaria com ele.

— Ela transava por aí — disse Bryce fervilhando. — Você não era ninguém para ela.

— Eu tive dois anos com ela — disse Baxian. — Ela não transou com mais ninguém durante aquele tempo.

Bryce ficou imóvel, fazendo o cálculo mental. Logo antes de sua morte, Bryce tinha implicado com Danika porque…

— Dois anos — sussurrou. — Ela não ia a um encontro há dois anos. — Hunt a olhava boquiaberto. — Mas ela… — Bryce vasculhou a memória. Danika havia ficado com pessoas constantemente durante a faculdade, mas alguns meses depois do início do último ano e no ano seguinte… Ela ia para festas, mas recusava o sexo casual. Bryce engasgou: — Não é possível.

O rosto de Baxian estava sombrio, mesmo na escuridão das catacumbas.

— Acredite em mim, eu não queria também, mas soubemos assim que nos vimos.

Hunt murmurou:

— Por isso seu comportamento mudou. Você conheceu Danika logo depois que eu fui embora.

— Aquilo mudou *tudo* para mim — disse Baxian.

— Como vocês sequer se conheceram? — indagou Bryce.

— Houve uma reunião de lobos, pangeranos e valbaranos. O Primo mandou Danika como sua emissária.

Bryce se lembrava disso. Como Sabine havia ficado puta por Danika ter sido escolhida para ir, e não ela. Duas semanas depois, Danika estava de volta, e ela parecera reservada por alguns dias. Disse que era exaustão, mas…

— Você não é um lobo. Por que sequer estava lá? — Danika não podia ter ficado com Baxian, não podia ter um *parceiro* e não ter contado a ela sobre isso, não ter o cheiro daquilo…

Danika era uma farejadora. Com aquele olfato sobrenatural, ela saberia melhor do que ninguém esconder um cheiro, detectar se algum vestígio restara sobre ela.

— Eu não estava na reunião. Ela me procurou enquanto estava lá.

— *Por quê?*

— Porque ela estava pesquisando ancestralidade de metamorfos. A minha é… única.

— Você se transforma em um cachorro — revoltou-se Bryce. — O que tem de único nisso? — Até mesmo Hunt deu a ela um franzir de reprovação. A fêmea não se importava. Estava farta daquelas surpresas sobre Danika, sobre todas as coisas que jamais soubera…

— Ela queria saber sobre minha ancestralidade de metamorfo. Uma bem antiga que se manifestou em mim depois de anos dormente. Ela estava examinando as linhagens mais antigas de nosso mundo e viu um nome em uma árvore genealógica de um ancestral remoto que podia ser rastreado até o último descendente vivo: eu.

— Que Inferno você sequer poderia dizer a ela se era tão antigo assim? — perguntou Hunt.

— No fim das contas, nada, mas depois que soubemos que éramos parceiros, depois que selamos a união… Ela começou a se abrir sobre o que estava investigando.

— Era sobre a sintez? — perguntou Bryce.

— Não. — Baxian trincou a mandíbula. — Acho que a sintez foi um acobertamento para outra coisa. A morte dela se deveu à pesquisa que ela estava fazendo.

Por amor, tudo é possível. Uma última pista de Danika. Para procurar onde havia estampado a frase… bem naquele macho.

Então Bryce falou:

— Por que ela se importava com isso?

— Ela queria saber de onde viemos. Os metamorfos, os feéricos. Todos nós. Ela queria saber o que um dia fomos. Se poderia informar nosso futuro. — A garganta de Baxian oscilou. — Ela também estava... Ela me contou que queria encontrar uma alternativa a Sabine.

— *Ela* era a alternativa a Sabine — retalhou Bryce.

— Ela tinha a sensação de que poderia não viver tempo o suficiente para isso — disse Baxian, rouco. — Danika não queria deixar o futuro dos lobos nas mãos de Sabine. Ela estava procurando uma forma de protegê-los ao descobrir uma possível alternativa à linhagem para desafiar Sabine.

Era tão... tão *Danika.*

— Mas depois que nos conhecemos — prosseguiu Baxian — ela começou a buscar uma forma de alcançar um mundo em que pudéssemos ficar juntos, pois não havia como Sabine ou Sandriel, ou mesmo os asteri, terem permitido.

Bryce recolocou o pino de segurança na arma e a apontou para o chão.

Baxian disse, com ferocidade silenciosa:

— Eu fiquei tão feliz quando você matou Micah. Eu sabia... eu tinha essa *sensação* de que aquele babaca estava envolvido na morte dela.

Fico feliz que alguém tenha finalmente enfiado uma bala na cabeça de Micah, dissera Baxian quando eles se conheceram. Bryce observou o macho que amara sua amiga, o macho sobre o qual jamais soubera.

— Por que ela não teria me contado?

— Ela queria. Não ousávamos falar ao telefone ou escrever um para o outro. Tínhamos um acordo recorrente para nos encontrarmos em um hotel em Forvos, eu jamais conseguia sair de perto de Sandriel por muito tempo, em um determinado dia a cada dois meses. Ela se preocupava que os asteri me usariam contra ela para mantê-la na linha, se eles descobrissem sobre nós.

— Ela disse que amava você? — insistiu Bryce.

— Sim — respondeu Baxian, sem um momento de hesitação.

Danika tinha alegado um dia que só dissera aquelas palavras a Bryce. A *ela,* não àquele... estranho. Aquele macho que livre e voluntariamente servira a Sandriel. Hunt não tivera escolha no assunto.

— Ela não se importava que você fosse um monstro?

Baxian se encolheu.

— Depois que conheci Danika, eu fiz o possível para neutralizar tudo o que tinha feito por Sandriel, embora às vezes tudo o que eu pudesse fazer fosse... mitigar o mal de Sandriel. — Seus olhos se suavizaram. — Ela amava você, Bryce. Você era a pessoa mais importante do mundo para ela. Você era...

— Cale a boca. Apenas... cale a porra da boca — sussurrou Bryce. — Não quero ouvir isso.

— Não quer? — desafiou. — Não quer saber tudo? Não é por isso que anda fuçando por aí? Você quer saber, *precisa* saber o que Danika sabia. O que estava tramando, o que ela mantinha em segredo.

O rosto de Bryce se endureceu feito pedra. Disse, inexpressivamente:

— Tudo bem. Vamos começar por isto, se você a conhecia tão bem. Como Danika conheceu Sofie Renast? Você já ouviu esse nome nas suas conversinhas secretas? O que Danika queria dela?

Baxian fervilhou de ódio.

— Danika descobriu sobre a existência de Sofie enquanto investigava a linhagem pássaro-trovão como parte da pesquisa sobre metamorfos e nossas origens. Ela rastreou as linhagens e então confirmou ao rastrear e sentir o cheiro de Sofie. Sendo Danika, ela não deixou Sofie sair sem responder a algumas perguntas.

Bryce congelou.

— Que tipo de perguntas? — Hunt colocou a mão no ombro dela.

Baxian balançou a cabeça.

— Não sei. E não sei como elas passaram a trabalhar juntas nas coisas da Ophion, mas acho que Danika tinha algumas teorias sobre pássaros-trovão além da coisa da linhagem. E do poder deles em particular.

Bryce franziu a testa.

— Você sabe por que Sofie Renast poderia ter sentido a necessidade de sulcar uma série de números e letras em si mesma enquanto se afogava algumas semanas atrás?

— Por Solas — murmurou Baxian. E então ele recitou a sequência do corpo de Sofie, até o último numeral. — Era isso?

— Que jogo você está fazendo, Baxian? — grunhiu Hunt, mas Bryce disparou ao mesmo tempo:

— O que *é* isso?

Baxian lançou-lhes um olhar irritado.

— É um sistema de numeração de salas usado apenas em um lugar de Midgard. Os Arquivos Asteri.

Hunt soltou um palavrão.

— E como, em nome de Urd, você sabe disso?

— Porque eu dei isso a Danika.

Bryce ficou tão surpresa que lhe faltaram palavras.

— Sandriel era o bicho de estimação dos asteri. — Baxian se virou para Hunt. — Você sabe disso, Athalar. Ela me obrigou a servir como acompanhante em uma das visitas dela ao palácio deles. Quando eles a levaram até os arquivos para uma reunião, eu os vi entrarem por uma porta. Quando Sandriel voltou, ela estava pálida. Foi tão esquisito que eu memorizei a série de números e letras e passei para Danika depois como algo a se investigar. Danika ficou... obcecada. Ela não me dizia por quê, ou o que achava que poderia haver ali, mas ela tinha teorias. Teorias que ela disse que alterariam este mundo, mas não podia entrar sozinha. Era reconhecível demais. Ela sabia que os asteri já a estavam observando.

— Então, depois que ela se encontrou com Sofie, Danika deu a ela a informação e pediu que Sofie entrasse para investigar — murmurou Bryce. — Pois o registro de Sofie não teria mostrado nada suspeito sobre ela.

Baxian assentiu.

— Pelo que entendi dos relatórios da Corça, Sofie levou três anos de trabalho para entrar. Três anos espionando e se infiltrando como uma das arquivistas. Estou presumindo que ela tenha finalmente encontrado uma forma de entrar escondida na sala, e fugiu para Kavalla logo depois. Àquela altura, Danika estava... morta. Ela morreu sem jamais descobrir o que havia na sala.

— Mas Sofie descobriu — disse Bryce, em voz baixa.

— O que quer que ela tenha descoberto, estava naquela sala — concordou Hunt. — Deve ter sido essa a informação que Sofie planejava usar como vantagem contra a Ophion, e contra os asteri.

— Alguma coisa que mudaria a guerra — disse Bryce. — Uma coisa grande.

— Por que esse identificador de sala não aparece em ferramentas de busca? — perguntou Hunt a Baxian.

O Cão do Inferno fechou as asas.

— Os asteri não têm nenhuma das plantas do palácio deles na internet. Mesmo seu sistema de catalogação da biblioteca é secreto. Qualquer coisa digitalizada é pesadamente criptografada.

— E se nós tivéssemos alguém que consegue hackear qualquer coisa? — perguntou Bryce.

Baxian sorriu amargamente de novo.

— Então acho que teriam uma chance de descobrir o que havia naquela sala.

* * *

— Esse é um modo totalmente absurdo de numerar salas — murmurou Declan, digitando sentando no sofá seccional na casa de Ruhn. Bryce tinha corrido até lá com Hunt após deixar Baxian no beco em que dava o túnel, alguns quarteirões do Templo de Urd. Ainda estava zonza.

Quando ligou o celular, encontrou várias chamadas perdidas de Tharion. A Rainha Víbora avisara sobre a Ophion, só que alguns minutos tarde demais. Flynn quase teve um ataque quando Ruhn explicou o que havia acontecido.

Pelo menos não saiu nenhuma notícia sobre a conexão deles com o ataque rebelde ao Templo de Urd, como o noticiário chamava. Pollux, Mordoc e a Corça estavam sendo ovacionados como heróis por terem impedido as forças de Pippa de profanarem o espaço sagrado. O único fracasso: Pippa havia escapado.

Bryce lidaria com aquilo mais tarde. A pilha de merdas para lidar mais tarde só crescia.

Declan coçava a cabeça.

— Você entende que o que estamos fazendo agora configura traição.

— Te devemos uma — disse Hunt, sentando-se no braço do sofá.

— Me pague em goró — disse Declan. — Vai ser um conforto enquanto eu me preocupo se os lobos ferais vão aparecer à minha porta.

— Aqui — falou Ruhn, entregando ao macho um copo de uísque. — Para começar. — Seu irmão afundou nas almofadas ao seu lado. Da outra ponta do sofá, Hypaxia estava sentada ao lado de Ithan, calada e atenta.

Bryce deixara para Hunt explicar o que descobriram com Baxian, e para Ruhn explicar a verdade toda para a rainha-bruxa e as duendes, acomodadas em torno dos ombros de Flynn, que estava sentado do outro lado de Declan.

No entanto, era para Ithan que a atenção de Bryce retornava. E, quando Declan se concentrou, Bryce disse baixinho para o lobo:

— Você sabia sobre Danika e Baxian? — Seu rosto não revelara nada.

— É óbvio que não — disse Ithan. — Eu achei que ela e Thorne… — Balançou a cabeça. — Eu não faço ideia do que pensar disso. Eu nunca senti nenhum cheiro nela.

— Nem eu. Talvez ela fosse capaz de esconder com o dom de farejadora, de alguma forma. — Pigarreou. — Não teria importado para mim.

— Mesmo? Teria importado para mim — replicou Ithan. — Para todo mundo. Não apenas Baxian não é um lobo, mas ele é…

— Um babaca — completou Hunt, sem tirar o rosto do telefone.

— É — disse Ithan. — Quero dizer, eu entendo que ele acaba de salvar o couro de vocês, mas… mesmo assim.

— Isso importa agora? — perguntou Flynn. — Quero dizer, sem ofensa, mas Danika se foi.

Bryce deu a ele um olhar inexpressivo.

— É mesmo? Eu não tinha percebido.

Flynn mostrou o dedo médio a ela, e as duendes exclamaram *uuus* em seu ombro.

Bryce revirou os olhos. Exatamente do que Flynn precisava: o próprio bando de líderes de torcida o acompanhando vinte e quatro horas por dia.

— Ei, lembra daquela vez que você libertou uma dragoa e nós fomos estúpidos o bastante para achar que ela obedeceria às suas ordens? — disse a Flynn,

— Ei, lembra daquela vez que você queria se casar comigo e escreveu *Lady Bryce Flynn* em todos os seus cadernos?

Hunt gargalhou.

Bryce replicou com:

— Ei, lembra quando me encheu o saco durante anos para ficar com você, mas eu tenho uma coisa chamada padrões…

— Esse comportamento é extremamente incomum na realeza — observou Hypaxia.

— Você não faz ideia — murmurou Ruhn, fazendo a rainha sorrir.

Ao notar a forma como o rosto de seu irmão se iluminou, e então se apagou… Será que ele sabia? Sobre Hypaxia e Celestina? Bryce não tinha ideia do que mais entristeceria a expressão do macho.

— Onde está Tharion? — perguntou Hunt, observando a casa. — Ele não deveria estar aqui?

— Ele está lá em cima — respondeu Ruhn. Inteirariam Tharion mais tarde, supunha. E Cormac, depois que ele terminasse com o que fosse que seu pai quisesse.

Declan subitamente soltou um palavrão, franzindo a testa. Então disse:

— Tenho boas e más notícias.

— As más primeiro — falou Bryce.

— Não vou conseguir hackear esse sistema de arquivos por Inferno nenhum. É impenetrável. Eu nunca vi nada assim. É lindo, na verdade.

— Vamos com calma com o fanatismo — resmungou Ruhn. — Qual é a boa notícia?

— O sistema de câmera deles no Palácio Eterno *não* é impenetrável.

— Então onde Inferno isso nos deixa? — perguntou Hunt.

— No mínimo, eu posso confirmar se Sofie Renast teve acesso àquela sala.

— E onde pode ser aquela sala — murmurou Bryce. Ithan e Hypaxia assentiram. — Tudo bem. Faça.

— Preparem-se — avisou Declan. — Vai ser uma longa noite.

* * *

Ithan foi despachado para buscar Tharion depois de uma hora. Bryce foi recompensada com a visão de um tritão amassado de sono entrando na sala comum usando nada além do jeans.

Tharion se jogou no sofá ao lado de Hypaxia, passando o braço pelo ombro da rainha e dizendo:

— Oi, Pax.

Hypaxia fez um gesto de dispensa para o tritão.

— Dormiu a tarde toda?

— A vida de um playboy — disse Tharion. Aparentemente, tinham se tornado grandes amigos durante a Cimeira. Bryce se perguntaria se havia mais entre os dois, caso não tivesse encontrado a bruxa com a arcanjo na noite anterior. Imaginava se Tharion sabia.

Imaginava se seu irmão se incomodava que a bruxa e o tritão tinham mantido contato desde a Cimeira, quando só tinha ouvido silêncio dela. Ruhn nem mesmo franziu a testa.

Por volta da meia-noite, Declan falou:

— Puta merda. Ali está ela.

Hunt quase atropelou Ruhn quando se aproximaram correndo. Bryce, é óbvio, chegou primeiro ao lado de Declan, soltando um palavrão. Hunt empurrou Ruhn para fora do caminho com um cotovelo e reivindicou o assento ao lado da parceira. Ithan, Tharion, Hypaxia e Flynn, com as duendes ao encalço, reuniram-se ao redor.

— Ela parece tão jovem — murmurou Hunt.

— Ela era — disse Ruhn. Dec puxara a foto da carteirinha da faculdade de Sofie e fez o programa buscar qualquer rosto que se assemelhasse nas filmagens.

Bryce tentara ligar para Cormac, mas o príncipe não atendera.

Então se mantiveram calados conforme Declan reproduzia a filmagem da biblioteca subterrânea de madeira e mármore. Da câmera instalada no teto, podiam ver Sofie Renast, marchando pelas antigas estantes e vestindo algum tipo de uniforme branco que só podia pertencer a um dos arquivistas.

— Porta Sete-Eta-Ponto-Três-Alfa-Ômega — disse Declan, apontando para uma porta de madeira além da estante. — Dá para distinguir levemente a inscrição ao lado dela.

Conseguiam mesmo. Sofie entrou na sala, usando algum tipo de cartão de identificação para contornar a moderna fechadura, então fechou a porta entalhada às suas costas.

— Quinze minutos — disse Declan, avançando. — E então ela sai de novo. — Sofie saiu da sala do mesmo modo que tinha entrado: calmamente.

— Ela não está carregando nada — observou Hunt.

— Não consigo distinguir nada sob as roupas dela também — concordou Ruhn.

— O computador também não conseguiu — disse Declan. — Ela não carregou nada para dentro, nada para fora, mas seu rosto está branco como a morte. — Exatamente como Baxian alegava que o de Sandriel tinha ficado.

— Dois meses atrás — disse Declan. — Logo antes de ela entrar em Kavalla.

— Levou *três anos* de trabalho infiltrada para conseguir acesso àquela sala? — disse Ruhn.

— Sabe o quanto a segurança é intensa? — perguntou Hunt. — Não acredito que ela conseguiu entrar.

— Eu sei que é intensa pra caralho, Athalar — disse Ruhn, tenso.

— Bem, vamos precisar ser mais rápidos do que ela — Bryce falou.

Todos a olharam, no entanto sua atenção permaneceu fixa na tela. Na jovem saindo da antiga biblioteca.

O estômago de Hunt se revirou. Teve a sensação de que sabia o que ia dizer mesmo antes de Bryce declarar:

— Precisamos entrar na Cidade Eterna… e naqueles arquivos.

— Bryce — disse Hunt, temor percorrendo seu corpo. Podia ter feito as pazes com o envolvimento deles com Cormac e a Ophion, mas aquilo… aquilo era um nível totalmente novo. Perigosamente próximo do que tinha feito ao liderar os Caídos.

— Eu quero saber o que Sofie sabia — disse Bryce, entre os dentes. — O que Danika estava disposta a arriscar tanto para descobrir.

Depois da verdade que Baxian havia jogado, precisava da história toda mais do que nunca. Não tinha só a ver com querer usar a informação como vantagem contra os asteri. Danika tinha achado que aquela informação podia mudar o mundo. Salvá-lo, de alguma forma. Como ela podia dar as costas àquilo agora?

— Você está falando de invadir o lugar mais seguro de Midgard — exclamou Tharion, com cautela. — Invadir a fortaleza de um inimigo.

— Se Sofie Renast conseguiu, eu também consigo.

Ruhn tossiu.

— Você percebe que nenhum de nós sabe se encontrar naquele palácio, Bryce? Estaríamos operando desorientados.

Hunt ficou tenso ao seu lado, Bryce reconhecia o tipo particular de tensão no rosto do anjo. Sabia que estava afastando suas memórias vívidas da sala do trono, do calabouço. Sangue e gritos e dor… Era tudo de que se lembrava, dissera a Bryce.

Encostou ao seu lado, oferecendo todo o amor que podia pelo toque.

— Não operaremos sem rumo — disse Bryce para Ruhn, erguendo o queixo. — Eu conheço alguém que é intimamente familiar com a sua configuração.

***

Ithan permaneceu no sofá muito depois de Bryce e Athalar terem ido para casa, de Ruhn, Dec e Flynn terem saído para os deveres do Aux. As duendes haviam escolhido seguir Flynn, deixando Ithan e Tharion sozinhos.

— Está pronto para o espetáculo de merdas de que estamos prestes a participar? — perguntou o tritão, os antebraços nos joelhos ao inclinar o corpo para a frente para jogar o videogame no telão.

— Não tenho muita escolha a não ser estar pronto, não é? — Ithan, jogando na tela dividida ao seu lado, apertava os polegares nos botões do controle.

— Você deve estar acostumado com situações arriscadas. Chegou às finais algumas vezes.

— Duas. E três vezes no ensino médio.

— É, eu sei. Quero dizer, eu assistia. — Tharion empurrou o botão do controle, parecendo contente em se concentrar no jogo. Como se não fosse um macho que tivesse entrado e saído da toca da Rainha Víbora naquele dia. — Você parece incrivelmente calmo com relação a tudo que está acontecendo.

— Flynn disse que não faz diferença se Danika era a parceira de Baxian, pois ela está, sabe, morta. — Seu peito doeu. — Acho que ele está certo.

— Quis dizer sobre os rebeldes e o Sub-Rei, mas é bom saber.

Ithan deu de ombros.

— Depois da última primavera, que caralhos é normal, mesmo?

— Verdade. — Jogaram por mais alguns minutos.

— Qual é a situação entre você e a filha da Rainha do Rio? — perguntou Ithan, por fim.

Tharion não tirou os olhos da tela.

— Eu estou prometido a ela há anos. Fim da história.

— Você a ama?

— Não.

— Por que ficar noivo dela, então?

— Porque eu estava com tesão e fui burro, queria tanto transar com ela que me prometi a ela, achando que poderia desfazer pela manhã. No fim das contas, não podia.

— Pesado, cara.

— É. — Tharion pausou o jogo. — Você está saindo com alguém?

Ithan não tinha ideia de por que a loba no tanque do Astrônomo lampejou em sua mente, mas respondeu com cautela:

— Ruhn não contou a você sobre, hã, meu passado?

— Quer dizer sobre ter uma queda por Bryce? Não.

— Então como você sabe, porra?

— Ela é Bryce. *Todo mundo* tem uma queda por ela.

— Eu gostava dela.

— Ã-hã.

Ithan exibiu os dentes.

— Não me sinto mais assim em relação a ela.

— Ótimo, porque Athalar provavelmente mataria você, e depois faria churrasco com seu corpo.

— Ele poderia tentar.

— Ele tentaria, e venceria, e duvido que lobo assado devagar teria um gosto tão bom, mesmo mergulhado em molho.

— Não importa.

Tharion riu.

— Não faça nada tragicamente romântico para provar seu valor, está bem? Eu já vi essa merda acontecer antes, e nunca dá certo. Definitivamente não se você estiver morto.

— Não está nos meus planos, mas obrigado.

Tharion ficou sério.

— Estou falando sério. E... olhe, aposto que Bryce vai chutar minhas bolas até minha garganta por causa disso, mas, se você tiver algum negócio mal resolvido com alguém, eu resolveria antes de entrarmos na Cidade Eterna. Só por precaução.

Caso eles não voltassem. O que parecia provável.

Ithan suspirou, apoiando o controle. Levantou-se do sofá. Tharion arqueou uma sobrancelha.

— Tem uma coisa que preciso fazer — Ithan disse.

66

— Você deve ser estúpida como uma porta — sibilou Fury para Bryce de onde estavam sentadas, no balcão do boteco, se demorando com as bebidas. Fury tinha inicialmente se recusado a se encontrar quando Bryce ligou na noite anterior, mas a amiga a importunou tanto durante a manhã seguinte que havia concordado em se encontrar ali.

Bryce mal conseguira dormir, embora Hunt tivesse feito um bom trabalho de exauri-la. Sua mente não conseguia parar de revirar as coisas que havia descoberto. Danika tinha um *parceiro*. Sabine sabia disso. O parceiro de Danika ainda a amava.

E Danika jamais contara a Bryce sobre nada daquilo.

— Eu sei que é insensato — murmurou Bryce, girando o copo de uísque com cerveja de gengibre. — Mas qualquer ajuda que puder me dar…

— Você precisa de uma *porrada* de ajuda, mas não com isso. Está fora de si. — Fury se aproximou, chegando até o rosto de Bryce. — Sabe o que eles vão fazer com você se for pega? O que podem fazer com sua família, com Juniper, para punir você? Viu o que a Harpia fez com aqueles rebeldes? Sabe o que Mordoc gosta de fazer com as vítimas *dele*? Eu faço questão de permanecer fora do caminho dele. Essa gente é desalmada. Os asteri os deixariam trabalhar com prazer em você e em todos que você ama.

— Eu sei — disse Bryce com cautela. — Então me ajude a me certificar de que eu não seja pega.

— Você está presumindo que eu simplesmente tenho as plantas do palácio de cristal por aí.

— Sei que você já esteve lá. Você tem a memória melhor do que a de qualquer um que eu conheço. Está querendo me dizer que não fez notas mentais enquanto esteve lá? Que não reparou nas saídas, nos guardas, nos sistemas de segurança?

— Sim, mas você está falando dos arquivos. Eu só posso lhe dar um vago layout. Só caminhei pelos corredores, jamais entrei nas salas.

— Então você não quer saber o que há *dentro* daquelas salas? O que Danika suspeitava que podia estar dentro daquela sala em particular?

Fury bebeu da vodca com gelo.

— Não tente me converter para sua causa furada. Eu já trabalhei para os dois lados e nenhum deles vale o ar que respira. Eles certamente não valem sua vida.

— Não estamos trabalhando para nenhum dos dois lados.

— Então para que lado está trabalhando?

— A verdade — disse Bryce, simplesmente. — Nós queremos a verdade.

Fury a estudou. Bryce suportou a avaliação lancinante.

— Você definitivamente perdeu a cabeça, então. Vou tirar June da cidade por um tempo. Ficar na encolha.

— Bom. — Bryce desejava poder avisar os pais sem levantar suspeitas. Ela bateu agitada com o pé no suporte embaixo do bar. — Pode levar Syrinx com vocês? — Não partiria sem saber que ele seria bem cuidado.

— Posso. — Fury suspirou e sinalizou para o atendente do bar por mais uma vodca. — Vou conseguir qualquer informação que puder para você.

* * *

Tharion encontrou sua noiva sentada na beira do cais do Quarteirão dos Ossos, os delicados pés mergulhados na água turquesa, mandando ondas respingando à luz do sol. Seu cabelo preto estava solto, cascateando pelas costas esguias em uma cachoeira exuberante.

Certa vez, aquela beleza o chocara e o cativara. Agora ela apenas... pesava.

— Obrigada por se encontrar comigo. — Tinha enviado a lontra uma hora antes. Virou-se olhando para ele, um lindo sorriso iluminando seu rosto.

Tharion engoliu em seco. Estava com a expressão tão... deslumbrada na festa na outra noite. Tão eufórica por estar ali, dançando e rindo. Uma década. Uma década desperdiçada para ele, e para ela.

Aconselhara Holstrom a resolver qualquer negócio inacabado. Tharion precisava fazer o mesmo.

— Eu, hã... — Tharion deu um passo, bastante ciente dos sobeks espreitando no rio, avaliando-os com os olhos em fenda. Dos guarda-costas tritões posicionados perto do cais, lanças ao alcance de um disparo, prontas para empalá-lo. — Eu queria conversar com você.

Seu olhar demonstrava receio. Tharion jurava que os sobeks flutuaram para mais perto. Turistas os viram e começaram a tirar fotos pelo cais. Viram a filha da Rainha do Rio e começaram a fotografar a beleza que ela era também.

Era um lugar terrivelmente público para aquele tipo de encontro, mas o tritão sabia que, se fizesse aquilo na Corte Azul, se a rainha soubesse de tudo antes que pudesse ir embora, ela o manteria na Profundeza, tão preso quanto qualquer um dos mortais que um dia foram arrastados pelas sereias.

— Você quer romper nosso noivado — disse. Seus olhos ameaçavam com nuvens de trovão.

Instinto o fez buscar mentiras tranquilizadoras para confortá-la. Contudo... se ele ia morrer, ou pela mão dos asteri ou da mãe da princesa, queria morrer sabendo que tinha sido honesto.

— Sim.

— Acha que eu não sabia? Todo esse tempo? Um macho que quisesse se casar comigo teria agido a esta altura. — Seu nariz se franziu em raiva. — Quantos anos eu passei tentando puxar alguma afeição, alguma intimidade de você? Alguma coisa para curar isto?

Evitou dizer que ela também tinha sido muito vingativa, infantil e rabugenta.

A água aos seus pés se agitou.

— Mas era sempre *estou ocupado trabalhando em um caso.* Então era o caso seguinte, e o seguinte. Então sua moto aquática quebrava, então sua mãe precisava de você, então seus amigos requisitavam você. — Poder se agitou ao seu redor. — Você acha que não está óbvio para toda a Corte Azul que você não *quer* voltar para casa?

Sua respiração falhou. Tharion a havia subestimado profundamente.

— Por que você não rompeu se sabia de tudo isso, então? — ousou perguntar.

— Porque eu guardava uma gota de esperança de que você pudesse mudar. Como uma tola, eu rezei a Ogenas todos os dias para que você viesse até mim por livre vontade, mas essa esperança murchou agora. — Levantou-se, de alguma forma elevando-se acima dele, embora tivessem uma diferença de altura de mais de trinta centímetros. Suas palavras eram como um vento gelado saltando sobre a água. — Você quer ficar aqui, em meio a esta imundície e este barulho?

— Eu... — Atrapalhou-se com as palavras. — Eu quero.

A princesa, no entanto, lentamente balançou a cabeça.

— Minha mãe me alertou sobre isso. Sobre você. Você não tem o coração sincero. Jamais teve.

Ótimo. Pelo menos ela finalmente sabia a verdade, mas o macho disse, o mais delicadamente que conseguiu:

— Preciso deixar a cidade por um tempo, mas vamos falar mais sobre isso quando eu voltar. Eu sinto que ainda há muito que explicar.

— Chega de conversar. — Recuou um passo para a beira do cais, fervilhando com poder. Ondas quebraram contra as pedras, borrifando seus pés. — Venha para a Profundeza comigo.

— Não posso. — Tharion não queria.

Os dentes dela brilharam, mais como os de um tubarão do que de um humano.

— Então veremos o que minha mãe tem a dizer sobre isso — sibilou antes de saltar para o rio.

Tharion debateu se pulava atrás dela, mas... por quê? Tinha trinta minutos, supôs. Trinta minutos até que fosse puxado para a Profundeza pela nadadeira sem jamais sair de novo.

Tharion passou as mãos pelo cabelo, ofegando. Olhou para o oeste na direção dos prédios baixos além do DCC. Celestina nunca interferiria, e Bryce e Ruhn não tinham autoridade. E de modo nenhum a Comandante Sendes e o *Cargueiro das Profundezas* chegariam ali em trinta minutos.

Apenas uma pessoa em Cidade da Lua Crescente poderia enfrentar a Rainha do Rio e sobreviver. Uma pessoa que até mesmo a Rainha do Rio poderia hesitar em contrariar. Uma pessoa que valorizava lutadores fortes e os esconderia de seus inimigos. Uma pessoa a quem ele poderia recorrer em trinta minutos.

Tharion não pensou duas vezes antes de começar a correr.

* * *

— Obrigado de novo por me encontrar aqui — disse Ithan a Hypaxia, sentada na sala de espera do escritório do Primo no Covil. Era estranho ter precisado pedir a uma estranha, no fim das contas, para levá-lo em segurança até seu próprio lar, mas... era o único modo.

A rainha-bruxa sorriu suavemente para Ithan.

— É o que amigos fazem, não é?

Curvou a cabeça.

— Fico honrado por ser chamado de seu amigo. — Sentira-se orgulhoso ao passar pelos portões momentos antes ao lado da fêmea forte e gentil. Não importava o que os lobos de serviço tivessem dito como provocação ao passarem.

Uma voz aguda resmungou o nome dele, e Ithan se levantou da poltrona de couro, sorrindo para Hypaxia.

— Não vou demorar.

A bruxa gesticulou para que fosse. Ithan se preparou ao entrar no escritório formal do velho lobo. Paredes com painéis de madeira cheias de estantes de livros reluziam à luz do meio-dia. O Primo sentava-se à própria mesa, curvado sobre o que parecia ser uma pilha de papéis burocráticos. Sabine estava de pé ao seu lado. Monitorando cada risco trêmulo de sua mão.

Ithan enrijeceu. Os dentes de Sabine brilharam.

O velho lobo, no entanto, ergueu a cabeça.

— É bom ver você, menino.

— Obrigado por se encontrarem comigo. — Sabine sabia que Danika tinha feito um juramento a um parceiro. Que Baxian estava na cidade. Ithan afastou o pensamento. — Eu sei que vocês estão ocupados, então…

— Desembuche — resmungou Sabine.

Ithan deixou que ela visse o lobo que existia nele, a dominância que já não escondia como sempre fizera.

— Vá em frente, Ithan — disse o Primo.

Ithan esticou os ombros, colocando as mãos às costas. A mesma pose que assumia quando recebia instruções do técnico. Ao Inferno com isso, então.

— Um dos místicos do Astrônomo é uma loba. Uma loba *alfa*. — As palavras foram recebidas com silêncio, mas os olhos de Sabine se semicerraram. — Ela é de Nena, vendida tão jovem que não sabe o próprio nome, ou a idade. Eu nem tenho certeza se ela sabe que é uma alfa. Mas é uma loba, e não passa de uma escravizada naquele tanque. Eu… Não podemos deixá-la lá.

— O que você tem a ver com isso? — indagou Sabine.

— Ela é uma loba — repetiu Ithan. — Isso deveria ser motivo suficiente para ajudá-la.

— Há muitos lobos. E muitos alfas. Não são todos responsabilidade nossa. — Sabine expôs os dentes de novo. — Isso é parte de alguma trama que você e aquela vadia de linhagem mista estão montando?

Sabine disse com desprezo, mas… fora até o apartamento de Bryce naquela noite para avisar que ficasse fora dos assuntos dos lobos. Por algum medo, por mais que infundado, de que Bryce de alguma forma apoiasse Ithan, como se a própria Sabine pudesse correr o risco de ser destituída.

Ithan também afastou isso da mente. Atirar acusações insensatas não ajudaria sua causa no momento. Então disse, com cautela:

— Eu só quero ajudar a mística.

— É a isso que dedica seu tempo agora, Holstrom? Casos de caridade?

Ithan engoliu sua resposta.

— Danika teria feito alguma coisa.

— Danika era uma tola idealista — disparou Sabine. — Não desperdice seu tempo com isso.

Ithan olhou para o Primo, mas o velho lobo não disse nada. Não fez nada. Ithan se virou para a porta de novo e saiu andando.

Hypaxia se levantou quando ele apareceu.

— Já acabou?

— É, acho que sim. — Contara a alguém sobre a mística. Supunha que… Bem, agora supunha que poderia ir para Pangera com poucos arrependimentos.

Sabine saiu arrogantemente do escritório. Soltou um grunhido baixo gutural para Ithan, mas hesitou ao ver Hypaxia. Hypaxia encarou a loba de volta com tranquilidade cáustica. Sabine apenas riu com escárnio e saiu marchando, batendo a porta do corredor atrás de si.

— Vamos — disse Ithan a Hypaxia.

No entanto, a porta do escritório se abriu de novo, e o Primo estava de pé ali, a mão na ombreira para se apoiar.

— A mística — disse o Primo, ofegando levemente, como se a caminhada da escrivaninha até a porta o tivesse cansado. — Qual era a aparência dela?

— Cabelo marrom. Marrom-claro, acho. Pele pálida. — Uma descrição bem comum.

— E o cheiro dela? Era como neve e brasas?

Ithan ficou imóvel. O chão pareceu balançar.

— Como sabe disso?

O velho lobo curvou a cabeça prateada.

— Porque Sabine não é a única herdeira Fendyr.

Ithan cambaleou nos calcanhares ao ouvir aquilo. Era por isso que Sabine tinha ido até o apartamento naquela noite para advertir Bryce? Não para evitar que Ithan se tornasse o Primo Presumível, mas para assustar Bryce antes que descobrisse que havia uma verdadeira alternativa a Sabine. Uma legítima.

Porque Bryce não pararia por nada até encontrar aquela outra herdeira.

E Sabine os mataria para evitar que isso acontecesse.

67

Tharion invadiu o ninho da Rainha Víbora. Só tinha alguns minutos até que tudo virasse um Inferno.

Ariadne estava jogada de barriga para baixo no tapete, um livro aberto diante de si, os pés descalços balançando sobre seu amplo traseiro. O tipo de amplo traseiro que, em qualquer outro dia, Tharion admiraria de verdade. A dragoa não tirou a concentração do livro ao dizer:

— Ela está nos fundos.

Tharion correu para o quarto dos fundos. A Rainha Víbora estava deitada em um sofá diante da janela olhando para o poço de luta onde a disputa atual avançava, lendo alguma coisa em seu tablet.

— Tritão — cumprimentou.

— Quero ser um de seus valiosos lutadores.

Virou a cabeça devagar para o macho.

— Não aceito freelancers.

— Então me compre.

— Você não é um escravizado, tritão.

— Eu estou me vendendo para você.

As palavras soaram tão sem razão quanto pareciam, mas não tinha outras opções. A alternativa era outro tipo de escravidão. Pelo menos ali, estaria longe da corte sufocante.

A Rainha Víbora apoiou o tablet.

— Um civitas se vendendo para a escravidão. Tal coisa não é feita.

— Você é a lei. Você pode fazer isso.

— Sua rainha vai inundar meu distrito por vingança.

— Ela não é burra o bastante para foder com você.

— Imagino que seja por isso que você está recorrendo aos meus cuidados.

Tharion verificou seu celular. Dez minutos restantes, no máximo.

— Ou fico preso em um palácio lá embaixo, ou fico preso aqui em cima. Eu escolho aqui, onde não serei obrigado a gerar crias reais.

— Você está se tornando um *escravizado*. Para se ver livre da Rainha do Rio. — Até mesmo a Víbora parecia se perguntar se ele tinha perdido a cabeça.

— Tem outro jeito? Porque eu estou sem ideias.

A Rainha Víbora inclinou a cabeça, o corte chanel acompanhando o movimento.

— Um bom negociante diria a você que não, e aceitaria essa oferta absurda. — Seus lábios roxos se entreabriram com um sorriso. — Mas… — Percorreu a sala com os olhos, até os machos feéricos montando guarda ao lado de uma porta sem identificação. Não fazia ideia do que havia do outro lado. Provavelmente o próprio quarto. Por que precisava ser vigiada quando não estava do lado de dentro, ele não sabia. — Eles desertaram o Rei Outonal. Juraram lealdade a mim. E se provaram leais.

— Então eu vou fazer isso. Declaro minha deserção. Me dê algum jeito de mergulhar na água uma vez por dia e estou bem.

A Rainha Víbora riu.

— Você acha que é o primeiro lutador tritão que eu tenho? Há uma banheira alguns andares abaixo, com água puxada direto do Istros. É sua. Mas desertar… Não é tão simples quanto apenas declarar.. — A fêmea ficou de pé, puxando a manga do macacão preto e expondo o pulso. Havia uma tatuagem de cobra enroscada em uma lua crescente ali. Levou o pulso à boca e mordeu, sangue, mais escuro do que o normal, acumulou-se onde os dentes perfuraram a pele. — Beba.

O chão começou a tremer, Tharion sabia que não era da luta. Sabia que alguma coisa antiga e primordial estava vindo atrás dele, para puxá-lo de volta para as profundezas aquáticas.

Agarrou o pulso da rainha e o levou à boca.

Se desertasse a Rainha do Rio, poderia desertar a Rainha Víbora um dia, não poderia?

Não perguntou. Não teve dúvida quando colocou os lábios em seu pulso e o sangue da Víbora encheu sua boca.

Queimou sua boca. Sua garganta.

Tharion cambaleou para trás, agarrando o pescoço. O sangue, o veneno, dissolveu-se em sua garganta, no peito, no coração…

Um frio, lancinante e eterno, correu por seu corpo. Tharion caiu de joelhos.

O estrondo parou. Então recuou. Como se o que fosse que estivesse caçando tivesse sumido.

Tharion ofegou, preparando-se para a morte gélida que o esperava.

Nada aconteceu. Apenas a vaga sensação de frio. De… calma. Lentamente levou os olhos até a Rainha Víbora.

Ela sorriu para o tritão.

— Parece que funcionou. — Tharion se levantou com dificuldade, cambaleando. Esfregou o lugar vazio e estranho no peito. — Sua primeira luta é esta noite — disse a fêmea, ainda sorrindo. — Eu sugiro que você descanse.

— Preciso ajudar meus amigos a terminarem uma coisa primeiro.

A Víbora ergueu as sobrancelhas.

— Ah. O negócio com a Ophion.

— De certa forma. Eu preciso poder ajudá-los.

— Você deveria ter negociado isso antes de jurar lealdade a mim.

— Permita-me ir e eu voltarei para lutar por você até virar picadinho de peixe.

A fêmea gargalhou baixo.

— Tudo bem, Tharion Ketos. Ajude seus amigos, mas quando terminar… — Seus olhos verdes brilharam e o corpo do tritão parecia distante dele. Sua vontade era a dela, os desejos dela eram os seus. Rastejaria sobre carvão em brasa para cumprir suas ordens. — Você volta para mim.

— Eu volto para você — falou com uma voz que era e não era dele. Uma pequena parte de Tharion gritou.

A Rainha Víbora gesticulou com a mão na direção do portal arqueado.

— Vá.

Não completamente por vontade própria, marchou de volta para o corredor. Cada passo para longe da rainha diminuía aquele feitiço, os pensamentos mais uma vez se tornavam os próprios, mesmo que…

Ariadne tirou os olhos do livro quando Tharion passou por ela.

— Você perdeu a cabeça?

Tharion replicou:

— Eu poderia perguntar o mesmo a você. — O semblante dela ficou sombrio, mas ela voltou para o livro.

Com cada passo em direção aos amigos, podia jurar que uma longa corrente invisível se estendia. Como uma coleira infinita que o prendia àquele lugar, não importava para onde fosse, não importava a distância.

Para nunca mais voltar à vida que havia trocado.

* * *

Ithan estava sentado em um banco de parque no Bosque da Lua a alguns quarteirões do Covil, ainda tonto devido à revelação arrasadora que o Primo fizera.

A loba mística era uma Fendyr. Uma Fendyr *alfa.*

Ithan não tinha conseguido tirar mais nada do Primo antes de o olhar do macho se tornar nebuloso e ele precisar se sentar de novo. Hypaxia havia feito alguma magia de cura para aliviar qualquer que fosse a dor que o afligia, fazendo com que o velho lobo caísse no sono na escrivaninha um momento depois.

Ithan inspirou o dia de outono.

— Acho que eu a coloquei em grande perigo.

Hypaxia se esticou.

— De que forma?

— Acho que Sabine sabe. Ou já adivinhou. — Outra alfa de sua linhagem poderia destruir os lobos. Ainda assim, como Inferno ela acabara naquele tanque? E em Nena? — Sabine vai matá-la. Mesmo que Sabine pense que ela *pode* ser uma alfa Fendyr, se houve boatos sobre isso antes… Sabine vai destruir qualquer ameaça ao seu poder.

— Então a mística não é uma irmã ou uma filha perdida?

— Eu acho que não. Sabine tinha um irmão mais velho, mas ela o derrotou em combate aberto décadas antes de eu nascer. Tomou seu título como Primo Presumível e se tornou alfa. Eu achei que ele tivesse morrido, mas… talvez tenha sido exilado. Não faço ideia.

O rosto de Hypaxia ficou severo.

— Então, o que pode ser feito?

O lobo engoliu em seco.

— Eu não gosto de descumprir minhas promessas.

— Mas você deseja deixar meu lado para investigar isso.

— Sim. E — balançou a cabeça — não posso ir para Pangera com os outros. Se há uma herdeira Fendyr que não é Sabine… — Talvez significasse que o futuro que Danika desejava poderia se realizar. Se conseguisse encontrar uma forma de manter a mística viva. E libertá-la do tanque do Astrônomo.

— Eu preciso ficar aqui — disse Ithan, por fim. — Para vigiá-la. — Não se importava se precisasse acampar na rua do lado de fora da casa do Astrônomo. Lobos não abandonavam uns aos outros. Tudo bem que amigos também não se abandonavam, mas sabia que Bryce e os outros entenderiam.

— Eu preciso descobrir a verdade — falou Ithan. Não apenas por seu povo, mas pelo próprio futuro também.

— Eu contarei aos outros — sugeriu Hypaxia. — Embora eu vá sentir sua falta como meu guarda-costas.

— Tenho certeza de que Flynn e o coro de cantoras dele ficarão felizes em proteger você. — Hypaxia riu baixinho. Ithan falou: — Não conte a eles. Não conte a Bryce, quero dizer. Sobre a outra herdeira Fendyr. Ela se distrairia com isso, em um momento que precisa se concentrar em outra coisa.

E aquela tarefa… aquela tarefa era *sua*.

Não estivera lá para ajudar Danika na noite em que ela morreu, mas estava ali no momento. Urd o deixara vivo, talvez para aquilo. Cumpriria o que Danika tinha deixado inacabado. Protegeria essa herdeira Fendyr, não importava o que acontecesse.

— Apenas diga aos outros que preciso ficar aqui para resolver coisas de lobo.

— Por que não conta você mesmo?

Levantou-se. Já podia ser tarde demais.

— Não há tempo a perder — disse à rainha, fazendo uma reverência. — Obrigado por tudo.

A boca de Hypaxia se curvou para cima em um sorriso triste.

— Cuidado, Ithan.

— Você também.

O lobo começou a correr, pegando o celular enquanto fazia isso. Mandou a mensagem à Bryce antes que pensasse duas vezes. *Tenho uma coisa importante a fazer. Hypaxia vai explicar a você. Mas eu queria dizer obrigado. Por não me odiar. E por cuidar de mim. Você sempre cuidou de mim.*

A resposta chegou imediatamente. *Sempre vou.* Acrescentou alguns corações que fizeram o seu se partir.

Guardando o telefone no bolso, inspirando aquela dor antiga, Ithan se transformou.

Pela primeira vez em semanas, o lobo se transformou e não doeu nada. Não o deixou com a dor do exílio, de não ter matilha. Não, sua forma de lobo… tinha um foco. Um propósito.

Ithan disparou pelas ruas, correndo o mais rápido que conseguia em direção à casa do Astrônomo para começar sua longa vigília.

* * *

Ruhn não via Day desde a noite do baile. Desde que ele a beijara. Desde que o outro macho a arrastara para longe e dor tomara conta de sua voz.

No entanto, naquele momento a fêmea estava sentada no sofá diante do príncipe. Calada e receosa.

— Oi — disse Ruhn.

— Não posso mais ver você — falou em resposta.

Ruhn parou subitamente.

— Por quê?

— O que aconteceu entre a gente no equinócio não pode nunca mais se repetir. — Ficou de pé. — Foi perigoso, e inconsequente, uma irracionalidade completa. Pippa Spetsos esteve em sua cidade. Atacou seu templo com a unidade da Ocaso. Em breve, Lunathion vai se tornar um campo de batalha.

O macho cruzou os braços. Concentrou-se internamente, no véu instintivo de noite e estrelas. Jamais descobrira de onde vinha, ou por que sua mente o tinha automaticamente escondido, mas... ali. Um nozinho perfeito em sua mente.

Com um puxão, o véu caiu, soltando toda a noite e as estrelas. Deixando que ela o visse inteiro.

— O que aconteceu com você? Está machucada?

— Estou bem. — Sua voz soava tensa. — Não posso arriscar tudo pelo que sacrifiquei.

— E me beijar é uma ameaça a isso?

— Me distrai do meu propósito! Me tira do estado de vigilância! *E vai me causar problema.* — Day caminhou de um lado para outro. — Eu queria que a gente fosse normal. Que eu tivesse conhecido você sob outras circunstâncias, que eu tivesse conhecido você há muito tempo, antes de me embrenhar nisso. — Seu peito inflou, as chamas tremeluziram. A fêmea levantou a cabeça, sem dúvida encontrando o olhar de Ruhn através da barreira de chamas. — Eu disse que você me lembra de que estou viva. Eu fui sincera. Cada palavra. Ainda assim, é por causa dessa sensação que eu provavelmente vou acabar morta, e você também.

— Eu não entendo a ameaça — disse. — Certamente um beijo bom o bastante para distrair você não é algo ruim. — Piscou um olho, desesperado para que ela sorrisse.

— O macho que... nos interrompe. Ele vai massacrar você se descobrir. Ele vai me obrigar a assistir.

— Você tem medo dele. — Alguma coisa primitiva se agitou em Ruhn.

— Sim. A ira dele é terrível. Já vi o que ele faz com inimigos. Eu não desejaria isso a ninguém.

— Não pode deixá-lo?

Day gargalhou, ríspida e vazia.

— Não. Meu destino está atado ao dele.

— Seu destino está atado ao meu. — As palavras ecoaram na escuridão.

Ruhn estendeu a mão para a dela. Recebeu as chamas na própria mão. Afastaram-se o bastante para que ele visse os finos dedos de fogo ao acariciá-los com o polegar.

— Minha mente encontrou a sua na escuridão. Do outro lado de um oceano. Sem precisar de nenhum cristal especial. Acha que isso é nada?

Via o suficiente dos olhos dela para perceber que estavam fechados. A cabeça da fêmea se curvou.

— Não posso.

No entanto, não o impediu de se aproximar. Quando a outra mão do macho passou por sua cintura.

— Vou encontrar você — disse, olhando para o seu cabelo incandescente. — Vou encontrar você um dia, eu prometo. — Day estremeceu, mas se derreteu para ele. Como se tivesse cedido a qualquer tentativa de controle. — Você também me lembra que estou vivo — sussurrou.

Seus braços o envolveram. Era magra, mais para alta, mas com uma estrutura delicada. E curvas exuberantes. Quadril farto, seios abundantes que pressionavam o peito dele com maciez provocadora. Uma bunda deliciosa e tentadora.

— Eu nunca contei a você o fim da história da outra noite — Day murmurou contra o peitoral de Ruhn.

— Com a bruxa que virou monstro?

— Não terminou mal. — O macho não ousou respirar. — Conforme a bruxa caía para a terra, com a flecha do príncipe perfurando seu coração, a floresta a transformou em um monstro de garras e presas. Ela estraçalhou o príncipe e os cães dele. — Seus dedos começaram a subir pela coluna de Ruhn. — Ela permaneceu um monstro por cem anos, perambulando pela floresta, matando todos que se aproximavam dela. Cem anos, tanto tempo que ela se esqueceu de que um dia fora uma bruxa, que um dia tivera um lar e uma floresta que amava.

Sua respiração era morna contra o peito dele.

— Mas um dia, um guerreiro chegou à floresta. Ele ouvira falar do monstro tão cruel que ninguém poderia matá-lo e sobreviver. Ela se preparou para matá-lo, mas, quando o guerreiro a viu, ele não teve medo. Ele a encarou, e ela a ele, e ele chorou porque não viu um objeto de pesadelos, mas uma criatura de beleza. Ele a viu, e não teve medo dela, e ele a amou. — Day soltou um fôlego trêmulo. — O amor dele a transformou de novo em bruxa, dissolvendo tudo que ela tinha se tornado. Eles viveram em paz na floresta pelo resto das vidas imortais deles.

— Eu gosto muito mais desse fim — disse Ruhn e Daybright bufou uma risada baixa.

Ruhn abaixou a cabeça, beijando o seu pescoço, inspirando seu cheiro sutil. O pau imediatamente ficou duro. Porra, isso. Aquele cheiro, aquela fêmea...

Uma sensação de certeza se assentou nos ossos de Ruhn como uma pedra sendo jogada em um lago. A mão dela começou a acariciar a coluna do macho de novo. O tesão de Ruhn crescia com cada carícia que se seguiu.

Então a boca dela estava em seu peitoral, os lábios em chamas roçando a tatuagem espiralada ali. O mamilo esquerdo com o piercing. A língua brincou com a argola, e o cérebro de Ruhn enlouqueceu quando percebeu que estava nu, ou que tinha de alguma forma desejado que suas roupas sumissem, porque aquela era sua pele nua que Day tocava, beijava.

E ela... Ruhn passou as mãos pela cintura da fêmea de novo. A pele lisa e macia como veludo o recebeu.

— Você quer fazer isso? — disse rouco.

Beijou o outro mamilo de Ruhn.

— Sim.

— Eu nem sei se dá para fodermos assim.

— Não vejo por que não. — Seus dedos percorreram o alto da bunda do príncipe, provocando.

O pau de Ruhn latejou.

— Só tem um jeito de descobrir — conseguiu dizer.

Day bufou outra gargalhada sussurrada e levantou a cabeça. Ruhn apenas segurou seu rosto entre as mãos e a beijou. Day o acolheu, e as línguas se encontraram. Day era doce como vinho de verão, precisava estar dentro dela, precisava tocar e saboreá-la inteira.

Ruhn a levantou, a fêmea passou as pernas por seu tronco, o pau perigosamente perto de onde queria estar, mas a carregou para o divã, deitando-a delicadamente antes de pairar acima dela.

— Me deixe ver seu rosto — sussurrou deslizando a mão entre as pernas dela.

— Nunca — respondeu ela. Ruhn não se importou, não quando seus dedos deslizaram pelo sexo encharcado. Completamente pronta.

Afastou os joelhos de Day e se ajoelhou entre eles. Levou a língua pelo centro dela...

O macho arqueou o corpo, como se seu pau tivesse mente própria, como se *precisasse* estar dentro dela, ou explodiria bem ali...

Ruhn fechou o punho em torno de si, movendo as mãos para cima e para baixo devagar enquanto a lambia de novo.

Day gemeu, seu peito se elevando e Ruhn foi recompensado com a visão dos seios dela. Então os braços. Então a barriga e as pernas, e finalmente...

Ainda era feita de fogo, mas conseguia ver nitidamente seu corpo. Apenas a cabeça permanecia em chamas, as quais se encolheram até que não passassem de uma máscara sobre suas feições.

Cabelos longos escorriam pelo tronco dela, e ele passou a mão entre as mechas.

— Você é linda — disse.

— Você ainda não viu meu rosto.

— Eu não preciso — respondeu. Ruhn apoiou a mão no coração dela. — O que você faz, a cada minuto de cada dia... Eu nunca conheci alguém como você.

— Eu também nunca conheci um macho como você.

— É?

— *É* — disse ela. Ruhn a repreendeu pelo deboche na voz acariciando-a com a língua de novo, extraindo mais um arquejo. — Ruhn.

Porra, amava seu nome nos lábios dela. Ruhn deslizou o dedo para dentro, descobrindo que ela estava tão apertada que lhe derretia a mente. Day o deixaria louco.

Day puxou os ombros de Ruhn, levantando-o.

— Por favor — pediu, fazendo o macho sibilar quando envolveu seus dedos ao redor do pau e o guiaram para sua entrada.

Ruhn parou ali, posicionado no limite.

— Fale do que você gosta — disse beijando seu pescoço. — Diga como você quer.

— Eu gosto sincero — disse Day, passando as mãos pelo rosto do macho. — Eu quero que seja verdadeiro.

Então Ruhn deslizou para dentro, gemendo ao sentir a perfeição interna. Day gemeu, arqueando o corpo, e Ruhn ficou imóvel.

— Machuquei você?

— Não — sussurrou, as mãos emoldurando o rosto do príncipe que pairava acima dela. — Não. Não mesmo.

A pressão em volta de seu pau era demais, gloriosamente intensa...

— Eu posso ir devagar. — Não podia. Realmente não podia, porra, mas por ela, tentaria.

A fêmea gargalhou baixinho.

— Por favor, não.

Retirou até quase a cabeça do pau e o empurrou de volta com um deslize suave e firme. Ruhn não conseguia acreditar no tamanho do prazer que sentia.

Day enterrou as mãos nos ombros dele e falou:

— Sentir você é melhor do que eu jamais sonhei.

Ruhn sorriu contra o pescoço da fêmea.

— Você sonhou com isso?

Meteu de novo, metendo fundo, fazendo-a arquejar.

— Sim — respondeu, como se o pau de Ruhn tivesse arrancado a palavra de si. — Toda noite. Sempre que eu precisava... — Parou, mas o macho reivindicou sua boca, beijando-a tão profundamente quanto fodia com ela. Não precisava que ela dissesse o resto, a parte que esmagaria alguma coisa em seu peito.

Ruhn inclinou o quadril de Day para adentrá-la ainda mais. Day, por sua vez, esticou os braços acima da cabeça de forma que conseguisse se agarrar ao braço cilíndrico do divã.

— Ruhn — gemeu de novo, um aviso de que estava perto... ecoando com um flexionar dos delicados músculos internos.

O aperto o fez agarrar as mãos da fêmea nas suas e mergulhar para dentro. Day ondulava o quadril com um ritmo sincronizado ao dele, e nada jamais parecera tão bom, tão real, quanto as almas deles se entrelaçando ali...

— Goze para mim — sussurrou contra a boca dela, ao levar a mão entre seus corpos para esfregar seu clitóris em um círculo provocador.

Day gritou, seus músculos internos estremeceram e se apertaram em volta do macho, sugando-o...

O clímax tomou conta de Ruhn, e ele não se segurou ao estocá-la, conduzindo o prazer dos dois. Continuaram se movendo, um orgasmo atrás do outro, não tinha ideia de como era possível, mas ainda estava duro, continuava, e precisava mais e mais e mais da fêmea…

Ruhn irrompeu de novo, puxando-a consigo.

O fôlego dos dois ecoaram juntos como ondas quebrando, Day tremia quando o abraçou. Abaixou-se apoiando a cabeça no peito dela. As batidas do coração de Day eram como trovão ao seu ouvido, e até mesmo essa melodia era linda.

Seus dedos se entrelaçaram no cabelo de Ruhn.

— Eu…

— Eu sei — disse Ruhn. Nunca tinha sido assim com ninguém. Já experimentara sexo bom antes, sim, mas aquilo… Tinha quase certeza de que sua alma estava estilhaçada ao seu redor. Beijou a pele acima do seio dela. — Eu deveria ter perguntado se você tinha alguma coisa a reportar primeiro.

— Por quê?

— Porque minha mente está frita demais para me lembrar de qualquer coisa depois disso.

Mais uma daquelas risadas baixas.

— Está tudo tranquilo. Nenhuma notícia de Pippa Spetsos depois que ela fugiu da captura no Templo de Urd.

— Que bom. Embora eu ache que a gente precise de uma distração para manter a atenção em outro lugar.

— Do quê?

Ruhn brincou com as mechas dos cabelos compridos, tentando discernir a textura, a cor. Tudo era chama pura.

— Vou para o seu lado.

Day ficou imóvel.

— Como assim?

— Precisamos entrar nos Arquivos Asteri.

— Por quê?

— A informação vital que Sofie Renast possuía está provavelmente em uma das salas deles.

Ela se apoiou nos cotovelos.

— O quê?

Ruhn se afastou dela e disse:

— Qualquer informação sobre a disposição do palácio de cristal, ou dos arquivos, já que você está tão familiarizada com eles... nós agradeceríamos.

— Vocês vão invadir o palácio de cristal. Os arquivos.

— Sim.

— Ruhn. — A fêmea agarrou o rosto dele entre as mãos. — Ruhn, *não* vá até lá. Eles vão matar você. Todos vocês.

— Por isso a necessidade de que a atenção esteja de outro lado enquanto nós invadimos.

Day enterrou os dedos em suas bochechas, e o coração dela batia tão selvagemente que Ruhn conseguia ouvir.

— Só pode ser uma armadilha.

— Ninguém sabe, a não ser as pessoas em quem confio. E agora você.

Daybright ficou de pé subitamente, agora mais uma vez completamente coberta de chamas.

— Se você for pego, não poderei ajudá-lo. Não poderei arriscar salvar você. Ou sua irmã. Vocês estão por conta própria.

Seu temperamento começou a esquentar.

— Então você não vai me contar nada útil sobre a disposição.

— Ruhn, eu...

De novo, o chiado terrível de surpresa e dor. O olhar sobre o ombro.

Para ele. O macho.

Ruhn agarrou sua mão, como se pudesse ficar com ele, mas Day começou a ofegar, selvagem e descontroladamente. Apavorada.

— Ruhn, eles sabem. *Eu*... — Sua voz foi interrompida por um momento. — O calabouço...

E sumiu.

Como se tivesse sido levada embora.

68

— Vamos para o palácio de cristal amanhã — grunhiu Ruhn para Hunt na sala comum do apartamento de Bryce. — Partiremos ao amanhecer.

— Deixa eu ver se entendi — começou o anjo, com uma calma desconcertante. — Você tem se encontrado entre mentes com a Agente Daybright e está saindo com ela?

Bryce estava sentada à mesa de jantar com uma xícara de café, da qual precisava desesperadamente, pois Ruhn tinha invadido sua casa às quatro horas da manhã.

— Transando com ela, pelo visto.

Ruhn grunhiu para a irmã.

— Isso importa?

— Sim — disse Hunt —, porque você está sugerindo que a gente invada o palácio de cristal não apenas para chegar aos arquivos, mas para salvar sua amante. Isso acrescenta uma porrada de riscos.

— Eu mesmo vou pegá-la — disparou Ruhn de volta. — Só preciso entrar com vocês dois primeiro.

— De jeito nenhum — replicou Bryce. — Eu entendo que você queira bancar o herói ao resgate, mas você está falando sobre suicídio.

— Você hesitaria de ir atrás de Athalar? — Apontou para o anjo. — Ou você de ir atrás de Bryce?

— Você a conhece há um mês — protestou Bryce.

— Você conhecia Athalar há pouco mais do que isso quando se ofereceu para se vender como escravizada em seu lugar — Ruhn replicou antes que pudessem falar: — Eu não preciso justificar meus sentimentos ou planos para vocês. Vim até aqui para dizer que vou junto. Depois que entrarmos no palácio, vamos seguir nossos caminhos separados.

— Veja bem, é essa a parte que me incomoda — disse Bryce, terminando o café. — Toda essa coisa de "caminhos separados". Todos entramos, todos saímos.

Ruhn piscou, mas Bryce disse ao anjo:

— Sinceramente, você deveria ficar aqui.

— *Como é?* — indagou Hunt.

Ruhn se manteve calado quando Bryce falou:

— Quanto mais de nós entrarem, maiores as chances de sermos notados. Ruhn e eu damos conta.

— Um, não. Dois, não, porra. Três… — Hunt sorriu maliciosamente. — Quem vai carregar você com poder, querida? — A fêmea fez uma careta, mas Hunt prosseguiu: — Eu vou junto.

Bryce cruzou os braços.

— Seria mais seguro com duas pessoas.

— Seria mais seguro nem ir, mas isso não está impedindo ninguém — disse Hunt. Ruhn não teve muita certeza do que fazer consigo mesmo quando o anjo atravessou a sala e se ajoelhou diante de Bryce, segurando suas mãos. — Eu quero um futuro com você. É por *isso* que vou. Vou para lutar por esse futuro. — Os olhos de sua irmã se suavizaram. Hunt beijou suas mãos. — E, para fazer isso, não podemos jogar pelas regras de outros.

Bryce assentiu, e encarou Ruhn.

— Já chega de jogarmos pelas regras da Ophion, ou dos asteri, ou de qualquer outro. Nós lutaremos do nosso jeito.

Ruhn riu.

— Equipe Foda-se. — Bryce deu um sorriso.

Hunt falou:

— Tudo bem, Equipe Foda-se. — Levantou-se e bateu em um mapa desenhado à mão do palácio de cristal sobre a mesa de jantar. — Fury deixou isso aqui mais cedo, e agora estamos todos despertos, então, hora de estudar. Precisamos criar uma distração para fazer os asteri olharem para outro lado, e precisamos saber aonde vamos depois que chegarmos lá.

Ruhn tentou não se maravilhar ao ver Athalar entrar tão rapidamente no papel de comandante.

— Deve ser algo grande — disse —, se vai ganhar tempo o bastante para a gente entrar nos arquivos e encontrar Day.

— Ela provavelmente está nas masmorras — disse Hunt. Acrescentou, como se lesse a preocupação de Ruhn: — Ela está viva, tenho certeza. A Corça vai ser despachada para trabalhar nela, não vão matá-la imediatamente. Não quando ela tem tanta informação valiosa.

O estômago de Ruhn se revirou. Ele não conseguia tirar da cabeça a voz em pânico de Day. Seu próprio sangue rugia para ir até ela, encontrá-la.

Bryce disse, em um tom mais suave:

— Nós vamos tirá-la de lá, Ruhn.

— No entanto, isso não nos dá muito tempo para planejar algo grandioso — falou Hunt, deslizando para o assento ao lado de Bryce.

Ruhn coçou o queixo. Não tinham tempo de esperar semanas. Mesmo esperar horas poderia ser letal. Minutos.

— Day falou que Pippa está escondida, mas ela deve ter alguma coisa planejada. A Ophion teve baixas suficientes a ponto de provavelmente deixarem que ela faça o que quiser, seja como o esforço de alguma resistência final, ou para reunir antigos e novos recrutas. Talvez nós possamos provocar Pippa a fazer o que quer que ela esteja planejando um pouco mais cedo.

Bryce tamborilou os dedos na mesa.

— Ligue para Cormac.

* * *

Bryce estava completamente acordada quando Cormac chegou, trinta minutos depois, com Tharion em seu encalço. A fêmea também havia ligado para ele, já que os colocara naquela merda, o mínimo que podia fazer era tirá-los.

Tharion, contudo… alguma coisa estava estranha em seu cheiro. Nos olhos. Não disse nada quando Bryce perguntou, então ela deixou de lado, mas ele parecia diferente. Não conseguia identificar o que era, mas estava diferente.

Cormac disse, depois que Ruhn os inteirou:

— Eu sei de fonte segura que Pippa está planejando um saque em algumas semanas ao laboratório pangerano onde os engenheiros e cientistas asteri trabalham, onde fizeram aquele novo protótipo de mec-traje. Ela quer os esquemas deles do traje, e os próprios cientistas.

— Para construir os novos mec-trajes? — perguntou Tharion.

Cormac assentiu.

— E você ia nos contar isso quando? — desafiou Ruhn.

Os olhos de Cormac se incendiaram.

— Eu soube à meia-noite. Imaginei que pudesse esperar até de manhã. Além do mais, vocês não se deram ao trabalho de me inteirar sobre nada desde o baile, não é? — Direcionou a última parte a Bryce.

Sorriu docemente para ele.

— Eu achei que você estivesse lambendo suas feridas.

Cormac disse, fervilhando:

— Eu estava lidando com meu pai, encontrando uma forma de convencê-lo a me deixar ficar aqui após a *humilhação* de meu noivado ter sido cancelado.

Tharion soltou um assovio depois disso. Bryce perguntou:

— E convenceu?

— Eu não estaria aqui se não tivesse — retrucou Cormac. — Ele acha que no momento estou tentando cortejá-la e tirá-la de Athalar.

Hunt riu, fazendo Cormac olhá-lo com raiva. Bryce interrompeu antes que aquilo escalonasse para agressão física:

— Então, como convencemos Pippa a agir agora? Não estamos exatamente nos melhores termos com ela.

— E se ela não for aquela a iniciar o saque? — Tharion falou.

Bryce inclinou a cabeça.

— Quer dizer… *nós*?

— Quero dizer eu e Cormac, e em quem mais possamos confiar. *Nós* executamos o saque, e Pippa e seu séquito virão correndo antes que a gente consiga roubar os esquemas e os trajes que eles querem.

— E no que isso nos ajuda? — perguntou Hunt.

— Isso nos coloca em um laboratório com Pippa e Ophion e, se cronometrarmos bem, uma matilha de lobos ferais vai chegar logo depois deles.

— Por Solas — disse Bryce, esfregando o rosto. — Como vão sair dessa?

Cormac sorriu para Tharion, como se sentisse a direção dos pensamentos do tritão.

— Essa é a grande distração. Nós explodimos tudo feito um Inferno.

Ruhn exalou.

— Isso certamente vai chamar a atenção dos asteri.

— O laboratório fica trinta quilômetros ao norte da Cidade Eterna — falou Cormac. — Pode até mesmo atraí-los para inspecionar o local. Principalmente se Pippa Spetsos tiver sido capturada.

— Você não se incomoda em entregar uma outra rebelde? — perguntou Hunt ao príncipe.

— Não vejo alternativa.

— Evite danos colaterais ao máximo — disse Hunt a Cormac e a Tharion. — Não precisamos do sangue deles em nossas mãos.

Bryce massageou o peito. Iam mesmo fazer aquilo. Levantou-se e todos a olharam quando disse:

— Já volto. — Então caminhou até seu quarto.

Fechou a porta e foi até uma foto na penteadeira, encarando a fotografia por longos minutos. A porta se abriu às suas costas e Hunt entrou.

— Você está bem?

Bryce continuou encarando a foto.

— Estávamos muito felizes naquela noite — disse ela. O anjo se aproximou para estudar a foto, Danika, Juniper e Fury, todas sorrindo na boate Corvo Branco, bêbadas, chapadas e lindas. — Pelo menos, eu achei que estávamos, mas, quando a foto foi tirada, Fury ainda estava... fazendo o que ela faz, Juniper estava secretamente apaixonada por ela e Danika... Danika tinha um *parceiro*, tinha todos esses segredos. E eu fui burra e estava bêbada e convencida de que nós festejaríamos até nos acabarmos. E agora estou aqui.

Sua garganta doía.

— Eu sinto como se não fizesse ideia de quem sou. Sei que isso é um clichê de merda, mas... *Achei* que sabia quem era naquela época. E agora... — Ergueu as mãos, deixando-as se encherem de luz estelar. — Qual é o objetivo disso? De alguma forma, de algum modo, derrubar os *asteri*? E depois? Reconstruir um governo, um mundo inteiro? E se isso desencadear outra guerra?

Hunt a puxou para seus braços e apoiou o queixo sobre a cabeça de Bryce.

— Não se preocupe com essa merda. Nós vamos nos concentrar no agora, depois lidamos com todo o resto.

— Eu achei que um general sempre planejasse para o futuro.

— Eu planejo. Estou planejando, mas o primeiro passo em fazer esses planos é descobrir que porra Sofie sabia. Se não for nada, então nós reavaliaremos. É só que... Sei como é acordar um dia e se perguntar como se afastou tanto da pessoa despreocupada que você foi. Quero dizer, sim, minha vida na pobreza com minha mãe não foi fácil, mas depois que ela morreu... Foi como se eu tivesse tido algum tipo de ilusão arrancada de mim. Foi como eu acabei com Shahar. Estava desnorteado e com raiva e... levei muito, muito tempo para me entender. Ainda estou entendendo.

A fêmea apoiou a testa no peito dele.

— Posso admitir que estou me cagando de medo?

— Posso admitir que eu também estou?

Bryce gargalhou, apertando-o firme no peito, inspirando seu cheiro.

— Eu ficaria um pouco menos assustada se você ficasse aqui, eu poderia ir sabendo que você está seguro.

— Igualmente.

Beliscou a bunda do anjo.

— Então acho que estamos presos um com o outro, nos aventurando na cova do leão.

— Mais como um ninho de sobeks.

— Ótimo. Muito reconfortante.

Hunt riu, o som ecoando em seus ossos, aquecendo-os.

— Ruhn falou com Declan. Ele vai invadir as câmeras de segurança do palácio, virar as câmeras para o outro lado enquanto estivermos lá. Precisamos dar a ele nossa rota pelo prédio para que ele possa virá-las sem ser notado por ninguém monitorando o sistema. Flynn vai dar apoio a ele.

— E se acabarmos pegando um corredor diferente?

— Teremos planos de contingência, mas... precisamos tentar ao máximo nos ater ao nosso.

Náusea agitou seu estômago, mas Bryce disse:

— Tudo bem.

Hunt beijou a bochecha dela.

— Tome seu tempo, Quinlan. Estarei com os outros. — Então se foi.

Bryce encarou a foto de novo. Ela pegou o telefone do roupão de banho e discou. Não se surpreendeu pela ligação ter ido direto para a caixa postal de Juniper. Eram 5h30 da manhã, mas... sabia que antes Juniper teria atendido.

— *Oi, aqui é Juniper Andromeda. Deixe sua mensagem!*

A garganta de Bryce se fechou ao ouvir a voz linda e alegre da amiga. Tomou fôlego quando a caixa postal apitou.

— Oi, June. Sou eu. Olha, eu sei que fodi tudo, e... Peço desculpa de verdade. Eu queria ajudar, mas não pensei direito, e tudo que você me disse estava absolutamente certo. Sei que você pode nem ouvir isso, mas eu queria que você soubesse que amo você. Sinto tanto a sua falta. Você foi um porto seguro para mim por tanto tempo, e eu deveria ter sido isso para você, mas não fui. Eu só... eu amo você. Sempre amei e sempre amarei. Tchau.

Esfregou o pescoço dolorido ao concluir. Então tirou a foto do porta-retratos, dobrando-a e a colocando dentro da capa do celular.

69

Ruhn encontrou Cormac sentado sozinho em um boteco da Praça da Cidade Velha, o rosto impassível enquanto assistia ao jornal do fim da noite, uma celebridade de cabelos sedosos gargalhando durante alguma entrevista, uma propaganda descarada do último filme dela.

— O que está fazendo aqui? — perguntou o príncipe avalleno quando Ruhn deslizou para o banquinho ao seu lado.

— Flynn foi notificado de sua localização. Eu pensei que podia vir ver por que você estava acordado até tão tarde. Considerando nosso compromisso amanhã.

Cormac o estudou de esguelha, então terminou a cerveja.

— Eu queria um pouco de paz.

— E veio para uma espelunca na Praça da Cidade Velha para conseguir isso? — Ruhn indicou a música aos berros, os clientes mamados em volta deles. O silfo vomitando líquido verde na lixeira ao lado da mesa de sinuca nos fundos.

Seu primo não disse nada.

Ruhn suspirou.

— Qual é o problema?

— Faz diferença para você? — Cormac gesticulou por mais uma cerveja.

— Faz diferença quando estamos contando com você. — Quando Day e Bryce estavam contando que o príncipe estaria alerta e pronto.

— Esse não é meu primeiro grande... compromisso. — Ruhn olhou para o macho, o cabelo loiro impecável, o ângulo infalivelmente arrogante de seu queixo.

Cormac o pegou olhando e disse:

— Não sei como seu pai jamais conseguiu.

— O quê? — Ruhn apoiou os antebraços no bar de carvalho.

— Quebrar você. A bondade em você.

— Ele tentou — disse com a voz embargada.

— O meu também. E conseguiu. — Cormac riu com escárnio, pegando uma nova cerveja com o atendente do bar. — Eu não teria me dado ao trabalho de checar como você estava.

— Mas você gastou muito tempo e arriscou demais para encontrar... ela.

O príncipe deu de ombros.

— Talvez, mas, lá no fundo, eu sou o que sempre fui. O macho que teria tranquilamente matado você e seus amigos.

Ruhn puxou o piercing labial.

— Está me contando isso logo antes de partirmos?

— Acho que estou contando isso para... para pedir desculpas.

Ruhn tentou não escancarar a boca.

— Cormac...

Seu primo assistia à TV inexpressivamente.

— Eu tinha inveja de você. Naquela época e agora. Por seus amigos. Pelo fato de que você os tem. Por você não deixar seu pai... corromper o que há de melhor em você, mas se eu tivesse sido forçado a me casar com sua irmã... — Ensaiou um sorriso.

— Acho que com o tempo ela poderia ter desfeito os danos que meu pai causou a minha alma.

— Bryce tem esse efeito nas pessoas.

— Ela vai ser uma boa princesa. Como você é um bom príncipe.

— Estou começando a ficar perturbado com toda essa gentileza.

Cormac bebeu de novo.

— Fico sempre pensativo na noite anterior a um compromisso.

Por um lampejo de segundo, Ruhn pôde ver o macho que seu primo poderia ter se tornado, que ainda poderia se tornar. Sério, sim, mas justo. Alguém que entendia o custo de uma vida. Um bom rei.

— Quando essa merda toda acabar — disse Ruhn, rouco, guardando todos os pensamentos sobre Day ao se acomodar mais confortavelmente no banco —, quero que a gente recomece.

— A gente?

— Você e eu. De um príncipe para outro. De futuro rei para futuro rei. Foda-se o passado e foda-se aquela merda com Áster. Fodam-se nossos pais. Não deixemos que eles decidam quem somos. — Ruhn estendeu a mao. — Nós traçaremos nossos próprios caminhos.

Cormac sorriu quase com tristeza. Então tomou a mão de Ruhn, apertando-a com firmeza.

— Seria uma honra.

* * *

O quartel estava escuro. Pelo que Hunt podia ver no fim do corredor, ninguém descansava na área comum quando entrou em seu quarto.

Ótimo. Ninguém além das câmeras para vê-lo entrar e sair.

Deixara Quinlan dormindo e não tinha contado a ninguém para onde ia.

O quarto estava frio e desalmado quando Hunt fechou a porta ao entrar. Exatamente como era assim que conheceu Bryce. Não mostrava vestígios da vida, não colocava arte nas paredes, não fazia absolutamente nada para declarar que aquele espaço era seu. Talvez porque soubera que não era de fato.

Hunt foi até a escrivaninha, apoiando a sacola vazia nela. Rapidamente reuniu as facas e armas sobressalentes que guardara ali, não querendo ser notado tirando uma pilha de armas do arsenal. Graças aos deuses que Micah jamais se incomodara em cumprir as leis de registro. Hunt tinha o suficiente ali para… bem, para entrar de fininho no palácio de cristal, supôs ele.

Hunt fechou o zíper da sacola, o olhar indo até o elmo em sua mesa. A caveira pintada na frente o encarava, o profano Inferno nos poços pretos que possuía no lugar de olhos. O rosto do Umbra Mortis.

Hunt pegou o elmo e o colocou na cabeça, o mundo caindo em tons de vermelho e preto através do visor. Não se permitiu pensar duas vezes ao sair do quarto, noite afora.

Celestina estava de pé no vão dos elevadores.

Hunt parou subitamente. Será que ela sabia? Será que alguém a informara? A sacola de armas queimava contra seu quadril. Esticou o braço para tirar o elmo.

— Deixe aí — disse ela e, embora suas palavras fossem firmes, a expressão era contemplativa. — Eu sempre me perguntei como ele era.

Hunt abaixou a mão.

— Tudo bem?

— Não sou eu que estou entrando às escondidas às cinco horas da manhã.

Hunt deu de ombros.

— Eu não consegui dormir. — A arcanjo permaneceu na frente do vão dos elevadores, bloqueando o acesso. Hunt perguntou: — Como estão as coisas com Ephraim?

Suas asas se fecharam. Um aviso. Se era para manter a boca fechada a respeito de Hypaxia ou outra coisa, ele não sabia. Celestina apenas disse:

— Ele parte amanhã. Eu vou visitar sua fortaleza no mês que vem se não houver... mudança na minha situação até lá.

Se não tivesse engravidado.

— Seu silêncio diz muito sobre seu desapontamento, Athalar. — Poder estalou em sua voz. — Eu vou para o leito da minha união voluntariamente.

Hunt assentiu, mesmo quando asco e ódio percorreram seu corpo. Os asteri tinham ordenado aquilo, feito aquilo. Eles obrigariam Celestina a continuar visitando Ephraim até que estivesse grávida com o filho que queriam que a arcanjo carregasse. Outro pequeno arcanjo para moldarem em um monstro. Quem Celestina enfrentaria para manter seu filho livre da influência deles? Ou será que Ephraim entregaria a criança aos asteri e aos centros de treino secretos que possuíam para jovens arcanjos? Hunt não queria saber.

Celestina perguntou:

— Por que você não conseguiu dormir?

Suspirou.

— É patético dizer que é por causa desse lance todo de príncipe?

Celestina deu de ombros em compadecimento.

— Achei que isso pudesse afetar você.

Hunt bateu na lateral do elmo.

— Eu... bizarramente senti falta dele. E queria tirar o resto das minhas coisas do quarto antes que se tornasse um espetáculo público. — Era parcialmente verdade.

A fêmea sorriu suavemente.

— Não tive a chance de perguntar, mas você vai nos deixar?

— Eu sinceramente não faço ideia. Bryce e eu estamos dando ao Rei Outonal alguns dias para se acalmar antes de pedirmos a ele que defina meus deveres reais. A ideia de precisar agir com elegância e participar de reuniões com um bando de babacas me faz querer vomitar.

Outra risada baixa.

— Mas?

— Mas eu amo Bryce. Se fazer essa merda é o que vai permitir que a gente fique junto, então vou sorrir e aguentar.

— Ela quer fazer essas coisas?

— Inferno, não. Mas… nós não temos muita escolha. O Rei Outonal a forçou. E agora estamos basicamente presos com as coisas como elas são.

— Estão mesmo? O Umbra Mortis e a Princesa Estrelada não parecem os tipos que aceitam as coisas como elas são. Vocês provaram isso com sua surpresa na festa.

Havia uma provocação em sua voz? Um lampejo de suspeita?

Tinham confiado que Hypaxia não diria uma palavra sobre suas atividades à amante, haviam acreditado na bruxa quando disse que Celestina não sabia, ainda assim… só os deuses sabiam como ele falava quando Bryce e ele fodiam até o Inferno. Erros eram cometidos. Principalmente com um lindo par de seios envolvidos.

No entanto, o anjo se obrigou a dar de ombros.

— Estamos tentando visualizar melhor a batalha adiante antes de decidirmos onde começar a enfrentar a baboseira real.

Celestina deu um meio sorriso.

— Bem, espero que, se precisarem de um aliado, que venham até mim.

Será que aquilo era código para alguma coisa? Athalar observou o rosto da fêmea, mas não conseguiu captar nada além de uma preocupação contida. Precisava sair dali. Hunt fez uma reverência com a cabeça.

— Obrigado.

— Um príncipe não precisa se curvar para uma governadora, sabe? — Celestina foi até as portas da sacada de aterrissagem, abrindo-as para ele. Tudo bem. Voaria para casa.

Hunt marchou noite afora, a sacola de armas pendurada em seu ombro pesava como uma pedra de moinho. Abriu as asas.

— Velho hábito.

— De fato — disse Celestina e um calafrio percorreu sua coluna.

Não olhou para trás quando se lançou para o céu.

Hunt sobrevoou a cidade devagar. O alvorecer ainda era um filete no horizonte, e apenas alguns caminhões de entrega roncavam até padarias e cafés. Hunt tinha o céu só para si.

Tirou o elmo, prendendo-o na dobra do cotovelo; inspirou a brisa livre e limpa do Istros. Em algumas horas, partiriam para Pangera. Tharion já tinha contatado a Comandante Sendes e arrumado transporte pelo oceano.

Na manhã seguinte, teriam chegado à Cidade Eterna.

Na manhã seguinte, usaria aquele capacete de novo. E rezaria para que ele e sua parceira saíssem com vida.

70

Tharion havia comandado diversos saques a mando da Rainha do Rio. Tinha ido sozinho, liderado times pequenos e grandes, e normalmente voltava ileso. Contudo, sentado no banco da frente, ao lado do Príncipe Cormac, do jipe aberto, ao se aproximarem do ponto de controle de segurança na estrada ladeada por ciprestes, teve a distinta sensação de que talvez não tivesse a mesma sorte naquele dia.

O uniforme imperial que cada um vestia era pesado e sufocante ao sol, mas pelo menos o dia quente disfarçaria o outro tipo de suor que os acometia, o de nervoso.

Ninguém parecera notar como cada respiração mudava algo nele: a corda invisível, agora bem esticada, ligando o que quer que restasse do seu coração, àquela coisa fria e morta, à Rainha Víbora em Valbara. Um lembrete constante de sua promessa. De sua nova vida.

Tentou não pensar naquilo.

Ficara grato pelas maravilhas da ágil cápsula submergível do *Cargueiro das Profundezas* enquanto disparava com o grupo pelo oceano. Quando a contatou, Sendes dissera a Tharion que o navio-cidade era lento demais para chegar a tempo, mas que um de seus makos, as pequenas e reluzentes cápsulas de transporte, conseguiria. Então eles embarcaram na cápsula na costa e passaram seu tempo ou planejando ou dormindo, mantendo-se em grande parte afastados do tritão que conduzia a embarcação.

Cormac acenou com impressionante descontração para os quatro guardas, lobos comuns, todos eles, no portão. Tharion manteve sua mão direita ao alcance da arma presa ao lado do seu assento.

— Salvem os asteri — Cormac falou com tanta tranquilidade despreocupada que Tharion soube que o macho tinha dito aquilo milhares de vezes. Talvez em ocasiões semelhantes.

— Salvem os asteri — disse a vigia fêmea que deu um passo adiante. Farejou, notando o que seus olhos confirmavam: um macho feérico e um macho tritão, ambos vestindo uniformes de oficiais. Saudou os dois e Tharion assentiu para que a mulher ficasse em posição de descanso.

Cormac entregou a ela os papéis forjados.

— Viemos nos encontrar com o Doutor Zelis. Já informaram por rádio se ele está pronto?

A vigia observou a prancheta nas mãos. Os outros três que a acompanhavam não tiraram a atenção do carro, então Tharion deu a eles um olhar de raiva normalmente reservado a agentes de campo que tinham fodido tudo majestosamente. Os lobos, no entanto, não recuaram.

— Não há compromisso aqui com Zelis — disse a vigia.

Tharion falou, arrastado:

— Não estaria por escrito.

Ela o estudou, e Tharion deu um sorrisinho malicioso.

— Ordens de Rigelus — acrescentou.

A garganta da fêmea oscilou. Questionar as ações de um asteri ou arriscar deixar entrarem dois oficiais que não estavam na lista de segurança...

Cormac pegou o celular.

— Preciso ligar para ele? — O feérico mostrou a ela uma página de contato que simplesmente dizia: *Mão Iluminada.*

A loba empalideceu um pouco, mas os saudou de novo, acenando para que entrassem.

— Obrigado — disse Cormac, dando partida no motor e dirigindo pelos portões antes que terminassem de levantar.

Tharion não ousou falar com Cormac. Não com os lobos tão próximos. Apenas olharam adiante para a estrada de terra que serpenteava pela floresta. Para o extenso complexo de concreto que surgiu na curva seguinte, onde guardas já acenavam pela cerca de arame farpado.

Precisava ficar de olho no relógio. O respingo de água da passagem do mako tinha estendido o tempo que poderia permanecer na Superfície, mas uma coceira familiar havia começado uma hora antes.

Mais uma porra de dor de cabeça com que lidar: cinco horas até que ele precisasse submergir de verdade. A costa ficava a duas horas de carro dali. Então... era melhor terminarem aquela merda em três. Duas, por precaução.

Tharion assentiu para os lobos diante do laboratório e observou o imenso prédio baixo. Não tinha sido feito para beleza, mas para funcionalidade e armazenamento.

Colunas de fumaça ondulavam atrás do laboratório, o qual parecia ter no mínimo oitocentos metros de comprimento e talvez o dobro de largura.

— Olhe só para este lugar — murmurou Tharion quando Cormac parou diante das portas de aço da entrada. Pareciam ser abertas por mãos invisíveis, outro guarda devia ter apertado o botão de segurança para deixá-los entrar. Tharion sussurrou: — Acha que Pippa vai aparecer? — Como Inferno ela conseguiria entrar?

Cormac desligou o motor e abriu sua porta, saindo para o sol da manhã.

— Ela já chegou.

Tharion piscou, mas acompanhou os movimentos militarmente precisos de Cormac conforme saiu do carro. O príncipe avalleno se virou para as portas abertas do laboratório.

— Eles estão nas árvores.

Declan passara o dia anterior secretamente plantando informação nas redes rebeldes: os rebeldes anti-Ophion que tinham destruído a base em Ydra atacariam aquele laboratório antes que Pippa e seus agentes conseguissem. Ela devia ter mandado a Ocaso em disparada até lá para chegar a tempo.

Tharion conteve a vontade de olhar nas árvores.

— E quanto aos lobos ferais?

— Este lugar fede a humanos, não sente o cheiro?

— Não.

Cormac marchou até as portas abertas, as botas pretas brilhando.

— Estão usando trabalho humano. Trazidos e levados em vagões todo alvorecer e anoitecer. Pippa teria sincronizado sua chegada com a deles, para que os cheiros ficassem disfarçados para os lobos ferais abaixo.

Solas.

— Então por que esperar até a gente chegar?

— Porque Pippa tem um ajuste de contas a fazer — Cormac grunhiu.

* * *

Bryce não fazia ideia de por que alguém iria querer morar na Cidade Eterna. Não apenas porque ficava nas sombras do palácio de cristal dos asteri, mas porque era... velha. Empoeirada. Desgastada. Nenhum arranha-céu, nenhuma luz de néon, nenhuma música aos berros de carros de passagem. Parecia presa no tempo, empacada em outro século, seus mestres indispostos a levá-la adiante.

Conforme ela, Hunt e Ruhn espreitavam às sombras de um pomar de oliveiras pouco mais de um quilômetro a oeste do palácio, acalmou seus nervos imaginando que os asteri eram um bando de velhos rabugentos, gritando para todo mundo parar de fazer barulho, reclamando que as luzes eram muito fortes e que os jovens eram fanfarrões demais.

Isso definitivamente ajudou. Só um pouco.

Bryce olhou para Hunt, que mantinha sua atenção nas oliveiras e no céu. Vestia o traje de batalha preto, junto com o elmo de Umbra Mortis, para seu choque. Um guerreiro voltando à batalha.

Será que aquela era a ação certa? Aquele risco, aquele perigo em que estavam mergulhando? Talvez fosse melhor terem ficado em Lunathion, de cabeça baixa.

Talvez Bryce fosse uma covarde por pensar aquilo.

Voltou sua atenção para Ruhn, o rosto do irmão tenso enquanto também monitorava as oliveiras. Ele também tinha vestido seu traje de batalha do Aux, o cabelo preto preso para trás em uma trança que descia pela coluna, ao longo da extensão de Áster, presa ali. Agarrava o cristal-com em um punho, ocasionalmente abrindo os dedos para estudá-lo. Como se pudesse dar alguma dica sobre o estado de Day. Tinha dito que não o usara desde o primeiro contato com ela, mas Ruhn o pegara antes de saírem caso o cristal pudesse ajudar a localizá-la, se ela estivesse com a outra parte do objeto.

Ruhn trocou o peso do corpo entre os pés, botas pretas estalando sobre a terra rochosa e seca.

— Cormac já deveria estar aqui.

Bryce sabia que cada segundo desde que a Agente Daybright tinha se calado pesava sobre seu irmão. Bryce não queria pensar no que estava provavelmente acontecendo com a agente com a qual Ruhn parecia se importar tanto. Se tivessem sorte, ela estaria viva. Se tivessem mais sorte ainda, haveria o suficiente da fêmea para salvar. Qualquer tentativa que Ruhn tivesse feito de entrar em contato com ela, até mesmo chegar a usar o cristal, fora fútil.

— Dê um minuto a ele — disse Bryce. — É um salto distante. — Longe demais para ela conseguir, ou sequer tentar. Principalmente levando outros. Precisava de toda sua força para o que estava por vir.

— Você agora é uma especialista em teletransporte? — perguntou Ruhn com as sobrancelhas erguidas. O piercing em seu lábio inferior brilhou sob a luz quente da manhã. — Dec está à espera. Não quero interferir com os cálculos dele. Nem por um minuto.

Bryce abriu a boca, mas Cormac apareceu na pequena clareira adiante. Eles tinham estudado um mapa de satélite do pomar no dia anterior, Cormac havia memorizado o local, mapeando os saltos que precisaria fazer para chegar dali até o laboratório. E os saltos que precisaria fazer daquele pomar até o próprio palácio.

Cormac anunciou:

— Entramos. Tharion está na sala de espera. Eu escapuli para o banheiro. Todos os planos estão em curso. Pronto, Athalar? — Hunt, então Bryce e então Ruhn. Essa tinha sido a ordem que eles haviam combinado depois de uma hora de discussões.

Hunt sacou a arma, mantendo-a na coxa. Aquela cabeça no elmo se virou para Bryce, que conseguia sentir o olhar do anjo mesmo através do visor.

— Vejo você do outro lado, Quinlan — afirmou Hunt, pegando a mão enluvada de Cormac.

De um príncipe para outro. Maravilhou-se com aquilo.

E se foram, Bryce teve dificuldade de tomar fôlego.

— Eu sinto que não consigo respirar também — disse Ruhn, ao reparar. — Sabendo que Day está lá dentro. — Acrescentou: — E sabendo que você está prestes a entrar lá também.

Bryce deu a ele um sorriso trêmulo. Então decidiu mandar tudo ao Inferno e passou os braços em volta do irmão, apertando-o firme.

— Equipe Foda-se, lembra-se? A gente vai arrasar.

Ruhn riu, segurando-a firme.

— Equipe Foda-se para sempre.

A fêmea se afastou, observando os olhos azul-violeta do irmão.

— A gente vai tirar ela de lá. Eu prometo.

A pele reluzente de Ruhn empalideceu.

— Obrigado por me ajudar, Bryce.

Bryce o cutucou com o cotovelo.

— Nós Estrelados cuidamos uns dos outros, sabe?

Contudo, o rosto do irmão ficou sério.

— Quando a gente chegar em casa, acho que precisamos conversar.

— Sobre o quê? — Não gostava de sua expressão séria. E não gostava que Cormac estivesse levando tanto tempo.

A boca de Ruhn ficou tensa.

— Tudo bem, já que a gente pode muito bem morrer em alguns minutos…

— Isso é *tão* mórbido!

— Eu queria esperar até a merda se acalmar, mas… Você está acima do Rei Outonal em poder.

— E?

— Acho que está na hora de o reinado dele acabar, você não? — Ele estava falando sério.

— Você quer que eu apoie você em um golpe? Um golpe feérico?

— Eu quero apoiar *você* em um golpe feérico. Quero você como Rainha Outonal.

Bryce estremeceu.

— Não quero ser rainha.

— Vamos deixar de lado toda essa coisa de realeza relutante, está bem? Você viu o que os feéricos fizeram durante o ataque na primavera. Como eles recusaram inocentes e os abandonaram para morrer, com a bênção de nosso pai. Está me dizendo que isso é o melhor que nosso povo pode fazer? Está me dizendo que é isso que nós devemos aceitar como comportamento feérico normal? Eu não engulo por um segundo.

— *Você* deveria ser rei.

— Não. — Outra coisa brilhou em seus olhos, algum segredo que ela não sabia, mas que podia sentir. — Você tem mais poder do que eu. Os feéricos vão respeitar isso.

— Talvez os feéricos devessem apodrecer.

— Diga isso a Dec. E Flynn. E minha mãe. Olhe para eles e me diga que não vale a pena salvar os feéricos.

— Três. Da população inteira.

O rosto de Ruhn se tornou suplicante, mas então Cormac apareceu, ofegante e coberto de suor.

— Athalar está esperando.

— Pense nisso — murmurou Ruhn, quando Bryce se aproximou de Cormac. — Barra limpa?

— Nenhum problema. A informação estava certa: eles nem mesmo têm feitiços de proteção em volta do lugar — relatou Cormac. — Vermes arrogantes. — O macho estendeu a mão para Bryce. — Rápido.

Bryce pegou a mão do príncipe. E, com um último olhar para o irmão, sumiu no vento e na escuridão, o estômago se revirando. Cormac disse, por cima do rugir do espaço entre lugares:

— Ele pediu a você para ser rainha, não foi?

Bryce piscou para ele, embora fosse difícil com a força da tempestade ao redor.

— Como você sabe?

— Talvez eu tenha ouvido o final da conversa. — Bryce se agarrou mais forte quando o vento aumentou. Cormac disse: — Ele está certo.

— Me poupe.

— E você também estava certa. Quando nos conhecemos e você disse que a profecia do Oráculo era vaga. Eu entendo agora. Ela não quis dizer que nossa união em casamento traria prosperidade para nosso povo. Ela quis dizer nossa união como aliados. Aliados nessa rebelião.

O mundo tomou forma nos limites da escuridão.

— Mas depois de hoje... — As palavras de Cormac ficaram pesadas. Cansadas. — Eu acho que a escolha sobre liderar nosso povo daqui em diante caberá a você.

* * *

Hunt não conseguia afastar o tremor das mãos. Estar ali, naquele palácio...

O cheiro era o mesmo. Mesmo no corredor diretamente fora dos arquivos, onde ele se escondia em uma alcova, o odor rançoso daquele lugar o irritava, deixava seus joelhos trêmulos.

Gritos, dor ofuscante ao serrarem suas asas lentamente...

Shahar estava morta, seu corpo machucado ainda estava coberto de terra depois de Sandriel tê-lo arrastado pelas ruas a caminho dali...

Pollux gargalhando enquanto mijava no cadáver de Shahar no meio da sala do trono...

Suas asas, as asas, as asas...

Hunt engoliu em seco, afastando as lembranças, focando a mente no corredor. Ninguém estava perto.

Bryce e Cormac apareceram, e a fêmea mal agradeceu antes de o príncipe sumir, de sair para pegar Ruhn para depois se teletransportar de volta ao laboratório. Seu rosto brilhava de suor e a pele estava macilenta. Devia estar exausto.

— Tudo bem? — murmurou Hunt, afastando o cabelo dela com a mão enluvada. Bryce assentiu, os olhos cheios de preocupação... e algo mais. Hunt, no entanto, fez uma carícia rápida no queixo de Bryce e voltou a monitorar.

Estavam de pé em um silêncio tenso, e então Ruhn estava ali, Cormac com ele. A pele do último estava pálida agora. Desapareceu imediatamente, de volta ao laboratório.

— Diga a Declan que estamos prontos — afirmou Hunt.

As sombras de Ruhn os esconderam de vista conforme digitava a mensagem em um telefone seguro que Declan tinha recondicionado contra rastreamento. Em cinco minutos, Tharion entraria em contato com eles para dizer se deveriam ou não agir.

Bryce deslizou seus dedos para os de Hunt, segurando firme. O anjo apertou de volta.

Hunt não tinha ideia de como cinco minutos tinham se passado. Mal respirava monitorando o corredor adiante. Bryce segurou sua mão enluvada durante a espera, seu maxilar tenso.

Então Ruhn levantou a cabeça.

— Tharion disse que Cormac acaba de explodir o jipe.

Hunt a cutucou com a asa.

— Sua vez, Quinlan.

Ruhn falou:

— Lembre-se: cada minuto ali dentro arrisca detecção. Faça com que valham a pena.

— Obrigada pela conversa encorajadora — respondeu, mas sorriu sombriamente para Hunt. — Acenda, Athalar.

Hunt tocou seu coração com a mão, seu relâmpago uma mera chama sutil sugada para dentro da cicatriz. Quando os resquícios sumiram, Bryce se teletransportou para os arquivos.

Para encontrar qualquer que fosse a verdade dentro deles.

71

A respiração de Bryce estava tão irregular que mal conseguia pensar conforme tropeçava sozinha pela escuridão.

Estavam no palácio dos asteri. Em seus arquivos sagrados e restritos.

E ela estava… em uma escada?

Bryce tomou fôlegos tranquilizadores ao observar a escada espiral, feita completamente de quartzo branco. Primalux brilhou, dourada e suave, iluminando os degraus entalhados que davam para baixo. Às suas costas existia uma porta, o outro lado daquela pela qual tinham visto Sofie entrar na filmagem de segurança.

A porta rotulada com o número que Sofie havia gravado no bíceps.

Bryce começou a descer devagar, as botas pretas práticas quase silenciosas contra os degraus de quartzo. Não viu ninguém. Não ouviu ninguém.

Seu coração acelerava, e Bryce jurava que os veios de primalux no quartzo pulsavam com cada batida. Como se em resposta.

Ela parou depois de uma curva nas escadas e avaliou o longo corredor adiante. Quando não revelou nenhum guarda, entrou.

Não havia portas. Apenas aquele corredor, talvez com vinte metros de comprimento e uns cinco de largura. Provavelmente com sete metros, para ser múltiplo de sete. O número sagrado.

Bryce observou o corredor. A única coisa nele era um conjunto de tubos de cristal que subia até o teto, com placas abaixo, e pequenas telas pretas ao lado das placas.

Sete canos.

O piso de cristal brilhou aos seus pés conforme ela se aproximou da placa mais próxima.

Hesperus. A Estrela Vespertina.

Erguendo as sobrancelhas, Bryce caminhou para o próximo tubo e placa. *Polaris.* A Estrela do Norte.

Placa após placa, cano após cano, Bryce leu os nomes individuais de cada asteri.

Eosphoros. Octartis. Austrus.

Quase tropeçou no penúltimo. *Sirius.* O asteri que o Príncipe do Fosso tinha devorado.

Sabia o que a última placa diria antes de alcançá-la. *Rigelus.* A Mão Iluminada.

O que Inferno era aquele lugar?

Era aquilo que Danika tinha achado importante o bastante para que Sofie Renast arriscasse a vida? O que os asteri queriam tanto guardar que tinham caçado Sofie para preservar o segredo?

O cristal aos seus pés se acendeu, e Bryce não teve para onde ir, não teve onde se esconder quando primalux, pura e iridescente, irrompeu.

Fechou os olhos com força, agachando-se.

No entanto, nada aconteceu. Pelo menos não com ela.

A primalux diminuiu o suficiente para que Bryce entreabrisse os olhos e a visse disparando para cima de seis dos canos.

As pequenas telas pretas ao lado de cada placa se acenderam ganhando vida, cheias de informações. Apenas o cano de Sirius permaneceu apagado. Fora de uso.

Ficou rígida ao ler a tela da A Mão Iluminada: *Nível de Poder de Rigelus: 65%.*

Ela se virou para a placa seguinte. A tela ao lado dizia *Nível de poder de Austrus: 76%.*

— Pelos deuses — sussurrou Bryce.

Os asteri se alimentavam de primalux. Os asteri... *precisavam* de primalux. Olhou para os pés, onde luz fluía em veios pelo cristal antes de se afunilar até os canos. O quartzo.

Um condutor de poder. Exatamente como os Portões em Cidade da Lua Crescente.

Construíram o palácio inteiro daquilo. Para alimentar e recolher a primalux que entrava.

Bryce estudou o mapa esboçado de Fury com a disposição do palácio. Aquela área ficava sete níveis abaixo da sala do trono, onde os asteri se sentavam em tronos de cristal. Será que aqueles tronos os enchiam de poder? À plena vista, carregavam-se como baterias, sugando primalux.

Náusea subiu pela sua garganta. Todas as Descidas que as pessoas faziam, a secundalux que os mortos entregavam... Todo o poder das pessoas de Midgard, o poder que as pessoas *davam* a eles... era engolido pelos asteri e usado contra os cidadãos. Para controlá-los.

Até mesmo os rebeldes vanir que eram mortos lutando tinham suas almas alimentadas às bestas que tentavam derrubar.

Eram todos apenas comida para os asteri. Um estoque infinito de energia.

Bryce começou a tremer. Os veios de luz entremeando sob os pés dela, brilhando e vibrantes... Quinlan os acompanhou até onde conseguiu enxergar pela pedra transparente, até uma massa brilhantemente cintilante. Um núcleo de primalux. Alimentando o palácio inteiro e os monstros que o governavam.

Era aquilo que Sofie tinha descoberto. O que Danika suspeitava.

Será que os asteri sequer possuíam estrelas sagradas no peito, ou era primalux, roubada do povo? Primalux que eles *obrigavam* que fosse entregue na Descida para alimentar cidades e tecnologia... e os senhores que governavam aquele mundo. Secundalux que era arrancada dos mortos, espremendo até a última gota de poder do povo.

Interromper a primalux, destruir aquele funil de poder, fazer com que as pessoas parassem de entregar o poder delas pela Descida naqueles centros que canalizavam sua energia, impedir os mortos de se tornarem secundalux...

Era assim que poderiam destruir os asteri.

72

Athalar caminhava de um lado para outro em um círculo fechado.

— Ela deveria ter voltado.

— Ela tem dois minutos — grunhiu Ruhn, apertando o cristal-com tão forte no punho que era impressionante que as pontas não estivessem permanentemente enterradas em seus dedos.

— Aconteceu alguma coisa. Ela já deveria estar aqui — Hunt falou.

Ruhn olhou para o relógio no pulso. Precisavam descer até o calabouço. E se não começassem logo... Ele olhou para o cristal na mão.

Day, disse ele, jogando o nome no vazio. Nenhuma resposta veio. Como em qualquer outra tentativa de resgatá-la recentemente.

— Vou agora — murmurou, guardando o cristal no bolso. — Vou me cobrir com minhas sombras. Se não voltar em dez minutos, saiam sem mim.

— Vamos todos juntos — disparou Hunt de volta, mas Ruhn fez que não com a cabeça. — Nós vamos encontrar você.

Ruhn não respondeu antes de sair de fininho pelo corredor, misturando-se à escuridão, e seguiu para as passagens que o levariam para o outro lado do complexo do palácio. Até o calabouço e a agente presa nele.

* * *

Bryce correu de volta para o alto das escadas, bile queimando em sua garganta.

Tinha ficado lá por tempo demais. Só podia poupar mais um minuto ou dois.

Chegou à porta e ao patamar, reunindo o que restava da carga de Hunt para se teletransportar de volta para ele e Ruhn, mas a maçaneta da porta pareceu brilhar. O que mais havia ali? O que mais ela poderia descobrir? Se aquela era sua única oportunidade...

Bryce não se permitiu duvidar quando deslizou para o corredor dos arquivos principais. Estava escuro e empoeirado. Completamente silencioso.

Estantes apinhadas de livros se erguiam ao seu redor, e Bryce esquadrinhou os títulos. Nada de interesse, nada útil...

Correu pela biblioteca, lendo títulos e nomes de seções o mais rápido possível, orando para que Declan tivesse acompanhado e estivesse movendo as câmeras para longe de si. Observou os vagos títulos de seção acima das estantes. *Registros de Impostos, Agricultura, Processamento de Água...*

As portas ao longo da extensão tinham sido nomeadas de forma semelhante, não em código, mas com um tema.

Alvorecer. Meia-noite. Meio-dia. Não fazia ideia do que qualquer um dos nomes significava, ou do que havia atrás da porta. Uma no centro chamou sua atenção, no entanto: *Crepúsculo.*

Bryce entrou.

* * *

Bryce estava atrasada. Hunt permaneceu no lugar apenas porque seu celular seguro havia brilhado com uma mensagem de Declan. *Ela está bem. Entrou em uma sala chamada Crepúsculo. Vou manter você informado.*

É óbvio que Quinlan estava fazendo pesquisa *extra.* É óbvio que não podia obedecer às regras e voltar quando deveria...

Por outro lado, *Crepúsculo* poderia ter algo a ver com Verdade do Crepúsculo. Não era à toa que Bryce tinha entrado.

Hunt caminhou de um lado para outro de novo. Deveria ter ido com ela. Obrigado Bryce a teletransportá-lo, mesmo que a drenasse em um momento em que precisariam de todos os seus dons.

Ruhn já tinha saído havia três minutos. Muito podia acontecer nesse tempo.

— Vamos lá, Bryce — murmurou Hunt, rezando para Cthona manter sua parceira segura.

* * *

Coberto em sombras, Ruhn disparava pelos corredores, sem encontrar ninguém. Nem um guarda.

Estava silencioso demais.

O corredor se abriu em uma bifurcação ampla: à esquerda havia o calabouço. À direita, as escadas até a área do palácio. Pegou a esquerda sem hesitar. Descendo as escadas que se transformaram de quartzo nebuloso em pedra escura, como se a vida tivesse sido sugada da rocha. A pele dele gelou.

Aquele calabouço... Athalar tinha conseguido escapar, mas a maioria jamais conseguia.

Seu estômago se revirou, Ruhn diminuiu o ritmo, preparando-se para o desafio adiante. Pontos de controle de guardas, muito fáceis de evitar com suas sombras, portas trancadas, e então dois corredores de celas e câmaras de tortura. Day devia estar em algum lugar ali.

Gritos começaram a ecoar. Os gritos eram de um macho, ainda bem, mas eram agoniantes. Suplicantes. Chorosos. Desejou poder tapar os ouvidos. Se Day estivesse fazendo um som semelhante, estivesse em tal agonia...

Ruhn prosseguiu, até que Mordoc se colocou em seu caminho com um sorriso feral. Fungou uma vez, o dom de farejador sem dúvida lhe dando uma gama de informações, antes de dizer:

— Você percorreu um longo caminho desde confabular com espiões nos becos de Lunathion, príncipe.

* * *

Tharion corria atrás de Cormac, tinha um escudo de água em seu entorno enquanto o príncipe atirava bola após bola de fogo no laboratório caótico e fumacento. Pedaços de máquinas em ruínas voavam na direção dos dois, em chamas, e Tharion os interceptava da melhor forma possível.

O doutor os levara direto ao laboratório sem pensar duas vezes. Cormac tinha colocado uma bala na cabeça do macho um momento depois, então acabado com a vida dos cientistas e engenheiros aos berros em torno dele.

— Você perdeu a cabeça, porra? — gritou Tharion correndo. — Você disse que limitaríamos as mortes!

Cormac o ignorou. O canalha estava fora de controle.

Tharion grunhiu, em parte debatendo se dominava o príncipe.

— Isso é melhor do que o que Pippa Spetsos faz?

Tharion recebeu sua resposta um segundo depois. Disparos de arma estalaram atrás deles e rebeldes invadiram. Bem a tempo.

Reforços vanir imperiais rugiam conforme avançavam, sendo abafados pela saraivada de armas. Uma emboscada.

Seria o suficiente para atrair a atenção dos asteri para longe? Cormac tinha incinerado o jipe com sua magia de fogo momentos antes de atirarem no doutor, certamente aquilo mandaria uma mensagem aos asteri. E a merda que se desenrolava…

Cormac derrapou até parar, Tharion com ele. Os dois se calaram.

Uma fêmea familiar, vestida de preto e armada com um rifle, colocou-se em seu caminho.

Pippa apontou a arma para Cormac.

— Eu estava ansiosa por isso. — Seu rifle estalou, Cormac se teletransportou, mas devagar demais. Seus poderes estavam drenados.

Sangue jorrou um momento antes de Cormac sumir e então surgir atrás de Pippa.

A bala tinha passado pelo ombro dele. Tharion se colocou em movimento quando Pippa se virou para o príncipe.

No entanto, o tritão foi impedido pelo chão trêmulo. Uma espada reluzente e eletrificada mergulhou no chão diante dele.

Uma espada de mec-traje.

Cormac gritou para Tharion:

— *Saia daqui!* — O príncipe enfrentou Pippa quando a mulher disparou de novo.

Tharion conhecia aquele tom. Conhecia aquele olhar. E foi então que ele entendeu.

Cormac não tinha simplesmente perdido o controle. Jamais pretendera sair dali com vida.

* * *

A porta marcada *Crepúsculo* estava destrancada. Bryce supôs que deveria agradecer a Declan pelo teclado eletrônico quebrado.

Braseiros de primalux brilhavam nos cantos da sala, iluminando fracamente o espaço. Uma mesa redonda ocupava o meio. Sete assentos em torno dela.

Seu sangue gelou.

Uma pequena máquina de metal estava no centro da mesa. Um dispositivo de projeção. Ainda assim, a atenção de Bryce se fixou nas paredes de pedra, cobertas de papel.

Mapas estelares, de constelações e sistemas solares, marcados com anotações rabiscadas e fixos com pontos vermelhos. A boca da fêmea secou quando se aproximou do mais próximo. Um sistema solar que ela não reconhecia, com cinco planetas orbitando um sol imenso.

Um planeta na zona habitável tinha sido marcado e rotulado.

Rentharr. Conq. A.E. 14000.

A.E. Não reconhecia o sistema de datação, mas podia adivinhar o que *Conq.* significava.

Conquistado… pelos asteri? Nunca ouvira falar de um planeta chamado Rentharr. Rabiscado ao lado havia um bilhete curto: *Um povo aquático beligerante. Vida terrestre primordial. Pouco suprimento. Exterminado A.E. 14007.*

— Ah, deuses — sussurrou Bryce, prosseguindo para o outro mapa estelar.

Ophaxia. Conq. A.E. 680. Perdido A.E. 720.

Leu o bilhete ao lado e seu sangue gelou. *Habitantes descobriram sobre nossos métodos rápido demais. Perdemos muitos para a frente unificada deles. Evacuado.*

Em algum lugar do cosmos, um planeta tinha conseguido expulsar os asteri.

De um mapa a outro, Bryce leu os bilhetes. Nomes de lugares que não eram conhecidos em Midgard. Mundos que os asteri tinham conquistado, com anotações sobre o uso deles da primalux e de como ou perderam ou controlaram aqueles mundos. Alimentando-se deles até que não restasse nada.

Alimentando-se do poder deles... como ela própria fizera com o Portão. Será que não era melhor do que eles?

A parede do fundo da câmara continha um mapa deste mundo.

Midgard, dizia o mapa. *Conq. 17003.*

O que quer que *A.E.* fosse, se estavam *neste* planeta há 15 mil anos, então eles existiam no cosmos há muito, muito mais tempo do que isso.

Se podiam se alimentar de primalux, gerá-la, de alguma forma em cada planeta... será que podiam viver para sempre? Seriam imortais e impossíveis de matar? Seis governavam este mundo, mas originalmente havia um sétimo. Quantos existiam além deles?

Páginas de anotações sobre Midgard tinham sido presas à parede, com desenhos de criaturas.

Mundo ideal localizado. Vida originária não sustentável, mas condições primorosas para colonização. Contatei outros para compartilhar recompensas.

Bryce franziu as sobrancelhas. O que Inferno aquilo queria dizer?

Olhou para um desenho de um tritão ao lado de um esboço de um metamorfo de lobo. *Os metamorfos aquáticos conseguem manter uma forma híbrida mais facilmente do que os da terra.*

Bryce leu a página seguinte, com um desenho de uma fêmea feérica. *Eles não viram o velho inimigo que ofereceu a mão através do espaço e do tempo. Como um peixe até a isca, eles vieram, e abriram os portões para nós voluntariamente. Eles passaram por eles, até Midgard, sob nosso convite, deixando para trás o mundo que conheciam.*

Bryce recuou da parede, se chocando contra a mesa.

Os asteri tinham atraído todos eles até aquele mundo de outros planetas. De alguma forma, usando as Fendas Norte e Sul, ou como quer que fosse que viajavam entre mundos, eles tinham... atraído todos para aquele lugar. Para cultivá-los. Para se alimentar deles. Para sempre.

Tudo era uma mentira. Sabia que muito da história aceita era um monte de merda, mas aquilo...

A fêmea se virou para o dispositivo de projeção no centro da mesa e esticou o braço para apertar o botão. Um mapa redondo e tridimensional do cosmos apareceu. Estrelas e planetas e nebulosas. Muitos marcados com anotações digitais, como os papéis nas paredes tinham.

Era um planetário digital. Como o de metal que vislumbrara quando criança no escritório do Rei Outonal. Como aquele no aposento do Astrônomo.

Será que tinha sido aquilo o que Danika descobrira em seus estudos sobre as linhagens? Que todos vinham de outro lugar, mas que tinham sido atraídos e presos ali? E então alimentados por aqueles sanguessugas imortais?

O mapa do universo girava acima. Tantos mundos. Bryce esticou o braço para tocar um. A anotação digital imediatamente surgiu ao lado dele.

Urganis. Crianças eram a nutrição ideal. Adultos incompatíveis.

Engoliu em seco para aliviar a secura na garganta. Era aquilo. Tudo o que restava de um mundo distante. Uma anotação sobre se seu povo servia como alimento e o que os asteri tinham feito com as crianças.

Será que havia um planeta natal? Algum mundo original de onde os asteri tinham vindo, tão devastado que precisaram sair caçando na imensidão do espaço?

Bryce começou a percorrer os planetas, um após o outro após o outro, arrastando estrelas e nuvens cósmicas de poeira.

Seu coração parou em um.

Inferno.

O chão pareceu deslizar de debaixo de si.

Inferno. Perdido. A.E. 17001.

A fêmea precisou afundar em uma das cadeiras ao ler a anotação. *Um mundo escuro e frio com poderosas criaturas da noite. Elas enxergaram através de nossos ardis. Antigas facções inimigas, os exércitos reais de Inferno se uniram e marcharam contra nós. Fomos sobrepujados e abandonamos o mundo deles, mas eles nos perseguiram. Descobriram com nossos tenentes capturados como passar pelas fendas entre os mundos.*

Bryce estava vagamente ciente de seu corpo trêmulo, de seus fôlegos breves.

Eles nos encontraram em Midgard em 17002. Tentaram convencer nossa presa iludida do que éramos, e alguns caíram na conversa deles. Perdemos um terço de nossas refeições para eles. A guerra durou até quase o fim de 17003. Eles foram derrotados e mandado de volta ao Inferno. Perigosos demais eles terem acesso a este mundo de novo, embora eles possam tentar. Eles desenvolveram ligações com os colonos de Midgard.

— Theia — sussurrou Bryce, rouca. Aidas amara a rainha feérica e...

O Inferno tinha ido ajudar, exatamente como Apollion dissera. O Inferno tinha expulsado os asteri do próprio mundo, mas... Lágrimas queimaram seus olhos. Os príncipes demônios haviam sentido uma obrigação moral de sair atrás dos asteri para que nunca mais fizessem de presa outro mundo. Para poupar outros.

Bryce começou a percorrer os planetas de novo. Tantos mundos. Tanta gente, e os filhos também.

Devia estar ali, o mundo natal dos asteri. Encontraria a informação e contaria aos príncipes do Inferno sobre ele, e, depois que terminassem de espancar aqueles canalhas até virarem pó em Midgard, iriam até seu mundo natal e o explodiriam...

Bryce soluçava entre os dentes.

Aquele império, aquele mundo... era apenas um imenso bufê para os seis seres que o governavam.

O Inferno havia tentado salvá-los. Durante quinze mil anos, o Inferno jamais parara de tentar achar um caminho de volta até ali. Para libertar todos eles dos asteri.

— De onde vocês vieram, *porra*? — perguntava-se, fervilhando.

Mundos disparavam pela ponta dos dedos dela, junto com as anotações sem emoção dos asteri. A maioria dos planetas não tinha a sorte que Inferno tivera.

Eles se rebelaram. Nós os deixamos em cinzas.

A primalux tinha um gosto estranho. Mundo extinto.

Habitantes lançaram bombas contra nós que deixaram planeta e população local saturados de radiação para serem alimento viável. Deixados para apodrecer no próprio lixo.

Primalux fraca demais. Mundo extinto, mas mantivemos vários cidadãos que produziam boa primalux para nos sustentar em viagens. Crianças se mostraram saborosas, mas não se adaptaram a nosso método de viagem.

Aqueles *monstros* psicóticos e desalmados...

— Você não vai encontrar nosso mundo natal aqui — disse uma voz fria pelo comunicador sobre a mesa. — Até mesmo nós já esquecemos onde jazem as ruínas dele.

Bryce estava ofegante, apenas ódio corria por seu corpo quando disse a Rigelus:

— *Eu vou matar você, porra.*

73

Rigelus gargalhou.

— Eu tive a impressão de que você só estava aqui para acessar a informação pela qual Sofie Renast e Danika Fendyr morreram. Vai me matar também?

Bryce apertou as mãos trêmulas em punhos.

— Por quê? Por que fazer tudo isso?

— Por que você bebe água e come comida? Nós somos seres superiores. Somos *deuses*. Você não pode nos culpar se nossa fonte de nutrição é inconveniente para você. Nós mantemos vocês saudáveis e felizes e permitimos que andem livremente por este planeta. Até mesmo deixamos os humanos viver esse tempo todo, só para dar a vocês, vanir, alguma coisa sobre a qual governar. Em troca, só pedimos um pouco de seu poder.

— Vocês são parasitas.

— O que são todas as criaturas, se alimentando dos recursos delas? Você deveria ver o que os habitantes de alguns mundos faziam com os planetas deles, o lixo, a poluição, os mares envenenados. Não era adequado que nós retribuíssemos o favor?

— Você não tem o direito de fingir que isso é alguma história de salvação.

Rigelus riu, e o som a tirou da fúria por tempo o bastante para se lembrar de Hunt e Ruhn, e, ah, deuses, se Rigelus sabia que ela estava ali, ele os encontraria…

— Não é isso o que você está fazendo?

— Que porra isso deveria querer dizer?

— Você deixou uma mensagem de voz tão solene para sua amiga Juniper. É óbvio que, depois que eu a ouvi, soube que você só podia estar indo para um lugar. Aqui. Até mim. Exatamente como eu esperava e tinha planejado.

Bryce afastou suas perguntas; em vez disso, exigiu saber:

— Por que você me quer aqui?

— Para reabrir as Fendas.

Seu sangue congelou mais uma vez.

— Não posso.

— Não pode? — A voz fria serpenteou pelo interfone. — Você é Estrelada e tem o chifre preso a seu corpo e tem poder. Seus ancestrais empunhavam o chifre e outro objeto feérico que os permitiram entrar neste mundo. Roubados, é óbvio, de seus mestres originais, nosso povo. Nosso povo, que construiu guerreiros temidos naquele mundo para serem seu exército. Todos eles protótipos para os anjos deste. E todos eles traidores dos criadores deles, juntando aos feéricos para derrubar meus irmãos e irmãs mil anos antes de chegarmos a Midgard. Eles mataram meus irmãos.

A mente da fêmea girava.

— Não entendo.

— Midgard é uma base. Nós abrimos as portas a outros mundos para atrair seus cidadãos para cá, tantos seres poderosos, todos tão ansiosos para conquistar novos planetas. Sem perceber que éramos nós os *seus* conquistadores. No entanto, nós também abrimos as portas para poder conquistar aqueles outros mundos. Os feéricos, a Rainha Theia e suas duas filhas tolas, perceberam isso, embora tarde demais. O povo dela já estava aqui, mas ela e as princesas descobriram onde meus irmãos tinham escondido seus pontos de acesso no mundo delas.

Ódio ondulava por cada palavra dele.

— Seus ancestrais Estrelados fecharam os portões para impedir que invadíssemos o reino deles mais uma vez e lembrássemos a eles quem eram seus verdadeiros mestres. E, no processo, fecharam os portões para todos os outros mundos, inclusive aqueles para o Inferno, lar de seus aliados apoiadores. Então estamos presos aqui. Cortados do cosmos. Tudo que resta de nosso povo, embora nossos místicos sob este palácio tenham há muito tempo buscado outros sobreviventes, qualquer planeta em que possam estar escondidos.

Bryce tremia. O Astrônomo estava certo sobre a vastidão de místicos ali.

— Por que está me contando isso?

— Por que acha que permitimos que você vivesse nessa primavera? Você é a chave para abrir as portas entre os mundos de novo. Vai desfazer as ações de uma princesa ignorante de quinze mil anos atrás.

— De jeito nenhum.

— Seu parceiro e irmão não estão aqui com você?

— Não.

Rigelus gargalhou.

— Você é tão parecida com Danika, uma mentirosa nata.

— Vou aceitar isso como um elogio. — Bryce ergueu o queixo. — Vocês sabiam que ela havia descoberto sobre vocês.

— Evidentemente. Sua busca pela verdade começou com o dom de farejadora. Não é um dom da força do corpo, mas da *magia*, tal qual os metamorfos não deveriam ter. Ela conseguia sentir o cheiro de outros metamorfos com poderes estranhos.

Como Sofie. E Baxian. Danika o tinha encontrado pela busca de sua linhagem, mas também havia sentido o cheiro dele, não?

— Fez com que ela investigasse a história da própria linhagem, até a chegada dos metamorfos neste mundo, aprendendo de onde vinham seus dons. Por fim, ela começou a suspeitar da verdade.

A garganta de Bryce tremeu.

— Olha, eu fiz toda essa coisa do monólogo do vilão com Micah na primavera, então vá direto ao ponto.

Rigelus riu de novo.

— Vamos chegar lá em um momento. — Prosseguiu: — Danika percebeu que os metamorfos são feéricos.

Bryce piscou.

— O quê?

— Não o seu tipo de feéricos, óbvio, seu tipo vivia em uma linda e verde terra cheia de magia. Se é de algum interesse para você, sua linhagem Estrelada especificamente veio de uma pequena ilha a alguns quilômetros do continente. E, enquanto o continente tinha todo tipo de clima, a ilha existia em um crepúsculo lindo, quase permanente. Contudo, apenas alguns seletos seres de todo o seu mundo podiam se transformar das formas humanoides para as animais. Os metamorfos de Midgard eram feéricos de um mundo diferente. Todos os feéricos daquele mundo compartilhavam sua forma com um animal. Os tritões também descendem deles. Talvez um dia tenham compartilhado um mundo com seu tipo de feéricos, mas estavam sozinhos no próprio mundo há tempo demais e desenvolveram seus próprios dons.

— Eles não têm orelhas pontudas.

— Ah, nós as tiramos deles por cruzamentos. Sumiram em poucas gerações.

Uma ilha de quase permanente crepúsculo, o mundo natal do tipo *dela* de feéricos… Uma terra de Crepúsculo.

— A Verdade do Crepúsculo — sussurrou Bryce. Não era apenas o nome daquela sala sobre o qual Danika estava falando com Sofie.

Rigelus não respondeu e ela não soube o que pensar daquilo, mas Bryce perguntou:

— Por que mentir para todos?

— Duas raças de feéricos? Ambas ricas em magia? Eles eram a comida ideal. Não podíamos permitir que se unissem contra nós.

— Então vocês voltaram uma contra a outra. Transformaram-nas em duas espécies rivais.

— Sim. Os metamorfos fácil e rapidamente se esqueceram do que um dia tinham sido. Entregaram-se a nós alegremente e fizeram nossa vontade. Lideraram nossos exércitos. E ainda fazem isso.

O Primo tinha dito algo semelhante. Os lobos haviam perdido o que um dia foram. Danika sabia disso. Danika *sabia* que os metamorfos tinham sido feéricos. Que ainda eram feéricos, mas de um tipo diferente.

— E o Projeto Thurr? Por que Danika estava tão interessada nisso?

— Thurr foi a última vez em que alguém foi tão longe quanto Danika em descobrir sobre nós. Não acabou bem para eles. Suponho que ela quisesse aprender dos erros deles antes de agir.

— Ela ia contar a todo mundo quem vocês eram.

— Talvez, mas ela sabia que precisaria fazer isso devagar. Ela começou com a Ophion, mas sua pesquisa das linhagens e das origens dos metamorfos, sua crença de que eles tinham um dia sido um tipo distinto de feérico, de um mundo feérico diferente, era tão importante que eles a colocaram em contato com uma das agentes mais talentosas deles: Sofie Renast. Pelo que eu entendi, Danika estava *muito* intrigada com Sofie e seus poderes, mas, entende, Sofie também tinha uma teoria. Sobre energia. O que os dons de pássaro-trovão sentiam quando ela usava a primalux. E melhor ainda para Danika: Sofie era uma desconhecida. Danika seria notada bisbilhotando, mas Sofie, como uma humana de passagem trabalhando nos arquivos, era facilmente ignorada. Então Danika a enviou para aprender mais, para se infiltrar, como vocês chamam.

Bryce cometera um grave erro indo até ali.

— Por fim, nós fomos notificados por um de nossos míticos aqui, que descobriu ao entrar na mente de um do Comando da Ophion. Então fizemos alguns arranjos. Apontamos Micah na direção da sintez. Na direção de Danika.

— Não. — A palavra foi um sussurro.

— Acha que Micah agiu sozinho? Ele era um macho impetuoso e arrogante. Só foi preciso que alguém o incentivasse, e ele a matou para nós. Não fez ideia de que foi por nós, mas acabou como planejamos: foi por fim pego e morto por perturbar nossa paz. Eu agradeço a você por isso.

Bryce pulou da cadeira. Tinham matado Danika para manter tudo aquilo em segredo. Ela os despedaçaria.

— Você pode tentar fugir — disse Rigelus. — Se isso vai fazer você se sentir melhor.

Bryce não deu a ele a chance de dizer mais, antes de se teletransportar de volta para a alcova. O poder de Hunt estava se dissipando como uma chama diminuindo dentro dela.

Nenhum sinal de Ruhn, mas Hunt...

O anjo estava de joelhos, o elmo de Umbra Mortis jogado no piso de pedra ao lado dele. As mãos às costas, atadas com algemas de gorsiana.

Seus olhos se tornaram selvagens, suplicantes, mas não havia nada que Bryce pudesse fazer quando a pedra gélida se fechou em seus pulsos também, e se viu frente a frente com uma sorridente Harpia.

74

Tharion corria… ou tentava. O mec-traje bloqueava sua saída com uma arma gigante.

O piloto ali dentro sorriu.

— Hora de fritar, peixe.

— Espertinho — disse Tharion entre dentes, saltando para trás quando a arma-canhão disparou. Apenas uma pilha fumegante de escombros restou do concreto onde ele estava.

— *Vá!* — gritou Cormac de novo, e o rifle de Pippa ressoou.

Tharion se virou e viu o príncipe desabar de joelhos, um buraco aberto no peito.

Precisava tirar Cormac dali. Não podia deixá-lo, onde a recuperação provavelmente seria sufocada por uma decapitação. Ainda assim se ficasse, se não fosse imediatamente morto…

O tritão tinha quatro horas para chegar à água. Os rebeldes usariam aquilo contra ele. E podia ter vendido a vida à Rainha Víbora, mas viver sem as barbatanas… Não estava pronto para perder aquela parte de sua alma.

Os olhos de Cormac ondularam com fogo quando encontrou o olhar de Tharion. *Fuja*, dizia o olhar.

Tharion fugiu.

O mec-traje às suas costas disparou de novo, e o tritão rolou entre as pernas imensas do dispositivo. Ficando de pé subitamente, correu para o buraco que o mec-traje tinha feito na parede. Luz do dia invadiu pela fumaça ondulante.

A corda em seu peito, a coleira da Rainha Víbora, pareceu sussurrar: *Vá para a água, seu babaca estúpido, então volte para mim.*

Tharion ousou olhar para trás quando saltou pela abertura. O mec-traje estava avançando contra Cormac. Pippa marchava ao seu lado agora, sorrindo em triunfo.

Além deles, fileira após fileira de mec-híbridos pela metade estavam adormecidos. Esperando a ativação e o massacre. Não importava para que lado lutassem.

Cormac conseguiu levantar a mão ensanguentada para apontar para trás de Pippa. Parou de súbito e se virou para encarar os cinco seres luminosos na outra ponta do espaço.

Os asteri. Ah, deuses. Eles tinham vindo.

Cormac não deu aviso quando explodiu em uma bola de fogo.

Pippa foi consumida por ela primeiro. Então o mec-piloto, que queimou vivo no traje.

No entanto, a bola continuou crescendo, espalhando-se, rugindo, Tharion começou a correr de novo, sem esperar para ver se poderia de alguma forma, contra todas as probabilidades, matar os asteri.

Correu para céu aberto, seguindo o puxão da coleira para a água, para Valbara, desviando dos guardas lobos que agora corriam até o prédio. Sirenes disparavam. Luz branca ondulava no céu, o ódio dos asteri.

Tharion passou das árvores. Continuou correndo até a costa. Talvez desse sorte e encontrasse um veículo antes disso, mesmo que precisasse roubar. Ou colocar uma arma na cabeça do motorista.

Estava a oitocentos metros de distância quando o prédio inteiro explodiu, levando junto Cormac, os trajes e os rebeldes.

* * *

Caído no piso da cela, o corpo de Ruhn doía devido à surra que tinha levado. Mordoc o cercara de lobos ferais. Nenhuma sombra teria sido capaz de esconder Ruhn do farejador, de toda forma. Teria sido farejado imediatamente.

Será que Day o traíra? Fingira ser capturada para que fosse até lá? Fora tão ignorante, tão *ignorante*, porra, e agora…

A porta da cela bem abaixo do palácio dos asteri se abriu. Ruhn, acorrentado à parede como algemas de gorsiana, olhou para cima horrorizado quando Bryce e Athalar entraram, igualmente algemados. O rosto da irmã estava completamente pálido.

Athalar exibiu os dentes para a Harpia quando ela o empurrou para dentro. Como Mordoc ainda espreitava diante do arco da cela, sorrindo para os dois, Ruhn não tinha dúvida de que a Corça estava em algum lugar próximo, que seria ela que os machucaria.

Nem Athalar nem Bryce lutaram contra seus captores quando também foram acorrentados à parede. Bryce estava trêmula. Se de medo ou ódio, Ruhn não sabia.

O príncipe encarou Mordoc de volta, permitindo que o lobo feral visse com quem Inferno estava se metendo.

— Como sabia que eu estaria aqui?

O capitão lobo feral se afastou do arco, violência em cada movimento.

— Porque Rigelus planejou que fosse assim. Eu ainda não acredito que você foi direto para as mãos dele, seu tolo.

— Nós viemos aqui para ajudar os asteri — tentou Ruhn. — Você entendeu errado.

Pelo canto do olho, podia sentir Bryce tentando chamar sua atenção.

O rosto de Mordoc, no entanto, contorceu-se com um prazer cruel.

— Ah, é? Era essa desculpa que você ia usar naquele beco? Ou com os místicos? Você se esquece de com quem está falando. Eu jamais me esqueço de um cheiro. — Olhou com desprezo para Bryce e Hunt. — Segui vocês por toda a Lunathion, Rigelus ficou muito feliz de saber sobre suas atividades.

— Eu achei que você se reportasse à Corça — disse Athalar.

Os dardos de prata em volta do colarinho de Mordoc brilharam quando se aproximou.

— Rigelus tem um interesse especial por vocês. Ele me pediu para farejar por aí. — O lobo cheirou Hunt de modo afetado. — Talvez seja porque seu cheiro é errado, anjo.

Athalar grunhiu:

— Que porra isso quer dizer?

Mordoc inclinou a cabeça com avaliação debochada.

— Não é como nenhum outro anjo que eu já tenha farejado.

A Harpia revirou os olhos e disse ao capitão:

— Chega. Deixe-nos.

O lábio de Mordoc se retraiu.

— Nós devemos esperar aqui.

— *Deixe-nos* — disparou a Harpia. — Eu quero começar logo antes que ela estrague minha diversão. Você certamente está na mesma, se está saindo pelas costas dela para se reportar a Rigelus. — Mordoc fervilhou de ódio, mas saiu marchando com um grunhido baixo.

A mente de Ruhn estava acelerada. Jamais deveriam ter ido até lá. Mordoc *tinha* se lembrado do cheiro dele, e os seguira nas últimas semanas. Tinha passado cada local para Rigelus. Porra.

A Harpia sorriu.

— Faz um tempo desde que brinquei com você, Athalar.

Hunt cuspiu aos pés dela.

— Quero ver se você tem coragem.

Ruhn sabia que o anjo estava tentando evitar que a fêmea fosse até Bryce. Ganhando o tempo que pudesse para que conseguisse encontrar uma forma de sair daquela merda toda. Ruhn viu a expressão de pânico de Bryce.

Ela não podia se teletransportar, graças às algemas de gorsiana. Será que Cormac conseguiria voltar até ali? Era a única chance de saírem daquelas correntes, a única chance de sobreviverem. Será que Dec tinha visto a captura? Mesmo que tivesse, não havia reforços que pudesse enviar.

A Harpia sacou uma faca curta e letal. O tipo tão precioso que podia cortar pele dos lugares mais delicados. Girou a lâmina na mão, mantendo-se longe do alcance de Athalar, mesmo com as correntes. Sua atenção passou para Ruhn, o semblante dela tomado pelo ódio.

— Não está tão confiante agora, não é, principezinho? — perguntou. A Harpia apontou a faca para a virilha de Ruhn. — Sabe quanto tempo leva para as bolas de um macho crescerem de novo?

Puro medo disparou por ele.

Bryce sibilou:

— Mantenha a porra das suas mãos longe dele.

A Harpia gargalhou.

— Isso incomoda você, princesa, ver seus machos serem tratados tão mal? — Aproximou-se de Ruhn, que não conseguiu fazer nada quando a Harpia passou o lado da lâmina por sua bochecha. — Tão lindo — murmurou a Harpia, os olhos como o mais escuro Inferno. — Vai ser uma pena estragar essa beleza.

Hunt grunhiu.

— Venha brincar com alguém interessante.

— Ainda o nobre bastardo — disse a Harpia, passando a faca pelo outro lado do rosto de Ruhn. Se ela se aproximasse o suficiente, Ruhn poderia tentar rasgar o pescoço dela com os dentes, mas era cautelosa demais. Mantinha-se afastada o suficiente. — Tentando me distrair de ferir os outros. Não se lembra de como eu cortei seus soldados pedacinho por pedacinho apesar das suas súplicas?

Bryce avançou contra as correntes e o coração de Ruhn se partiu quando a irmã gritou:

— *Saia de perto dele, porra!*

— Ouvir você gritar enquanto eu o retalho vai ser um prazer — disse a Harpia, e deslizou a faca até a base do pescoço de Ruhn.

Aquilo ia doer. Doeria, mas, por causa de seu sangue vanir, não morreria… ainda não. Continuaria cicatrizando enquanto ela o cortasse inteiro.

— *SAIA DE CIMA DELE!* — urrou Bryce. Um rugido gutural ecoou pelas palavras. O som mais feérico que já ouvira sua irmã fazer.

A ponta da faca perfurou o pescoço de Ruhn, o ardor aumentando. Ele mergulhou fundo, para o lugar até onde sempre fugia para evitar as ministrações do pai.

Tinham entrado ali tão tolamente, tinham sido tão ignorantes…

A Harpia inspirou, os músculos se flexionando para empurrar a faca para dentro.

Alguma coisa dourada e ágil como o vento se chocou contra o lado dela e lançou a Harpia estatelada.

Bryce gritou, mas todo o barulho, todos os pensamentos na cabeça de Ruhn se afastaram quando um familiar e delicioso cheiro o atingiu. Quando contemplou a fêmea que tinha ficado de pé com um salto, agora uma muralha entre ele e a Harpia.

A Corça.

75

— Sua *vadia* escrota — xingou a Harpia, se levantando para sacar uma longa e cruel espada.

Ruhn não conseguia se mover do chão conforme a Corça desembainhava a própria lâmina fina. Conforme seu cheiro atraente flutuava até ele. Um cheiro que de alguma forma estava entrelaçado ao seu. Era muito leve, como uma sombra, tão vago que duvidava que mais alguém percebesse que o cheiro subjacente pertencia a ele.

Seu cheiro tinha sido familiar desde o início porque Hypaxia era sua meia-irmã, percebeu. Laços familiares não mentiam. Ele estivera errado sobre ela ser da Casa de Céu e Sopro — a Corça podia afirmar total lealdade a Casa de Terra e Sangue.

— Eu sabia. Eu sempre *soube* — disse, furiosa, a Harpia, as asas farfalhando. — Escrota traidora.

Não podia ser.

Aquilo… não podia ser.

Bryce e Hunt estavam congelados de choque.

Ruhn sussurrou:

— Day?

Lidia Cervos olhou por cima de um ombro. E disse com tranquilidade baixa, em uma voz que ele conhecia como as batidas do próprio coração, uma voz que nunca ouvira usar como a Corça:

— Night.

— Os asteri vão retalhar você e dar de comer aos seus lobos ferais — cantarolou a Harpia, inclinando a espada. — E eu vou ajudá-los a fazer isso.

A fêmea de cabelos dourados, Lidia, *Day*, apenas disse à Harpia:

— Não se eu matar você primeiro.

A Harpia avançou. A Corça estava à espera.

Espada encontrou espada, e Ruhn só conseguia assistir conforme a metamorfa desviava e bloqueava o ataque da anjo. Sua lâmina brilhava como mercúrio, e, quando a Harpia desferiu mais um golpe de quebrar um braço, uma adaga surgiu na outra mão de Lidia.

A Corça cruzou adaga e espada e segurou o golpe, usando o movimento da Harpia para chutar sua barriga exposta. A anjo caiu em uma pilha de asas e cabelos pretos, mas se levantou instantaneamente, circundando.

— Os asteri vão deixar Pollux fazer o que quiser com você, eu acho. — Uma risada amarga, cruel.

Pollux… o macho que… Um ruído branco estrondoso explodiu na mente de Ruhn.

— Pollux vai receber o que merece também — disse a Corça, bloqueando o ataque e girando de joelhos de forma que passasse para trás da Harpia. A Harpia virou, bloqueando o golpe, mas recuou um passo para mais perto de Ruhn.

Suas lâminas se encontraram, a Harpia avançando. Os braços da Corça se flexionaram, os músculos esguios em suas coxas eram visíveis pela calça branca colada ao corpo quando se impulsionou mais e mais cima, até se levantar. Manteve as botas pretas plantadas no chão, e a posição da Harpia não era nem de longe tão firme.

Os olhos dourados de Lidia desviaram para os de Ruhn. Assentiu sutilmente. Um comando.

Ruhn se agachou, se preparando.

— Mentirosa imunda — revoltou-se a Harpia, perdendo mais dois centímetros de distância. Só mais um pouquinho… — Quando eles corromperam você?

O coração de Ruhn acelerou.

As duas fêmeas se chocaram e recuaram com habilidade assustadora, então se chocaram de novo.

— Eu posso ser mentirosa — grunhiu Lidia, sorrindo selvagemente —, mas pelo menos não sou tola.

A Harpia piscou quando a Corça a empurrou mais um centímetro. Até o limite do alcance de Ruhn.

Ruhn agarrou o tornozelo da Harpia e *puxou*. A anjo gritou, caindo de novo, as asas se abrindo.

A Corça golpeou.

Ágil como uma serpente, Lidia mergulhou a espada dela no alto da coluna da Harpia, bem através do pescoço. A ponta da lâmina atingiu o chão antes que seu sangue colidisse com ele.

A anjo tentou gritar, mas a Corça tinha inclinado o golpe de forma a perfurar suas cordas vocais. O golpe seguinte, com a adaga de bloqueio, mergulhou pela orelha da Harpia para dentro do crânio. Outro movimento e a cabeça saiu rolando.

E então silêncio. As asas da Harpia estremeceram.

Ruhn lentamente levantou o olhar para a Corça.

Lidia estava de pé acima dele, borrifada com sangue. Cada linha do corpo que ele tinha visto e sentido estava tensa. Alerta.

Hunt respirou:

— Você é uma agente dupla?

Lidia, no entanto, se colocou em movimento, agarrando as correntes de Ruhn, destrancando-as com uma chave do uniforme imperial.

— Não temos muito tempo. Vocês precisam sair daqui.

Jurara que não iria atrás dele se ele se metesse em problemas, mas ali estava ela.

— Isso foi uma armadilha? — indagou Bryce.

— Não da forma como você pensa — respondeu Lidia. Como a Corça, mantinha a voz grave e baixa. A voz de Day, a voz *dessa* pessoa, soava mais aguda. Aproximou-se o suficiente enquanto soltava os pés de Ruhn para que sentisse seu cheiro de novo. — Eu tentei avisar você que acreditava que Rigelus *queria* que você viesse até aqui, que ele sabia que você viria, mas… eu fui interrompida. — Por Pollux. — Quando eu finalmente pude alcançar você de novo, ficou óbvio que apenas alguns de nós entre os triários de Sandriel sabiam sobre o plano de Rigelus, e que Mordoc estava dando informações a ele a respeito do seu paradeiro. Avisar você seria me entregar.

Hunt fez cara de ódio enquanto Ruhn encarava a Corça.

— E nós não podíamos permitir isso — disse o anjo.

Mordoc... como o farejador não tinha notado a sutil mudança no cheiro de Lidia? No de Ruhn? Ou será que tinha, e estava ganhando tempo até poder fechar a arapuca?

Lidia olhou com irritação para Hunt, sem recuar ao começar a trabalhar nas correntes de Bryce.

— Há muito que vocês não entendem.

Ela era tão linda. E completamente desalmada.

Você me lembra de que estou viva, dissera a ele.

— Você matou Sofie — chiou Bryce.

— Não. — Lidia balançou a cabeça. — Eu chamei o navio-cidade para salvá-la. Eles chegaram tarde demais.

— O quê? — disparou Athalar.

Ruhn piscou quando a Corça tirou a pedra branca do bolso.

— Estas são pedras de convocação, como faróis. A Rainha do Oceano as encantou. Elas chamam qualquer navio-cidade que esteja mais próximo quando são jogadas na água. Os místicos dela sentem quando os navios podem ser necessários em uma certa área, e as pedras são usadas como um método preciso de localização.

Fizera isso naquele dia em Ydra também. Chamara o navio para salvá-los.

— Sofie se afogou por sua causa — grunhiu Ruhn, sua voz como cascalho. — As pessoas morreram por suas mãos...

— Tenho tanto para contar a você, Ruhn — disse baixinho, seu nome na língua dela...

Mesmo assim, Ruhn virou o rosto para longe do da fêmea. Podia jurar que a Corça se encolheu.

Não se importava. Não quando Hunt perguntou para Bryce:

— Você descobriu a verdade?

Bryce empalideceu.

— Descobri. Eu...

Passos soaram no corredor. Distantes, mas se aproximando. A Corça ficou imóvel.

— Pollux.

Sua audição devia ser melhor do que a dele. Ou ela conhecia a cadência dos passos do desgraçado tão bem que sabia dizer de longe.

— Precisamos fazer parecer real — disse ela a Bryce, a Ruhn, a voz suplicante, completamente desesperada. — As linhas de informação *não podem* ser rompidas. — A voz falhou. — Estão entendendo?

Bryce entendeu, pelo visto. E riu.

— Eu não deveria sentir tanto prazer nisso.

Antes que Ruhn pudesse reagir, a irmã socou a metamorfa no rosto. Jogou-a no chão. Ele gritou, e aqueles passos no corredor se transformaram em uma corrida.

Bryce saltou sobre a Corça, os punhos voando, e o sangue da Harpia no chão manchando as duas. Hunt lutou contra as correntes, e Ruhn ficou de pé, avançando contra as fêmeas...

Pollux apareceu à porta.

Contemplou a Harpia morta, contemplou Bryce ensanguentada com a Corça sob ela, sendo esmurrada, contemplou Ruhn avançando e sacou a espada.

Ruhn podia jurar que a Corça sussurrou alguma coisa ao ouvido da irmã antes de Pollux agarrar Bryce pelo pescoço e a arrancar de cima da outra fêmea.

— Oi, princesa — cantarolou o monstro.

* * *

Hunt não tinha palavras na mente quando o macho que odiava acima de todos os outros agarrou sua parceira pelo pescoço. Ele a segurou acima do chão, de modo que a ponta dos tênis de Bryce se arrastassem na pedra ensanguentada.

— Olhe o que você fez com minha amiga — disse Pollux com aquela voz morta, desalmada. — E com minha amante.

— Eu vou fazer o mesmo com você — conseguiu dizer Bryce, os pés chutando o nada.

— *Coloque-a no chão, porra* — grunhiu Hunt.

Pollux olhou com desprezo para o anjo, e não obedeceu.

A Corça tinha conseguido tirar a espada do corpo da Harpia e apontar para Ruhn.

— Recuem contra a parede ou ela morre. — Sua voz era inexpressiva e grave, como Hunt sempre ouvira. Nada parecida com o registro mais baixo e mais agudo de antes.

Agente Daybright não precisava ser salva, afinal de contas. E a Corça… a fêmea que Hunt tinha visto tão impiedosamente caminhar sobre o mundo…

Ela era uma rebelde. Tinha salvado o couro deles naquele dia nas águas na costa de Ydra ao chamar o navio-cidade com a pedra de convocação. Não tinha sido a luz de Bryce. *Nós recebemos sua mensagem*, tinham dito.

Ruhn parecia ter sido socado no estômago. E na alma.

Pollux enfim desceu Bryce até o chão, um braço envolvendo o tronco conforme sorria para Hunt. Cheirou o cabelo de Bryce. A visão de Hunt ficou turva de ódio quando Pollux falou:

— Isso vai ser tão satisfatório.

Bryce estava tremendo. Sabia, qualquer que fosse a verdade sobre os asteri, sobre tudo aquilo, ela sabia. Precisavam tirá-la daquele lugar, para que aquela informação não morresse ali.

Para que ela não morresse ali.

Os próximos minutos foram um borrão. Guardas fluíram para dentro. Hunt se viu sendo puxado de pé, Bryce acorrentada ao seu lado, Ruhn do outro, a Corça marchando ao lado de Pollux do calabouço até o vão dos elevadores.

— Suas Graças esperam por vocês — disse a Corça, com uma frieza tão insensível que até mesmo Hunt acreditou, e se perguntou se tinha imaginado que a fêmea os ajudara. Imaginado que ela havia arriscado tudo para salvar Ruhn da Harpia.

Pela forma como Ruhn olhava com irritação para a Corça, Hunt só podia adivinhar o que o príncipe estava pensando.

Entraram no elevador, a Corça e Pollux olhando-os. O Martelo deu um risinho para Hunt.

Se pudessem matar Pollux… Mas câmeras monitoravam aquele elevador. Os corredores. A Corça seria revelada.

Bryce ainda estava trêmula ao lado do anjo. Entrelaçou seus dedos com os dela, pegajosos de sangue, o máximo quanto suas correntes permitiriam.

Tentou não olhar para baixo quando sentiu as correntes da parceira. As algemas estavam soltas. Destrancadas. Apenas a ponta dos dedos de Bryce as seguravam no lugar, a Corça não as fechara. Bryce encontrou o olhar de Hunt. Magoado e cheio de amor.

A Corça também sabia. Que Bryce, com a informação que carregava, precisava sair.

Será que a Corça estava planejando alguma coisa? Será que havia sussurrado um plano ao ouvido de Bryce?

Bryce não disse nada. Apenas segurou sua mão, pela última vez, percebeu Hunt, quando o elevador disparou para cima pelo palácio de cristal.

Ele estava segurando a mão da parceira dele pela última vez.

* * *

Ruhn encarou a fêmea que achava conhecer. Seu impassível e belo rosto. Os olhos dourados vazios.

Era uma máscara. Vira o verdadeiro rosto momentos antes. Tinha unido o corpo e a alma com os dela dias antes. Sabia que fogo queimava ali dentro.

Night.

A voz era uma súplica distante e baixa em sua mente. Como se Lidia estivesse tentando encontrar uma forma de ligar seus pensamentos de novo, como se o cristal em seu bolso tivesse mais uma vez forjado um caminho. *Night.*

Ruhn ignorou a voz suplicante. A forma como falhou quando ela disse: *Ruhn.*

Fortificou as paredes da mente. Tijolo após tijolo.

Ruhn. Lidia bateu às paredes da mente dele.

Então Ruhn a cercou com ferro. Com aço preto.

Pollux sorriu para ele. Passou a mão pelo pescoço manchado de sangue da Corça e beijou sob a orelha dela.

— Você gosta da aparência da minha amante, principezinho?

Alguma coisa letal se partiu ao ver a mão do macho no pescoço dela. A forma como apertava, e o sutil brilho de dor nos olhos de Lidia...

Ele a havia machucado. Pollux a havia machucado, de novo e de novo, e voluntariamente se submetia para poder continuar dando informação aos rebeldes. Suportara um monstro como Pollux por aquilo.

— Talvez a gente faça um espetáculo para você antes do final — disse Pollux, e lambeu a coluna do pescoço de Lidia, limpando o sangue respingado ali.

Ruhn exibiu os dentes com um grunhido silencioso. Ele o mataria. Lenta e completamente, punindo-o por cada toque, cada mão que tinha colocado sobre Lidia com dor e tormento.

Não tinha ideia do que isso fazia dele. Por que ele queria e precisava daquela muralha de aço entre ele e Lidia, mesmo enquanto seu sangue urrava para assassinar Pollux. Como poderia repugná-la e precisar dela, estar atraído por ela, no mesmo fôlego.

Pollux gargalhou para a pele da fêmea, então se afastou. Lidia sorriu friamente. Como se tudo não significasse nada, como se não sentisse absolutamente nada.

Mesmo assim, a voz contra as paredes de sua mente gritou: *Ruhn!*

Lidia bateu contra o aço preto e a pedra, de novo e de novo. Sua voz falhou de novo: *Ruhn!*

Ruhn a trancou do lado de fora.

Ela havia tirado inúmeras vidas, mas também trabalhara para salvá-los. Será que isso mudava alguma coisa? O macho sabia que Day era alguém no alto da hierarquia, teria sido um tolo se achasse que qualquer um com aquele nível de liberdade entre os asteri viria sem complicações. Ainda assim, para que fosse ela… O que Inferno significava com relação a ele, que Ruhn fosse capaz de sentir o que sentia por alguém como *ela*?

Sua aliada era sua inimiga. Sua inimiga era sua amante. Concentrou-se no sangue respingado nela.

Lidia tinha tanto sangue nas mãos que jamais seria possível lavá-lo.

* * *

Bryce sabia que ninguém viria salvá-los. Sabia que era provavelmente culpa sua. Ela mal suportava sentir os dedos de Hunt contra os dela conforme caminhavam pelo longo corredor de cristal. Não suportava a viscosidade do sangue da Harpia conforme secava em sua pele.

Nunca vira um corredor tão longo. Uma parede de janelas se estendia de um dos lados, dando para o pátio do palácio e uma cidade antiga adiante. Do outro lado, bustos dos asteri em suas várias formas franziam o cenho para eles sobre pedestais.

Seus mestres. Os senhores. Os parasitas que tinham atraído todos eles para aquele mundo. Que se alimentavam deles havia quinze mil anos.

Rigelus não teria contado tanto a ela se planejava libertá-la.

Queria poder ligar para a mãe e Randall. Desejava poder ouvir suas vozes mais uma vez. Desejava ter consertado as coisas com Juniper. Desejava ter ficado na encolha e sido normal e vivido uma vida longa e feliz com Hunt.

Não teria sido normal, no entanto. Teria sido ignorância satisfeita. E qualquer filhos que tivessem... um dia seu poder também seria afunilado para alimentar aquelas cidades e os monstros que as governavam.

O ciclo precisava se encerrar em algum momento. Outros mundos haviam conseguido destroná-los. O *Inferno* tinha conseguido expulsá-los.

Mesmo assim, Bryce sabia que ela, Hunt e Ruhn não seriam aqueles a parar o ciclo. Essa tarefa seria deixada para outros.

Cormac continuaria lutando. Talvez Tharion e Hypaxia e Ithan retomariam a causa. Talvez Fury também.

Deuses, será que Jesiba sabia? Havia mantido os livros restantes de Parthos, sabendo que os asteri iriam querer apagar a narrativa que contradizia a própria história sancionada por eles. Então Jesiba *tinha* que saber que tipo de seres governavam ali, não é?

A Corça liderou o grupo pelo corredor, com Pollux às costas. No final da passagem, Bryce conseguia discernir um pequeno arco.

Um Portão de quartzo.

O sangue de Bryce gelou. Será que Rigelus planejava obrigá-la a abri-lo como algum tipo de teste antes de escancarar as Fendas?

Ela obedeceria. Rigelus tinha Hunt e Ruhn em suas garras. Sabia que seu parceiro e seu irmão diriam a ela que suas vidas não valiam a pena, mas... não valiam?

A Corça se virou a um terço do caminho no corredor, na direção de um par de portas colossais abertas.

Sete tronos se erguiam em uma plataforma na ponta do espaço cavernoso de cristal. Todos, exceto um, estavam vazios. E o trono central, aquele ocupado… brilhava, cheio de primalux. Canalizando-a direto até o ser que se sentava sobre ele.

Alguma coisa feral abriu um olho na alma de Bryce. E grunhiu.

— Suponho que você esteja satisfeita por ter acrescentado mais um anjo à lista de vítimas com a morte da Harpia — disse, arrastado, a Mão Iluminada dos Asteri para Bryce, o olhar dele percorrendo o sangue seco sobre ela. — Espero que você esteja pronta para pagar por isso.

76

Hunt encarava suas asas cortadas, penduradas na parede bem no alto dos tronos dos asteri.

As asas impecavelmente brancas de Shahar estavam expostas acima das dele, ainda brilhando depois de todos aqueles séculos, bem no centro do conjunto. As de Isaiah estavam à esquerda das de Hunt. Tantas asas. Tantos Caídos. Todos preservados ali.

Sabia que os asteri as haviam guardado, mas ao vê-las…

Era prova de seu fracasso. Prova de que jamais deveria ter ido até lá. De que deveriam ter mandado a Ophion, Tharion e Cormac se foderem…

— Eu fiz um favor a você ao matar a Harpia — disse Bryce a Rigelus, que a observava com os olhos sem vida. Pelo menos os outros cinco não estavam ali. — Ela era um saco.

Hunt piscou para sua parceira manchada de sangue. Seus olhos queimavam como carvão em brasa, desafiadores e revoltados. Também tinha notado as asas do anjo.

Rigelus apoiou o fino queixo sobre um punho, inclinando um cotovelo ossudo contra seu trono. Tinha a aparência de um rapaz feérico de 17 anos, mais ou menos, de cabelos pretos e desajustado. Uma fachada fraca para encobrir o monstro antigo por baixo.

— Vamos nos provocar mais um pouco, senhorita Quinlan, ou posso chegar à parte em que eu ordeno a você que confesse os nomes de seus aliados?

Bryce riu, e Hunt jamais a amara tanto. Do outro lado dela, Ruhn olhava do asteri para sua irmã, como se tentando formular um plano.

Hunt sentiu um cheiro familiar e se virou e viu Baxian e Mordoc entrarem atrás deles. Caminharam até onde a Corça e o Martelo estavam de pé, perto das pilastras. Bloqueando a saída.

Rigelus sabia da missão deles até ali antes de sequer chegarem ao litoral de Pangera, antes de sequer partirem. Mordoc havia rastreado seus cheiros com seu dom de farejador pela cidade inteira, marcando cada localidade e reportando-se diretamente à Brilhante Mão.

Hunt tinha deixado seu telefone em Lunathion, por medo de que fosse rastreado até ali. Baxian não teria sido capaz de avisá-lo, nem que estivesse disposto a arriscar fazer isso.

Os olhos de Hunt encontraram os de Baxian. O macho não revelou nada. Nem um pingo de reconhecimento.

Será que tudo que tinha contado fora uma armadilha? Um golpe elaborado para levá-los até ali?

Bryce disse a Rigelus, atraindo a atenção de Hunt:

— Não há mais ninguém, mas vamos falar sobre como vocês são parasitas intergalácticos que nos enganam para que façamos a Descida para que possam se alimentar de nossa primalux. E depois se alimentar de nossa secundalux quando morremos.

Hunt ficou imóvel. Jurou que alguém atrás dele, Baxian ou a Corça, talvez, sobressaltou-se.

Rigelus riu com deboche.

— Essa é sua forma de contar a seus companheiros o que você sabe?

Bryce não desviou os olhos.

— Inferno, óbvio que é. Assim como o fato de que se destruirmos o núcleo de primalux sob este palácio...

— Silêncio — sibilou Rigelus, e a sala estremeceu com poder.

A mente de Hunt estava zonza. Os asteri, a primalux... Bryce encontrou o olhar do anjo, seus olhos fervendo de ódio e propósito. Havia mais, era o que parecia dizer. Tanto mais para ser usado contra os asteri.

Rigelus apontou para Ruhn.

— Tenho certeza de que você poderia elucidar para mim quem tem ajudado você. Eu sei sobre o Príncipe Cormac, esperava que suas atividades rebeldes pudessem ser úteis um dia. Quando descobrimos sobre sua traição, os outros quiseram matá-lo e acabar com isso, mas eu achei que poderia ser… valioso ver até onde e até quem ele nos levaria. Um príncipe dos feéricos sem dúvida acabaria entre outros vanir poderosos, talvez até mesmo tentasse recrutar alguns deles, e, assim, extrairia pela raiz a corrupção entre nossos súditos mais leais. Então por que matar um traidor, quando poderíamos por fim matar muitos? Infelizmente, ele está morto agora. É lá que estão meus outros irmãos, atraídos para o laboratório, como vocês sem dúvida esperavam. Contudo, eles relataram que outro macho estava com o príncipe e fugiu.

Bryce fez um ruído grave na garganta.

Rigelus se virou para ela.

— Ah, sim. Cormac incinerou a si mesmo e o laboratório. Um grande retrocesso, considerando o quanto era útil, mas um que nós superaremos, é óbvio. Principalmente com Pippa Spetsos entre os mortos.

Pelo menos Tharion tinha escapado sem ser identificado.

— Talvez possamos ligar para seu pai para ajudar com o interrogatório — prosseguiu Rigelus para Ruhn, entediado e frio. — Ele era tão habilidoso em usar o fogo para arrancar coisas de você quando você era menino.

Ruhn ficou tenso.

Hunt observou as feições respingadas de sangue de Bryce. Apenas uma vez vira aquele nível de ódio em seu rosto. Não para Rigelus, mas para o macho que a havia gerado. Era o mesmo ódio que contemplara no dia em que a fêmea matou Micah.

— Não é para isso que servem tantas das tatuagens? — prosseguiu Rigelus. — Para esconder as cicatrizes que ele deixou em você? Temo que precisemos estragar parte das tatuagens desta vez.

Inferno de merda. Os lábios de Bryce tinham ficado brancos por serem apertados tão forte um contra o outro. Seus olhos estavam brilhantes com lágrimas não derramadas.

Ruhn olhou para a irmã e disse, baixinho:

— Você trouxe tanta alegria para minha vida, Bryce.

Talvez fosse o único adeus que conseguiriam se dar.

Hunt levou a mão para os dedos de Bryce, mas deu um passo adiante. Ergueu o queixo do jeito rebelde que dizia foda-se e que o anjo amava tanto.

— Quer que eu abra um portal para você? Tudo bem. Mas apenas se você os soltar e concordar em deixá-los ilesos. Para sempre.

O sangue de Hunt gelou.

— Foi por isso que você nos atraiu até aqui? — viu-se exigindo saber dos asteri, mesmo enquanto rugia com ultraje devido à oferta de Bryce.

Rigelus falou:

— Eu não poderia exatamente arrancar vocês das ruas. Não figuras tão notórias e púbicas. Não sem as acusações certas para trazê-los até aqui. — Um risinho para Bryce. — Seu amigo Aidas vai ficar terrivelmente desapontado ao descobrir que você não sabia dizer a diferença entre o verdadeiro Príncipe do Desfiladeiro e eu. Ele é terrivelmente vaidoso nesse sentido.

Hunt se sobressaltou, mas Bryce disse, revoltada:

— Você fingiu ser Aidas naquela noite.

— Quem mais poderia invadir os feitiços de proteção do seu apartamento? Você nem mesmo suspeitou de nada quando ele a encorajou na direção de atividades rebeldes. Embora eu suponha que o crédito por isso caiba a mim, interpretei bem o ódio dele por causa de Theia e Pelias, não acham?

Porra. O ente havia antecipado cada movimento deles.

Rigelus prosseguiu:

— E você nem mesmo investigou tanto assim os ceifadores que eu mandei desta cidade para provocá-la. O Quarteirão dos Ossos foi um local de teste para seu verdadeiro poder, entende, pois você pareceu ter pouca ciência ou interesse nele o verão todo. Você deveria aprimorar seus poderes, tudo para que pudéssemos utilizá-los bem. Você entrou no jogo perfeitamente.

Hunt fechou os dedos em punhos. Deveria ter previsto, deveria ter afastado Bryce daquela confusão, deveria tê-la levado ao primeiro indício de problema e ido até um lugar onde ninguém poderia jamais encontrá-los.

No entanto, estavam em Midgard. Não importava para onde fossem, não importava a que distância de Lunathion ou da Cidade Eterna, os asteri sempre os encontrariam.

Rigelus suspirou dramaticamente diante de seu silêncio chocado.

— Tudo isso parece muito familiar, não é? Uma rainha Estrelada que se aliou a um Príncipe do Inferno. Que confiou profundamente nele, e, por fim, pagou o preço.

Hunt se controlou o suficiente para assentir na direção do sétimo, e sempre vazio, trono.

— Mas o Inferno atingiu você no fim das contas, acredito.

O corpo de Rigelus brilhou com ira, mas sua voz permaneceu sedosamente suave.

— Eu estou ansioso para enfrentar Apollion novamente. Mordoc suspeitava de que o Devorador de Estrelas estava tentando chamar sua atenção nessas últimas semanas, para cutucá-los na direção dele.

Então um Príncipe do Inferno fora falso, o outro, verdadeiro. Apollion realmente havia mandado os caça-mortes, provavelmente para testar os poderes de Bryce, exatamente como Rigelus também queria, e os de Hunt. E queria tanto aquilo que estava disposto a arriscar sua morte caso não estivesse à altura da tarefa.

Ainda assim, Bryce se teletransportara naquela noite. Usara a habilidade para derrotar os caça-mortes. Tinha começado a dominar o dom e progredir a passos largos desde então. Literalmente.

Apollion devia saber que ela precisaria daquelas habilidades. Talvez para esse exato momento.

As correntes de gorsiana nos pulsos de Bryce estavam abertas. Se conseguisse tirá-las, conseguiria fugir. Se a Corça conseguisse de alguma forma tirar suas correntes, bloquearia o asteri e Bryce poderia continuar fugindo.

Hunt disse, uma última vez:

— Você é cheio de mentiras, e Mordoc deveria checar o nariz dele. Não somos rebeldes. Celestina pode confirmar.

Rigelus gargalhou, e Hunt fervilhou de ódio.

— Celestina? Está falando da arcanjo que reportou para mim que você mentiu a respeito de visitar a família da senhorita Quinlan semanas atrás, e então relatou para mim imediatamente quando viu você deixar o quartel fortemente armado? — As palavras o atingiram como um soco fantasma no estômago.

O amor é uma armadilha, dissera Celestina a ele. Era esse o jeito dela de proteger o que amava? Provando sua confiabilidade aos asteri ao entregar Hunt e os amigos de forma que eles pudessem reagir com leniência caso descobrissem sobre Hypaxia? Será que ela fazia alguma ideia de que a bruxa que amava estava envolvida?

Rigelus pareceu ler essas perguntas no rosto de Hunt porque disse:

— Ela pode ter sido um dia amiga de Shahar, Orion, mas, com tanta coisa pessoalmente em risco para ela, Celestina não é sua amiga. Pelo menos não quando se trata de proteger aqueles que ela mais valoriza.

— Por que você está fazendo isso? — perguntou Ruhn, rouco.

Rigelus franziu a testa com desprezo.

— É uma questão de sobrevivência. — Um olhar para Bryce. — Embora a primeira tarefa dela para todos nós será um… assunto pessoal, creio.

— Você vai atacar o Inferno — sussurrou Hunt. Era isso o que Apollion estava antecipando? Por que continuava dizendo a eles, de novo e de novo, que os exércitos do Inferno estavam se preparando?

Não para atacar esse mundo, mas defender o próprio Inferno. Para se aliar com qualquer um que colocasse contra os asteri.

— Não — falou Rigelus. — Nem mesmo o Inferno está no topo de nossa lista daqueles contra quem nos vingaremos. — De novo, aquele sorriso para Bryce. — A estrela no seu peito, sabe o que é?

— Vamos presumir que eu não sei nada — disse Bryce, sombriamente.

Rigelus inclinou a cabeça.

— É um farol para o mundo do qual os feéricos originalmente vieram. Ela às vezes brilha quando está mais próxima dos feéricos que têm linhagens puras daquele mundo. Príncipe Cormac, por exemplo.

— Ela brilhava para Hunt — disparou Bryce de volta.

— Ela também brilha para aqueles que você escolhe como seus leais companheiros. Cavaleiros.

— E daí? — indagou Bryce.

— E daí que essa estrela vai nos levar de volta àquele mundo. Através de você. Eles destronaram nossos irmãos que um dia governavam lá, não nos esquecemos. Nossa tentativa inicial de vingança foi frustrada por sua ancestral que também carregava essa estrela no peito. Os feéricos ainda não pagaram pelas mortes de nossos irmãos e irmãs. O mundo natal deles era rico em magia. Eu desejo mais dela.

Bryce tremeu, mas o coração de Hunt se partiu quando a fêmea empertigou os ombros.

— Meu acordo está de pé. Você deixa Hunt e Ruhn livres e ilesos, para sempre, e eu ajudarei você.

— Bryce — suplicou Ruhn, mas Hunt sabia que não tinha como discutir.

— Tudo bem — disse Rigelus, e sorriu, com triunfo em cada linha do corpo esguio. — Pode se despedir, como sinal de minha gratidão por sua assistência.

Bryce se virou para Hunt e o terror, a dor e o luto no rosto sujo de sangue dela quase acabaram com ele. Passou as mãos acorrentadas pela cabeça da parceira, puxando-a para perto. Sussurrou ao seu ouvido. Os dedos de Bryce se fecharam em sua camisa, em uma confirmação silenciosa.

Então Hunt recuou. Encarou o lindo rosto de sua parceira pela última vez.

Riu baixinho, um som de assombro destoante da sala do trono de cristal dos monstros dentro dela.

— Eu amo você. Eu queria ter dito mais. Mas amo você, Quinlan, e… — Sua garganta se fechou, os olhos ardendo. Os lábios de Hunt roçaram a testa de Bryce. — Nosso amor é mais forte do que o tempo, maior do que qualquer distância. Nosso amor se estende pelas estrelas e por mundos. Vou encontrar você de novo. Eu prometo.

Ele a beijou e Bryce estremeceu, chorando em silêncio quando sua boca se moveu na dele. O anjo saboreou o calor e seu sabor, gravando-os na alma.

Então recuou um passo. Bryce encarou Ruhn.

* * *

Ela não podia fazer aquilo.

Seu coração estava se estilhaçando; seus ossos estavam gritando que aquilo era *errado, errado, errado.*

Não podia deixá-los. Não podia prosseguir com o que Hunt tinha sussurrado para ela.

Agarrou-se ao irmão, incapaz de segurar seu choro. Mesmo quando um pequeno peso caiu em seu bolso.

Ruhn sussurrou ao seu ouvido:

— Eu menti para o Rei Outonal sobre o que o Oráculo me contou quando eu era menino. — Bryce ficou imóvel. Ruhn prosseguiu, ágil e urgente: — O Oráculo me contou que a linhagem real acabaria comigo. Que eu sou o último da linhagem, Bryce. — Tentou recuar para olhar boquiaberta para ele, mas Ruhn a segurou firme. — Mas talvez ela não tivesse visto que *você* apareceria. Que você entraria nesse caminho. Você precisa viver. Eu posso ver em seu rosto, você não quer fazer nada disso. Mas você *precisa* viver, Bryce. Você precisa ser rainha.

Imaginara o que o Rei Outonal tinha feito a Ruhn, como ele o torturara quando menino, embora jamais tivesse confirmado. E aquela dívida... faria seu gerador pagar, algum dia.

— Eu não aceito isso — sussurrou Bryce para Ruhn. — *Não aceito.*

— Eu aceito. Sempre aceitei. Se vou morrer agora mesmo ou se sou apenas infértil, eu não sei. — Ele riu. — Por que acha que eu curtia tanto nas baladas?

Não conseguiu rir. Não daquilo.

— Eu não acredito nessa merda por um segundo.

— Não importa agora.

Então Ruhn disse para sua mente: *Pegue Áster quando for.*

Ruhn...

É sua. Pegue. Vai precisar dela. Soltou as correntes?

Sim. Usara a chave que a Corça tinha passado para ela para abrir as algemas de Hunt e Ruhn enquanto os abraçava.

Bom. Eu disse a Athalar qual é o sinal. Está pronta?

Não.

Ruhn pressionou a testa contra a dela. *Precisamos de exércitos, Bryce. Precisamos que você vá para o Inferno por aquele Portão e traga os exércitos do Inferno de volta com você para combater esses desgraçados. Mas se o preço de Apollion for alto demais... não volte para este mundo.*

Seu irmão se afastou. E Ruhn disse, brilhando com orgulho:

— Vida longa à rainha.

Bryce não deu aos outros a chance de entender aquilo.

Girou os pulsos, as correntes caindo no chão quando agarrou Áster de Ruhn e se virou para Rigelus.

Mergulhou dentro de seu poder em um piscar de olhos. E, antes que a Mão Iluminada conseguisse gritar, ela o golpeou com luz estelar.

* * *

Hunt jogou suas correntes no chão assim que Ruhn disse a palavra *rainha*. E, quando a parceira dele lançou seu poder ofuscante contra Rigelus, Hunt voltou o dele para o macho também.

Relâmpago atingiu a pilastra de mármore logo acima do trono de cristal.

Era uma aposta: direcionar a explosão inicial de poder dele para Rigelus, para mantê-lo controlado, em vez de carregar Bryce e arriscar um ataque de Rigelus antes que terminasse.

Atrás deles, gritos se elevaram, e Hunt se virou e viu Bryce correndo para as portas, Áster nas mãos.

Pollux avançou contra ela, mas Baxian estava ali. O Cão do Inferno derrubou o macho no piso de cristal. Atrás dele, Mordoc estava sangrando de um corte no pescoço. A Corça estava no chão, inconsciente. Será que a traição de Baxian tinha sido uma surpresa para ela? Hunt supôs que não se importava. Não quando Baxian derrubou Pollux, e Bryce correu pelas portas, para o corredor infinito. Virou à esquerda, cabelo ruivo esvoaçando atrás de si, e então se foi.

Hunt se virou de volta para Rigelus, mas era tarde demais.

Poder, quente e dolorido, o explodiu contra uma pilastra próxima. Brilhando como um deus, Rigelus saltou para fora da plataforma, o piso de cristal se estilhaçando sob ele, e disparou atrás de Bryce, desejo de morte se agitando em seus olhos.

* * *

O coração de Bryce quebrou, um pedaço por vez, com cada passo que corria para longe da sala do trono.

Conforme disparava pelo longo corredor, os bustos dos asteri a condenavam com seus rostos odiosos.

Uma onda de maré de poder se elevou às suas costas e Bryce ousou olhar por cima do ombro para encontrar Rigelus em seu encalço. Brilhava branco com magia, irradiando fúria.

Vamos lá, Hunt. Vamos lá, vamos lá...

Rigelus lançou uma explosão de poder, e Bryce correu para a esquerda. O poder do asteri quebrou uma janela, e cacos de vidro voaram. Bryce escorregou nos cacos, mas continuou correndo até o arco no fim do corredor. O Portão que abriria para levá-la até o Inferno.

Arriscaria-se com Aidas, Thanatos e Apollion. Pegaria seus exércitos e os levaria de volta a Midgard.

Rigelus disparou mais uma lança de poder e Bryce se abaixou, deslizando agachada no momento em que o disparo estilhaçou um busto de mármore de Austrus. Fragmentos cortaram seu rosto, o pescoço, os braços, mas então estava fugindo de novo, agarrando Áster com tanta força que sua mão doía.

O deslize fora custoso.

Rigelus estava a três metros. Um e meio. Sua mão se esticou até o cabelo esvoaçante de Bryce.

Relâmpago disparou pelo corredor, estilhaçando janelas e estátuas conforme passavam.

Bryce o acolheu no coração, nas costas. Acolheu na tatuagem que havia ali quando o poder de Hunt queimou seu sangue e o deixou aceso.

Relâmpago irrompeu de sua cicatriz como uma bala passando. Bem para o meio do arco do Portão.

Não ousou ver se Hunt ainda estava de pé depois do disparo perfeito. Não quando o ar do arco do Portão se tornou preto. Turvo.

Os dedos de Rigelus agarraram seu cabelo.

Bryce se entregou ao vento e à escuridão e se teletransportou até o Portão.

Apenas para aterrissar três metros adiante de Rigelus, como se seus poderes tivessem atingido uma parede. Bryce conseguia senti-los agora, uma série de feitiços de proteção, como aqueles que Hypaxia havia dito que o Sub-Rei tinha usado para prender Ithan e ela.

No entanto, Rigelus gritou de ódio e surpresa, como se chocado que sequer tivesse conseguido chegar tão longe, atirando seu poder de novo.

Três metros por vez, então. Bryce se teletransportou, e outra estátua perdeu a cabeça.

De novo, e de novo, e de novo, Rigelus disparou o seu poder em direção a ela, e Bryce saltou pelo espaço, de um feitiço de proteção a outro, zunindo e zapeando, vidro e inúmeras estátuas dedicadas ao ego dos asteri se estilhaçando, o Portão se aproximando...

Bryce saltou para *trás*, logo atrás de Rigelus.

Virou-se, disparando uma parede de luz no rosto do ente. O asteri uivou, e Bryce se teletransportou de novo...

Aterrissou a três metros da boca escancarada do Portão e continuou correndo.

Rigelus rugiu quando Bryce saltou para a escuridão que a esperava.

A escuridão a pegou, pegajosa como uma teia. O tempo diminuiu até um gotejar glacial.

Rigelus ainda estava rugindo, avançando.

Bryce atirou seu poder para fora, desejou que o Portão a levasse, apenas ela, estava caindo, caindo, caindo enquanto estava de pé, suspensa no arco, sugada para trás de forma que seu cabelo se esticasse para fora, na direção dos dedos esticados de Rigelus...

— *NÃO!* — urrou ele.

Foi o último som que Bryce ouviu quando a escuridão dentro do Portão a engoliu por inteiro.

A fêmea caiu, lenta e infinitamente... de lado. Não um mergulho para baixo, mas um puxão *através de algo*. A pressão em seus ouvidos ameaçava transformar seu cérebro em polpa, gritava para o vento e as estrelas e o vazio, gritava para Hunt e Ruhn, deixados para trás naquele palácio de cristal. Gritava...

77

Hunt mal conseguia tomar fôlego com a mordaça de pedra. Uma pedra gorsiana, para combinar com aquelas presas em seus pulsos e pescoço. O mesmo tipo segurava Ruhn e Baxian conforme os dois machos eram levados para as portas da sala do trono por Rigelus e seu séquito.

Nem uma faísca de luz restava no corpo de Hunt.

A Corça caminhava ao lado de Rigelus, falando baixo conforme passaram por onde Hunt estava de joelhos do lado de fora das portas. Nem mesmo olhou para Ruhn. O príncipe apenas olhava para a frente.

Baxian foi escoltado até ali, ensanguentado e roxo da luta com Pollux. Mordoc se recuperava da garganta cortada, ódio fervilhava dele enquanto sangrava deitado no chão. Hunt deu ao farejador um sorriso selvagem quando uma fita do poder de Rigelus puxou Hunt de pé.

— Uma breve parada antes do calabouço, acho — anunciou Rigelus, virando para a esquerda, na direção da ruína de estilhaços no corredor. Na direção do Portão agora vazio.

Hunt estava impotente para fazer qualquer coisa a não ser acompanhar, Ruhn e Baxian com ele. Estava no fim do corredor quando Bryce fez sua corrida espetacular, teletransportando-se tão rápido quanto o vento na direção do abismo que havia se aberto dentro do pequeno Portão. Nenhum vestígio da escuridão ou de Bryce restavam agora.

Hunt rezava para que Bryce tivesse chegado ao Inferno. Para que encontrasse Aidas e o ente a protegesse enquanto reuniam os exércitos e os levavam de volta pela Fenda para Midgard. Para salvá-los.

Hunt duvidava que estaria vivo para ver aquilo. Duvidava que Ruhn ou Baxian estariam também.

Rigelus parou diante do Portão.

— Coloque o anjo de joelhos.

O cheiro de Bryce ainda pairava no ar do espaço vazio emoldurado pelo Portão. Hunt se concentrou nele e somente nele quando Pollux o empurrou para o chão diante do Portão.

Se aquele era o fim, podia morrer sabendo que Bryce tinha fugido. Havia passado de um Inferno para outro, literalmente, mas... havia fugido. A última chance de salvação.

— Vá em frente, Martelo — disse Rigelus, sorrindo para Hunt, morte fria em seus olhos atemporais.

Hunt conseguiu sentir Ruhn e Baxian o observando com horror silencioso. Hunt se curvou sobre os joelhos, esperando pelo golpe no pescoço.

Bryce, Bryce, Bryce...

As mãos de Pollux se fecharam de cada lado do rosto do anjo. Segurando-o erguido, como se fosse partir o pescoço de Hunt com as próprias mãos.

Pollux riu baixinho.

Hunt entendeu o motivo um momento depois quando Rigelus se aproximou, a mão erguida e quase ofuscante com luz branca.

— Não acho que preciso de uma das bruxas desta vez — disse a Brilhante Mão.

Não. *Não.* Tudo menos isso.

Hunt se debateu, mas Pollux o segurou firme, o sorriso sem hesitar.

Rigelus apoiou a mão brilhante na testa de Hunt e dor irrompeu por seu crânio, pelos músculos, pelo sangue, como se a própria medula óssea estivesse sendo vaporizada.

O poder do asteri serpenteou e formou uma teia de aranha sobre a testa de Hunt, perfurando-o com cada ponta dos espinhos do halo que Rigelus tatuou ali.

Hunt gritou nesse momento. O grito ecoou pelas pedras, pelo Portão.

Ao lado dele, Baxian começou a tomar fôlegos entrecortados. Como se o Cão do Inferno soubesse que seria o próximo.

A dor na testa de Hunt se tornou ofuscante, sua visão se partiu.

O halo continuou se estendendo sobre seu crânio, pior do que qualquer grilhão de gorsiana. Seu poder se retorcia sob o controle de ferro, não mais sob seu comando total. Exatamente como sua vida, sua liberdade, seu futuro com Bryce… Sumiram.

Hunt gritou de novo e, quando a escuridão avançou para reivindicá--lo, perguntou se aquele grito da alma, não o halo, seria o que Rigelus queria. Se o asteri acreditava que o som de seu sofrimento poderia ser levado pelo Portão até o próprio Inferno, onde Bryce poderia ouvi-lo.

Então Hunt não soube de mais nada.

78

O Inferno tinha grama. E bruma.

Esses foram os dois primeiros pensamentos de Bryce quando aterrissou, ou surgiu. Em um momento, estava caindo de lado, e então seu ombro direito colidiu com uma parede de verde que se revelou ser o solo.

Respirou ofegante, a mente girando tão violentamente que só conseguiu continuar deitada no meio da neblina passageira e fria. Seus dedos se enterraram na grama verdejante. Sangue cobria suas mãos. Formando crostas sob suas unhas.

Precisava se levantar. Precisava começar a se mover antes que uma das criaturas do Inferno sentisse seu cheiro e a destroçasse. Se os caça-mortes a encontrassem, eles a matariam em um instante.

Áster...

Ali. A trinta centímetros de sua cabeça.

Bryce tremeu ao se ajoelhar devagar, curvando o corpo para abraçar os joelhos.

Hunt... Jurou ter ouvido os gritos do anjo ecoando pela bruma ao cair.

Precisava se levantar. Encontrar um caminho até Aidas.

Contudo, Bryce não conseguia se mexer. Levantar seria dar as costas ao seu mundo, a Hunt e Ruhn, e ao que quer que os asteri estivessem fazendo com eles...

Levante-se, disse a si mesma, trincando os dentes.

A bruma se abria adiante, recuando para revelar um tranquilo rio turquesa a talvez quinze metros de onde estava ajoelhada, fluindo logo além do... gramado.

Estava na grama cortada e imaculada de alguém. E do outro lado do rio, erguendo-se da bruma...

Uma cidade. Antiga e linda, como algo de um cartão-postal pangerano. Silhuetas indistintas perambulavam entre a névoa do outro lado do rio, os demônios do inferno.

Levante-se.

Bryce engoliu em seco, como se ela pudesse afastar o próprio tremor, e esticou uma perna para se levantar. O sangue da Harpia ainda encharcava sua calça legging, o tecido estava pegajoso contra sua pele.

Alguma coisa gelada e afiada pressionou seu pescoço.

Uma voz fria de macho falou acima dela, atrás dela, em uma língua que Bryce não reconheceu. As palavras breves e o tom, no entanto, eram óbvios o bastante: *Não se mexa, porra.*

Bryce levantou as mãos e buscou seu poder. Apenas cacos estilhaçados restavam.

A voz do macho exigiu alguma coisa na língua estranha, e Bryce permaneceu de joelhos. Chiou, então a mão forte de alguém se fechou sobre o ombro da fêmea, puxando-a para cima e a virando para ele.

Viu botas pretas. Armadura escura parecida com escamas sobre um corpo alto e musculoso.

Asas. Grandes asas pretas. As asas de um demônio.

Mesmo assim, o rosto do macho que olhava através da névoa, sério e letal... era belo, apesar do fato de que os olhos avelã dele não exibissem misericórdia. Falou de novo, com uma voz baixa que prometia dor.

Bryce não conseguiu impedir de respirar aceleradamente.

— Aidas. Eu preciso ver Aidas. Pode me levar até ele? — Sua voz falhou.

O macho alado percorreu os olhos sobre ela, observador e cauteloso. Reparou que o sangue que a cobria não era dela. Sua atenção repousou em Áster, jogada na grama entre os dois. Seus olhos se arregalaram levemente.

Bryce avançou um passo em sua direção, fazendo menção de segurar a frente de sua intricada armadura. O macho facilmente desviou do movimento, o rosto impassível quando ela perguntou:

— Você pode me levar até o Príncipe Aidas? — Não conseguiu segurar as lágrimas então. As sobrancelhas do macho se franziram.

— Por favor — implorou Bryce. — Por favor.

O rosto do macho não se suavizou quando pegou Áster embainhada e então indicou que ela se aproximasse.

Bryce obedeceu, trêmula, perguntando-se se deveria estar lutando, gritando.

Com as mãos cobertas de cicatrizes, o demônio tirou um retalho de tecido preto de um bolso escondido em sua armadura. Levantou o retalho na altura do rosto, indicando por mímica que o colocava. Uma venda.

Bryce inspirou, tentando se acalmar ao assentir. As mãos dele eram delicadas, mas determinadas, quando prendeu a venda com força sobre os seus olhos.

Então mãos estavam em seus joelhos e costas, e o chão sumiu... estavam voando.

Apenas o bater das asas encouraçadas dele e a névoa sussurrante preenchiam seus ouvidos. Tão diferente do farfalhar ondulante das penas de Hunt ao vento.

Bryce tentou usar o tempo no ar para parar de tremer, mas não conseguiu. Não conseguiu nem mesmo formar um pensamento coerente.

Deslizaram para baixo, o estômago girando com o movimento, e então aterrissaram, o estampido das botas do demônio atingindo o chão ecoou por ela. Bryce foi colocada no chão, levada pela mão. Uma porta se abriu com um rangido. Ar morno a recebeu, então a porta se fechou. O macho disse alguma coisa que ela não entendeu, e então tropeçou para a frente...

Ele a segurou e suspirou. Podia jurar que ele soava... exasperado. Não avisou quando a jogou por cima do ombro e marchou para baixo de uma série de degraus antes de entrar em algum lugar... cheiroso. Rosas? Pão?

Comiam pão no Inferno? Tinham flores? *Um mundo escuro e frio*, disseram os asteri em suas anotações sobre o planeta.

Tábuas de piso rangeram sob suas botas, e então Bryce se viu mais uma vez sobre chão sólido, tapetes amortecendo seus pés. Ele a guiou pela mão e a empurrou para baixo. Bryce ficou tensa, lutando contra aquilo, mas o macho fez de novo, fazendo-a enfim se sentar. Em uma poltrona confortável.

Falou com a voz sedosa, mas Bryce balançou a cabeça.

— Eu não entendo você — disse rouca. — Não conheço as línguas do Inferno. Mas... Aidas? Príncipe Aidas?

Não respondeu.

— Por favor — repetiu. — Eu preciso encontrar o Príncipe Aidas. Meu mundo, Midgard, está em grande perigo, e meu parceiro... — A voz dela falhou mais uma vez e Bryce se curvou na escuridão. *Vou encontrar você de novo,* prometera Hunt.

No entanto, ele não encontraria. Não poderia. Não tinha como chegar ali. Ela não tinha como ir para casa.

A não ser que Aidas ou Apollion soubessem usar o chifre. Tivessem magia que pudesse carregá-lo.

Bryce havia abandonado Hunt e Ruhn. Tinha fugido e os abandonado e... soluçou.

— Ah, deuses — chorou. Arrancou a venda, exibindo os dentes. — *Aidas!* — gritou para o macho de rosto frio. — Chame *AIDAS,* porra.

Ele nem mesmo piscou. Não revelou um indício de emoção, de que se importava.

No entanto... aquela sala. Aquela... casa?

Pisos de madeira de carvalho escuro e mobília. Tecidos elegantes de veludo. Uma lareira crepitante. Livros nas estantes que cobriam a parede. Um carrinho com bebidas em decantadores de cristal ao lado da lareira de mármore preto. E do outro lado do arco, além do macho alado, um saguão e uma sala de jantar.

O estilo poderia combinar com o escritório de seu pai. Com a galeria de Jesiba.

O macho observou com cautela. Bryce engoliu as lágrimas, endireitando os ombros. Pigarreou.

— Onde estou? Em que nível do Inferno?

— Inferno? — disse por fim.

— Inferno, isso, Inferno! — Indicou a casa. Completamente o oposto do que esperava. — Que nível? Fosso? Desfiladeiro?

O macho balançou a cabeça, franzindo a testa. A porta da frente do saguão se abriu, e várias pessoas entraram correndo, machos, fêmeas, todos falando naquela língua estranha.

Bryce contemplou o primeiro e se levantou subitamente.

A fêmea mignon de cabelos pretos e olhos angulosos como os de Fury parou de repente. Sua boca pintada de vermelho se escancarou, sem dúvida devido ao sangue que cobria o rosto e o corpo de Bryce.

Aquela fêmea era... feérica. Vestindo lindas, porém absolutamente antiquadas, roupas. Como o que se usava em Avallen.

Outro macho alado, maior do que o primeiro, entrou arrogantemente, uma linda fêmea com cabelo castanho-dourado ao lado dele. Também feérica. Também usando roupas que pareciam saídas de algum tipo de filme de fantasia.

Bryce disparou:

— Eu estava tentando perguntar a ele, mas ele não entende. Aqui é o Inferno? Eu preciso ver o Príncipe Aidas.

A de cabelos pretos se virou para os demais e disse alguma coisa que os fez inclinar a cabeça para Bryce. O macho arrogante farejou, tentando decifrar o cheiro de sangue nela.

Bryce engoliu em seco. Só conhecia uma outra língua, e aquela...

Seu coração acelerou. Bryce disse, na antiga língua dos feéricos, dos Estrelados:

— Este mundo é o Inferno? Eu preciso ver o Príncipe Aidas.

A fêmea mignon de cabelos pretos cambaleou para trás, levando a mão à boca. Os demais olharam boquiabertos. Como se o choque da pequena fêmea fosse algo raro. A fêmea então olhou para Áster. Olhou para o primeiro macho alado, o captor de Bryce. Assentiu para a faca de cabo escuro ao lado do corpo dele.

O macho a sacou, e Bryce se encolheu.

Ela se encolheu, mas...

— Que porra é essa? — A faca poderia ser gêmea de Áster: cabo e lâmina pretos.

Era a gêmea dela. Áster começou a retinir dentro da bainha, luz branca cintilante vazando de onde o couro encontrava o cabo escuro A adaga...

O macho soltou a adaga no tapete felpudo. Todos eles recuaram quando a arma se incendiou com luz preta, como se em resposta. Alfa e Ômega.

— Gwydion — sussurrou a fêmea de cabelos pretos, indicando Áster.

O macho maior inspirou. Então disse alguma coisa na língua desconhecida. A de cabelos pretos ao seu lado replicou alguma coisa que soou como uma repreensão.

— Aqui é o Inferno? — perguntou Bryce de novo, no antigo idioma dos feéricos.

A fêmea de cabelos pretos observou Bryce da cabeça aos pés: as roupas tão destoantes do próprio traje dela, o sangue e os cortes. Então respondeu na língua antiga:

— Ninguém fala essa língua neste mundo há quinze mil anos.

Bryce esfregou o rosto. Será que havia de alguma forma viajado no tempo? Ou será que o Inferno ocupava um tempo diferente e...

— Por favor — disse. — Eu preciso encontrar o Príncipe Aidas.

— Eu não sei quem ele é.

— Apollion, então. Certamente você conhece o Príncipe do Fosso.

— Eu não conheço essa gente. Este mundo não é o Inferno.

Bryce balançou a cabeça devagar.

— Eu... Então onde eu estou? — Observou os outros silenciosos, os machos alados e a outra fêmea feérica, que a observavam friamente. — *Que mundo é este?*

A porta da frente se abriu de novo. Primeiro, uma linda fêmea com o mesmo cabelo castanho-dourado da que já estava diante de Bryce entrou. Usava uma camisa larga sobre calça marrom, ambas sujas de tinta. Suas mãos eram tatuadas até os cotovelos com espirais complexas, mas seus olhos azul-acinzentados estavam receosos, calmos e curiosos, mas receosos.

O macho alado de cabelos pretos que entrou atrás dela...

Bryce arquejou.

— Ruhn?

O macho piscou. Seus olhos eram do mesmo tom de azul-violeta dos de Ruhn. O cabelo curto era do mesmo preto brilhante. A pele desse macho era mais marrom, mas o rosto, a postura... Eram de seu irmão. As orelhas também eram pontudas, embora também possuísse asas encouraçadas como os dois outros machos.

A fêmea ao seu lado fez uma pergunta à fêmea mignon na língua deles.

O macho, no entanto, continuava encarando Bryce. O sangue nela, Áster e a faca, as lâminas ainda brilhando com as luzes opostas.

Ergueu o olhar para ela, estrelas em seus olhos. Estrelas de verdade.

Bryce suplicou para a fêmea mignon:

— Meu mundo… Midgard… Está em grande perigo. Meu parceiro, ele… — Não conseguiu dizer as palavras. — Não tive a intenção de vir até aqui. Eu pretendia ir para o Inferno. Para conseguir ajuda dos príncipes. Mas não sei o que é este mundo. Ou como encontrar o Inferno. Eu preciso da sua ajuda.

Era tudo que restava fazer: se atirar à mercê e rezar para que fossem pessoas decentes. Que mesmo que tivesse vindo de outro mundo, eles a reconhecessem como feérica e tivessem compaixão.

A fêmea mignon pareceu repetir as palavras de Bryce para os outros. A fêmea com as mãos tatuadas fez uma pergunta a Bryce na língua deles. A mignon traduziu:

— Ela quer saber seu nome.

Bryce olhou da fêmea tatuada para o belo macho ao seu lado. Os dois possuíam um ar de autoridade silenciosa, gentil. Todos os outros pareceram esperar suas deixas. Então Bryce se dirigiu aos dois ao erguer o queixo.

— Meu nome é Bryce Quinlan.

O macho deu um passo adiante, fechando as asas. Sorriu suavemente e disse, na Velha Língua, em uma voz como noite gloriosa:

— Oi, Bryce Quinlan. Meu nome é Rhysand.

ergueu o olhar para ela, encarando-a em seus olhos. As estrelas do peito de Bryce surgiram para a lâmina antiga.

EPÍLOGO

Ithan Holstrom se agachou, um lobo imenso entre as sombras açoitadas pela chuva do lado de fora do prédio do Astrônomo, monitorando as poucas pessoas no beco que desbravavam a tempestade.

Nenhuma notícia viera de Pangera. Apenas a menção de uma explosão em um laboratório do lado de fora da cidade, e só isso. Não esperava ouvir nada de Bryce e dos demais pelo menos até o dia seguinte.

Ainda assim, não conseguia evitar a ânsia de caminhar de um lado para outro, mesmo ao vigiar as portas do outro lado do beco. Não vira um lampejo do Astrônomo. Nenhum cliente havia entrado. Será que Mordoc tinha levado o desgraçado para o interrogatório para saber por que Ithan e seus amigos o haviam visitado? E deixado os místicos ali, sem vigilância e sozinhos?

O lobo fodera o dever de guarda-costas com Hypaxia. Não cometeria esse erro de novo. Não com a mística enjaulada atrás daquelas portas.

Outra Fendyr herdeira do Primo. Uma alfa para desafiar Sabine.

Alguma coisa se moveu nas sombras no fim do beco, além do brilho néon das placas acima das lojas de tatuagem e dos bares. Ágil e imenso e... Farejou o ar. Mesmo com a chuva, conhecia aquele cheiro. Conhecia os olhos dourados que brilhavam na escuridão chuvosa.

O grunhido de Ithan ressoou sobre os paralelepípedos escorregadios, o pelo úmido dele se eriçando.

Amelie Ravenscroft, sua antiga alfa, apenas grunhiu de volta, fazendo qualquer cliente nas ruas sair correndo para dentro dos prédios, dissolvendo-se na escuridão.

Ithan esperou até que o cheiro dela tivesse se dissipado antes de exalar. Estava certo de ir até lá, então. Se não estivesse ali... Olhou para as portas de novo.

Não podia permanecer ali por tempo indeterminado. Precisaria que outros vigiassem enquanto descansava.

Seu telefone tocou de onde o havia deixado, nos degraus de uma porta do beco, Ithan se metamorfoseou para o corpo humanoide antes de atender.

— Flynn. Eu ia ligar para você agora. — Para implorar por um imenso favor. Se Sabine fosse até lá, ou se Amelie voltasse, com as matilhas ao encalço...

O lorde feérico não respondeu imediatamente. Ithan podia jurar que ouviu o macho engolir em seco.

Ele congelou.

— O que foi? — A respiração de Flynn ficou difícil. Irregular. — Flynn.

— Deu merda. — O lorde feérico parecia lutar para encontrar palavras. E para conter as lágrimas.

— Eles... — Não podia enfrentar aquilo. Não de novo. Não...

— Ruhn e Athalar foram levados como prisioneiros dos asteri. Dec viu nas câmeras do palácio. Tharion ligou da cápsula do *Cargueiro das Profundezas* para dizer que Cormac está morto.

Ithan começou a balançar a cabeça, mesmo enquanto contemplava o risco de discutir aquilo ao telefone. Respirar se tornou impossível quando sussurrou:

— Bryce?

Uma longa, longa pausa.

Ithan deslizou para o chão encharcado.

— Ela desapareceu. Você... você precisa vir ouvir de Dec.

— Ela está viva? — O grunhido de Ithan cortou a chuva, quicando dos tijolos.

— Na última vez em que a vimos neste mundo... ela estava.

— Como assim *neste mundo*? — Ainda assim, teve a sensação terrível de que já sabia.

— Você precisa ver por conta própria — Flynn disse rouco.

— Não posso — disparou Ithan. — Tem uma coisa que eu preciso fazer.

— Nós precisamos de você — disse o lorde feérico, sua voz estava cheia de uma autoridade que as pessoas fora do Aux raramente ouviam. — Somos amigos agora, lobo. Traga sua bunda peluda até aqui.

Ithan olhou para as portas imponentes. Sentiu-se sendo dividido pela própria Urd.

— Estarei aí em quinze minutos — disse Ithan, e desligou. Colocou o telefone no bolso. Marchou para o outro lado da rua.

Um golpe de seu punho amassou as portas de metal. O segundo quebrou a fechadura. O terceiro as lançou esmagadas para dentro.

Nenhum sinal do Astrônomo. Que pena. Estava com sede de sangue naquela noite.

Mas Ithan avançou para a banheira mais próxima. A mística loba flutuava na água turva cheia de sal, o cabelo espalhado ao seu redor, os olhos fechados. Máscara de respiração e tubos de volta no lugar.

— Acorde. — Suas palavras foram um grunhido baixo. — Vamos embora.

A mística não respondeu, perdida onde quer que sua mente a tivesse levado.

— Eu sei que você consegue me ouvir. Eu preciso ir a um lugar, e não vou deixar você aqui. As pessoas que estão espreitando lá fora querem você morta. Então ou você levanta a porra do corpo agora ou eu faço isso por você.

De novo, sem resposta. O lobo flexionou seus dedos, as garras se libertaram, mas manteve a mão ao lado do corpo. Era apenas uma questão de tempo até que alguém fosse investigar por que as portas tinham sido derrubadas, mas arrancá-la daquele estado onírico... ela tinha ficado tão atormentada da última vez.

— Por favor — pediu baixinho, curvando a cabeça. — Meus amigos precisam de mim. Minha... minha matilha precisa de mim.

Era o que eles tinham se tornado.

Havia perdido o irmão, a matilha do irmão, a matilha que um dia teria sido dele, mas aquela...

Não a perderia. Lutaria até o amargo fim para protegê-la.

— Por favor — sussurrou Ithan, a voz falhando. A mão da loba estremeceu, a água ondulou. A respiração de Ithan ficou presa na garganta.

Franziu a testa. As informações sobre o seu tanque começaram a disparar e apitar, piscando vermelho. Os pelos dos braços de Ithan se arrepiaram.

Então, com as pálpebras estremecendo, como se a alfa lutasse por cada centímetro em direção ao despertar, a Fendyr perdida abriu os olhos.

A seguir, um trechinho exclusivo dos bastidores com o que alguns dos seus personagens preferidos andavam fazendo fora das páginas de

CASA DE CÉU E SOPRO

BRYCE & HUNT

Bryce mal começara a trabalhar em sua mesa quando o telefone tocou. Viu quem estava ligando e fez uma careta.

— Cormac. A que devo este prazer?

— Preciso que você compareça a um almoço formal comigo.

— Aqui no mundo real a gente diz: *vamos almoçar juntos.*

Uma pausa, então Bryce sorriu. O príncipe avalleno disse, tenso:

— É um almoço formal na casa de Lorde Hawthorne. Eu acabo de ser informado que você deve vir comigo.

Bryce se endireitou.

— Informado por quem?

— Meu pai.

Foi a sua vez de pausar.

— O que o *meu* pai tem a dizer sobre isso?

— Nada. Ele não foi convidado. — Uma pequena bênção. — A relação entre os Hawthorne e os Donnall remonta a gerações. Isso é só entre nossas famílias. E como você supostamente está prestes a se tornar parte da minha… — Bryce conseguiu ouvir o escárnio em sua voz. — Espera-se que você compareça.

Considerou protestar, mas… observou a mesa, o minúsculo escritório. Tão destoante das forças que se agitavam ao redor. Destoante da vida toda dela. Bryce aceitaria qualquer distração que fosse oferecida, mesmo que significasse socializar com os feéricos.

— Eu preciso ir chique?

* * *

Trinta minutos depois, Bryce se viu ao lado de Cormac ao entrarem na opulenta propriedade no coração do CiRo. Apenas dois quarteirões da casa de seu pai, quase idêntica: mármore pálido, oliveiras e laranjeiras, canteiros de lavanda balançando sob elas, fontes de água-marinha cintilando sob o sol... tudo gritava *dinheiro.*

Era difícil acreditar que Flynn tinha crescido ali. Um mordomo pomposo os levou pelos corredores lustrosos, tão imaculados e impessoais quanto um museu. Nenhuma TV pendia das paredes, nenhum sistema de som, nada além da ocasional primalux indicava que aquele lugar existia no século atual.

Cormac, no entanto, erguia as sobrancelhas, impressionado.

O mordomo caminhava à frente, e Bryce murmurou para o príncipe:

— Eu deveria saber que essa era a sua praia. O auge do estilo de vida antitecnologia. — Indicou uma porta de madeira fechada quando passaram. — As masmorras ficam lá embaixo. Se for agora, provavelmente vai chegar antes da multidão para o açoitamento de camponeses das catorze horas.

Cormac deu a ela um olhar de esguelha desanimador e falou, com igual quietude:

— Eu sugiro que você controle esse seu humor irreverente antes de entrarmos na sala de jantar. Você está aqui como representante da sua linhagem, e de nosso povo.

Bryce levantou os olhos para as cornijas de entalhe ornamental, silenciosamente implorando a Cthona por forças.

Vozes baixas flutuaram pelo corredor antes de o mordomo passar pelas portas abertas da sala de jantar.

Bryce ficou tensa por um segundo diante das vozes. Não eram apenas feéricos que a esperavam naquela sala. Era a *nobreza* feérica.

Olhou para o vestido branco de renda e as sandálias douradas. Limpos. Nenhum vinco ou sujeira. Bryce havia trocado de roupa, grata por ter deixado a peça no armário do escritório para o caso de uma reunião importante.

— Você está bonita — murmurou Cormac, sem voltar os olhos para a fêmea.

— Eu não dou a mínima — provocou Bryce em resposta. Ainda assim... aquele era o povo de seu pai. Que jamais soubera que ela era sua filha antes da última primavera, mas... reparava em seus olhares nas ruas desde então. Jamais se esqueceria de que tinham trancado suas propriedades, *esta* propriedade, quando os demônios atacaram, deixando de fora qualquer um fugindo pelas ruas. Quantos tinham morrido na calçada logo além dos portões, implorando por misericórdia?

Quando o mordomo anunciou a chegada deles à multidão na sala de jantar, listando todos os dez nomes e títulos reais de Cormac, Bryce tirou o celular da bolsa e abriu a informação de contato de Hunt.

Ou *Hunt* era o que dizia naquela manhã. Agora seu contato estava gravado como: *Hunt, Que Eu Quero Agarrar Imediatamente.*

Reprimiu a gargalhada. Quando o anjo tinha mudado aquilo? Depois do beijo no beco ontem, não podia discordar. Bryce rapidamente digitou uma mensagem.

Você nunca vai adivinhar onde eu estou. Ótimo nome de contato, aliás. Muito preciso.

— Guarde isso — ordenou Cormac sussurrando quando o mordomo terminou o grande anúncio. — É falta de educação.

Bryce verificou o telefone mais uma vez, Hunt tinha respondido: *Em reunião. Ligo em uma hora.*

Mandou um *Ok!* como resposta antes de silenciar o celular e colocá-lo na bolsa olhando com raiva para Cormac.

O mordomo saiu da frente, fazendo uma reverência baixa e indicando que avançassem. Bryce tomou fôlego para se preparar e entrou no longo e iluminado espaço que se abria para o jardim dos fundos. Cormac colocou a mão em sua lombar, guiando-a para dentro. Bryce considerou tirar a mão do macho.

Uma sala cheia de pessoas a encarava. Nenhuma sorria para ela.

Ótimo. Não se deu ao trabalho de sorrir de volta.

Cormac a cutucou para a frente, aproximando-se de um macho feérico alto e belo que era uma cópia de Flynn. Um pouco mais velho, mas quase idêntico, desde o cabelo castanho até os olhos verdes. Lorde Hawthorne. Não pôde deixar de admirar o terno cor de carvão bem ajustado ao corpo, embora tenha feito isso a contragosto. Uma fêmea feérica magra e loira usando um vestido branco justo de corte reto estava ao seu lado, com o rosto fino e os olhos frios. Lady Hawthorne.

Flynn, que os deuses o abençoassem, vagueava diante das janelas do chão ao teto que davam para os canteiros de lavanda, entornando uma taça de champanhe. Bryce nunca o vira de terno, mas... Bem, será que aquilo deveria surpreendê-la, considerando quantas coisas estranhas pareciam estar acontecendo ultimamente?

Cormac e ela pararam diante dos anfitriões. Lorde e Lady Hawthorne curvaram a cabeça.

Bryce tentou não piscar. Certo. Ela era... uma princesa. Ou pelo menos uma não oficial, noiva de um príncipe.

Que Solas a assasse viva.

Lorde Hawthorne avaliou Bryce, seu olhar transparecendo um desgosto, mas não disse nada. A multidão ainda fitava. Não olhou para confirmar quantos estavam dando risinhos diante da recepção fria a ela.

— Acho que o termo que você está procurando é *Vossa Alteza* — disse, pausadamente, o Flynn mais jovem, caminhando com arrogância até eles, entregando a taça de champanhe vazia a um garçom. As palavras e os movimentos fizeram a multidão de cerca de duas dúzias de pessoas voltar a conversar e socializar, e, embora aparentassem estar distraídas, Bryce sabia que todos os olhos e ouvidos permaneciam fixos neles.

Flynn não pareceu dar a mínima ao se aproximar pelo outro lado de Bryce e beijar a bochecha dela.

— Oi, B.

As narinas de sua mãe se dilataram. Fosse pela demonstração descarada de afeição ou porque o precioso filho dela ousara tocar um pedaço de lixo.

Talvez Flynn tivesse feito aquilo pelos dois motivos. Não era todo dia que o coração dela amolecia um pouco pelo amigo do irmão, mas Bryce não pôde conter a descarga de gratidão que sentiu.

Cormac, no entanto, sorriu de maneira falsa e exagerada.

— Lorde Tristan. — O cumprimento foi um aviso. *Se manda, porra.*

Flynn não acatou. Eram aliados naquela sala cheia de cobras.

Então Bryce disse aos pais de Flynn, oferecendo a eles um sorriso de lábios fechados:

— Que bom ver vocês.

A mãe de Flynn apenas olhou Bryce de cima a baixo com desdém frio. O pai franziu o cenho profundamente.

Cormac interrompeu o silêncio tenso.

— Obrigado por oferecerem este almoço. Sinto-me honrado.

— Sempre. — A mãe de Flynn mudou de distância fria para toda sorrisos ao olhar para o príncipe. — Foi ideia de nossa adorável Sathia. Ela é tão atenciosa. — Flynn soltou um ronco de deboche à menção da irmã mais jovem, fazendo com que o pai o olhasse em aviso.

Talvez fossem parecidos no corpo e no rosto, mas os dois machos não podiam ser mais diferentes. Diziam os boatos que os espetaculares jardins da casa eram o resultado da magia da terra do Lorde Hawthorne mais velho, mas como um macho de coração tão duro poderia produzir coisas tão lindas estava além da compreensão de Bryce.

Cormac inclinou a cabeça, observando a sala até encontrar a pequena fêmea feérica de cabelos escuros que fazia a corte entre um grupo de machos feéricos altos reunidos. Aproveitando cada segundo, pelo sorriso tímido em seu belo rosto em formato de coração.

— Sathia nunca recusa uma chance de caçar pretendentes — disse Flynn, animado, e sua mãe fez cara de irritação de novo, fervilhando. — Talvez ela dê sorte desta vez e consiga mesmo agarrar algum pobre coitado.

— Você deve exibir boas maneiras, menino — grunhiu o pai. Bryce tinha captado o bastante ao longo dos anos para saber que, embora Lorde Hawthorne jamais tivesse estado no Aux, era um guerreiro altamente treinado. Pelos ombros largos e a ameaça contida no grunhido, Bryce não duvidava.

A princesa lançou a Flynn um olhar de empatia.

Contudo, foi Cormac quem respondeu com educação impassível:

— Vou cumprimentá-la. Faz muito tempo desde que nos vimos.

A mãe de Flynn deu um largo sorriso, praticamente espumando pela boca, mas, quando viu Bryce dando um risinho, reprovação fria brilhou em seus olhos. Tudo bem, então.

Bryce passou o braço pelo de Flynn e anunciou a Cormac:

— Vá dizer oi. Eu tenho algumas coisas a discutir com Flynn.

Cormac a olhou em aviso dizendo-lhe que estavam ali para incrementar a farsa, não para ser antissocial, mas Bryce já recuara rapidamente com Flynn para as janelas.

Flynn pegou duas taças de champanhe com um garçom que passava, entregando uma a Bryce. A fêmea bebeu da taça. Inferno, tinham trazido bebidas de qualidade para aquilo.

Bryce parou diante das janelas do chão ao teto e observou a sala antes de dizer a Flynn:

— Sua mãe é encantadora mesmo, hein? — Os outros convidados os olhavam do outro lado da sala, mas se mantiveram afastados. Bryce ignorou a todos.

Flynn tomou da própria taça.

— Ela está nervosinha porque você agarrou Cormac antes que minha irmã conseguisse. Sempre achou que Sathia seria uma princesa. Sathia também.

— E quanto a Ruhn?

Flynn a olhou tão irritado que pareceu até sua mãe.

— Amigos não deixam os outros amigos se casarem com babacas.

Bryce gargalhou.

— Sua irmã é tão ruim assim, é?

— Eu garanti que Ruhn ficasse muito ciente do que Sathia quer. — Flynn deu de ombros. — Para ser sincero, Sathia não é ruim. Ela sobrevive como consegue, acho. E não posso culpá-la pela ambição. Pelo menos ela sabe o que quer da vida.

Bryce decidiu não perguntar a Flynn o que ele queria da própria vida.

— Por que Sathia quer ser uma princesa? Ela tem bastante poder e dinheiro. — Acrescentar o título poderia colocá-la um degrau acima, sim, mas isso também viria com muito mais trabalho e responsabilidades.

— Eu não sei. Eu nunca perguntei. Talvez ela goste das coroas brilhantes. — Flynn bebeu de novo. — Fico surpreso por você ter permitido que o Príncipe dos Babacas arrastasse você até aqui.

— Parte do acordo. Manter as aparências e tal.

Flynn riu com deboche.

— É, idem. — Flynn podia agir como playboy, mas havia alguns deveres dos quais nem mesmo ele podia fugir. Bryce observou seu rosto cuidadosamente neutro, o tédio estampado ali. Quem era o macho por baixo daquilo tudo? Por baixo das baladas e da irreverência?

Bryce arqueou uma sobrancelha.

— Você odeia mesmo tudo isso, não é?

O lorde feérico ergueu as sobrancelhas.

— Por que você está tão surpresa?

Deu de ombros.

— Não sei. Eu sinto como se devesse a você um pedido de desculpas por não ter me dado conta antes.

Flynn piscou um olho, mas sua diversão se dissipou quando disse, um tom mais baixo:

— Por isso Ruhn e eu nos tornamos amigos, sabe. Porque nós dois odiamos essa porcaria. Desde que éramos crianças.

— E Dec?

— A família dele é rica, mas não da nobreza. Não frequentam esses círculos. E Dec pôde ter uma infância normal por causa disso. — Uma risada baixa. — Por que acha que ele é o mais bem ajustado de todos nós? Os pais dele realmente se importavam.

Era a conversa mais pessoal que já tinham tido. Flynn prosseguiu:

— Então Ruhn e eu, e Dec, nós fizemos nossa própria família. — Outro piscar de olho. — E agora você é parte dela.

— Estou emocionada. De verdade.

Inclinou-se para sussurrar ao ouvido dela, champanhe no hálito:

— Se algum dia quiser comparar os feéricos com os anjos, venha me procurar, B. Eu não mordo. A não ser que você peça bem direitinho.

Bryce recuou.

— Vá ser autodestrutivo em outro lugar.

Flynn gargalhou, mas a alegria não chegou a seus olhos. Bryce sabia que o macho não quisera dizer uma palavra daquilo. Sabia que se sentia preso e puto por ter que estar ali, e estava se rebelando como podia.

De fato, sua mãe o chamava até onde falava com uma fêmea feérica pálida de aparência frágil. Flynn resmungou baixinho.

— O dever chama. — Terminou o champanhe e não se despediu antes de perambular até chegar ao lado da mãe. A menina feérica corou para o que quer que ele tivesse dito com seu sorriso charmoso e juvenil, abaixando a cabeça e murmurando uma resposta.

Bryce riu com escárnio. Boa sorte para ela. E para Flynn.

* * *

— Dia difícil, hein? — perguntou Hunt a ela duas horas depois quando deslizou para o banco do bar ao lado de Bryce no gastropub da Archer Street.

Bryce segurava uma dose de café expresso em uma das mãos e uma de uísque na outra.

— Eu não consegui decidir de qual precisava mais: uma coisa para entorpecer a alma ou uma coisa para me acordar do funeral que foi o almoço.

Hunt gargalhou, a asa roçando o braço exposto de Quinlan em um toque casual e acolhedor. Bryce não conseguiu conter o tremor que percorreu sua pele em resposta.

— Foi tão ruim assim?

Entornou o expresso quando Hunt sinalizou para que o atendente do bar lhe trouxesse um café também.

— Passar o tempo em uma sala cheia de gente que me odeia não é exatamente o que considero diversão.

O anjo apoiou os braços no bar de mármore preto.

— É, eu conheço essa sensação — disse Hunt.

E conhecia mesmo. Se alguém entendia, era Hunt. Bryce encostou em seu ombro, suspirando profundamente.

— Eu sou patética por deixar que eles me afetem?

Hunt se afastou para observá-la. Ela não se escondeu ao notar a expressão de busca no rosto do anjo.

— Você está falando com o cara que recentemente foi jogado no calabouço do Comitium por espancar alguém que ainda me afeta depois de séculos repetindo para mim mesmo para ignorá-lo. Então, se você é patética, eu sou uma porra de um perdedor infeliz.

Bufou uma gargalhada, encostando em Hunt de novo.

— Você é minha pessoa preferida.

— Igualmente, Quinlan. — Athalar deslizou o braço em torno da fêmea, e Bryce aproveitou sua força inesgotável. Não uma força que a sobrepujasse, mas uma força que complementava a sua. Que a impulsionava e ajudava a prosperar. Era difícil não agradecer a Urd todo dia por ter colocado Hunt em seu caminho.

Ficaram sentados daquele jeito até que o atendente trouxe o café de Hunt e o anjo tirou o braço para tomar a bebida quente. Bryce o observou, notando a leve tensão em seus ombros, e as asas. Ela perguntou, com cautela:

— Em que tipo de reunião você estava?

É, suas asas se agitaram com a pergunta.

— Porra de um perdedor infeliz, lembra?

— Pollux, então?

— É. — Um músculo estremeceu na bochecha de Hunt. — Reunião de equipe com Celestina. Pollux estava... sendo Pollux. Tentando me abalar. E Isaiah e Naomi. Mas principalmente eu.

— Não é à toa que voou até aqui tão rápido quando pedi que me encontrasse.

Hunt deu um meio-sorriso.

— Ah, de maneira nenhuma. Eu só estava torcendo para que voce estivesse disposta a uma pegação no banheiro.

Bryce gargalhou.

— Eu estaria disposta a isso também, Athalar.

Calor brilhou em seus olhos escuros.

— Ah, é? — Apoiou o café.

Alguma coisa na parte de baixo de sua barriga se comprimiu em resposta. Passou o dedo pelo balcão.

— Depois daquele almoço, eu preciso... extravasar um pouco.

Hunt acompanhou a passagem do dedo dela pelo mármore, sua voz baixando quando falou:

— Só tenho dez minutos antes de precisar voltar para o Comitium.

— Tenho certeza de que podemos encontrar alguma coisa para nos manter ocupados — ronronou, deliciando-se com o desejo puro no olhar do macho.

— Então vá até o banheiro, Quinlan — disse com a voz grave e grunhida que raspava os dedos por sua pele. — Estarei logo atrás de você.

Bryce desceu do banquinho, já ficando molhada entre as coxas, e sussurrou ao ouvido de Hunt:

— É exatamente onde quero você, Athalar.

Um grunhido baixo de pura vontade respondeu a ela, mas Bryce já estava seguindo para o banheiro nos fundos do bar. Sabendo que o olhar do anjo estava sobre si, talvez tenha rebolado um pouquinho. Podia jurar que um relâmpago percorreu seu corpo em resposta, como uma promessa sensual.

O banheiro de cabine única tinha uma tranca funcional, o que era tudo de que precisava, decidiu Bryce ao fechar a porta atrás de si, o coração acelerado.

Lavou as mãos para se ocupar com alguma coisa, olhando no espelho e vendo os olhos escuros de desejo, as bochechas coradas. Uma mulher pronta para conseguir o que precisava.

A porta se abriu e fechou, e o som de asas farfalhando preencheu o recinto. Bryce olhou pelo espelho conforme Hunt deslizava a fechadura no lugar devagar, os olhos em sua bunda ao dizer:

— Esse vestido é um crime.

Olhou por cima de um dos ombros, as mãos apoiadas na pia.

— Por que você não vem confiscá-lo?

Um sorriso sombrio agraciou seus lábios. Hunt avançou para mais perto. Bryce não deixou de notar a rigidez que fazia pressão contra a frente de seu traje de batalha. Só com a visão ficou mais molhada.

Hunt parou logo atrás de Bryce, a boca descendo até seu pescoço.

— Pronta tão rápido? — murmurou para a fêmea, cheirando sua pele delicadamente. Sentindo o aroma de sua excitação.

Bryce pressionou a bunda contra o corpo do anjo, arrancando um sibilo de Hunt ao dizer:

— Eu poderia perguntar o mesmo a você.

— Hmmm — disse beijando logo abaixo da orelha pontuda. — Acho que eu preciso de alguma confirmação. — As mãos deslizaram pelas coxas de Bryce. — Posso?

Bryce abriu as pernas.

— Pode confirmar.

Os dentes de Athalar roçaram o lóbulo de sua orelha, puxando suavemente antes que deslizasse a mão sob a bainha do vestido.

Isso, porra, *isso*. Seus dedos deslizaram pelas coxas nuas de Bryce, subindo devagar, fazendo-a arquear o corpo sutilmente na direção do seu, a respiração entrecortada.

Hunt mordiscou a orelha da fêmea, mordeu de novo quando seus dedos chegaram à frente da calcinha. Sibilou mais uma vez devido à umidade que encontrou.

— Por Solas, Quinlan.

Bryce só conseguiu dar um gemido rouco. Hunt a satisfez ao fazer pressão delicadamente para baixo, traçando o formato do sexo dela. Bryce mordeu o lábio, parando logo antes de suplicar para Hunt arrancar o fio-dental de renda.

— Vou precisar de mais do que dez minutos — disse Hunt, sombriamente, os dedos traçando e circulando. — Vou precisar de dez *dias* pra explorar você, porra. — Beijou o pescoço da fêmea de novo. — Semanas. — Outro beijo. — Meses.

Bryce gemeu novamente ao ouvir isso, o anjo fez pressão em seu clitóris. Mesmo daquele jeito, mesmo por cima da calcinha, tinha Bryce a poucas carícias de gozar. O desgraçado sabia também, disse contra a pele morna de seu pescoço:

— Tensão acumulada?

Bryce empurrou a bunda contra ele mais uma vez, roçando na rigidez considerável de Hunt. Seu gemido de resposta a mandou mais para perto do limite.

Ele brincou com a alça da calcinha da fêmea, um gato brincando com o jantar. Hunt provavelmente não iria mais longe até que dissesse a ele, *implorasse* a ele e…

A porta chacoalhou.

Bryce congelou, processando o desejo inebriante que pulsava por si e o que aquela porta chacoalhando queria dizer. Alguém estava tentando entrar. Alguém que poderia muito bem tirar fotos e reportar que ela e Hunt tinham saído de um banheiro juntos. Quando deveria estar noiva de Cormac, quando *acabara* de sair de um almoço com Cormac como sua noiva.

— Merda — murmurou Hunt, tirando as mãos de cima dela.

Bryce apenas gritou:

— Tem gente!

Hunt grunhiu com diversão.

É lógico que não havia janelas ali para que um deles saísse.

— O que a gente faz? — Bryce deu alguns passos nervosos.

— Observe e aprenda, Quinlan.

Abriu um pequeno bolso do traje de batalha e tirou de dentro um pedaço de atadura.

— Braço — disse, Bryce estendeu a mão para o anjo.

Athalar embrulhou seu antebraço com a atadura, prendendo-o no lugar. Então abriu um pacote de pomada antisséptica e uma pequena poção de cura. Jogou os dois na pia, os cheiros doces e estéreis preenchendo o ar. Então Hunt jogou o restante no lixo, sobre o amontoado de toalhas de papel.

Quando Hunt abriu a porta, Bryce tinha entrado na farsa, abraçando o braço "ferido" contra o peito.

— Só não tire a atadura por pelo menos uma hora — dizia Hunt quando saiu para o corredor e assentiu para o macho sátiro que esperava para usar o banheiro. — A poção vai ter cicatrizado o corte até lá.

Bryce encontrou o olhar do sátiro e ofereceu um sorriso triste.

— Sou tão trapalhona. Ele nunca vai me deixar esquecer disso.

O sátiro apenas sorriu sutilmente antes de entrar no banheiro, e Bryce soube que ele havia sentido os odores fortes da pomada antisséptica e da poção de cura quando o macho fungou o ambiente. Odores que eram não somente "prova" da emergência médica, mas também tinham limpado qualquer cheiro restante da excitação deles.

Quando o sátiro trancou a porta, Bryce voltou-se para Hunt, que a olhava, o desejo ainda uma chama escura em seus olhos.

— Vejo você em casa hoje à noite — disse baixinho. Então se inclinou para sussurrar ao seu ouvido: — Talvez eu brinque de medbruxo e cuide do seu *machucado*.

A fêmea mordeu o lábio inferior. Mas, antes que pudesse responder, Hunt tinha marchado para fora do bar, as pessoas passando longe antes de o anjo saltar para o céu.

Somente quando estava subindo as escadas dos arquivos, Bryce percebeu que ainda estava sorrindo. Que todos os pensamentos sobre o almoço tinham sumido.

Hunt fizera aquilo por ela. Nunca deixaria de se sentir grata por aquilo, por ele. O coração de Bryce se apertou, e alguma coisa mais forte do que luz estelar encheu suas veias.

Aquilo permaneceu, reluzindo e secreto, brilhando dentro de si pelo resto do dia.

RUHN

Estava cedo pra caralho quando alguém começou a esmurrar a porta de entrada da casa de Ruhn, tocando a campainha sem parar.

Jogado, nu, na cama, Ruhn entreabriu um olho e berrou:

— É melhor alguém atender isso.

Dec gritou de volta de seu quarto, do outro lado do corredor:

— É melhor alguém matar essa pessoa.

Flynn não respondeu do próprio quarto. O babaca provavelmente estava dormindo durante a comoção.

Outra rodada de murros à porta e campainha tocando.

— Está bem, está bem — resmungou Ruhn ao deslizar da cama, atrapalhando-se para achar a calça jeans preta. Não se deu ao trabalho de vestir uma cueca ao colocar a calça, dispensando uma camisa e arrastando os pés escada abaixo.

Se a imprensa tinha vindo perguntar sobre a chegada de Cormac, receberia um alerta grosseiro pra caralho. Talvez não devesse ter deixado Áster no chão do quarto.

Ruhn puxou a porta com violência, encolhendo-se quando a luz do sol ofuscante o atacou.

A fêmea pequena e delicada de pé na sacada ainda estava com o punho erguido para a porta.

Era pior do que a imprensa.

A fêmea estava impecável em um vestido branco, o cabelo preto sedoso solto, o rosto tenso com desgosto. Usava pouca maquiagem, como era apropriado para todas as fêmeas feéricas de boa família, mas gemas de safira sólidas reluziam nos lóbulos de suas orelhas pontudas. Um indício da riqueza obscena que sua família possuía. Aos olhos de todos, ela era linda, a fêmea feérica ideal.

Uma pena que ela possuísse a alma podre de um celfador.

Ruhn não se incomodou em cumprimentá-la antes de se virar para gritar por cima do ombro:

— Flynn, sua irmã está aqui.

* * *

— Sabe que horas são, Sathia? — sibilou Flynn de onde estava agachado na grandiosa escada, aninhando uma xícara de café.

Ruhn encostou no corrimão na base da escada, o próprio café já consumido pela metade. Dec estava sentado no alto dos degraus, fazendo careta para a fêmea que observava todos eles.

— São nove horas da manhã — disse a irmã de Flynn em tom recatado. — A maioria das pessoas já está acordada há horas.

— Somente pessoas que vão dormir às oito horas da noite como boas ovelhinhas — disparou Flynn de volta.

Sathia, a irmã uma década mais nova de Flynn, sorriu friamente.

— Melhor do que os perdedores que bebem e fumam a noite inteira e têm o hábito de cuspir nos túmulos de seus ancestrais.

Ruhn riu com escárnio. A fêmea voltou seu olhar de reprovação para ele.

— Eu incluo você nesse grupo, príncipe.

Ruhn esboçou uma reverência.

— Tenho orgulho de fazer parte.

Os olhos escuros de Sathia se incendiaram.

Flynn interrompeu:

— Por que está aqui, *irmã*? Bancando a mensageira de mamãe e papai?

— Não. Eles não fazem ideia de que estou aqui. Vim falar com vocês. Todos os três.

— Que sorte a nossa — murmurou Dec.

Sathia o ignorou e disse a Ruhn:

— Sei por fonte segura que o Príncipe Cormac de Avallen chegou aqui ontem à noite e declarou sua irmã como noiva.

— Isso faz muito mais sentido agora — murmurou Flynn consigo mesmo. Então gargalhou. — Planeja caçar Cormac e arrastá-lo até o altar?

Os lábios de Sathia se contraíram.

— Eu vim descobrir a verdade.

— Não é da sua conta — disse Ruhn, friamente. Apesar de sua conversa com o pai e Cormac na noite anterior, a questão estava longe de ser resolvida.

— Eu devo à nobreza feérica de Valbara tornar público se algum solteiro elegível veio para a cidade.

Declan caiu na gargalhada.

— *Isso* é um monte de merda, Sathia, e você sabe.

A fêmea não recuou, embora cada um deles tivesse uns cinquenta quilos e cerca de trinta centímetros a mais do que ela. Ruhn não pôde deixar de admirá-la, apesar do fato de que a odiava. Sathia era predadora nata no coração. Nada e ninguém a assustavam.

— O Príncipe Ruhn está se casando fora da linhagem nobre — declarou Sathia. — Então nós precisamos procurar em outro lugar.

— *Nós* — provocou Flynn —, ou você?

Sathia encarou o irmão.

— Eu, pelo menos, tenho algum interesse em trazer honra para o nome de nossa família. — Olhou com escárnio para as garrafas de cerveja espalhadas pela sala da festa da noite anterior.

Flynn bocejou alto.

— Cormac e Bryce estão noivos. Está decidido. Agora saia daqui, porra.

Sathia colocou as mãos no quadril.

— O quão sólido é o noivado?

— Caralho — resmungou Flynn, e se levantou, batendo os pés ao descer os degraus. Agarrou a irmã pelo cotovelo. — Guarde o alpinismo social para alguém que se importa. Cormac está comprometido. Se você está decidida por um babaca avalleno, então Cormac tem primos gêmeos que poderiam se encaixar na descrição. Qual deles gosta de fêmeas? — A última pergunta foi direcionada a Declan.

— Darragh — respondeu Dec, e uma sombra de memória anuviou o rosto do amigo dele. Dec tinha se envolvido com Seamus, o outro gêmeo, durante um tempo. Um tempo muito breve, pois se revelou ser a escória da terra.

— Certo. Darragh — prosseguiu Flynn ao levar a irmã até a porta. — Ele é um príncipe. Não um Príncipe Herdeiro, é lógico, mas você ao menos poderá usar uma tiara. — Abriu a porta com força e praticamente a empurrou para fora. — Por que não vai encher o saco dele?

Sathia plantou os calcanhares no chão antes que Flynn pudesse atirá-la dos degraus da entrada. Tirou seu braço da mão do irmão e grunhiu com ameaça impressionante:

— Você é uma vergonha para o nome Hawthorne.

— Ótimo — disse Flynn, e bateu a porta na cara dela. O lorde encostou na porta e esfregou o pescoço. — Pelos deuses. Ela é a pior.

— Aposto que o Ordálio dela vai ser alguma coisa envolvendo não ter tempo de fazer manicure — disse Dec, descendo as escadas.

Ruhn riu.

— Ou a agonia de suspeitar que a empregada roubou as joias dela.

— *De novo* — disse Flynn. Ele olhou para Ruhn. — Você tem sorte de não ter precisado se casar com ela.

— Isso nunca foi uma opção — falou Ruhn, mas era uma meia mentira. Se seu pai tivesse mandado, teria de se casar com Sathia, mas seu pai tinha ambições maiores.

Nunca pensou que se sentiria grato por isso.

— Alguém como Darragh Donnall seria um bom partido para ela. Eles fariam um ao outro infeliz — Declan falou.

— Você se esquece — disse Flynn — que eu precisaria chamar aquele cabeça de merda de irmão.

— Verdade — disse Declan.

— Ela seria mais feliz — prosseguiu Flynn — com algum macho de personalidade fraca em quem ela pudesse mandar.

— Muitos desses por aqui — murmurou Ruhn. A nobreza feérica era, em grande parte, formada por vermes patéticos, como evidenciado por seu comportamento na última primavera, trancando pessoas desesperadas fora de suas propriedades durante o ataque.

Nojo revirou o estômago de Ruhn.

Será que Áster tinha escolhido apenas ele, será que Urd fizera dele Estrelado porque não havia outros membros decentes da realeza para carregar o fardo? A ideia de que o título e a espada caíssem nas mãos dos outros nobres feéricos, principalmente Cormac, mandou calafrios por sua coluna.

— É melhor Bryce tomar cuidado — disse Flynn. — Ela vai ter um exército de fêmeas feéricas em busca de sangue agora que está noiva de Cormac.

— Bryce vai gostar do desafio — disse Ruhn, franzindo profundamente a testa.

— Como foi com seu pai ontem à noite? — perguntou Dec.

— O mesmo de sempre. — Era tudo que precisava dizer. — O noivado está de pé.

— Não confio naquele cabeça de merda do Cormac nem por um segundo — murmurou Flynn. — Ele deve ter algum outro motivo para estar aqui.

— Talvez, mas é tão ruim quanto Sathia quando se trata de toda essa coisa de continuidade da linhagem — falou Ruhn.

— E, por falar nisso — disse Dec —, alguma notícia de Hypaxia?

Ruhn lançou ao amigo um olhar sarcástico.

— Não, babaca. — Ignorou o lampejo de temor que subiu por dentro de si. Não por sua prometida, a linda e sábia rainha-bruxa, mas pelo fato de que continuar a linhagem não seria possível para ele, mesmo que Ruhn quisesse.

Era justo para Hypaxia esconder essa informação? O que isso fazia dele, o fato de que escondia dela?

Aquilo o deixava vivo, para início de conversa. Pois seu pai certamente o mataria se soubesse.

Seu único valor para o pai era seu potencial de reprodução. E sem isso... não havia necessidade de uma pedra no sapato do Rei Outonal.

— Cormac é problema, com ou sem noivado. Eu tomaria cuidado se fosse você, Ruhn — Dec falou.

— Ele não vai me atacar na minha própria cidade — disse Ruhn.

— Ele tentou matar você da última vez que vocês dois se viram — avisou Dec, e Flynn grunhiu em anuência.

— Isso foi antes do Ordálio. Ele não ousaria agora — falou Ruhn.

— Ele guarda rancor — insistiu Dec. — Você não apenas ficou com Áster, mas derrotou Cormac na casa dele.

— *Nós* o derrotamos — corrigiu Flynn. — E, se Cormac guarda rancor, então nós certamente também. — Bateu na barriga de Dec, onde a cicatriz da espada de Cormac permanecia, apesar da cicatrização vanir do macho. Dec o afastou. — Vamos ver o que acontece se ele tentar começar a segunda rodada.

Por um momento, Ruhn estava novamente naquela caverna coberta de neblina, o sangue de Dec morno e pegajoso em suas mãos. Afastou a lembrança e disse:

— Apenas fiquem alerta.

Se matassem o príncipe, haveria uma guerra deflagrada entre os feéricos valbaranos e avallenos.

Não que Cormac tivesse mostrado tal preocupação tantos anos antes.

* * *

Ruhn entrou na pequena, porém linda, propriedade pelo portão dos fundos. É óbvio que os dois guardas feéricos posicionados do lado de fora tinham notado sua presença, e definitivamente tinham notado Áster presa às suas costas, mas pelo menos seriam as únicas testemunhas.

Não se importava que as pessoas soubessem que visitava a mãe, mas gostava de ao menos fingir que podia visitá-la sem que isso chegasse às rodas de fofoca.

O jardim nos fundos da vila era feito para o clima árido, diferentemente da maioria dos exuberantes terrenos alimentados por magia das propriedades dali. Pedras brancas cercavam as oliveiras, canteiros de lavanda balançando zumbiam com abelhas. Algumas laranjeiras no muro norte enchiam o lugar com seu doce cheiro, tão familiar para ele quanto o fedor de cerveja e raiz-alegre em sua própria casa.

Entrou na propriedade pelas portas de vidro que iam do chão ao teto entre duas pilastras brancas, indo até a cozinha, que estava ensolarada, porém fresca. Desafivelou Áster e sua bainha, guardando-a dentro do suporte para guarda-chuvas ao lado da porta do jardim.

O *tum* da lâmina dentro do receptáculo de cerâmica foi o único som no espaço imaculado.

Nenhum toque pessoal. Nenhuma foto dele. Nem mesmo quando era criança ali, sua arte jamais foi pendurada na geladeira de aço inoxidável. Nem mesmo sabia que pais faziam essas coisas até ir até a casa de Dec um dia e ver os trabalhos de arte medíocres que o amigo fazia na escola pendurados por todo o lugar.

Ruhn deixou a memória se dissipar conforme marchou pelos corredores brancos e reluzentes, dirigindo-se até o quarto em que sabia que encontraria sua mãe àquela hora da manhã.

Lorin estava de fato sentada na sala do café da manhã, um livro aberto na mesa carregada de frutas diante de si, vestida impecavelmente em um vestido de cor lilás. Era linda, como todos os feéricos, mas havia uma delicadeza em seu rosto. Uma tristeza em seus olhos azuis profundos... os olhos de Ruhn.

Estava sempre perfeitamente composta. Sempre impecável e pronta para receber visita.

Não uma visita dele, aprendera Ruhn há muito tempo.

Seu olhar, no entanto, alegrou-se quando o viu, um sorriso de acolhimento genuíno agraciando seu rosto.

— Ruhn — disse a mãe, levantando-se da mesa.

— Oi, mãe. — Ruhn indicou que ela se sentasse. Deu um beijo no cabelo preto sedoso antes de deslizar para a cadeira ao seu lado.

Embora fosse dois séculos mais velha do que ele, pareciam ter a mesma idade. Sempre invejara o fato de que os pais de Bryce continuariam parecendo ser pais dela, quer dizer, anos mais velhos do que ela.

— A que devo esse prazer? — perguntou sua mãe, empilhando pedaços de toranja e laranja em um prato para ele.

— Eu só queria dizer oi — esquivou-se Ruhn, sem estar pronto para entrar na conversa ainda. — Ver como você estava. O faz-tudo consertou aquele problema com os aspersores do jardim?

— Sim — disse Lori. — Obrigada por mandá-lo.

Ruhn evitou dizer que mais ninguém teria mandado o homem. A mãe não fazia ideia de sequer para quem ligar a respeito de problemas com a casa, e seu pai certamente não se importaria. Lorin não teria ousado incomodar o Rei Outonal, de toda forma.

Que Luna o matasse, mas Ruhn tinha voltado para a casa de seu Ordálio em Avallen e descoberto que sua mãe havia passado duas semanas no alto verão com o sistema de ar-condicionado quebrado. Quando perguntou por que ela não o havia consertado, a fêmea apenas disse que não queria incomodar ninguém.

Então Ruhn se certificou nas décadas seguintes de visitá-la pelo menos uma vez por semana para ver como ela estava, e como estava a casa.

Ruhn mordiscou suas frutas, então perguntou:

— Tem visto meu pai ultimamente?

Os olhos de sua mãe se abaixaram para o próprio prato.

— Não tive essa honra.

Ruhn trincou o maxilar.

— Ele... hã, anda ocupado.

A ideia de sua gentil e adorável mãe com o Rei Outonal... O macho a usara como égua de procriação, gerado Ruhn e então a largado naquela propriedade confortável para que apodrecesse.

Ainda assim, ao menos a menção do Rei Outonal oferecia a Ruhn uma boa abertura para o motivo pelo qual ele tinha vindo.

— Descobrimos ontem à noite que ele noivou Bryce a Cormac Donnall.

Sua mãe levantou a cabeça ao ouvi-lo, um sorriso agraciando seu lindo e delicado rosto.

— Isso é uma notícia maravilhosa.

Ruhn deu de ombros.

— Bryce não concorda.

— Ela não aprova a união? — Lorin franziu profundamente o cenho.

— Quando você foi... escolhida para o Rei Outonal — conseguiu dizer Ruhn por fim —, você teve alguma escolha?

A mãe piscou para Ruhn. Nunca perguntara a ela sobre aquilo, apenas ouvira histórias de terceiros sobre a união que tinha resultado em seu nascimento.

— Era meu dever e minha honra. Eu fiquei feliz em obedecer.

Ruhn respirou fundo pelo nariz.

— No entanto, você poderia ter dito que não. Certo?

— Por que eu teria dito que não?

Ruhn conteve a vontade de resmungar para o teto.

— Porque você não queria pular para a cama dele?

— Eu fui escolhida para continuar a linhagem real. Não tem motivo pelo qual eu não deveria ter desejado isso.

O problema era que a mãe tinha desenvolvido uma afeição por seu pai no processo. Uma que o Rei Outonal era incapaz de retribuir.

— Qual é o objetivo disso, Ruhn? — perguntou.

Não podia arriscar dizer a verdade, que tinha ido até ali para ver se havia alguma saída para o noivado de Bryce. Esperando que sua mãe pudesse se lembrar de alguma brecha que ela ou a família tivessem tentado explorar.

Tinha sido uma tarefa tola. Ruhn havia crescido sabendo que a mãe via o envolvimento com o pai como uma honra, mesmo que mal passasse de uma procriação arranjada. Ruhn não sabia por que esperava que ela subitamente admitisse ter tido dúvidas de antemão.

— Bryce é uma jovem esperta e gentil — disse Lorin. — Ela vai ver a sabedoria e honra nessa união com o Príncipe Cormac.

A mãe de Lorin tinha sido uma Donnall, era por esses laços de sangue que Ruhn havia sido convidado a Avallen tantos anos antes. Laços de sangue eram tudo que importava de verdade entre os feéricos. Passar a herança nobre, garantindo que ninguém a maculasse.

Caso seu pai tivesse sido um tipo de macho diferente, Ruhn teria acreditado que o relacionamento dele com Ember não passava de uma rebeldia àquela tradição.

Contudo, quaisquer que fossem as regras que o Rei Outonal pudesse ter quebrado para ficar com Ember Quinlan, nitidamente não se incomodava em permitir essas transgressões a seu povo. À própria filha. Talvez isso mudasse quando Ruhn assumisse o trono. Talvez fosse o primeiro a quebrar as regras e tradições e a colocar um fim à procriação planejada e aos casamentos arranjados.

Ruhn guardou esse pensamento e perguntou à mãe:

— Alguma coisa na casa que precisa que eu veja?

A fêmea deu um amplo sorriso, como se grata pela mudança na conversa.

Ruhn passou a hora seguinte com ela, até que seu telefone vibrou com uma mensagem de Flynn. *Onde você está? A reunião começou há cinco minutos.*

Merda, a reunião com os capitães do Aux. Ruhn digitou de volta: *Enrole para mim. Chego em dez minutos.*

Levantou-se da mesa e disse à mãe:

— Preciso sair para uma reunião, mas vamos planejar jantar algum dia na semana que vem ou na próxima, está bem? — Sua mãe sorriu, e o coração de Ruhn se apertou. Será que ele era melhor do que o pai, iludindo-a com ocasionais visitas e jantares?

A pergunta permaneceu enquanto Ruhn seguia para a quietude exuberante do CiRo alguns minutos depois, prendendo Áster de volta nas costas.

Será que seria melhor do que o pai quando fizesse diferença? Quando se tornasse rei?

Uma pequena parte sua imaginava se a pergunta sequer importava. Com o que o Oráculo tinha dito sobre a linhagem acabar nele, Ruhn nem mesmo sabia se viveria por tempo o suficiente para sequer ser rei.

Apertando o passo, Ruhn se manteve em becos e vielas, desviando das habituais multidões de turistas boquiabertos que ou o reconheceriam, ou a Áster, e começariam a tirar fotos.

Eu talvez não viva o suficiente para ser rei.

A ideia deveria tê-lo perturbado, mas tudo o que deixava ao encalço era uma estranha calma, um tipo horrível de alívio. Esperou que a culpa e a aversão por si mesmo se assentassem. Preparou-se para elas ao entrar nas instalações de treinamento do Aux, passando pelos guardas feéricos que o cumprimentaram.

Mesmo assim, o estranho e calmo alívio permaneceu, tranquilizando-o pelo resto do dia. Não queria pensar muito em qual poderia ser o motivo.

Urd tinha decidido seu destino. Ruhn guardaria seu fôlego para combater as coisas que ele poderia de fato mudar.

THARION & HYPAXIA

— Fitzroy, é? — disse Tharion, olhando para a lontra do rio usando o colete amarelo chamativo de mensageiro de pé diante dele na câmara de pressurização da Corte Azul. — De onde veio esse nome?

Os bigodes da lontra estremeceram, olhos castanhos grandes piscando para ele. As criaturas podiam entender a língua deles, mas não tinham as cordas vocais para falá-la, dependendo, em vez disso, da escrita. Animais, porém não. Nenhum poder de que se soubesse, além da ocasional magia da gota de água.

A lontra pegou um minúsculo tablet eletrônico e digitou, os dedinhos pretos tamborilavam as teclas uma a uma. Tharion se abaixou para pegar o tablet quando lhe foi oferecido, e leu: *Fitzroy era o nome do meu tatatataravô, senhor.*

— Ah — disse Tharion, sorrindo levemente antes de devolver o tablet. — Um nome de família.

Mais digitação. *Meus amigos me chamam de Fitz.*

— Um prazer conhecer você, Fitz — disse Tharion, ao colocar a mão no bolso e tirar de dentro dele um pedaço de papel. — Está disposto a entregar isto na embaixada das bruxas?

Um aceno de cabeça. Fitz extraiu um cilindro de metal de sua bolsa-carteiro e ofereceu a Tharion. Tharion colocou o bilhete dentro e rosqueou a tampa à prova de água antes de entregá-lo de volta à lontra.

— Entregue à Rainha Hypaxia, e apenas à Rainha Hypaxia.

Fitz assentiu de novo, nem um pingo de surpresa ou espanto no rosto peludo. Um verdadeiro profissional.

Tharion jogou para a lontra um marco de ouro.

— Vamos manter isso entre nós, Fitz.

Fitz apenas piscou um olho e saiu trotando até a pequena câmara de pressurização construída e reservada para as lontras mensageiras. Com um estampido de ar comprimido, a porta selou.

Tharion se demorou ao voltar para o seu escritório. Ele precisava manter a aparência de que procurava por Emile, mas, no momento, tinha um assunto próprio para investigar.

Depois de trancar a porta do escritório e ligar o computador, Tharion digitou o nome que o estava assombrando desde a noite anterior.

Morganthia Dragas.

A segunda no comando de Hypaxia. Também segunda da falecida Rainha Hecuba. Se alguém lideraria uma revolta ou faria uma tentativa contra a vida de Hypaxia, seria ela.

Embora as bruxas estivessem em seu radar apenas no mais vago sentido durante sua carreira, o tritão as investigou depois da Cimeira na última primavera. Sua amizade com a rainha delas lhe dava motivo para estar interessado em quem a cercava. E depois do que tinha ouvido sobre as suspeitas de Pax…

Tharion esquadrinhou artigo após artigo sobre Morganthia. Poucas informações apareciam além de seu laço com Hecuba, que tinha sido uma amada, ainda que enigmática, governante. Morganthia era a filha de Moria, general e segunda no comando da mãe de Hecuba, Horae. A mãe de Moria havia sido general e segunda no comando da mãe de Horae, Rainha Hestia, e assim por diante ao longo da história registrada. Uma longa linhagem de poderosas bruxas que sempre tinham servido ao trono de perto.

No entanto, parecia que Morganthia não estava feliz em ficar mais ao lado do trono. Será que o queria para si?

Tharion tamborilou distraidamente o dedo na mesa, encostando na cadeira. A última foto em que parou era de Morganthia e Hypaxia na Cimeira. Morganthia estava ao lado de sua rainha com o ar sombrio de um ceifador, toda angulosa e de olhos frios. Pax também não estava sorrindo, mas a luminosidade em seus olhos sugeria gentileza e alegria silenciosa.

Era essa mesma luminosidade que tinha chamado a sua atenção quando a conheceu, dois dias antes de a foto ser tirada.

Por um momento, deixou que a lembrança o puxasse de volta para o calor abafado das piscinas subterrâneas sob o centro da Cimeira.

Tharion estava exausto do primeiro dia de reuniões, e optara por um mergulho tarde da noite nas imensas piscinas sinuosas. Foram moldadas para se parecerem com cavernas, com pilastras e tetos abobadados, algumas das piscinas tinham trinta metros de profundidade e foram equipadas com alojamentos para sereias que quisessem dormir submersas. Como a filha da Rainha do Rio quis ficar em uma unidade submarina, teve pouca escolha a não ser dormir lá embaixo na própria cápsula também. Entretanto, quando o sono demorou a embalá-lo, Tharion se encontrou desejando a quietude e calma de uma das piscinas mais rasas. Presumiu que estaria vazia tão tarde da noite.

À mesa dele, Tharion fechou os olhos, permitindo que a lembrança tomasse conta de si.

* * *

Exaustão pesava seu corpo, sua cauda, ao entremear as pilastras e grutas das piscinas, deliciando-se com a suavidade de seus movimentos.

Um momento de paz depois de um dia lidando com egos imensos. E *era* o seu trabalho lidar com eles, pois a filha da Rainha do Rio certamente não se prontificara.

Não tinha ideia de por que sua mãe a enviara para a Cimeira.

Bem, havia o motivo óbvio, o fato de a Rainha do Rio não deixava o Istros, mas enviar a filha, sem treino e que se assustava facilmente... Supôs que era por isso que fora enviado junto. Ele falara. Ouvira Micah e Sandriel e o Rei Outonal e Sabine e todos aqueles babacas tagarelando sobre guerra e comércio, cada um tentando se sobrepor ao outro. Imaginou que os deixaria falar por mais alguns dias, deixaria que se exaurissem, antes de apresentar seus argumentos, e os argumentos de sua rainha.

Mesmo assim, apenas ficar sentado ali durante horas o havia drenado. E, embora tivesse nadado de manhã cedo para se certificar de que a metamorfose se sustentaria, precisava daquilo. Seu amor por todas as coisas da Superfície não anulava seu amor pela sensação de estar na água, de se mover nela, de ouvir suas correntes.

Mais seis dias daquele Inferno.

Pelo menos conseguira se sentar. Athalar, o pobre coitado, tinha sido obrigado a ficar de pé nos fundos o dia todo. Havia sido dado de presente a Sandriel, que Ogenas tivesse piedade do macho.

Não existia nada que Tharion pudesse fazer para ajudá-lo. De acordo com os boatos, Bryce Quinlan tinha oferecido não apenas ouro, mas a própria vida a Sandriel no lugar de Hunt. Sandriel recusara.

E, no processo, a arcanjo havia revelado o segredo de Bryce: Pernas era filha do Rei Outonal. Enquanto ouvia o babaca falar naquele dia, Tharion tinha ficado chocado ao perceber quantas feições e expressões o Rei Outonal e a filha compartilhavam. Como era possível que nem ele, nem mais ninguém, tivesse percebido?

Tharion balançou a cabeça, nadando mais uma volta em torno do espaço, deleitando-se com o poderoso varrer de sua cauda, o ondular de resposta da magia da água em suas veias.

Um leve respingo soou pela água. Como se alguma coisa tivesse sido jogada.

Seguiu para a superfície, emergindo devagar, mal fazendo uma onda ao olhar para a fonte do som.

Ali, sentada na beira da piscina com os pés na água, logo do lado de dentro das portas de vidro do corredor, sentava-se a Rainha Hypaxia.

Observou o espaço coberto por azulejos brancos em busca de qualquer indício de sua guarda, mas a bruxa tinha vindo sozinha. Parecia contente em apenas mergulhar os pés na piscina serena e se inclinar para trás apoiada nas mãos. Não havia sinal da coroa de amoras brancas ou de finos trajes. Apenas um vestido branco simples, como se fosse uma das virgens do templo de Luna.

Será que fora até ali procurando por alguém, ou apenas buscando solidão?

Tharion se manteve nas sombras de uma das pilastras, avançando pela água o mais silenciosamente possível.

Não tinha sido apresentado a Hypaxia formalmente, pois a filha da Rainha do Rio não a conhecera oficialmente, mas ele a vira durante a procissão, na refeição elegante depois daquilo, e durante a reunião do dia. Ficara tão calada quanto ele, ouvindo os demais em vez de cuspir ladainha. A rainha até mesmo tomara notas.

Jovem, porém sábia.

Hypaxia chutou, jogando água, inclinando o rosto para o teto. Jovem, porém sábia… e linda.

Sabia que não deveria deixar seus pensamentos avançarem, mas não conseguiu se impedir de nadar para mais perto. De deixar sua cauda respingar o bastante para que a bruxa olhasse na direção, os olhos arregalados de alarme.

Parou a cerca de três metros de distância, onde a água permanecia profunda o bastante para dar espaço para que sua cauda o mantivesse na vertical, e deu a ela um sorriso torto.

— Eu tomaria cuidado ao colocar os pés na água se fosse você — disse o tritão. — Alguma coisa pode morder esses dedinhos. — Piscou um olho.

Ela não sorriu, apenas perguntou sinceramente:

— O que poderia mordê-los?

Tharion riu.

— Preciso admitir que eu não tinha pensado além da cantada de apresentação.

A fêmea deu um leve sorriso então.

— Espero não estar incomodando.

Gesticulou para a imensa câmara, que se estendia para a escuridão que se dissipava às suas costas.

— O benefício de ter um espaço tão amplo quanto o centro de convenções inteiro: pouca chance de multidões.

A rainha o encarou com os olhos grandes, lindos.

— Você é Tharion Ketos. O Capitão de Inteligência da Rainha do Rio.

— Muita gente duvida de toda essa coisa de “inteligência” no que diz respeito a meu envolvimento, mas sim. Oi. — Fez uma reverência com a cabeça. — Você é, hã… Rainha Hypaxia.

Um aceno breve, seu rosto ficando um pouco distante.

— Sinto muito por sua mãe — complementou ele em voz baixa.

— Eu também — disse ela, mas acrescentou: — Obrigada.

Obviamente queria espaço e algum tempo sozinha, mas… o macho não deixou de notar a tristeza em seus olhos. A forma como seus ombros encurvaram-se com a referência à mãe morta. Então disse, ainda que para se livrar da tristeza no rosto da rainha:

— O que achou de hoje?

Hypaxia inclinou a cabeça, como se surpresa de que Tharion tivesse escolhido continuar a conversa em vez de sair nadando e permitir que o assunto educadamente morresse.

— Eu achei… informativo — disse com cautela.

— Que diplomática — provocou, nadando para mais perto, encostando um braço contra o lado da piscina. — Achei infernalmente chato. Muita pose e pouco conteúdo.

Seus lábios se curvaram para cima.

— Esse é seu relatório oficial como Capitão de Inteligência?

— Meu relatório oficial é mais do tipo: líderes falastrões se vangloriam demais quando brigam para saber quem tem o pau maior.

A fêmea riu, baixinho, mas com humor de verdade.

— Tenho certeza de que sua rainha vai gostar da sua avaliação precisa.

Levou a mão com garras ao coração debochadamente.

— Ela sempre gosta.

O olhar de Hypaxia percorreu a água calma e vazia atrás dele.

— Fui aconselhada a ouvir primeiro, a avaliar meus… companheiros aqui, então tornar minhas opiniões conhecidas.

— Por isso as anotações.

— Você estava observando?

— Capitão de Inteligência, lembra? A não ser que você estivesse rabiscando cartas de amor para seu belo noivo.

Corou diante daquilo.

— Rainhas não rabiscam. Nem escrevem cartas de amor.

— Errado e errado. — Com um poderoso movimento da cauda, saltou para o lado de Hypaxia na beira da piscina, molhando-a. — Desculpe — disse quando o vestido branco de Hypaxia absorveu a água que escorria de seu corpo.

A rainha gesticulou para que ele não se preocupasse.

— Um pouco de água nunca fez mal a ninguém.

Tharion examinou seu rosto por um momento, então perguntou:

— Há quanto tempo você e Ruhn se conhecem?

— Essa é uma pergunta muito pessoal.

Tharion sorriu.

— Se você acha que isso é pessoal, está com graves problemas.

Seus lábios se repuxaram de novo, como se combatesse um sorriso pleno.

— Não faz realmente muito tempo. Nós só nos conhecemos casualmente.

— Ele parece ter muito interesse em você. — Tharion manteve seu tom brincalhão. — Eu contei quantas vezes ele olhou para você hoje.

— Mentira.

— Estava em dezessete ao meio-dia.

A bruxa soltou uma gargalhada então, libertando seu sorriso.

— Tenho certeza de que está enganado.

— De jeito nenhum. O principezinho estava praticamente babando.

Outra gargalhada, como sinos prateados.

— Você é sinônimo de problema.

— Eu ouço muito isso.

Um silêncio amigável recaiu. Então perguntou:

— Você precisava de um tempo sozinha, não é?

A fêmea voltou a chutar os pés descalços na água distraidamente.

— Eu passei grande parte da vida na fortaleza particular de minha mãe nas montanhas, com apenas meus tutores como companhia. Nos últimos meses, consegui encontrar uma forma de me aclimatar ao mundo moderno, mas aqui descobri que preciso me ajustar a tantos olhos sobre mim como rainha.

Havia muito a interpretar ali.

— Por que você cresceu sozinha na natureza?

— Foi escolha de minha mãe. — Não era uma resposta, mas sua voz estava tão distante que soube que não deveria insistir. Hypaxia prosseguiu: — Eu tenho... dons incomuns. Dons que minha mãe achou melhor aprender em reclusão.

— Posso saber?

— Eu não teria mencionado se não pudesse.

Tharion falou pausadamente:

— Então me conte, Pax, que tipo de dons?

Os lábios se repuxaram para cima com o apelido.

— Necromancia. Eu posso despertar e falar com os mortos — disse.

Tharion soltou um assovio longo.

— Estou perplexo. — Ergueu as sobrancelhas. — No entanto, achei que as bruxas eram todas da Casa de Terra e Sangue. Necromancia é um dom da Chama e Sombra.

— Meu pai era um necromante — respondeu. — Eu herdei a força total dos talentos dele.

— Então você pode, tipo… realmente despertar os mortos? — O rosto da irmã dele lampejou em sua mente.

— Há limites, e pode haver consequências graves, mas sim. É por isso que em grande parte nós só falamos com eles, em vez disso.

— O que acontece quando os mortos voltam? Eles são… iguais?

— Não. Se o corpo deles tiver sido destruído, requerem um novo. O que é desorientador, para dizer o mínimo. E alguns descobrem que não querem ser arrancados das Terras Eternas. No entanto, não fiz um despertar verdadeiro, então só posso lhe dizer o que aprendi com meus tutores. Nós operamos sob um código moral rigoroso, e eles se certificaram de que eu fosse bem versada nele.

— Eles são necromantes?

— Não. Eles são fantasmas.

Tharion se espantou.

— Como é?

— Fantasmas muito antigos. Minha mãe achou que era melhor que eles me ensinassem. Não apenas necromancia, mas tudo mais que uma rainha precisa saber.

A mente do tritão estava zonza. Necromantes não eram comuns, mas também não eram raros. Que a rainha-bruxa fosse uma, no entanto… isso poderia ter implicações interessantes.

— Esse conhecimento é segredo?

— Não. Alguns em meu coven queriam que fosse, mas não tenho vergonha. Eu não tenho motivo para esconder a habilidade. Funciona lado a lado com minhas habilidades de cura.

— Vida e morte.

— Exatamente.

Aquele silêncio amigável recaiu de novo, e Tharion balançou a cauda na água. Hypaxia perguntou:

— Você prefere sua forma de tritão ou a humanoide?

— Ninguém nunca me perguntou isso.

— É pessoal?

— Não. É que… — Considerou. — Eu não sei a resposta.

A rainha-bruxa o estudou. Como se pudesse ver a parte que às vezes só corria de volta para a água porque precisava, não porque queria. Tharion tentou não se agitar sob aquele olhar, voltando o foco para a fêmea ao perguntar:

— Você prefere estar na terra ou voando na vassoura?

Ela não comprou a brincadeira.

— Não é a mesma coisa. Mas, se quer saber, prefiro voar. — Indicou um broche com forma da Cthona de corpo volumoso em seu ombro. — Minha vassoura está contida aqui. Tão fácil de conjurar quanto suas barbatanas. Eu percebo que às vezes a ouço me chamando. Que eu posso ouvir o próprio vento me chamando, me convidando a cavalgar suas depressões e suas ondas. Há uma liberdade e uma quietude em fazer isso. — Hypaxia o olhou em compreensão. — Suspeito que você estivesse nadando por aqui por um motivo semelhante.

Jovem e sábia, de fato.

— "Nadar por aqui" me faz parecer tão… ocioso — protestou. — Que tal "espreitando as águas" em vez disso?

De novo, um sorriso sutil.

— Espreitando as águas, então.

Tharion esfregou a nuca.

— Eu precisava de um tempo para aliviar a tensão — admitiu Tharion. — Eu, hã… estou noivo da filha da Rainha do Rio. — Dizia as palavras em voz alta tão, mas tão raramente. — Isso tem seus benefícios, lógico, mas também vem com muitas obrigações cotidianas. Tantas que… — Interrompeu-se antes de falar demais, mas, pelo brilho nos olhos da fêmea, soube que a rainha-bruxa entendia as palavras não ditas: *que foi um erro terrível que cometi para início de conversa.* — Mas, além disso, eu só precisava refletir sobre toda a porcaria que os falastrões da Cimeira disseram hoje.

— Quando eu falar, vou me certificar de tentar impressionar você.

— Você já me impressionou muito, Pax. — Quantos jovens governantes compartilhariam coisas com ele daquela forma? Reservadamente, sim, mas, mesmo assim, abertamente. Amigavelmente. Se passara a vida toda cercada por fantasmas, Tharion não a culpava por querer uma companhia viva. A rainha, no entanto, era diferente. Da tímida filha da Rainha do Rio, dos governantes feéricos aprumados, dos arcanjos rabugentos. Um tipo de luminosidade brilhava em seus olhos, dos quais não conseguia desviar o olhar.

E foi precisamente por isso que pulou de volta na água, tentando não molhar a rainha. Quando Tharion emergiu, jogando o cabelo molhado para trás, disse:

— Bem, eu preciso ir dormir. Preciso estar alerta para mais concursos de medição de pau amanhã.

— Está falando de você mesmo ou dos outros?

A fêmea disse tão tranquilamente que o fez cair na gargalhada:

— Boa noite, Pax.

A rainha corou e Tharion nadou alguns metros para longe.

— Boa noite — cumprimentou de volta.

— Vejo você cedinho — respondeu, mergulhando sob a água. Tharion se dirigiu à própria cápsula de dormir do outro lado do espaço e, mesmo quando soube que tinha nadado fundo o bastante para que ela não o visse, podia jurar que sentia o olhar da bruxa sobre si.

* * *

Um apito no computador de Tharion o agitou da lembrança. Ele abriu os olhos e encontrou uma fila de novos e-mails para ler.

Mas o tritão se permitiu mais um momento para se lembrar. De como durante os dias seguintes continuamente mostrou a ela um pedaço de papel durante as reuniões em que havia contado as vezes que Ruhn a fitara. Como a fêmea havia corado e gesticulado como se o ignorasse.

Como tinham se encontrado na piscina todas as noites para conversar sobre tudo e nada, às vezes apenas por cinco minutos, às vezes por uma hora. Quando tudo virou um Inferno, literalmente, Tharion a considerava uma amiga. Sabia que ela sentia o mesmo.

Tharion havia voltado a Lunathion durante a invasão dos demônios e não tinha ideia se a veria de novo. Até a noite passada. Até o ataque contra ela e Bryce. Será que o coven traidor era o culpado? Quem melhor para descobrir aquilo do que um capitão de inteligência?

Tharion deu uma olhada em seus seus e-mails, então voltou à pesquisa.

Tinha amigos, é óbvio. O Capitão Tharion Ketos não era nada se não amigável. Contudo, esses amigos sempre haviam sido casuais. Sua conexão com Pax tinha parecido instantânea, honesta e profunda. Certamente não deixaria os abutres no coven a ferirem ou tirarem seu direito de nascença. No que quer que fosse preciso, ele ajudaria.

Quer dizer, se conseguisse sobreviver a todo esse negócio com Emile Renast e os rebeldes da Ophion. Sem falar de sua rainha.

Ainda estava pesquisando Morganthia quando Fitzroy voltou, portando uma mensagem no tubo de metal.

A lontra esperou educadamente à porta enquanto Tharion lia a resposta de Hypaxia, escrita sob sua mensagem original:

Fui sincero anteriormente. Cuido de você. Se precisar que eu lide com seu coven, eu vou. Sem fazer perguntas. Conheço muitas feras famintas do rio.

A rainha havia respondido: *Você é um bom amigo. Obrigada.*

Franziu um pouco o cenho diante da resposta curta e impessoal, mas então viu a observação que ela havia acrescentado:

OBS.: Parece que voltamos a lidar com os medidores de pau.

Tharion gargalhou e guardou o bilhete no bolso, então disse à lontra:

— Isso é tudo, Fitz.

A lontra saiu digitando no tablet, então entregou a Tharion tanto o dispositivo quanto um cartão de visitas laminado. *Se você precisar de alguém discreto, estou disponível para contratação privada por fora da agência. Ofereço taxas competitivas, geralmente superlativas.*

Tharion olhou para o cartão, que dizia: *Fitzroy Brookings, Mensageiro Pessoal.*

E listava um endereço de e-mail privado, afirmando que estava disponível todos os dias do ano, mesmo nos feriados.

— Empreendedor — disse Tharion, guardando o cartão no bolso. — Gostei.

Os bigodes da lontra estremeceram, e lançou a Tharion um pequeno sorriso cheio de presas.

— Vou entrar em contato, Fitz — disse Tharion, com um aceno amigável. A lontra se curvou em despedida antes de sair andando.

Tharion tirou tanto o cartão de visitas quanto o bilhete de Hypaxia do bolso.

Definitivamente entraria em contato com a lontra. Se Hypaxia estivesse em perigo, empregaria todos os recursos possíveis para protegê-la.

Mesmo que isso significasse arriscar tudo o que tinha.

AGRADECIMENTOS

A Robin Rue: como eu posso expressar minha gratidão por tudo que você faz tanto como agente e amiga? (Dedicar este livro a você é uma tentativa pífia de fazer isso!) Obrigada do fundo do coração por sua sabedoria e encorajamento, e por estar presente em um piscar de olhos. E obrigada, como sempre, por ser uma parceira em todas as coisas relacionadas à boa comida e a um bom vinho!

A Noah Wheeler: agradeço ao universo todos os dias por nossos caminhos terem se cruzado. Desde sua opinião brilhante a sua atenção aos detalhes sem igual, você é o editor mais incrível com quem eu já trabalhei. (E a única pessoa que realmente entende minhas obsessões com as palavras cruzadas do *NYT* e concursos de soletrar.) Um brinde a muito mais livros juntos!

A Erica Barmash: voltar a trabalhar com você é um prazer! Obrigada por todos os anos passados promovendo meus livros e sendo uma grande amiga!

A Beth Mille, uma pedra preciosa da humanidade em todos os sentidos, e uma colega fã de biologia marinha: obrigada por todo seu trabalho árduo e por ser um constante raio de sol! (E pelas fotos incríveis da vida marinha selvagem!)

À equipe global da Bloomsbury: Nigel Newton, Kathleen Farrar, Adrienne Vaughn, Ian Hudson, Rebecca McNally, Valentina Rice, Nicola Hill, Amanda Shipp, Marie Coolman, Lauren Ollerhead, Angela Craft, Lucy Mackay-Sim, Emilie Chambeyron, Donna Mark, David Mann, Michael Kuzmierkiewicz, Emma Ewbank, John Candell, Donna

Gauthier, Laura Phillips, Melissa Kavonic, Oona Patrick, Nick Sweeney, Claire Henry, Nicholas Church, Fabia Ma, Daniel O'Connor, Brigid Nelson, Sarah McLean, Sarah Knight, Liz Bray, Genevieve Nelsson, Adam Kirkman, Jennifer Gonzalez, Laura Pennock, Elizabeth Tzetzo, Valerie Esposito, Meenakshi Singh e Chris Venkatesh. Não consigo imaginar trabalhar com um grupo de pessoas melhor. Obrigada a vocês por toda sua dedicação e trabalho tremendo! E uma tonelada de gratidão e amor a Grace McNamee por pular a bordo tão rápido para ajudar com este livro! Um obrigada especialmente grande a Kaitlin Severini, preparadora de texto excepcional, e a Christine Ma, revisora com olhos de águia!

Cecilia de la Campa: você é uma das pessoas mais esforçadas e gentis que conheço. Obrigada por tudo o que faz! A toda a equipe da Writers House: vocês são incríveis, e é uma honra trabalhar com vocês.

Obrigada à destemida e adorável Jill Gillet (e Noah Morse!) por fazerem tantos de meus sonhos se tornarem realidade e por ser absolutamente prazeroso trabalhar com vocês! A Maura Wogan e Victoria Cook: me sinto tão grata por ter vocês ao meu lado.

A Ron Moore e Maril Davis: trabalhar com essas duas estrelas foi o ponto alto da minha *vida*. E muito obrigada a Ben McGinnis e Nick Hornung, vocês são maravilhosos!

A minha irmã Jenn Kelly: o que eu faria sem você? Você traz tanta alegria e luz para minha vida. Te amo.

Eu poderia escrever mais mil páginas sobre as mulheres maravilhosas e talentosas que me motivam e que me sinto honrada em chamar de amigas: Steph Brown, Katie Webber, Lynette Noni e Jillian Stein. Adoro todas vocês!

Obrigada, como sempre, a minha família e meus sogros pelo amor incondicional.

A Annie, fiel amiga e companheira de escrita: amo você para sempre, cachorrinha.

A John e Taran: obrigada por sempre me fazerem sorrir e gargalhar. Meu amor por vocês é maior do que a quantidade de estrelas no céu.

E obrigada a *você*, querido leitor, por ler e apoiar meus livros. Nada disso seria possível sem você.

Este livro foi composto na tipografia ITC New Baskerville Std, em corpo 11,5/15,15, e impresso em papel off-white no Sistema Cameron da Divisão Gráfica da Distribuidora Record.